新日本古典文学大系 13

続日本紀 二

青木和夫
稲岡耕二
笹山晴生
白藤禮幸
校注

岩波書店刊行

目次

解　説

続日本紀への招待

——巻第七から巻第十五まで——

この第二分冊には、続紀四〇巻のなかの巻七から巻十五までの九巻が収められている。天皇は元正《げんしょう》から聖武《しょうむ》へ、年号は霊亀《れいき》・養老《ようろう》・神亀《じんき》・天平《てんぴょう》とかわり、西暦では七一五年から七四四年までに相当する前後三〇年の歴史である。第一分冊とくらべると、巻数でも年数でも約五割増となったが、これは人名や律令制度関係事項などの説明の多くが第一分冊の補注で済んでいて、第二分冊はその分の紙幅を本文に充てることができたためであって、この点、読者にしばしば第一分冊を参照する御面倒を掛けそうであるが、御了承いただきたい。第三分冊以後でも同様である。だが、それだけに第二分冊からは、旧知の人物たちが既知の舞台の上で活躍しはじめるのを楽しんでいただけると思う。歴史が動きだしたという実感をあらためて覚えるのが、この第二分冊からであろう。

序幕の**巻第七**は霊亀元年(七一五)九月から養老元年(七一七)末まで。第一分冊の終りで、母の元明から皇位を譲られた三十六歳の女帝元正は、珍しい亀が出現したことを理由に、九月初めの即位詔で和銅を霊亀と改元した。明治以来は、新しい天皇が践祚《せんそ》した日に改元するので、例えば平成元年はその前日までの昭和六十四年と同じ年に共存することになった。しかし慶雲から和銅への改元がすでにそうであったように、元正の即位詔は「和銅八年を改めて霊亀元年とす」といっているから、和銅八年は元旦に遡って霊亀元年と改められてしまい、共存できないのである。この霊亀も三年目にまた養老と改元され、次の神亀はもう聖武の年号となり、結局元正は霊亀・養老の間、前後九年にわたって甥の聖武の成長を見守ることとなる。ともかく政治のほうは、太上《だいじょう》天皇となった母と相談できたし、左大臣には老臣の石上麻呂《いそのかみのまろ》、その没後も右大臣に思慮深い藤原不比等《ふじわらのふひと》がいて、母の治世と同じように輔佐してくれていた。十五年前の大宝元年に発足した律令政治も、現実に即して改正を重ねながら全国に浸透してゆく。養老元年春に出国した遣唐使は、まったく幸運にも「略《ほぼ》、闕亡《けつぼう》無し」に翌冬帰国する。養老と改元したのも、美濃への旅で後世いわゆる「養老の滝」に寄り、若返る気分になったためらしい。

しかし第一分冊のこの欄で断わっておいたように、続紀には今日からみて重要な事実の記載洩れがある。巻七に関しては郷里《ごうり》制《せい》の実施と房戸《ぼうこ》の登場だ。これは続紀以外の諸史料から抽出しえた事実であり、霊亀元年のこととしか分らないが、この年から天平十二年までの前後二十五年間は、大宝令で決めた国・郡・里という三段階の地方行政区画の里が郷と改められ、郷は二、三の小さな里に分けられて、国・郡・郷・里制となり、また郷を構成する五〇戸の郷戸もそれぞれ二、三の小さな戸に分けられ、房戸とよばれだしたのである。かような細分は地方行政の徹底が目的と解釈されているが、二十五年足らずで元に戻ったのは、結局それほどの必要がなかったからということになろう。ともあれこの事実は、近年大量に出土しはじめた木簡《もっかん》や漆紙《うるしがみ》に、国・郡・里とあれば霊亀元年以前、郷・里や房戸が書かれていれば霊亀元年から天平十二年までの間、国・郡・郷だけならば天平十二年以後と、作製年代を判定するのに役立つ重要な目印である。

次の**巻第八**は養老二年(七一八)から五年まで。養老の遣唐使は全船無事に帰国しただけあって、盛唐の新しい文物を大量に購入してきたようである。次の天平の遣唐使も漢籍・仏典の舶載で有名だが、養老から天平にかけては建築・彫刻・絵画・工芸・音楽・舞踊など、仏教を基盤とする諸芸術が華やかに展開しはじめるばかりでなく、文学や思想の分野でも中国文化に対する理解が深まってくる。学者・文士や技芸に長じた官人たちがたびたび褒賞されたのもこのころだった。ただ漢文にしても漢詩にしても、いわばまだ修業中である。例えば養老四年五月に、天武による着手以来四十年かかって完成した『日本書紀』の文章も、唐で科挙に臨む若者らが受験用の参考書にしていた詩文集『芸文類聚《げいもんるいじゅう》』などから丸写しにした部分が少なくないと指摘されている。歴史は史実を直叙すべきだという中国古来の歴史叙述の精神は、まだ体得されていなかった。『懐風藻《かいふうそう》』に収載された当代の詩も、六朝の美辞麗句の影響下にあり、唐詩の域からは程遠いといわれている。

華やかな都から眼を地方に向けると、朝廷は国司の上に按察使を置いてますます人民を強力に掌握し、律令行政は辺境にまで浸透していく。その結果でもあろうが、養老四年二月には九州で隼人、九月には奥羽で蝦夷が反乱する。朝廷は直ちに中納言大伴旅人《おおとものたびと》や按察使多治比県守《たじひのあがたもり》を派遣して討伐させる。その間、八月に右大臣不比等が死去。大納言長屋《ながや》王は翌年正月にその後任に昇格するが、だれが考えついたのか、不比等死去の直後に舎人《とねり》親王が知太政官事《ちだいじょうかんじ》、新田部《にたべ》親王が知五衛及授刀舎人事《ちごえいじゅとうしゃじんじ》に任命され、文武の両面から長屋王の権力の突出を抑制する構造となった。そういえば長屋王の父は舎人や新田部の兄で持統朝の太政大臣高市《たけち》皇子、母は元明の姉御名部《みなべ》皇女、妻は元正の妹吉備《きび》内親王なのである。そして養老五年冬、元明が没する。

巻第九は養老六年(七二二)から神亀三年(七二六)まで。巻の途中で元正は聖武に譲位し、養老八年は神亀元年となる。続紀の原型では元正と聖武とで巻が分かれていたと考えられているが、それについては第一分冊の「解説」を参照されたい。冒頭の養老六年から翌年にかけては、官営の百万町歩開墾計画、ついで民間の活力に期待しながらも開墾の成果をいずれは収公しようとする三世一身法の公布など、朝廷は積極的に全国の開発政策を推進している。大麦・小麦や蕎麦《そば》のような米以外の雑穀栽培も奨励する。一方では行基《ぎょうき》らの布教を取締って人民を日常労働から離脱させまいとし、朝廷では官人の服装にまで規制を加える。このような諸政策を推進したのは誰か。不比等の後を継いだ長屋王は聖武即位と同日に左大臣に昇進するけれども、舎人・新田部両親王も健在である。不比等の四子武智麻呂《むちまろ》・房《ふさ》前《さき》・宇合《うまかい》・麻呂《まろ》のうちで年長の武智麻呂と房前は、大臣以下参議以上のいわば閣議に参加し、殊に房前は内臣として天皇を補佐するよう元明から遺嘱されているが、閣議には彼ら兄弟以外にも多治比《たじひ》・巨勢《こせ》・大伴《おおとも》・阿倍《あべ》など有力諸氏の高官が出席している。だれが何を主張し、だれがどう収拾したか。政治史は歴史学のなかでも最も難しい分野である。

巻第十は神亀四年(七二七)から天平二年(七三〇)まで。最大の事件は天平元年二月における長屋王家の没落であろう。すなわち前年秋の皇太子の早逝は長屋王の所為という密告を信じた聖武は六衛府の兵を派遣、邸を包囲された王が吉備内親王やその子らとともに自殺した事件である。この密告が王を陥れるための策略であったことは、後に続紀編纂者も「誣《ぶ》告《こく》」と書いていることで知られるが、事件後半歳で天平と改元されて藤原光明子が臣下から初めて皇后となったことや、そのときの宣命がいかにも言いわけがましいことを読めば、密告者の背後関係については、おおよその見当がつく。だが長屋王自身にそういう事態を招く不用意な言動はなかったのであろうか。近年、王の邸宅から発掘された数万点の木簡が、その解読と研究の進展によっては、謎を解く鍵となるかも知れない。そのためにもあらかじめ続紀を精密に読んでおくことが是非とも必要である。

長屋王事件の当時、中納言大伴旅人は帥《そち》を兼ね、大宰府に赴任させられていた。藤原一族が前以て遠ざけたのだという説もある。任地では連れそった妻に先立たれ、また「寧楽《なら》の京《みやこ》を見ずかなりなむ」との思いも去らなかったようだが、誠実な部下、筑前守山上憶《やまのうえのおく》良《ら》が心から慰めてくれたし、旅と宴と酒と歌とに気分を変えることもできる旅人だった。この時期の旅人や憶良の歌が残っていなかったならば、『万葉集』の幅もかなり狭まったであろう。だがその旅人は事件の翌年すなわち天平二年冬、大納言に昇任して帰京し三年七月には没、残された憶良も天平五年の歌を最後とする。『古今集』以後の和歌の伝統から遡れば、憶良はもちろん、古今的な軽い贈答歌を作れた旅人も傍流であり、主流派としては自然詠の山部赤人《やまべのあかひと》をやはり挙げなくてはならないだろうが、赤人の作も神亀年間が中心である。万葉を四期に区分する通説で第三期の代表とされる旅人・憶良・赤人は、揃ってこの巻十で舞台の袖に入ってゆく。

巻第十一は天平三年（七三一）から六年まで。巻初の天平三年八月、諸司の主典以上を集めて舎人親王が勅を宣する。このごろ閣議を構成する参議以上の高官らが死去したり老いて病んだりして、政務に支障をきたしているから、適任者を推薦せよというのである。ところがその結果参議に加わったのは、皇族では長屋王の弟の鈴鹿《すずか》王、五年後には臣籍に下って橘諸兄《たちばなのもろえ》と改名する葛城《かずらき》王の二人、諸氏では長屋王事件の直後からすでに権参議《ごんのさんぎ》となっていた多治比県守《たじひのあがたもり》と大伴道足《おおとものみちたり》、そして新たに藤原宇合と麻呂とである。何という人事であろう。大和朝廷以来、かような会議に出られるのは各豪族から一人ずつという伝統があったはずだ。思い出せば左大臣石上麻呂が死去した年の冬、右大臣不比等は次男房前を参議にして、藤原氏からは二人という先例を作っていた。それが今度は四人兄弟の全員である。蟻の穴は二倍に拡大した。いったい誰が拡げたのか。人事の決定権はやはり天皇にある。だがその聖武は深窓に育った一人息子。ところが皇后は天皇と同じ年の生まれ、策略家の父不比等と女丈夫の母県犬養三千代《あがたのいぬかいのみちよ》に育てられた光明子である。しかも皇后という地位には、これも大和朝廷以来、天皇亡きあとは皇位を継いで政務をとることができるという伝統があった。だからこそ長屋王を抹殺してまで光明子を皇后に立てることが、藤原四兄弟には自分たちのために必要だったのである。ふつうは平安時代からとみられている藤原氏の天皇家との婚姻関係による権力獲得の努力は、すでに天平時代から試みられていたのであった。

しかし天平時代といえば、むしろ奈良の寺々の仏像が眼に浮ぶ。例えば興福寺の阿修羅《あしゅら》、沙羯羅《しゃがら》。それらを含む八部衆《はちぶしゅう》、また十大弟子《じゅうだいでし》など。当時の西金堂《さいこんどう》に奉納されていた諸像は、西金堂そのものの造営と共に、天平六年正月、母三千代の一周忌に光明皇后によって発願され造立されたという。事業の詳細は正倉院文書に残り、続紀からは省かれているけれども、私たちは奈良に行き諸像を拝観すればよい。そうすればだれでも、天平の諸像の表情が飛鳥・白鳳や奈良後期の唐招提寺の諸像とは違うという印象を受けるだろう。天平は明るい。晴朗である。しかしその晴朗の蔭に、かすかな憂愁がひそんでいるようにもみえるのは、当代の政治の暗さも知っている私たちの思い過ごしであろうか。

巻第十二は天平七年(七三五)から九年まで。朝廷はあいかわらず積極的な政策を続ける。大宝・養老に続く天平の遣唐使は、玄宗《げんそう》皇帝に厚遇されていた留学生吉備《きび》(下道《しもつみちの》)真備《まきび》・学問僧玄昉《げんぼう》らを伴なって、天平七年三月に帰京。聖武も彼らの唐土での名声を尊重し、真備は後に娘の阿倍《あべ》皇太子(孝謙)の師としたし、玄昉には母宮子《みやこ》皇太夫人の看病を委ねた。また造寺造仏には、後世三善清行《みよしきよゆき》に「田園を傾《かたむ》けて」と批判されるほど熱心だったし、蝦夷地開拓も続行する。疲れはじめたのは人民のほうであった。連年気候不順というけれども、抵抗力が弱ってきたらしい。天平七年も八年も、年末は今年凶作という意味の記事で終っている。追撃ちをかけたのは天然痘の流行であった。八年四月に出発した遣新羅使が九年正月に帰京したとき、大使はすでに病死、副使も罹患していたが、春さきに北九州から広まりはじめ、夏から秋にかけては平城京に到達し周辺も巻きこんで、巻十二の末尾の記事に「公卿以下天下の百姓相継《あいつ》ぎて没死《し》ぬること、勝《あ》げて計ふべからず」とあるほどの惨状であった。藤原四兄弟もたがいに見舞いあったためか次々と病死、大納言橘諸兄が翌十年正月に右大臣へ昇り、以後しばらく朝廷の首班を勤めることとなる。

しかし巻十二の記事のうちで今日でもおもしろいのは、九年四月の遣陸奥持《けんりくおうじ》節大使《せったいし》藤原麻呂の現地からの報告であろう。かれは二月中旬、陸奥の多賀柵《たがのき》に着任、鎮守将軍大野《おおのの》東人《あずまひと》と相談して陸奥・出羽連絡の道路を開通させたのだが、その際の東人との問答、そしてまた東人と東人の指揮下にある出羽守田辺難波《たなべのなにわ》との会話。それらは現代の会社や官庁で没義漢《わからずや》の上司に悩まされている部下たちに泌みじみと羨ましくさえ思われるのではないだろうか。この麻呂の報告のなかの行軍日程や引用符号のつけ方について、従来の解釈に納得できなかった私たち続日本紀注解編纂会の仲間は、『蘭学事始《らんがくことはじめ》』での杉田玄白《すぎたげんぱく》たちのように、続紀のその個所を開いたまま首を傾けて、時間がたつのも気づかなかったけれども、新しい解釈の道が突然開けたときには、一同思わず歓声を挙げてしまったほどである。

巻第十三は天平十年（七三八）から十二年まで。天平十二年は七〇年近い昔の壬申《じんしん》の乱《らん》以来の大きな内乱、藤原広嗣《ふじわらのひろつぐ》の乱のあった年である。十二年の記事の分量は、十・十一両年の合計よりも長い。広嗣は宇合の嫡子、つまり聖武の従弟《いとこ》、光明子の甥《おい》である。それが「遠《とお》の朝廷《みかど》」とよばれるほど中央の朝廷に準ずる行政・軍事の機構を持つ大宰府を動員して刃向かってきたのであるから、関係記事が長くなるのも当然である。個々の記事からは、乱の経過以外にも律令制下における情報伝達の実況をはじめ、律にも令にも規定のない機構や慣行を少なからず抽出しうるが、広嗣の言い分や行動は、かれの人柄まで露呈しているようにみえる。これに対して当時の朝廷の対応は平安時代などと違って極めて敏速で、広嗣の上表文を受取ると直ちに反乱と断定、参議になっていた大野東人を大将軍に任じ、ほぼ全国にわたって一万七〇〇〇の軍を動員し派遣する。東人は奥羽連絡路開通のときと同様に果断に行動し、二カ月余で広嗣を逮捕、処刑してしまう。政治に深入りせず、与えられた責務を誠実に、また果敢に遂行する官僚層が存在したからこそ、八世紀の朝廷は全国を支配しえたのであろう。

それにしても聖武の行動は理解できない。乱の最中になぜ都を捨てて東国へ脱出したのであろう。壬申の乱に曾祖父天武が吉野から東国へ脱出したばあいとは、事情がまったく違うのである。気が動顚していたとでも推測するより仕方がないが、心中の推測などは歴史学本来の仕事ではない。

巻第十四は天平十三年(七四一)と十四年。第二分冊では最も短い巻である。伊賀から伊勢へ脱出した聖武は美濃・近江と廻って、右大臣橘諸兄の別荘のある山背の恭仁《くに》で十三年の正月を迎えた。以後五年間にわたって都は恭仁・紫香楽《しがらき》・難波《なにわ》と転々とし、十七年九月にようやく平城宮に還ることになる。ともかく恭仁宮で最初に処理しなければならぬ大きな案件は、広嗣の乱関係者の裁判であった。判決は死刑二六人以下、杖刑一七七人に至るまで、珍しく全員の人数が知られている。長屋王事件と異なって人数は多く、連坐も含めた総数は二八七人に達した。身内から主謀者を出した藤原一族は恐縮して、不比等が遺した五〇〇〇戸の封戸《ふと》の返上を申しでたが、聖武はそのうちの三〇〇〇戸だけを受取り、全国の国分寺に本尊として一丈六尺の釈迦如来像を造立する費用に充てることとした。唐の州ごとの開元寺《かいげんじ》にならって、全国の国ごとに国分寺を建立させようという構想は、天然痘の流行による大災害以来、聖武の念頭にあったが、このときから急速に具体化するのである。

巻第十五は天平十五年(七四三)と十六年。前巻同様に二年分の記事を収めている。聖武は近江の山間の小盆地紫香楽で元旦を迎えた。しかし二日には恭仁に戻ったりして、このころの聖武はまったく落ちつかない。そして十月十五日、有名な「夫《そ》れ、天下の富を有《たも》つ者は朕なり」云々という大仏建立発願の詔をまた紫香楽で出す。大仏を鋳造するには大量の銅を必要とする。大量の銅を熔解するための燃料として、また大仏殿を構築するための用材として、さらに大量の木材が必要になる。それが山間の紫香楽に都した理由だともいう。結局大仏は平城宮に戻ってから、その東の山麓で完成するのであるが。

文化史上と経済史上との次元の違いはあっても、大仏建立の詔にまさるともおとらない重要な詔が、同じ天平十五年の五月に出ている。墾田永年私《こんでんえいねんし》財法《ざいほう》とよばれる詔である。これが三世一身法の延長上にあるか、それとも律令国家の基盤である班田収授法を破壊する第一歩となっているのかは、その後の歴史の歩みが決定する問題だが、立法の意図が国分寺の建立に全国の地方豪族たちを協力させようというところにあったことだけは明らかなようである。

その後の歴史に大きな宿題を残して第二分冊の幕が下りてくる。巻十五最後の冬の夜には、金鍾寺《こんしゅじ》つまり後の東大寺と朱雀大路《すざくおおじ》に一万坏《つき》の灯がゆらいでいる。しかしこの平城京にやがて展開する激しい権力闘争の脚本は、すでに用意されているのであった。

（青木和夫）

凡例

原文校訂について

一　底本及び校訂に使用する諸本

1　本書の原文は、蓬左文庫本(名古屋市博物館蓬左文庫所蔵)を底本とする。

2　卜部家相伝本系写本との校異には、兼右本・谷森本(新訂増補国史大系本の底本)・東山御文庫本・高松宮本を用いる。

3　今日における続日本紀研究の基本となっている新訂増補国史大系本も校異に用いる。

4　続日本紀の抄出本である類聚国史および日本紀略も必要に応じて校異に用いる。

5　宣命の校訂には、続紀歴朝詔詞解も用いる。

6　その他、2・3・4・5以外の史料との異同は、脚注・校異補注等で触れる。

二　翻刻及び校異の方針

1　巻一より巻十までは、底本の祖本である兼右本を重視することにより、卜部家相伝本の様態の復元に留意する。巻十一より巻四十までは、底本の精確な翻刻を行うと同時に、兼右本をはじめとする卜部家相伝本系写本との対比を明記する。いずれも原字をできるかぎり尊重し、みだりに誤字・脱字あるいは文字顚倒を認めないことを原則とする。
2　校異事項については、必要に応じて、脚注・校異補注(校補)を参照させる。
3　漢字の字体は、概ね常用の字体に改める。また、他の文字と紛らわしい特殊な字体、字形は、本文の内容にしたがって読みおこし、その判断を明記する必要がある場合には、校異補注に示す。
无と旡と元　大と丈　土と士　日と曰などの字形の紛らわしい文字
ただし、校異の内容を明確にするために、写本に使用されている字体、字形を示す必要がある場合には、校異補注・校異補注に参考として示す。(五－6参照)
4　写本に使用されている通用文字は、正しい用字に改める場合がある。
伊予→伊豫　安芸→安藝など
5　諸本に異同があっても校異を行わない文字もある。
無と无　以と已　華と花　修と脩など
6　通例と異なる用字、同一語句への種々の用字(異体字、合字など)は、概ね底本及び写本の通りに表記し、必要に応じて校異する。
壱伎と壱岐　弖と氐　麻呂と麿　𠮷と日下など
7　底本の平出・闕字は採用しないが、必要に応じて校異補注に注記する。
8　底本は、年毎に改行し、また一部、月によって改行するが、本文では年毎に改行し(字下げなし)、月の上には○、日の上には〇、是月・是年の上には◎を加える。また、同日の記事が二条以上ある場合は、その間に」を加えて区別する。月、日による改行については、必要に応じて校異補注に注記する。

9　底本には、句読点及び返り点は無いが、校訂者の判断によりそれらを加える。ただし、訓読文とは一致しない場合がある。

10　校異は、各頁の原文の上に記し、当該箇所に頁毎の通し番号を付す。

三　諸本の略称

校異注ならびに校異補注・脚注・補注においては、左記の略称を用いる。

底・底本　名古屋市博物館蓬左文庫所蔵本

兼・兼右本　天理大学附属天理図書館所蔵吉田兼右本

谷・谷森本　宮内庁書陵部所蔵谷森本

東・東山本　京都御所東山御文庫所蔵本

高・高松宮本　国立歴史民俗博物館所蔵高松宮本

大・大系本　新訂増補国史大系本(吉川弘文館)

類　類聚国史(新訂増補国史大系本)

巻を示し、異本を「一本」と表記する。

紀略　日本紀略(新訂増補国史大系本)

必要に応じて久邇宮本(紀略久邇本)を用いる。

詔・詔詞解　本居宣長『続紀歴朝詔詞解』(『本居宣長全集』第七巻、筑摩書房)

紀　六国史本文
閣・内閣文庫本　国立公文書館内閣文庫所蔵本
宮・神宮文庫本　神宮文庫所蔵豊宮崎文庫本
印・印本　明暦三年版本
狩・狩谷校本　無窮会神習文庫所蔵狩谷棭斎校本
伴・伴校本　宮内庁書陵部所蔵伴信友校本
義・義公校本　水府明徳会彰考館所蔵六国史校訂本
朝・朝日本　佐伯有義校訂『続日本紀』(『増補六国史』巻三・四、朝日新聞社)
考・考證　村尾元融『続日本紀考證』(国書刊行会)
北川校本　北川和秀編『続日本紀宣命　校本・総索引』(吉川弘文館)

四　諸本の様態の表記

校異においては、文字の存否、文字の変更等の諸本の様態を次の略語で表記する。複合して用いる場合もある。
ナシ　当該文字が無いこと。
欠　当該写本の欠損により文字が無い状態。
(○字)空　文字の存否にかかわる空白。親本または親本以前の段階の写本の欠損により文字が書かれていない空白。
原　変更される以前の原文字・原様態。

擦　原文字の全体または一部分を擦り消すこと、または擦り消しにより生じた様態。
重　原文字の全体または一部分への加筆、または重ね書きにより書かれた文字。
擦重　原文字の全体を擦り消した上に書かれた文字、または一部分を擦り消した上に加筆して書かれた文字。
抹　抹消符を付して原文字を抹消。
傍　注意符号を付し、あるいは付さずに、頭書・傍書により示された校異。
抹傍　原文字に抹消符を付し、さらに傍書して原文字を訂正した文字。
按　注意符号を付し、あるいは付さずに記された文字の校異に関する按文。
頭書　文字の校異に関する頭書の按文。
補　字間等に補われた文字。
傍補　挿入符等を付して傍らに書かれて補われた文字。
衍　刊本において削除を指示された文字。
改　刊本において改められた文字。
朱　朱筆による校異の記号や文字、按文。底本・兼右本・谷森本・高松宮本における朱筆のみ表示する(朱傍イは傍書された「〇イ」全体が朱書、傍朱イは「〇イ」の「イ」のみ朱書)。
新　底本における、近世初頭の角倉素庵による校異。
意改　校訂者の見解により改められた文字。

意補　　校訂者の見解により補われた文字。

五　校異の結果の表記

1　底本と同じ文字・様態の写本は〔　〕でくくり、底本と異なる文字・様態の写本は（　）でくくる。

2　底本の大幅な欠失部分（巻十一・十二・十九・二十二・二十九など）を他の写本により補った場合は、その部分の復元に用いた写本と同じ文字・様態の写本を〔　〕でくくる。

3　本文に採用した文字を、―の上に掲げる。（甲・乙・丙は文字）

(i)　底本の誤りを改定する場合。

甲（　）―乙〔　〕、丙（　）

(ii)　底本を校訂者の見解により改補する場合。

甲〈意改〉（　）―乙〔　〕、丙（　）

甲〈意補〉（　）―乙〔　〕、丙（　）

(iii)　底本を改定しないが、諸本の参考とすべき異同を示す場合。

甲〔　〕―乙（　）、丙（　）

4　文字の位置の指示は、「甲ノ下」、あるいは「甲ノ上」と記す。

甲ノ下、ナシ（　）―乙〔　〕、丙（　）

甲ノ上、ナシ〔　〕―乙（　）、丙（　）

5　脚注及び校異補注を参照させる場合は、↓により指示する。

6　校異の内容を明確にするために写本に使用されている旧字体もしくは異体字を示す場合は、＝を使用する。

昼＝晝〔　〕—画＝畫（　）

断—料＝斵（　）

六　底本に施されている校異の表記

1　親本から転記された校異、または書写時あるいは書写直後の校異、校訂は、次のように表記する。

(i)　甲ᘏ丙（乙）　乙（底傍補）—ナシ〔底原〕

(ii)　甲乙丙　乙（底補）—ナシ〔底原〕

(iii)　甲乙（乙・乙）（ヒ、ミ）　甲ノ下、ナシ（底抹）—乙〔底原〕

(iv)　・甲（乙）　乙（底抹傍）—甲〔底原〕

(v)　擦り消し・重ね書き（原文字の判明する場合）

乙（底擦重）—甲〔底原〕

乙（底重）—甲〔底原〕

(vi)　擦り消し・重ね書き（原文字の判明しない場合）

甲〔底擦重〕

甲〔底重〕

2　近世初頭における角倉素庵による卜部家相伝本系写本との校異は、次のように表記する。

(ⅰ) 甲乙(墨)　　甲〔底〕—乙(底新傍)

(ⅱ) 甲(甲・甲) ヒ(朱)、ヒ　　甲〔底原〕—ナシ(底新朱抹)

(ⅲ) 甲 ヒ(朱) 乙(墨)　　甲〔底原〕—乙(底新朱抹傍)

(ⅳ) 甲乙イ(イは朱)　　甲〔底〕—乙(底新傍朱イ)

(ⅴ) 甲○丙 乙イ(○、イは朱)　　甲ノ下、ナシ〔底原〕—乙(底新傍朱イ)

(ⅵ) 甲イニ无(朱)　　甲〔底〕—ナシ(底新朱傍按)↓校補　　按文の内容は校異補注に記す。

七　校異表記の簡略化

1　底本の略称「底」は、底本のみに関する文字の異同及び底本に施された校異などに限り掲出し、その他の場合は、〔　〕の使用をもってこれにかえる。

(例)　甲〔底〕—乙(底傍イ)の如く「底」を掲出する。

甲〔底・兼〕などは、甲〔兼〕と略す。

2　卜部家相伝本系写本である兼右本、谷森本、東山御文庫本、高松宮本の四本が一致する場合は、「兼等」と表記する。

3　一本のみの文字等の異同の場合は、他の諸本を掲出しない。

甲—乙(兼)　　甲〔兼擦重〕—乙(兼原)

甲―乙〔底〕　甲(底新朱抹傍)―乙〔底原〕

甲〔底〕―乙

甲(兼)―乙

訓読について

古点本の無い続日本紀の訓読にあたって、次のことを大きな基本方針とした。

本書に記録された奈良時代および平安極初期の言語に近づけること。

読みやすい訓読文とすること。

そのため、語彙・語法の上には、できるかぎり当時の形を求めるが、上代特殊仮名遣いについていえば、奈良時代中頃よりその区別が失われ始めており、また限られた上代語資料からは、特殊仮名遣いの区別を徹底させることは不可能であるので、本書ではその区別は示さなかった。また、上代の語彙は、多く歌の言語であり、数も限られている。その語彙をもって本書の訓読を行うのは困難であるので、平安初期の漢文訓読法や字音語を採用した。ただ、古代の資料からその存在を認めることができる漢語は極めて僅かであるので、独自に字音読みせざるをえない。その際、拠るべき字音として、漢音によることを原則とした。本書の成立した年より数年前に漢音奨励の勅が出されているからである。この字音読みの採用は冗長な訓読体による読解の煩を避けるためでもある。

以下、主な方針を箇条書で示す。

一　読み下し文は、奈良時代の語彙・語法によることに努めた。

二　但し、上代特殊仮名遣いの別は考慮しないこととした。

三　音便形は原則として採用しない。

四　連濁についても、上代での例証のあるもの以外は、示さないこととした。漢語サ変動詞の場合も右に準ずる。

五　訓読語法については、平安初期の訓法によることとした。以下、主要なものを挙げる。

1　引用文の示し方は、次のような本来の形で行う。
云《いは》く、「　」といふ。
宣《のたま》はく、「　」とのたまふ。

2　「者」が人の場合は、「ひと」と読み、「もの」とは読まない。

3　「未」「将」「宜」「当」などの再読字は、再読させない。

4　「則」は「すなはち」とは読まず、不読とした。

5　任官記事などの、「以二誰々一為二〇〇一」の「以」は不読を原則とした。

6　接続の意の「及」は「および」とは読まず不読とし、「と」又は「また」を補った。

7　打消の助動詞の体言修飾形は「ぬ」と読み、「ざる」とは読まない。

8　文末の「之」は原則として不読とした。

六　時制の表現は、現在形を基本とした。但し、文末に過去を示す語のある場合は、「き」を用いた。

七　敬語表現は、煩雑を避けるため、主語が天皇（および同等の人）であることが明らかな場合に限って「たまふ」を補った。

八　同じ文型が連続することの多い叙位・任官記事については、「授」「為」などの動詞は、最初の文でのみ訓読し、以下の文では省略して名詞止めとすることを原則とした。

九　代名詞や副詞、接続詞・助動詞・助詞・接尾語等で、原文の漢字に拘らず、読み下し文では平仮名だけにしたものがある。

之→これ・の　其→その　此→この　又→また　為→す(サ変)　也→なり　宜・可→べし

使・令→しむ　不→ず　等→ら　自・従→より　与→と

十　訓読文は国語として読み下したために、原文の句読点・返点によらない場合がある。

十一　国名・郡名などの読み方は、和名抄によった。

十二　一般の漢語は漢音読みを原則とした。但し、仏教語・律令用語・官職名等については慣用的な呉音読みとした。

十三　律令用語は、日本思想大系本『律令』の読みに従った。

十四　字音仮名遣いについては、合拗音を採用し、また近年の字音研究の成果を採用した。旧来の仮名遣いと異なる主なものを以下に挙げる。

キウ(弓)　クヰ(帰)　クヱ(化)　シウ(終)　ジウ(充)　チウ(中・虫・柱・駐・厨)　ヂウ(重・住)

ホウ(宝)　ボウ(帽)　モウ(毛)　リウ(隆)　イウ(融)

十五　漢字音の三内撥音尾について、唇内撥音尾(-m)と舌内撥音尾(-n)の別は、当時にあっても音韻論的な区別があったと見て、「む」と「ん」とで区別することとした。喉内撥音尾(-ŋ)についても、字音としては区別があったことは万葉集の表記でも認められるが、その表記の別は、平仮名の系列内では処理しきれないので、一般的な

「う」で写した。
十六　「法」字は、漢音「はふ」、呉音「ほふ」と区別した。
十七　人名・地名などの読み方については、各巻の注解執筆者と協議して定めた。読み得ない場合には振仮名を付さなかった。
十八　読解の煩雑さを避けるために、次のような語は、振仮名を付さなかった。
干支・月名・日付　位階　数字・助数詞　姓(真人・朝臣・宿禰・臣・連・造など)
「―国」「―郡」「―守」など地名に続く字
十九　右の場合以外に、近くに既出しているなど、振仮名がなくても読みに困難がないと考えられる場合は除いた。

宣命について

一　宣命の原文についても、古写本の原字をできるかぎり尊重し、みだりに誤字あるいは文字顚倒を認めないことを原則とした。
二　宣命の読み下し文は、原文の用字を生かしつつ自立語には振仮名を付し、活用語の語尾と付属語などは平仮名書きとすることを原則とした。なお、付属語を小書するいわゆる宣命書きを訓読文にそのまま反映させることはしなかった。

注解について

一　注解を施した語句には訓読文中に注番号を付した。注番号は頁毎の通し番号とした。

二　脚注は当該見開き内に収めるよう努めた。脚注に収めきれない事柄、また別に論ずべき事柄は、補注として一括した。補注番号は各巻毎の通し番号とした。

三　→は参照すべき関連条文、あるいは脚注・補注のあることを示す。

四　人名についての注解は、その詳細は『日本古代人名辞典』(吉川弘文館)に譲り、本書では簡略に注するのを旨とした。

五　年号の表記は続日本紀に即し、改元後のものに統一する(和銅八年→霊亀元年、天平感宝元年→天平勝宝元年など)。三代格の官符の引用等は原史料のままとする。

六　引用史料の原表記が小字または割書となっているものは〈　〉で示した。

七　学説の引用・紹介にあたっては、脚注においては論者の氏名のみを掲げ、著書・論文名は略した。補注においては原則として執筆者名、著書・論文名および収載雑誌・紀要名(巻、号数)、論文集名等を記した。いずれの場合も敬称は略した。

八　おもな引用史料の出典表記には略称を用いた。後掲の略称一覧を参照されたい。

九　本文通読の便のため、訓読文上欄に小見出しを掲げた。

本書は続日本紀注解編纂会の会員が協力して執筆にあたったものである。会の沿革・構成員については第一分冊巻末後記を参照されたい。

なお第二分冊の執筆分担は左記の通りである。

＊

原文の整定・校異には吉岡眞之・石上英一があたった。

訓読文の作成には白藤禮幸・沖森卓也があたった。ただし宣命部分については、稲岡耕二がこれを担当した。

注解の主たる担当は、巻七は吉田孝、巻八は森田悌、巻九は青木和夫、巻十は早川庄八、巻十一は黛弘道・笹山晴生、巻十二は亀田隆之、巻十三・十四は柳雄太郎、巻十五は岡田隆夫である。注解の内容については、担当者の原稿をもとに、会員全体の研究会や、調整委員会(後述)において討議が行われ、それにもとづく修正が加えられた。宣命部分の注解は稲岡耕二がこれにあたった。

中国史関係の事項については池田温が点検を行った。

なお全体の整理統一は、調整委員会(青木和夫・亀田隆之・笹山晴生・吉田孝・早川庄八)の責任においてこれを行い、最終段階のまとめには青木があたった。

また地名注については佐々木恵介氏の助力を得た。

略称一覧

…記（古事記　例、景行記）
書紀・…紀（日本書紀　例、舒明紀）
続紀（続日本紀）
後紀（日本後紀）
続後紀（続日本後紀）
文徳実録（日本文徳天皇実録）
三代実録（日本三代実録）
紀略（日本紀略）
…本紀（先代旧事本紀　例、国造本紀）
釈紀（釈日本紀）
三代格（類聚三代格）
…式（延喜式　例、太政官式）
要略（政事要略）
霊異記（日本国現報善悪霊異記）
姓氏録（新撰姓氏録）
法王帝説（上宮聖徳法王帝説）
伝暦（聖徳太子伝暦）
補闕記（上宮聖徳太子伝補闕記）
家伝（藤氏家伝）
東征伝（唐大和上東征伝）
要録（東大寺要録）
紹運録（本朝皇胤紹運録）
分脈（尊卑分脈）
補任（公卿補任）
和名抄（倭名類聚抄）
名義抄（類聚名義抄）
考證（続日本紀考證）
問答（続日本紀問答）
徴考（続日本紀徴考）
詔詞解（続紀歴朝詔詞解）
金子宣命講（金子武雄『続日本紀宣命講』）
北川校本（北川和秀『続日本紀宣命』）
地名辞書（吉田東伍『大日本地名辞書』）
寧遺（寧楽遺文）

平遺（平安遺文）

銘文集成（松嶋順正編『正倉院宝物銘文集成』）

律令の略記法

戸令1（養老令戸令、日本思想大系本条文番号1）

衛禁律25（養老律衛禁律、律令研究会編『譯註日本律令』律本文篇条文番号25）

大日本古文書の略記法

古一-五〇頁（編年文書第一巻五〇頁）

東南院二-三一〇頁（東南院文書第二巻三一〇頁）

続日本紀 二

続日本紀　巻第[1]七　起二霊亀元年九月一尽二養老元年十二月一

従四位下行民部大輔兼左兵衛督皇[2]太子学士
臣菅野朝臣真道等奉レ勅撰

日本根子高瑞浄足[3]姫天皇　元正天皇　第卌四

日本根子高瑞浄足[4]姫天[5]皇、天渟中原瀛真人天皇之孫、日並知皇子尊之皇女也。天皇、神識沈深、言必典礼。○[6]九月庚辰、受レ禅、即二位[7]于大極殿一。詔曰、朕欽承二禅命一、不三敢推譲一。履レ祚登レ極、欲レ保二社稷一。粤得二左京職所レ貢瑞亀一。臨レ位之初、[8]天表二嘉瑞一。天地貺施、不レ可レ[9]不レ酬。其改二和銅八年一、為二霊亀元年一。大辟罪已下、罪無二軽[10]重一、已発覚・未発覚、已結正・未結正、繋囚・見徒、咸従二赦除一。但謀[11]殺々訖、私鋳銭、強窃二盗、[12]及常赦所レ不レ原者、並不レ在二赦限一。親王[13]已下及百官人、并京畿諸寺僧尼、[14]天下

1 巻〈意補〉(大補)―ナシ
2 太―大(東)
3 姫〔谷、大〕―姬(兼・東・高)
4 姫〔谷・高、大、紀略〕―姬(兼)、ナシ(東)
5 皇ノ下、ナシ〔兼等〕―諱氷高(大補、紀略)
6 九ノ上、ナシ〔兼等〕―霊亀元年(大補、紀略)
7 于―千(高)
8 天―大(紀略)
9 不酬〔紀略改〕―酬不(紀略原)
10 重(谷・東・高、大)―ナシ〔底一字空・兼欠〕→校補
11 殺々―ナシ(兼欠)→校補
12 及(大改、紀略)―乃〔兼等〕
13 已下―ナシ(兼欠)→校補
14 天〔紀略改〕―巳(紀略原)

一 元正の国風諡号。「日本根子」(ヤマトネコ)のネコ(根子)は大地にのびて樹木を支える根の意と推定され、ヤマトの国の中心となって支えるものの意か。持統・文武の最初に撰進された諡号にも「大倭根子」「倭根子」が、元明の諡号にも「日本根子」がふくまれている(㈠一一九頁注一)。「足姫」(タラシヒメ)のタラシは舒明・皇極(斉明)の諡号にそれぞれ含まれており、隋書倭国伝にも「倭王姓阿毎、字多利思比孤」とある。諸陵寮式には、「平城宮御宇浄足姫天皇」とある。元正は天武の孫、父は草壁皇子、母は元明。文武の姉。霊亀元年九月即位。ときに年三十六。→㈠補6―三三。
二 天武天皇。→㈠補1―四。
三 草壁皇子。→㈠補1―五。
四 御心は沈着にして思慮深い。
五 言動は礼儀にかなっている。元正の人柄については、元明の譲位の詔(㈠二三五頁)にも記述がある。それとやや異なる。
六 霊亀元年九月庚辰。
七 元明の禅(譲位)をうけて即位。譲位の事情

続日本紀　巻第七　霊亀《れいくゐ》元年九月起《よ》り養老《やうらう》元年十二月尽《ま》で

従四位下《じゆしゐのげ》行民部大輔《ぎやうみんぶだいふ》兼左兵衛督《さひやうゑのかみ》皇太子学士《くわうたいしがくし》
臣菅野朝臣真道《すがののあそみまみち》ら勅《みことのり》を奉《う》けたまはりて撰《せん》す

日本根子高瑞浄足姫天皇《やまとねこたかみづきよたらしひめのすめらみこと》　元正天皇《ぐゑんしやうてんわう》　第卌四

元正即位前紀

[一]日本根子高瑞浄足姫天皇は、[二]天渟中原瀛真人天皇《あまのぬなはらおきのまひとのすめらみこと》の孫《うまご》、[三]日並知皇子尊《ひなみしのみこのみこと》の皇女《ひめみこ》なり。天皇、[四]神識沈深《しんしきちむしむ》にして、[五]言必《ことかなら》ず典礼《てんれい》あり。

七一五年
即位の詔

[六]九月庚辰（己卯朔　二日）、[七]禅《ゆづり》を受《う》けて、[八]大極殿《だいごくでん》に即位《くらゐにつ》きたまふ。[九]詔《みことのり》して曰《のたま》はく、「朕《われ》、欽《つつし》みて禅《ゆづり》の命《みこと》を承《う》けて、敢《あ》へて推《お》し譲《ゆづ》らず。祚《そ》を履《ふ》み極《きよく》に登《のぼ》りて、[一〇]社稷《しやしよく》を保《たも》たむことを欲《おも》ふ。粤《ここ》に左京職《さきやうしき》より貢《たてまつ》れる[一一]瑞亀《ずいくゐ》を得《え》たり。位《くらゐ》に臨《のぞ》まむ初《はじめ》に、天《てん》、嘉瑞《かずい》を表《あらは》せり。[一二]天地《てんち》の貺施《くゐやうし》、酬《むく》いずはあるべからず。其《そ》れ和銅《わどう》八年を改《あらた》めて、霊亀《れいくゐ》元年とす。

霊亀改元
大赦・賜物
・復除

[一三]大辟罪《だいびやくざい》已下、罪軽重《つみきやうぢう》と無く、[一四]已発覚《いほつかく》も未発覚《みほつかく》も、[一五]已結正《いけつしやう》も未結正《みけつしやう》も、[一六]繋囚《けいしう》も見徒《げんづ》も、咸《ことごと》く赦除《ゆるし》に従《したが》へ。但《ただ》し[一七]謀殺《むせつ》の殺《ころ》し訖《をは》れると、[一八]私鋳銭《しじゆせん》と、[一九]強窃《がうせつ》の二盗と、[二〇]常赦《じやうしや》の原《ゆる》さぬとは、並《ならび》に赦《しや》の限《かぎり》に在《あ》らず」とのたまふ。親王《しんわう》已下と百官人《ひやくくわんにん》と、并《あは》せて京畿《けいき》の諸寺《てらでら》の僧尼《ほふしあま》、天下《あめのした》の

は霊亀元年九月庚辰の詔(〔一〕二二三頁)。受禅・即位→〔一〕補1-九。

八 平城宮の大極殿。→〔一〕補1-四八・5-一。

九 受禅・即位と改元、それにともなう大赦、賜物、賑恤、孝子等の表彰、復除、蔭位の優遇処置、瑞を得た人への叙位・賜物についての詔。続紀には歴代の天皇の即位についての宣命体の詔を載せるが、この元正の即位の詔だけは、元明の譲位の詔(〔一〕二三三頁)とともに漢文体。理由は未詳だが、天皇(または皇太子)のキサキでない女性が即位するという、特殊な事情と関係があるか。

一〇 社は土地の、稷は五穀の神。中国では王宮の右に社稷を、左に宗廟を祭ることから、「保二社稷一」で君主の地位にあること。

一一 →霊亀元年八月丁丑条(〔一〕二三三頁)。

一二 天神・地祇のたまもの。→〔一〕一二七頁注一三。

一三 以下に大赦という語はないが、死刑以下、一般の罪はことごとく赦しているので、実質上は大赦に相当する。大赦→〔一〕補2-九八。大辟罪は死刑に相当する罪。獄令5義解に「謂、辟者罪也、死刑為二大辟一也」。

一四 すでに発覚した犯罪も、いまだ発覚していない犯罪も。

一五 すでに断罪(判決)したものも、まだ審理中のものも。

一六 未決囚も、現に徒刑に服している懲役囚も。

一七 殺人を企て、実行し訖る。→〔一〕一二九頁注五。

一八 偽金(にせがね)つくり。→〔一〕補6-五五。

一九 強盗と窃盗。→〔一〕補1-一二二。

二〇 赦にあっても刑を免除しない特定の犯罪。→〔一〕補3-五六。

諸社祝部等、賜レ物各有レ差。高年、鰥寡[1]独疾[2]之徒、不レ能二自存一者、量加二賑恤一。孝子・順孫、義夫・節[3]婦、表二其門閭一、終レ身勿レ事。免二天下今年之租[4]一。又五位已上子孫、年廿已上者、宜レ授二蔭位一。獲レ瑞人大初位下高田首久比麻呂、賜二従六位上并絁廿[5]疋、綿卅屯、布八十端、稲二千束一。○冬十月乙卯、詔[6]曰[7]、国家隆泰、要在[8]レ富レ民。富レ民之本、務従二貨食一。故男勤二耕耘一、女脩[9]二紝[10]織一、家有二衣食之饒一、人生二廉恥之心一、刑錯[11]之化爰興[12]、太平之風可[13]レ致。凡厥吏民豈不レ勗歟。今諸国百姓、未レ尽二産[14]術一、唯趣二水沢之種一、不レ知二陸田之利一。或遭二澇旱一、更無二餘穀一、秋稼若罷、多致二饑饉一。此乃非二唯百姓懈懶[15]一、固由二国司不レ存二教道[16]一。宜下令中佰[17]姓兼二種麦禾一、男夫一人二段上。凡粟之為レ物、支久不レ敗、於二諸穀中一、最是精好。宜下以二此状一遍告二天下一、尽レ力耕

1 寡ノ下、ナシ〔兼等〕―孤(大補、紀略)
2 疾ノ下、ナシ〔兼等〕―疹(大補、紀略)
3 節〔高擦重〕―婦(高原)
4 租―祖(東)
5 廿〔兼・谷、大、紀略〕―少(東・高)
6 詔→脚注・校補
7 曰(谷・東・高、大、紀略)―ナシ〔底一字空・兼欠〕→校補
8 在―有(紀略)
9 脩―備(高)
10 紝―ナシ(兼欠)→校補
11 錯―借(高)
12 興〔兼・谷傍イ・東・高、大改〕―与＝與(谷)
13 可(谷・東・高、大)―ナシ〔底一字空・兼欠〕→校補
14 産〈意改〉(大改)―彦→校補
15 懶ノ下→校補
16 道―導(大改)
17 佰―百(紀略)

一 祝とも。地方の社の下級の神職。「はふり」は罪やけがれを放る意という。有力な神社では、祝部の上に神主・禰宜がおかれた。職員令1の神祇伯の職掌に「祝部の名籍を掌る」とあり、ここの「天下諸社祝部」も神祇官に登録されている祝部。祝部に対する賜物は祥瑞の出現と関係するか。天平元年八月癸亥条では、祝部の田租を免除している。

二 高年に対する賑恤は、一般に年八十以上を対象とするが、年七十以上の場合もある。↓[一]補3-五四。

三 鰥とは年六十一以上で妻のない者、寡とは年五十以上で夫のない者。↓[一]補3-五四。

四 「独疾」は紀略では「孤独疾疹」。孤とは年十六以下で父のない者、独とは年六十一以上で子のない者。疾は癈疾。「老病鰥寡孤(惸)独不レ能二自存一」↓[一]補3-五四。

五 賑給([一]補1-四五)と同じ。

六 賦役令17「凡孝子、順孫、義夫、節婦、志行聞二於国郡一者、…表二其門閭一。同籍悉免二課役一」の適用。門閭に表すること↓[一]補2-一五九。

七 課役を終身免除する。

八 選叙令34によれば蔭位による出身は年二十一以上であるが(大宝選任令も同じ)、一歳繰り上げる。九 ↓[一]補2-八一。

一〇 霊亀を献上したことが、霊亀元年八月丁丑条にみえる。↓[一]二三三頁注一二。

一一 陸田に麦粟などの雑穀を栽培することを奨励する詔。男夫一人につき二段ずつ栽培させ、稲のかわりに粟を輸すことをゆるす。この詔を続紀は霊亀元年十月乙卯(七日)にかけるが、三代格・弘仁格抄はともに和銅六年十月七日とする。陸田↓補7-一。

一二 名例律6では天皇を国家の語で表わして

諸社《もろもろのやしろ》の祝部等《はふりども》[一]に、物賜《ものたま》ふこと各差《おのおのしな》有り。高年《かうねん》[二]と、鰥寡《くわんくわ》[三]独疾《どくしつ》[四]の徒《ともがら》の自存《じぞん》すること能《あた》はぬ者《ひと》とには、量《はか》りて賑恤《しんじゅつ》[五]を加《くは》ふ。孝子《けうし》[六]・順孫《じゅんそん》・義夫《ぎふ》・節婦《せちふ》は、その門閭《もんりょ》に表《へう》して、身《み》[七]を終《を》ふるまで事勿《ことな》からしむ。天下《あめのした》に今年《ことし》の租《そ》を免《ゆる》す。また、五位已上の子孫《しそん》、年《とし》[八]廿已上ならば、蔭位《おむゐ》[九]を授《さづ》くべし。瑞《しるし》を獲《え》たる人《ひと》大初位下[一〇]高田《たかた》首久比麻呂《くひまろ》に、従六位上并《あは》せて絁《あしぎぬ》廿疋、綿《わた》卌屯、布《ぬの》八十端、稲《いね》二千束を賜《たま》ふ。

陸田での雑穀栽培を奨励

冬十月[己酉朔]乙卯[七日]、詔《みことのり》[一一]して曰《のたま》はく、「国家《こくか》[一二]の隆泰《りうたい》は、要《かなら》ず、民《たみ》を富《と》ましむるに在《あ》り。民を富ましむる[一三]本《もと》は、務《つとめ》、貨食《くわしょく》に従《したが》ふ。故《ゆゑ》に、男《をとこ》は耕耘《かううん》に勤《つと》め、女《をみな》は紝織《じむしょく》を脩《をさ》め、家《いへ》に衣食《いしょく》の饒《にぎはひ》有りて、人《ひと》に廉恥《れむち》の心《こころ》生《しゃう》せば、刑錯《けいさく》[一四]の化《くわ》、爰《ここ》に興《おこ》り、太平《たいへい》の風《ふう》致《いた》るべし。凡《おほよ》そ厥《そ》の吏民《りみん》、豈勗《あにつと》めざらめや。今《いま》、諸国《くにぐに》の百姓《はくせい》、産術《さむじゅつ》を尽《つく》さず、唯《ただ》、水沢《すいたく》[一五]の種《しゅ》に趣《おもぶ》きて、陸田《りくでん》[一六]の利《り》を知《し》らず。或《ある》は澇旱《らうかん》[一七]に遭《あ》はば、更《さら》に余穀《よこく》無く、秋稼《あきのみのりもの》若《も》し罷《や》まば、多《おほ》く饑饉《ききん》を致さむ。此《こ》れ乃《すなは》ち唯に百姓の懈懶《けらい》せるのみに非《あら》ず、固《まこと》に国司《こくし》の教道《けうだう》を存《そん》せぬことに由《よ》る。佰姓《はくせい》をして、麦禾《ばくくわ》[一八]を兼《か》ね種《う》うること、男夫《だむふ》一人ごとに二段[一九]ならしむべし。凡そ粟《あは》の物とあるは、支《ささ》[二〇]ふること久《ひさ》しくして敗《やぶ》れず、諸《もろもろ》の穀の中に於《おき》て、最《もと》も是《こ》れ精好《せいかう》なり。この状《じゃう》を以《もち》て遍《あまね》く天下に告《つ》げて、力《ちから》を尽《つく》して耕《たかへ》し

いるが、この詔では天皇個人でなく天皇を中心とする体制をいうか。以下は、この国が隆盛かつ安泰であるために、まず大切なのは人民を豊かにすることである、の意。
一三 漢書食貨志上に「食足貨通、然後国実民富、而教化成」。人民を豊かにする基本は、政治の要点をかれらの経済生活に置くことである。務は要務。
一四 漢書武帝紀、元光元年五月の詔に「周之成康、刑錯不レ用」。刑罰は定められていても用いない。 一五 水稲耕作。
一六 陸田とは、水田に対する語で、おもに雑穀を栽培する田であるが、蔬菜を栽培する場合もあった。→補7―一。
一七 澇は水害、旱は干害。
一八 禾は粟の成熟して穂の垂れたところの象形といわれるが、広義には穀物をさす。ここでは麦禾で麦・粟などの雑穀をさすか。
一九 田令3に規定されている男子の口分田の面積と同じ。
二〇 倉庫令7逸文によれば、粟の貯蔵年数は九年。

一 粟と稲との換算率を賦役令6は稲二斗＝粟一斗と規定するが、天平六年格(集解令釈所引)は稲三束(三斗)＝粟二斗、天平八年四月格(集解古記所引)は稲一斗＝粟一斗とする。
二 一般の位階とは別に、蝦夷にのみ授与される第一等から第六等までの爵(いわゆる蝦夷爵)の第三等。→補7―二。
三 他に見えず。邑良志別は地名か。後紀弘仁二年七月辛酉条の出羽国奏に「邑良志閇村」がみえる。
四 所在未詳。のちの登米郡(民部省式上)あるいは黒川郡(民部省式上)の地と想定する説も

種、莫レ失二時候[1]一。自餘雑穀、任レ力課之。若有二百姓輸レ粟転レ稲者一聴之。○丁丑、陸奥蝦夷第三等邑良志別君宇蘇弥奈等言、親族死亡、子孫数人、常恐レ被二狄徒抄略一乎。請、於二香河村一、造二-建郡家一、為二編戸民一、永保二安堵一。又蝦夷須賀君古麻比留[2]等言、先祖以来、貢二-献昆布一。常採二此地一、年時不レ闕。今国府郭下、相去道遠、往還累レ旬、甚多二辛苦一。請、於二閇[3]村一、便建二郡家一、同二於[4]百姓一、共率二親族一、永不レ闕レ貢。並許レ之。○十二月己酉朔、日有レ蝕之。○己未、常陸国久慈郡人占[5]部御蔭女、一産二三男一。給二粮幷乳母一人一。

[6]二年春正月戊寅朔、廃レ朝。雨也。宴二五位已上於朝堂一。○辛巳、地震。○壬午、授二従三位長屋王正三位、正五位上長[7]田王・佐伯宿禰百足並従四位下、正六位上猪名真人法麻呂・多治比真人広足[8]・大伴宿禰祖父麻呂・小野朝臣牛養・土師宿禰大麻呂・美努連岡麻

1 候〔谷重〕
2 留—呂（紀略）
3 閇〔紀略改〕—閑（紀略原）
4 於—ナシ（大）
5 占〔紀略改〕—古（紀略原）
6 二ノ上↓校補
7 長〔高擦重〕—表（高原）
8 足—ナシ（兼欠）↓校補

あるが、根拠は明白でない。
五 郡の役所。↓㈠補4-四六。
六 戸籍につけて課役を納めさせる民。↓㈠一六一頁注二一。
七 他に見えず。紀略には古麻比呂。須賀君は未詳。須賀は地名か。
八 アイヌ語 Kombu の当字ともいわれる。褐藻類コンブ属マコンブに比定される。民部省式下の諸国交易雑物、宮内省式の諸国例貢御贄に、陸奥国のみから貢する規定がみえる。和名はヒロメ、一名をエビスメという(和名抄)。エミシ(エビス)の貢する海藻(め)の意か。
九 国の役所。↓補7-三。多賀柵(多賀城)の建設はこの後であるので(天平九年四月戊午条)、この時の国府は多賀城にはなかったと考えられるが、その所在は未詳。
一〇 この後につくられた桃生城が郭にかこまれていたこと(宝亀五年七月壬戌条)を参照すると、この陸奥国府も郭にかこまれていた可能性がある。 一一 所在未詳。↓補7-四。
一二 香河村の記事にみえる「為二編戸民一」と同じ意味。
一三 日食。この日はユリウス暦の七一五年十二月三十一日。この日食は奈良では生じなかった。↓㈠補1-七五。
一四 国造本紀に久自国造。現在の茨城県久慈郡と常陸太田市の全域、及び那珂郡の久慈川沿いの地域。(常陸国風土記に「久慈郡〈東大海〉」とあるので)日立市南部の海岸も含むか。
一五 他に見えず。占部は朝廷で卜占のことを掌った卜部の部民か。久慈郡の南の那賀郡・鹿嶋郡・茨城郡にも占部が分布していた(万葉四三六七、続紀天平十八年三月丙子・宝亀元年七月戊寅条)。
一六 多産の記事の特色↓㈠補1-一〇四。

種《う》ゑ、時《じ》候《こう》を失《うしな》ふこと莫《な》からしむべし。自餘《そのほか》の雑穀《ざふこく》は、力《ちから》に任《まか》せて課《おほ》せよ。若《も》し百姓《はくせい》の、粟《あは》[一]を輸《いだ》して稲《いね》に転《てん》する者《ひと》有らば聴《ゆる》せ」とのたまふ。○丁丑[二十九日]、陸奥《みちのおく》の蝦夷《えみし》[二]第三等邑良志別《おらしべつ》[三]君宇蘇弥奈《うそみな》ら言《まう》さく、「親族《うがら》死《し》亡にて子《こ》孫《うまご》数人、常《つね》に狄徒《てきと》に抄略《せうりやく》せられむことを恐《おそ》る。請《こ》はくは、香《か》[四]河《がは》村に郡家《ぐんけ》[五]を造《つく》り建《た》て、編戸《へんと》[六]の民《たみ》として、永《なが》く安堵《あんど》を保《たも》たむことを」とまうす。また、蝦夷《えみし》須《す》[七]賀《が》君古麻比留《こまひる》ら言《まう》さく、「先祖《さきつおや》より以来《このかた》、昆布《ひろめ》[八]を貢献《たてまつ》れり。常《つね》にこの地《ところ》に採《と》りて、年時《ねんじ》闕《か》かず。今《いま》、国府《こくふ》[九]郭下《くわくか》[一〇]、相去《あひさ》ること道遠《みちとほ》く、往還《わうくわん》旬《じゆん》を累《かさ》ねて、甚《はなは》だ辛苦《しんく》多《おほ》し。請《こ》はくは、閇《へ》[一一]村に便《たより》に郡家を建て、百[一二]姓に同《おな》じくして、共《とも》に親族《うがら》を率《ひき》ゐて、永く貢《みつきもの》を闕《か》かざらむことを」とまうす。並《ならび》にこれを許《ゆる》す。

蝦夷、編戸の民となることを求む

十二月己酉の朔、日《ひ》[一三]蝕《は》ゆること有り。○己未[十一日]、常陸《ひたち》国久慈《くじ》[一四]郡の人占部御《うらべのみ》[一五]蔭女《かげめ》、一たびに三男《みたりのをのこご》[一六]を産《う》みつ。粮《らう》并《あは》せて乳母《めのと》一人を給《たま》ふ。

七一六年

二年[丙辰]春正月戊寅の朔、朝《でう》[一七]を廃《や》む。雨《あめ》ふればなり。五位已上を朝堂《でうだう》[一八]に宴《うたげ》す。○辛巳[四日]、地震《なゐ》ふる。○壬午[五日]、従三位長屋王《ながやのおほきみ》[一九]に正三位を授《さづ》く。正五位上長《なが》[二〇]田《た》王・佐《さ》[二一]伯《へき》宿禰百足《ももたり》に並《ならび》に従四位下。正六位上猪《ゐ》[二二]名《な》真人法麻呂《のりまろ》・多《た》[二三]治《ぢ》比《ひ》真人広足《ひろたり》・大伴《おほとも》[二四]宿禰祖父《おほぢ》麻呂《まろ》・小野《をの》[二五]朝臣牛養《うしかひ》・土師《はじ》[二六]宿禰大麻呂《おほまろ》・美努《みの》[二七]連岡麻《をかま》

一七 元日の朝賀の儀式を雨のため廃する。毎月朔日の告朔の儀式も「若逢レ雨失レ容、及泥潦、並停」(儀制令5)。養老三年には大風のため廃朝している。
一八 平城宮の朝堂院の諸堂。→〔一〕補4-一四。
一九 →〔一〕補3-一四。従三位への叙位は和銅二年十一月以前。
二〇 →〔一〕一六五頁注二〇。正五位上へは前年の霊亀元年四月に成選叙位。神亀元年二月従四位上に昇叙。
二一 →〔一〕六三頁注二一。正五位上への叙位は前年の霊亀元年正月。
二二 養老元年四月に斎宮頭。猪名真人→〔一〕七一頁注二一。
二三 左大臣嶋(志麻)の子。武蔵守・刑部卿・中納言を歴任し、天平勝宝二年正月に従三位。天平宝字元年八月、奈良麻呂の乱の際、同族を教導できなかった責めで中納言を解かれ、天平宝字四年正月、散位従三位で没。没年八十(補任)。多治比真人→〔一〕補1-一二七。
二四 小吹負の子。古慈斐の父。邑治麻呂とも。養老四年十月式部少輔、七年正月従五位上に昇叙。天平三年正月従四位下。同年二月の越前国正税帳に按察使兼(越前国)守として署名がみえる。大伴宿禰→〔一〕補1-九八。
二五 神亀元年五月鎮狄将軍に任ぜられて出羽の蝦狄を鎮定、天平元年二月長屋王の変に舎人親王らと長屋王の窮問にあたる。同年九月皇后宮大夫、天平二年九月催造司監、天平六年五月の文書に(皇后宮)大夫従四位下兼催造監勲五等とみえ(古一-五五三頁)、同十一年十月没、時に従四位下。小野朝臣→〔一〕補1-一四五。
二六 →〔一〕七頁注一六。神亀元年二月従五位上に昇叙。二七 →補7-五。

1 牧〔谷・高、大〕―枚(東)、ナシ(兼欠)→校補
2 聴―ナシ(兼欠)→校補
3 佃(谷・東・高、大)―細〔兼〕
4 国〔底擦重、紀略〕―々(兼等、大)、造〔底原〕→校補
5 上―ナシ〔底〕→校補
6 斎―斉〔底〕→校補
7 臣―ナシ(高)
8 努―弩(紀略)
9 宮(大、紀略)―官〔兼等〕→校補
10 少ノ上→校補
11 紫(谷傍イ、大改)―雲〔兼等〕→校補
12 川(谷・東・高、大)―門〔底〕、ナシ(兼欠)→校補
13 直―真(高)
14 小〈意補〉(大補)―ナシ→校補
15 下―ナシ(兼欠)→校補
16 禰〈意改〉(大改)―弥＝彌→校補
17 麻―ナシ〔底〕→校補
18 黄〈意改〉(大改)―昔→校補
19 大―太(高)
20 賜〔底擦重〕
21 霰―霖(東)
22 割ノ下→校補

呂並従五位下一。○二月己酉、令三摂津国罷二大隅・媛嶋二牧[1]一、聴[2]三佰姓佃[3]食二之。○丁巳、出雲国国[4]造外正七位上[5]出雲臣果安、斎[6]竟奏二神賀事一。神祇大副中臣朝臣[7]人足、以三其詞二奏聞。」是日、百官斎焉。自三果安二至三祝部二一百一十餘人、進レ位賜レ禄各有レ差。○三月癸卯、割三河内国和泉・日根両郡一、令レ供三珍努[8]宮[9]一。○夏四月癸丑、詔、壬申年功臣、贈少[10]紫村国連小依息従六位下志我麻呂、贈大紫[11]星川[12]臣麻呂息従七位上黒麻呂、贈大錦下坂上直[13]熊毛息正六位下宗大、贈小錦上置始連宇佐伎息正八位下虫麻呂、贈小[14]錦下[15]文直成覚息従七位上古麻呂、贈直大壱文忌寸知徳息従七位上塩麻呂、贈直大壱丸部臣君手息従六位上大石、贈正四位上文忌寸禰[16]麻[17]呂息正七位下馬養、贈正四位下黄[18]文連大[19]伴息従七位上粳麻呂、贈従五位上尾張宿禰大隅息正八位下稲置等一十人、賜[20]レ田各有レ差。○戊午、雨レ霰[21]。○甲子、割[22]三大鳥・和泉・日根三郡一、始置三和泉監二焉。○乙丑、詔曰、凡貢調脚夫、入レ京之日、所司

一 淀川の河口付近にあったか。安閑紀に牛を放牧したことがみえる。→補7―六。
二 出雲国の国造(㊀補2―一一六)には、天穂日命を祖とする出雲臣の一族が任ぜられ、国造は本処である意宇郡(㊀九頁注一七)の大領を兼ねたと推定される。
三 式部省式上には「凡初任三出雲国造二者、進三四階二叙」とあり。果安もこれより先、国造に任ぜられたとき昇叙した可能性が強い。外位→㊀補2―三七。
四 続紀では他に見えず。出雲国造の系図の一本では和銅元年に第二十五代出雲国造に任ぜられたとある。出雲臣→補7―七。
五 臨時祭式には「国造賜三負幸物二還レ国潔斎一年」とある。→補7―八。
六 出雲国造の神賀詞の奏上の初見。→補7―八。
七 神祇官の次官。→㊀補1―九九。
八 →㊀一一一頁注八。
九 奏上の儀式の場(大極殿・大安殿などが想定される)に、天皇が出御していなかったのか、それとも、出御していても神祇官が「以三其詞二奏聞」したのか、未詳。
一〇 式部省式下に「其日諸司廃務」とある。
一一 臨時祭式に「国司率三国造諸祝部并子弟等二入朝」とあり、進位・賜禄の対象となった一一

呂に並《ならび》に従五位下。

出雲国造神賀詞

二月（戊申朔）己酉（二日）、摂津《つ》国をして[一]大隅《おほすみ》・媛嶋《ひめしま》の二の牧《うまき》を罷《や》めしめ、佰姓《はくせい》の佃《つく》り食《は》むことを聴《ゆる》す。○丁巳（十日）、出雲《いづも》[二]国の国造《くにのみやつこ》[三]外正七位上出雲《いづも》[四]臣果安《はたやす》、斎《ものいみ》[五]し竟《をは》りて[六]神賀《かむほき》の事《こと》を奏《そう》す。[七]神祇《じんぎ》[八]大副中臣《だいふくなかとみ》朝臣人足《ひとたり》、[九]その詞《こと》を以《もち》て奏聞《そうもん》す。是《こ》の日《ひ》、[一〇]百官斎《ひやくくわんものいみ》す。果安《はたやす》より[一一]祝部《はふり》に至《いた》るまで一百一十餘人に、[一二]位《くらゐ》を進《すす》め禄賜《ろくたま》ふこと各差《おのおのしな》有り。

三月（丁丑朔）癸卯（二十七日）、河内《かふち》国[一三]和泉《いづみ》・日根《ひね》の両郡を割《さ》きて、[一四]珍努宮《ちぬのみや》に供《ぐ》せしむ。

壬申功臣の子息に賜田

夏四月（丙午朔）癸丑（八日）、[一五]詔《みことのり》して、壬申《じむしん》の年《とし》の功臣《くうしん》、贈少紫《ぞうせうし》[一六]村国《むらくに》連小依《をより》が息《そく》従六位下[一七]志我麻呂《しがまろ》、贈大紫《ぞうだいし》[一八]星川《ほしかは》臣麻呂《まろ》が息従七位上[一九]黒麻呂《くろまろ》、贈大錦下《ぞうだいきむげ》[二〇]坂上《さかのうへ》直熊毛《くまけ》が息正六位下[二一]宗大《そうたい》、贈小錦上《ぞうせうきむじやう》[二二]置始《おきそめ》連宇佐伎《うさぎ》が息正八位下[二三]虫麻呂《むしまろ》、贈小錦下《ぞうせうきむげ》[二四]文《ふみ》直成覚《じやうかく》が息従七位上[二五]古麻呂《こまろ》、贈直大壱《ぞうちきだいいち》[二六]文《ふみ》忌寸知徳《ちとこ》が息従七位上[二七]塩麻呂《しほまろ》、贈直大壱[二八]丸部《わにべ》臣君手《きみて》が息従六位上[二九]大石《おほいし》、贈正四位上[三〇]文《ふみ》忌寸禰麻呂《ねまろ》が息正七位下[三一]馬養《うまかひ》、贈正四位下[三二]黄文《きふみ》連大伴《おほとも》が息従七位上[三三]粳麻呂《ぬかまろ》、贈従五位上[三四]尾張《をはり》宿禰大隅《おほすみ》が息正八位下[三五]稲置《いなき》等一十人に、[三六]田《た》を賜ふこと各差《おのおのしな》有り。○戊午（十三日）、霰雨《あられふ》る。○甲子（十九日）、[三七]大鳥《おほとり》・和泉《いづみ》・日根《ひね》の三郡を割《さ》きて、始《はじ》めて[三八]和泉監《いづみのげむ》を置《お》く。

和泉監設置

○乙丑（二十日）、[三九]詔《みことのり》して曰《のたま》はく、「凡《おほよ》そ貢調《ぐでう》の脚夫《きやくぶ》、京《きやう》に入《い》る日《ひ》には、[四〇]所司《しよし》

○余人は朝廷に来ていた可能性が強い。↓補7—八。

一三 式部省式上には国造に四階進叙のことが、臨時祭式には国造・祝・神部・郡司・子弟への賜物の内訳がみえるが、その規定がこの時点まで遡るかどうか未詳。

一三 和泉郡は、現在の大阪府泉北郡忠岡町と和泉・泉大津・岸和田市の全域と貝塚市の大部分。日根郡は、泉南郡と泉佐野・泉南の二市の全域と貝塚市の一部。

一四 珍努宮のために両郡の課役などを充てる。珍努宮・和泉宮↓補7—九。

一五 壬申の乱の功臣(一補1—三九)の死没者の子息に田を賜う。功臣の配列はほぼ没年の順か。

一六—三五 ↓補7—一〇。

三六 天平宝字元年十二月条に、壬申年の功田として、尾張大隅四〇町、村国小依一〇町、丸部君手・文禰麻呂・黄文大伴、各八町、坂上熊毛六町、置始宇佐伎五町、星川麻呂・文成覚・文知徳、各四町を記すのが、この霊亀二年条の賜田にあたるか。ただし、このときの賜田には、田令6による功田の等級は定められていなかったと推定される。↓補7—一一。

三七 河内国大鳥・和泉・日根郡。大鳥郡はほぼ現在の堺市・高石市の地域。和泉郡・日根郡↓注一三。

三八 ↓補7—一二。

三九 貢調脚夫の備儲(持参する食料など)を調べて国司の勤務評定につけることを命じ、入京人夫の疲弊した姿をみて部内の農桑等の詳しい報告を求めた詔。↓補7—一三。

四〇 民部省や大蔵省など、運脚や調庸の受納に関与する官司か。あるいは国司の成績評価に関係する式部省などか、未詳。

1与〔谷〕―為（谷傍イ）
2所部之〔高擦重〕―部之（高原）
3最＝寂〔兼・谷、大〕―衆（東・高）
4蕪ノ上、ナシ―荒（大補）→脚注・校補
5色（谷抹傍、大）―邑〔兼・谷原・東・高〕→校補
6副〈意改〉（大改）―制→校補
7下―上（大改）→校補
8為―ナシ（兼欠）→校補
9己（大改、紀略）―乙〔兼等〕→校補
10毅〔谷〕―掾（谷傍イ）
11任―ナシ（兼欠）→校補
12詔→校補

親臨、察其備儲。若有国司勤加勧課、能合上制、則[1]与字育和恵、粛清[2]所部之[3]最。不存教喩、事有闕乏、則居撫養乖方、境内[4]蕪之科。依其功過、必従黜陟。又比年計帳、具言如功、推勘物数、足以掩身。然入京人夫、衣服破弊、菜[5]色猶多。空著公帳、徒延声誉、務為欺謾、以邀其課。国郡司如此、朕将何任。自今以去、宜恤民隠以[6]副所委。仍録部内豊倹、農桑増益言上。○壬申、以従四位下大野王為弾正尹。従五位[7]下坂本朝臣阿曾麻呂為参河守。従五位下高向朝臣大足為下総守。従五位下榎井朝臣広国為丹波守。従五位下山上臣憶良為伯耆守。正五位下船連秦勝[8]為出雲守。従五位下巨勢朝臣安麻呂為備後守。従五位下当麻真人大名為伊豫守。○五月[9]己丑、制、諸国軍団大少[10]毅、不得連[11]任郡領三等以上親也。其先已任訖、転補他国。○庚寅、[12]詔曰、崇飾法蔵、粛敬為本、営修仏廟、

一 食料のそなえ。調庸を運京する人夫の功食は、調庸を輸す家の負担とされ（賦役令3）、脚夫は自分の食料を持参している建前であった。なお「備儲」を調の物品とみる説もある。
二 職員令70に「勧課農桑」、戸令33に「勧務農功」、考課令54に「勧課田農」。
三 天子の定めた天下の制。
四 考課令46に「強済諸事、粛清所部、為国司之最」とある。この詔を根拠に大宝令には「字育和恵、粛清所部」とあったとする説もある。最はプラスの成績評価。官人の考（勤務評定）の基準は、上日（年間の出勤日数）と勤務成績とであった。勤務成績は善（儒教的徳目）と最（官職別に規定された職務内容にもとづく評価基準）とを総合しておこなわれた。ここでは国司の介《スケ》以上に適用される最。
五 戸令33に「敦喩五教」。
六 考課令54に「撫養乖方、戸口減損」「不加勧課、以致損減」のとき、考を降す規定あり。科は考を降すマイナスの成績評価。国郡司については、官職別の評価基準（国司は考課令46、郡司は考課令67）による考第（成績評価の等級）を、更に昇降する規定（考課令54）があった。
七 「蕪」の上に諸本とも「荒」の字はないが、この部分は六字句で、本来は「荒蕪」か。
八 官位を降したり、昇せたりすること。
九 いわゆる計帳歴名（延喜式の計帳）をさすとは限らず、大帳目録（延喜式の大帳）のような、戸口等の増減を集計した文書をさすかも知れない。→補7―三七。
一〇 上文の「比年の計帳」をさすか。
一一 成績評価。考課。
一二 文書によって。
一三 →㊀一七七頁注一二。大伴道足の後任か

貢調脚夫の疲弊度により国司の功課を判定

親《みづか》ら臨《のぞ》みて、その[一]備儲《びちょ》を察《み》よ。若《も》し、国司《こくし》勤《つと》めて[二]勧課《くわんくわ》を加《くは》へ、能《よ》く[三]上制《じやうせい》に合《かな》ふこと有らば、[四]字育和恵《じいくくわけい》にして、所部《しよぶ》を粛《しつ》め清《きよ》む最《さい》を与《あた》へよ。[五]教喩《けうゆ》を存《そん》せず、事《こと》闕乏《くゑちばふ》すること有らば、[六]撫養《ふやう》すること方《はう》に乖《たが》ひて、境《さかひ》の内《うち》[七]蕪《あ》れたる科《くわ》に居《お》け。その功過《くうくわ》に依《よ》りて、必《かなら》ず[八]黜陟《ちゆっちょく》に従《したが》はむ。また、比年《ひねん》の[九]計帳《けいちやう》、具《つぶさ》に言《まう》すこと功《くう》の如《ごと》く、物数《もちしゆ》推《お》し勘《かむが》ふるに、身《み》を掩《おほ》ふに足《た》れり。然《しか》れども、京《きやう》に入《い》る人夫《にんぶ》、衣服《いふく》破弊《やぶ》れて、菜色《さいしき》猶《なほ》多《おほ》し。空《むな》しく[一〇]公帳《くうちやう》に著《しる》して、徒《いたづら》に声誉《せいよ》を延《ひ》き、務《つと》めて欺謾《きまん》を為《な》して、その[一一]課《くわ》を邀《もと》む。国郡司《こくぐんし》かくの如《ごと》くならば、朕将何《われはたたれ》をか任《にむ》せむ。今《いま》より以去《のち》、民《たみ》の隠《いたみ》を恤《あはれ》みて委《まか》せらるるに副《かな》ふべし。仍《より》て部内《ぶない》の豊倹《ふけむ》、農桑《のうさう》の増益《ぞうやく》を[一二]録《しる》して言上《ごんじやう》せよ」とのたまふ。〇壬申[二十七日]、従四位下[一三]大野王《おほののおほきみ》を弾正尹《だんじやうのゐん》とす。従五位下[一四]坂本《さかもと》朝臣阿曾麻呂《あそまろ》を参河《みかは》守。従五位下[一五]高向《たかむく》朝臣大足《おほたり》を下総《しもつふさ》守。従五位下[一六]榎井《えのゐ》朝臣広国《ひろくに》を丹波《たには》守。従五位下[一七]山上《やまのうへ》臣憶良《おくら》を伯耆《ははき》守。正五位下[一八]船《ふね》連秦勝《はだかつ》を出雲《いづも》守。従五位下[一九]巨勢《こせ》朝臣安《やす》麻呂《まろ》を備後《きびのみちのしり》守。従五位下[二〇]当麻《たぎま》真人大名《おほな》を伊予《いよ》守。

軍団指揮官の任用資格

五月[丙子朔]己丑[十四日]、[二一]制《せい》すらく、「諸国《くにぐに》の[二二]軍団《ぐんだん》の[二三]大少毅《だいせうぎ》には、[二四]郡領《ぐんりやう》[二五]三等以上の親《しん》を連任《れんにむ》すること得《え》じ。その先《さき》に已《すで》に任《にむ》し訖《をは》らば、転《てん》して他《ほか》の国《くに》に補《ほ》せよ」といふ。

寺院の合併を命ずる

〇庚寅[十五日]、[二六]詔《みことのり》して曰《のたま》はく、「[二七]法蔵《ほふざう》を崇《あが》め飾《かざ》るは、粛敬《しゆくきやう》を本《もと》とし、[二八]仏廟《ぶつめう》

(和銅六年八月丁巳条)。大野王のあと、再び大伴道足が弾正尹となったか(天平元年二月壬申条)。

一四 →〔一〕九三頁注八。榎井広国が丹波守に転じた後任か(和銅六年八月丁巳条)。

一五 →〔一〕六五頁注六。

一六 →〔一〕一九三頁注一八。佐太老の後任か(和銅三年四月癸卯条)。

一七 →〔一〕補2-一三。

一八 →〔一〕三一頁注四。

一九 →〔一〕一九三頁注一三。

二〇 →〔一〕補6-六三。巨勢児祖父の後任か(和銅七年十月丁卯条)。

二一 郡司の近親者が、軍団の指揮官となることを禁じた制。

二二 全国に設置された律令軍制の基本となる組織。通常、兵士一〇〇〇人をもって構成される。→〔一〕補3-一六。

二三 軍団の指揮官で、兵士の訓練をはじめ軍団のことを統領する。→補7-一四。

二四 郡司の大領・少領。→〔一〕補1-六〇。

二五 儀制令25に五等親の範囲についての規定があり、父・子(一等)、祖父・伯叔父・兄弟・姪〈兄弟の子〉・孫(二等)、従父兄弟(三等)などが該当する。選叙令7に「凡同司主典以上、不レ得レ用二三等以上親一」とあるが、軍団大少毅と郡領は、律令官制では同司(同じ官司)ではない。→補7-一四。

二六 この庚寅条は、(一)寺院の合併を命ずる詔、(二)寺院の財物等の管理の方式を厳しくする詔、(三)寺院をめぐる弊害の改革を求める武智麻呂の上奏、の三つの部分からなるが、家伝下は、武智麻呂の上奏(三)が契機となったとする。ただし家伝では和銅六、七年のこととし、また前者の詔(一)、家伝では勅)のみをのせる。

清浄為レ先。今聞、諸国寺家、多不レ如レ法。或草堂始闢[1]、争求二額題一、幢幡僅施、即訴[2]二田畝一。或房舎不レ脩[3]、馬牛群聚、門庭[4]荒廃、荊棘弥[5]生。遂使下無上尊像永蒙二塵穢一、甚深法蔵不三免二風雨一。多歴二年代一、絶無二構成一。於レ事斟量、極乖二崇敬一。今故併二兼数[6]寺一、合成二一区一。庶幾、同レ力共造、更興二頽[7]法一。諸国司等、宜下明告二国師・衆僧及檀越等一、条二録郡[8]内寺家可レ合二并財物一、附レ使奏聞上。又聞、諸[9]国寺家、堂塔雖レ成、僧尼莫レ住、礼仏無レ聞。檀越子孫、摠二摂田畝一、専養二妻子一、不レ供二衆僧一。因作二諍[10]訟一、諠二擾国郡一。自レ今以後、厳加二禁断一。其所レ有財物・田園、並須二国師・衆僧及国司・檀越等、相対検校[11]、分明案記、充用之日、共判出付一。不レ得下依二旧檀越等専制一。近江国守従四位上藤原朝臣[12]武智麻呂言、部[13]内諸寺、多

1 闢(谷傍イ、大改、類一八〇)―闕〔兼・谷〕、開(東・高)
2 訴―訢(高)
3 脩〔兼・谷・東、大、類一八〇改・類一八〇一本〕―備(高、類一八〇原)
4 庭―屋(類一八〇)
5 弥＝旀〔類一八〇〕―旅(類一八〇一本)
6 数―ナシ(兼欠)↓校補
7 頽↓校補
8 郡〔兼等、類一八〇原〕―部(大改、類一八〇改)↓校補
9 諸国↓校補
10 諍〔類一八〇〕―論(類一八〇一本)
11 校〔高擦重〕―分(高原)
12 臣―ナシ(高)
13 部(大改、類一八〇)―郡〔兼等〕

また二つの詔のうち、後者(二)の寺家財物田園の管理に関するものは、弘仁格に収録されたが(三代格所収の霊亀二年五月十七日官奏、続紀と三代格・弘仁格抄の日付が異なる理由は未詳)、法令の形式は太政官奏である。(三)の武智麻呂の上奏が契機となって、(一)(二)の内容の太政官奏が奏上され、裁可されたものが(一)(二)か。なお前者(一)が弘仁格に収録されなかったのは、寺の合併策が天平七年に廃止された(六月己丑条)、この部分は無効となったからであろう。
二七 法を蔵する意。仏によって説かれた教え、およびそれらの教えを含蔵する経典をさす。
二八 仏寺、寺院。

を営修《ゐやうしゆ》するは、清浄《しやうじやう》を先《さき》とす。今聞《いまき》かく、「諸国《くにぐに》の寺家《じけ》、多《おほ》く法《のり》の如《ごと》くならず。或《ある》は草堂始《さうだうはじ》めて闢《ひら》きて、争《あらそ》ひて[一]額題《がくだい》を求《もと》め、幢幡僅《どうばんわづか》に施《ほどこ》して、即《すなは》ち[二]田畝《でんぽ》を訴《うるた》ふ。或は房舎脩《ばうしやをさ》めずして、馬牛群聚《めごぐんしゆ》し、門庭荒廃《もんていくわうはい》して、荊棘《けいきよく》弥《いよいよ》生《お》ふ。遂《つひ》に無上《むじやう》の尊像《そんざう》をして永《なが》く塵穢《ぢんゑ》を蒙《かがふ》らしめ、甚深《じむしむ》の法蔵《ほふざう》をして風雨《ふうう》を免《まぬか》れざらしむ。多く年代《ねんだい》を歴《へ》たれども、絶《た》えて構《かま》へ成《な》すこと無し」ときく。事《こと》に於《お》きて斟量《しむりやう》するに、極《きは》めて崇敬《しゆうけい》に乖《そむ》けり。今、[三]故《ゆゑ》に数寺を併《あは》せ兼《か》ねて、合《あは》せて一区と成《な》す。庶幾《こひねが》はくは、力《ちから》を同《おな》じくして共《とも》に造《つく》り、更《さら》に頽《すた》れたる法《のり》を興《おこ》さむことを。諸《もろもろ》の国司《こくし》等《ども》、明《あき》らかに[四]国師《こくし》・衆僧《しゆそう》と[五]檀越《だんをち》らとに告《つ》げて、[六]郡内《ぐんない》の寺家《じけ》の合《あは》すべきと、并《あは》せて財物《ざいもち》とを条録《でうろく》し、[七]使《つかひ》に附《つ》けて奏《そう》聞《もん》すべし。また、[八]聞かく、「諸国《くにぐに》の寺家《じけ》、堂塔《だうたふ》成《な》ると雖《いへど》も、僧尼《ほふしあま》の住《すま》ふこと莫《な》く、礼仏聞《らいぶつき》くこと無し。檀越の子孫《しそん》、田畝《でんぽ》を摠《す》べ摂《をさ》め、専《もは》ら妻子《めこ》を養《やしな》ひて、衆僧《しゆそう》に供《ぐ》せず。因《より》て諍訟《じやうしよう》を作《な》して、国郡《こくぐん》を誼擾《くわんぜう》す」ときく。今《いま》より以後《のち》、厳《きび》しく禁断《きむだん》を加《くは》へよ。その有《たも》てる財物・田園《でんをん》は、並《ならび》に国師・衆僧と国司・檀越らと、[九]相対《あひむか》ひて検校《けむけう》し、分明《あき》らかに案記《あんき》して、充《あ》て用《もち》ゐる日《ひ》、[一〇]共《とも》に判《ことわ》りて出《いだ》し付《さづ》くべし。旧《もと》に依《よ》りて檀越ら専《もは》ら制《せい》すること得《え》ざれ」とのたまふ。[一一]近江《ちかつあふみ》国守従四位上[一二]藤原《ふぢはら》朝臣武智麻呂《むちまろ》言《まう》さく、「部内《ぶない》の諸寺《てらでら》、多《おほ》く

寺院財物管理の制

藤原武智麻呂、寺院政策を上奏

一 家伝下は「題額」。額題を求めるとは、寺の公認を求める意か。
二 政府に公認された寺には、格によって定められた面積の田野の占定を許されていたので(和銅六年十月戊戌条)、寺の公認を求め、田野の占定を申請したのであろう。
三 寺院合併策は、養老五年五月辛亥条で催進されたが、天平七年六月己丑条で廃止されている。
四 国ごとに置かれ、国内の諸寺の監督、僧尼の指導、経典の講読にあたった僧官。→(一)補2-一二〇。
五 寺を建て、その経営にあたる俗人。施主。実例は豪族層が多い。
六 「郡」は「部」の誤りか。次ぎの「条録」は、いちいち個条書にして記録すること。
七 家伝下には「附レ使奏上、待二後進止一」とある。なお続紀養老五年五月辛亥条にも、按察使および大宰をして諸寺を巡省させ、便に随って併合させたとある。
八 以下、寺院の財物等の管理の方式を厳しくする、(二)の詔。
九 僧側の国師・衆僧と、俗人側の国司・檀越等が立ち会って検査し、財物・田園の帳簿を作成する。
一〇 支出するときは、同じく両者立会いのもとに行なう。
一一 以下、(三)の寺院をめぐる弊害の改革を求める武智麻呂の上奏。続紀には藤原武智麻呂を近江守に任ずる記事はみえないが、家伝下には「(和銅)五年六月、徙為二近江守一」とある。
一二 →(一)九三頁注二。祖父の鎌足、父の不比等は淡海(近江)国と関係が深く、子の仲麻呂も近江守となっている。

割ニ壇区一、無レ不ニ造脩[1]一、虚上ニ名籍一。観ニ其如レ此、更無ニ異量一。所レ有田園、自欲レ専レ利。若不ニ匡[2]正一、恐致ニ滅法一。臣等商量、人能弘レ道、先哲格言。闡ニ揚[3]仏法一、聖朝上願。方今[4]、人情稍薄、釈教陵[5]遅、非ニ独近江一、餘国亦爾。望、遍下ニ諸国一、革レ弊還レ淳、更張ニ弛[6]綱一、仰称[7]ニ聖願一。許レ之。○辛卯、以ニ駿河・甲斐・相模・上総・下総・常陸・下野七国高麗人千七百九十九人一、遷ニ于武蔵国一、置[8]ニ高麗郡一焉。」大宰府言、豊後・伊豫二国之界、従来置[9]レ戍、不レ許ニ往還一。但高下尊卑、不レ須レ無レ別。宜ニ五位以上差レ使往還、不レ在ニ禁限一。又薩摩・大隅二国貢隼[10]人、已経ニ八歳一、道路遥隔、去来不レ便。或父母老疾、或妻子単貧。請[11]、限ニ六年一相替。並許レ之。」始徙[12]ニ建元興[13]寺于左京六条四坊一。○丙申、勅、大宰府佰姓家有レ蔵ニ白鑞一、先加ニ禁

1脩—備(高)
2匡(大、類一八〇)—匚〔底〕、囯(兼・谷・東)、匡(高)↓校補
3揚(大、類一八〇)—揚〔兼等〕
4今〔兼・谷、大、類一八〇〕—令(東・高)
5陵—陸(東)
6弛(谷・東・高、大、類一八〇)—絶〔兼〕
7称=稱—構(谷)
8置ノ上、ナシ〔兼等〕—始(大補、紀略)
9置戍〈意改〉(大改)—買成↓校補
10隼(兼朱傍イ・谷朱傍イ・高朱傍イ、大改)—進〔兼等〕↓校補
11請—諸〔底〕↓校補
12徙(大改、類一八〇、紀略)—従〔兼等〕
13興〔兼・谷傍イ・東・高、大改、類一八〇・紀略〕—与=與(谷)

一 家伝下に「僧尼空載ニ名於寺籍一、分散餬ニ口於村里ニ」。
二 とくに別の考えがあるわけではない。
三 「臣等商量」と複数形なので、武智麻呂個人の奏ではなく、本来は近江国司奏だったか。
四 論語、衛霊公に「子曰、人能弘レ道、非ニ道弘レ人」。
五 天皇の仏法興隆の願。
六 甲斐国にも巨麻郡があり、多くの高麗人がいたと推定される。巨麻・高麗は高句麗をさす。→[一]補5-五〇。
七 和名抄によると武蔵国高麗郡には高麗郷と上総郷の二郷があったが、後者の郷名は上総国からの移住者が郷の中核となったことに由るか。
八 持統紀元年三月条に「以ニ投化高麗五十六人一、居ニ于常陸国一、賦レ田受レ稟」とあり、常陸国にも高麗人が入植していたことが知られる。

墻区《きやうく》を割《さ》きて、造《つく》り脩《をさ》めずといふこと無く、[一]虚《むな》しく名籍《みやうじやく》を上《たてまつ》る。そのかくの如《ごと》くなるを観《み》るに、[二]更《さら》に異量《いりやう》無し。有《たも》てる田園《でんをん》、自《みづか》ら利《くぼさ》を専《もは》らにせむと欲《ほり》すればなり。若《も》し匡正《ただ》さずは、恐《おそ》らくは滅法《めちほふ》を致《いた》さむことを。[三]臣《しん》ら商量《しやうりやう》するに、[四]人能《ひとよ》く道《だう》を弘《ひろ》むることは、先哲《せんてつ》の格言《きやくごん》なり。仏法《ぶつほふ》を闡揚《せんやう》するは、[五]聖朝《みかど》の上願《じやうぐわん》なり。方《まさ》に今《いま》、人の情《こころ》稍《やや》薄《うす》くして、釈教《しやくけう》陵遅《りようち》すること、独《ひと》り近江《ちかつあふみ》のみに非《あら》ず、餘国《よこく》も亦爾《またしか》り。望《のぞ》まくは、遍《あまね》く諸国《くにぐに》に下《くだ》して、弊《へい》を革《あらた》め淳《じゆん》に還《かへ》して、更《さら》に弛綱《しかう》を張《は》り、仰《あふ》ぎて聖願《しやうぐわん》に称《かな》へむことを」とまうす。これを許《ゆる》す。

高麗郡を建つ

○辛卯《十六日》、駿河《するが》・[六]甲斐《かひ》・相模《さがみ》・[七]上総《かみつふさ》・下総《しもつふさ》・[八]常陸《ひたち》・下野《しもつけの》の七国の[九]高麗人《こまひと》千七百九十九人を以《もち》て、武蔵国《むざし》に遷《うつ》し、[一〇]高麗郡《こま》を置《お》く。

大宰府上奏

○大宰府《だいさいふ》言《まう》さく、「豊後《とよくにのみちのしり》・伊豫《いよ》の二国の[一一]界《さかひ》、従来《もとより》[一二]戍《じゆ》を置《お》きて、往還《わうくわん》することを許さず。但《ただ》し高下《かうげ》・尊卑《そんひ》、別《べち》無くはあるべからず。五位以上使《つかひ》を差《つかは》して往還すること、禁《いさ》むる限《かぎり》に在《あ》らざるべし。

大替隼人の期間短縮

また、薩摩《さつま》・大隅《おほすみ》の二国より貢《たてまつ》れる[一三]隼人《はやひと》は、已《すで》に[一四]八歳を経《へ》て、道路《みち》遥《はるか》に隔《へだ》たり、去来《ゆきき》便《たより》ならず。或《ある》は父母《ぶも》老疾《らうしつ》し、或は妻子《さいし》単貧《たんひん》なり。請《こ》はくは、[一五]六年を限《かぎ》りて[一六]相替《あひか》へむことを」とまうす。並《ならび》にこれを許す。

大安寺の移建

始《はじ》めて[一七]元興寺《ぐわんこうじ》を左京《さきやう》六条四坊に徙《うつ》し建《た》つ。

大宰府管内の白鑞私蔵を禁じる

○丙申《二十一日》、[一八]勅《みことのり》したまはく、「大宰府《だいさいふ》の佰姓《はくせい》が家《いへ》に[一九]白鑞《しろきなまり》を蔵《をさ》むること有るは、先に禁《きむ》

九 高句麗滅亡のあと、多くの流民が日本に渡来し、庶民の多くは東国に移されて入植した。そのなかの主な人々か。
一〇 和名抄にも「高麗郡〈古万〉」とあり、現在の埼玉県入間郡日高町高麗本郷を中心とした高麗川沿いの地域か。→補7−一五。
一一 豊後の地蔵崎と伊予の佐田岬の間の速吸瀬戸(豊予海峡)。
一二 辺境守備のために置かれた施設。衛禁律32に「縁辺之城戍」についての罰則がみえる。→補7−一六。
一三 隼人は九州南部の住民の呼称。朝廷から一般の公民とは異なる扱いを受けていた。→㊀補2−一四九。
一四 和銅二年十月戊申条(㊀一五七頁)に薩摩隼人の入朝のことが見える。それから足掛け八年。
一五 養老元年四月甲午条に、大隅・薩摩二国の隼人ら風俗の歌舞を奏す、とみえるのは、交替に入朝した隼人か。以後、養老七年・天平元年・同七年など、六年ごとに隼人朝貢の記事がある。→㊀補4−五〇。
一六 いわゆる「大替」。後紀延暦二十四年正月乙酉条に「大替隼人」。
一七 飛鳥寺(法興寺)は平城京に移されたのち、一般に元興寺とよばれた。→㊀補1−一三〇。ただし左京六条四坊は大安寺のあるところで、この記事は本来は大安寺(大官大寺)の移建に関するものか。→補7−一七。大安寺→㊀補2−五四。平城京の大安寺→補7−一八。
一八 大宰府管内における私鋳銭を取締るため、その材料となる白鑞の私蔵を禁じた勅。
一九 錫、または錫をふくむ鉛。銅と合金して銅銭などを鋳造するのに用いた。→㊀一一頁注三四。

断一。然不ニ遵奉一、隠蔵売買。是以、鋳銭悪党、多肆ニ姧詐一、連及之徒、陥レ罪不レ少。宜下厳加ニ禁制一、無中更使上レ然。○丁酉、制、大学・典薬生若有ニ白鑞一、捜求納ニ於官司一。○丁酉、制、大学・典薬生等、業未ニ成立一、妄[1]求ニ薦挙一。如レ是之徒、自レ今以去、不レ得レ補ニ任国博士及医師一。○癸卯、充ニ僧綱及和泉監印一。」弓五千三百七十四張充ニ大宰府一。○六月辛亥[2]、正七位上馬史伊麻呂等、献ニ新羅国紫驃馬二疋一。高五尺[3]五寸[4]。○甲子、美濃守従四位下笠朝臣麻呂為ニ兼尾張守一。○乙丑、制、王臣五位已上、以ニ散位六位已下一、欲レ充[5]ニ資家一者、人別六人已下聴之。○丁卯、始置ニ和泉監史生三人一。○秋七月庚子、従四位下阿倍朝臣尓閇卒。○八月壬子、大宰府言、帥[6]以下事力、依ニ和銅二年六月十七日符一、各減レ半給レ綿。自レ此已来、駈使丁乏、凡諸属官並為ニ辛苦一。請、停[7]レ綿[8]給レ丁、欲レ得ニ存済一。許レ之。○甲寅、遣[9]ニ従二品志貴親王薨。

1 妄〔兼重〕
2 亥—充(谷)
3 尺—丈〔底〕
4 五寸(大補、紀略)—五尺〔兼・谷原・東・高〕、ナシ(谷朱抹)
5 充—宛〔底〕
6 帥〈意改〉(大)—師
7 停—諄(高)
8 綿—ナシ(高)
9 遣(大補、紀略)—ナシ〔兼等〕

一 その悪事にまきこまれる者。
二 国博士・国医師の任用についての規制。その背景については→[一]補3-一〇。
三 大学寮の学生および典薬寮の医生など。
四 候補者として推薦されること。
五 →[一]補3-一〇。
六 国医師。→[一]補3-一〇。
七 僧による僧尼統制の最高機関。僧正・僧都・律師よりなる。→[一]補1-六三。僧綱にはこのとき初めて印が充てられた。なお宝亀二年八月条にも僧綱の印を鋳したことがみえる。
八 先月(四月甲子条)新置(補7-一二)。「和泉監印」の影は天平九年度和泉監正税帳(古二-八八頁)にみえる。
九 甲斐国や信濃国から献じた弓を大宰府へ送ったことが、大宝二年二月、三月、慶雲元年四月条にもみえる。→[一]五三頁注三〇。
一〇 他に見えず。馬史(馬毗登とも)は河内国を本貫とする渡来系氏族か。馬史比奈麻呂・馬毗登国人らはその一族か。
一一 紫色にみえる地に白の斑点のある駿馬か。和名抄に「漢語抄云、驃馬白鹿毛也」とも「黄白色馬」とも。驃には疾いとか強いという意味もある。
一二 大阪府東大阪市日下遺跡出土の五世紀後半頃の馬骨は体高(肩の上から地上まで)一三〇センチメートル前後(四尺三、四寸)と推定され、日本在来馬の中形馬の体高平均値に近い。浜松市伊場遺跡出土の平安時代の馬骨はトカラ馬(体高一一五センチメートル前後)のような小形馬らしい。これらの出土例に比べて高五尺五寸(一六五センチメートル)ははるかに大きい。
一三 →[一]補3-三二。慶雲三年七月、美濃守に任ぜられ、和銅元年三月、美濃守再任。尾張守は平群安麻呂の後任か(和銅七年十月丁卯

断《だん》を加《くは》へたり。然《しか》れども遵奉《じゆんぶ》せずして、隠蔵《かくしかく》し売買《うりかひ》す。是《ここ》を以《もち》て鋳銭《じゆせん》の悪《あく》党《たう》、多《おほ》く姧詐《かんさ》を肆《ほしきまにま》にし、連及《れんごふ》[一]の徒《ともがら》、罪《つみ》に陥《おちい》ること少《すくな》からず。厳《きび》しく禁制《きむせい》を加へ、更《さら》に然《しか》らしむること無かるべし。若《も》し白鑞《しろきなまり》有らば、捜《さぐ》り求《もと》めて官司《くわんし》に納《をさ》めよ」とのたまふ。

国博士・国医師任用の規制

○丁酉[二十二日]、制《せい》[二]すらく、「大学《だいがく》[三]・典薬《てんやく》の生《しやう》ら、業《ごふ》成《な》り立《た》たぬに、妄《みだり》に薦挙《せんきよ》[四]を求《もと》む。かくの如《ごと》き徒《ともがら》は、今《いま》より以去《のち》、国博士《くにはかせ》[五]と医師《くすし》[六]とに補任《ぶにむ》すること得《え》じ」といふ。○癸卯[二十八日]、僧綱《そうがう》[七]と和泉監《いづみのげむ》[八]とに印《おして》を充《あ》つ。弓《ゆみ》[九]五千三百七十四張を大宰府《だいさいふ》に充つ。

六月[乙巳朔]辛亥[七日]、正七位上馬《うま》[一〇]史伊麻呂《いまろ》ら、新羅《しらき》国の紫驃馬《しへうめ》[一一]二疋を献《たてまつ》る。高《たけ》[一二]五尺五寸。○甲子[二十日]、美濃《みの》守従四位下笠《かさ》[一三]朝臣麻呂《まろ》を兼尾張《をはり》[一四]守とす。○乙丑[二十一日]、制《せい》[一五]すらく、「王臣《わうしん》の五[一六]位已上、散位《さんゐ》[一七]六位已下を以《もち》て資家《しけ》[一八]に充てむと欲《ほり》せば、人《ひと》別《ごと》に六人已下聴《ゆる》す」といふ。○丁卯[二十三日]、始《はじ》めて和泉監《いづみのげむ》[一九]に史生《ししやう》三人を置《お》く。

秋七月[甲戌朔]庚子[二十七日]、従四位下阿倍《あへ》[二〇]朝臣尓閇《にへ》卒《しゆつ》しぬ。

大宰帥以下の事力を旧に復す

八月[甲辰朔]壬子[九日]、大宰府《だいさいふ》言《まう》さく、「帥《そち》[二一]以下の事力《じりき》[二二]には、和銅《わどう》[二三]二年六月十七日の符《ふ》に依《よ》りて、各《おのおの》半《なかば》を減《へら》して綿《わた》を給《たま》へり。此《これ》より已来《このかた》、駈使丁《くしちやう》乏《とも》しくして、凡《おほよ》そ諸《もろもろ》の属官《ぞくくわん》並《ならび》に辛苦《しんく》す。請《こ》はくは、綿を停《とど》めて丁《ちやう》を給《たま》ひ、存済《ぞんせい》すること得《え》まく欲《ほり》す」とまうす。これを許《ゆる》す。

志貴親王没

○甲寅[十一日][二四]、二品志貴親王《しきのみこ》[二五]薨《こう》しぬ。従

条）。養老四年十月、右大弁に任ぜられたとき、同時に尾張守には高向人足が任ぜられているので、そのときまで美濃守・尾張守を兼任したか。なおその兼任中と推定される養老三年七月、初めて按察使が置かれると、美濃守として尾張・参河・信濃の三国を管した。養老七年二月造筑紫観世音寺別当として筑紫に遣わされた。

一四 有能な国守をして隣国を兼任させた例としては、和銅末年に筑後守の道首名をして肥後守を兼任させた例がある（養老二年四月乙亥条）。 一五 資人に充てることができる範囲（身分）を改める制。

一六 ここでは資人を給わる有位者の範囲か。

一七 軍防令48には「其資人不レ得レ取二内八位以上子一」とあるのを、ここで散位六位以下の有位者を六人以下に限り資人に充てることを許すことに改制。軍防令49に定める位分資人（□一補5-一五）は、一位に一〇〇人…従五位に二〇人。なお位分資人に充てることができる身分の改定については養老三年十二月庚寅条参照。

一八 ここでは位分資人をさすか。なお「資家」は資人と家令とをさすとする説もあるが、家令が置かれるのは令制では三位以上で、この後、養老三年十二月庚寅条で、四・五位の事業・防閤・仗身の制（いわゆる宅司）が定められる。本条はその前身かも知れないが、未詳。

一九 史生三人は国の史生の数と同じ。

二〇 もと引田朝臣。→□一五一頁注六。

二一 大宰府の長官。 二二 大宰府官人および国司に給されて駈使される丁。→□一補4-二三。

二三 →□一一五一頁注一四。

二四 志貴親王の没した日→補7-一九。

二五 天智の子、光仁の父。→□一補3-一八。

四位下六人部王、正五位下県犬養宿禰筑紫一、監二護喪事一。親王[1]、天智天皇第[2]七之皇子也。宝亀元年、追尊、称二御春日宮天皇一。○癸亥、備中国浅口郡犬養部鴈[3]手、昔配二飛鳥寺焼塩戸一、誤入二賤例[4]一。至レ是遂訴[5]。免レ之。」是日、以二従四位下多治比真人県守一為二遣唐押使一。従五位上阿倍朝臣安麻呂為二大使一。正六位下[6]藤原朝臣馬養為二副使一。大判官一人、少判官二人、大録事二人、少録事二人。○己巳、授二正六位下藤原朝臣馬養従五位下一。○九月丙子、以二従五位下大伴宿禰山守一、代為二遣唐大使一。○癸巳、正七位上山背[7]甲[8]作客小友等廿一人、訴[9]免二雑戸一。除二山背甲[10]作四字一、改賜二客姓一。○乙未、従三位中納言巨勢朝臣万呂言、建二出羽国一、已経二数年一、吏民少稀、狄徒未レ馴。其地膏腴、田野広寛。請、令下随近国民遷二於出羽国一、教二喩狂狄一、兼保中地利上。許レ之。因以二陸奥[11]置賜[12]・最上二郡、及信濃・上野・越前・越後四国百姓各百戸一、隷二出羽国[13]一焉。」

1 王ノ下、ナシ—者(紀略)
2 第〔兼、大、紀略〕—弟(谷・東・高)→校補
3 鴈—雁(高重)→校補
4 例→校補
5 訴(谷・東、大)—訢〔兼・高〕→校補
6 下—ナシ(高)
7 背〔兼擦重〕—皆(兼原)
8 甲—申(高)
9 訴—訢(高)
10 甲—申(高)
11 奥ノ下、ナシ—国(大補)→校補
12 賜—ナシ〔底〕
13 羽国→校補

一 →㊀一五九頁注一八。
二 →㊀九三頁注一九。
三 三代格宝亀三年五月八日勅は第三皇子とする。天智の皇子→㊀補1-一一八。
四 宝亀元年十一月甲子条の詔に「御二春日宮一皇子奉レ称二天皇一」。子の白壁王の即位(光仁天皇)にともなう追尊。田原天皇とも(光仁即位前紀)。諸陵寮式に「田原西陵。〈春日宮御宇天皇。在二大和国添上郡一〉」。
五 現在の岡山県浅口郡の全域と倉敷市の西部及び笠岡市の東端をふくむ地域。瀬戸内海に面する。瀬戸内海沿岸には製塩遺跡が多い。
六 他に見えず。犬養部はミヤケの警備のための部と推定されている(黛弘道)。現在、浅口郡鴨方町に犬飼の地名があり、隣接する金光町に大三宅・小三宅の地名がある。
七 平城遷都後は元興寺とよばれることが多いが、ここは飛鳥古京時代の飛鳥寺。→㊀補1-一三〇。
八 製塩を業とする戸。庚寅年籍(㊀補5-三五)などで良賤の別を定めたとき、賤とされたか。古代の大寺は直属の製塩施設をもっていた。→補7-一〇。
九 この改正の訴えは、戸籍の作成と関係があるかも知れない。戸籍の作成は姓を確認する機能をもっていたが、和銅七年に始まった造籍は、翌霊亀元年の郷里制の施行(㊀補6-一一)によって大幅に遅れ、この年(霊亀二年)までかかったものも多かったと推定されている。
一〇 遣唐使(㊀補2-一一二)の任命。この度の遣唐使の特色→補7-一一。
一一 →㊀九三頁注九。多治比氏から遣唐使となったのはこの霊亀二年度の県守が最初であるが、次の天平四年度の大使も多治比広成で、

放賤従良

四位下[一]六人部王《むとべのおほきみ》、正五位下[二]県犬養宿禰《あがたいぬかひ》筑紫《つくし》を遣《つかは》して、喪事《ものこと》を監護《みまも》らしむ。親王《みこ》は天智天皇《てんちてんわう》の第[三]七の皇子《みこ》なり。[四]宝亀《ほうくゐ》元年、追尊《ついそん》して、御春日宮天皇《かすがのみやにあめのしたしらしめししすめらみこと》と称《まう》す。○癸亥[二十日]、備中《きびのみちのなか》国[五]浅口《あさくち》郡[六]犬養部雁手《いぬかひべのかりて》、昔《むかし》、[七]飛鳥寺《あすかてら》の[八]焼塩戸《しほやきのへ》に配《はい》せられ、誤《あやま》りて賤《せん》の例《つら》に入《い》りぬ。是《ここ》に至《いた》りて遂《つひ》に[九]訴《うるた》ふ。これを免《ゆる》す。

遣唐使任命

[一〇]是《こ》の日《ひ》、従四位下[一一]多治比《たぢひ》真人県守《あがたもり》を[一二]遣唐押使《けんたうあふし》とす。従五位上[一三]阿倍《あへ》朝臣安麻呂《やすまろ》を大使《たいし》。正六位下[一四]藤原《ふぢはら》朝臣馬養《うまかひ》を副使《ふくし》。大判官《だいはんぐわん》一人、少判官《せうはんぐわん》二人、大録事《だいろくじ》二人、少録事《せうろくじ》二人。○己巳[二十六日]、[一五]正六位下藤原朝臣馬養に従五位下を授《さづ》く。

雑戸を免ずる

九月丙子[癸酉朔 四日]、従五位下[一六]大伴《おほとも》宿禰山守《やまもり》を以《もち》て、[一七]代《か》へて遣唐大使《けんたうたいし》とす。○癸巳[二十一日]、正七位上[一八]山背甲作客小友《やましろのよろひつくりかくせういう》ら廿一人、訴《うるた》へて[一九]雑戸《ざふこ》を免《ゆる》さる。山背甲作の四字を除《のぞ》きて、改《あらた》めて[二〇]客《かく》の姓を賜《たま》ふ。

出羽国経営

○乙未[二十三日]、従三位中納言[二一]巨勢《こせ》朝臣万呂《まろ》言《まう》さく、「出羽《いでは》国を建《た》てて、已《すで》に数年を経《ふ》れども、吏《り》民少《みんすくな》く稀《まれ》にして、[二二]狄《てき》徒《と》馴《な》れず。その地膏腴《ちかうゆ》にして、田野《でんや》広寛《くわうくわん》なり。請《こ》はくは、随近《ずいごん》の国《くに》の民《たみ》をして出羽国に遷《うつ》らしめ、狂狄《くゐやうてき》を教喩《けうゆ》して、兼《か》ねて地《ち》の利《り》を保《たも》たしめむことを」とまうす。これを許《ゆる》す。因《より》て陸奥《みちのおく》の[二三]置賜《おきたみ》・最上《もがみ》の二郡と、[二四]信濃《しなの》・上野《かみつけの》・越前《こしのみちのくち》・越後《こしのみちのしり》の四国の百姓《はくせい》各《おのおの》百戸とを以《もち》て、出羽国に隷《つ》かし

宝亀九年度の判官、多治比浜成、承和元年度の判官、丹墀文雄など多治比氏から多くの遣唐使が任ぜられている。

一二 押使は、使人の身分の高い時におかれ、大使の上におく。押は惣べるの意。白雉五年に高向玄理の例がある。大宝元年には大使の上に執節使がおかれ粟田真人が任ぜられている。 一三 →㊀九三頁注一〇。

一四 →補7—二二。

一五 遣唐副使任命にともなう叙位。大使・副使の位階は一定しないが、一般には大使四位、副使五位。 一六 →㊀補6—三一。

一七 先月任命された大使、阿倍安麻呂の代り。

一八 山背甲作客小友は他に見えず。職員令26集解に引く官員令別記に「鍛戸二百十七戸、甲作六十二戸、…右八色人等、自㆓十月㆒至㆓三月㆒、毎戸役㆓一丁㆒。為㆓雑戸㆒、免㆓調役㆒也」。和名抄には山城国綴喜郡に甲作郷あり。山背甲作の住んでいたところか。

一九 諸官司に隷属して特殊な技術を世襲させられる人々。→㊀補2—九二。

二〇 客の姓は姓氏録にはみえない。山背国相楽郡賀茂郷の戸主に客得足あり(古六—四〇六頁)。一族か。なお土佐守の外従五位下、客君狛麻呂(天平十八年九月庚戌条)、画師の客人木持(古一二—二四六頁)、写経知識として客人君智山ら(寧遺六三六頁)がみえるが、関係は未詳。

二一 →㊀八七頁注一八。和銅二年三月には陸奥鎮東将軍に任ぜられているので(㊀一四九頁)、陸奥・出羽(㊀補5—六四)の情勢には詳しかったか。

二二 狄徒の狄は東夷に対する北狄。→㊀七頁注九。

二三 置賜・最上二郡を出羽国に隷けることは、

以二従四位下[1]太朝臣安麻呂一為二氏長一。○冬十月壬戌、以二従四位下長田王一為二近江守一。」重禁二内[2]外諸司薄紗朝服、六位以下羅[3]幞頭一。其武官人者、朝服之袋、儲而勿レ着。及[4]幞頭後脚莫レ過二三寸一。○十一月乙亥、以二正五位下夜気王一為二備前守一。○[5]辛卯、大嘗。親王[6]已下及百官人等、賜レ禄有レ差。由機遠江、須機但馬国、郡司二人進二位一階一。○閏十一月癸卯朔、日有レ蝕之。

[7]養老元年[8]春正月乙巳、授二従三位阿倍朝臣宿奈麻呂正三位、従四位上安八万王正四位下、无位酒部王・坂合部王・智努王・御原王並従四位下、従五位下高安王・門部[9]王・葛木王並従五位上、従四位下石川朝臣難波麻呂従四位上、正五[10]位上百済王良虞従四位下、正五位下中臣朝臣人足正五位上、従五位上大伴宿禰[11]宿奈麻呂・穂積朝臣老・多治比真人広成・小野朝臣馬養・紀朝臣男人並正五位下、従五位下賀茂朝臣堅麻呂従五位上、正六位上佐伯宿禰虫麻呂・大蔵忌[12]寸[13]国足・余[14]真人、従

1 太―大(高)
2 外ノ下、ナシ(大衍、紀略)―記〔兼等〕
3 幞(大改、紀略)→校補
4 幞〈意改〉(大改)→校補
5 辛卯条→校補
6 已〔兼・谷・東傍・高傍、大、紀略〕―上(東・高)
7 養ノ上→校補
8 春(兼等、大)―ナシ〔紀略〕
9 部王〔高擦重〕―部(高原)
10 位上〔底擦重〕
11 宿奈―ナシ(東)
12 寸(谷傍イ、大改)―一〔兼等〕→校補
13 国ノ上、ナシ〈意改〉(大衍)―伎→校補
14 真ノ上、ナシ〈意改〉(大衍)―真→校補

出羽国建国直後の和銅五年十月丁酉朔条にもみえる(〔一〕一八九頁)。
二四 信濃等四国の百姓各一〇〇戸を出羽柵戸に配すること、養老元年二月丁酉条にもみえる。あるいは霊亀二年九月に方針が決められ、農閑期を利用して移住させ、翌養老元年二月に完了したことを示すか。

一 →〔一〕補3-三〇。
二 →〔一〕補1-四七。この氏上の任命は、太神社の祭祀と関係があるか。
三 →〔一〕一六五頁注二〇。藤原武智麻呂の後任か(五月庚寅条)。
四 和銅五年十二月にも衣服についての禁令が出されているが、その内容と直接の関連はない。原文の「重禁」が厳禁の意か、それとも一般的に「重ねて」の意かは未詳だが、仮りに後者の意として訓読した。
五 生糸を絡織(からみおり)にした、織目のあらい、薄い織物。衣服令によれば礼服の褶(ひらみ)に用いられた。この禁令で朝服に用いることを禁じた。
六 尋常の朝庭公事に着用する服。→〔一〕補2-四〇。
七 経糸を互にもじり合せた絹の捩り織物。衣服令5によれば、朝服の頭巾(幞頭と同じか)には、五位以上は羅、六位以下は縵(あやのない絹)を用いることになっていた。六位以下の羅の幞頭を禁ずることは弾正台式にもみえる。
八 和名抄に「加宇布利」。衣服令の頭巾にあたるか。
九 衣服令5によれば、朝服には袋が付随して

む。従四位下[一]太《おほ》朝臣安麻呂《やすまろ》を[二]氏長《うぢのかみ》とす。

服制改革

冬十月《癸卯朔》壬戌《二十日》、従四位下[三]長田王《ながたのおほきみ》を近江守《ちかつあふみ》とす。[四]重《かさ》ねて内外諸司《ないぐゑしよし》の薄《うす》き[五]紗《しや》の[六]朝服《でうぶく》、六位以下の[七]羅《ら》の[八]幞頭《かがふり》を禁《いまし》む。その武官《ぶくわん》の人は、朝服の[九]袋《ふくろ》、儲《まう》けて着《ちやく》すること勿《な》からしむ。及《また》、幞頭《かがふり》の[一〇]後《しり》の脚《あし》は三寸に過《す》ぐること莫《な》からしむ。

践祚大嘗祭

十一月《癸酉朔》乙亥《三日》、正五位下[一一]夜気王《やけ》を備前守《きびのみちのくち》とす。○辛卯《十九日》、[一二]大嘗《おほなめ》す。親王《しんわう》已下と百官人《ひやくくわんにん》らとに禄賜《ろくたま》ふこと差《しな》有り。[一三]由機《ゆき》の遠江《とほつあふみ》、須機《すき》の但馬《たぢま》の国の郡《ぐん》司《じ》[一四]二人に位《くらゐ》一階を進《すす》む。

閏十一月癸卯の朔、[一五]日《ひ》蝕《は》ゆること有り。

七一七年

[一六]養老《やうらう》元年《丁巳》春正月《壬寅朔》乙巳《四日》、従三位[一七]阿倍《あへ》朝臣宿奈麻呂《すくなまろ》に正三位を授《さづ》く。従四位上[一八]安八万王《あはちま》に正四位下。无位《むゐ》[一九]酒部王《さかべ》・[二〇]坂合部王《さかひべ》・[二一]智努王《ちの》・[二二]御原王《みはら》に並《ならび》に従四位下。従五位下[二三]高安王《たかやす》・[二四]門部王《かどべ》・[二五]葛木王《かづらき》に並に従五位上。従四位下[二六]石川《いしかは》朝臣難波麻呂《なにはまろ》に従四位上。正五位上[二七]百済王良虞《くだらのこにきしりやうぐ》に従四位下。正五位下[二八]中臣《なかとみ》朝臣人足《ひとたり》に正五位上。従五位上[二九]大伴《おほとも》宿禰宿奈麻呂《すくなまろ》・[三〇]穂積《ほづみ》朝臣老《おゆ》・[三一]多治比《たぢひ》真人広成《ひろなり》・[三二]小野《をの》朝臣馬養《うまかひ》・[三三]紀《き》朝臣男人《をひと》に並に正五位下。従五位下[三四]賀茂《かも》朝臣堅麻呂《かたまろ》に従五位上。正六位上[三五]佐伯《さへき》宿禰虫麻呂《むしまろ》・[三六]大蔵《おほくら》忌寸国足《くにたり》・[三七]余真《よのま》人《ひと》、従

おり、衣服令14によれば武官も文官に準じた。大宝元年十二月戊申条に「賜二諸王卿等佾様一」とあるのは、その施行に関するものか。本条で武官の着用を禁じたが、さらにこの後、養老六年二月に位袋はすべて停止された。→㊀補2―一〇三。

一〇 幞頭の後に垂れている紐か。長く垂らすことが流行していたか。

一一 →㊀三五頁注二一。百済王南典の後任か(和銅元年三月丙午条)。

一二 元正天皇の即位にともなう大嘗祭。大嘗祭→㊀補1―九五。なお、以下の賜禄・叙位は、おそらく後日おこなわれたのを、ここにまとめて記したもの。

一三 大嘗祭は大嘗宮の悠紀・主基両院で同じ行事が繰返される。御饌の御稲を植える御田も悠紀・主基両国の斎郡が卜定された。→㊀補1―一〇〇。

一四 両国の斎郡の郡司。

一五 日食。この日はユリウス暦七一六年十二月十九日。この日食は奈良では生じなかった。→㊀補1―七五。

一六 十一月癸丑に霊亀三年を養老元年と改元。

一七―三七 →補7―一三。

一 →補7―一三。

二 系譜未詳。選叙令35によれば、従五位下に初叙されているので、諸王の子か。養老五年正月、退朝ののち東宮に侍せしめることにした一六人のうちにあげられている(養老五年正月庚午条)。

三 藤原不比等の妻、光明子の母。→補7―一四。

四 →㊀八七頁注一八。

五 小治田朝廷、即ち推古朝。

六位上朝来直賀須夜业従五位下一。○戊[1]申、授二無位伊部王従五位下一。又授二従四位上県犬養橘宿禰三千代従三位一。○己未、中納言従三位巨勢朝臣麻呂薨。小治田朝小徳大海之孫、飛鳥朝京職直大参志丹之子也。○二月壬申朔、遣唐使祠二神祇於蓋山之南一。○辛巳、賜二大宰帥[2]従三位多治比真人池守、綾一十疋、絹廿疋、絁卅疋、綿三百屯、布一百端一。褒二善政一也。○壬午、天皇幸二難波宮一。○丙戌、自二難波一至二和泉宮一。○己丑、和泉監正七位上竪[3]部使主石前、進二位一階一。工匠・役夫[4]、賜レ物有レ差[5]。○庚[6]寅、車駕還、至二竹原井頓宮一。○辛卯、河内・摂津二国、并造行宮司、及専当郡[7]司・大少[8]毅等、賜レ禄各有レ差[9]。即日還レ宮。○甲午、遣唐使等拝朝。○丙申、制曰、除二造宮省一之外、令外諸司判官、例無二大少一、官品宜レ准二令員判官一[10]人之例一。又依レ令、一人帯二数官一者、禄従二多処一給。雖三高官无二上日一、若満二卑官上日一者、禄従二多処一。○丁酉、以二信濃・上野・越前・越後四

1 戊〔高擦〕—戌（高原）
2 帥（東、大、紀略）—師〔兼・谷・高〕
3 竪（紀略）—堅→脚注
4 夫—ナシ〔底〕
5 差（谷・東・高、大、紀略）—羞〔兼〕
6 庚〔谷擦重〕—唐（谷原）
7 郡（大補、紀略）—ナシ〔兼等〕
8 少—小（紀略）
9 差〔底擦重〕
10 一人↓校補

六 推古朝の冠位十二階の第二位。
七 比等(人)・志丹(紫檀)らの父、麻呂・奈弖麻呂らの祖父。書紀にはみえず。
八 飛鳥浄御原朝廷、即ち天武朝。
九 天武紀十四年三月条には「京職大夫」。京は天武朝に建設された倭京か。→補7-一五。
一〇 天武十四年冠位の第十三位(のちの正五位上)。
一一 名を辛檀努・紫檀とも。大化元年八月、東国国司(朝集使)の介として派遣され、同二年三月帰京、過を責められる。天武十四年三月没、ときに京職大夫・直大参。
一二 前年八月に任命。 一三 →補7-一六。
一四 平城京の東、春日山とも。阿部仲麻呂の歌との関係。→補7-一六。
一五 大宰府の長官。
一六 →㊀一三三頁注一二。大宰帥には霊亀元年五月任。なお遣唐押使多治比県守の兄にあたる。 一七 →㊀補1-一〇七。
一八 →補7-九。和泉宮への行幸の初見。
一九 和泉監、監の下に正一字脱か。内官の監の正(長官)の相当位は従六位上であるが(補7-一二)、天平九年度和泉監正税帳によれば正の相当官位は従六位上より低い(従六位下以下)なので、正七位上の竪部使主石前は、正であった可能性が強い。
二〇 続紀写本は堅部とするが、紀略の竪部が正しいか。竪部→補7-二七。石前は養老五年正月に解工として賞せられ、養老七年正月、従五位下に叙せらる。和泉宮造営のために起用されたか。
二一 天子の乗る車、転じて行幸時の天子に対する尊称。→㊀九頁注七。
二二 大和国と河内国を結ぶ竜田道の中間につくられた離宮。→補7-一八。

六位上朝来《あさこ》[一]直賀須夜《かすや》に並《ならび》に従五位下。○戊申(七日)、無位伊《い》[二]部王《べのおほきみ》に従五位下を授《さづ》く。また、従四位上県犬養《あがたいぬかひの》[三]橘《たちばな》宿禰三千代《みちよ》に従三位を授く。○己未(十八日)、中納言《ちうなふごん》従三位巨勢《こせ》[四]朝臣麻呂《まろ》薨《こう》しぬ。小治田朝《をはりだのみかど》[五]の小徳《せうとく》[六]大海《おほあま》[七]が孫《うまご》、飛鳥朝《あすかのみかど》[八]の京《きやう》[九]職直大参《しきぢきだいさむ》[一〇]志《し》[一一]丹《たの》が子なり。

中納言巨勢麻呂没

二月壬申の朔、遣唐使《けんたうし》[一二]、神祇《じんぎ》[一三]を蓋山《みかさやま》[一四]の南《みなみ》に祠《まつ》る。○辛巳(十日)、大宰帥《だいさいのそち》[一五]従三位多治比《たぢひ》[一六]真人池守《いけもり》に綾《あや》一十疋、絹《きぬ》廿疋、絁《あしぎぬ》卅疋、綿《わた》三百屯、布《ぬの》一百端を賜《たま》ふ。善政《よきまつりごと》を褒《ほ》むればなり。○壬午(十一日)、天皇《すめらみこと》、難波宮《なにはのみや》[一七]に幸《みゆき》したまふ。○丙戌(十五日)、難波より和泉宮《いづみのみや》[一八]に至《いた》りたまふ。○己丑(十八日)、和泉監《いづみのげむ》[一九]正七位上竪部《たてべ》[二〇]使主石前《いはさき》に位《くらゐ》一階を進《すす》む。工匠《くしやう》・役夫《やくぶ》に、物賜《ものたま》ふこと差《しな》有り。○庚寅(十九日)、車駕《きよが》[二一]還《かへ》りて、竹《たか》[二二]原井頓宮《はらゐのかりみや》に至りたまふ。○辛卯(二十日)、河内《かふち》[二三]・摂津《つ》の二国、并《あは》せて造行宮司《かりみやつくるつかさ》[二四]と専《せん》当《たう》の郡司《ぐんじ》・大少毅《だいせうぎ》[二五]らとに、禄《ろく》賜ふこと各《おのおの》差《しな》有り。即日《そのひ》に宮[二六]に還《かへ》りたまふ。

遣唐使、神祇を祠る

難波・和泉行幸

○甲午(二十三日)、遣唐使《けんたうし》ら拝朝《みかどをがみ》[二七]す。○丙申(二十五日)、制《せい》[二八]して曰《い》はく、「造宮省《ざうくうしやう》[二九]を除《のぞ》く外《ほか》、令《りやう》外《ぐゑ》の諸司《しよし》の判官《はんぐわん》は、例《れい》[三〇]大少《だいせう》と無く、官品《くわんほむ》、令員《りやうゐん》の判官一人[三一]の例《ためし》に准《なずら》ふべし。また、令[三二]に依《よ》るに、「一人にして数《あまた》の官《くわん》を帯《たい》する者《ひと》は、禄《ろく》、多《おほ》き処《ところ》に従《したが》ひて給《たま》へ」といへり。高官《かうくわん》[三三]上日《つかへたるひ》[三四]无《な》しと雖《いへど》も、若《も》し卑官《ひくわん》の上日《つかへたるひ》を満《み》てば、禄は多き処に従へ」といふ。○丁酉(二十六日)、信濃《しなの》[三五]・上野《かみつけの》・越前《こしのみちのくち》・越後《こしのみちのしり》の四

令外諸司の判官の相当位を定める

兼官の上日と禄との関係

二二 竹原井頓宮で、今回の行幸に奉仕した者に禄を賜う。河内摂津二国は河内国と摂津職の官人をさすか。

二四 行幸の際の行在所となる宮の造営などを担当する司。→補7―二九。

二五 →一一頁注二三。行幸の警備にあたったか。 二六 平城宮。

二七 準備を終え、出発するにあたっての天皇への辞見。公式令79に「凡受レ勅出レ使、辞訖、無レ故不レ得レ宿レ於レ家」との規定がある。

二八 令外官の判官の相当官位と、兼官の際の上日と禄との関係を定める。この制の出された二月は、季禄(㊀補1―五二)の支給月にあたる(禄令2)。三月乙丑条とともに、官人制の整備の一環。

二九 造宮省(㊀補4―一七)を除くと、この時点の令外の諸司は、小寮(㊀補2―七七)に準ずるものであった可能性が強い。→補7―三〇。

三〇 大判官と少判官の別なく。

三一 令外の諸司の判官に大少の別があっても、相当位は判官に大少の別がない(即ち判官一人の)令制官司の判官に準ずることをいう。小寮の判官(允、相当位は従七位上)をさす可能性が強い。

三二 禄令4「若一人帯二数官一者、禄従二多処一給」。

三三 兼官のうち、相当位の高い方が高官、低い方が卑官。

三四 上日(出勤日数)が禄令1の規定(半年に一二〇日以上)に満たない場合。この養老元年二月の制は、式部省例や弘仁・延喜の式部省式にも継承された。

三五 前年の霊亀二年九月乙未条と重複。柵戸への移住はおそらく農閑期に行なわれたので、完了の記事かも知れない。

国百姓各一百戸一、配二出羽柵戸一焉。○三月癸卯、左大臣正二位石上朝臣麻呂薨[1]。帝深悼惜焉、為レ之罷レ朝。詔、遣二[2]式部卿正三位長屋王、左大弁従四位上多治比真人[3]三宅麻呂一、就レ[4]第[5]吊賻之、[6]贈二従一位一。右少弁従五位上[7]上毛野朝臣広人、為二[8]太政官之誄[9]一。式部少輔正五位下穂積朝臣老、為二五位以上之誄[10]一。兵部大丞正六位上当麻真人東人、為二六位已下之誄[11]一。百姓追慕[12]、無レ不二痛惜一焉。大臣、[13]泊瀬朝倉[14]朝庭大連物部目之後、難波朝衛[15]部大華上宇麻乃[16]之子也。○己酉、遣唐押使従四位下多治比真人県守賜二節刀一。○乙丑、制、令外諸司史生等、一季賜レ禄、[17]降二当司主典禄一等一。是当二少初位官禄一。[18]非二才伎・別勅一、一同二此例一也。○夏四月乙亥、遣二久勢女王一、侍二于伊勢太神宮一。[19]従官賜レ禄各有レ差。是日発入。百官送至二京城外一而還。」以二従五位下猪名真人法麻呂一為二斎宮頭一。○[20]丙戌、祈二[21]雨于[22]畿内一。○癸未、[23]太政官[24]奏、[25]定二調庸斤両及長短之法一。語在二別式一。○壬

1薨ノ下、ナシ―年七十八(大補)→校補
2式〔谷擦〕→校補
3真―直(大)
4第(大、紀略)―弟〔兼等〕→校補
5吊〔兼等〕―弔(大、紀略補)、ナシ(紀略原)
6贈ノ上、ナシ〔兼等〕―并(大補、紀略)
7上―ナシ(高)
8太―大〔底〕→校補
9―11誄―誅〔底〕→校補
12慕〔高擦重〕―暮(高原)
13泊(谷・東・高、大)―伯〔兼〕
14朝〈意補〉(大補)―ナシ→校補
15部―ナシ〔底〕
16乃→脚注・校補
17降〔高重〕
18非ノ上、ナシ―自(大補)→校補
19従〔底擦重〕
20丙戌条→校補
21雨〔高重〕
22畿―幾(高)
23太―大〔底〕
24奏〔高重〕→校補
25定〔谷重〕

一　柵戸は東北地方の城柵に配され、開墾や農耕に従事する民戸。→㊀二一七頁注一〇。
二　→㊀補1―一四四。
三　天皇が政務を罷める。儀制令7に「右大臣以上、若散一位喪、皇帝不レ視レ事三日」。
四　→㊀補3―一四。　五　→㊀六五頁注五。
六　石上麻呂の私邸。
七　吊賻→㊀一七頁注二七。
八　→㊀一二九頁注二四。
九　シノヒコトは死者をしのんで、その霊に向って述べることば。臣下の死にさいし誄を行なった例は、大宝元年七月に左大臣正二位の多治比嶋が没したとき、公卿之誄と百官之誄が行なわれている(㊀四三頁)。
一〇　→㊀六五頁注八。
一一　養老二年正月、従五位下に昇叙。当麻真人→㊀補2―一一〇。　一二　雄略朝。
一三　大化前代の朝廷において大臣(おおおみ)と並んで政治をおこなった。伴造系の連(むらじ)姓の豪族の有力者がなった。
一四　雄略天皇の即位のとき、大伴室屋とともに大連となったと伝える。　一五　孝徳朝。
一六　大化改新によって孝徳朝に置かれた官制の一つで、朝廷の護衛を掌るか。→補7―三一。　一七　大化五年の冠位制の第七位。令制の正四位にほぼ相当。
一八　天孫本紀は馬古、続紀義公校本は宇麻子、補任は宇麻呂につくる。乃は呂の草体の誤写か。　一九　前年(霊亀二)八月に遣唐押使に多治比県守が任命されている。
二〇　生殺与奪の大権を天皇から委任することを象徴する刀。→㊀補2―五二。
二一　令外の諸司の史生などの季禄についての制。
二二　四等官の下で書記の仕事などを掌る番上

国の百姓《はくせい》各《おのおの》一百戸を以《もち》て、出羽《いでは》[一]の柵戸《きのへ》に配《はい》す。

左大臣石上麻呂没

三月[辛丑朔]癸卯[三日]、左大臣《さだいじん》正二位石上《いそのかみ》[二]朝臣麻呂《まろ》薨《こう》しぬ。帝《みかど》深《ふか》く悼《いた》み惜《をし》み、これが為《ため》に朝《でう》[三]を罷《や》めたまふ。詔《みことのり》して、式部卿《しきぶきやう》正三位長屋王《ながやのおほきみ》[四]、左大弁《さだいべん》従四位上多治比《たぢひ》[五]真人三宅麻呂《みやけまろ》を遣《つかは》して、第《てい》[六]に就《つ》きて吊賻《てうふ》[七]せしめ、従一位を贈《おく》りたまふ。右少弁《うせうべん》従五位上上毛野《かみつけの》[八]朝臣広人《ひろひと》、太政官《だいじやうぐわん》の誄《しのひこと》[九]を為《な》す。式部少輔《しきぶせうふ》正五位下穂積《ほづみ》[一〇]朝臣老《おゆ》、五位以上の誄《しのひこと》を為す。兵部大丞《ひやうぶだいじよう》正六位上当麻《たぎま》[一一]真人東人《あづまひと》、六位已下の誄《しのひこと》を為す。百姓追慕《はくせいついぼ》して、痛《いた》み惜《をし》まずといふこと無し。大臣は泊瀬《はつせ》[一二]朝倉朝廷《あさくらのみかど》の大連《おほむらじ》[一三]物部目《もののべのめ》[一四]が後《のち》、難波朝《なにはのみかど》[一五]の衛部《ゑぶ》[一六]大華上《だいくゑじやう》[一七]宇麻乃《うまの》[一八]が子なり。

令外諸司の史生の禄を定める

○己酉[九日]、遣唐押使《けんたうあふし》[一九]従四位下多治比《たぢひ》真人県守《あがたもり》に節刀《せつたう》[二〇]を賜《たま》ふ。○乙丑[二十五日]、制《せい》[二一]すらく、「令外《りやうぐゑ》の諸司《しよし》の史生《ししやう》[二二]ら、一季に禄《ろく》賜ふこと、当司《そのつかさ》の主典《さうくわん》の禄より一等降《くだ》せ。是《こ》れ少初位《せうしよゐ》[二三]の官禄《くわんろく》に当《あた》れり。才伎《ざいぎ》[二四]・別勅《べちちよく》に非《あら》ずは、一《もは》[二五]らこの例《ためし》に同じくせよ」といふ。

伊勢斎王出立

夏四月[庚午朔]乙亥[六日]、久勢女王《くせのおほきみ》[二六]を遣《つかは》して伊勢太神宮《いせのだいじんぐう》[二七]に侍《はべ》らしむ。従官《じゆくわん》[二八]に禄賜《ろくたま》ふこと各《おのおの》差《しな》有り。是《こ》の日《ひ》発入《ほちにふ》[二九]す。百官《ひやくくわん》送りて京城《きやうじやう》の外《そと》に至《いた》りて還《かへ》る。従五位下猪名《ゐな》[三〇]真人法麻呂《のりまろ》を斎宮頭《さいぐうのかみ》[三一]とす。○丙戌[十七日]、雨《あめ》[三二]を畿内《きない》に祈《こ》ふ。○癸未[十四日]、太《だい》[三三]政官奏《じやうぐわんそう》して、調《でう》・庸《よう》の斤両《こんりやう》と長短《ちやうたん》との法《はふ》を定《さだ》む。語《こと》は別式《べちしき》に在《あ》り。○壬[二十]

官。したがって相当位はなく、令制では季禄は支給されない。
二二 令外の諸司が小寮に準ずるとすれば(補7-二〇)、小寮の主典(大属は従八位下、少属は大初位上)の少属より一等降すると少初位にあたる。禄令1によれば少初位の季禄は、絁一疋・綿一屯・布二端・鍬五口。
二四 才伎長上と別勅長上。特殊な職能によって諸司に常勤する。職事官に準ずるが、季禄については禄令3に「皆准₂当司判官以下禄₁。〈其位主典以上者、准₂少判官₁。以外並准₂大主典₁。〉」という規定がある。→㊀補1-五四。
二五 ここでは、才伎長上と別勅長上以外の、令外諸司の番上官(番上工など)をさすか。
二六 田形内親王(㊀一〇七頁注四)のあと、伊勢斎王となり、この日、伊勢に出発するが、斎王に卜定された時期は未詳。また系譜も未詳。先任の田形内親王は天武の女、後任の井上内親王は聖武の女なので、天武の孫あたりか。 二七 →㊀補1-一一九。
二八 随従の官人。斎宮式に「凡斎内親王臨行。預定₂監送使₁。…即使及斎宮官人以下、皆賜₂装束₁」。 二九 潔斎期を終えて伊勢の斎宮に向う。後世、これを群行という。
三〇 →七頁注二一。 三一 →㊀補2-九一。
三二 下文の六月条に「四月より雨ふらずして、是の月に至れり」とある。
三三 賦役令1・4条に規定された調庸物の重量や長さ幅などの規格を変える(和銅六年の改正→㊀一九三頁注二四)。この官奏によって定められた別式の内容は未詳だが、この年五月辛丑には調の綾について定め、十一月戊午にも調庸の規格を改めている。なおこの官奏の日付の癸未は丙戌より前のはずで、続紀の配列に混乱がある。

1 導〔谷重〕
2 恣〈意改〉(大改)―恐→校補
3 宄〈意改〉(大改)―冗→校補
4 起―ナシ〔底〕
5 署〔兼・谷、大〕―暑(東・高)
6 合〔兼等、大、紀略〕―令(兼等傍イ)
7 構〔底擦重〕
8 朋〔兼・谷、大、紀略改〕―明(東・高、紀略原)
9 党〔紀略改〕―堂(紀略原)
10 焚(兼等傍、大、紀略)―樊〔兼・谷〕、樊(東・高)
11 救〈意補〉(大補)―ナシ→校補
12 溺→校補
13 之〈意改〉(大改)―令→校補
14 巫(谷傍イ・東・高、大)―巠〔兼・谷〕
15 重〔高重〕
16 署―暑(東)

辰、詔曰、置レ職任レ能、所三以教二導[1]愚民一。設レ法立レ制、由三其禁二断奸非一。頃者、百姓乖二違法律一、恣[2]任二其情一、剪レ髪髡レ鬢、輙着二道服一。貌似二桑門一、情挟二奸盗一、詐偽所二以生一、姦宄[3]自レ斯起[4]。一也。凡僧尼、寂二居寺家一、受レ教伝レ道。准レ令云、其有二乞食者一、三綱連署[5]。午前捧レ鉢告乞。不レ得三因レ此更乞二餘物一。方今、小僧行基并弟子等、零二畳街衢一、妄説二罪福一、合[6]二構[7]朋[8]党[9]一、焚[10]二剝指臂一、歴レ門仮説、強乞二餘物一、詐称二聖道一、妖二惑百姓一。道俗擾乱、四民棄レ業。進違二釈教一、退犯二法令一。二也。僧尼依二仏道一、持二神呪一以救[11]二溺[12]徒一、施二湯薬一而療二痼病一、於レ令聴之。方今、僧尼輙向二病人之[13]家一、詐禱二幻怪之情一、戻執二巫[14]術一、逆占二吉凶一、恐二脅耄穉一、稍致レ有レ求。道俗無レ別、終生二奸乱一。三也。如有二重[15]病一応レ救、請二浄行者一、経二告僧綱一、三綱連署[16]、期日

一 僧尼令に違犯するような宗教活動を禁ずる詔。その活動の中心人物として行基の名をあげる。全体は、㈠勝手に僧の姿をすることの禁、㈡行基らの違法な宗教活動に対する指弾、㈢僧尼の治療活動の規制、の三項からなる。
二 詔の第一項。勝手に僧の姿をすることの禁制。
三 僧尼令22に「凡有二私度…一者、依レ律科断」。戸婚律5に「凡私入道及度レ之者、杖一百、…已除レ貫者、徒一年」。
四 「鬢」は鬢の俗字。顔の両側の髪。「髡」は髡の俗字。きる。養老六年七月十日官奏(三代格)にも「自剃二頭髪一、輙離二室家一」とみえる。
五 僧服。僧尼令22の「法服」と同じ。
六 沙門に同じ。
七 朝廷の関心の中心はおそらく課役の忌避。
八 わるいこと。わる者。外にあるを姦、内にあるを宄という。
九 詔の第二項。行基らの違法な宗教活動に対する指弾。
一〇 天武紀八年十月条に「凡諸僧尼者、常住二寺内一、以護二三宝一」とみえ、僧尼令5にも「凡僧尼、非レ在二寺院一、別立二道場一、聚レ衆教化…者、皆還俗」とあり、同条集解古記は「謂、行基大徳行事之類是」。
一一 以下は僧尼令5の抜粋で、「乞食」は托鉢の意。令文には「三綱連署」の次に、国郡司に連絡せよ、とある。三綱が連署しなければ托鉢してはならない。
一二 寺院の統轄にあたる僧職。→補7―三二。
一三 食物以外のもの。集解古記に「衣服財物之類」。
一四 小僧の小は蔑称か。天平三年八月癸未条の詔では「行基法師」と呼んでおり、行基に対する朝廷の態度の変化が伺われる。
一五 大僧正舎利瓶記に「近江大津之朝、戊辰之

僧尼を統制する詔

辰[二日]、詔《みことのり》[一]して曰《のたま》はく、「職《しき》[二]を置《お》き能《のう》を任《にむ》することは、愚民《ぐみん》を教《をし》へ導《みちび》く所以《ゆゑ》なり。法《はふ》を設《まう》け制《せい》を立《た》つることは、其《そ》れ姧非《かんひ》を禁断《きむだん》するに由《よ》る。頃者《このころ》、百姓《はくせい》、法律《はふりつ》[三]に乖《そむ》き違《たが》ひて、恣《ほしきまにま》にその情《こころ》に任《まか》せ、髪《かみ》を剪《き》り鬢《びん》[四]を髡《そ》りて、輙《たやす》く道服《だうぶく》[五]を着《き》る。貌《かたち》は桑門《さうもん》[六]に似《に》て、情《こころ》に姧盗《けんたう》を挟《はさ》むことは、詐偽《いつはり》[七]の生《しやう》する所以《ゆゑ》にして、姦宄《かんくゐ》[八]斯《これ》より起《おこ》る。一なり。凡《おほよ》[九]そ僧尼《ほふしあま》は、寺家《じけ》[一〇]に寂居《じやくこ》して、教《けう》を受《う》け道《だう》を伝《つた》ふ。令《りやう》[一一]に准《よ》るに云《い》はく、「其《そ》れ乞食《こつじき》する者《ひと》有らば、三綱連署《さむがうれんじよ》[一二]せよ。午《うまのとき》より前《さき》に鉢《はち》を捧《ささ》げて告《つ》げ乞《こ》へ。此《これ》に因《よ》りて更《さら》に餘《よ》[一三]の物《もの》乞ふこと得《え》じ」といふ。

行基指弾

方《まさ》に今《いま》、小僧行基《せうそうぎやうき》[一四][一五]、并《あは》せて弟子《でし》等《ども》、街衢《がいく》[一六]に零畳《りやうでふ》[一七]して、妄《みだり》[一八]に罪福《ざいふく》を説《と》き、朋党《ほうたう》[一九]を合《あは》せ構《かま》へて、指臂《しひ》[二〇]を焚《や》き剥《は》ぎ、門《もん》[二一]を歴《へ》て仮説《けせち》して、強《し》ひて餘の物を乞ひ、詐《いつは》[二二]りて聖道《しやうだう》と称《しよう》して、百姓《はくせい》を妖惑《えうわく》す。道俗擾乱《だうぞくぜうらん》して、四民業《しみんごふ》[二三]を棄《す》つ。進《すす》みては釈教《しやくけう》に違《たが》ひ、退《しりぞ》きては法令《はふれい》を犯《をか》す。二なり。

僧尼の医療活動を規制

僧尼《ほふしあま》[二四・二五]は、仏道《ぶつだう》に依《よ》りて、神呪《じんしゆ》[二六]を持《ぢ》して溺《おぼほ》るる徒《ともがら》を救《すく》ひ、湯薬《たうやく》[二七]を施《ほどこ》して痼病《こびやう》を療《いや》すこと、令[二八]に聴《ゆる》す。方《まさ》に今《いま》、僧尼輙《たやす》く病人《びやうにん》の家《いへ》に向《むか》ひ、詐りて幻怪《ぐゑんくゑ》の情《こころ》を禱《いの》り、戻《もと》りて巫術《むじゆつ》[二九]を執《と》り、逆《さかしま》に吉凶《きちく》を占《うらな》ひ、耄穉《もうぢ》[三〇]を恐《おそ》り脅《おびやか》して、稍《やや》く求《もと》むること有らむことを致《いた》す。道俗別《だうぞくべち》無く、終《つひ》に姧乱《けんらん》を生《しやう》す。三なり。如《も》[三一]し重《おも》き病《やまひ》有りて救ふべくは、浄行《じやうぎやう》の者《ひと》を請《しやう》し、僧綱《そうがう》[三二]に経《ふ》れ告《つ》げて、三綱連署《さむがうれんじよ》して、期日《ごにち》

歳（六六八）」の生れと記すので、この養老元年には年五十。→補7―二三。
一六 まち。ちまた。
一七 落葉が落ち重なるように、秩序なく群集する状態をいう。 一八 →補7―二四。
一九 徒党を組むこと。僧尼令4に「凡僧尼…若合ニ構朋党一、擾ニ乱徒衆一…者、百日苦使」。
二〇 →補7―二五。 二一 僧尼令23に「凡僧尼等、…歴レ門教化者、百日苦使」。仮説の語も僧尼令1に「仮（いつはりて）説ニ災祥一」とみえる。
二二 僧尼令1に「凡僧尼、上観ニ玄象一、仮説ニ災祥一、語及ニ国家一、妖ニ惑百姓一、…及詐称レ得ニ聖道一、並依ニ法律一、付ニ官司一科レ罪」。
二三 士農工商。→㊀補6―七六。 二四 詔の第二項。僧尼の治療活動に対する規制。
二五 僧尼令2の養老令文には「凡僧尼、…巫術療レ病者、皆還俗。其依ニ仏法一、持レ呪救レ疾、不レ在ニ禁限一」とあるが、大宝令文には、「持レ呪救レ疾」のあとに「依ニ道術一符禁湯薬救療」の句があった可能性が強い。即ち大宝令は、唐の道僧格にひかれて道教による符禁、湯薬の規定を置き、続紀のこの条の詔も、そのような大宝令文を前提にして書かれているが、養老令はその部分を削除している。
二六 集解古記は、前掲の僧尼令2の「持レ呪」に「謂ニ経之呪一也」と注する。
二七 集解古記は、前掲の僧尼令2の大宝令文の「湯薬」に「謂、万種丸薬散薬湯薬皆是」と注する。
二八 前掲の僧尼令2。
二九 →補7―二六。
三〇 耄は老、穉は若。
三一 以下「日を延ぶること得じ」までは、第三項についての処置。 三二 僧による僧尼統制の最高機関。→㊀補1―六二。

令レ赴[1]。不レ得二因レ茲逗留延一レ日。実由二主司不一レ加二厳断一、致[2]レ有二此弊一。自レ今[3]以後、不レ得二更然一。布二告村里一、勤[4]加二禁止一。○甲[5]午、天皇御二西朝一。大隅・薩摩二国隼[6]人等、奏二風俗歌儛一。授レ位賜レ禄各有レ差。○乙未、以二従五位上上毛野朝臣広人一為二大倭守一。従四位下賀茂朝臣吉備麻呂為二河内守一。○五月辛丑[7]、制、諸国織レ綾、以二六丁一成レ疋[8]。○丁未、令三上総・信濃二国、始貢二絁調一。○丙辰、詔曰、率土百姓、浮二浪四方一、規[9]二避課役一、遂仕二王臣一、或望二資人一、或求二得度一。王臣、不レ経二本属一、私自駈使、嘱二請[10]国郡一、遂成二其志一。因レ茲、流二宕天下一、不レ帰[11]二郷里一。若有二斯輩一、輙私容[12]止者、揆[13]レ状科レ罪、並如二律令一。又依[14]レ令、僧尼取下年十六已下不レ輸二庸調一者上、聴レ為二童子一。而非レ経二国郡一、不レ得二輙取一。又少丁已上、不レ須レ聴之。○辛酉、以二大計帳・四季帳・六年見丁帳・青苗

1赴〔兼傍・谷朱抹傍・東傍・高傍、大〕―起(兼・谷原・東・高)→校補
2致〔谷擦重〕―到(谷原)
3今〔高擦重〕
4勤〔兼・谷、大〕―ナシ(東・高)
5甲〔高重〕
6隼―準(東)
7丑ノ下、ナシ(大衍、類八〇・紀略)―日〔兼等〕
8疋―匹(紀略)
9規→校補
10請―諸〔底〕→校補
11帰〔兼・谷、大〕―郷(東)、ナシ(高)
12容→校補
13揆〔谷擦重〕→校補
14依〔底擦重〕

一 以下は詔の三項全体にかかる。
二 平城宮のいわゆる第一次の朝堂をさすか。西の朝集堂、という説もあるが疑わしい。
三 前年(霊亀二)五月に六年相替とし、和銅二年以来上京していた隼人を帰国させた替りに入京してきた隼人か。 四 このときの行事は未詳だが、隼人司式では践祚大嘗日に風俗歌儛を奏するのは、弾琴二人、吹笛一人、撃百子四人、拍手二人、歌二人、儛二人とする。隼人の風俗歌儛のなかには記紀に伝える海幸・山幸の物語も含まれていたか。 五 →㈠一二九頁注二四。この前月には、右少弁として太政官の誄を行なっている。
六 和銅六年四月に正五位下に叙せられ、このあと養老二年正月に正五位下より従四位下に叙せられているので、正五位下の誤りか。
七 →㈠補2-一〇。
八 綾を調として貢上するときの正丁一人の輸量を定めた政令。賦役令には調の品目として綾の規定はないが、和銅四年閏六月に挑文師を諸国に派遣して錦綾を織ることを教習せしめ、翌和銅五年七月に二一か国で綾錦を織り始めた(㈠補5-三四)。その結果、調の綾の生産が経常化したので、この制が出されたか。
九 主計寮式上では一窠綾などは「上糸国七丁成レ疋、中糸国六丁成レ疋…、麁糸国五丁成レ疋」と規定し、このときの制度が基本的には継承されている。なお営繕令5集解古記・令釈が引く格が、錦羅綾等の寸法を営繕令5の「闊一尺八寸、長四丈為レ疋」を改正して「広一尺九寸、長六丈為レ疋」とするのも、主計寮式に継承されているので、この格もこの養老元年五月の制の一部か。
一〇 上総国は望陁布(上総国望陀郡産の高級な布)を産し、賦役令1でも調の布としては望

に赴《おもぶ》かしめよ。茲《これ》に因《よ》りて逗留《とうりう》して日《ひ》を延《の》ぶること得《え》じ。実《まこと》[一]に主司《しゆし》厳断《げむだん》を加《くは》へぬに由《よ》りて、この弊《へい》有ることを致《いた》せり。今《いま》より以後《のち》、更《さら》に然《しか》すること得《え》ざれ。村里《そんり》に布《ふ》れ告《つ》げて、勤《つと》めて禁止《きむし》を加《くは》へよ」とのたまふ。○甲午《二十五日》、天皇《すめらみこと》、西朝《さいでう》[二]に御《おは》します。大隅《おほすみ》・薩摩《さつま》の二国の隼人《はやひと》[三]ら、風俗《ふうぞく》[四]の歌儛《かぶ》を奏《つかへまつ》る。

隼人、歌舞を奏する

位《くらゐ》を授《さづ》け禄《ろく》賜《たま》ふこと各《おのおの》差《しな》有り。○乙未《二十六日》、従五位上上毛野《かみつけの》[五]朝臣広人《ひろひと》を大倭《やまと》守とす。従四位下[六]賀茂《かも》[七]朝臣吉備麻呂《きびまろ》を河内《かふち》守。

調の綾の輸量を定める

五月辛丑《庚子朔 二日》、制《せい》[八]すらく、「諸国《くにぐに》綾《あや》を織《お》らむに、六丁[九]を以《もち》て疋《むら》と成《な》せ」といふ。○丁未《八日》、上総《かみつふさ》[一〇]・信濃《しなの》[一一]の二国[一二]をして、始《はじ》めて絁《あしぎぬ》の調《でう》を貢《たてまつ》らしむ。○丙辰《十七日》、

王臣家が浮浪人を資人などにすることを禁止

詔《みことのり》[一三]して曰《のたま》はく、「率土《そつと》[一四]の百姓《はくせい》、四方《しはう》に浮浪《ふらう》[一五]して、課役《くわやく》を規避《きひ》し、遂《つひ》に王《わう》臣《しん》に仕《つか》へて、或《ある》は資人《しにん》[一六]を望《のぞ》み、或は得度《とくど》[一七]を求《もと》む。王臣、本属《ほんぞく》[一八]を経《へ》ずして、私《わたくし》に自《みづか》ら駈使《くし》し、国郡《こくぐん》[一九]に嘱請《しよくせい》して、遂にその志《こころざし》を成す。茲《これ》に因《よ》りて、天《あめの》下《した》に流宕《るだう》して、郷里《がうり》に帰《かへ》らず。若《も》し斯《こ》の輩《ともがら》有りて、輙《たやす》く私《わたくし》に容止《ようし》せば、

僧尼の童子を規制

状《じやう》を揆《はか》りて罪《つみ》を科《おほ》せむこと、並《ならび》に律令《りちりやう》[二〇]の如《ごと》くせよ。また[二一]、令《りやう》[二二]に依《よ》るに、僧《ほふし》尼《あま》は年十六已下の庸《よう》・調《でう》を輸《いだ》さぬ者《ひと》を取《と》りて、童子《どうじ》[二三]とすることを聴《ゆる》す。而《しか》れども国郡《こくぐん》を経《ふ》るに非《あら》ずは、輙《たやす》く取ること得《え》じ。また、少丁《せうちやう》[二四]已上は、聴《ゆる》すべからず」とのたまふ。○辛酉《二十二日》、

大計帳等の式を頒下

大計帳《だいけいちやう》[二五]・四季帳《しきちやう》・六年見丁帳《げんちやうちやう》・青苗《しやうめう》

陋布だけが特別に規定されていた。上総国がこの年まで絁の調を貢しなかったのは、布を主としていたからか。主計寮式上でも絁二〇〇疋のほかはすべて布。

一一 信濃国の絁調は永続しなかったようで、主計寮式上の調には絁はみえない。

一二 和銅六年五月に相模・常陸・上野・武蔵・下野の東国五国に調として絁を輸させることとしたが(㈠一九九頁注一三)、ここで上総・信濃の二国を加えた。

一三 正規の手続きを経ないで課役が免除される身分に変ることを規制する詔。二項からなる。

一四 詔の第一項。浮浪する百姓を、勝手に王臣家の資人などにすることを禁ずる。

一五 →㈠補4-四八。 一六 →㈠補5-一五。賦役令19によれば、資人は免課役。

一七 公験を与えられて僧尼となること。得度者は一般の戸籍には記載されず(僧尼名籍に登載)、当然不課口とみなされた。

一八 王臣の本属(官司)か、あるいは百姓の本貫(国郡)か、いずれとも解しうるが、後者か。

一九 百姓の本貫の国郡か。

二〇 捕亡律17に他界からの逃亡浮浪者を容止した場合の規定が、戸婚律1-4に課口を脱漏した場合の規定が、同5に違法に得度させた場合の規定がある。

二一 詔の第二項。僧尼が勝手に童子をとることを禁ずる。

二二 僧尼令6に「凡僧聴下近親郷里、取二信心童子一供侍上。年至二十七一、各還二本色一」。

二三 童子は、沙弥に至る修行過程者をさす場合もあるが、ここでは僧尼令6と同じく俗人の従者。玄蕃寮式に僧綱以下の童子の数を定める。

薄[1]・輸租帳等式一、頒[2]二下於七道諸国一。○乙丑、以二従四位
下大伴宿禰男人一為二長門守一。○六月己巳朔、右京職言、
素[3]性仁斯、一産二三女一。賜二衣粮[4]并乳母一人一。◎自二四月一
不レ雨、至二于[5]是月一。○秋七月己未、加二左右京職史生[6]各
四員一。○庚申、以二沙門辨正一為二少僧都一。神叡為二律
師一。」賜二従五位下紀朝臣清人穀一百斛一。優二学士一也。○
八月庚午、正三位安倍朝臣宿奈麻呂言、正七位上他[7]田臣
万呂、本系同族、実非二異姓一。追二尋親道一、理須二改正一。
請、賜二安倍他[8]田朝臣姓[9]一。許レ之。○甲戌、遣二従五位下
多治比真人広足於美濃国一、造二行宮一。○九月癸卯、従五
位上臺忌寸少麻呂言、因レ居命レ氏、従来恒例。是以、河
内忌寸因レ邑被レ氏。其類不レ一。請、少麻呂率二諸子弟一、
改二換臺氏一、蒙二賜岡

1 薄(谷傍イ、大改、類八〇・一四七・紀略)—簿〔兼等〕→校補
2 頒〔兼・谷、大、類八〇・一四七・紀略〕—須(東・高)
3 素性〔兼等、大〕—索姓(類五四)、素姓(紀略)
4 粮〔類五四〕—ナシ(類五四一本)
5 于—千(高)
6 生—ナシ〔底〕→校補
7・8 他〈意改〉(大改)—池→脚注・校補
9 姓許之〔高擦重〕—許之(高原)

三四 戸令6によれば、十七歳以上二十歳以下を中男(大宝令では少丁)とし、戸令5によれば中男(大宝令では少丁)は、課口(課役を負担する口)。 三五 →補7-三七。

一 →[一]七一頁注一〇。
二 他に見えず。素性を紀略は素姓、類聚国史は索姓につくる。天平勝宝七歳九月の班田司歴名(古四-八一頁)に左京班田司算師として、索羅下老万呂がみえるが、関係の有無未詳。続日本紀の多産記事→[一]補1-一〇四。
三 四月丙戌条に雨乞いの記事がある。
四 養老職員令では左右京職に史生なし。和銅元年八月条に左右京職の史生を各六員とする([一]一四三頁注一)。ここで各四員を加え、計各一〇人となる。→[一]補4-一九。
五 弁浄・弁静にも。天平元年十月、大僧都。同二年十月、僧正。天平八年没(僧綱補任)。白雉四年五月、学問僧として入唐し、懐風藻に詩を残す弁正法師(俗姓秦氏、大宝年中、入唐、唐に死す)とは別人か。
六 僧綱(僧正・僧都・律師)の一員。→[一]補1-六三。
七 持統七年三月、学問僧として新羅に遣される。天平元年十月、少僧都、天平九年没。続紀養老三年十一月条と家伝下には、釈門に秀でたるものとして道慈と並び称せらる。延暦僧録(扶桑略記六所引)に伝があり、芳野の現光寺に廬を結んで二〇年間、日夜三蔵を閲し、芳野僧都と称せられた。元亨釈書・本朝高僧伝・今昔物語に伝や逸話がある。
八 僧尼統制機関である僧綱の一。僧正・僧都に次ぐ。→[一]補1-六三。
九 →[一]補6-三七。二年前の霊亀元年七月にも学士を優するとして穀一〇〇石を賜ってい

簿《ふ》・輸《ゆ》租帳《そちやう》等の式《しき》を以《もち》て、七道《しちだう》の諸国《くにぐに》に頒《わか》ち下《くだ》す。○乙丑[二十六日]、従四位下[一]大伴《おほとも》宿禰男人《をひと》を長門《ながと》守とす。

六月己巳の朔、右京職《うきやうしき》言《まう》さく、「[二]素性仁斯《そせいにし》、一たびに三女《みたりのめのこ》を産《う》みつ」とまうす。衣粮《いりやう》并《あは》せて乳母《めのと》一人を賜《たま》ふ。[三]四月より雨《あめ》ふらずして、是《こ》の月《つき》に至《いた》れり。

僧綱の任命

学士に賜物

秋七月[戊戌朔]己未[二十二日]、[四]左《さ》右京職《うのきやうしき》に史生《ししやう》各《おのおの》四員を加《くは》ふ。○庚申[二十三日]、[五]沙門《しやもん》辨正《べんしやう》を[六]少僧都《せうそうづ》とし、[七]神叡《じんえい》を[八]律師《りちし》とす。従五位下[九]紀《き》朝臣清人《きよひと》に穀《もみ》一百斛を賜《たま》ふ。[一〇]学士《ふみはかせ》を優《めぐ》めばなり。

八月[戊辰朔]庚午[三日]、正三位[一一]安倍《あへ》朝臣宿奈麻呂《すくなまろ》言《まう》さく、「正七位上[一二]他田《をさだ》臣万呂《まろ》は、本系同族《ほんけいどうぞく》にして、実《まこと》は[一三]異姓《いせい》に非《あら》ず。親《おや》の道《みち》を追《お》ひ尋《たづ》ぬるに、理《ことわり》改《あらた》め正《ただ》すべし。請《こ》はくは、[一四]安倍他田《あへのをさだ》朝臣の姓を賜はらむことを」とまうす。これを許《ゆる》す。○甲戌[七日]、従五位下[一五]多治比《たぢひ》真人広足《ひろたり》を美濃《みの》国に遣《つかは》して、[一六]行宮《かりみや》を造《つく》らしむ。

九月[丁酉朔]癸卯[七日]、従五位上[一七]臺《うてな》忌寸少麻呂《すくなまろ》言《まう》さく、「居《こ》に因《よ》りて氏《うぢ》を命《みやう》すること、従来恒例《もとよりつねのためし》なり。是《ここ》を以《もち》て、[一八]河内《かふち》忌寸は邑《むら》に因りて氏《うぢ》を被《かがふ》れり。その類《たぐひ》一ならず。請《こ》はくは、少麻呂諸《もろもろ》の子弟《してい》を率《ひき》ゐて、臺《うてな》の氏を改《あらた》め換《か》へて、[一九]岡《をか》

る㈠二三二頁注一七）。両度か、あるいは同一記事の重出か、未詳。

一〇 →㈠二三二頁注二〇。

一一 →㈠補2―一六九。宿奈麻呂は、慶雲元年十一月以降、安（阿）倍氏の氏上と推定される（㈠八三頁注二〇）。和銅五年十一月にも、宿奈麻呂の奏言によって、引田朝臣・久努朝臣・長田朝臣に阿倍朝臣の姓を賜っている（㈠一八九頁注一九）。

一二 「他田臣万呂」と下文の「安倍他田朝臣」の「他」は、底本・諸本ともに「池」につくるが、和銅五年十一月乙酉条（㈠一八九頁）に長田（をさた）朝臣に阿倍朝臣の姓を賜っていること、後紀弘仁三年二月辛亥条に阿倍長田朝臣に阿倍朝臣の姓を賜っていることから、「池」は「他」の誤写と推定して改めた。他田臣万呂は他に見えず。他田は地名によった可能性が強く、奈良県磯城郡纒向村内の古名に訳語田（をさだ）がある（㈠補5―六八）。他田臣は、朝臣姓の長田朝臣（㈠一八九頁注二四）の傍系の一族か。

一三 ここの姓は、狭義のカバネではなく、中国的な宗族の意。

一四 後紀弘仁三年二月辛亥条にみえる阿倍長田朝臣節麻呂らは、この子孫か。

一五 →七頁注二三。

一六 約一か月後に出発する行幸の準備。→補7―二九。　一七 →㈠一五三頁注一三。

一八 姓氏録右京諸蕃に「台忌寸。河内忌寸と同じき祖。漢の孝献帝の男、白竜王の後なり」とあるように、同族の河内忌寸を引き合いに出したか。なお姓氏録河内諸蕃には河内忌寸は山代忌寸と同祖で魯国白竜王の後とある。

一九 少麻呂の居がおそらく河内国交野郡岡本郷（和名抄）にあったのによるか。ただし岡本忌寸は姓氏録にはみえない。

本姓一。許レ之。○戊[1]申、行二幸美濃国一。○丁未、天皇行二幸美濃国一。○戊申、行
至二近江国一、観[2]三望淡海一。山陰道伯耆以来、山陽道備後以来、南海道讃岐已来、諸国司等詣二行在所一、奏二土風歌儛一。○甲[3]寅、至二美濃国一。東海道相模[4]以来、東山道信濃以来、北陸道越中以来、諸国司等詣二行在所一、奏二風俗之雑[5]伎一。○丙辰、幸二当耆郡一、覧[6]二多度山美泉一。賜[7]二従レ駕五位已上物一、各有レ差。○戊[8]午、賜二従レ駕主典已上、及美濃国司等物一、有レ差。郡領已下、雑色卌[9]一人、進二位一階一。又免下不破・当[10]耆二郡[11]今年田租、及方県・務義二郡百姓供二行宮一者租[12]上。○癸亥、還至二近江国一。賜二従レ駕五位已上、及近江国司等物一、各有レ差。郡領已下、雑色卌[13]餘人、進二位一階一。又免下志我・依智[14]二郡今年田租、及供二行宮一百姓之租上。○甲子、車駕還レ宮。○冬十月戊寅、正三位阿倍朝臣[15]宿奈麻呂、正四位下安八万王、従四位下酒部王・坂合部王・智努王・御原王・百済王良虞・中臣朝臣人足等、益レ封

1戊〔兼・谷、大、紀略〕—戍(東・高)
2観—親(紀略)
3甲〔高擦〕—申(高原)
4模〔東、大〕—撓(兼)、撸(谷)、横(高)
5雑(谷・東・高、大、紀略)—難〔兼〕
6覧(大補、類八三・紀略)—ナシ〔兼等〕→校補
7賜従駕五位已上物—従駕五位已上賜物(紀略)
8戊〔兼・谷、大、類八三・紀略〕—戍(東・高)
9卌→校補
10当→校補
11郡—部(高)
12租〔兼・谷、大、類八三・紀略〕—祖(東・高)→校補
13卌→校補
14智—知(類八三)
15臣—ナシ(高)

一 この姓は、ウヂ名の意で、前文の「氏」と同意。
二 この行幸は、大嘗祭の翌年に行なわれた儀礼的な意味の深いものと推測される。↓補7―二八。
三 琵琶湖。近江の国名も近つ淡海に由来する。
四 この日の山陰・山陽・南海の諸道は都より西方、六日後の東海・東山・北陸の諸道は都より東方。民部省式(賦役令3集解古記所引)による前記六道の中国・近国は、中国の出雲・伊予を除き、全てふくまれている。なお畿内諸国がふくまれていないことも注目される。
五 所在未詳だが淡海を観望できる場所か。
六 その国の風俗を示す歌儛。甲寅条の「風俗之雑伎」も同じことを言換えたもので、四方の国の大和王権への服属の儀礼の意味をふくんでいたと考えられる。
七 当耆(たぎ)は滝の古語。現在の岐阜県養老郡・海津郡の諸町と大垣市の一部。↓㊀五五頁注一一。
八 現在の岐阜県養老郡養老町にある「養老ノ滝」と推定される。この行幸が契機となり、養老と改元(十一月癸丑条)。なお十訓抄第六、古今著聞集巻八には、貧しい孝行息子がこの滝から酒を汲んで老父に飲ませて孝養をつくし、そのことが帝に聞こえてこの行幸となり、養老と改元されたという説話をのせる。
九 郡散事などをさすか。
一〇 不破郡は行宮がつくられた郡か。十一月癸丑条に「不破行宮」。現在の岐阜県不破郡関

本《もと》の姓[一]を蒙《かがふ》り賜《たま》はらむことを」とまうす。これを許《ゆる》す。○丁未（十一日）、天皇《すめらみこと》、美《み》[二]濃《の》国に行幸《みゆき》したまふ。

美濃国行幸

○戊申（十二日）、行《みゆき》して近江《ちかつあふみ》国に至《いた》りて、淡海《あふみ》[三]を観望《みのぞ》みたまふ。山陰道《せんおむだう》[四]は伯耆《ははき》より以来《このかた》、山陽道《せんやうだう》は備　後《きびのみちのしり》より以来、南海道《なむかいだう》は讃岐《さぬき》より已来の、諸　国司《もろもろのこくし》等《ども》、行在所《いでましところ》[五]に詣《まゐ》りて土風《くにぶり》[六]の歌儛《かぶ》を奏《つかへまつ》る。

諸国司等、行在所で歌舞を奏する

○甲寅（十八日）、美《み》濃《の》国に至りたまふ。東海道《とうかいだう》は相模《さがみ》より以来、東山道《とうせんだう》は信濃《しなの》より以来、北陸《ほくろく》道《だう》は越　中《こしのみちのなか》より以来の、諸　国司《もろもろのこくし》等《ども》、行在所《いでましところ》に詣りて風俗《ふうぞく》の雑伎《ざふぎ》を奏《つかへまつ》る。

多度山の美泉を覧る

○丙辰（二十日）、当耆《たぎ》[七]郡に幸《みゆき》し、多度《たど》[八]山の美泉《よきいづみ》を覧《み》たまふ。駕《が》に従《したが》へる五位已上に物《もの》賜《たま》ふこと各《おのおの》差《しな》有り。○戊午（二十二日）、駕に従へる主典《さうくわん》已上と美濃の国司等とに物賜ふこと差《しな》有り。郡領《ぐんりやう》已下、雑色《ざふしき》[九]卌一人に、位《くらゐ》一階を進《すす》む。また、不《ふ》[一〇]破《は》・当耆《たぎ》の二郡の今年《ことし》の田租《でんそ》と、方県《かたかた》[一一]・務義《むげ》の二郡の百姓《はくせい》の行宮《かりみや》に供《ぐ》せる者《ひと》の租《そ》とを免《ゆる》す。○癸亥（二十七日）、還《かへ》りて近江国に至りたまふ。駕に従へる五位已上と、近江の国司等とに物賜ふこと各《おのおの》差《しな》有り。郡領已下、雑色卌餘人に、位一階を進む。また、志我《しが》[一二]・依智《えち》の二郡の今年の田租《でんそ》と、行宮《かりみや》[一三]に供せる百姓の租とを免す。○甲子（二十八日）、車駕《きよが》、宮[一四]に還《かへ》りたまふ。

冬十月戊寅（丁卯朔　十二日）、正三位阿倍《あへ》[一五]朝臣宿奈麻呂《すくなまろ》、正四位下安八万王《あはちまのおほきみ》[一六]、従四位下酒部《さかべ》[一七]王・坂合部《さかひべ》[一八]王・智努《ちの》[一九]王・御原《みはら》[二〇]王・百済　王　良虞《くだらのこにきしりやうぐ》[二一]・中臣《なかとみ》[二二]朝臣人足《ひとたり》等に封《ふう》[二三]

ヶ原町・垂井町と大垣市の一部。当耆郡は多度山美泉の所在郡。

一一　不破郡の行宮への供奉に、近隣諸郡（味蜂間・本簣・席田・山方など）ではなく、地域的に隔った方県・務義二郡の百姓があたったのは、身毛氏と関係があるか。→補7-四一。方県郡は大宝二年戸籍に肩県郡（古一-四〇頁）。現在の岐阜県岐阜市北・西部。務義郡は民部省式上に武義郡、和名抄に武芸郡。釈日本紀所引上宮記逸文に牟義都国造がみえる。現在の岐阜県武義郡と美濃市の全域、及び関市のほぼ北半を占める。

一二　志我郡・依智郡は行宮のおかれた郡か。志我郡は民部省式上・和名抄に滋賀。他に志何（古一-三二九頁）・斯我（古一-三六二頁）・志賀（古一-三二〇頁）・兹賀（古四-二五九頁）と も。現在の滋賀県滋賀郡と琵琶湖・宇治川以西の大津市。依智郡は民部省式上・和名抄に愛智。現在の愛知郡全域と彦根市・犬上郡・神崎郡の各一部。

一三　志我・依智二郡以外の行宮に供せる百姓。

一四　平城宮。

一五―二一　→補7-一三。

二二　→補7-二三。この年正月乙巳条に正五位上に昇叙のことがみえ、その後この十月までの間に昇叙の記事はみえないが、ここでは従四位下。位封は四位以上に給されるので、「益封」されるには従四位下がふさわしい。人足は前年二月、出雲国造の神賀詞を神祇大副として奏聞しているので、この行幸にも神祇官人として同行し、昇叙された可能性もある。

二三　ここで益封された人は全てこの年正月乙巳に昇叙されているが、同時に四位以上に昇叙された石川朝臣難波麻呂だけは益封されていない。

各有レ差。〇丁亥、以二従四位下藤原朝臣房前一参二議朝
政一。〇十一月丁酉朔、日有レ蝕之。〇甲辰、高麗・百済
二国士卒、遭二本国乱一、投二於聖化一。朝廷[1]憐二其絶域一、給
レ復終[2]レ身。」又遣唐使水手已上一房徭役咸[3]免。」又九等戸、
以二賤多少・幼[4]長一、准レ財為レ定矣。〇丙午、賜二故左大臣
従一位石上朝臣麻呂第[5]、絁一百疋、糸四百絇、白綿一千
斤、布二百端一。〇癸丑、天皇臨レ軒、詔曰、朕以二今年九
月一、到二美濃国不破行宮一。留連数日。因[6]覧二当耆郡多度山
美泉一、自盥二手面一、皮膚[7]如レ滑。亦洗二痛処[8]一、無レ不二除
愈一。在二朕之躬一、甚有二其験一。又就而飲浴[9]之者、或白髪
反レ黒、或頽[10]髪更生、或闇目如レ明。自餘痼疾、咸皆平愈[11]。
昔聞、後漢光武時、醴泉出。飲レ之者、痼疾皆愈。符瑞
書曰、醴泉者美泉。可二以養一レ老。蓋[12]水之精也。寔惟、美
泉即合二大瑞一。朕雖二庸[13]虚一、何違[14]二天[15]貺一。可下大二赦天下一、
改二霊亀三年一、

1 廷〔底〕—庭→校補
2 終〔谷抹傍イ、大、紀略〕—給〔兼・谷原・東〕、ナシ(高)
3 咸→校補
4 幼〈意改〉—幻→脚注・校補
5 第〔大、類七八・紀略〕—弟〔兼等〕→校補
6 因〔紀略改〕—同〔紀略原〕
7 膚→校補
8 処→校補
9 浴〔兼・谷、大〕—治〔東・高〕
10 頽→校補
11 愈→校補
12 蓋〔高擦重〕
13 庸〔兼・東・高、大改、紀略〕—痛〔谷〕
14 違—ナシ〔底一字空〕→校補
15 天〔紀略改〕—大〔紀略原〕

一 不比等の第二子。藤原氏北家の祖。→㈠六五頁注四。
二 房前の父、不比等はこのとき右大臣なので、房前が朝政に参議することにより、藤原氏から議政官を二名出すことになる。参議朝政→㈠補2-一四一。
三 日食。この日はユリウス暦の七一七年十二月八日。この日食は奈良では生じなかった。→㈠補1-七五。
四 この日、三つの法令が太政官符によって施行された。以下はその一つで、賦役令15集解古記に「霊亀三年十一月八日太政官符、外蕃免二課役一事。高麗・百済、敗時投化、至二于終身一、課役俱免。自余依レ令施行」とある。高麗は高句麗。
五 六六〇年代の百済・高句麗の滅亡の際の戦乱。
六 先引の官符では「至二于終身一、課役俱免」。賦役令15に「外蕃之人投レ化者、復十年」とあるのを、とくに終身とした。なおこの後、延暦十六年五月廿八日勅(三代格)によって、百済王の一族は、永く「課并雑徭」(役＝庸は畿内にはない)を免除されることになる。
七 この日に出された三つの太政官符のうちの一つ。賦役令16集解古記に「霊亀三年十一月八日太政官符、遣二大唐国一水手已上後家徭役事。正身一房徭役已免。不レ及二別房一」。遣唐使は前年八月に任命され、この年三月に遣唐押使に節刀を賜り、十月には唐の都で朝貢している。→補7-一二。
八 和名抄に「水手〈加古〉」。舟を漕ぐ人。水手已上とは遣唐使船の乗組人全員を指す。
九 霊亀元年の式により郷の下部単位として一郷に二、三の里を設けるとともに、郷を構成する五十戸の各々の郷戸の中も二、三の房戸

益《ま》すこと各《おのおの》差《しな》有り。○丁亥《二十一日》、従四位下藤原《ふちはら》[一]朝臣房前《ふささき》を朝政《でうせい》[二]に参議《さむぎ》せしむ。

十一月丁酉の朔、日《ひ》[三]蝕《は》ゆること有り。○甲辰《八日》、高麗《こま》[四]・百済《くだら》の二国の士卒《じそち》、本国《ほんごく》[五]の乱《らん》に遭《あ》ひて、聖化《せいくわ》に投《とう》す。朝廷《でうちやう》、その絶域《ぜちゐき》を憐《あはれ》みて、復《ふく》[六]を給《たま》ひて身《み》を終《を》へしむ。

房戸

また、遣唐使《けんたうし》[七]の水手《かこ》[八]已上が一房《いちばう》[九]の徭役《えうやく》[一〇]を咸《ことごと》く免《ゆる》す。また、九[一一]等の戸《へ》は賤《せん》の多少《たせう》・幼長《えうちやう》[一二]を以《もち》て、財《たから》に准《なずら》へて定《さだ》めしむ。○丙午《十日》、故左大臣《こさだいじん》[一三]従一位石上《いそのかみ》朝臣麻呂《まろ》の第《てい》に、絁《あしぎぬ》一百疋、糸《いと》四百絇、白綿《しろきわた》[一四]一千斤、布《ぬの》二百端を賜《たま》ふ。

養老改元の詔

○癸丑《十七日》、天皇《すめらみこと》、軒《けん》[一五]に臨《のぞ》みて、詔《みことのり》[一六]して曰《のたま》はく、「朕《われ》今年《ことし》[一七]九月を以《もち》て、美濃《みの》国不《ふ》破行宮《はのかりみや》に到《いた》る。留連《りうれん》すること数日なり。因《より》て当耆《たぎ》郡多度《たど》山の美泉《よきいづみ》を覧《み》て、自《みづか》ら手《て》面《おもて》を盥《あら》ひしに、皮膚《ひふ》滑《なめ》らかなるが如《ごと》し。亦《また》、痛《いた》き処《ところ》を洗《あら》ひしに、除《のぞ》き愈《い》えずといふこと無し。朕《わ》が躬《み》に在《あ》りては、甚《はなは》だその験《しるし》有りき。また、就《つ》きて飲《の》み浴《あむ》る者《ひと》、或《ある》は白髪《はくはつ》黒《くろ》に反《かへ》り、或は頽髪《たいはつ》更《さら》に生《お》ひ、或は闇《おほつかな》き目《め》明《あき》らかなるが如《ごと》し。自餘《そのほか》の痼疾《やまひ》、咸《ことごと》く皆平愈《みなへいゆ》せり。昔聞《むかしき》かく、「後漢《ごかん》[一八]の光武《くわうぶ》の時に、醴泉出《れいせんい》でたり。これを飲《の》みし者《ひと》は、痼疾皆愈《やまひみない》えたり」ときく。符瑞書《ふずいしよ》[一九]に曰《い》はく、「醴泉《れいせん》[二〇]は美泉《よきいづみ》なり。以《もち》て老《おい》を養《やしな》ふべし。蓋《けだ》し水《みづ》の精《せい》なり」といふ。寔《まこと》に惟《おもひ》みるに、美泉《よきいづみ》は即《すなは》ち大瑞《だいずい》に合《かな》へり。朕《われ》、庸《よう》

大赦・賜物

虚《こ》なりと雖《いへど》も、何《なに》ぞ天《てん》の貺《たまひもの》に違《たが》はむ。天下《あめのした》に大赦《たいしや》[二一]して、霊亀《れいくゐ》三年を改《あらた》め

にわけた(㊀補6-一一)。房戸は単婚家族に近いものもあるが、あくまでも行政上の単位で、必ずしも家族の実態を示すものではない。

一〇 歳役(庸)と雑徭。賦役令16によれば、公使(義解は水手以上とする)によって唐国から還った者は三年の課役を免ずることになっており、慶雲四年八月辛巳条(㊀一二五頁)では水手等に復十年を給うとするが、ここでは房戸にまで復除の範囲を拡げた。

一一 この日に出された三つの太政官符のうちの一つ。賦役令6集解古記に「霊亀三年十一月八日太政官符、九等戸奴婢価事。依二長幼一立二平估一、仍為二正価一」。義倉は九等戸(上上から下下の九等)によって差をつけて徴収し、その等級は、和銅八年五月十九日格(賦役令6集解古記)では資財を銭に換算して定め「奴一口、准レ直六百文、婢一口、四百文」としたが、ここではさらに賤の長幼によって価格に差を付けることにした。

一二「幼長」は底本・諸本とも「勿長」とするが、「勿」は「幼」の誤写と推定して意改した。

一三 三月癸卯に没。同日条によれば従一位は贈位で、長屋王らを第に派遣して弔賻(弔して賻物を支給)しているから、ここでの賜物は喪葬令5の「別勅賜物」にあたるか。

一四 主計寮式上の越中国条には調として白畳綿・白細屯綿がみえ、正倉院蔵の調の紙箋にも天平勝宝六年の越中国の調の白牒綿・白綿がみえる(銘文集成)。白綿は上質の綿か。宝亀十年五月丙寅条に、唐で没した阿倍仲麻呂の家族に対して、葬礼のために白綿を賜ったことがみえる。

一五 大極殿に出御すること。「臨レ軒」は、狭義には、正座に御せず、軒にのぞむ。

一六 養老に改元する詔。改元する理由、大赦

為㆗養老元年㆖。天下老人年八十已上、授㆓位一階㆒。若至㆓五位㆒、不㆑在㆓授限[1]㆒。百歳已上者[2]、賜㆓絁三疋、綿三屯、布四端、粟[3]二石㆒。九十已上者、絁二疋、綿二屯、布三端、粟一石[4]五斗。八十已上者、絁一疋、綿一屯、布二端、粟一石。僧尼亦准㆓此例㆒。孝子・順孫、義夫・節婦、表㆓其門閭㆒、終㆑身勿㆑事。鰥寡惸[5]独[6]、疾病之徒、不㆑能㆓自存㆒者、量加㆓賑恤㆒。仍令㆔長官親自慰問、加[7]㆓給湯薬[8]㆒。亡[9]㆓命[10]山沢㆒、蔵[11]㆓禁兵器㆒、百日不㆑首、復罪如㆑初。又美濃国司及当耆郡司等、加㆓位一階㆒。又復㆓当耆郡[12]来年調庸、餘郡庸㆒。賜㆓百官人物㆒各有㆑差。女官亦同。○癸[13]丑、授㆓美濃守従四位下笠朝臣麻呂従四位上、介正六位下藤原朝臣麻呂従五位下㆒。○戊[14]午、詔[15]曰、国輸絹絁、貴賤有㆑差、長短不㆑等。或輸㆓絹一丈九尺㆒、或輸㆓絁一丈一尺㆒。長者直貴、短者直賤。事須㆓安穏㆒、理応㆓均輸㆒。糸[16]有㆓精麁㆒、賦無㆓貴賤㆒。不㆑可㆘以㆓一概㆒強㆗貴賤之理㆖。布雖㆑有㆑端、稍有㆑不㆑便。宜㆔随㆑便㆑用、

1 限—根〔底〕→校補
2 者→校補
3 粟〔谷重〕—栗(谷原)
4 石〔底〕—斛→校補
5 惸〔兼・谷、大、紀略〕—恂(東・高)
6 独＝獨〔谷抹傍〕—猶(谷原)
7 加—ナシ(高)
8 薬ノ下、ナシ〔谷朱抹、大〕—已薬(兼・谷原・東・高)→校補
9 亡〔谷傍イ、大〕—已(兼等)→校補
10 命ノ上、ナシ—已〔底〕→校補
11 蔵禁〔兼・谷原・東・高〕—挟蔵(谷抹傍、大)
12 郡ノ下、ナシ—司等加位一階又復当耆郡(高)
13 癸丑〔兼等、紀略原〕—ナシ(大衍、紀略衍)→脚注・校補
14 戊午条→校補
15 詔→校補
16 糸＝絲〈意改〉(大改)—熊〔兼等〕、態(谷傍イ)→校補

し養老と改元すること、老人に対する叙位と賜物、孝子順孫等の表彰、鰥寡惸独等への賑恤、罪人の自首期限の延長、国郡司等への叙位、調庸の復除、百官人に対する賜物、の諸項からなる。一七 九月甲寅・丙辰条参照。

一八 後漢書光武帝紀中元元年条に「是夏、京師醴泉湧出、飲㆑之者固疾皆愈。惟眇蹇者不㆑瘳」。

一九 瑞祥について記した書。旧唐書経籍志・新唐書芸文志に顧野王符瑞図十巻がみえるが、同書をさすかどうか未詳。→[一]一八五頁注一八。

二〇 和名抄に「醴〈音礼、和名古佐介〉一日一宿酒也」とあり、治部省式は「醴泉。〈美泉也。其味美甘、状如㆓醴酒㆒〉」として大瑞とする。持統紀七年十一月条にも近江国益須郡の醴泉のことがみえる。

二一 →[一]補2-九八。

一 老人に対する、叙位と通例より多い賜物が、この養老改元の詔の特色。「養老」の語義と関係するか。

二 粟が賜物にみえるのは、続紀ではここだけ。

三 →五頁注六。　四 →五頁注三・四。

五 長官は京では左右京職大夫、国では国守か。長官に自ら慰問させ、湯薬を支給させているのは、この改元の詔の特色。養老改元の動機と関係するか。

六 戸籍を脱して山沢に逃亡したり、私有の禁じられている兵器を所持したりして、百日たっても自首しない。→[一]一一三頁注二一-二四。

七 続紀の諸本は叙位の記事の上に「癸丑」の干支あり。改元の詔と同日。叙位の資料によったための重複か。

調庸負担の公平化

て、養老《やうらう》元年とすべし」とのたまふ。天下《あめのした》の[一]老人年《らうにんとし》八十已上に、位《くらゐ》一階を授《さづ》く。若《も》し五位に至《いた》らば、授《さづ》くる限《かぎり》に在《あ》らず。百歳《ひやくさい》已上の者《ひと》には、絁《あしぎぬ》三疋、綿《わた》三屯、布《ぬの》四端、[二]粟《あは》二石を賜《たま》ふ。九十已上の者には、絁二疋、綿二屯、布三端、粟一石五斗。八十已上の者には、絁一疋、綿一屯、布二端、粟一石。僧尼《ほふしあま》も亦《また》この例《ためし》に准《なずら》ふ。[三]孝子《けうし》・順孫《じゆんそん》・義夫《ぎふ》・節婦《せちふ》は、その門閭《もんりよ》に表《へう》して、身《み》を終《を》ふるまで事《こと》勿《な》からしむ。[四]鰥寡惸独《くわんくわけいどく》と疾病《しつびやう》の徒《ともがら》との、自存《じぞん》すること能《あた》はぬ者《ひと》には、量《はか》りて賑恤《しんじゆつ》を加《くは》ふ。[五]仍《より》て長官《ちやうぐわん》をして親《みづか》ら慰問《ゐもん》し、湯薬《たうやく》を加給《かきふ》せしむ。[六]山沢《さんたく》に亡命《ばうめい》し、兵器《つはもの》を蔵禁《ざうきむ》して、百日《ももか》首《まう》さぬは、復罪《またつみな》ふこと初《はじめ》の如《ごと》くす。また、美濃《みの》の国司《こくし》と当耆《たぎ》の郡司《ぐんじ》らとに、位《くらゐ》一階を加《くは》ふ。また、当耆《たぎ》郡の来年《あくるとし》の調《でう》・庸《よう》、餘郡《よぐん》の庸を復《ふく》す。百官人《ひやくくわんにん》に物《もの》賜ふこと各差《おのおのしな》有り。女官《にようくわん》も亦《また》同じ。○[七]癸丑（十七日）、美濃《みの》守従四位下[八]笠《かさ》朝臣麻呂《まろ》に従四位上、介《すけ》正六位下[九]藤原《ふぢはら》朝臣麻呂《まろ》に従五位下を授《さづ》く。○[一〇]戊午（二十二日）、[一一]詔《みことのり》して曰《のたま》はく、「[一二]国《くにぐに》の輸《いだ》す絹《きぬ》・絁《あしぎぬ》、貴賤《くゐせん》差《しな》有り、長短《ちやうたん》等《ひと》しからず。或《ある》は絹《きぬ》一丈九尺を輸《いだ》し、或は絁《あしぎぬ》一丈一尺を輸す。長《なが》きは直貴《あたひたか》く、短《みじか》きは直賤《やす》し。事安穏《あんをん》なるべく、理《ことわりひと》均しく輸すべし。[一三]糸《いと》に精麁《せいそ》有るも、賦《ふ》に貴賤無し。一概《おほむね》を以《もち》て貴賤の理を強《し》ふべからず。[一四]布は端《むら》有りと雖《いへど》も、稍《やや》便《たより》ならぬこと有り。用《もち》ゐるに

八 →㈠補3-二二一。従四位下の叙位は和銅六年正月。

九 万里とも。不比等の第四子。浜成・百能らの父。養老五年六月左右京大夫、天平元年三月従三位。天平改元の契機となった亀を左京職から献じたときも京職大夫。のちに京家の祖とされたのは、京職大夫の地位にあったことによる。天平三年八月参議、時に兵部卿。同九年正月陸奥出羽両国の道を開くため持節大使。同年七月没。年四十三(補任)。時に参議兵部卿従三位。懐風藻に詩五首と詩序一編、万葉に短歌三首がある。大伴坂上郎女を妻としたこともある。藤原朝臣→㈠補1-二九。

一〇 戊午は二十二日。下文の丁巳(二十一日)条と位置が逆になっている。この戊午条は、㈠、調庸の負担の公平を期するため、絹・絁・糸・布等の賦課額や規格を品質等によって詳細に規定し直すことを太政官に命じた部分、㈡、正丁の調副物と中男の正調を廃し、いわゆる中男作物の制を定めた部分、㈢、㈠をうけて太政官が上った議奏、の三つの部分からなる。

一一 続紀には詔とするが、前注の㈠㈡の部分を三代格・弘仁格抄は勅とする。おそらく「勅」として出されたのであろう。

一二 以下㈠調庸の賦課額や規格についての部分。調庸については賦役令1・4に規定があるが、下文の絹一丈九尺、絁一丈一尺は、いずれも賦役令の規定のままではない。

一三 糸には品質の差があるが、賦課の価に差があってはならない。一律にして価の差をおさえつけてはいけない。

一四 布には端の規格があるが、しだいに不便になっている。便宜にしたがって、端の規格を改定せよ。

更定二端限一。所司宜下量[1]二一丁輸物一、作中安穏条例上。自レ今以後、宜レ蠲二百姓副物及中男正調一。其応レ供二官主用一料[2]等物、所司宜下支二度年別用度一、並随二郷土所出一付レ国、役二中男一進上。若中男不レ足者、即以折[3]二役雑徭一。於レ是、太政官議二奏精麁絹絁長短広闊之法一。語[4]在二格中一。○丁巳、車駕幸二和泉離宮一。免二河内国今年調一。賜二国司禄一有レ差。○十二月壬申、太[5]政官処分、始授二五位一、及従二外任一遷二京官一者、会二賜[6]レ禄日一、仍入二賜例一。○丁亥、令下美濃国、立春暁挹二醴泉一、而貢中於京都上。為二醴酒一也。

続日本紀　巻[7]第七

1 量ノ上↓脚注
2 料＝粁（谷・東・高、大）―断［兼］
3 折〈意改〉（大改）―断［底］、料＝粁（兼等）↓校補
4 語［谷擦重］―諸（谷原）
5 太―大（高）
6 賜禄↓校補
7 巻〈意補〉（大補）―ナシ

一 課丁（成年男子）一人についての。
二 三代格一本は「商量」。
三 後文(三)の太政官議奏によって定められた格をさす。
四 以下(二)、正丁の調副物と中男の正調を廃し、中男作物の制を定めた部分。
五 三代格は「百姓人身副物」。賦役令1に「其調副物、正丁一人、紫三両（以下三六品目数量、略）」。調に付随して正丁に課された副次的な賦課（次丁［中男］には課せられない）。調と同じ品目について正丁一人あたりの賦課量を比較すると、調の約三〇分の一。その品目は塗料・染料をはじめ工芸関係の材料や梱包用具を主とし、食料品では油脂・調味料が多い。
六 賦役令1に「中男四人、各同二一正丁一」。中男の調の量は正丁の四分の一。中男は大宝令では少丁。残存史料ではこの勅が中男の初見。中男の調を廃止し、中男は調庸ともに負担しなくなったことが（賦役令4によれば中男は本来庸を負担しない）、少丁（丁は課役負担者を意味する）の代りに中男の語を用いたことと関係があるかも知れない。この改正には、唐の制度に近づけようとする意図がうかがわれる。
七 以下の制度によって進められた物を中男作物という。→補7―三九。
八 所司はここでは主計寮。
九 三代格では「折二役人夫之雑徭一」。雑徭は年間六〇日以内、国郡司によって徴発される労

中男作物の制

便《たより》あるに随《したが》ひて、更《さら》に端《むら》の限《かぎり》を定《さだ》むべし。所司《しよし》、一丁の輸物《いだしもの》を量《はか》[二]りて、安《あん》[三]穏《をん》の条例《でうれい》を作《な》すべし。[四]今《いま》より以後《のち》、[五]百姓《はくせい》の副物《そはりつもの》と、[六]中男《ちうなむ》の正調《しやうでう》とを蠲《のぞ》くべし。[七]其《そ》れ官主《くわんしゆ》の用《よう》に供《ぐ》すべき料《れう》等の物《もの》は、[八]所司《しよし》、年別《としごと》の用度《ようど》を支度《したく》し、並《ならび》に郷土《がうど》の所出《しよしゆつ》に随《したが》ひて国《くに》に付《さづ》け、中男を役《つか》ひて進《たてまつ》るべし。若《も》し中男足《た》らずは、即《すなは》ち[九]雑徭《ざふえう》を折《わか》ち役《つか》へ」とのたまふ。[一〇]是《ここ》に、太政官《だいじやうぐわん》、精麁《せいそ》の絹《きぬ》・絁《あしぎぬ》の長短《ちやうたん》・広闊《くわうくわつ》の法《はふ》を議奏《ぎそう》す。語《こと》は[一一]格《きやく》の中に在《あ》り。○丁巳《二十一日》、車駕《きよが》、[一二]和泉離宮《いづみのとつみや》に幸《みゆき》したまふ。[一三]河内国《かふち》の今年《ことし》の調《でう》を免《ゆる》す。国司《こくし》に禄賜《ろくたま》ふこと差《しな》有り。

十二月《丙寅朔》壬申《七日》、[一四]太政官処分《だいじやうぐわんしよぶん》すらく、「始《はじ》めて五位を授《さづ》けらるると、外任《ぐゑにむ》より京官《きやうくわん》に遷《うつ》る者《ひと》とは、[一五]禄賜ふ日《ひ》に会《あ》はば、仍《より》て賜はむ例《ためし》に入《い》れよ」といふ。○丁亥《二十二日》、[一六]美濃《みの》国をして、立春《りふしゆん》の暁《あかとき》に醴泉《れいせん》を挹《く》みて京都《みやこ》に貢《たてまつ》らしむ。醴酒《れいしゆ》とするなり。

続日本紀　巻第七

役。賦役令37に「凡令条外雑徭者、毎レ人均使、惣不レ得レ過二六十日一」。人夫は丁男が雑徭に従事する場合の用語。

一〇 以下は㈢、㈠の勅をうけて太政官が施行細則を論奏した部分。天皇の裁可を得て出されたのが、後文の格。

一一 賦役令1・4集解古記にその一部分を引用。→補7-四〇。

一二 この年二月に和泉宮にはじめて行幸。今回は二度目。→補7-九。

一三 河内国が行幸の途中にあたり、奉仕したことによるか。

一四 禄の支給についての細則を定める。禄令6に「凡初任官者、雖レ不レ満レ日、皆給二初任之禄一」とあり、初任の場合は規定の上日日数(禄令1)を満さなくても禄の受給資格があった。始めて五位を授けられた場合と、外任(地方官)から京官に遷った場合は、初任ではないが、初任に準じて扱うことを定めたもの。五位以上には位禄が、京官には季禄が支給されることになる。禄令6集解古記・令釈に「格云、国司遷二任京官一、身遭二給禄之日一、上日随身即給。不レ遭者不レ給」とある格もこの太政官奏をさすか。

一五 位禄の支給日は、天平時代の行事では十月(禄令10集解古記「今行事、位禄以二十月一給」ただし令釈の引く式部例は十一月)、季禄は禄令2によれば、春夏二季の分は二月上旬、秋冬二季の分は八月上旬(㈠補1-五二)。なお叙位や転任は正月に多いので、この制が十二月に出されたのは、それに備えたものか。

一六 この多度山美泉から立春の暁に醴泉を汲んで貢上することから、後の立春に若水を供する儀式がおこってきたと推定される。→補7-四一。

続日本紀　巻第八[1]　起㆓養老二年正月㆒尽㆓五年十二月㆒

従四位下行民部大輔兼左兵衛督皇太子学士
臣菅[2]野朝臣真道等奉㆑勅撰

日本根子高瑞浄足姫[3]天皇　元正天皇　中[4]

二[5]年春正月庚子、詔授㆓二品舎人親王一品、従四位上広湍王正[6]四位下、无位大井王従五位下、従四位下忌部宿禰子人・阿倍朝臣広庭並従四位上、正五位下賀茂朝臣吉備麻呂従四位下、正五位下穂積朝臣老・紀朝臣男人並正五位上、従五位上道君首名正五位下、正六位上坂合部宿禰賀佐麻呂・久米朝臣三阿[7]麻呂・当麻真人東人・高橋[8]朝臣安麻呂・巨勢朝臣足人・県犬養宿禰石足・大伴宿禰首・村国連志賀麻呂・王仲文並従五位下㆒。〇二月壬申、行㆓幸美濃国醴泉㆒。〇甲申、従㆑駕百寮、至㆓于輿丁㆒、賜㆓絁・布・銭㆒有㆑差。〇己丑、行所㆓経至㆒、美濃・尾張・伊賀・伊勢等国郡司、及外散位已上、授㆑位

1 巻〈意補〉〈大補〉―ナシ
2 菅―管〔底〕→校補
3 姫〔大〕―姫〔兼等〕
4 中ノ下、ナシ―第卌四〔大補〕
5 二ノ上→校補
6 正四位下〈意補〉〈大補〉―正三位〔谷朱傍イ〕、ナシ〔兼等〕→脚注
7 阿→校補
8 橋〔底擦重〕

一 中巻の意。元正天皇紀は巻七が上巻、巻九が下巻に相当。日本書紀でも巻一と巻二、巻二十八と巻二十九には、それぞれ「上」「下」とある。続日本紀各巻の巻頭の書様→㊀補1―一。

二 →㊀七七頁注一四。

三 広瀬王とも記す。→㊀補2―一六八。諸本に「正四位下」なし。和銅元年三月に従四位上とみえ、養老六年正月卒伝に正四位下とあるので、正四位下を補う。

四 選叙令35による五世王に対する叙位か。天平三年正月に従五位上に昇叙。養老五年九月十一日に、伊勢斎王となった皇太子女井上王が新造宮に移御する儀に、桜井王とともに後興長として加わっている(要略二十四所引官曹事類)。天平九年九月己亥条に無位から従五位下に叙されていることがみえる大井王は別人か。

五 忌部子首ないし忌部子人にもつくる。→㊀補2―一二四。和銅七年正月従四位下に昇叙。

六 →㊀八三頁注五。和銅六年正月従四位下に昇叙。

七 →㊀補2―一〇。和銅六年四月正五位下に昇叙。

八 →㊀六五頁注八。養老元年正月正五位下に

続日本紀　巻第八　養老《やうらう》二年正月起《よ》り五年十二月尽《ま》で

従四位下《じゆしゐのげ》行民部大輔《ぎやうみんぶだいふ》兼左兵衛督《さひやうゑのかみ》皇太子学士《くわうたいしがくし》
臣菅野朝臣真道《すがののあそみまみち》ら勅《みことのり》を奉《う》けたまはりて撰《せん》す

日本根子高瑞浄足姫天皇《やまとねこたかみづきよたらしひめのすめらみこと》　元正天皇《ぐゑんしやうてんわう》　中[一]

七一八年

二年（戊午）春正月庚子（丙申朔　五日）、詔《みことのり》して二品舎人親王《とねりのみこ》[二]に一品を授《さづ》けたまふ。従四位上広湍王《ひろせのおほきみ》[三]に正四位下。无位大井王《おほゐ》[四]に従五位下。従四位下忌部《いむべ》[五]宿禰子人《こひと》・阿《あ》[六]倍《へ》朝臣広庭《ひろには》に並《ならび》に従四位上。正五位下賀茂《かも》[七]朝臣吉備麻呂《きびまろ》に従四位下。正五位下穂積《ほづみ》[八]朝臣老《おゆ》・紀《き》[九]朝臣男人《をひと》に並に正五位上。従五位上道《みち》[一〇]君首名《おびとな》に正五位下。正六位上坂合部《さかひべ》[一一]宿禰賀佐麻呂《かさまろ》・久米《くめ》[一二]朝臣三阿麻呂《みあまろ》・当麻《たぎま》[一三]真人東人《あづまひと》・高《たか》[一四]橋《はし》朝臣安麻呂《やすまろ》・巨勢《こせ》[一五]朝臣足人《たるひと》・県犬養《あがたいぬかひ》[一六]宿禰石足《いはたり》・大伴《おほとも》[一七]宿禰首《おびと》・村国《むらくに》[一八]連志賀《しが》麻呂《まろ》・王仲文《わうのちうもん》[一九]に並に従五位下。

美濃国行幸

二月壬申（丙寅朔　七日）、美濃《みの》国の醴泉《れいせん》[二〇]に行幸《みゆき》したまふ。○甲申（十九日）、駕《が》に従《したが》へる百寮《ひやくれう》より、輿丁《みこしよぼろ》[二一]に至《いた》るまでに絁《あしぎぬ》・布《ぬの》・銭《ぜに》を賜《たま》ふこと差《しな》有り。○己丑（二十四日）、行《みゆき》して経至《へいた》りたまふ美濃《みの》・尾張《をはり》・伊賀《いが》・伊勢《いせ》等の国郡司《こくぐんし》と外散位《ぐゑさんゐ》[二二]より已上とに位《くらゐ》を授《さづ》け、

昇叙。
九 →〔一〕九三頁注一六。養老元年正月正五位下に昇叙、養老七年正月従四位下に昇叙。
一〇 →〔一〕補1―一三五。霊亀元年正月従五位上に昇叙。
一一 他にみえず。坂合部宿禰→〔一〕補1―一三五。
一二 他にみえず。久米朝臣→〔一〕一三五頁注二五。
一三 →二五頁注一一。
一四 養老四年十月宮内少輔、神亀元年二月従五位上昇叙、宮内大輔・征夷副将軍・右中弁・大宰大弐等を歴任。天平十年正月従四位下。万葉一〇二七左注に「右一首、右大弁高橋安麻呂卿語云、故豊嶋采女之作也」とみえる。高橋朝臣→〔一〕補1―八二。
一五 養老四年十月式部員外少輔。天平十年度駿河国正税帳に「霊亀元年検校国司守従六位下巨勢朝臣足人」とあり（古二―一二二頁）、霊亀元年のころ駿河守として前任国司の時の欠穀を調査していることが知られ、また養老四年検校国司守矢田朝臣黒麻呂が欠穀を調査した前任者の中に、国司守従五位下巨勢朝臣足人がみえ、霊亀元年以前から養老四年ころまで引続いてその任にあったことが知られる。巨勢朝臣→〔一〕補2―一八。
一六 神亀元年二月従五位上に昇叙。県犬養宿禰→〔一〕補2―二四。
一七 天平元年八月従五位上に昇叙。大伴宿禰→〔一〕補1―九八。
一八 →補7―一〇。天平三年正月従五位上に昇叙。
一九 もと東楼。→〔一〕補2―八五。
二〇 多度山の美泉→三三頁注八。
二一 輿をかつぐ者。→補8―一。
二二 本来的には外位の散位。→〔一〕補3―一七。

賜レ禄各有レ差。〇三月戊戌、車駕自二美濃一至。〇乙巳、以二正三位長屋王・安倍朝臣宿奈麻呂一並為二大納言一。従三位多治比真人池守、従四位上巨勢朝臣祖父・大伴宿禰旅人為[1]二中納言一。〇乙卯、以二少納言正五位下小野朝臣馬養一為二遣新羅大使一。〇夏四月乙丑朔、従四位下佐伯宿禰百足卒。〇乙亥[2]、筑後守正五位下道君首名[3]卒。首名、少治二律令一、暁二習吏職一。和銅末、出為二筑後守一、兼二治肥後国一。勧二人生業一、為二制条[4]一、教二耕営一。頃畝樹二菓菜一、下及二雞肫一、皆有二章程一、曲[5]尽二事宜一。既而時案行、如有二不レ遵レ教者一、随加二勘当一。始者老少窃怨罵之。及レ収[6]二其実一、莫レ不二悦服一。一両年間、国中化之。又興[7]二築[8]陂池一、以広二漑灌一。肥後味生池、及筑後往々陂池皆是也。由レ是、人蒙二其利一、于レ今[9]温給、皆首名之力焉。故言二吏事一者、咸以為二称首一。及レ卒百姓祠レ之。〇癸酉、太[10]政官処分、凡主政・主帳者、官之判補、

1 為ノ上、ナシ―並(大補)↓校補
2 乙亥(大改、紀略)―丙辰〔兼等〕↓脚注
3 位下道君首名卒首名少治〔高擦重〕―位下道君首名少治(高原)
4 条＝條〈意改〉(大改)―修↓脚注
5 曲(谷傍イ、大改)―典〔兼等〕
6 収―ナシ(東)
7 興〔兼・東・高、大改〕―与＝與(谷)
8 築↓校補
9 今〔兼・谷、大〕―令(東・高)
10 太―大〔底〕↓校補

一 ↓二三頁注二一。
二 ↓[一]補3―一四。養老元年三月に式部卿を帯びていることがみえる。中納言を経ずに大納言となっている。補任では長屋王の大納言任官を三月三日とする。この日の一連の公卿人事は、左大臣石上朝臣麻呂の没後(養老元年三月)、右大臣藤原不比等・中納言阿倍宿奈麻呂のみとなった弱体な議政官構成にかんがみ、次男房前を参議とし(養老元年十月)権力体制を固めた不比等が、議政官の欠員補充を意図する一方で、皇親や有力貴族層に対し宥和的な態度で臨もうとした策に基づくらしい。
三 もと引田朝臣宿奈麻呂。↓[一]補2―一六九。中納言就任は和銅元年三月にみえる。
四 ↓[一]一三三頁注一二。養老元年二月に大宰帥を帯びていることがみえる。
五 ↓[一]補2―一八。
六 ↓[一]補5―一一。中務卿を帯びたまま中納言となる。
七 ↓[一]六五頁注九。
八 五月丙辰条に辞見し、養老三年二月己巳条に帰国のことがみえている。前回の遣新羅使は和銅五年九月乙酉条にみえる。
九 ↓[一]六三頁注二一。
一〇 底本は丙辰だが、四月に丙辰はない。紀略は乙亥とするので、それにより改める。なお乙亥は十一日、癸酉は九日なので、本条は癸酉条の次に置かれるべきか。
一一 ↓[一]補1―一三五。首名の卒伝には漢籍による文飾が認められる個所がある。↓補8―二。なお続日本紀における官人の伝記につい

禄賜《ろくたま》ふこと各差《おのおのしな》有り。

長屋王・安倍宿奈麻呂を大納言

三月[丙申朔]戊戌[三日]、[一]車駕《きよが》美濃《みの》より至《いた》りたまふ。○乙巳[十日]、正三位[二]長屋王《ながやのおほきみ》・[三]安倍《あへ》朝臣宿奈麻呂《すくなまろ》を並《ならび》に大納言《だいなふごん》とす。従三位[四]多治比《たぢひ》真人池守《いけもり》、従四位上[五]巨勢《こせ》朝臣祖父《おほぢ》・[六]大伴《おほとも》宿禰旅人《たびと》を中納言《ちうなふごん》。○乙卯[二十日]、少納言《せうなふごん》正五位下[七]小野《をの》朝臣馬養《うまかひ》を[八]遣《けん》新羅大使《しらきたいし》とす。

遣新羅使任命

道首名の卒伝

夏四月乙丑の朔、従四位下[九]佐伯《さへき》宿禰百足《ももたり》卒《しゆつ》しぬ。○乙亥[十一日][一〇]、筑後《つくしのみちのしり》守正五位下[一一]道《みち》君首名《おびとな》卒しぬ。首名少《わか》くして[一二]律令《りちりやう》を治《をさ》め[一三]吏職《りしよく》に暁《あき》らかに習《なら》へり。和銅《わどう》の末《すゑ》に出《い》でて[一四]筑後《つくしのみちのしり》守となり、[一五]肥後《ひのみちのしり》国を兼《か》ね治《をさ》めき。人に生業《なりはひ》を勧《すす》めて[一六]制条《おきて》を為《つく》り、耕営《たつくるいとなみ》を教《をし》ふ。頃畝《けいぼう》に菓菜《くだもの》を樹《う》ゑ、下《しも》、[一七]雞肫《けいしゆん》に及《いた》るまで皆章程《みなしやうてい》有りて曲《つぶ》さに事宜《じぎ》を尽《つく》せり。既《すで》にして時案行《ときどきあんかう》して、如《も》し教《をし》へに遵《したが》はぬ者《ひと》有らば随《まにま》に勘当《かむだう》を加《くは》へり。始《はじ》めは老少《らうせう》窃《ひそ》かに怨《うら》み罵《ののし》れり。その実《み》を収《とりい》るるに及《およ》びて悦《よろこ》び服《したが》はぬこと莫《な》し。一両年の間《あひだ》に国中《くにのうち》化《おもぶ》けり。また、肥後《ひのみちのしり》の[一八]味生池《あぢふのいけ》と、筑後《つくしのみちのしり》の往々《かれこれ》の陂《つつみ》・池《いけ》を興《おこ》し築《きづ》きて漑灌《みぞ》を広《ひろ》む。肥後《ひのみちのしり》の味生池と、筑後の往々の陂《つつみ》・

百姓、首名を祠る

郡司主政・主帳の続労

池《いけ》とは皆是《みなこれ》なり。是《これ》に由《よ》りて、人《ひと》その利《り》を蒙《かがふ》りて今《いま》に[一九]温給《おんきふ》するは皆《みな》、首名《おびとな》が力《ちから》なり。故《かれ》、吏《つかさ》の事《わざ》を言《い》ふ者《ひと》は咸《ことごと》く称《たたへ》の首《はじめ》とす。[二〇]卒《しゆつ》するに及《およ》びて百姓《はくせい》これを祠《まつ》る。○癸酉[九日]、[二一]太政官処分《だいじやうぐわんしよぶん》すらく、「凡《おほよ》そ[二二]主政《しゆしやう》・主帳《しゆちやう》は[二三]官《くわん》の判補《はんぽ》にし

ては→補8-二二。

一二 首名は大宝律令の編纂に関与し、その講説のことに当っている（文武四年六月甲午条・大宝元年六月壬寅朔条）。

一三 官吏としての職務。

一四 首名の筑後守任官は和銅六年八月。

一五 肥後守兼任のことは懐風藻に正五位下肥後守とあり、続後紀承和二年正月癸丑条に和銅年中に肥後守正五位下とみえている。後者の記事では首名について「治迹有ㇾ声、永存二遺愛一」としている。

一六 諸本は「条」を「修」につくるが、意をとり条に改める。首名は法律家なので、細かなことにまで規則を作り、人々を指導したのであろう。国守の職掌に「字二養百姓一、勧二課農桑一」（職員令70）があり、考課基準に「勧二課田農一、能使二豊殖一」（考課令54）が置かれていた。

一七 にわとりやぶた。肫は豘、豚と同じ。

一八 肥後国志飽田郡池上村の項に「池辺寺ノ前ヨリ今ノ池上村…ノ辺ニ続キタル田地ノ中ニ往古ハ大ナル池アリ是ヲ味生ノ池ト云」とみえる。池上村は現在の熊本市西部。但しこの味生池が首名の築いた池に繋るかどうか未詳。

一九 生活が足りていることをいう。

二〇 懐風藻に「年五十六」とみえる。

二一 元主政・主帳に対する続労と散位に対する雑徭免除を規定した太政官処分。

二二 主政は郡司の判官。主帳は郡司・軍団の主典をいうが、ここでは郡司の主典。軍団の主帳は国司が簡取するもので判任ではない。

二三 選叙令3に「主政主帳及家令等判任」とある。令では太政官が任命する官職を判任とし、式部省が任命するものを式部判補とする。本条の判補は判任を意味する。主政・主帳の補任→一補5-五二。

1 更〔高擦重〕
2 其—甚(大改)
3・4 之—ナシ(大衍)
5 群—郡(紀略)
6 朝夷ノ右、ナシ〔谷、大、紀略〕—アサヒナ(兼・東・高)
7 陸奥〈意改〉(大改)—常陸
8 之—ナシ(大衍)
9 葉〈意改〉(大)—蓁↓校補
10 曰〈意改〉(大改)—白↓校補
11 常陸国之〔兼・谷・高原、大〕—ナシ(東・高朱抹)
12 城〈意改〉(大改)—背
13 豫〔底〕—与↓校補
14 迂—遷=迁(高)
15 土〈意改〉(大)—出↓校補
16 関〔大〕—閞(兼等)
17 羅ノ下、ナシ—国(紀略)
18 使ノ下、ナシ—人(紀略)

出身灼然。而以レ理解レ任、[1]更従二白丁一。前労徒廃、後苦実多。於レ義商量、[2]其違二道理一。宜下依二出身之法一、雖レ解二見任一、猶上二国府一、令上続二其労一。内外散位、仍免二雑徭一。○五月甲午朔、日有レ蝕之。○乙未、割二越前国[3]之羽咋・能登・鳳至・珠洲四郡一、始置二能登国一。割二上総国[4]之平[5]群・安房・[6]朝夷・長狭四郡一、置二安房国一。割二[7]陸奥国[8]之石城・標[9]葉・行方・宇太・[10]曰理、[11]常陸国之菊多六郡一、置二石城国一。割二白河・石背・会津・安積・信夫五郡一、置二石背国一。割二常陸国多珂郡之郷二百一十烟一、名曰二菊多郡一、属二石[12]城国一焉。○庚子、土左国言、公私使直指二土左一、而其道経二伊[13]豫国一。行程[14]迂遠、山谷険難。但阿波国、境[15]土相接、往還甚易。請、就二此国一、以為二通路一。許レ之。○甲辰、禁三三[16]関及大宰・陸奥等国司傔仗取二白丁一。○丙辰、遣新[17]羅[18]使等辞見。○庚申、定二衛士数一。国別有レ差。○癸亥、従四位上石上朝臣豊庭卒。

一 出身とは官人身分になることで、位階や官職を帯びること。主政・主帳には「強幹聡敏、工二書計一者」が任用され(選叙令13)、考を与えられる。二 犯罪あるいは勤務成績不良による解任でなく、本人に責を帰し得ない理由に基づく解任。↓補8-四。
三 郡司大少領の場合、任官とともに規定の外位を授けられる(選叙令13)が、主政・主帳にはそのような恩典がないので、選限(選叙令15・慶雲三年二月庚寅条)を満さないうちにやめると、白丁身分に戻り、それまでに積んだ考は無効となってしまう。白丁↓[一]一三七頁注一九。四 国府に出仕する。無位散事の肩書で国府に出仕し雑務に従事している人たちが天平十年度駿河国正税帳から知られるが(古二―一〇八頁)、元主政・主帳にして国府に上番しているものを含むか。
五 選叙令15に規定する外散位に准じた処遇を行う。続労↓[一]補3-一五。
六 任官していない有位者。内散位↓[一]補3-一五。外散位↓[一]補3-一七。八位以上は課役免となる(戸令5)ので、ここで問題になるのは初位の者。雑徭↓三九頁注九。初位と雑徭↓補8-五。七 この日はユリウス暦の七一八年六月三日。この日食は奈良では生じなかった。↓[一]補1-七五。
八 和名抄に「波久比」。能登半島の西南部に位置し、現在の石川県羽咋市および羽咋郡。国造本紀に羽咋国造がみえる。
九 能登半島の東南部に位置する。現在の石川県七尾市および鹿島郡と鳳至郡穴水町の大半。国造本紀に能等国造がみえる。
一〇 和名抄に「不布志(布は希か)」。能登半島の西北部に位置する。現在の石川県輪島市および鳳至郡。

て[一]出身灼然《しゆつしんいやちこ》なり。而《しか》るに、[二]理《ことわり》を以《もち》て任《にむ》を解《と》かば更《さら》に[三]白丁《びやくちやう》に従《したが》ふ。前《さき》の労《いたつき》、徒《いたづら》に廃《すた》れて後《のち》の苦《くる》しみ実《まこと》に多《おほ》し。義《ぎ》に於《お》きて商量《しやうりやう》するに、其《そ》れ道理《だうり》に違《たが》へり。出身《しゆつしん》の法《はふ》に依《よ》りて見任《げんにむ》を解《と》くと雖《いへど》も、猶《なほ》、[四]国府《こくふ》に上《つか》へてその[五]労《いたつき》を続《つ》がしむべし。[六]内外《ないぐゐ》の散位《さんゐ》は仍《よ》りて雑徭《ざふえう》を免《ゆる》す」といふ。

能登・安房・石城・石背国を建つ

五月甲午の朔、[七]日蝕《ひは》ゆること有り。○乙未[二日]、越前国《こしのみちのくち》の[八]羽咋《はくひ》・[九]能登《のと》・[一〇]鳳至《ふげし》・[一一]珠洲《すす》の四郡を割《さ》きて始《はじ》めて[一二]能登国《のと》を置《お》く。上総国《かみつふさ》の[一三]平群《へぐり》・[一四]安房《あは》・[一五]朝夷《あさひな》・[一六]長狭《ながさ》の四郡を割きて[一七]安房国《あは》を置く。陸奥国《みちのおく》の[一八]石城《いはき》・[一九]標葉《しは》・[二〇]行方《なめかた》・[二一]宇太《うだ》・[二二]曰理《わたり》と常陸国《ひたち》の[二三]菊多《きくた》との六郡を割きて[二四]石城国《いはき》を置く。[二五]白河《しらかは》・[二六]石背《いはせ》・[二七]会津《あひづ》・[二八]安積《あさか》・[二九]信夫《しのぶ》の五郡を割きて[三〇]石背国《いはせ》を置く。常陸国《ひたち》[三一]多珂《たか》郡の郷《さと》二百一十烟を割きて名《なづ》けて[三二]菊多《きくた》郡と曰《い》ひて石城《いはき》国に属《つ》く。

土佐国への交通路を変更

○庚子[七日]、土左国《とさ》言《まう》さく、「[三三]公《おほやけ》・私《わたくし》の使《つかひ》、直《ただ》に土左《とさ》を指《さ》せども、その道《みち》、伊豫《いよ》国を経《ふ》。行程《かうてい》迂遠《うゑん》にして山谷険難《さんこくけむなん》なり。但《ただ》し、阿波《あは》国は境土相接《さかひあひつ》ぎて往還《わうくわん》甚《はなは》だ易《やす》し。請《こ》はくは、此《こ》の国《くに》に就《つ》きて通路《かよひぢ》とせむことを」とまうす。これを許《ゆる》す。○甲辰[十一日]、[三四]三関《さむぐゑん》と大宰《だいさい》・陸奥《みちのおく》等の国司《こくし》との傔仗《けむぢやう》に白丁《びやくちやう》を取《と》ることを禁《いさ》む。○丙辰[二十三日]、遣[三五]新羅《しらき》使《し》ら辞見《じけん》す。

衛士の数を定める

○庚申[二十七日]、[三六]衛士《ゑじ》の数《かず》を定《さだ》む。国別《くにごと》に差《しな》有り。○癸亥[三十日]、従四位上[三七]石上《いそのかみ》朝臣豊庭《とよには》卒《しゆつ》しぬ。

一一 和名抄に「須々」。能登半島の北東部。現在の石川県珠洲市および珠洲郡。
一二 国の建置→補8-六。能登国の建置→補8-七。
一三 和名抄に「倍久利」。現在の千葉県安房郡の西北部を占める。
一四 和名抄に「阿八」。現在の千葉県館山市。国造本紀に阿波国造がみえる。
一五 和名抄に「阿左比奈」。現在の千葉県安房郡の東部と鴨川市南部。
一六 和名抄に「奈加佐」。現在の千葉県安房郡の東北部と鴨川市北部。神武記に長狭国造がみえる。
一七 安房国の建置→補8-八。
一八―二三 →補8-九。
二四 石城国の建置→補8-一〇。
二五―二九 →補8-一一。
三〇 石背国の建置→補8-一二。
三一 常陸国風土記に「多珂郡」。同書に多珂国造、国造本紀に高国造がみえる。現在の茨城県日立市・北茨城市および多賀郡。郷→[一]補6-一一。烟は戸に同じ。戸→[一]補1-一一〇。
三二 陸奥国菊多郡は和名抄によると管郷四、余戸一。一郷五十戸とすると二一〇烟は四郷と一〇戸となり、一〇戸により余戸は構成されていたらしい。
三三 交通路変更についての土左国の申請。→補8-一三。
三四 三関は鈴鹿関、不破関および愛発関で、それぞれ伊勢・美濃・越前国が管轄した([一]補4-二〇)。大宰帥・大弐および三関国守らへの傔仗支給は和銅元年三月乙卯条にみえる。傔仗→[一]補4-二一。式部省式上に「凡太宰帥大弐并陸奥出羽按察使及守等傔仗者、中二太政官一補レ之、不レ得三輙取二白丁一」とみえる。
三五 →四三頁注八。
三六 国別の衛士の定員→補8-一四。衛士→[一]補2-九六。
三七 →[一]補3-二三。

○六月丁卯、令三大宰所部之国輸[1]レ庸同二於諸国一。先レ是減レ庸、至レ是復レ旧焉。」始置二大炊寮史生四員一。○秋八月甲戌、斎[2]宮寮公文、始用レ印焉[3]。○[4]九月庚戌、以二従四位上藤原朝臣武智麻呂一為二式部卿一。正五位上穂積朝臣老為二大輔一。従五位下中臣朝臣東人為二少輔一。従五位下波多真人与射為二員外少輔一。○甲寅、遷二法興[5]寺於新京一。○冬十月庚午、太政官告二僧綱一白[6]、智鑒冠レ時、衆所二推譲一、可レ為二法門之師範一者、宜下挙二其人一顕中表高徳上。又有下請益[7]無レ倦継二踵於師一、材堪二後進之領袖一者上、亦録二名臈一、挙而牒レ之。五宗之学、三蔵之教、論討有レ異、辯[8]談不レ同。自能該[9]二達宗義一、最称二宗師一。毎レ宗挙人並録。次徳根有二性分一、業亦麁細。宜下随二性分一皆[10]令上レ就レ学。凡諸僧徒勿レ使二浮遊一。或講二論衆理一、学二習諸義一、或唱二誦[11]経文一、修[12]二道[13]禅行一、各令下分レ業、皆得二其道一、其崇二表智徳一、顕紀中行能上。

1輸ー輸〔底〕→校補
2斎ー斉〔底〕→校補
3焉ノ下→脚注
4九月〈意補〉(大補)ーナシ→脚注
5興ー与＝與(高)
6白ー曰(大改)→校補
7益〔兼抹傍・谷抹傍・東・高、大〕ー並(兼原・谷原)
8辯〔兼・東・高〕ー辨(谷、大)
9該〈意改〉(大改)ー核→校補
10皆ノ上、ナシ〔谷抹〕ー皆(谷原)
11誦〔兼抹傍・谷抹傍・東・高、大〕ー補(兼原・谷原)
12修ノ上、ナシ〔谷原〕ー或(谷傍補)
13道→校補

一　慶雲三年二月庚寅条の「制七条事」其五の㈡で免除した大宰府管内の庸を旧に復する記事。
二　宮内省被管で諸国舂米、雑穀分給、諸司食料のこと等を掌る。職員令に史生はみえない。式部省式上には正員史生四、権任一とみえる。史生の新置→□一補4-一九。
三　斎宮寮→□一補2-九一。大宝令には諸司印についての規定が存在しなかったが、他の諸司に先がけて斎宮寮が印を用いたのは、斎宮寮が伊勢にあり、寮物の出納に関する文書に捺印を要したことによるか。斎宮式に「凡斎王帰レ京者、寮印授二山城国一令レ納、〈寮司任後、申レ官請用〉」とみえる。大宝・養老令の公印制→□一補2-六〇。
四　甲戌条につづく干支として類聚国史風俗部蝦夷に乙亥と甲申があり、扶桑略記には乙亥条の記事として「出羽并渡嶋蝦夷八十七人来、貢二馬千疋一、則授二位禄一」とある。
五　「九月」は諸本なし。意により補う。古今集目録の中臣東人の項に「養老二年九月丁未任二神祇大副一、庚戌遷二式部少輔一」とあることからすると、庚戌条の前に丁未条があったらしく、八月末から九月初にかけて脱落がある。
六　→□一九三頁注二。家伝下に霊亀二年十月式部大輔に徴され養老二年九月徙りて卿となったとあり、大輔からの昇任。前任者長屋王。同書に「式部者、天下考選之所二輻湊一、群公百僚之所二儀形一也、公力用公正、綜二管選事一、考二迹功能一、審二知殿最一、由二其称否一、察二其黜陟一、由レ是国郡考文、姧濫永絶」とある。藤原不比等が長屋王のあとに長男武智麻呂を式部卿とし、人事行政の掌握を意図したらしい。
七　→□一六五頁注八。養老元年三月に式部少輔を帯びていることがみえる。少輔からの昇任。
八　→□一補5-三〇。神祇大副からの転任(古今

大宰府管内の庸を旧に復す

六月（甲子朔）丁卯（四日）、[一]大宰《だいさい》の所部《しよぶ》の国《くに》をして庸《よう》を輸《いだ》すこと諸国《くにぐに》に同《おな》じからしむ。是《これ》より先《さき》、庸《よう》を減《へら》せるを、是《ここ》に至《いた》りて旧《もと》に復《ふく》す。始《はじ》めて[二]大炊寮《おほひれう》の史生《ししやう》四員を置《お》く。

秋八月（壬戌朔）甲戌（十三日）、[三]斎宮寮《さいぐうれう》の公文《くうもん》に始《はじ》めて印《おして》を用《もち》ゐる。[四]

[五]九月（壬辰朔）庚戌（十九日）、従四位上[六]藤原《ふぢはら》朝臣武智麻呂《むちまろ》を式部卿《しきぶきやう》とす。正五位上[七]穂積《ほづみ》朝臣老《おゆ》を大輔《だいふ》。従五位下[八]中臣《なかとみ》朝臣東人《あづまひと》を少輔《せうふ》。従五位下[九]波多《はた》真人与射《よざ》を[一〇]員外少輔《ゐんぐゑのせうふ》。

法興寺を平城京に移建

○甲寅（二十三日）、[一一]法興寺《ほふこうじ》を[一二]新京《あらたしきみやこ》に遷《うつ》す。

太政官より僧綱への条々

冬十月（辛酉朔）庚午（十日）、[一三]太政官《だいじやうぐわん》、[一四]僧綱《そうがう》に告《つ》げて白《まう》さく、「[一五]智鑒《ちかむ》時《とき》に冠《かがふ》りて衆《しゆ》に推譲《すいじやう》せられ、法門《ほふもん》の師範《しはむ》とあるべきは、その人《ひと》を挙《あ》げて高徳《かうとく》を顕表《あらは》すべし。ま[一六]た、[一七]請《こ》ひて益《ますます》倦《う》むこと無く踵《くひす》を師《し》に継《つ》ぎ、材《ざい》、後進《こうしん》の領袖《りやうじゆ》に堪《た》ふる者《ひと》有らば、亦《また》、[一八]名臈《みやうらふ》を録《しる》して挙げてこれを[一九]牒《まう》せ。[二〇]五宗《ごしゆう》の学《がく》、[二一]三蔵《さむざう》の教《をし》へ、論討《ろんたう》に異《い》有りて辯談《べんだむ》同《おな》じからず。自《おのづか》ら能《よ》く宗義《しゆうぎ》に該達《がいたつ》せるを最《もと》も宗師《しゆうし》と称《まう》すべし。宗毎《しゆうごと》に挙ぐる人《ひと》をも並《ならび》に録《しる》せ。次《つぎ》に徳根《とくこん》、性分《しやうぶん》有り、業《わざ》も亦《また》麁《そ》細《さい》あり。[二二]性分《しやうぶん》に随《したが》ひて皆学《みながく》に就《つ》かしむべし。[二三]凡《おほよ》そ諸《もろもろ》の僧徒《そうづ》は、浮遊《ふいう》せしむること勿《なか》れ。或《ある》は衆理《しゆり》を講論《かうろん》して諸義《しよぎ》を学習《がくしふ》し、或は経文《きやうもん》を唱誦《しやうじゆ》して[二四]禅行《ぜんぎやう》を修道《しゆだう》し、各業《おのおのげふ》を分《わか》ちて皆《みな》その道《みち》を得《え》、その智徳《ちとく》を崇表《しゆうへう》し、顕《あき》らかに行能《かうのう》を紀《しる》さし

集目録）。九→㈠六五頁注七。
一〇 員外官→補8―一五。
一一 飛鳥寺とも。→㈠補1―一三〇。平城京移転後は元興寺と改称され、続紀では本条を除き法興寺の名はみえない。霊亀二年五月辛卯条に元興寺の平城京移転の記事がみえるが、大安寺移転と混同しているのであろう。平城京における元興寺→補8―一六。
一二 平城京→㈠補5―一六・一七。
一三 太政官が僧綱に対しすぐれた僧侶の推挙と、僧侶の勝手な入山や乞食などの禁止を伝達する内容。前者は四項目からなり、これに関連して養老三年十一月乙卯条に神叡と道慈の表彰のことがみえる。後者は前年の行基らに対する禁圧と関係する（養老元年四月壬辰条）。一四→一七頁注七。
一五 法門の師範となるべき人物を顕彰すべきことを指示する（第一項）。
一六 後進の領袖たるにふさわしい人物を推薦すべきことを指示する（第二項）。
一七 教えをうけて更にその上の教を請うこと。論語、子路篇に「請益、曰、無倦」とある。
一八 法名と経歴。臈は僧侶が受戒後、安居を過した年数。雑令38義解に「臈猶レ年也、年終有レ臈、故称レ年為レ臈、言三僧尼夏月安居一、乃得二一臈一、故云二夏臈一也」とある。
一九 僧綱から太政官への意思伝達は公式令12に「其僧綱与二諸司一相報答、亦准二此式一、以レ移代レ牒、署名准レ省〈三綱亦同〉」とあり、移式を准用した牒式に依るが、ここでは「申牒」つまり連絡せよ、の意か。
二〇 法相・三論・倶舎・成実・律の五宗。これに華厳が加わり南都六宗となる。六宗→補8―一七。以下は宗師として称えることのできる人物の推挙を指示する（第三項）。

所㆘以燕石・楚璞各分㆓明輝㆒、虞韶[1]・鄭音不㆖雑㆓声曲㆒。将須[2]㆘象徳定水瀾波、澄㆓於法襟㆒、竜智慧[3]燭芳照、聞[4]㆗於朝聴㆖。加以、法師非㆑法、還墜㆓仏教㆒、是金口[5]之所[6]㆓深誡㆒。道人違㆑道、輙軽㆓皇憲㆒、亦玉条之所㆓重禁㆒。僧綱宜㆘廻㆓静鑒㆒、能叶㆗清議[7]㆖。其居非㆓精舎㆒、行乖㆓練邪[8]㆒、任㆑意入㆑山、輙造㆓菴窟㆒、混㆓濁山河[9]之[10]清㆒、雑㆓燻[11]烟[12]霧之彩㆒。又経曰、日[13]乞[14]告穢㆓雑市里㆒。情雖㆑逐㆓於和光㆒、形無[15]㆑別㆓于[16]窮是[17]㆒。如㆑斯之輩、慎加㆓禁喩㆒。○庚辰、大宰府言、遣唐使従四位下多治比[18]真人県守来帰。○十一月壬寅、彗星守㆑月。○癸丑、始差㆓畿[19]内兵士㆒、守㆓衛宮城㆒。○十二月丙寅、詔曰、朕虔承㆓宝位㆒、仰[20]憑㆓霄構㆒。君㆓臨天下㆒、四㆓年于茲㆒、上則㆓昊穹㆒、下字㆓黎庶㆒。庸愚之民、自挂㆓疏網㆒、有司之法、寘㆓于常[21]憲㆒。毎㆑念㆓於此㆒、朕甚愍焉。思㆘欲広開㆓至道㆒、遐扇㆓淳風㆒、為㆑悪之徒、感㆓深仁㆒以

1 韶—韶(谷)
2 須〔兼等、大〕—使(底傍イ・兼等傍イ)
3 慧—恵(谷)
4 聞〔高重〕
5 口—呂(高)
6 所ノ下、ナシ(高一字空)
7 議〔兼傍・谷抹傍・東傍・高傍、大〕—誠(底傍・兼・谷原・東・高)
8 邪〔兼等、大〕—雅(底傍・兼等傍)→校補
9 河〔兼、大改〕—阿(谷・東・高)
10 之—ナシ(兼欠)→校補
11 燻〈意改〉(大)—熥
12 烟〔底〕—煙→校補
13 日(底傍按・兼傍・谷朱抹傍・東傍、大改)—是〔兼・谷原・東・高〕、日乞(高傍)→校補
14 乞(兼傍・谷朱抹傍・東傍、大改)—色〔兼・谷原・東・高〕
15 無〔底傍・兼傍・谷朱抹傍・東傍・高傍、大〕—年〔兼・谷原・東・高擦重〕→校補
16 于—千(高)
17 是〔兼・谷原・東・高〕—乞(底傍・兼傍・谷朱抹傍・東傍、大改)
18 比—北(高)
19 畿—幾(高)
20 仰→校補
21 常(底傍イ・兼朱傍イ・谷抹朱傍イ・東傍イ・高傍イ、大改)—当＝當〔兼・谷原・東・高〕

一一 経・律・論の三蔵。経蔵は仏陀の教説を集成したものであり、律蔵は仏陀の制定した戒律を収めた教典、論蔵は仏陀以後の聖賢の所説を収めたもの。
一二 素質に従って就学すべきことを指示する(第四項)。
一三 以下太政官の伝達の後段で僧侶の修行や生活態度について命令する。僧尼令5で精進練行ある者に対して官司の判許の下で乞食を許し、同13で禅行修道ある者に対し、太政官の判を得て山居を認めている。官の許可を得ない乞食・山居等が違法な浮遊となる。
一四 僧尼令13「禅行修道」の義解に「禅静也」とあり、専心守一にして普知の境に達すること。

一 燕山から出る石のことで、玉に似て玉でない石。転じてまがい物。
二 燕石の対で、楚に産するすぐれた玉。
三 虞舜(五帝の一)の作ったと伝えられている音楽のことで、美しい音楽を意味する。
四 中国春秋時代鄭国の音楽。淫猥な音楽を意味する。
五 象徳とは大徳すなわち高僧。定水とは清浄な水のことで、瀾波とは大いなる波。大徳が清浄な水を大きく波だたせるようにして、仏教界を清澄にすること。
六 竜智とは智識のすぐれていることを竜にたとえていう。慧燭とはすぐれた智慧をともしびにたとえていう。
七 朝廷にまでとどく。
八 立派な言説の意で、ここでは釈迦の教説。
九 僧尼令の諸規定をさす。
一〇 練邪の意味未詳。僧尼令5に練行がみえ、義解に「練者、陶練也、言陶㆓練情性㆒、而以求㆓解脱㆒也」とある。

めよ。燕石《えんせき》[一]・楚璞《そはく》[二]、各《おのおの》明輝《めいくゐ》を分《わか》ち、虞韶《ぐせう》[三]・鄭音《ていおむ》[四]、声曲《せいきよく》を雑《まじ》へぬ所以《ゆゑ》なり。将《まさ》に、象徳《ざうとく》[五]の定水《ぢやうすい》の瀾波《らんは》、法襟《ほふきむ》に澄《す》み、竜智《りゆうち》[六]の慧燭《ゑそく》の芳照《はうせう》、朝聴《でうちやう》[七]に聞《きこ》ゆべし。加以《しかのみならず》、法師《ほふし》法《のり》を非《そし》り、還《かへ》りて仏教《ぶつけう》を墜《おと》すは、是《こ》れ金口《こむく》[八]の深《ふか》く誡《いまし》むる所《ところ》なり。道人《だうじん》、道《みち》に違《たが》ひて輙《たやす》く皇憲《くわうけん》を軽《かろ》みするも亦《また》、玉条《ぎよくでう》[九]の重《おも》く禁《いさ》むる所なり。僧綱《そうがう》、静鑒《せいかむ》を廻《めぐ》らして能《よ》く清議《せいぎ》に叶《かな》ふべし。その居《きよ》、精舎《しやうしや》に非《あら》ず、行《ぎやう》、練邪《れんじや》[一〇]に乖《そむ》き、意《こころ》[一一]に任《まか》せて山《やま》に入《い》り、輙《たやす》く菴窟《あんくつ》を造《つく》るは、山河《さんか》の清《せい》を混《こん》濁《だく》し、烟霧《えんむ》の彩《さい》を雑熏《ざふくん》するなり。また、経《きやう》[一二]に曰《い》はく、「日《ひび》[一三]に乞告《こつこく》して市里《しり》に穢雑《ゑざふ》す。情《こころ》[一四]、和光《わくわう》を逐《お》ふと雖《いへど》も、形《かたち》、窮是《きうぜ》に別《こと》なること無し」といふ。斯《かく》の如《ごと》き輩《ともがら》は慎《つつし》みて禁喩《きむゆ》を加《くは》へよ」といふ。〇庚辰（二十日）、大宰府《だいさいふ》言《まう》さく、「遣《けん》[一五]唐使《たうし》従四位下多治比《たぢひ》[一六]真人県守来帰《あがたもりまうけ》り」とまうす。

遣唐使多治比県守帰国

十一月（辛卯朔）壬寅（十二日）、彗星月《すいせいつき》[一七]を守《まも》る。〇癸丑（二十三日）、始《はじ》[一八]めて畿内《きない》の兵士《ひやうじ》を差《つかは》して宮城《きうじやう》を守《まも》衛らしむ。

畿内兵士による宮城守衛

十二月（庚申朔）丙寅（七日）、詔《みことのり》[一九]して曰《のたま》はく、「朕《われ》、虔《つつし》[二〇]みて宝位《ほうゐ》を承《う》け、仰《あふ》ぎて霄構《せうこう》[二一]に憑《よ》る。天下《あめのした》に君《きみ》として臨《のぞ》むこと茲《ここ》に四年、上《かみ》は昊穹《かうきう》[二二]に則《のりと》り下《しも》は黎庶《れいしよ》[二三]を字《やしな》ふ。庸愚《ようぐ》の民《たみ》、自《おのづか》ら疏網《そまう》[二四]に挂《かか》り、有司《うし》の法《はふ》、常憲《じやうけん》に寘《お》く。此《これ》を念《おも》ふ毎《ごと》に朕甚《われはなは》だ愍《あはれ》む。広《ひろ》く至道《しだう》[二五]を開《ひら》き遐《はる》かに淳風《じゆんふう》[二六]を扇《あふ》ぎて、悪《あく》を為《な》す徒《ともがら》、深仁《しむじん》に感《かむ》して

非常の大赦

一一　山居の制限は僧尼令13に定められている。
一二　出典未詳。
一三　乞食の制限は僧尼令5に定められている。
一四　気持の上では修行しているといっても、窮乏した乞食とかわりがない。
一五　霊亀二年八月癸亥条に遣唐押使多治比県守以下の遣唐使任官の記事がみえ、養老元年三月己酉条に県守に節刀を下賜したことがみえる。この時の帰国者の中に僧道慈(天平十六年十月辛卯条)や入唐請益生大和宿禰長岡(神護景雲三年十月癸亥条)がいた。
一六　→㊀九三頁注九。
一七　彗星が月に接近する。
一八　宮城の守衛に当る衛門府・左右衛士府の衛士(㊀補2-九六)を補充するものとして、畿内兵士が動員されている。衛士は外国から徴発される兵士であった。この時の畿内兵士の差発は、行基集団の活動などに起因する政情不安に対処するという意味をもち、また舎人・新田部両親王に身辺警固のための衛士・舎人を支給している(養老三年十月辛丑条)こととからうかがわれるように、政界上層部の不安と関連しているらしい。
一九　元明太上天皇のための大赦と賑給を指示する詔。
二〇　元正即位(霊亀元年九月庚辰条)。
二一　霄はそら、構はたてものの意で、自然の運行をさす。
二二　昊も穹も天をさす。自然界の法則に従うこと。　二三　人民。民衆。
二四　疏網はあらい目のあみの意で、法律のこと。
二五　聖人の教え。
二六　淳厚の気風。周書蘇綽伝に「扇之以二淳風一」とみえる。

遷レ善、有レ犯之輩、遵二令軌一以靡レ風。但自レ昔及レ今、雑言二大赦一、唯[1]該二小罪一、八虐不レ霑。朕恭奉三為太上天皇一、思レ降二非常之沢一。可レ[2]大三赦天下一。養老二年十二月七日子時以前大辟罪已下、罪无二軽重一、繫囚・見徒、私鋳銭并盗人及八虐、常赦所レ不レ原、咸赦除之。其[3]癈疾之徒、不レ能二自存一、量加二賑恤一。仍令三長[4]官親自慰問、兼給二湯薬一。僧尼亦同。布三告天下一、知二朕意一焉。○壬申、多治比真人県守等自二唐国一至。○[5]甲戌、進二節刀一。此度使人、略無二闕[6]亡一、前年大使従五位上坂合部宿禰大分、亦随而来[7]帰。

[8]三年[9]春正月庚寅朔、廃レ朝。大風[10]也。」以二船二艘、独底船十艘一、充二大宰府一。○辛卯、天皇御二大極殿一受レ朝。従四位上藤原朝臣武智麻呂、従四位下多治比真人県守二人、[11]賛三引皇太子一[12]也。○己亥、入[13]唐使等拝見。皆着二唐国所レ授朝服一。○壬寅、授二従四位[14]上路真人大人・巨勢朝臣[15]邑治・[16]石川朝[17]臣難波麻呂・[18]大伴宿禰旅人・多治比真人三宅麻呂・藤原朝臣武智麻呂、従四位下多[19]治比真人県守並正

1 該—詨〔底〕→校補
2 大—ナシ〔底〕→校補
3 癈—廃〔底〕→校補
4 官〔谷重〕
5 甲—中(高)
6 亡〔谷抹傍〕—巳(谷原)→校補
7 帰〔紀略改〕—朝(紀略原)
8 三ノ上→校補
9 春(大補、類七一・紀略)—ナシ〔兼等〕
10 也以船〔高擦重〕—也以(高原)
11 賛(谷・東・高、大、類七一・紀略)—替〔兼〕
12 也〔兼等、大〕—ナシ(類七一・紀略)
13 唐〔谷重〕
14 上〔兼・東・高、大改〕—下(谷)
15 邑〈意改〉(大)—色→校補
16 石〈意改〉(大改)—原→校補
17 臣〔谷重〕
18 大伴宿禰旅人多治比真人〔谷抹傍〕—従四位下多治比真人(谷原)
19 治〔高擦重〕

一 →(一)補2-九八。
二 律に規定された最も重い八つの罪。大赦にあっても八虐を犯した者は赦の対象から除かれることが多かった。→(一)補3-五五。
三 元明太上天皇。養老五年十二月に六十一歳で没。この年五十八歳の元明の身体的不調により、大赦と賑給を行っているのであろう。
四 名例律18疏に「特奉二鴻恩一、物蒙二原放一、非常之断、人主専レ之」とあり、天皇は律令の規定に拘束されることなく、あらゆる犯罪を赦除することができた。
五 →三頁注一三。 六 →三頁注一六。
七 →三頁注一八。 八 強窃二盗のこと。→(一)補1-一二二。 九 →三頁注二〇。
一〇 戸令7に「痴、瘂、侏儒、腰脊折、一支癈、如レ此之類、皆為二癈疾一」とある。それぞれちえおくれ・唖者・小人症・腰ぼねないし背ぼねの折損・四肢のうちの一が不具の状態をさす。癈疾より軽症の身体障害が残疾で、一目盲・両耳聾・手指二欠・足指三欠・手足の親指欠・禿瘡無髪・久漏・下重・大癭瘇などがあり、より重症を篤疾といい、悪疾・癲狂・二支不具や両目盲などがある。→(一)補6-五六。
一一 →(一)補3-五四。 一二 →二七頁注二七。
一三 公式令75に「凡詔勅頒行、関二百姓事一者、行下至レ郷、皆令三里長坊長、巡二歴部内一、宣二示百姓一、使二人暁悉一」とある。この日の詔は恩赦・賑給という百姓に関わる事項なので、公式令75に則り布告されることになる。
一四 →(一)九三頁注九。県守は十月に帰国、この日入京する。
一五 →二五頁注二〇。
一六 ほぼ全員が無事一緒に帰国できたのはめずらしい。 一七 大宝元年正月に任命された遣唐使。→(一)補2-一一三。坂合部大分(一)補2-

遣唐使、闕亡なく帰還

七一九年

藤原武智麻呂ら皇太子を賛引
唐の朝服

善《ぜん》に遷《うつ》り、犯《をか》すこと有る輩《ともがら》、令軌《りやうき》に遵《したが》ひて風《おもぶけ》に靡《なび》かむことを思欲《おも》ふ。但《ただ》し、昔《むかし》より今《いま》に及《いた》るまで、[一]雑《くさぐさ》に大赦《たいしや》と言《い》ふは、唯小罪《ただせうざい》をのみ該《あ》てて[二]八虐《はちぎやく》は霑《うるほ》はず。朕《われ》、恭《かたじけな》く[三]太上天皇《だいじやうてんわう》の奉為《おほみため》に、[四]非常《ひじやう》の沢《めぐみ》を降《くだ》さむと思《おも》ふ。天下《あめのした》に大赦《たいしや》すべし。養老《やうらう》二年十二月七日の子時《ねのとき》より以前《さき》の[五]大辟罪《だいびやくざい》已下、罪軽重《つみきやうぢう》と无《な》く、[六]繫囚《けいしう》も見徒《げんづ》も、[七]私鋳銭《しじゆせん》并《あは》せて[八]盗人《たうにん》と八虐《はちぎやく》と、[九]常赦《じやうしや》の原《ゆる》さぬも、咸《ことごと》く赦除《ゆる》せ。その[一〇]癈疾《はいしつ》の徒《ともがら》の、[一一]自存《じぞん》すること能《あた》はぬは量《はか》りて賑恤《しんじゆつ》を加《くは》へよ。仍《より》て長官《ちやうぐわん》をして親自《みづか》ら慰問《ゐもん》し、兼《か》ねて[一二]湯薬《たうやく》を給《たま》はしむ。僧尼《ほふしあま》も亦《また》同じ。[一三]天下《あめのした》に布《ふ》れ告《つ》げて朕《わ》が意《こころ》を知《し》らしめよ」とのたまふ。○壬申[十三日]、[一四]多治比《たぢひ》真人県守《あがたもり》ら、唐国《もろこし》より至《いた》る。○甲戌[十五日]、[一五]節刀《せつたう》を進《たてまつ》る。この度《たび》の使《つかひ》の人《ひと》、[一六]略闕亡《ほぼけつばう》無くして、[一七]前年《さきのとし》の大使《たいし》従五位上坂合部《さかひべ》宿禰大分《おほきだ》も亦随《またしたが》ひて来帰《まうけ》り。

[己未]三年春正月庚寅の朔、[一八]朝《でう》を廃《や》む。大風《おほかぜ》ふけばなり。[一九]舶《ふね》二艘、[二〇]独底船《どくていせん》十艘を[二一]大宰府《だいさいふ》に充《あ》つ。○辛卯[二日]、天皇《すめらみこと》、大極殿《だいごくでん》に御《おは》しまして朝《でう》を受《う》けたまふ。従四位上[二二]藤原《ふぢはら》朝臣武智麻呂《むちまろ》、従四位下[二三]多治比《たぢひ》真人県守《あがたもり》の二人、[二四]皇太子《くわうたいし》を[二五]賛《たす》け引《ひ》く。○己亥[十日]、入唐使《にふたうし》ら拝見《みかどをがみ》す。[二六]皆唐国《みなもろこし》の授《さづ》くる朝服《でうふく》を着《き》る。○壬寅[十三日]、従四位上[二七]路《みち》真人大人《うし》・[二八]巨勢《こせ》朝臣邑治《おほぢ》・[二九]石川《いしかは》朝臣難波麻呂《なにはまろ》・[三〇]大伴《おほとも》宿禰旅人《たびと》・[三一]多《た》治比《ぢひ》真人三宅麻呂《みやけまろ》・[三二]藤原《ふぢはら》朝臣武智麻呂《むちまろ》、従四位下[三三]多治比《たぢひ》真人県守《あがたもり》に並《ならび》に正

一六）は始め副使であったが、後に大使となり、執節使粟田真人らが帰国後も唐にとどまり、一七年後に帰国したことになる。

一八 元日朝賀の儀をとりやめる。今回は翌日に延期。 一九 舶は大型の船。

二〇 大船にのせる短艇か。→補8－一八。

二一 大宰府には主船一人が置かれ、官船の修理を任としていた（職員令69）。官船の覆蓋・看守については営繕令13に規定がみえる。

二二 →[一]九三頁注二一。時に式部卿。武智麻呂は学問に関心が深く、大学頭になった時はしばしば学官に入り、詩書を吟詠し子弟の訓育に当ったとあるから、皇太子の先導役として適任であった。この年七月東宮傅となる（家伝下）。 二三 →[一]九三頁注九。県守は唐から帰国したばかりであり、唐朝風の賛引を行うための起用であろう。

二四 首皇子、後の聖武。皇太子→補8－一九。

二五 唐における賛引→補8－二〇。

二六 下文二月壬戌条の記事と関連するか。

二七 →[一]一九頁注六。従四位上への叙位は霊亀元年正月。 二八 →[一]補2－一八。従四位上への叙位は霊亀元年正月。養老五年正月従三位に昇叙。 二九 →[一]補5－二八。従四位上への叙位は養老元年正月。

三〇 →[一]補5－二。従四位上への叙位は霊亀元年正月。養老五年正月従三位に昇叙。

三一 →[一]六五頁注五。従四位上への叙位は霊亀元年正月。養老五年正月正四位上に昇叙。

三二 従四位上への叙位は霊亀元年正月。養老五年正月従三位に昇叙。

三三 従四位下への叙位は霊亀元年正月。養老五年正月正四位上に昇叙。この日の叙位で県守のみ従四位下から正四位下となっているのは、遣唐使の功による。

四位下、従四位下阿倍[1]朝臣首名・石川朝臣[2]石足・藤原朝臣房前並従四位上、正五位下小治田朝臣安麻呂・県犬養宿禰筑紫・大伴宿禰山守・藤原朝臣馬養並正五位上、従五位上坂合部宿禰大分・阿倍[3]朝臣安麻呂並正五位下、正六位上三野真人三嶋・吉智首・角兄[4]麻呂、正六位下大野朝臣東人・小野朝臣老[5]・酒部連相武、従六位下[6]板持連内麻呂、従六位下石上朝臣堅魚・佐伯宿禰馬[7]養・大宅朝臣小国・笠[8]朝臣御室[9]並従五位下[10]一。○乙巳、正四位下安八万王卒。○二月壬戌、初令二天下百姓右[11]レ襟、職事主典已上把レ笏。其五位以上牙笏、散位亦聴レ把レ笏。六位已下木笏。○甲子、正三位粟田朝臣真人[12]薨。○己巳、遣新羅使正五位下小野朝臣馬養等来帰。○庚午、行二幸和泉宮一。○丙子、車駕還レ宮。○三月辛卯、始置二造薬師寺司[13]史生二人一。○乙卯、地震。○夏四月丁卯、秦朝[14]元[15]賜二忌寸姓一。○乙酉、制、諸大少[16]毅、量二其任一、与二主政一同。自レ今以後、為二判[17]官任一。○丙戌、分二志摩国塔志郡五郷一、始置二佐[18]藝郡一。

1 倍〔兼・谷、大〕―陪(東・高)
2 臣―朝(大)
3 倍〔兼・谷、大〕―陪(東・高)
4 兄―元〔底〕→校補
5 老―光〔底〕→校補
6 下―上(大改)→脚注
7 馬〔兼等、大〕―鳥(底傍按・兼傍按・谷傍按・東傍按)→校補
8 笠〔兼・谷、大〕―望(東・高)
9 室〔谷擦重〕
10 下―丁(高)
11 右襟→校補
12 真―直(高)
13 司〔谷擦、大〕―同〔兼・谷原・東・高〕→校補
14 朝ノ下、ナシ〈意改〉(大衍)―臣→校補
15 元―无(高)
16 少―小(大)
17 判官―官判(大改)→校補
18 佐〔兼・谷、大、紀略〕―作(東・高)

一 →㈠七五頁注三三。従四位下への叙位は和銅七年正月。養老七年正月正四位下に昇叙。
二 →㈠一三三頁注二九。従四位下への叙位は和銅七年正月。養老七年正月正四位下に昇叙。
三 →㈠六五頁注四。従四位下への叙位は霊亀元年正月。養老五年正月従三位に昇叙。
四 →㈠補3-八一。正五位下への叙位は霊亀元年四月。
五 →㈠九三頁注一九。正五位下への叙位は霊亀元年四月。
六 →㈠補6-三一。遣唐大使の功による叙位。
七 →補7-二一。遣唐副使の功による叙位。養老五年正月正四位上に昇叙。
八 →㈠補2-一六。遣唐使の功による叙位。
九 →㈠九三頁注一〇。従五位上への叙位は霊亀元年四月。神亀元年二月正五位上に昇叙。
一〇 他にみえず。三野真人も姓氏録にみえず。延暦五年十二月乙卯条に、路三野真人石守が路を除かんことを訴えて許され、三野真人となっている。
一一 吉知須にもつくる。神亀元年五月辛未に吉田連を賜わる。懐風藻に「従五位下出雲介」とあり、従五位下で没したか。吉田連→補9-七八。
一二 もと僧慧耀。→㈠補2-八五。
一三 →㈠一二一頁注二。神亀元年二月従五位上に昇叙。
一四 右少弁(養老四年十月)、大宰少弐(万葉三八)、同大弐(万葉九五八)等を経歴し、天平九年六月に大宰府で没。時に大弐従四位下。天平十年度周防国正税帳に老の遺骨を送る骨送使がみえる(古二-一三二頁)。小野朝臣→㈠補1-一四五。
一五 他にみえず。酒部連も姓氏録にみえず。酒部造の連姓を賜わったものか。
一六 従六位下は次にもあるので、ここは従六

四位下を授《さづ》く。従四位下[一]阿倍《あへ》朝臣首名《おびとな》・[二]石川《いしかは》朝臣石足《いはたり》・[三]藤原《ふぢはら》朝臣房前《ふささき》に並《ならび》に従四位上。正五位下[四]小治田《をはりだ》朝臣安《やす》麻呂《まろ》・[五]県犬養《あがたいぬかひ》宿禰筑紫《つくし》・[六]大伴《おほとも》宿禰山《やま》守《もり》・[七]藤原《ふぢはら》朝臣馬養《うまかひ》に並に正五位上。従五位上[八]坂合部《さかひべ》宿禰大分《おほきだ》・[九]阿倍《あへ》朝臣安《やす》麻呂《まろ》に並に正五位下。正六位上[一〇]三野《みの》真人三嶋《みしま》・[一一]吉智首《きちのちしゆ》・[一二]角兄《え》麻呂《まろ》、正六位下[一三]大野《おほの》朝臣東人《あづまひと》・[一四]小野《をの》朝臣老《おゆ》・[一五]酒部《さかべ》連相武《さがむ》、従六位下[一六]板持《いたもち》連内麻呂《うちまろ》、従六位下[一七]石上《いそのかみ》朝臣堅魚《かつを》・[一八]佐伯《さへき》宿禰馬養《うまかひ》・[一九]大宅《おほやけ》朝臣小国《をぐに》・[二〇]笠《かさ》朝臣御室《みむろ》に並に従五位下。○[十六日]乙巳、正四位下[二一]安《あ》八万王《はちまのおほきみ》卒《しゆつ》しぬ。

右襟・把笏の制

二月[庚申朔]壬戌[三日]、初《はじ》めて[二二]天下《あめのした》の百姓《はくせい》をして、[二三]襟《えり》を右《みぎ》にして、[二四]職事《しきじ》の主典《さうくわん》已上に[二五]笏《しやく》を把《と》らしむ。その五位以上は牙《げ》の笏、[二六]散位《さんゐ》も亦《また》笏を把《と》ることを聴《ゆる》す。六位已下は木《き》の笏。○[五日]甲子、正三位[二七]粟田《あはた》朝臣真《ま》人《ひと》薨《こう》しぬ。○[十日]己巳、[二八]遣新羅使《けんしらきし》正五位下[二九]小野《をの》朝臣馬養《うまかひ》ら来帰《まうけ》り。○[十一日]庚午、[三〇]和泉宮《いづみのみや》に行幸《みゆき》したまふ。○[十七日]丙子、車駕《きよが》、宮《みや》に還《かへ》りたまふ。

遣新羅使帰国

造薬師寺司

三月[庚寅朔]辛卯[二日]、始《はじ》めて[三一]造薬師寺司《ざうやくしじし》に史生《ししやう》二人を置《お》く。○[二十六日]乙卯、地震《なゐ》ふる。

大少毅を判官の任とする

夏四月[己未朔]丁卯[九日]、[三二]秦朝元《はだのてうぐゑん》に忌寸の姓を賜《たま》ふ。○[二十七日]乙酉、[三三]制《せい》すらく、「[三四]諸《もろもろ》の大少毅《だいせうぎ》は、その任《にむ》を量《はか》るに主政《しゆしやう》に同《おな》じ。今《いま》より以後《のち》、判官《はんぐわん》の任《にむ》とせよ」といふ。

佐藝郡を置く

○[二十八日]丙戌、[三五]志摩《しま》国塔志《たふし》郡の五郷を分《わか》ちて、始《はじ》めて佐藝《さぎ》郡を置《お》く。

位上とあるべきか。下文五月癸卯条では板持史につくる。本条と五月癸卯条の他に所見なし。板持連→補8-一一。
一七 名を勝男・勝雄にもつくる。神亀三年正月従五位上に昇叙。大宰府へ勅使として下向した折の歌がある(万葉一四七三)。石上朝臣→〔一〕補1-一四四。
一八 神亀元年二月に従五位上昇叙の記事がある以外みえず。佐伯宿禰→〔一〕二七頁注一三。
一九 他にみえず。大宅朝臣→〔一〕補2-六九。
二〇 授刀助・征隼人副将軍等を歴任。神亀三年正月従五位上に昇叙。笠朝臣→〔一〕補3-二一。
二一 →〔一〕八五頁注二一。
二二 右襟と把笏制を行うことを指示する。これらは、前年帰国した遣唐使のもたらした唐朝の制度に関する知識によるらしい。
二三 右襟の制→補8-二二。
二四 職員令に規定されかつ官位相当を有する主典以上。 二五 把笏の採用→補8-二三。
二六 →四五頁注六。
二七 →〔一〕補1-一二五。
二八 遣新羅使補任は養老二年三月、同年五月辞見。 二九 →〔一〕六五頁注九。
三〇 珍努宮に同じ。→補7-九。
三一 →〔一〕四一頁注二〇。史生の新置は薬師寺の平城京移転に伴う事務煩忙のためか。史生の新置・増員→〔一〕補4-二九。平城京の薬師寺→補8-二四。
三二 弁正の子。養老二年に唐から帰国か。→補8-二五。 三三 大少毅の位置を定める制。
三四 軍団の大少毅は官制体系における序列が明確でなかったので、郡司の判官である主政相当の任に位置づけることにする。軍団の大少毅→補7-一四。
三五 志摩国の郡→補8-二六。

○五月己丑朔、日有レ蝕之。○乙未、新羅貢調使級飡金長言等卌[1]人来朝。○癸卯、無位[2]紀臣竜麻呂等十八人、従七位上巨[3]勢[4]斐太臣大男等二人、従八位上中臣習宜連笠麻呂等四人、従六位上中臣熊凝連古麻呂等七人、従八位下榎井連挊麻呂、並賜ニ朝臣姓一。大初位下若湯[5]坐連家主、正八位下阿刀連人足等三人、並賜ニ宿禰姓一。无位文[6]部此人等二人賜ニ文忌寸姓一。従五位下板持史内麻呂等十九人賜ニ連姓一。○辛亥[7]、制ニ定諸国貢調短絹・狭絁・麁狭絹・美濃狭絁之法一。各長六丈、闊一尺九寸。○六月丁[8]卯、皇太子始聴ニ朝政一焉。○庚午、従四位上平群[9]女王卒。○辛未、初令ニ諸国史生・主政・主帳・大少毅把レ笏焉。○癸酉、制、穀之為レ物、経レ年不レ腐。自レ今以後、税[10]及雑稲、必為レ穀而収之。○丙子、令[11]ニ神祇官宮主、左右大舎人寮別勅長上、画[12]工司画師、雅楽寮諸師、造宮省・主計寮・主税寮[13]竿[14]師、典薬寮乳[15]長[16]上、左右衛士府医師、左右馬寮馬医[17]等[18]、始把レ笏焉[19]。」従四位下但[20]馬女王卒。○秋七月辛卯、初置ニ抜[21]出司一。○丙申、遷ニ東海・東山・北陸三道民

1 卌—卅(紀略)
2 位(谷朱抹傍・東・高、大)—便〔兼・谷原〕
3 巨〔兼擦・谷・東、大〕—臣(兼原)→校補
4 勢〔兼重〕
5 湯—陽〔底〕→校補
6 文〈意改〉(大改)—二人→校補
7 亥→校補
8 丁—丙〔底〕→校補
9 群〔兼・谷、大〕—辟(東・高)
10 税→校補
11 令〔兼等、大、類一〇七〕—命(底傍イ・兼傍イ・谷傍イ・東傍イ)
12 画=畫—尽=盡〔底〕→校補
13 寮—ナシ〔底〕→校補
14 竿—箄(類一〇七主計寮・主税寮条)
15 乳→校補
16 長〔兼重〕
17 医→校補
18 等始〔高擦重〕
19 焉→校補
20 但(東・高、大改)—借〔兼・谷〕
21 抜〈意改〉(大改)→校補

一 この日はユリウス暦の七一九年五月二十四日。この日食は奈良では生じなかった。→㊀補1-七五。
二 新羅貢調使の来日は、二月に帰国した遣新羅使と関係あるか。閏七月に宴を賜わり帰国したことがみえる。
三 新羅の官位十七等の第九等。
四 このたびの新羅貢調使関係の記事にのみみえる。 五 本条賜姓では傍系の人に本系の姓を与えている。
六 他にみえず。紀臣は天武紀十三年に紀朝臣に改められている。紀朝臣→㊀補1-三一。
七―一一 →補8-二七。
一二 他にみえず。阿刀連→㊀七七頁注三〇。阿刀宿禰→㊀補4-一二。
一三 文部から文忌寸への改姓は養老四年六月壬辰条にもみえる。文部、姓氏録にみえず。文忌寸→㊀補1-六七。
一四 板持史→補8-二一。
一五 絹の規格を定める制。賦役令1では調の絹・絁は長さ五丈一尺・広さ二尺二寸を一疋、美濃絁は長さ五丈二尺・広さ二尺二寸を一疋とする。しかし現実には広狭・長短さまざまなものが行われているので、本条で短絹以下について規格を定める。のち天平元年三月に広絁をとどめ狭絁に統一し、この規格は主計寮式上に継承されている。延喜式では短絹を単に絹とする。美濃絁→㊀補4-四一。絁→㊀一五頁注一六。 一六 首皇子。皇太子執政→補8-二八。 一七 他にみえず。
一八 二月壬戌に始まる把笏制度の拡充の一環。→補8-二三。
一九 郡司大少領はこれ以前に把笏を認められているか。
二〇 正税出挙は穀により収納すべきことを指

新羅貢調使来朝
賜姓

五月己丑の朔、[一]日《ひ》蝕《は》ゆること有り。○乙未[七日]、[二]新羅貢調使《しらきのぐでうし》[三]級飡《きふさん》[四]金長言《こむちやうごん》ら卌人来朝《みかどまゐり》す。○癸卯[十五日]、無位[五]紀臣《き》[六]竜麻呂《たつまろ》ら十八人、従七位上[七]巨勢斐太臣《こせのひだ》大男《おほを》ら二人、従八位上[八]中臣習宜連《なかとみのすげ》笠麻呂《かさまろ》ら四人、従六位上[九]中臣熊凝連《なかとみのくまこり》古麻呂《こまろ》ら七人、従八位下[一〇]榎井連《えのゐ》挊麻呂《かせまろ》に並《ならび》に朝臣の姓を賜《たま》ふ。大初位下[一一]若湯坐連《わかゆゑ》家主《やかぬし》、正八位下[一二]阿刀連《あと》人足《ひとたり》ら三人に並に宿禰の姓を賜ふ。无位《むゐ》[一三]文部此人《ふみべのこのひと》ら二人には文《ふみ》忌寸の姓を賜ふ。従五位下[一四]板持史《いたもち》内麻呂《うちまろ》ら十九人には連の姓を賜ふ。

調の絹・絁の規格

○辛亥[二十三日]、制《せい》[一五]して諸国《くにぐに》の貢調《ぐでう》、短絹《みじかきぎぬ》・狭絁《さきあしぎぬ》・麁狭絹《あらきさききぬ》・美濃狭絁《みののさきあしぎぬ》の法《のり》を定《さだ》む。各《おのおの》長《なが》さ六丈、闊《ひろ》さ一尺九寸。

皇太子執政

六月丁卯[戊午朔][十日]、[一六]皇太子《くわうたいし》始《はじ》めて朝政《でうせい》を聴《き》く。○庚午[十三日]、従四位上[一七]平群女王《へぐりのおほきみ》卒《しゆつ》しぬ。

把笏

○辛未[十四日]、初《はじ》めて[一八]諸国《くにぐに》の史生《ししやう》・主政《しゆしやう》・主帳《しゆちやう》・大少毅《だいせうぎ》をして[一九]笏《しやく》を把《と》らしむ。

公出挙は穀により収納

○癸酉[十六日]、制《せい》[二〇]すらく、「[二一]穀《もみ》の物《もの》となり、年《とし》を経《へ》ても腐《く》ちず。今《いま》より以後《のち》、[二二]税《ぜい》と[二三]雑稲《ざふたう》とは必《かなら》ず[二四]穀として収《をさ》めよ」といふ。

把笏

○丙子[十九日]、[二五]神祇官《じんぎくわん》の[二六]宮主《みやじ》、[二七]左右大舎人寮《さうのおほとねりれう》の別勅《べちちよく》の長上《ちやうじやう》、[二八]画工司《ゑたくみのつかさ》の画師《ゑし》、[二九]雅楽寮《げがくれう》の諸師《しよし》、[三〇]造宮省《ざうくうしやう》・主計寮《しゆけいれう》・主税寮《しゆさいれう》の筭師《さんし》、[三一]典薬寮《てんやくれう》乳長上《ちのちやうじやう》、[三二]左右衛士府《さうのゑじふ》の医師《くすし》、[三三]左右馬寮《さうめれう》の馬医《うまくすし》らをして始《はじ》めて笏《しやく》を把《と》らしむ。従四位下[三四]但馬女王《たぢまのおほきみ》卒《しゆつ》しぬ。

出羽柵の柵戸

秋七月辛卯[戊子朔][四日]、初《はじ》めて[三五]抜出司《ぬきいだしのつかさ》を置《お》く。○丙申[九日]、東海《とうかい》・東山《とうせん》・北陸《ほくろく》三道の民《たみ》

示する制。

二一 扱き落した籾穀は穂のままの穎稲や籾すりした米よりも保蔵に適している。三代格寛平三年八月三日官符に「凡穎与レ穀資用不レ同、国家之貯穀是為レ要」とある。倉庫令7では穀の保存期間を九年とする。

二二 大税(正税)のこと。→[一]補2-五七。

二三 特定の用途を賄うために設定された出挙稲。郡稲・公用稲・官奴婢食料稲・駅起稲が確認され、利を用途にあてた。天平六年正月に駅起稲を除く雑色官稲を正税に混合し、駅起稲も天平十一年六月に混合されている。

二四 出挙に出されるのは種子用に使われるので種類を弁別するため穎稲を便宜とするが、収納する際は穀とする。後に延暦十八年五月十七日官符では利稲は穀で収め本稲は穎で収めてよいと指示している(延暦交替式)。但し天平期の正税帳にみる公出挙では穎で収納されているので、この日の制は短期間のうちに廃されたか。

二五 辛未条につぐ把笏対象の拡大。官位令に相当位を記されていない官職に把笏を認めている。

二六 宮主は伊呂波字類抄に「ミヤジ」。臨時祭式に「凡宮主取ニ卜部堪レ事者一任レ之」とあり、神祇官所属の卜部の中から選任され、内・中宮職・春宮坊・斎院司などにおいてそれぞれの神事に従った。慶雲元年二月に大宮主が長上扱いとなっている。大宮主→[一]補3-四三。

二七 大舎人のうちで特に別勅により長上待遇とされたものか。大舎人→[一]補3-四。別勅長上→二五頁注二四。 二八 →補8-二九。

二九 大宝令では雅楽寮諸師の官位相当を定めていない。雅楽寮諸師→[一]補2-八四。

三〇 造宮省→[一]補4-一七。大宝令では算師の

二百戸一、配二出羽柵[1]一焉。〇庚子、従六位上賀茂役首[2]石穂、
正六位下千羽三千石等一百六十人賜二賀茂役君姓一。」始
置二按察使一。令下伊勢国守従五位上門部王管[3]二伊賀・志摩
二国一、遠江国守正五位上大伴宿禰山守管二駿河・伊豆・
甲斐三国一、常陸国守正五位上藤原朝臣宇合管二安房・上
総・下総三国一、美濃国守従四位上笠朝臣麻呂管二尾張・
参河・信濃三国一、武蔵国守正四位下多治比真人県守管二
相模・上野・下野[4]三国一、越前国守正五位下多治比真人広
成管二能登・越中・越後三国一、丹波国守正五位下小野朝
臣馬養管[5]二丹後・但馬・因幡三国一、出雲国守従五位下息
長真人臣足管[6]二伯耆・石見二国一、播磨国守従四位下鴨朝
臣吉備麻呂管二備前・美作・備中・淡路四国一、伊豫国守
従五位上高安王管二阿波・讃岐・土左三国一、備後国守正
五位下大伴宿禰[7]宿奈麻呂管中安藝・周防二国上。其所レ管国
司、若有三非違及[8]侵二漁百姓一、則按[9]察使親自巡省、量レ状
黜[10]陟。其徒罪已下断決、流罪以上録レ状奏上。若有二声教
条条[11]一、脩[12]二部内一粛清、具記二善最[13]一言上。〇乙巳、大宰大

官位相当を定めていない。算師→㊀補2-八三。

三〇 典薬寮は宮内省被管で、諸薬物・療疾病・薬園を掌る(職員令44)。乳長上は職員令にみえないが、牛乳のことを掌る専門職。乳長上→補8-三〇。

三一 左右衛士府には医師各二が配属されている(職員令61)。この医師は養老官位令で規定されるまで、相当位を欠いていたらしい。→補8-三一。

三二 →補8-三二。

三三 他にみえず。和銅元年六月に没している但馬内親王とは別人。

三四 諸国から集められた相撲人を選抜する臨時の官司か。後の相撲司に当るか。抜出の本義は選抜のことで「抜出仕丁」という用例がある(古一五-四・二一九頁)。→補8-三三。

一 →㊀一五三頁注一。柵戸は柵に配置された戸→㊀補6-五九。本条は戸単位で移配することの最後。以後は人単位となる(養老六年八月丁卯条)。

二 他にみえず。賀茂役首、姓氏録にみえず。大倭国葛上郡の賀茂氏の一族か。

三 他にみえず。千羽、姓氏録にみえず。

四 賀茂役君、姓氏録にみえず。霊異記上-二十八に役君小角は賀茂役公で、のちの高賀茂朝臣だとされる。→㊀補1-一一三。

五 →補8-三四。 六 →㊀補5-五。

七 →㊀補6-三一。前年唐より帰国後、遠江守となる。天平十年度駿河国正税帳に「神亀二年検校按察使正五位上勲七等大伴宿禰山守」とあり(古二-一一二頁)、神亀二年のころも按察使を帯びていた。

八 →補7-二二。前年唐より帰国後、常陸守となる。少なくとも三年間常陸守に在任する

1 柵―ナシ(高)
2 首〔高擦重〕→校補
3 管―ナシ(高)
4 下野→校補
5・6 管―菅(高)
7 宿禰→校補
8 及ノ上、ナシ(谷朱抹・東、大)―及〔兼・谷原・高〕
9 按〈意改〉(大)―案→校補
10 黜―黙〔底〕→校補
11 条〔底〕―々
12 脩―備(高)
13 最〔谷〕―政(谷傍イ)

二百戸を遷《うつ》して[一]出羽柵《いではのき》に配《お》く。○庚子[十三日]、従六位上[二]賀茂役首石穂《かものえいはほ》、正六位下[三]千羽三千石《ちはのみちいは》ら一百六十人に[四]賀茂役君《かものえ》の姓を賜《たま》ふ。

按察使設置

始《はじ》めて[五]按察使《あんせちし》を置《お》く。伊《い》勢《せ》国守従五位上[六]門部王《かどべのおほきみ》をして伊賀《いが》・志摩《しま》の二国を管《をさ》めしむ。遠江《とほつあふみ》国守正五位上[七]大伴《おほとも》宿禰山守《やまもり》は駿河《するが》・伊豆《いづ》・甲斐《かひ》の三国。常陸《ひたち》国守正五位上[八]藤原《ふぢはら》朝臣宇合《うまかひ》は安房《あは》・上総《かみつふさ》・下総《しもつふさ》の三国。美濃《みの》国守従四位上[九]笠《かさ》朝臣麻呂《まろ》は尾張《をはり》・参河《みかは》・信濃《しなの》の三国。武蔵《むざし》国守正四位下[一〇]多治比《たぢひ》真人県守《あがたもり》は相模《さがみ》・上野《かみつけの》・下野《しもつけの》の三国。越前《こしのみちのくち》国守正五位下[一一]多治比《たぢひ》真人広成《ひろなり》は能登《のと》・越中《こしのみちのなか》・越《こしの》後《みちのしり》の三国。丹波《たには》国守正五位下[一二]小野《をの》朝臣馬養《うまかひ》は丹後《たにはのみちのしり》・但馬《たぢま》・因幡《いなば》の三国。出雲《いづも》国守従五位下[一三]息長《おきなが》真人臣足《おみたり》は伯耆《ははき》・石見《いはみ》の二国。播磨《はりま》国守従四位下[一四]鴨《かも》朝臣吉備麻呂《きびまろ》は備前《きびのみちのくち》・美作《みまさか》・備中《きびのみちのなか》・淡路《あはぢ》の四国。伊予《いよ》国守従五位上[一五]高安王《たかやすのおほきみ》は阿波《あは》・讃岐《さぬき》・土左《とさ》の三国。備後《きびのみちのしり》国守正五位下[一六]大伴《おほとも》宿禰宿奈麻呂《すくなまろ》は安藝《あき》・周防《すはう》の二国。

按察使の任務

[一七]その管《をさ》むる国司《こくし》、若《も》し非違《ひゐ》にして百姓《はくせい》を侵《を》漁《か》すこと有らば、按察使《あんせちし》親《みづか》ら巡《めぐ》り省《み》て[一八]状《じやう》を量《はか》りて黜陟《ちゆつちよく》せよ。その[一九]徒罪《づざい》已下は断《ことわ》り決《さだ》め、流罪《るざい》以上は状《じやう》を録《しる》して奏上《そうじやう》せよ。若《も》し[二〇]声教《せいけう》の条条《でうでう》有り、部《ぶ》内《ない》を脩《をさ》めて粛清《しゆくせい》ならば、具《つぶ》さに[二一]善最《ぜんさい》を記《しる》して言上《ごんじやう》せよ。○乙巳[十八日]、大宰大《だいさいのだい》

が(懐風藻「七言　在二常陸一贈二倭判官留在一レ京一首〈并序〉」)、神亀元年四月に式部卿とみえる。

九 →[一]補3-三二一。和銅元年三月および慶雲三年七月に美濃守任官のことがみえる。養老四年十月に右大弁となるまで在任か。

一〇 →[一]九三頁注九。前年唐より帰国後、武蔵守となる。養老四年九月には播磨按察使とみえる。

一一 →[一]一二九頁注二五。

一二 →[一]六五頁注九。二月に新羅から帰国。

一三 →[一]二〇七頁注二八。神亀元年十月に、出雲按察使のとき贓貨狼籍のことがあり、位禄を奪われたことがみえる。

一四 →[一]補2-二〇。大宝元年正月遣唐使となり渡唐している。

一五 →[一]補6-二。万葉三〇九八左注に多紀皇女と通じたことにより伊予守に左降されたとある。

一六 →[一]一二九頁注二六。

一七 以下は按察使の任務を定める。

一八 勤務状態のよしあしにより官位を進めたり退けたりする。この時の考課基準が按察使訪察事条事として定められている(三代格)。→補8-三四。

一九 獄令2では、国司が徒罪以下を断決し流以上は奏聞することになっているから、按察使の断決権限は国司のそれを踏襲している。

二〇 徳化がおよび治績をあげること。

二一 考課令3-6で徳義有聞・清慎顕著・公平可称・恪勤匪懈の四善を規定し、同33で次官以上の最として職事修理・昇降必当、同35で判官の最として訪察精審・庶事兼挙、同46で介以上国司の最として強済諸事・粛清所部、同47で掾の最として無有愛憎・供承善成をあげている。国司は善最の組合せにより勤務評定をうけた(考課令50)。

弐正四位下路真人大人卒。○丙午、補二[1]按察使典一。○閏七月癸亥、新羅使人等献二[2]調物并[3]騾馬牡牝各一[4]疋一。○丁卯、賜二宴於金長言等一。賜二国王及長言等禄一有レ差。」是日、以二大外記従六位下白[5]猪史広[6]成一為二遣新羅使一。○辛未、散位従四位上忌部宿禰子人卒。○癸酉、金長言等還レ蕃。○丁丑、石城国始置二駅家一十処一。○甲申、賜二無位[7]紀臣広前朝臣姓一。○八月己丑、有司処分、別勅・才[8]伎長上者任二職事一、[9]貢与二初任一同。○癸巳、遣新羅使白[10]猪広成等拝辞。○九月癸亥、以二正四位下多治比真人三宅麻呂一為二河内国摂官一、正四位下[11]巨勢朝[12]臣邑治為二摂津国摂官一、正四位下大伴宿禰旅人為二山背国摂官一。○丁丑、詔、給二天下民戸、陸田一町以上廿町以下一。輸二地子一、段粟三升也。」六道諸国遭レ旱飢荒。開二義倉一賑二恤之一。○辛巳、始置二衛門府医師一人一。○冬十月癸巳、大[13]和国人腹太得麻呂姓改為レ葛。○戊戌、減二定京畿及七道諸国軍団并大小毅・兵士等数一、有レ差。但志摩・若狭・淡路三国兵士並停。○辛丑、詔曰、

1 按〈意改〉(大)―案
2 調―ナシ(高)
3 騾(大改、紀略)―駅＝驛〔兼等〕
4 疋―匹(紀略)
5 猪―楮〔底〕→校補
6 成(大改、紀略)―氏〔兼等〕
7 紀(谷朱抹傍イ、大改)―記〔兼・谷原・東・高〕
8 伎(谷傍イ、大改)―使〔兼等〕
9 貢→脚注・校補
10 猪ノ下、ナシ〔兼等、紀略原〕―史(大補、紀略補)→脚注
11 巨→校補
12 臣―ナシ(高)
13 和→脚注

一 →㊀一九頁注六。霊亀元年八月に大弐任官のことがみえる。
二 按察使の属官。→補8-三四。
三 新羅使の来朝は五月乙未条にみえる。
四 新羅の調。→㊀補1-四一。
五 騾ならば。→補8-三五。この後天平四年五月庚申にも新羅よりもたらされている。
六 新羅使。→五五頁注四。七 聖徳王。
八 新羅使に対する賜禄の基準は大蔵省式にみえる。→補8-三六。九 →補8-三七。
一〇 八月に拝辞。帰国の時は未詳。この時の新羅使発遣の意味は未詳だが、この年新羅が唐に朝貢したこと(三国史記)と関連する外交折衝か。一一 →㊀五三頁注四〇。
一二 前年五月に新置。→補8-一〇。
一三 この日の駅家(㊀補2-一〇九)の設置は、新設された石城国の国衙と常陸・陸奥両国とを連絡するためと思われる。→補8-三八。
一四 他にみえず。紀臣は紀朝臣の傍流。紀朝臣→㊀補1-三一。
一五 有司はここでは太政官。従って有司処分は太政官処分(㊀補2-五〇)に同じ。別勅・才伎長上が職事官になった時の給禄の法を定める。
一六 別勅ないし特殊な技能をもって諸司に常時勤務するもの。才伎長上→㊀補1-五四。
一七 別勅・才伎長上のものが職事(職掌と官位相当のある官)に任じられた場合。
一八 「貢」は「禄」とすべきもの。→補8-三九。
一九 閏七月丁卯条により史を補うべきか。
二〇 畿内摂官の任命。摂官は、畿内諸国の行政を中央の高官が直接統轄するために置かれた官。→補8-四〇。但し大倭国には置かれていない。
二一 →㊀六五頁注五。養老元年三月に左大弁

弐《に》正四位下路《みち》真人大人《うし》卒《しゆつ》しぬ。〇丙午、按察使《あんせちし》の典《すけ》を補《ほ》す。

新羅使に賜宴

閏七月癸亥、新羅使人《しらきのつかひ》ら、調物《みつきもの》并せて騾馬《つかれうま》牡《をす》牝《めす》各《おのおの》一疋を献《たてまつ》る。〇丁卯、宴《うたげ》を金長言《こむちやうごん》らに賜《たま》ふ。国王《こにきし》と長言《ちやうごん》らとに禄《ろく》賜ふこと差《しな》有り。是《こ》の日《ひ》、大外記《だいぐゑき》従六位下白猪《しらゐ》史広成《ひろなり》を遣新羅使《けんしらきし》とす。

遣新羅使任命

〇辛未、散位従四位上忌部《いむべ》宿禰子《こ》人《ひと》卒《しゆつ》しぬ。〇癸酉、金長言《こむちやうごん》ら蕃《ばん》に還《かへ》る。

石城国に駅家設置

〇丁丑、石城《いはき》国に始《はじ》めて駅家《うまや》一十処を置《お》く。〇甲申、無位紀《き》臣広前《ひろさき》に朝臣の姓を賜ふ。

八月己丑、有司《うし》処分《しよぶん》して、別勅《べちちよく》・才伎《ざいぎ》の長上《ちやうじやう》の者職事《ひとしきじ》に任《にむ》するに、貢《ぐ》は初任《しよにむ》と同《おな》じくす。〇癸巳、遣新羅使《けんしらきし》白猪《しらゐ》広成《ひろなり》ら拝辞《ことわりまう》す。

畿内摂官の任命

九月癸亥、正四位下多治比《たぢひ》真人三宅麻呂《みやけまろ》を河内《かふち》国の摂官《せふくわん》とす。正四位下巨勢《こせ》朝臣邑治《おほぢ》を摂津《つ》国の摂官。正四位下大伴《おほとも》宿禰旅人《たびと》を山背《やましろ》国の摂官。

陸田の地子

〇丁丑、詔《みことのり》して、天下《あめのした》の民《たみ》の戸《へ》に陸田《りくでん》一町以上、廿町以下を給《たま》ふ。地子《ぢし》を輸《いだ》すこと段ごとに粟《あは》三升。

義倉開く

六道の諸国《くにぐに》、旱《ひでり》に遭《あ》ひて飢荒《きくわう》す。義倉《ぎさう》を開《ひら》きてこれを賑恤《しんじゆつ》す。〇辛巳、始《はじ》めて衛門府《ゑもんふ》に医師《くすし》一人を置《お》く。

冬十月癸巳、大和《やまと》国の人腹太得麻呂《はらだのとこまろ》が姓を改《あらた》めて葛《くず》とす。

軍団兵士の削減

〇戊戌、京畿《けいき》と七道《しちだう》の諸国《くにぐに》との軍団《ぐんだん》并《あは》せて大少毅《だいせうぎ》・兵士等《ひやうじども》の数《かず》を減《へ》し定《さだ》むること差《しな》有り。但《ただ》し、志摩《しま》・若狭《わかさ》・淡路《あはぢ》の三国の兵士《ひやうじ》は並《ならび》に停《とど》む。〇辛丑、詔《みことのり》して曰《のたま》は

とみえ、この時も左大弁か。

二二 →[一]補2―一八。本官は中納言。

二三 →[一]補5―二。本官は中納言。

二四 ここの戸が房戸をさすか郷戸をさすか未詳。

二五 はたけ。→五頁注一六。霊亀元年十月の詔で男夫二段としていた陸田の支給額を改めて戸別に賜うこととし、かつ輸地子田とした。

二六 →補8―四一。賦役令6によると、義倉の場合粟一斗が稲二束に当り、賦役令6集解令釈に引く天平六年格や主税寮式上では粟二斗を稲三束に換算する。従ってここの地子粟段別三升は稲六把ないし四把半であるから、田租段別一束五把に比べかなり少額である。

二七 賦役令9集解古記に「養老三年諸国按察使等請事。答。官判云、諸国卒飢、給二義倉穀一、五百斛以下二百斛以上聴之。若応二数外給一者、使専知レ状、且給且申。若義倉不レ足、用レ税聴之」とあり按察使が義倉支給について申請を行った。義倉→[一]補2―一一七。

二八 衛門府医師→補8―三一。

二九 この時期の大和国は大倭国とあるのが正式の表記。→[一]三一頁注二四。

三〇 他にみえず。腹太は伊勢国腹太御園に関係するか(神鳳鈔)。葛は国栖に関係するか(太田亮)。

三一 この日の改定により、一〇〇〇人未満の小編成の軍団([一]補3―一六)が作られることになった。→補8―四二。

三二 三国の兵士停止は国の規模が小さく、兵士制を維持することが困難なことによるか。

三三 皇太子首親王が皇位を継承すべき存在であることを強調し、舎人・新田部両親王に補佐役を命じ、舎人・衛士と封戸とを賜うことを内容とする詔。

1弛〈意改〉（大改）―政→校補
2張→校補
3行→校補
4無（底傍イ・兼等傍按、大改）―連〔兼等〕→校補
5機ノ下→校補
6翼賛→校補
7新（谷・東・高、大）―雑〔兼〕
8合〈意改〉（大改）―今→校補
9雉（谷・東・高、大）―難〔兼〕
10信→校補
11親〔谷重〕→校補

開闢已来、法令尚矣。君臣定レ位、運有レ所レ属。洎二于中古一、雖二由行一、未レ彰二綱目一。降至二近江之世一、[1]弛[2]張悉備。迄二於藤原之朝一、頗有二増損一、由[3]行[4]無レ改。以為二恒法一。由レ是、稽二遠祖之正典一、考二列代之皇綱一、承二纂洪緒一、此皇太子也。然年歯猶稚、未レ閑二政道一。但以、握二鳳暦一而登レ極、御二竜図一以臨レ[5]機者、猶資二輔佐之才一、乃致二太平一、必由二[6]翼賛之功一、始有レ安レ運。況及二舎人・[7]新田部親王一、百世松桂、本枝[8]合二於昭穆一、万[9]雉城石、維盤重二乎国家一。理須下吐二納清直一、能輔二洪胤一、資二扶仁義一、[10]信翼中幼齢上。然則太平之治可レ期、隆泰之運応レ致。可レ不レ慎者哉。今二親王、宗室年長、在レ朕既重。実加二褒賞一、深須二旌異一。然崇レ徳之道、既有二旧貫一。貴レ親之理、豈無二於今一。其賜二一品舎人親王内舎人二人、大舎人四人、衛士卅人一、益二封八百戸一。通レ前二千戸。二品新田部[11]親王内舎人二人、大舎人四人、衛士廿人、益二封五百戸一。通レ前一千五百

一 以下日本における皇位継承法を含む法令制度の沿革を述べ、首皇子の皇位継承を正当づけている。
二 運とは宇宙の運行の意で、自然・社会の秩序が正しく守られること。中国の儒教の思想では、自然と社会を一体のものとして把握していた。
三 古い時代と近い時代の中間。大和朝廷時代を念頭においているらしい。
四 成文法となっていないことをいう。
五 天智朝で法令制度が完備した。弛張は緩和したり厳しくしたりすること。近江令→□一補2-八七。不改常典→□一補4-二。
六 文武朝における大宝律令の編纂をさす。大宝律令の撰定→□一補1-一三二。
七 遠祖の時代ののり。ここでは神話時代の皇位継承の原則。
八 歴代の皇位継承のあり方。
九 幼いとはいえ、皇太子首親王はこの時十九歳。
一〇 鳳暦はこよみ。庾信の周宗廟歌に用例がみえる。鳳暦を握るとは、時の運行を支配する意で、皇位につくこと。
一一 天子のはかりごと。黄河から竜馬が負って現れた河図を古の聖天子に授けた故事による。 三 →□一二一頁注一八。
一三 →□一七七頁注一四。
一四 詩経、大雅に「文王孫子、本支百世」とあるによる。松や桂の幹から枝が繁茂するように、舎人・新田部両親王はともに長く栄えるべき皇室の分枝であることをいう。
一五 →補8-四三。
一六 周礼、冬官考工記に「王宮門阿之制五雉。宮隅之制七雉。城隅之制九雉」とあり、注に「雉長三丈、高一丈」とある。雉とは城牆の単

舎人・新田部親王に皇太子輔佐を命ずる詔

く、「[一]開闢《くにひら》けしより已来《このかた》、法令《はふれい》尚《ひさ》し。君臣《くんしん》位《くらゐ》を定《さだ》めて[二]運属《うんつ》くる所《ところ》有り。[三]中《ちう》古《こ》に洎《およ》びて由《したが》ひ行《おこな》ふと雖《いへど》も、[四]綱目《かうもく》を彰《あらは》さず。降《くだ》りて[五]近江《ちかつあふみ》の世《よ》に至《いた》りて、弛《し》張《ちやう》悉《ことごと》く備《そなは》る。[六]藤原朝《ふぢはらのみかど》に迄《いた》りて、頗《すこぶ》る増損《ぞうそん》有れども由《したが》ひ行《おこな》ひて改《あらた》むること無し。以《もち》て恒法《こうはふ》とす。是《これ》に由《よ》りて[七]遠祖《とほつおや》の正典《せいてん》を稽《かむが》へ、[八]列代《れつだい》の皇綱《くわうかう》を考《かむが》ふるに、洪緒《こうしよ》を承《う》け纂《つ》ぐは、此《こ》れ皇太子《くわうたいし》なり。然《しか》れども年歯《よはひ》[九]猶稚《なほをさな》くして政道《せいだう》に閑《なら》はず。但《ただ》し、以《おもひ》みるに[一〇]鳳暦《ほうれき》を握《にぎ》りて極《ごく》に登《のぼ》り、[一一]竜図《りようと》を御《と》りて機《き》に臨《のぞ》む者《ひと》は、猶輔佐《なほほさ》の才《さい》に資《よ》りて乃《すなは》ち太平《たいへい》を致《いた》し、必《かなら》ず翼賛《よくさん》の功《くう》に由《よ》りて始《はじ》めて運《うん》を安《やす》みすること有り。況《いはむ》や[一二]舎人《とねり》・[一三]新田部親王《にひたべのみこ》に及《およ》びては、[一四]百世《ひやくせい》の松桂《しようけい》、本枝《ほんし》、[一五]昭穆《せうぼく》に合《かな》ひて、[一六]万雉《ばんち》の城石《せいせき》、[一七]維盤《ゐばん》、[一八]国家《こくか》に重《おも》し。[一九]理《ことわり》、清直《せいちよく》を吐納《となふ》して能《よ》く洪胤《こういん》を輔《たす》け、仁義《じんぎ》を資《た》扶《す》けて信《まこと》に幼齢《えうれい》を翼《たす》くべし。然《しか》れば太平《たいへい》の治《ち》、期《き》すべく、隆泰《りうたい》の運《うん》、致《いた》すべし。慎《つつし》まざるべけむや。今《いま》、二《ふたり》の親《み》王《こ》は、[二〇]宗室《そうしつ》の年長《ねんちやう》にして、朕《われ》に在《あ》りても既《すで》に重《おも》し。実《まこと》に褒賞《ほうしやう》を加《くは》へて深《ふか》く[二一]旌異《せいい》すべし。然《しか》も徳《とく》を崇《たふと》ぶる道《みち》は既《すで》に旧貫《きうくわん》有り。親《おや》を貴《たふと》ぶる理《ことわり》、豈今《あにいま》に無けむや。其《そ》れ、一品舎人《とねり》親王に[二二]内舎人《うとねり》二人、[二三]大舎人《おほとねり》四人、[二四]衛士《ゑじ》卌人を賜《たま》ひて[二五]封《ふう》八百戸を益《ま》す。前《さき》に通《つう》して二千戸。[二六]二品新田部《にひたべ》親王には内舎人二人、大舎人四人、衛士廿人、封五百戸を益《ま》す。前に通して一千五百

位で、万雉とは高大な城。舎人・新田部両親王が朝廷にとって重要であることのたとえ。

一七 確固とした衛りとなっていることをいう。

一八 皇室のことをいう。

一九 「理」は当然のことわり。舎人・新田部両親王が正しいことを上言することにより、天皇や皇太子を補佐すべきことをいう。

二〇 宗室とは皇室・皇族のこと。天武の皇子では舎人・新田部両親王のみが存命。舎人親王は養老四年に四十五歳なので(補任)、この時四十四歳。新田部親王の年齢は未詳。

二一 他と異なる表彰をする。

二二 内舎人→[一]補2-五六。

二三 大舎人→[一]補3-四。

二四 衛士→[一]補2-九六。なお、奈良時代には天皇直属の内舎人・大舎人を分賜している例は他にない。授刀資人もしくは帯刀資人を支給している例としては、藤原不比等に対し授刀資人三〇人(養老四年三月甲子条)が与えられており、他に長屋王・巨勢邑治・大伴旅人・藤原武智麻呂・恵美押勝に対する支給例(養老五年三月辛未条・天平宝字三年十一月壬辰条・同六年五月丙午条)がある。

二五 禄令10に規定されている一品の食封は八〇〇戸。舎人親王は慶雲元年正月丁酉条に二〇〇戸、和銅七年正月壬戌条に二〇〇戸を増封されているので、本日の増封の結果都合二〇〇〇戸となる。→[一]補3-四〇。

二六 二品の食封は六〇〇戸。新田部親王は慶雲元年正月丁酉条に一〇〇戸、和銅七年正月壬戌条に二〇〇戸を増封されているので、既に九〇〇戸を有していたことになる。本日の増封により都合一五〇〇戸になったとあるから、右二度の特別増封以外に一〇〇戸の増封が行われていた([一]補3-四〇)。

戸。其舎人以供二左右雑使[1]一、衛士以充二行路防禦一。於戯欽[2]
哉。以副二朕意一焉。凡在卿等、並宜二聞知一。○十一月乙
卯朔、詔二僧綱一曰、朕聞、優[3]レ能[4]崇レ智、有レ国者所レ先。
勧レ善奨レ学、為レ君者所レ務。於レ俗既有。於レ道宜レ然。
神叡法師、幼而卓絶、道性夙成、撫二翼法林一、濡[5]二鱗定
水一。不レ践二安遠之講肆一、学達二三空一、未レ漱[6]二澄什之言
河[7]一、智周二二諦一。由レ是、服膺[8]請レ業者、已知二実帰一、函丈[9]
挹レ教者、悉成二宗匠一。道慈法師、遠渉二蒼波一、覈二異聞於
絶境一、遐遊二赤県一、研二妙機於秘記一。参[10]二跡象竜一、振[11]二英[12]秦
漢一。並以戒珠如レ懐二満月一、慧水若レ写二滄溟[13]一。儻使二天下
桑門智行如レ此一者、豈不下殖二善根一之福田[14]、渡二苦海一之
宝筏[15]上。朕毎嘉歎[16]不レ能レ已也[17]。宜下施二食封各五十戸一、並標
揚[18]優賞、用彰中有徳上。○辛酉、少初位上朝妻[19]手[20]人竜麻呂
賜二海語連姓一、除二雑戸号[21]一。○戊寅、少初位下河内

1 雑〔底擦重〕
2 欽―ナシ(高)
3 優―ナシ〔底〕→校補　4 能(大改、類一八五)―鈍〔兼等〕
5 濡(谷傍イ・東・高、大改、類一八五)―儒〔兼・谷〕
6 漱(底傍・兼傍・谷抹朱傍・東・高、大、類一八五)―瀬〔兼・谷原〕→校補
7 河(谷抹傍、大、類一八五)―阿〔兼・谷原・東・高〕
8 膺―穉(類一八五)
9 丈〔兼傍・谷朱傍・東・高朱傍、大、類一八五〕―大(兼・谷・高)　10 参(大改、類一八五)―忝〔兼等〕
11 振(底傍イ・兼傍イ・谷抹朱傍イ・東傍イ・高朱傍イ、大改、類一八五)―旅〔兼・谷原・東・高〕
12 英(東・高、大改、類一八五)―莫〔兼・谷〕→校補
13 溟(谷傍イ、大改)―浜＝濱〔兼等、類一八五〕→校補
14 福〔類一八五改・類一八五一本〕―稲(類一八五原)
15 筏―茷(東)
16 歎―嘆(類一八五)
17 也(兼等、大、類一八五)―已〔底〕、巳(兼傍イ・谷朱傍イ・高朱傍イ)→校補
18 揚(大、類一八五)―揚〔兼等〕
19 妻ノ下、ナシ〈意改〉(大衍)―子　20 手〈意改〉(大改)―午
21 号―ナシ〔底〕→校補

一 於戯は歎息の声。
二 神叡法師と道慈法師の学徳を賞讃し食封を賜い、後学を励ます内容の詔。前年十月の詔とも関連し、一般の僧侶に対し学業を奨励する意味をになったものであろう。僧綱→㊀補1―六二。
三 能智のものを優遇したり勧善奨学を行うことは、既に俗人たる官人らに対し行ってきているので、僧侶らに対しても同様の表彰を行う。
四 →三一頁注七。
五 法林は仏法の林。定水は禅定の水。仏道を修行し禅定(冥想)にひたること。
六 中国の著名な仏僧道安と慧遠。→補8―四四。
七 講義の席。
八 我空・法空・俱空の三で、一切皆空であるという認識に達すること。
九 仏図澄と鳩摩羅什。西域出身の仏僧。前者は方術、後者は訳経で著名。→補8―四五。
一〇 すぐれた教えを河の流れにたとえていう。
一一 真俗の二諦で、出世間の真理と世俗の真理。
一二 虚を去り実につくこと。
一三 講席のこと。礼記、曲礼に「席間函丈」とあり、師の席と己の席との間に一丈の余地を置くことに由来する。
一四 →補8―四六。
一五 道慈は大宝二年に渡航し養老二年に帰国するまで、一七年間唐にあって修行した。
一六 史記、孟軻伝に「中国名曰二赤県神州一」とあり、中国の異称。
一七 妙機はすぐれた能力。秘記は通常讖緯書のことであるが、ここでは仏教関係の容易に

戸。その舎人は左右《さう》の雑使《ざふし》に供《つか》ひ、衛士《ゑじ》は行路《かうろ》の防禦《まもり》に充《あ》てよ。[一]於戯《あゝ》欽《つつし》めや。以《もち》て朕《わ》が意《こころ》に副《かな》へ。凡《おほよ》そ在《ここにあ》る卿等《きやうら》にも、並《ならび》に聞《き》き知《し》るべし」とのたまふ。

神叡・道慈を顕賞する詔

十一月乙卯の朔、僧綱《そうがう》に[二]詔《みことのり》して曰《のたま》はく、「朕《われ》聞《き》かく、「[三]能《のう》を優《よみ》し智《ち》を崇《たふと》ぶるは、国《くに》を有《たも》つ者《ひと》の先《さき》にする所《ところ》なり。善《ぜん》を勧《すす》め学《がく》を奨《すす》むるは、君《きみ》とある者《ひと》の務《つと》むる所なり」ときく。俗《ぞく》に既《すで》に有り。道《みち》に於《お》きて然《しか》るべし。[四]神叡法師《じんえいほふし》、幼《をさな》くして卓絶《すぐ》れ、道性《だうしやう》夙《つと》に成《な》りて[五]翼《つばさ》を法林《ほふりむ》に撫《な》で鱗《いろこ》を定水《ぢやうすい》に濡《うるほ》す。[六]安遠《あんをん》が[七]講肆《かうし》を践《ふ》まずして、学《がく》、[八]三空《さむくう》に達《たつ》し、[九]澄什《ちようじふ》が[一〇]言河《ごんか》に漱《くちすす》がずして、智《さとり》、[一一]二諦《にたい》に周《あまね》し。是《これ》に由《よ》りて服膺《ふくよう》して業《ごふ》を請《こ》ふ者《ひと》已《すで》に[一二]実帰《じつくゐ》を知《し》り、[一三]函丈教《かむぢやうをし》へを挹《と》る者《ひと》は悉《ことごと》く宗匠《しゆうしやう》と成《な》る。[一四]道慈法師《だうじほふし》、[一五]遠《とほ》く蒼波《さうは》を渉《わた》りて異聞《いぶん》を絶境《とつくに》に覈《あき》らかにし、遐《はる》かに[一六]赤県《せきくゑん》に遊《あそ》びて[一七]妙機《めうき》を秘記《ひき》に研《みが》く。跡《あと》を[一八]象竜《ざうりゆう》に参《まじ》へ、[一九]英《えい》を秦漢《しんかん》に振《ふる》ふ。並《ならび》に[二〇]戒珠満月《かいしゆまんぐゑつ》を懐《いだ》くが如《ごと》く、[二一]慧水滄溟《ゑすいさうめい》に写《そそ》くが若《ごと》し。儻《も》し天下《あめのした》の[二二]桑門《さうもん》をして智行《ちぎやうかく》此の如《ごと》くあらしめば、豈善根《あにぜんこん》を殖《う》うる[二三]福田《ふくでん》、苦海《くかい》を渡《わた》る[二四]宝《ほう》筏《はつ》とならざらむや。朕毎《われつね》に嘉歓《よろこ》び已《や》むこと能《あた》はず。食封《じきふ》各《おのおの》五十戸を施《ほどこ》し、並に標揚優賞《へうやういうしやう》して用《もち》て有徳《うとく》を彰《あらは》すべし」とのたまふ。

雑戸を免ずる

○[七日]辛酉、少初位上朝《あさ》[二五]妻手人竜麻呂《づまのてひとたつまろ》に[二六]海語《あまかたり》連の姓を賜《たま》ひ[二七]雑戸《ざふこ》の号《がう》を除《のぞ》く。○[二十四日]戊寅、少初位下[二八]河内《かふちの》

みられない重要な書物をさす。道慈が生来の能力をもつ上に秘記に就いてみがきをかけたことをいう。この詔を引用する元亨釈書の道慈伝では「研妙於碩師」とする。碩師とはすぐれた師匠の意。

一八 象や竜のようにすぐれた僧侶の意。持統紀元年八月条に「竜象大徳」とみえる。道慈が高僧に教えを求めたことをいう。

一九 道慈がすぐれた才質を中国でひろく知られたことをいう。

二〇 仏教の戒律が人身を荘厳にすることを珠にたとえていう。梵網経に「戒如㆓明日月㆒、亦如㆓瓔珞珠㆒」とある。

二一 神叡と道慈のさとりの状態を大海にそそぐ水にたとえている。

二二 僧侶。

二三 現世において善を積み、人々の苦悩を救うものとなる。父母・三宝・貧窮者からなる三福田や仏・法・僧・父母・師僧・弟子・法根不具・百種苦等からなる八福田をさし、これらに施し福徳を生ずることを田のみのりにたとえていう。

二四 苦海を渡る時のありがたいいかだ。

二五 他にみえず。朝妻は大和国葛上郡の郷名。手人は工人の意。雄略紀に「手末才伎」とあり、朝妻手人は、朝妻(奈良県御所市朝妻)に定住した工人に与えられた姓であろう。四年十二月己亥条に、朝妻金作大蔵らに同じく雑戸の籍を免じたことがみえる。

二六 姓氏録右京神別に「県犬養宿禰同祖、神魂命七世孫天日鷲命之後也」とある天語連のことか。但し、これに対し否定的な説もある(佐伯有清)。

二七 →一九頁注一九。

二八 →補8-四七。

手[1]人大足賜二[2]下訳姓一、忍海手[3]人広道賜二久[4]米直姓一、並除二雑戸号一。〇十二月乙酉、充[5]二式部・治部・民部・兵部・刑部・大蔵・宮内・春宮印各一面[6]一。〇戊子、始制二定婦女衣服様一。〇庚寅、始以二外六位・内外初位及勲七等子年廿以上一、為二位分資人一、八年一替。又五位已上家、補二事業・防[7]閤・仗[8]身一、自レ是[9]始矣。〇戊戌、停二備後国安那郡茨城、葦田郡常城一。

[10]四年春正月甲寅朔、大宰府献二白鳩一。宴二親王及近臣於殿上一。極レ歓而罷。賜レ物有レ差。〇丁巳、始授二僧尼公験一。〇甲子、授二正五位下大伴宿禰[11]宿奈麻呂・大伴宿禰道足・多治比真人広成[12]正五位上、従五位上三国真人[13]人[14]足・阿倍朝臣秋麻呂・佐味朝臣加佐麻呂・上毛野朝臣広人・大伴宿禰[15]牛養[16]正五位下、従五位下民忌寸[17]于志比・車持朝臣益・阿倍朝臣駿河・山田史三方・忍海連人成・榎井朝臣広国・中臣朝臣東人・粟田朝臣人上・[18]鍛[19]冶造大隅・石川朝臣[20]若子並従五位上、正六位上佐伯宿禰智連・猪名真人石楯・下毛野朝臣[21]虫麻呂・美乃真

1 手〈意改〉(大改)—午
2 賜ノ下、ナシ〈意改〉(大衍)—不→校補
3 手〈意改〉(大改)—午
4 久〈意改〉(大改)—之→校補
5 充〔谷重〕
6 面〔谷〕—図＝圖(谷傍イ)
7 閤〈意改〉(大改)—閣
8 仗(谷、大)—伏〔兼・東・高〕
9 是—在(高)
10 四ノ上→校補
11 宿〈意補〉(大補)—ナシ→校補
12 正ノ上、ナシ—並(大補)→校補
13 人—ナシ(高)
14 足〔高重〕
15 牛〔兼・東・高、大改〕—午(谷)
16 正ノ上、ナシ—並(大補)→校補
17 于—千(高)
18 鍛〈意改〉—鍜→校補
19 冶〔底〕—治→校補
20 若→校補
21 虫〈意補〉(大補)—ナシ→校補

一—三 →補8—四七。
四 春宮坊。皇太子を東宮というが、春宮といった場合は春宮坊をさす。
五 諸司の印は大宝令制に規定がなかった。中務省の印はこれ以前から使用されていたことと思われ、ここで八省の印が揃ったことになる。諸司に公印を授けること→[一]補2—六〇。
六 衣服令の実施を示すと考えられるが、あるいは前年帰国した遣唐使が将来するところの唐国服制にあわせた婦女衣服様の制定かも知れない。この後、天平二年四月庚午条に婦女の衣服を新様に改めたことがみえる。
七 この日の政令は弘仁格抄に「事業資人」としてみえる。但し三代格では欠失している。
八 内六位以下八位以上の嫡子を資人採用の対象としていない軍防令47の規定を改訂し、採用範囲の拡大を図る。外六位は外六位以下外八位以上の意。資人→[一]補5—一五。
九 勲七等は正六位下に相当する。
一〇 選叙令14の規定にみる資人選限は八考であったが慶雲三年二月庚寅制により職分資人は六考となっていた。しかし位分資人は八考のままとされていた。→[一]補3—六四。
一一—一三 →補8—四八。　一四—一七 →補8—四九。
一八 治部省式では中瑞。祥瑞→[一]補1—三七。この日の弁官口宣で祥瑞報告の手続が改正された(儀制令8集解令釈所引治部省例「養老四年正月一日弁官口宣、依レ改二常例一、太政官中二符瑞一者、大瑞已下、皆悉省加二勘当一、申二送弁官一、但上瑞已下、更造二奏文一、十二月終進二太政官一」)。
一九 殿上は内裏の正殿。延暦七年正月甲子条に皇太子の元服を祝う宴を殿上で行ったことがみえる。
二〇 出家に際し治部省から与えられる証書で、

手人大足《てひとおほたり》に下訳《しものをさ》[一]の姓を賜《たま》ひ、忍海手人広道《おしぬみのてひとひろみち》[二]に久米《くめ》[三]直の姓を賜ひて並に雑戸《ざふこ》の号《がう》を除《のぞ》く。

式部省等に印を与える

十二月乙酉[甲申朔][二日]、式部《しきぶ》・治部《ぢぶ》・民部《みんぶ》・兵部《ひやうぶ》・刑部《ぎやうぶ》・大蔵《おほくら》・宮内《くうない》・春宮《しゆんぐ》[四]に印《おして》[五]各《おのおの》一面を充《あ》つ。

婦女の服制

○戊子[五日]、始《はじ》[六]めて制《せい》して婦女《ふぢょ》の衣服《いぶく》の様《ためし》を定《さだ》む。

位分資人改制

○庚寅[七日]、始[七]めて外[八]六位・内外《ないぐゐ》の初位《しよゐ》と勲《ぐん》[九]七等の子年《ことし》廿以上とを位分資人《ゐぶんしにん》とし、八年[一〇]に一たび替《かは》らしむ。

四位・五位家に家政職員を置く

また、五位已上の家《いへ》に、事業《じげふ》[一一]・防閤《ばうかふ》[一二]・仗身《ちやうしん》[一三]を補《ほ》すること是《これ》より始まる。○戊戌[十五日]、備　後《きびのみちのしり》国安那《やすな》[一四]郡の茨城《うまらのき》[一五]と葦田《あしだ》[一六]郡の常城《とこのき》[一七]とを停《とど》む。

七二〇年

四年[庚申]春正月甲寅の朔、大宰府《だいさいふ》、白鳩《しろきはと》[一八]を献《たてまつ》る。親王《みこ》と近臣《ちかつおみ》とを殿上《てんじやう》[一九]に宴《うたげ》す。歓《たのしび》を極《きは》めて罷《まか》る。物賜《ものたま》ふこと差《しな》有り。

僧尼の公験の制

○丁巳[四日]、始めて僧尼《ほふしあま》に公験《くげむ》[二〇]を授《さづ》く。○甲子[十一日]、正五位下大伴《おほとも》[二一]宿禰宿奈麻呂《すくなまろ》・大伴《おほとも》[二二]宿禰道足《みちたり》・多治比《たぢひ》[二三]真人広成《ひろなり》に正五位上を授く。従五位上三国《みくに》[二四]真人人足《ひとたり》・阿倍《あへ》[二五]朝臣秋麻呂《あきまろ》・佐味《さみ》[二六]朝臣加《か》佐麻呂《さまろ》・上毛野《かみつけの》[二七]朝臣広人《ひろひと》・大伴《おほとも》[二八]宿禰牛養《うしかひ》に正五位下。従五位下民《たみ》[二九]忌寸于志《うし》比《ひ》・車持《くるまもち》[三〇]朝臣益《ます》・阿倍《あへ》[三一]朝臣駿河《するが》・山田《やまだ》[三二]史三方《みかた》・忍海《おしぬみ》[三三]連人成《ひとなり》・榎井《えのゐ》[三四]朝臣広《ひろ》国《くに》・中臣《なかとみ》[三五]朝臣東人《あづまひと》・粟田《あはた》[三六]朝臣人上《ひとかみ》・鍛冶《かぬち》[三七]造大隅《おほすみ》・石川《いしかは》[三八]朝臣若子《わくこ》に並に従五位上。正六位上佐伯《さへき》[三九]宿禰智連《ちれん》・猪名《ゐな》[四〇]真人石楯《いはたて》・下毛野《しもつけの》[四一]朝臣虫麻呂《むしまろ》・美乃《みの》[四二]真

義解が「僧尼得度公験」と説明する僧尼令21の告牒をさす。→補8-五〇。

二一 →〔一〕一二九頁注二六。正五位下への叙位は養老元年正月。神亀元年二月従四位下に昇叙。

二二 →〔一〕補3-三四。正五位下への叙位は和銅五年正月。養老七年正月従四位下に昇叙。

二三 →〔一〕一二九頁注二五。正五位下への叙位は養老元年正月。神亀元年二月従四位下に昇叙。

二四 →〔一〕九三頁注一。従五位上への叙位は霊亀元年四月。

二五 →〔一〕二二五頁注二一。

二六 賀佐麻呂・加作麻呂・笠麻呂にもつくる。→〔一〕二七頁注一四。従五位上への叙位は霊亀元年四月。

二七 →〔一〕一二九頁注二四。従五位上への叙位は和銅七年三月。

二八 →〔一〕一四五頁注二七。従五位上への叙位は和銅七年三月。天平九年九月正五位上に昇叙。

二九 袁志比にもつくる。→〔一〕一六七頁注九。

三〇 →〔一〕補5-一〇。天平元年三月に正五位下に昇叙。

三一 →〔一〕一六七頁注五。神亀元年二月正五位下より正五位上に昇叙。

三二 御方にもつくる。→〔一〕一一三頁注一一。

三三 →〔一〕補5-九。神亀三年正月正五位下に昇叙。

三四 →〔一〕一九三頁注一八。神亀元年二月正五位下に昇叙。

三五 →〔一〕補5-三〇。神亀元年二月正五位下に昇叙。

三六 →〔一〕二〇七頁注三三。神亀元年二月正五位下に昇叙。

三七 →〔一〕補1-一三五。従五位下への叙位は和銅四年四月。神亀三年正月正五位下に昇叙。

三八-四二 →補8-五一。

人広道・高向朝臣人足・石川朝臣夫子・多治比真人占部・県犬養宿禰石次・当麻真人老・阿倍朝臣若足・巨勢朝臣真人・紀朝臣麻路、正六位下田[1]中朝臣稲敷並従五位下一。」是日、白虹南北竟レ天。○庚午、熒惑逆[2]行。○丙子、遣三渡嶋津[3]軽津司従七位上諸君鞍男等六人於靺鞨国一、観二其風俗一。○庚辰、始置二授刀舎人寮医師一人一。」大納言正三位阿倍朝臣宿奈麻呂薨。後岡本朝筑紫大宰帥[4]大錦上比羅夫之子也。○二月乙酉、令下検校造器[5]司造二釈奠[6]器一、充中大膳職・大炊寮上。○壬[7]子、大[8]宰府奏言、隼人反、殺二大隅国守陽侯[9]史麻呂一。○三月丙辰[10]、以二中納言正四位下大伴宿禰旅人一為二征隼人持節大将軍一。授刀助従五位下笠朝臣御室、民部少輔従五位下巨勢朝臣真人為二副将軍一。○癸亥、勅度二三百廿人一出家。○甲子、有レ勅、特[11]加二右大臣正二位藤原朝臣不比等授刀[12]資人卅[13]人一。○己巳、太政官奏、比来百姓例多乏少、至三於公私不二弁者衆。若不二矜量一、家道難レ存。望請、比年之間、令下諸国

1 田—由(高)
2 逆—送〔底〕→校補
3 津—ナシ(高)
4 帥(東、大)—師〔兼・谷・高〕
5 器ノ下、ナシ(大衍、紀略)—二〔兼等〕→脚注
6 奠—尊(高)
7 壬子ノ上、ナシ〔兼等〕—戊戌夜地動(大補、類一七一)
8 大—太〔底〕→校補
9 侯(兼・谷、大、紀略)—候〔東・高〕
10 辰〔紀略改〕—子(紀略原)
11 特—持(高)
12 刀—力(高)
13 卅—卌(紀略)

一九 →補8-五一。
二〇 白色の虹で、霧の中などにあらわれる。
二一 火星。戦火の前兆と考えられていた。隼人の反乱(二月壬子条)の前兆とされたか。
二二 渡嶋津軽津司→補8-五二。渡嶋津軽津司による靺鞨国視察→補8-五三。
二三 他にみえず。諸君の姓も他にみえない。
二四 朝鮮半島北部から沿海州にかけての地域にひろがったツングース族の一つで、欽明紀五年十二月にみえる粛慎はその旧称とする説があり、のち渤海国をおこす。多賀城碑に「去二靺鞨国界三千里」とある。
二五 風土と習俗。→㊀二一七頁注七。公式令89義解に「仮如、禾稼再熟之類、謂二之風一、夫死妻殉之類、謂二之俗一也」とある。
二六 →㊀補4-七。この時期、衛府に医師を設置したのに準じたもの。→補8-三一。
二七 もと引田朝臣宿奈麻呂。→㊀補2-一六九。補任に「帝遣レ使弔賻」とある。
二八 斉明朝。
二九 阿倍引田臣比羅夫。斉明朝において蝦夷征討・鎮撫に従い、また粛慎をうつ。天智即位前紀八月、後将軍として新羅と戦い、白村江に敗れた(書紀)。天智二年後将軍となり、百済を救援。なお比羅夫が斉明朝に筑紫大宰帥大錦上であったことは書紀にみえない。筑紫大宰→㊀補1-七一。大錦上は天智三年に定められた冠位の一で正四位相当。
三〇 底本「検校造器二司」とあるが、検校司と造器司では意味不通。紀略に「二」の字なく、「二」は衍字であろう。検校は器の製作過程を監督するの意か。釈奠に使用する器物の製作に当った臨時の工房官司。十月丙申条にみえる造器司は藤原不比等の葬送に関するもので、ことは別個の官司。

人広道《ひろみち》・高向《たかむく》朝臣人足《ひとたり》・石川《いしかは》朝臣夫子《ふし》・多治比《たちひ》真人占部《うらべ》・県犬養《あがたいぬかひ》宿禰石《いは》次《すき》・当麻《たぎま》真人老《おゆ》・阿倍《あへ》朝臣若足《わかたり》・巨勢《こせ》朝臣真人《まひと》・紀《き》朝臣麻路《まろ》、正六位下田《た》中《なか》朝臣稲敷《いなしき》に並《ならび》に従五位下。是《こ》の日《ひ》、白虹南北《はくこうなむほく》に天《あめ》を竟《わた》る。○庚午《十七日》、熒惑《くゑいこく》逆行《げきかう》す。

靺鞨国に遣使

○丙子《二十三日》、渡嶋津軽《わたりのしまつがる》の津司《つのつかさ》従七位上諸君鞍男《もろきみのくらを》ら六人を靺鞨《まつかつ》国に遣《つかは》して、その風俗《ふうぞく》を観《み》しむ。○庚辰《二十七日》、始《はじ》めて授刀舎人寮《たちはきのとねりのつかさ》に医師《くすし》一人を置《お》く。

大納言阿倍宿奈麻呂没

大納言《だいなふごん》正三位阿倍《あへ》朝臣宿奈麻呂《すくなまろ》薨《こう》しぬ。後岡本朝《のちのをかもとのみかど》の筑紫大宰帥《つくしのだいさいのそち》大錦上《だいきむじやう》比羅夫《ひらぶ》が子《こ》なり。

二月《甲申朔》乙酉《二日》、検校造器司《けむけうざうきし》をして釈奠《しやくでん》の器《き》を造《つく》り大膳職《だいぜんしき》・大炊寮《おほひれう》に充《あ》てしむ。

隼人反乱

○壬子《二十九日》、大宰府《だいさいふ》奏《そう》して言《まう》さく、「隼人《はやひと》反《そむ》きて大隅《おほすみ》国守陽侯《やこ》史麻呂《まろ》を殺《ころ》せり」とまうす。

大伴旅人、征隼人持節大将軍となる

三月《癸丑朔》丙辰《四日》、中納言《ちうなふごん》正四位下大伴《おほとも》宿禰旅人《たびと》を征隼人持節大将軍《せいはやひとぢせちだいしやうぐん》とす。授刀《たちはきの》助《すけ》従五位下笠《かさ》朝臣御室《みむろ》・民部少輔《みんぶせうふ》従五位下巨勢《こせ》朝臣真人《まひと》を副将軍《ふくしやうぐん》とす。○癸亥《十一日》、勅《みことのり》して三百廿人を度《ど》して出家《しゆつけ》せしむ。○甲子《十二日》、勅《みことのり》有りて、特《こと》に右大臣《うだいじん》正二位藤原《ふぢはら》朝臣不比等《ふひと》に授刀資人《たちはきのしにん》卌人を加《くは》ふ。

太政官奏六項

大税は無利子の借貸とする

○己巳《十七日》、太政官奏《だいじやうぐわんそう》すらく、「比来《このころ》、百姓《はくせい》の例《ともがら》多《おほ》くは乏少《ばふせう》にして、公私《くうし》弁《わきま》へぬに至《いた》る者衆《ひとおほ》し。若《も》し矜《あはれ》み量《はか》らずは、家道《いへのみち》存《あ》り難《がた》からむ。望《のぞ》み請《こ》はくは、比年之間《このころ》、諸国《くにぐに》を

二一 釈奠は二月・八月の上丁日に大学・国学で孔子を祀る儀式(㊀補2-二七)。天平二十年八月癸卯条に釈奠の服器・儀式が定められたことがみえ、大学寮式では、食物を供える一一座用として籩三八・豆三八・簠一三・簋一三・甑一五・鉶一五・俎一五をあげ、他に酒樽や杓等を示し、それらの礼器について「在二寮家一、当二祭時一出二充諸司一」と規定している。

二二 大膳式上に大膳職が供給する祭料・別供料・雑給料として石塩一〇顆以下を規定しており、雑給料の中には窪坏・盤・匏・箸が含まれている。また大炊寮式では大炊寮供給の祭料として稲米以下を規定している。釈奠器はかかる祭料を盛るために使用される。

二三 公式令50の軍機に当り馳駅言上された。壬子は大宰府出発の日か。

二四 他にみえず。陽侯史→㊀補1-一四〇。

二五 征隼人将軍らの任命。征隼人軍の編成→補8-五四。

二六 →㊀補5-一二。 二七 →五三頁注二〇。

二八 →補8-五一。この時の征隼人軍は大将軍一・副将軍二であるから、軍防令24の規定により兵士一万人以上からなっていたと考えられる。旅人は八月に帰京するが、副将軍らの帰還は養老五年七月、将軍以下有功のものへの叙勲は六年四月。

二九 正月条の公験の制度と関連するか。或いは藤原不比等の快癒を願ってか。後者の場合、下文甲子条の授刀資人の支給と同性格か。

三〇 →㊀補1-八六。

三一 養老五年三月辛未条の帯刀資人と同じか。授刀資人→補8-五五。

三二 本日の官奏は「また」ごとに内容が異なり六項からなる。第一項は百姓の窮乏を救うため、当分の間無利子の借貸を行うことを述べ

毎年春初出レ税、貸二与百姓一、継二其産業一、至二秋熟後一、依レ数徴納上。其稲既不レ息レ利。令二当年納足一、不レ得三延引[1]穀有二[2]逋[3]懸一。又除二租税一外[4]公稲、擬二充国用一。一概無[5]レ利、恐其頓絶[6]。望請、令下諸国毎年出二挙十束一、取中利三束上。仍令二当年[7][8]本利倶[9]納一。又百姓之間、負レ稲者多、縁レ無レ可レ還、頻経二歳月一。若致二切[10]徴[11]一、因即迸[12]散。望請、限二養老二年以前一、無レ論二公私一、皆従二放免一。庶使三貧乏百姓、各存二家業一。又謹検二和銅四年十一月廿二日勅一、出二挙私稲一者、自レ今以後、不レ得レ過二半倍一者。比来出挙多不レ依レ法。若臨レ時徴索、無二稲可一レ償者、令[13]二其子姪[14]易レ名重挙一。依二此奸計一、取レ利過レ本、積習成レ俗。深非二道理一。望請、其稲雖レ経二多年一、仍不レ過二半倍一。又検二養老二年六月四日案内一云、庸調運脚者、量二路程遠近、運物軽重一、

1 穀〔兼等〕—数(大改、類八四)
2 逋〔谷重〕
3 懸—県＝縣〔底〕→校補
4 公〔谷補〕—ナシ(谷原)
5 無＝无〔谷〕—息(谷傍イ)→校補
6 絶—純〔底〕→校補
7 本—木(高)
8 本利倶ノ右→校補
9 倶(谷、大)—但〔兼・東・高〕
10 切〔兼重〕—功(兼原)
11 徴〔兼・谷、大、類八三〕—徴(東・高)
12 迸〔兼等、類八三原〕—逃(大改、類八三改)→校補
13 令(大、類八四)—今〔兼等〕→校補
14 姪〔兼・谷、大、類八四〕—姓(東・高)

る。
三三 公私共に支弁できない始末に至る者が多い。租税も払えず食べてもゆけぬ意。
三四 今後しばらくの間。

一 諸国に貯えられ、国衙の費用や臨時の支出等にあてるための正税(大税)。大税→□一補2-五七。
二 利息をとらない借貸とすること。
三 貸付けた稲の返還がおくれ未納のままになること。 四 第二項。正税以外の公稲は従来の利息十分の五を改めて十分の三の利子をとり貸付けることを述べる。
五 租税外の公稲とは、郡稲・駅起稲等の雑色官稲のこと。
六 利稲を国用にあてているので、利息をやめると本稲まで失ってしまうことになる。
七 雑令20に定める公出挙利率は五割。それを三割とする。
八 第三項。養老二年以前の百姓の公私負稲を免除することを述べる。
九 迸散は飛び散る意。ここでは百姓が家を捨てて逃亡すること。当時は出挙の返済不能により、逃亡や父子流離・夫婦相失となることが珍しくなかった。→天平九年九月癸巳条。
一〇 公出挙と私出挙とを問わず本利ともに免除する。但し養老三年分は免除しない。
一一 第四項。私稲出挙の利が五割を越えることを厳禁することを述べる。
一二 →和銅四年十一月壬辰条。そこでは詔とするが、本条では勅となっている。
一三 私稲出挙は雑令20により期間は一年を限りとすること、利息は元本の一倍を越さないこと、利息を元本に繰り入れることは許されないこと、などが定められている。

大税以外の公稲の利息は三割

養老二年以前の公私出挙を免除

私出挙利息は五割以下

公事運脚帰国時に給粮

して毎年《としごと》に春《はる》の初《はじめ》に税《ぜい》[一]を出《いだ》し百姓《はくせい》に貸《か》[二]し与《あた》へてその産業《なりはひ》を継《つ》がしめ、秋《あき》の熟《みのり》の後《のち》に至《いた》りて数《かず》に依《よ》りて徴《はた》り納《をさ》めしめむことを。その稲《いね》は既《すで》に利《くぼさ》を息《と》らず、当年《そのとし》に納《をさ》め足《た》らしめて、延《の》べ引《ひ》きて穀《もみ》に逋懸《ほくゑん》[三]有ること得《え》ざれ。また、租《そ》[四]税《ぜい》を除《のぞ》[五]く外《ほか》[六]の公稲《くうたう》は、国用《くにのよう》に擬充《あ》つ。一概《いちがい》に利《くぼさ》無くば、恐《おそ》らくは其《そ》れ頓《とん》絶《ぜつ》せむ。望《のぞ》み請《こ》はくは、諸国《くにぐに》をして毎年《としごと》[七]に十束を出挙《すいこ》し利三束を取《と》らしめむことを。仍《より》て当年《そのとし》の本利《ほんり》を倶《とも》に納《い》れしめむ。また[八]、百姓《はくせい》の間《あひだ》に稲《いね》を負《お》ふ者多《ひとおほ》く、還《かへ》すべき無きに縁《よ》りて頻《しきり》に歳月《としつき》を経《ふ》。若《も》し切《ひたす》ら徴《はた》ることを致《いた》さば、因《より》て即《すなは》ち迸散《はうさん》[九]せむ。望《のぞ》み請《こ》はくは、養老《やうらう》二年より以前《さき》を限《かぎ》りて公私《くうし》[一〇]を論《あげつら》ふこと無く皆放免《みなはうめん》に従《したが》はむことを。庶《ねが》はくは、貧乏《まづ》しき百姓《はくせい》をして各家業《おのおのなりはひ》を存《あ》らしめむことを。また[一一]、謹《つつし》みて和銅《わどう》[一二]四年十一月廿二日の勅《ちよく》を検《かむが》ふるに、「私稲《したう》を出挙《すいこ》することは今《いま》より以後《のち》、半倍《なかば》に過《す》ぐること得《え》じ」といへり。比来《このころ》、出挙は多《おほ》く法《のり》[一三]に依《よ》らず。若《も》[一四]し時《とき》に臨《のぞ》みて徴《はた》り索《もと》めて稲《いね》の償《つくの》ふべき無くは、その子姪《こおひ》[一五]をして名《な》を易《か》へて重《かさ》ねて挙《あ》げしむ。この奸計《かんけい》に依《よ》りて利《くぼさ》を取《と》ること本《もと》に過《す》ぎ、積習《せきしふ》、俗《くにぶり》を成《な》す。深《ふか》く道理《だうり》に非《あら》ず。望《のぞ》み請《こ》はくは、その稲《いね》、多年《ながきとし》[一六]を経《ふ》と雖《いへど》も仍《なほ》し半倍《なかば》を過《す》ぎざらむことを。また[一七]養老《やうらう》[一八]二年六月四日の案内《あんない》を検《かむが》ふるに云《い》はく、「庸《よう》[一九]・調《でう》の運脚《はこぶよぼろ》は路程《みちのり》の遠近《をんごん》、運《はこ》ぶ物《もの》の軽重《きやうぢう》

一四 返済不能による債務不履行。この場合雑令19「家資尽者、役レ身折酬」が適用される。義解に「於二私物一者、不レ立二程限一、故知拠二当時当郷庸作之価一、以レ役折、即不レ限二年遠近一、皆以レ尽レ債為レ限也」とあるから、債務完済まで当時当郷の庸賃で労役を提供することになっていたが、一般には出挙を継続することが行われていた。

一五 雑令21の禁止規定を免れるために、名義を子姪に変更し、本利をあわせた稲を再度出挙すること。

一六 多年にわたる出挙も利息の合計を五割にとどめる。

一七 第五項。京に調庸を除く公事の物を運ぶ百姓に帰国の粮を支給することを述べる。

一八 このことは本条以外にみえない。案内は法令・文書の内容をさす。調庸の運脚について路程や品物の軽重を考慮し、各戸の負担が平等になるようにせよとの指示。但し常陸国では霊亀のころから郡発稲をおき、その利稲を貢調脚夫の路粮にあてていた(三代格弘仁二年二月十七日官符)。

一九 賦役令3に「其運脚均出二庸調之家一」、民部省式上に「凡調庸及中男作物、送レ京差二正丁一充二運脚一、余出二脚直一以資、脚夫預具所レ須之数、告二知応レ出之人一、依レ限撿領、准レ程量レ宜、設二置路次一、起二上道日一迄二于納官一、給二一人日米二升、塩二勺一、還日減レ半、剰者廻二充来年所レ出物数一、別簿申送」とみえる。庸調の運脚は庸調を負担する農民の家から出される。運脚→㈠一八九頁注一二。式文の「出二脚直一以資」を考慮すると、養老二年六月四日案内の「均出。戸内脚奨二資行人労費一」は「均二出戸内脚直一資二行人労費一」の誤写かもしれない。

均出。戸内脚奨二資行人労費一者。拠レ案、唯言下運二送庸調一脚直[1]上。自餘雑物送レ京、未レ有二処分一。但百姓運レ物入レ京、事了即令二早還一。為レ無二帰レ国程粮一、在レ路極難[2]二艱辛一。望請、在京貯二備官物一、毎[3]下因二公事一送レ物還上、准レ程給[4]レ粮。庶免[5]二飢弊一、早還二本土一。又無知伯[6]姓不レ閑二条章一、規二避徭役一、多有二逃[7]亡一。渉二歴他郷一、積レ歳忘レ帰。其中縦有三悔[8]レ過還二本貫一者、縁二其家業散失一、無レ由二存済一。望請、逃経二六年以上一、能悔レ過帰者、給二復一年一、継二其産業一。奏可之。」改二按察使典一、号二記事一。〇乙亥、按察使向レ京、及巡二行属国一之日、乗レ伝給レ食。因給二常陸国十剋、遠江国七剋、伊豆・出雲二国鈴各一一。〇夏四月庚戌、制、三位已上妻子及四位・五位妻[9]、並聴レ服二蘇芳一也[10]。

1直自（底傍按・兼傍按・谷抹傍・東傍按・高傍按、大）―尽自〔底〕、尽日（兼・谷原・東・高）→校補
2難→校補
3毎―毋（高）
4給〔高傍〕―絡（高）
5免→校補
6伯〔兼・谷〕―佰（東・高、大）→校補
7逃→校補
8悔―ナシ（兼欠）
9妻〔高重〕
10也―色（大改）→校補

一 調庸以外の京へ送る物品で、年料舂米はその一。田令2義解に「謂、輸租之処、均出二脚力一、送二大炊寮一、猶如三運二送調庸一也」とある。神亀元年三月の制で、雑物運京の担夫の粮料は国儲による出挙利稲をあてることになるが、ここではまだそこへ至っていない。
二 大炊寮の舂米をあてるか。諸国が米塩を京送し在京の施設に貯えて支出したとする説がある（村尾次郎）。
三 第六項。逃亡六年以上を経て帰国したものに復一年を給し、生業を続けさせることを述べる。この内容は三代格養老四年三月十七日官符「逃亡戸口悔レ過帰郷給レ復事」としてみえる。このことからこの日の官奏が官符により施行されたことが知られる。
四 律令の条文をさす。
五 戸令10により、全戸逃亡の場合三年、戸内戸口逃亡の場合六年を経過すると除帳処分をうけ、口分田や園地を収公されてしまうので農業ができず、生活がなりたたない。
六 除帳処分をうけた百姓も、戸令17により希望すれば本貫へ帰ることを許された。
七 復とは課役を免除すること。逃亡は捕亡律丁夫雑匠在役亡条により処罰されることになっているから、帰郷者への給復は律の処罰主義を大きく改めている。

を量《はか》りて均《ひと》しく出《いだ》せ。戸内《こない》の脚《よほろ》は行人《かうじん》の労費《らうひ》を奨《すす》め資《たす》けよ」といへり。案《あん》に拠《よ》るに、唯《ただ》、庸《よう》・調《でう》を運《はこ》び送《おく》る脚《よほろ》の直《あたひ》を言《い》へり。自餘《そのほか》[一]の雑物《ざふぶつ》、京《きやう》に送ることは処分《しよぶん》有らず。但《ただ》し、百姓《はくせい》、物《もの》を運《はこ》びて京《きやう》に入《い》り、事了《ことをは》らば即《すなは》ち早《はや》く還《かへ》らしめよ。国《くに》に帰《かへ》る程《みち》の粮《かて》無きが為《ため》に、路《みち》に在《あ》りて極《きは》めて艱辛《かんしん》に難《なや》む。

逃亡百姓の帰還する者には給復

望《のぞ》み請《こ》はくは、在京《みやこ》[二]に官物《くわんもち》を貯《たくは》へ備《そな》へ、公事《くじ》に因《よ》りて物《もの》を送《おく》り還《かへ》る毎《ごと》に、程《みちのり》に准《よ》りて粮《かて》を給《たま》はむことを。庶《ねが》はくは、飢弊《きへい》を免《まぬか》れて早《はや》く本土《くに》に還《かへ》らむことを。[三]また、無知《むち》の伯姓《はくせい》の条章《でうしやう》[四]に閑《なら》はずして、徭役《えうえき》を規避《きひ》し多《おほ》く逃亡《たうばう》すること有り。他郷《ひとのくに》を渉《わた》り歴《へ》て歳《とし》を積《つ》みて帰《かへ》ることを忘《わす》る。その中《なか》に縦《たと》ひ過《あやま》ちを悔《く》いて本貫《ほんぐわん》に還《かへ》ること有りとも、その[五]家業散失《なりはひさんしつ》せるに縁《よ》りて存済《そんせい》に由《よし》無し。望《のぞ》み請《こ》はくは、逃《のが》れて六[六]年以上を経《へ》て能《よ》く過《あやま》ちを悔《く》いて帰《かへ》る者《ひと》には、復《ふく》[七]一年を給《たま》ひてその産業《なりはひ》を継《つ》がしめむことを」とまうす。奏《そう》するに可《か》としたまふ。[八]按察使《あんせちし》の典《すけ》を改《あらた》めて記事《きじ》と号《なづ》く。

按察使に伝馬給食

○乙亥（二十三日）、按察使京《きやう》に向《むか》ひ、及《また》、属国《しよくこく》を巡《めぐ》り行《ゆ》く日《ひ》は伝《でん》[九]に乗《の》り食《じき》を給ふ。因《より》て常陸《ひたち》国に十剋、遠江《とほつあふみ》国に七剋、伊豆《いづ》[一〇]・出雲《いづも》の二[一一]国に鈴《すず》[一二]各《おのおの》一つを給ふ。

婦女の服制

夏四月庚戌（癸未朔 二十八日）、制《せい》[一三]して三位已上[一四]の妻子《めこ》[一五]と四位・五位の妻《め》とには、並《ならび》に蘇芳《すはう》を服《き》ることを聴《ゆる》す。

八　典は按察使の属官。↓補8―三四。文徳実録仁寿三年十二月丁丑条に山田古嗣が天長三年陸奥按察使記事になったとの記載がある。

九　伝は伝馬。↓補8―五六。駅伝制↓㈠補2―一〇九。諸国に支給される駅鈴の剋数は公式令43ないし式により決められている。按察使兼帯国司に対し加増措置がとられている。ここにあげられている以外の按察使兼帯国司への措置は未詳。ここの剋数一〇が親王・一位に与えられるものであり七が令規にみえない(公式令42)ことを根拠に坂本太郎は疑問を提出したが、按察使の重要性から、この記事に不自然さはないとする説もある(坂元義種)。

一〇　伊豆国は按察使任国ではない。五月乙亥条の竄入か(坂本太郎)。

一一　二国の下に剋数が記されていたか。

一二　坂元義種は節度使に駅鈴が与えられている(天平四年九月丁卯条)ことなどを根拠に、本文のまま解してよいとするが、坂本太郎は鈴は符の誤写とする。駅鈴↓㈠八七頁注一九。

一三　服色についての制。

一四　衣服令7―10により蘇芳を許されている婦人は内親王および五位以上の女王と三位以上の内命婦および夫が三位以上の外命婦に限られている。但し五位以上が蘇芳を使用することは和銅五年十月癸丑条に「禁下六位已下及官人等服、用二蘇芳色一并売買上」とあるので認められていたと考えられるが、この日の制は、従前のあり方を再確認したもの。のち弘仁六年十月壬戌勅で親王・内親王・女御・三位以上嫡妻子に限るとしている(後紀)。弾正台式には、「凡蘇芳色者、親王以下参議以上非参議三位及嫡妻女子並孫王、並聴二著用一」とある。↓㈠補5―六六。

一五　妻子は妻と娘。

○五月辛酉、制、皇親服制者、以㆓[1]王孫㆒准㆓五位㆒、疏親[2]准㆓六位㆒焉。○壬戌、改㆓白猪史氏㆒、賜㆓葛井連姓㆒。○癸酉、太政官奏、諸司下㆑国[3]小事之類、以㆓白紙㆒行下。於㆑理不㆑[4]穏。更請㆓内印㆒、恐煩㆓聖聴㆒。望請、自㆑[5]今[6]以後、文武百官下㆓諸国㆒符、自㆑非㆓大事㆒、差㆓逃走衛士・仕丁[7]替㆒、及催㆓年[8]料㆒廻㆓残[9]物㆒、并兵衛・[10]采女養物等類[11]事、[12]便以㆓太政官[13]印㆒印之。奏可之。」頒㆓尺様[14]于諸国㆒。」先㆑是、一品舎人親王奉㆑勅修㆓日本紀㆒。至㆑是功成奏上。紀卅巻、系図一巻。○乙亥、給㆓伊豆・駿河・伯耆国三剋鈴各一㆒。○六月壬辰、文部[15]黒麻呂等十一人賜㆓文忌寸姓㆒。○戊戌、詔曰、蛮夷為㆑害、自㆑古有之。漢命㆓五将㆒、[16]驕胡[17]服、周労㆓再駕㆒、荒俗来王。今西隅[18]等賊、[19]怙㆑乱逆㆑化、屢害㆓良[20]民㆒。因遣㆓持節将軍正四位下中納言兼中務卿大伴宿禰旅人㆒、誅㆓罰其罪㆒、尽㆓彼巣居㆒。治㆑兵

1 王孫→脚注・校補
2 准六(底擦重)—六位〔底原〕
3 小〔類八〇改・類八〇一本〕—少(類八〇原)
4 穏〔兼重〕
5 今〔兼・谷、大、類八〇〕—令(東・高)
6 以(谷傍補、大、類八〇)—ナシ〔兼・谷原・東・高〕
7 替(谷傍イ、大、類八〇)—賛〔兼等〕→校補
8 料＝料—断〔底〕→校補
9 物〔兼抹朱傍・谷朱抹傍・東・高、大、類八〇〕—於(兼原・谷原)
10 采—米(東)
11 事ノ右→校補
12 便—ナシ(高)
13 印—ナシ(高)
14 于—千(高)
15 黒—星〔底〕→校補
16 驕〈意改〉(大改)—矯→校補
17 服周(底擦重)—周労〔底原〕
18 等〔兼等〕—小(大改、紀略)
19 怙(兼・谷・東、大、紀略)—帖〔底〕、恬(高)
20 民—図(紀略)

一 服制を定める内容の制。
二 王孫は孫王の誤で二世王か。疏親は三世以下の王。ここでの服制規制の対象は無位の皇親で、有位皇親はその位階に応じた服制に従い、無位孫王・疏親はそれぞれ五位ないし六位の服制に従う。弾正台式「孫王准㆓五位㆒、諸王准㆓六位㆒」はこの制に基づく。
三 白猪史→[一]補1-一三五。葛井連の葛井は河内国志紀郡藤井に由来する。のち葛井宿禰を賜姓(延暦十年正月癸酉条)。姓氏録右京諸蕃に葛井宿禰を載せ、菅野朝臣と同祖、塩君男味散君の後とする。
四 公印使用についての官奏。
五 無印のままの文書をいう。公式令の規定によれば、諸国へ下す公文はすべて内印([一]補5-七二)を捺すことが法意であるが、小事の場合白紙行下の慣行があった。
六 内印は天皇御璽。少納言が奏請して下附される。
七 太政官式に内印を請うべき場合について規定がみえる。→補8-五七。
八 天平六年出雲国計会帳に逃亡した衛士・仕丁の替を差出している実例がみえる。仕丁→[一]一五五頁注一三。
九 諸国から毎年定量を貢納することになっている物品。民部省式下に年料春米・年料租舂米・年料別納租穀・諸国年料雑物・年料雑器等が定められている。
一〇 年料貢納物のうち残余を他の目的に使用すること。
一一 兵衛と采女→[一]補2-一三九。
一二 兵衛・采女の資養物→補8-五八。
一三 外印のこと。→[一]補2-六〇。

無位の皇親の服制

五月《癸丑朔》辛酉《九日》、制《せい》[一]すらく、「皇親《くわうしん》の服制《ぶくせい》は、王孫《わうそん》[二]は五位に准《なずら》へ、疏親《そしん》は六位に准《なずら》ふ」といふ。○壬戌《十日》、白猪史《しらゐ》[三]の氏《うぢ》を改《あらた》めて葛井連《ふぢゐ》の姓を賜《たま》ふ。

内印と外印についての官奏

○癸酉《二十一日》、太政官奏《だいじやうぐわんそう》[四]すらく、「諸司《しよし》の国《くに》に下《くだ》す小《いささ》けき事《こと》の類《たぐひ》、白紙《しろきかみ》[五]を行下《あてくだ》す。理《ことわり》に於《お》きて穏《おだ》ひにあらず。更《さら》に内印《ないいん》[六]を請《こ》はば、恐《おそ》るらくは聖聴《せいてい》を煩《わづら》はさむことを。望《のぞ》み請《こ》はくは、今《いま》より以後《のち》、文武《ぶんぶ》の百官《ひやくくわん》の諸国《くにぐに》に下《くだ》す符《ふ》[七]は、大事《だいじ》に非《あら》ぬよりは、逃《に》げ走《はし》る衛士《ゑじ》・仕丁《じちやう》[八]の替《かはり》を差《いだ》すことと、年料《ねんれう》[九]を催《もよほ》し残《のこ》[一〇]りの物《もの》を廻《まは》すことと、并《あは》[一一]せて兵衛《ひやうゑ》[一二]・采女《うねめ》の養物《やうもち》等の類《たぐひ》の事《こと》は、便《すなは》ち、太政官《だいじやうぐわん》[一三]の印《おして》を以《もち》て印《しるし》せむ」とまうす。奏《そう》するに可《か》としたまふ。尺《たかはかり》[一四]の様《ためし》を諸国《くにぐに》に頒《わか》つ。

日本書紀完成

是《これ》より先《さき》、一品舎人親王《とねりのみこ》[一五]、勅《みことのり》を奉《う》けたまはりて日本紀《にほんき》[一六]を修《あ》む。是《ここ》に至《いた》りて功成《くうな》りて奏上《さしあ》ぐ。紀《き》卅巻系図《けいづ》[一七]一巻なり。○乙亥《二十三日》、伊豆《いづ》・駿河《するが》・伯耆《ははき》の国に三剋[一八]の鈴《すず》各《おのおの》一つを給《たま》ふ。

六月《壬午朔》壬辰《十一日》、文部黒麻呂《ふみべのくろまろ》[一九]ら十一人に文《ふみ》忌寸の姓を賜《たま》ふ。

隼人将軍らを慰問する詔

○戊戌《十七日》、詔《みことのり》[二〇]して曰《のたま》はく、「蛮夷《ばんい》、害《がい》を為《な》すこと古《いにしへ》より有り。漢《かん》[二一]、五将《ごしやう》に命《おほ》せて驕《おご》れる胡《えびす》を臣服《しんぷく》せしめ、周《しう》[二二]、再駕《さいが》を労《らう》して荒《あら》ぶる俗《くにひと》を来王《まゐおもぶ》かしめき。今《いま》、西隅《にしのくま》[二三]等の賊《ぞく》、乱《らん》を怙《たの》み化《おもぶけ》に逆《さか》ひて屢《しばしば》良民《りやうみん》を害《そこな》ふ。因《より》て持節将軍《ぢせちしやうぐん》[二四]正四位下中納言《ちうなふごん》兼中務《ちうむ》卿《きやう》大伴《おほとも》[二五]宿禰旅人《たびと》を遣《つかは》して、その罪《つみ》を誅罰《つみな》ひ彼《か》の巣居《さうきよ》を尽《つく》さしむ。兵《いくさ》を治《をさ》

一四　雑令3に度量権衡を用いる官司に様を賜うとあり、義解は大蔵省と諸国をあげる。大宝二年三月に度量を天下諸国に頒ち、和銅六年四月にも権衡度量を天下諸国に頒下している。ここは和銅六年に定められた六尺一歩の度地尺(唐大尺)をあらためて諸国に頒ったものか。正倉院所蔵の尺等の実測によれば、一尺は約三〇センチメートル。

一五　→㈠七七頁注一四。

一六　日本書紀。天武朝に始まる編修事業(天武紀十年三月条)がここに至り完成したと考えられる。現存の古写本をはじめ公式令1集解古記・万葉六・一八の左注等に日本書紀とあり、日本書紀が正式の書名か。

一七　現存しない。弘仁私記序には帝王系図とある。釈日本紀巻四の帝皇系図をそれにあてる説があるが、漢風諡号を用いていること、横系図の形式をとっていることから疑問である。

一八　公式令43による駅鈴の下給は中下国でも二口である。既下給分が令規に満たないことによる追加支給か。

一九　天平十二年十一月に外従五位下となり、同十三年七月に主税頭に任官し、同十九年五月にも主税頭となっている。養老三年五月に文部此人らに同じく文忌寸を賜っている。文忌寸→㈠補1‐六七。

二〇　隼人の征討将軍らを慰労する詔。

二一　漢書宣帝紀本始二年に御史大夫田広明ら五人の将軍に匈奴を討伐させたことをいう。

二二　左伝襄公三十一年に「文王伐レ崇再駕而降為レ臣也」とあるによる。

二三　隼人の反乱→二月壬子条。

二四　大伴旅人の持節将軍任命→三月丙辰条。

二五　→㈠補5‐一一。

率レ衆、剪二掃兇徒一、酋帥[1]面縛、請二命下吏一。寇党叩頭、争靡二敦風一。然将軍暴二露原野一、久延二旬月一。時属二盛熱一。豈無二艱苦一。使二々慰問一。宜レ念二忠勤一。〇甲辰、始置二神祇官史生四員一。〇戊申、河内国若江郡人正八位上河内手[2]人刀子作広麻呂、改賜[3]二下村主姓一、免二雑戸号一。〇己酉、[4]泧部司令史従八位上丈[5]部路忌寸石勝、直丁秦犬麻呂、坐レ盗二司漆一、並断二流罪[6]一。於レ是、石勝男祖父麻呂年十二、安頭麻呂年九、乙麻呂七[7]、同言曰[8]、父[9]石勝為レ養二己等一盗二用司泧一、縁二其所一レ犯、配二役遠方一。祖父麻呂等為レ慰二父情一、冒レ死上陳。請、兄弟三人没[10]為二官奴一、贖二父重罪一。詔曰、人稟二五常一、仁義斯重、士有二百[11]行一、孝敬為レ先。今祖父麻呂等、没[12]レ身為レ奴、贖二父犯[13]罪一、欲レ存二骨肉一。理在二矜愍一。宜下依レ所レ請為二官奴一、即免中父石勝罪上。但犬麻呂依二刑部断一発[14]二配処一。

1 帥〈意改〉(大)—師↓校補
2 手〈意改〉(大改)—午
3 賜—ナシ〔底〕↓校補
4 泧—漆(類八七)
5 丈(大改、類八七)—大〔兼等〕
6 流罪↓校補
7 七ノ上、ナシ—年(大補)↓校補
8 曰〈意改〉(大改)—内
9 父〈意改〉(大改)—文↓校補
10 没〈意改〉(大改)—役↓校補
11 百—ナシ(兼欠)↓校補
12 没〈意改〉(大改)—役↓校補
13 犯〔兼重〕
14 発ノ下、ナシ〔兼等〕—遣(大補、類八七)

一 蛮人の首領。
二 両手を背に縛り面のみあらわす。
三 征隼人将軍の任命はユリウス暦で四月十五日。慰問を指示する詔の出た六月戊戌が七月二十六日に当るから、征隼人の軍興は春から盛夏にかけてであった。
四 令外の職員。式部省式上に神祇官史生四人とある。史生の増員→㊀補4-一九。
五 和名抄「和加江」。現在の大阪府東大阪市西部と八尾市西部。
六 他にみえず。養老三年十一月、河内手人大足に下訳の姓を賜わり、やはり雑戸の号を免じている。下村主は姓氏録左京諸蕃に後漢光武帝七世の孫慎近王に出るとある。続後紀承和三年閏五月条に河内国の人下村主氏成らに春滝宿禰の姓を賜わったことがみえる。
七 大蔵省被管で、雑塗漆事を掌る(職員令36)。大同三年正月廿日詔により内匠寮へ併合(三代格)。
八 他にみえず。丈部路忌寸は姓氏録にみえないが、天平宝字八年十月に丈部路忌寸並倉がみえる。→補8-五九。
九 官庁に勤務し雑役にあたる仕丁。→㊀補6-七四。
一〇 他にみえず。
一一 賊盗律35に「凡竊盗不レ得レ財、笞五十、一尺杖六十、一端加二一等一。五端徒一年、五端

め衆《しゆ》を率《ゐ》て兇徒《きようと》を剪《き》り掃《はら》ひ、一酋帥《しうすい》面縛《めんばく》二せられて命《いのち》を下吏《かり》に請《こ》ふ。寇党叩頭《かうたうこうとう》して争《あらそ》ひて敦風《とんふう》に靡《なび》く。然《しか》れども将軍《しやうぐん》、原野《げんや》に暴露《さらさ》れて久《ひさ》しく旬月《じゆんぐゑつ》を延《の》ぶ。時《とき》、三盛熱《せいねつ》に属《つ》く。豈艱苦《あにかんく》無けむや。使《つかひ》をして慰問《ゐもん》せしむ。忠勤《ちうきん》を念《おも》ふべし」とのたまふ。〇甲辰二十三日、始《はじ》めて四神祇官《じんぎくわん》に史生《ししやう》四員を置《お》く。〇戊申二十七日、河内《かふち》国五若江《わかえ》郡の人《ひと》正八位上六河内手人刀子作広麻呂《かふちのてひとかたなつくりのひろまろ》に、改《あらた》めて下村主《しものすぐり》の姓を賜《たま》ひ雑戸《ざふこ》の号《がう》を免《ゆる》す。〇己酉二十八日、七漆部司令史《ぬりべのつかさのさうくわん》従八位上八丈部路《はせつかひべのみち》忌寸石勝《いはかつ》・九直丁秦犬麻呂《ぢきちやうはだのいぬまろ》一〇、司《つかさ》の漆《うるし》を盗《ぬす》めるに坐《つみ》せられて並《ならび》に流罪《るざい》一一に断《だん》せらる。是《ここ》に一二石勝《いはかつ》の男《をのこご》祖父麻呂《おほぢまろ》年十二、安頭麻呂《あづまろ》年九、乙麻呂《おとまろ》七、同《おな》じく言《まう》して曰《い》はく、「父石勝《ちちいはかつ》、己《おのれ》らを養《やしな》はむが為《ため》に司《つかさ》の涞《うるし》を盗《ぬす》み用《もち》ゐる。その犯《をか》せる所《ところ》に縁《よ》りて遠方《をちかた》に配役《はいえき》せらる。祖父麻呂《おほぢまろ》ら、父《ちち》の情《こころ》を慰《なぐさ》めむが為《ため》に死《し》を冒《をか》して一三上陳《じやうちん》す。請《こ》一四はくは、兄弟《きやうだい》三人を没《しづ》めて官奴《くわんぬ》とし、父の重《おも》き罪《つみ》を贖《あか》はむことを」といふ。詔《みことのり》して曰《のたま》はく、「人《ひと》の一五五常《ごじやう》を稟《う》くるに仁義《じんぎ》斯《こ》れ重《おも》く、士《し》の百《はく》行《かう》有るに孝敬《かうけい》を先《さき》とす。今《いま》、祖父麻呂《おほぢまろ》ら、身《み》を没《しづ》めて奴《やつこ》と為《な》り、父が犯せる罪を贖《あか》ひて骨肉《こつじく》を存《あ》らしめむと欲《す》。理《ことわり》、矜愍《あはれび》に在《あ》り。請《こ》ふ所《ところ》に依《よ》りて官《くわん》奴《ぬ》として、即《すなは》ち父石勝《いはかつ》が罪《つみ》を免《ゆる》すべし。但《ただ》し、犬麻呂《いぬまろ》は一六刑部《ぎやうぶ》の断《ことわり》に依《よ》りて一七配処《はいしよ》に発《はつ》す」とのたまふ。

雑戸を免ずる

男児三人、父の罪を贖って官奴となることを求める

加二一等」とありかつ官人が自分の管理下の物を盗む監主盗に当るので、除名が適用され、実刑が科されることになる。流罪であるから布三〇端以上相当の漆を盗んだことになる。

一二 石勝の男三人はその後七月壬申条に再び良民に復されたことがみえる。

一三 公式令63に「断訖訴人不レ服、欲二上訴一者、請二不理状一、以レ次上陳」とあり、上陳とは官司へ申し出ること。律令制下で庶人も天皇に上表することができたから、祖父麻呂らも単に役所へ申し出たというだけでなく、天皇に上表を行った可能性がある。上表の場合文末に「死罪謹言」という文言を記すのが通例であるから、「冒レ死上陳」という表現がそれに符合しているかも知れない。

一四 父の罪を償うため自ら奴となることを請うたもの。漢書刑法志に淳于公の女緹縈が上書して官婢となって父の罪を贖せんことを請うた故事がある。官奴は官所有の奴。官奴司の管轄下に置かれる。奴婢→㈠補1-七七。

一五 儒教の徳目で、仁・義・礼・智・信。

一六 獄令2により流罪以上の場合、刑部省ないし諸国で断文を作成し、奏聞を経て刑が確定する。今回の事件は中央官司で発生したので、刑部省が裁判を管轄した。断文は判決文で、律令格式を引き刑名と相当刑を定めた文書(獄令41)。

一七 獄令13に「凡流移人、太政官量配、符至季別一遣〈若符在二季末一至者、聴下与二後季人一同遣上〉」とあるから、季末たる六月に最終の断が下された犬麻呂は、秋季の流人とともに配所へ発遣したと考えられる。専使に率いられ防援を付けられ、道中では程粮を支給されつつ配所に向い、配所では居作に従うことになる(獄令13・15・18・19)。

○秋七月甲寅、賜下征西将軍已下至二[1]于抄士一物上各有レ差。○壬申、免二祖父麻呂・安頭麻呂等一従レ良焉。○八月辛巳朔、右大臣正二位藤原朝臣不比等病。賜二度卅人一。詔曰、右大臣正二位藤原朝臣疹疾[2]漸留、寝膳不レ安。朕見二疲労一、惻二隠於心一。思二其平復一、計無レ所レ出。宜下大二赦天下一、以救上所レ患。養老四年八月一日午時以前大辟罪以下、罪無二軽重一、已発覚・未発覚、已結正・未結正、繋[3]囚・見徒、私鋳銭及盗人、并八虐、常赦所レ[4]不レ免、[5]咸悉赦除。其[6]癈疾之徒、不レ[7]能二自存一者、量加二賑恤一。因[8]命二長官一親自慰[9]問、[10]量給二湯薬一、勤従二寛優一。僧尼亦同レ之。○壬午、令三都下卌[11]八寺一日一夜読二薬師経一。免二官戸[12]十一人一為レ良、[13]除二奴婢一十人一従二官戸一。為レ救二右大臣病一也。○[14]壬[15]辰、勅、征隼人持節将軍大伴宿禰旅人宜二[16]且[17]入レ京。但副将軍已下者、隼人未レ平、宜二留[18]而屯一焉。○癸未、詔、[19]省二治部奏一、授二公験一僧尼多有二濫吹一。唯

1于〔兼朱傍朱イ・谷傍イ、大補〕―千（高朱傍イ）、ナシ（兼等）
2漸―漸（谷）
3囚〔兼・谷、大〕―因（東・高）
4不〔兼朱傍補〕―ナシ（兼原）
5咸〔兼重〕
6癈―廃〔底〕
7能―ナシ（高）
8命―令（大改）→校補
9問―間〔底〕→校補
10量〈意改〉（大改）―重→校補
11八寺〔紀略改〕―人等（紀略原）
12十一→脚注・校補
13除〈意改〉（大改）―降→校補
14壬辰条→脚注・校補
15辰〔兼抹朱傍〕―午（兼原）
16且〔兼朱傍補〕―ナシ（兼原）
17入―八〔底〕→校補
18而ノ下、ナシ（兼朱抹・高朱抹、大衍）―已〔底〕、巳（兼原・谷・東・高原）
19省治部―治部省（大改）→校補

一　征隼人持節将軍大伴旅人。
二　船頭。和名抄に「唐令云二挟杪一〈和名、加知度利〉」とあり、景行紀十八年五月条に挟杪者がみえる。大蔵省式に入唐・渤海・新羅使船の操船に関わるものとして柂師・挟杪・水手長・水手があげられている。大きな船の場合、柂師の下で挟杪が水手長・水手を指揮し事に当った。主税寮式上に、各航路で物資を運漕する場合に要する挟杪・水手の員数と功賃が法定されている。征隼人軍に従った挟杪は畿内方面から大宰府方面への運漕が大きな任務だったと思われるが、主税寮式上によれば、難波津から博多津までは挟杪一人と水手二人で米五〇石分を運漕することになっている。
三　→[一]補1-八六。
四　藤原不比等の平癒祈願の詔。
五　疹は発疹のこと。疹は疢と同義で熱病をさすこともある。不比等の病がいずれであったか未詳。但し疹疾を単にやまいの意と解することもできる。
六　病が重態になることをいう。分脈不比等伝には「四年秋、患意不レ快、旬日之後、気力漸微」とある。
七　→[一]補2-九八。
八　→三頁注一三。
九　→三頁注一四。
一〇　→三頁注一五。
一一　→三頁注一六。
一二　→三頁注一八。
一三　強窃二盗。→[一]補1-一二二。

秋七月甲寅[壬子朔 三日]、征西将軍《せいせいしやうぐん》[一]已下、抄士《かぢとり》[二]に至るまでに物賜《ものたま》ふこと各差《おのおのしな》有り。○壬申[二十一日]、祖父麻呂《おほぢまろ》・安頭麻呂《あづまろ》らを免《ゆる》して良《らう》に従《したが》へしむ。

右大臣藤原不比等の快癒を祈り大赦

八月辛巳の朔、右大臣《うだいじん》正二位藤原《ふぢはら》[三]朝臣不比等《ふひと》病《や》む。度《ど》卅人賜ふ。詔《みことのり》[四]して曰《のたま》はく、「右大臣正二位藤原《ふぢはら》朝臣、疹疾《やまひ》[五]漸《やや》く留《とどま》[六]りて、寝膳《しむぜん》安《やす》からず。朕《われ》疲労《わづらひ》を見《み》て心《こころ》に惻隠《いた》む。その平復《へいふく》を思《おも》ふに、計《はかりごと》、出《いだ》さむ所《ところ》無し。天下《あめのした》に大赦《たいしや》[七]して患《わづら》ふ所を救《すく》ふべし。養老《やうらう》四年八月一日午時《うまのとき》より以前《さき》の大辟罪《だいびやくざい》[八]以下、罪軽重《つみきやうぢう》と無く、已発覚《いほつかく》[九]も未発覚《みほつかく》も、已結正《いけつしやう》[一〇]も未結正《みけつしやう》も、繋囚《けいしう》[一一]も見徒《げんづ》も、私鋳銭《しじゆせん》[一二]と盗人《たうにん》[一三]と、并《あは》せて八虐《はちぎやく》[一四]、常赦《じやうしや》[一五]の免《ゆる》さぬも咸悉《ことごと》く赦除《ゆる》せ。その癈疾《はいしつ》[一六]の徒《ともがら》の、自存《じぞん》すること能《あた》はぬ者《ひと》には量《はか》りて賑恤《しんじゆつ》を加《くは》へよ。因《より》て、長官《ちやうぐわん》に命《おほ》せて、親自《みづか》ら慰問《ゐもん》して量《はか》りて湯薬《たうやく》を給《たま》ひ、勤《つと》めて寛優《くわんいう》に従《したが》はしむ。僧尼《ほふしあま》も亦《また》これに同《おな》じ」とのたまふ。○壬午[二日]、都下《とか》[一七]の卌八寺をして一日一夜《ひとひひとよ》に薬師《やくし》[一八]経《きやう》を読《よ》ましむ。官戸《くわんこ》[一九][二〇]十一人を免《ゆる》して良《らう》とし、奴婢《ぬひ》一十人を除《のぞ》きて官戸《くわんと》に従《したが》はしむ。右大臣の病《やまひ》を救《すく》はむが為《ため》なり。

大伴旅人を召還

○壬辰[十二日][二一]、勅《みことのり》[二二]したまはく、「征隼人《せいはやひと》持節将軍《ぢせちしやうぐん》大伴《おほとも》宿禰旅人《たびと》は且《しまら》く京《きやう》に入《い》るべし。但《ただ》し、副将軍《ふくしやうぐん》已下は、隼人《はやひと》平《たひら》がずは留《とど》まりて屯《いは》むべし」とのたまふ。

僧尼の公験を正す

○癸未[三日]、詔《みことのり》[二三]したまはく、「治部《ぢぶ》[二四]の奏《そう》を省《かへり》みるに、「公験《くげむ》を授《さづ》くるに、僧尼《ほふしあま》、多《おほ》く濫吹《らむすい》[二五]有り」とまうす。唯《ただ》、

一四 ↓五一頁注二。
一五 ↓三頁注二〇。
一六 病気ないし身体に欠陥のあるもの。↓五一頁注一〇。
一七 当時の京内に所在した全寺院か。
一八 薬師瑠璃光如来本願功徳経の通称。薬師如来の本願およびその功徳利益を説き、人衆疾疫・他国侵損・自界叛逆・星宿変怪・日月薄蝕・非時風雨・遇時不雨等の難にあった時、この如来を供養することにより、国界安穏をもたらし、横死を免れるという。日本では朱鳥元年五月、天武天皇の不豫にさいして川原寺で説かれたのをはじめとしてしばしば読まれ、続紀には天平十七年九月・天平勝宝六年十一月・宝亀四年十二月等に、薬師経の講説・書写のことがみえている。
一九 官有賤民の一。↓補8-六〇。
二〇 諸本「十一」は「一十」の誤か(狩谷棭斎)。
二一 干支の順序を考えると、壬辰条は下文丁亥条の次に置かれなければならない。
二二 征隼人将軍大伴旅人の帰京を命ずる勅。旅人は当時議政官たる中納言を本官としていたから、藤原不比等の死と関連しているのであろう。大伴宿禰旅人↓□一補5-一一。
二三 僧尼に公験を与えることを内容とする詔。この年正月僧尼に公験を授けたことと関連し、その基準を学業におき厳しく施行することを指示しているのであろう。
二四 治部省による奏上。諸司は納言を介し奏上することができた。
二五 能力がないのに、それがあるようにみせかけること。竽(笛の一種)を好んだ斉の宣王が楽人三〇〇人をして合奏せしめた中に、南郭処士なるものがその技なくして濫入し、竽を吹いた故事に由来する(韓非子内儲説)。

成二学業一者一十五人、宜レ授二公験一。自餘[1]停之。」是日、右大臣正二位藤原朝臣不比等薨。帝深悼惜焉。為レ之廃レ朝、挙二哀内寝一、特有二優勅一。弔賻之礼異二于[2]群臣一。大臣、近江朝内大臣大織冠鎌足之第二子也。○甲申、詔以二舎人親王一為二知太政官事一、新田部親王為二知五衛及授刀舎人事一。○丁亥、詔、諸請二内印一、自レ今以後、応レ作二両[3]本[4]一。一本進レ内、一本施行。○九月庚戌[5]朔、日有レ蝕之。○辛未、諸国申レ官公文、始乗レ駅言上。○丁丑、陸奥国奏言、蝦夷反乱、殺二按[6]察使正五位上上[7]毛野朝臣広人一。○戊寅、以二播[8]磨[9]按察使正四位下多治比真人県守一為二持節征夷将軍一。左京亮従五位下下毛野朝臣石代為二副将軍一。軍[10]監三人、軍曹二人。以二従五位下[11]阿倍朝臣駿河一為二持節鎮狄[12]将軍一。軍[13]監二人、軍曹二人。即日授二節刀[14]一。○冬十月戊子、以二従四位上石川朝臣石足一為二左大[15]弁一。従四位上笠朝臣麻呂為二右大弁一。従五位上中臣朝臣東人為二右中弁一。従五位下小野朝臣老為二右[16]少弁一。従五位下大伴宿禰祖父麻呂為二式部少輔一。従五位下巨勢朝臣足[17]人為二員外少輔一。

1 餘ノ右↓校補
2 于―千(高)
3 両―雨〔底〕↓校補
4 本〔兼朱傍補〕―ナシ(兼原)
5 戌―戊(東)
6 按(大改、紀略)―案〔兼等〕
7 上―下(大改)↓校補
8 磨〔谷重〕
9 按(大改、紀略)―案〔兼等〕
10 軍―々(兼)
11 下―上(大改)↓校補
12 狄(谷傍イ、大)―杖〔兼等〕↓校補
13 軍―々(兼)
14 刀―力(高擦重)↓校補
15 大―ナシ(兼欠)↓校補
16 右―石(高)
17 足〈意改〉(大改)―是↓校補

一 既に与えた公験を回収する。三月癸亥に得度した三二〇人の中に僧尼として不適切なものが多かったことによるか。
二 不比等、この時六十三歳(懐風藻)。但し補任は六十二歳とし、「十月八日戊子火二葬佐保山椎山岡一、従二遺教一也」とある。
三 天皇が居住する宮中の正殿。内安殿のことか。内安殿→養老五年九月乙卯条。
四 不比等は右大臣正二位なので、令規通りの葬礼とすれば、喪葬令4により治部少輔が監護し、同5により絁三〇疋・布一二〇端・鉄一〇連を賻物として賜わり、同8により喪葬具として鼓八〇面・大角四〇口・小角八〇口・幡三五〇竿を使用することになるが、これより優遇措置がとられたのである。
五 天智朝。 六 →補8-六一。
七 大化で定められた冠位制に基づくもので、その最高位(書紀大化三年十二月条、同五年二月条)。鎌足は病大漸に至った天智八年十月内大臣の職とともに大織冠を授けられている。大織冠を授けられたのは鎌足だけなので、通常大織冠といえば鎌足をさす。藤原鎌足→[一]補1-八五。 八 鎌足の第一子は定恵。
九 知太政官事と知五衛及授刀舎人事の任命を行う詔。不比等死後の政界の動揺に対処することを意図する。
一〇 →[一]七七頁注一四。
一一 →[一]補3-六。霊亀元年の穂積親王没後、空席のままであった。
一二 →[一]二一頁注一八。 一三 →補8-六二。
一四 印文は「天皇御璽」とある。→[一]補5-七二・2-六〇。公式令40に「五位以上位記、及下二諸国一公文、則印」とあるが、この年五月の制で諸国へ下す符への内印押捺は大事のみに限定された。

学業《がくげふ》を成《な》す者《ひと》一十五人には公験《くげむ》を授《さづ》くべし。自餘《そのほか》は停《とど》[一]めよ」とのたまふ。

右大臣藤原不比等没

是《こ》の日《ひ》、右大臣《うだいじん》正二位藤原《ふぢはら》[二]朝臣不比等《ふひと》薨《こう》しぬ。帝《みかど》、深《ふか》く悼《いた》み惜《をし》みたまふ。これが為《ため》に朝《でう》を廃《や》め、内寝《ないしむ》[三]に挙哀《こあい》し、特《こと》に優勅《いうちよく》有り。吊賻《てうふ》[四]の礼《ゐや》、群臣《ぐんしん》より異《こと》なり。大臣《だいじん》は、近江朝《ちかつあふみのみかど》[五]の内大臣《ないだいじん》[六]大織冠《だいしよくくわん》[七]鎌足《かまたり》の第二[八]の子《こ》なり。○甲申（四日）、

舎人親王・新田部親王の人事

詔《みことのり》[九]して舎人親王《とねりのみこ》[一〇]を知太政官事《ちだいじやうぐわんじ》[一一]とし、新田部《にひたべ》[一二]親王を知五衛《ちごゑ》[一三]及授刀舎人事《じゆたうしやにんじ》とす。○丁亥（七日）、詔《みことのり》したまはく、「諸《もろもろ》、内印《ないいん》[一四]を請《こ》ふには、今《いま》より以後《のち》、両本[一五]作《つく》るべし。一本は内《うち》[一六]に進《たてまつ》り、一本は施行《せぎやう》せよ」とのたまふ。

蝦夷反乱

九月庚戌の朔、日《ひ》[一七]蝕《は》ゆること有り。○辛未（二十二日）、諸国《くにぐに》[一八]の官《つかさ》に申《まう》す公文《くうもん》を、始《はじ》めて駅《はゆま》に乗《の》せて言《まう》し上《あ》げしむ。○丁丑（二十八日）、陸奥国《みちのおく》奏《そう》[一九]して言《まう》さく、「蝦夷《えみし》反《そむ》き乱《みだ》れて按察使《あんせちし》正五位上上毛野《かみつけの》[二〇]朝臣広人《ひろひと》を殺《ころ》せり」とまうす。○戊寅（二十九日）[二一・二二]、播磨《はりまの》按察使《あんせちし》正四位下多治比《たぢひ》[二三]真人県守《あがたもり》を持節征夷将軍《ぢせちせいいしやうぐん》[二四]とす。左京亮《さきやうのすけ》従五位下下《しもつ》[二五]毛野《けの》朝臣石代《いはしろ》を副将軍《ふくしやうぐん》。軍監《ぐんけむ》[二六]三人、軍曹《ぐんざう》[二七]二人。従五位下阿倍《あへ》[二八]朝臣駿河《するが》を持《ぢ》[二九]節鎮狄将軍《せちちんてきしやうぐん》。軍監二人、軍曹二人。即日《そのひ》に節刀《せつたう》を授《さづ》く。

多治比県守を持節征夷将軍とする 阿倍駿河を持節鎮狄将軍

冬十月戊子（庚辰朔 九日）、従四位上石川《いしかは》[三〇]朝臣石足《いはたり》を左大弁《さだいべん》とす。従四位上笠《かさ》[三一]朝臣麻呂《まろ》を右大弁《うだいべん》。従五位上中臣《なかとみ》[三二]朝臣東人《あづまひと》を右中弁《うちうべん》。従五位下小野《をの》[三三]朝臣老《おゆ》を右少弁《うせうべん》。従五位下大伴《おほとも》[三四]宿禰祖父麻呂《おほぢまろ》を式部少輔《しきぶせうふ》。従五位下巨勢《こせ》[三五]朝臣足人《たるひと》を員外少輔《ゐんぐゑのせうふ》。

一五 内印を請印すべき文書は二通作製する。
一六 禁中の意。具体的には中務省で文書を保管する。太政官式に「凡請㆓内印文㆒作㆓二通㆒、一通奏進、一通施行」とあり、文書を収める中務省庫は続後紀承和六年七月条にみえる。
一七 この日はユリウス暦の七二〇年十月六日。この日食は奈良では生じなかった。→[一]補1-七五。
一八 駅制利用条件の緩和で、駅制の整備を示すか。
一九 公式令46および50の急速大事・軍機に当り、飛駅により上奏されている。
二〇 →[一]二一九頁注二四。養老三年七月按察使始置の記事に陸奥按察使はみえない。上毛野広人がいつ陸奥按察使となったか未詳。当時の按察使は国司兼帯が原則であるから、広人は陸奥守を帯びていたであろう。
二一 戊寅は丁丑の翌日。丁丑は陸奥からの使が京へ着いた日か。
二二 蝦夷の反乱に対し直ちに征夷将軍と鎮狄将軍が任命され、養老五年四月乙酉に征夷のことを終え帰還している。
二三 →[一]九三頁注九。養老三年七月に武蔵守兼按察使とある。いつ播磨按察使となったか未詳。
二四 節刀（二一五頁注二〇）を与えられた将軍。後文の持節鎮狄将軍に対し、太平洋側から進軍する軍隊を率いる。この時の征夷軍は将軍一・副将軍一なので、軍防令24に従えば五千人以上一万人以下の動員となる。但しこの場合軍監一・軍曹四となるから、本条の軍監三・軍曹二は令規にあわない。
二五 →[一]補2-七一。 二六 出征軍の判官。
二七 出征軍の主典。軍防令24義解では「謂、軍曹者大主典也、録事者少主典也」とあり、軍曹の他に録事を含めている。

1・2大―太〔底〕→校補
3向〈意補〉〈大補〉―ナシ→校補
4益〈意改〉〈大改〉―盗→校補
5鍛〈意改〉―鍜
6冶〔兼・高〕―治〈谷・東、大〉
7倍〔兼・谷、大〕―陪〈東・高〉
8真―直〈高〉
9興―与＝與〈谷〉
10宣―ナシ〈高〉
11贈太政大→校補
12乙亥条ノ上→脚注
13金〔兼・谷、大〕―全〈東・高〉
14作大〔高擦重〕―作〈高原〉
15歳〔谷原〕―蔵〈谷抹傍〉
16歳〈意改〉〈大改〉―蔵
17詔→校補
18典―尊〈紀略〉
19深ノ下、ナシ―之〈紀略〉
20転〔高重〕
21不ノ上、ナシ―不承〔底〕→校補

従五位上石川朝臣若子為二兵部大輔[1]一。正五位上大伴宿禰道足為二民部大輔[2]一。従五位下高向[3]朝臣大足為二少輔一。従五位上車持朝臣益[4]為二主税頭一。従五位上鍛[5]冶[6]造大隅為二刑部少輔一。従五位下阿倍[7]朝臣若足為二大蔵少輔一。従五位下高橋朝臣安麻呂為二宮内少輔一。従五位下当麻真[8]人老為二造宮少輔一。従五位下県犬養宿禰石次為二弾正弼一。従五位下大宅朝臣大国為二摂津守一。従五位下高向朝臣人足為二尾張守一。従五位上忍海連人成為二安木守一。○丙申、始置二養民・造器及造興[9]福寺仏殿三司一。○壬寅、詔遣二大納言正三位長屋王、中納言正四位下大伴宿禰旅人一、就二右大臣第一宣[10]レ詔、贈[11]二太政大臣正一位一。○十一月丙辰、南嶋人二百卅二人授レ位各有レ差。懐二遠人一也。○乙亥[12]、河内国堅下・堅上二郡、更号二大県郡一。○十二月己亥、詔除二春宮坊少属少初位上朝妻金[13]作[14]大歳[15]・同族河麻呂二人、并男女雑戸籍一、賜二大歳[16]池上君姓、河麻呂河合君姓一。○癸卯、詔[17]曰、釈典[18]之道、教在二甚深[19]一。転[20]経唱礼、先伝二恒規一。理合二遵承一、不[21]レ須二輙改一。比者、或僧尼自出二方法一、妄作二

二八　→㊀一六七頁注五。
二九　日本海側から進軍する将軍。狄は東夷に対する語。副将軍を欠く出征軍の編成は軍防令24にない。規定の一軍三千人以上に満たない三千人以下を率いたか。
三〇　→㊀一三三頁注二九。
三一　→㊀補3-三二。美濃守兼按察使からの転任か。　三二　→㊀補5-三〇。
三三　→五三頁注一四。
三四　→七頁注二四。中臣東人の後任。
三五　→四一頁注一五。霊亀元年から養老四年まで駿河守(天平十年度駿河国正税帳)なので、前任官は駿河守か。

一　若子は君子の誤か。→㊀補6-三。
二　→㊀補3-三四。　三　→㊀六五頁注六。
四　→㊀補5-一〇。　五　→㊀補1-一三五。
六　→補8-五一。
七　→四一頁注一四。
八・九　→補8-五一。
一〇　→㊀二〇七頁注三二。摂津国を治めるのは摂津職である(職員令68)から、摂津守は不審。大国の位階が従五位下で摂津亮の相当位に一致するので、亮の誤りか。或いは天平二年度大倭国正税帳(古一-四一二頁)に大国が守とあるので、大倭守の誤りか。
一一　→補8-五一。霊亀二年六月に美濃守笠麻呂の尾張守兼任のことがみえ、この日右大弁に転じているので、尾張守の前任者は麻呂か。
一二　→㊀補5-九。安木は安芸。書写の間における簡略化であろう。
一三　造器司および造興福寺仏殿司とともに、藤原不比等の葬儀に関わる臨時官司。養民司→補8-六二。

従五位上[一]石川《いしかは》朝臣若子《わくこ》を兵部大輔《ひやうぶだいふ》。正五位上[二]大伴《おほとも》宿禰道足《みちたり》を民部大輔《みんぶだいふ》。従五位下[三]高向《たかむく》朝臣大足《おほたり》を少輔《せうふ》。従五位上[四]車持《くるまもち》朝臣益《ます》を主税頭《しゆさいのかみ》。従五位上[五]鍛《かぬ》冶《ち》造大隅《おほすみ》を刑部少輔《ぎやうぶせうふ》。従五位下[六]阿倍《あへ》朝臣若足《わかたり》を大蔵少輔《おほくらのせうふ》。従五位下[七]高橋《たかはし》朝臣安麻呂《やすまろ》を宮内少輔《くうないせうふ》。従五位下[八]当麻《たぎま》真人老《おゆ》を造宮少輔《ざうくうせうふ》。従五位下[九]県犬養《あがたいぬかひ》宿禰石次《いはすき》を弾正弼《だんじやうのひつ》。従五位下[一〇]大宅《おほやけ》朝臣大国《おほくに》を摂津《つ》守。従五位下[一一]高向《たかむく》朝臣人《ひと》足《たり》を尾《を》張《はり》守。従五位上[一二]忍海《おしぬみ》連人成《ひとなり》を安《あ》木《き》守。○丙申《十七日》、始《はじ》めて[一三]養民《やうみん》・[一四]造器《ざうき》と[一五]造興福寺《ざうこうふくじ》仏殿《ぶつでん》との三司を置《お》く。○壬寅《二十三日》、詔《みことのり》して、大納言《だいなふごん》正三位[一六]長屋王《ながやのおほきみ》、中納言《ちうなふごん》正四位下[一七]大伴《おほとも》宿禰旅人《たびと》を遣《つかは》して、[一八]右大臣《うだいじん》の第《てい》に就《つ》きて詔《みことのり》を宣《の》らしめ、[一九]太政大臣《だいじやうだいじん》正一位を贈《おく》りたまふ。

藤原不比等に太政大臣正一位を追贈

十一月《己酉朔》丙辰《八日》、[二〇]南嶋《みなみのしま》の人《ひと》二百卅二人に位《くらゐ》を授《さづ》くること各《おのおの》差《しな》有り。遠人《とほつひと》を懐《なつ》けむとなり。○乙亥《二十七日》、河内《かふち》国[二一]堅下《かたのしも》・[二二]堅上《かたのかみ》の二郡を、更《あらた》めて大県《おほかた》郡と号《なづ》く。

南島人に授位

十二月《己卯朔》己亥《二十一日》、詔《みことのり》して、[二三]春宮坊少属《しゆんぐばうせうぞく》少初位上[二四]朝妻金作《あさづまのかなつくり》大歳《のおほとし》と、同《おな》じき族《うがら》の[二五]河麻呂《かはまろ》との二人は、并《あは》せて[二六]男女《をとこをみな》の雑戸《ざふこ》の籍《しやく》を除《のぞ》きて、大歳《おほとし》に[二七]池上《いけのうへ》君の姓を、河麻呂《かはまろ》に[二八]河合《かはひ》君の姓を賜《たま》ふ。○癸卯《二十五日》、[二九]詔《みことのり》して曰《のたま》はく、「釈典《しやくてん》の道《みち》、教《をしへ》は甚深《じむしむ》に在《あ》り。[三〇]転経《てんきやう》・[三一]唱礼《しやうらい》、先《さき》に恒規《こうき》を伝《つた》ふ。理《ことわり》、遵《したが》ひ承《う》くべくして、輙《たやす》く改《あらた》むべからず。比者《このころ》、或《ある》は僧尼《ほふしあま》自《みづか》ら方法《はうはふ》を出《いだ》して[三二]妄《みだ》りに

雑戸を免ずる

転経・唱礼の音声を正す

一四 養老四年二月乙酉条にもみえるが、その時は釈奠用の器物を作るのが目的。葬儀に使用すべき器具は喪葬令8にみえる。
一五 不比等追善のための仏殿造営に当る官司。興福寺流記に養老五年建立とみえる北円堂の造立に当ったのであろう。養老五年八月三日不比等の周忌法事のため元正が北円堂内に仏像を安置し、橘三千代が金堂内に弥勒浄土を作り供養した(扶桑略記)。興福寺→補8―六四。
一六 →〔一〕補3―二四。 一七 →〔一〕補5―一。
一八 不比等の邸宅。平城宮の東隣。後に光明子が法華寺とした。 一九 →補8―六五。
二〇 南西諸島。→〔一〕補1―六八。
二一 →補8―六六。 二二 →補8―六七。
二三 相当位は従八位上(官位令17)。大歳の坊官起用は、雑戸としての技能とは関係なく行われている。
二四 →補8―六八。 二五 他にみえず。
二六 雑戸籍を除くことは養老三年十一月辛酉条、戊寅条、四年六月戊申条、天平十六年二月丙午条等にみえる。除かれた後は良民扱いとなる。
二七 姓氏録にみえず。
二八 川合公とも。姓氏録左京皇別に川合公は上毛野と同氏、多奇波世君の後とある。
二九 転読や唱礼の際の音声を正すことを指示する詔。この詔は三代格にも収められている。下文の「別音」や「余音」を呉音と解し、漢音での転経・唱礼を奨励した詔とみると、詔全体の意味が不審になる。
三〇 経題や経の初・中・終の数行を略読すること。転読とも。
三一 悔過の文や願文を唱えること。
三二 自分勝手な筋廻しで転読や唱礼をする。

別音㆒。遂使㆓後生之輩積習成㆑俗。不㆓肯変正㆒、恐[1]汚㆓法門㆒、従㆑是始乎。宜㆘依㆓漢沙門道栄・学問僧勝暁等㆒転経唱礼㆖。餘音並停之。

[2]五年[3]春正月戊申朔、武蔵・上野[4]二国並献㆓赤[5]烏㆒。甲斐[6]国献㆓白狐㆒。尾張国言、小鳥生㆓大鳥㆒。○己酉、制、諸司官人、於㆓本司次官以上㆒致敬、常所㆓聴許㆒。自㆑今以後、[7]不㆑得㆓更然㆒。若違㆓[8]此旨㆒、一人到㆓卿門㆒者、[9]到人解㆑官、同僚降㆑考。○庚[10]戌、雷。○壬子、授㆓正三位長屋王従二位、正四位下巨勢朝臣祖父・大伴宿禰旅人・藤原朝臣武智麻呂、従四位上藤原朝臣房前並従三位、従四位下六人部王従四位上、従五位上高安王・門部王・葛木王並正五位下、従五位下桜井王・佐為王並従五位上、正四位下多治比[11]真人県守・[12]多治比真人三宅麻呂、正五位上[13]藤原[14]朝[15]臣馬養並正四位上、従五位下藤原朝臣麻呂従四位上、従五位下下毛野朝臣虫麻呂・呉粛胡明並従五位[16]上㆒。」[17]以㆓大納言従二位長屋王㆒為㆓右大臣㆒。従三位多治比[18]真人[19]池

1 汚＝汙—汗〔底〕→校補
2 五ノ上→校補
3 春〔類一六五鳥条〕—ナシ（類一六五鳥条）
4 二国（谷改・東・高、大、類七一・一六五）—国二〔兼・谷原〕→校補
5 烏〔兼抹傍・谷・東・高、大、類七一・一六五〕—鳥（兼原、類七一一本）
6 国〔高重〕
7 不ノ下、ナシ—不（高）
8 此〔兼重〕
9 到（底傍イ・兼朱傍イ・谷朱傍イ・東傍イ・高傍イ、大改）—官〔兼等〕
10 戌〔谷重〕—成（谷原）
11 真—直（高）
12 多治比真人〈意補〉（大補）—ナシ→校補
13 藤原〈意改〉（大補）—々〔底〕、ヽ（兼等）→校補
14 朝ノ上、ナシ（高一字空）
15 臣〈意補〉（大補）—ナシ→校補
16 上（底傍按・兼傍按・谷朱抹傍按・東・高、大）—下〔兼・谷原〕→校補
17 以〔紀略改〕—又（紀略原）
18 真—直（高）
19 池〔高擦重〕

一 中国をさし、ここでは唐のことをいう。
二 元亨釈書に「釈道栄、唐人、尤善㆓梵唄㆒」とある。天平元年八月癸亥条に賀茂子虫を訓導して瑞亀を献ぜしめた功により従五位下に擬され、施物・位禄に与かったことがみえる。天平改元はこれによる。
三 この日の詔以外にみえず。入唐留学僧として唐で学んだのであろう。
四 読経の節廻しを統一する。道栄・勝暁は養老二年に遣唐使とともに来日・帰国し、それにより節廻しの統一が図られているか。経典の読み方→補8—六九。
五 元日の祥瑞献進。→[一]補1—三七。国の順序は上野・武蔵となるはず。
六 治部省式では上瑞。
七 治部省式では上瑞。八 治部省式では中瑞。うぐいす・みそさざいなどの小鳥の巣にほとぎすなどの産卵するをいうか。
九 致敬について指示する制→補8—七〇。
一〇 卿は八省の長官。
一一 勤務上の過として考第を降す。
一二 この日の叙位では、不比等の死に関連し四子および県犬養三千代とその子らの昇叙が中心となっている。
一三 →[一]補3—二四。正三位への叙位は霊亀二年正月。神亀元年二月正二位に昇叙。
一四 →[一]補2—一八。正四位下への叙位は養老三年正月。神亀元年二月正三位に昇叙。
一五 →[一]補5—二。正四位下への叙位は養老三年正月。神亀元年二月正三位に昇叙。
一六 →[一]九三頁注二。正四位下への叙位は養老三年正月。今回二階進む。神亀元年二月正三位に昇叙。
一七 →[一]六五頁注四。従四位上への叙位は養老三年正月。今回三階進む。神亀元年二月正

別音《ことおと》を作《な》す。遂《つひ》に後生《ごしやう》の輩《ともがら》をして積《つ》み習《なら》ひて俗《くにぶり》を成《な》さしむ。肯《あ》へて変《か》へ正《ただ》さずは、恐《おそ》るらくは法門《ほふもん》を汚《けが》さむこと、是《これ》より始《はじ》まらむか。[一]漢《かん》の[二]沙門道《しやもんだう》栄《ゐやう》、[三]学問僧勝暁《がくもんそうしようげう》らに依《よ》りて転経《てんきやう》・唱礼《しやうらい》すべし。[四]餘《そのほか》の音《おと》並《ならび》に停《とど》めよ」とのたまふ。

七二一年

五年[辛酉]春正月戊申の朔、[五]武蔵《むざし》・上野《かみつけの》の二国、並に[六]赤烏《あかきからす》を献《たてまつ》る。甲斐《かひ》国、[七]白狐《しろききつね》を献る。尾張《をはり》国言《まう》さく、「[八]小《ちひ》さき鳥《とり》、大《おほ》き鳥《とり》を生《う》む」とまうす。○己酉[二日]、[九]制《せい》すらく、「諸司《しよし》の官人《くわんにん》、本司《ほんし》の次官《じくわん》以上にありては、致敬《ちきやう》すること、常《つね》に聴許《ゆる》さる。今《いま》より以後《のち》、更《さら》に然《しか》ること得《え》ざれ。若《も》しこの旨《むね》に違《たが》ひて一人[一〇]卿《きやう》の門《かど》に到《いた》らば、到《いた》る人《ひと》は官《くわん》を解《と》き、同僚《どうれう》は[一一]考《かう》を降《くだ》さむ」といふ。○庚戌[三日]、雷《かみ》なる。○壬子[五日]、[一二]正三位[一三]長屋王《ながやのおほきみ》に従二位を授《さづ》く。正四位下[一四]巨勢《こせ》朝臣祖父《おほぢ》・[一五]大伴《おほとも》宿禰旅人《たびと》・[一六]藤原《ふぢはら》朝臣武智麻呂《むちまろ》、従四位上[一七]藤原《ふぢはら》朝臣房前《ふささき》に並に従三位。従四位下[一八]六人部《むとべ》王に従四位上。従五位上[一九]高安《たかやす》王・[二〇]門部《かどべ》王・[二一]葛木《かづらき》王に並に正五位下。従五位下[二二]桜井《さくらゐ》王・[二三]佐為《さゐ》王に並に従五位上。正四位下[二四]多治比《たぢひ》真人県守《あがたもり》・[二五]多治比《たぢひ》真人三宅麻呂《みやけまろ》、正五位上[二六]藤原《ふぢはら》朝臣馬養《うまかひ》に並に正四位上。従五位下[二七]藤原《ふぢはら》朝臣麻呂《まろ》に従四位上。従五位下[二八]下毛野《しもつけの》朝臣虫麻呂《むしまろ》・[二九]呉粛胡明《ごしゆくこみやう》に並に従五位上。[三〇]大納言《だいなふごん》従二位[三一]長屋《ながや》王を右大臣《うだいじん》とす。従三位[三二]多治比《たぢひ》真人池《いけ》

次官以上への致敬を禁ずる

長屋王、右大臣となる

三位に昇叙。
一八 →㈠一五九頁注一八。従四位下への叙位は和銅三年正月。養老七年正月正四位下に昇叙。
一九 →㈠補6―二。従五位上への叙位は養老元年正月。神亀元年二月正五位上に昇叙。
二〇 →㈠補5―五。従五位上への叙位は養老元年正月。神亀元年二月正五位上に昇叙。
二一 →㈠補5―六。三千代の男。従五位上への叙位は養老元年正月。養老七年正月正五位上に昇叙。
二二 →㈠補6―二八。神亀元年二月正五位下に昇叙。
二三 →㈠補6―二九。三千代の男。神亀元年二月正五位下に昇叙。
二四 →㈠九三頁注九。正四位下への叙位は養老三年正月。天平元年三月従三位に昇叙。
二五 →㈠六五頁注五。正四位下への叙位は養老三年正月。諸本「多治比真人」を欠く。
二六 →補7―二二。不比等の三男。正五位上への叙位は養老三年正月。今回四階進む。神亀二年閏正月従三位に昇叙。
二七 →三七頁注九。不比等の四男。従五位下から従四位上は、五階の大幅な昇進。神亀三年正月正四位上に昇叙。
二八 →補8―五一。
二九 →補8―七一。
三〇 この日の議政官人事は前年八月の右大臣藤原不比等の死去によるもの。議政官は右大臣長屋王、大納言多治比池守、中納言巨勢邑治、大伴旅人、藤原武智麻呂、参議藤原房前となる。
三一 →㈠補3―二四。養老二年三月大納言。
三二 →㈠一三三頁注一二。養老二年三月中納言。

守[1]為二[2]大納言一。従三位[3]藤原朝臣武智麻呂為二中納言一。」又授二[4]従三位県犬養橘宿禰三千代正三位一。○庚午、詔二従五位上佐為王、従五位下伊部王、正五位上紀朝臣男人・日下部宿禰老、従五位上山田史三方、従五位下山上臣憶良・朝来直賀須夜・紀朝臣清人、正六位上越智直広江・船連大魚・山口忌寸田主、[5]正六位下楽浪河内、従六位下大宅朝臣兼麻呂、正七位上土師宿禰百[6]村、従七位下[7]塩[8]屋連[9]吉麻呂・刀利宣令等一、退朝之後、令レ侍二東宮一焉。○辛未、地震。○壬申、亦[10]震。○甲戌、詔曰、至公無レ私、国[11]士之常風。以レ忠事レ君、臣子之恒道焉。当須下各勤レ所レ職退食自上レ公。康哉之歌不レ遠、隆平之基斯在。災異消レ上、休徴叶レ下。宜下文武庶僚、自レ今以去、若有二風雨雷震之異一、各存中極言忠正之志上。」又詔曰、文人・武士、国家所レ重。医卜・方術、古今斯崇。宜丙擢下於百僚之内、優二[12]遊学業一、堪レ為二師範一者上、特加二賞賜一、勧乙励後生甲。因賜二明経[13]第一博士従五位上[14]鍛[15]冶造大隅、正六[16]位上越智[17]直広江、各絁廿疋、糸廿絇、布卅端、鍬廿

1為〔高重〕
2大納言従三〔高擦重〕
3藤〔高擦重〕
4従―ナシ（高）
5正〔谷傍補〕―ナシ（谷原）
6村↓校補
7塩〔谷重〕
8屋―家（大）
9吉↓校補
10震ノ上、ナシ〔兼等、類一七一原〕―地（大補、類一七一補・類一七一本）
11士〔兼等、大、類八〇〕―土（底傍イ・兼朱傍イ・谷朱傍イ・東傍イ・高朱傍イ）
12遊〔高重〕↓校補
13第〔兼、大〕―弟（谷・東・高）
14鍛〈意改〉―鍜
15冶〔高〕―治（兼・谷・東、大）
16位〔底擦重〕―上〔底原〕
17智ノ下、ナシ〈意改〉（大衍）―麻呂↓校補

一 ↓㊀九三頁注二。
二 ↓二三頁注三。従三位への叙位は養老元年正月。
三 以下の人選は、皇太子首皇子の教育に資するため、文芸学術に才能あるものを近侍させることにしたもの。家伝下にみえる人物が多い。
四 ↓㊀補6―一九。家伝下に風流侍従とある。
五 ↓二三頁注二。
六 ↓㊀九三頁注一六。万葉に歌、懐風藻に詩がみえる。
七 ↓㊀一二九頁注三〇。
八 ↓㊀一一三頁注一一。新羅に留学。家伝下に文雅とあり、懐風藻に大学頭として詩がある。
九 ↓㊀補2―一三。遣唐少録として入唐。万葉歌人。
一〇 ↓補7―一三。
一一 ↓㊀補6―三七。和銅七年二月国史の撰修に関与。学士。家伝下に文雅とあり、万葉に歌がある。霊亀元年七月および養老元年七月に学士を優されて穀を賜わっている。あるいは同一記事の重出か。
一三―一四 ↓補8―七二。
一五 ↓㊀一八三頁注一九。家伝下に文雅、万葉に歌がある。
一六 他にみえず。大宅朝臣↓㊀補2―六九。
一七・一八 ↓補8―七三。
一九 続紀では他にみえず。土理（万葉三三三）、刀理（万葉一四七〇）、略して刀（経国集）にもつくる。経国集に対策文二、懐風藻に詩二首がみえ、没した時正六位上伊予掾。五十九歳。刀利↓㊀一五九頁注二二。
二〇 朝廷での執務を終えて退出した後。
二一 皇太子首親王（聖武天皇）。

守《もり》を大納言《だいなふごん》。従三位[一]藤原《ふぢはら》朝臣武智麻呂《むちまろ》を中納言《ちうなふごん》。また、従三位[二]県犬養《あがたいぬかひの》

皇太子への教育

橘《たちばな》宿禰三千代《みちよ》に正三位を授《さづ》く。○庚午《二十三日》、[三]従五位上[四]佐為王《さゐのおほきみ》、従五位下[五]伊《い》部《べ》王、正五位上[六]紀《き》朝臣男人《をひと》・[七]日下部《くさかべ》宿禰老《おゆ》、従五位上[八]山田《やまだ》史三方《みかた》、従五位下[九]山上《やまのうへ》臣憶良《おくら》・[一〇]朝来《あさこ》直賀須夜《かすや》・[一一]紀《き》朝臣清人《きよひと》、正六位上[一二]越智《をち》直広江《ひろえ》・[一三]船《ふね》連大魚《おほうを》・[一四]山口《やまぐち》忌寸田主《たぬし》、正六位下[一五]楽浪河内《ささなみのかふち》、従六位下[一六]大宅《おほやけ》朝臣兼麻呂《かねまろ》、正七位上[一七]土師《はじ》宿禰百村《ももむら》、従七位下[一八]塩屋《しほや》連吉麻呂《きちまろ》・[一九]刀利宣令《とりのせんりやう》らに詔《みことのり》して、[二〇]退朝《みかどさがり》の後、[二一]東宮《とうぐう》に侍《はべ》らしめたまふ。○辛未《二十四日》、地震《なゐ》ふる。○壬申《二十五日》、亦《ま》た震《なゐ》ふる。

官人を督励する詔

○甲戌《二十七日》、[二二]詔《みことのり》して曰《のたま》はく、「至公《しこう》にして私《わたくし》無きは[二三]国士《こくし》の常《つね》の風《ふう》なり。忠《ちう》を以《もち》て君《きみ》に事《つか》ふるは、臣子《しんし》の恒《つね》の道《みち》なり。当《まさ》に各職《おのおのつかさ》どる所《ところ》を勤《つと》めて[二四]退食《たいしよく》すること公《おほやけ》よりすべし。[二五]康哉《かうさい》の歌遠《うたとほ》からず、隆平《りうへい》の基斯《もとゐこれ》に在《あ》り。災異《さいい》上《うへ》に消《き》え、[二六]休徴下《きうちようした》に叶《かな》ふ。文武《ぶんぶ》の庶僚《ともがら》、今《いま》より以去《のち》、若《も》し風雨《ふうう》・[二七]雷震《らいしん》の異《い》有らば、各《おのおの》、極言《きよくげん》・[二八]忠正《ちうせい》の志《こころざし》を存《たも》つべし」とのたまふ。

学業にすぐれたものを褒賞する詔

また、[二九]詔《みことのり》して曰《のたま》はく、「[三〇]文人《ぶんじん》・[三一]武士《ぶし》は国家《こくか》の重《おも》みする所なり。[三二]医卜《いぼく》・方術《はうじゆつ》は古今《ここん》、斯《こ》れ崇《たふと》ぶ。百《ひやく》僚《れう》の内《うち》より[三三]学業《がくげふ》に優遊《いういう》し師範《しはむ》とあるに堪《た》ふる者《ひと》を擢《ぬきいだ》して、特《こと》に賞賜《しやうし》を加《くは》へて後生《こうせい》を勧《すす》め励《はげま》すべし」とのたまふ。因《より》て、[三四]明経《みやうぎやう》第一の博士《はかせ》従五位上[三五]鍛《かぬ》冶《ち》造大隅《おほすみ》・正六位上[三六]越智《をち》直広江《ひろえ》に、各絁《おのおのあしぎぬ》廿疋、糸《いと》廿絇、布《ぬの》卅端、鍬《くは》廿

二二 官人に対し所職に勤め、災異のおきた時はまごころをもって率直に上言すべきことを求める詔。年初以来の雷や地震の発生が関係している。災異を、政治がよく行われていないことに対する天の咎徴とみる儒教の災異観に立つもので、これを長屋王時代の政治思想の特色とみる理解がある。不比等の死や、本年が革命がおこるとされる辛酉の年に当ることも関係するか。

二三 一国中のすぐれた人物。

二四 詩経、召南羔羊に「退食自レ公、委蛇委蛇」とある。役所から私宅へ帰り、食事をする。退出して家に帰り休息すること。

二五 書経、益稷に「乃賡載歌曰、元首明哉、股肱良哉、庶事康哉」とあるによる。世がおさまり安らかな状態をいう。

二六 休は美。よきしるし。

二七 雷による地面の震動が本義だが、ここでは雷や地震をさす。

二八 まめやかで正しい心。公式令65集解令釈に「志在二忠正一、披二陳利害一、是謂二意見一」とある。

二九 学術技芸に卓絶したものを褒賞し、後学を励ます詔。以下の人物の中には、家伝下に神亀年間の学芸の士として列挙されたものが多い。→注三二。

三〇 明経・明法・文章などに通じた人。

三一 武術にすぐれたもの。武士の初見である。

三二 医術とうらない。考課令41に「占候医卜、効レ験多者、為二方術之最一」とあり、義解に「療レ病曰レ医、灼レ亀曰レト也」とある。医卜を含むさまざまな技能が方術。

三三 学問を深く修得したもの。

三四 明経とは儒教の経書に通暁することで、学令5では経書に論語・孝経・周易・尚書・周

1奈〔兼・谷、大〕—余（東・高）
2下毛野朝臣虫麻呂→校補
3秦〈意改〉（大改）—泰
4下→校補
5秦〈意改〉（大改）—養→校補
6元〈意改〉（大改）—几→校補
7竪〈意改〉—竪→校補
8・9女〔兼等、大〕—売（底傍イ・兼等傍イ）
10女〔兼等、大〕—売（底傍イ・兼傍イ・谷傍イ・東傍・高傍）
11武（谷傍イ、大改）—我〔兼等〕
12興〔兼・谷、大〕—与＝與（東・高）
13安→校補
14糸〔高擦重〕—絢（高原）

口[一]。第二博士正七位上背奈[1]公行文・調忌寸古麻呂、従七位上額田首千足、明法正六位上箭集宿禰虫万呂、従七位下塩屋連吉麻呂、文章従五位上山田史御方、従五位下紀朝臣清人・下[2]毛野朝臣虫麻呂、正六位下楽浪河内、各絁十五疋、糸十五絇、布卅端、鍬廿口。筭術正六位上山口忌寸田主、正八位上悉斐連三田次、正八位下私部首石村、陰陽従五位上大津連首、従五位下津守連通・王仲文・角兄麻呂、正六位上余秦[3]勝・志我閇連阿弥陁、医術従五位上吉宜、従五位下[4]呉粛胡明、従六位下秦[5]朝元[6]、太羊甲許母、解工正六位上恵我宿禰国成・河内忌寸人足・竪[7]部使主石前、正六位下賈受君、正七位下胸形朝臣赤麻呂、各絁十疋、糸十絇、布廿端、鍬廿口。和琴師正七位下文忌寸広田、唱歌師正七位下大窪史五百足、正八位下記多真玉、従六位下螺江臣夜気女[8]・茨田連刀自女[9]、正七位下置始連志祁志女[10]、各絁六疋、糸六絇、布十端、鍬十口。武[11]藝正七位下佐伯宿禰式麻呂、従七位下凡海連興[12]志・板安[13]忌寸犬養、正八位下置始連首麻呂、各絁十疋、糸[14]十絇、

礼・儀礼・礼記・毛詩・左氏伝を挙げる。官職としての明経博士と異なり経学の第一人者の意。明経博士→宝亀二年十一月丙午条。
三五 →㊀補1-一三五。養老四年十月に刑部少輔任官のことがみえる。賦役令19集解古記に「令師正五位下鍛冶造大隅」とみえ、明法兼学であった。
三六 →補8-七二。賦役令19集解古記に令師とみえ、明法兼学であった。

一 →補8-七四。背奈は肖奈。→校補三五四・3。
二 続紀では他にみえず。皇太子学士正六位上として懐風藻に詩がある。調忌寸→㊀補1-一三五。
三 他にみえず。額田首→㊀七三頁注三一。
四 法律に通暁したもの。官職としての明法博士は神亀五年七月新置（三代格）。
五 →補8-七五。
六 →補8-七三。
七 漢文学や歴史の学者。→補10-二六。
八 →㊀一一三頁注一一。懐風藻に大学頭とみえる。
九 →㊀補6-三七。
一〇 →補8-五一。
一一 →㊀一八三頁注一九。
一二 計算や測量に長じた学者。
一三 →補8-七二。
一四・一五 →補8-七六。
一六 天文・暦・卜占などの学者。
一七 もと義法。→㊀一一五頁注一一。占術に用いるため和銅七年三月還俗させられて、大津連意毗登となる。
一八 →㊀補6-三二。
一九 もと東楼。→㊀補2-八五。
二〇 もと慧耀。→㊀補2-八五。

口を賜《たま》ふ。第二の博士正七位上[一]背奈《せな》公行文《かうぶん》・[二]調《つき》忌寸古麻呂《こまろ》、従七位上[三]額田《ぬかた》首千足《ちたり》、[四]明法《みやうばふ》の正六位上[五]箭集《やづめ》宿禰虫万呂《むしまろ》、従七位下[六]塩屋《しほや》連吉麻呂《きちまろ》、[七]文章《もんじやう》の従五位上[八]山田《やまだ》史御方《みかた》、従五位下[九]紀《き》朝臣清人《きよひと》・[一〇]下毛野《しもつけの》朝臣虫麻呂《むしまろ》、正六位下[一一]楽浪河内《さきなみのかふち》に、各《おのおの》　絁《あしぎぬ》十五疋、糸《いと》十五絇、布《ぬの》卅端、鍬《くは》廿口。[一二]筭術《さんじゆつ》の正六位上[一三]山口《やまぐち》忌寸田主《たぬし》、正八位上[一四]悉斐《しひ》連三田次《みたすき》、正八位下[一五]私部《きさきべ》首石村《いはむら》、[一六]陰陽《おむやう》の従五位上[一七]大津《おほつ》連首《おびと》、従五位下[一八]津守《つもり》連通《とほる》・[一九]王仲文《わうのちうもん》・[二〇]角兄《え》麻呂《まろ》、正六位上[二一]余秦《よのはだ》勝《かつ》・[二二]志我閇《しがへ》連阿弥陁《あみだ》、医術《いじゆつ》の従五位上[二三]吉宜《きちのよろし》、従五位下[二四]呉粛胡明《ごしゆくこみやう》、従六位下[二五]秦朝元《はだのてうぐゑん》・[二六]太羊甲許母《たやかこも》、[二七]解工《げこう》の正六位上[二八]恵我《ゑが》宿禰国成《くになり》・[二九]河内《かふち》忌寸人足《ひとたり》・[三〇]竪部《たてべ》使主石前《いはさき》、正六位下[三一]賈受君《かじゆくん》、正七位下[三二]胸形《むなかた》朝臣赤麻呂《あかまろ》に、各《おのおの》　絁《あしぎぬ》十疋、糸《いと》十絇、布《ぬの》廿端、鍬《くは》廿口。[三三]和琴《わごむ》の師《し》正七位下[三四]文《ふみ》忌寸広田《ひろた》、[三五]唱歌《しやうか》の師《し》正七位下[三六]大窪《おほくぼ》史五百足《いほたり》、正八位下[三七]記多真玉《きたのまたま》、従六位下[三八]螺江《さざえ》臣夜気女《やけめ》・[三九]茨田《まむた》連刀自女《とじめ》、正七位下[四〇]置始《おきそめ》連志祁志女《しげしめ》には、各《おのおの》　絁《あしぎぬ》六疋、糸《いと》六絇、布《ぬの》十端、鍬《くは》十口。武藝《ぶげい》の正七位下[四一]佐伯《さへき》宿禰式麻呂《のりまろ》、従七位下[四二]凡海《おほしあま》連興志《こごし》・[四三]板安《いたやす》忌寸犬養《いぬかひ》、正八位下[四四]置始《おきそめ》連首麻呂《おびとまろ》に、各《おのおの》　絁《あしぎぬ》十疋、糸《いと》十絇、

二一 他にみえず。余は百済の王族の姓。天平宝字二年六月余益人らに百済朝臣の姓を賜わった。姓氏録左京諸蕃に百済朝臣は百済国都慕王三十世の孫恵王の後とある。

二二 →補8-七七。

二三 →㊀補1-一四一。

二四 →補8-七一。従五位下は従五位上の誤か。

二五 →五三頁注三二。

二六 太羊は未詳。甲許母は神亀元年五月に城上連を賜姓されている胛巨茂と同一人物か。

二七 工匠土木の技術を解すもの。神護景雲三年九月に、解工使が河川の開掘指導に当ることがみえている。

二八 他にみえず。恵我宿禰は、姓氏録未定雑姓に天穂日命の後とある恵我に当るか。

二九 養老七年正月に正六位下より従五位下に昇叙。本条の正六位上に誤があるか。河内忌寸は、姓氏録河内諸蕃に、山代忌寸と同祖魯国白竜王の後とある。

三〇 →二三頁注二〇。

三一・三二 →補8-七八。

三三 和琴にすぐれたもの。和琴は日本琴とも。和名抄「夜万度古度」。短小で六弦。

三四 他にみえず。文忌寸→㊀補1-六七。

三五 唱歌にすぐれたもの。

三六 他にみえず。大窪史、姓氏録にみえず。良訓補忘集に引く法隆寺蔵絹幡銘に「大窪史阿古為₌親父₋誓願、和銅七年十二月」とみえる。書紀朱鳥元年八月条にみえる大窪寺は、この氏と関係あるか。

三七 天平十七年四月壬子条に託陁真玉としてみえる。

三八 他にみえず。螺江臣、姓氏録にみえず。天平四年度越前国郡稲帳に、同国敦賀郡主帳螺江臣比良夫の名がみえる。また法曹類林に

布廿端、鍬廿口。○丙子、令下天下百姓以二銀銭一一当二銅銭[1]廿五一、以二銀一両[2]一当二一百銭[3]一、行用之。○二月甲申、地震。○壬辰、大蔵省倉自鳴有レ声。○癸巳、日暈如二白虹貫一。暈[4]南北有レ珥。因召二見[5]左右大弁及八省卿等於殿前[6]一、詔曰、朕徳菲薄、導レ民不レ明。夙興[7]以求[8]、夜寐[9]以思。身居二紫宮一、心在二黔首一。無レ委二卿等一、何化二天下[10]一。国家之事、有レ益二万機一、必可二奏聞一。如有レ不レ納、重為二極諫一。汝無三面従退有二後言一。○甲午、詔曰、世諺[11][12]云、歳在レ申年、常有二事故一。此如レ所レ言。去庚申年、咎徴屢見、水旱並臻、平民流没、秋稼不レ登。国家騒然、万姓[13]苦労。遂則朝庭[14]儀表、藤原大臣奄焉薨逝。朕心哀慟。今亦[15]去年災異之餘、延及二今歳一、亦猶風雲気色、有レ違二于[16]常一。朕心恐懼、日夜不レ休。然聞二之旧典一、王者政令不レ便レ事、天地譴責以[17]示二咎[18]

1 銭（谷傍イ、大改）―鉄＝鐵〔兼等〕
2 両〔兼・谷傍イ・東・高、大改〕―尚（谷）
3 銭〈意改〉（大改）―鉄＝鐵↓校補
4 暈〔類八〇・類一六五改〕―暉（類一六五原）
5 見〔兼朱傍補・谷・東・高、大、類八〇〕―ナシ（兼原、紀略）
6 前〔兼重〕
7 興〔兼・谷、大、類八〇〕―与＝與（東・高）
8 求〔高擦重〕
9 寐↓校補
10 下〔谷重〕
11 諺↓校補
12 諺云―説（紀略）
13 姓―ナシ（高）
14 庭〔兼重〕
15 亦―又（紀略）
16 于―千（高）
17 以ノ下、ナシ〔類八〇〕―主（類八〇一本）、至（類八〇一本）
18 咎〔高擦重〕

螺江（貞江）継人がみえ、この人物は令集解の中の貞にあたるとされる。
三九 他にみえず。茨田連→[一]一三頁注一。
四〇 他にみえず。置始連→[一]補5-三一。
四一 他にみえず。佐伯宿禰→[一]二七頁注一三。
四二 他にみえず。凡海連は姓氏録右京神別に、海神綿積命の男穂高見命の後とある。
四三 他にみえず。板安忌寸も他にみえず。
四四 他にみえず。置始連→[一]補5-三一。

一 銀銭・銀地金と銅銭の交換比を定めている。銀銭→補8-七九。
二 大蔵省には調庸物を収納する正蔵を中心として、長殿その他付属倉庫をもつ。天平宝字八年八月戊辰条に双倉がみえる。倉庫の自鳴は、尋常ならざる事態の兆しと考えられていた。
三 暈も珥もともに日がさ。白虹は武器をかたどり、それが日を貫くことは君主に危難のおこる予兆とされる。
四 左大弁は養老四年十月に任官している石川石足か。右大弁は笠麻呂。中務卿は養老四年六月に帯官のことがみえる大伴旅人か。兵部卿は阿倍首名。他の省卿は未詳。
五 内裏内の大安殿か。大安殿→[一]補2-二二。
六 地震・大蔵省庫の自鳴や白虹現象に異常事態の兆しをみ、臣下の進言を求める詔。甲午詔も同趣旨。
七 天子の居処をいい、転じて天皇の御殿。
八 人民。

銀・銀銭と銅銭の交換比率

布《ぬの》廿端、鍬《くは》廿口。○丙子（二十九日）、天下《あめのした》の百姓《はくせい》をして、銀銭《ぎんせん》[一]一を銅銭《どうせん》廿五に当《あ》て、銀《ぎん》一両を一百銭に当《あ》てて行《おこな》ひ用《もち》ゐしむ。

白虹、日を貫く

臣下の進言を促す詔

二月甲申（戊寅朔 七日）、地震《なゐ》ふる。○壬辰（十五日）、大蔵省《おほくらしやう》[二]の倉《くら》、自《おのづか》ら鳴《な》りて声《おと》有り。○癸巳（十六日）、日《ひ》[三]の暈《かさ》、白《しろ》き虹《にじ》の貫《つらぬ》くがごとし。暈《かさ》の南北《なむほく》に珥《みみたま》有り。因《より》て、左右大弁《さうのだいべん》[四]と八省《はちしやう》の卿《きやう》らとを殿《との》[五]の前《まへ》に召見《め》して詔《みことのり》[六]して曰《のたま》はく、「朕《わ》が徳《とく》菲薄《ひはく》にして民《たみ》を導《みちび》くこと明《あき》らかならず。夙《つと》に興《お》きて求《もと》め、夜《よる》に寐《い》ねて思《おも》ふ。身《み》、紫宮《しきう》[七]に居《を》れども心《こころ》は黔首《けむしゆ》[八]に在《あ》り。卿らに委《ゆだ》ぬること無くは、何《いか》にか天下《あめのした》を化《おもぶ》けむ。国家《こくか》の事《こと》、万機《ばんき》に益《えき》有らば、必《かなら》ず奏聞《そうもん》すべし。如《も》し納《い》れぬこと有らば、重《かさ》ねて極諫《きよくかん》を為《な》せ。汝《なむたち》、面従《めんしよう》[九]して退《まか》りて後言《しりごと》すること有ること無かれ」とのたまふ。

再び進言を求める詔

○甲午（十七日）、詔《みことのり》[一〇]して曰《のたま》はく、「世《よ》[一一]の諺《ことわざ》に云《い》はく、「歳中《ほしさる》[一二]に在《あ》る年《とし》は、常《つね》に事故《こと》有り」といふ。此《こ》れ、言《い》ふ所《ところ》の如《ごと》し。去《さ》りぬる庚申《かのえさる》[一三]の年《とし》には咎《とが》の徴《しるし》屢《しばしば》見《あらは》れて、水旱《すいかん》並《ならび》に臻《いた》り、平民《へいみん》流没《りうぼつ》して、秋稼《あきのみのり》登《みの》らず。国家《こくか》[一四]騒然《さうぜん》として万姓《ばんせい》苦労《くらう》せり。遂《つひ》に朝庭《でうちやう》の儀表《ぎへう》[一五]なる藤原大臣《ふぢはらのおとど》[一六]奄焉《えむえん》として薨逝《こうせい》しぬ。朕《わ》が心《こころ》哀慟《あいとう》せり。今《いま》亦《ま》た、去年《こぞ》の災異《さいい》の餘《なごり》、延《の》びて今歳《ことし》に及《およ》び、亦た猶《なほ》、風《ふう》[一七]雲《うん》の気色《けしき》、常《つね》より違《たが》ふこと有り。朕《わ》が心《こころ》恐懼《おそ》りて日《ひる》も夜《よる》も休《やす》まず。然《しか》もこれを旧典《きうてん》[一八]に聞《き》くに、「王者《わうしや》[一九]の政令《せいれい》は事《こと》に便《たより》あらずは、天地《てんち》譴《とが》め責《せ》めて咎《とが》の

九 書経、益稷に「汝無㆔面従退有㆓後言㆒」とある。おもてむきは従いながら、退いてとやかくいうこと。
一〇 前日の詔にひきつづいて、咎徴のあらわれている事態の中で公卿らに意見上申を求める詔。
一一 典拠未詳。
一二 歳は歳星、すなわち木星。木星の位置で十二支の何の年に当るかを決める。実例では、天智没後壬申の年に乱がおきているが、特に申年に変事が多いとは言えない。但し庚申年に当る養老四年には隼人の反乱や藤原不比等の死去・蝦夷の反乱などが出来し、事件の多い年であった。この後、宝亀十一年の庚申の年に陸奥で伊治公呰麻呂の乱がおこったこともあり、次の承和七年の庚申の年には事変を恐れた陸奥の奥邑の民が動揺して本居を離れたことが知られる(続後紀承和七年三月壬寅条)。
一三 養老四年。この年水旱異常や秋稼不登の記事はみえない。
一四 隼人や蝦夷の反乱がおきている。その原因に水旱や農業不振による社会不安があったかもしれない。
一五 てほん。藤原大臣をさす。
一六 藤原不比等。養老四年八月癸未没。
一七 職員令9に陰陽頭の職掌として風雲気色をあげ、それに付された義解に「気色者、風雲之気色也、言以㆓五雲之色㆒、視㆓其吉凶㆒、候㆓十二風気㆒、知㆓其妖祥㆒」とある。集解令釈には「風所㆓以動㆑物也、天地之気、…雲山川之気」とあり、風や雲の状態をさし、それにより吉凶を知ったのである。
一八 古典。
一九 天人相感思想をあらわす。

徴一。或有レ不レ善一、所[1]レ致二之異一乎[2]。今[3]汝臣等位高任大。豈得レ不レ罄[4]二忠情一乎。故有二政令[5]不上レ便レ事、悉陳无レ諱。直言尽レ意、無レ有レ所レ隠。朕将二親覧[6]一。於レ是[7]、公卿等奉二勅[8]詔一退、各仰二属司一令レ言二意見一。〇三月癸丑[9]、勅曰、朕君二臨四海一、撫二育百姓一、思三欲家之[10]貯積、人之[11]安楽一。何期[12]、頃者旱澇不レ調、農桑有レ損、遂使二衣食乏短、致上レ有二飢寒一。言念二於茲一、良増[13]二惻隠一。今[14]減二課役一、用助二産業一。其左右両京及畿[15]内五国、並免二今歳[16]之調一、自餘七道諸国亦停二当年之役一。〇乙卯、詔曰、制レ節謹レ度、禁二防奢淫一、為レ政所レ先、百王不易之道也。王公・卿士及豪[17]富之民、多畜二健馬一、競求亡[18]レ限。非三唯[19]損二失家財一、遂致二相争闘乱一。其為二条例一令二限禁一焉。有司条奏、依二官品之次[20]一、定三畜レ馬之限一。親王及大臣不レ得レ過二廿

1所〔兼等、類八〇一本〕—則(大改、類八〇)
2乎(底傍・兼朱傍・谷抹朱傍・東・高傍、大、類八〇)—于〔兼・谷原・高〕
3今〔兼等、大、類八〇〕—令(兼朱傍)、全(底傍)→校補
4罄忠〔高重〕
5令(兼抹朱傍・谷・東・高、大、類八〇)—命〔兼原〕、全(底傍)→校補
6覧→校補
7是〔類八〇〕—兹(類八〇一本)
8勅〔兼等〕—ナシ(大衍、類八〇・紀略)
9丑—忍〔底〕→校補
10・11之〔兼等〕—々(大改、類一七三)
12期→校補
13増—憎(東)
14今—令(類一七三)
15畿内五国→脚注
16歳—年(類一七三)
17及(兼朱傍補・谷・東・高、大)—反〔底〕、ナシ(兼原)→校補
18亡限〔兼傍イ・谷朱抹傍イ・東傍イ・高傍イ、大〕—是隈(兼・谷原・東・高)
19唯〔兼重〕
20次(底傍イ・兼傍イ・谷朱抹傍イ・東傍イ、大)—改〔兼・谷原・東・高〕

一 天皇自ら閲覧する。
二 所管の官司の官人。
三 この時の意見の例に阿倍首名らの奏上がある(養老六年二月甲午条)。意見の制は公式令65に規定され、「凡有レ事陳二意見一、欲二封進一者、即任封上。少納言受得奏聞。不レ須二開看一。若告二言官人害政及有二抑屈一者、弾正受推、当レ理奏聞。不レ当レ理者弾レ之」とあり、義解に「謂、意者、心所レ意也。見者、目所レ見也。皆是志在二忠正一、披二陳国家之利害一者也。凡意見書者、其製稍異、不レ可レ為レ表。而直上二太政官一、不レ由二中務省一。故云二少納言受得奏聞一也」とある。上表とならぶ政見を陳上する手続で、上表が中務省を経て直接奏上されるのに対し、意見は太政官を経由して奏上される。地震・大風等の災異に当って百官に意見を述べさせた例として書紀天武九年十一月戊寅条、同十年十月庚寅条、続紀天平宝字三年五月甲戌条等がある。なお新儀式に「先降二詔書一令三献二封事一〈或令二王卿大夫・内外官長・諸道博士・秀才明経課試及第者進上レ之〉、献畢、切二棄其名一、下二給諸卿一定レ之。若不レ進輩、立レ科責レ之」とあり、徴召に応じて呈出するのが原則である。著名な意見に延喜十四年三善清行の意見十二箇条がある。
四 水旱の害により課役を減免する勅。
五 ひでりとおおみず。
六 天平宝字元年五月の和泉国分立まで畿内国は大和・山背・河内・摂津の四国。但し和泉監を和泉国と称している例(神亀元年十月丁未条)があり、和泉監が実質的に国に準ずることから、畿内五国を称しているのであろう。神亀元年五月癸亥条や天平四年五月甲子条でも五畿内と記しているが、四畿内と記してい

徴《しるし》を示《しめ》す」ときく。或《ある》は善《よ》からぬこと有りて、異《い》を致《いた》せるか。今《いま》、汝臣等《なむちおみたち》、位高《くらゐたか》く任大《まけおほ》きなり。豈忠《あにただ》しき情《こころ》を罄《つく》さずあること得《え》むや。故《ゆゑ》に、政令事《せいれいこと》に便《たより》あらぬこと有らば、悉《ことごと》く陳《の》べて諱《い》むこと无《な》かれ。直《ただ》に言《まう》して意《い》を尽《つく》し、隠《かく》す所《ところ》有ること無かれ。朕《われ》[一]、親《まのあた》り覧《み》む」とのたまふ。是《ここ》に、公卿《おほまへつきみたち》等、勅詔《みことのり》を奉《う》けたまはりて退《まか》りて、各《おのおの》属司《とものつかさ》[二]に仰《おほ》せて意見《いけん》[三]を言《まう》さしむ。

水旱の害により課役を減免

三月（丁未朔）癸丑（七日）、勅《みことのり》[四]して曰《のたま》はく、「朕《われ》、四海《しかい》に君《きみ》として臨《のぞ》み、百姓《はくせい》を撫育《ふいく》し、家《いへ》の貯《たくは》へ積《つ》み、人《ひと》の安《やす》く楽《たの》しからむことを思欲《ねが》ひき。何《なに》ぞ期《はか》らむ、頃者《このころ》、[五]旱澇《かんらう》調《ととのほ》らず、農桑《のうさう》、損《そこな》はるること有り、遂《つひ》に衣食乏短《いしよくはふたん》にして飢寒《きかん》有るを致《いた》さしむとは。言《こと》、茲《ここ》に念《おも》ひて良《まこと》に惻隠《あはれび》を増《ま》す。今《いま》、課役《くわやく》を減《へら》して用《もち》て産業《なりはひ》を助《たす》けむ。その左右両京《さうのりやうきやう》と畿内《きない》[六]の五国とは、並《ならび》に今歳《ことし》の調《でう》を免《ゆる》し、自餘《そのほか》の七道《しちだう》の諸国《くにぐに》も亦《ま》た当年《ことし》[七]の役《えだち》を停《とど》む」とのたまふ。

蓄馬を制限する詔

○乙卯（九日）、詔《みことのり》[八]して曰《のたま》はく、「節《せつ》[九]を制《せい》し度《ど》を謹《つつし》みて奢淫《しやいむ》を禁《いさ》め防《ふせ》き、政《まつりごと》を為《な》すを先《さき》にせることは、百王不易《ひやくわうふえき》[一〇]の道《みち》なり。王公《わうこう》・卿士《きやうし》と豪富《がうふ》の民《たみ》とは、多《おほ》[一一]く健馬《けんば》を畜《か》ひて競《きほ》ひ求《もと》むること限《かぎ》り亡《な》し。唯《ただ》、家《いへ》の財《たから》を損《そこな》ひ失《うしな》ふのみに非《あら》ず、遂《つひ》には相争《あひあらそ》ひて闘乱《とうらん》を致《いた》す。其《そ》れ、条例《でうれい》[一二]を為《つく》りて限《かぎ》り禁《いさ》めしめよ」とのたまふ。有司《うし》条《でう》[一三]奏《そう》すらく、「官品《くわんほむ》の次《つぎて》に依《よ》りて馬《うま》を畜《か》ふ限《かぎ》りを定《さだ》めむ。親王《しんわう》と大臣《だいじん》とは廿

る個所もあり、畿内五国は後人の改筆とも考えられる。→㊀補1-七〇。

七 「役」は前々行の「課役」の「役」、すなわち庸のこと。京・畿内の調は諸国の半(賦役令1)であり、諸国の庸と同額なので、このように均衡を図った。

八 親王以下庶人に対し、畜馬の制限を指示する詔。この詔にみる畜馬の制限は、橘奈良麻呂の乱直前の政情不安定な状況下で再布告され(天平宝字元年六月乙酉条)、その記事と同じ文章が弾正台式にとられている。

九 程よく制限すること。

一〇 多くの王の意。後代になると百代の王と限定された意味で使われるようになる。

一一 弘仁六年三月廿日官符に、権貴の使や豪富の民が陸奥・出羽国において競って良馬を求めていたことがみえる(三代格)。左大臣源信薨伝に貞観のころ謀反を疑われた信が家中にあるところの駿馬一二疋を献上したことがみえる(三代実録貞観十年閏十二月廿八日条)。

一二 まず畜馬の放任を是正する条件を策定せよとの詔が出され、それに応えて太政官が具体的な是正策を起案し、上奏したのである。

一三 箇条書にした上奏。有司は太政官。

一 駟は四頭立の馬車。実質的に八疋になるが、ここは馬匹数がくるべきであり、二駟では不審。印本では十二疋につくる。

二 国司および京職。

三 廄牧令25に「凡官私馬牛帳、毎年附二朝集使一、送二太政官一」とあり、民間の馬牛も調査されていた。天平六年出雲国計会帳に伯姓牛馬帳一巻がみえる(古一-五九八頁)。

四 違勅罪→㊀一九五頁注一二。

五 没収して官馬とする。京職管内では、職員

疋一。諸王・諸臣三位已上二駟[1]。四位六疋。五位四疋。六位已下至二于庶人一三疋。一定已後、随[2]レ闕宛[3]補。若[4]不レ能二騎用一者、録レ状申二所司一、即校二馬帳一、然後除補。如有レ犯者、違[5]勅論。其過二品限[6]一、皆没入レ官。○辛未、以二従五位下路真[7]人麻呂一為二散位頭一。以二従五位下高橋朝臣広嶋一為二刑部少輔一。」勅給二右大臣従二位長屋王帯刀資人十人、中納言従三位巨勢朝臣邑治・大伴宿禰旅人・藤原朝臣武智麻呂各四人一。其考選一准二職分資人一。○夏四月丙申、分二佐渡国雑太郡一、始置二賀母・羽茂二郡一。分二備前国邑久・赤坂二郡之郷[8]一、始置二藤野[9]郡一。分二備後国安那郡一、置二深津郡一。分二周防国熊毛郡一、置二玖珂郡[10]一。○癸卯、令三天下諸国挙二力田之人一。○乙[11]酉、征夷将軍正四位上多治比[12]真[13]人県守、鎮狄[14]将軍従五位上阿倍朝臣駿河等還帰。○五月己酉、太上天皇不豫[15]。大二赦天下一。○辛亥、令下七[16]道按[17]察[18]使及大[19]宰府、巡二省諸寺一、随レ便併合上。○壬子、

1 二駟↓脚注・校補
2 随闕〔兼抹傍・谷抹傍・東・高、大〕―諸国(兼原・谷原)↓校補
3 宛〔東〕―充(兼・谷・高、大)
4 若〔兼抹傍・谷抹傍・東・高、大〕―矣(兼原・谷原)↓校補
5 違ノ上、ナシ―以(大補)↓校補
6 限(底傍イ・兼等傍イ、大改)―詔〔兼等〕↓校補
7 真―直(高)
8 郷ノ下、ナシ―邑(紀略)
9 野―原(大改)↓脚注
10 郡ノ下↓脚注
11 乙酉条↓脚注
12 比―ナシ(高)
13 真―直(高)
14 狄―ナシ〔底〕↓校補
15 豫〔兼重〕
16 七↓校補
17 按(大改、類一八〇・紀略)―案〔兼等〕
18 察―寮〔底〕↓校補
19 大―太〔底〕↓校補

令31贓贖司正の職掌に付された義解に「謂、領取二没官之物一、更分二配於諸司一。仮令、兵器者配二兵庫一、文書者配二図書一、財物者配二大蔵一、逆人父子者配二官奴司一之類也」と解釈されているから、制限額を越えた馬をまず贓贖司が収め、ついで左右馬寮に配されたと考えられる。諸国の場合、職員令31集解古記に、「自二京及諸国一送二来刑部一没官之物、領取而更分二配諸司一」とあるので、中央に送られ贓贖司を経て左右馬寮に分配されたとも考えられるが、国司管下の官牧で飼養され、軍団や駅伝用に配されたかも知れない。

六 ↓[一]一五九頁注二五。
七 他にみえず。高橋朝臣↓[一]補1-八二。
八 長屋王らに帯刀資人を賜う勅。大納言がみえないのは既に下賜されているからか。
九 ↓[一]補3-二四。
一〇 授刀資人に同じ。↓補8-五五。
一一 ↓[一]補2-一八。
一二 ↓[一]補5-二。
一三 ↓[一]九三頁注二。
一四 考選↓[一]一三七頁注六。職分資人の考選は慶雲三年二月格により六考となっている([一]補3-六四)。
一五―一七 ↓補8-八〇。
一八 和名抄「於保久」。現在の岡山県邑久郡と備前市・岡山市の各一部。国造本紀に大伯国造がみえる。
一九 和名抄「安加佐加」。現在の岡山県赤磐郡および御津郡の各一部。元慶五年十一月三日官符に郷六・戸二九三・課丁一七三六とある(三代格)。
二〇 ↓補8-八一。
二一 ↓補8-四九。
二二 和名抄「布加津」。旧安那郡の南半部に当

疋を過《す》ぐること得《え》じ。諸王《しよわう》・諸臣《しよしん》の三位已上は二駟[一]。四位は六疋。五位は四疋。六位已下、庶人《しよにん》に至《いた》るまでは三疋。一たび定《さだ》めて已後《のち》は、闕《か》くるに随《したが》ひて宛《あ》て補《おきぬ》はしむ。若《も》し騎《の》り用《もち》ゐること能《あた》はずは、状《じやう》を録《しる》して所司《しよし》[二]に申《まう》し、即《すなは》ち馬帳《ばちやう》[三]を校《かむが》へて、然《しか》して後《のち》に除補《ぢよほ》せむ。如《も》し犯《をか》すこと有らば、違勅《ゐちよく》[四]をもちて論《ことわ》らむ。其《そ》れ、品《しな》の限《かぎ》りを過《す》ぎば皆没《みなもつ》[五]して官《くわん》に入《い》れむ」とまうす。○辛未[二十五日]、従五位下路《みち》[六]真人麻《ま》呂《ろ》を散位頭《さんゐのかみ》とす。従五位下高橋《たかはし》[七]朝臣広嶋《ひろしま》を刑部《ぎやうぶ》少輔《せうふ》。勅《みことのり》[八]して右大臣《うだいじん》従二位長屋王《ながやのおほきみ》[九]に帯刀資人《たちはきのしにん》[一〇]十人、中納言《ちうなふごん》従三位巨勢《こせ》[一一]朝臣邑治《おほぢ》・大伴《おほとも》[一二]宿禰旅人《たびと》・藤原《ふぢはら》[一三]朝臣武智麻呂《むちまろ》に各《おのおの》四人を給《たま》ふ。その考選《かうせん》[一四]は一《もは》ら職分《しきぶん》の資人《しにん》に准《なずら》ふ。

新郡の設置

夏四月丙申[丁丑朔 二十日]、佐渡国雑太《さはた》[一五]郡を分《わ》けて、始《はじ》めて賀母《かも》[一六]・羽茂《うも》[一七]の二郡を置《お》く。備前《きびのみちのくち》国邑久《おほく》[一八]・赤坂《あかさか》[一九]の二郡の郷《さと》を分けて、始《はじ》めて藤野《ふぢの》[二〇]郡を置く。備後《きびのみちのしり》国安那《やすな》[二一]郡を分けて、深津《ふかつ》[二二]郡を置く。周防《すはう》国熊毛《くまけ》[二三]郡を分けて、玖珂《くが》[二四]郡を置く。

力田の人

○癸卯[二十七日]、天下《あめのした》の諸国《くにぐに》をして力田《りきでん》[二五]の人《ひと》を挙《あ》げしむ。

征夷・鎮狄将軍還帰

○乙酉[九日][二六]、征夷将軍《せいいしやうぐん》[二七]正四位上多治比《たぢひ》[二八]真人県守《あがたもり》・鎮狄将軍《ちんてきしやうぐん》従五位上阿倍《あへ》[二九]朝臣駿河《するが》ら還帰《かへ》る。

諸寺併合

五月己酉[丁未朔 三日]、太上天皇《だいじやうてんわう》[三〇]不豫《みやまひ》したまふ。天下《あめのした》に大赦《たいしや》[三一]す。○辛亥[五日]、七道《しちだう》[三二]の按察《あんせち》使《し》と大宰府《だいさいふ》とをして、諸寺《てらでら》を巡《めぐ》り省《み》て便《たより》に随《したが》ひて併合《あは》[三三]せしむ。○壬子[六日]、

る。現在の広島県福山市東部。
三 和名抄「久末計」。平城宮木簡二―二二〇二号に熊毛郡。現在の山口県光市と柳井市南部および熊毛郡。
㐧四 周防国の東端。和名抄「玖珂」。現在の山口県岩国市と柳井市北部および玖珂郡。
三五 力田之人→補8―八二。この後天平十四年八月にも諸国から報告させている。
三六 干支の順序からすると乙酉条は、上文丙中条の前にあるべきか。朝日本は乙巳（廿九日）の誤かとする。
三七 征夷将軍と鎮狄将軍の任官は養老四年九月。このたびの帰還は凱旋であるから、軍防令18により郊労をうけたであろう。将軍以下に対する勲位の授与は養老六年四月にみえる。
三八 →□一九三頁注九。
三九 →□一六七頁注五。
三〇 元明太上天皇。　三一 →□補2―九八。
三二 西海道には按察使を置かないので、六道とすべきである。按察使→補8―三四。
三三 諸寺併合令は霊亀二年五月庚寅条にみえる。この併合令は天平七年六月に廃されている。

一 元明の病気治癒を願い、仏教に帰依し、得度の許可を行い、仏門の者に賜物することを指示する詔。
二 仏・法・僧の総称で、仏教のこと。
三 →補8―八三。
四 郡では意味が通じ難い。六部の誤か（山田以文）。あるいは旁近諸郡の謂か（村尾元融）。六部とするならば、六宗の義となり、仏門に入っている全僧侶の意。旁近諸郡とするならば、京の近隣に所在する寺院の僧侶を対象に賜物が行われたという意味になる。

詔曰、太上天皇聖体不豫、寝膳日損。毎[1]レ至二此念一、心肝如レ裂。思帰二依三宝一、欲レ令二平復一。宜下簡二取浄行男女一百人一、入道修上レ道。経レ年堪レ為レ師者、雖レ非二度色一、並聴二得度一。以二糸九千絇一、施二六郡門徒[2]一、勧二励後学一、流二伝万祀一。○戊午、右大弁従四位上笠朝臣麻呂請下奉二為太上天皇一出家入道上。勅許レ之。○乙丑、正三位県犬養宿禰[3]三千代縁二入道一、辞二食封・資人一。優詔不レ聴。○六月戊[4]寅[5]、詔曰、沙門法蓮、心住二禅枝一、行居二法梁一。尤精二医術一、済[6]二治民苦一。善哉若人。何不二褒賞一。其僧三等以上親、賜二宇佐君姓一。○乙酉、太政官奏言、国郡官人、漁二猟黎元一、擾[7][8]二乱朝憲一。故置二按察使一、糺[9]二弾非違一、粛二清奸詐一。既定二官位一、宜レ有二料禄一。請、以[10]二按察使一、准二正五位官一、賜二禄并公廨田[11]六町、仕丁五人一。記事准二正

1 毎至此念→校補
2 徒〔高重〕
3 養ノ下、ナシ—橘(大補)→校補
4 戊—戉(高)
5 寅〔兼等、大〕—午(東傍・高傍)
6 済→校補
7 擾〔兼重〕
8 擾乱朝憲→校補
9 糺〔高擦〕—紀(高原)
10 以〔高擦重〕
11 田六→校補

五 万年に同じ。古代中国の商で年を祀と称したことによる。

六 →□一補3-二二一。右大弁に任じたのは養老四年十月。出家して満誓という(養老七年二月丁酉条)。和銅七年閏二月に吉蘇路を開いた功により封戸・田地を下賜されており、元明朝においてすぐれた地方官として殊功を称されているが、元明のために出家入道に至った理由は未詳。

七 →二三頁注三。三千代と元明は直接的な縁戚関係にないが、元明は首皇子の擁護者であり、三千代は首の妃光明子の母であるから二人は信頼関係にあり、元明の病を機に入道を図ったのであろう。

八 仏道修行をすること。得度には至らない。

九 僧法蓮を褒賞する詔。法蓮→□一七三頁注一〇。大宝三年九月に豊前国の野四〇町を賜わっている。

一〇 儀制令25に「凡五等親者、父母・養父母・夫・子為二一等一、祖父母・嫡母・継母・伯叔父姑・兄弟姉妹・夫之父母・妻妾・姪・孫・子婦為二二等一、曾祖父母・伯叔婦・夫姪・従父兄弟姉妹、異父兄弟姉妹・夫之祖父母・夫之伯叔姑・姪婦・継父同居・夫前妻妾子為二三等一」とある。

一一 宇佐君は宇佐八幡宮の祭祀に当る氏で、要録に天平のころの宇佐宮大宮司として宇佐公池守、また類聚符宣抄応和二年四月十七日官符にも権大宮司宇佐公貴文がみえ、類聚国史、神宮司弘仁十二年八月条および臨時祭式に、大神・宇佐二氏を八幡大菩薩宮司とすることが定められている。

一二 この官奏は四項目からなり、第一項目は三代格にとられ勅語が付されている。第二—四項は官奏のまま裁可されている。

一三 官奏の第一項。按察使の処遇に関する上

元明の快癒を祈り度者一〇〇人

詔[一]《みことのり》して曰《のたま》はく、「太上天皇《だいじやうてんわう》、聖体不豫《おほみみやまひ》したまひて、寝膳日《しむぜんひび》に損《そこな》はる。この念《おもひ》を至《いた》す毎《ごと》に、心肝裂《しむかんさ》くるが如《ごと》し。思《おも》ふに、三宝[二]《さむぼう》に帰依《きえ》して平復《へいふく》せしめむと欲《おも》ふ。浄行《じやうぎやう》の男女《をとこをみな》一百人を簡《えら》ひ取《と》りて入道《にふだう》して道《みち》を修《をさ》めしむべし。年《とし》を経《へ》て師《し》とあるに堪《た》ふる者《ひと》は、度[三]《ど》の色《しき》に非《あら》ずと雖《いへど》も並《ならび》に得度《とくど》を聴《ゆる》す」とのたまふ。糸《いと》九千絇を六郡[四]の門徒《もんと》に施《ほどこ》して、後学《こうがく》を勧《すす》め励《はげま》し、万祀[五]《ばんし》に流《なが》し伝《つた》ふ。○戊午《十二日》、右大弁《うだいべん》従四位上笠[六]《かさ》朝臣麻呂《まろ》、太上天皇《だいじやうてんわう》の奉為《おほみため》に、出家《しゆつけ》し入道《にふだう》せむことを請《こ》ふ。勅《みことのり》してこれを許《ゆる》したまふ。○乙丑《十九日》、正三位[七]県犬養《あがたいぬかひ》宿禰三千代《みちよ》、入道[八]《にふだう》せるに縁《よ》りて、食封《じきふ》・資人《しにん》を辞《じ》す。優詔《いうせう》ありて聴《ゆる》したまはず。

僧法蓮を医業により褒賞

六月《丙子朔》戊寅《三日》、詔[九]《みことのり》して曰《のたま》はく、「沙門法蓮《しやもんほふれん》は、心《こころ》、禅枝《ぜんし》に住《す》み、行《ぎやう》、法梁《ほふりやう》に居《を》り。尤《もと》も医術《いじゆつ》に精《くはし》くして、民《たみ》の苦《くる》しみを済《すく》ひ治《をさ》む。善《よ》きかな、若《かく》のごとき人《ひと》。何《なに》ぞ褒《ほ》め賞《めぐ》まざらむ」とのたまひて、その僧《ほふし》の三等[一〇]以上の親《しん》に宇佐[一一]《うさ》君の姓《かばね》を賜《たま》ふ。

太政官、按察使の処遇について奏す

○乙酉《十日》、太政官奏[一二]《だいじやうぐわんそう》して言《まう》さく、「国[一三]《くに》・郡《こほり》の官人《くわんにん》、黎元《おほみたから》を漁《あ》猟《さ》りて、朝憲[一四]《みかどののり》を擾乱《みだ》せり。故《ゆゑ》に、按察使[一五]《あんせちし》を置《お》き、非違《ひゐ》を糺弾《ただ》し、姧《かだま》しき詐《いつは》りを粛清《きよ》む。既《すで》に官位[一六]《くわんゐ》を定《さだ》め、料禄[一七]《れうろく》有るべし。請《こ》はくは、按察使《あんせちし》を正五[一八]位の官《くわん》に准《なずら》へ、禄并[一九]《ろくあは》せて公解田[二〇]《くげでん》六町、仕丁[二一]《じちやう》五人を賜はむことを。記事[二二]《きじ》は正

奏。この官奏は、弘仁格において、相当位と禄に関する部分は格第三式部下に式部格として、公廨田と仕丁に関する部分は格第七民部下に民部格として分載されたため(弘仁格抄)、三代格でも巻五と巻十五に分載されている。その三代格所収の官奏によれば、式部格に相当する部分は続紀本条下文の詔に相当する文章を「奉レ勅」として付記して裁可され、民部格に相当する部分は「奉レ勅、依レ奏」として裁可されたことが知られるが、これらはいずれも公式令4の「奉レ勅、依レ奏。若更有ニ勅語一須レ附者、各随レ状附云々」という奏事式の規定に適っている。

一四 「擾乱朝憲」を三代格では「蠹害政法」につくる。

一五 →補8-三四。

一六 相当位。

一七 下文によれば季禄。

一八 相当位を正五位とすることを請う。三代格所収の官奏では正五位上階。

一九 三代格所収の官奏では「禄絁五疋、綿五屯、布十二端、鍬廿口」を給することを請う。これは禄令1の正五位の季禄と同じ。但し下文の詔により倍給となる。通常の国司は、季禄支給の対象外であるなかで、大宰府官人のみは季禄を支給されている。大宰府官人と按察使の類似性を示す。季禄→㊀補1-五二。

二〇 国司の公廨田(養老令では職分田→㊀補4-二四)は大国の守でも二町六段(田令31)。

二一 地方官に仕丁を支給した例としては、大宰府の場合がある。→天平八年五月丙申条。仕丁→㊀一五五頁注一三。

二二 按察使の属官。→補8-三四。その相当位を正七位とすることを請う。三代格所収の官奏では正七位上階。

七位官一、禄并公廨田二町、仕丁二人。並折三留調物一、便給之。詔曰、朕之股[1]肱[2]、民之父母、独在二按察一。寄[3]重務繁、与二群[4]臣一異。加二禄一倍一、便以二当土物一、准度給レ之。」又陸奥・筑[5]紫辺塞[6]之民、数遇[7]二烟[8]塵一、疚三労戎役一。加以、父子死亡、室家離散。言念二於[9]此一、深以矜懐。宜レ令レ出[10]二当年調庸一。諸国軍衆、親帥[11]二戦兵一、殺三獲逆賊一、乗レ勝追レ北者、賜二復[12]二年一。冒三犯矢石一、身死去者、父子並復[13]二一年一。如無レ子者、昭穆相当郷里者、議亦聴レ復[14]之。」又京及諸国、因二官人月俸一、収三歛軽税一。自レ今以去、皆悉停レ之。随レ令給二事力一、不レ得下遠役レ他、致上レ使二艱辛一。若有二収課一、一月卅銭。」又除二定額一外、内外文武散位六位以下及勲位、并五位以上子孫、並令三納レ資便成二番考[15]一。此則雖レ積二考[16]年一、還乏二衣食一。宜下始二今年一、不レ須[17]レ発レ資、人々帰レ田、家々貯上レ穀。若有下豊二稼穡一、納レ資成レ考[18]

1 股肱〈意改〉(大改)—肱股
2 肱〔兼・谷、大〕—肬(東・高)
3 寄〔高擦重〕
4 群—郡(高)
5 筑→校補
6 塞〔兼・谷重・東、大〕—寒(谷原・高)
7 遇(谷傍イ、大改)—過〔兼等〕→校補
8 烟〔底〕—煙→校補
9 於〔兼重〕
10 出〔兼等〕—免(谷傍イ、大改)→校補
11 帥(谷傍イ、大改)—師〔兼等〕
12 復(谷傍・東・高、大)—後〔兼・谷〕
13 復(谷抹傍イ・東・高、大)—後〔兼・谷原〕
14 復〔谷重〕—後(谷原)
15 考(底傍按・兼等傍按、大改)—孝〔兼等〕→校補
16 考(谷抹傍、大)—孝〔兼・谷原・東・高〕
17 須〈意改〉(大改)—渡→校補
18 考(谷抹傍、大)—孝〔兼・谷原・東・高〕

一 三代格所収の官奏では「禄絁二疋、綿二屯、布四端、鍬十五口」を給することを請う。これは禄令1の正七位の季禄と同じ。但し下文の詔により倍給となる。
二 按察使が兼任している国の調物を中央へ貢進せず、国にとどめ、按察使に支給する禄の財源にあてる。
三 官奏第一項に対する勅語。三代格では「奉勅」として、この詔文を引く。天皇は太政官が奏上してきた案を修正し、按察使の禄を二倍に増額している。
四 担当する任務が重大で、繁忙であること。
五 三代格では「仍随二風土所一レ出、通融相折」。
六 以下は再び太政官奏にもどった第二項。陸奥および筑紫の戦乱に遭遇した地域に対する調庸の免除と軍士に対する復除および戦死者の遺族への措置を奏上する。
七 隼人の乱と蝦夷の乱(養老四年二月壬子条、同九月丁丑条)。
八 「出」にやむ・ゆるすの意がある。
九 軍功ある者に課役免の措置を行う。ここにおける軍功は、軍防令30「凡大将出レ征、克捷以後、諸軍未レ散之前、即須三対レ衆詳定二勲功一」の規定により報告された結果に基づく。また軍防令31には「凡申レ勲簿、皆具録二陣別勲状、勲人官位姓名、左右廂相捉姓名、人別所レ執器仗、当団、主帥、本属、官軍賊衆多少、彼此傷殺之数、及獲賊、軍資、器械一、并二戦時日月戦処一、并画二陣別戦図一、仍於二図上一、具注二副将軍以上姓名一、附レ簿申二送太政官一」とあり、陣別戦図を作って軍功を証拠づけることになっていた。
一〇 二年間にわたり賦役を免除する。
一一 →補8-四三。戦死者の遺族に子がない時は、同じ郷里に本貫を有する親族で、子の世

禄は倍給とする詔

戦乱地の民衆および軍功の人などへの措置

軽税の廃止と事力使用の制限

納資続労を規制

七位の官《くわん》に准《なずら》へ、[一]禄《ろく》并《あは》せて公廨田《くげでん》二町、仕丁《じちやう》二人。並《ならび》に[二]調《でう》の物《もの》を折《さ》き留《とど》めて便《すなは》ち給《たま》はむ」とまうす。[三]詔《みことのり》して曰《のたま》はく、「朕《わ》が股肱《ここう》、民《たみ》の父母《ぶも》は独《ひと》り按《あん》察《せち》に在《あ》り。[四]寄重《よせおも》く務繁《つとめしげ》きこと、群臣《ぐんしん》と異《こと》なり。禄《ろく》一倍を加《くは》へて、[五]便《すなは》ち当土《そのところ》の物《もの》を准へ度《わた》してこれに給《たま》へ」とのたまふ。[六]「また、陸奥《みちのおく》・筑紫《つくし》の辺《とほ》き塞《き》の民《たみ》、数《しばしば》[七]烟塵《えんぢん》に遇《あ》ひて、戎役《じゆうえき》に疚《や》み労《つか》れり。加以《しかのみならず》、父子《ふし》死《し》亡に、室家《いへ》離《はな》れ散《あか》る。言《ここ》に此《これ》を念《おも》ひて深《ふか》く矜《あはれ》び懐《おも》ふ。当年《ことし》の調《でう》・庸《よう》を[八]出《ゆる》さしむべし。[九]諸国《くにぐに》の軍《いくさ》衆《ひと》、親《みづか》ら戦兵《いくさ》を帥《ひき》ゐて逆賊《げきぞく》を殺獲《ころ》し、勝《かち》に乗《の》りて北《に》ぐるを追《お》ふ者《ひと》には、[一〇]復《ふく》二年を賜《たま》はむ。矢石《しせき》を冒犯《をか》して身死去《みまか》れる者《ひと》には、父子《ふし》並《ならび》に一年復《ふく》せむ。如《も》し子《こ》無き者《ひと》は、[一一]昭穆相《せうぼくあ》ひ当《あた》れる郷里《さと》の者議《ひとはか》りて亦《ま》た復《ふく》することを聴《ゆる》さむ。

[一二]また、京《きやう》と諸国《くにぐに》と、[一三]官人《くわんにん》の月俸《ぐゑつぽう》に因《よ》りて[一四]軽《かる》き税《ちから》を収《をさ》め斂《と》る。今《いま》より以去《のち》、皆《みな》悉《ことごと》くこれを停《とど》めむ。[一五]令《りやう》に随《したが》ひて事力《じりき》を給《たま》ひて、[一六]遠《とほ》く他《ひと》を役《つか》ひて艱辛《かんしん》せしむることを致《いた》すこと得《え》ざらむ。若《も》し、[一七]収《をさ》むる課《くわ》有らば、一月に卅銭とせむ。[一八]また、定額《ちやうぎやく》を除《のぞ》く外《ほか》は、[一九]内外《ないぐゑ》の文武《ぶんぶ》の散位《さんゐ》六位以下と[二〇]勲位《ぐんゐ》、并《あは》せて[二一]五位以上の子孫《しそん》とは、並に[二二]資《し》を納《い》れて便《すなは》ち番考《ばんかう》を成《な》さしむ。此《こ》れ、考年《かうねん》を積《つ》むと雖《いへど》も、還《かへ》りて衣食《いしよく》に乏《とも》し。今年《ことし》より始《はじ》めて資《し》を発《いだ》すことを須《もち》ゐず、人々田《ひとびとた》に帰《かへ》り、家々《いへいへ》に穀《たなつもの》を貯《たくは》へしむべし。若《も》し、稼穡《みのり》豊《ゆた》かにして、資《し》を納《い》れ考《かう》を

代に相当する者。↓補8―二四。
一二 以下は官奏の第三項。軽税の停止と事力の役使制限に関する上奏。
一三 月々の手当の意であろうが、具体的には未詳。 一四 未詳。天平二年度大倭国正税帳・紀伊国正税帳に軽税銭がみえ(古一―三九八・四二〇頁)、正税に加添され直稲で計上されているが、本条の軽税との関連は未詳。
一五 軍防令51の規定により大宰府官人や国司に支給され、雑務に従った。↓[一]補4―一二。
一六 事力を遠所で使役するのは墾田開発等の場合が当るか。 一七 事力を使役せずに銭で代納させる資課のこと。軍防令51により資課たる庸を禁止しているのに、本条ではそれを認めていることになる。 一八 以下は官奏の第四項。定額外の散位らのうち、豊かな者を別にして、納資番考制の停止を指示し、散位らの続労について改訂を行っている。 一九 散位らは散位寮ないし国府に出仕し番考を得ることになっている(選叙令11)が、ある時期から番考に与かる者に定額を設け、それ以外の者には資を納れ番考を与えるようにしていたらしい。平城宮木簡に、神亀五年九月の資銭(続労銭)に関するものがみえる(平城木簡概報四)。文武散位ないし勲位の定額は、天平元年八月癸亥条、同三年十二月庚寅条、同七年五月乙亥条、天平宝字二年十二月丙寅条にみえる。
二〇 ↓一一三頁注二五。勲位の上番↓大宝三年八月甲子条、慶雲元年六月己未条。
二一 五位以上の子孫は、軍防令46により二十一歳に達すると出仕が義務づけられる。現実に出仕しない者は、散位待遇となっていた。
二二 資財を納めることにより番上官の成績評価を受けられるようにする。

者㆖、恣聴之。其五位以上子孫、年廿一已上、取レ蔭出身、並依㆓常例㆒。因結㆓告麻[1]牒[2]公験㆒、一同㆓分番之法㆒。奏可之。○戊戌、詔曰、沙門行善、負[3]レ笈遊学、既経㆓七代[4]㆒。備嘗㆓難行㆒、解㆓三五術㆒、方帰㆓本郷㆒。矜賞良深。如有㆘修㆓行天下諸寺㆒、恭[5]敬供養㆖、一同㆓僧綱之例㆒。又百済[6]沙門道蔵、寔惟法門袖領、釈道棟[7]梁。年逾㆓八十㆒、気力衰耄。非レ有㆓束帛之施㆒、豈称㆓養[8]老[9]之情㆒哉。宜㆘所[10]司四時施㆖物。絁五疋、綿[11]十[12]屯、布廿端。又老師所生同籍親族給レ復終[13]㆓僧身㆒焉。○辛丑、以㆓正四位下阿倍朝臣広庭㆒為㆓左大弁㆒。正四位上多治比真人県守為㆓中務卿㆒。従五位上石川朝臣君[14]子為㆓侍従㆒。従五位下紀朝臣[15]麻路為㆓式[16]部少輔㆒。従五位下下[17]毛野朝臣虫麻呂為㆓員外少輔㆒。従四位下坂合部王為㆓治部卿㆒。従五位下御[18]炊朝臣人麻呂為㆓兵部少輔㆒。従五位下当麻真[19]人大名為㆓刑部大輔㆒。従四位下門[20]部王、従五位下紀朝臣国益並為㆓大判事㆒。従五位下布勢朝臣広道為㆓大蔵少輔㆒。阿倍朝臣若

一 選叙令38の規定により、五位以上子孫は年二十一歳になると父祖の蔭によって出身することが定められている。五位以上子孫がこの日の官奏により納資して考を得る場合、規定の選限を満たせば位を授けられるということ。慶雲三年二月庚寅条が規定する蔭による出身の条件を満たすことになる。

二 考證に「狩谷氏曰、麻牒蓋謂㆓麻紙牒㆒也」とあるが未詳。

三 この日の官奏で納資番考を認められた人たちに対し、雑任や定額散位らと同様に、公験を与える。公験は令規にみえないが、番上官に与えられ、身分証明書に相当する。式部省式上に「凡諸司番上把レ笏者、不レ与㆓公験㆒、其舎人使部伴部之類、皆与㆓公験㆒」とあり、常に随身すべきもので、職事官ないしその他把笏を認められた者のもつ笏に対応し、官人身分の標識の機能を有していた。公験→補8―八四。

四 行善と道蔵に対し優遇措置を指示する詔。

五 →補8―八五。

六 霊異記に従い、推古朝に遊学したとすれば、帰国までに九〇年以上経過していることになる。

七 斉明朝に日本をたったことになる。

八 三性五法。三性は法相宗の根本教義となった存在の三種の見方で、遍計所執性・依他起性・円成実性からなり、五法は名・相・妄想・正智・如々をさし、楞伽経に説かれている。

九 天武十二年秋に旱天がつづいて雨乞いした時効験があり、持統二年七月の旱天のときも雨乞いし、天下に雨を降らせた(書紀)。東域伝灯目録に、その著として成実論疏十巻・同十六巻とみえる。元亨釈書にも略伝がある。

一〇 養老二年十月条に領袖がみえる。仏教界の指導者。

1 麻→校補
2 牒→校補
3 負(底傍イ・兼朱傍イ・谷朱抹傍イ・東傍イ・高傍イ、大)―商(兼)、商〔谷原・東・高〕
4 代―歳(大改)→校補
5 恭敬―ナシ〔底〕→校補
6 済(底傍イ・兼朱傍イ・谷傍・東傍イ・高傍イ、大)―姓〔兼等〕→校補
7 棟〔兼重〕
8 養老→校補
9 老(底傍イ・兼朱傍イ・谷朱抹傍イ、大改)―孝〔兼・谷原・東・高〕
10 所ノ上、ナシ―仰(大補)→校補
11 綿十屯布廿端又老〔底擦重〕
12 十〔兼等、大〕―七(底傍イ・兼朱傍イ・谷傍イ・東傍イ・高朱傍イ)
13 終(底傍イ・兼朱傍・谷朱抹傍イ・東傍イ・高朱傍イ、大改)―給〔兼・谷原・東・高〕
14 君→校補
15 臣ノ下、ナシ〈意改〉(大衍)―為臣→校補
16 式〔谷重〕―弐=式(谷原)
17 下〔東、大〕―々(兼・谷・高)
18 御〔高重〕
19 真―直(高)
20 門〈意改〉(大改)―内

成《な》す者《ひと》有らば、恣《ほしきまにま》に聴《ゆる》さむ。その五位以上の子孫《しそん》の、[一]年《とし》廿一已上にして蔭《おむ》を取《と》りて出身《しゆつしん》するは、並《ならび》に常《つね》の例《ためし》に依《よ》らむ。因《より》て、[二]麻牒《まてう》の公験《くげむ》に結《ゆ》ひ告《つ》げて、一《もは》ら[三]分番《ぶんばん》の法《はふ》に同《おな》じくせむ」とまうす。奏《そう》するに可《か》としたまふ。○

行善・道蔵を褒賞

[二十三日]戊戌、[四]詔《みことのり》して曰《のたま》はく、「[五]沙門行善《しやもんぎやうぜん》は笈《きふ》を負《お》ひて[六]遊学《いうがく》すること[七]既《すで》に七代を経《へ》たり。備《つぶ》さに難行《なんぎやう》を嘗《な》めて、[八]三五の術《じゆつ》を解《さと》りて、方《まさ》に本郷《くに》に帰《かへ》れり。矜《あはれ》び賞《めぐ》むこと良《まこと》に深《ふか》し。如《も》し天下《あめのした》の諸寺《てらでら》に修行《しゆぎやう》して、恭敬《くきやう》して供養《くやう》すること有らば、一《もは》ら僧綱《そうがう》の例《ためし》に同《おな》じくせよ。また、百済《くだら》の[九]沙門道蔵《しやもんだうざう》は、寔《まこと》に惟《こ》れ法《ほふ》門《もん》の[一〇]袖領《じゆりやう》、釈道《しやくだう》の[一一]棟梁《とうりやう》なり。年《よはひ》八十を逾《こ》えて気力衰耄《きりよくおとろ》へぬ。[一二]束帛《そくはく》の施《せ》有るに非《あら》ずは、豈養老《あにやうらう》の情《こころ》に称《かな》はむや。所司《しよし》[一三]四時《つね》に物《もの》を施《ほどこ》すべし。絁《あしぎぬ》五疋、綿《わた》十屯、布《ぬの》廿端。[一四]また、老《お》いたる師《ほふし》の生《うま》れたると同じき籍《しやく》の親族《うがら》に復《ふく》を給《たま》ふこと、僧《ほふし》の身《み》を終《を》ふるまでとす」とのたまふ。○[二十六日]辛丑、正四位下[一五]阿倍《あへ》朝臣広庭《ひろには》を左大弁《さだいべん》とす。正四位上[一六]多治比《たぢひ》真人県守《あがたもり》を中務卿《ちうむきやう》。従五位上[一七]石川《いしかは》朝臣君子《きみこ》を侍従《じじゆ》。従五位下[一八]紀《き》朝臣麻路《まろ》を式部少輔《しきぶせうふ》。従五位下[一九]下毛野《しもつけの》朝臣虫麻《むしま》呂《ろ》を員外少輔《ゐんぐゑのせうふ》。従四位下[二〇]坂合部王《さかひべのおほきみ》を治部卿《ぢぶきやう》。従五位下[二一]御炊《みかしき》朝臣人麻呂《ひとまろ》を兵部少輔《ひやうぶせうふ》。従五位下[二二]当麻《たぎま》真人大名《おほな》を刑部大輔《ぎやうぶだいふ》。従四位下[二三]門部《かどべ》王、従五位下[二四]紀《き》朝臣国益《くにます》を並《ならび》に大判事《だいはんじ》。従五位下[二五]布勢《ふせ》朝臣広道《ひろみち》を大蔵少輔《おほくらのせうふ》。[二六]阿倍《あへ》朝臣若《わか》

一一 推古紀三年是歳条に「三宝之棟梁」とある。

一二 束帛とは両端から相向かって巻き一両とした帛五両を一束としたもので、聘問の礼物に用いた。施とは僧に対する布施の意。

一三 春夏秋冬。

一四 行善・道蔵それぞれの同籍の親族には、この二人の老僧の生存中に限って、課役のすべてを免除することとする。

一五 →〔一〕八三頁注五。前任官は宮内卿か。

一六 →〔一〕九三頁注九。養老五年四月に征夷将軍としての帰還のことがみえる。天平元年二月には大宰大弐とある。

一七 →〔一〕補6-三。兵部大輔が前任官か。風流侍従を称される(家伝下)。

一八・一九 →補8-五一。

二〇 →補7-二三。治部卿が極官(懐風藻)。

二一 他にみえず。御炊朝臣は姓氏録右京皇別に、武内宿禰六世の孫、宗我馬背宿禰の後とみえる。

二二 →〔一〕補6-六三。 二三 →〔一〕補6-一。

二四 紀男人と奴婢を相論したことが天平十六年七月丁卯条にみえる。紀氏系図にみえる園益は国益か。紀朝臣→〔一〕補1-三一。

二五 他にみえず。布勢朝臣→〔一〕五三頁注四。

二六 →補8-五一。養老四年十月条に大蔵少輔任官のことがみえるので、前任官は大蔵少輔か。

一 →三七頁注九。左右京大夫は左京大夫兼右京大夫の意。また従四位下は、正月壬子条および神亀三年正月庚子条より従四位上とあるべきところ。天平元年八月の天平改元の詔でも京職大夫となっている。京職大夫任官が京家の名のおこりである。

二 →〔一〕補4-一八。多治比県守が中務卿に転

足為㆓木工頭㆒。従四位下[1]藤原朝臣麻呂為㆓左右京大夫㆒。従四位上百済王南典為㆓播磨[2]按察使㆒。従四位上石川朝臣石足為㆓大宰大弐㆒。従五位下県犬養宿禰石次為㆓右衛[3]士[4]佐㆒。」割㆓信濃国㆒始置㆓諏方国㆒。○癸卯、始置㆓左右兵衛府医師各一人㆒。○秋七月己酉、始令㆘文武百官率㆓妻女・姉妹㆒、会㆗於六月・十二月晦大祓[5]之処㆖。○壬子、征隼人副将軍従五位下笠朝臣御室、従五位下巨勢朝臣真人等還[6]帰。斬首・獲虜[7]合千四百餘人。○庚午、詔曰、凡膺㆓霊図㆒、君㆓臨宇内㆒、仁及㆓動植㆒、恩[8]蒙㆓羽毛㆒。故周孔之風、尤先㆓仁愛㆒、李[9]釈之教、深禁㆓殺生㆒。宜㆘其放鷹司鷹・狗、大膳職鸕鷀、諸国雞[10]・猪、悉放㆓本処㆒、令㆖㆑遂㆓其性㆒。従㆑今而後、如有㆑応㆑須、先奏㆓其状㆒待㆑勅。其放鷹司官人、并職長上等且停㆑之。所㆑役品部並同㆓公戸[11]㆒。○八月辛卯、改㆓摂官記事㆒、号為㆓検事㆒。○癸巳、置㆓長門按察[12]使㆒、管㆓周防・石見二国㆒。又以㆓諏方・飛驒[13]㆒隷㆓美[14]濃按察使[15]㆒。

1 下―上(大改)→校補
2 磨〔兼・谷、大〕―麻(東・高)
3 衛〔谷重〕
4 士―土〔底〕→校補
5 祓→校補
6 還〔兼重〕
7 獲虜→校補
8 恩(谷抹傍・東傍・高傍、大)―思〔兼・谷原・東・高〕
9 李〔兼・谷、大〕―杏(東・高)
10 雞―鶏(大)
11 戸ノ下、ナシ〔兼等〕―大宰府城門災(大補、類一七三)
12 察→校補
13 驒―弾(高)
14 美〔高擦重〕
15 使→校補

じた後任か。按察使→補8-二四。

三 →[一]一三三頁注二九。養老四年十月に左大弁任官のことがみえ、左大弁からの転任。天平元年二月壬申条に左大弁とあるので、この時までに左大弁に再任か。

四 →補8-五一。養老四年十月に弾正弼任官のことがみえるので、弼からの転任。天平四年九月に右少弁任官のことがみえるので、それまで右衛士佐に在任か。

五 和名抄に信濃国諏訪郡があり、「須波」と訓む。地名辞書は、諏方・伊那両郡をもって諏方国を分立したかとしている。天平三年三月信濃国に併せた。立国から廃止まで一〇年。諏訪神社を中心に古くから有力な政治勢力が所在していたと考えられるが、建国の理由未詳。国の建置→補8-六。

六 職員令62に医師一とあり、その実施を示す。衛府における医師の始置→補8-三一。

七 神祇令18に「凡六月十二月晦日大祓者、中臣上㆓御祓麻㆒、東西文部上㆓祓刀㆒、読㆓祓詞㆒。訖百官男女、聚㆓集祓所㆒、中臣宣㆓祓詞㆒、卜部為㆓解除㆒」とあり、祓所に行くのは男女官人であるが、この日の記事は、官人・妻女・姉妹を祓所へ聚集させることにしたもの。

八 朱雀門前で行う。大祓→[一]補2-一七二・1-九四。

九 副将軍らの補任は養老四年三月。将軍大伴旅人は養老四年八月に京へ召喚されたことがみえる。旅人帰京後、副将軍らが征戦に従い、この日凱旋したのである。

一〇 →五三頁注二〇。

一一 →補8-五一。

一二 軍防令31に、太政官へ申告する勲簿の記載事項の一として「彼此傷殺之数及獲賊」を挙げている。それに基づいて斬首獲虜千四百余

足《たり》を木工頭《もくのかみ》。従四位下藤原《ふぢはら》[一]朝臣麻呂《まろ》を左右京大夫《さうきやうのだいぶ》。従四位上百済王南典《くだらのこにきしなむてん》[二]を播磨按察使《はりまのあんせちし》。従四位上石川《いしかは》[三]朝臣石足《いはたり》を大宰大弐《だいさいのだいに》。従五位下県犬養《あがたいぬかひ》[四]宿禰石次《いはすき》を右衛士佐《うゑじのすけ》。信濃《しなの》[五]国を割《さ》きて始《はじ》めて諏方《すは》国を置《お》く。○癸卯〔二十八日〕、始《はじ》めて左右兵衛府《さうのひやうゑふ》[六]に医師《くすし》各《おのおの》一人を置く。

諏方国を建つ

秋七月〔丙午朔〕己酉〔四日〕、始めて文武《ぶんぶ》[七]の百官《ひやくくわん》をして妻女《さいぢよ》・姉妹《しまい》を率《ゐ》て、六月《みなづき》・十二月《しはす》の晦《つごもり》の大祓《おほはらへ》[八]の処《には》に会《つど》へしむ。○壬子〔七日〕、征隼人副将軍《せいはやひとふくしやうぐん》[九]従五位下笠《かさ》[一〇]朝臣御室《みむろ》、従五位下巨勢《こせ》[一一]朝臣真人《まひと》ら還帰《かへ》る。斬《き》[一二]りし首《くび》、獲《え》し虜《とりこ》合《あは》せて千四百餘人。○庚午〔二十五日〕、詔《みことのり》[一三]して曰《のたま》はく、「凡《おほよ》そ、霊図《れいと》に膺《よ》りて、宇内《くにのうち》[一四]に君《きみ》として臨《のぞ》みては、仁《めぐみ》、動植《どうしよく》に及《およ》び、恩《うつくしび》、羽毛《うもう》に蒙《かがふ》らしめむとす。故《かれ》、周孔《しうこう》[一五]の風《わざ》、尤《もと》も仁愛《じんあい》を先《さき》にし、李釈《りしやく》[一六]の教《をしへ》、深《ふか》く殺生《せちしやう》を禁《いまし》む。その放鷹司《はうようし》[一七]の鷹《たか》[一八]・狗《いぬ》、大膳職《だいぜんしき》[一九]の鸕鷀《う》、諸国《くにぐに》の雞猪《にはとりゐのしし》[二〇]を悉《ことごと》く本処《ほんしよ》に放《はな》ちて、その性《しやう》を遂《と》げしむべし。今《いま》より而後《のち》、如《も》し須《もち》ゐるべきこと有らば、先《ま》づその状《じやう》を奏《そう》して、勅《ちよく》を待《ま》て。その放鷹司《はうようし》の官人《くわんにん》、并《あは》せて職《しき》[二一]の長上《ちやうじやう》らは且《しまら》くこれを停《とど》めよ。役《つか》ふ品部《ともべ》[二二]は並《ならび》に公戸《くうこ》に同《おな》じくせよ」とのたまふ[二三]。

官人の妻女・姉妹、大祓に参会

征隼人副将軍帰還

放生

八月〔乙亥朔〕辛卯〔十七日〕、摂官記事《せふくわんきじ》[二四]を改《あらた》めて号《なづ》けて検事《けむじ》とす。○癸巳〔十九日〕、長門按察使《ながとのあんせちし》[二五]を置《お》きて周防《すはう》・石見《いはみ》の二国を管《つかさど》らしむ。また、諏方《すは》[二六]・飛騨《ひだ》を美濃按察使《みののあんせちし》に隷《つ》く。

按察使の管轄変更

人という数字を報告しているのであろう。

一三 放生と放鷹司等の官人の停廃を指示する詔。放生→[一]補1-二七。

一四 天下に君として臨むこと。

一五 周公と孔子の教え。儒教の教え。

一六 老子と釈迦。道教と仏教。但し老子に殺生を禁断するという指示はない。無為自然を説き、兵をいとう老子の教説を、殺生の禁断を説いていると解釈しているらしい。

一七 →補8-八六。

一八 天平十年度筑後国正税帳に「貢㆓上鷹養人参拾人㆒」(古二-一四八頁)、周防国正税帳に「向㆑京従㆓大宰㆒進㆓上御鷹㆒部領使」(古二-一三三頁)という記載があるので、筑後国から鷹養人や鷹を貢上していたことが知られる。

一九 大膳職→[一]二〇一頁注一六。大膳職には雑供戸が配属されており、職員令40集解令釈に「別記云、鵜飼卌七戸、江人八十七戸、網引百五十戸、右三色人等、経㆑年毎㆑丁役、為㆓品部㆒、免㆓調雑徭㆒」とある。「鸕鷀」はうがらす、漁に使った。神武即位前紀戊午年八月条に阿太養鸕部がみえ、奈良時代には吉野の鵜飼が中心であったらしい。

二〇 食用に飼養する。天平六年出雲国計会帳に進上する公文として鶏帳壱巻がみえ(古一-五九八頁)、天平四年七月丁未条に「畿内百姓私畜猪」とみえる。

二一 大膳職で漁撈に従事する長上。延暦十七年六月廿五日官符に網曳長、江長、同十九年五月十五日官符に筑摩御厨長が置かれていたことがみえる(三代格)。

二二 →補8-八七。

二三 この日の記事として類聚国史、火に「大宰府城門災」がみえる。

二四 →補8-四〇。

出羽隷二陸奥按察使[1]一。佐[2]渡[3]隷二越前按察使[4]一。隠岐隷二出雲按察使[5]一。備中隷二備後按察使[6]一。紀伊隷二大和[7]国守一焉。○九月乙卯、天皇御二内安殿一、遣レ使供二幣帛[8]於伊勢太[9]神宮一。[10]以二皇太子女井上王一為二斎内親王一。○冬十月癸未、太政官処分、唱レ考之日、三位称レ卿、四位称レ姓、五位先レ名後レ姓。自レ今以去[11]、永為二恒例一。○丁亥、太上天皇召二入右大臣従二位長屋王、参議従三位藤原朝臣房前一、詔曰、朕聞、万物之生、靡レ不レ有レ死。此則天地之理、奚可二哀悲一。厚レ葬破レ業、重レ服傷レ生、朕甚不レ取[12]焉。朕崩之後、宜下於二大和[13]国添上郡蔵宝山雍良岑一造レ竈[14]火葬。莫レ改二他処一。諡号[15]称二其[16]国其[17]郡[18]朝庭[19]駁宇天皇一、流中伝後世上。又皇帝摂二断万機一、一同二平日一。王侯・卿相及文[20]武百官不レ得下輙離二職掌[21]一、追中従喪車上。各守二本司一視レ事如レ恒。其近侍官并五衛府務加[22]二厳警一、周[23]

1使(大補、紀略)—ナシ〔兼等〕
2佐→校補
3渡〔谷重〕
4使(大補、紀略)—ナシ〔兼等〕
5・6使〈意補〉(大補、紀略補)—ナシ〔兼等、紀略原〕
7和〔紀略原〕—倭(紀略改)→脚注
8帛〔類三・四〕—ナシ(類三一本)
9太—大(紀略)
10以ノ上、ナシ〔類四一本〕—并(類三・四)
11去—後(紀略)
12取—ナシ(高)
13和—倭(類二五)
14竈〔兼重〕
15号〔兼朱傍補〕—ナシ(兼原)
16・17其—某(類二五)
18郡ノ上、ナシ(大衍、類二五)—北〔兼等〕
19庭—廷(類二五)
20文〔高擦重〕—武(高原)
21掌〔高擦〕
22加(谷傍イ、大、類二五)—如〔兼等〕→校補
23周(兼等、大)—固〔類二五〕

二五 新設の按察使。周防国は備後按察使に、石見国は出雲按察使に属していた(養老三年七月庚子条)。按察使→補8-三四。

二六 諏方は新設国(六月辛丑条)、飛驒は新しく按察使管下に入ったか。以下の出羽・佐渡・隠岐も同様に新しく按察使管下に入ったか。

一 もと播磨按察使に属す。

二 紀伊国は特別扱いとして大和国に監督させることにしている。養老三年七月庚子条および本条に、畿内と大宰府管内を除くと近江・若狭両国のみがみえない。天平宝字五年十月庚午条以降に近江按察使がみえるから、あるいは近江按察使を置き若狭を管さしめたことが脱落したか。なお天平九年十二月に大養徳国と改めるまで大倭国が正式の表記法であるから、「大和」は「大倭」とあるべきもの。

三 内裏内殿舎の一か。書紀では天武十年正月条にみえる。宣詔勅(神亀四年二月甲子条、天平宝字三年六月庚戌条)や授位(天平宝字四年正月丙寅条)に使用されている。

四 要略二十四所引の官曹事類によると、この日伊勢大神宮(内宮)の幣が大初位忌部宿禰呰麻呂に、度会神宮(外宮)の幣が無位中臣朝臣古麻呂に付されている。九月十一日は、延喜式・儀式によると伊勢大神宮の神嘗祭のため、天皇が奉幣し、使が発遣する定めとなっている。この日の式次第→補8-八八。神嘗祭→㊀補2-一五三。

五 →補8-八九。

六 伊勢斎王。→㊀補1-九二。官曹事類によると、井上王はこの日直ちに平城宮の北池辺新造宮に移っている。官曹事類には斎王とあるので続紀の斎内親王は文飾が施されている。→補8-八八。井上王が潔斎を終えて伊勢に

伊勢神宮に奉幣

井上女王、斎王となる

唱考の日の官人の呼び方

元明、長屋王・藤原房前に後事を託す

出羽《いでは》は陸奥按察使《みちのおくのあんせちし》に隷《つ》く。佐渡《さど》は越前按察使《こしのみちのくちのあんせちし》に隷《つ》く。隠岐《おき》は出雲按察使《いづものあんせちし》に隷《つ》く。[一]備中《きびのみちのなか》は備後按察使《きびのみちのしりのあんせちし》に隷《つ》く。[二]紀伊《き》は大和国守《やまと》に隷《つ》く。

九月〔乙巳朔〕乙卯〔十一日〕、天皇《すめらみこと》、[三]内安殿《ないあんでん》に御《おは》しまして、[四]使《つかひ》を遣《つかは》して幣帛《みてぐら》を伊勢太神宮《いせのだいじんぐう》に供《たてまつ》らしむ。皇太子《くわうたいし》の女《め》[五]井上王《ゐのうへのおほきみ》を[六]斎内親王《いつきのひめみこ》とす。

冬十月〔乙亥朔〕癸未〔九日〕、[七]太政官処分《だいじやうぐわんしよぶん》すらく、「[八]考《かう》を唱《とな》ふる日《ひ》は、[九]三位は卿《きやう》と称《よ》び、四位は姓を称《よ》び、五位は名《な》を先《さき》にして姓を後《あと》にせよ。今《いま》より以去《のち》、永《なが》く恒《つね》の例《ためし》とせよ」といふ。○丁亥〔十三日〕、[一〇]太上天皇《だいじやうてんわう》、右大臣《うだいじん》従二位[一一]長屋王《ながやのおほきみ》、参議《さむぎ》従三位[一二]藤原《ふぢはら》朝臣房前《ふささき》を召《め》し入《い》れて、[一三]詔《みことのり》して曰《のたま》はく、「朕聞《われき》かく、「万物《ばんぶつ》の生《いのち》、死《し》ぬること有らずといふこと靡《な》し」ときく。此《こ》れ天地《あめつち》の理《ことわり》にして、奚《なに》ぞ哀《あはれ》び悲《かな》しむべけむ。葬《はぶり》を厚《あつ》くし業《なりはひ》を破《やぶ》り、服《ぶく》を重《かさ》ねて生《しやう》を傷《そこな》ふこと、朕甚《われはなは》だ取《と》らず。朕崩《われかむあが》る後《のち》は、大和国《やまと》添上郡《そふのかみ》[一四]蔵宝山《ざうほう》の[一五]雍良岑《よらのみね》に竈《かまど》を造《つく》りて[一六]火葬《くわさう》すべし。他《あた》しき処《ところ》に改《あらた》むること莫《なか》れ。[一七]謚号《おくりな》は、その国《くに》その郡《こほり》の朝庭《みかど》に馭宇《あめのしたしらしめ》し天皇《すめらみこと》と称《まう》して後《のち》の世《よ》に流伝《つた》ふべし。また、[一八]皇帝《みかど》、万機《ばんき》を摂《と》り断《ことわ》ること一《もは》ら平日《つねのひ》と同《おな》じくせよ。王侯《わうこう》・卿相《きやうしやう》と文武《ぶんぶ》の百官《ひやくくわん》と、[一九]輙《たやす》く職掌《しきしやう》を離《はな》れて、[二〇]喪《も》の車《くるま》を追《お》ひ従《したが》ふこと得《え》ざれ。[二一]各《おのおの》本司《ほんし》を守《まも》りて、事《こと》を視《み》ること恒《つね》の如《ごと》くせよ。その[二二]近《ちか》く侍《はべ》る官《くわん》并《あは》せて[二三]五衛府《ごゑふ》は、務《つと》めて厳《きび》しき警《いまし》めを加《くは》へ、周《しう》

赴くのは神亀四年九月。

七 唱考の日の官人の呼称の仕方を定めている。

八 唱考とは内定した考を、本人に対示すること。この日の決定は考課令59集解令釈に「養老五年官宣、在レ省唱レ考之日」として引用されている。さらに同条に「五位以上、太政官量定奏聞。六位以下、省校定、訖唱ニ示考第一、申ニ太政官一」とあり、十月に行う。式次第の詳細は式部省式下にみえる。

九 唱考の時の呼び方→補8-九〇。

一〇 元明太上天皇。 二一 →㊀補3-一二四。

一二 →㊀六五頁注四。

一三 元明没後の喪葬儀などについて指示する詔。

一四 佐保山。椊山にもつくる。平城京の北東。奈良山の一部。

一五 佐保山の北嶺をいう。万葉三四八九に「欲良能夜麻辺」とみえ、大和志に佐保山の北西とある。

一六 火葬→㊀補1-一三一。

一七 →補8-九一。これとは別に国風謚号もおくられた。→㊀一一九頁注一。

一八 →補8-九二。

一九 喪葬令17に「凡服紀者、為ニ君、父母、及夫、本主一一年」とあり、君に付された義解に「謂、天子也」とある。太上天皇と天皇は同格であるから、元明が没すると臣下は一年の服に従うことになる。但し集解古記に「凡君服者著服就レ座聴レ政、今行事、服間曹司聴レ政」とあるから、服の間平常通りの政務を執ることが慣行となっていたらしい。

二〇 ひつぎぐるま。喪葬令8に方相・轜車とあり、悪鬼を追い払う方相氏が先導した。

二一 太上天皇の喪中にあってもいつものように政務を執るべきことを命じている。儀制令

衛伺候、以備二不虞一。○戊子、[1]令下陸奥国分二柴田郡[2]二郷一
[3]置中[4]苅田郡上。○庚寅、太上天皇又詔曰、喪事所レ須、一事
以上、准二依前勅一。勿レ致二闕失一。其轜車・霊駕之具、不
レ得下[5]刻二鏤金玉一、絵二飾丹青上。素薄是用、卑謙是順。仍[6]丘
[7]体無レ[8]鑿、就レ山作レ竈、芟レ[9]棘開レ場、即為二喪処一。又其地
者、皆殖二常葉之樹一、即立二[10]剋字之碑一。○戊戌、詔曰、[11]凡
家有二沈痼一、大小不レ安、卒[12]発二事故一者。汝卿房前、当下
作二内臣一計二会内外一、准レ勅施行、輔二翼帝業一、永寧中国
家上。○十二月戊寅、太上天皇弥[13]留。大二赦天下一、令二都下
諸寺転経一焉。○己卯、崩二于平城宮中安殿一。時春秋六十[14]
一。遣レ使固二守三[15]関一。○庚辰、従二位長屋王、[16]従三位藤
原朝臣武智麻呂等、行二御装束事一。従三位大伴宿禰[17]旅人
供二営陵事一。○乙酉、[18][19]太上天皇葬二於大[20]和国添上郡椎山
陵一。[21]不レ用二喪儀一。由二遺詔一也。○辛丑、地震。」[22]太政官
奏、授刀寮及五衛

1令陸奥国分（大補、紀略）―ナシ〔兼等〕
2二郷（大補、紀略）―ナシ〔兼等〕
3置ノ下、ナシ―置（東）
4田郡〔高擦重〕―郡（高原）
5刻〔大〕―剋（兼等、類二五）
6丘→校補
7体―ナシ（類二五衍）
8鑿（大、類二五）―鑿〔兼等〕
9棘―蕀（類二五）
10剋〔兼等、類二五〕―刻（大、紀略）
11凡―几（東）
12発→校補
13留→校補
14十ノ下、ナシ―有（類二五）
15関（大、紀略）―開〔底〕、閑（兼等）
16従―ナシ（高）
17禰ノ下、ナシ―禰（東）
18太ノ上、ナシ―今日（紀略）→校補
19太上天皇―ナシ（類二五）→校補
20和〔兼等、紀略原〕―倭（大改、類二五・紀略改）→脚注
21不（底傍イ・兼朱傍イ・谷朱抹朱傍イ・東傍イ・高朱傍イ、大改、類二五・紀略）―石〔兼・谷原・東・高〕
22太―大（高）

7に「百官各守二本司一」とある。
二一 天皇の近くに侍奉する官人。少納言、中務卿・大少輔・大少丞・侍従等（宮衛令28集解）。
二二 衛門府・左右衛士府・左右兵衛府。

一 「令陸奥国分」、「二郷」の七字、底本になし。紀略により補う。
二 和名抄「之波太」。現在の宮城県柴田郡。和名抄郷として柴田・衣前・高橋・溺城・駒橋・新羅・小野の七郷と余戸・駅家各一がみえる。胆沢城出土漆紙文書一〇号より柴田郡に所在した衣前・駒椅・瀦城・高椅・騎椅の五郷が判明する。和名抄と漆紙文書の間で衣前は一致し、高橋と高椅、溺城と瀦城および駒橋と駒椅はそれぞれ同一郷をさしていると考えられる。
三 和名抄「葛太」。民部省式上では「カリタ」。現在の宮城県刈田郡および白石市。和名抄では薦借・苅田・坂田・三田の四郷となっており、建郡時の二郷より増加している。
四 元明が丁亥条の詔にひきつづき、自分の葬儀について指示している詔。文中の前勅は丁亥詔。
五 轜車は棺を運ぶ車。喪葬令8集解古記に「轜車、謂、送屍車也」。霊駕も棺を運ぶ輿。
六 素薄は轜車・霊駕を飾るための布か。
七 新しく山陵を作ることをしない。
八 墓所には樹木を植え、林となすのが普通であったらしい（慶雲三年三月丁巳条）。
九 →補8-九一。要録八の記載によれば、碑石は瑪瑙石製で、高三尺、広二尺、厚一尺であったという。
一〇 元正の詔。藤原房前に帝業輔翼を命ずる。
一一 →補8-九二。
一二 朝廷の内廷と外廷にわたってはかりごとをめぐらすこと。

苅田郡を置く

衛《ゑ》伺《し》候《こう》して不虞《ふぐ》に備《そな》へよ」とのたまふ。○[十四日]戊子、[一]陸奥国《みちのおく》をして、[二]柴田《しばた》郡の二郷を分《わ》けて[三]苅田《かりた》郡を置《お》かしむ。

元明、薄葬を指示

○[十六日]庚寅、[四]太上天皇《だいじやうてんわう》、また詔《みことのり》して曰《のたま》はく、「喪《も》の事《こと》に須《もち》ゐる所《ところ》は、一事以上、前《さき》の勅《ちよく》に准《なずら》へ依《よ》れ。闕失《くゑつしつ》を致《いた》すこと勿《なか》れ。その[五]轜車《じしや》・霊駕《れいか》の具《よそひ》に、金玉《きむぎよく》を刻《きざ》み鏤《ちりば》め、丹青《たんせい》を絵《ゑが》き飾《かざ》ること得《え》ざれ。[六]素《しろ》き薄《うすもの》を是《こ》れ用《もち》ゐ、卑謙《ひけむ》に是《こ》れ順《したが》へ。仍《より》て[七]丘《をか》の体《かたち》鑿《うが》つこと無く、山《やま》に就《つ》きて竈《かまど》を作《つく》り、棘《むばら》を芟《か》りて場《には》を開《ひら》き、即《すなは》ち喪処《ものところ》とせよ。また、その地《ところ》には皆《みな》、[八]常葉《とこは》の樹《き》を殖《う》ゑ、即《すなは》ち[九]剋字《こくじ》の碑《いしぶみ》を立《た》てよ」とのたまふ。

藤原房前を内臣とする

○[二十四日]戊戌、[一〇]詔《みことのり》して曰《のたま》はく、「凡《おほよ》そ家《いへ》に沈痼《やまひ》有らば大《おほ》きも小《ちひさ》きも安《やす》からずして、卒《には》かに事故《こと》を発《おこ》すといへり。汝卿房前《なむちふささき》、[一一]内臣《うちのおみ》と作《な》りて[一二]内外《ないぐゐ》を計会《はから》ひ、[一三]勅《ちよく》に准《なずら》へて施行《せぎやう》し、帝《みかど》の業《わざ》を輔翼《たす》けて、永《なが》く国家《こくか》を寧《やす》みすべし」とのたまふ。

元明没

十二月[癸酉朔][六日]戊寅、太上天皇《だいじやうてんわう》弥[一四]留《いよいよやまひあつ》し。天下《あめのした》に大赦《たいしや》し、都下《とか》の諸寺《てらでら》をして転《てん》経《きやう》せしむ。○[七日]己卯、平城宮《へいぜいきう》の[一五]中安殿《ちうあんでん》に[一六]崩《かむあが》りましぬ。時《とき》に[一七]春秋《おほみとし》六十一。

三関固守

使《つかひ》を遣《つかは》して[一八]三関《さむぐゑん》を固《かた》く守《まも》らしむ。○[八日]庚辰、従二位[一九]長屋王《ながやのおほきみ》、従三位[二〇]藤原《ふぢはら》朝臣武智麻呂《むちまろ》ら、[二一]御装束《みよそひ》の事《こと》を行《おこな》ふ。従三位[二二]大伴《おほとも》宿禰旅人《たびと》、[二三]営陵《みさざきつく》る事《こと》に供《つかへまつ》る。○[十三日]乙酉、[二四]太上天皇を[二五]大和《やまと》国添上《そふのかみ》郡椎山陵《ならやまのみさざき》に葬《はぶ》る。[二六]喪《も》の儀《ぎ》を用《もち》ゐず。遺《ゐ》詔《せう》に由《よ》りてなり。○[二十九日]辛丑、地震《なゐ》ふる。[二七]太政官奏《だいじやうぐわんそう》すらく、「[二八]授刀寮《たちはきのつかさ》と五衛《ごゑ》

一三 藤原房前の命令を勅に準じたものとして扱わせることにする。
一四 病が重態になることをいう。
一五 他にみえず。内裏内の殿舎であろう。
一六 扶桑略記・一代要記等は四日に没したとする。
一七 年齢から逆算すると元明の生年は斉明七年。
一八 三関は鈴鹿関、不破関、愛発関。→□一補4―二〇。大葬の際、三関を封鎖する固関の初出。聖武・称徳・光仁死去の際の固関例が続紀にみえる（天平勝宝八歳五月丙辰条、宝亀元年八月癸巳条、天応元年十二月丁未条）。固関使発遣の儀については儀式、固関使儀が詳細である。→補8―九四。
一九 →□一補3―二四。
二〇 →□一九三頁注二一。
二一 天皇や太上天皇の葬儀のことに当る。御装司→□一七三頁注一三・補2―一六四。
二二 →□一補5―一一。
二三 陵墓の造営に当る。天皇・太上天皇の葬儀や造陵に当るのは御葬司・御装束司・造山陵司・造山司などと称すが、元明は薄葬を遺言していたので、事に当る官人が司を称さず、御装束事を行うとか、営陵の事に供すとしているのであろう。
二四 要録八所載の碑文にも「十三日乙酉葬」とある。
二五 当時は「大倭国」。「大和国」は後人の表記。諸陵寮式に「奈保山東陵〈平城宮御宇元明天皇、在二大和国添上郡一、兆域東西三町、南北五町、守戸五烟〉」、陵墓要覧に奈良市奈良阪町とある。新撰字鏡に「椎〈奈良乃木〉」とあり、椎山陵は奈良山陵と訓む。今昔物語に、定恵が元明天皇陵の地を占定する説話がみえる。

府、別設二鉦・鼓各一面一、便作二将軍之号[1]令[2]一、以為二兵士之耳目[3]一、節二進退動静一。奏可之。」薩摩国人希多[4]。随レ便并合[5]。◎是月、新羅貢調使大使一吉飡金乾安、副使薩[6]飡金弼等来二朝於筑紫一。縁二太上天皇登遐一、従二大宰一放還。

続日本紀　巻[7]第八

二六　通常の天皇・太上天皇の葬儀と異なり、もがりなどの儀を行わなかった。
二七　授刀寮および五衛府に鉦・鼓を置くことを請う官奏。
二八　授刀寮としての初出。授刀舎人寮に同じ。→[一]補4―七。

1 号〔谷重〕
2 令（谷抹傍、大）―合〔兼・谷原・東・高〕
3 目〈意改〉（大）―因＝囙
4 多ノ上↓脚注・校補
5 合―ナシ〔底〕↓校補
6 薩ノ下、ナシ〈意改〉（大衍）―金↓校補
7 巻〈意補〉（大補）―ナシ

府《ふ》とには、別《こと》に鉦《かね》[一]・鼓《つづみ》各《おのおの》一面を設《まう》けて、便《すなは》ち将軍《しやうぐん》[二]の号令《がうれい》と作《な》して兵士《ひやうじ》の耳目《じぼく》とし、進退《しんたい》・動静《どうせい》を節《せつ》せむ」とまうす。奏《そう》するに可《か》としたまふ。薩摩《さつま》国、人希《ひとまれ》にして多《おほ》[三]し。便《たより》に随《したが》ひて并合《あは》す。◎是《こ》の月《つき》、

新羅使来朝

新羅貢調使《しらきのぐでうし》[四]大使《たいし》一吉《いっきつ》[五]飡金乾安《さんこむけんあん》[六]・副使《ふくし》薩《さつ》[七]飡金弼《さんこむひつ》[八]ら筑紫《つくし》に来朝《みかどまゐり》す。太上天皇《だいじやうてんわう》の登遐《とうか》に縁《よ》りて大宰《だいさい》より放《ゆる》され還《かへ》る。

続日本紀　巻第八

一　軍防令44義解に「謂、鼓者、皮鼓也、鉦者、金鼓也、所二以静喧一也」とある。鼓・鉦は私家に所蔵することを禁止されている軍隊の調度品で、用兵の目的で使用される。
二　将軍は新田部親王をさす（岸俊男）。元明死去後の不測に備えるための措置らしい。
三　考證に「多上疑有二脱文一」とある。郡郷などの併合をいうか。
四　前回の新羅貢調使は養老三年五月に来日。次回の新羅使は養老七年八月に来日。
五　新羅の官位十七等の第七等。
六　他にみえず。
七　新羅の官位十七等の第八等。
八　他にみえず。

続日本紀　巻[1]第[2]九　起[3]二養老六年正月一尽二神亀三年十二月一

従四位下行民部大輔兼左兵衛督皇太子学士

臣菅野[4]朝臣真[5]道等奉レ勅撰

日本根子高瑞浄足姫天皇　元正天皇　第卅四

[6]六年春正月癸卯朔、天皇不レ受レ朝。詔曰、朕以二不天一、奄丁二凶酷一。嬰二蓼莪之巨[7]痛[8]一、懐二顧復之深慈一。悲慕纏レ心、不レ忍[9]二賀正一。宜二朝廷[10]礼儀[11]皆悉停一レ之。○壬戌、正四位上多治比真人三宅麻呂[12]坐下誣二告謀反一、正五位上[13]穂積朝臣老指二斥乗輿一上、並処二斬刑一。而依二皇太子奏一、降二死一等一、配二流三宅麻呂[14]於伊豆嶋、老於佐渡嶋一。○庚申[15]、西方雷。○庚午、散位正四位下広湍王卒。○二月壬申[16]、以二正四位下安倍[17]朝臣広庭一参二議朝政一。○丁亥、割二遠江国佐益郡八郷一、始置二山名郡[18]一。○甲午、詔曰[19]、

1 巻〈意補〉〈大補〉―ナシ
2 第―弟(東)
3 起〔谷擦重〕
4 野―原(東)
5 真―直(東)
6 六ノ上→校補
7 巨(谷傍イ、大改、類七一)―臣〔兼等〕→校補
8 痛→校補
9 忍〔高擦重〕
10 廷―庭(類七一)
11 儀―義(底)→校補
12 麻呂＝麿〔類八七〕―丸(類八七一本)
13 上―下(紀略)
14 麻呂＝麿〔類八七〕―丸(類八七一本)
15 庚申条→脚注
16 申ノ下、ナシ―朔(大補)
17 倍―部(大)
18 郡〔兼・谷、大、紀略〕―邦(東)、那(高)
19 曰〔兼・谷、大〕―日(東・高)

一 廃朝と同じ。元日朝賀の儀→[一]補1-四九。
二 以下は朝賀を受けない理由を述べた詔。元旦廃朝に際しての詔は他に延暦元年十二月壬申詔のみ。
三 天の祐(たすけ)がなくて。左伝、宣公十二年の杜預注に「不天、不レ為二天所一レ佑也」。
四 酷(むご)い凶事。母、元明の死去をいう。
五 成長した後に孝行しようと思っても既に親は亡いという大きな悲しみ。蓼は長く伸びたさま。莪はヨモギ。詩経、小雅、蓼莪に「蓼蓼者莪、匪レ莪伊蒿、哀哀父母、生レ我劬労」とあって、親孝行できぬ哀しみを詠んでいる。
六 前注の詩の続きに「父兮生レ我、母兮鞠レ我…顧レ我復レ我」とあって、顧復は父母が絶えず子を顧みながら育ててゆく慈愛をいう。
七 以下の事件は藤原一族に対する批判的な意見を弾圧するための措置と解されている。事件の背景→補9-一。
八 →[一]六五頁注五。時に河内国摂官(養老三年九月癸亥条)。
九 三宅麻呂が、ありもしない謀反を、あると嘘をついて。謀反は君主殺害・廃位の予備・陰謀。→[一]補3-五五。誣告は虚偽の告発。闘訟律40逸文に「誣二告謀反及大逆一(者)斬」。
一〇 →[一]六五頁注八。時に式部大輔か、未詳。
一一 乗輿は天子の乗りもの。転じて天子のこと。指斥は指さして非難すること。職制律32に「指二斥乗輿一、情理切害者斬」とあり、情状が過激にわたった場合は斬刑。
一二 死刑の斬と絞は減軽の場合に区別せず(名例律56逸文)、一等を降即ち減軽すれば遠流となる。伊豆・佐渡はいずれも遠流の地。→神亀元年三月庚申条。
一三 所見の最後。天平十二年六月庚午条の祖

続日本紀　巻第九　養老《やうらう》六年正月起《よ》り神亀《じんくゐ》三年十二月尽《ま》で

従四位下《じゆしゐのげ》行民部大輔《ぎやうみんぶだいふ》兼左兵衛督《さひやうゑのかみ》皇太子学士《くわうたいしがくし》
臣菅野朝臣《すがののあそみ》真道《まみち》ら勅《みことのり》を奉《う》けたまはりて撰《せん》す

日本根子高瑞浄足姫天皇《やまとねこたかみづきよたらしひめのすめらみこと》　元正天皇《ぐゑんしやうてんわう》　第卅四

七二二年
廃朝の詔

六年《壬戌》春正月癸卯の朔、天皇《すめらみこと》[一]朝を受《う》けたまはず。詔《みことのり》[二]して曰《のたま》はく、「朕《われ》不《ふ》[三]天《てん》を以《もち》て、奄《たちまち》に凶酷《きようこく》[四]に丁《あた》れり。蓼莪《りくが》[五]の巨《おほ》き痛《いた》みに嬰《かか》りて、顧復《こふく》[六]の深《ふか》き慈《うつくし》びを懐《いだ》きぬ。悲慕《ひぼ》心《こころ》に纏《まつ》ひて、賀正《がしやう》するに忍《しの》びず。朝廷《でうちやう》の礼儀《れいぎ》皆悉《みなことごと》く停《とど》むべし」とのたまふ。

多治比三宅麻呂・穂積老を配流

○壬戌《二十日》[七]、正四位上多治比《たぢひ》[八]真人三宅麻呂《みやけまろ》謀反《むへん》[九]を誣告《むがう》し、正五位上穂積《ほづみ》[一〇]朝臣老《おゆ》乗輿《じようよ》[一一]を指斥《ししやく》すといふに坐《つみ》せられて、並《ならび》に斬刑《ざむぎやう》に処《しよ》せらる。而《しか》るに皇太子《くわうたいし》の奏《そう》に依《よ》りて、死《し》一等降《くだ》[一二]して、三宅麻呂《みやけまろ》[一三]を伊豆嶋《いづ》[一四]に、老《おゆ》[一五]を佐渡嶋《さど》[一六]に配流《はいる》す。○庚申《十八日》[一七]、西方《さいはう》に雷《かみ》なる。○庚午《二十八日》、散位《さんゐ》正四位下広湍《ひろせの》[一八]王《おほきみ》卒《しゆつ》しぬ。

山名郡を置く

二月壬申[一九]、正四位下安倍《あへ》[二〇]朝臣広庭《ひろには》を以《もち》て朝政《でうせい》に参議《さむぎ》[二一]せしむ。○丁亥《十六日》、遠《とほつ》江《あふみ》国佐益《さや》[二二]郡の八郷[二三]を割《さ》きて、始《はじ》めて山名《やまな》[二四]郡を置《お》く。○甲午《二十三日》、詔《みことのり》[二五]して曰《のたま》はく

人・名負・東人はその子らか。
一四 伊豆国。配流の場合に伊豆嶋ということがある。→㈠一七頁注一六。
一五 注一三の祖人らと共に赦。配流後一八年。
一六 佐渡国。漂着(天平勝宝四年九月丁卯条)や配流(天平宝字元年七月庚戌条)の場合に佐渡嶋とか佐渡ということがある。
一七 上の壬戌条の事件の予兆ともみなされる記事だが、壬戌と庚申では順が逆。一度抹消後の再掲か。　一八 →㈠補2―一六八。
一九 正月を大の月とすると壬申は一月三十日となり、下文の甲午は二月二十二日となって三代格の日付と一致するが、未詳。
二〇 →㈠八三頁注五。　二一 阿倍氏としては宿奈麻呂(養老四年正月庚辰没)の後任。
二二 天平十年度駿河国正税帳(古二―一一一頁)も佐益郡。民部省式上、万葉四三二五に、佐野郡。和名抄に山口・小松・邑代・幡羅・日根・駅家の六郷、天慶七年の長福寺銅鐘名に原田郷(平遺、金石文五一号)。現在の静岡県掛川市のうち、南方の一部を除いた大半の地域。
二三 山名郡を和名抄は山名・衾田・宇知・信芸・荻戸・久努の六郷とするので地名辞書は八を六の誤とするが八で可か。和名抄の郷名には欠脱が多い。
二四 現在の静岡県磐田郡の諸町や袋井市の大半と磐田市の一部。佐益郡の西隣。天孫本紀に「物部印岐美連公、志紀県主・遠江国造・久努直・佐夜直等祖」。佐益郡は左益直、山名郡は久努直の本拠か。国造本紀に「久努国造、筑紫香椎朝代、以二物部連祖伊香色男命孫印播足尼一、定二賜国造一」とみえる。
二五 以下は衛士・仕丁の勤務年限を三年とすることを命じた詔。三代格は養老六年二月廿二日の勅とし、内容に出入がある。→補9―一。

去養老五年三月廿七日、兵部卿従四位上阿倍朝臣首名等奏言、諸府衛士、往[1]往偶語、逃亡難レ禁。所二以然一者、壮年赴レ役、白首帰レ郷。[2]艱苦弥深、遂[3]陥二疏網一。望令下三周相替、以慰中懐土之心上。朕君二有天下一、八二載於今一、[4]思レ済二黎元一、無レ[5]忘二寝膳一。向隅之怨、[6]在二余一人一。[7]自後、諸衛士・仕丁、便減二役年之数一、以慰二人子之懐一。其限二三載一、以為二一番一、依レ式[8]与替。莫レ令二留滞一。○戊戌、詔曰、[9]市頭交易、元来定レ価。比日以後、多不レ如レ法。因レ茲本[10]源欲レ断、則有二廃レ業之家一、末流無レ禁、則有二姧非之[11]侶一。更量二用銭之便宜一、欲レ得二百姓之潤利一。其用二二百銭一、当二一両銀一。仍買物貴賤、価銭多少、随レ時平章、永為二恒式一。如有レ違者、職事官主典已上、除二却当年考労一。自[12]餘不レ論二蔭贖一、決杖六十。」賜二正六位上矢集宿禰虫麻呂田五町、従六位下陽胡史[13]真身四町、従七位上大倭忌寸小

1往〔底〕—々
2艱〈意改〉(大改)—報→校補
3陥〔兼重〕
4思〔高擦重〕
5忘(兼・谷、大)—忌〔東・高〕
6在〔谷重〕
7自ノ下、ナシ—今以(大補)→校補
8与〔兼・東・高、大改〕—為(谷)→校補
9市頭〔兼朱傍イ・谷朱傍イ、大改、類八〇〕—予頃(兼・谷・高)、弔頃(東)、吊頭(高朱傍イ)→校補
10源—ナシ(高)
11侶(底傍・兼朱抹朱傍・谷朱抹朱傍・東・高、大、類八〇)—俗〔兼原・谷原〕→校補
12餘→校補
13真—直(高)

一 阿倍首名は霊亀元年五月に任じられてから神亀四年二月に没するまで兵部卿。
二 →㊀七五頁注三三。
三 三代格によるとこの奏言は左衛士府督大伴牛飼・右衛士府督日下部老らの解に基づく。
四 前注の左右衛士府の他、衛士は衛門府にも配属。衛士→㊀一七一頁注六・補2-九六。
五 三代格では「処々偶語」。偶語は向いあって話す意。この詔の出た二月や阿倍首名が奏言した三月は、衛士らの故郷でも農耕が始まる季節。だから下文に「懐土」とある。
六 奔亡とも(和銅四年九月丙子条)。
七 礼記、曲礼に「三十曰レ壮」。ここでは青壮年期の意。次の白首、白髪の頭と対語。
八 勅に「法網」。法は「疏」をよしとする。
九 勅では「三年一度交替」。和銅四年九月甲戌の詔によれば既に「毎年代易」になっているはず。養老軍防令8もそれを受けたのか、同じく「一年」。しかし下文に「役年の数を減して三年とする」とあり、上文に「壮年」から「白首」までとあるので、大宝軍防令には「一年」という規定がなかったとみられている。
一〇 皆に背をむけ、部屋の隅に向って。漢書刑法志に「満堂而飲レ酒、有二一人郷(嚮)レ隅而悲泣一、則一堂為レ之不レ楽」。
一一 養老賦役令38に「三年一替」。衛士の「一年」と同様に、大宝賦役令では年限の規定を欠いていたらしい。仕丁→㊀一五五頁注一三。
一二 この式は兵部省式で「衛士相替、三年為レ限」となるが仕丁の役年は民部省式でも不明。
一三 銅銭の銀に対する比価つまり銭価を前年(養老五年正月丙子条)の半分にした詔。このころの銭価の急速な低落、物価の騰貴を示す。
一四 頭は辺(天平宝字八年三月己未条)。

衛士・仕丁の勤務年限を三年とする

く、「去《さ》りぬる養老《やうらう》五年三月廿七日、兵部卿《ひやうぶきやう》[一]従四位上阿倍《あへ》[二]朝臣首名《おびとな》ら奏《そう》[三]して言《まう》さく、「諸府《しよふ》の衛士《ゑじ》[四]、往往《わうわう》[五]に偶語《ごうぎよ》して、逃亡《たうばう》[六]すること禁《いさ》め難《がた》し。然《しか》る所以《ゆゑ》は、壮年《さうねん》[七]にして役《やく》に赴《おもぶ》き、白首《はくしゆ》にして郷《がう》に帰《かへ》りぬ。艱苦《かんく》弥《いよいよ》深《ふか》くして、遂《つひ》に疎網《そまう》[八]に陥《おちい》る。望《のぞ》まくは、三周《みめぐり》[九]して相替《あひかは》りて、懐土《くわいど》の心《こころ》を慰《やす》めしめむことを」とまうす。朕天下《われあめのした》を君《きみ》として有《たも》てること、今《いま》に八載、黎元《おほみたから》を済《すく》はむことを思《おも》ひて、寝膳《しむぜん》に忘《わす》るること無し。向隅《かうぐ》[一〇]の怨《うらみ》、余《われ》一人に在《あ》り。自後《じご》、諸《もろもろ》の衛士《ゑじ》・仕丁《じちやう》[一一]、便《すなは》ち役年《やくねん》の数《かず》を減《げむ》して、人子《じんし》の懐《おもひ》を慰《やす》めむ。其《そ》れ三載を限《かぎ》りて一番と為《な》し、式《しき》[一二]に依《よ》りて与《とも》に替《か》へよ。留滞《るたい》せしむること莫《なか》れ」とのたまふ。

銅銭の銀に対する比価を切下げる

○戊戌《二十七日》、詔《みことのり》[一三]して曰《のたま》はく、「市《いち》の頭《ほとり》[一四]に交易《けうやく》するに、元来価《もとよりあたひ》[一五]を定《さだ》む。比日《このころ》より以後《のち》、多《おほ》く法《のり》[一六]の如《ごと》くならず。茲《これ》に因《よ》りて、本源《ほんぐゑん》[一七]断《た》たむと欲《せ》ば、業《わざ》を廃《や》むる家《いへ》有らむ、末流《ばつりう》[一八]禁《いさ》め無くは、奸非《かんひ》の侶《ともがら》有らむ。更《あらた》めて用銭《ようせん》の便《べん》宜《ぎ》を量《はか》りて、百姓《はくせい》の潤利《じゆんり》を得《え》むと欲《す》。其《そ》[一九]れ二百銭を用《も》ちて、一両の銀《ぎん》に当《あ》てよ。仍《より》て買物《ばいぶつ》の貴賤《くゐせん》、価銭《かせん》の多少《たせう》は、時《とき》に随《したが》ひて平章《へいしやう》[二〇]して、永《なが》く恒式《ごうしき》とせよ。如《も》[二一]し違《たが》ふこと有らば、職事《しきじ》[二二]の官《くわん》の主典《さうくわん》已上は、当年《そのとし》の考労《かうらう》を除《のぞ》き却《しりぞ》けよ。自餘《そのほか》は蔭贖《おむぞく》[二三]を論《あげつら》はず、決杖《くゑちぢやう》六十」とのたまふ。

養老律令撰定者への賜田

正六位上矢集《やづめ》[二四]宿禰虫麻呂《むしまろ》に田《た》五町を賜《たま》ふ。従六位下陽胡《やこ》[二五]史真身《まみ》に四町。従七位上大倭《やまと》[二六]忌寸小《を》

一五 関市令12に「市司准㆓貨物時価㆒為㆔三等㆓」、同13に「官与㆑私交関、以㆑物為㆑価者、准㆓中估価㆒」などの規定がある。
一六 市司の定めた物価が守られていない。
一七 原因を追及して厳しく取締まれば。
一八 結果を放置して置けば。
一九 前年の例に倣えば銅銭五〇で銀銭一としたことになるが、銀銭は問題にしていない。
二〇 平章は相談して一致点を求めること。商品の上等・下等の査定やその定価は今後も随時変更してよいが、その都度必ず二百銭対一両銀という銭価での平章を原則とせよの意。
二一 平章して定めた銭価を守らなければ。
二二 交易の当事者が官人の主典以上ならば、一年分の労(勤務)の考(評定)が破棄される。職事→五三頁注二四。
二三 蔭や贖の特典を認めず、一律に杖六〇の実刑を科する。蔭贖→〔一〕一五七頁注二。
二四 以下は養老律令撰定に関わる功田の授与。矢集虫麻呂は明法学者として著名。→補8-七五。これら五人の功田は天平宝字元年十二月壬子に下功と議定し子に伝えることとしたが、虫麻呂の五町は大同元年二月庚申(後紀)に子がないため収公。
二五 後に豊後守・但馬守。また大仏に銭一〇〇〇貫・牛一頭を献じ(要録二)、その四子も銭各一〇〇〇貫を献じた(天平勝宝元年五月戊辰条)。陽胡史→〔一〕補1-一四〇。真身は漢語に通じ(天平二年三月辛亥条)、和名抄所引の楊氏漢語抄はその撰かという。
二六 大倭神社の神主の家に生まれ、父について法律を学び、霊亀二年に入唐請益、後に地方官を歴任、大和宿禰長岡と改賜姓。神護景雲三年十月没。大和国造、正四位下。養老六年には三十四歳。大倭忌寸→〔一〕補1-四二。

東人四町、従七位下塩屋連[1]吉麻呂五町、正八位下百[2]済人成四町一。[3]並以下[4]選二律令一功上也。又賜下諸有二学術一者廿三人田上各有レ数。〇三月壬寅朔、日有レ蝕之。〇戊申、以二正四位下阿倍朝臣広庭一知二河内和泉事一。〇辛亥、伊賀国金作部東人、伊勢国金作部牟良・忍[5]海漢人安得、近江国飽波漢人伊太須・韓[6]鍛冶百嶋・忍海部[7]乎太須、丹波国韓[8]鍛冶首法麻呂・弓削部名麻呂、播磨国忍海漢人麻呂・韓[9]鍛冶百依、紀伊国韓[10]鍛冶杭田、鎧作名床等、合七十一戸、雖三姓渉二雑工一、而尋二要本源一、元来不レ預二雑戸之[11]色一。因除二其号一、並従二公戸一。〇夏四月丙戌、征二討陸奥蝦夷、大隅・薩摩隼人等一将軍已下及有功蝦夷、并訳語人、授二勲[12]位一各有レ差。」始制、[13]大宰管[14]内大隅・薩摩・多褹・[15]壱[16]伎・[17]対馬等司有レ闕、選二府官人一[18]権補之。〇庚寅、詔曰、周[19]防国[20]前守従五位上山田史御方、[21]監臨犯レ盗。理[22]合二除免一。先経二恩降一、赦レ罪已訖。然依レ法備レ贓、

1吉〈意改〉(大改)―土々〔兼・谷原・東・高〕、土(谷抹)、古(類一四七)→校補
2済→校補
3並(大改、類一四七)―置〔兼・谷原・東・高〕、始(谷抹傍)→校補
4選―撰(大改)
5海〈意補〉(大補)―ナシ
6鍛〈意改〉(大)―鍜
7乎〔兼・谷原・東・高、大改〕―ナシ(谷抹)
8・9鍛〈意改〉(大)―鍜
10鍛〈意改〉―鍜
11色(谷傍イ、大改)―邑〔兼等〕→校補
12位以下二四字→校補
13大―太〔底〕→校補
14内〔谷重〕
15壱→校補
16伎―岐〔底〕→校補
17対＝對〔兼重〕―封(兼原)
18権〈意改〉(大改)―擁→校補
19防―坊(東)
20前ノ上、ナシ〔兼抹〕―備(兼原)
21監〈意改〉(大改)―覧
22合〈意改〉(大改)―今〔兼等〕、令(谷傍イ)→校補

一 →補8-七三。
二 天平宝字二年七月丙子条以下にみえる山田銀(白金)と同一人物。→補9-三。
三 養老律令→補9-四。大宝律令の場合の大宝元年八月癸卯条に対比すべき行賞か。
四 「学術」の語はここのみだが、前年正月甲戌に「学業」の師範たるべき者に賞賜があり、その「明経」から「医術」までの合計は、本条に重出する矢集虫麻呂・塩屋吉麻呂を除くと二二人となる。ここの「廿三人」はそれらの人々か。
五 この日はユリウス暦の七二二年三月二十二日。奈良における食分は三。→〔一〕補1-七五。
六 →〔一〕八三頁注五。時に参議・左大弁。
七 知河内和泉事→補9-五。
八 以下の雑工の人名はいずれも他にみえない。金作→補9-六。
九 伊勢国朝明郡大金郷がその居地という。
一〇 忍海は大和国の郡名(補8-四七)。漢人→補9-七。
一一 飽波は大和の地名だが、近江国犬上郡野波郷にも飽波の一族が住む(古六-一二九頁)。
一二 韓鍛冶は応神記に百済から「手人韓鍛、名卓素」を貢上したとみえ、近江のそれは石山院の雑使に辛鍛赤万呂(古一五-二四二頁)。また鍛冶戸ならば、平安時代にも木工寮式に「近江国卌四烟」。
一三 忍海部は飯豊青皇女の名代という。
一四 韓鍛冶首は韓鍛冶の管理者の氏。鍛冶戸ならば、丹波にもいた(木工寮式)。
一五 弓削は天平勝宝四年二月己巳条でも雑戸。弓削部はその部民なので系譜は別。
一六 →注一〇。 一七 鍛冶戸ならば、木工寮式に「播磨国十六烟」。
一八 前注と同じく「紀伊国十三烟」。
一九 鎧は甲。山背甲作→一九頁注一八。

東人《あづまひと》に四町、従七位下[一]塩屋《しほや》連吉麻呂《きちまろ》に五町。正八位下[二]百済人成《くだらのひとなり》に四町。並《ならび》に[三]律令《りちりやう》を選《えら》ひたる功《くう》を以《もち》てなり。また諸《もろもろ》の[四]学術《がくじゆつ》有らむ者廿三人《ひと》に田《た》を賜《たま》ふこと各《おのおの》数《かず》有り。

雑工人の姓を改める

三月壬寅の朔、[五]日《ひ》蝕《は》ゆること有り。〇戊申［七日］、正四位下[六]阿倍《あへ》朝臣広庭《ひろには》を以《もち》て、[七]河内《かふち》・和泉《いづみ》の事《こと》を知《し》らしむ。〇辛亥［十日］、伊賀《いが》国[八]金作部東人《かなつくりべのあづまひと》、[九]伊勢《いせ》国金《かな》作部牟良《つくりべのむら》・[一〇]忍海漢人安得《おしぬみのあやひとあんとこ》、近江《ちかつあふみ》国[一一]飽波漢人伊太須《あくなみのあやひといたす》・[一二]韓鍛冶百嶋《からかぬちのももしま》・[一三]忍海《おしぬみ》部乎太須《べのをたす》、丹波《たには》国[一四]韓鍛冶《からかぬち》首法麻呂《のりまろ》・[一五]弓削部名麻呂《ゆげべのなまろ》、播磨《はりま》国[一六]忍海漢人麻呂《おしぬみのあやひとまろ》・[一七]韓鍛冶百依《からかぬちのももより》、紀《き》伊国[一八]韓鍛冶杭田《からかぬちのくひた》・[一九]鎧作名床《よろひつくりのなとこ》ら、合《あは》せて七十一戸、姓[二〇]雑工《ざふく》に渉《わた》ると雖《いへど》も、本源《ほんぐゑん》を尋《たづ》ね要《もと》むるに、[二一]元来雑戸《もとよりざふこ》の色《しき》に預《あづか》らず。因《より》てその号《な》を除《のぞ》きて、並《ならび》に公戸《くうこ》に従《したが》はしむ。

蝦夷・隼人征討への行賞

夏四月丙戌［辛未朔 十六日］、[二二]陸奥《みちのおく》の蝦夷《えみし》、大隅《おほすみ》・薩摩《さつま》の隼人《はやひと》らを征討《せいたう》せし[二三]将軍《しやうぐん》已下と、有功《いさをし》の蝦夷《えみし》と、并《あは》せて[二四]訳語《をさ》の人《ひと》に、[二五]勲位《くんゐ》を授《さづ》くること各《おのおの》差《しな》有り。[二六]始《はじ》めて制《せい》すらく、「大宰《だいさい》の管内《くわんない》の大隅《おほすみ》・薩摩《さつま》・[二七]多褹《たね》・壱伎《いき》・対馬《つしま》らの司闕《つかさくゑち》有らば、府《ふ》の官人《くわんにん》を選《えら》ひて権《かり》に補《ほ》せよ」といふ。

監臨犯盗の山田御方に特赦

〇庚寅［二十日］、[二八]詔《みことのり》して曰《のたま》はく、「周防《すはう》国の前守《さきのかみ》従五位上[二九]山田《やまだ》史御方《みかた》、[三〇]監臨《げむりむ》して盗《たう》を犯《をか》せり。[三一]理《ことわり》除免《ぢよめん》すべし。[三二]先《さき》に恩降《おんがう》を経《へ》て、罪《つみ》を赦《ゆる》さるること已《すで》に訖《をは》りぬ。然《しか》れども[三三]法《はふ》に依《よ》りて贓《ざう》を備《そな》ふ

二〇 ここでは雑工戸の意。雑工→補9-八。
二一 諸官司に隷属して特殊な技術を世襲させられる人々。→[一]補2-九三。
二二 以下は前々年から前年にかけての蝦夷・隼人征討関係者に対する行賞だが、遅くなったのは元明死去のためもあるか。
二三 征討した将軍たち→補9-九。
二四 通訳、通事。大蔵省式に唐・新羅・渤海・奄美などの語の訳語・通事がみえる。ここでは蝦夷・隼人の語を解する者。
二五 軍功などによって与えられる栄爵。→[一]補2-三八。
二六 大宰管内諸国の掾以下の銓擬は大宝二年三月丁酉条で認められているが、二国三島に限っては守・介の権任まで、府の官人の任用を認めた措置。延喜式などには残っていない。
二七 鹿児島県種子島。以下三島では島司。
二八 監臨盗を犯した山田御方に贓(不正に授受奪取された財貨。訓ヌスミモノ)の徴収を特に免除した詔。学業奨励の意を含めたらしい。
二九 →[一]一一三頁注一一。周防守任官は和銅三年四月、従五位上昇叙は養老四年正月。また同五年正月から東宮に侍し、文章で賞賜されているので、監臨犯盗が露見したのは、それ以後。
三〇 管理すべき官物を盗むこと。→補9-一〇。
三一 除名・免官・免所居官の総称。赦によって除名が免官、免官が免所居官に減軽される場合がある(名例律18・19)。
三二 前年五月己酉条または十二月戊寅条の大赦を指すか。
三三 名例律33逸文に「会二赦及降一者、盗・詐・枉法、猶徴二正贓一」とあるので、赦降に遇ってもなお正贓(盗品相当額)は徴収される。備は備償・弁償の意。

家無㆓尺布㆒。朕念、御方負㆓笈遠方㆒、[1]遊㆓学蕃国㆒。帰朝之後、伝㆓授生徒㆒、而文館学士、頗解㆓属文㆒。誠以[2]不㆑矜㆓若人㆒、蓋[3]堕㆓斯道㆒歟。宜㆘[4]特加㆓恩[5]寵㆒、勿㆖使㆑徴㆑贓焉。○辛卯、詔曰、朕遐想㆓千載㆒、旁覧㆓九流㆒、詳思㆓布政之方㆒、莫㆑[6]先㆓仁[7]恕之典㆒。故[8]振恤之恵、無㆑隔㆓遐方㆒、撫育之仁、普覃㆓[9]宇内㆒。今者、有司奏言、諸国罪人惣卌一人、[10]准㆑法[11]並当㆓流已上㆒者。毎㆑聞㆓此奏㆒、朕甚愍之。万方有㆑辜、在㆓余一人㆒。宜㆘所㆑奏罪人、[12]並従坐者、[13]咸[14]皆放免㆖。勿㆓案検㆒焉。」唐人王元仲始造㆓飛[15]舟㆒進之。天皇[16]嘉歎、授㆓従五位下㆒。○[17]辛[18]卯、主税寮加㆓史生二人㆒。通㆑前六員。○閏四月乙丑、太政官奏曰、迺者、辺郡人民、暴被㆓寇賊㆒、遂[19]適㆓東西㆒、流離分散。若不㆑加㆓矜恤㆒、恐貽㆓後患㆒。是以、聖王立㆑制、亦務実㆑辺者、蓋以㆑安㆓中国㆒也。望請、陸奥按察使管内、百姓庸

1 遊学—ナシ(東)
2 不(谷傍補、大)—ナシ〔兼・谷原・東・高〕
3 堕〔兼・谷擦重・東・高擦重、大〕—随(谷原・高原)
4 特(谷重、大)—持〔兼・谷原・東・高〕
5 寵〔大〕—寵(兼等)
6 先〔谷重〕
7 恕—怒(東)
8 振—賑(大)
9 宇＝寓—寓〔底〕→校補
10 准(谷重、大)—唯〔兼・谷原・東・高〕
11 並—普〔底〕→校補
12 従—徒〔底〕→校補
13 咸〔兼・谷、大〕—成(東・高)
14 皆〔兼朱傍補〕—ナシ(兼原)
15 舟→脚注
16 嘉〔兼重〕
17 辛卯—ナシ(大衍)→脚注
18 卯→校補
19 適→校補

一 持統紀六年十月条に「前為㆓沙門㆒、学㆓問新羅㆒」とみえる。笈は竹などで編んだ箱。書物や旅行具を入れて背負う。蕃国は新羅。公式令1集解古記に「蕃国者新羅也」とある。

二 養老五年正月甲戌条に賞賜された文人の中に「文章」として挙げられている。

三 流刑以上の重罪人とその従犯とを赦免する詔。このような赦は他に例がない。

四 ひろく諸学派の学問を観て。九流は漢書芸文志にいう儒・道・陰陽・法・名・墨・縦横・雑・農の九学派。

五 他人への思いやりの仁と他人を許す恕とは儒家の最も重んずるところである。

六 役所、役人。獄令2に「刑部省及諸国、断㆓流以上若除免官当㆒者、皆連㆓写案㆒、申㆓太政官㆒。按覆理尽申奏」とあり、刑部省、諸国司も関係するが、特に太政官をいう。

七 書経、湯誥に「万方有㆑罪、在㆓予一人㆒」。

八 従犯。首犯より一等減軽(名例律42逸文)。

九 扶桑略記にはこの四月に係けて「唐人王元仲造㆓飛車㆒貢朝。天子嘉歎、授㆓従五位下㆒」とあるが、選叙令12集解古記には「无参合㆓和飛丹薬㆒授㆓五位㆒」とあり、本条の飛舟はこの飛丹の誤か。飛舟・飛車は中国で速い舟・車、飛丹は道家の仙薬として南史陶弘景伝等に見える。

一〇 干支重複は以下の記事の追加のためか。

一一 民部省主税寮は職員令23に「史生四人」。「通㆑前六員」とあるので大宝官員令も「史生四人」であったことが判る。史生の増員→㊀補4-二九。

一二 この太政官奏は陸奥按察使管内の租税の特例(第一項)、百万町歩開墾計画(第二項)、出挙利率軽減(第三項)、陸奥鎮所への運穀奨励(第四項)の四項から成るが、最初の「陸奥

るに、家《いへ》に尺布《せきふ》も無し。朕念《われおも》はくは、「御方《みかた》は笈《きふ》[一]を遠方《ゑんはう》に負《お》ひて、蕃国《ばんこく》に遊学《いうがく》しぬ。帰朝《くゐでう》の後《のち》、生徒《せいと》に伝《つた》へ授《さづ》けて、文館《ぶんくわん》の学士《がくし》、頗《すこぶ》る属文《しよくぶん》[二]を解《さと》れり。誠《まこと》に若《かくのごと》き人《ひと》を矜《めぐ》まずは、蓋《けだ》し斯《こ》の道《みち》を堕《おと》さむか」とおもふ。特《こと》に恩寵《おんちよう》を加《くは》へて、贓《ざう》を徴《はた》らしめむこと勿《な》かるべし」とのたまふ。

流刑以上の重罪人・従犯を赦す

○辛卯（二十一日）、詔《みことのり》[三]して曰《のたま》はく、「朕遐《われはる》かに千載《せんさい》を想《おも》ひ、旁《あまね》く九流《きうりう》[四]を覧《み》て、詳《つばひ》らかに布政《ふせい》の方《みち》を思《おも》ふに、仁恕《じんしよ》[五]の典《のり》より先《さき》なるは莫《な》し。故《ゆゑ》に振恤《しんじゆつ》の恵《めぐみ》、遐方《かはう》を隔《へだ》つること無く、撫育《ふいく》の仁《じん》、普《あまね》く宇内《くにのうち》に覃《およぼ》さむ。今《いま》者、有司《うし》[六]奏《そう》して言《まう》さく、「諸国《くにぐに》の罪人《ざいにん》摠《すべ》て卅一人、法《はふ》に准《なずら》ふるに並《ならび》に流《る》已上に当《あた》れり」とまうす。この奏《そう》を聞《き》く毎《ごと》に、朕甚《われはなは》だ愍《あはれ》ぶ。万方《ばんはう》[七]辜《つみ》有らば、余《われ》一人に在《あ》らむ。奏せる罪人《ざいにん》、並に従坐《じゆざ》[八]の者《ひと》は、咸《ことごと》く皆放免《みなはうめん》すべし。案検《あんけむ》すること勿《なか》れ」とのたまふ。唐人王《もろこしのひとわう》[九]元仲始《ぐゑんちうはじ》めて飛舟《ひしう》を造《つく》りて進《たてまつ》る。天皇《すめらみこと》嘉《よみ》し歎《ほ》めて、従五位下を授《さづ》く。○辛[一〇]卯、主税寮《しゆさいれう》に史生《ししやう》二人を加《くは》ふ。前《さき》[一一]に通《つう》して六員。

陸奥按察使管内の租税を減免

閏四月（辛丑朔）乙丑（二十五日）、太政官《だいじやうぐわん》[一二]奏《まう》して曰さく、「廼者《このころ》、辺郡《へんぐん》[一三]の人民《じんみん》、暴《には》かに寇賊《こうぞく》[一四]を被《かがふ》り、遂《つひ》に東西《とうさい》[一五]に適《ゆ》きて、流離《りうり》分散《ぶんさん》す。若《も》し矜恤《きようじゆつ》を加へずは、恐《おそ》るらくは後患《こうくわん》を貽《のこ》さむ。是《ここ》を以《もち》て聖王《せいわう》制を立《た》て、亦務《またつと》[一六]めて辺《へん》を実《み》つるは、蓋《けだ》し中国《ちうこく》を安《やす》みするを以《もち》てなり。望《のぞ》み請《こ》はくは、陸奥按察使《みちのおくのあんせちし》[一七]の管内《くわんない》の、百姓《はくせい》の庸《よう》[一八]

按察使管内」が第二項以下にも係るか否か、見解が分れている。→補9-一一。
一三 辺境地方の人民。郡は国郡の郡ではない。
一四 養老四年二月に隼人、同九月に蝦夷が反乱を起している。
一五 あちこちに彷徨する。ここでは後者への対策のみ。「東西」は唐の俗語で、斉明紀五年七月条の「不レ許二東西一」に「かにかくにすること許さず」との古訓があり、枕草子にも「袖をとらへてとうさいせさせず」とある。
一六 辺境の充実に努めることは、思うに中央を安堵させることでもある。王符の潜夫論に「先聖制レ法、亦務実レ辺。蓋以安二中国一也」。
一七 養老五年八月から出羽も管隷。陸奥按察使→七九頁注二〇。
一八 養老四年十一月甲戌の勅で一年分は減免としたが、これからも漸減することとして。侵は漸進的にの意。ヤヤクはヤウヤクの古形。

一 更は漢代の辺防などの兵役。律令制では賦役令19により兵士は庸と雑徭が免除されるが、陸奥按察使管内では下文の布を徴収するだけで調も免除することとした。
二 養老元年十二月格（賦役令4集解古記所引）による一般の庸布の規格よりも短狭であるが、主計寮式に「狭布二丁成端〈長三丈七尺・広一尺八寸〉」、陸奥国・出羽国について「輸二狭布一」とあるのはこの規格の遺制か。
三 →〔一〕補4-七。 四 →〔一〕補2-一三九。
五 →〔一〕補2-九六。 六 →〔一〕一三七頁注一七。
七 →〔一〕補5-一五。 八 →〔一〕補5-一五。
九 →補8-四八。 一〇 →〔一〕一五五頁注一三。
一一 →〔一〕補2-一三九。 陸奥の采女の例は万葉三八〇七。
一二 女の仕丁。仕女丁、女丁とも。賦役令38

調侵[1]免、勧ニ課農桑一、教ニ習射騎一、更税助辺之資、使レ擬ニ賜レ夷之禄一。其税者、毎ニ卒[2]一人一、輸[3]レ布長一丈三尺、闊[4]一尺八寸、三丁成レ端。其国授刀・兵衛・々士及位子・帳[5]内・資人、并防閤[6]・仕丁・采女・仕女、如レ此之類、皆悉放還、各従ニ本色[7]一。若有レ得レ考者、以ニ六年一為[8]レ叙、一叙以後、自依ニ外考一。即他境之人、経レ年居住、准レ例徴レ税、以ニ見来占附後一年一、而後依レ例。又食之為レ本、是民所レ天。随レ時設レ策、治レ国要[9]政[10]。望請、勧レ農積レ穀、以備ニ水旱一、仍委ニ所司一、差ニ発人夫一、開ニ墾膏腴之地良田一百万町一、其限レ役十日、便給ニ粮食一、所レ須調度、官物借レ之、秋収而後、即令ニ造備一。若有下国郡司詐作ニ逗留[11]一、不中肯開墾上、並即解却、雖レ経ニ恩赦一、不レ在ニ免限一。如部内百姓、荒野・閑地、能加ニ功力一、収ニ獲[12]雑穀[13]三千石已上、賜ニ勲六等一。一千石以上、終レ身勿レ事。見

1 侵—浸（大改）
2 卒〔高擦重〕—年（高原）
3 輸→校補
4 闊＝濶（兼・谷重・東・高重、大）—潤〔底〕→校補
5 帳〔兼重〕
6 閤（谷・東・高、大）—閣〔兼〕
7 色（谷傍イ、大）—邑〔兼等〕
8 為—以〔底〕→校補
9 要〈意改〉（大改）—無→校補
10 政〔谷〕—改（谷傍イ）
11 留→校補
12 獲→校補
13 穀（谷傍イ、大）—敷〔兼等〕→校補

に「大国四人、上国三人、中国二人、下国一人」とあり、当時おそらく陸奥は大国、出羽は上国。なお軍防令48は帳内・資人について「並不レ得レ取…陸奥・石城・石背」とするが、「並」以下は養老令での追加規定という。

一三 もとの身分。つまり民間人。

一四 以上の者のうちで考、すなわち勤務評定が得られるのは授刀舎人・兵衛・帳内・資人（防閤は未詳）で、いずれも選叙令14では八年間の考を集めて叙位される八考だが、慶雲三年二月の格で資人のうちの位分資人を除いて六考となった。選限の改定→[一]補3―六四。

一五 外分番（外散位→[一]補3―一七）としての考。授刀舎人・兵衛・帳内・職分資人らは都で勤務しているときは内分番として八考（慶雲格で六考）で叙位されるが、陸奥・出羽などの本国に還されると、国庁や郡家に勤務しても外分番として十二考（慶雲格で十考）となる。

一六 他国の人が陸奥按察使管内に移住してきて既に何年も経っている場合で、以上に定めた徴税を適用する場合には、狭郷から寛郷に移住した場合は本居からの路程によって一年―三年の給復がある（賦役令14）が、陸奥では更に一年を加える意か。

一七 租の他に成年男子の中の兵士に指定された者のみが前記の布を輸する。

一八 以下は官奏の第二項。まず四句から成る前文を置き、次に「望請」として本題に入る形式は第一項と同じ。

一九 漢書酈食其伝に「王者以レ民為レ天、而民以レ食為レ天」とある。

二〇 そこで国司・郡司に委任して農民を徴用し。「所司」はここでは下文にいう「国郡司」。「人夫」は書紀などでオホミタカラと訓じ、一般人民をいうが、令制では歳役（雇役）などに徴

調《でう》は侵《やや》く免《ゆる》して、農桑《のうさう》を勧《すす》め課《おほ》し、射騎《しやき》を教《をし》へ習《なら》はして、[一]更税助辺《かうぜいじよへん》の資《し》は、夷《えみし》に賜《たま》はむ禄《ろく》に擬《なずら》へしめむことを。その税《おほちから》は、卒《そち》一人毎《ごと》に、[二]布《ぬの》を輸《いだ》すこと長《なが》さ一丈三尺、闊《ひろ》さ一尺八寸、三丁に端成《むらな》せ。その国《くに》の[三]授刀《たちはき》・[四]兵衛《ひやうゑ》・[五]衛《ゑ》士《じ》と、[六]位子《ゐし》・[七]帳内《ちやうない》・[八]資人《しにん》と、并《あは》せて[九]防閤《ばうかふ》・[一〇]仕丁《じちやう》・[一一]采女《うねめ》・[一二]仕女《じによ》、此《かく》の如《ごと》き類《たぐひ》は、皆悉《みなことごと》く放《ゆる》し還《かへ》して、[一三]各本色《おのおのほんじき》に従《したが》はせよ。若《も》し[一四]考《かう》を得《え》むこと有らば、六年を以《もち》て叙《じよ》と為《な》し、一叙以後は、自《おのづか》ら[一五]外考《ぐゑかう》に依《よ》らむ。即《すなは》ち[一六]他境《たきやう》の人《ひと》、年《とし》を経《へ》て居住《きよぢう》し、[一七]例《ためし》に准《なずら》へて税《おほちから》を徴《はた》らむには、見来占附《げんらいせむふ》の後《のち》一年を以てし、而《しか》して後に例《ためし》に依らむ。[一八]また食《じき》の本《もと》とある、[一九]是民《これたみ》の天《てん》とする所《ところ》なり。時《とき》に随《したが》ひて策《しやく》を設《まう》くるは、国《くに》を治《をさ》むる要政《えうせい》なり。望《のぞ》み請《こ》はくは、農《のう》を勧《すす》め穀《こく》を積《つ》みて、水旱《すいかん》に備《そな》へ、仍《より》て[二〇]所司《しよし》に委《まか》せて、人夫《にんぶ》を差《さ》し発《おこ》し、[二一]膏腴《かうゆ》の地《ち》[二二]良田《らうでん》一百万町を開《ひら》き墾《は》り、その[二三]役《やく》を限《かぎ》ること十日にして、便《すなは》ち粮食《らうじき》を給《たま》ひ、須《もち》ゐる[二四]調度《でうど》は、官物《くわんもち》これを借《か》し、[二五]秋収《しうしゆ》して後《のち》に、即《すなは》ち造《つく》り備《そな》へしめむことを。若《も》し国郡司《こくぐんし》詐《いつは》りて[二六]逗留《とうりう》を作《な》して、[二七]肯《あへ》て開《ひら》き墾《は》らぬこと有らば、並《ならび》に即《すなは》ち解《げ》却《きやく》せむ。恩赦《おんしや》を経《ふ》と雖《いへど》も、免《ゆる》す限《かぎり》に在《あ》らざらむ。如《も》し[二八]部内《ぶない》の百姓《はくせい》、[二九]荒《あ》れたる野《の》閑《いとま》なる地《ところ》に、能《よ》く功力《くうりき》を加《くは》へて、[三〇]雑穀《ざふこく》を収《と》り獲《か》らむこと、三千石已上には、[三一]勲《くん》六等を賜《たま》へ。[三二]一千石以上には、身《み》終《を》ふるまで事《こと》勿《な》からしめむ。見《げん》

用するために予め指定されている人民を「丁」といい、雑徭その他の徭役労働のために臨時に徴用する人民を「夫」という。

二一 肥沃な地。膏も腴も、肉が豊かで脂肪が多い意。

二二 良田を上田とすると、一町の収穫は稲五百束、今日の米で約十石。百万町では約一千万石となり、当時の日本の推定人口五、六百万人の二年分の食糧になる。また、平安初期の和名抄でも、全国の田積は八六万二七六七町である。百万町歩開墾計画→補9-一一。

二三 その使役日数を一人当り十日間とする。粮食を給い官物を貸すとあるので、雑徭ではなく臨時の雑役として使役するのであろう。なお百姓身役→[一]補3-六八。

二四 開墾用具。調として納める鍬なども含む。

二五 秋の収穫後に借りた官物を造りなおさせる。しかしこの閏四月下旬から開墾し始めるとすると、今秋の収穫は無理。

二六 ぐずぐずして。即ち直ちに開墾着手を命じているのである。

二七 開墾しようとしないものはみな直ちに解任せよ。

二八 国郡司の各所管地域内の一般人民が。

二九 良田とすべき膏腴の地以外の荒地。従って収穫しうるのは下文の「雑穀」。

三〇 ここでは麦や粟も含むのであろう。→霊亀元年十月乙卯条。

三一 従五位下に相当。「賜二従五位下一」としなかったのは五位以上になると特典が多いため。

三二 一〇〇〇石以上で三〇〇〇石未満は課役免除。但しその場合、現在八位以上の者はもともと課役免除である(戸令5)から、勲位のみを一転上げる。勲位は勲十二等が最低で従八位下に相当。

帯二八位已上一、加二勲一転一。即酬賞之後、稽遅不レ営、追奪二位記一、各還二本色[1]一。又公私出挙、取レ利十分之三。又言、用レ兵之要、衣食為レ本。鎮無二儲粮一、何堪二固守一。募レ民出レ穀[2]、運二‐輸鎮[3]一、可[4]下程二道遠近一為上差。委輸以二遠二千斛[5]、次三千斛[6]、近四千斛[7]一、授二外従五位下一。奏可之。其六位已下、至二八位已上一、随二程遠近一運レ穀多少、亦各有レ差。語具二格中一。○五月己卯、以二式部大録正七位下津史主[8]治[9]麻呂一、為二遣新羅使一。○己丑、賜二右大臣長屋王、稲十万[10]束、籾[11]四百斛[12]一。○戊[13]戌、遣新羅使津史主治[14]麻呂等[15]拝朝。○六月壬寅、始置二木工寮史生四員一。○秋七[16]月壬申、有二客星一、見二閣道辺一、凡五日。○丙子、詔曰、陰陽錯謬、災旱頻臻。由レ是、奉二幣名山一、奠二‐祭神祇一。甘雨未レ降、黎元失レ業。朕之薄徳、致二于此一歟。百姓何罪、燋萎甚矣。宜下[17]赦二天下一、

1色(谷抹傍、大)—邑〔兼・谷原・東・高〕
2穀(谷抹傍、大)—穀〔兼・谷原・東・高〕
3鎮ノ下、ナシ—所(大)
4可→校補
5斛〔兼・東、大〕—解(谷・高)
6・7斛—解(高)
8主〔兼、大改〕—生(谷・東・高)
9治〈意改〉(大改)—沼→校補
10万＝萬(底傍・兼朱抹朱傍・谷朱抹朱傍・東・高、大、類七八)—茁〔兼原・谷原〕→校補
11籾—扨〔底〕→校補
12斛—解(高)
13戊〔高重〕→校補
14治〈意改〉(大改)—沼
15等(谷・東・高、大)—ナシ〔兼〕
16月ノ上、ナシ〔兼抹〕—月(兼原)
17赦ノ上、ナシ—大(大補)→校補

一 転は勲位を上げるときに使う功績計算の単位で、勲十二等から七等までは一転が一等、勲六等から三等までは二転が一等、勲二等と勲一等とは三転で一等上げるというふうに、上位に進むほど多くの転数を必要とする(軍防令33)。
二 授勲も位記による。→□一補2‐三九。
三 以下は官奏の第三項。出挙の利率を公私とも年三割とすること。令制の利率は公出挙が五割、私出挙が十割だったが(雑令20)、和銅四年十一月に私出挙を五割に下げ(□一一七五頁注二一)、養老四年三月には正税以外の公出挙も三割としていた。
四 以下は官奏の第四項。鎮所への運穀奨励。
五 兵士を常時駐留させて置く兵営。鎮所。陸奥国と大宰府に置く。→補9‐一一。
六 例えば常陸国那賀郡(養老七年二月戊申条)。
七 授与の実例は翌年二月戊申条に一名、翌々年二月壬子条に一二名。
八 以上の四項から成る官奏は一括して裁可され、太政官符として施行された。
九 以上の引用文に対して、以下は地の文。官奏の第四項では、六位以下八位以上を授ける場合についても、道程の遠近や運穀の多少が段階を分けて規定されていたのを、続紀撰者はかように略述し、詳細は「格の中に具なり」としたが、これら四項はみな臨時の措置であったために、後の弘仁格などには収められなかった。なお運穀によって六位以下に授与された実例もあったと思われるが、続紀は六位以下の授与は原則として載せない。
一〇 これまでの遣新羅使の中で位階は最低。従って前回(養老三年閏七月丁卯条)と同様に、大使と言わない。
一一 他にみえず。津史は葛井・船の両氏と同祖

出挙利率の軽減
陸奥鎮所への運穀奨励

に八位已上を帯《お》びたるには、勲《くん》[一]一転を加《くは》へむ。即《すなは》ち酬《むく》い賞《たま》ふ後《のち》、稽《おこた》り遅《おく》れて営《いとな》まずは、追《お》ひて位記《ゐき》[二]を奪《うば》ひて、各《おのおの》本色《ほんじき》に還《かへ》さむ。[三]また公私《くうし》出挙《すいこ》せば、利《くぼさ》を取《と》らむこと十分が三」とまうす。[四]また言《まう》さく、「兵《いくさ》を用《もち》ゐる要《えう》は、衣《い》食《しよく》を本《もと》と為《な》す。[五]鎮《ちん》に儲粮《ちよらう》無くは、何《なに》ぞ固《かた》く守《まも》るに堪《た》へむ。民《たみ》に募《つの》りて穀《こく》を出《いだ》さしめ、鎮《ちん》に運《はこ》び輸《いだ》すに、道《みち》の遠近《をんごん》を程《はか》りて差《しな》を為《な》すべし。委《まか》せ輸《いだ》すこと遠《とほ》きは二千斛、[六]次《つぎ》は三千斛、近《ちか》きは四千斛を以《もち》て、[七]外従五位下を授《さづ》けむ」とまうす。[八]奏《そう》するに可《か》としたまふ。[九]その六位已下、八位已上に至《いた》るまで、程《みちのり》の遠近《をんごん》に随《したが》ひて穀を運ぶ多少《たせう》、亦《また》各《おのおの》差《しな》有り。語《こと》は格《きやく》の中《なか》に具《つぶさ》なり。

遣新羅使任命

五月（庚午朔）己卯（十日）、式部《しきぶ》大録《だいろく》[一〇]正七位下津《つ》[一一]史主《す》治《ぢ》麻《ま》呂《ろ》を遣新羅使《けんしらきし》[一二]とす。○己丑（二十日）、右《う》大臣《だいじん》長屋王《ながやのおほきみ》[一三]に、稲《いね》[一四]十万束、籾《もみ》四百斛を賜《たま》ふ。○戊戌（二十九日）、遣新羅使《けんしらきし》津《つ》史主《す》治《ぢ》麻《ま》呂《ろ》ら拝朝《みかどをがみ》[一五]す。

六月（庚子朔）壬寅（三日）、始《はじ》めて木工寮《もくくれう》[一六]に史生《ししやう》四員を置《お》く。

旱害に際して賑給・大赦

秋七月（庚午朔）壬申（三日）、客星《かくせい》[一七]有り。閣道《かくだう》[一八]の辺《ほとり》に見《み》ゆること、凡《おほよ》そ五日。○丙子（七日）、詔《みことのり》[一九]して曰《のたま》はく、「陰陽《いむやう》[二〇]錯謬《あやま》り、災旱《さいかん》頻《しきり》に臻《いた》りぬ。是《これ》に由《よ》りて幣《みてぐら》を名山《めいさん》[二一]に奉《たてまつ》りて、神祇《じんぎ》を奠祭《でんさい》す。甘雨《かんう》降《ふ》らず、黎元《おほみたから》業《なりはひ》を失《うしな》へり。朕《わ》が薄徳《はくとく》、此《これ》を致《いた》せるか。百姓《はくせい》何《なに》の罪《つみ》ありてか、燋萎《せうゐ》[二二]すること甚《はなはだ》しき。天下《あめのした》に赦《ゆる》[二三]して、

と称し（㊀二三頁注五）、後に津連（天平宝字二年八月丙寅条）、更に菅野朝臣（延暦九年七月辛巳条）と賜姓。本拠は河内国丹治郡高鷲（現在の大阪府羽曳野市北宮）の大津神社付近かという。

一二 元明死去を告げる使か。前年十二月是月条では新羅使を放還している。

一三 →㊀補3-二四。右大臣は前年正月に任。

一四 籾にすると二万石。高官への賜与として例のない巨額。 一五 帰還は十二月庚申。

一六 宮内省木工寮の史生は令では置かず、ここで始めて置いたが、その後しばしば増減があり、式部省式上では一一人（うち権史生一人）。寮としては民部省主税寮と共に最も多い。→㊀補4-二九。

一七 恒星や惑星に対し、一時的に現われる彗星や新星。ここは新月の夜を中心に五日現われたのであるから、「客星入レ月」（皇極紀元年七月条）のように光の強い星ではないらしい。

一八 カシオペア座の内。史記天官書に「後六星絶レ漢抵ニ営室一曰ニ閣道一」。客星が入るのは不吉。

一九 以下は旱害に際して賑給や大赦を命じた詔。同様な表現や措置は慶雲二年四月壬子条・同八月戊午条以下、しばしばみえる。

二〇 天地自然の運行が誤っていて、天災や旱害がしばしばである。「災旱」とあるが、以下は旱害のみを問題にしている。下文八月壬子詔でも「少雨」。

二一 文武二年五月甲子条以下これまでは皆「名山大川」（㊀補1-七一）。しかし「名山」のみの例も天平十九年七月辛巳条にみえ、その詔は本詔と表現が類似。

二二 燋悴と同じ。やつれること。

二三 →㊀補2-九八。

1胔(谷抹傍、大、紀略)―觜〔兼・谷原・東・高〕
2流〔兼抹傍・谷抹傍・東・高、大、紀略〕―陳(兼原・谷原)
3咸―減(東)
4従原(谷・東・高、大、紀略)―原従〔兼〕→校補
5免〔兼抹傍・谷抹傍・東・高、大、紀略〕―冤(兼原・谷原)
6枉〈意改〉(大)―抂
7財―賊(東)
8臨―ナシ(高)
9免〔高重〕→校補
10如〔高擦重〕―始(高原)
11入―人〔底〕→校補
12教〔谷抹傍〕―殺(谷原)
13致―ナシ(高)
14恣―盗(高)
15務〔兼重〕
16該〈意改〉(大)―詠→校補
17戒(谷擦重、大)―或〔兼・谷原・東・高〕
18侶(谷傍補、大)―ナシ〔兼・谷原・東・高〕→校補
19令〈意改〉(大)―風→校補
20奏―秦(高)
21導〔兼・谷、大〕―遵(東・高)
22俗(底傍・兼傍・谷抹傍・東・高、大)―任〔兼・谷原〕
23妨〔高擦重〕
24近→校補
25在〈意改〉(大改)―右→校補

令中国郡司審録二冤獄一、掩レ骼埋レ胔[1]、禁レ酒断上屠。高年之徒、勤加二存撫一。自二養老六年七月七日昧爽一已前流[2]罪以下、繋囚・見徒、咸[3]従[4]二原免[5]一。其八虐、劫賊、官人枉[6]レ法受レ財[7]、監臨[8]主守自盗、々レ所二監臨一、強盗・窃盗、故殺人、私鋳銭、常赦所レ不レ免[9]者、不レ在二此例一。如[10]以レ贓入[11]レ死、並降二一等一。窃盗一度計レ贓、三端以下者入二赦限一。

○己卯、太政官奏言、内典外教[12]、道趣雖レ異、量レ才授レ職、理致[13]同レ帰。比来僧綱等、既罕二都座一、縦恣[14]横行、既難二平理一。彼此往還、空延二時日一。尺牘案文、未レ経二決断一、一曹細務[15]、極多二擁滞一。其僧綱者、智徳具足、真俗棟梁。理義該[16]通、戒[17]業精勤。緇侶[18]以レ之推譲、素衆由レ是帰仰。然以二居処非レ一、法務不レ備、雑事荐臻、終違二令[19]条一。宜下以二薬師寺　常為中住居上。又奏[20]言、垂レ化設レ教、資二章程一以方通。導[21]レ俗[22]訓レ人、違二彝典一而即妨[23]。近[24]在[25]

一 無罪を主張し続ける者があれば詳細に記録して中央に報告せよとの意。
二 放置されている白骨や遺骸があれば埋葬し。「掩レ骼埋レ胔」は、礼記、月令孟春にみえる句。鄭玄注に「骨枯曰レ骼、肉腐曰レ胔」。
三 通例は八十歳以上。→五頁注二。
四 ふつうは「大辟罪以下」すなわち死刑以下とあるのだが、このときは四月辛卯詔で放免されたために死刑該当者がいなかったか、或いは唐の赦詔の模倣か。
五 未決囚も既決の徒刑囚も現在牢にいる者はみな。 六 →五一頁注二。
七 集団強盗。山賊や野伏の類。
八 官人の受託収賄による枉法(職制律46―49)は、単なる受託枉法(職制律45)よりも、収賄額に応じて刑が加重され、最高は加役流。
九 物品管理の責任者が自ら物品を盗んだ場合と、所管の人民の物品を盗んだ場合とのどちらも。→補9―一〇。
一〇 今日の強盗・窃盗とほぼ同じ。→[一]補1―一二二。
一一 殺意の明白な殺人。傷害や過失による致死とは別。→[一]補4―八。
一二 →三頁注一八。 一三 →三頁注二〇。
一四 強盗は盗品を布に換算して一五端以上になると絞。武器を持っている場合は一〇端以上で絞(賊盗律34)。窃盗は最高でも加役流。
一五 窃盗は犯行一回ごとに盗んだ額を麻布に換算して量刑する(賊盗律35)。三端以下ならば杖八〇、三端一尺で杖九〇となる計算。
一六 仏教統制に関する二つの太政官奏。以下は第一の官奏で、僧綱は常時薬師寺に居住し、事務処理に精励せよとの提案。
一七 仏教と儒教とで説きかたは異なっていても、才能を測って適切な職務につけるという

国郡司《こくぐんし》をして[一]審《つばひ》らかに冤獄《あんごく》を録《しる》し、[二]骼《かばね》を掩《おほ》ひて胔《ししむら》を埋《うづ》み、酒《さけ》を禁《いさ》めて屠《ほふ》りを断《た》たしむべし。[三]高年《かうねん》の徒《ともがら》には、勤《つと》めて存撫《ぞんぶ》を加《くは》へよ。養老《やうらう》六年七月七日昧爽《よあけ》より已前《さき》の流罪《るざい》[四]以下、[五]繫囚《けいしう》も見徒《げんづ》も、咸《ことごと》く原免《ゆるし》に従《したが》へ。その[六]八虐《はちぎやく》と、[七]劫賊《こふぞく》と、[八]官人《くわんにん》の法《のり》を枉《ま》げて財《たから》を受《う》けたると、[九]監臨主守《げむりむしゆしゆ》自《みづか》ら盗《たう》せると、監臨《げむりむ》する所《ところ》に盗《たう》せると、[一〇]強盗《がうだう》・窃盗《せつたう》と、[一一]故殺人《こせつにん》と、[一二]私鋳銭《しじゆせん》と、[一三]常赦《じやうしや》の免《ゆる》さぬとは、この例《つら》に在《あ》らず。如《も》し[一四]贓《ざう》を以《もち》て死《し》に入《い》らば、並《ならび》に一等を降《くだ》せ。[一五]窃盗《せつたう》一度に贓《ざう》を計《かぞ》ふるに、三端以下の者《ひと》は赦《しや》の限《かぎり》に入れよ」とのたまふ。○己卯《十日》、

僧綱の薬師寺常住を命ずる

[一六]太政官奏《だいじやうぐわんそう》して言《まう》さく、「[一七]内典外教《ないてんぐゑけう》、道趣《だうしゆ》異《こと》なりと雖《いへど》も、才《ざい》を量《はか》り職《しき》に揆《はか》ること、理致《りち》帰《おもむき》を同《おな》じくす。比来《このころ》[一八]僧綱《そうがう》ら、既《すで》に[一九]都座《つざ》に罕《まれ》にして、[二〇]縦恣《ほしきまにま》に横行《わうぎやう》し、既《すで》に平《たひら》かに理《をさ》め難《がた》し。彼此往還《かれこれわうぐゑん》して、空《むな》しく時日《じじつ》を延《の》ぶ。[二一]尺牘《せきとく》の案文《あんもん》、決断《くゑちだん》を経《へ》ず、[二二]一曹の細務《さいむ》、極《きは》めて擁滞《ようたい》多《おほ》し。其《そ》れ僧綱《そうがう》は、智徳具足《ちとくぐそく》して、[二三]真俗《しんぞく》の棟梁《とうりやう》なり。理義該通《りぎがいつう》して、戒業精勤《かいごふしやうごん》なり。[二四]緇侶《しりよ》これを以《もち》て推《お》し譲《ゆづ》り、[二五]素衆《そしゆ》是《これ》に由《よ》りて帰仰《くゐがう》す。然《しか》るに居処《こしよ》一に非《あら》ず、法務《ほふむ》備《そな》はらぬを以て、[二六]雑事《ざふじ》荐《しきり》に臻《いた》りて、終《つひ》に令条《りやうでう》に違《たが》ひぬ。[二七]薬師寺《やくしじ》を以て常《つね》に住居《ぢうこ》とすべし」とまうす。

僧尼令に反する布教を禁断

また[二八]奏《そう》して言《まう》さく、「化《くゑ》を垂《た》れ教《けう》を設《まう》くること、[二九]章程《しやうてい》に資《よ》りて方《まさ》に通《つう》す。俗《ぞく》を導《みちび》き人《ひと》を訓《をし》ふること、彝典《いてん》に違《たが》ひて即《すなは》ち妨《さまた》ぐ。近在《このころざい》[三〇]

点では、理が一致している。

一八 当時の僧綱は七大寺年表に、僧正義淵・大僧都観成・少僧都弁正(弁静とも)・律師神叡。僧綱制→[一]補1-六三。

一九 都は集まること。会議や事務を行う場所。

二〇 僧綱たちが好き勝手に出歩いて事務処理を滞らせ空しく日を過している(以下は「縦恣…彼此…」と対句にして主旨は同じことを述べる。下文の「尺牘…一曹…」も同じ)。

二一 尺牘はふつう手紙をいう。ここでは僧綱が諸寺に発給する牒などを指すか。案文は文案、草稿。牒の文案さえ決定しない。

二二 僧綱の事務所の細かな事務。

二三 仏教で真諦と俗諦のこと。真俗棟梁は真実(出世間)の理にも俗世(世間)の理にも通じている頼るべき人物。

二四 僧侶たちはそういうわけで僧綱に対して謙譲だし。緇は黒絹で僧衣のこと。

二五 俗人たちもそういうわけで僧綱を敬仰している。素は白絹で俗人が着る。

二六 だから官省との連絡のようなさまざまの俗事も片づかぬままに山積するばかりであり、遂には令条(例えば公式令62の「凡受レ事、一日受、二日付畢」)にも違背する。

二七 薬師寺では以前から任僧綱儀などが行われていた(僧尼令14集解令釈所引大宝二年正月廿三日太政官処分)が、この時から僧綱の居所となる。平城京の薬師寺→補8-一四。

二八 以下は第二の太政官奏で、養老元年四月壬辰詔以来、繰返されている僧尼統制の政策。弘仁格抄にみえ、三代格に載せるが続紀と異同がある。

二九 章程は彝典と同じく僧尼令などの法規。

三〇 主として元年四月壬辰の前詔にみえる行基とその弟子等。

京僧尼、以二浅識[1]軽智一、巧[2]二説罪福之因果一、不レ練二戒[3]律一、詐二誘都裏之衆庶一。内黷二聖教一、外虧二皇猷一。遂令二人之妻子剃髪刻膚一、動称二仏法一、輙離[4]二室家一。無レ懲二綱[5]紀一、不レ顧二親夫一。或負レ経捧レ鉢、乞二食於街[6]衢之間一、或偽誦二邪[7]説一、寄二落於村邑之中一、聚宿[8]為レ常、妖[9]訛成レ群。初似二脩[10]道一、終挾二姧乱一。永言二其弊[11]一、特須二禁断一。奏可之。」太白昼[12]見。○戊子、詔曰、朕以二庸[13]虚一、紹二承鴻業一、剋レ己自勉、未レ達二天心一。是以、今夏無レ雨[14]、苗稼不レ登。宜レ令下天下国司、勧二課百姓一、種二樹晩[15]禾・喬[16]麦及大小麦一、蔵置儲積、以備中年荒上。○丁酉、太[17]白犯二歳星一。」自二五月一不レ雨、至二是月[18]一。○八月壬子、詔曰、如聞、今年少[19]レ雨[20]、禾稲不レ熟。其京師及天下諸国当年田租並宜[21]レ免之。○丁卯、令[22]下諸国司簡二点柵戸一千人一、配中陸奥鎮所上焉。」伊勢・志摩・尾張・参河・遠江・美濃・飛騨[23]・若狭・越

1 識〔高重〕
2 巧〈谷傍イ、大改〉—功〔兼等〕→校補
3 戒〈谷抹傍、大〉—或〔兼・谷原・東・高〕→校補
4 離〈谷擦重、大〉—雖〔兼・谷原・東・高〕→校補
5 綱〔兼重〕
6 街→校補
7 邪〔兼傍〕—耶〈兼〉
8 宿→校補
9 妖〔高重〕→校補
10 脩—備〈高〉
11 弊〔大〕—幣〈兼等〉
12 昼＝晝—画＝畫〈高〉
13 庸〈意改〉〈大改〉—膚〔兼・谷・東・高擦重〕→校補
14 雨〈谷重、大〉—丙〔兼・谷原・東・高〕
15 晩〔谷重〕→校補
16 喬—蕎〈大〉→校補
17 太—大〈紀略〉
18 月〔紀略改〕—日〈紀略原〉
19 少〔兼・谷・大、類八三・紀略〕—小〈東・高〉
20 雨禾〔高擦重〕—禾〈高原〉
21 宜〔類八三補〕—ナシ〈類八三原〉
22 令〔谷重、大〕—今〈兼・谷原・東・高〉
23 驒—弾〈高〉

一 元年四月壬辰の前詔では「妄説二罪福一」。
二 仏教の内部では仏の教えを貶しめ、外部に対しても国策を傷つけることになる。
三 人の妻や子を信者にして、家を離れ夫や親を捨てさせてしまう。下文に「不レ顧二親夫一」とある。行基らの集団には女性や青少年が目立ったのであろう。
四 髪を剃り膚を剝がせ。前詔では「剪レ髪髡レ鬢」「焚二剝指臂一」。膚を剝ぐのは写経に使ったらしく、僧尼令27集解古記に「剝二身皮一写経」とある。
五 僧尼令の諸条のような禁令も恐れず。
六 鉢を捧げて乞食することは正規の僧尼ならば僧尼令5で許されている。私度僧だから禁断される。
七 村々に身を寄せ、常に集団で泊りこみ、徒党をなして奇怪なことを言いふらしている。上文には「在京」「都裏」「街衢」とあって、いずれも平城京内を横行している様子であるのに、ここだけに「村邑」とあるのは不審。三代格所収の格でこれに相当する語句は「坊邑」である。平城京周辺の村々と解せないこともないが、或いは続紀の編集に際して語句を不用意に換えたものか。
八 三代格はこの後に続けて、京職や国司が判官一人を取締りに派遣することなど、具体的な対策を記しているが、続紀は編集に際してその部分を省いている。
九 太白は金星。和名抄に「暮見二西方一。…〈由不豆豆〉」。晋書天文志に「太白…昼見、与レ日争レ明。強国弱、小国強。女主昌」とあり、「女主」の元正にとっては吉か。ただし、同じ現象を凶に解する場合もある。↓一九五頁注二〇。
10 以下の詔は七月丙子詔と同じく旱害対策。

京《きやう》の僧尼《ほふしあま》、浅識軽智《せんしききやうち》を以《もち》て、罪福《ざいふく》[一]の因果《いんくわ》を巧《たくみ》に説《と》き、戒律《かいりち》を練《ね》らずして、都裏《とり》の衆庶《もろもろ》を詐《いつは》り誘《をこつ》る。内《うち》[二]に聖教《しやうけう》を黷《けが》し、外《そと》に皇猷《くわういう》を虧《か》けり。遂《つひ》に人《ひと》[三]の妻子《めこ》をして剃髪刻膚《ていはつこくふ》[四]せしめ、動《ややもす》れば仏法《ぶちほふ》と称《しよう》して、輙《たやす》く室家《しちけ》を離《はな》れしむ。綱紀《かうき》[五]に懲《こ》ること無く、親夫《しんぷ》を顧《かへり》みず。或《ある》は経《きやう》を負《お》ひ鉢《はち》[六]を捧《ささ》げて、街衢《がいく》の間《あひだ》に乞食《こつじき》し、或《ある》は偽《いつは》りて邪説《じやせち》を誦《じゆ》して、村邑《そんいふ》[七]の中《なか》に寄落《きらく》し、聚宿《しゆしゆく》を常《つね》として、妖訛群《えうくわむれ》を成《な》せり。初《はじ》めは脩道《しゆだう》に似《に》て、終《つひ》には姧乱《けんらん》を挟《はさ》めり。永《なが》くその弊《へい》を言《おも》ふに、特《こと》に禁断《きむだん》すべし」[八]とまうす。奏《そう》するに可《か》としたまふ。太白《たいはく》[九]昼《ひる》に見《あらは》る。○戊子（十九日）、詔《みことのり》[一〇]して曰《のたま》はく、「朕《われ》庸虚《ようこ》を以《もち》て、鴻業《こうげふ》を紹《つ》ぎ承《う》け、己《おのれ》に剋《か》ちて自《みづか》ら勉《つと》むれども、天心《てんしむ》に達《いた》らず。是《ここ》を以《もち》て今夏《このなつ》雨《あめ》ふること無く、苗稼《べうか》登《みの》らず。天下《あめのした》の国司《こくし》をして百姓《はくせい》に勧《すす》め課《おほ》して、晩禾《ばんくわ》[一一]・蕎麦《くろむぎ》[一二]と大小麦《ふとむぎこむぎ》[一三]とを種樹《う》ゑて蔵《をさ》め置《お》き、儲《まう》け積《つ》みて年荒《ねんくわう》に備《そな》へしむべし」とのたまふ。○丁酉（二十八日）、太白歳星《たいはくさいせい》[一四]を犯《をか》す。五月より雨《あめ》ふらずして是《こ》の月《つき》に至《いた》れり。

旱害対策に麦作等を勧む

八月壬子（己亥朔 十四日）、詔《みことのり》[一五]して曰《のたま》はく、「如聞《きくな》らく、「今年《ことし》雨《あめ》ふること少《まれ》にして、禾《くわ》稲熟《たうじゆく》せず」ときく。その京師《けいし》と天下《あめのした》の諸国《くにぐに》との当年《ことし》の田租《でんそ》は並《ならび》に免《ゆる》すべし」とのたまふ。

天下免租

○丁卯（二十九日）、諸《もろもろ》の国司《こくし》をして柵戸《きのへ》[一六]一千人を簡《えら》ひ点《さ》し、陸奥《みちのおく》[一七]の鎮所《ちんしよ》に配《はい》せしむ。伊勢《いせ》[一八]・志摩《しま》・尾張《をはり》・参河《みかは》・遠江《とほつあふみ》・美濃《みの》・飛驒《ひだ》・若狭《わかさ》・越《こしの》

陸奥鎮所に柵戸を配す
国司の駅馬乗用規定を緩和

晩稲や麦は今年の間には合わない。

二 禾は穀物の象形文字。日本では主に稲。晩禾は晩稲。名義抄に「晩稲〈オクテ〉」。天平宝字元年八月甲午詔は「晩稲」の旱害で天下の租の半を免じているから、その頃までにはかなり普及したらしい。

三 和名抄に「蕎麦〈蕎音喬、一音驕。和名、曾波牟岐。一云、久呂無木〉性寒者也」。続後紀の承和六年七月庚子条にも播種の勧課がみえ、三代格の同日付太政官符に「蕎麦之為レ物也、不レ択二土沃瘠一、生熟有二繁茂一。孟秋始播、季秋乃収。稲粱之外、能足レ療レ飢」とあり、「孟秋」は七月。これから播けば十月には収穫。

一三 霊亀元年十月乙卯詔でも麦の栽培を奨励。麦の栽培は既に和銅四年六月乙未詔にみえるが、大麦・小麦の別はここが最初。

一四 歳星は木星。↓八九頁注一一。この日の夜半、金星が木星の東〇・七度で犯。吉記、寿永元年三月廿八日条に「太白犯二歳星一〈去一尺五寸〉。太白西岳之位、主二西武大将軍一也。歳星東震之位也。合レ国失レ地、不レ出二三年一有レ兵、天下大飢、盗賊起、天火下、女主病、五穀不レ収」などとあり、不吉とされる。

一五 以下の詔は七月丙子詔や戊子詔に次ぐ旱害対策。

一六 諸国から選抜した人民を陸奥鎮所の柵戸とした意。霊亀元年五月庚戌条にも相模以下六国の、「富民千戸」を陸奥に移したとある。柵戸は蝦夷に備えて柵内に住まわせた民。柵戸→[二]補6-五九。

一七 多賀柵か否か未詳。鎮所→補9-一二。

一八 以下は駅馬乗用制限の緩和。一部は弘仁格抄・令集解にもみえるが、三代格に養老六年八月廿九日の太政官符(実は太政官奏)として全文を載せる。伊勢以下一九国は東海・東

前・丹後・但馬・因幡・播磨[1]・美作・備前・備中・淡路・阿[2]波・讃岐等国司、先レ是、奉レ使入レ京、不[3]レ聴レ乗[4]レ駅。至レ是始聴之。但伊賀・近江・丹波・紀伊四国、不レ在二茲限一。○九月庚寅、令下伊賀・伊勢・尾張・近江・越前・丹波・播磨[5]・紀伊等国、始輸中銭調上。○[6]十一月甲戌、始置二女医博士一。○丙戌、詔曰、朕精誠弗レ感、穆卜罔[7]レ従[8]。降二禍彼蒼一、閔凶遄及、太上天皇奄棄[9]二普天一。誠冀、北辰合レ度、永庇二生霊一、南山協レ期[10]、常[11]承二定省[12]一。何図、一旦[13]厭レ宰二万方一、白雲在レ馭、玄猷遂遠。瞻二奉宝鏡一、痛[14]酷之情纏レ懐、敬二事衣冠一、終身之憂永結。然光陰不レ駐、儵忽[15]及レ期[16]。汎愛之恩、欲レ報無レ由。不レ仰二真[17]風一、何助二冥[18]路一。故奉三為太上天皇一、敬写二華厳経八十巻、大集経六十巻、涅[19]槃経卌[20]巻、大菩薩蔵[21]経廿巻、観世音経二百巻一、造二灌頂幡八首、道場幡一千

1 播〔兼・谷・東、大〕—幡(高擦重)、广(高原)→校補
2 阿—河(東)
3 不—ナシ〔底〕→校補
4 乗〈意改〉(大改)—置
5 磨〔底擦重〕
6 十ノ上、ナシ—冬ミ(大補)
7 罔〈意改〉(大改)—囚→脚注・校補
8 従(高、大改)—徒〔兼・谷・東〕
9 棄=弃(谷抹傍、大)—奇〔兼・谷原・東・高〕→脚注・校補
10 期〔高擦重〕
11 常ノ上、ナシ(谷抹、大衍)—遠〔兼・谷原・東・高〕→脚注
12 省〈意改〉(大改)—旨→校補
13 旦→校補
14 痛→校補
15 忽及〈意改〉(大改)—及忘→校補
16 期〔高擦重〕
17 真—直(高)
18 冥〈意改〉(大改)—実→校補
19 涅—温(東)
20 卌—卅(東)
21 蔵経廿巻〔高擦重〕—経廿巻観(高原)

山・北陸・山陰・山陽・南海の諸道の順に列記。公式令51では使を朝集使に限定し、東海道は坂東、東山道は山東、北陸道は神済以北、山陰道は出雲、山陽道は安芸より以遠の諸国、南海道は土佐、そして西海道に駅馬乗用を限定していたのを緩めたもの。畿内諸国と畿内周辺の伊賀・近江・丹波・紀伊四国の国司は従来通り百姓の馬を借り、馬一頭一日分につき雑徭一人一日分を相殺する。→補9—一三。

一 三代格は「伊賀・近江・丹波等三国」として「紀伊」を落す。
二 以下は和銅五年十二月辛丑の制に基づく。調銭→□補5—七〇。但し庸の銭納は遂に行われなかったようである。伊賀以下の八国はいずれも畿内周辺の国々。銭貨流通の限界が推測できる記事。畿内の調銭は既に開始か。
三 女医を養成する医博士(男性)。養老五年十月一日勅で設置が指示され(弘仁格抄・狩野本三代格)、このとき実員を置く。中務省内薬司に定員一、相当位は医博士と同じく正七位下(三代格寛平八年十月五日官符・職原抄)。女医と女医博士→補9—一四。
四 以下の詔は元明天皇の一周忌の供養の発願。
五 穆は敬。敬しんで卜ったが、卜いが天の意に従わない。底本の「囚」では意味不通。「罔」の誤と解する。
六 天。彼の蒼きところ、の意。
七 父母の喪。閔は憂。
八 元明。
九 底本は「棄」の古体の「弃」を「奇」と誤写したもの。狩谷校本により改める。
一〇 南山の寿を保って欲しいとの期待に協い。詩経、小雅に「南山有レ台…君子万寿無レ期」。
一一 底本の「常」の上にある「遠」は次行の「遠」

前《みちのくち》・丹後《たにはのみちのしり》・但馬《たぢま》・因幡《いなば》・播磨《はりま》・美作《みまさか》・備前《きびのみちのくち》・備中《きびのみちのなか》・淡路《あはぢ》・阿《あ》波《は》・讃岐《さぬき》等の国司《こくし》、是《これ》より先《さき》、使《つかひ》を奉《う》けて京《きやう》に入《い》るに、駅《やく》に乗《の》ることを聴《ゆる》されず。是《ここ》に至《いた》りて始《はじ》めて聴《ゆる》す。但《ただ》し伊賀《いが》・近江《ちかつあふみ》・丹波《たには》・紀伊《き》の[一]四国は、茲《こ》の限《かぎり》に在《あ》らず。

調の銭納

九月《己巳朔》庚寅《二十二日》、[二]伊賀《いが》・伊勢《いせ》・尾張《をはり》・近江《ちかつあふみ》・越前《こしのみちのくち》・丹波《たには》・播磨《はりま》・紀伊《き》等の国《くに》をして、始《はじ》めて銭調《せんでう》を輸《いだ》さしむ。

女医博士を置く

元明一周忌の供養の詔

十一月《戊辰朔》甲戌《七日》、始《はじ》めて[三]女医《によい》の博士《はかせ》を置《お》く。〇丙戌《十九日》、[四]詔《みことのり》して曰《のたま》はく、「朕《われ》精《せい》誠感《せいかむ》せず、[五]穆《うやま》ひて卜《ぼく》するに従《したが》ふこと罔《な》し。禍《わざはひ》を[六]彼《か》の蒼《さう》に降《くだ》し、[七]閔凶《びんきよう》遄《すみ》やかに及《およ》びて、[八]太上天皇《だいじやうてんわう》奄《たちまち》に普天《ふてん》を[九]棄《す》てたまへり。誠《まこと》に冀《ねが》はくは、北辰《ほくしん》度《ど》に合《かな》ひて、永《なが》く生霊《せいれい》を庇《おほ》ひ、[一〇]南山《なむさん》期《き》に協《かな》ひて、[一一]常《つね》に[一二]定省《ていせい》を承《う》けむことを。何《なに》ぞ図《はか》らむや、一旦《いつたん》万方《ばんはう》を宰《つかさど》ることを厭《いと》ひ、白雲《はくうん》駆《の》ること在《あ》りて、[一三]玄猷《げんいう》遂《つひ》に遠《とほ》からむとは。[一四]宝鏡《ほうきやう》を瞻《み》奉《まつ》れば、痛酷《とうこく》の情懐《じやうこころ》に纏《まつ》ひ、衣冠《いくわん》に敬《つつし》み事《つか》ふれば、終身《しうしん》の憂《うれへ》永《なが》く結《むす》ぼる。然《しか》れども光陰《くわういむ》駐《とどま》らずして、[一五]儵忽《たちまち》に期《き》に及《およ》びぬ。汎《はむ》愛《あい》の恩《おん》、報《むく》いむと欲《す》るに由《よし》無し。[一六]真風《しんふう》を仰《あふ》がずは、何《なに》ぞ冥路《めいろ》を助《たす》けむ。故《ゆゑ》に太上天皇《だいじやうてんわう》の奉為《おほみため》に敬《うやま》ひて[一七]華厳経《くゑごむきやう》八十巻、[一八]大集経《だいしふきやう》六十巻、[一九]涅槃経《ねはんきやう》卌巻、[二〇]大菩薩蔵経《だいぼさつざうきやう》廿巻、[二一]観世音経《くわんせおむきやう》二百巻を写《うつ》し、[二二]灌頂《くわんちやう》の幡《はた》八首、道場《だうぢやう》の幡《はた》一千

の竄入。このあたりは四字句であるから削る。

一二 朝夕に父母の機嫌を伺うこと。礼記、曲礼に「凡為㆓人子㆒之礼…昏定而晨省」。

一三 奥深いはかりごとも遠ざかってしまおうとは。玄は黒で、上の「白雲」と対語。

一四 以上が中国の古典の章句を自由に使いこなしている文章であるのに、以下の四句は和臭を帯びている。「宝鏡」は次の「衣冠」と共に元明太上天皇の遺品か。

一五 たちまち一周忌に及んでしまった。

一六 仏教を指す。

一七 大方広仏華厳経。華厳経は東晋の仏陀跋陀羅訳の六十巻本も伝来しているが、これは唐の実叉難陀訳の八十巻本。正倉院文書では天平三年にも書写(古七―七頁)。華厳経を所依の経典とする華厳宗は天平期に発展。

一八 大方等大集経。北涼の曇無讖等訳。三十巻であったが隋の開皇六年に増補した六十巻本が伝来。天平三年にも書写(古七―六頁)。

一九 大般涅槃経。北涼の曇無讖訳。東晋の法顕訳の三巻本は上座部仏典で、この四十巻本は大乗仏典。

二〇 唐の貞観十九年、玄奘訳(大唐内典録・開元釈教録)。天平三年(古七―七頁)にも書写。

二一 妙法蓮華経(鳩摩羅什訳は八巻)巻七の観世音菩薩普門品。一巻。ここに二百巻とあるのは二百部の意。書紀朱鳥元年八月条にも「読㆓観世音経二百巻㆒」。

二二 以下の仏具の施入については天平十九年の大安寺と法隆寺の両資財帳に関係記事がみえる。元明一周忌の供養→補9―一五。灌頂幡は灌頂の儀式のときに道場即ち堂内に吊る幡。法隆寺資財帳によれば、このときの灌頂幡は秘錦即ち新羅の宮廷工房で織成された王室用の錦(東野治之)で造った。

首、着レ牙漆[1]几卅六、銅鋺器一百六十八、柳箱八十二一、即従[2]二十二月七日一、於二京并[3]畿内諸寺一、便屈[4]二請僧尼二千六百卅八人一、設二斎[5]供[6]一也。○十二月庚戌、勅奉二為浄御原宮御宇天皇一、造二弥勒[7]像一。藤原宮御宇太上天皇釈迦像。其本[8]願縁記、写以二金泥一、安二置仏殿一焉。○庚申、遣新羅使津史主[9]治[10]麻呂等還帰。

七[11]年春正月丙子、天皇御二中宮一、授二従三位多[12]治比真人池守正三位、正四位下阿倍朝臣広庭・正四位下息長王並正四位上、六[13]人部王正四位下、従四位下大石王従四位上、无位栗栖王・三嶋王・春日王並従四位下、正五位下葛木王正五位上、無[14]位志努太王従五位下、従四位上阿倍朝臣首名・石川朝臣石足・百済王南典並正四位下、正五位上大伴宿禰通[15]足・紀朝臣男人並従四位下、正五位下阿倍朝臣船守、従五位上調連淡[16]海並正五位上、従五位上鴨朝臣堅麻呂正五位下、従五位下引田朝臣真人・路真人麻呂・紀朝臣清人・大伴宿禰祖父麻呂・土師宿禰豊麻呂・津守連通並従五位上、正六位上引田朝臣秋庭・

1 漆→校補
2 従〈意補〉(大補)―ナシ→校補
3 并(大改、紀略)―寺〔兼等〕
4 屈―堀(紀略)
5 斎―斉(東)
6 供(大改、紀略)―法〔兼等〕
7 勒―勤〔底〕→校補
8 本(大補、紀略)―ナシ〔兼等〕
9 主〔兼・谷原・東・高、大改、紀略〕―生(谷重)
10 治(大改、紀略)―沼〔兼等〕
11 七ノ上→校補
12 多―ナシ(高)
13 六ノ上、ナシ―従四位上(大補)→脚注・校補
14 無―ナシ(兼欠)→校補
15 通―道(大改)→脚注
16 淡―ナシ(兼欠)→校補

一 法隆寺資財帳に「漆塗机」。象牙の薄板を截って漆面に張り、研ぎだした机。
二 両資財帳によると「銅」は白銅、「鋺器」は「鋺」とも書く金属製の椀の他に深い「鉢」や浅い「多羅」(今日の盥)などの食器の総称で、金属製の箸や鈚(匙)も付属していた。
三 法隆寺資財帳に「樫筥」。樫は新撰字鏡に「川夜奈支」(川楊)。衣服などを収納。
四 十二月七日から七日目。
五 天武天皇。朱鳥元年九月九日没。三七年目。
六 兜率天(とそつてん)にいて将来この世に現われ、衆生を救うという菩薩。→補9―一六。
七 持統天皇。大宝二年十二月甲寅(二十二日)没。二一年目。
八 釈迦は古代インドの一種族。その王子で名はゴータマまたはシッダルタが釈迦牟尼と尊称された。釈迦像→補9―一七。
九 金粉を膠で溶いたもの。
一〇 「天武・持統天皇のために造顕したのであるから、薬師寺(の金堂)である可能性が強い」(太田博太郎)というが、薬師寺縁起などにはみえず、或いは内裏の仏殿か。
一一 本年五月己卯に任、戊戌に拝朝。
一二 中宮の初出。→補9―一八。
一三 →㊀一三三頁注一一。このとき大納言。以下の叙位のうちで四年目の選叙は従四位上阿倍首名と石川石足のみ。但し六位以下には多いかも知れない。
一四 →㊀八三頁注五。参議・知河内和泉事。叙位記事の通例では諸王四・五位の次に諸臣四・五位を置くが、阿倍広庭は参議なので公卿として大納言の多治比池守に続けたものか。
一五 同じ位が続くと位は略するのも通例だが、これは諸王の四位なので略さない。
一六 →㊀七三頁注二一。

天武・持統のため造仏

遣新羅使帰国

七二三年

首、牙《げ》[一]を着《つ》くる漆《うるし》の几《おしまづき》 卅六、銅《どう》[二]の鋺《かなまり》の器《うつはもの》 一百六十八、柳箱《やなぎはこ》[三]八十二を造《つく》り、即《すなは》ち十二月七日より、京并《きやうあは》せて畿内《きない》の諸寺《てらでら》に於《おき》て、便《すなは》ち僧尼《ほふしあま》二千六百卅八人を屈請《くつしやう》して、斎供《さいく》を設《まう》けむ」とのたまふ。

十二月（戊戌朔）庚戌（十三日）[四]、勅《みことのり》して浄御原宮《きよみはらのみや》[五]に御宇《あめのしたしらしめ》しし天皇《すめらみこと》の奉為《おほみため》に、弥勒像《みろくのざう》[六]を造《つく》らしむ。藤原宮《ふぢはらのみや》[七]に御宇《あめのしたしらしめ》しし太上天皇《だいじやうてんわう》には釈迦像《しやかのざう》[八]。その本願《ほんぐわん》の縁記《えんき》は、写《うつ》すに金泥《こむでい》[九]を以《もち》てし、仏殿《ぶつでん》[一〇]に安置《あんち》す。○庚申（二十三日）、遣新羅使《けんしらきし》[一一]津《つ》史主治麻呂《すぢまろ》ら還《かへ》り帰りぬ。

七年（癸亥）春正月（丁卯朔）丙子（十日）、天皇《すめらみこと》中宮《ちうぐう》[一二]に御《おは》しまして、従三位多治比《たぢひ》[一三]真人池守《いけもり》に正三位を授《さづ》く。正四位下阿倍《あへ》[一四]朝臣広庭《ひろには》、[一五]正四位下息長王《おきながのおほきみ》[一六]に並《ならび》に正四位上。六人部《むとべ》[一七]王に正四位下。従四位下大石《おほいし》[一八]王に従四位上。无位栗栖《くるす》[一九]王・三嶋《みしま》[二〇]王・春日《かすが》[二一]王に並に従四位下。正五位下葛木《かづらき》[二二]王に正五位上。無位志努太《しのだ》[二三]王に従五位下。従四位上阿倍《あへ》[二四]朝臣首名《おびとな》・石川《いしかは》[二五]朝臣石足《いはたり》・百済王南典《くだらのこにきしなむてん》[二六]に並に正四位下。正五位上大伴《おほとも》[二七]宿禰通足《みちたり》・紀《き》[二八]朝臣男人《をひと》に並に従四位下。正五位下阿倍《あへ》[二九]朝臣船守《ふなもり》、従五位上調《つき》[三〇]連淡海《あふみ》に並に正五位上。従五位上鴨《かも》[三一]朝臣堅麻呂《かたまろ》に正五位下。従五位下引田《ひけた》[三二]朝臣真人《まひと》・路《みち》[三三]真人麻呂《まろ》・紀《き》[三四]朝臣清人《きよひと》・大伴《おほとも》[三五]宿禰祖父麻呂《おほぢまろ》・土師《はじ》[三六]宿禰豊麻呂《とよまろ》・津守《つもり》[三七]連通《とほる》に並に従五位上。正六位上引田《ひけた》[三八]朝臣秋庭《あきには》・

一七 →〔一〕一五九頁注一八。養老五年正月に従四位上。底本では直前の正四位上と混同したためか脱。よって補う。
一八 →〔一〕一九頁注五。一一年目に一階昇叙。以上三人は何れも監護喪事の経験者。或いは元明葬儀の関係者か。
一九 長親王の子。栗林王とも。→補9―一九。
二〇 舎人親王の子。→補9―二〇。
二一 施基親王の子。→補9―二一。
二二 橘諸兄→〔一〕補5―六。 二三 他にみえず。
二四 →〔一〕七五頁注三三。このとき兵部卿。
二五 →〔一〕一三三頁注二九。このとき大宰大弐。
二六 →〔一〕補4―一八。このとき播磨按察使。
二七 →〔一〕補3―三四。このとき民部大輔。通足は他の個所ではみな道足と書く。
二八 →〔一〕九三頁注一六。
二九 →〔一〕一六五頁注四一。一二年目に一階昇叙。
三〇 →〔一〕一四五頁注三一。
三一 →〔一〕一七七頁注二八。
三二 →〔一〕二〇七頁注二三。
三三 →〔一〕一五九頁注二五。このとき散位頭。
三四 →〔一〕補6―三七。 三五 →七頁注二四。
三六 →〔一〕補6―六三。 三七 →〔一〕補6―三一。
三八 →〔一〕一〇五頁注一一。

一 他にみえず。河辺朝臣→〔一〕一〇五頁注三。
二 他にみえず。紀朝臣→〔一〕補1―三一。
三 他にみえず。波多真人→〔一〕六五頁注七。
四 他にみえず。阿曇宿禰→〔一〕補3―一八。
五 天平元年三月に従五位上、同三年五月に武蔵守。布勢朝臣→〔一〕五三頁注四。
六 天平元年三月に従五位上。息長真人→〔一〕補2―一一一。 七 →補9―一二。
八 天平三年正月に従五位上。高橋朝臣→〔一〕補

河辺朝臣智麻呂・紀朝臣猪養・波多真人足嶋・阿曇宿禰坂[1]持・布勢朝臣[2]国足・息長真人[3]麻呂・角朝臣家主・高橋朝臣嶋主・平群朝臣豊麻呂・石川朝臣樽・中臣朝臣広[4][5]見・石川朝臣麻呂・余仁軍、正六位下船[6]連大魚・河内忌寸[7]人足[8]・丸[9]連男事・志我閇[10]連阿弥太・越智直広江・竪[11]部使主石前・高金蔵・高志[12]連恵我麻呂並従五位下一。又授二夫人藤原[13]朝臣宮子従二位、日下女王・広背女王・粟田女王・六人部女王・星河女王・海上女王・智努女王・葛[14]野王[15]並従四位下、他田舎人直刀自売正五位上、太宅朝臣諸姉・薩[16]妙観並従五位上、大春日朝臣家主従五位下一。○壬午、饗[17]二四位已下主典已上於中宮一。○二月丁[18]酉、遣[19]二僧満誓[20]俗名従四位上[21][22]笠朝臣麻呂。於筑紫一、令レ造二観世音寺[23]一。○戊申、常陸国那賀郡[24]大領外正七位上宇治部直荒山、以二私穀三千斛一献二陸奥国鎮所一。授二外従五位下一。○己酉、詔曰、乾坤持施、燾[25]載之徳以深、皇王至公、亭毒之仁斯広。然則[26]居二南面一者、必代レ天而闡レ化、儀二北辰一者、亦順レ時以涵育。是以、朕巡二京城一、遥望二郊野一、芳春仲月、草木滋栄、東

1 坂→校補
2 朝臣―ナシ〔底〕→校補
3 真―直（高）
4 朝臣―ナシ（高）
5 朝臣広見石→校補
6 船〔高擦重〕
7 寸―ナシ（高）
8 足〈意改〉（大改）―忌→校補
9 丸―凡〔底〕→校補
10 我〔兼擦重〕
11 竪〈意改〉―堅
12 志〈意改〉（大）―忠→校補
13 藤原（大改、紀略）―士左〔兼等〕
14 葛ノ下、ナシ―葛（東）
15 王ノ上、ナシ―女（大補）
16 薩ノ上、ナシ（谷抹、大）―薩妙〔兼・谷原・東・高〕
17 饗〔兼・谷、大、類三一・紀略〕―響（東・高）
18 丁―ナシ（高）
19 遣〔兼・谷原・東・高、類一八〇・紀略〕―勅（谷擦重）、勅遣（大改）→校補
20 誓―ナシ〔底〕→校補
21 従四〔高重〕―位上（高原）
22 位上笠朝〔高擦重〕―笠朝臣麻（高原）
23 寺ノ下、ナシ―焉（類一八〇）
24 郡―那〔底〕→校補
25 燾〈意改〉（大改）―寿＝壽→校補
26 則〔高擦〕

1―八二。
九 神亀四年正月に従五位上、天平三年正月に正五位下、同年四月に讃岐守。平群朝臣→[一]補3―八三。
一〇 他にみえず。石川朝臣→[一]補1―三二。
一一 →補9―一三。 一二 →補9―一四。
一三 神亀の頃、呪禁で著名（家伝下）。
一四 →補8―七二。東宮に侍していた。位は正六位上のはず（養老五年正月庚午条）。
一五 →八七頁注二九。解工で著名。
一六 他にみえず。連姓のワニ氏には中臣丸連（天平十八年四月癸卯条）もみえるが未詳。
一七 →補8―七七。陰陽で著名。
一八 →補8―七二。明経・明法の博士。
一九 →二三頁注二〇。解工で著名。
二〇 →[一]補2―八五。陰陽で著名。
二一 他にみえず。高志連→[一]一一一頁注一〇。
二二 天皇の配偶者の身位の一つ。妃の下、嬪の上で、朝廷貴族の出身。後宮職員令2に夫人の定員は三人、三位以上とする。→[一]五頁注二八。 二三 →[一]補1―一八。
二四 他にみえず。以下の女王はみな初授で従四位下（選叙令35）。従っていずれも親王の女。
二五 広湍とも。天平神護元年十月、従三位で没。一品那我親王の女とある。
二六 系未詳。天平宝字八年五月、正三位で没。万葉に一首（四六〇）。
二七 他にみえず。 二八 他にみえず。
二九 施基親王の女。神亀元年二月、聖武即位に際し従三位。万葉五三〇・五三一の相聞から推せば聖武夫人の待遇か。
三〇 系未詳。長屋王の妻妾か。→補9―一五。
三一 他にみえず。
三二 他にみえず。他田舎人は駿河（天平十年度正税帳）・信濃（神護景雲二年六月乙未条）など

河辺《かはへ》[一]朝臣智麻呂《ちまろ》・紀《き》[二]朝臣猪養《ゐかひ》・波多《はた》[三]真人足嶋《たるしま》・阿曇《あづみ》[四]宿禰坂持《さかもち》・布勢《ふせ》[五]朝臣国《くに》足《たり》・息長《おきなが》[六]真人麻呂《まろ》・角《つの》[七]朝臣家主《やかぬし》・高橋《たかはし》[八]朝臣嶋主《しまぬし》・平群《へぐり》[九]朝臣豊麻呂《とよまろ》・石川《いしかは》[一〇]朝臣樽《もたひ》・中臣《なかとみ》[一一]朝臣広見《ひろみ》・石川《いしかは》[一二]朝臣麻呂《まろ》・余仁軍《よじんぐん》[一三]、正六位下船《ふね》[一四]連大魚《おほうを》・河内《かふち》[一五]忌寸人足《ひとたり》・丸《わに》[一六]連男事《をごと》・志我閇《しがへ》[一七]連阿弥太《あみだ》・越智《をち》[一八]直広江《ひろえ》・竪部《たてべ》[一九]使主石前《いはさき》・高金《かうこむ》[二〇]蔵《ざう》・高志《こし》[二一]連恵我麻呂《あがまろ》に並《ならび》に従五位下。また夫人《ぶにん》[二二]藤原《ふぢはら》[二三]朝臣宮子《みやこ》に従二位を授《さづ》く。日下女王《くさかべのおほきみ》[二四]・広背《ひろせ》[二五]女王・粟田《あはた》[二六]女王・六人部《むとべ》[二七]女王・星河《ほしかは》[二八]女王・海上《うなかみ》[二九]女王・智努《ちの》[三〇]女王・葛野《かどの》[三一]王に並に従四位下。他田舎人《をさだのとねり》[三二]直刀自売《とじめ》に正五位上。太宅《おほやけ》[三三]朝臣諸姉《もろね》・薩妙観《さちのめうくわん》[三四]に並に従五位上。大春日《おほかすが》[三五]朝臣家主《やかぬし》に従五位下。○壬午（十六日）、四位已下主典《さうくわん》已上を中宮《ちうぐう》に饗《みあへ》[三六]す。

満誓に観世音寺造営を命じる

二月（丙辰朔）丁酉（二日）、僧満誓《そうまんせい》[三七]（俗名《ぞくみやう》従四位上笠《かさ》朝臣麻呂《まろ》）を筑紫《つくし》に遣《つかは》して、観世音寺《くわんせおむじ》[三八]を造《つく》[三九]らしむ。○戊申（十三日）、常陸《ひたち》国那賀《なか》[四〇]郡の大領《だいりやう》外正七位上宇治部《うぢべ》[四一]直荒山《あらやま》、私《わたくし》の穀《こく》三[四二]千斛を、陸奥《みちのおく》国の鎮所《ちんしよ》[四三]に献《たてまつ》る。外従五位下を授《さづ》く。

農耕などを勧める詔

○己酉（十四日）、詔《みことのり》[四四]して曰《のたま》はく、「乾坤《けんこん》[四五]持《ぢ》施《し》して、燾載《たうさい》の徳深《とくふか》く、皇王《くわうわう》[四六]至公《しこう》にして、亭毒《ていとく》[四七]の仁斯《じんここ》に広《ひろ》し。然《しか》れば南面《なむめん》[四八]に居《を》る者《ひと》は、必《かなら》ず天《てん》に代《かは》りて化《くわ》を闢《ひら》き、北辰《ほくしん》に儀《ぎ》する者《ひと》は、亦《また》時《とき》に順《したが》ひて涵育《かんいく》す。是《ここ》を以《もち》て、朕《われ》京城《きやうじやう》を巡《めぐ》りて、遥《はる》かに郊野《かうや》を望《のぞ》むに、芳春《はうしゆん》[四九]の仲月《ちうぐゑつ》、草木《さうもく》滋《しげ》り栄《さか》え、東《とう》

に分布、直はその管理者で国造に多い姓。刀自売は国造家出身の采女か。
三三 のち典侍。→補9-二六。
三四 →補9-二七。 三五 天平九年二月従五位上。大春日朝臣→□一補4-二六。
三六 正月十六日は節日（雑令40）で、この饗は踏歌節会の宴。→□一補2-九。四位以下という例は珍しく、或いは踏歌に加わったためか。中宮→補9-一八。
三七 笠朝臣麻呂→□一補3-三二。養老五年五月に出家→九五頁注六。元明が没したために起用されたのであろう。
三八 →□一補2-九〇。元明の父天智発願の寺。このときの造営は元明追善と関係があるか。
三九 職名は造筑紫観世音寺別当（万葉三九二）。後に道鏡も造下野国薬師寺別当（宝亀元年八月庚戌条）。
四〇 茨城県の那珂川流域の郡。→補9-二八。
四一 他にみえない。宇治部直→補9-二九。
四二 前年閏四月乙丑条の太政官奏にいう「次三千石」に相当。従って「授二外従五位下一」。陸奥鎮所への私穀献納による授位の最初の例。
四三 →補9-一二。
四四 春の耕作開始に際して京を巡幸し、種子などを施与して農耕を勧めた詔。
四五 天（乾）が万物を覆（燾）い、地（坤）が万物を載せるように、天地の恵みはまことに深い。持施の施は天の徳、持は地の徳。
四六 天子がきわめて公平であれば人民を徳化する慈みがゆきわたる。
四七 亭は形式を整え、毒は実質を成すこと。化育成熟の意。老子にみえる語。
四八 帝王の地位にある者。次の北辰に儀する者と同じ意味の対句。
四九 春の二月。下文の東候は東即ち春の気候。

候始啓[1]、丁壮[2]就二隴畝之勉一、時雨漸澍、蟄[3]蠢有[4]二浴灌之悦一。何不下流二寛仁一以安二黎元[5]一、布二淳[6]化一而済中万物上乎。宜下給二戸頭百姓、種子各二斛[7]、布一常、鍬一口一、令中農蚕之家永無レ失レ業、宦[8]学之徒専[9]忘[10]上レ私。○戊午、始築[11]二矢田[12]池一。○癸亥、但馬国人寺人小君等五人、改賜二道守臣姓一。○三月己卯、散位従四位下佐伯宿禰麻呂卒。○戊子、常陸国信[13]太郡人物部国依、改賜二信太連姓[14]一。○夏四月壬寅、大宰府言、日向・大隅・薩摩[15]三国士[16]卒征二討隼[17]賊一、頻遭二軍役一、兼年穀不レ登、交迫二飢寒一。謹案[18][19]二故事一、兵役以後、時有二飢疫一。望降二天恩一、給二復三年一。許レ之。○辛亥、太政官奏、頃者、百姓漸多、田池窄狭。望請、勧[20]二課天下一、開二闢田疇一。其有下新造二溝池一、営二開[21]墾一者上、不レ限二多少一、給伝二三世一。若逐[22]二旧溝池一、給二其一身一。奏可之。

1 啓〔谷重〕
2 壮〈意改〉（大改）―収→校補
3 蟄（谷重、大）―熱＝褺〔兼・谷原・東・高〕
4 有〈意補〉（大補）―ナシ→校補
5 元―无（東）
6 淳〈意改〉（大）―涼→校補
7 斛―解（高）
8 宦〈意改〉（大改）―官→校補
9 専ノ下→脚注
10 忘〔兼擦重〕
11 築〔谷重〕→校補
12 田―ナシ（兼欠）→校補
13 信〔兼擦重〕
14 姓〔兼擦重〕
15 摩―ナシ（兼欠）→校補
16 士〔谷重、大〕―土（兼・谷原・東・高）
17 隼（谷・東・高、大）―集〔兼〕
18 案（谷・東・高、大）―安〔兼〕
19 案ノ下、ナシ〈意改〉（大衍）―故案〔兼・谷・東〕、故安（高）
20 勧課（谷擦重、大）―勤謂〔兼・谷原・東〕、勒謂（高）
21 開―閑（東）
22 逐〔兼・谷、大〕―遂（東・高）

一 隴は岡、畑。下文の澍は注ぐ、潤す。
二 穴に籠っていた虫も動き出し、雨を浴びて喜んでいる。
三 黎元は人民。淳化はおだやかな教化。
四 戸頭は戸主。神亀四年二月丙寅条には京邑の庶人の戸頭とある。ここも京戸の戸主。
五 二斛は一町分の種子。→補9―三〇。
六 宮仕えの心得を学ぶ者（朝廷に出仕しようと思う者）には自分の生活に心を煩わさず、専心して学べるようにせよ。宦は宮仕えすること。礼記、曲礼に「宦学事レ師、非レ礼不レ親」。
七 四字句で構成されているので、「専」以下に一字有るべきか。
八 大和志、添下郡に「矢田村。今呼双池、広三百余畝。養老七年二月築」。地名辞書もその所在を和銅七年十一月戊子条にみえる添下郡箭田郷（現在の奈良県大和郡山市矢田）か、とする。
九 和銅七年六月己巳条の場合と同じ理由による改賜姓であろう。五人という小家族であることも寺賤だったことを思わせる。但し和銅の場合の本姓は物部であったが、ここは道守だから別系統。
一〇 道守臣→補9―三一。
一一 →㊀一二七頁注一三。
一二 和名抄も「信太〈志多〉」、管郷一四。現在の茨城県稲敷郡と竜ヶ崎市および土浦市南半とつくば市の一部。常陸国風土記逸文に信太郡は癸丑（白雉四）年に小山上物部河内・大乙上物部会津らが総領に要請して筑波・茨城両郡の七〇〇戸を割いて分置したとみえ、もと日高見国であったという。
一三 他にみえず。延暦五年十月丁丑条、同九

候《こう》始《はじ》めて啓《ひら》けて、[一]丁壮《ていさう》隴畝《りようほ》の勉《つとめ》に就《つ》き、時雨《じう》漸《やや》く澍《そそ》きて、[二]蟄蟲《ちつしゆん》浴灌《よくくわん》の悦《よろこび》有り。何《なに》ぞ寛仁《くわんじん》を流《なが》して[三]黎元《れいぐゑん》を安《やす》くし、淳化《じゆんくわ》を布《し》きて万物《ばんぶつ》を済《すく》はざらむ。[四]戸頭《ことう》の百姓《はくせい》に、種子《しゆし》各《おのおの》[五]二斛、布《ぬの》一常、鍬《くは》一口を給《たま》ひ、農蚕《のうさむ》の家《いへ》をして永《なが》く業《げふ》を失《うしな》はむこと無く、[六]宦学《くわんがく》の徒《ともがら》をして[七]専《もは》ら私《わたくし》を忘《わす》れしむべし」とのたまふ。○戊午《二十三日》、始《はじ》めて[八]矢《や》田池《たのいけ》を築《つ》く。○癸亥《二十八日》、但馬《たぢま》国の人[九]寺人小君《ひとてらひとのをきみ》ら五人に、改《あらた》めて[一〇]道守《ちもり》臣の姓を賜《たま》ふ。

三月《丙寅朔》己卯《十四日》、散位《さんゐ》従四位下[一一]佐伯《さへき》宿禰麻呂《まろ》卒《しゆつ》しぬ。○戊子《二十三日》、常陸《ひたち》国[一二]信太《しだ》郡の人[一三]物部国依《もののべのくにより》に、改めて信太《しだ》連の姓を賜ふ。

隼人征討の士卒に課役免除

夏四月《乙未朔》壬寅《八日》、[一四]大宰府《だいさいふ》言《まう》さく、「日向《ひうが》・大隅《おほすみ》・薩摩《さつま》の三国の士卒《じそち》、隼賊《はやひと》を征討《せいたう》して、頻《しきり》に軍役《ぐんやく》に遭《あ》ひ、兼《か》ねて[一五]年穀《ねんこく》登《みの》らずして、交《こもごも》飢寒《きかん》に迫《せま》れり。謹《つつし》みて[一六]故事《こじ》を案《かむが》ふるに、兵役《ひやうやく》以後、時《とき》に飢《う》ゑ疫《えやみ》すること有り。望《のぞ》まくは天《てん》恩《おん》を降《くだ》して、[一七]復《ふく》三年を給《たま》はむことを」とまうす。これを許《ゆる》す。

三世一身法

○辛亥《十七日》、[一八]太《だい》政官《じやうぐわん》奏《そう》すらく、「[一九]頃者《このころ》、百姓《はくせい》漸《やや》く多《おほ》くして、田池《でんち》窄《せば》く狭《さ》し。望《のぞ》み請《こ》はくは、天下《あめのした》に勧《すす》め課《おほ》せて、田疇《でんちう》を開闢《ひら》かしめむことを。其《そ》れ[二〇]新《あらた》に溝池《こうち》を造《つく》り、開墾《かいこん》を営《いとな》む者《ひと》有らば、多少《たせう》を限《かぎ》らず、給ひて[二一]三世《さむせ》に伝《つた》へむ。[二二]若《も》し旧《もと》の溝池に逐《したが》はば、その[二三]一身《いつしん》に給はむ」とまうす。奏《そう》するに可《か》としたまふ。

年十二月庚戌条に信太郡大領として物部志太連大成がみえる。子孫か。信太(志田)連は以上二人の他にはみえない。
一四 以下は養老四年二月以来の隼人征討(〔一〕補2―一四九)従軍者に対する大宰府からの課役免除申請とその裁可。従軍者に対する授勲は、蝦夷征討従軍者と共に、すでに前年四月に行われ、陸奥の百姓に対する庸調軽減は翌閏四月に指示されていた。
一五 前年は全国的に旱害にみまわれた(養老六年七月丙子・戊子・八月壬子詔)。
一六 老子に「師之所ㇾ処荊棘生焉、大軍之後必有㆓凶年㆒」。
一七 課役すべて三年間の免除。復→〔一〕一五頁注四〇。
一八 いわゆる三世一身法を奏上する太政官奏。前年閏四月の良田一百万町歩開墾計画に続く開墾奨励策。→補9―三二。
一九 近年、人民の人口が次第に増加しているのに、班給すべき田や灌漑用の池や溝は狭隘である(池には池から引いた溝の意味もある)。
二〇 未墾の耕地に、新しく灌漑用の池や水路を造って開墾した場合には。
二一 ふつうは本人・子・孫の三世代。しかし田令6などにいう「伝㆓三世㆒」の場合は、本人から子へ、子から孫へ、孫から曾孫への三回の伝世をいう。ここはどちらか未詳。
二二 もし、以前からあった池や水路を利用して、再開墾した場合には。
二三 本人が身を終えるまで。

一 吉野宮→〔一〕補1―一三八。万葉九〇七の題詞に「養老七年癸亥夏五月幸㆓于芳野離宮㆒時、笠朝臣金村作歌一首〈并短歌〉」とある。以下、車持千年の歌も含めて九一六まではその類載。

○五月癸酉、行ニ幸芳野宮一。○丁丑、車駕還レ宮。○己卯、制、神戸当レ造ニ籍帳一、戸无ニ増減一、依レ本為レ定。若有ニ増益一即減[1]之、死損即加之。○辛巳、大隅・薩摩二国隼人等六百廿四人朝貢。○甲申、賜ニ饗於隼人一。各奏ニ其風俗歌[2]舞一。酋[3]帥[4]卅四人、叙レ位賜レ禄、人[5]有レ差。○六月庚子、隼[6]人帰レ郷[7]。○秋七月庚午、民部卿従四位下太朝臣安麻呂卒。○八月甲午、太政官処分、朝廷儀式[8]、衣冠形制、弾正・式部摠知糺[9]弾。若其存レ意督察[10]、自然合レ礼。頃者、文武官人、雑[11]任以上、衣冠違[12]レ制、進退緩[13]惰[14]。或彩[15]綾着レ裡[16]、軽[17]羅[18]致レ表。或[19]冠纓長垂、過越接レ領。或領曲細綾、露ニ其胸節一、或袴口所レ括、出[20]ニ其脛踝一。如レ此之徒、其類稍多。臺・省[21]二司明加ニ告示一。○庚子、新羅使韓[22]奈麻金貞[23]宿、副[24]使韓奈麻昔楊節等一十五人来貢。○辛丑、宴ニ金貞宿等於朝堂一。賜レ射并

二 →二三頁注二一。
三 神社の封戸は、戸籍や計帳を造る際に、当初の戸の丁数を維持すべきことを、国司に命じた制。→補9-二二。神戸→㈠五九頁注二五。計帳の作製は「毎年六月卅日以前」(戸令18)に開始するので、まもなくである。
四 原文の「増益即減之死損即加之」は三代格所引貞観二年十一月九日の太政官符に同文で引用されている。
五 養老元年四月甲午に歌舞を奏した薩摩・大隅の隼人の交替。隼人の定期朝貢と大替隼人→㈠補4-五〇。
六 ふつうは一八八人(和銅二年十月戊申条)、二九六人(天平七年七月己卯条)など。この年異常に多いのは養老四年以来の隼人の叛乱と鎮定に関係があるか。
七 養老元年四月の賜饗は西朝に於てであった。
八 →二九頁注四。「土風歌舞」とも(天平勝宝元年八月壬午条)。
九 養老四年六月戊戌条が初出。魁帥とも。
一〇 養老元年四月の隼人が帰郷。
一一 →㈠補3-三〇。墓誌に「七月六日卒之」とあるのに従うべきで、本条が「七月庚午」に係けてあるのは続紀編纂の際の誤りか。→㈠補1-八。
一二 朝廷の儀式に際して衣服や冠についての規制を守らせるよう、弾正台や式部省の監督と査察を促した太政官処分。和銅五年十二月辛丑条にも衣服の作り方についての禁制があった。
一三 以下は弾正台式に「凡朝庭儀式、衣冠形製、台并式部惣知糺正」、式部省式上には「凡諸司官人、礼儀進退放逸任レ意、衣冠束体参差不レ正者、検考之日惣加ニ糺正一。若不レ依レ糺者、便与ニ下等一」とある。

1 減(谷擦重、大)—滅〔兼・谷原・東・高〕→校補
2 歌—哥(東)
3 酋〔兼・谷、大〕—酉(東・高)
4 帥〈意改〉(大改)—卒〔兼等〕、師(底傍イ・兼朱傍イ・谷朱傍イ・東傍イ・高傍イ)→校補
5 人〔兼・谷原・東・高〕—各(谷重、大)
6 隼—集(兼)
7 郷〔高擦重〕
8 式〔谷擦重〕—或(谷原)
9 糺〔兼・谷、大〕—紀(東・高)
10 察(谷傍イ、大)—蜜〔兼等〕→校補
11 雑〔底擦重〕
12 違〈意改〉(大改)—建→校補
13 緩〔谷擦重〕
14 惰—隋(東)
15 彩〔兼擦重〕
16 裡＝裏〔谷重〕
17 軽—ナシ〔底〕→校補
18 羅—ナシ(高)
19 或—式〔底〕→校補
20 出—ナシ(高)
21 省(谷擦重、大)—有〔兼・谷原・東・高〕
22 韓(大改、紀略)—朝〔兼等〕
23 貞(谷抹傍、大、紀略)—奥〔兼・谷原・東・高〕
24 副(谷擦重、大)—制〔兼・谷原・東・高〕

神戸の籍帳
隼人朝貢
太安麻呂没
儀式における衣冠の制を正す
新羅使入朝

五月《乙丑朔》癸酉《九日》、[一]芳野宮《よしののみや》に行幸《みゆき》したまふ。○丁丑《十三日》、[二]車駕《きよが》、宮《みや》に還《かへ》りたまふ。○己卯《十五日》、[三]制《せい》すらく、「神戸《かむべ》の籍帳《じやくちやう》を造《つく》るに当《あた》りては、戸《こ》は、増減《ぞうげむ》すること无《な》く、本《もと》に依《よ》りて定《さだ》むることとせよ。若《も》し[四]増益《ぞうやく》すること有らば即《すなは》ち減《げむ》し、死《し》損《そん》せば即《すなは》ち加《くは》へよ」といふ。○辛巳《十七日》、[五]大隅《おほすみ》・薩摩《さつま》二国の隼人《はやひと》ら[六]六百廿四人朝貢《でうぐ》す。○甲申《二十日》、[七]饗《みあへ》を隼人《はやひと》に賜《たま》ふ。各《おのおの》その[八]風俗《ふうぞく》の歌舞《かぶ》を奏《つかへまつ》る。[九]酋帥《しうすい》卅四人に、位《くらゐ》を叙《じよ》し禄《ろく》賜ふこと人《ひと》ごとに差《しな》有り。

六月《甲午朔》庚子《七日》、[一〇]隼人郷《はやひとがう》に帰《かへ》る。

秋七月《甲子朔》庚午《七日》、民部卿《みんぶきやう》従四位下[一一]太《おほ》朝臣安麻呂《やすまろ》卒《しゆつ》しぬ。

八月《癸巳朔》甲午《二日》、[一二]太政官処分《だいじやうぐわんしよぶん》すらく、「[一三]朝廷《でうぢやう》の儀式《ぎしき》、衣冠《いくわん》の形制《けいせい》は、[一四]弾正《だんじやう》・[一五]式《しき》部《ぶ》摠《すべ》て知《し》りて糺弾《ただ》せ。若《も》し其《そ》れ意《こころ》を存《そん》して督察《とくさつ》せば、自然《しぜん》に礼《れい》に合《かな》はむ。頃者《このころ》、文武《ぶんぶ》の官人《くわんにん》、[一六]雑任《ざふにむ》以上、衣冠[一七]制《いくわんせい》に違《たが》ひ、進退緩惰《しんたいくわんだ》なり。或《ある》は[一八]彩綾《さいりよう》裡《うら》に着《つ》け、[一九]軽羅表《きやうらうへ》に致《いた》せり。或《ある》は[二〇]冠纓《くわんゑいなが》長く垂《た》れ、過《す》ぎ越《こ》えて領《えり》に接《まじは》りぬ。或《ある》は[二一]領《えり》曲の細《くは》しき綾《あや》、その胸《むね》節を露《あらは》にし、或《ある》は[二二]袴口《はかまのくち》の括《くく》る所《ところ》、その脛踝《はぎつぶなき》を出《いだ》せり。此《かく》の如《ごと》き徒《ともがら》、その類《たぐひやや》稍く多《おほ》し。臺《だい》・省《しやう》の二司、明《あき》らかに告示《がうじ》を加《くは》へよ」といふ。○庚子《八日》、[二三]新羅使《しらきのつかひ》[二四]韓奈麻《かんなま》[二五]金貞宿《こむちやうしゆく》、副使《ふくし》韓奈麻《かんなま》[二六]昔楊節《しやくやうせち》ら[二七]一十五人来《きた》りて貢《たてまつ》る。○辛丑《九日》、金貞宿《こむちやうしゆく》らを朝堂《でうだう》に宴《うたげ》す。[二八]射《ゆみ》を賜《たま》ひ并《あは》せて

一四 弾正台の職掌は職員令58に「粛二清風俗一、弾二奏内外非違一」。
一五 式部省の職掌には「内外文官…礼儀」(職員令13)とある。
一六 「文武官人」といえば、ふつうは官位相当のある長上官を指すが、ここではそれ以下の官位相当のない番上官である舎人・史生・兵衛・伴部・使部など「雑任」も含む意。雑任→補9-三四。
一七 衣冠についての凡その規制は衣服令にあるが、以下のような細部には及んでいない。
一八 色糸で織った綾。弾正台式に「凡綾者、聴レ用二五位已上朝服一。六位以下不レ得二服用一」。
一九 薄く軽い絹織物。経糸を捩(よ)って織る。弾正台式に「凡除二礼服并参議已上半臂五位已上幞頭一之外、不レ得レ著レ羅」。
二〇 冠の後の飾を長く垂らし過ぎて衣の襟にまで及んでいる。霊亀二年十月壬戌条に「幞頭後脚莫レ過二三寸一」。
二一 領曲は盤領(あげくび)の襟のような丸い襟か。上等な綾で襟を大きな輪に作ると胸もとがはだける。
二二 袴の短かいのを穿いて下端を括ればスネやクルブシが露わになる。
二三 前回は養老五年十二月是月条。こちらの遣使は同六年五月派遣、十二月帰還。
二四 新羅十七等官位の第十等。大奈麻とも。大使としてはこれまでのうちで最低の官位。対新羅外交→㈠補1-四一。
二五 下文辛丑条の他にみえず。
二六 他にみえず。昔という姓は中国にもある。
二七 上京した人数。筑紫到着や入京の日はみえない。この日は朝廷で貢上した日か。
二八 朝庭で射を競う会を催した。新羅使らが参加させられた例は霊亀元年正月庚子条。

奏二諸方楽一。○辛亥、加二置[1]因幡国駅四処一。○丁巳、新羅使帰レ蕃。○九月辛未、熒[2]惑入二太[3]微左執法中一。○己卯、出羽国司正六位上多治比真人家主言、蝦夷等惣五十二人、功効已顕、酬賞未レ霑。仰レ頭引レ[4]領、久望二天恩一。伏惟、芳餌之[5]末、必繋二深淵之魚一、重禄之下、必致二忠節之臣一。今夷狄愚闇、始趍二奔命一。久不二撫慰一、恐二解散。仍具レ状請レ裁。有レ勅、随二彼勲[6]績一、並加二賞爵一。○冬十月庚子、勅、按察使所レ治之国、補二博士・医[7]師一、自餘国博士並停之。○癸卯、左京人无位紀朝臣家献二白亀一。長一寸半、広[8]一寸。両眼並赤。○己酉、造二[9]危村橋一。○乙卯、詔曰、今年九月七日、得二左京人[10]紀家所レ献白亀一。仍下二所司一、勘二[11]検図諜一、奏偁、孝経援神契曰、天子孝、則天竜降、地[12]亀出。熊氏瑞応図[13]曰、[14]王者不レ偏不レ党、尊二用耆老一、

1 因〔高擦〕
2 惑→校補
3 微〔兼・谷、大〕―徴(東・高)
4 領〔高擦重〕
5 末〈意改〉(大)―未〔兼・谷擦・東・高〕
6 績―続＝續(東)
7 師〔谷重〕
8 一寸(大補、紀略)―ナシ〔兼等〕→校補
9 危〔兼重〕
10 紀ノ下、ナシ―朝臣(大補)→脚注
11 検―験(紀略)
12 亀―ナシ(高)
13 曰―云(東)
14 王―生〔底〕→校補

一 →㈠九三頁注二九。歓迎の意と共に日本と「諸方」との関係を示威する意を含むか。
二 未詳。→補9―二五。
三 火星。→六七頁注一一。
四 乙女座のη星(藪内清・斉藤国治)。
五 以下は出羽国司の蝦夷への叙勲申請とその許可(陸奥の「有功蝦夷」への叙勲は前年四月丙戌条)。民部省式上では出羽は上国、国守は従五位下相当。しかし天平九年四月戊午条の国守も正六位下。この「国司」は国守か。
六 池守の子。天平宝字四年三月、従四位下で没。→補9―二六。
七 首を伸ばす。期待や思慕を表わす動作。孟子、梁恵王に「天下之民、皆引レ領而望レ之矣」。「仰頭」も期待や思慕を表わす動作。
八 三略(黄石公三略)に「香餌之下、必有二死魚一、重賞之下、必有二死夫一」とあるに拠るか。
九 ようやく朝廷の命令に従って奔走するようになった。奔命には亡命の意もあるが、下文との関係から考えると、ここは亡命ではあるまい。趍は身を屈して走り、君命を果すこと。ワシルはハシルの古形。
一〇 (蝦夷がせっかく集まって協力してくれたのに)ふたたび分散してしまうことを。
一一 国博士を配置すべき国を減定した勅。国博士・国医師の配置→補9―二七。
一二 →補8―二四。
一三 癸卯は十月十一日になるわけだが、下文乙卯条に「今年九月七日」、翌年二月甲午詔(宣命第五詔)にも「去年九月」。月も日も合わない。九月七日が正しく、十月癸卯は誤か。→補9―二八。
一四 扶桑略記には「家裨」(養老七年条)又は「家稗」(同八年条)。裨・稗に共通する訓はスケ。しかし「まだ无位であった紀朝臣(某)の家か

[一]諸方《しよはう》の楽《がく》を奏《つかへまつ》らしむ。○辛亥（十九日）、因幡国《いなば》に駅《やく》[二]四処を加《くは》へ置《お》く。○丁巳（二十五日）、新《しら》羅使《きのつかひ》蕃《ばん》に帰《かへ》る。

出羽国司、蝦夷への叙勲を申請

九月辛未（癸亥朔 九日）、[三]熒惑《くゑいこく》、[四]太微左《たいびのさ》執法《しふはふ》の中《なか》に入《い》る。○己卯（十七日）、[五]出羽国司《いではのこくし》正六位上[六]多《た》治比《ちひ》真人家主言《やかぬしまう》さく、「蝦夷《えみし》ら摠《すべ》て五十二人、功効《くうかう》已《すで》に顕《あらは》れて、酬賞《しうしやう》霑《うるほ》はず。頭《かうべ》を仰《あふ》げ[七]領《くび》を引《ひ》きて、久《ひさ》しく天恩《てんおん》を望《のぞ》めり。伏《ふ》して惟《おも》みるに、[八]芳餌《はうじ》の末《すゑ》には、必《かなら》ず深淵《しむえん》の魚《うを》を繫《つな》ぎ、重禄《ぢうろく》の下《もと》には、必《かなら》ず忠節《ちうせつ》の臣《しん》を致《いた》せり。今《いま》、夷狄《いてき》愚闇《あむ》なれども、[九]始《はじ》めて奔命《ほんめい》に趍《わし》る。久《ひさ》しく撫《な》で慰《やす》めずは、恐《おそ》るらくは[一〇]二たび解《と》け散《あか》れむことを。仍《より》て状《じやう》を具《つぶさ》にして裁《さい》を請《こ》はむ」とまうす。勅《みことのり》有りて、彼《か》の勲績《くんしやく》に随《したが》ひて、並《ならび》に賞爵《しやうしやく》を加《くは》ふ。

国博士・国医師を置く国を減定

冬十月庚子（癸巳朔 八日）、[一一]勅《みことのり》したまはく、「[一二]按察使《あんせちし》の治《をさ》むる国には、博士《はかせ》・医師《くすし》を補《ほ》し、自餘《そのほか》の国《くに》の博士は並に停《とど》めよ」とのたまふ。

白亀献上

○癸卯（十一日）[一三]、左京《さきやう》の人《ひと》无位紀《き》朝臣家[一四]、[一五]白亀《しろきかめ》を献《たてまつ》る。長《なが》さ一寸半、広《ひろ》さ一寸。[一六]両《ふたつ》の眼《まなこ》並に赤《あか》し。○己酉（十七日）、[一七]危村《きそ》橋を造《つく》る。

白亀出現をよろこぶ詔

○乙卯（二十三日）、[一八]詔《みことのり》して曰《のたま》はく、「今年《ことし》九月七日、左京の人紀家[一九]が献《たてまつ》れる白亀《しろきかめ》を得《え》たり。仍《より》て[二〇]所司《しよし》に下《くだ》して、[二一]図諜《づてふ》を勘検《かむが》へしむるに、奏《そう》して偁《まう》さく、[二二]「孝経援神契《けうきやうゑんしんけい》に曰《い》はく、『天子《てんし》孝《かう》あるときは、天竜《てんりよう》降《くだ》り、地亀《ちくゐ》出《い》づ』といふ。[二三]熊氏《いうし》が瑞応図《ずいおうづ》に曰《い》はく、『[二四]王者《わうしや》偏《へん》せず党《たう》せず、耆老《きらう》を尊《たふと》び

ら」の意か。紀朝臣→㊀補1–三二一。なお付加すれば光仁の母は紀朝臣橡姫である（光仁即位前紀）。
一五 下文に大瑞、翌年二月甲午詔に霊亀と解され、「神亀」と改元。しかし「白亀」は文武四年八月乙卯条以後、続紀には合計一一回もみえる。→補9–三九。
一六 霊亀元年八月丁丑条の霊亀は右眼のみ赤かったが、天平十七年十月辛亥条の白亀は両眼とも赤。
一七 美濃国の岐蘇（大宝二年十二月壬寅条）の桟《かけはし》か、未詳。→補9–四〇。
一八 出現した白亀を大瑞と解し、曲赦と租税免除と関係者への行賞を命じた詔。
一九 「紀という家から」の意か。前の癸卯条は編者の書いた地の文だが、ここは詔の引用文なのでこの表記を重んずべきである。
二〇 治部省。卿の掌に「祥瑞」とあり（職員令16）、治部省式にその種類と等級が規定されている。等級は養老の頃から式の規定と一致するようになった。→㊀補1–二七。
二一 ふつう、図は絵図、諜は系譜などをいうが、続紀に四回みえる図諜（図牒とも）はみな下文の援神契や瑞応図のような讖緯祥瑞関係の図書を指す。中務省図書寮の頭の掌（職員令6）にいう「図書」も義解などで同様に解釈されている。
二二 →補9–四一。
二三 →補9–四二。
二四 以下は神護景雲二年九月辛巳条にも同文で引用するが、天平十八年三月己未条の引用では小異がある。耆老は戸令6に六十六以上を耆、六十一以上を老とする。故旧は古くからの友人、知人。徳沢流洽は天子の徳が洽《あまね》くゆきわたること。

不レ失二故旧一、徳沢流洽、則霊亀出。是知、天地霊貺、国家大瑞。寔謂、以二朕不徳一、致二此顕貺一。宜下共[1]二親王・諸王[2]・公卿・大夫、百寮在レ位、同慶[3]中斯瑞[4]上。仍曲赦[5]、出レ亀郡免二今年租調[6]一、親工及京官主典已上、左右大舎人・授刀[7]舎人・左右兵衛・東[8]宮舎人、賜レ禄有レ差。紀朝臣家授二従六位上一。絁[9][10]廿疋、綿卌[11]屯、布八十端、稲二千[12]束。大倭国造大倭忌寸五百足、絁十疋、綿一百屯、布廿端。〇十一月癸亥、令三天下諸国奴婢口分[13]田、授二十二年已上者一。〇丁丑、下総国香取郡、常陸国鹿嶋郡、紀伊国名草郡等少領已上、聴レ連二任三等已上親一。〇戊子、夜、月犯二房星一。〇十二月丁酉、放二官婢花一、従レ良賜二高市姓一。〇辛亥、散位[14]従四位下山[15]前王卒。

神[16]亀元年春正月壬戌朔、廃[17]レ朝。雨也。〇癸亥、天皇御二大極殿一、受レ朝。〇戊辰、御二中宮一、宴二五位已上一。賜レ禄[18]有レ差。〇戊子、出雲国造外従七位下出雲臣広嶋

1 共—夫(紀略)
2 王(大補、紀略)—ナシ〔兼等〕
3 慶〔高擦重〕
4 瑞仍曲赦出亀郡〔高擦重〕
5 曲(谷重、大、紀略)—由〔兼・谷原・東・高〕
6 調—稠〔底〕→校補
7 刀—力(東)
8 東—春(紀略)
9 絁ノ上、ナシ—賜(大補)→校補
10 絁—紀(東)
11 卌—卅(紀略)
12 千(谷・東・高、大、紀略)—十〔兼〕
13 分〔高擦重〕—田(高原)
14 位ノ下、ナシ(谷抹・高朱抹、大)—従位〔兼・谷原・東・高原〕
15 山〔高擦重〕
16 神ノ上→校補
17 廃〔高擦重〕
18 禄〔高重〕

一 ふしぎな霊妙な賜い物。次の顕貺と対語になっているが、結局は同じ意味。
二 翌年二月甲午詔の舎人・新田部両親王や長屋王以下の諸王を指す。
三 地域を限定して行う赦。→[一]補2-九八。この曲赦の範囲は、亀を出した郡のみか京や大和国に及ぶか明らかでない。
四 扶桑略記に「大和国白髪池」で得たとあるによれば城上郡か。白髪池→補9-四三。
五 畿内なので、もともと庸は免除(賦役令4)、調も畿外諸国の半(賦役令1)。
六 この時点では舎人・新田部の二人のみ。
七 諸王や諸臣は「京官主典已上」に含まれるのであろう。因みに京官即ち中央諸官庁・京職・摂津職の四等官の養老令定員は四三二人。
八 以下は天皇と皇太子の親衛隊。特に賜禄の対象としたのは譲位に備えてか。大舎人→[一]補3-二・四。
九 →[一]補4-七。
一〇 →[一]補2-一三九。
一一 春宮坊舎人監に所属、定員六〇〇人(東宮職員令3)。定員未詳の授刀舎人を除いても以上の総定員は三〇〇〇人に達する。
一二 家裨・家稗とも→一三五頁注一四・一九。
一三 授けられた位も、賜物の品目や額も、霊亀元年九月の高田久比麻呂の場合と全く同じ。
一四 この詔に援神契を引いて「地亀出づ」とあるように、白亀の出現は大倭の地祇の恵みと解して、国造にも賜物したのである。祥瑞の出現に国造まで賜物された例は他にみえない。大倭の地祇→補9-四四。
一五 →[一]補1-四三。大倭氏の氏上でもあり、すでにかなりの老齢であった。
一六 私有の奴・婢の口分田は良民の男・女のそ

用《もち》ゐ、故旧《こきう》を失《うしな》はず、徳沢流洽《とくたくりうかふ》するときは、霊亀《れいくゐ》出づ』といふ」とまうす。是《ここ》に知《し》りぬ、天地《てんち》の霊貺《れいくゐやう》[一]、国家《こくか》の大瑞《だいずい》なることを。寔《まこと》に謂《おも》へらく、「朕《わ》が不徳《ふとく》を以《もち》て、この顕貺《けんくゐやう》を致《いた》せり」とおもふ。親王《しんわう》[二]・諸王《しよわう》・公卿《くぎやう》・大夫《だいぶ》、百寮《ひやくれう》の位《くらゐ》に在《あ》ると共《とも》に、同《おな》じく斯《こ》の瑞《ずい》を慶《よろこ》ぶべし」とのたまふ。仍《より》て曲赦《きよくしや》[三]して、亀《かめ》[四]を出《いだ》せる郡《こほり》には、今年《ことし》の租調《そでう》[五]を免《ゆる》し、親王[六]と京官《きやうくわん》[七]の主典《さうくわん》已上、左右大舎人《さうのおほとねり》[八]・授刀舎人《たちはきのとねり》[九]・左右兵衛《さうのひやうゑ》[一〇]・東宮舎人《とうぐうのとねり》[一一]とに、禄賜《ろくたま》ふこと差《しな》有り。紀《き》[一二]朝臣家《いへ》[一三]に従六位上を授《さづ》く。絁《あしぎぬ》廿疋、綿《わた》卅屯、布《ぬの》八十端、稲《いね》二千束なり。大倭国造《やまとのくにのみやつこ》[一四]大倭《やまと》[一五]忌寸五百足《いほたり》には、絁十疋、綿一百屯、布廿端。

奴婢の口分田は十二歳から

十一月《壬戌朔》癸亥《二日》、天下《あめのした》の諸国《くにぐに》の奴婢《ぬひ》[一六]の口分田《くぶんでん》を、十二年已上の者《ひと》に授《さづ》けしむ。

神郡郡司の連任を許す

○丁丑《十六日》、下総国《しもつふさ》[一七]香取郡《かとり》[一八]、常陸国《ひたち》鹿嶋郡《かしま》[一九]、紀伊国《き》名草郡《なくさ》[二〇]等の少領《せうりやう》已上、三等[二一]已上の親《しん》を連任《れんにむ》することを聴《ゆる》す。○戊子《二十七日》、夜《よる》、月房星《つきばうせい》[二二]を犯《をか》す。

十二月《壬辰朔》丁酉《六日》、官婢花《くわんひはな》[二三]を放《ゆる》して、良《らう》に従《したが》ひて高市《たけち》[二四]の姓を賜ふ。○辛亥《二十日》、散《さん》位《ゐ》従四位下山前王《やまさきのおほきみ》[二五]卒《しゆつ》しぬ。

七二四年

神亀《じんくゐ》[二六]元年《甲子》春正月壬戌の朔、朝《でう》[二七]を廃《や》む。雨《あめ》ふればなり。○癸亥《二日》、天皇《すめらみこと》、大《だい》[二八]極殿《ごくでん》に御《おは》しまして朝《でう》を受《う》けたまふ。○戊辰《七日》、中宮《ちうぐう》[二九]に御《おは》しまして五位已上を宴《うたげ》[三〇]す。禄賜ふこと差《しな》有り。

出雲国造、神賀辞を奏す

○戊子《二十七日》、出雲国造《いづものくにのみやつこ》[三一]外従七位下出雲《いづも》[三二]臣広嶋《ひろしま》、

れぞれ三分の一であった(田令27)が、従来は満六歳になれば授けられていた(田令3)。口分田→補9-四五。

一七 以下は香取・鹿嶋・名草の三神郡の郡司の任用についての特例の聴許。神郡郡司連任の聴許は既に文武二年から始まっている。→[一]補1-五六。

一八 香取神社の神郡。現在の千葉県佐原市香取の一帯。香取郡と香取神宮→補9-四六。

一九 鹿嶋神社の神郡。現在の茨城県鹿島郡。鹿島郡と鹿島神宮→補9-四七。

二〇 日前・国懸などの神社の神郡。名草郡の神社→補9-四八。名草郡→[一]七一頁注二二。

二一 一般には禁止。→一一頁注二五。

二二 二十八宿の一つの房宿(蠍座西端)の四星から成るので天の駟つまり車駕とみなされる。月を元正とすれば、その譲位と解されたか。

二三 戸令38によれば、官奴婢は六十六歳で官戸、官戸は七十六歳で良民とされるが、ここでは官婢が直ちに良とされている。事情は分らないが特例。官奴→七五頁注一四。

二四 居地による賜姓か。→補9-四九。

二五 刑部親王の子。→[一]九一頁注二五。

二六 養老八年を二月甲午の詔で改元。

二七 廃朝→七頁注一七。元日朝賀の儀→[一]補1-四九。

二八 →三頁注八。

二九 いわゆる第一次朝堂院か。→補9-一八。

三〇 白馬の節会。→補9-五〇。

三一 以下は出雲国造の交代に伴なう儀礼。先代の出雲臣果安の場合が霊亀二年二月丁巳条にみえる。→補7-八。

三二 →補9-五一。広嶋は神亀三年二月辛亥条では外従六位上か。五階昇叙。→補7-八。

奏二神賀辞一。○己丑、広嶋及祝・神部等、授レ位賜レ禄各有レ差。○二月甲午、天皇禅二位於皇太子一。

天璽国押開豊桜彦天皇　勝宝感神聖武皇帝

天璽国押開豊桜彦天皇、謹案二勝宝[1]八歳勅一曰、太上[2]天皇出家帰レ仏。更不レ奉レ諡。至二宝字二年一、勅追二上此号諡一。[3]天之真宗豊祖父天皇之皇子也。母曰二藤原夫人一。贈太政大臣不比等之女也。[4]和銅七年六月、立為二皇太子一。于レ時年十四。○二月甲午、受レ禅、即二位於大極殿一。大二赦天下一。[5]詔曰、現神大八洲所知倭根子天皇詔旨[6]止勅大命乎[7]親王・諸王・諸臣・百官人等、天下公民、衆聞食[8]宣。高天[9]原[10]尓神留坐皇親神[11]魯岐・神[12]魯美命、吾孫将知食国天下止、与佐[13]斯奉志麻尓[14]々々、高天原尓事[15]波自[16]米而、四方食国天下乃政乎、弥高弥広尓天日嗣止高御座尓坐而、大八嶋国所知倭根子天皇乃大命尓坐詔久、此食国天下者、掛畏岐藤原宮尓天下所知・美麻斯乃[17]父止坐天皇乃、美麻斯尓賜

1 八〈意改〉(大改)—七↓脚注
2 天〔兼・谷、大〕—ナシ(東・高)
3 天ノ上↓校補
4 和ノ上↓校補
5 詔〔谷抹傍〕—諸(谷原)↓校補
6 止—ナシ〔底一字空〕↓校補
7 親王〈意補〉(大補)—ナシ↓校補
8 宣—ナシ(兼欠)↓校補
9 原—皇(高)
10 尓—ナシ〔底一字空〕↓校補
11 魯岐〈意改〉(大改、詔)—魯岐〔兼等〕
12 魯美〈意改〉(大改、詔)—魯美〔兼等〕
13 斯(兼等)—斯(大、詔)、ナシ〔底〕↓校補
14 々々〔兼等〕—麻尓(大、詔)
15 波〈意補〉(大補、詔)—ナシ〔兼等〕↓校補
志
16 米〈意改〉(大改、詔)—未↓校補
17 父〈意改〉(大、詔)—文〔兼等〕↓校補

一 出雲の神々からの賀詞。↓補7-八。
二 地方の社の下級の神職。祝部とも。↓五頁注一。
三 神祇官の下級の神職。↓[一]九一頁注一九。しかしここでは出雲大社の祝より下級の神職。臨時祭式に「国造已下、祝、神部、郡司、子弟五色人等給レ禄」とある。
四 時に元正は四十五歳、皇太子の首皇子すなわち聖武は二十四歳。
五 本条以前と次条以後とで本来は巻が分れていたのを、続紀編修の最終段階で接続してしまったのであろう。↓[一]解説五〇〇頁。
六 聖武の国風諡号↓補9-五二。
七 聖武の尊号↓補9-五二。
八 諱は首。平城宮御宇天皇とも。大宝元年生。同い年の藤原光明子と十六歳で結婚、翌々年阿倍皇女(孝謙)誕生。県犬養広刀自との間にも井上皇女(光仁皇后)・不破皇女・安積皇子を生む。在位二五年で出家帰仏(法名は沙弥勝満)、孝謙に譲位。譲位後七年で天平勝宝八歳没(同五月乙卯条)、五十六歳。
九 以下は編纂時の注か。続日本紀の分注↓[一]補1-七。 一〇 天平勝宝八歳五月壬申条に同文の勅がある。
一一 天平宝字二年八月戊申条の勅に前出の尊号と共にこの国風諡号を「追上」したことがみえる。 一二 文武天皇。↓[一]三頁注二。
一三 一人子か。書紀以来、即位前紀には第何子・第何女と記すのが例。また母宮子は聖武を生んでから久しく身体不調だった(天平九年十二月丙寅条)。
一四 藤原宮子。↓[一]補1-一二八。夫人↓一二九頁注二二。
一五 ↓[一]補1-八六。養老四年八月癸未に没、十月壬寅に贈太政大臣。

神賀辞《かむよごと》[一]を奏《そう》す。○己丑〔二十八日〕、広嶋《ひろしま》と祝《はふり》[二]・神部《かむとも》[三]らとに、位《くらゐ》を授《さづ》け禄《ろく》賜《たま》ふこと各《おのおの》差《しな》有り。

元正譲位

二月〔辛卯朔〕甲午〔四日〕、天皇《すめらみこと》[四]、位《くらゐ》を皇太子《くわうたいし》に禅《ゆづ》りたまふ。[五]

天璽国押開豊桜彦天皇《あめしるしくにおしはらきとよさくらひこのすめらみこと》[六]　勝宝感神聖武皇帝《しようほうかむじんしやうむわうだい》[七]

即位前紀

[八]天璽国押開豊桜彦天皇は、謹《つつし》[九]みて勝宝《しようほう》[一〇]八歳の勅《みことのり》を案《かむが》ふるに曰《い》はく、「太上天皇出家《だいじやうてんわうしゆつけ》して仏《ほとけ》に帰《くゐ》したまふ。更《さら》に謚《おくりな》を奉《たてまつ》らず。宝字《ほうじ》[一一]二年に至《いた》りて、勅《みことのり》してこの号謚《おくりな》を追《お》ひ上《たてまつ》る」といふ。天之真宗豊祖父天皇《あまのまむねとよおほぢのすめらみこと》[一二]の皇子《みこ》[一三]なり。母《はは》を藤原夫人《ふぢはらのぶにん》[一四]と曰《まう》す。贈太政大臣《ぞうだいじやうだいじん》不比等《ふひと》[一五]の女《むすめ》なり。和銅《わどう》七年六月[一六]、立《た》ちて皇太子《くわうたいし》と為《な》りたまふ。時《とき》に年《みとし》十四。

聖武即位の大教

宣命第五詔

二月〔辛卯朔〕甲午〔四日〕、禅《ゆづり》[一七]を受《う》けて、大極殿《だいごくでん》[一八]に即位《くらゐにつ》きたまふ。天下《あめのした》[一九]に大赦《たいしや》す。詔《みことのり》[二〇]して曰《のたま》はく、「現神《あきつみかみ》[二一]と大八洲《おほやしまぐにし》知らしめす倭根子《やまとねこ》[二二]天皇《すめら》が詔旨《おほみこと》らまと勅《の》りたまふ大命《おほみこと》を親王《みこたち》[二三]・諸王《おほきみたち》・諸臣《おみたち》・百官人《もものつかさのひとども》等、天下公民《あめのしたのおほみたから》、衆《もろもろき》聞きたまへと宣《の》る。高天原《たかまのはら》[二四]に神留《かむづま》り坐《ま》す皇親神魯岐《すめらがむつかむろき》[二五]・神魯美命《かむろみのみこと》の、吾孫《あがみま》の知《し》らさむ食《をす》[二六]国天下《くにあめのした》と、よさし[二七]奉《まつ》りしまにまに、高天原《たかまのはら》に事《こと》はじめて、四方《よも》の食国天《をすくにあめの》下《した》の政《まつりごと》を、弥高《いやたか》に弥広《いやひろ》に天日嗣《あまつひつぎ》と高御座《たかみくら》に坐《いま》して、大八嶋国《おほやしまぐにし》知らしめす倭根子天皇《やまとねこすめらみこと》の大命《おほみこと》に坐《ま》せ詔《の》りたまはく、「此食国天下《このをすくにあめのした》[二八]は、掛《か》けまくも畏《かしこ》き藤原宮《ふぢはらのみや》に、天下《あめのしたし》知らしめしし、みましの父《ちち》と坐《いま》す天皇《すめらみこと》の、みましに賜《たま》ひし

一六　六月庚辰。大宝元年(七〇一)生なので和銅七年(七一四)には十四歳。
一七　続日本紀の即位記事→〔一〕補1-九。祖母の元明から直接に譲位されず、伯母の元正の治世一〇年の後に譲位された理由→〔一〕補6-九四。一八→三三頁注八。
一九　即位赦。大赦→〔一〕補2-九八。下文の詔の中にも「大㆓赦天下㆒」との同文(一四三頁八行目)があり、本条の「受㆑禅」以下は詔の中から抽出したのではなく、別に太政官の記録(〔一〕解説五〇五頁)などから文を成したものか。
二〇　聖武即位と神亀改元の詔。→補9-五二。
二一　宣命冒頭の表記→宣命解説。
二二　この天皇は聖武、五行先の天皇は元正。
二三　宣命の宣布対象→〔一〕補1-一二。
二四　以下は一四一頁二行目の「聞きたまへと宣る」までが詔の第一段。最初の「高天原」から二行先の「大八嶋国知らしめす」までは、天孫降臨神話に基づく元正天皇に対する修辞。高天原にまします皇祖の男神女神が、わが子孫の統治すべき食国天下であると子孫に委ねられたままに、高天原から始まり天下四方の国土にまで至った統治をいよいよ高くいよいよ広く、皇祖の子孫として皇位にあってこの大八嶋国を統治してこられた倭根子天皇、すなわち元正、の意。
二五　皇室の祖先である男神・女神。→補9-五四。
二六　食すも治める意→第一詔(〔一〕五頁注六)。
二七　委託される。第十四詔に「言依」、第二十三詔に「事依」などと表記。
二八　以下一四一頁一行目「天下の業」までは元正の詔の引用。この食国天下は、あなたの父である文武があなたに賜わった天下である、と元正は聖武に対して詔する。

天下之業止、詔大命乎、聞食恐美受賜懼理坐事乎、衆聞食宣。可久賜時尓、美麻斯親王乃齢乃弱尓、荷重波不堪自加[1]止、所念坐而、皇祖母坐志[2]々、掛畏岐我皇天皇尓授奉岐。依[3]此而是平城大宮尓現御神止坐而、大八嶋国所知而、霊亀元年尓、此乃天日嗣高御座之業食国天下之政乎、朕尓授賜譲賜而、教賜詔賜都[4]良久、[5]挂畏淡海大津宮御宇倭根子天皇乃、万世尓不改常典止、立賜敷賜[6]魯閉随法、後遂者我子尓、佐太加[7]尓牟倶佐加[8]尓、無過事授賜止、負賜詔賜比志尓、[9]坐間尓去年九月、天地貺大瑞物顕来理。又四方食国乃年[10]実豊尓、牟倶佐加尓得在止見賜而、随神母所念行尓、[11]于[12]都斯久母、皇朕賀御世当、顕見[13]魯物尓者不在。今将[14]嗣[15]坐御世名乎記而、応来顕来[16]留物尓在良志止所念坐而、[17]今神亀二字御世乃年名止定氐、改二養老八年一為神亀元年而、天日嗣高御座食国天下之業乎、吾子美麻斯王尓、授賜譲賜止詔天皇大命乎、頂受賜恐美持而、辞啓者天皇大命恐、[18]被賜仕奉者拙久劣

1 止〔兼・谷、大、詔〕—上(東・高)
2 々〔兼〕—志(谷・東・高、大、詔)
3 此〈意改〉(大改)—行→校補
4 良〔高重〕—久(高原)
5 挂〈意改〉(大)—桂〔兼等〕、掛(詔)
6 魯〔兼等〕—留(大改、詔)
7 尓〔兼、大、詔〕—尓(谷・東・高)
8 尓〔兼等〕—尓(大、詔)
9 坐ノ上、ナシ〔兼等〕—依弖今授賜牟止所念(大補、詔)→脚注
10 実=實—宝=寶(高)
11 于〔兼・谷、大、詔〕—于(東)・千(高)
12 都〈意補〉(大補、詔)—ナシ〔底一字空・兼一字空・谷一字空・東・高〕
13 魯〔兼等〕—留(大改、詔)
14 嗣〈意改〉(大、詔)—副〔兼等〕→校補
15 坐—座(大)
16 留物〔谷重〕
17 今〈意改〉(大改、詔)—八〔兼等〕→校補
18 被ノ上→校補

一 ワザはワザ生ひ(災)・ワザ招ぎ(俳優)など、神意による行為。「天下之業」は、神意に沿って治むべき天下。
二 以下が聖武の詔。(私、聖武は)拝聴して恐れ畏まっていることを。「聞食」の訓→[一]補1―一六。
三 以下一四三頁五行冒頭の「宣る」までが詔の第二段。元正の詔の引用にはじまり、そのなかに元明の詔が引用され、最後が聖武の詔となる。かように(文武から聖武へと統治すべき天下を)賜わった時に(文武は)あなたは年齢が若いから重い責任に耐えられまいとお思いになって、皇祖母の元明に譲位された。
四 「祖」は祖先でなく親の意。天皇家の女性の尊長。文武の元明への譲位の意志は第三詔([一]一二一頁)にみえる。
五 これによって(元明天皇は)この平城宮で現御神として大八嶋(日本)国を統治された。アキツミカミは現世に姿を現わしている神。元明即位は慶雲四年七月壬子。
六 霊亀元年九月庚辰。
七 元正。
八 以下三行、「授け賜へ」までは元明詔の引用。しかし「後遂には我子に」云々などとは、元明譲位の詔([一]二三三頁以下)にも元正即位の詔(三頁)にもみえない。
九 天智天皇。元明の父、元正の祖父。
10 いわゆる不改常典→[一]補4―二。

天下《あめのした》の業《わざ》[一]」と、詔《の》りたまふ大命《おほみこと》を、聞《き》[二]きたまへ恐《かしこ》み受賜《うけたまは》り懼《おそ》り坐《ま》す事《こと》を、衆《もろもろ》聞《き》きたまへと宣《の》る。「かく[三]賜《たま》へる時《とき》に、みまし親王《みこ》の齢《よはひ》の弱《わか》きに、荷《に》重《おも》きは堪《た》へじかと、念《おもほ》し坐《いま》して、皇祖母《すめみおや》[四]と坐《いま》しし、掛《か》けまくも畏《かしこ》き我皇《わがおほきみ》天皇《すめらみこと》に授《さづ》け奉《まつ》りき。此《これ》[五]に依《よ》りて是《こ》の平城大宮《ならのおほみや》に現御神《あきつみかみ》と坐《いま》して、大八嶋《おほやしま》国知《ぐにし》らしめして、霊亀元年《れいくゐのはじめのとし》[六]に、此《こ》の天日嗣高御座《あまつひつぎたかみくら》の業食国天下《わざをすくにあめのした》の政《まつりごと》を、朕《われ》[七]に授《さづ》け賜ひ譲《ゆづ》り賜ひて、教《をし》へ賜ひ詔《の》り賜ひつらく、『挂《か》[八]けまくも畏《かしこ》き淡海大津宮《あふみのおほつのみや》[九]に御宇《あめのしたしらしめ》しし倭根子天皇《やまとねこすめらみこと》の、万世《よろづよ》[一〇]に改《かは》るましじき常《つね》の典《のり》と、

「不改常典」の法

立《た》て賜ひ敷《し》き賜へる法《のり》の随《まにま》に、後遂《のちつひ》には我子《わがこ》[一一]に、さだかにむくさかに[一二]、過《あやま》つ事《こと》無く授《さづ》け賜へ』と、負《おほ》[一三]せ賜ひ詔《の》り賜ひしに、坐《いま》す間《あひだ》に去年《こぞ》[一四]の九月《ながつき》、天《あめ》地《つち》の貺《たま》へる大《おほ》[一五]き瑞物《しるしもの》顕《あらは》れ来《け》り。又四方《またよも》の食国《をすくに》の年《と》[一六]実《し》豊《ゆたか》に、むくさかに得《え》たりと見《み》賜ひて、神《かむ》ながらも念《おもほ》し行《め》すに、うつしくも[一七]、皇朕《すめらわ》が御世《みよ》に当《あた》りて、顕見《あらは》る物《もの》には在《あ》らじ。今嗣《いまつ》[一八]ぎ坐《ま》さむ御世《みよ》の名《な》を記《しる》して、応《こた》へ来《きた》りて顕《あらは》れ来《け》る物に在《あ》るらしと念《おもほ》し坐《ま》して、今神亀《じむくゐ》[一九]の二字《ふたもじ》を御世《みよ》の年名《な》と定《さだ》めて、養《やう》老八年《らうのやとせ》を改《あらた》めて、神亀元年《じんくゐのはじめのとし》として、天日嗣高御座食国天下《あまつひつぎたかみくらをすくにあめのした》の業《わざ》を、吾《わ》[二〇]が子《こ》みまし王《みこ》に、授《さづ》け賜ひ譲《ゆづ》り賜ふ」と詔《の》りたまふ天皇《すめら》が大命《おほみこと》を、頂《いただき》[二一]に受《う》け賜《たまは》り恐《かしこ》み持《も》ちて、辞《いな》[二二]び啓《まを》さば天皇《すめら》が大命恐《おほみことかしこ》み、被賜《うけたまは》[二三]り仕《つか》へ奉《まつ》らば拙《つたな》く劣《をぢな》

神亀改元

二 「我子」は聖武のこと。聖武は元明の孫がスメミオヤの立場からみれば我が子となる。下文でも元正は甥の聖武を「吾が子」と呼んでいる。

三 語義未詳。詔詞解は下文(二行後)の「年実豊にムクサカニ」を考え合せて、茂く(モク)盛んに(サカニ)と解する。

一三 以下、再び元正の詔。私(元正)に(元明が)仰せられ詔されたので、私が皇位を継いでいると。詔詞解は「賜ひしに」と「坐す間に」の中間に「依りて今授け賜はむと所念ほし」と補入するが、原文のままで意味は通ずる。

一四 前年十月乙卯詔に「今年九月七日」。

一五 白亀。

一六 前々年は気候不順だった(養老六年七月丙子詔・戊子詔・八月壬子詔)が、前年は豊作だったようである。

一七 はっきりと目にみえる形で。顕然と。ウツシは顕し。→第四詔(一)一一七頁注一五)。ここでは下文の「顕見る物」にかかって、「天皇である朕(元正)の治世を寿いで、顕然と出現した物(瑞祥)ではあるまいと考えて」の意。

一八 これから皇位を継承する聖武天皇の治世の元号を記念し、天が(聖武の徳に)応えて。

一九 神亀なるものの概念→補9—二九。中国でも北魏の孝明帝の時に年号として使われている(五一八—五二〇)。次の天平も東魏の年号。

二〇 聖武のこと。上文の元明の詔の引用のなかでは「我子」。

二一 以下は聖武の詔。天皇(元正)のお言葉を(私、聖武は)頭上に承り、恐れ畏まって。

二二 辞退申し上げれば天皇の大命ですから恐れ多いし。

二三 お受け申し上げれば、微力で心得もありません。

而無所知。進母不知退母不知、天地之心母[1]労久重、百官之情母[2]辱愧美奈母、随神所念坐。故親王等始而王臣汝等、清支明支正支直支心以、皇朝乎穴比[3]扶奉而、天下公民乎奏賜止詔命、衆聞食宣。辞別詔久、遠皇祖御世始而[4]、中・今尓至麻氐、天日嗣止高御座尓[5]坐而、此食国天下乎撫賜慈賜波[6]波久[7]時々[8]状々[9]尓従而、治賜慈賜来業止、随神所念行須。是以、先[10]天下乎慈賜治賜久、大ニ赦天下一。内外文武職事及五位已上為ニ父後一者、授ニ勲一級一。賜下高年百歳已上穀一石九[11]斗、九十已上一石、八[12]十已上并惸独不レ能ニ自存一者五斗上。孝子・順孫、義夫・節[13]婦、咸[14]表ニ門閭一、終レ身勿レ事。天下兵士減ニ今年調半一、京畿悉免之。又官々[15]仕奉韓人部一[16]二人尓、其負而可仕奉姓[17]名賜。又百官[18]人及京下僧尼、大御手物取賜治賜久止詔天皇御命、衆聞食宣。」是日、一品舎人親王益ニ封五百戸一。二品新田部親王授ニ一品一。

1 母〔兼・谷、大、詔〕—母(東・高)
2 母—与〔底〕→校補
3 比ノ上、ナシ〔兼等〕—奈(大補、詔)→校補
4 始—治(東)
5 尓坐〈意補〉(大補、詔)—ナシ〔兼等〕→校補
6 波〈意補〉(大補)—ナシ→校補
7 久波—波久(詔)
8 々—時(詔)
9 々—状(詔)
10 先〈意改〉—置〔兼等〕、宜(大、詔)→校補
11 九—五(大改)→校補
12 八〔谷重〕
13 節(谷傍補・東・高、大)—ナシ〔兼・谷原〕
14 咸(東・高、大改)—感〔兼・谷〕
15 々—官(詔)
16 一ノ下、ナシ—人(大)
17 姓〔高擦重〕
18 官〔詔〕—々(兼等、大)

一 天地の神々にどう思われるか気懸りで心重く。イタハシは心に苦しく思う、心労する意味の形容詞。
二 官人たちの内心のほどを思うと恥ずかしく気遅れがして。カタジケナミは、自分が拙く思われて恥しいので、の意。ハヅカシミナモのナモは係助詞ナムの古形。
三 以下三行、聖武の親王・王・臣に対する要請。カレはカ(かように)アレバの略で、ユエニの意。
四 舎人・新田部両親王以下、益封・授位・賜物の対象となった王臣の名が下文にみえる。
五 明・浄(清)・正・直は、天武朝以来、臣下に要求されてきた心構え。→㊀補1-一三。ここでは清・明の順であることも元明即位詔(㊀一二一頁一四行)と似ている。
六 アナナフは助ける、補佐する意。建築の足場などもアナナヒという。
七 (実情を)報告しなさい。
八 以下、詔の第三段。即位に際しての大赦・授位などは恒例。辞別(コトワキ)は宣命詔の本文にさらに付加して述べる場合に用いられる語で、この第五詔が最初の例。
九 過去と未来の中間である現在の意とも、中頃と今頃の意とも。→㊀補1-一七。
一〇 その時の実情に応じて。
一一 元明即位詔(㊀一二三頁七行以下)や養老二年十二月詔(五一頁四行以下)のような赦の日時・対象などについての細かな規定が本来は伴っていたはずである。大赦→㊀補2-九八。
一二 内外文武職事→補9-五五。
一三 五位以上の官人の嫡子。まだ出仕せず任官もしていない高官の子の優遇か。
一四 勲位を一等ずつ昇叙する。→補9-五五。
一五 高年の者への穀(籾)の賜与は、各々の額

辞別

大赦・叙位・賜物・復除

渡来人の改賜姓

親王・議政官に授位益封

くて知《し》れること無し。進《すす》むも知《し》らに退《しりぞ》くも知《し》らに、[一]天地《あめつち》の心《こころ》も労《いたは》しく重《いか》しく、[二]百官《もものつかさ》の情《こころ》も辱《かたじけな》み愧《はづか》しみなも、神《かむ》ながら念《おもほ》し坐《ま》す。[三]故《かれ》、[四]親王《みこ》等《たち》を始《はじ》めて王《おほきみ》たち臣《おみ》たち汝《いまし》たち、[五]清《きよ》き明《あか》き正《ただ》しき直《なほ》き心《こころ》を以《もち》て、皇《すめら》が朝《みかど》を[六]あななひ扶《たす》け奉《まつ》りて、天下《あめのした》の公民《おほみたから》を[七]奏《まを》し賜《たま》へと詔《の》りたまふ命《おほみこと》を、衆《もろもろ》聞《きき》たまへと宣《の》る。[八]辞別《ことわ》けて詔《の》りたまはく、遠皇祖《とほすめろき》の御世《みよ》を始《はじ》めて、[九]中《なか》・今《いま》に至《いた》るまで、天日嗣《あまつひつぎ》と高御座《たかみくら》に坐《いま》して、此《こ》の食国天下《をすくにあめのした》を撫《な》で賜ひ慈《うつく》しび賜はくは[一〇]時々《ときどき》状々《さまざま》に従《したが》ひて、治《をさ》め賜ひ慈《うつく》しび賜ひ来《く》る業《わざ》と、神《かむ》ながら念《おもほ》し行《め》す。是《ここ》を以《もち》て先《ま》づ天下《あめのした》を、慈《うつく》しび賜ひ治《をさ》め賜はく、天下《あめのした》に[一一]大赦《おほきにつみゆる》す。[一二]内外《ないぐゑ》の文武《ぶんぶ》の職《しき》事《じ》及《およ》び[一三]五位已上父《ちち》の後《のち》とある者《ひと》には、[一四]勲《くん》一級を授《さづ》く。[一五]高年《かうねん》百歳已上には穀《こく》一石九斗、九十已上には一石、八十已上、并《ならび》に[一六]惸独《けいどく》の自存《じぞん》すること能《あた》はぬ者《ひと》には五斗を賜へ。[一七]孝子《けうし》・順孫《じゅんそん》・義夫《ぎふ》・節婦《せちふ》は、咸《ことごと》く門閭《もんりょ》に表《へう》して、[一八]身《み》を終《を》ふるまで事《こと》勿《な》からしめよ。天下《あめのした》の[一九]兵士《ひやうじ》は今年《ことし》の調《でう》の半《なかば》を減《げむ》し、京畿《けいき》は悉《ことごと》く免《ゆる》す。[二〇]また官々《つかさつかさ》に仕《つか》へ奉《まつ》る[二一]韓人部《からひとども》一二人《ひとりふたり》に、その負《お》ひて仕《つか》へ奉るべき[二二]姓名《かばね》賜ふ。また百官《もものつかさ》の官人《つかさびと》、及《およ》び京《みさと》下の僧尼《ほふしあま》に、[二三]大御《おほみ》手物《てつもの》取《とら》し賜ひ治《をさ》め賜はくと詔《の》りたまふ天皇《すめら》が御命《おほみこと》を、衆《もろもろ》聞《きき》たまへと宣《の》る」とのたまふ。

[二四]是《こ》の日《ひ》、一品[二五]舎人親王《とねりのみこ》に[二六]封《ふう》五百戸を益《ま》す。二品[二七]新田部《にひたべ》親王に一品を授《さづ》く。

こそ異なるが、元明即位詔(□一一二三頁)・和銅改元詔(□一一二九頁)などと同じ。→五頁注二。

一六 惸・独は孤独とも。→五頁注四。鰥寡がみえぬ理由→補9-五六。　一七 →五頁注六。

一八 課役を終身免除する。

一九 →補9-五七。

二〇 賜姓は本人の申請によるのがふつう。従ってこのような詔があっても、多少の時日を要する。この場合は五月辛未に実施。

二一 韓人は唐・高句麗・百済・新羅などから渡来した諸氏(五月辛未条)。部はここではドモ(等)の宛て字。韓人(辛人)という氏もあり、辛人部と称する部の民もいた。

二二 姓氏録序に「勝宝年中、特有二恩旨一、聴三諸蕃、任レ願賜レ之」とあり、天平宝字五年三月庚子条などにも多数一括の賜姓がみえ、聖武・孝謙朝には氏姓の面での渡来人同化策が目立つ。唐の模倣か、対抗意識によるか。

二三 詔詞解などは、天皇みずから「御手に取し給ひて、賜ふ」とするが、大御手物は天皇の服御、つまり繊維品など日常使う物か。それを賜与したのであろう。

二四 以下藤原房前までは当時の親王及び三位以上の全員。参議正四位上阿倍広庭の昇叙がみえないが、七月庚午条には従三位とあるので、広庭の記事は脱落したらしい。とすれば、ここの授位益封は公卿全員ということになる。

二五 知太政官事。一品昇叙は養老二年正月。→□一七七頁注一四。

二六 いままで既に二〇〇〇戸(養老三年十月辛丑条)。これで合計二五〇〇戸。舎人・新田部ら親王の封戸→□一補3-四〇。

二七 知五衛及授刀舎人事。二品昇叙は慶雲四年十月丁卯以前。→□一二一一頁注一八。

従二位長屋王正二位。正[1]三位多治比真人池守益[2]ニ封五十戸一。従三位[3]巨勢朝臣邑[4]治・大伴宿禰多[5]比等・藤原朝臣武智麻呂・藤原朝臣房前並正三位、並益レ封賜レ物。」又以ニ右大臣正二位長屋王一為ニ左大臣一。○丙[6]申、勅尊ニ正一位藤原夫人一称ニ大夫人一。」授[7]ニ三品田形親[8]王・吉備内親王並二品、従四位下海上王[9]・智奴[10]王・藤原朝臣長娥子並従三位、正四位下山形王[11]正四位上一。○壬子、天皇臨レ軒、授ニ正四位下六人部王正四位上[12]、長[13]田王従四位上、無位高田王・膳夫王、正五位上葛木王並従四位下、正五位下高安王・門部王並正五位上、従五位上佐為王・桜井王並正五位下、従[14]五位下夜珠王従五位上、正五位上大伴宿禰宿[15]奈麻呂・多治比真人広成・日下部宿禰老並従四位下、正五位下阿倍朝臣駿河・阿倍朝臣安麻呂、従五位上大宅朝臣大国並正五位上、従五位上中臣朝臣東人・榎井朝臣広国・粟田朝臣人上・石川朝臣君子[16]並正五位下、従五位下石河[17]朝臣足人・高橋朝臣安麻呂・佐伯宿禰豊人・高向朝臣大足・当麻真人老・県犬養宿禰石足・大野朝臣東人・巨

1 正—ナシ(東)
2 益ノ下、ナシ—益(高)
3 位ノ下、ナシ—三位(高)
4 邑〈意改〉(大)—色
5 多ノ下、ナシ—治(東)
6 丙申→脚注
7 授(谷傍補、大)—ナシ〔兼・谷原・東・高〕
8 親ノ上、ナシ—内(大補)
9—11 王ノ上、ナシ—女(大補)
12 上〈意改〉(大改)—下
13 長ノ上、ナシ—従四位下(大補)→校補
14 従(谷・東・高、大)—授〔兼〕
15 宿〈意補〉(大補)—ナシ→校補
16 子〈意補〉(大補)—ナシ→校補
17 河—阿(高)

一 右大臣。従二位昇叙は養老五年正月。この日、左大臣に昇任(下文)。→㊀補3—一四。
二 →㊀一三三頁注一二。大納言。正三位には前年正月に昇叙したばかり。
三 授位の代りの賜封であることは舎人と同じ。
四 以下三人とも中納言。従三位昇叙も養老五年正月に同時。巨勢邑治→㊀補2—一八。このち六月に没。
五 →㊀補5—一。多比等の表記はここのみ。
六 →㊀九三頁注二。 七 →㊀六五頁注四。参議。従三位昇叙は前三者と同時。
八 以上八人中の舎人・多治比池守だけでなく、品や位の昇叙によって新田部は二〇〇戸、長屋王以下五人も五〇戸ずつ「益封」されるはず(㊀九九頁注二)。
九 養老元年三月に石上麻呂が没して以来空席。知太政官事(舎人親王)は季禄も「准ニ右大臣一」(㊀九七頁注一二)なので、品位ではともかく、職階では長屋王が最高となった。
一〇 下文の三月辛巳条には「二月四日勅」とある。即位と同時に「大夫人」の尊称を奉るべきであろうから、二月四日に勅の口宣があり、「丙申」即ち六日に勅旨式(公式令2)による公布が行われたか。 一一 聖武の母の宮子。→㊀補1—二八。 一二 訓ではオホトジか。
一三 天武皇女。→㊀一〇七頁注四。天武皇女は他に四品の長谷部・多紀両内親王で二人とも天平九年二月に三品昇叙。 一四 長屋王の室。→㊀補6—六八。 一五 施基親王の女。聖武との相聞歌がある。→一二九頁注二九。
一六 長屋王の妻妾か。→補9—二五。
一七 他にみえず。不比等の女で長屋王の妾とみる説によれば、同じ日に長屋王の妻妾三人が揃って授位ということになるが、未詳。
一八 高市皇子の女、従って長屋王の姉妹。天

長屋王、左大臣となる
藤原宮子は大夫人

従二位長屋王《ながやのおほきみ》に正二位。正三位多治比《たぢひ》真人池守《いけもり》に封《ふう》五十戸を益《ま》す。従三位巨勢《こせ》朝臣邑治《おほぢ》・大伴《おほとも》宿禰多比等《たびと》・藤原《ふぢはら》朝臣武智麻呂《むちまろ》・藤原《ふぢはら》朝臣房前《ふささき》に並《ならび》に正三位、並に封《ふう》を益《ま》し物《もの》を賜《たま》ふ。また右大臣《うだいじん》正二位長屋王《ながやのおほきみ》を左大臣《さだいじん》とす。○丙申《六日》、勅《みことのり》して正一位藤原夫人《ふぢはらのぶにん》を尊《たふと》びて大夫人《だいぶにん》と称《まう》す。三品田形親王《たかたのひめみこ》・吉備内親王《きびのひめみこ》に並に二品を授《さづ》く。従四位下海上《うなかみ》王・智奴《ちの》王・藤原《ふぢはら》朝臣長《な》娥子《がこ》に並に従三位。正四位下山形《やまかた》王に正四位上。○壬子《二十二日》、天皇《すめらみこと》、軒《けん》に臨《のぞ》みて、正四位下六人部《むとべ》王に正四位上を授く。長田《ながた》王に従四位上。無位高田《たかだ》王・膳夫《かしはで》王、正五位上葛木《かづらき》王に並に従四位下。正五位下高安《たかやす》王・門部《かどべ》王に並に正五位上。従五位上佐為《さゐ》王・桜井《さくらゐ》王に並に正五位下。従五位下夜珠《やす》王に従五位上。正五位上大伴《おほとも》宿禰宿奈麻呂《すくなまろ》・多治比《たぢひ》真人広成《ひろなり》・日下部《くさかべ》宿禰老《おゆ》に並に従四位下。正五位下阿倍《あへ》朝臣駿河《するが》・阿倍《あへ》朝臣安麻呂《やすまろ》、従五位上大宅《おほやけ》朝臣大国《おほくに》に並に正五位上。従五位上中臣《なかとみ》朝臣東人《あづまひと》・榎井《えのゐ》朝臣広国《ひろくに》・粟田《あはた》朝臣人上《ひとかみ》・石川《いしかは》朝臣君子《きみこ》に並に正五位下。従五位下石河《いしかは》朝臣足人《たるひと》・高橋《たかはし》朝臣安麻呂《やすまろ》・佐伯《さへき》宿禰豊人《とよひと》・高向《たかむく》朝臣大足《おほたり》・当麻《たぎま》真人老《おゆ》・県犬養《あがたいぬかひ》宿禰石足《いはたり》・大野《おほの》朝臣東人《あづまひと》・巨《こ》

平十七年八月に正三位で没。天平七年相模国封戸租交易帳に、従三位、封五〇戸。
一九 大極殿に出御して。→三五頁注一五。
二〇 田形内親王の夫。→一二七頁注一七。
二一 →㊀一六五頁注二〇。
二二 系未詳だが初授が従四位下であるから親王の子。天平七年閏十一月没。天平七年相模国封戸租交易帳に、従四位下、封三〇戸。
二三 長屋王と吉備内親王の長子(天平宝字七年十月丙戌条)。初授が従四位下であるのは皇孫待遇のため(㊀二二三頁注二六)。天平元年二月、父母と共に自経。万葉九五四に王の作歌、四四二に作者未詳の王を傷む歌がある。
二四 後の橘諸兄。→㊀補5-六。正五位上への叙位は養老七年正月。二五 →㊀補6-二。長親王の孫。正五位下への叙位は養老五年正月。
二六 高安王の弟。→㊀補5-五。正五位下への叙位は兄と同時。二七 葛木王の弟。→㊀補6-一九。従五位上への叙位は養老五年正月壬子。二八 高安王・門部王の弟。→㊀補6-二八。従五位上への叙位は養老五年正月。
二九 他にみえず。ここまでが諸王の位。
三〇 →㊀一二九頁注二六。三一 →㊀一二九頁注二五。三二 →㊀一二九頁注三〇。三三 →㊀一六七頁注五。三四 →㊀九三頁注一〇。
三五 →㊀二〇七頁注三二。三六 →㊀補5-三〇。
三七 →㊀一九三頁注一八。
三八 →㊀二〇七頁注三三。三九 →㊀補6-三。
四〇 →㊀一六七頁注四。四一 →四一頁注一四。
四二 のち左京亮を経て、天平九年正月に正五位上の持節副使として陸奥に派遣。佐伯宿禰→㊀二七頁注一三。四三 →㊀六五頁注六。
四四 →補8-五一。従五位上のまま没。
四五 →四一頁注一六。四六 →㊀二二一頁注二。
四七 →補8-五一。

[1]勢朝臣真人・[2]粟田朝臣[3][4]人・佐伯宿禰馬養・土師宿禰大麻
呂・大蔵忌寸老並従五位上、[5]正六位上石川朝臣[6]枚夫・多
[7]治真人屋主・波多朝臣僧麻呂・紀朝臣和比等・大神朝臣
通守・大春日朝臣果安、正六位下石上朝臣乙麻呂・藤原
朝臣豊成、従六位上鴨朝臣治[8]田、従七位上鴨朝臣助並[9]従
五位下一。従七位下大伴直南淵麻呂、従[10]八位下錦部安麻呂、
無位[11]烏安麻呂、外従七位上角山君内麻呂、外従八位下大
伴直国持、外正八位上壬生直国依、外正八位下日下部使
主荒熊、外従七位上香取連五百嶋、[12]正八位下大生部直三
[13]穂麻呂、外従八位上君子部立花、外正八位上史部虫麻呂、
外従八位上大伴直宮足等、献ニ私穀於陸奥国鎮所一。並授ニ
外従五位下一。○乙卯、陸奥国鎮守軍卒等、願下除ニ己[14]本
籍一便貫ニ[15]比部一、[16]率ニ[17]父母妻子一共同中生業上。許レ之。○三月
庚申朔、天皇幸ニ芳野宮一。○甲子、車駕還レ宮。○辛巳、
左大臣正二位長屋王等言、伏見ニ二月四日勅一、藤原夫人
天下皆称ニ大夫人一者。臣等謹検ニ公式令一、云ニ皇太夫人一。
欲レ依ニ勅号一、応レ失ニ皇字一。欲レ須ニ令文一、恐作ニ[18]違勅一。[19]不

1 勢—ナシ(兼欠)→校補
2 粟—粟(東)
3 臣〔東〕—真(東傍)
4 臣ノ下、ナシ〔兼・谷・東、大〕—臣(高)、真(高傍)
5 正〔谷重〕
6 枚〈意改〉(大改)—授→校補
7 治ノ下、ナシ—比(大補)
8 田〔高擦重〕
9 従—ナシ(高)
10 八〔谷重〕
11 烏〔兼・谷、大〕—鳥(東・高)
12 正ノ上、ナシ—外(大補)→校補
13 穂〔谷重〕
14 本〔谷重〕
15 比(谷傍イ、大改)—此〔兼等〕→校補
16 率〈意改〉(大改)—卒→校補
17 父(谷重・東・高、大)—又〔兼・谷原〕
18 違(谷擦重、大)—速〔兼・東・高〕
19 不(谷抹傍、大)—可〔兼・谷原・東・高〕

一 →㊀一六七頁注六。
二 →五三頁注一八。
三 →㊀七頁注一六。　四 →㊀一九三頁注一九。
五 比良夫とも。天平三年正月に正五位下、四年九月に造難波宮長官。石川朝臣→㊀補1-三二。　六 天平十七年正月に従五位上、二十年二月に正五位下。官歴は備前守、左大舎人頭。万葉に歌二首、大蔵少輔、第二子は乙麻呂とみえる。多治比真人→㊀補1-一二七。
七 他にみえず。波多朝臣→㊀補1-一四六。
八 他にみえず。紀朝臣→㊀補1-三一。
九 道守とも。神亀三年九月に播磨行幸の装束司。大神朝臣→㊀補2-六七。
一〇 他にみえず。大春日朝臣→㊀補4-三六。
一一 麻呂の第三子で宅嗣の父。弟麻呂とも。→補9-五八。石上朝臣→㊀補1-一四四。
一二 不比等の嫡孫で武智麻呂の長子。このとき二十一歳。→補9-五九。
一三 他にみえず。鴨朝臣→㊀三一頁注二六。
一四 天平八年正月に従五位上(以後は賀茂と表記)。同十二年十二月に従四位下。
一五 以下は養老六年閏四月乙丑条の官奏の第四項による授位。一二人のうち外位の九人は陸奥内外の地方豪族であろうが、他は未詳。列記の順は最初の三人以外は献穀の時の順か。
一六 蜷淵麻呂とも。天平四年十月に左兵庫頭、同十年八月に伊予守。大伴直→補9-六〇。
一七 他にみえず。錦部→㊀一一五頁注一。
一八 天平六年十二月に下村主と賜姓。烏氏→補9-六一。　一九 他にみえず。角山君→補9-六二。　二〇 他にみえず。大伴直→補9-六〇。
二一 他にみえず。壬生部・壬生直・大生部直→補9-六三。
二二 他にみえず。日下部使主→補9-六四。
二三 他にみえず。香取連は下総国香取郡の神

勢《せ》朝臣真人《まひと》・[一]粟田《あはた》朝臣人《ひと》・[二]佐伯《さへき》宿禰馬養《うまかひ》・[三]土師《はじ》宿禰大麻呂《おほまろ》・[四]大蔵《おほくら》忌寸老《おゆ》に並《ならび》に従五位上。[五]正六位上石川《いしかは》朝臣枚夫《ひらぶ》・[六]多治《たぢ》真人屋主《やぬし》・[七]波多《はた》朝臣僧麻呂《ほふしまろ》・[八]紀《き》朝臣和比等《わひと》・[九]大神《おほみわ》朝臣通守《みちもり》・[一〇]大春日《おほかすが》朝臣果安《はたやす》、正六位下[一一]石上《いそのかみ》朝臣乙麻《おとま》呂《ろ》・[一二]藤原《ふぢはら》朝臣豊成《とよなり》、従六位上[一三]鴨《かも》朝臣治田《はりた》、従七位上[一四]鴨《かも》朝臣助《すけ》に並に従五位下。[一五]従七位下[一六]大伴《おほとも》直南淵麻呂《みなふちまろ》、従八位下[一七]錦部安麻呂《にしとりのやすまろ》、無位[一八]烏安麻呂《うのやすまろ》、外従七位上[一九]角山《つのやま》君内麻呂《うちまろ》、外従八位下[二〇]大伴《おほとも》直国持《くにもち》、外正八位上[二一]壬生《みぶ》直国依《くにより》、外正八位下[二二]日下部《くさかべ》使主荒熊《あらくま》、外従七位上[二三]香取《かとり》連五百嶋《いほしま》、正八位下[二四]大生部《おほふべ》直三穂麻呂《みほまろ》、外従八位上[二五]君子部立花《きみこべのたちばな》、外正八位上[二六]史部虫麻呂《ふひとべのむしまろ》、外従八位上[二七]大伴《おほとも》直宮足《みやたり》ら、[二八]私《わたくし》の穀《こく》を陸奥《みちのおく》国の[二九]鎮所《ちんしよ》に献《たてまつ》る。並に外従五位下を授《さつ》く。○[二十五日]乙卯、[三〇]陸奥《みちのおく》国鎮守《ちんしゆ》の軍卒《ぐんそち》ら、己《おの》が[三一]本《もと》の籍《じやく》を除《のぞ》きて便《たより》に[三二]比部《ひぶ》に貫《くわん》し、[三三]父母《ぶも》妻《さい》子《し》を率《ひき》ゐて共《とも》に生業《なりはひ》を同《おな》じくせむことを願《ねが》ふ。これを許《ゆる》す。[三四]

陸奥鎮兵とその家族を陸奥国に移貫

三月庚申の朔、天皇《すめらみこと》、[三五]芳野宮《よしののみや》に幸《みゆき》したまふ。○[五日]甲子、車駕《きよが》、宮《みや》に還《かへ》りたまふ。○[三六][二十二日]辛巳、[三七]左大臣《さだいじん》正二位[三八]長屋王《ながやのおほきみ》ら言《まう》さく、[三九]「伏《ふ》して[四〇]二月四日の勅《ちよく》を見《み》るに、藤原夫人《ふぢはらのぶにん》を天下《あめのした》皆《みな》大夫《たいぶ》人《にん》と称《まう》せといへり。臣《しん》ら謹《つつし》みて[四一]公式令《くうじきりやう》を検《かむが》ふるに、皇太夫人《くわうたいぶにん》と云《い》へり。勅《ちよく》の号《がう》に依《よ》らむと欲《せ》ば、皇《くわう》の字《じ》を失《うしな》ふべし。令《りやう》の文《もん》を須《もち》ゐむと欲《せ》ば、恐《おそ》るらくは[四二]違勅《ゐちよく》と作《な》らむことを。

藤原宮子の称号を改む

郡郡司か。香取郡と香取神宮→補9-四六。
二四 神亀三年山背国愛宕郡出雲郷雲下里計帳に「従伍(五)位下大生部直美保万呂」の「資人」がみえる。大生部直→補9-六三。
二五 他にみえず。君子(吉弥侯)部は関東や陸奥、出羽に多く分布。→〔一〕補6-七〇。
二六 他にみえず。史部は大和朝廷の書記であった史らのための部か、未詳。他に越前国丹生郡勝郷の戸主として史部得足がいる(古二五-八二頁)。史戸とは別。
二七 他にみえず。大伴直→補9-六〇。
二八 →注一五。
二九 兵士を常時駐屯させておく兵営。→補9-一二。
三〇 諸国から派遣されてきた鎮兵の本籍転入と家族呼び寄せの許可。→補9-六五。
三一 坂東諸国などにあった本籍。
三二 陸奥国を指す。貫は戸籍に載せること。
三三 呼び寄せられた家族は賦役令14により復除が適用される可能性が高い。
三四 鎮の周辺の柵戸(〔一〕補6-五九)と同様な生活を営むことになる。
三五 聖武即位後最初の吉野行幸。万葉三一五の題詞に「暮春之月、幸二芳野離宮一時、中納言大伴卿、奉レ勅作歌一首〈并短歌、未レ逕二奏上一歌〉」とある。この時の作か。→〔一〕補1-一三八。
三六 藤原宮子の称号についての先月(二月丙申条)の勅と公式令との矛盾を指摘した長屋王らの奏言に対し、勅の回収を指示した記事。→補9-六六。
三七 左大臣はこのときの太政官の筆頭。知太政官事として一品舎人親王がいるが、地位は右大臣並み(〔一〕九七頁注一二)とされていた。
三八 →一四五頁注一。
三九 論奏式(公式令3)による上奏か。
四〇 →二月丙申条。
四一 公式令は令の中で公文書の書式などを規定した八九条から成る篇。

レ知レ所レ定。伏聴二進止一。詔曰、宜下文則皇太夫人、語則大御祖、追二収先勅一、頒中下後号上。○壬午、始置二催造司一。○庚申[1]、定二諸流配[2]遠近之程一。伊豆・安房・常陸・佐渡・隠岐・土左[3]六国為レ遠、諏方・伊豫[4]為レ中、越前・安藝為レ近。○甲申、令下七道諸国、依[5]二国大小一、割二取税稲四万[6]已上廿[7]万束[8]已下一、毎年出挙、取二其息利一、以充中朝集使在京及非時差使[9]、除レ運二調庸一外向レ京担夫等粮料上。語在二格中一。」陸奥国言、海道蝦夷反[10]、殺二大掾従六位上佐伯宿禰[11]児屋麻呂一。○夏四月庚寅朔、令三七道諸国造二軍器幕・釜等一有レ数。○壬辰、陸奥国大[12]掾佐伯宿禰児屋麻呂贈二従五位下一、賻二絁一十疋、布廿端、田四町一。為二其死レ事也。○丙申、以二式部卿正四位上藤原朝臣宇合一為二持節大将軍一。宮内大輔従五位上高橋朝臣安麻呂為二副将軍一。判官八人、主典八人。為レ征二海道蝦夷一也。○癸卯、教[13]下坂東九[14]国軍三万人教二習騎射一、試中練軍陳上。運二綵帛

1 申ノ下、ナシ〔類八七原〕―朔（類八七補）→脚注
2 配ノ下、ナシ―処（類八七）
3 左〔類八七〕―佐（類八七一本）
4 豫―与（東）
5 依（谷傍イ、大改）―置〔兼等〕→校補
6 万（谷擦、大）―方〔兼・谷原・東・高〕
7 廿（谷擦重、大）―女〔兼・谷原・東・高〕
8 束〔谷重〕
9 使〔谷擦〕
10 反（谷擦重・東・高、大、紀略）―及〔兼〕
11 禰―ナシ（高）
12 大→校補
13 教→脚注・校補
14 九国→脚注

その第36条は天皇の母の称号として皇太后・皇太妃・皇太夫人の三者を挙げる。藤原宮子は皇族でないから皇太夫人に該当。
四三 違勅の罪は徒二年。→㈠一九五頁注一二。

一 文字では皇太夫人と書き、口語ではオホミオヤと発音せよ。二月四日勅の大夫人は万葉一四六五題詞などを参考にすればオホトジと発音された可能性が高い。
二（おそらく騰勅符として全国に頒下された）二月四日勅を回収させて。三 →補9-六七。
四 庚申は三月朔の干支。拾芥抄も清獬眼抄も遠・中・近の国々を定めた時を神亀元年六月三日とする。六月三日は庚寅。狩谷棭斎の校本はこの記事を六月に移し庚申を庚寅に改むべしとする。五 程は路程、里程。原史料には刑部省式のように以下の国ごとに里程が注されていたのであろう。→補9-六八。六 養老五年六月に信濃から分置、天平三年三月にまた併合（一〇一頁注五）。従って刑部省式では信濃となっている。
七 公用稲設置の記事。本条と「神亀元年三月廿日格」との関係→補9-六九。八 国の等級→㈠補5-六三。九 諸国の正倉に蓄積されていた正税稲（大税とも。→㈠補2-五七）。
一〇 正税稲も毎年出挙して年五割の利息を取るが、それとは別の特別会計として出挙する。
一一 国司の中から毎年一度上京して政務を報告する使人。→㈠補5-五八。一二 臨時の使人。一三 庸調運脚（六九頁注一九）以外の向京担夫→補9-七〇。
一四 神亀元年三月二十日格。→補9-六九。
一五 陸奥国からの報告に書かれていた日付がこの日（三月甲申）か。→補9-七一。
一六 東北地方の太平洋側。ここでは今の宮城

遠流・中流・近流の国を定める

国儲(公用稲)を設置

蝦夷反乱

藤原宇合を征夷持節大将軍とする

坂東九国の兵を調練

定《さだ》むる所《ところ》を知《し》らず。伏《ふ》して進止《しんし》を聴《き》かむ」とまうす。詔《みことのり》して曰《のたま》はく、「[一]文《もん》には皇太夫人《くわうたいぶにん》とし、語《こと》には大御祖《おほみおや》とし、[二]先《さき》の勅《ちよく》を追《お》ひ収《をさ》めて、後《のち》の号《な》を頒《わか》ち下《くだ》すべし」とのたまふ。○壬午[二十三日]、始《はじ》めて[三]催造司《さいざうし》を置《お》く。○[四]庚申、諸《もろもろ》の流配《るはい》の遠近《をんごん》の[五]程《みちのり》を定《さだ》む。伊豆《いづ》・安房《あは》・常陸《ひたち》・佐渡《さど》・隠岐《おき》・土左《とさ》の六国を遠《をん》とし、[六]諏方《すは》・伊豫《いよ》を中《ちう》とし、越前《こしのみちのくち》・安藝《あき》を近《こん》とす。○甲申[二十五日]、[七]七道《しちだう》の諸国《くにぐに》をして、[八]国《くに》の大小《だいせう》に依《よ》りて[九]税稲《ぜいたう》四万已上廿万束《そく》已下を割《さ》き取《と》り、[一〇]毎年《としごと》に出挙《すいこ》して、その息利《くぼさ》を取《と》りて、[一一]朝集使《でうじふし》の在京《ざいきやう》と、[一二]非時《ひじ》の差使《さし》と、[一三]調《でう》庸《よう》を運《はこ》ぶことを除《のぞ》く外《ほか》の京《みやこ》に向《むか》ふ担夫《たむぶ》らとの粮料《らうれう》に充《あ》てしむ。語《こと》は[一四]格《きやく》の中《なか》に在《あ》り。[一五]陸奥《みちのおく》国言《まう》さく、「[一六]海道《かいだう》の蝦夷《えみし》反《そむ》きて、[一七]大掾《だいじよう》従六位上[一八]佐伯《さへき》宿禰児屋《こや》麻呂《まろ》を殺《ころ》せり」とまうす。

夏四月庚寅の朔、[一九]七道の諸国《くにぐに》をして[二〇]軍器《ぐんき》の幕《まく》・釜《ふ》等を造《つく》らしむ。[二一]数《かず》有り。○壬辰[三日]、陸奥《みちのおく》国の大掾《だいじよう》佐伯《さへき》宿禰児屋麻呂《こやまろ》に従五位下を贈《おく》り、絁《あしぎぬ》一十疋、布《ぬの》廿端、[二二]田《た》四町を[二三]賻《おく》る。その事《こと》に死《し》せるが為《ため》なり。○丙申[七日]、[二四]式部卿《しきぶきやう》正四位上[二五]藤原《ふぢはら》朝臣宇合《うまかひ》を[二六]持節大将軍《ぢせちだいしやうぐん》とし、宮内大輔《くうないだいふ》従五位上[二七]高橋《たかはし》朝臣安麻呂《やすまろ》を副《ふく》将軍《しやうぐん》とす。[二八]判官《はんぐわん》八人、主典《さうくわん》八人。海道《かいだう》の蝦夷《えみし》を征《う》たむが為《ため》なり。○癸卯[十四日]、[二九]坂東《さかのひむかし》九国の[三〇]軍《いくさ》三万人をして、[三一]騎射《うまゆみ》を教習《けうしふ》し、軍陳《ぐんぢん》を試練《しれん》[三二]せしむ。[三三]綵帛《さいはく》

県一帯。和銅二年に征討(㊀一四七頁注二二)。

一七 陸奥は大国(民部省式上)。その大掾(大判官)の官位相当は正七位下。　一八 この時の他にはみえず。佐伯宿禰→㊀二七頁注一三。

一九 この日の措置は征夷の準備か否か未詳。

二〇 兵器である幕や釜の意。

二一 数量まで詳細に指定したのであろう。→補9-七二。

二二 この田は田令12にいう別勅の賜田か。同18には「身死二王事一者、其地伝レ子」。霊亀二年四月癸丑条や天平宝字元年十二月壬子条の例は賜田といっても田令6の功田の場合である。　二三 喪葬令5では従五位の賻物を絁一〇疋・布四〇端・鉄二連とする。

二四 軍防令24の規定(㊀一四七頁注二二)と比較するとこの時の征討軍は極めて大規模。

二五 →補7-一二。式部卿補任時未詳。正四位上は養老五年三月。

二六 十一月乙酉に来帰した時の肩書は征夷持節大使。持節は節刀(二二五頁注二〇)を授かっていること。和銅二年三月の場合も同じ。

二七 →四一頁注一四。

二八 この場合、判官は軍監、主典は軍曹(軍防令24義解に「軍曹者大主典也。録事者少主典也」)。　二九 坂東九国→補9-七三。

三〇 陸奥派遣の予備兵の訓練か。坂東から動員された兵士の数→補9-七四。

三一 軍防令2に兵士の部隊を分けて「便二弓馬一者、為二騎兵隊一、余為二歩兵隊一」とする。この「教二習騎射一」は前者、「試二練軍陳一」は後者を対象としての訓練か。軍陳は軍陣と同じ。

三二 原文「教」は、命令の意。

三三 以下も坂東諸国への命令。綵帛は彩色した絹。訓はアヤギヌ、シミ(染み)ノキヌ。蝦夷や粛慎に与えた例が斉明紀六年三月条にみえる。

二百疋、絁一千疋、綿六千屯、布一万端於陸奥鎮所一。○丁未、造宮卿従四位下県犬養宿禰筑紫卒。」月犯二熒惑一。○五月癸亥、天皇御二重閣中門一、観二猟騎一。一品已下至二無位豪富家一、及左右京・五[1]畿内・近江等国郡司并子弟・兵士、庶民勇健堪二装飾一者、悉令レ奉二猟騎事一。士[2]已上普[3]賜レ禄有レ差。○辛未、従五位上薩妙観賜二姓河上忌寸一。従七位下王吉勝新城連、正八位上高[4]正勝三笠連、従[5]八位上高益信男捄連、従五位上吉宜、従五位[6]下吉智首並吉田連、従五位下[7]觮[8]兄麻呂羽[9]林連、正六位下[10]賈[11]受君神前連、正六位下楽浪河内高丘連、正七位上四比忠勇椎[12]野連、正七位上荊軌[13]武香山連、従六位上金宅良・金元吉並国看連、正七位下高昌武殖槻連、従七位上王多宝蓋山連、勲十二等高禄徳清原連、無位狛[14]祁乎理和久古衆連、従五位下呉粛胡明御立連、正六位上物部用善物部射園連、正六位上久米奈保麻呂久米連、正六位下賓難大足長丘[15]連、正六位下胛巨茂城上連、従六位下谷那[16]庚受難波連、正八[17]位上答[18]本陽春麻田[19]連。○壬午、従五位上小[20]野朝臣牛養為二鎮狄

一 ↓補9-一二。 二 ↓㊀九三頁注一九。 三 火星。この星食は二十日に起ったはず↓補9-七五。 四 即位後最初の端午。例年の如く五位以上に限らず、庶民まで含めて盛大に挙行。五月五日の節↓㊀補2-五二。 五 第一次大極殿院の南門か。その南の庭は第二次朝堂院南庭より広く、東・西に長大な脇殿が二棟ずつあるのみ。重閣門↓㊀一六一頁注二。なお平城宮↓㊀補4-一四。 六 下文に「堪二装飾一」とあるので、神亀四年五月丙子条の「飾騎々射」と同じとみてよい。この猟騎も五月五日の節の行事。 七 「豪富之民」が「健馬」を多く畜えていたこと。↓九一頁注一一。 八 「四畿内二監」のはず。 九 郡司の子弟は強幹で弓馬に便だと兵衛(軍防令38)、後には健児(天平宝字六年二月辛酉条)となれる有資格者で、しばしば郡散事(雑掌)などを勤めている。兵士や庶民とは別。 一〇 なぜ庶民が外されたか不明。 一一 以下は二月甲午詔にいう「韓人部」への賜姓。↓一四三頁注二〇。 一二 ↓補9-二七。河上忌寸↓補9-七六。 一三 他にみえず。以下三氏は高句麗からの渡来系。新城連↓補9-七七。王氏↓㊀補2-八五。 一四 他にみえず。高氏↓㊀補2-八五。姓氏録左京諸蕃は御笠連の出自を正八位上高正勝でなく高麗国人の従五位下高庄子とする。↓㊀一二九頁注二八。両者の関係は未詳。三笠は平城京東郊の御蓋山(一三三頁注一四)付近の地名か。 一五 他にみえず。姓氏録左京諸蕃は男捄連の出自を高麗国人の高道士とする。高益信は或いは道士か。 一六 ↓㊀補1-一四一。医術で著名。なお、以下の六氏は百済系。

1 五畿内↓脚注
2 士ノ上、ナシ―兵(大補)↓校補
3 普〔兼・谷、大、類七三〕―並(東・高)
4 高〔底擦重〕
5 従〈意補〉(大)―ナシ↓校補
6 位〔谷傍補、大〕―ナシ(兼・谷原・東・高)
7 下ノ下、ナシ―都(大補)↓校補
8 觮〈意改〉―能
9 羽〈意補〉(大補)―ナシ↓校補
10 下―ナシ(東)
11 賈―買(高)
12 椎―推(東)
13 軌武香〔高擦重〕
14 狛〔兼・谷、大〕―拍(東)、柏(高)
15 丘〔高擦〕―兵(高原)
16 那↓校補
17 八(底擦重)―位〔底原〕
18 答=荅―谷〔底〕↓校補
19 田〈意改〉(大改)―呂↓校補
20 小―上〔底〕↓校補

二百疋、絁《あしぎぬ》一千疋、綿《わた》六千屯、布《ぬの》一万端を陸奥《みちのおく》の鎮所《ちんしよ》[一]に運《はこ》ぶ。○丁未(十八日)、造宮卿《ざうくうきやう》従四位下県犬養《あがたいぬかひ》[二]宿禰筑紫《つくし》卒《しゆつ》しぬ。月《つき》、熒惑《くゑいこく》[三]を犯《をか》せり。

五月五日の節

五月(己未朔)癸亥(五日)、天皇《すめらみこと》[四]重閣《ちようかく》[五]の中門《ちうもん》に御《おは》しまして、猟騎《れふき》[六]を観《み》そなはす。一品已下無位《むゐ》の豪富《がうふ》[七]の家《いへ》に至《いた》るまでと、左右京《さうのきやう》・五畿内《ごきない》[八]・近江《ちかつあふみ》らの国《くに》の郡司《ぐんじ》并《あは》せて子弟《しだい》[九]・兵士《ひやうじ》・庶民《しよみん》の勇健《ようけん》にして装飾《さうしよく》に堪《た》ふる者《ひと》とは、悉《ことごと》く猟騎《れふき》の事《こと》に奉《ぶ》せしむ。士《じ》[一〇]已上に普《あまね》く禄《ろく》賜《たま》ふこと差《しな》有り。

渡来系の人々に賜姓

○辛未(十三日)、[一一]従五位上薩妙観《さちのめうくわん》[一二]に姓を河上《かはかみ》忌寸と賜ふ。従七位下王吉勝《わうのきちしよう》[一三]に新城《にひき》連、正八位上高正勝《かうのしやうしよう》[一四]に三笠《みかさ》連、従八位上高益信《かうのやくしん》[一五]に男《を》捄《ふさ》連、従五位上吉宜《きちのよろし》[一六]、従五位下吉智首《きちのちしゆ》[一七]に並《ならび》に吉《きつ》田《た》連、従五位下觮兄麻呂《ろくのえまろ》[一八]に羽林《うりむ》連、正六位下賈受君《かじゆくん》[一九]に神前《かむさき》連、正六位下楽《ささ》[二〇]浪河内《なみのかふち》に高丘《たかをか》連、正七位上四比忠勇《しひのちうよう》[二一]に椎野《しひの》連、正七位上荊軌武《けいのきむ》[二二]に香山《かぐやま》連、従六位上金宅良《こむのたくらう》[二三]・金元吉《こむのぐわんきち》[二四]に並に国看《くにみ》連、正七位下高昌武《かうのしやうむ》[二五]に殖槻《うゑつき》連、従七位上王多宝《わうのたほう》[二六]に蓋山《みかさやま》連、勲《ぐん》十二等高禄徳《かうのろくとく》[二七]に清原《きよみはら》連、無位狛祁乎理和久《こまのけをりわく》[二八]に古《こ》衆《す》連、従五位下呉粛胡明《ごしゆくこみやう》[二九]に御立《みたち》連、正六位上物部用善《もののべのようぜん》[三〇]に物部射園《もののべのいその》連、正六位上久米奈保麻呂《くめのなほまろ》[三一]に久米《くめ》連、正六位下賓難大足《ひなのおほたり》[三二]に長丘《ながをか》連、正六位下胛巨茂《かふこも》[三三]に城上《きのへ》連、従六位下谷那庚受《こくなかうじゆ》[三四]に難波《なには》連、正八位上荅本陽春《たほのやす》[三五]に麻田《あさだ》連。

小野牛養を鎮狄将軍とする

○壬午(二十四日)、従五位上小野朝臣牛養《をののうしかひ》[三六]を鎮狄《ちんてき》[三七]

一七 →五三頁注一一。吉田連→補9-七八。
一八 →〔一〕補2-八五。陰陽博士の兄麻呂は天智紀十年正月是月条に「閑二於陰陽一」と注された角福牟の子孫とすれば百済系。羽林は親衛隊をいうが、名乗った由来は未詳。
一九 →補8-七八。「解工」として著名。なお姓氏録左京諸蕃は神前連の出自を百済国人の正六位上賈受君とする。この後一階昇叙されたらしい。神前は百済人の多く住む(天智紀四年二月是月条)近江国神前郡に因むか。
二〇 →〔一〕一八三頁注一九。百済系。なお高丘は本姓の高と居地だった広陵(江蘇省江都県)の陵とからの命名とみられる。
二一 他にみえず。四比氏は百済系。→〔一〕二一九頁注二。なお椎野連の椎は四比と同音だが、志斐連の志斐とは別音。命名の由来は未詳。
二二 他にみえず。荊氏は百済貴族。→〔一〕補6-三〇。香山は大和国十市郡の天香久山に因む姓かという。
二三 他にみえず。二四 金財か。国看連→補9-七九。→〔一〕七三頁注二五。
二五 他にみえず(以下の五氏は姓氏録にみえない)。殖槻は、霊異記中-三十四に「諸楽右京殖槻寺」がみえ、現在、大和郡山市の新木(補9-七七)の東北に植槻八幡宮がある。新城連と同様に、居地に因む姓かという。
二六 他にみえず。蓋山連は平城京東郊の御蓋山(二三頁注一四)に因む姓かという。
二七 他にみえず。清原連は飛鳥の「清原」(薬師寺東塔檫銘・威奈真人大村墓誌・古事記序)即ち浄御原に因む姓かという。
二八 「祁乎理和久」が名であろうが他にみえない。狛はふつう高句麗をさす。しかし姓氏録大和諸蕃に縵連の出自として百済人の狛を挙げる。古衆連は未詳。
二九 →補8-七一。医術で著名。御立連→補9

将軍一、令レ鎮二出羽蝦狄一。軍[1]監二人、[2]軍曹二人。○六月[3]癸[4]巳、中納言正三位[5]巨勢朝臣[6]邑治薨。難波朝[7]左大臣大繡徳多之孫、中納言小[8]錦中黒麻呂之子也。○秋七月[9]戊午朔、日有レ蝕之。○庚午、夫人正三位石[10]川朝臣大蕤比売薨。遣二従三位阿[11]倍朝臣広庭、正四位下石川朝臣石足等一、監二[12]護葬事一。又遣二中納言正三位大伴宿禰旅人等一、就レ[13]第宣レ詔、[14]贈二正二位一、賻二絁三百疋、糸四[15]百絇、布四百端一。○丁丑、自二六月朔一、至二是日一、熒惑逆行。○[16]八月丁未、以二従五位上土師宿禰豊麻呂一為二[17]遣新羅大使一。○冬十月丁亥[18]朔、治部省奏言、勘二検京及諸国僧尼名籍一、或入道元由、披陳不レ明、或名存二綱帳一、還落二官籍一、或形貌誌黶、[19]既不二相当一、摠一千一百廿二人。准二量格式一、合レ給二公験一、不レ知二処分一。伏聴二天裁一。詔報曰、白鳳以来、朱[20]雀以前、年代玄遠、尋[21]問難レ明。亦所司記注、多有二粗略一。一定二見名一、仍給二公験一。○辛卯、天皇幸二紀伊国一。

1 監〔谷重〕
2 軍（東・高、大補）―ナシ〔兼・谷〕→校補
3 癸（大改、紀略）―庚〔兼等〕
4 巳〔兼等、大、紀略〕―寅（東傍・高傍）
5 巨〔底擦重〕
6 邑（大、紀略）―色〔兼等〕
7 左（谷抹傍、大）―臣〔兼・谷原・東・高〕
8 錦―綿（東）
9 戊〔兼擦〕―戌（兼）
10 川―河（紀略）
11 倍（東、大）―陪（兼・谷・高）
12 護（谷抹傍、大）―譲〔兼・谷原・東・高〕
13 第―弟（東）
14 贈〔兼重〕
15 百―ナシ（高）
16 八月〈意補〉（大補、紀略補）―ナシ〔兼等、紀略原〕→校補
17 遣（大補、紀略）―ナシ〔兼等〕
18 朔〔類一八七補〕―ナシ（類一八七原）
19 既〔谷重〕
20 朱ノ下、ナシ（谷抹、大）―以〔兼・谷原・東・高〕
21 問〔兼・谷、大〕―間（東・高）

―八〇。三〇 他にみえず。→補9―八一。
三一 分脈に藤原百川の母を正六位上久米連奈保麻呂の女とし、宝亀十一年六月己未条に百川の母を従四位下久米連若女とする。この久米連は渡来系。→補9―八二。
三二 他にみえず。→補9―八三。
三三 医術で著名。→八七頁注二六。城上連→補9―八四。三四 陰陽で著名。→補9―八五。難波連吉成と改名か。
三五 →補9―八六。三六 →七頁注二五。
三七 →七九頁注二九。十一月に来帰。

一 →[一]補2―一八。中納言になったのは養老二年三月。
二 難波朝は孝徳朝。巨勢徳多→補9―八七。
三 巨勢黒麻呂→補9―八八。四 この日はユリウス暦の七二四年七月二十五日。この日食は奈良では生じなかった。なお七日の夜には山上憶良が長屋王宅で七夕の歌を詠んでいる（万葉一五一九）。
五 →一二九頁注二二。
六 蘇我赤兄の女で天武夫人、穂積親王、紀・田形両内親王の母。→[一]七七頁注二二。
七 →[一]八三頁注五。従三位昇叙は神亀元年二月か。→一四三頁注二四。官はおそらく参議左大弁。八 →[一]一三三頁注二九。正四位下昇叙は養老七年正月。官は未詳だが、父安麻呂が石川夫人とイトコの間柄。→補9―八九。
九 喪葬令4に「三位、治部丞監護」「〈内命婦亦准レ此〉」とあり、治部大・少丞は正六位下・従六位上相当だが、石川夫人は曾祖父の夫人だから、その上に高官二名を派遣。
一〇 →[一]補5―一一。中納言は養老二年三月から、正三位は本年二月に昇叙。
一一 喪葬令5の賻物の規定では正従二位でも

将軍《しやうぐん》として、出羽《いでは》の蝦狄《えみし》を鎮《しづ》めしむ。軍監《ぐんけむ》二人、軍曹《ぐんざう》二人。

中納言巨勢邑治没

六月癸巳、中納言《ちうなふごん》正三位巨勢《こせ》朝臣邑治《おほぢ》薨《こう》しぬ。難波《なには》朝《のみかど》左大臣《のさだいじん》大繡《だいしう》徳多《とこだ》の孫《うまご》、中納言小錦中《せうきむちう》黒麻呂《くろまろ》が子《こ》なり。

天武の夫人石川大蕤比売没

秋七月戊午の朔、日《ひ》蝕《は》ゆること有り。○庚午、夫人《ぶにん》正三位石川《いしかは》朝臣大蕤《おほぬ》比売《ひめ》薨《こう》しぬ。従三位阿倍《あへ》朝臣広庭《ひろには》、正四位下石川《いしかは》朝臣石足《いはたり》らを遣《つかは》して、葬《はぶり》の事《こと》を監護《みまも》らしむ。また中納言正三位大伴《おほとも》宿禰旅人《たびと》らを遣して、第《てい》に就《つ》きて詔《みことのり》を宣《の》らしめ、正二位を贈《おく》り、絁《あしぎぬ》三百疋、糸《いと》四百絇、布《ぬの》四百端を賻《おく》る。○丁丑、六月朔より、是《こ》の日《ひ》に至《いた》るまで、熒惑逆行《くゑいこくげきかう》す。

遣新羅使任命

八月丁未、従五位上土師《はじ》宿禰豊麻呂《とよまろ》を遣新羅大使《けんしらきたいし》とす。

名籍不備の僧尼への公験発給を許す

冬十月丁亥の朔、治部省《ぢぶしやう》奏《そう》して言《まう》さく、「京《きやう》と諸国《くにぐに》との僧尼《ほふしあま》の名籍《みやうじやく》を勘検《かむが》ふるに、或《ある》は入道《にふだう》の元由《ぐゑんゆ》、披陳《ひちん》明《あき》らかならず、或《ある》は名《な》綱帳《かうちやう》に存《そん》すれども、還《かへ》りて官籍《くわんじやく》に落《お》ち、或《ある》は形貌《かたち》・誌《あざ》・黶《ははくそ》、既《すで》に相当《あひあた》らぬは、摠《すべ》て一千一百廾二人。格式《きやくしき》に准《なずら》へ量《はか》りて、公験《くげむ》を給《たま》ふべけれども、処分《しよぶん》を知《し》らず。伏《ふ》して天裁《てんさい》を聴《き》く」とまうす。詔《みことのり》し報《こた》へて曰《のたま》はく、「白鳳《はくほう》より以来《このかた》、朱雀《すざく》より以前《さき》、年代玄遠《ねんだいぐゑんゑん》にして、尋問《じむもん》明《あきら》め難《がた》し。亦所司《またしよし》の記注《きちう》、多《おほ》く粗略《そりやく》有り。一たび見名《げんみやう》を定《さだ》め、仍《より》て公験《くげむ》を給《たま》へ」とのたまふ。

紀伊国行幸

○辛卯、天皇《すめらみこと》紀《き》伊国に幸《みゆき》

絁二五疋・布一〇〇端・鉄八連のみだが、「其別勅賜物者、不レ拘ニ此令一」ともあり、その適用。一三 火星。養老四年正月にも逆行。神亀二年九月詔はこれらの異変に言及。一三 →㊀補6―六二。一四 翌二年五月還帰。大使の位階が前回(養老六年五月)より高い。即位の報知か。
一五 僧尼に公験を発給するに当って問題のある者についての措置を治部省が問合せてきたのに対し、現状を是認し公験発給を命じたという記事。一六 雑令38では、京職や諸国司が六年ごとに僧尼の籍を造り三通の中の一通を治部省に送る。中務省・治部省玄蕃寮の所掌に「僧尼名籍」とある。四年前から(養老四年正月丁巳条)玄蕃寮は公験を発給すべく名籍の勘検を続けてきた。その結果の奏か。
一七 或者は出家した当時の理由や手続きを質問しても、その釈明(披陳)が明らかでない。
一八 或者は各寺の三綱提出の僧尼帳には載っていても治部省玄蕃寮にある僧尼籍には落ちている。僧尼帳→補9―九〇。
一九 或者は顔かたちや痣や黒子が名籍記載と全く違っている。誌は痣と同音。黶はほくろ。僧尼名籍には計帳手実と同様に一人一人について身体の特徴や呰《あざ》黒子《ほくろ》などの注記があった。それを玄蕃寮の官人が本人と面接しながら調べていったのであろう。
二〇 後の国分寺では僧寺に二〇人、尼寺に一〇人という規定(天平十三年三月乙巳条)だから、全国で一八〇〇余人となる。もちろん他にも僧尼は多数いるとしても、この一一二二人はかなりの率を占めると思われる。
二一 例えば玄蕃寮式→補8―五〇。
二二 公的証明書。→六五頁注二〇。
二三 書紀にみえる元号では、孝徳朝に白雉(六五

○癸巳、行至二紀伊国那賀郡玉垣勾[1]頓宮一。○甲午、至二海部郡玉津嶋頓宮一、留十有餘日。○戊戌、造二離宮於岡東一。」是日、従レ駕[2]百寮、六位已下至二于伴部[3]一、賜レ禄各有レ差。○壬寅、賜二造離宮司及紀伊国々[4]郡司、并行宮側近高年七十已上禄一、名有レ差。百姓今年調庸、名草・海部二郡[5]田租咸免之。又赦二罪人死罪已下一。名草郡大領外従八位上紀直摩祖為二国造一、進二位三階一。少領正八位下大伴櫟津連子人・海部直[6]士[7]形二階。自餘五十二人各兼[8]一階。又詔[9]曰、登レ山望レ海、此間最好。不レ労二遠行一、足二以遊覧[10]一。故改二弱浜名一、為二明光浦[11]一。宜下置[12]二守戸一勿上レ令二荒穢一。春秋二時、差二遣官人一、奠二祭玉津嶋之神・明光浦之霊一。」忍海手人大海等兄弟[13]六人、除二手人名[14]一、従二外祖父[15]従[16]五位上津[17]守連通姓[18]一。○丁未、行還至二和泉国所石頓宮一。郡司少領已上兼[19]二位一階一。監正已下[20]至二于百姓一、賜レ禄各有レ差。○己酉、車駕至レ自二紀伊国一。○乙卯、散位従五位下息長真人臣足任二出雲按察使一

1 勾→校補
2 駕(谷・東・高、大)―賀〔兼〕
3 伴〈意改〉(大改)―伊→校補
4 々(東、類八三)―国(兼朱傍補・谷朱傍補・高、大)、ナシ〔兼原・谷原〕
5 郡(谷抹傍、大、類八三)―部〔兼・谷原・東・高〕
6 直〔谷重〕
7 士―土(大改)→校補
8 兼―位(大改)→校補
9 詔→校補
10 覧→校補
11 明〔兼重〕
12 置〔谷傍補〕―ナシ(谷原)
13 弟〔高、大〕―第(兼・谷・東)
14 手〔大改〕―午(兼等)
15 父ノ下、ナシ〈意改〉(大衍)―外→校補
16 従ノ下、ナシ(谷抹、大)―外祖父従〔兼・谷原・東・高〕
17 津〈意補〉(大補)―ナシ→校補
18 姓〈意改〉(大改)―姫→校補
19 兼―給(大改)→校補
20 下〔兼・谷、大〕―丁(東・高)

〇―六五四)、天武朝に朱鳥(六八六)がある。白鳳以来朱雀以前→補9―九一。
二四 玄は遠。また、奥深い意。
二五 名籍作製に関係した三綱・京職国司・玄蕃寮ら。　二六 現在の名籍をそのまま認定して。
二七 この行幸は元正の美濃行幸(養老元年九月)のような即位後の国見か、或いは践祚大嘗祭の予備行事としての御禊行幸(㈠補1―九五)か。この日に発ち紀ノ川沿いに下ったことが万葉の笠金村の歌(五四三―五四五)と山部赤人の歌(九一七―九一九)でわかる。

一 奈我郡とも。→㈠七一頁注二一。　二 和歌山県那賀郡粉河町井田にある玉垣庵が遺称地。
三 欽明紀十七年十月条に「紀国置二海部屯倉一」、霊異記下―二十九にも「海部郡」とみえる。現在の和歌山市の海側の地域。
四 玉津嶋神社(和歌山市和歌浦中三丁目)の付近。→補9―九二。
五 頓宮は行宮と同じで仮設の宮、離宮は今後も使う本格的な建築と、一応区別しうる。
六 品部・雑戸などを率いる下級職員。→補9―九三。　七 誰か未詳。→補9―九四。
八 当時の紀伊国司は未詳。郡司は下文の名草郡司の他、海部郡司も含むか。
九 一般に八十歳以上を指すが七十歳以上の場合もある。→㈠補3―五四。　一〇 紀伊国の百姓、の意。　一一 →㈠七一頁注三。紀伊国造が郡司。神郡の特例→養老七年十一月丁丑条。
一二 やはり紀伊国の罪人。この年二月甲午に大赦があったので、それ以後の罪人が主か。
一三 他にみえず。郡大領の初任は外従八位上(選叙令13)。紀直は国造氏→補9―九五。
一四 他にみえず。郡少領の初任は外従八位下。子人の正八位下は内位だから若い時に中央で

したまふ。○癸巳〔七日〕、行《みゆき》して紀伊《き》国那賀《なが》[一]郡玉垣勾頓宮《たまかきのまがりのかりみや》[二]に至《いた》りたまふ。○甲午〔八日〕、海部《あま》[三]郡玉津嶋頓宮《たまつしまのかりみや》[四]に至《いた》りて、留《とど》まりたまふこと十有餘日。○戊戌〔十二日〕、離宮《とつみや》[五]を岡《をか》の東《ひむかし》に造《つく》る。是《こ》の日《ひ》、駕《が》に従《したが》へる百寮《ひやくれう》、六位已下伴部《はんぶ》[六]に至るまで、禄賜《ろくたま》ふこと各《おのおの》差《しな》有り。○壬寅〔十六日〕、造離宮司《ざうりくうのつかさ》[七]と紀伊《き》国の国郡司《こくぐんし》[八]と、并《あは》せて行《かり》宮《みや》の側近《そくきん》の高年《かうねん》[九]七十已上とに禄賜《ろくたま》ふこと各《おのおの》差《しな》有り。百姓《はくせい》[一〇]の今年《ことし》の調庸《でうよう》、名草《なくさ》[一一]・海部《あま》二郡の田租《でんそ》咸《ことごと》く免《ゆる》す。また罪人《ざいにん》[一二]の死罪《しざい》已下を赦《ゆる》す。名草《なくさ》郡の大領《だいりやう》外従八位上紀《き》[一三]直摩祖《まそ》を国造《くにのみやつこ》とし、位《くらゐ》三階を進《すす》む。少領《せうりやう》正八位下大《おほ》[一四]伴櫟津《とものいちひつ》連子人《こひと》、海部《あま》[一五]直士形《ひとかた》に二階。自餘《そのほか》の五十二人[一六]に各《おのおの》[一七]兼一階。また

明光の浦の風光を讃える詔

詔《みことのり》[一八]して曰《のたま》はく、「山《やま》に登《のぼ》り海《うみ》を望《のぞ》むに、此間《ここ》最《もと》も好《よ》し。遠行《ゑんかう》を労《いたは》らずして、遊覧《いうらむ》するに足《た》れり。故《ゆゑ》に弱浜《わかのうら》[一九]の名《な》を改《あらた》めて、明光浦《あかのうら》[二〇]とす。守戸《しゆこ》[二一]を置《お》きて荒穢《くわうわい》せしむること勿《な》かるべし。春秋《しゆんしう》[二二]二時に、官人《くわんにん》を差《さ》し遣《つかは》して、玉津嶋《たまつしま》[二三]の神《かみ》、明光浦《あかのうら》の霊《みたま》を奠祭《でんさい》せしめよ」とのたまふ。忍海手人《おしぬみのてひと》[二四]大海《おほあま》[二五]ら兄弟《くゐやうだい》六人、手人《てひと》の名《な》を除《のぞ》きて、外祖父《ぐわいそふ》従五位上津守《つもり》[二六]連通《とほる》の姓に従《したが》はしむ。○丁未〔二十一日〕、行《みゆき》、還《かへ》りて和泉《いづみ》[二七]国所石頓宮《とろしのかりみや》[二八]に至《いた》りたまふ。郡司《ぐんじ》[二九]少領《せうりやう》已上に位《くらゐ》一階を兼《か》ぬ。監《げむ》[三〇]の正《かみ》已下百姓《はくせい》に至るまで、禄賜ふこと各《おのおの》差《しな》有り。○己酉〔二十三日〕、車駕《きよが》、紀伊《き》国より至りたまふ。○乙卯〔二十九日〕、散位従五位下息長《おきなが》[三一]真人臣足《おみたり》を出雲按察使《いづものあんせちし》に任《にむ》

勤めて得た位。大伴櫟津連→補9-九六。
一五 他にみえず。海部郡の郡領か、未詳。海部直→補9-九七。一六 郡司以下の人数。同様に行幸に際しての例だが、養老元年九月戊午条・癸亥条で位一階ずつ進められた「郡領已下雑色」の人数や、天平神護元年十月庚辰条の行幸の際の「五十三人」が参考になる。
一七 兼は上に重ねる意。授位一階と同じ。
一八 地名を嘉字に改め環境保全と地祇祭祀を命じた詔。
一九 幼少の意のワカを若と書くのは日本、中国では弱。ワカは本来は神の意とも。今日の和歌浦は概ね北は雑賀崎から南は毛見崎まで。
二〇 この表記、江戸時代の漢詩文に頻出。
二一 →補9-九八。二二 四時祭式・臨時祭式や神名式には祭日も社名もみえない。
二三 今日では玉津嶋神社の祭神を稚日女尊ほか三柱とするが、ここでは漠然とこの土地の地祇を嶋の「神」と浦の「霊」と呼んだか。斉明紀四年四月条に齶田浦の神がみえ、同五年三月是月条にこれを祭ったことがみえる。
二四 以下は頓宮での決裁か、決裁は行幸前に行われていてこの日は官符の日附か、未詳。続日本紀の改賜姓記事→㊀補1-六六。大海は他にみえず。行幸の随行者か否かも不明。忍海手人→補8-四七。
二五 手人は雑戸。従って雑戸の籍から脱して公戸に編入されることになる。二六 →㊀補6-二二一。二七 和泉監(補7-一二)の所管。
二八 万葉二六六に取石(シトロ)池。現在の大阪府高石市に取石町。和泉監の珍努宮(補7-九)は改築中か。
二九 所石は大鳥郡(九頁注三七)。和泉郡・日根郡の少領已上も含むか否か未詳。
三〇 天平九年度和泉監正税帳によると、監の

時、贖貨狼籍[1]、悪二其景迹一、奪二位禄一焉。〇十一月甲子、太政官奏言、上古淳朴、冬穴夏巣。後世聖人、代以二宮室一。亦有二京師一、帝王為レ居[2]。万国所レ朝、非二是壮麗一、何以表レ徳。其板屋草舎、中古遺制、難レ営易レ破、空殫[3]二民財[4]一。請、仰二有司一、令下五位已上及庶人堪レ営者構二-立瓦舎一、塗為中赤白上。奏可之。〇辛未、遣二内舎人於近江国一、慰[5]二-労持節大使藤原朝臣宇合一。〇己卯[6]、大嘗。備前国為二由機一、播磨[7]国為二須機一。従五位下石上朝臣勝男・石上朝臣乙麻呂、従六位上石上朝臣諸男[8]、従七位上榎井朝臣大嶋等、率[9]二内物部一、立二神楯於斎[10]宮南北二門一。〇辛巳、宴二五位已上於朝堂一。因召二内裡一、賜二御酒并禄[11]一。〇壬午、賜二饗百寮主典已上於朝堂一。又賜二無位宗室、諸司番上及両国郡司并妻子、酒食并禄一。〇庚申[12]、召二諸司長官并秀才及勤[13]公人等一、賜二宴於中宮一、賜二糸各十絇[14]一。〇乙酉、征夷持節大使[15]正四位上藤原朝臣宇合、鎮

1 籍—藉(高)
2 居ノ上、ナシ〔紀略衍〕—屋〔紀略原〕
3 殫〈意改〉(大)—弾→校補
4 財(谷重、大)—則〔兼・谷原・東・高〕
5 慰→校補
6 己卯→校補
7 磨—麻(兼)
8 男〔兼重〕
9 率〈意改〉(大改)—卒→校補
10 斎—斉(東)
11 禄→校補
12 庚申条→脚注・校補
13 勤—勧〔底〕→校補
14 絇→校補
15 使—便(東)

長官は正、判官は佑、主典は令史。
三二 →[三]二〇七頁注二八。出雲按察使は養老三年七月任。解任された時点は未詳。懐風藻でも従五位下という位のみ。

一 贖は朝日本に黷の誤かとするのが妥当。不当な蓄財が目に余ること。
二 景はかたち、ようす。迹は跡と同。戸令33に「還(景)迹善悪、皆録入二考状一」。景迹を実録すべきこと→和銅五年五月乙酉条。
三 勅断による刑の加重。→補9-九九。
四 平城京を壮麗にするため、五位以上や余裕のある庶民の家を瓦葺、朱塗、白壁にすることを提案した太政官奏。
五 易経、繫辞に「上古穴居而野処、後世聖人易レ之以二宮室一」、文選の序に「冬穴夏巣之時、…世質民淳」、礼記、礼運に「昔者、先王未レ有二宮室一。冬則居二営窟一、夏則居二橧巣一」などとある。
六 孝徳紀大化元年八月条、持統紀三年正月条の「万国」はいずれも日本国内の国々。しかしここは蝦夷・隼人、或いは新羅なども念頭にあるか。→天平宝字元年十一月壬寅条、延暦元年八月己巳条。 七 史記高祖本紀に蕭何が「天子以二四海一為レ家、非二壮麗一無二以重威一」といって未央宮を営作したとある。
八 板葺・茅葺の家屋。ふつうは掘立柱。
九 大和朝廷時代。→六一頁注三。
一〇 瓦葺の家屋。→補9-一〇〇。
一一 軒・柱などは朱塗、壁は白い漆喰仕上げ。
一二 この年四月に陸奥国へ派遣した蝦夷征討軍が帰還中との報告が入ったので、軍防令18の「凡大将…凱旋之日、奏遣レ使郊労」の規定により京の郊外へ慰労の使を遣わした記事。内舎人は天皇側近の舎人。→[一]補2-五六。

せる時《とき》、贖貨狼籍《ぞくくわらうせき》にして、その景迹《きやうじやく》を悪《にく》み、位禄《ゐろく》を奪《うば》ふ。

平城京内の家屋の瓦葺等を勧める

十一月甲子、太政官奏《だいじやうぐわんそう》して言《まう》さく、「上古淳朴《じやうこじゆんぼく》にして、冬《ふゆ》は穴《あな》、夏《なつ》は巣《す》にすむ。後《のち》の世《よ》の聖人《せいじん》、代《か》ふるに宮室《きゆうしつ》を以《もち》てす。亦京師《またけいし》有りて、帝王居《ていわうきよ》と為《な》す。万国《ばんこく》の朝《でう》する所《ところ》、是《こ》れ壮麗《さうれい》なるに非《あら》ずは、何《なに》を以《もち》てか徳《とく》を表《あらは》さむ。その板屋《いたや》草舎《くさや》は、中古《ちうこ》の遺制《ゐせい》にして、営《いとな》み難《がた》く破《やぶ》れ易《やす》くして、空《むな》しく民《たみ》の財《たから》を殫《つく》す。請《こ》はくは、有司《うし》に仰《おほ》せて、五位已上と庶人《しよにん》の営《いとなみ》に堪《た》ふる者《ひと》とをして、瓦舎《かはらや》を構《かま》へ立《た》て、塗《ぬ》りて赤白《あかしろ》と為《な》さしめむことを」とまうす。奏《そう》するに可《か》としたまふ。

践祚大嘗祭

○辛未、内舎人《うとねり》を近江《ちかつあふみ》国に遣《つかは》して、持節大使《ぢせちだいし》藤原《ふぢはら》朝臣宇合《うまかひ》を慰労《ゐらう》せしむ。○己卯、大嘗《おほなめ》す。備前《きびのみちのくち》国を由機《ゆき》とし、播磨《はりま》国を須機《すき》とす。従五位下石上《いそのかみ》朝臣勝男《かつを》・石上《いそのかみ》朝臣乙麻呂《おとまろ》、従六位上石上《いそのかみ》朝臣諸男《もろを》、従七位上榎井《えのゐ》朝臣大嶋《おほしま》ら、内物部《うちのもののべ》を率《ひき》ゐて、神楯《かむたて》を斎宮《さいぐう》の南北《みなみきた》二門に立《た》つ。○辛巳、五位已上を朝堂《でうだう》に宴《うたげ》す。因《より》て内裡《うち》に召《め》して、御酒《みき》并《あは》せて禄《ろく》を賜《たま》ふ。○壬午、饗《みあへ》を百寮《ひやくれう》の主典《さうくわん》已上に朝堂《でうだう》に賜ふ。また無位の宗室《そうしつ》、諸司《しよし》の番上《ばんじやう》と、両《ふた》つの国郡司《こくぐんし》と、并《あは》せて妻子《めこ》とに、酒食《しゆじき》并《あは》せて禄を賜ふ。

藤原宇合、小野牛養帰京

○庚申、諸司《しよし》の長官《ちやうぐわん》并《あは》せて秀才《しうざい》と勤公《ごんく》の人等《ひとども》とを召《め》して、宴《うたげ》を中宮《ちうぐう》に賜ひ、糸各《いとおのおの》十絇を賜ふ。○乙酉、征夷持節大使《せいいぢせちだいし》正四位上藤原《ふぢはら》朝臣宇合《うまかひ》、鎮《ちん》

一三 近江国は畿内への入口。 一四 →補7-二二。任命時は持節大将軍。 一五 聖武の即位に伴なう大嘗祭。大嘗祭→[一]補1-九五。 一六 由機・須機→二一頁注一三。 一七 →五三頁注一七。 一八 →一四七頁注一一。 一九 他にみえず。石上朝臣→[一]補1-一四四。 二〇 他にみえず。榎井朝臣→[一]補1-九六。 二一 衛門府所属の物部について職員令59集解古記に「物部卅人。此名為二内物部一也」。践祚大嘗祭式では「率二内物部卅人一」。物部→補9-一〇一。 二二 「大楯」とも。→[一]一五頁注一。 二三 大嘗宮のこと。平城宮の大嘗祭遺構→補9-一〇二。 二四 いわゆる第一次朝堂院か。 二五 下文によると宴や饗を賜うのと酒食(及禄)を賜うのとは別。 二六 第一次朝堂院の北に接していたらしい。 二七 延暦十七年閏五月廿三日勅(三代格)では皇親(継嗣令1)と同じ。 二八 史生・舎人ら交代で勤務する下級職員([一]一七三頁注二)。 二九 備前・播磨両国司と由機・須機両郡司。和銅元年十一月乙酉条では「二国郡司」。 三〇 践祚大嘗祭式によると由機・須機両郡の女や児も行事に参加する。→[一]補4-三四。 三一 庚申は十一月四日。記事挿入の際の誤か。 三二 式部省の行う官人採用試験の中で最難関の方略試の合格者。経国集巻二十にみえる対策(答案)提出者の中に、この日に召された者がいるかも知れない。 三三 考課令6に「恪勤」を勤務評定規準の第四とする。しかし他の「徳義」「清慎」「公平」の三規準よりも客観的に評価しうる。 三四 →補9-一八。 三五 征夷・鎮狄両軍の全軍来帰の儀式の日か。二週間前の藤原宇合は大嘗祭参加のための先立っての来帰とみられる。 三六 五月壬午に発令。その戦果→補9-一〇四。

狄将軍従五位上小野朝臣牛養等来帰[1]。二[2]年春正月丙辰[3]、山背・備[4]前国献㆓白鷴各一㆒。○庚午、大初位下漢人法麻呂賜㆓姓中臣志斐連㆒。○己卯、有㆑星。孛㆓于華蓋㆒。○閏正月己丑、俘[5]囚[6]百冊[7]四人配㆓于伊豫[8]国㆒、五百七十八人配㆓于筑紫㆒、十五人配㆓于和泉監㆒焉。○壬寅、請㆓僧六百人於宮中㆒、読㆓誦大般若経㆒。為㆑除㆓災異㆒也。○戊[9]子、夜、月犯㆓塡星㆒。○丁未、天皇臨㆑朝、詔叙㆓征夷将軍已下一千六百九十[10]六人勲位㆒、各有㆑差。授㆓正四位上藤原朝臣宇合従三位勲二等、従五位上大野朝臣東人従四位下勲四等、従五位上高橋朝臣安麻呂正五位下勲五等、従五位下中臣朝臣[11]広見従五位上勲五等、従七位下後部王起[12]、正八位上佐伯宿禰首麻呂・五百原君虫麻呂、従七位下君子竜麻呂、従八位上出[13]部直佩刀、少初位上紀朝臣牟良自、正八位上田辺史難波、従六位下坂本[14]朝臣宇頭麻佐、外従六位上丸子大国、外従八位上国覓忌寸勝麻呂等一十[15]人、並勲六等㆒。賜㆓田二町㆒。○三月庚子、常陸国百姓、被㆓俘賊焼㆒、損㆓失財物㆒。九分已上者

1来帰〔紀略改〕—帰来(紀略原)
2二ノ上→校補
3辰ノ下、ナシ〔兼等、類一六五原〕—朔(大補、類一六五補)
4備→校補
5俘ノ上、ナシ〔兼等〕—陸奥国(大補、紀略)
6囚〔兼擦〕—因(兼原)
7冊—四十(紀略)
8豫—与(東)
9戊子条→校補
10十—拾(高)
11朝臣—ナシ〔底〕→校補
12起〈意改〉(大改)—越→校補
13出→脚注・校補
14本—下(大)→校補
15十〔谷擦〕—千(谷原)

一　→七頁注二五。
二　上瑞以下は元日に奏聞(儀制令8)。従って丙辰朔の朔の字脱か。
三　治部省式の瑞にみえず(㊀一九頁注一二)。
四　他にみえず。漢人は中国系と称する渡来人。→補9‐七。
五　中臣の複姓(㊀補1‐三五)の一つ。同氏では筑前国嶋郡少領(㊀一五一頁注一一)が既出。
六　北極星の蓋(さか)のようにみえる九つの星(カシオペア座北方)をいうか。孛は彗星の光芒。ヒコロフは北野本天武紀十三年十一月是月条にみえる古訓。
七　蝦夷の捕虜→補9‐一〇三。
八　大般若経は六〇〇巻。→㊀六七頁注二〇。
九　→下文九月壬寅詔。
一〇　土星。今日の計算では、この夜の月は魚座、土星は山羊座で、その間は七八度も離れているはずであり、この干支は誤りという。
一一　以下の叙勲→補9‐一〇四。
一二　和銅六年七月の討隼賊将軍以下の「一千二百八十余人」などが参考になる。
一三　→補7‐一二。勲二等は従三位に準ずる。
一四　→㊀二二一頁注二。勲四等は従四位下に準ずる。三階級特進は東人のみ。或いは多賀城碑の言う如く、既に按察使兼鎮守将軍として現地にあり、前年も多賀柵を築くなどの功があったためか。多賀城碑→補9‐一〇五。
一五　→四一頁注一四。勲五等は正五位下に準ずる。このとき副将軍。
一六　→補9‐一三。このときの官職は未詳。或いは東人の下僚か。
一七　以下八人が位階順でないのは、勲簿が陣別(軍防令31)や隊毎(同32)だったためであろう。軍の判官・主典などもこの中にいるはず。
一八　天平元年三月に外従五位下、同四年十月

七二五年

狄将軍《てきしやうぐん》従五位上小野《をの》朝臣牛養《うしかひ》ら来帰《まうけ》り。

二年春正月丙辰、山背《やましろ》・備前《きびのみちのくち》の国白鷁《しろきつばくらめ》各《おのおの》一を献《たてまつ》る。○庚午、大初位下漢人法麻呂《あやひとののりまろ》に姓を中臣志斐連《なかとみのしひ》と賜《たま》ふ。○己卯、星《ほし》有り。華蓋《くわがい》に孛《ひとろ》へり。

俘囚を西国に強制移住

閏正月己丑、俘囚《ふしう》百卌四人を伊豫国《いよ》に配《はい》し、五百七十八人を筑紫《つくし》に配し、十五人を和泉監《いづみのげむ》に配す。○壬寅、僧《ほふし》六百人を宮中《うち》に請《しやう》し、大般若経《だいはんにやきやう》を読誦《どくじゆ》せしむ。災異《さいい》を除《のぞ》かむが為《ため》なり。○戊子、夜《よる》、月塡星《つきちんせい》を犯《をか》す。○丁未、天《すめら》皇朝《みことでう》に臨《のぞ》みて、詔《みことのり》して征夷将軍《せいいしやうぐん》已下一千六百九十六人に勲位《ぐんゐ》を叙《じよ》したまふこと各差《おのおのしな》有り。

征夷将軍らに叙勲

正四位上藤原《ふぢはら》朝臣宇合《うまかひ》に従三位勲《ぐん》二等を授《さづ》く。従五位上大野《おほの》朝臣東人《あづまひと》に従四位下勲四等。従五位上高橋《たかはし》朝臣安麻呂《やすまろ》に正五位下勲五等。従五位下中臣《なかとみ》朝臣広見《ひろみ》に従五位上勲五等。従七位下後部王起《こうほうわうき》、正八位上佐伯《さへき》宿禰首麻呂《おびとまろ》・五百原《いほはら》君虫麻呂《むしまろ》、従七位下君子竜麻呂《きみこのたつまろ》、従八位上出《いづ》部《べ》直佩刀《はかし》、少初位上紀《き》朝臣牟良自《むらじ》、正八位上田辺《たなべ》史難波《なには》、従六位下坂本《さかもと》朝臣宇頭麻佐《うづまさ》、外従六位上丸子大国《まろこのおほくに》、外従八位上国覓《くにまぎ》忌寸勝麻呂《かつまろ》等一十人に、並《ならび》に勲六等。田《た》二町を賜《たま》ふ。

俘賊、常陸国を襲う

三月庚子、常陸《ひたち》国の百姓《はくせい》、俘賊《ふぞく》に焼《や》かれ、財物《ざいもち》を損失《そんしち》す。九分已上なら

に右衛士佐。後部王→㊀補5-五一。
一九 他にみえず。佐伯宿禰→㊀二七頁注一三。
二〇 他にみえず。五百原君→補9-一〇六。
二一 他にみえず。君子・君子部は関東・東北に多い。→㊀補6-七〇。
二二 出部直も佩刀も他にみえず。出部直が生部直の誤ならば→補9-六三。
二三 武良士とも。天平九年正月に持節大使の判官として出征、時に従七位上。紀朝臣→㊀補1-三一。
二四 武官として活躍。→補9-一〇七。
二五 武官として活躍。→補9-一〇八。
二六 三〇年後の天平勝宝七年正月、外正六位上の大国に従五位下を追贈。一三年後の天平十年度駿河国正税帳に相模国余綾郡散事としてみえる丸子部大国(古二-一一三頁)は同一人か否か未詳。丸子・丸子部も関東・東北に多い。→補9-一〇九。
二七 他にみえず。国覓忌寸は東漢氏の枝氏(㊀一一頁注一一)で、坂上系図所引姓氏録逸文に「国覓忌寸〈陸奥国新田郡〉」とある。
二八 勲六等は従五位下に準ずる。叙位記事を従五位下までとするのと同じ。残りの一六八二人は勲七等以下につき省略。
二九 軍防令33では田二町が勲一転に相当。転とは軍功判定の単位で、例えば勲六等の者は勲二転で勲五等に昇る。従って勲六等の一〇人は、さらに勲一転を与えられる代りに田二町を賜わったと解しうる。勲五等以上の四人にも田二町を賜わったか否かは不明。
三〇 俘賊は叛逆した蝦夷の俘囚(補9-一〇三)。北隣の陸奥からの侵入か。
三一 百姓の財物即ち資財は戸毎に調査されて九等に分けられていた(㊀補3-六九・6-四・八四)。被害率はそれによって算出。

給二復三年一。四分二年、二分一年。○夏五月甲辰、遣新
羅使土師宿禰豊麻呂等還帰。○六月丁巳、和徳史竜麻呂
等卅八[1]人、賜二姓大県史一。○癸酉、太白昼[2]見。○秋七月
丙戌、河内国丹比郡人正八位下川原椋[3]人子虫等卌六人、
賜二河原史姓一。○戊戌、詔二七道諸国一、除レ冤[4]祈レ祥、必
憑二幽冥一、敬レ神尊レ仏、清浄為[5]レ先。今聞[6]、諸国神祇[7]社内、
多有二穢臭一、及放二雑畜一。敬神之礼、豈如レ是乎。宜下国司
長官自[8]執二幣帛一、慎致二清掃一、常為中歳事上。又諸寺院限、
勅[9]加二掃浄一、仍令三僧尼読二金光明経一。若無二此経一者、便
転二最勝王経一、令二国家平安一也。○壬寅、以二伊勢・尾張
二国田一、始班三給志摩国百姓口分一。○九月壬寅、詔曰、
朕聞[10]、古先哲王、君三臨寰宇一、順二両儀一以亭毒、叶二四
序一而斉[11]成。陰陽和而風雨節、災害[12]除以休徴臻。故能騰
レ茂飛レ英、鬱為二称

1 八〔谷擦重〕—人〈谷原〉
2 昼＝書—画＝畫〈高〉
3 椋〈意改〉〈大〉—掠
4 除冤祈祥→校補
5 為〈谷傍補・東・高、大〉—ナシ〔兼・谷原〕
6 聞〔兼重〕
7 祇—祗〔底〕→校補
8 自〈谷重・東・高、大〉—白〔兼・谷原〕
9 勅〔兼・谷原・東・高〕—勤〈谷重、大〉→校補
10 聞〔谷重〕
11 斉—斎〈東〉
12 害〔谷重〕

一 課役すべてを三年間免除。復三年は手厚い保障。被害者は少なかったのであろう。
二 前年八月に任命。→[一]補6-六二。
三 竜麻呂も和徳史も他にみえず。和徳姓では多賀城木簡に白河団進上の射手歴名がみえ、その一人に和徳三衣がいる(『木簡研究』二)。
四 姓氏録右京諸蕃に大県史を百済国人和徳の後とする。河内国大県郡(補8-六七)が本居。
五 金星。昼見→一二三頁注九。
六 →[一]三三頁注四。
七 他にみえず。川原椋人・河原史・川原連→補9-一一〇。
八 社寺の清浄維持を命じた詔。三代格神亀二年七月廿日格は詔の前半とほぼ同文、後半は削除。宝亀七年四月己巳条でも諸社の「人畜損穢」を慨嘆して国司に取締りを命じたが、さらに三代格の宝亀八年三月十日官符では諸社の祝を処罰することとしている。
九 三代格は「攘レ災招レ福」。以下は同文。
一〇 かすかで暗い。ここでは神仏のこと。
一一 社寺の境内は、祭日(例えば[一]補1-六二)に限らず、雑多な人々の集まる場だったが、牛馬も放飼されていたらしい。
一二 神祇令16にも幣帛などは長官自ら検校せよと命じているが、ここでは代参も禁止。

ば、復《ふく》[一]三年を給《たま》ふ。四分ならば二年、二分ならば一年。

遣新羅使帰国

夏五月（癸未朔）甲辰（二十二日）、遣新羅使《けんしらきし》[二]土師《はじ》宿禰豊麻呂《とよまろ》ら還帰《かへ》る。

六月（壬子朔）丁巳（六日）、和徳《わとく》[三]史竜麻呂《たつまろ》ら卅八人に、姓を大県《おほあがた》[四]史と賜《たま》ふ。○癸酉（二十二日）、太白《たいはく》[五]昼《ひる》に見《あらは》る。

社寺の清浄維持を命じる

秋七月（壬午朔）丙戌（五日）、河内《かふち》国丹比《たぢひ》[六]郡の人《ひと》正八位下川原椋人《かはらのくらひと》[七]子虫《むし》ら卅六人に河原《かはら》史の姓を賜ふ。○戊戌（十七日）、七道《しちだう》の諸国《くにぐに》に詔《みことのり》[八]したまはく、「冤《あた》[九]を除《のぞ》き祥《よきしるし》を祈《いの》ることは、必《かなら》ず幽冥《いうめい》[一〇]に憑《よ》り、神《かみ》を敬《うやま》ひ仏《ほとけ》を尊《たふと》ぶることは、清浄《しやうじやう》を先《さき》とす。今《いま》聞《き》かく、「諸国《くにぐに》の神祇《じんぎ》の社《やしろ》[一一]の内《うち》に、多《おほ》く穢臭《わいしう》有り、及雑畜《またざふちく》を放《はな》てり」ときく。敬神《けいしん》の礼《れい》、豈是《あにかく》の如《ごと》くならむや。国司《こくし》の長官《ちやうぐわん》自《みづか》[一二]ら幣帛《みてぐら》を執《と》り、慎《つつし》みて清掃《せいさう》を致《いた》して、常《つね》に歳事《さいじ》[一三]と為《な》すべし。また諸寺《てらでら》[一四]の院《ゐん》[一五]の限《かぎり》は、勤《つと》めて掃浄《さうじやう》[一六]を加《くは》へ、仍《より》て僧尼《ほふしあま》をして金光明経《こむくわうみやうきやう》[一七]を読《よ》ましめよ。若《も》[一八]しこの経《きやう》無くは、便《すなは》ち最勝王経《さいしようわうきやう》[一九]を転《てん》して、国家《こくか》をして平安《へいあん》ならしめよ」とのたまふ。○壬寅（二十一日）、伊勢《いせ》・尾張《をはり》二国の田《た》を、始《はじ》めて志摩《しま》[二〇]国の百姓《はくせい》の口分《くぶん》に班《あか》ち給《たま》ふ。

志摩国の百姓口分田

攘災招福を願う詔

九月（辛巳朔）壬寅（二十二日）、詔《みことのり》[二一]して曰《のたま》はく、「朕聞《われき》かく、「古先哲王《こせんてつわう》[二二]、寰宇《くわんう》[二三]に君《きみ》として臨《のぞ》み、両儀《りやうぎ》[二四]に順《したが》ひて亭毒《ていとく》[二五]し、四序《しじよ》[二六]に叶《かな》ひて斉成《さいせい》[二七]す。陰陽和《いむやうくわ》して風雨《ふうう》節《せつ》あり、災害除《さいがいのぞこ》りて休徴臻《きうちよういた》[二八]る」ときく。故《ゆゑ》に能《よ》く茂《も》[二九]を騰《あ》げ英《えい》を飛《とば》して、鬱《うつ》[三〇]として称《しよう》

一三 毎年の行事。
一四 以下を三代格で削除したのは、やがて全国に国分二寺が建立され、最勝王経読誦が普及したため。なお寺院の清浄維持については既に霊亀二年五月庚寅詔の冒頭でも強調。
一五 院は垣を廻した一画。境内。
一六 寺院には「浄人」(天平十七年五月甲子条)という職種もある。
一七 鎮護国家の経典。四巻本と八巻本とがある。→㊀補2-一六三。諸国にあるのはそのどちらかだった。→神亀五年十二月己丑条。
一八 最勝王経よりも普及しているはずなのに不審。
一九 義浄訳の金光明最勝王経十巻は道慈によって養老二年に将来され、同四年五月撰上の日本書紀欽明紀の修飾にも利用された。「転」は転読・転経→八一頁注三〇。
二〇 志摩国の口分田に著しく不足したための措置。→補9-一一一。
二一 天地の災異が続くため、三〇〇〇人の出家と七日間の読経によって攘災招福を願った詔。七月戊戌詔と同じ趣旨。
二二 中国の古典にみえる聖賢の帝王。
二三 寰は宮の周垣、天子の支配領域など。寰宇で天下。寰区(㊀一〇七頁注二四)。
二四 儀は法則、宇宙の大法。両儀で天と地。
二五 化育。→一二九頁注四七。
二六 四季の順序。両儀と四序とで対句。
二七 斉しく育成した。
二八 よい前兆。
二九 茂は茂実、りっぱな実質。英は英声、すぐれた評判。名実ともに知れわたって。
三〇 おのずから第一人者となった。漢書の司馬相如伝、文選、芸文類聚などに「蜚(飛)二英声一騰二茂実一…常為二称首一」。

1 惕〔兼・谷、大〕―揚(東・高)
2 懐〔谷重〕
3 示〈意改〉(大改)―亦→校補
4 顕→校補
5 眚→校補
6 責〔谷重〕→校補
7 予―吊(高)
8 循〔兼・谷重・東・高〕―脩(谷原、大)
9 雊→校補
10 三ノ上、ナシ(谷抹、大)―所〔兼・谷原・東・高〕
11 七ノ下、ナシ―日(大補)→校補
12 冥―宜(高)
13 字〈意改〉(大改)―子→校補
14 昼＝晝―画＝畫(高)
15 己丑条→校補
16 上〔紀略改〕―下(紀略原)
17 杖〔谷重〕
18 正ノ上→脚注

首㆒。朕以㆓寡薄㆒、嗣㆓膺景図㆒、戦々兢々、夕惕[1]若厲、懼㆓一物之失㆒㆑所、睠㆓懐[2]生之便安㆒、教命不㆑明、至誠無㆑感、天示[3]㆓星異㆒、地顕[4]㆓動震㆒。仰惟㆓災眚[5]㆒、責[6]深在㆑予[7]。昔、殷宗循[8]㆑徳、消㆓雊[9]雉之冤㆒、宋景行㆑仁、弭㆓熒惑之異㆒。遥瞻㆓前軌㆒、寧忘㆓誠惶㆒。宜㆑令㆘所司、三[10]千人出家入道、并左右京及大倭国部内諸寺、始㆓今月廿三日㆒一七[11]転経㆖。憑㆓此冥[12]福㆒、冀除㆓災異㆒焉。○冬十月庚申、天皇幸㆓難波宮㆒。○辛未、詔近㆑宮三郡司授㆑位賜㆑禄各有㆑差。国人少初位下掃守連族広山等除㆓族字[13]㆒。○己卯、昼[14]、太白与㆓歳星㆒芒角相合。○十一月己丑[15]、天皇御㆓大安殿㆒、受㆓冬至賀辞㆒。親王及侍臣等、奉㆓持奇翫珍贄㆒進之。即引㆓文武百寮五位已上[16]及諸司長官・大学博士等㆒、宴飲終日、極㆑楽乃罷。賜㆑禄各有㆑差。」是日、大納言正三位多治比真人池守賜㆓霊寿杖[17]并絁・綿㆒。中務少丞従六位上佐味朝臣虫麻呂、典鋳正[18]六位上播

一 それなのに朕は徳も少なく薄いのに皇位を継承することになり。
二 戦は恐れる、おののく。兢も震える、つつしむ。何かが起りそうでびくびくしている。
三 惕は懼、若は如、厲は危。(終日、政務に努めても)夕方になると心重く心配になる。
四 生あるものはすべて皆安らかであるようにと気をくばっているのに。
五 天の教え命ずるところを明白に察知しえず、誠を尽しても天は感ずることなく。
六 地震もあったのであろうが、星の異変のように記事としては残されなかった。
七 災禍。眚は過誤。
八 殷の高宗。
九 鳴く雉。災異の前兆。→補9―一一。
一〇 宋の景公。
一一 火星の異変は兵乱の前兆。景公が仁を行ったために火星が移動し、兵乱がおこらなかったという故事は、史記、宋微子世家にみえる。
一二 はるかに先人の行いを顧みれば、どうして恐れ慎しむ心を忘れられよう。
一三 治部省、玄蕃寮、国司など、所管官司。
一四 経典の転読。→八一頁注三〇。
一五 即位後最初の難波行幸(還宮の記事はみえない)。当時の難波は宮も京も寂れていたらしく、翌三年十月の行幸の帰路、改修に着手。→補9―一三。
一六 摂津国東成(東生)・西成(西生)・住吉の三郡の郡司。天平六年三月丁丑条では「東西二郡」。
一七 他にみえず。広山らは「国人」というから、掃守連の族民として大化前代から津国にあった館舎の舗設・清掃などを世襲していた一族と思われるが未詳。掃守連→[一]補2―二一。

首《しゅ》と為《な》す。[一]朕寡薄《われくわはく》を以《もち》て景図《けいと》に嗣《つ》ぎ膺《あた》り、[二]戦々兢々《せんせんきようきよう》として、[三]夕《ゆふべ》に惕若《てきじやく》として厲《はげ》み、一物《いちぶつ》の所《ところ》を失《うしな》ふことを懼《おそ》りて、[四]懐生《くわいせい》の便安《べんあん》ならむことを睠《かへりみ》るに、[五]教命明《けうめいあき》らかならず、至誠感《しせいかむ》すること無く、天星異《てんせいい》を示《しめ》し、[六]地動震《ちどうしん》を顕《あらは》す。仰《あふ》ぎて[七]災眚《さいせい》を惟《おも》みるに、責深《せめふか》きことは予《われ》に在《あ》り。[八]昔殷宗徳《むかしいんそうとく》を循《をさ》めて、[九]雊雉《こうち》の冤《わざはひ》を消《け》し、[一〇]宋景仁《そうけいじん》を行《おこな》ひて、[一一]熒惑《くゑいこく》の異《い》を弭《や》めたりき。[一二]遥《はる》かに前軌《ぜんき》を瞻《み》るに、寧《いか》にぞ誠惶《せいくわう》を忘《わす》れむ。[一三]所司《しよし》をして三千人出家入道《しゆつけにふだう》せしめ、并《あは》せて左右《さうの》京《きやう》と大倭国《やまと》との部内《ぶない》の諸寺《てらでら》、今月《このつき》廿三日より始《はじ》めて一七[一四]転経《てんきやう》せしむべし。この冥福《めいふく》に憑《よ》りて、冀《ねが》はくは災異《さいい》を除《のぞ》かむことを」とのたまふ。

難波行幸

冬十月《辛亥朔》庚申《十日》、天皇《すめらみこと》、[一五]難波宮《なにはのみや》に幸《みゆき》したまふ。○辛未《二十一日》、詔《みことのり》して、宮《みや》に近《ちか》き[一六]三郡の司《つかさ》に位《くらゐ》を授《さづ》け禄賜《ろくたま》ふこと各《おのおのしな》差有り。国人《くにひと》少初位下[一七]掃守《かにもり》連族広山《ひろやま》ら、[一八]族《な》の字を除《のぞ》かしむ。○己卯《二十九日》、[一九]昼《ひる》に太白《たいはく》と歳星《さいせい》と芒角相合《ばうかくあひあ》ふ。

冬至の賀

十一月《庚辰朔》己丑《十日》、天皇《すめらみこと》[二〇]大安殿《だいあんでん》に御《おは》しまして、[二一]冬至《とうし》の賀辞《かじ》を受《う》けたまふ。[二二]親《しん》王《わう》と[二三]侍臣《じしん》らとは、[二四]奇翫珍贄《きぐゑんちんし》を奉持《ほうぢ》して進《たてまつ》る。即《すなは》ち文武《ぶんぶ》百寮《ひやくれう》五位已上と、[二五]諸司長官《しよしのちやうぐわん》・[二六]大学博士《だいがくのはかせ》らとを引《め》して、宴飲《えんいむ》すること終日《ひねもす》、楽《たのしび》を極《きは》めて罷《や》む。禄賜ふこと各《おのおのしな》差有り。是《こ》の日《ひ》、大納言《だいなふごん》正三位[二七]多治比《たぢひ》真人池守《いけもり》に[二八]霊寿杖《れいじゆちやう》并《あは》せて絁《あしぎぬ》・綿《わた》を賜ふ。[二九]中務《ちうむ》少丞《せうじよう》従六位上[三〇]佐味《さみ》朝臣虫麻呂《むしまろ》、[三一]典鋳正《いもののかみ》六位上[三二]播《はり》

一八 本条は、氏姓の下に「族」の字のつくいわゆる族民が、その氏姓をもつ氏人よりも身分の低い証拠とされる。族の字の抹消→天平宝字元年四月辛巳条。
一九 太白は金星、歳星は木星、芒角は光芒の先端。昼にみえるのは光度が著しいためで、相合うのは犯と同様に不吉。→一二三頁注一四。
二〇 内裏の正殿。→〔一〕補2-三。
二一 冬至の賀→補9-一一四。
二二 この時点での親王は舎人・新田部のみ。
二三 職制律7の「侍臣」の疏は「謂、少納言・侍従・中務判官以上、及内舎人」。宮衛令14集解の令釈や同条の義解は「侍臣者、少納言・侍従・中務少輔以上也」。即ち後者では中務大丞・少丞・内舎人が外されている。なお侍臣の初出は大宝元年六月丁巳条。
二四 珍奇な物品や食物。贄→補10-六四。
二五 諸官庁の長官の相当位は、寮以上が従五位下以上、司以下が正六位上以下。従ってこの「諸司長官」は司の長官及び正六位上以下でも寮などの長官に任じている者を指す。
二六 相当位は正六位下。
二七 →〔一〕一三三頁注一一。
二八 父の左大臣嶋も長寿で二五年前に霊寿杖を賜わっている。池守も此の年に父と同じく七十七歳か。→〔一〕二一頁注二一・二三。
二九 中務省の少判官。相当位は従六位上。
三〇 →補9-一一五。
三一 大蔵省典鋳司の長官である典鋳正は正六位上相当。「正」の字が一字脱。
三二 天平二年三月辛亥条の播磨直乙安と同じ人物か。大蔵省式の諸使給法によれば遣唐使には鋳生が参加。帰国後、典鋳正にまで昇ったのであろう。播磨直→補9-一一六。

磨直弟兄並[1]授二従五位下一。弟兄、初齎[2]二甘子[3]一、従二唐国一来。
虫麻呂先殖二其種一結レ子。故有二此授一焉。○十二月庚戌[4]、
日有レ蝕之。○庚午、詔曰、死者不レ可レ生、刑者不レ可レ息。
此先典之所レ重也[5]。豈無二恤[6]刑之禁一。今所レ奏[7]在京及天下
諸国見禁囚徒、死罪宜二降従[8]一レ流、流罪宜レ従レ徒、徒[9]以下
並依二刑部奏一。
三[10]年春正月辛巳、京職献二白鼠一。大倭国献二白亀一。○庚子、
天皇臨レ軒[11]、授二従四位下鈴鹿王従四位上、無位石川王従
四位下、従四位上[12]藤原朝臣麻呂正四位上、正五位上阿倍
朝臣駿河[13]・正五位下石川朝臣君子並従四位下、正五位下
中臣朝臣東人正五位上、従五位上多治比真人広足・巨勢
朝臣真人・大伴宿禰邑[14]治麻呂・忍海連人成[15]・鍛[16]冶造大
隅・従五位下佐伯宿禰沙美麻呂並正五位下、従五位下石
上朝臣勝雄・笠朝臣御室・大倭忌寸[17]五百足・置始連秋[18]山[19]
従五位上[20]、正六位上路真人虫麻呂・阿倍朝臣粳虫・大宅
朝臣広麻呂・粟田朝臣馬養・田口朝臣家主・紀朝臣宇
美・秦[21]忌寸足国・葛井連毛人、従六位上県犬養宿禰大唐

1並授従五位下弟兄—ナシ〔底〕→校補
2齎＝賚—賚(紀略)
3甘子→校補
4戌ノ下、ナシ—朔(大補)→脚注
5也—ナシ(類八七)
6恤(底傍イ・兼朱傍イ・谷朱傍イ・高朱傍イ、大改、類八七)—恒〔兼等、類八七一本〕→校補
7奉〔兼等、類八七原〕—奏(大改、類八七改)
8流(大補、類八七)—ナシ〔兼等〕
9徒(大補、類八七)—ナシ〔兼等〕
10三ノ上→校補
11軒〔谷重〕
12原ノ下、ナシ—原(高)
13河〔東・高傍、大改〕—川(兼・谷・高)
14邑〈意改〉(大)—色→校補
15成〈意改〉(大改)—咸→校補
16鍛〈意改〉(大)—鍜
17寸〈意補〉(大補)—ナシ→校補
18秋—社〔底〕→校補
19山ノ下、ナシ〔兼・谷原・東・高〕—並(谷傍補、大)
20上正〔高擦重〕
21秦(谷重、大)—奏〔兼・谷原・東・高〕

一 和名抄の菓類に「柑子〈和名加無之〉」とあるのと同じ。コウジは宇津保、源氏などにもみえる柑橘類。今日も一部で栽培されている小形で種子の多いミカンはこの系統という。丁度、その実のなる季節。
二 養老の遣唐使の帰国から七年、大宝の副使からでは一八年、執節使からでは二一年たつ。多年栽培してようやく結実したのである。
三 「庚戌」の下に「朔」脱か。日食は朔日に起るのが例。→[一]補1-七五。
四 この日はユリウス暦の七二六年一月八日。奈良では食はみえぬはず。
五 全国に死刑・流刑の減軽を命じた詔。意図は七月戊戌詔、九月壬寅詔と関連するか。
六 史記孝文本紀や漢書刑法志には「夫死者不レ可二復生一、刑者不レ可二復属一」。
七 死刑執行は獄令8により秋分から立春まで。この日は立春。従ってこれまで処刑されなかった者はみな助かることになる。
八 前年に獲た上瑞以下の一括献上は元旦のはず(祥瑞→[一]補1-三七)。この神亀三年の元旦は雨などのため廃朝して二日に拝賀か。
九 この当時は左京・右京の長官を藤原麻呂が兼任し(養老五年六月辛丑条)、京職大夫(天平元年八月癸亥条)とも称していた。
一〇 治部省式に祥瑞としては挙げられていないが、続紀には他に四例みえる。
一一 →補9-三九。
一二 大極殿に出御して。→三五頁注一五。
一三 長屋王の弟。一六年ぶりの昇叙。→[一]補5-八。　一四 →補9-一一七。
一五 →三七頁注九。二階昇叙は京職大夫として白鼠を献上したためであろう。
一六 →[一]一六七頁注五。以下の三人は神亀元年二月壬子に昇叙したばかり。何故か未詳。

死刑・流刑の軽減を命じる

磨《ま》直弟兄《おとえ》に並《ならび》に従五位下を授《さづ》く。弟兄《おとえ》は初《はじ》め甘子《かむし》[一]を齎《も》ちて、唐国《もろこし》[二]より来《きた》れり。虫麻呂《むしまろ》先づその種《たね》を殖《う》ゑて子《み》を結《むす》べり。故《ゆゑ》にこの授《じゅ》有り。

十二月庚戌[三]、日蝕《ひは》[四]ゆること有り。○庚午《二十一日》、詔《みことのり》[五]して曰《のたま》はく、「死《し》せる者《ひと》は生《い》くべからず、刑《ぎやう》せらるる者《ひと》は息《いこ》ふべからず。此《こ》れ先典《せんてん》[六]の重《たふと》ぶる所《ところ》なり。豈《あに》恤刑《じゅつぎやう》の禁《きむ》無からむや。今《いま》奉《たてまつ》れる在京《ざいきやう》と天下《あめのした》の諸国《くにぐに》との見禁囚徒《げんきむしうと》、死罪《しざい》[七]は降《くだ》して流《る》に従《したが》ふべく、流罪《るざい》は徒《づ》に従《したが》ふべく、徒《づ》以下は並《ならび》に刑部《ぎやうぶ》の奏《そう》に依《よ》れ」とのたまふ。

七二六年

三年《丙寅》春正月《庚辰朔》辛巳《二日》[八]、京職《きやうしき》[九]白鼠《しろきねずみ》[一〇]を献《たてまつ》る。大倭国《やまと》白亀《しろきかめ》[一一]を献る。○庚子《二十一日》、天皇《すめらみこと》[一二]軒《けん》に臨《のぞ》みて、従四位下鈴鹿王《すずかのおほきみ》[一三]に従四位上を授《さづ》く。無位石川王《いしかは》[一四]に従四位下。従四位上藤原《ふぢはら》[一五]朝臣麻呂《まろ》に正四位上。正五位上阿倍《あへ》[一六]朝臣駿河《するが》、正五位下石川《いしかは》[一七]朝臣君子《きみこ》に並に従四位下。正五位下中臣《なかとみ》[一八]朝臣東人《あづまひと》に正五位上。従五位上多治比《たぢひ》[一九]真人広足《ひろたり》・巨勢《こせ》[二〇]朝臣真人《まひと》・大伴《おほとも》[二一]宿禰邑治麻呂《おほぢまろ》・忍海《おしぬみ》[二二]連人成《ひとなり》・鍛冶《かぬち》[二三]造大隅《おほすみ》、従五位下佐伯《さへき》[二四]宿禰沙美麻呂《さみまろ》に並に正五位下。従五位下石上《いそのかみ》[二五]朝臣勝雄《かつを》・笠《かさ》[二六]朝臣御室《みむろ》・大倭《やまと》[二七]忌寸五百足《いほたり》・置始《おきそめ》[二八]連秋山《あきやま》に従五位上。正六位上路《みち》[二九]真人虫麻呂《むしまろ》・阿倍《あへ》[三〇]朝臣粳虫《ぬかむし》・大宅《おほやけ》[三一]朝臣広麻呂《ひろまろ》・粟田《あはた》[三二]朝臣馬養《うまかひ》・田口《たぐち》[三三]朝臣家主《やかぬし》・紀《き》[三四]朝臣宇美《うみ》・秦《はだ》[三五]忌寸足国《たりくに》・葛井《ふぢゐ》[三六]連毛人《えみし》、従六位上県犬養《あがたいぬかひ》[三七]宿禰大唐《もろこし》に

一七 →㈠補6―三。 一八 →㈠補5―三〇。
一九 →七頁注一三。
二〇 →補8―五一。
二一 →七頁注二四。
二二 →㈠補5―九。 二三 →㈠補1―一三五。
二四 →㈠一九三頁注一五。
二五 →五三頁注一七。
二六 →五三頁注二〇。
二七 →㈠補1―四三。
二八 →㈠一六七頁注一三。
二九 →補9―一一八。 三〇 →補9―一一九。
三一 続紀では他にみえないが、多くの奴婢を持っていた。→補9―一二〇。
三二 →補9―一二一。
三三 天平元年八月に従五位上。同二年度の大倭国正税帳に添上郡の正税を百斛支給されたことがみえる。田口朝臣→㈠補3―三一。
三四 大納言麻呂の子、参議広純の父。のち右少弁、右中弁、讃岐守、左衛士督を歴任、天平勝宝五年十月に散位従四位下で没。紀朝臣→㈠補1―三一。
三五 他にみえず。秦忌寸→㈠補2―一三六。
三六 他には宇佐託宣集に従六位下豊前掾とみえるのみ。葛井連→七三頁注三。
三七 唐とも、讃岐守。聖武夫人広刀自の父。県犬養宿禰→㈠補2―二四。

一 他にみえず。多胡吉師→補9―一二二。
二 位田は本人の死後直ちに収公される規定であった(田令8)のを、六年間猶予することとした制。のち宝亀九年四月甲申の勅で死後一年に短縮。
三 薨は三位以上、卒は四・五位(喪葬令15)。
四 一品以下五位以上の品位に応じて支給される田(田令4)。→補9―一二三。

1 国〔谷重〕
2 従ノ上↓脚注
3 斎—斉(東)
4 祉〔兼・谷原・東・高重〕—社（谷擦重、大）↓校補
5 等ノ下、ナシ—等(高)
6 者〔谷重〕
7 菀—苑(類七三)↓校補
8 刀〔兼等、大、類七三〕—刕(底傍イ・兼朱傍イ・谷朱傍イ・高朱傍イ)
9 塩↓校補

並従五位下、正六位上多胡吉師手外従五位下一。○二月庚戌朔、制、五位已上薨卒之後、例限二六年一、勿レ収二其位田一。○辛亥、出雲国[1]造従[2]六位上出雲臣広嶋斎[3]事畢、献二神祉[4]剣鏡并白馬・鵠等[5]一。広嶋并祝二人並進二位二階一。賜二広嶋絁廿疋、綿五十屯、布六十端、自餘祝部一百九十四人禄一各有レ差。○庚申、制、内命婦身帯二五位一、任二六位已下官一者、自レ今以後、給二正六位官禄一。○己巳、太政官奏、諸選人於レ官引唱不レ到者、明日引唱。亦不レ到者、後日引唱、不レ到者[6]、不レ在二重引之限一。当年若与二上考一、降為二中等一、若居二中考一、減二一年労一。即減レ労年、亦居二中等一、更復減二一年労一。両年考第、頻注二中等一者、摠除二前労一。自レ今以後、永為二恒例一。奏可之。○三月辛巳、宴二五位已上於南苑[7]一。但六位已下官人及大舎人・授刀[8]舎人・兵衛等、皆喚二御在所一、給二塩[9]・鍬一各有レ数。○夏五月辛丑、新羅使薩飡金造近等来朝。

五 外従六位上か。前回の神亀元年正月戊子条では外従七位下。その翌己丑条に授位。
六 ↓一三七頁注三二。
七 臨時祭式に「金銀装横刀一口〈長二尺六寸五分〉・鏡一面〈径七寸七分〉…白眼鴾毛馬一疋・白鵠二翼〈垂レ軒〉」などとあるのに一致する。
八 下級の神職。↓五頁注一。
九 天平十年二月丁巳条の広嶋の外正六位上は、このとき位二階を進められたため。
一〇 以下の禄の品目も数量も臨時祭式に一致。
一一 祝部(祝)の禄は布一端。一九四人という人数は出雲の神社総数に近い。↓補7-八。
一二 五位以上の女官である内命婦([一]一一三頁注九)の季禄に関する規定(禄令9)の改正。内命婦の官禄↓補9-一二四。
一三 叙位の前提として所定の勤務期間の総合評定を言渡す日に出頭すべき本人が欠席した場合の処分を提案した太政官奏([一]八七頁注五)。選人の引唱↓補9-一二五。
一四 毎年の勤務評定の結果、選叙されることになった人。選限↓[一]補3-六四。
一五 官はふつう太政官、ときに弁官を指すが、ここでは中央の長上官に対して引唱の行われる太政官。
一六 引は追(メ)す、召集すること。唱は唱示、選人の各自に評定結果を宣告すること。
一七 選叙令1集解所引弘仁式は「若三日之内不レ到者」とする。この「後日」も明後日の意。
一八 その上さらに引唱しない。つまり叙位を取消す。前注の弘仁式では「降二一階一叙」として、処分を緩めている。
一九 当年度分。毎年の考つまり勤務評定は前年八月から当年七月までを一年分とする。しかし考を何年分か積み重ねて選人となり引唱されるのはその翌春だから、当年度分という

並《ならび》に従五位下。正六位上多胡吉師手《たごのきして》[一]に外従五位下。

位田の制を改む

二月庚戌の朔、制《せい》[二]すらく、「五位已上薨卒《こうしゆつ》[三]の後《のち》、例《れい》六年を限《かぎ》りて、その位田《ゐでん》[四]を収《をさ》むること勿《なか》れ」といふ。

出雲国造らに叙位・賜物

○辛亥（二日）、出雲国造《いづものくにのみやつこ》[五]従六位上出雲《いづも》[六]臣広嶋《ひろしま》斎事《さいじ》畢《を》へて、神社《かむやしろ》の剣《たち》[七]・鏡《かがみ》并《あは》せて白馬《しろきうま》・鵠《くぐひ》等を献《たてまつ》る。広嶋《ひろしま》并せて祝《はふり》[八]二人に並に位《くらゐ》[九]二階を進《すす》む。広嶋《ひろしま》[一〇]に絁《あしぎぬ》廿疋、綿《わた》五十屯、布《ぬの》六十端、自余《そのほか》の祝部《はふり》[一一]一百九十四人に禄賜《ろくたま》ふこと各《おのおの》 差《しな》有り。

内命婦の季禄

○庚申（十一日）、制《せい》[一二]すらく、「内命婦《ないみやうぶ》、身《み》五位を帯《お》びて、六位已下の官《くわん》に任《にむ》するは、今《いま》より以後《のち》、正六位の官の禄を給《たま》へ」といふ。

引唱不参の選人に対する処置

○己巳（二十日）、太政官奏《だいじやうぐわんそう》[一三]すらく、「諸《もろもろ》の選人《せんにん》[一四]、官に於《おき》[一五]て引唱《いんしやう》[一六]するに、到《いた》らずは、明日《あす》引唱《いんしやう》せよ。亦到《またいた》らぬ者《ひと》は、後日《ごにち》[一七]に引唱《いんしやう》し、到《いた》らずは、重引《ちういん》[一八]の限《かぎり》に在《あ》らず。当年《ことし》[一九]若《も》[二〇]し上考《じやうかう》[二一]を与《あた》へば、降《くだ》して中等《ちうとう》とし、若《も》し中考《ちうかう》に居《を》らば、一年の労《らう》を減《げむ》せむ。即《も》[二二]し労《らう》を減《げむ》せむ年《とし》、亦中等《またちうとう》に居《を》らば、更《さら》に復《また》一年の労《らう》を減《げむ》せむ。両年の考第《かうだい》[二三]、頻《しきり》に中等《ちうとう》に注《ちう》せば、摠《すべ》て前労《ぜんらう》を除《のぞ》かむ。今《いま》より以後《のち》、永《なが》く恒《つね》の例《ためし》とせむ」とまうす。奏《そう》するに可《か》としたまふ。

三月（己卯朔）辛巳（三日）、五位已上を南苑《なむゑん》[二四]に宴《うたげ》[二五]す。但《ただ》し六位已下の官人《くわんにん》と大舎人《おほとねり》[二六]・授刀《たちはきの》[二七]舎人《とねり》・兵衛《ひやうゑ》[二八]らとは、皆御在所《みなおましところ》[二九]に喚《め》して、塩《しほ》[三〇]・鍬《くは》を給《たま》ふこと各《おのおの》 数《かず》有り。

新羅使来朝

夏五月（戊寅朔）辛丑（二十四日）、新羅使《しらきのつかひ》[三一]薩飡《さつさん》[三二]金造近《こむざうこん》[三三]ら来朝《まう》[三四]く。

と前年七月までの一年分を指すことになる。

二〇 叙位の取消しだけでなく、前年七月までの一年分の考が上等だったら中等に、中等だったら取消しにする(従って考が一年不足となり来春も選人になれない)。「労」は労効、評定の対象となる勤務状態。

二一 上考とか中等とか言っているので、上上から下下までの九等の評定を受ける内長上はこの処分に含まれないようにみえるが、内長上も含む処分。

二二 もし叙位を取消された年の七月までの一年間の考が再び中等だったら、更にその考を取消しにする(従って再来春も選人になれぬ)。

二三 かような事情で二年間の考の等級が、続けて中等と記載されたら、それ以前の考も全部取消しにする。

二四 →補9―一二六。

二五 曲水の宴。→〔一〕補2―三一。

二六 天皇に供奉するトネリ。→〔一〕補3―四。

二七 武装して供奉するトネリ。→〔一〕補4―七。

二八 郡司子弟出身のトネリ。→〔一〕補2―一三九。

二九 南苑の中の宮殿か。

三〇 正税帳などでの塩の支給は一人一日あたり二勺か三勺。神亀四年二月丙寅条では一顆。鍬は一人一口であろうが、以前は賜与例が多いのに、この頃には鉄鍬が普及したらしく、賜与例としてはこれが最後。

三一 前回は養老七年八月庚子条。こちらからの遣使は神亀元年八月派遣、同二年五月還帰。今回の新羅使は七月戊子に帰国。懐風藻の調古麻呂の詩は帰国の際か。新羅使を饗する長屋王宅の宴→補9―一二七。

三二 新羅十七等官位の第八等。沙飡とも。

三三 七月戊子条の金奏勲と同一人か。

三四 貢調が十日後だからこの日は入京の日。

〇六月辛亥、天皇臨レ軒。新羅使貢二調物一。〇壬子、饗二金造近等於朝堂一。賜レ禄[1]有レ差。〇庚申、詔曰、夫百姓或染[2]二沈[3]痼病一、経レ年未レ愈、或[4]亦得二重病一、昼[5]夜辛苦。朕為二父母一。何不二憐愍一。宜下遣二医・薬於左右京・四畿[6]及六道諸国一、救二療此類一、咸[7]得二安寧一、依二病軽重一、賜レ穀振[8]恤上。令[9]二所司存レ懐、勉称二朕心一焉。〇辛酉、太上天皇不豫。令二天下諸国放生[10]一焉。〇丁[11]卯、奉二為太上天皇一、度二僧廿八人、尼二人等一。〇秋七月戊[12]子、金[13]奏勲[14]等帰レ国[15]。賜二璽書一曰、勅二伊湌金順貞一、汝卿安二撫彼境一、忠二事[16]我朝一。貢調使薩湌金奏勲等奏称、順貞以二去年六月卅日一卒。哀哉。賢臣守レ国、為二朕股肱[17]一。今也則亡。殲二我吉士一。故贈二賻物黄絁一百疋、綿百屯一。不レ遺二爾績[18]一、式[19]奨[20]二遊魂一。〇癸巳、詔曰、太上天皇不豫、稍経二一序一。宜下大二赦天下一、瘳疾之徒量[21]給中湯薬上。〇甲午[22]、度二僧十五人、尼七人一。〇乙未、遣レ使

1 禄〔谷重〕
2 染〔類一七三一本〕—深（類一七三）
3 沈〔兼朱傍補〕—ナシ（兼原）
4 或（底擦）—惑〔底原〕
5 昼＝晝—画＝畫（高）
6 畿〔兼重〕—幾（兼原）
7 咸（谷擦重、大、類一七三）—感〔兼・谷原・東・高〕
8 振〔類一七三〕—賑（類一七三一本）
9 令（兼原・谷原・東・高原、大、紀略）—命〔兼朱抹朱傍・谷朱抹朱傍・高朱抹朱傍イ〕
10 放生〔兼朱抹朱傍・谷朱抹朱傍・高朱抹朱傍、大、紀略〕—献上（兼原・谷原・東・高原）
11 丁〔谷重〕
12 戊〔谷擦〕—戌（谷原）
13 金（大改、紀略）—令〔兼等〕
14 奏勲—造近（紀略）
15 国—蕃（紀略）
16 事（谷抹傍、大）—書〔兼・谷原・東・高〕
17 肱〔兼・谷擦重・東、大、紀略〕—肱（高）→校補
18 績（谷重、大）—續〔兼・谷原・高〕、続（東）
19 式〔兼・谷擦・東・高擦、大〕→校補
20 奨—奘〔底〕→校補
21 量〈意改〉（大改）—置→校補
22 午〔兼等、大、類三四改・類一八七・紀略改〕—子（類三四原）、申（紀略原）

一 大極殿に出御して。→三五頁注一五。
二 新羅使に対する賜禄の基準は大蔵省式にみえる。→補8-三六。
三 全国の長期療養者や重病人に医療を施し食物を与えて救済を命じた詔。従来も飢饉・疫病の国々に医師・薬品を送りこみ食物を支給したことはあったが、全国的には初めて。しかし翌日に伯母元正のための放生をするので、それよりも国民優先との建前だけの措置か。
四 以下は痼病・経年と重病・昼夜が対句。
五 痼一字でも頑固な病気の意。
六 芳野・和泉の二監も含むのが通例。
七 西海道は大宰府に別途命じたのであろう。
八 典薬寮と諸国司。
九 元正。不豫は帝王が病床にあること(一六三頁注九)。以前から不豫だったらしい。
一〇 仏教にもとづき生きものを山野に放ち、仏の加護を求める行事。→一補1-一七。
一一 僧尼合計三〇人は藤原不比等(養老四年八月)の時と同数。持統(大宝二年十二月)や元明(養老五年五月)の不豫の時は一〇〇人。
一二 五月来日の新羅使金造近と同一人か。この日は帰国に際しての辞見の日。
一三 内印(一補5-七二)即ち「天皇御璽」とある印を捺した文書(一補2-六〇)。しかし続紀での「璽書」は五例とも新羅・渤海の国王・使人

重病者らに医療・食物を賜う

六月辛亥、天皇《すめらみこと》、軒《けん》に臨《のぞ》みたまふ。新羅使《しらきのつかひ》調物《みつきもの》を貢《たてまつ》る。○壬子、金造《こむざう》近《こん》らを朝堂《てうだう》に饗《みあへ》す。禄《ろく》賜《たま》ふこと差《しな》有り。○庚申、詔《みことのり》して曰《のたま》はく、「夫《それ》、百《はく》姓《せい》、或《ある》は痼病《やまひ》に染沈《ぜむちむ》して、年《とし》を経《へ》て愈《い》えず、或《ある》は亦《また》重《おも》き病《やまひ》を得《え》て、昼夜辛《ひるよるしん》苦《く》す。朕《われ》は父母《ぶも》とあり。何《なに》ぞ憐愍《あはれ》まざらむ。医《くすし》・薬《くすり》を左右京《さうのきやう》、四畿と六道の諸国《くにぐに》とに遣《つかは》して、この類《たぐひ》を救《すく》ひ療《いや》して咸《ことごと》く安寧《あんねい》を得《え》しめ、病《やまひ》の軽重《きやうちう》に依《よ》りて、穀《こく》を賜《たま》ひて振恤《しんじゆつ》すべし。所司《しよし》懐《こころ》に存《そん》して、勉《つと》めて朕《わ》が心《こころ》に称《かな》へ」とのたまふ。

元正不豫

○辛酉、太上天皇《だいじやうてんわう》、不豫《みやまひ》したまふ。天下《あめのした》の諸国《くにぐに》をして放生《はうじやう》せしむ。○丁卯、太上天皇《だいじやうてんわう》の奉為《おほみため》に、僧《ほふし》廿八人、尼《あま》二人等を度《ど》す。

新羅使に国書を与う

秋七月戊子、金奏勲《こむそうくん》ら国《くに》に帰《かへ》る。璽書《じしよ》を賜《たま》ひて曰《のたま》はく、「伊飡金順貞《いさんこむじゆんちやう》に勅《みことのり》したまふ。「汝卿《なむちか》彼の境《さかひ》を安撫《あんぶ》して、我《わ》が朝《みかど》に忠事《ちうじ》す。貢調使《ぐでうし》薩飡金《さつさんこむ》奏勲《そうくん》ら奏《そう》して称《まう》さく、『順貞《じゆんちやう》去年《こぞ》六月卅日を以《もち》て、卒《しゆつ》しぬ』とまうす。哀《かな》しきかな。賢臣《けんしん》国《くに》を守《まも》りて、朕《わ》が股肱《ここう》とあり。今《いま》は亡《な》し。我《わ》が吉《よ》き士《し》を殲《ほろぼ》しつ。故《ゆゑ》に賻物《ふもち》として黄《き》の絁《あしぎぬ》一百疋、綿《わた》百屯を贈《おく》る。爾《なむち》が績《しやく》を遺《わす》れず、式《も》ちて遊魂《いうこん》を奨《すす》めむ」とのたまふ。

元正の不豫平癒のため大赦

○癸巳、詔《みことのり》して曰《のたま》はく、「太上天皇《だいじやうてんわう》の不豫《みやまひ》、稍《やや》く二序を経《へ》たり。天下《あめのした》に大赦《たいしや》して、疹疾《しんしつ》の徒《ともがら》に量《はか》りて湯薬《たうやく》を給《たま》ふべし」とのたまふ。○甲午、僧《ほふし》十五人、尼《あま》七人を度《ど》す。○乙未、使《つかひ》を遣《つかは》

への外交文書。「勅書」というときもある。→㊀補3-六三・1-四一。
一四　新羅十七等官位の第二等。伊尺飡・翳飡・一尺干などとも。
一五　宝亀五年三月癸卯条に、「上宰」金順貞は常に日本に朝貢し、またその孫金邕も執政として修好を請うとあり、三国史記新羅本紀の景徳王元年(天平十四年)条には景徳王の妃を「伊飡」順貞の女とする。
一六　君が臣に親しく呼びかける時に使う二人称。ここでは新羅の宰相を天皇の臣扱いにしている。→補9-一二八。
一七　新羅の国内。
一八　五月辛丑入京の新羅使。
一九　順貞の死去は他にみえない。
二〇　後の即位宣命などでもしばしば、天下を治めるには「賢臣」や「賢人之能臣」が必要と述べている。
二一　喪葬令5の賻物の支給額は正従一位でも「絁卅疋、布一百廿端、鉄十連」で、この布と鉄の合計は綿にすると八五屯。
二二　黄蘗などで染めた虫のつかぬ絁か。
二三　功績。
二四　体を離れた魂。奨は賞める、励ます。
二五　前月庚申詔と同じ趣旨の詔。しかし大赦を加える。大赦の内容・契機→㊀補2-九八。
二六　序は天の秩序である四季。夏から秋へ。
二七　湯薬→二七頁注二七。
二八　要録は本条の記事に続けて、元正のために薬師三尊像などを造り興福寺東金堂を建てて供養したと記す。→補9-一二九。

一　続後紀承和六年四月壬申是日条に雨乞使の派遣先として大和国石成社がみえ、和名抄大和国山辺郡の石上郷の隣に石成(訓は「以之奈

奉二幣帛[1]於石成[2]・葛[3]木・住吉・賀茂等神社一。○八月癸[4]丑、奉三為太上天皇一、造二写釈迦像并法華経一訖。仍於二薬師寺一設斎[5]焉。○壬戌、定二鼓吹戸三百戸、鷹戸十戸一。○乙亥、太政官処分、新任国司向レ任之日、伊[6]賀・伊勢・近江・丹波・播磨・紀伊等六国不レ給二食・馬一、志摩・尾張・若狭・美濃・参川[7]・越前・丹後・但馬・美作・備前・備中・淡路等十[8]二国並給[9]レ食、自外諸国、皆給二伝符一。但大[10]宰府并部下諸国五位以上者、宜レ給二伝符一。自外随レ使[11]駕レ船、縁路諸国、依レ例供[12]給。史生亦准レ此焉。○九月丁丑、令下京[13]官史生及坊令、始着二朝服一把上レ笏。○己卯、停二安房国安房郡、出雲国意宇[14]郡[15]采女一、令レ貢二兵衛一。○丁亥、天皇臨レ軒[16]。詔曰、今秋大稔、民産豊実。思下与二天下一共中茲歓慶上。宜レ免二今年田租一。○庚寅、内裡生二玉棗[17]一。勅令三朝野道俗等作二玉棗[18]詩賦一。○壬寅、文人一百十二人上二玉棗[19]詩賦[20]一。随二其等第[21]一、賜レ禄有レ差。一等絁廿疋、綿卅屯、

1 帛―ナシ(類五)
2 成〔類五改・類五一本〕―茂(類五原)
3 葛〔谷擦重〕―十(谷原)
4 癸丑(大改、類三四改・紀略)―庚寅〔兼等、類三四原〕↓脚注・校補
5 斎(兼・谷・高、大、紀略)―斉〔東〕
6 伊〔谷重〕
7 川―河(高)
8 十〔谷重〕
9 給―ナシ(高)
10 大―太〔底〕↓校補
11 使↓校補
12 供給史〔高擦重〕―供史(高原)
13 京〔高擦重〕―ノ(高原)
14 宇〔兼・谷・東傍・高傍、大、類四〇〕―字(東・高)
15 郡ノ右↓校補
16 軒―朝(紀略)
17 棗＝来(兼・谷重、大)―来〔谷原・東・高〕、来(紀略)↓校補
18 棗＝来(兼・谷擦重、大)―来〔谷原・東・高〕、来(紀略)↓校補
19 棗＝来(兼・谷、大)―来〔東・高〕、来(紀略)↓校補
20 詩ノ上、ナシ―勅令朝野道俗等作玉来詩賦壬寅文人一百十二人上玉来(東)
21 第(大、紀略)―弟〔兼等〕

利」、現在の天理市九条町付近)郷がある。地名辞書は石上神宮前の王子宮かという。
二 神名式の大和国葛上郡に「葛木坐一言主神社〈名神大、月次・相嘗・新嘗〉」。葛木山([一]一七頁注一七)の麓、現在の御所市森脇にあり、古くから著名。
三 大阪の住吉大社。→[一]八三頁注一。
四 京都の上賀茂社・下鴨社。→[一]補1―六二。以上四社と元正不豫との関係は不明。
五 底本の「庚寅」は七月十五日に相当し八月にはない。よって紀略に「癸丑」とあるのに従う。
六 元正天皇。 七 →一二七頁注八。
八 中国・日本で普及した大乗仏教の代表的な経典。漢訳には数種あるが姚秦の鳩摩羅什の「妙法蓮華経」が一般に行われた。当初は七巻二十七品、隋唐のころには観世音菩薩普門品などを加えて八巻二十八品となる。推古紀十四年是歳条には聖徳太子が法華経を講義したとある。
九 平城京の薬師寺→補8―二四。
一〇 僧らに供食する法会。→[一]六三頁注三〇。
一一 兵部省鼓吹司の借品部。→補9―一三〇。
一二 兵部省主鷹司の借品部。→補9―一三〇。
一三 国司の赴任に際し、任国の遠近によって不給食馬・給食・給伝符の三段階に供給を区分した太政官処分。→補9―一三一。
一四 諸道諸国列記の場合、以下の三国は参川・美濃・若狭の順が通例。 一五 以上のうち越前・備中は中国、他は近国。 一六 給食の実例→補9―一三一。太政官式では芻(まぐさ)も支給。
一七 伝馬の使用を許可、従って給食。→補8―五六。伝符→[一]八七頁注二〇。
一八 大宰府所管の諸国。その九国三島のうちで五位以上の国司は、大国の肥後、上国の筑前・筑後・豊前・豊後・肥前の国守。また大宰府

して、幣帛《みてぐら》を[一]石成《いしなり》・[二]葛木《かづらき》・[三]住吉《すみのえ》・[四]賀茂《かも》等の神社《かむやしろ》に奉《たてまつ》らしむ。

国司赴任の際の給食・給馬の制

八月[丙午朔][五]癸丑[八日]、[六]太上天皇《だいじやうてんわう》の奉為《おほみため》に、[七]釈迦像《しやかのざう》并《あは》せて[八]法華経《ほふくゑきやう》を造写《ざうしや》し訖《をは》りぬ。仍《より》て[九]薬師寺《やくしじ》に[一〇]設斎《をがみ》す。○壬戌[十七日]、[一一]鼓吹戸《つづみふえへ》三百戸、[一二]鷹戸《たかかひへ》十戸を定《さだ》む。○乙亥[三十日]、[一三]太政官処分《だいじやうぐわんしよぶん》すらく、「新任《しんにむ》の国司《こくし》任《にむ》に向《むか》ふ日《ひ》、伊賀《いが》・伊勢《いせ》・近江《ちかつあふみ》・丹波《たには》・播磨《はりま》・紀伊《き》等の六国には、食《じき》・馬《め》を給《たま》はず、志摩《しま》・尾張《をはり》・[一四]若狭《わかさ》・美濃《みの》・参川《みかは》・越前《こしのみちのくち》・丹後《たにはのみちのしり》・但馬《たぢま》・美作《みまさか》・備前《きびのみちのくち》・備中《きびのみちのなか》・淡路《あはぢ》等[一五]十二国には、並《ならび》に[一六]食《じき》を給ひ、自外《じぐゑ》の諸国《くにぐに》には、[一七]皆伝符《みなでんふ》を給へ。但《ただ》し大宰府《だいさいふ》并《あは》せて[一八]部下《ぶげ》の諸国《くにぐに》の五位以上には、伝符《でんふ》を給ふべし。[一九]自外《じぐゑ》は使《つかひ》に随《したが》ひて船《ふね》に駕《の》らば、[二〇]縁路《えんろ》の諸国《くにぐに》、例《ためし》に依《よ》りて供給《くごふ》せよ。[二一]史生《ししやう》も亦此《またこれ》に准《なずら》へよ」といふ。

把笏

九月[丙子朔]丁丑[二日]、[二二]京官《きやうくわん》の[二三]史生《ししやう》と[二四]坊令《ばうりやう》とをして、始《はじ》めて[二五]朝服《でうぶく》を着《き》て、[二六]笏《しやく》を把《と》らしむ。○己卯[四日]、[二七]安房国《あは》安房郡《あは》、出雲国《いづも》意宇郡《おう》の[二八]采女《うねめ》を停《とど》めて、兵衛《ひやうゑ》を貢《ぐ》せしむ。

豊作を喜び田租を免除

○丁亥[十二日]、天皇《すめらみこと》、[二九]軒《けん》に臨《のぞ》みたまふ。[三〇]詔《みことのり》して曰《のたま》はく、「今秋大《このあきおほ》きに稔《みの》りて、民産豊実《みんさんほうしつ》せり。天下《あめのした》と茲《こ》の歓慶《よろこび》を共《とも》にせむと思《おも》ふ。今年《ことし》の田租《でんそ》を免《ゆる》すべし」とのたまふ。

玉棗の詩をつくらせる

○庚寅[十五日]、内裡《うち》に[三一]玉棗《なつめ》生《お》ひたり。勅《みことのり》して、朝野《てうや》の道俗《だうぞく》らをして玉棗《なつめ》の詩賦《しふ》を作《つく》らしめたまふ。○壬寅[二十七日]、[三二]文人《ぶんじん》一百十二人玉棗《なつめ》の詩賦《しふ》を上《たてまつ》る。その等第《とうだい》に随《したが》ひて、禄賜《ろくたま》ふこと差《しな》有り。一等に絁《あしぎぬ》廿疋、綿《わた》卅屯、

の五位以上は帥と大弐・少弐。

一九 以上の他の公使が、その使命の必要上(便宜上)、船に駕る場合には。→補9―一三二。

二〇 寄港する港津を管轄する諸国は、伝符の剋数通りに(船に駕るので伝馬は不要だが陸の人夫の代りの)水手や、食を提供せよ。

二一 史生は国司の四等官には入らぬが、やはり中央から赴任するので、国司に準じて上述の規準を適用する。その実例→補9―一三一。

二二 京官即ち中央諸官庁及び京職・摂津職の史生は、文書行政の徹底に伴い、和銅期に入って新置や増員が著しい。→㊀補4―一九。

二三 諸国の史生は既に把笏。→五五頁注一八。

二四 京の四坊ごとに一人、正八位以下の明廉強直で時務に堪える者を任命(戸令3・4)。

二五 朝服(衣服令5)は朝廷の公事に着用、位によって色を別にする。→㊀三七頁注一八・補2―四〇。史生や坊令には官位相当がないので、位を持てば位により、無位ならば欄黄衣(㊀一九一頁注四)。

二六 木笏(衣服令5)。

二七 両郡とも神郡。安房郡→㊀二一頁注二五。意宇郡→㊀補1―五八。

二八 采女と兵衛→㊀補2―一三九。かような措置を取った理由や他の六神郡が既に兵衛を貢していたか否かは未詳。後の天平六年出雲国計会帳に「意宇郡兵衛出雲臣国上」の名がみえる(古一―五九九頁)。国上は後年、国造。

二九 大極殿に出御して。→三五頁注一五。

三〇 豊作を祝い田租免除を命じた詔。

三一 棗の美称。棗は和名抄に「奈豆女」。秋に実が熟し、食用・強壮剤。中国原産で、久しく服用すると神仙にもなりうるとされる。

三二 長屋王を中心とする詩壇の隆盛を示す記事か。なお藤原宇合の「棗賦」(経国集一)はこの時の作という(東野治之)。

布卅端。二等絁十疋、綿廿屯、布廿端。三等絁六疋、綿[1]六屯、布八端。四等絁四疋、綿四屯、布六端。不第[2]絁一疋、綿一屯、布三端。」以二正四位上六人部王・藤原朝臣麻呂、正五位下巨勢朝臣真人、従五位下県犬養宿禰石次[3]・大神朝臣道守等廿七人一、為二装束司一。以二従四位下門部王、正五位下多治比真人広足、従五位下村国連志我麻呂等一十八人一、為二造頓宮司一。為レ将レ幸二播磨国印南野一也。○冬十月辛[4]亥[5]、行幸[6]。従レ駕[7]人[8]、播磨国郡司・百姓等、供二奉[9]行在所一者、授レ位賜レ禄、人[10]有レ差。又行宮側近、明[11]石・賀古二郡百姓、高年七十已上、賜レ穀各一斛[12]。曲[13]二赦播磨堺内大辟已下罪一。○癸亥、行還至二難波宮一。○庚午、以二式部卿従三位藤原[14]宇合一、為二知造難波宮事一。」陪従无位諸王、六位[15]已上、才藝長上并雑色人、難波宮官人、郡司已上賜レ禄各有レ差。○癸酉、車駕[16]至レ自二難波宮一。○十一月己亥、改二備前国藤原郡名一、為二藤野郡一。○己[17]丑、五位郡司身卒、始賜二賻物一。又勲九等以下、任二長上官一者免二課役一。

1 綿〔高重〕
2 第〔兼・谷、大〕—弟（東・高）
3 次〈意改〉（大）—吹↓校補
4 辛—ナシ（高）
5 亥〔兼等、大、紀略〕—酉（底傍イ・兼等傍イ、類八六）
6 幸ノ下、ナシ〔兼等〕—播磨国印南野甲寅至印南野邑美頓宮（大補、紀略）↓脚注・校補
7 駕（谷擦重、大、紀略）—賀〔兼・谷原・東・高〕
8 人ノ下、ナシ〔兼等〕—及（大補、紀略）↓校補
9 奉〔兼抹傍〕—養（兼原）
10 人〔兼・谷原・東・高〕—各（谷重、大）↓校補
11 明〔兼傍補〕—ナシ（兼原）
12 斛〔東、大〕—解（兼・谷・高）
13 曲赦播磨堺内大辟已下罪↓校補
14 原ノ下、ナシ—朝臣（大補）
15 位—ナシ〔底〕↓校補
16 駕〔高擦重〕—賀（高原）
17 己丑条↓脚注

一　以下は播磨行幸のための諸司の任命。
二　↓㊀一五九頁注一八。
三　↓三七頁注九。
四　↓補8-五一。
五　↓補8-五一。
六　↓一四七頁注九。
七　↓補9-一三三。葬儀の際にも御装司（㊀一一七頁一行）を任命。
八　↓㊀補6-一。
九　↓七頁注二三。養老元年八月にも造行宮。
一〇　↓補7-一〇。
一一　造行宮司（養老元年二月辛卯条）とも。
一二　明石・賀古・印南三郡にわたる野。印南国原での三山相闘の伝承（万葉一四・播磨国風土記揖保郡上岡里条）で知られ、稲日野（万葉二五三）とも。なお播磨国は元年十一月の大嘗祭で須機国であった。
一三　明石郡の邑美頓宮。儀制令2に「凡赴二車駕所一曰レ詣二行在所一」とあり、令の用語。なお紀略では「行幸」と「従レ駕人」との間に校異に記したような一六字がある。底本はこの一六字、すなわちおそらく一行分を写し落したのであり、補うべきかと思われる。紀略の「甲寅」は十日にあたる。
一四　頓宮と同じ。
一五　明石は民部省式・和名抄・国造本紀も同じ。顕宗・仁賢紀では赤石郡。孝徳紀大化二年正月の改新之詔に、畿内の西の境を「赤石櫛淵」とするが、明石郡は播磨国の東南端で畿内の津国と接するので、櫛淵も国境付近か。和名抄は葛江・明石・住吉・神戸・邑美・垂見など七郷。現在の兵庫県明石市から神戸市垂水区のあたり。
一六　賀古は民部省式・和名抄も同じ。加古郡とも。住吉大社神代記に賀胡郡。播磨国風土記

布《ぬの》卅端。二等に絁《あしぎぬ》十疋、綿《わた》廿屯、布廿端。三等に絁六疋、綿六屯、布八端。四等に絁四疋、綿四屯、布六端。不第《ふだい》に絁一疋、綿一屯、布三端。正[一]四位上六人部王《むとべのおほきみ》[二]・藤原《ふぢはら》[三]朝臣麻呂《まろ》、正五位下巨勢《こせ》[四]朝臣真人《まひと》、従五位下県犬《あがたいぬ》[五]養《かい》宿禰石次《いはすき》・大神《おほみわ》[六]朝臣道守《みちもり》ら廿七人を装束司《みよそひのつかさ》[七]とす。従四位下門部《かどべ》[八]王、正五位下多治比《たぢひ》[九]真人広足《ひろたり》、従五位下村国《むらくに》[一〇]連志我麻呂《しがまろ》ら一十八人を造頓宮司《ざうかりみやのつかさ》[一一]とす。播磨《はりま》国印南野《いなみの》[一二]に幸《みゆき》せむとしたまふ為《ため》なり。

播磨国行幸

冬十月[乙巳朔]辛亥[七日]、行幸《みゆき》したまふ。駕《が》[一三]に従《したが》へる人《ひと》と、播磨《はりま》の国郡司《こくぐんし》・百姓《はくせい》らの行在所《いでましところ》に供奉《ぐぶ》せる者《ひと》とに、位《くらゐ》を授《さづ》け禄《ろく》を賜《たま》ふこと人《ひと》ごとに差《しな》有り。また行宮《かりみや》[一四]の側近《そくきん》の明石《あかし》[一五]・賀古《かこ》[一六]二郡の百姓《はくせい》、高年《かうねん》[一七]七十已上に、穀《こく》賜ふこと各《おのおの》一斛。播磨《はりま》の堺《さかひ》の内《うち》の大辟《だいびやく》已下の罪《つみ》を曲赦《きよくしや》[一八]す。○癸亥[十九日]、行《みゆき》、還《かへ》りて難波宮《なにはのみや》[一九]に至《いた》りたまふ。○庚午[二十六日]、式部卿《しきぶきやう》従三位藤原宇合《ふぢはらうまかひ》[二〇]を知造難波宮事《ちざうなにはくうじ》[二一]とす。陪従《ばいじゆ》[二二]せる[二三]无位の諸王《しよわう》、[二四]六位已上、才藝《ざいげい》[二五]の長上《ちやうじやう》、并《あは》せて雑色《ざふしき》[二六]の人《ひと》、難波宮[二七]の官人《くわんにん》、[二八]郡司《ぐんじ》已上に禄賜ふこと各差《おのおのしな》有り。○癸酉[二十九日]、車駕《きよが》[二九]、難波宮より至りたまふ。

難波宮に到る

藤原宇合を知造難波宮事とする

藤原郡を藤野郡に改む

十一月[甲戌朔]己亥[二十六日]、備前《きびのみちのくち》国藤原《ふぢはら》[三〇]郡の名《な》を改《あらた》めて、藤野《ふぢの》郡とす。○己丑[十六日][三一]、五位の郡司《ぐんじ》身卒《みしゆつ》しなば、始《はじ》めて賻物《ふもち》[三二]を賜《たま》ふ。また[三三]勲《くん》九等以下、長上《ちやうじやう》の官《くわん》に任《にむ》する者《ひと》は、課役《くわやく》を免《ゆる》す。

では望理（まがり）・鴨波（あわ）・長田・駅家の四里だが、和名抄では望理・長田・住吉・餘戸の四郷。現在の兵庫県高砂市・加古川市・加古郡稲美町・播磨町。

一七 神亀元年十月の紀伊行幸では行宮側近の高年七十以上に禄を賜わっている。

一八 播磨の国内に限った赦なので曲赦（㊀補2―九八）という。大辟罪は死刑相当の罪→三頁注一二。

一九 神亀二年十月にも行幸。

二〇 →補7―一二一。

二一 万葉三三に「式部卿藤原宇合卿被ㇾ使ㇾ改ニ造難波堵一之時作歌一首」がある。歌の内容は完成時か、天平四年三月己巳の賜物の時にふさわしい。難波宮の改修→補9―一一三。

二二 陪は貴人に随従すること。

二三 神亀元年十一月壬午条や同四年十一月丙辰条でも無位の宗室諸王に気を使っている。

二四 陪従の六位以上。次侍従（中務省式）などか。

二五 陪従した才伎長上。→㊀補1―五四。

二六 雑多な職種の下級官人。神亀元年十月戊戌条の伴部らを指す。

二七 難波宮は摂津職の所管。ここでは職の官人中の管理担当者か。

二八 神亀二年十月辛未条では「近宮三郡司」。→一六三頁注一六。

二九 天子の乗る車。天皇。→㊀九頁注七。

三〇 天皇の生母宮子の氏と同名なので改めさせたもの。忌諱の一種。忌諱は仲麻呂政権下で殊に著しい。→天平宝字二年六月乙丑条。藤野郡→補8―八一。

三一 上の己亥と逆順。

三二 賻物の下賜対象は、喪葬令5集解穴記によれば、大宝令では唐令と同じく「百官」とな

○十二月乙卯、太白犯ニ塡星一。○丁卯、尾張国民揔二千二百卌[1]二戸、稼傷飢饉。遠江国五郡被ニ水害一。並限ニ三年一、令レ加ニ賑貸一。○壬申、太政官処分、東文忌寸等、自レ今以後、令レ仕[2]ニ弁官一人、上ニ大[3]祓[4]刀一。

続日本紀[5]　巻[6]第[7]九

1 卌—卅(類八四)
2 仕—任(大改)↓脚注
3 大〔兼傍補〕—ナシ(兼原)
4 祓↓校補
5 紀—記〔底〕↓校補
6 巻〈意補〉(大補)—ナシ
7 第—弟(東)

っていたが、養老令では「職事官」と改めた。「百官」ならば郡司も含まれるけれども、実際には官位相当のある「職事官」に限っていたことが本条から推定しうる。なお三代格神亀五年三月廿八日の官奏で外五位の賻物を内位の半とし、治部省式では「五位郡司准ニ職事例一以ニ正税一給レ之」となった。

三　賦役令19は九等以下の勲位を持つ者に庸と雑徭を免除しているが、彼らが郡司、軍団の大・少毅、国博士・国医師など外長上に任じられれば更に調まで免除することとしたもの。同令19集解古記所引神亀四年正月廿六日格に引く神亀三年十一月十五日符に全文がみえ、民部省式上では「凡勲九等以下任ニ長上一者、皆免ニ課役一」とされた。

大祓の祓刀奉上

十二月乙卯〔甲辰朔〕〔十二日〕、[一]太白《たいはく》、塡星《ちんせい》を犯《をか》せり。〇丁卯〔二十四日〕、[二]尾張《をはり》国の民《たみ》、捴《すべ》て二千二百卌二戸、稼《なりはひ》傷《そこな》ひて飢饉《う》ゑぬ。遠江《とほつあふみ》国五郡、水《みづ》に害《がい》せられぬ。並《ならび》に三年を限《かぎ》りて、賑貸《しんたい》を加《くは》へしむ。〇壬申〔二十九日〕、[三]太政官処分《だいじやうぐわんしよぶん》すらく、「東 文忌寸《やまとのふみ》ら、今《いま》より以後《のち》、弁官《べんくわん》に仕《つか》へしむる人《ひと》は、大祓《おほはらへ》の刀上《たちたてまつ》れ」といふ。

続日本紀　巻第九

一 太白は金星、塡星は土星。
二 以下は晩秋の台風による被害か。この日は尾張・遠江の国司の報告に対して、三年間の借貸即ち正税などの無利息貸与を命じた日。賑貸→㈠一一三頁注二〇。
三 六月・十二月の晦日の大祓（㈠補2―一七二）に際し、祓刀を奉る文忌寸（㈠補1―六七）らは弁官の官人になっている者の中から選ぶことにした太政官処分。西宮記、裏書勘物に「九巻式云、東文忌寸等、上二大祓大刀一者、自今以後、任二弁官史生已上一之人、上レ之〈神亀三年十二月廿九日太政官処分〉」とある。

続日本紀　巻第十[1]　起二神亀四年正月一尽二天平二年十二月一

従四位下行民部大輔兼左兵衛督皇太子学士
臣菅野朝臣真道等奉レ勅撰

天璽国押開豊桜彦天皇　聖武天皇

[2]四年春正月甲戌朔、廃[3]レ朝。雨[4]也。○丙子、天皇御二大極殿一受レ朝。」是日、左京職献二白雀一。河内国献二嘉禾一。異レ畝同レ穂。○庚辰[5]、宴二五位已上於朝堂一。○壬午、御二南苑一、宴二五位已上[6]一。賚[7]レ帛有レ差。○乙未、夜、月犯二心大星一。○庚子、授二正三位多治比真人池守従二位、正五位上高安王[8]、正五位下佐為王、無位船王並従四位下、無位池辺王従五位下、正五位下榎井朝臣広国正五位上、従五位下平群朝臣豊麻呂従五位上、正六位上柿本朝臣[9]建石・阿曇宿禰力[10]・錦部連吉美並従五位下一。○二月壬子、造二難波宮一雇民、免二課役并房雑徭一。○丙辰、

1 巻〈意補〉〈大補〉―ナシ
2 四ノ上↓校補
3 廃〔兼擦改・谷・東、大、類七一・紀略〕―癈(兼原)↓校補
4 雨―両(東)
5 庚〔谷重〕
6 上ノ下、ナシ―宴(紀略)
7 賚(大、紀略)―賫＝賞〔兼等、類三二〕
8 王―三(高)
9 臣―ナシ(高)
10 力―刀(大)↓校補

一 降雨により元日朝賀の儀をとどむ。同儀は丙子(三日)に挙行。元日朝賀の儀→[一]補1―四九。
二 平城宮の大極殿。→[一]補1―四八・5―一。
三 以下は瑞奏。大瑞はただちに、上瑞以下は元日に前年出現したものをまとめて奏上(儀制令8)。元日朝賀の儀が延引されたため、この日奏されたもの。→[一]補1―二七。
四 治部省式では中瑞。
五 治部省式では下瑞。同式では嘉禾の一例として「異畝同穎」をあげる。本条の「異畝同穂」と同意。
六 平城宮の朝堂。→[一]補4―一四。
七 白馬節の宴。→補9―五〇。
八 →補9―一二六。
九 帛は、和名抄に「説文云、帛〈蒲角反、俗云波久乃岐奴〉、薄繒也」。薄繒はうすぎぬ。
一〇 星食の記事。心大星は二十八宿中の東方の心宿の主星(さそり座の主星アンタレス)。その星を月が犯した。「夜」はこの日の未明の意(斎藤国治)。
一一 →[一]一三三頁注一二。このとき大納言。正三位への昇叙は養老七年正月。
一二 →[一]補6―二。正五位上への昇叙は神亀元年二月。
一三 →[一]補6―二九。正五位下への昇叙は神亀元年二月。
一四 舎人親王の男。弾正尹・治部卿を歴任。天平宝字元年三月道祖王廃太子のあと、皇太子候補に擬せられたが、「閨房不レ修」の理由で不適任とされた。同年七月橘奈良麻呂の変にさいし、諸衛の人を率いて獄囚を防衛したが、そのとき大宰帥。弟の大炊王が即位して淳仁となったのち、同三年六月の詔により親王と

続日本紀　巻第十　神亀《じんくゐ》四年正月起《よ》り天平《てんひやう》二年十二月尽《ま》で

従《じゆ》四《し》位《ゐ》下《のげ》行《ぎやう》民部《みんぶ》大輔《だいふ》兼左兵衛督《さひやうゑのかみ》皇太子《くわうたいし》学士《がくし》

臣菅野朝臣《すがののあそみ》真道《まみち》ら勅《みことのり》を奉《う》けたまはりて撰《せん》す

七二七年

天璽国押開豊桜彦天皇《あめしるしくにおしはらきとよさくらひこのすめらみこと》　聖武天皇《しやうむてんわう》

[丁卯]四年春正月甲戌の朔、[一]朝《でう》を廃《や》む。雨《あめ》ふればなり。○丙子[三日]、天皇《すめらみこと》、[二]大極殿《だいごくでん》に御《おは》しまして朝《でう》を受《う》けたまふ。是《こ》[三]の日《ひ》、左京職《さきやうしき》、[四]白雀《しろきすずめ》を献《たてまつ》る。河内国《かふち》、[五]嘉禾《よきいね》を献る。畝異《うねこと》にして穂《ほ》同《おな》じくせり。○庚辰[七日]、五位已上を[六]朝堂《でうだう》に[七]宴《うたげ》す。○壬午[九日]、[八]南苑《なむゑん》に御《おは》しまして五位已上を宴《うたげ》したまふ。[九]帛《はくのきぬ》賚《たま》ふこと差《しな》有り。○乙未[二十二日]、夜《よる》、[一〇]月《つき》、心大星《しむたいせい》を犯《をか》す。○庚子[二十七日]、正三位[一一]多治比《たぢひ》真人池守《いけもり》に従二位を授《さづ》く。正五位上[一二]高安王《たかやすのおほきみ》、正五位下[一三]佐為《さゐ》王、無位[一四]船《ふね》王に並《ならび》に従四位下。無位[一五]池辺《いけべ》王に従五位下。正五位下[一六]榎井《えのゐ》朝臣広国《ひろくに》に正五位上。従五位下[一七]平群《へぐり》朝臣豊麻呂《とよまろ》に従五位上。正六位上[一八]柿本《かきのもと》朝臣建石《たていは》・[一九]阿曇《あづみ》宿禰力《ちから》・[二〇]錦部《にしこり》連吉美《きみ》に並に従五位下。

難波宮造営の雇役民

二月[甲辰朔]壬子[九日]、[二一]難波宮《なにはのみや》を造《つく》る[二二]雇民《こみん》に[二三]課役《くわやく》并《あは》せて[二四]房《ばう》の[二五]雑徭《ざふえう》を免《ゆる》す。○丙辰[十三日]、

なり、三品、さらに二品となる。しかし藤原仲麻呂の乱に連坐したため、乱後王に降されたうえ、隠岐国に配流。万葉に短歌三首がある。なお宝亀二年七月乙未条に、船王の男葦田王、孫他田王・津守王・豊浦王・宮子王は、天平宝字八年に三長真人の姓を賜い丹後国に配されたとある。

一五 大友皇子の孫、葛野王の男で、淡海三船の父。天平九年十二月に内匠頭。延暦四年七月の三船の卒伝でも従五位上内匠頭。万葉に短歌一首がある。

一六 →㊀一九三頁注一八。正五位下への昇叙は神亀元年二月。

一七 →一一九頁注九。従五位下への昇叙は養老七年正月。

一八 他にみえず。柿本朝臣→㊀一三九頁注八。

一九 本朝月令所引の高橋氏文が引く延暦十一年三月十九日太政官符に、内膳司の奉膳従五位下としてみえ、霊亀二年十二月の神今食の日に、神事に供奉する先後を典膳高橋乎具須比と争ったという。阿曇宿禰→㊀補3−一八。

二〇 他にみえず。錦部連→㊀補2−一二。

二一 難波宮の造営に従事する雇役民の負担を軽減する記事。後期難波宮の造営→補9−一一三。難波宮→㊀補1−一〇七。なお、天平九年度但馬国正税帳と同年度和泉監正税帳に、難波宮の造営にあたった雇民の食料稲等を支出した記事がみえる(古二−五七・七六・九〇頁)。また同八年度摂津国正税帳の「役民」(古二−九頁)、同六年出雲国計会帳の「雇民」(古一−五八七頁ほか)も難波宮造営の雇民か。

二二 雇役民とも。雇役→補10−一。

二三 養老令制では調・庸・雑徭。→㊀補3−五。

二四 房戸。→㊀補1−一一〇。

二五 年間六〇日以内の力役(賦役令37)。

1雨―両(東)
2三―二(兼)
3咎(谷重・東・高、大、紀略)―各〔兼・谷原〕
4缺＝鈌〔兼・谷重・東・高〕―歓(谷原、大)
5勤(谷擦重、大)―動〔兼・谷原・東・高〕
6其ノ上、ナシ―令(大補)→校補
7諸国巡〔兼抹傍〕―於七道(兼原)

夜、雷雨[1]大風。」兵部卿正四位下阿倍朝臣首名卒。○辛酉、請二僧六百、尼三[2]百於中宮一、令レ転二読金剛般若経一。為レ銷二災異一也。○甲子、天皇御二内安殿一。詔召二入文武百寮主典已上一。左大臣正二位長屋王宣レ勅曰、比者咎[3]徴荐臻、災気不レ止。如聞、時政違乖、民情愁怨。天地告レ譴、鬼神見レ異。朕施レ徳不レ明、仍有二懈缺[4]一耶。将百寮官人不レ勤[5]二奉公一耶。身隔二九重一、多未二詳委一。宜乙其[6]諸司長官精択下当司主典已上、労二心公務一清勤著聞者、心挾二姧偽一不レ供二其職一者、如レ此二色上、具レ名奏聞甲。其善者、量与二昇進一、其悪者、随レ状貶黜。宜下莫二隠諱一副中朕意上焉。」是日、遣二使於七道諸国[7]一、巡二監国司之治迹勤怠一也。○丙寅、詔曰、時臨二東作一、人赴二田疇一。膏沢調暢、春事既起。思二九農之方茂一、冀二五稼之有一レ饒。順二是令節一、仁及二黎元一。

一 →㊀七五頁注三三。兵部卿任官は霊亀元年五月、正四位下への昇叙は養老七年正月。
二 →補9―一八。
三 金剛般若波羅蜜経の略称。一巻。単に金剛経とも。漢訳六種があるが、ここは鳩摩羅什訳か。一切の物への執着を離れ、私心を退ければ、仏陀の悟りをうることができると説く。
四 転読は転経とも。→八一頁注三〇。
五 正月乙未条の星食、二月丙辰条の大風雨などをいうか。
六 →一〇三頁注三。
七 品官(㊀一五一頁注一六)を含むか。とすれば養老職員令での在京諸司のその定員は六九二。内安殿の前庭はその数の官人が列立する広さがあったことになる。
八 →㊀補3―二四。
九 災異がしきりにおこるのは、天皇の不徳のためだけでなく、百寮官人が精勤しないからだとして、諸司の長官に、部下の主典以上について精勤の者と懈怠の者の名を記して奏上するよう命じた勅。ここでは漢文体で書かれた勅を、長屋王が口頭で宣布している。
一〇 咎徴は天命思想に基づく言葉で、地上の皇帝が不徳のとき、天帝がそれをとがめてあらわすしるし。そのしるしが災気・災異。
一一 時政は、年間の時のめぐりにしたがって施すべき政の意。それが時にかなっていないので、民情は愁い怨んでいる、という。
一二 天地は、宣命第三詔(慶雲四年七月壬子条)の「天地の心」の天地と同じで、天命思想に基づく表現。→㊀一二一頁注二二。
一三 鬼神には種々の意味があるが、ここでは天帝の意志をうけて、それを地上であらわす

夜《よる》、雷《かみ》なり、雨《あめ》ふり、大風《おほかぜ》ふく。兵部卿《ひやうぶきやう》正四位下阿倍《あへ》[一]朝臣首名《おびとな》卒《しゆつ》しぬ。○辛酉《十八日》、僧《ほふし》六百、尼《あま》三百を中宮《ちうぐう》[二]に請《しやう》して、金剛般若経《こむがうはんにやきやう》[三]を転読《てんどく》[四]せしむ。災異《さいい》[五]を銷《け》さむが為《ため》なり。○甲子《二十一日》、天皇《すめらみこと》、内安殿《ないあんでん》[六]に御《おは》します。詔《みことのり》して文武《ぶんぶ》の百寮《ひやくれう》の主典《さうくわん》[七]已上を召《め》し入《い》れたまふ。

長屋王、勅を宣す

左大臣《さだいじん》正二位長屋王《ながやのおほきみ》[八]、勅《みことのり》[九]を宣《の》りて曰《のたま》はく、「比者《このところ》、咎徴《きうちよう》[一〇]荐《しきり》に臻《いた》りて災気《わざはひのき》止《や》まず。如聞《きくな》らく、「時《とき》の政《まつりごと》[一一]違《たが》ひ乖《そむ》きて、民《たみ》の情《こころ》愁《うれ》へ怨《うら》めり。天地《あめつち》[一二]譴《とがめ》を告《つ》げて鬼神《くゐじん》[一三]異《い》を見《あらは》す」ときく。朕《われ》[一四]、徳《とく》を施《ほどこ》すこと明《あきら》かならず、仍《なほ》、懈《おこた》り欠《か》くること有るか。将《はた》[一五]、百寮《ひやくれう》の官人《くわんにん》、奉公《ほうこう》を勤《つと》めぬか。身《み》、九重《きうちよう》[一六]を隔《へだ》てて、多《おほ》[一七]くは詳《つばひ》らかに委《くは》しくせず。

諸司長官に官人の勤務態度を査定させる

その諸司《しよし》の長官《ちやうぐわん》、精《くは》しく当司《そのつかさ》[一八]の主典《さうくわん》已上の、心《こころ》を公務《こうむ》に労《つか》ひて清《きよ》[一九]く勤《つと》むること著《あき》らかに聞《きこ》ゆる者《ひと》と、心《こころ》[二〇]に姧《かだま》しき偽《いつはり》を挟《はさ》みてその職《つかさ》に供《つか》へぬ者《ひと》と、此《かく》の如《ごと》き二《ふた》[二一]色《くさ》を択《えら》ひて、名《な》[二二]を具《つぶさ》にして奏聞《そうもん》すべし。その善《よ》き者《ひと》は、量《はか》りて昇進《しようしん》を与《あた》へ、その悪《あ》しき者《ひと》は、状《じやう》に随《したが》ひて貶黜《へむちゆつ》[二三]せむ。隠《かく》し諱《わす》ること莫《な》く朕《わ》が意《こころ》に副《そ》ふべし」とのたまふ。

国司治績の巡監使

是《こ》の日《ひ》、使《つかひ》[二四]を七道《しちだう》の諸国《くにぐに》に遣《つかは》して、国司《こくし》の治迹《ちせき》の勤《つつしまり》怠《おこたり》を巡《めぐ》り監《み》しむ。

京戸に塩穀を賜う

○丙寅《二十三日》、詔《みことのり》[二五]して曰《のたま》はく、「時《とき》、東作《とうさく》[二六]に臨《のぞ》みて、人《ひと》、田《でん》疇《ちう》に赴《おもぶ》けり。膏沢《かうたく》調《ととの》ひ暢《の》びて春《はる》の事《わざ》既《すで》に起《おこ》れり。九農《きうのう》[二七]の方《まさ》に茂《しげ》からむことを思《おも》ひ、五稼《ごか》[二八]の饒《にぎはひ》有らむことを冀《ねが》ふ。是《こ》の令節《よきとき》に順《あ》ひて、仁《めぐみ》黎元《おほみたから》に及《およ》ぼ

神明叡知の神霊。
一四 自分が徳を施す方途を知らないため、懈り欠いているからであろうか、の意。
一五 それとも百寮の官人が奉公に勤めないためであろうか、の意。
一六 古代中国の王城では、天子の居所にいたるまで九重の門があったことによる表現。
一七 天皇は官人の実際の執務状態をくわしくは知らない、の意。
一八 長官の所属する官司。
一九 考課令4の善条の第二に「清慎顕著」がある。
二〇 以下は考課令50での貶陟すべき評価をまとめて述べたもの。同条に「職事粗理、善最弗レ聞、為二中下一。愛憎任レ情、処断乖レ理、為二下上一。背レ公向レ私、職務廃闕、為二下中一。居レ官諂詐、及貪濁有レ状、為二下々一」とある。
二一 下文三月乙酉条では、官人の勤務成績を最上・次上・中等・下等の四等に分けている。
二二 これに応えて、諸司は三月乙亥に「官人善悪之状」をたてまつり、同月乙酉に褒貶があった。
二三 位階をくだすこと。
二四 使の名称は未詳だが、任務は巡察使(一)補1-一一)に似る。使者は十二月丁亥に、国司の治績を上等・中等・下等の三等に分けて復命。
二五 時政(注一一)にしたがい、農作業の開始にあたって、京戸の戸主に塩・穀を賜うとする詔。
二六 春の農事。
二七 九扈ともいい、中国古代少皞のときに置かれたという農桑に関する九つの官名。ここでは農業の意。
二八 五穀。

宜レ賜下京邑六位已下至二庶人一戸頭人塩一顆、穀二斗上。○三月乙亥、百官奉レ勅、上二官人善悪之状一。○乙酉、天皇御二正殿一、詔賜二善政官人物一。最上二位絁一百疋、五位已上卌疋、六位已下廿疋。次上五位以上廿疋、六位以下一十疋。其中等不レ在二賜例一。下等皆解黜[1]焉。○甲午、天皇御二南苑一。参議従三位阿倍朝臣広庭宣レ勅云、衛府人等、日夜宿二衛闕庭一、不レ得下輙離二其府一散中使他処上。因賜下五衛府及授刀寮医師已下至二衛士一布上。人[2]有レ差。○丁酉、熒惑入二東井西亭門[3]一。○夏四月乙巳、散位従四位下上道王卒。○五月壬申朔、日有レ蝕之。○乙亥、幸二甕原離宮一。○丙子、天皇御[4]二南野榭一、観二飾騎・々[5]射一。○丁丑、車駕至レ自二甕原宮一。○辛卯、従二楯波[6]池一、飄風忽来、吹二折南苑樹二株一。即化成レ雉。

1 黜（谷重、大）―黙〔兼・谷原・東・高〕
2 人〔類三二〕―各（類三二一本）
3 門―間（大改）→校補
4 御ノ下、ナシ―甕原（紀略）→校補
5 々〔兼〕―騎（谷・東・高、大）、ナシ（類七三・紀略）→校補
6 波ノ下、ナシ〔紀略衍〕―波（紀略原）

一 左右京。
二 戸主。→一三一頁注四。
三 顆は、小さなかたまり、粒。菓物・真珠などを数える単位。
四 上文二月甲子条の勅。
五 正殿は未詳。内裏の正殿すなわちのちの紫宸殿に相当する殿舎をいうか。
六 このとき二位の者には、左大臣正二位長屋王と大納言従二位多治比池守の二人がいた。
七 官職を解任することと位階をくだすこと。
八 →補9―一二六。
九 →㊀八三頁注五。養老六年二月に「参二議朝政一」。
一〇 衛府の者は宮闕宿衛の任務に専念すべきであり、他の目的により宮闕以外の所で駆使してはならないとする勅。これも漢文体の勅を口頭で宣布したものか。
一一 下文によれば五衛府と授刀寮。
一二 宮闕。宮城。
一三 昼夜をわかたず警備すること。宮衛令12に「宿衛」、同21に「宿衛人」、同28に「宿衛」。これにつき集解諸注釈は兵衛および内舎人とし、義解はこれに門部を、穴記は五衛府主典以上の官人を加えるが、令釈・跡記・穴記は衛士は含まれないとしていて、本条の扱いとは異なる解釈を示す。
一四 配属されている衛府。

さむ。京邑《けいいふ》[一]の六位已下、庶人《しよにん》に至《いた》るまで戸頭《ことう》[二]の人《ひと》に塩《しほ》一顆[三]、穀《こく》二斗を賜《たま》ふべし」とのたまふ。

善政官人に賜物

三月〔癸酉朔〕乙亥〔三日〕、百官《ひやくくわん》、勅《みことのり》[四]を奉《う》けたまはりて官人《くわんにん》の善悪《よしあし》の状《じやう》を上《たてまつ》る。○乙酉〔十三日〕、天皇《すめらみこと》、正殿《しやうでん》[五]に御《おは》しまして、詔《みことのり》して善《よ》き政《まつりごと》の官人《くわんにん》に物賜《ものたま》ふ。最《もと》も上《すぐ》れたる二位[六]は絁《あしぎぬ》一百疋、五位已上は卌疋、六位已下は廿疋。次《つぎ》に上《すぐ》れたる五位以上は廿疋、六位以下は一十疋。その中等《ちうとう》は賜《たま》ふ例《つら》に在《あ》らず。下等《げとう》は皆《みな》解黜《げちゆつ》[七]す。○甲午〔二十二日〕、天皇《すめらみこと》、南苑《なむゑん》[八]に御《おは》します。参議《さむぎ》従三位阿倍《あへ》[九]朝臣広庭《ひろには》、勅《みことのり》[一〇]を宣《の》りて云《のたま》はく、「衛府《ゑふ》[一一]の人等《ひとども》は日夜《にちや》闕庭《くゑつてい》[一二]に宿衛《とのゐまもり》[一三]して、輙《たやす》[一四]くその府《ふ》を離《はな》れて他処《たしよ》に散《あか》[一五]ち使《つか》ふこと得《え》ざれ」とのたまふ。因《より》て五衛府《ごゑふ》[一六]と授刀寮《たちはきのつかさ》[一七]との医師《くすし》已下、衛士《ゑじ》[一八]に至《いた》るまでに布《ぬの》を賜《たま》ふ。人《ひと》ごとに差《しな》有り。○丁酉〔二十五日〕、熒惑《くゑいこく》[一九]、東井《とうせい》[二〇]の西亭門《せいていもん》に入《い》る。

衛府官人の他用を禁止

夏四月〔癸卯朔〕乙巳〔三日〕、散位《さんゐ》従四位下上道王《かみつみちのおほきみ》[二一]卒《しゆつ》しぬ。

甕原離宮行幸

五月壬申の朔、日《ひ》蝕《は》[二二]ゆること有り。○乙亥〔四日〕、甕原離宮《みかのはらのとつみや》[二三]に幸《みゆき》したまふ。○丙子〔五日〕、天皇《すめらみこと》[二四]、南野《みなみの》[二五]の樹《うてな》に御《おは》しまして飾騎《かざりうま》[二六]・騎射《うまゆみ》を観《み》たまふ。○丁丑〔六日〕、車駕《きよが》[二七]、甕原宮《みかのはらのみや》より至《いた》りたまふ。○辛卯〔二十日〕、楯波池《たたなみのいけ》[二八]より飄風《つむじかぜ》忽《たちま》ちに来《きた》りて南苑《なむゑん》の樹《き》二株を吹《ふ》き折《を》れり。即《すなは》ち化《くわ》して雉《きぎし》と成《な》る。

一五 散(アカツ)は、班・充の意。散用帳の散と同じ。散使はある目的のもとに駆使すること。

一六 令制五衛府。衛門府・左右衛士府・左右兵衛府。以下、五衛府の医師以下と授刀寮の医師以下と解する。それらの医師以下には、門部・物部(以上衛門府)、番長・兵衛(以上左右兵衛府)、授刀舎人が含まれる。衛門府の医師→補8-三一。左右衛士府の医師→五五頁注三一。左右兵衛府の医師→一〇一頁注六。

一七 慶雲四年七月設置の授刀舎人寮。→㊀補4-七。その医師→六七頁注一六。

一八 衛門府と左右衛士府に所属。→㊀補2-九六。衛士は、医師・門部・物部・兵衛などと異なり、得考の色ではない。

一九 火星。

二〇 東井は、二十八宿中の南方の井宿(双子座)のこと。西亭門は未詳。

二一 →㊁一七七頁注一一。従四位下への昇叙は和銅五年正月。

二二 この日はユリウス暦の七二七年五月二十五日。この日食は奈良では生じなかった。

二三 →㊀補6-一七。丁丑に還宮。

二四 五月五日の節(㊀補2-五二)の記事。

二五 甕原離宮の南にある野か。樹は屋根を設けた台。

二六 飾馬は走馬とも。走馬・騎射→㊀補2-五二。

二七 天子の乗る車。転じて行幸時の天子に対する尊称。→㊀九頁注七。

二八 平城宮跡の西北に狭城盾列池後陵(成務陵)があり、そのさらに西北に狭城盾列池上陵(神功皇后陵)がある。この二陵のあいだにあった池。西大寺所蔵大和国添下郡京北班田図に、二陵の間、やや西面の京北一条二里二六坪に「楯烈池」とある。

○秋七月丁酉、筑[1]紫諸国庚午籍七百七十巻、以二官印一々レ之。○八月壬戌、補二斎宮寮官人一百廿一[2]人一。○九月壬申、遣二井上内親王一、侍二於[3]伊勢太[4]神宮一焉[5]。○庚寅、渤海郡王[6]使首領高斉[7]徳等八人、来着二出羽国一。遣レ使存問[8]、兼賜二時服一。○閏九月丁卯、皇子誕生焉。○冬十月庚午、安房国言、大風、抜レ木発レ屋、損二破秋稼一。上総国言、山崩圧死百姓七十人。並加二賑恤一。○癸酉、天皇御二中宮一、為二皇子誕生一、赦二天下大辟罪已下一。又賜二百官人等物一。及天下与二皇子一同日産者、布一端、綿二屯、稲廿束。○甲戌、王臣以下、至二左右大[9]舎人・兵衛・授刀舎人・中宮舎人・雑工舎[10]人・太政大[11]臣家資人・女孺一、賜レ禄各有レ差。」以二従三位阿倍朝臣広庭一為二中納言一。○十一月己亥、天皇御二中宮一。太政官及八省各上レ表、奉レ賀二皇子誕[12]育一、并献二玩好物一。」是日、賜下宴文武

1 筑〔底擦〕―築〔底原〕
2 一―ナシ〔底〕→校補
3 於―于〔類四〕
4 太〔東・高、類四・紀略〕―大〔兼・谷、大〕
5 焉〔類四補・類四一本〕―ナシ〔類四原〕
6 王〔大補、紀略〕―ナシ〔兼等〕
7 斉〔兼・谷・東、大、紀略〕―斎〔高〕
8 問〔兼重・谷・東・高、大、紀略〕―間〔兼原〕
9 大ノ下、ナシ〔兼原、大衍、類七八衍〕―臣〔兼朱傍補・谷・東・高、類七八原〕
10 舎〔類七八〕―官〔類七八一本〕
11 大〔谷・東・高、大、類七八〕―太〔兼〕
12 誕ノ下、ナシ〔高朱抹〕―生〔高原〕

一 庚午年籍。天智九年(六七〇年、庚午年)に造られた戸籍。→[一]補3-一二。本条の庚午年籍は中務省が保管していたものか。その七七〇巻という巻数→補10-一一。

二 「太政官印」の印文をもつ印。外印とも。→[一]補2-六〇。

三 養老五年九月に斎王([一]補1-九二)に卜定された井上内親王(当時は女王)の伊勢下向(これを群行という)にさきだつ、斎宮寮官人の任命。このとき斎宮寮の組織は、従前にくらべ飛躍的に拡大された。→[一]補2-九一・10-一七。

四 斎内親王の伊勢下向(群行)。井上内親王→補8-八九。

五 渤海使のはじめての来着記事。このときの渤海使→補10-一三。渤海との交渉→補10-一四。

六 このときの渤海郡王は二代目の武王大武藝。渤海王を郡王と称するのは、唐が七一二年に初代の王の高王大祚栄を渤海郡王に封じたため。三代文王大欽茂のとき渤海国王に封ぜられた。続紀での渤海国王という表記の初例は天平勝宝五年六月丁丑条。

七 渤海使を構成する下級の役職。→補10-一五。

八 以下の渤海使関係の記事にあらわれるのみ。

九 出羽国漂着後の経過は、下文十二月丙申条にみえる。

一〇 この時服は、皇親時服([一]補2-九五)や諸司の時服(補10-六一)をいうものではなく、時候に合った衣服の意であろう。

一一 夫人藤原光明子所生の皇子。紹運録は「諱基王」とするが、基王は某王の誤りとする説もある。下文十一月辛亥条によれば、この皇子は太政大臣第(故藤原不比等第)で誕生した。生後三十三日目の十一月己亥に皇太子となったが、翌五年九月丙午に夭折。

筑紫諸国の庚午年籍
斎宮寮官人の任命
渤海使出羽に来着

秋七月〔辛未朔〕丁酉〔二十七日〕、筑紫《つくし》の諸国《くにぐに》の庚午《かうご》[一]の籍《じやく》七百七十巻、官印《くわんいん》[二]を以《もち》てこれに印《しる》す。

八月〔庚子朔〕壬戌〔二十三日〕、斎宮寮《さいぐうれう》[三]の官人《くわんにん》一百廿一人を補《ほ》す。

九月〔庚午朔〕壬申〔三日〕、井上内親王《ゐのうへのひめみこ》[四]を遣《つかは》して伊勢太神宮《いせのだいじんぐう》に侍《はべ》らしむ。○庚寅〔二十一日〕、渤海《ぼつかい》[五]郡王《ぐんわう》[六]の使《つかひ》の首領《しゆりやう》[七]高斉徳《かうせいとく》[八]ら八人、来《きた》りて出羽《いでは》[九]国に着《つ》く。使を遣して存問《ねぎら》ひ、兼《か》ねて時服《じぶく》[一〇]を賜《たま》ふ。

皇子誕生

閏九月〔己亥朔〕丁卯〔二十九日〕、皇子《みこ》[一一]誕生《あれま》す。

冬十月〔己巳朔〕庚午〔二日〕、安房《あは》国言《まう》さく、「大風《おほかぜ》[一二]ふきて、木《き》を抜《ぬ》き屋《や》を発《こほ》ち、秋稼《あきのみのり》を損《そこな》ひ破《やぶ》る」とまうす。上総《かみつふさ》国言《まう》さく、「山崩《やまくづ》れて圧《お》され死《し》ぬる百姓《おほみたから》は七十人」とまうす。並《ならび》に賑恤《しんじゆつ》[一三]を加《くは》ふ。○癸酉〔五日〕、天皇《すめらみこと》[一四]、中宮《ちうぐう》[一五]に御《おは》しまして、皇子《みこ》の誕生《あれま》せるが為《ため》に、天下《あめのした》の大辟罪《だいびやくざい》[一六]已下を赦《ゆる》したまふ。また、百官人等《ひやくくわんにんども》に物賜《ものたま》ふ。及《また》、天下の、皇子《みこ》と同《おな》じき日《ひ》に産《う》まれたる者《ひと》に布《ぬの》一端、綿《わた》二屯、稲《いね》廿束。○甲戌〔六日〕、王臣《わうしん》[一七]以下、左右《さう》の大舎人《おほとねり》[一八]・兵衛《ひやうゑ》[一九]・授刀舎人《たちはきのとねり》[二〇]・中宮舎人《ちうぐうのとねり》[二一]・雑工舎人《ざふくのとねり》[二二]、太政大臣家《だいじやうだいじんけ》[二三]の資人《しにん》、女孺《によじゆ》[二四]に至《いた》るまでに禄《ろく》賜ふこと各《おのおの》差《しな》有り。

産養による大赦・賜物

従三位阿倍《あへ》[二五]朝臣広庭《ひろには》を中納言《ちうなふごん》とす。

十一月〔戊戌朔〕己亥〔二日〕、天皇《すめらみこと》[二六]、中宮《ちうぐう》に御《おは》します。太政官《だいじやうぐわん》と八省《はちしやう》と、各《おのおの》、表《へう》[二七]を上《たてまつ》りて、皇子《みこ》の誕育《あれま》せるを賀《いは》ひ奉《まつ》りて、并《あは》せて玩好物《よきもてあそびもの》[二八]を献《たてまつ》る。是《こ》の日《ひ》、宴《うたげ》を文武《ぶんぶ》

一二 以下の文は、漢書武帝紀に「大風、抜レ木」(元光五年七月条)、「大風、発レ屋折レ木」(征和二年四月条)などとあるのに基づく表現。
一三 賑給(〈一〉補1-四五)と同じ。
一四 皇子誕生の七夜の産養(うぶやしない)にあたっての大赦と賜物。賜物は、百官人と、皇子と同日に出生した者に対して行われた。
一五 →補9-一八。
一六 死罪に当る罪。→三頁注一三。
一七 同じく皇子誕生による賜禄。
一八 →〈一〉補3-四。 一九 →〈一〉補2-一三九。
二〇 →〈一〉補4-七。
二一 中宮職に所属する舎人。養老令制では四〇〇人。中宮職→補10-六。
二二 舎人が得考の色であるのに対し雑工はそうではないから、ここの記述を「雑工・舎人」と解することはできない。しかし雑工舎人は他に所見がなく、未詳。
二三 故藤原不比等家の資人。→補10-七。資人→〈一〉補5-一五。
二四 後宮十二司に所属する下級の女官。ここは、太政大臣家に出向している女孺か。
二五 →〈一〉八三頁注五。これまで参議(三月甲午条)。
二六 皇子誕生を賀す太政官・八省の上表と奉献、それに応えての賜宴と賜物、および立太子宣布の記事。この日は皇子誕生後三十三日目に当る。
二七 表は上表ともいい、臣下が天皇に上陳すること、またそれを記した文書。類似のものに意見(公式令65、意見封事とも。→九一頁注三)があるが、意見が国政上の事柄についての上陳に用いられたのに対し、表・上表はそれ以外の事柄(致仕など)の上陳に用いられた。 二八 おもちゃ。

百寮已下至㆓使部㆒於朝堂㆖。五位已上賜㆑綿有㆑差。累世之家嫡子、身帯㆓五位已上㆒者、別加㆓絁十疋㆒。但正五位上調連淡海、従五位上大[1]倭忌寸五百足、二人年歯居㆑高、得㆑入㆓此例㆒焉。詔曰、朕頼㆓神祇之祐㆒、蒙㆓宗廟之霊㆒、久有㆓神器㆒、新誕㆓[2]皇子㆒。宜㆔立為㆓皇太子㆒。布㆓告百官㆒、咸令㆓知聞㆒。○庚子、僧綱及僧尼九十人上㆑表、奉㆑賀㆓皇子誕生㆒。施㆑物各有㆑差。○乙巳、南嶋人百卅二人来朝。○辛亥、大納言従二位多治比真人池守引㆓百官史[3]生已上㆒、拝㆓皇太子於太政大臣第㆒。○丙辰、賜㆓宴於五位已上并無位諸王㆒。禄各有㆑差。○[4]戊午、賜㆓従三位藤原夫人食封一千戸㆒。○十二月丁丑、勅曰、僧正義淵法師、[5]俗姓[6]市往氏也。禅枝早茂、法梁惟隆。扇㆓玄風於四方㆒、照㆓[7]慧炬於三界㆒。加以、自㆓先帝御世㆒、迄㆓于朕代㆒、供㆓奉内裏㆒、無㆓一咎愆㆒。念斯若人、年徳共隆。宜㆘改㆓市往氏㆒、賜㆓岡連

1 倭〔兼・谷、大〕―[亻李](東・高)→校補
2 皇子〔高擦重〕―皇(高原)
3 生―ナシ〔底〕→校補
4 戊〔谷擦改〕―戌(谷原)
5 俗〔谷重〕
6 市〔兼・谷、大〕―市(東・高)
7 慧〔兼・東・高〕―恵(谷、大)

一 在京諸司に配属されて雑事に駆使される下級官人。→㊀七九頁注一〇・補2-一五一。
二 平城宮の朝堂。→㊀補4-一四。
三 皇子の立太子を機に、嫡子をとくに優遇したものであろう。
四 五位以上を帯する嫡子のほかに、以下の二人の高齢者も賜例に入る。
五 →㊀一四五頁注三一。壬申の乱に舎人として天武の東行に従っているから、そのとき令制の舎人出身年齢の十七歳であったとしても、本年七十二歳。
六 →㊀補1-四三。年齢未詳。
七 皇子を皇太子とする詔。皇太子の身位→補8-一九。
八 天神地祇。
九 宗廟は、古代中国では皇帝の祖先をまつるために設けられた施設。そのため唐でも律と令に宗廟に関する規定があった。しかし日本の律令は全くこれを継受せず、宗廟の字句を削除して条文を作成した。したがってここでは皇祖の意。
一〇 ミタマノフユは、神・祖先などの加護、恩恵、威力。フユは「振(フ)ユ」の意とも「殖(フ)ユ」の意ともいう。
一一 神器は皇位の象徴としての宝鏡・宝剣だが、ここでは皇位そのものをいう。→㊀補6-九六。

立太子の詔

南島人来朝

夫人藤原光明子に賜封

僧義淵を褒む

の百寮《ひやくれう》已下、[一]使部《しぶ》に至《いた》るまでに、[二]朝堂《でうだう》に賜《たま》ふ。五位已上に綿《わた》賜ふこと差《しな》有り。[三]累世《るいせ》の家《いへ》の嫡子《ちやくし》の、身《み》に五位已上を帯《お》ぶ者《ひと》に、別《べち》に絁《あしぎぬ》十疋を加《くは》ふ。[四]但《ただ》し、正五位上[五]調《つき》連淡海《あふみ》、従五位上[六]大倭《やまと》忌寸五百足《いほたり》の二人は、年歯《よはひ》高《たか》きに居《よ》りて、この例《つら》に入《い》ること得《う》。[七]詔《みことのり》して曰《のたま》はく、「朕《われ》、[八]神　祇《あまつかみくにつかみ》の祐《たすけ》に頼《よ》りて[九]宗廟《そうべう》の[一〇]霊《みたまのふゆ》を蒙《かがふ》り、久《ひさ》しく[一一]神器《じんき》を有《たも》ちて新《あら》たに皇子《みこ》を誕《う》めり。立《た》てて皇太子《ひつぎのみこ》とすべし。百官《ひやくくわん》に布《ふ》れ告《つ》げて咸《ことごと》く知《しら》せ聞《き》かしめよ」とのたまふ。○庚子《二日》、[一二]僧綱《そうがう》と僧尼《ほふしあま》との九十人、表《へう》を上《たてまつ》りて、皇子《みこ》の誕生《あれま》せるを賀《いは》ひ奉《まつ》る。物施《ものほどこ》すこと、各《おのおの》差《しな》有り。○乙巳《八日》、[一三]南嶋《みなみのしま》の人《ひと》百卅二人、来朝《まう》く。位《くらゐ》を叙《じよ》すること差《しな》有り。○辛亥《十四日》、大納言《だいなふごん》従二位[一四]多治比《たぢひ》真人池守《いけもり》、百官《ひやくくわん》の史生《ししやう》已上を引《ひき》ゐて、皇太子《くわうたいし》を[一五]太政大臣《だいじやうだいじん》の第《てい》に拝《をが》む。○丙辰《十九日》、[一六]宴《うたげ》を五位已上、并《あは》せて無位の諸王《しよわう》に賜《たま》ふ。禄《ろく》各《おのおの》差《しな》有り。○戊午《二十一日》、従三位[一七]藤原夫人《ふぢはらのぶにん》に[一八]食封《じきふ》一千戸を賜ふ。

十二月《戊辰朔》丁丑《十日》、[一九]勅《みことのり》して曰《のたま》はく、「[二〇]僧正義《そうじやうぎ》淵法師《えんほふし》[二一]俗姓《ぞくせい》市往《いちき》氏なり。は、[二二]禅枝《ぜんし》早《はや》く茂《しげ》り、[二三]法梁惟《ほふりやうこ》れ隆《さかり》なり。[二四]玄風《ぐゑんふう》を四方《よも》に扇《あふ》ぎ、[二五]慧炬《ゑこ》を[二六]三界《さむかい》に照《てら》せり。加以《しかのみならず》、[二七]先帝《せんてい》の御世《みよ》より朕《わ》が代《よ》に迄《いた》るまで、[二八]内裏《うち》に供奉《つかへまつ》りて一の咎愆《とがあやまち》も無し。念《おも》ふに斯《こ》れ、若《かくのごと》き人《ひと》、年《とし》・徳共《とくとも》に隆《さかり》なり。市往《いちき》氏を改《あらた》めて[二九]岡《をか》連の

一二 ↓一七頁注七。
一三 南西諸島。↓㊀補1-六八。
一四 ↓㊀一三三頁注一二。
一五 故藤原不比等の邸宅。↓八一頁注一八。
一六 皇子誕生の五十日(いか)の産養にあたっての賜宴と賜禄。産養には三夜・五夜・七夜・九夜・五十日・百日(もも)などがあったが、この皇子については七夜と五十日が知られるのみ。
一七 皇子の生母藤原朝臣光明子。↓補10-八。夫人↓一二九頁注二二。
一八 天平宝字四年六月乙丑条の藤原光明子崩伝でも、天平元年のこととして、「尊二大夫人一(夫人の誤り)為二皇后一、湯沐之外、更加二別封一千戸一」。この食封は光明子の立后後も継承された。天平七年相模国封戸租交易帳にみえる「皇后官(宮)食封壱伯戸」(古一-六三六頁)はその一部。なお禄令10には中宮職が管理する「中宮湯沐二千戸」(大宝禄令も同じか)を定める。
一九 義淵の徳をたたえ、その俗姓市往氏を改めて、兄弟に岡連の姓を賜う勅。
二〇 ↓㊀補1-一二六。
二一 ↓補10-九。
二二 禅は禅那・禅定。その枝が早くから茂る。すなわち奥義を会得すること。
二三 仏法界の重鎮。
二四 深遠な教義。
二五 めぐみのともしび。
二六 いっさいの衆生の生死輪廻する三つの世界。欲界、色界、無色界。
二七 元正。
二八 内裏の道場で仏事に供奉する。
二九 姓氏録右京諸蕃に、岡連は市往公と同祖で、目図王の男の安貴の後とある。岡は地名。↓㊀七五頁注一二。

姓一、伝中其兄弟上。」正三位県犬養橘宿禰三千代言、県犬養連五百依・安麻呂・小山守・大麻呂等、是一祖子孫、骨肉孔親。請、共沐二天恩一、同給二宿禰姓一。詔許レ之。○丁亥、先レ是、遣二使七道一、巡二-検国司之状迹一。使等至レ是復命。詔依二使奏状一、上等者進二位二階一、中等者一階、下等者[1]破レ選。其犯レ法尤甚者、丹後守従五位下羽林連兄[2]麻呂処レ流、周防目川原史石庭等除名焉。」授二正六位上背奈公行文従五位下一。」渤海郡王使高[3]斉徳等[4]八人入レ京。○丙申、遣レ使賜二高[5]斉徳等衣服・冠・履一。渤海郡者旧高麗国也。淡海朝[6]廷七年冬十月、唐将李勣伐二滅高麗一。其後朝貢久絶矣。至レ是、渤海郡王遣二[7]寧遠将軍高仁義等廿四人一朝聘。而着二蝦夷境一、仁義以下十六人並被二殺害一、首領[8]斉徳等八人[9]僅免レ死而来。

[10]五年春正月戊戌朔、廃レ朝。雨也。○[11]庚子、天皇御二大極殿一。王臣・百寮及渤海使等朝賀。○甲辰、天皇御二南苑一、

1 破↓校補
2 麻呂＝麿〔類八七〕—丸（類八七一本）
3 斉（大改、紀略）—斎〔兼等〕
4 八〔高擦重〕
5 斉（大改、紀略）—斎〔兼等〕
6 廷—庭（紀略）
7 寧〔谷重〕
8 斉（大改、紀略）—斎〔兼等〕
9 僅—佳（東）
10 五ノ上↓校補
11 庚〔兼重〕

一 県犬養橘宿禰三千代の申請により、県犬養連五百依ら四人に宿禰の姓を賜う記事。
二 →二三頁注三。
三 他にみえず。県犬養連は天武十三年に宿禰となったが、本条のはそのとき改姓から漏れた傍系。
四 他にみえず。
五 天平十九年正月に従五位下、天平宝字元年五月に従五位上。
六 天平四年度隠岐国正税帳の継目裏書に「大初位下行目県犬養宿禰大万侶天平五年二月十九日」とある(古一-四五一頁)。
七 姓氏録左京神別によれば、県犬養宿禰の祖は神魂命の八世の孫阿居太都命。
八 用例未詳、胞親の意か。
九 県犬養宿禰。→[一]補2-一四。

国司の治績に応じて賞罰

姓を賜《たま》ひて、その兄弟《はらから》に伝《つた》ふべし」とのたまふ。正[一]三位県犬養《あがたいぬかひの》[二]橘《たちばな》宿禰三千代《みちよ》言《まう》さく、「[三]県犬養連《あがたいぬかひ》五百依《いほより》・[四]安麻呂《やすまろ》・[五]小山守《をやまもり》・[六]大麻呂《おほまろ》らは、是《こ》れ[七]一《ひとつ》祖《おや》の子孫《うまご》にして骨肉《こつじく》の[八]孔親《こうしん》なり。請《こ》はくは、共《とも》に天《あめ》の恩《めぐみ》に沐《ぼく》して、同《おな》じく[九]宿禰の姓を給《たま》はむことを」とまうす。詔《みことのり》して、これを許《ゆる》したまふ。○丁（二十日）亥、[一〇]是《これ》より先《さき》、使《つかひ》を七道《しちだう》に遣《つかは》して、国司《こくし》の状迹《じやうせき》を巡《めぐ》り検《み》しむ。使ら是《ここ》に至《いた》りて復命《かへりごとまう》す。詔《みことのり》して、使《つかひ》の奏《そう》する状《じやう》に依《よ》りて、上等《じやうとう》は位《くらゐ》二階を進《すす》めたまふ。中等《ちうとう》は一階。下等《げとう》は[一一]選《せん》を破《やぶ》る。その法《はふ》を犯《をか》せること尤《もと》も甚《はなはだ》しき、丹後《たにはのみちのしり》守従五位下[一二]羽林連《うりむ》兄麻呂《えまろ》は流《る》に処《しよ》し、周防《すはうの》目《さうくわん》[一三]川原《かはら》史石庭《いははには》らは[一四]除名《ぢよみやう》。

渤海使入京

正六位上[一五]背奈《せな》公行文《かうぶん》に従五位下を授《さづ》く。渤海郡王《ぼつかいぐんわう》の使《つかひ》[一六]高斉徳《かうせいとく》ら八人京《みやこ》に入《い》る。○丙申（二十九日）、使《つかひ》を遣《つかは》して高斉徳《かうせいとく》らに[一七]衣服《いふく》・冠《かがふり》・履《くつ》を賜《たま》ふ。渤海郡は旧《もと》、[一八]高麗国《こま》なり。[一九]淡海朝廷《あふみのみかど》七年冬十月に、唐将李勣《たうしやうりせき》伐ちて高麗《こま》を滅《ほろぼ》しき。その後《のち》、[二〇]朝貢《てうぐ》久《ひさ》しく絶《た》えたり。是《ここ》に至《いた》りて[二一]渤海郡王、[二二]寧遠将軍高仁義《ねいゑんしやうぐんかうじんぎ》ら廿四人を遣《つかは》して朝聘《てうへい》せしむ。而《しか》るに蝦夷《えみし》の境《さかひ》に着《つ》きて、仁義《じんぎ》以下十六人並《ならび》に殺害《ころ》されて、[二三]首領《しゆりやう》斉徳《せいとく》ら八人僅《わづ》かに死《し》ぬることを免《まぬか》れて来《いた》れり。

七二八年

五年（戊辰）春正月戊戌の朔、[二四]朝《てう》を廃《や》む。雨《あめ》ふればなり。○庚子（三日）、天皇《すめらみこと》、[二五]大極殿《だいごくでん》に御《おは》します。王臣《わうしん》・百寮《ひやくれう》と渤海《ぼつかい》の使《つかひ》らと、朝賀《でうが》す。○甲辰（七日）、天皇、[二六]南苑《なむゑん》に

一〇 二月甲子に七道諸国に発遣された使者の復命と、その奏状に基づく褒貶の記事。
一一 この年の朝集使が持参し、すでに提出していた選文(㊀一五五頁注二)の勤務評定を破棄することか。
一二 もと鯀兄麻呂。→㊀補2-八五。丹後守の任官時は未詳。
一三 他にみえず。川原史→補9-一一〇。
一四 位階・勲位をことごとく剝奪すること(名例律21)。
一五 →補8-七四。この叙位の記事は、上等または中等により昇叙された者のうちで、背奈行文が五位に達したために続紀に記事として採用されたのであろうが、行文の任国・官職は未詳。
一六 九月庚寅条に出羽国漂着の記事がある。
一七 日本の衣服令に定める衣服・冠・履を与えて着用させたことは、渤海使を臣従させたことを意味する。
一八 高句麗国。
一九 天智七年十月紀に「大唐大将軍英公、打ニ滅高麗ー」。英公は本条にいう唐将英国公李勣。旧唐書・新唐書に伝がある。
二〇 日本に対する朝貢。
二一 二代目の武王大武藝。
二二 渤海の官名は多く唐の官名を襲用している。寧遠将軍は唐制では武散官で正五品下の官。高仁義は五年正月甲寅条の王の書にみえるのみ。
二三 →補10-五。
二四 降雨により元日朝賀の儀をとどむ。同儀は庚子(三日)に挙行。元日朝賀の儀→㊀補1-四九。
二五 平城宮の大極殿。→㊀補1-四八・5-一。
二六 →補9-一二六。

宴二五位已上一。賜レ禄有レ差。○甲寅、天皇御二中宮一。高斉[1]
徳等上二其王書并方物一。其詞曰、武藝啓、山河異レ域[2]、国
土[3]不レ同。延聴二風猷一。但増二傾仰一。伏惟、大王天朝受レ命、
日本開レ基、奕葉[4]重レ光、本枝百世。武藝忝[5]当二列国一、濫
揔[6]二諸蕃一。復二高麗之旧居一、有二扶餘之遺俗一。但以二天崖路
阻、海漢[7]悠[8]々一、音耗未レ通、吉凶絶レ問。親仁結授[9]。庶
叶二前経一、通レ使聘レ隣、始二乎今日一。謹遣二寧遠将軍郎[10]将[11]
高仁義、游将軍果毅都尉徳周、別将舎航[12]等廿四人一、齎
レ状、并附二貂皮三百張一、奉レ送。土宜雖レ賤、用表二献[13]芹
之誠一。皮幣[14]非レ珍。還慚二掩口之誚一。生[15]理有[16]レ限、披胆[17]未
レ期。時嗣二音徽[18]一、永敦二隣好一。於レ是、高斉[19]徳等八人並授二
正六位上一、賜二当色服一。仍宴二五位已上及高[20]斉[21]徳等一。賜二
大射及雅楽寮之楽一。宴訖[22]賜レ禄有レ差。○二月壬午、以二
従六位下引田朝臣虫麻呂一、為二送渤海客使一。○癸未、勅二
正五位

1 斉〈大改、紀略〉—斎〔兼等〕
2 域—城〔底〕→校補
3 土〈意改〉〈大改〉—上〔兼・谷〕、上〔東・高〕→校補
4 葉〈意改〉〈大改〉—業→校補
5 忝〔谷重〕
6 揔＝惣—物〔高〕
7 漢→校補
8 悠〔高〕—漢〔高傍イ〕
9 授〔兼原・谷・東・高〕—援〔兼抹傍・谷傍イ・高傍イ、大改〕→校補
10 郎—良〔底〕→校補
11 郎将→校補
12 航等〔兼原・谷原・東・高原、大〕—那婁〔底傍イ・兼等傍イ〕→校補
13 献〔兼擦重〕
14 幣〈意改〉〈大改〉—弊→校補
15 生〈意改〉—主→校補
16 有—ナシ〔高〕
17 胆＝膽〈意改〉—瞻〔大改〕、膽〔兼等〕→校補
18 徽—徴〔高〕
19 斉〈大改、類七二・紀略〉—斎〔兼等〕
20 高〔兼朱傍補・谷・東・高、大、類七二〕—ナシ〔兼原、紀略〕
21 斉〈大改、類七二・紀略〉—斎〔兼等〕
22 訖→校補

一 白馬節の宴。→補9-五〇。
二 →補9-一八。
三 その地方に産するもの。貢納品。
四 以下は、高句麗滅亡以後絶たれていた日本との交渉を、この使者の派遣を契機に再開したいとする渤海王大武藝の国書の引用。前半の文章は天平十一年十二月戊辰条の欽茂の国書とほぼ同じ。
五 啓は、中国王朝の冊封体制下にある国の王と王が交す、外交上の文書の様式。公式令7の啓とは異なる。
六 風猷は、風教道徳のこと。日本が、天子の徳によりよく教化された国であることを聞いて、の意。
七 大王天朝は、天皇の朝廷。天平十一年十二月の欽茂の啓では、「大王」を「天皇」と記す。
八 天帝の命令。
九 この日本は他称。日本→㊀八一頁注六。
一〇 奕世、代々。
一一 列国は大国。大国の王として冊封され、諸蕃を統治する、の意。
一二 高句麗。
一三 北方ツングース系の民族。高句麗は扶余族の支族の王朝。渤海を建てた靺鞨も同族。また百済の王族も扶余族。
一四 音信、たより。
一五 親仁は徳のある人に親しみ近づくこと、結授はよしみを結ぶこと。
一六 経は、すじみち、ことわり。
一七 唐制では十二衛と羽林軍に属する親・勲・翊三衛に左右郎将があり、品秩は正五品上。
一八 唐制では武散官に従五品上の游騎将軍と従五品下の游撃将軍とがある。游の下あるい

渤海王の国書

送渤海客使を任命

御《おは》しまして五位已上を宴《うたげ》[一]したまふ。禄賜《ろくたま》ふこと差《しな》有り。○甲寅[十七日]、天皇《すめらみこと》、中《ちう》[二]宮《ぐう》に御《おは》します。高斉徳《かうせいとく》ら、その王《わう》の書《ふみ》、并《あは》せて方物《はうぶつ》[三]を上《たてまつ》る。その[四]詞《ことば》に曰《い》はく、「武藝《ぶげい》い啓《まう》[五]す。山河《さんか》域《さかひ》を異《こと》にして国土《こくど》同《おな》じからず。延《ほの》かに風猷《ふういう》[六]を聴《き》きて、但《ただ》、傾仰《けいかう》を増《ま》す。伏《ふ》して惟《おも》みれば、大王天朝命《たいわうてんてうめい》[七][八]を受《う》けて、日本《にちほん》[九]、基《もとゐ》を開《ひら》き、奕葉光《えきえふひかり》[一〇]を重《かさ》ねて、本枝《ほんし》百世《はくせい》なり。武藝《ぶげい》忝《かたじけな》くも列国《れつこく》[一一]に当《あた》りて濫《みだ》りに諸蕃《しよばん》を摠《す》ぶ。高麗《こま》[一二]の旧居《きうきよ》に復《かへ》りて扶餘《ふよ》[一三]の遺俗《ゐしよく》を有《たも》てり。但《ただ》し、天崖《てんがい》の路《みち》阻《へだ》たり、海漢《かいかん》悠々《はる》かなるを以《もち》て、音耗《いむかう》[一四]通《かよ》はず、吉凶《きつきよう》問《と》ふことを絶《た》てり。親仁《しんじん》[一五]結授《けつじゆ》せむ。庶《ねが》はくは、前経《せんけい》[一六]に叶《かな》へ、使《つかひ》を通《かよ》はして隣《となり》を聘《と》ふこと今日《けふ》より始《はじ》めむことを。謹《つつし》みて寧遠将軍郎将《ねいゑんしやうぐんらうしやう》[一七]高仁義《かうじんぎ》、游将軍果毅都尉《いうしやうぐんくわきとゐ》[一八]徳周《とくしう》[一九]、別将《べつしやう》[二〇]舎《しや》[二一]航《かう》ら廿四人を遣《つかは》して、状《ふみ》を齎《もたら》し、并《あは》せて貂《てう》[二二]の皮《かは》三百張を附《さづ》けて送《おく》り奉《たてまつ》る。土宜《くにつものいや》賤しと雖《いへど》も、用《もち》て献芹《けんきん》[二三]の誠《せい》を表《あらは》さむとす。皮幣《ひへい》[二四]珍《めづ》らかに非《あら》ず。還《かへ》りて掩口《えむこう》[二五]の誚《せめ》を慚《は》づ。生理《せいり》[二六]限《かぎ》り有り、披胆《ひたむ》[二七]期せず。時《とき》、音徽《いむくゐ》[二八]を嗣《つ》ぎて永《なが》く隣《となり》の好《よしみ》を敦《あつ》くせむ」といふ。是《ここ》に高斉徳《かうせいとく》ら八人に並《ならび》に正六位上を授《さづ》け、当色《たうじき》[二九]の服《ぶく》を賜《たま》ふ。仍《より》て五位以上と高斉徳《かうせいとく》らとを宴《うたげ》す。大射《おほいくは》[三〇]と雅楽寮《げがくれう》[三一]の楽《がく》とを賜《たま》ふ。宴訖《うたげをは》りて禄《ろく》賜ふこと差《しな》有り。

二月壬午[丁卯朔][十六日]、従六位下引田《ひけた》[三二]朝臣虫麻呂《むしまろ》を送渤海客使《そうぼつかいかくし》[三三]とす。○癸未[十七日]、正五位

は一字欠か。果毅都尉は、唐制では折衝府の武官で、品秩は折衝府の規模により従五品下から従六品下。

一九 他にみえず。

二〇 唐制では折衝府の果毅都尉の下に置かれた武官で、品秩は折衝府の規模により正七品下から従七品下。

二一 他にみえず。

二二 てん。

二三 献芹は、人に物をおくる謙辞。

二四 皮幣は皮と帛で、礼信物の意。

二五 口をおおって笑うこと。

二六 諸本の主は生の誤。宝亀九年十一月乙卯条でも生理。生理は生きのびる道。したがって人生に限りのあることをいう。

二七 心をひらくこと、まごころをうちあけること。

二八 たより、音信。

二九 正六位上の位階に相当する朝服。

三〇 →〔二〕補2-一一。

三一 蕃客への賜宴にさいし雅楽寮が楽を奏することは、雅楽寮式に「凡賜㆓蕃客宴饗㆒日、官人率㆓雑楽人㆒供事。所㆑須楽色、臨㆑時聴㆓官処分㆒」とある。

三二 主殿頭、斎宮長官、摂津亮、土佐守を経て、天平十八年四月に従五位下。同年六月木工頭に任じた。引田朝臣は阿倍朝臣と同族。和銅五年十一月に久努朝臣・長田朝臣とともに阿倍朝臣となった。→〔一〕一八九頁注一九。虫麻呂は傍系のためそのとき賜姓にあずからなかったものとみられる。阿倍朝臣→〔一〕補1-一四二。

三三 六月庚午に辞見し、同月壬申に叙位があったのち、渤海使とともに出発。天平二年八月に来帰。

1 鍛〈意改〉(大)―鍜
2 賚(類七三・紀略)―賷＝賫〔兼等、大〕
3 禄ノ上、ナシ〔兼等、類七三・紀略原〕―賜(大補、紀略補)
4 差〔谷擦重〕
5 親ノ上、ナシ〔兼等〕―内(大補、紀略)
6 女〔兼抹傍〕―位(兼原)
7 女ノ下、ナシ―位〔底〕↓校補
8 叙↓校補
9 々〔兼〕―位(谷・東・高、大)
10 々〔兼〕―位(谷・東・高、大)
11 簡試後請々後犯↓校補
12 後―ナシ(高)
13 々〔兼〕―請(谷・東・高、大)
14 関〈意改〉(大)―開
15 筑〔底擦〕

下鍛[1]冶造大隅一、賜二守部連姓一。○三月己亥、天皇御二鳥池塘一、宴二五位已上一。賜レ禄有レ差。又召二文人一、令レ賦二曲水之詩一。各賚[2]二絁十疋、布十端一。内親王以下百官使部已上禄[3]亦有レ差[4]。○辛丑、二品田形親[5]王薨。遣二正四位下石川朝臣石足等一、監二護喪事一。天渟中原瀛真人天皇之皇女[6][7]也。○丁未、制、選叙[8]之日、宣命以前、諸宰相等、出二立庁前一、宣竟就レ座、自レ今以後、永為二恒例一。○甲子、勅定二外五位々[9]禄、蔭階等科一。」又勅、補二事業・位分資人一者、依二養老三年十二月七日格一、更無二改張一。雖レ然、資人考選者、廻聴下待レ満二八考一始選中当色上。外位資人十考成選。並任二主情願一、通二取散位・勲位・々[10]子及庶人一、簡[11]試後[12]請。々[13]後犯レ罪者、披二陳所司一、推問得レ実、決杖一百、追二奪位記一、却二還本色一。其三関[14]・筑[15]紫・飛驒・陸奥・出羽国人、不レ得二補充一。餘依レ令。」勅、

一・二 ↓㊀補1―一三五。
三 平城宮ないしはその近接地にあった鳥池の塘(つつみ)のこと。宮内には東院、西北辺(現御前池)、西南隅に池があった。いずれも名称未詳。
四 三月三日の曲水の宴。↓㊀補2―三一。
五 明経・明法・文章などを学ぶ人びと。
六 ↓一八五頁注一。
七 田形内親王(㊀一〇七頁注四)のこと。二品への昇叙は神亀元年二月。
八 ↓㊀一三三頁注二九。
九 喪葬令4では、内親王の喪事を監護するのは治部大輔。しかしこのとき石川石足は左大弁か(天平元年二月壬申条)。
一〇 天武。↓㊀三頁注三。
一一 叙位の儀での宣命の聞きかたに関する制。↓補10―一〇。
一二 授位の証書である位記を本人に交付する叙位の儀が行われる日。
一三 太政官式によれば四位・五位の弁が読みあげる。
一四 ここでの宰相は議政官をいうか。↓補10―一一。
一五 庁はマツリゴトドノで、朝堂をいう。↓補10―一二。
一六 本条には三つの勅を載せる。第一の勅は、天皇の諮問に答えた太政官奏が裁可されたもので、内五位と外五位に差等を設ける。その内容↓補10―一三。これにより畿内出身者にも外五位が叙せられることとなった。
一七 ↓㊀九一頁注一二。
一八 蔭位。↓㊀補2―八一。
一九 第二の勅。第一の勅に関連する処置として、外五位の事業と、位分資人の考選・任用等について定める。

下鍛冶造《かぬち》[一]大隅《おほすみ》に勅《みことのり》して守部《もりべ》[二]連の姓を賜《たま》ふ。

曲水の宴

三月己亥[丁酉朔][三日]、天皇《すめらみこと》、鳥池《とりのいけ》[三]の塘《つつみ》に御《おは》しまして五位已上を宴《うたげ》[四]したまふ。禄《ろく》賜ふこと差《しな》有り。また、文人《ふみひと》[五]を召《め》して曲水《ごくすい》の詩《うた》を賦《うた》はしむ。各《おのおの》絁《あしぎぬ》十疋、布《ぬの》十端を賚《たま》ふ。内親王《ひめみこ》以下、百官《ひやくくわん》の使部《しぶ》[六]已上の禄亦差《ろくまたしな》有り。○辛丑[五日]、二品田《た》形《かた》[七]親王薨《こう》しぬ。正四位下石川《いしかは》[八]朝臣石足《いはたり》らを遣《つかは》して喪事《ものこと》[九]を監護《みまも》らしむ。天渟《あまのぬ》[一〇]中原瀛真人天皇《なはらおきのまひとのすめらみこと》の皇女《ひめみこ》なり。

選叙の日の儀礼

○丁未[十一日]、制《せい》[一一]すらく、「選叙《せんじよ》[一二]の日《ひ》には、宣命《せんみやう》[一三]より以前《さき》に諸《もろもろ》の宰相《さいしやう》[一四]ら出《い》でて庁《ちやう》[一五]の前《まへ》に立《た》ち、宣《の》り竟《をは》りて座《ざ》に就《つ》くこと、今《いま》より以後《のち》は永《なが》く恒《つね》の例《ためし》とせよ」といふ。

外五位の位禄・蔭階を定める

○甲子[二十八日]、勅《みことのり》[一六]して、外五位の位禄《ゐろく》[一七]・蔭《おむ》[一八]階《かい》等の科《しな》を定《さだ》めたまふ。

外五位の事業・位分資人の考選と任用

また、勅《みことのり》[一九]したまはく、「事業《じげふ》[二〇]と位分資人《ゐぶんしにん》[二一]とを補《ほ》することは、養老《やうらう》[二二]三年十二月七日の格《きやく》に依《よ》りて、更《さら》に改《あらた》め張《は》ること無し。然《しか》りと雖《いへど》も、資人《しにん》[二三]の考選《かうせん》は、廻《めぐ》りて八考に満《み》つを待《ま》ちて、始《はじ》めて当色《たうじき》[二四]に選《せん》することを聴《ゆる》す。外位《ぐゑゐ》[二五]の資人《しにん》は十考にして成選《じやうせん》[二六]せよ。並《ならび》[二七]に主《しゆ》の情願《じやうぐわん》に任《まか》せて、散位《さんゐ》[二八]・勲位《ぐんゐ》[二九]・位子《ゐし》[三〇]と庶人《しよにん》とを通《とほ》し取《と》りて、簡試《かんし》[三一]の後《のち》に請《こ》へ。請《こ》ひて後《のち》に罪《つみ》を犯《をか》す者《ひと》は、所司《しよし》[三二]に披《まう》し陳《の》べて、推問《すいもん》して、実《まこと》なること得《え》ば、決杖《くゑつぢやう》[三三]一百、位記《ゐき》[三四]を追《お》ひ奪《うば》ひて、本色《ほんじき》[三五]に却《しりぞ》け還《かへ》せ。その三関《さむぐゑん》[三六]と、筑紫《つくし》・飛騨《ひだ》・陸奥《みちのおく》・出《いで》羽《は》国の人とは補《ほ》し充《あ》つること得《え》ざれ。餘《そのほか》は令《りやう》に依《よ》れ」とのたまふ。勅《みことのり》[三七]し

二〇 養老三年十二月に五位以上家に置かれた家政職員。→補8-四八。
二一 五位以上に、位階に応じて給される資人。→㊀補5-一五。
二二 →養老三年十二月庚寅条。外五位に事業と位分資人を給することはこの格により、それを改めることはしない、の意。
二三 位分資人は、慶雲三年二月に選限が全面的に短縮されたさい、令制の八考のまますえ置かれた(㊀補3-六四)。そのためここでも八考という。
二四 位分資人として成選すること。
二五 第一の勅に対応して、外五位の位分資人の選限を十考とする。
二六 一定年限の勤務成績を総合判定する選にいたること。→㊀一三七頁注六。
二七 「並に」は、内位の位分資人も外位の位分資人も、の意。「主」は本主。
二八 位階はあるが官職に任じていない者。→㊀七三頁注六。
二九 勲位(㊀補2-三八)のみをもつ者。
三〇 内位の六位以下八位以上の嫡子。→㊀補4-二七。
三一 資人は式部判補の官(選叙令3)。式部省が本主の申し出た候補者を簡試する。その合格者を本主が請い、位分資人とする。
三二 所司は、事にかかわる司の意(賦役令34集解古記)。ここは式部省。→補10-一四。
三三 決は、刑を執行すること。
三四 授位の証書。→㊀補2-三九。
三五 位階を授与される以前の身分。
三六 以下は、位分資人採用地域の除外。→補10-一五。
三七 第三の勅。防閤をやめ、代りに馬料を給する。

京官文武職事五位以上、給ニ防閤[1]一者、人疲ニ道路一、身逃ニ差課一。公私[2]同費、彼此共損。自レ今以後、不レ須ニ更然一。其有レ官人重レ名。特給ニ馬料一。給式有レ差。事並在[3]レ格。○夏四月丁卯朔、日有レ蝕之。○丁丑、陸奥国請下新置ニ白河軍団一、又改ニ丹取軍団一為中玉作団[4]上。並許レ之。○辛巳、太政官奏曰、美作国言、部[5]内大庭・真嶋二郡、一年之内、所レ輸庸米八百六十餘斛[6]。山川峻遠、運輸大難、人馬並疲、損費極多。望請、輸[7]レ米之重、換ニ綿・鉄之軽一。又諸国司言、運レ調行程遥遠、百姓労[8]弊極多。望請、外位々[9]禄、割ニ留入レ京之物一、便給ニ当土一者。臣等商[10]量、並依レ所レ請。伏聴ニ天裁一。奏可之。」是時、諸国郡司及隼人等授ニ外五位一。所[11]ニ以位禄便給ニ当土[12]一也。○壬午、斉[13]徳等八人、各賜ニ絲帛・綾・綿[14]一有レ差。仍賜ニ其王璽書一

1閤(谷・高、大)―閤〔兼・東〕
2私―ナシ(東)
3在〔兼・谷、大〕―右(東・高)
4団ノ上、ナシ―軍(大補)→校補
5部〔谷重〕→校補
6斛―解(兼)
7輸―諭(東)
8労―ナシ(高)
9々〔兼〕―位(谷・高、大)、ナシ(東)
10商(高、大)―啇兼・谷・東〕
11所〔兼等〕―並(谷傍イ、大改)→校補
12土―上〔底〕→校補
13斉〔大改、紀略〕―斎(兼等)
14綿〔兼傍補〕―ナシ(兼原)

一 官員令・職員令に職掌と定員を定め、かつ官位令に相当位を定める官職に任じている者(公式令52)。
二 養老三年十二月にはじめて支給。→補8―四八。
三 上京の労苦に疲れる。これにより防閤は地方で差点されたことが知られる。
四 調・庸・雑徭・兵士役など公民に課せられる負担。
五 官職に任じている者は名を重んじる。その名にふさわしい処遇が与えられるべきであるから、防閤をやめる代りに馬料を給する。馬料→補10―一六。
六 該当する格は他に所見なし。
七 この日はユリウス暦の七二八年五月十四日。奈良での食分四。
八 陸奥国白河郡(補8―一一)に軍団を新設。多賀城出土木簡に「白河団」(『宮城県多賀城跡調査研究所年報』一九七四年、五三頁)。軍団→㊀補3―一六。
九 単なる名称の変更とする説と、軍団を北に移動したとみる説がある。陸奥国丹取郡→㊀補6―二六。
一〇 宮城県古川市大崎にある名生館遺跡が玉造柵の遺構と推定されている。そこを本拠とする軍団であろう。胆沢城出土の延暦二十一年六月二十九日の玉造団解の位署に「玉造団擬大毅志太」とある(『木簡研究』九―一五一頁)。
一一 美作国申請の庸の輸納物の変更と、諸国司申請の外位位禄当土支給の、二項を奏上する太政官奏。

防閤に替えて馬料を給す

白河・玉作の軍団設置

美作国二郡の庸は綿・鉄とする

外五位の位禄は当土支給

渤海王への璽書

たまはく、「京官《きやうくわん》の文武《ぶんぶ》の職事《しきじ》[一]の五位以上に防閤《ばうかふ》[二]を給《たま》ふに、人《ひと》、道路《みち》[三]に疲《つか》れて、身《み》、差課《さくわ》[四]を逃《のが》る。公私《くうし》同《おな》じく費《つひ》えて、彼此共《かれこれとも》に損《そこな》はる。今《いま》より以後《のち》、更《さら》に然《しか》すべからず。其《そ》[五]れ官《つかさ》に有る人《ひと》は名《な》を重《おも》みす。特《こと》に馬料《めれう》を給《たま》ふ」とのたまふ。給《たま》ふ式差《しきしな》有り。事《こと》は並《ならび》に格《きやく》[六]に在《あ》り。

夏四月丁卯の朔、日蝕《ひは》[七]ゆること有り。○丁丑[十一日]、陸奥国《みちのおく》、新《あら》たに白河《しらかは》[八]の軍団《ぐんだん》を置《お》き、また、丹取《にとり》[九]の軍団《ぐんだん》を改《あらた》めて玉作《たまつくり》[一〇]の団《だん》と為《せ》むことを請《こ》ふ。並にこれを許《ゆる》す。○辛巳[十五日]、太政官《だいじやうぐわん》[一一]奏《そう》して曰《まう》さく、「美作国《みまさか》[一二]言《まう》さく、『部内《ぶない》の大庭《おほば》[一三]・真嶋《ましま》[一四]の二郡は、一年の内《うち》に輸《いだ》す庸米《ようまい》[一五]八百六十餘斛なり。山川峻遠《さんせんしゆんゑん》にして、運《はこ》び輸《いだ》すに大《おほ》きに難《なや》み、人《ひと》・馬《うま》並に疲《つか》れて、損《そこな》はれる費極《つひえきは》めて多《おほ》し。望《のぞ》み請《こ》はくは、米《よね》を輸《いだ》すことの重《おも》きを、綿《わた》[一六]・鉄《くろがね》の軽《かる》きに換《か》へむことを』とまうす。また、諸国司《くにぐにのつかさ》[一七]言《まう》さく、『調《でう》を運《はこ》ぶ行程遥遠《みちのりえうゑん》にして、百姓《はくせい》の労弊極《らうへいきは》めて多《おほ》し。望《のぞ》み請《こ》はくは、外位《ぐゑゐ》[一八]の位禄《ゐろく》[一九]は京《きやう》に入《い》る物《もの》を割《さ》き留《とど》めて、便《たより》に当土《そのところ》[二〇]に給《たま》はむことを』とまうす。臣《しん》[二一]ら商量《しやうりやう》するに、並に請《こ》ふ所《ところ》に依《よ》らむ。伏《ふ》して天裁《てんさい》[二二]を聴《き》かむ」とまうす。奏《そう》するに可《か》としたまふ。是《こ》[二三]の時《とき》、諸国《くにぐに》の郡《ぐん》司《じ》と隼人《はやひと》らとに外五位を授《さづ》け、位禄《ゐろく》を便《たより》に当土《そのところ》に給《たま》ふ所以《ゆゑ》なり。○壬午[十六日]、斉徳《せいとく》[二四]ら八人に各《おのおの》綵帛《さいはく》[二五]・綾《あや》・綿《わた》を賜《たま》ふこと差《しな》有り。仍《より》てその王《わう》に璽書《じしよ》[二六]を賜《たま》

一二 美作国司の申請。大庭・真嶋二郡の庸米をやめ、綿・鉄の軽物に代えることを請う。

一三・一四 →(一)補6—六。

一五 庸として納める米。民部省が収納・貯備し、衛士・仕丁・采女の食料に充てる。正丁一人の輸納量は三斗。「八百六十余斛」は約二八七〇丁分。平城宮跡等の出土木簡によれば、五斗、五斗八升、六斗などを一俵として運送。五斗一俵は標準規格。五斗八升、六斗を一俵とするのは、衛士等一人一か月の使用量に対応したもの(狩野久)。

一六 主計寮式上の美作国の庸の輸納品目は「白木韓櫃九合。自余輸綿米」で、綿はあるが鉄はない。但し調の輸納品目中に鉄がみえる。

一七 諸国司の申請。諸国に居住する外五位の者の位禄は、当土すなわちその地で支給することを請う。位禄は、京進され大蔵省に収納された調庸物を以て同省から支給するのが本来の給法。

一八 外五位。

一九 →(一)九一頁注一二。

二〇 外五位が居住する地。

二一 太政官の議政官ら。

二二 天皇の裁可。

二三 以下は続紀編者が記した地の文。「是の時」は編纂時をいい、現在諸国の郡司・隼人の外五位を授けられた者に、位禄を当土で支給しているのはこの処置による、の意。

二四 渤海使への賜物と、王への璽書についての記事。

二五 →一四九頁注三三。

二六 →一六九頁注一三。この璽書は、修好を結ぶことをよみし、高斉徳に託して王に璽書と信物を贈り、使者は送使に付して帰還させる旨を述べる。

曰、天皇敬問二渤海郡王[1]一。省レ啓具知、恢二復旧壤[2]一、聿脩[3]二曩好一。朕以嘉レ之。宜下佩レ義懐レ仁、監[4]二撫有境一、滄波雖レ隔、不上レ断二往来[5]一。便因二首領高斉[6]徳[7]等還次一、付二書并信物綵帛一十疋、綾一十疋、絁廿疋、糸一百絇[8]、綿二百屯一。仍差[9]二送使一発遣帰レ郷。漸熱。想平安好。○辛卯、勅曰、如聞、諸国郡司等、部下有二騎射・相撲及膂[10]力者一、輙給二王公・卿[11]相之宅一。有レ詔捜索、無二人可レ進。自レ今以後、不レ得二更然一。若有レ違[12]者、国司追二奪位記一、仍[13]解二見任一。郡司先加二決罰一、准レ勅解却。其誂求者、以二違勅罪一々[14]之。但先充二帳内・資人一者、不レ在二此限一。凡如レ此[15]色人等、国郡預知、存レ意簡点、臨二勅至日[16]一、即時貢進。宜下告二内外一咸使中知聞[17]上。○五月辛亥、左右京百姓遭レ澇被レ損七百[18]餘烟、賜二布・穀・塩一各有レ差。○乙卯、太[19]白昼[20]見。○丙辰、授二正五位上門部

1 郡王〔高擦重〕
2 壤〔谷〕—懐〔谷傍イ〕→校補
3 脩—修〔大〕
4 監→校補
5 来〔谷重〕
6 斉〈意改〉〈大改〉—斎
7 徳—ナシ〔底〕→校補
8 絇→校補
9 差〔兼重〕
10 膂〔底擦重〕
11 卿—郷〔東〕
12 違〔兼朱抹朱傍〕—達〔兼原〕
13 仍〔兼朱傍補〕—ナシ〔兼原〕
14 々〔兼朱傍補・谷・東・高、類七三〕—罪〔大〕、ナシ〔兼原〕
15 此—是〔類七三〕
16 日〔谷重・東・高、大、類七三〕—曰〔兼・谷原〕
17 聞〔兼・谷、大、類七三〕—闓〔東・高〕
18 百〔谷傍補〕—ナシ〔谷原〕
19 太→校補
20 昼=晝—画=畫〔高〕

一 正月甲寅条にみえる武藝王の啓。
二 「恢二復旧讓一」は、旧高句麗国を再興して、の意。
三 この送使は二月壬午に任命。
四 諸国の国司・郡司が、王公・卿相の求めを優先して、騎射人・相撲人・膂力者を朝廷の意の如くに貢進しないことをいさめる勅。
五 騎射の人。五月五日の節(一補2-五二)の騎射の射手(てい)となる人。
六 七月七日の相撲の節(補11-五四)の相撲人。
七 力婦(天平七年五月戊寅条)・膂力婦女(民部省式上・主税寮式上・縫殿寮式)ともいい、諸国から貢上され、縫殿寮の管理のもとに後宮

騎射人・相撲人・力婦の貢進を促す

左右京に出水

ひて曰《のたま》はく、「天皇《てんわう》、敬《ゐやま》ひて渤海郡王《ぼつかいぐんわう》に問《と》ふ。啓《けい》[一]を省《み》て具《つぶさ》に知《し》りぬ、旧《もと》[二]の壌《くに》を恢復《かへ》して聿《ここ》に曩《さき》の好《よしみ》を脩《をさ》むることを。朕《われ》、以《もち》てこれを嘉《よ》みす。義《ぎ》を佩《お》び仁《じん》を懐《おも》ひて有境《さかひ》を監撫《みな》で、滄波《うなはら》隔《へだ》つと雖《いへど》も、往来《いきき》を断《た》たざるべし。便《すなは》ち、首領高斉徳《しゆりやうかうせいとく》らが還《かへ》る次《つぎて》に因《よ》りて、書《ふみ》并《あは》せて信物《しんぶつ》の綵帛《さいはく》一十疋、綾《あや》一十疋、絁《あしぎぬ》廿疋、糸《いと》一百絇、綿《わた》二百屯とを付《さづ》く。仍《より》て送《おく》[三]る使《つかひ》を差《えら》ひて発遣《はつけん》して郷《くに》に帰《かへ》らしむ。漸《やや》く熱《あつ》し。想《おも》ふに平安《おだひ》にして好《よ》からむ」とのたまふ。○辛卯[二十五日]、[四]勅《みことのり》して曰《のたま》はく、「如聞《きくな》らく、「諸《もろもろ》の国郡司《こくぐんし》ら、部下《ぶか》に騎射《うまゆみ》[五]・相撲《すまひ》[六]と膂力《ちからの》[七]者《ひと》と有らば、輒《すなは》[八]ち王公《わうこう》・卿相《けいしやう》の宅《いへ》に給《たてまつ》る」ときく。詔《みことのり》[九]有りて捜《さぐ》り索《もと》むるに、人《ひと》[一〇]の進《たてまつ》るべき無し。今《いま》より以後《のち》、更《さら》に然《しか》ること得《え》ざれ。若《も》[一一]し違《たが》ふこと有らば、国司《こくし》は、位記《ゐき》[一二]を追《お》ひ奪《うば》ひて仍《すなは》ち見任《げんにむ》を解《と》け。郡司《ぐんじ》は、先《ま》[一三]づ決罰《くゑつばつ》を加《くは》へて勅《みことのり》に准《なずら》へて解《と》き却《しりぞ》けよ。その[一四]誂《あとら》ひ求《もと》むる者《ひと》は、違勅《ゐちよく》[一五]の罪《つみ》を以《もち》て罪《つみ》なへ。但《ただ》し、先《さき》に帳内《ちやうない》[一六]・資人《しにん》[一七]に充《あ》てたる者《ひと》はこの限《かぎ》りに在《あ》らず。凡《おほよ》そ此《かく》[一八]の如《ごと》き色《しき》の人等《ひとども》は、国《くに》・郡《こほり》預《あらかじ》め知《し》りて、意《こころ》を存《お》きて簡《えら》ひ点《さ》し、勅《みことのり》至《いた》る日《ひ》に臨《のぞ》みて即時貢進《すなはちたてまつ》れ。内外《ないぐゑ》に告《つ》げて咸《ことごと》く知《しら》せ聞《き》かしむべし」とのたまふ。

五月[丙申朔]辛亥[十六日]、左右京《さうのきやう》[一九]の百姓《はくせい》の、澇《おほみづ》に遭《あ》ひて損《そこな》はる七百餘烟に布《ぬの》・穀《こく》・塩《しほ》賜《たま》ふこと各《おのおの》差《しな》有り。○乙卯[二十日]、太白《たいはく》[二〇]、昼《ひる》に見《あらは》る。○丙辰[二十一日]、正五位上[二一]門部《かどべの》[二二]

に配属された女性。天平七年五月戊寅条に、力婦の房戸の雑徭を免除し、また田二町を給して養物に充てるとの記事がある。

八 王公・卿相の求めにしたがってただちに貢上してしまう。

九 貢上せよという詔。

一〇 すでに貢上するにふさわしい者がいなくなっている。

一一 以下は国司と郡司に対する違反した場合の処罰規定。

一二 授位の証書。→〔一〕補2-三九。

一三 除免官当を適用せず、ただちに違勅罪によって処罰することをいうか。

一四 貢上を要求する王公・卿相。

一五 →〔一〕一九五頁注一二。

一六・一七 →〔一〕補5-一五。

一八 騎射人・相撲人・膂力者をいう。国司・郡司はあらかじめこれらの人をえらんでおき、貢上を命ずる勅が届いたならば即刻進上せよと命ずる。

一九 佐保川・秋篠川の氾濫により損害を受けた百姓に対する賜物。

二〇 金星。このとき金星は太陽の東四四度にあった(斉藤国治)。「太白昼見」は国の乱れる凶兆。甘氏星占に「太白昼見、天子有レ喪、天下更レ王大乱。是謂二経天一、有レ亡レ国、百姓皆流亡」。司馬彪続漢書天文志に「太白昼見経天、為レ兵喪在二大人一」「太白昼見、為二強臣争一」等とある。漢六朝の史乗にその例が少なからず伝えられている。

二一 下文にあるように、この日の叙位で、三月甲子条の第一の勅に基づき畿内出身者にはじめて外五位が授与された。

二二 →〔一〕補5-五。正五位上への昇叙は神亀元年二月。

王従四位下、正四位下石川朝臣石足正四位上、正五位上[1]
大宅朝臣大国・阿倍朝臣安麻呂並従四位下、従五位上小
野朝臣牛養正五位下、従五位下多治比真人占部従五位上、
正七位上阿倍[2]朝臣[3]帯麻呂、正六位下巨勢朝臣少麻呂、従
六位下中臣朝臣名代、正六位上高橋朝臣首名・大伴宿禰
首麻呂、正六位下紀朝臣雑物[4]、正六位上坂本朝臣宇頭麻
佐[5]・田口朝臣年足、正七位下笠朝臣三助・下毛野朝臣帯
足、外正六位上[6]津嶋朝臣家道、従六位上上毛野朝臣宿奈
麻呂、正六位上若湯[7]坐[8]宿禰小月・葛野臣広麻呂・丸[9]部臣
大石・葛井連大成並外従五位下。」是日、始授二外五位一。
仍勅曰、今授二外五位一人等、不レ可レ滞二此階一。随二其供
奉一、将[10]レ叙二内位一。宜二悉茲努力莫一レ怠。○六月庚午、送[11]二
渤海使一使[12]等拝辞。○壬申、水手[13]已上惣六十[14]二人、賜レ位
有レ差[15]。○秋七月癸丑、従四位下河内王卒。○乙卯、勅二
三品大将軍新田部親王一授二明[16]一品一。○八月甲午[17]、詔曰、
朕有レ所レ思、比日之間、不レ欲レ養レ鷹。

1 上ノ下、ナシ—門部王従四位下正四位下石川朝臣石足正四位上正五位上(東)
2 倍〔兼擦重〕—位(兼原)
3 臣(谷傍補・東・高、大)—ナシ〔兼・谷原〕
4 物→校補
5 佐〔高擦重〕
6 津嶋朝臣家道従六位上上毛野朝臣宿奈麻呂正六位上—ナシ(東)
7 湯〈意改〉(大改)—陽→校補
8 坐—座(高)
9 丸—凡〔底〕→校補
10 将〔兼重〕
11 送〔谷重〕
12 使〔底〕—々
13 手〔紀略改〕—子(紀略原)
14 十〔兼擦改〕—千(兼原)
15 差〔兼擦重〕
16 明〔兼等〕—ナシ(大衍、紀略)
17 甲午→校補

一 →[一]一三三頁注二九。正四位下への昇叙は養老七年正月。
二 →[一]二〇七頁注三二。正五位上への昇叙は神亀元年二月。
三 →[一]九三頁注一〇。正五位上への昇叙は神亀元年二月。
四 →七頁注二五。従五位上への昇叙は神亀元年五月以前。
五 →補8―五一。従五位下への昇叙は養老四年正月。
六 以下は、畿内出身者に対するはじめての外五位の授与。人名の配列→補10―一七。
七 →補10―一八。阿倍朝臣→[一]補1―一四二。
八 名は宿奈麻呂とも。天平元年二月少納言として長屋王を窮問。のち従五位上。天平元年二月ころ左少弁(万葉一〇一六題詞)。万葉に短歌一首がある。巨勢朝臣→[一]補2―一八。
九 →補10―一九。中臣朝臣→[一]補1―八八。
一〇 天平元年八月に従五位下。高橋朝臣→[一]補1―八二。
一一 他にみえず。大伴宿禰→[一]補1―九八。
一二 名は佐比物とも。天平元年二月右衛士佐として長屋王宅を囲む。紀朝臣→[一]補1―三一。
一三 →一五九頁注二五。
一四 天平四年九月に越中守。田口朝臣→[一]補3―三一。
一五 他にみえず。笠朝臣→[一]補3―三二。
一六 天平八年正月に従五位下。天平九年度駿河国正税帳に守として加署(古二―七四頁)。下毛野朝臣→[一]補1―一三五。
一七 天平元年二月左衛士佐として長屋王宅を囲み、三年正月従五位下。津嶋朝臣→[一]一〇

王《おほきみ》に従四位下を授《さづ》く。正四位下[一]石川《いしかは》朝臣石足《いはたり》に正四位上。正五位上[二]大宅《おほやけ》朝臣大国《おほくに》・[三]阿倍《あへ》朝臣安麻呂《やすまろ》に並《ならび》に従四位下。従五位上[四]小野《をの》朝臣牛養《うしかひ》に正五位下。従五位下[五]多治比《たぢひ》真人占部《うらべ》に従五位上。[六]正七位上[七]阿倍《あへ》朝臣帯麻呂《おびまろ》、正六位下[八]巨勢《こせ》朝臣少麻呂《すくなまろ》、従六位下[九]中臣《なかとみ》朝臣名代《なしろ》、正六位上[一〇]高橋《たかはし》朝臣首名《おびとな》・[一一]大伴《おほとも》宿禰首麻呂《おびとまろ》、正六位下[一二]紀《き》朝臣雑物《さひもち》、正六位上[一三]坂本《さかもと》朝臣宇頭麻佐《うづまさ》・[一四]田口《たぐち》朝臣年足《としたり》、正七位下[一五]笠《かさ》朝臣三助《みすけ》・[一六]下毛野《しもつけの》朝臣帯足《おびたり》、外正六位上[一七]津嶋《つしま》朝臣家道《いへみち》、従六位上[一八]上毛野《かみつけの》朝臣宿奈麻呂《すくなまろ》、正六位上[一九]若湯坐《わかゆゑ》宿禰小月《をづき》・[二〇]葛野《かどの》臣広麻呂《ひろまろ》・[二一]丸部《わにべ》臣大石《おほいし》・[二二]葛井《ふぢゐ》連大成《おほなり》に並に外従五位下。是《こ》の日《ひ》、始《はじ》めて[二三]外五位を授《さづ》く。仍《より》て[二四]勅《みことのり》して曰《のたま》はく、「今《いま》外五位を授《さづ》くる人等《ひとども》は、この階《しな》に滞《とどこほ》るべからず。その供奉《つかへまつ》るに随《したが》ひて内位《ないゐ》に叙《じょ》せむ。悉《ことごと》く茲《こ》れ、努《つと》力めて怠《おこた》ること莫《な》かるべし」とのたまふ。

外五位を授く

六月[丙寅朔]庚午[五日]、[二五]渤海使《ぼつかいのつかひ》を送《おく》る使《つかひ》ら拝辞《ことわりまう》す。○壬申[七日]、[二六]水手《かこ》已上摠《すべ》て六十二人に位《くらゐ》を賜《たま》ふこと差《しな》有り。

秋七月[乙未朔]癸丑[十九日]、従四位下[二七]河内《かふち》王卒《しゅつ》しぬ。○乙卯[二十一日]、三品大将軍《だいしやうぐん》[二八]新田部親王《にひたべのみこ》に勅《みことのり》して、明一品を授《さづ》けたまふ。

八月[甲子朔]甲午[二九]、[三〇]詔《みことのり》して曰《のたま》はく、「朕《われ》、思《おも》ふ所《ところ》有りて、比日之間《このころ》、鷹《たか》を養《か》ふ

養鷹を禁ずる

九頁注五。
一八 天平元年二月長屋王の変に坐して配流。十四年六月本位外従五位下に復す。上毛野朝臣→㊀補1―一四七。
一九 天平六年度尾張国正税帳に介としてみえる(古一―六〇八・六二〇頁)。若湯坐宿禰→補8―二七。
二〇 他にみえず。葛野臣は、姓氏録左京未定雑姓に孝元の皇子彦布都意斯麻己止命の後とする。
二一 →補7―一〇。
二二 天平二年ころ筑後守(万葉五七六題詞など)。万葉に短歌三首あり。葛井連はもと白猪史→㊀補1―一三五。
二三 畿内出身者にこの日はじめて外従五位下を授けたことをいう。
二四 外従五位下授与者をはげます勅。
二五 二月壬午に任命。天平二年八月来帰。
二六 送渤海使使の水手以上。
二七 →㊀二〇七頁注一一。従四位下への昇叙は和銅七年正月。
二八 →㊀二一頁注一八。天平八年十一月丙戌条によれば、新田部親王は天平五年の時点でも大将軍。大将軍は養老四年八月に任じた知五衛及授刀舎人事をいうか(㊀一五七頁注一四)。三品と明一品→補10―二〇。
二九 八月の朔日干支は甲子だから、この月に甲午はない。→補10―二一。
三〇 本条には、(一)鷹を養うことを禁止する詔、(二)内匠寮を置く勅、(三)中衛府を置く勅、(四)守部大隅に対する優詔、の四つの記事を載せるが、(二)・(三)の勅が出された日を三代格所収の勅は七月二十一日とする。またその日には、別に、(五)大学寮に関する勅、(六)斎宮寮に関する勅も出されている。

天下之人、亦宜レ勿レ養。其待二後勅一、及得[1]レ養之。如有レ違[2]者、科二違勅之罪一。布三告天下一、咸令[3]二聞知一。」是日、勅始置二内匠寮[4]一。頭一人、助一人、大允一人、少允二人、大属一人、少属二人、史生八人。使部已下雑色匠手各有レ数。」又置二中衛府一。大将一人、従四位上。[5]少将一人、正五位上。[6]将監四人、従六位上。将曹[7]四人、従七位上。府生六人、番長六人、中衛三百人。号曰[8]東[9]舎[10]人。使部已下亦有レ数。其職掌、常在二大内一、以備二周衛一。事並在レ格。」正五位下守部連大隅上[11]乞二骸骨一。優詔不レ許。仍賜二絹一十疋、絁一十疋、綿一百屯、布卌端一。〇甲申、勅、皇太子寝病、経レ日不レ愈。自レ非二三宝威力一、何能解三脱患苦一。因レ茲、敬造二観世音菩[12]薩像一百七十七軀并経一百七十[13]七巻一、礼仏転経、一日行道。縁二此功徳一、欲レ得二平復一。又勅、可下大三赦天下一、以救上々レ所二監臨一、強盗・窃盗所レ患。其犯二八虐一及官人枉[14]レ法受レ財[15]、監臨主守[16]自盗、

1 及得〔兼・谷原・東・高〕―乃須（谷抹傍、大）
2 違（谷・東・高、大）―達〔兼〕
3 咸令〔兼・谷、大〕―今咸（東・高）
4 匠〔谷重〕↓校補
5 従四位上↓校補
6 上―下〔底〕↓校補
7 四―ナシ（大一字空）
8 曰〔大〕―日（兼等）
9 東―東（谷）
10 舎〔谷重〕
11 上ノ下、ナシ〔兼・谷原・東・高〕―書（谷傍補、大）↓校補
12 菩―ナシ（東）
13 十〔兼・谷、大、紀略〕―千（東・高）
14 枉↓校補
15 財↓校補
16 守―ナシ〔底〕↓校補

一 鷹の飼養の禁止は養老五年七月にも行われたが、その後復活したらしく、神亀三年八月に放鷹司の鷹戸一〇戸が定められている。本条の禁令は、放生思想にかかわり、あるいは皇太子の病気と関係あるか。
二 ↓㊀一九五頁注一二。
三 以下は、内匠寮と中衛府を新たに置く二つの勅。四 令外の官司として新たに内匠寮を置く。その勅は三代格に載せる。それによれば内匠寮は中務省被管の大寮とされた。↓補10―二一。大寮↓㊀補2―七七。
五 式部省式上での定員は一〇人。
六 天平十七年の大粮申文にみられる内匠寮所属の匠手↓補10―二二。
七 令外の官司として新たに中衛府を置く。その勅は三代格に載せる。↓補10―二三。
八 中衛府の長官。大将の名は軍の統率者、武神の称として中国の古典や漢訳仏典に見える。恵美押勝の官制では大尉。以後の官制の変遷↓補10―二三。
九 以下本条の分注は、続紀編纂時の原史料にすでに相当する字句があった。↓㊀補1―七。
一〇 次官。押勝の官制では驍騎将軍。↓補10―二三。一一 判官。征軍の武力編成における判官である軍監（軍防令24）に倣った称か。
一二 主典。同じく征軍の主典である軍曹に倣ったか。
一三 文官の史生に相当する書記等の庶務にあたる職員。大同二年以降の右近衛府でも六人。この時期、中衛府以外の令制五衛府にも府生が設置された。↓補10―二四。
一四 交替で勤務する当番の舎人を統率する者。舎人五〇人を一人の番長が統率した。大同二年以降の右近衛府では八人。
一五 中衛舎人とも。左右兵衛府の兵衛と同種

ことを欲《ほ》りせず。[一]天下《あめのした》の人《ひと》も亦《また》養《か》ふこと勿《な》かるべし。其《そ》れ、後《のち》の勅《みことのり》を待《ま》ちて、養《か》ふこと得《え》よ。如《も》し違《たが》ふこと有らば、[二]違勅《ゐちよく》の罪《つみ》に科《おほ》さむ。天下《あめのした》に布《ふ》れ告《つ》げて咸《ことごと》く聞《きか》せ知《し》らしめよ」とのたまふ。是《こ》の日《ひ》、[三]勅《みことのり》して始《はじ》めて[四]内《うちの》

内匠寮新置

匠寮《たくみのつかさ》を置《お》く。頭《かみ》一人、助《すけ》一人、大允《だいいん》一人、少允《せういん》二人、大属《だいぞく》一人、少属《せうぞく》二人、史生《ししやう》八人。[五]使部《しぶ》已下、[六]雑色《ざふしき》の匠手《たくみ》、各《おのおの》数《かず》有り。また、[七]中衛府《ちうゑふ》を置《お》く。

中衛府新置

[八]大将《だいしやう》一人 [九]従四位上。[一〇]少将《せうしやう》一人 正五位上。[一一]将監《しやうげむ》四人 従六位上。[一二]将曹《しやうざう》四人 従七位上。[一三]府生《ふしやう》六人、[一四]番長《ばんぢやう》六人、[一五]中衛《ちうゑ》三百人 号《なつ》けて[一六]東舎人《あづまのとねり》と曰《い》ふ。[一七]使部《しぶ》已下亦《また》数《かず》有り。その職掌《つかさ》、常《つね》に[一八]大内《おほうち》に在《あ》りて[一九]周衛《しうゑい》に備《そな》ふ。事《こと》は並《ならび》に[二〇]格《きやく》に在《あ》り。正五位下[二一]守《もり》部《べ》連大隅《おほすみ》、[二二]上《たてまつ》りて骸骨《がいこつ》を乞《こ》ふ。優詔《いうせう》ありて許《ゆる》したまはず。仍《より》て絹《きぬ》一十疋、絁《あしぎぬ》一十疋、綿《わた》一百屯、布《ぬの》卅端を賜《たま》ふ。○甲申 [二三]二十一日、[二四]勅《みことのり》したまはく、「皇太子《ひつぎのみこ》の寝病《みやまひ》、日《ひ》を経《ふ》れど愈《い》えず。[二五]三宝《さむぽう》の威力《ゐりよく》に非《あら》ぬよりは、何《なに》ぞ能《よ》く患苦《ぐゑんく》を解《と》き脱《のが》れむ。

皇太子病につき造仏・写経・大赦

茲《これ》に因《よ》りて、敬《ゐやま》ひて[二六]観世音菩薩《くわんせおむぼさつ》の像《ざう》一百七十七軀、并《あは》せて[二七]経《きやう》一百七十七巻を造《つく》りて、礼仏《らいぶつ》・転経《てんきやう》し、一日《ひとひ》[二八]行道《ぎやうだう》せむ。この功徳《くどく》に縁《よ》りて平復《たひら》がむこと得《え》まく欲《ほ》りす」とのたまふ。また、[二九]勅《みことのり》したまはく、「天下《あめのした》に大赦《たいしや》して患《わづら》ふ所《ところ》を救《すく》ふべし。その[三〇]八虐《はちぎやく》を犯《をか》せると、[三一]官人《くわんにん》の法《のり》を枉《ま》げて財《たから》を受《う》けたると、[三二]監臨主守《げむりむしゆしゆ》自《みづか》ら盗《たう》せると、[三三]監臨《げむりむ》する所《ところ》に盗《たう》せると、強盗《がうだう》・窃盗《せつたう》

の舎人。のちの左右近衛府の舎人は、蔭子孫・位子などから採用された(兵部省式)。天平勝宝八歳七月、定数は四〇〇人となる(七月己巳条)。→補10―二三。

一六 東国出身の舎人の意で、勇猛の意をこめての称か。実際には中衛舎人には、他の地方の豪族の子弟も採用されていた。→補10―二五。

一七 三代格(狩野文庫本)には使部三〇人、直丁二人とある。使部→一八五頁注一。

一八 天子の居所。内裏。

一九 天皇身辺の警衛。

二〇 三代格所収の神亀五年七月二十一日付の二つの勅に当る。→補10―二二・二三。また同じ日になお二つの格(勅)が出されている。大学寮に関する勅→補10―二六。斎宮寮に関する勅→補10―二七。

二一 もと鍛冶造大隅。→㊀補1―一三五。

二二 致仕の上表。選叙令21に「凡官人、年七十以上、聴二致仕一。五位以上々表」とあるによる。骸骨を乞うは、致仕すなわち官職を辞すること。このときの大隅の年齢は未詳だが、文武四年の大宝令編纂終了後本年まで二九年を経ているから、かなりの高齢であったとみられる。

二三 係日に錯乱がある。

二四 皇太子の病気平癒のため、造仏、写経し、礼仏、転経、行道を行うとの勅。

二五 仏の教え、仏・法・僧。

二六 衆生がその名をとなえる音声を観じて、大慈大悲を垂れ、解脱させる菩薩。像は図にえがいたものか。

二七 観世音経。→一二五頁注二一。病気平癒のため宮中で観世音菩薩像を拝し観世音経を読誦した例には、朱鳥元年八月紀の天武の場合がある。そのときは一〇〇像二〇〇巻。本

得レ財、常赦所レ不レ免者、並不レ在二赦限一。○壬申、[1]太政官議奏、改二定諸国史生・[2]博士・医師員并考選叙限一。史生大国四人、上国三人、中・下国二人、以二六考一成選、満即[3]与レ替。博士・医師以二八考一成選。但補二博士一者、[4]惣二三四国一而一人。医師毎レ国補焉。選満与レ替、同二於史生一。語並在レ格。○丙戌、天皇御二東宮一。縁二皇太子病一、遣レ使奉二幣帛於諸陵一。○丁卯、太白経レ天。○九月丙午、皇太子薨。○壬子、葬二於那富山一。時年二[5]。天皇甚悼惜焉。為レ之廃レ朝三日。為二太[6]子[7]幼弱一、[8]不レ具二喪礼一。但在レ京官人以下及[9]畿内百姓素服三日、諸国郡司、各於二[10]当郡一挙哀三日。○壬戌、夜、流星。長可二一丈一。餘光[11]照赤、四断散[12]堕二宮中一。○冬十月壬午、僧正義淵法師卒。遣二治部官人一、監二護喪事一。又詔賻二絁一百疋、糸二百[13]絇、綿三百屯、布[14]二二百端一。

1 太―大(高)
2 博士〔谷傍補〕―ナシ(谷原)
3 与〔高擦重〕
4 惣(谷重、大)―物〔兼・谷原・東・高〕
5 二ノ下↓校補
6 子―ナシ(東)
7 幼(谷抹傍、大、紀略)―勿〔兼・谷原・東・高〕
8 不↓校補
9 畿―幾(東)
10 当郡―ナシ(東)
11 照―昭(紀略)
12 堕―随(東)
13 絇↓校補
14 二↓校補

条の一七七の数が何を意味するかは未詳。
二六 僧尼が経を読みながら行列して仏像や仏堂の周囲をめぐること。
二九 皇太子の病気平癒のための大赦。
三〇 以下は大赦から除外される犯罪。八虐→五一頁注二。
三一 →一二一頁注八。　三二・三三 →一二一頁注九。

一 →三頁注二〇。
二 係日に錯乱がある。
三 諸国の史生・国博士・国医師の定員と選限を改定する太政官奏。このことについては、その後天平神護二年五月乙丑の太政官奏と、宝亀十年閏五月丙申の太政官奏とによる、二度の改定があった。
四・五 国博士と国医師。本来は土人もしくは傍国からの採用だが、本条のは中央で任用され派遣されたもの。国博士・国医師の任用方法の変遷→㊀補3―一〇。
六 令制の諸国史生の定員は、国の大小を問わず毎国三人(職員令70―73)。それを改める。天平神護二年の改正を経て、宝亀十年に大国五人、上国四人、中国三人、下国二人となる。式部省式上に記す定員も宝亀十年制と同じ。
七 国の等級→㊀補5―六三。
八 選叙令14では史生は内分番の八考だが、慶雲三年二月の格制で六考になったはず(㊀補3―六四)。但し大宝選任令の相当条文では史生の記載が脱漏していた(選叙令14集解古記)。本条の記述は、それまで六考であったのを確認したものか、あるいは八考であったのを短縮したものか、そのいずれにも解せる。
九 国博士・国医師の選限は、和銅元年四月の制により、中央で任用された者は史生と同じ、土人・傍国の採用は令条によるとされていた。

の財《たから》を得《う》ると、常赦《じやうしや》[一]の免《ゆる》さぬとは、並《ならび》に赦《しや》の限《かぎり》に在《あ》らず」とのたまふ。○壬（九日）[二]申、太政官議奏《だいじやうぐわんぎそう》[三]して、諸国《くにぐに》の史生《ししやう》・博士《はかせ》[四]・医師《くすし》[五]の員《かず》、并《あは》せて考選《かうせん》の叙《じよ》の限《かぎり》を改《あらた》め定《さだ》む。史生《ししやう》[六]は、大国《だいこく》[七]に四人、上国《じやうこく》に三人、中《ちう》・下国《げこく》に二人、六考[八]を以《もち》て成選《じやうせん》し、満《み》てば即《すなは》ち替《かはり》を与《あた》ふ。博士《はかせ》・医師《くすし》は八考[九]を以《もち》て成選《じやうせん》す。但《ただ》し博士《はかせ》[一〇]に補《ほ》することは、三四国を惣《す》べて一人。医師《くすし》は国毎《くにごと》に補《ほ》す。選満《せんみ》てば替《かはり》を与《あた》ふること史生《ししやう》に同《おな》じ。語《こと》は並《ならび》に格《きやく》に在《あ》り。○丙戌（二十三日）[一一]、天皇《すめらみこと》、東宮《とうぐう》[一二]に御《おは》します。皇太子《くわうたいし》の病《やまひ》に縁《よ》りて、使《つかひ》を遣《つかは》して幣帛《みてぐら》を諸《もろもろ》の陵《みささき》に奉《たてまつ》らしむ。○丁卯（四日）[一三]、太白《たいはく》[一四]、天《あめ》を経《す》ぐ。

諸国史生・博士・医師の定員・考選を改定

九月（甲午朔）丙午（十三日）、皇太子薨《くわうたいしこう》[一五]しぬ。○壬子（十九日）、那富山《なほ》[一六]に葬《はぶ》りまつる。時《とき》に年《みとし》二。天皇甚《すめらみことはなは》だ悼《いた》み惜《をし》みたまふ。これが為《ため》に朝《でう》[一七]を廃《や》むること三日。太子《たいし》幼《をさな》く弱《よわ》き為《ため》に喪《も》[一八]の礼《ゐや》を具《そな》へず。但《ただ》し、京《きやう》に在《あ》る官人《くわんにん》以下と畿内《きない》の百姓《はくせい》とは素服《そぶく》[一九]すること三日、諸国《くにぐに》の郡司《ぐんじ》は各《おのおの》、当郡《そのこほり》にして挙哀《こあい》[二〇]すること三日。○壬戌（二十九日）、夜《よる》、流星《ながれぼし》あり。長《なが》さ二丈可《ばかり》なり。餘光照赤《よくわうあかく》りて、四に断《き》れ散《あか》れて宮中《みやのうち》に堕《お》つ。

皇太子没

冬十月（癸亥朔）壬午（二十日）、僧正《そうじやう》[二一]義淵法師《ぎえんほふし》卒《しゆつ》しぬ。治部《ぢぶ》[二二]の官人《くわんにん》を遣《つかは》して喪事《ものこと》を監護《みまも》らしむ。また、詔《みことのり》[二三]して絁《あしぎぬ》一百疋、糸《いと》二百絇、綿《わた》三百屯、布《ぬの》二百端を賻《おく》る。

僧正義淵没

ここでは前者のみについて八考とする。

一〇 令制の国博士の定員改正。養老七年に既に実質上は同じ措置を取っている。↓補9－三七。天平神護二年に国医師も数国に一人とされたが、宝亀十年に国博士・国医師とも毎国一人の令制にもどされた。

一一 係日に錯乱がある。

一二 東宮は皇太子の意だが、ここではその居所。

一三 係日に錯乱がある。

一四 金星。五月乙卯に太陽の東にあった金星は、このとき太陽の西二一九度に移っていた（斉藤国治）。↓一九五頁注二〇。

一五 下文に「時年二」、天平宝字四年六月の藤原光明子崩伝でも「其皇太子者…神亀五年夭而薨焉。時年二」とするが、四年閏九月丁卯誕生だから満一歳に満たない。なお、天平十六年閏正月に没した安積親王（生母は県犬養広刀自）がこの年に誕生している。

一六 奈保山。奈良市法蓮町字大黒ケ芝にある芝地がこの皇太子の墓所とされている。

一七 政務を行わないこと。儀制令7に「皇帝二等以上親…喪、皇帝不レ視レ事三日」。

一八 七歳以下で死没した者に対しては、心喪するのみで喪礼は行わない（假寧令4）。この場合もそれによる。

一九 喪服を着る。素服は麻の白い無地の服。

二〇 声を発して哀情をあらわす礼。↓㈠六三頁注一四。

二一 ↓㈠補1－一二六。大宝三年三月に僧正となる。

二二 治部省の官人が喪事を監護するのは、俗人では三位以上（喪葬令4）。それに準じた処置。

二三 詔により特別に多量の賻物を賜う。僧綱の賻物との関係→補10－一八。

1 庚申〔高擦重〕―申(高原)
2 月(谷傍補、大)―ナシ〔兼・谷原・東・高〕
3 国〔底〕―々
4 天ノ上↓校補
5 中宮―宮中(紀略)
6 戌〔紀略改〕―辰(紀略原)
7 堂〔高擦重〕
8 畿―幾(東)
9 餔↓脚注・校補

○十一月癸巳朔、雷。○乙未、以二従四位下智努王一為二造山房司長官一。○壬寅、制、衛府々生者兵部省補焉。○乙巳、冬至。御二南苑一、宴二親王已下五位已上一。賜レ絁有レ差。○庚申[1]、択二智行僧九人一、令レ住二山房一焉。○十二月[2]己丑、金光明経六十四帙六百卌巻頒二於諸国一。国[3]別十巻。先レ是、諸国所レ有金光明経、或国八巻、或国四巻。至レ是、写備頒下。随二経到日一、即令二転読一。為レ令二国家平安一也。

天[4]平元年春正月壬辰朔、宴二群臣及内外命婦於中宮[5]一。賜レ絁有レ差。○戊戌[6]、饗二五位以上於朝堂[7]一。○壬寅、正四位上六人部王卒。○丁未、勅、孟春正月、万物和悦。宜レ給二京及畿[8]内官人已下酒食価直并餔[9]一日一。○壬子、詔、五位以上高年、不レ堪レ朝者、遣レ使就レ第慰問。兼賜レ物、八十已上者絁十疋、綿廿屯、布卅端、七十已上者絁六疋、綿十屯、布廿端。

一 ↓補7―一三一。
二 山房は、東大寺の前身の金鍾寺(補15―四七)のこと(福山敏男)。下文庚申条にもみえる。平城京左京二坊の二条大路の溝から、天平七年閏十一月廿一日付の「山房解」と記した木簡が出土している(『木簡研究』一一―一八頁)。
三 衛府の府生の補任は兵部省が行えとする制。大宝令施行後の武官の人事権と兵部省↓[一]補3―八六。

造山房司

十一月癸巳の朔、雷《かみ》なる。○乙未《三日》、従四位下智努王《ちのおほきみ》[一]を造山房司長官《ざうさんばうしのちやうぐわん》[二]とす。○壬寅《十日》、制《せい》[三]すらく、「衛府《ゑふ》の府生《ふしやう》[四]は兵部省補《ひやうぶしやうほ》せよ」といふ。○乙巳《十三日》、冬至《とうし》[五]なり。南苑《なむゑん》[六]に御《おは》しまして、親王已下、五位已上を宴《うたげ》したまふ。絁《あしぎぬ》賜《たま》ふこと差《しな》有り。○庚申《二十八日》、智行《ちぎやう》の僧《ほふし》九人を択《えら》ひて山房《さんばう》[七]に住《す》ましむ。

金光明経を諸国に頒つ

十二月己丑《二十八日》《壬戌朔》、金光明経《こむくわうみやうきやう》[八]六十四帙六百卌巻を諸国《くにぐに》に頒《あか》つ。国別《くにごと》に十巻。是《こ》れより先《さき》、諸国《くにぐに》[九]の有《も》てる金光明経《こむくわうみやうきやう》、或《あ》る国《くに》は八巻、或《あ》る国《くに》は四巻。是《ここ》に至《いた》りて写《うつ》し備《そなは》りて頒《あか》ち下《くだ》す。経到《きやういた》る日《ひ》に随《したが》ひて即《すなは》ち転読《てんどく》せしむ。国家《こくか》をして平安《へいあん》ならしめむが為《ため》なり。

七二九年

天平元年《てんぴやう己巳》[一〇]春正月壬辰の朔、群臣《ぐんしん》と内外《ないぐゑ》[一一]の命婦《みやうぶ》とを中宮《ちうぐう》[一二]に宴《うたげ》[一三]したまふ。絁《あしぎぬ》賜《たま》ふこと差《しな》有り。○戊戌《七日》、五位以上を朝堂《でうだう》に饗《みあへ》[一四]す。○壬寅《十一日》、正四位上六人部王《むとべ》[一五]卒《しゆつ》しぬ。○丁未《十六日》、勅《みことのり》[一六]したまはく、「孟春正月《まうしゆんむつき》[一七]には万物和《ばんぶつやは》ぎ悦《よろこ》ぶ。

五位以上の高年者を慰労

京《きやう》と畿内《きない》との官人《くわんにん》已下に酒《さけ》・食《じき》の価直《あたひ》、并《あは》せて餔《ほ》[一八]一日を給《たま》ふべし」とのたまふ。○壬子《二十一日》、詔《みことのり》[一九]したまはく、「五位以上の高年《かうねん》の、朝《でう》[二〇]に堪《た》へぬ者《ひと》は、使《つかひ》を遣《つかは》して第《てい》に就《つ》きて慰《なぐさ》め問《と》はしめよ」とのたまふ。兼《か》ねて物賜《ものたま》ふこと、八十已上の者《ひと》には絁《あしぎぬ》十疋、綿《わた》廿屯、布《ぬの》卅端。七十已上の者《ひと》には絁《あしぎぬ》六疋、綿《わた》十屯、布《ぬの》廿端。

四 ↓補10-一二四。
五 冬至の宴。↓補9-一一四。
六 ↓補9-一二六。
七 ↓注二。
八 この金光明経は、唐の義浄訳の金光明最勝王経で、一〇巻。↓㊀補2-一六三。
九 八巻のものは隋の宝貴などが古訳を統合した合部金光明経、四巻のものは北涼の曇無識が訳した金光明経。↓㊀補2-一六三。天平期の諸国正税帳にみられる金光明経↓補10-二九。
一〇 八月癸亥(五日)に改元。
一一 内命婦はみずからが五位以上の位階を有する婦人、外命婦は五位以上の官人の妻。↓㊀一一三頁注九。
一二 ↓補9-一八。
一三 元日朝賀ののちの節会の宴。元日朝賀の儀↓㊀補1-四九。
一四 白馬の節の饗。白馬の節↓補9-五〇。
一五 ↓㊀一五九頁注一八。正四位上への昇叙は神亀元年二月。
一六 京・畿内の官人以下に酒食の代価と一日のうたげを給う勅。この日は踏歌の節日に当る。
一七 孟春は、はじめの春、すなわち正月。これに対し二月は仲春(なかのはる)、三月は季春(すゑのはる)。夏・秋・冬も同じ。
一八 餔は、諸本みな餔とする。類聚国史賞宴上賜酺および紀略も餔。餔は申(さる)の時の食事、すなわち夕食。あるいは酺と音通か。酺ならば、うたげ、さかもりの意。秦漢代以来、改元等国家的慶事に際しひろく賜酺が行われた。
一九 五位以上の高年者を慰労する詔。
二〇 朝参すること。すなわち朝庭(㊀補1-一二〇)に会すること。

○二月辛未、左京人従七位下漆部造君足、無位中臣宮処連東人等告レ密称、左大臣正二位長屋王私学二左道一、欲レ傾二国家一。其夜、遣レ使固[1]守二三関[2]一。因遣二式部卿従三位藤原朝臣宇合、衛門佐従五位下佐[3]味朝臣虫麻呂、左衛士佐外従五位下津[4]嶋朝臣家道、右衛士佐外従五位下紀朝臣佐比物等一、将二六衛兵一、囲[5]二長屋王宅一。○壬申、以二大宰大弐正四位上[6]多治比真人県守、左大弁正四位上石川朝臣石足、弾正尹従四位下大伴宿禰道足一、権為二参議一。巳時、遣二一品舎人親王・新田部親王、大納言従二位多治比真人池守、中納言正三位藤原朝臣武智麻呂、右中弁[7]正五位下[8]小野朝臣牛養、少納言外従五位下巨[9]勢朝臣宿奈麻呂等一、就二長屋王宅一、窮二問其罪一。○癸酉、令三王自尽二。其室二品吉備内親王、男従四位下膳夫王、無位桑田王・葛木王・鉤[10]取王等、同亦自経。乃悉捉[11]二家内人等一、禁二着於左右衛士・兵衛等府一。○甲戌、遣レ使葬二長屋王・吉備内親王屍於生馬山一。仍勅曰、吉備内親王者無レ罪。宜二准レ例送葬一。唯停二鼓吹一。其家令・帳内等並従二放免一。長屋王者

1 固〔紀略改〕—国(紀略原)
2 関(兼・谷、大、紀略)—開〔東・高〕
3 佐味朝臣虫麻呂左衛士佐外従五位下—ナシ(東)
4 津嶋朝臣家道右衛士佐外従五位下—ナシ〔底〕→校補
5 囲〔谷擦重〕
6 上—下(紀略)
7 弁—ナシ(東)
8 下〔谷重〕
9 巨〔兼・谷、大〕—臣(東・高)
10 鉤(大改、紀略)—釣〔兼等〕
11 捉〔谷重〕

一 本条から丁亥条までは、いわゆる長屋王事件に関する記事。長屋王事件→補10-三〇。本条はそれが密告された記事。
二 長屋王事件の密告者。その功により下文壬午条で外従五位下を授けられ、封三〇戸・田一〇町を賜う。漆部造→〔一〕三二頁注七。
三 同じく長屋王事件の密告者。下文壬午条で外従五位下を授けられ、のち右兵庫頭に任じたが、天平十年七月、左兵庫少属大伴子虫に殺害された。中臣宮処連は、姓氏録左京神別に大中臣朝臣と同祖とあり、推古十六年六月紀と同二十年二月紀に中臣宮地連烏麻呂がみえる。なお下文壬午条にはもう一人の密告者として漆部駒長の名がみえる。
四 →〔一〕補3-二四。左大臣任官と正二位への昇叙は神亀元年二月。
五 邪道、正しくない道。
六 名例律6八虐(〔一〕補3-五五)の第一の謀反(むへん)に当る。その刑は斬(賊盗律1)。
七 伊勢国鈴鹿関、美濃国不破関、越前国愛発関の三つの関を固守する。三関固守→補8-九四。
八 六衛府の兵を以て長屋王宅を包囲する。
九 →補7-二二。式部卿任官は神亀元年四月以前、従三位への昇叙は同二年閏正月。
一〇 →補9-一一五。衛門佐任官は神亀二年十一月以後。
一一 →一九七頁注一七。
一二 →一九七頁注一二。
一三 中衛府の設置により、令制五衛府(衛門・左右衛士・左右兵衛)から六衛府になっていた。
一四 長屋王宅は平城京左京三条二坊にあった。→〔一〕補3-二四。
一五 多治比県守ら三名をかりに参議とする。政変に対処するための処置であろう。

長屋王密告さる

二月[壬戌朔]辛未[十日]、左京《さきやう》[一]の人《ひと》従七位下漆部《ぬりべ》[二]造君足《きみたり》、無位中臣宮処連《なかとみのみやこ》[三]東人《あづまひと》ら密《ひそかこと》を告《つ》げて称《まう》さく、「左大臣《さだいじん》正二位長屋王《ながやのおほきみ》[四]私《ひそ》かに左道《さだう》[五]を学《まな》びて国家《こくか》[六]を傾《かたぶ》けむと欲《す》」とまうす。その夜《よ》、使《つかひ》を遣《つかは》して固《かた》く三関《さむぐゑん》[七]を守《まも》らしむ。因《より》[八]て式部卿《しきぶきやう》従三位藤原《ふぢはら》[九]朝臣宇合《うまかひ》、衛門佐《ゑもんのすけ》従五位下佐味《さみ》[一〇]朝臣虫麻呂《むしまろ》、左衛士佐《さゑじのすけ》外従五位下津嶋《つしま》[一一]朝臣家道《いへみち》、右衛士佐《うゑじのすけ》外従五位下紀《き》[一二]朝臣佐比物《さひもち》らを遣して六衛《りくゑ》[一三]の兵《いくさ》を将《ゐ》て長屋《ながや》王の宅《いへ》[一四]を囲《かく》ましむ。○壬申[十一日]、大宰大弐《だいさいのだいに》[一五]正四位上多治比《たぢひ》[一六]真人県守《あがたもり》、左大弁《さだいべん》正四位上石川《いしかは》[一七]朝臣石足《いはたり》、弾正尹《だんじやうのゐん》従四位下大伴《おほとも》[一八]宿禰道足《みちたり》を権《かり》に参議《さむぎ》とす。巳時《みのとき》[一九]に、一品舎人親王《とねりのみこ》[二〇]・新田部《にひたべ》[二一]親王、大納言《だいなふごん》従二位多治比《たぢひ》[二二]真人池守《いけもり》、中納言《ちうなふごん》正三位藤原《ふぢはら》[二三]朝臣武智麻呂《むちまろ》、右中弁《うちうべん》正五位下小野《をの》[二四]朝臣牛養《うしかひ》、少納言《せうなふごん》外従五位下巨勢《こせ》[二五]朝臣宿奈麻呂《すくなまろ》らを遣して、長屋《ながや》王の宅《いへ》に就《つ》きてその罪《つみ》を窮問《きうもん》せしむ。

長屋王自殺

○癸酉[十二日]、王をして自《みづか》[二六]ら尽《し》なしむ。その室《しつ》二品吉備内親王《きびのひめみこ》[二七]、男《をのこご》[二八]従四位下膳夫《かしはで》[二九]王、無位桑田《くはた》[三〇]王・葛木《かづらき》[三一]王・鉤取《かぎとり》[三二]王ら同《おな》じく亦自《またみづか》[三三]ら経《くび》る。乃《すなは》ち悉《ことごと》く家内《やぬち》[三四]の人等《ひとども》を捉《とら》へて左右《さう》の衛士《ゑじ》・兵衛《ひやうゑ》等の府《ふ》に禁《いまし》め着《つ》く。○甲戌[十三日]、使《つかひ》を遣《つかは》して長屋《ながや》王・吉備《きび》内親王の屍《かばね》を生馬《いこま》[三五]山に葬《はぶ》らしむ。仍《より》て勅《みことのり》[三六]して曰《のたま》はく、「吉備《きび》内親王は罪《つみ》無し。例《ためし》[三七]に准《なずら》へて送《おく》り葬《はぶ》るべし。唯《ただ》、鼓吹《こすい》[三八]は停《とど》めよ。その家令《けりやう》[三九]・帳内《ちやうない》[四〇]らは並《ならび》に放免《ゆるし》に従《したが》へよ。長屋王《ながやのおほきみ》は

一六 →〔一〕九三頁注九。天平三年八月に正官の参議となる。
一七 →〔一〕一三三頁注二九。
一八 →〔一〕補3―三四。天平三年八月に正官の参議となる。
一九 午前一〇時ころ。以下は長屋王宅における糺問。糺問使は親王二人のほか、大納言一人、中納言一人、右中弁一人、少納言一人の編成。
二〇 →〔一〕七七頁注一四。
二一 →〔一〕二一頁注一八。
二二 →〔一〕一三三頁注一二。
二三 →〔一〕九三頁注二。
二四 →七頁注二五。
二五 →一九七頁注八。
二六 自尽は、みずから生命を絶つこと。補任・分脈は年四十六とする。長屋王の自家での自尽→補10―三一。
二七 草壁皇子の女。聖武の伯母または叔母にあたる。→〔一〕補6―六八。
二八 以下は吉備内親王所生の男。藤原不比等の女が生んだ男女は助命された。→下文己卯条。膳夫王等の自経のことは、天平宝字七年十月丙戌条の藤原弟貞(もと山背王で、長屋王の男)の薨伝にもみえる。
二九 →一四五頁注二三。
三〇―三二 いずれも天平宝字七年十月の藤原弟貞薨伝にみえるのみ。
三三 「自経」は、みずから首くくること。
三四 長屋王家出土木簡にみられるように、同家には多数の家政機関があり、そこに多くの人びとが所属していた(平城木簡概報二一―一一～二九頁)。
三五 生駒山。陵墓要覧は、奈良県生駒郡平群町大字梨本にある円墳二基を二人の墓として

依レ犯伏レ誅。雖レ准ニ罪人一、莫レ醜ニ其葬一矣。長屋王、天武天皇之孫、高市親王之子[1]、吉備内親王、日並知[2]皇子尊之皇女也。○丙子、勅曰、左大臣正二位長屋王、忍戾昏凶、触レ途則著。尽レ慝[3]窮レ奸、頓陥ニ疏網[4]一。苅ニ夷奸党一、除ニ滅賊悪一。宜ニ国司莫一レ令レ有レ衆。仍以ニ二月十二日一、依レ常施行。○戊寅、外従五位下上毛野朝臣宿奈麻呂等七人、坐下与ニ長屋王一交通上、並処レ流。自餘九十人悉従ニ原免一。○己卯、遣ニ左[5]大弁正四位上石川朝臣石足等一、就ニ長屋王弟[6]従四位上鈴鹿王宅一、宣レ勅曰、長屋王昆弟・姉妹・子孫[7]及妾等合ニ縁坐一者、不レ問[8]ニ男女一、咸皆赦除。」是日、百官大祓。○壬午、曲ニ赦左右京[9]大辟罪已下一。并免下縁ニ長屋王事一徴発百姓雑徭上。又告人漆部造君足・中臣宮処連東人並授ニ外従五位下一、賜ニ封[10]卅戸、田[11]十町一。漆[12]部駒長従七位下。並賜レ物有レ差。○丁亥、長屋王弟[13]・姉妹并男女等見存者、預ニ給[14]レ禄之例一。

1 子ノ下、ナシ〔兼等〕—也〔大補、紀略〕
2 知〈意改〉〈大改〉—智→校補
3 慝〔谷重〕
4 網〔谷擦重、大〕—綱〔兼・谷原・東・高〕
5 左〔紀略改〕—右〔紀略原〕
6 弟〔大、紀略〕—第〔兼等〕
7 孫→校補
8 問〔兼・谷、大、紀略〕—門〔東・高〕
9 京〔兼朱傍補〕—ナシ〔兼原〕
10 封ノ上、ナシ〔兼等〕—食〔大補、紀略〕
11 田→校補
12 漆—添〔高〕
13 弟〔大、紀略〕—第〔兼等〕
14 給〔谷重〕

いる。
三六 吉備内親王と長屋王の葬礼などについての勅。
三七 喪葬令に定める葬送の礼によること。
三八 喪葬令8に定める親王・内親王の葬送具のなかに、鼓・大角・小角がある。
三九 家令は、有品の親王・内親王および三位以上の王・臣の家政を掌るものとして配属される職員。→補10-三二。
四〇 一品の内親王の帳内(㊀補5-一五)は七〇人。長屋王宅跡から「帳内」「帳内司」「馬司帳内」などと記した木簡が出土している(平城木簡概報二一-一六・二〇頁など)。

一 →㊀三頁注三。
二 高市皇子。→補10-三三。親王は大宝令ではじめられた称号。
三 天武皇子の草壁皇子。→㊀三頁注四。
四 今回のような事件の再発を防ぐため、国司に対し、人民が衆するのを禁止させる勅。
五 忍はむごい、戾はまがる、ねじれる、昏はくらい、凶はわるい。長屋王の性格についていったもの。
六 慝は、悪事、悪行。
七 疏網は、目のあらい網。転じて法律がゆるやかであることのたとえ。
八 衆は、三人以上があつまって何事かをたくらむこと。名例律55逸文に「称レ衆者、三人以上」。
九 長屋王が自尽した日。その日にさかのぼってこの勅を適用する。
一〇 通常の単行法と同じように二月十二日を

人民の衆するを禁ずる

長屋王事件の縁坐者を赦す

犯《をかし》に依《よ》りて誅《つみ》に伏《したが》ふ。罪人《つみひと》に准《なずら》ふと雖《いへど》も、その葬《はぶり》を醜《いや》しくすること莫《なか》れ」とのたまふ。長屋《ながや》王は天武《てんむ》[一]天皇《てんわう》の孫《うまご》、高市《たけち》[二]親王の子《みこ》、吉備内親王《きびのひめみこ》は日並知《ひなみしの》[三]皇子尊《みこのみこと》の皇女《ひめみこ》なり。○丙子《十五日》、勅《みことのり》[四]して曰《のたま》はく、「左大臣《さだいじん》正二位長屋《ながや》王、忍《じん》[五]戻昏凶《れいこんきよう》、途《みち》に触《ふ》れて著《あらは》る。慝《いつはり》[六]を尽《つく》して奸《かだましき》を窮《きは》め、頓《にはか》に疏《あら》[七]き網《あみ》に陥《おちい》れり。奸党《かんたう》を芟《か》り夷《たひら》げ、賊悪《ぞくあく》を除《のぞ》き滅《ほろぼ》さむ。国司《こくし》、衆《しゆう》[八]有らしむること莫《な》かるべし」とのたまふ。仍《より》て二月十二日[九]を以《もち》て常《つね》[一〇]に依《よ》りて施行《せぎやう》せしむ。○戊寅《十七日》、外従五位下[一一]上毛野《かみつけの》[一二]朝臣宿奈麻呂《すくなまろ》ら七人、長屋《ながや》王と交《まじは》り通《かよ》ふに坐《つみ》せられて、並《ならび》に流《る》に処《しよ》せらる。自餘《そのほか》の九十人は悉《ことごと》く原免《ゆるし》に従《したが》ふ。○己卯《十八日》、左大弁《さだいべん》正四位上石川《いしかは》[一三]朝臣石足《いはたり》らを遣《つかは》して、長屋《ながや》王の弟《おとひと》従四位上鈴鹿《すずか》[一四]王の宅《いへ》に就《つ》きて、勅《みことのり》[一五]を宣《の》りて曰《のたま》はく、「長屋《ながや》王の昆弟《こんてい》[一六]・姉妹《しまい》[一七]・子孫《しそん》[一八]と妾《せふ》らとの縁坐《えんざ》すべきは、男女《だむぢよ》を問《と》はず咸《ことごと》く皆赦除《みなゆる》せ」とのたまふ。是《こ》の日《ひ》、百官《ひやくくわん》[一九]大《おほ》きに祓《はらへ》す。○壬午《二十一日》、左右京《さうのきやう》の大辟罪《だいびやくざい》[二〇]已下を曲赦《きよくしや》[二一]す。并《あは》せて、長屋《ながや》王の事《こと》に縁《よ》りて徴《はた》り発《おこ》せる百姓《はくせい》の雑徭《ざふえう》[二二]を免《ゆる》す。また、告《つ》[二三]ぐる人漆部《ひとぬりべ》造君足《きみたり》・中臣宮処《なかとみのみやこ》連東《あづま》人《ひと》に並に外従五位下を授《さづ》け、封《ふう》[二四]卅戸、田《た》[二五]十町を賜《たま》ふ。漆部駒長《ぬりべのこまのをさ》[二六]には従七位下。並に物賜《ものたま》ふこと差《しな》有り。○丁亥《二十六日》、長屋《ながや》[二七]王の弟《おとひと》・姉妹《しまい》、并《あは》せて男女《だむぢよ》ら見《いま》存《あ》る者《ひと》、禄給《ろくたま》ふ例《つら》に預《あづか》る。

発令日として施行する意。
一一 長屋王の与同者に対する処罰。
一二 →一九七頁注一八。天平十四年六月に本位外従五位下に復された。
一三 →㊀一三三頁注二九。
一四 →㊀補5-八。その宅の所在地は未詳。
一五 長屋王事件に縁坐すべき者の罪をゆるす勅。賊盗律1に定める謀反人の縁坐は、父子は没官(官戸とすること)、祖孫・兄弟は遠流。本条の勅がこれら以外の姉妹・妾をも縁坐すべき者としているのは、唐律を念頭に置いた記述か。唐、賊盗律1での謀反人の縁坐は、父子、母女、妻妾、祖孫、兄弟、姉妹、伯叔父、兄弟の子に及ぶ。
一六 兄弟。ここでは鈴鹿王をいう。
一七 姉妹の名は未詳。
一八 孫は未詳だが、子女については十数名の者が知られる。→補10-二四。
一九 長屋王事件によって生じた罪の気やけがれを除去する大祓であろう。大祓→㊀補1-九四。
二〇 死罪に当る罪。→三頁注一二。
二一 地域を限定して行う赦。→㊀補2-九八。
二二 年間六〇日以内の身役労働(賦役令37)。
二三 長屋王事件の密告者。漆部造君足と中臣宮処連東人は上文二月辛未条にみえる。
二四 賜封か。禄令15に基づき別勅で賜わる食封を賜封という。食封→㊀補1-二四。
二五 賜田か。別勅によって賜わる田を賜田という(田令12)。
二六 他にみえず。漆部は、漆部造などが管掌した部民の姓であろう。
二七 長屋王一族の存命者は、今後も従来どおり位禄・季禄・節禄などの支給を受けることができるとする。事件関係の記事はここで終る。

○三月癸巳、天皇御二松林苑一、宴二群臣一。引二諸司并朝集使主典以上[1]于御[2]在所一。賜レ物有レ差。○甲午、天皇御二大極殿一、授二正四位上石川朝臣石足・多治比真人県守・藤原朝臣麻呂並従三位、従四位上鈴鹿王正四位[3]上、従四位上長田王、従四位下葛城王並正四位下、従四位下智努王・三原王並従四位上、正五位下桜井王正五位上、無位阿紀王従五位下、従四位下大伴宿禰道足正四位下、正五位下粟田朝臣人上正五位上、従五位上[4]車持朝臣益・佐伯宿禰豊人並正五位下、従五位下息長真人麻呂・伊吉連古麻呂・[5]県犬養宿禰石次・小野朝臣老・布勢朝臣国[6]足並従五位上、外従五位下中臣[7]朝臣名代・巨勢朝臣少麻呂・[8]阿[9]倍朝臣帯麻呂・坂本朝臣宇頭麻佐並従五位下、正六位上[10]巨勢朝臣奈[11]氏麻呂・紀朝臣飯麻呂・[12]大神朝臣乙麻呂・三国真人大浦、正六位下小治田朝臣諸人・坂上忌寸大国、正六位上後部王起・垣津連比奈並外従五位下一。以二中納言正三位藤原朝臣武智麻呂一為二大納言一。○癸丑、太政[13]官奏曰、令下諸[14]国停二四丈広絁一、皆成中六丈狭絁上。又班二口分

1 上→校補
2 在〔兼朱傍補・谷・東・高、大、類七三・紀略補〕—ナシ（兼原、紀略原）
3 上従四位上長田王—ナシ（東）
4 車〔兼重〕
5 県〔高擦重〕
6 足〈意改〉（大改）—之→校補
7 朝臣—ナシ（東）
8 阿倍朝→校補
9 倍—部（大）
10 巨〔兼擦〕→校補
11 氏—氏〔底〕→校補
12 大—太（高）
13 官（大改、類八〇・一五九）—大臣〔兼等〕
14 国—ナシ（高）

一 松林宮（天平二年三月丁亥条）ともいい、平城宮の北に設けられた庭園。→補10―二五。
二 曲水の宴。→[一]補2―二一。
三 朝集使として諸国から上京していた国司。朝集使→[一]補5―五八。
四 大極殿前の朝庭で行われた叙位の儀。
五 平城宮の大極殿。→[一]補1―四八・5―一。
六 →[一]一三三頁注二九。正四位上への昇叙は神亀五年五月。
七 →[一]九三頁注九。正四位上への昇叙は養老五年正月。
八 →三七頁注九。正四位上への昇叙は神亀三年正月。
九 →[一]補5―八。従四位上への昇叙は神亀三年正月。
一〇 →[一]一六五頁注二〇。従四位上への昇叙は神亀元年二月。
一一 →[一]補5―六。従四位下への昇叙は神亀元年二月。
一二 →補7―二三。従四位下への昇叙は養老元年正月。
一三 御原王とも。→補7―二三。従四位下への昇叙は養老元年正月。
一四 →[一]補6―二八。正五位下への昇叙は神亀元年二月。
一五 阿貴王、安貴王とも。市原王の父（万葉九八八題詞）。天平十七年正月に従五位上。万葉に長歌一首短歌三首あり。
一六 →[一]補3―三四。従四位下への昇叙は養老七年正月。
一七 →[一]二〇七頁注三三。正五位下への昇叙は神亀元年二月。
一八 →[一]補5―一〇。従五位上への昇叙は養老四年正月。
一九 →一四五頁注四二。従五位上への昇叙は神亀元年二月。
二〇 →一二九頁注六。従五位下への昇叙は養老七年正月。
二一 →[一]一一三頁注一八。従五位下への昇叙は和銅六年正月。
二二 →補8―五一。従五位下への昇叙は養老四年正月。
二三 →五三頁注一四。従五位下への昇叙は養

曲水の宴

三月癸巳[辛卯朔 三日]、天皇《すめらみこと》、[一]松林苑《しょうりむゐん》に御《おは》しまして群臣《ぐんしん》を[二]宴《うたげ》したまふ。諸司《しょし》、并《あは》せて[三]朝集使《でうじふし》の主典《さうくわん》以上を御在所《おましところ》に引《ひ》く。物賜《ものたま》ふこと差《しな》有り。○甲午[四日]、[四]天皇《すめらみこと》、[五]大極殿《だいごくでん》に御《おは》しまして、正四位上[六]石川《いしかは》朝臣石足《いはたり》・[七]多治比《たちひ》真人県守《あがたもり》・[八]藤原《ふぢはら》朝臣麻呂《まろ》に並《ならび》に従三位を授《さづ》けたまふ。従四位上[九]鈴鹿王《すずかのおほきみ》に正四位上。従四位上[一〇]長田《ながた》王、従四位下[一一]葛城《かづらき》王に並に正四位下。従四位下[一二]智努《ちの》王・[一三]三原《みはら》王に並に従四位上。従四位下[一四]桜井《さくらゐ》王に正五位上。無位[一五]阿紀《あき》王に従五位下。従四位下[一六]大伴《おほとも》宿禰道足《みちたり》に正四位下。正五位下[一七]粟田《あはた》朝臣人上《ひとかみ》に正五位上。従五位上[一八]車持《くるまもち》朝臣益《ます》・[一九]佐伯《さへき》宿禰豊人《とよひと》に並に正五位下。従五位下[二〇]息長《おきなが》真人麻呂《まろ》・[二一]伊吉《いき》連古麻呂《こまろ》・[二二]県犬養《あがたいぬかひ》宿禰石次《いはすき》・[二三]小野《をの》朝臣老《おゆ》・[二四]布勢《ふせ》朝臣国足《くにたり》に並に従五位上。外従五位下[二五]中臣《なかとみ》朝臣名代《なしろ》・[二六]巨勢《こせ》朝臣少麻呂《すくなまろ》・[二七]阿倍《あへ》朝臣帯麻呂《おびまろ》・[二八]坂本《さかもと》朝臣宇頭麻佐《うづまさ》に並に従五位下。正六位上[二九]巨勢《こせ》朝臣奈氏麻呂《なでまろ》・[三〇]紀《き》朝臣飯麻呂《いひまろ》・[三一]大神《おほみわ》朝臣乙麻呂《おとまろ》・[三二]三国《みくに》真人大浦《おほうら》、正六位下[三三]小治田《をはりだ》朝臣諸人《もろひと》・[三四]坂上《さかのうへ》忌寸大国《おほくに》、正六位上[三五]後部王起《こうほうわうき》・[三六]垣津《かきつ》連比奈《ひな》に並に外従五位下。中納言《ちうなふごん》正三位[三七]藤原《ふぢはら》朝臣武智麻呂《むちまろ》を大納言《だいなふごん》とす。○癸丑[二十三日]、[三八]太政官奏《だいじやうぐわんそう》して曰《まう》さく、「[三九]諸国《くにぐに》をして四丈の広絁《ひろきあしぎぬ》を停《とど》めて、皆《みな》、六丈の狭絁《さきあしぎぬ》と成《な》さしめむ。[四〇]また、[四一]口分《くぶん》

調の絁は狭絁に統一

口分田の班給を全面的にやり直す

老三年正月。二四 ↓一二九頁注五。従五位下への昇叙は養老七年正月。
二五 ↓補10-一九。以下の四名の外従五位下への昇叙は、いずれも神亀五年五月。
二六 ↓一九七頁注八。
二七 ↓補10-一八。二八 ↓一五九頁注二五。
二九 推古朝の大海の孫、天智朝の御史大夫比登(比等・人とも)の子。↓補10-三六。巨勢朝臣↓㈠補2-一八。
三〇 天智朝の御史大夫大人の孫、古麻呂の長子。↓補10-三七。紀朝臣↓㈠補1-三一。
三一 散位頭を経て、天平五年三月に入内して従五位上。大神朝臣↓㈠補2-六七。
三二 他にみえず。三国真人↓㈠九三頁注一。
三三 散位頭・豊後守を経て、天平十八年五月に入内して従五位下。のち従五位上。小治田朝臣↓㈠二二頁注四。
三四 犬養の父、苅田麻呂の祖父、田村麻呂の曾祖父。天平宝字八年十二月の犬養の卒伝に、父大国は右衛士大尉外従五位下であったとある。坂上忌寸↓㈠補1-一一二。
三五 ↓一五九頁注一八。
三六 他にみえず。垣津連も他にみえず。
三七 ↓㈠九三頁注二。中納言任官は養老五年正月。
三八 この太政官奏は二項よりなり、いずれも裁可された。
三九 太政官奏の第一項。調の広絁を廃止し、狭絁に統一することを奏する。↓補10-二八。
四〇 太政官奏の第二項。口分田の班給を全面的にやり直すことを奏する。この年は班田の年に当る。天平元年の班田↓補10-三九。下文十一月癸巳条に、今回の班田にともなう施行細則を示した太政官奏がある。
四一 ↓補9-四五。

田一、依レ令[1]収授、於レ事不レ便[2]。請、悉収更[3]班。並許レ之。○丁巳、以二正八位上紀直豊嶋一為二紀伊国造一。○夏四月壬戌、播磨国賀茂郡加二主政・主帳各一人一。○癸亥、勅、内外文武百[4]官及天下百姓、有下学二習異端一、蓄二積幻[5]術[6]一、厭[7]魅呪咀、害二傷百物[8]一者上、首斬[9]、従流。如有下停二住山林一、詳道二仏法一、自作二教化[10]一、伝習授レ業、封二印書符一、合レ薬造レ毒、万方作レ怪、違二犯勅禁一者上、罪亦如レ此。其妖[11]訛書者[12]、勅出以後五十日内首訖[13]。若有下限内不レ首、後被二糺告一者上、不レ問二首・従[14]一、皆咸配レ流。其糺告人賞二絹卅疋一。便徴[15]二罪家一。」又勅、毎年割二取伊勢神調絁三百疋一、賜下任二神祇官一中臣朝臣[16]等上。」太政官処分、舎人親王参二入朝庁[17]一之時、諸司莫三為レ之下二座。」為レ造二山陽道諸国駅家一、充二駅起稲五万束一。○乙丑、筑前国

1 令―ナシ(東)
2 便〔兼朱傍・谷抹朱傍・東・高、大改、類一五九〕―使(兼・谷原)
3 更〔谷重〕
4 百―ナシ(東)
5 幻(谷抹傍、大)―約〔兼・谷原・東・高〕
6 術↓校補
7 厭↓脚注
8 物〔兼重〕
9 斬―軒(東)
10 化〔東・高、大改〕―他(兼・谷)
11 妖(谷抹傍、大)↓校補
12 者〔兼重〕
13 首訖若有限内―不(東)
14 従ノ下、ナシ―皆従(高)
15 徴↓校補
16 朝臣―ナシ(東)
17 庁↓校補

一 この一文については種々の解釈がある。↓補10―二九。
二 口分田をすべて収公して班給し直す。
三 他にみえず。紀直摩祖(神亀元年十月壬寅条)の後任か。紀直↓補9―九五。
四 ↓補9―九五。
五 ↓補10―四〇。
六 職員令74―78によれば主政と主帳がそろって置かれるのは大郡・上郡・中郡。しかし賀茂郡がそのどれであるかは未詳。
七 本条には二つの勅と一つの太政官処分を載せる。第一の勅は三項からなる。
八 勅の第一項。内外文武百官・天下百姓すなわち俗人を対象とし、異端を学ぶなどして人を害するのを禁ずる。
九 正しくない道。二月辛未条の左道と同じ。
一〇 人の眼をくらます術。魔法の類か。
一一 厭魅は、厭魅と記すべきもの。厭魅呪咀↓補10―四一。
一二 百物はさまざまな物の意だが、ここでは人間をいう。
一三 律の首従の法↓補10―四二。
一四 勅の第二項。山林修業者・僧尼を対象とする。行基集団を意識したものか。
一五 僧尼令5に、僧尼が寺院以外のところで衆をあつめて教化し、みだりに罪福を説けば還俗、と定める。
一六 僧尼令2で禁じている「卜二相吉凶一、及小道、巫術」などを習い、人に伝授することか。
一七 賊盗律17に「符書」。道術の呪文などを記した書きつけ。
一八 薬を調合して毒薬をつくること。

田《でん》を班《あか》つに、令《りやう》に依《よ》りて収《をさ》め授《さづ》くること、事《こと》に於《おき》て便《たより》あらず。請《こ》はくは、悉《ことごと》く収《をさ》めて更《さら》に班《あか》たむことを」とまうす。並《ならび》にこれを許《ゆる》す。○丁巳（二十七日）、正八位上紀直豊嶋《きとよしま》を紀伊国造《きのくにのみやつこ》とす。

夏四月壬戌（辛酉朔　二日）、播磨国賀茂郡《はりまかも》に、主政《しゆしやう》・主帳《しゆちやう》各《おのおの》一人を加《くは》ふ。○癸亥（三日）、

異端・厭魅呪咀者は処罰

勅《みことのり》したまはく、「内外《ないぐゐ》の文武《ぶんぶ》の百官《ひやくくわん》と天下《あめのした》の百姓《はくせい》と、異端《いたん》を学《まな》び習《なら》ひ、幻術《げんじゆつ》を蓄《たくは》へ積《つ》み、厭魅呪咀《まじものとご》ひて百物《ひやくもち》を害《そこな》ひ傷《やぶ》る者有《ひと》らば、首《しゆ》は斬《ざむ》、従《じゆう》は流《る》。如《も》し山林《さんりむ》に停《とど》まり住《す》み、詳《いつは》りて仏《ほとけ》の法《のり》を道《い》ひ、自《みづか》ら教化《おもぶけ》を作《な》し、伝《つた》へ習《なら》ひて業《なり》を授《さづ》け、書符《しよふ》を封印《ふういん》し、薬《くすり》を合《あは》せて毒《どく》を造《つく》り、万方《ばんはう》に怪《くゐ》を作《な》し、勅禁《ちよくきむ》に違《たが》ひ犯《をか》す者有《ひと》らば、罪亦此《つみまたか》くの如《ごと》くせよ。その妖訛《えうくわ》の書《ふみ》は、勅《みことのりい》出でて以後《のち》五十日の内《うち》に首《まう》し訖《をは》れ。若《も》し限《かぎ》りの内《うち》に首《まう》さずして後《のち》に糺《ただ》し告《つ》げらる者有《ひと》らば、首《しゆ》・従《じゆう》を問《と》はず、皆咸《みなことごと》く流《る》に配《はい》せむ。その糺《ただ》し告《つ》ぐる人《ひと》には絹《きぬ》卅疋を賞《たま》はむ。便《すなは》ち罪《つみ》せる家《いへ》に徴《はた》らむ」とのたまふ。また、勅《みことのり》したま

伊勢神宮の調を中臣氏に分与

はく、「毎年《としごと》に、伊勢神《いせのかみ》の調《でう》の絁《あしぎぬ》三百疋を割《さ》き取《と》りて、神祇官《じんぎくわん》に任《にむ》せら

舎人親王への礼を改む

るる中臣《なかとみ》朝臣らに賜《たま》はむ」とのたまふ。太政官処分《だいじやうぐわんしよぶん》すらく、「舎人親王《とねりのみこ》の朝庁《でうちやう》に参《まゐ》り入《い》る時《とき》、諸司《しよし》これが為《ため》に座《ざ》を下《お》ること莫《なか》れ」といふ。山陽道《せんやうだう》の諸国《くにぐに》の駅家《うまや》を造《つく》らむが為《ため》に、駅起《やくき》稲《たう》五万束を充《あ》つ。○乙丑（五日）、筑前国《つくしのみちのくち》

一九　万人をあやしませる。

二〇　僧尼令で禁止している事柄および養老元年四月壬辰条の詔などで禁止している事柄をいうか。

二一　第一項と同じく、首は斬、従は流とする。

二二　勅の第三項。僧・俗両者を対象とする。妖訛の書を造った者に自首をうながす。

二三　賊盗律21の妖書と同じ。→補10-四三。

二四　本条のこの勅。

二五　他人によって密告されること。

二六　密告者に褒賞として与える絹三〇疋は罪人の家から徴する。

二七　第二の勅。今後毎年、伊勢神宮の調の一部を割いて、神祇官に任ずる中臣朝臣に給する、とする。

二八　神郡(㊀補1-五六)・神戸などから徴収した調。神戸の調庸等の処分→補10-四四。

二九　→㊀補1-八八。

三〇　朝堂での、舎人親王に対する礼を下座から動座(起立)に改める太政官処分。→補10-四五。

三一　→㊀七七頁注一四。このとき一品知太政官事。

三二　朝庁は朝堂のこと。庁→補10-一二。

三三　儀制令12集解古記・令釈によれば、下座とは、五位以上は牀(背のない腰かけ)よりおりて立ち、六位以下は座からおりて跪き、庁外の人は地に立つこと。

三四　山陽道諸国の、既設の駅家の施設を、修造もしくは増築する記事(坂本太郎)。駅家→㊀補2-一〇九。

三五　→㊀補2-一一七。

三六　宗像神社を奉斎する宗形郡の大領の代がわりにあたっての叙位と賜物。宗像神社→㊀補1-五七。宗形郡→㊀九頁注一六。

宗形郡大[1]領外従七位上宗形朝臣鳥麻呂奏下可レ供二奉神[2]斎[3]一
之状上。授二外従五位下一、賜レ物有レ数。○庚午、諸国兵衛
資物、令三当郡見在郡司節級輸二之。仍附二貢調使一送二所
司一。其輸法、以二上絁[4]一疋一充二銀二両一、以二上糸小二斤、
庸綿小八斤、庸布四段、米一石一、並[5]充二銀一両一。即依二当
土所出一、准二銀廿両[6]一。○五月甲午、天皇御二松林[7]一、宴二王
臣五位已上一。賜レ禄有レ差。亦奉レ騎人等、不レ問二位品一、
給二銭一千文一。○庚戌、太政官処分、准レ令、諸国史生及
傔仗等、式部判補。赴レ任之日、例下二省符一、符[8]内仍偁二
関[9]司勘過一。自レ非二弁官[10]一、不レ合二此語一。自レ今以後[11]、補任
已訖、具注二交[12]名一、申二送弁官一、更造レ符乃[13]下二諸国一。○六
月庚申朔[14]、講二仁王経於朝堂及畿[15]内七道諸国一。○辛酉、
廃二営厨[16]司一。○己卯、左京職献レ亀。長五寸三分、闊[17]四寸
五分。其背有レ文云、天王[18]貴平知百年。○庚辰、薩摩隼
人

1 大〔兼重〕
2 神〔兼重〕
3 斎―斉（東）
4 絁―紀（高）
5 並―ナシ〔底〕↓校補
6 両〔谷重〕
7 林ノ下、ナシ〔兼等、大、類七三原・紀略原〕―苑（類七三補・紀略補）↓校補
8 符―ナシ（東）
9 関（兼・谷、大）―開〔東・高〕
10 官―宮（高）
11 後―ナシ（東）
12 交（谷傍イ、大）―挟〔兼等〕↓校補
13 乃（谷抹傍、大）―及〔兼・谷原・東・高〕
14 朔講仁王経〔底擦重〕
15 畿―幾（東）
16 厨―尉（高）
17 闊―国（東）
18 王↓校補

一 天平十年二月丁巳条に筑紫宗形神主としてみえ、外従五位上に昇叙。宗形朝臣↓㊀補1―五七。
二 兵衛の資物（養物とも）は兵衛を出した郡の現任郡司が負担すべきものとし、その輸法を定める。兵衛↓㊀補2―一三九。その資物（養物）↓補8―五八。
三 四度使の一つ。↓補10―四六。
四 兵部省。↓補10―四七。
五 当郡現任郡司が負担する方式。↓補10―四八。
六 いずれの物品を輸納するかは当土の所出により、一郡の郡司の負担量すなわち兵衛一人の資物の量は、准銀二〇両とする。
七 五月五日の節（㊀補2―五二）の記事。
八 松林苑。↓補10―三五。
九 式部省に下された太政官処分。諸国の史生・傔仗の赴任にさいし、これまでは式部省が省符を発給していたが、それをやめて、今後は太政官符を発給することにするという。
一〇 選叙令3の「舎人、史生…式部判補」に相当する大宝選任令の条文。
一一 大宰府・三関国などに置かれた令外の官職。その考選は史生と同じ。↓㊀補4―一二。
一二 勅任・奏任・判任・式部判補の四種の任官方法の一つ（選叙令3）。式部省が候補者を銓衡して任命する。↓㊀補2―七九。
一三 史生・傔仗が任国に下向するとき。
一四 式部省が発給する符、すなわち式部省符。従来は下向する史生・傔仗に式部省符を携行させていた。

諸国兵衛の資物

宗形《むなかた》郡の大領《だいりやう》外従七位上[一]宗形《むなかた》朝臣鳥麻呂《とりまろ》、神斎《かみのいつき》に供奉《つかへまつ》るべき状《じやう》を奏《そう》す。外従五位下を授《さづ》け、物賜《ものたま》ふこと数《かず》有り。○庚午（十日）、[二]諸国《くにぐに》の兵衛《ひやうゑ》の資物《しもち》は、当《その》郡《こほり》に見在《いまあ》る郡司《ぐんじ》をして節級《せちきふ》して輸《いだ》さしむ。仍《より》て[三]貢調使《ぐでうし》に附《さづ》けて[四]所司《しよし》に送《おく》らしむ。その[五]輸《いだ》す法《はふ》は、上絁《よきあしぎぬ》一疋を銀《ぎん》二両に充《あ》て、上糸小《よきいとせう》二斤、庸綿小《ようのわたせう》八斤、庸布《ようのぬの》四段、米《こめ》一石を並《ならび》に銀一両に充つ。即《すなは》ち、[六]当土《そのところ》の出《いだ》せるに依《よ》りて銀廿両に准《なずら》ふ。

五月甲午（庚寅朔　五日）、[七]天皇《すめらみこと》、[八]松林《しようりむ》に御《おは》しまして王臣《わうしん》五位已上を宴《うたげ》したまふ。禄賜《ろくたま》ふこと差《しな》有り。亦《また》、騎《のりうま》に奉《つか》へまつる人等《ひとども》には、位品《くらゐしな》を問《と》はず銭《ぜに》一千文を給《たま》ふ。

諸国史生・傔仗の赴任には太政官符

○庚戌（二十一日）、[九]太政官処分《だいじやうぐわんしよぶん》すらく、「[一〇]令《りやう》に准《なずら》ふるに、諸国《くにぐに》の史生《ししやう》と[一一]傔仗《けむぢやう》らとは、[一二]式部《しきぶ》の判補《はんぽ》なり。[一三]任《にむ》に赴《おもぶ》く日《ひ》、例《れい》は[一四]省符《しやうふ》を下《くだ》し、[一五]符《ふ》の内《うち》に仍《な》ほ「関司《くゑんし》、勘《かむ》過《くわ》せよ」と偁《い》ふ。[一六]弁官《べんくわん》に非《あら》ぬよりは、この語《こと》すべからず。今《いま》より以後《のち》、[一七]補《ぶ》任已《にむすで》に訖《をは》らば、具《つぶさ》に[一八]交名《けうみやう》を注《ちう》して、弁官《べんくわん》に申《まう》し送《おく》り、更《さら》に[一九]符《ふ》を造《つく》りて諸国《くにぐに》に下《くだ》せ」といふ。

仁王経を講説

六月庚申の朔、[二〇]仁王経《にんわうきやう》を朝堂《でうだう》と畿内《きない》・七道《しちだう》の諸国《くにぐに》とに講《かう》す。○辛酉（二日）、[二一]営《ゐやう》厨司《ちうし》を廃《や》む。

文負える亀の出現

○己卯（二十日）、[二二]左京職《さきやうしき》、亀《かめ》を献《たてまつ》る。長《なが》さ五寸三分、闊《ひろ》さ四寸五分。その背《せ》に文《ふみ》有りて云《い》はく、「[二三]天王貴平知《てんわうくゐへいち》百年《はくねん》」といふ。

薩摩隼人朝貢

○庚辰（二十一日）、[二四]薩摩隼人《さつまのはやひと》

一五 その省符の文面に、関を守る司に対する「関司は調査したうえで史生・傔仗を通過させてやれ」という命令の文言を記していた。

一六 太政官の弁官以外の官司がそのような文言を使用してはならない、の意。但しこうしたことについての規定は令にはない。

一七 式部省での補任手続きが終了したならば。

一八 補任した史生・傔仗の名を記した名簿。これを式部省は弁官に送る。

一九 弁官が作成する太政官符。これに「関司勘過」の文言が書かれる。

二〇 後秦の鳩摩羅什が訳したと伝わる仁王般若波羅蜜経。二巻。護国の経典。これを講ずるのを仁王会(にんのうえ)といい、宮中や諸国に一〇〇の講壇を設けて講説する。続紀では本条が初見だが、すでに斉明六年五月紀、天武五年十一月紀、持統七年十月紀にこれの行われたことがみえる。なお後世、天皇即位の年に行うものを特に一代一度の仁王会といい、その法式については玄蕃寮式に詳しい規定がある。

二一 神亀三年山背国愛宕郡計帳に「営厨司工」がみえるが(古一―三七六頁)、いかなる官司か未詳。字義からすれば在京諸官司の厨(くりや)を造営する官司か。

二二 天平改元の契機となった文負える亀の出現。下文八月癸亥条によれば、亀の発見者は河内国古市郡の人で、その献上には唐僧道栄が関与していた。

二三 天皇は貴く、その平安な治世は百年に及ぶであろう、の意。

二四 養老七年から六年後の薩摩隼人の大替による朝貢。下文七月己酉条に大隅隼人の大替による朝貢の記事がある。隼人の定期朝貢と大替隼人→[一]補4―五〇。

等貢二調物一。○癸未、天皇御二大極殿閤[1]門一。隼人等奏[2]二風俗歌舞一。○甲申、隼人等授レ位賜レ禄各[3]有レ差。○乙酉、熒惑入二大微中一。○秋七月己酉、大隅隼人等貢二調[4]物一。○辛亥、大隅隼人姶孋郡少領外従七位下勲七等加志君和多利、外従七位上佐須岐君夜麻等久々[5]売並授二外従五位下一。自餘叙[6]レ位賜レ禄亦各有レ差。○癸丑、月入二東井一。○八月癸亥、天皇御二大極殿一、詔曰、現神御宇倭根子天皇詔旨勅命乎、親王等・諸王等・諸臣等・百官人等、天下公民、衆聞宣。高天原由天降坐之天皇御世始[7]而、許能天官[8]御座坐[9]而天地八方治[10]賜調賜事者、聖君止[11]坐而賢臣供奉、天下平久百官[12]安久為而之、天地大瑞者顕来止奈母、随神所念[13]行佐久[14]止詔命乎、衆聞宣。如是詔者、大命坐、皇朕御世当而者、皇止坐朕母、聞持流事乏久、見持留行少美、朕臣為供奉人等母、一二乎漏落事母在牟[15]加止、辱

1 閤〔高重〕
2 奏〈谷朱抹朱傍・東・高、大改〉―奉〔兼・谷原〕→校補
3 各―咎（東）
4 調―ナシ（東）
5 々〔兼〕―久（谷・東・高、大）
6 叙〔谷重〕
7 始―妃（高）
8 官→校補
9 坐―ナシ（高）
10 治〈意補〉→校補
11 止〈意改〉（大改、詔）―乎〔兼等〕
12 官→校補
13 念―ナシ（高）
14 止―上（高）
15 牟→校補

一 この大極殿は、いわゆる平城宮第二次朝堂院の大極殿で、閤門は、その大極殿院の南面の門とみられる。↓補10-四九。
二 大替入朝の隼人が風俗の歌舞を奏し、これに位階を授与することは、和銅三年正月、養老元年四月、同七年五月の諸条にみえる。
三 火星。大微↓一三五頁注四。

ら、調物《でうもち》を貢《たてまつ》る。〇癸未《二十四日》、天皇《すめらみこと》、[一]大極殿《だいごくでん》の閤門《かふもん》に御《おは》します。[二]隼人《はやひと》ら、風俗《くにぶり》の歌舞《かぶ》を奏《つかへまつ》る。〇甲申《二十五日》、隼人《はやひと》らに位《くらゐ》を授《さづ》け禄賜《ろくたま》ふこと各差《おのおのしな》有り。〇乙酉《二十六日》、[三]熒惑《くゑいこく》、大微《たいび》の中《なか》に入《い》る。

大隅隼人朝貢

秋七月《庚寅朔》己酉《二十日》、大隅《おほすみ》の隼人《はやひと》ら、調物《でうもち》を貢《たてまつ》る。〇辛亥《二十二日》、大隅《おほすみ》の隼人《はやひと》、[四]姶孋《あひら》郡少領《せうりやう》外従七位下勲《ぐん》七等[五]加志《かし》君和多利《わたり》、外従七位上[六]佐須岐《さすき》君夜麻等久々売《やまとくくめ》に並《ならび》に外従五位下を授《さづ》く。自餘《そのほか》は、位《くらゐ》に叙《じよ》し禄賜《ろくたま》ふこと亦各差《またおのおのしな》有り。〇癸丑《二十四日》、月《つき》、[七]東井《とうせい》に入《い》る。

宣命第六詔

八月《己未朔》癸亥《五日》、天皇《すめらみこと》、[八]大極殿《だいごくでん》に御《おは》しまして[九]詔《みことのり》して曰《のたま》はく、「[一〇]現神《あきつみかみ》と御宇《あめのしたしらしめす》倭根子《やまとねこ》天皇《すめら》が詔旨《おほみこと》らまと勅《の》りたまふ命《おほみこと》を、親王等《みこたち》・諸王等《おほきみたち》・諸臣《おみ》等《たち》・百官人等《もものつかさのひとども》、天下公民《あめのしたのおほみたから》、衆聞《もろもろき》きたまへと宣《の》る。[一一]高天原《たかまのはら》ゆ天降《あも》り坐《ま》しし天皇《すめら》が御世《みよ》を始《はじ》めて、この[一二]天官御座《たかみくら》に坐《いま》して天地八方《あめつちやも》を[一三]治《をさ》め賜《たま》ひ調《ととの》へ賜《たま》ふ事は、聖《ひじり》の君《きみ》と坐《いま》して賢《さか》しき臣《おみ》供《つか》へ奉《まつ》り、天下平《あめのしたたひら》けく百官安《もものつかさやす》らけくしてし、天地《あめつち》の大《おほ》き瑞《しるし》は顕《あらは》れ来《く》となも、神《かむ》ながら念《おもほ》し行《め》さくと詔《の》りたまふ命《おほみこと》を、衆聞《もろもろき》きたまへと宣《の》る。[一四]如是《か》く詔《の》りたまふは、大命《おほみこと》に坐《いま》せ、皇朕《すめらわが》御世《みよ》に当《あた》りては、皇《すめら》と坐《いま》す朕《われ》も、[一五]聞《き》き持《も》たる事乏《こととも》しく、[一六]見持《みも》たる行少《おこなひすくな》み、[一七]朕《わ》が臣《おみ》と為《し》て供《つか》へ奉《まつ》る人等《ひとたち》も、一つ二つを漏《もら》し落《おと》す事《こと》も在《あ》らむかと、辱《かたじけな》

四 ↓〔一〕補6―七。
五 他にみえず。加志君は、神護景雲三年十一月庚寅条に同じく隼人の加志公嶋麻呂がみえる。
六 天平十五年七月に外正五位下。佐須岐君は他にみえない。佐須岐は大隅半島南部の地名か。↓四二九頁注一八。
七 ↓一八一頁注二〇。
八 平城宮の大極殿。↓〔一〕補1―四八・5―一。
九 天平改元の詔。㈠瑞祥があらわれるのは、聖天子に賢臣が仕え、安定した政治が行われる時代においてであること、㈡知識も善行も乏しい自分の時代に瑞祥の亀が出現したのは、ひとえに太上天皇元正の徳によるものであること、㈢辞別として、天平と改元し、大赦を行い、百官主典以上の位階を昇叙すること、の三段よりなる。第一段は以下六行目まで。
一〇 宣命冒頭の表記→宣命解説。
一一 高天原から天降ったはじめての天皇の御代以来。天孫降臨神話に基づく表現。高天原↓〔一〕三頁注二三。
一二 高御座。↓〔一〕補1―一八。天官は中国思想による表現か。あるいは天高御座の誤りか。祝詞式の大殿祭の祝詞に「天津高御座」がみえる。
一三 この部分、底本は「賜調賜」とするが、「治」が脱落したものとみて、補って読む。
一四 以下二一七頁九行目まで、詔の第二段。
一五 聞き知っている知識は乏しく。
一六 見て心得ている行いも少ないので。
一七 臣下の人達の政務にも一つ二つの遺漏があろうか、と。臣下に対する処遇に遺漏があるのではないかとも解されるが、「誤ち落すことなく」(第十四詔)の例もあるので、政務の遺漏とすべきだろう。

美愧美所思坐而、我皇太上天皇大前尓恐古士物[1]進退匍匐[2]廻保理白賜比受被賜久者、卿等乃問来政乎者、加久耶[3]答賜、加久[4]耶[5]答賜止白[6]賜、官尓耶[7]治賜止白賜倍婆[8]、教賜於毛夫気賜答賜宣賜随尓、此乃食国天下之政乎行賜敷賜乍供奉賜問尓、京職大夫従三位藤原朝臣麻呂等[9]伊負図亀一頭献止奏[10]賜不[11]尓、所聞行驚賜怪賜、所見行歓賜嘉賜氏所思行久者、于[12]都斯久母[13]皇朕政乃所致物尓在米耶[14]。此者太上天皇厚[15]支広支徳乎蒙而、高支貴支行尓依而顕来大瑞物曾[16]止詔命乎、衆聞宣。辞別[17]、此大瑞物者、天坐神・地坐神乃相宇豆奈比[18]奉福奉事尓依而、顕[19]奉留貴瑞以[20]而、御世年号改賜換賜。是以、改二神亀六年一為二天平元年一、而大二赦[21]天下一、百官主典已上人[22]等冠位一階上賜事乎始[23]、一二乃慶命[24]恵賜行賜止詔天皇命乎、衆聞食宣。其賜レ物、親王絁一百疋、大納言七十疋、三位卌疋、四位一十五疋、五位一十疋、

1 古士物―古士物(詔)
2 匐―ナシ(高)
3 耶〔兼等〕―耶(大、詔)
4 久〈意補〉(大補、詔)―ナシ〔兼等〕→校補
5 耶〔兼等〕―耶(大、詔)
6 白ノ上、ナシ〔兼等〕―白賜比(大補、詔)→脚注
7 耶〔兼等〕―耶(大、詔)
8 倍婆〔兼等〕―倍婆(大、詔)
9 等(兼・谷・東・高擦重、大)―ナシ〔底〕→校補
10 奏―奉〔底〕→校補
11 尓―止(大改)
12 于〔高擦重〕―于(高原)
13 久母―久母(詔)
14 耶〔兼等〕―耶(大、詔)
15 厚〈意改〉(大、詔)―原〔兼等〕
16 曾〔兼等〕―曾(大、詔)
17 別ノ下、ナシ〔兼等〕―詔久(大補、詔)→脚注
18 宇豆奈〔兼等〕―宇豆奈(大、詔)→脚注
19 顕ノ下、ナシ〔兼等〕―久出多留瑞尓在羅之止奈母神随所思行須是以天地之神乃顕(大補、詔)→脚注
20 以→校補
21 赦ノ下、ナシ―大赦(高)
22 人―ナシ(大)
23 始〔高擦重〕
24 命ノ下、ナシ〔兼等〕―詔賜(大補、詔)→脚注

一 元正。
二 大変かしこまってお尋ね申しあげる。「しまひはらばひもとほり」は恐懼したさま。
三 聖武が元正に問うた言葉。卿等の奏上する政事に、こう答えましょうか、ああ答えましょうか、と問う。詔詞解は、二つめの「答賜止」の下に「白賜比」の三字を補い、「かくや答へ賜はむと白し賜ひ、白し賜ふ官にや治め賜はむ」と読む。まえの「白し賜ひ」は聖武が元正に申しあげる意、あとのは卿等が聖武に申しあげる意と解したものだが、補う必要はない。 四 これも聖武が元正に問うた言葉。この者をこれこれの官職に任官させましょうか、と問う。
五 教えおもぶけ答え宣るのは元正。元正が聖武に対して教え導き答え伝える通りに、の意。教は、上級者の指示、命令。
六 →㊀五頁注六。
七 藤原麻呂はこのとき左京大夫と右京大夫を兼ねていた(養老五年六月辛丑条)。
八 →三七頁注九。
九 上文六月己卯条にいう、「天王貴平知百年」と解釈しうる図を背にもつ亀。万葉五〇の「藤原宮の役民の作る歌」にも「図負留神亀」とある。また書経洪範、孔安国伝に「神亀負レ文而出」とあり、その文は天子受命の瑞兆の図であったという。
一〇 以下の文は、聞いて驚き怪しみ、見て歓びめでて思うには、自分(聖武)の政事の故にこんなにはっきりとあらわれたのであろうか(いやそうではない)、の意。
一一 元正。
一二 以下終りまで、詔の第三段。辞別→一四三頁注八。「辞別」の下には「詔久」の二字があるのが普通。

み愧《はづか》しみ思《おもほ》し坐《ま》して、我《わ》が[一]皇太上天皇《おほきみおほきすめらみこと》の大前《おほまへ》に恐《かしこ》[二]じもの進退《ししま》ひ匍匐《はらば》ひ廻《もと》ほり白《まを》し賜《たま》ひ受《う》け賜《たまは》らくは、「[三]卿《まへつぎみたち》等の問《と》ひ来《こ》む政《まつりごと》をば、かくや答《こた》へ賜《たま》はむ、かくや答へ賜はむ」と白《まを》し賜ひ、「[四]官《つかさ》にや治《をさ》め賜はむ」と白《まを》し賜へば、教《をし》[五]へ賜ひおもぶけ賜ひ答へ賜ひ宣《の》り賜ふ随《まにま》に、此《こ》の食国天下《をすくにあめのした》[六]の政《まつりごと》を行《おこな》ひ賜ひ敷《し》き賜ひつつ供《つか》へ奉《まつ》り賜ふ間《あひだ》に、[七]京職大夫《みやこのつかさのかみ》従三位藤原《ふぢはら》[八]朝臣麻呂《まろ》らい、[九]図負《あやお》へる亀一頭《かめひとつ》献《たてまつ》らくと奏《まを》し賜ふに、聞《き》[一〇]こし行《め》し驚《おどろ》き賜ひ怪《あやし》び賜ひ、見行《みそなは》し歓《よろこ》び賜ひ嘉《め》で賜ひて思《おもほ》し行《め》さくは、うつしくも皇朕《すめらわ》が政《まつりごと》の致《いた》せる物《もの》に在《あ》らめや。此《こ》は[一一]太上天皇《おほきすめらみこと》の厚《あつ》き広《ひろ》き徳《うつくしび》を蒙《かがふ》りて、高《たか》き貴《たふと》き行《おこなひ》に依《よ》りて顕《あらは》れける大《おほ》き瑞《しるし》の物《もの》そと詔《の》りたまふ命《おほみこと》を、衆《もろもろき》　聞きたまへと宣《の》る。

辞別

[一二]辞別《ことわ》きて、此《こ》の大《おほ》き瑞《しるし》の物《もの》は、天《あめ》[一三]に坐《ま》す神《かみ》・地《くに》に坐《ま》す神《かみ》の相《あひ》うづなひ奉《まつ》り福《さき》はへ奉る事《こと》に依《よ》りて、顕《あらは》[一四]し奉《まつ》れる貴《たふと》き瑞《しるし》なるを以《もち》て、御世《みよ》の年号《な》改《あらた》め賜ひ換《か》へ賜ふ。

天平改元

是《ここ》を以《も》ちて神亀六年《じんくゐのむとせ》を改《あらた》めて[一五]天平元年《てんひやうのはじめのとし》と為《し》て、[一六]天下《あめのした》に大《おほきに》赦《つみゆる》したまひ、百官《もものつかさ》の主典《さうくわん》より已上《かみつかた》の人《ひと》ども冠位一階上《かがふりくらゐひとしなあ》げ賜ふ事《こと》を始め、

祥瑞改元にともなう慶命

[一七]一つ二つの慶《よろこび》の命《おほみこと》を恵《うつくし》び賜ひ行《おこな》ひ賜ふと詔《の》りたまふ天皇《すめら》が命《おほみこと》を、衆《もろもろ》聞《き》きたまへと宣《の》る」とのたまふ。その[一八]物《もの》賜ふこと、[一九]親王《しんわう》には絁《あしぎぬ》一百疋、[二〇]大納言《だいなふごん》には七十疋、三位には卌疋、四位には一十五疋、五位には一十疋、

一三 天神・地祇(㊀一二七頁注一三)がともに嘉(よ)しとして祝福されたために。
一四 天神・地祇があらわした貴いしるし。詔詞解は「顕」の下に「久出多留瑞尓在羅之止奈母神随所思行須是以天地之神乃顕」の二六字を補うが、その必要はない。
一五 「天王貴平知百年」からとった年号。
一六 ここに大赦のことを述べるが、本条下文ではそれに言及していない。脱落があるか。
一七 下文に記されているさまざまな恩恵の処置をいう。詔詞解は「慶命」の下に「詔賜」の二字を補うが、その必要はない。
一八 以下は、祥瑞改元にともなう各種の恩恵の処置。すべて詔もしくは勅で出されたもので、これをかりに慶命と称しておく。二二一頁三行目の道栄を優する勅にいたるまで、九項からなる。第一項は賜物。
一九 このとき、親王は一品舎人親王と同新田部親王の二人。
二〇 このとき大臣はいない。大納言は多治比池守と藤原武智麻呂。

一 位階の序次による賜物は正六位上までしか記していないが、正六位下以下は下文の定額の散位と諸司の長上に含めたものか。
二 散位寮に直する散位のうちで、散位としての考が与えられる一定の人数。→九七頁注一九。ここは定額の内散位のみで、国衙・軍団に直する外散位は含まれないとみられる。
三 左右大舎人寮に大舎人各八〇〇人が所属(職員令5)。→㊀補3-四。
四 六衛府舎人は不審。左右兵衛府に兵衛(舎人の一種→㊀補2-一三九)、中衛府に東舎人ともいわれる中衛(神亀五年八月甲午条)が所属するが、衛門府・左右衛士府には舎人に相

正六位上絁四疋、綿一十屯、定額散位[1]及左右大舎人・六衛府舎人・中宮職舎人・諸司長上及史生各布二端、使部・伴部・門部・主帥[2]各布一端。其女孺[3]・采女准二大舎人一、宮人准二使部一。又天下百姓高年八十已上及孝子・順孫、義夫・節婦、鰥寡惸独、疹疾不レ能二自存一者、依二和銅元年詔[4]一。又左右両京今年田租、在レ京僧尼之父[5]今年所レ出租賦、及到二大宰府一路次駅戸租調、自二神亀三年一已前官物未レ納者皆免[6]。」又陸奥鎮守兵及三関[7]兵士、簡二定三等一、具録下進退如レ法、臨レ敵[8]振レ威、向二冒万死一、不レ顧二一生一之状、并姓名・年紀・居貫・軍役之年上、便差二専使[9]一上奏。其諸衛府内、武藝[10]可レ称者、亦以レ名奏聞。」又諸大陵差レ使奉レ幣。其改二諸陵司一為レ寮、増[11]レ員加レ秩[12]。」又諸国天神[13]地祇者、宜レ令二長官致一レ祭。若有二限外応レ祭山川一者、聴レ祭。即免二祝部今年田租一。」又在二近江国一紫郷山寺者[14]、入二官寺之例一。」又五世王嫡子已上、娶二孫[15]王一生男女者、入二皇親之限一。

1 散位及左右大舎人六衛府舎人中宮職〔高擦重〕—位及左右大舎人中宮職(高原)
2 帥〈意改〉(大)—師
3 孺〔谷重〕
4 詔〈意補〉—ナシ〔兼等〕、格(大補)→校補
5 父(兼、大改、類八三)—文〔谷・東・高〕
6 免〔兼傍補イ・谷傍補イ・東・高傍補イ、大補、類八三〕—ナシ(兼原・谷原・高原)
7 関〈意改〉(大)—開〔底〕、閞(兼等)
8 敵〔大〕—敵(兼等)
9 使〔兼・谷・高重、大〕→校補
10 藝→校補
11 増—僧(類一〇七)
12 秩(谷重、大、類一〇七)—帙〔兼・谷原・東・高〕
13 神(谷抹傍、大、類八三)—地〔兼・谷原・東・高〕
14 者〔兼・東・高、大改、類一八〇〕—寺(谷)
15 孫ノ下→校補

当するものは所属しない。 五 中宮職に中宮舎人四〇〇人が所属(職員令4)。 六 正六位下以下の位階を有し、長上官に任じている者をいうか。しかし前後に書かれている舎人と史生は番上官。長上官と番上官を同等に扱うことも不審。 七 →一八五頁注一。 八 →一五五頁注六。

九 衛門府に二〇〇人が所属(職員令59)。

一〇 左右衛士府と衛門府に所属する令外の雑任か。→㊀補5-四〇。 一一 →一八三頁注二四。 一二 →㊀補2-一三九。

一三 宮人は後宮十二司に勤務する婦人の総称だが(後宮職員令4義解)、ここは「東宮々人及嬪以上女竪」(同15)に相当するものなどをいうか。 一四 慶命の第二項。下文にいう和銅元年詔では、八十歳以上への給籾、孝子等を門閭に表したうえでの復除、鰥寡惸独自存不能者への給籾が行われている。

一五 和銅元年正月乙巳条の和銅改元詔を指す。

一六 慶命の第三項。田租等の免除を行う。

一七 左右両京は、亀を献上した藤原麻呂の管轄下。 一八 租は田租。賦は、賦役令冒頭の義解によれば調・庸・義倉・諸国貢献物。ここは調・庸をいうか。

一九 駅の業務に従事する駅長・駅子を出す戸。→㊀補2-一〇九。ここでの租・調の免除は、上文四月癸亥条の山陽道諸国駅家の増修築と関係があろう。

二〇 官物は正税。その未納は正税出挙の未納。

二一 慶命の第四項。陸奥鎮守と三関に模範的な兵士の奏上を命じ、また衛府に武芸者の奏上を命ずる。 二二 →補9-六五。

二三 鈴鹿・不破・愛発の三関。→㊀補4-二〇。三関に配される兵士は国司の指揮下に入るが、その数は別式によって定められることになっ

[一]正六位上には絁《あしぎぬ》四疋、綿《わた》一十屯、[二]定額《ぢやうぎやく》の散位《さんゐ》と、[三]左右大舎人《さうのおほとねり》と、[四]六衛府《りくゑふ》の舎人《とねり》と[五]中宮職《ちうぐうしき》の舎人《とねり》と、[六]諸司《しよし》の長上《ちやうじやう》と、史生《ししやう》とには各布《おのおののぬの》二端、[七]使部《しぶ》・[八]伴部《はんぶ》・[九]門部《かどべ》・[一〇]主帥《しゆそち》に各布《おのおののぬの》一端。その[一一]女孺《によじゆ》・[一二]采女《うねめ》は大舎人《おほとねり》に准《なずら》へ、[一三]宮人《みやひと》は使部《しぶ》に准《なずら》ふ。[一四]また、天下《あめのした》の百姓《はくせい》の高年《かうねん》八十已上と孝子《けうし》・順孫《じゆんそん》・義夫《ぎふ》・節婦《せちふ》と、鰥寡惸独《くわんくわけいどく》の、疹疾《しんしつ》して自存《じぞん》すること能《あた》はぬ者《ひと》とは[一五]和銅《わどう》元年の詔《みことのり》に依《よ》る。[一六]また、[一七]左右《さう》の両京《りやうきやう》の今年《ことし》の田租《でんそ》と、京《きやう》に在《あ》る僧尼《ほふしあま》の父《ちち》の今年《ことし》出《いだ》す[一八]租賦《そふ》、また大宰府《だいさいふ》に到《いた》る路次《みち》の[一九]駅戸《うまやへ》の租調《そでう》、神亀《じんくゐ》三年より已前《さき》の[二〇]官物《くわんもち》の納《をさ》めぬは皆免《みなゆる》す。[二一]また、[二二]陸奥《みちのおく》の鎮守《ちんしゆ》の兵《いくさ》と[二三]三関《さむぐゑん》の兵士《ひやうじ》とは、[二四]三等を簡《えら》ひ定《さだ》めて、具《つぶさ》に進退法《しんたいのり》の如《ごと》きと、敵《かたき》に臨《のぞ》みて威《ゐ》を振《ふる》ふと、万死《ばんし》に向《む》き冒《をか》して一生《いちしやう》を顧《かへり》みぬとの状《じやう》、并《あは》せて姓名《せいめい》・年紀《ねんき》・[二五]居貫《きよくわん》・軍役《ぐんやく》の年《とし》を録《しる》して、便《すなは》ち[二六]専使《せんし》を差《つかは》して上奏《じやうそう》せしむ。その諸《もろもろ》の衛府《ゑふ》の内《うち》、武藝《ぶげい》を称《たた》ふべき者《ひと》も亦名《またな》を奏聞《そうもん》せしむ。

諸陵司を寮に昇格

[二七]また、諸《もろもろ》の[二八]大陵《たいりよう》には使《つかひ》を差《つかは》して幣《ぬさ》を奉《たてまつ》らしむ。その、[二九]諸陵司《みささぎのつかさ》を改《あらた》めて寮《れう》とし、[三〇]員《かず》を増《ま》して[三一]秩《ちつ》を加《くは》ふ。[三二]また、諸国《くにぐに》の天神《あまつかみ》・地祇《くにつかみ》は[三三]長官《ちやうぐわん》をして祭《まつり》を致《いた》さしむべし。若《も》し限《かぎり》の外《ほか》に祭《まつ》るべき山川《さんせん》有らば、祭《まつ》ることを聴《ゆる》す。即《すなは》ち[三四]祝部《はふり》の今年《ことし》の田租《でんそ》を免《ゆる》す。[三五]また、近江《ちかつあふみ》国に在《あ》る[三六]紫郷《しが》山寺《さんじ》は[三七]官寺《くわんじ》の例《つら》に入《い》らしむ。[三八]また、五世王の嫡子《ちやくし》已上、孫王《そんわう》を娶《めと》りて生《う》める男女《をのこめのこ》は、[三九]皇親《わうしん》の限《かぎり》に入《い》

ていた(軍防令54)。

二四 勇猛の程度による三等。軍防令14にも兵士を上中下の三等とする規定があるが、それは貧富による三等。

二五 本貫。戸籍に貫付されている地。

二六 専使は便使に対する語で、タクメツカヒ。そのことだけを目的として発遣される使者。

二七 慶命の第五項。諸大陵に幣を奉り、また諸陵司を寮に改める。

二八 陵の大小の基準は未詳。

二九 諸陵司(職員令19)を諸陵寮とする。天平十七年十月廿日の諸陵寮解には大允と大属が加署しているから(古二-四七〇頁)、大寮(〔一〕補2-七七)になったことが知られる。

三〇 四等官は、正一人・佑一人・令史一人から、頭一人・助一人・大允一人・少允一人・大属一人・少属一人となる。

三一 相当位があがるのに対応した処遇をすること。

三二 慶命の第六項。天神・地祇を長官に祭らせ、山川を祭ることをゆるし、諸社の祝部の今年の田租を免除する。天神・地祇→〔一〕一二七頁注一三。

三三 職員令70の大国の守の職掌に「祠社」。国司の長官みずからが神祇を祭るべきことは、神亀二年七月の詔でも命ぜられている。

三四 諸社の神職。→五頁注一。

三五 慶命の第七項。近江国紫郷山寺を官寺の例に入れる。

三六 志我山寺(崇福寺)のこと。→〔一〕補2-八九。

三七 国家が特別に保護する寺院。→補10-五〇。

三八 慶命の第八項。五世王の嫡子以上と天皇の孫とのあいだに生まれた男女は、皇親とする。→補10-五一。

三九 天皇の親属。→〔一〕補2-八。

自餘依㆓慶雲三年格㆒。」其獲㆑亀人河内国古市郡人無位賀茂子虫授㆓従六位上㆒、賜㆑物絁廿疋、綿卌屯、布八十端、大税二千束。」又勅、唐僧道栄、身生㆓本郷㆒、心向㆓皇化㆒、遠渉㆓滄波㆒[1]、作㆓我法師㆒。加以、訓㆓導子虫㆒、令㆑献㆓大瑞㆒。宜㆘擬㆓従五位下階㆒、仍施㆗緋色袈裟并物㆖。其位禄料[2]、一依㆓令[3]条㆒。」既而授㆓正五位下小野朝臣牛養、正五位上榎井朝臣広国並従四位下、正五位下大伴宿禰祖父麻呂・佐伯宿禰豊人並正五位上、従五位上[4]中臣朝臣広見正五位下、従五位下大伴宿禰首・田口朝臣家主並従五位上、外従五位下高橋朝臣首名・紀朝臣飯麻呂、正六位上多治比真人多夫勢・藤原朝臣鳥養並従五位下[5]㆒。○丁卯、左大弁従三位石川朝臣石足薨。淡海朝大臣大紫連子之孫、少納言小花下安麻呂之子也。○戊辰、詔立㆓正三位藤原夫人㆒為㆓皇后㆒。○壬午、喚㆓入五位及諸司長官于内裡㆒。而知太政官事一品舎人親王宣㆑勅曰、天皇大命良麻止親王等、又汝王臣等[6]語[7]賜幣止勅久、皇朕高御座尓坐初由利今年尓至麻氐六年尓成奴[8]。此乃間尓

1 波—海（類一八五）
2 料＝料〔兼・谷擦・東・高、大、類一八〇〕—断〔谷原〕
3 令〔東擦重〕—合（東原）
4 上〔兼・谷、大〕—ナシ（東・高）
5 位—ナシ（高）
6 王臣等〔兼抹傍〕—太政官（兼原）
7 語〔兼・谷、大、詔〕—詔（東・高）
8 奴〔高重〕→校補

一 慶雲三年二月庚寅条の制七条事の其七を指す。→㈠補3-七〇。
二 慶命の第九項。亀を捕えた人に対する褒賞。
三 →㈠八一頁注一。
四 本条下文にみえるのみ。賀茂は鴨部と同じか。鴨部→㈠一七一頁注四。
五 唐僧道栄を褒賞する勅。
六 →八三頁注二。
七 唐土のこと。
八 衣服令4・5に定める五位の礼服・朝服の衣の色は、浅緋。
九 僧が位階をもち、位禄・位田を給された例には、他に延慶の場合がある。→天平宝字二年八月辛丑条。位禄→㈠九一頁注一二。
一〇 禄令10に相当する大宝禄令の条文。
一一 以下は、祥瑞改元にともなう叙位。
一二 →七頁注二五。正五位下への昇叙は神亀五年五月。
一三 →㈠一九三頁注一八。正五位上への昇叙は神亀四年正月。
一四 →七頁注二四。正五位下への昇叙は神亀三年正月。
一五 →一四五頁注四二。正五位下への昇叙は天平元年三月。
一六 →補9-一二三。従五位上への昇叙は神亀二年閏正月。
一七 →四一頁注一七。従五位下への昇叙は養老二年正月。
一八 →一六五頁注三三。従五位下への昇叙は神亀三年正月。
一九 →一九七頁注一〇。外従五位下への昇叙は神亀五年五月。
二〇 →二〇九頁注三〇。外従五位下への昇叙

る。自餘《そのほか》は慶雲《きやううん》[一]三年の格《きやく》に依《よ》る。その[二]亀《かめ》を獲《え》たる人《ひと》、河内《かふち》国古市《ふるち》[三]郡の人《ひと》無位賀茂子虫《かものこむし》[四]に従六位上を授《さづ》け、物賜《ものたま》ふこと絁《あしぎぬ》廿疋、綿《わた》卅屯、布《ぬの》八十端、大税《おほちから》二千束。

唐僧道栄を褒賞

また、勅《みことのり》[五]したまはく、「唐僧道栄《たうそうだうゐやう》[六]、身《み》は本郷《ほんがう》[七]に生《うま》れて、心《こころ》は皇化《わうくわ》に向《むか》ひ、遠《とほ》く滄波《うなはら》を渉《わた》りて、我《わ》が法師《ほふし》と作《な》る。加以《しかのみならず》、子虫《こむし》を訓《をし》へ導《みちび》きて大瑞《だいずい》を献《たてまつ》らしむ。従五位下の階《しな》に擬《なずら》へて、仍《より》て緋《ひ》[八]色《いろ》の袈裟《けさ》并《あは》せて物《もの》を施《ほどこ》すべし。その位禄《ゐろく》[九]の料は一《もは》ら令《りやう》[一〇]の条《でう》に依《よ》れ」とのたまふ。

祥瑞改元による叙位

既《すで》[一一]にして、正五位下小野《をの》[一二]朝臣牛養《うしかひ》、正五位上榎井《えのゐ》[一三]朝臣広国《ひろくに》に並《ならび》に従四位下を授《さづ》く。正五位下大伴《おほとも》[一四]宿禰祖父麻呂《おほぢまろ》・佐伯《さへき》[一五]宿禰豊人《とよひと》に並に正五位上。従五位上中臣《なかとみ》[一六]朝臣広見《ひろみ》に正五位下。従五位下大伴《おほとも》[一七]宿禰首《おびと》・田口《たぐち》[一八]朝臣家主《やかぬし》に並に従五位上。外従五位下高橋《たかはし》[一九]朝臣首名《おびとな》・紀《き》[二〇]朝臣飯麻呂《いひまろ》、正六位上多治比《たぢひ》[二一]真人多夫勢《たぶせ》・藤原《ふぢはら》[二二]朝臣鳥養《とりかひ》に並に従五位下。○[九日]丁卯、左大弁《さだいべん》従三位石川《いしかは》[二三]朝臣石足《いはたり》薨《こう》しぬ。淡海朝《あふみのみかど》の大臣《おとど》大紫《だいし》連子《むらじこ》[二四]の孫《うまご》、少納言《せうなふごん》小花下《せうくわげ》[二五]安麻呂《やすまろ》が子《こ》なり。

藤原光明子を皇后とする

○[十日]戊辰、詔《みことのり》[二六]して正三位藤原夫人《ふぢはらのぶにん》を立《た》てて皇后《くわうごう》としたまふ。○[二十四日]壬午、五位[二七]と諸司《しよし》の長官《ちやうぐわん》とを内裏《うち》に喚《め》し入《い》る。而《しか》して知太政官事《ちだいじやうぐわんじ》[二八]一品舎人親王《とねりのみこ》、勅《みことのり》[二九]を宣《の》りて曰《のたま》はく、

宣命第七詔

「天皇《すめら》が大命《おほみこと》らまと親王等《みこたち》、また、汝《いまし》　王《おほきみたち》　臣等《おみたち》に語《かた》り賜《たま》へと勅《の》りたまはく、皇朕《すめらわれ》高御座《たかみくら》に坐《いま》し初《そ》めしゆり今年《ことし》に至《いた》るまで六[三〇]年に成りぬ。此《こ》の間《あひだ》に、

は天平元年三月。

二一 名を俠世とも書き、天平六年度尾張国正税帳に「守従五位下勲十二等多治比真人俠世」の位署を加えている(古一―六二〇頁)。多治比真人→㈠補1―一二七。

二二 分脈は、房前の男で、小黒麻呂の父とする。藤原朝臣→㈠補1―二九。

二三 →㈠一三三頁注二九。このとき権参議(二月壬申条)。

二四 蘇我臣連子。→㈠二〇五頁注二三。

二五 安麻呂は蘇賀(我)臣安麻呂。→補10―五二。

二六 夫人藤原光明子を立てて皇后とする。その宣命詔は、つぎの壬午条に載せる。藤原朝臣光明子→補10―八。皇后の身位と光明立后→補10―五三。

二七 光明立后の宣命の宣布は、朝堂に在京の全官人を集めてではなく、内裏に五位(以上)と諸司の長官だけを召し入れて行われた。これは下文の阿倍広庭が宣布した宣命第八詔がいうように、事柄が「常の事」ではなかったからであろう。召された諸臣は内裏正殿(のちの紫宸殿)の前庭に整列して宣命を聞く。

二八 知太政官事舎人親王が宣命使として宣命を宣布。舎人親王→㈠七七頁注一四。

二九 夫人藤原光明子を立てて皇后とする勅。㈠藤原夫人を皇后と定めることと即位後六年を経るまで皇后を定めなかった理由を述べた第一段、㈡藤原夫人については元明の特別な配慮があったので、これを皇后とすると述べた第二段よりなるが、第二段にはさらに、臣下の女を皇后とした先例のあることがつけ加えられている。全体として弁明に満ちた宣命。第一段は二二三頁一一行まで。

三〇 神亀元年二月即位後、足かけ六年を経ている。

天都位尓嗣坐倍[1]伎次止為氏皇太子侍豆。由是其婆婆止在須藤原夫人乎皇后止定賜。加久定賜者、皇朕御身毛年月積奴、天下君坐而年緒[2]長久皇后不坐事母、一豆乃善有良努行尓在。又於天下政置而、独知倍伎物不有。必母斯理幣能[3]政有倍之。此者事立尓不有。天尓日月在如、地尓山川在[4]如、並坐而可有止言事者、汝等王臣等明見所知在。然此位乎遅定米豆良久波、刀比止麻尓母己我夜気授留人乎[5]波、一日二日止択比、十日[6]廿日止試定止斯伊波婆[7]、許貴太斯伎意保伎天下乃事乎夜多夜須久[8]行無止所念坐而、此乃六年乃内[9]乎択賜[10]試[11]賜而、今日今時眼当衆乎喚賜而細事乃状語賜布止詔勅、聞宣。賀久詔者、挂畏支於此宮坐氏[12]、現神大八洲国所知倭根子天皇我王祖母天皇乃、始斯[13]皇后乎朕賜日尓勅豆良久、女止云波婆等美夜[14]我加久云。其父侍大臣乃、皇我[15]朝乎助奉輔奉氏、頂伎恐美供奉乍[16]、夜半暁時止烋[17]息事[18]無久、浄伎明心乎持氏、波波刀比供奉乎所見賜者、其人乃宇武何志伎[19]事款事乎送[20]不得忘[21]。

1倍〈意改〉(大、詔)—信〔兼等〕
2緒〈意改〉(大改、詔)—諸〔底〕、渚(兼等)
3能〔兼等〕—能(大、詔)
4在〔兼等〕—有(大、詔)
5乎〈意改〉(大、詔)—宇〔兼等〕
6廿日—ナシ(高)
7婆〔兼等〕—婆(大改、詔)→校補
8久〔兼等〕—久(大、詔)
9内→校補
10賜—ナシ(東)
11試→校補
12氏—支(大)
13斯〔兼等〕—斯(大改、詔)
14夜〔兼・谷・東・高擦重〕—夜(大、詔)
15我〔兼・谷・東〕—我(大、詔)、家(高)
16乍〔兼等〕—乍(大、詔)
17烋—休(詔)
18事〔兼等〕—ナシ(大、詔)
19伎〔兼等〕—伎(大、詔)
20送→校補
21忘—ナシ〔底〕→校補

一 神亀四年閏九月丁卯に誕生し、同年十一月己亥に立太子、五年九月丙午に没した皇太子。その皇太子を生んだということが、その母である光明子を皇后とする理由とされている。
二 「在須」は、詔詞解はイマスと読むが、続紀宣命中の「在」はアリと訓むのが例。
三 この一句は、以後の立后の宣命に継承されている。儀式、立皇后儀に載せる宣命に、「食国天下政波独知倍伎物爾波不有、必母斯利倍乃政有倍之」。
四 背後の政。内助の功。「必ずも」の「も」は、意味を強める助詞。
五 特別なことではない、の意。
六 天皇と皇后が並びまして。
七 身分の低い者のあいだでも、の意。詔詞解は「かりそめにもなどいふ意の古言」あるいは「賤き官職の名」かというが、トヒトは外人で、中央に対する地方、または特定の人に対するそれ以外を指す言葉とみられる。
八 自分のヤケ。「やけ授くる人」は、自分のヤケの管理・運営をまかせる人。ヤケ→補10―五四。
九 「こきだしきおほき」は、重大な。皇后を定

天《あま》つ位《くらゐ》に嗣《つ》ぎ坐《ま》すべき次《つぎて》と為《し》て[一]皇太子《ひつぎのみこ》侍《はべ》りつ。是《これ》に由《よ》りて其《そ》のははと[二]在《あ》らす藤原夫人《ふぢはらのおほとじ》を皇后《おほきさき》と定《さだ》め賜《たま》ふ。かく定め賜ふは、皇朕《すめらわ》が御身《みみ》も年月《としつき》積《つも》りぬ、天下《あめのした》の君《きみ》と坐《いま》して年緒《としのを》長《なが》く皇后《おほきさき》坐《いま》さぬ事《こと》も、一つの善《よ》くあらぬ行《わざ》に在《あ》り。また、[三]天下《あめのした》の政《まつりごと》におきて、独知《ひとりし》るべき物《もの》に有らず。必《かなら》ずも[四]しりへの政《まつりごと》有るべし。此《こ》は[五]事立《ことだ》つに有らず。天《あめ》に日《ひ》月《つき》在《あ》る如《ごと》、地《つち》に山川《やまかは》在《あ》る如《ごと》、[六]並《なら》び坐《いま》して有るべしと言《い》ふ事《こと》は、汝等《いましたち》王《おほきみたち》臣等《おみたち》、明《あき》らけく見知《みし》られたり。然《しか》れども此《こ》の位《くらゐ》を遅《おそ》く定《さだ》めつらくは、[七]とひとまにも[八]己《おの》がやけ授《さづ》くる人《ひと》をば一日二日と択《えら》ひ、十日廿日と試《こころ》み定《さだ》むとし言《い》はば、[九]こきだしきおほき天下《あめのした》の事《こと》をやたやすく行《おこな》はむと念《おもほ》し坐《ま》して、[一〇]此《こ》の六年の内《うち》を択《えら》ひ賜ひ試《こころ》み賜ひて、今日《けふ》今時《いま》、眼《ま》の当《あた》り衆《もろもろ》を喚《め》し賜ひて[一一]細《つぶさ》に事《こと》の状《さま》語《かた》らひ賜ふと詔《の》りたまふ勅《おほみこと》を、聞《き》きたまへと宣《の》る。[一二]かく詔《の》りたまふは、[一三]挂《か》けまくも畏《かしこ》き此《こ》の宮《みや》に坐《いま》して、現神《あきつみかみ》と大八洲国《おほやしまぐに》知《し》らしめしし倭根子《やまとねこ》天皇《すめらみこと》我《わ》が[一四]王祖母天皇《おほきみみおやすめらみこと》の、

元明が聖武に与えた勅

[一五]始め斯《こ》の皇后《おほきさき》を朕《われ》に賜へる日《ひ》に[一六]勅《の》りたまひつらく、「[一七]女《をみな》と云《い》はば等《ひと》しみや我《わ》がかく云《い》ふ。其《そ》の[一八]父《ちち》と侍《はべ》る大臣《おほおみ》の、皇我朝《すめらわがみかど》を助《あなな》ひ奉《まつ》り輔《たす》け奉《まつ》りて、頂《いただ》き恐《かしこ》み供《つか》へ奉《まつ》りつつ、夜半《よなか》・暁時《あかとき》と休息《やすも》ふこと無く、浄《きよ》き明《あか》き心《こころ》を持《も》ちて、[一九]ははとひ供《つか》へ奉《まつ》るを[二〇]見《め》し賜へば、其《そ》の人の[二一]うむがしき事《こと》[二二]款《いそし》き事《こと》を送《つひ》に得《え》忘《わす》

めるという重大な天下の重要事をたやすく決められようか、と。

一〇 この六年間、えらび、試みてきた。

一一 「細」を詔詞解はクハシキと読むが、クハシは美しいの意。ツブサニと訓む。宣命第四十二詔(神護景雲元年八月癸巳条)に「細勘尓」(ツブサニカムガフルニ)。

一二 以下、詔の第二段。

一三 「挂けまくも」から「我が王祖母天皇」までは、元明のことをいう。かけまくもかしこきこの平城宮にいまして現神として大八洲国を統治された天皇である我が王祖母の天皇、すなわち元明。光明子が聖武の妃となった時点でのミオヤは元明であるから、詔詞解・金子宣命講が元正とするのは誤り。

一四 このオホキミミオヤは、スメミオヤ(皇祖母)のこと。スメミオヤ→一四一頁注四。

一五 元明が最初にこの皇后(光明子のこと)を自分に賜わった日、すなわち光明子が妃となったとき。天平宝字四年六月乙丑条の藤原光明子崩伝に「勝宝感神聖武皇帝儲弐之日、納以為レ妃。時年十六」とあるから、霊亀二年のこと。

一六 元明が聖武に与えた勅。

一七 女といえばみな同じであるから光明子を妃とせよ、というのではない、の意。

一八 光明子の父、藤原不比等(㈠補1-八六)。以下、元明は不比等の恪勤忠誠ぶりを述べる。

一九 「ははとひ」は未詳。うやうやしく、丁寧に、などの意か。詔詞解は「為夜万比」の誤写かとする。

二〇 元明は不比等のそうした忠勤をみてきているので。

二一 よろこばしいこと。

二二 勤勉なこと。

[1]我児我王、過無罪無有者、捨麻須奈、忘麻須奈止[2]負賜宣賜志大命依而、加尓[3]加久尓[4]年乃六年乎試賜使賜氏、此皇后位乎授賜。然毛朕時乃未[5]尓波不有。難波高津[6]宮御宇大鷦鷯[7]天皇、葛城曾豆比古女子伊波乃[8]比売命皇后止御相坐而、食国天下之政治賜行賜家利。今米豆良可尓新伎政者不有。本由理行来迹事曾止[9]詔勅、聞宣。」既而中納言従三位阿倍[10]朝臣広庭更宣レ勅曰、天皇詔旨今勅御事法者、常事尓波不有。武都事止思坐故、猶在倍伎物尓有礼夜止思行之氏大御物賜久止[11]宣。」賜ニ親王絁三百疋、大納言二百疋、中納言一百疋、三位八十疋、四位卌疋、五位廿疋、六位五疋、内親王一百疋、内命婦三位六十疋、四位一十五疋、五位一十疋一。〇九月庚寅、仰ニ大宰[12]府一令レ進ニ調綿一十万屯一。〇辛丑、陸奥鎮守将軍従四位下大野朝臣東人等言、在レ鎮兵人勤功可レ録、請、授ニ官位一勧ニ其後人一。

1 我ノ上、ナシ〔大、詔〕―不得（兼等）→校補
2 止〈意補〉（大補、詔）―ナシ〔兼等〕
3・4 尓〔兼等〕―尓（大、詔）
5 未（高、大、詔）―末〔兼・谷・東〕
6 津〈意補〉（大補、詔）―ナシ〔兼等〕
7 鷦鷯〈意改〉（大改、詔）―焦〔兼等〕、鷦（東傍・高傍）→校補
8 乃〈意改〉（大、詔）―及〔兼等〕
9 止〈意補〉（大補、詔）―ナシ
10 倍〔兼・谷、大〕―陪（東・高）〔兼等〕
11 止〈意補〉（大補、詔）―ナシ〔兼等〕
12 宰府〔高擦重〕―宰（高原）

一「我が児我が王」は聖武のこと。宣命第五詔（神亀元年二月甲午条）に引用されている元明の詔でも、聖武を「我が子」という。天皇家の女性尊長であるスメミオヤからみたわが子。
二 光明子に過ちも罪もないならば。
三（こうした元明の大命を受けて）、ともかくも六年間光明子を試み使って、（過ちも罪もなかったので）、皇后の位を授けるのだ、の意。
四 それも、臣下の女を皇后に立てるのは、自分の時のみではない。以下は弁明のため、歴史的根拠を示したもの。
五「難波高津宮御宇大鷦鷯天皇」は、十六代天皇と伝える仁徳。応神の第四子。母は景行の子の五百城入彦皇子の女仲姫命。近年難波宮朝堂院跡の北西で発見された総柱の建築物遺構は、五世紀にさかのぼり、難波高津宮の遺構かとみられている。
六 四世紀末から五世紀にかけて実在したとみられている人物。↓補10―五五。
七 紀は磐之媛命、記は石之日売命と記す。仁徳の皇后となり、履中・反正・允恭の三天皇を生んだと伝えられている。万葉巻二に「磐姫皇后思ニ天皇一御作歌四首」の題で伝承された歌四首を収めるが、後代の仮託とみられる。
八 臣下の女である光明子を皇后に立てることは、いまさらめずらしく新しい政事ではない。
九 迹は、先例。迹事は先例のある事柄。
一〇 同じ場所で、中納言阿倍広庭が宣命使として補足の宣命詔を宣布。阿倍朝臣広庭→[一]八三頁注五。
一一 さきに宣布した勅は常の事ではないので、特に物を給うとする勅。
一二「御事法」は、御言宣り。
一三 通常の法の宣布ではない。

れじ。[一]我《あ》が児《こ》我《あ》が王《おほきみ》、[二]過《あやまち》無く罪《つみ》無く有らば、捨《す》てますな、忘れますな」と負《おほ》せ賜《たま》ひ宣《の》り賜ひし大命《おほみこと》に依《よ》りて、[三]かにかくに年《とし》の六年を試《こころ》み賜ひ使《つか》ひ賜ひて、此《こ》の皇后《おほきさき》の位《くらゐ》を授《さづ》け賜ふ。[四]然《しか》るも、朕《わ》が時のみには有らず。[五]難波《なにには》の高津宮《たかつのみや》に御宇《あめのしたしらしめしし》大鷦鷯天皇《おほさざきのすめらみこと》、[六]葛城曾豆比古《かづらきのそつひこ》が女子《むすめ》[七]伊波乃比売命《いはのひめのみこと》皇后《おほきさき》と御相坐《みあひま》して、食国天下《をすくにあめのした》の政《まつりごと》を治《をさ》め賜ひ行《おこな》ひ賜ひけり。[八]今《いま》めづらかに新《あらた》しき政《まつりごと》には有らず。本《もと》ゆり行《おこな》ひ来《こ》し[九]迹事《あとごと》そと詔《の》りたまふ勅《おほみこと》を、聞《き》きたまへと宣《の》る」とのたまふ。

磐之媛命の先例

既《すで》にして、[一〇]中納言《ちうなふごん》従三位阿倍《あへ》朝臣広庭《ひろには》、更《さら》に[一一]勅《みことのり》を宣《の》りて曰《のたま》はく、「天皇《すめら》が詔旨《おほみこと》らまと今勅《いまの》りたまへる[一二]御事法《みことのり》は、[一三]常《つね》の事《こと》には有らず。[一四]むつ事《ごと》と思《おもほ》し坐《ま》すが故《ゆゑ》に、[一五]猶在《なほあ》るべき物《もの》に有れやと思《おもほ》し行《め》して[一六]大御物《おほみもの》賜《たま》はくと宣《の》る」とのたまふ。[一七]親王《しんわう》に絁《あしぎぬ》三百疋を賜ふ。[一八]大納言《だいなふごん》に二百疋。[一九]中納言《ちうなふごん》に一百疋。三位に八十疋。四位に卅疋。五位に廿疋。[二〇]六位に五疋。内親王《ないしんわう》に一百疋。[二一]内命婦《ないみやうぶ》の三位に六十疋。四位に一十五疋。五位に一十疋。

宣命第八詔

九月（戊子朔）庚寅（三日）、[二二]大宰府《だいさいふ》に仰《おほ》せて調《でう》の綿《わた》一十万屯を進《たてまつ》らしむ。○辛丑（十四日）、[二三]陸奥《みちのおくの》鎮守将軍《ちんしゆしやうぐん》従四位下[二四]大野《おほの》朝臣東人《あづまひと》ら言《まう》[二五]さく、「鎮《ちん》に在《あ》る兵人《いくさ》の勤功《ごんくう》の録《しる》すべきは、請《こ》はくは、[二六]官位《くわんゐ》を授《さづ》けて、その後《のち》の人《ひと》を勧《すす》めむことを」とまうす。

大宰府貢綿

一四 臣下に対してむつまじく伝えるべきこと。
一五 なにもしないでいるべきであろうか、いやそうではない、と思って。
一六 大御は、天皇の、の意。
一七 このとき親王は、舎人・新田部の二親王。
一八 このとき大納言は、多治比池守・藤原武智麻呂の二人。
一九 このとき中納言は、大伴旅人・阿倍広庭の二人。
二〇 この日内裏に召し入れられたのは、五位以上と諸司の長官。後者に六位の者がいたのであろう。
二一 みずから五位以上の位階をもつ女性。→㊀一一三頁注九。
二二 大宰府貢綿のはじめ。主計寮式上の諸国の調庸物を定めた条文に記されている西海道諸国の運送の日程は、大宰府までのもの。したがって令に規定はないが、大宰府管内諸国の調庸は大宰府が収納し、京進されなかったとみられる。そのうちの調綿一〇万屯を毎年京進させることにしたもの。神護景雲三年三月に二〇万屯に増加。これを運ぶ使者を貢綿使といい、大同四年正月廿六日太政官符(三代格)によれば、使(府の官人)一人、史生一人、書生二人、郡司一〇人、郡司子弟一〇人で編成された。
二三 陸奥鎮所(補9―一二)に常駐。鎮守府将軍→天平十一年四月壬午条。
二四 →㊀二二一頁注二。
二五 八月癸亥の詔で、陸奥鎮守の兵を三等に簡定してその名を奏上することが命ぜられたが、そのことに関する言上。
二六 勇敢な者にまず位階を授けることにより、後人すなわちそれに続く者のはげみとしたい、の意であろう。

勅、宜㆔一列卅人各進㆓二級㆒。二列七十四人各一級。三列[1]
九十六人各布十常[2]。〇乙卯、正四位下葛城王為㆓左大弁㆒、
正四位下大伴宿禰道足為㆓右大弁㆒、正三位藤原朝臣房前
為㆓中務卿㆒、従四位下小野朝臣牛養為㆓皇后宮大夫㆒、正四
位下長田王為㆓衛門督㆒。〇冬十月戊[3]午朔、日在[4]㆑蝕之。〇
甲子、以㆓辨浄法師㆒為㆓大僧都㆒、神叡法師為㆓少僧都㆒、道
慈法師為㆓律師㆒。〇十一月癸巳、任㆓京及畿[5]内班田司㆒。太
政官奏、親王及五位已上諸王臣等位田・功田・賜田[6]、并
寺家・神家地者、不㆑須㆓改易㆒。便給㆓本地㆒。其位田者、
如有㆘情㆓願以㆑上易㆒㆑上者㆖、計㆓本田数㆒、任聴㆑給之。以㆑中
換㆑上者、不[7]㆑合㆓与理㆒。縦有㆓聴許㆒、為㆓民要須㆒者、先給㆓
貧家[8]㆒。其賜田人[9]先入㆓賜例㆒。見無㆓実地㆒者、所司即与処
分。位田亦同。餘依㆓令条㆒。其職田者、民部預計㆓合㆑給
田数㆒、随㆓地寛狭㆒、取㆓中・上田㆒、一[10]分畿[11]内、一分外国、
随㆑闕収授、勿㆑使㆑争㆓求膏腴之地㆒。又諸国司[12]等前任

1 三（谷抹傍・東・高、大）―之〔兼・谷原〕
2 十―ナシ（東）
3 戊〔兼・谷、大〕―戌（東・高）
4 在〔兼〕―有（谷・東・高、大）
5 畿―幾（東）
6 田并〔高擦重〕
7 不合与理―理不合与（類一五九）→脚注
8 貧〔高擦重〕
9 田人先入賜〔兼朱傍補〕―ナシ（兼原）
10 一分畿内―ナシ〔底〕→校補
11 畿―幾（東）
12 司―ナシ（東）

一 言上に答えた勅。三等のうち、一列・二列の者は位階を昇叙し、三列の者には布を賜う。
二 布の丈量単位。→㈠二〇九頁注七。
三 →㈠補5-六。左大弁の前任者は石川石足（八月丁卯条）。
四 →㈠補3-三四。前官は弾正尹（二月壬申条）。
五 →㈠六五頁注四。
六 →七頁注二五。前官は右中弁（二月壬申条）。
七 皇后藤原光明子付きの官司として新たに置かれた皇后宮職の長官。皇后宮職→補10-五六。
八 →㈠一六五頁注二〇。
九 この日はユリウス暦の七二九年十月二十七日。この日食の奈良での食分は八。
一〇 僧綱の任官。弁浄は、弁正、弁静とも。→三一頁注五。僧綱制→㈠補1-六三。その任官儀→㈠補2-一一四。
一一 →三一頁注七。
一二 →補8-四六。
一三 京・畿内班田使の任命。班田使→補10-五七。
一四 今回の班田を実施するにあたっての、細則を奏上した太政官奏。基本方針を述べた第一項以下七項よりなり、すべて裁可された。
一五 官奏の第一項。今回の班田の基本方針を述べたもの。位田・功田・賜田と寺家・神家の地は改め易えず、もとのままとする。その法意の変質→補10-五八。
一六 品位を有する親王および五位以上の王臣に、品階・位階に応じて支給される田（田令4）。→補9-一一三。
一七 特に功績のある者に給される田（田令6）。→㈠六七頁注六。
一八 別勅によって賜わる田（田令12）。

勅《みことのり》[一]して、一列《いちのつら》卅人には各《おのおの》二級を進《すす》めたまふ。二列《にのつら》七十四人には各《おのおの》一級。三列《さむのつら》九十六人には各《おのおの》布《ぬの》十常[二]。○乙卯《二十八日》、正四位下葛城王《かづらきのおほきみ》[三]を左大弁《さだいべん》とす。正四位下大伴《おほとも》[四]宿禰道足《みちたり》を右大弁《うだいべん》。正三位藤原《ふぢはら》[五]朝臣房前《ふささき》を中務卿《ちうむきやう》。従四位下小野《をの》[六]朝臣牛養《うしかひ》を皇后宮大夫《くわうごうぐうだいぶ》[七]。正四位下長田《ながた》[八]王を衛門督《ゑもんのかみ》。

皇后宮職を置く

冬十月戊午の朔、日《ひ》[九]蝕《は》ゆること在《あ》り。○甲子《七日》、辨浄法師《べんじやうほふし》[一〇]を大僧都《だいそうづ》とす。神叡法師《じんえいほふし》[一一]を少僧都《せうそうづ》。道慈法師《だうじほふし》[一二]を律師《りちし》。

僧綱の任命

十一月《丁亥朔》癸巳《七日》、京《きやう》[一三]と畿内《きない》との班田司《はんでんし》を任《にむ》す。太政官奏《だいじやうぐわんそう》[一四]すらく、「親王《しんわう》[一五]と五位已上との諸王臣《おほきみたちおみたち》等の位田《ゐでん》[一六]・功田《くうでん》[一七]・賜田《しでん》[一八]、并《あは》せて寺家《じけ》・神家《じんけ》の地《ち》[一九]は、改《あらた》め易《か》ふべからず。便《すなは》ち本《もと》の地《ところ》に給《たま》はむ。その位田《ゐでん》[二〇]、如《も》[二一]し上《じやう》を以《もち》て上《じやう》に易《か》へむことを情《こころ》に願《ねが》ふ者《ひと》有らば、本田《ほんでん》の数《かず》を計《はか》りて任《まにま》に給《たま》ふことを聴《ゆる》さむ。中《ちう》[二二]を以《もち》て上《じやう》に換《か》ふるは、与《あた》[二三]へ理《ことわ》るべからず。縦《たと》[二四]ひ聴許《ゆる》すこと有りとも、民《たみ》の要《えう》須《す》とあるは、先《ま》づ貧《まづ》しき家《いへ》に給《たま》ふ。その賜田《しでん》[二五]の人《ひと》は先《ま》[二六]づ賜《たま》ふ例《つら》に入《い》る。見《げん》[二七]に実地《じつち》無くは、所司《しよし》[二八]、即《すなは》ち与《とも》に処分《しよぶん》せよ。位田《ゐでん》も亦同《またおな》じ。餘《そのほか》は令《りやう》[二九]の条《でう》に依《よ》らむ。[三〇]その職田《しきでん》は民部《みんぶ》[三一]、預《あらかじ》め給《たま》ふべき田《た》の数《かず》を計《はか》り、地《ち》の寛《ひろ》さ狭《せば》さに随《したが》ひて中《ちう》・上《じやう》の田《た》を取《と》り、[三二]一分は畿内《きない》に、一分は外国《とつくに》に、闕《か》くるに随《したが》ひて収《をさ》めて授《さづ》け、膏腴《かうゆ》[三三]の地《ち》を争《あらそ》ひ求《もと》めしむること勿《な》からしめむ。また[三四]、諸国司《しよこくし》ら前任《ぜんにむ》[三五]

京・畿内班田司の任命

班田実施の細則

一九 寺田と神田。

二〇 官奏の第二項。以下、具体的処置を述べる。第二項は位田についての細則。

二一 もし位田保有者が、上田を以て他所の上田とかえることを願えば、換地をゆるす。「上」および下文の「中」は、上田、中田のこと。主税寮式上に上田・中田・下田・下下田の四等の田品を定め、その町別の標準収穫稲を五〇〇束・四〇〇束・三〇〇束・一五〇束とする。

二二 中田を以て他所の上田と換地するのはゆるさない。

二三 与えて換地の処置をすべきではない、の意。但し「不レ合二与理一」は、類聚国史田地上では「理不レ合レ与」。これだと、ことわりとして与えるべきではない、の意となる。

二四 上田相互の換地がゆるされる場合でも、当該田地が民の要須の地であれば、換地せずに口分田として班給する。

二五 官奏の第三項。賜田についての細則。

二六 賜田は原則としてかならず支給する。

二七 現実に賜田に充当する田地がない場合は。

二八 所司は民部省。班田使は民部省と協議のうえ処分する。

二九 大宝田令の関連諸条。

三〇 官奏の第四項。職田についての細則。この職田は、養老令では田令5にいう職分田のことで、大宝令では職田。太政大臣に四〇町、左右大臣に各三〇町、大納言に二〇町。第四項以降は、諸国にも及ぶ細則。

三一 民部省。

三二 半分は畿内に給し、半分は外国に給す。延暦九年八月八日太政官符所引の左弁官宣により、畿内二分、外国一分となる(三代格)。

三三 肥沃な地。

三四 官奏の第五項。諸国司の墾田についての

之日、開㆓墾水田㆒者、従㆓養老七年㆒以来、不㆑論㆓本加㆑功人、転買得家㆒、皆咸還収、便給㆓土人㆒。若有㆘其身未㆑得㆓遷替㆒者㆖、依㆑常聴㆑佃。自餘開墾者、一依㆓養老七年格㆒。又阿波国・山背国陸田者、不㆑問㆓高下㆒、皆悉還㆑公、即給㆓当土[1]百姓㆒。但在㆓山背国㆒三位已上陸田者[2]、具録㆓町段㆒、附㆑使上奏。以外尽収。開㆑荒為㆑熟、両国並聴。其勅賜及功者、不㆑入㆓還収之限㆒。並許㆑之。

[3]二年春正月丙戌朔、廃㆑朝。雨[4]也。○丁亥、天皇御㆓大極殿㆒受㆑朝。○壬辰[5]、宴㆓五位已上於中朝㆒。賜㆑禄有㆑差。○辛丑、天皇御㆓大安殿㆒、宴㆓五位已上㆒。晩頭、移㆓幸皇后宮㆒。百官主典已上陪従、踏歌且奏且行。引㆓入宮裡㆒、以賜㆓酒食㆒。因令㆑採[6]㆓短籍㆒。書以㆓仁・義・礼・智・信五字㆒、随㆓其字㆒而賜㆑物。得㆑仁者絁也。義者糸也。礼者綿也。智者布[7]也。信者段[8]常[9]布也。○辛亥[10]、陸奥国言、部下田夷村蝦夷等、永悛㆓賊心㆒、既従㆓

1 土〔谷抹傍、大、類一五九〕―士〔兼・谷原・東・高〕
2 者―ナシ（類一五九）
3 二ノ上↓校補
4 雨〔兼・谷、大、類七二〕―両（東・高）
5 辰〔紀略改〕―寅（紀略原）
6 採〔兼等〕―探（大改、類七二・紀略）↓校補
7 布―帛（紀略）
8 段↓校補
9 常↓校補
10 亥〔兼朱抹朱傍・谷朱抹朱傍・東・高朱抹朱傍、大、類一九〇〕―丑（兼原・谷原・高原）

細則。

三五 国司の任中の耕作については、田令29に「其官人於㆓所部界内㆒、有㆓空閑地㆒、願㆑佃者、任聴㆓営種㆒。替解之日還㆑公」とある。ここで問題にしているのは、すでに任を離れた者が前任地に残してきた墾田。

一 三世一身法が出された年。三世一身法→補9―二一。

二 自分で功力を加えて開墾した人と、他人から転買して得た人とを区別せず、すべて収公して、土人に口分田として班給する。

三 現任国司の墾田は田令29により耕作をゆるす。

四 国司以外の者の開墾。これは養老七年格すなわち三世一身法による。

五 官奏の第六項。阿波・山背二国の陸田の処置。悉く収公して当土の百姓に口分田として班給。民部省式上に「凡山城阿波両国班㆑田者、陸田水田相交授㆑之」。陸田→五頁注一六。

の日《ひ》に水田《みづた》を開《ひら》き墾《は》らば、[一]養老《やうらう》七年より以来《このかた》、[二]本《もと》より功《くう》を加《くは》ふる人《ひと》と、転《うつ》りて買《か》ひ得《え》し家《いへ》とを論《あげつら》はず、皆咸《みなことごと》く還《かへ》し収《をさ》めて、便《すなは》ち土人《くにひと》に給《たま》はむ。[三]若《も》しその身《み》遷《うつ》り替《かは》ること得《え》ぬ者有《ひと》らば、常《つね》に依《よ》りて佃《たつく》ること聴《ゆる》さむ。[四]自餘《そのほか》の開《ひら》き墾《は》るは、一《もは》ら養老《やうらう》七年の格《きやく》に依《よ》らむ。[五]また、阿波《あは》国・山背《やましろ》国の陸田《りくでん》は高下《かうげ》を問《と》はず、皆悉《みなことごと》く公《おほやけ》に還《かへ》して、即《すなは》ち当土《そのところ》の百姓《はくせい》に給《たま》ふ。[六]但《ただ》し、山背《やましろ》国に在《あ》る三位已上の陸田《りくでん》は、具《つぶさ》に町段《ちやうたん》を録《しる》して使《つかひ》に附《さづ》けて上奏《じやうそう》せしむ。以《い》外《ぐゑ》は尽《ことごと》く収《をさ》めむ。荒《あ》れたるを開《ひら》きて熟《こなた》と為《な》すことは、両国並《ならび》に聴《ゆる》す。[七]其《そ》れ勅賜《ちよくし》と功《くう》とは、還《かへ》し収《をさ》むる限《かぎり》に入《い》れず」とまうす。並にこれを許《ゆる》す。

二年《庚午》春正月丙戌の朔、[八]朝《でう》を廃《や》む。雨《あめ》ふればなり。○丁亥《二日》、天皇《すめらみこと》、[九]大極殿《だいごくでん》に御《おは》しまして朝《でう》を受《う》けたまふ。○壬辰《七日》、五位已上を[一〇]中朝《なかのみかど》に宴《うたげ》す。[一一]禄賜《ろくたま》ふこと差《しな》有り。○辛丑《十六日》、天皇《すめらみこと》、[一二]大安殿《だいあんでん》に御《おは》しまして、五位已上を宴《うたげ》したまふ。[一三]晩頭《ばんとう》に、[一四]皇后宮《くわうごうぐう》に移幸《みゆき》したまふ。百官《ひやくくわん》の主典《さうくわん》已上陪従《ばいじゆ》し、踏歌《たふか》[一五]且《か》つ奏《つかへまつ》り且《か》つ行《ゆ》く。宮《みや》の裡《うち》に引《ひ》き入《い》れて、酒《さけ》・食《じき》を賜《たま》ふ。因《より》て[一六]短籍《たんじやく》を採《と》らしむ。書《か》くに、[一七]仁《じん》・義《ぎ》・礼《れい》・智《ち》・信《しん》の五字を以《もち》てし、その字《じ》に随《したが》ひて物《もの》賜ふ。仁《じん》を得《え》たる者《ひと》には絁《あしぎぬ》。義《ぎ》には糸《いと》。礼《れい》には綿《わた》。智《ち》には布《ぬの》。信《しん》には[一八]段《たん》の常布《じやうふ》。○辛《二十》亥《六日》、[一九]陸奥国《みちのおく》言《まう》さく、「部下《ぶか》[二〇]田夷《たい》村の蝦夷《えみし》ら、永《なが》く賊《あたな》ふ心《こころ》を悛《あらた》めて、既《すで》に

七三〇年

踏歌の宴

陸奥田夷村に郡家を建つ

六 収公の除外例。
七 官奏の第七項。勅による賜田と功田は還収しない。
八 降雨により元日朝賀の儀をとどむ。同儀は翌日に挙行。元日朝賀の儀→㈠補1-四九。
九 平城宮の大極殿。→㈠補1-四八・5-一。
一〇 中宮をいうか。中宮→補9-一八。
一一 白馬の節会の宴。白馬の節→補9-五〇。
一二 内裏の正殿。→㈠補2-一二。
一三 踏歌の節会の宴。踏歌の節→㈠補2-九。
一四 皇后藤原光明子の居所への行幸。皇后宮はもとの藤原不比等第にあった。藤原不比等第→八一頁注一八。
一五 踏歌を奏しながら行列を組んで皇后宮へ向って進んでゆく。
一六 短籍は、短尺とも。斉明四年十一月紀の分注に、有間皇子は蘇我赤兄らと短籍を取って謀反の事を卜したという。後世では細長い紙を短尺というが、ここは木簡か。多数の木簡の一つの面に仁・義・礼・智・信を一字ずつ書き、これを伏せておいて採らせたのであろう。
一七 以下の五文字は、徳目。
一八 段の常布は、段で丈量された常布の意。段は、和銅七年二月に、商布は二丈六尺を一段とするとされ(㈠二〇九頁注五・六)、養老元年十二月に、庸布は二丈八尺を一段とすると定められた(㈠二〇九頁注六・七)。また、常も布の丈量単位で、一丈三尺を以て一常とし、通常その単位の布を常布という。ここは一段分の常布すなわち商布、もしくは二常分の常布をいうか。
一九 部下田夷村に郡家を建てることを請う上申。
二〇 田夷は、山夷に対する語で、農耕を生業とする夷の意か。しかしここは特定の村の名。

教喩一。請、建二郡家于田夷村一、同為二百姓一者。許レ之。○二月丁巳、釈奠[1]。詔遣二右中弁正五位下中臣朝臣広見一、就二大学寮一宣レ勅、慰二労博士・学生等一、勧[2]二勉其業一。仍賜レ物有レ差。○三月丁亥、天皇御二松林宮一、宴二五位已上一。引二文章生等一、令レ賦二曲水一。賜二絁・布一有レ差。○辛卯、大[3]宰府言、大隅・薩摩両国百姓、建レ国以来、未二曾班一レ田。其所レ有田、悉是墾田。相承為レ佃、不レ願二改動一。若従二班授一、恐多二喧訴[4]一。於レ是、随レ旧不レ動。各令二自佃一焉。○丁酉、周防国熊毛郡牛嶋西汀、吉敷郡達理山所レ出銅、試[5]二加冶練一、並堪レ為レ用。便令二当国採冶一、以充二長門鋳[6]銭一。○庚子、熒惑昼見。○辛亥、太[7]政官奏偁、大学生徒[8]、既経二歳月一、習レ業庸浅、猶難二博達一。実是家道困窮、無レ物二資給一。雖レ有レ好レ学、

1 奠—尊(高)
2 勧—勤(紀略)
3 大—太〔底〕→校補
4 訴—訢(高)
5 試→校補
6 鋳〔谷傍補〕—ナシ(谷原)
7 太—大(高)
8 徒(谷抹朱傍、大、紀略)—従〔兼・谷原・東・高〕

一 郡の政庁。→[一]補4-四六。しかしこのとき建てられた郡の名は未詳。
二 公民と同じく戸籍に貫付すること。
三 春秋の二仲の月(二月・八月)の上丁の日に孔子等をまつる儀式。→[一]補2-一七。
四 →補9-一三。
五 大学寮は釈奠の式場。
六 松林苑にある宮殿。松林苑→補10-三五。
七 三月三日の曲水の宴。→[一]補2-三一。
八 文章生二〇人の定員が定められたのは、この年の三月二十七日(補10-六〇)。したがってここに文章生とあるのは不審。続紀編者がさかのぼって記したものか、あるいは文章学士(文章博士)に就いて学ぶ大学生をそう称し

教喩《おもぶけ》に従《したが》へり。請《こ》はくは、郡家《ぐんけ》[一]を田夷《たい》村に建《た》てて同《おな》じく百姓《はくせい》[二]とせむことを」とまうす。これを許《ゆる》す。

釈奠

二月[丙辰朔]丁巳[二日]、釈奠《しやくでん》[三]す。詔《みことのり》して、右中弁《うちうべん》正五位下中臣《なかとみ》[四]朝臣広見《ひろみ》を遣《つかは》して大《だい》[五]学寮《がくれう》に就《つ》きて勅《みことのり》を宣《の》らしめ、博士《はかせ》・学生《がくしやう》らを慰《なぐさ》め労《いたは》りてその業《わざ》を勧《すす》め勉《つと》めしむ。仍《より》て物賜《ものたま》ふこと差《しな》有り。

曲水の宴

大隅・薩摩は班田収授を行わない

勧学のため得業生を定める

三月[乙酉朔]丁亥[三日]、天皇《すめらみこと》、松林宮《しようりむくう》[六]に御《おは》しまして五位已上を宴《うたげ》[七]したまふ。文章生《もんじやうしやう》[八]らを引《ひ》きて曲水《ごくすい》[九]を賦《うた》はしむ。絁《あしぎぬ》・布賜《ぬのたま》ふこと差《しな》有り。○辛卯[七日]、大宰府《だいさいふ》[一〇]言《まう》さく、「大隅《おほすみ》・薩摩《さつま》の両国の百姓《はくせい》、国《くに》[一一]を建《た》ててより以来《このかた》、曾《かつ》て田《た》を班《あか》たず。その[一二]有《も》てる田《た》は悉《ことごと》く是《こ》れ墾田《こんでん》なり。相承《あひう》けて佃《たつく》ることを為《な》して、改《あらた》め動《うごか》すことを願《ねが》はず。若《も》し班授《はんじゆ》に従《したが》はば、恐《おそる》らくは喧《かしま》しく訴《うるた》ふること多《おほ》けむ」とまうす。是《ここ》[一三]に、旧《もと》に随《したが》ひて動《うごか》さず。各《おのおの》、自《みづか》ら佃《たつく》らしむ。○丁酉[十三日]、周防《すはう》国熊毛《くまけ》[一四]郡牛嶋《うししま》[一五]の西《にし》の汀《みぎは》、吉敷《よしき》[一六]郡の達理《たつり》山より出《いだ》せる銅《あかがね》、冶《う》ち練《ねや》すことを試《こころ》み加《くは》ふるに、並《ならび》に用《よう》と為《な》すに堪《た》へたり。便《すなは》ち、当国《そのくに》[一七]をして採《と》り冶《う》たしめ、長門《ながと》[一八]の鋳《じゆ》銭《ぜん》に充《あ》つ。○庚子[十六日]、熒惑《くゑいこく》[一九]、昼《ひる》に見《あらは》る。○辛亥[二十七日]、太政官奏《だいじやうぐわんそう》[二〇]して偁《まう》さく、「大《だい》[二一]学《がく》の生徒既《しやうとすで》に歳月《としつき》を経《ふ》れども、業《ごふ》を習《なら》ふこと庸浅《ようせん》にして、猶博《なほひろ》く達《およ》ぶこと難《かた》し。実《まこと》に是《こ》れ家道《いへのみち》[二二]困窮《たしな》く、資《たす》けて給《たま》ふに物《もの》無し。学《がく》を好《この》むこと有りと

たものか。

九 曲水の詩。

一〇 大隅・薩摩二国は、元年三月の太政官奏の「悉収更班」の対象から除外してほしいという大宰府の申請。大隅・薩摩両国の百姓にはじめて口分田が班給されたのは延暦十九年十二月(類聚国史田地上)。

一一 大隅国は和銅六年四月に建国(㊀一九七頁注四)、薩摩国は大宝二年十月以後和銅二年六月までの間に建国(㊀六一頁注五・六)。

一二 班田収授制の施行以前は、諸国一般に、農民の耕作地は口分田班給の対象とはならない「墾田」であった。二国がそうした状況下にあることをいう。

一三 申請を裁可して班授しないこととする。

一四 →九三頁注二三。

一五 山口県光市室積の東南沖の島。

一六 →補10-五九。達理山を山口市北方の東鳳翩山・西鳳翩山に比定する説があるが、未詳。

一七 周防国。

一八 長門鋳銭司のこと。→㊁補4-四三。

一九 火星。甘氏星占(開元占経三十)に「熒惑昼見、臣謀主」とみえ、政治的クーデターの前兆。

二〇 この太政官奏は、㈠大学生のなかから一〇人以下五人以上をえらび、夏冬の服と食料を給すること(これを得業生という)、㈡吉田宜ら七人に弟子をとらせ、それの得業生の定員を定めること、㈢粟田馬養ら五人に弟子各二人をとらせ、漢語を学ばせること、の三項を述べるが、この日はそのほかにも大学寮の組織に改変があった。→補10-六〇。

二一 官奏の第一項。大学生の困窮状態を述べ、特別給費生として得業生を定めることを請う。

二二 家道は、くらしむき、生計。

不レ堪レ遂レ志。望請、選ニ性識聡[1]慧[2]、藝業優長者十人以下五人以上、専精ニ学問一、以加ニ善誘一。仍賜ニ夏・冬[3]服并食[4]料一。又陰陽・医術及七曜・頒暦等類[5]、国家要道、不レ得ニ廃闕一。但見ニ諸博士一、年歯衰老。若不ニ教授一、恐致レ絶レ業。望仰、吉田連宜・大津連首・御立連清道・難波連吉成[6]・山口忌寸田主・私部首石村・志斐連三田次等七人、各取ニ弟子一、将[7]レ令レ習レ業。其時服・食料亦准ニ大学生一。其[8]生徒、陰陽・医術各三人、曜・暦各二人。又諸蕃・異域、風俗不レ同。若無ニ訳語一、難[9]ニ以通ヒ事。仍仰ニ粟[10]田朝臣馬養・播磨直乙安・陽胡史真身・秦[11]朝[12]元・文元貞等五人一、各取ニ弟子二人一、令レ習ニ漢語一者。詔[13]並許レ之。〇夏四月甲子、太政官処分、畿[14]内七道諸国主[15]典已上、雖ニ各職掌[16]一、至ニ於行事一、必応ニ共知一。或国司等私造ニ税帳一、竟後取レ署、不ニ肯署ヒ名。因[17]レ此、上下触レ事相違。又大税[18]収納、不レ得ニ軽忽[19]一。

1聡(谷擦重、大、紀略)—恥〔兼・谷原・東・高〕
2慧〔兼・東・高、紀略〕—恵(谷、大)
3冬ノ下→校補
4食ノ上→校補
5類〔底擦重〕
6成—ナシ〔底〕→校補
7将〔兼重〕
8其生—ナシ(東)
9難(谷傍補、大)—ナシ〔兼・谷原・東・高〕
10粟—栗(東)
11秦〈意改〉(大改)—奏→校補
12朝ノ上、ナシ—忌寸(大補)→脚注・校補
13詔—語(東)
14畿—幾(東)
15主〔兼重〕→校補
16掌(谷擦重・東・高、大、類八四)—常〔兼・谷原〕
17因—困(東)
18税〔兼重〕
19忽(谷傍・東・高、大改)—悪〔兼・谷、類八四〕

一 性は、以て生まれた性格、才能。識は、知能、知識。郡司の適格条項に「性識清廉」(選叙令13)。
二 学業がすぐれていること。聡慧は、聡明にしてゆたかなこと。学令1に「業術優長」、同8に「芸業優長」。
三 これを得業生(とくごうしょう)という。この日、大学生のなかからえらぶ、明経得業生四人、文章得業生二人、明法得業生二人、算得業生二人の、計一〇人の定員が定められた。
四 夏冬の服は、下文第二項にいう時服と同じ。職員令14集解令釈所引の官奏によれば、人別に、夏は絁一疋・布一端、冬は絁二疋・綿四屯・布二端。→補10—六〇。諸司の時服→補10—六一。
五 職員令14集解令釈所引の官奏によれば、一人日別に米二升、堅魚(かつお)・海藻(め)・雑魚各二両、塩二勺。
六 官奏の第二項。陰陽・医術・曜・暦の弟子の養成と、その得業生についての上奏。
七 七曜暦のこと。→補10—六二。
八 頒暦は、陰陽寮が作成した具注暦を諸司などに頒つこと。陰陽寮式に、翌年の具注御暦二巻(天皇が使用する具注暦)と頒暦の具注暦一六六巻は、十一月一日に天皇に奉ずると定める。具注暦→補10—六三。
九 医術をよくする。→㊀補1—一四一。
一〇 占術・陰陽をよくする。→㊀一一五頁注一一。
一一 神亀元年五月に御立連となった呉粛胡明のこと。医術をよくする。→補8—七一。
一二 神亀元年五月に難波連となった谷那庚受のこと。陰陽をよくする。→補9—八五。
一三 算術・暦算をよくする。→補8—七二。
一四 算術・暦算をよくする。→補8—七六。

雖《いへど》も、志《こころざし》を遂《と》ぐるに堪《た》へず。望《のぞ》み請《こ》はくは、[一]性識聡慧《せいしきそうけい》にして[二]藝業優長《げいげふいうちやう》なる者《ひと》、[三]十人以下五人以上の専《たく》め学問《がくもん》に精《いそ》しきを選《えら》ひ、善《よ》き誘《いざなひ》を加《くは》へむことを。仍《より》て[四]夏《なつ》・冬《ふゆ》の服《ぶく》、并《あは》せて[五]食料《じきれう》を賜《たま》はむ。また、[六]陰陽《おむやう》・医術《いじゆつ》と[七]七曜《しちえう》・[八]頒《はん》暦《れき》等との類《たぐひ》は、国家《こくか》の要道《えうだう》、廃《や》め闕《か》くること得《え》ず。但《ただ》し、諸《もろもろ》の博士《はかせ》を見《み》るに、年歯《よはひ》衰《おとろ》へ老《お》いたり。若《も》し教《をし》へ授《さづ》けずは、恐《おそ》るらくは業《わざ》絶《た》えむと致《す》。望《のぞ》み仰《あふ》がくは、[九]吉田《きつた》連宜《よろし》・[一〇]大津《おほつ》連首《おびと》・[一一]御立《みたち》連清道《きよみち》・[一二]難波《なには》連吉成《よしなり》・[一三]山口《やまぐち》忌寸田《た》主《ぬし》・[一四]私部《きさきべ》首石村《いはむら》・[一五]志斐《しひ》連三田《みた》次《すき》等七人、各《おのおの》弟子《でし》を取《と》りて、業《わざ》を習《なら》はしめむことを。[一六]その時服《じぶく》・食料《じきれう》は亦大学生《またいがくのしやう》に准《なずら》へむ。その生徒《しやうと》は陰陽《おむやう》・医術《いじゆつ》に各《おのおの》三人、曜《えう》・暦《れき》に各《おのおの》二人。[一七]また、諸蕃《しよばん》・異域《いゐき》、風俗同《ふうぞくおな》じからず。若《も》し[一八]訳語《をさ》無くは、事《こと》を通《かよは》すこと難《かた》けむ。仍《より》て[一九]粟田《あはた》朝臣馬養《うまかひ》・[二〇]播磨《はりま》直乙安《をとやす》・[二一]陽胡《やこ》史真身《まみ》・[二二]秦朝元《はだのてうぐゑん》・[二三]文元貞《ぶんのぐゑんてい》等五人に仰《おほ》せて、各《おのおの》弟子《でし》二人を取《と》りて漢語《かんぎよ》を習《なら》はしめむ」とまうす。詔《みことのり》して並《ならび》にこれを許《ゆる》したまふ。

訳語の養成を奨励

夏四月甲子（乙卯朔 十日）、[二四]太政官処分《だいじやうぐわんしよぶん》すらく、「[二五]畿内《きない》・七道《しちだう》の諸国《くにぐに》の主典《さうくわん》已上は、各《おのおの》職掌《しきしやう》ありと雖《いへど》も、[二六]行事《ぎやうじ》に至《いた》りては必《かなら》ず共《とも》に知《し》るべし。或《ある》は、[二七]国司《こくし》等《ども》私《わたくし》に税帳《ぜいちやう》を造《つく》りて、竟《をは》りて後《のち》に[二八]署《しよ》を取《と》るに、肯《あ》へて名《な》を署《しる》さず。此《これ》に因《よ》りて[二九]上下事《じやうげこと》に触《ふ》れて相違《あひたが》へり。[三〇]また、大税《おほちから》を収《をさ》め納《い》るるは軽忽《きやうこつ》にすること

国司の国内政務についての処置

一五 算術・暦算をよくする。→補8―七六。
一六 以下、得業生の処遇と定員について述べる。
一七 官奏の第三項。漢語訳語の養成について上奏。
一八 通訳。
一九 →補9―一二一。渡唐したというような記録は特に残されていない。
二〇 神亀二年十一月己丑条にみえる播磨直弟兄のことか。ならば渡唐の経験がある。
二一 →一一一頁注二五。養老律令編纂者の一人。
二二 →五三頁注三一。ここは秦忌寸朝元とあるべきもの。朝元は唐で生まれた。
二三 他にみえず。渡来一世か。
二四 この太政官処分は、畿内・七道諸国の国司に対する命令で、四項からなる。延暦交替式にこれを施行する太政官符を載せるが、若干字句を異にし、また一部省略されている。
二五 太政官処分の第一項。国司主典以上は、国内庶政を共に知るべきことを命ずる。
二六 国内の政務。
二七 一人の国司が私的に税帳を造って、の意だが、延暦交替式ではこの部分「於㆓私屋㆒造㆓税帳㆒」となっている。税帳は正税帳→㊀補2―一一七。
二八 正税帳などの国衙上申文書には国司四等官全員が加署する必要があるが、それを拒んで位署を加えない。
二九 上級者と下級者とのあいだで、やることにくいちがいが生ずる。
三〇 太政官処分の第二項。大税を収納する正倉は、倉別に、主当した官人の署名を加えて正税帳に記載することを命ずる。大税→㊀補2―五七。

進二税帳一日、不レ問[1]二穎・穀一、倉別署[2]二主当官人名一。又国内所レ出珍奇口味等物、国郡司幣[3]匿不レ進。亦有下因二乏少一而不上進。自レ今已後、物雖二乏少一、不レ限二駅伝一、任レ便貢進。国内施行雑事、主典已上共知。其史生預レ事有レ失、科レ罪亦同也。○庚午、詔曰、聖人太[4]宝曰レ位。因レ茲嚮二重明一、以聴[5]二民風一。理レ財[6]正レ辞曰レ義。所以裁二衣裳一、而斉[7]二時俗一。安不之事、在二予[8]一人一。自レ今以後、天下婦女、改二旧衣服一、施二用新様一。永言念レ茲、懋[9]二允所レ職、公卿百寮、豈不レ慎歟。○辛未、始置二皇后宮職施薬院一。令下諸国以二職封并大臣家封戸庸物一充[10]レ価、買[11]二取草薬一、毎年進上之。○六月甲寅朔、太政官処分、自レ今以後、史生已上[12]日数、毎月読二申長官[13]一。如長官不レ参、読二申大納言一。○庚辰、縁レ旱令レ検二校四畿[14]内水田・陸田一。」神祇官曹司災。○壬午、雷雨。神祇官屋災。往々人畜震

1 問―間(東)
2 署―暑(高)
3 幣―蔽(大)→校補
4 太―大(大)
5 聴〔兼・谷、大〕―徳(東・高)
6 財→校補
7 斉(東、大)―斎〔兼・谷・高〕
8 予―弔(高)
9 懋允→校補
10 充(大補、類一〇七)―ナシ〔兼等〕→校補
11 買〔類一〇七補〕―ナシ(類一〇七原)
12 上ノ下、ナシ―上(大補)→校補
13 官〔高擦重〕
14 畿―幾(東)

一 穎は穂つきのいね、穀は脱穀していないもみ。
二 現存する天平期の諸国正税帳で、倉別に国司の署名を残しているのは天平九年度和泉監正税帳のみ。
三 主当は専当とも。別当に対する語で、そのことをもっぱらつかさどること。
四 太政官処分の第三項。贄の貢進を督促する。賦役令35に諸国貢献物(大宝令では朝集使貢献物)を定め、その品目に「服食」があり、同条集解古記は「服食、謂雑食物也。貢二冬至御贄一耳」と注するが、同条の貢献物は「以二官物一市充」するもの。しかし本条の記述からは官物を以て市(か)い充てる様子はうかがわれない。「珍奇口味等物」は贄をいうものであろう。但しこの第三項は、延暦交替式では削除されている。贄とその貢進→補10-六四。
五 駅は駅馬、伝は伝馬。→㈠補2-一〇九。
六 太政官処分の第四項。国内の庶政一般について、主典以上は共に知るべきことを重ねて命じ、史生も事に預る者は同じとする。
七 史生にも、四等官と同じく、職制律42の公事稽留罪などを科すことをいうのであろう。
八 婦女の衣服に新様を用いることを命じ、かつ風俗をととのえることの重要性を説いた詔。
九 「聖人太宝曰レ位」は、易経、繫辞下にみえる文で、霊亀元年九月庚辰条の詔にも引用されている。→㈠補6-九五。
一〇 重明は、日・月が並びかかって光明を重ねること。ここは、主語は聖人で、聖人は日月すなわち天にむかい民のあるべき風俗を聞いた、の意。
一一 財貨を管理し正邪を正すこと。易経、繫辞下に「理レ財正レ辞、禁二民為一レ非、曰レ義」。
一二 ここの主語も聖人。ゆえに聖人は衣裳を

贄の貢進

得《え》ざれ。税帳《ぜいちやう》を進《たてまつ》る日《ひ》は、[一]穎《えい》と穀《こく》とを問《と》はず、[二]倉別《くらごと》に[三]主当《しゆたう》の官人《くわんにん》の名《な》を署《しる》せ。[四]また、国内《くぬち》より出《いだ》す珍《めづら》奇しき口味《あぢはひ》等の物《もの》は、国郡司《こくぐんし》蔽《おほ》ひ匿《かく》して進《たてまつ》らず。亦《また》、乏《とも》しく少《すくな》きに因《よ》りて進《たてまつ》らぬこと有り。今《いま》より已後《のち》、物乏《ものとも》しく少《すくな》しと雖《いへど》も、[五]駅《はゆま》と伝《でん》とを限《かぎ》らず、便《たより》の任《まにま》に貢進《たてまつ》れ。[六]国内《くぬち》に施行《せぎやう》する雑事《ざふじ》は、主典《さうくわん》已上共《とも》に知《し》れ。その史生《ししやう》、事《こと》に預《あづか》りて失《あやまち》有らば、[七]罪《つみ》を科《おほ》すこと亦同《またおな》じからむ」といふ。

婦女衣服の改定

○庚午《十六日》、[八]詔《みことのり》して曰《のたま》はく、「[九]聖人《せいじん》の太《おほき》なる宝《たから》を位《くらゐ》と曰《い》ふ。茲《これ》に因《よ》りて[一〇]重明《ちようめい》に嚮《むか》ひて民風《みんふう》を聴《き》く。[一一]財《たから》を理《をさ》め辞《ことば》を正《ただ》すを義《ぎ》と曰《い》ふ。[一二]所以《このゆゑ》に衣《い》裳《しやう》を裁《た》ちて時俗《ししよく》を斉《ととの》ふ。[一三]安不《あんぷ》の事《こと》、予《われ》一人に在《あ》り。今《いま》より以後《のち》、天下《あめのした》の婦女《をみな》、旧《ふる》き衣服《いぶく》を改《あらた》めて[一四]新様《あらたしきためし》を施用《もち》ゐよ。永《なが》く言《ここ》に[一五]茲《これ》を念《おも》ひて、職《つかさど》る所《ところ》に懋《つと》め允《あた》るに、公卿《くぎやう》・百寮豈慎《ひやくれうあにつつし》まざらむや」とのたまふ。

施薬院を置く

○辛未《十七日》、始《はじ》めて[一六]皇后宮職《くわうごうぐうしき》に[一七]施薬院《せやくゐん》を置《お》く。諸国《くにぐに》をして[一八]職封《しきふ》并《あは》せて[一九]大臣家《だいじんけ》の封戸《ふうご》の[二〇]庸《よう》の物《もの》を価《あたひ》に充《あ》て、草薬《さうやく》を買《か》ひ取《と》りて毎年《としごと》に進《たてまつ》らしむ。

六月甲寅の朔、[二一]太政官処分《だいじやうぐわんしよぶん》すらく、「今《いま》より以後《のち》、[二二]史生《ししやう》已上の[二三]日《ひ》の数《かず》は、毎月《つきごと》に[二四]長官《ちやうぐわん》に[二五]読《よ》み申《まう》せ。如《も》し長官参《ちやうぐわんまゐ》らずは、大納言《だいなふごん》に読《よ》み申《まう》せ」といふ。

干害

○庚辰《二十七日》、旱《ひでり》に縁《よ》りて[二六]四畿内《しきない》の水田《すいでん》・[二七]陸田《りくでん》を検校《けむけう》せしむ。神祇官《じんぎくわん》の[二八]曹司《ざうし》に災《わざはひ》あり。○壬午《二十九日》、雷《かみ》なり雨《あめ》ふる。神祇官《じんぎくわん》の屋《や》に災《ひ》あり。往々人畜《しばしばひとけもの》[二九]震《かむとけ》に

作って風俗をととのえた。

一三 風俗をととのえる責任は自分(聖武)一人にある。

一四 このとき定められた新様の衣服は未詳。

一五 風俗をととのえることの重要性。

一六 →補10-五六。

一七 病者に薬を施し、治療する施設。天平宝字四年六月乙丑条の皇后藤原光明子崩伝に「又設二悲田施薬両院一、以療二養天下飢病之徒一也」。正倉院文書に、施薬院が、東大寺正倉に収蔵する人参・桂心などの薬物の出庫を申請した文書が残されている。なお別に、山階寺(興福寺)にも施薬院があった(天平宝字元年十二月辛亥条)。

一八 皇后宮職封。神亀四年十一月戊午条の食封一千戸(一八五頁注一八)などが皇后宮職封となったものか。天平二年度尾張国正税帳山田郡の部に、皇后宮職の封戸の租を民部省符により正税を以て代納した記載がある(古一-四一六頁)。

一九 故藤原不比等家の封戸。→一補3-八五。

二〇 封主は、封戸の輸す調・庸の全額と田租の半額を得る(賦役令8)。そのうちの庸を代価として草薬を購入して送らせる。

二一 下文に「如長官不レ参、読二申大納言一」とあるから、これは太政官内の庶務に関する太政官処分。延喜式の規定とは異なる。→補10-六五。

二二 太政官の史生には、外記局に所属するもの(これを太政官史生という)と、左右の弁官に所属するもの(これを左史生・右史生という)とがあった。職員令2に定める定員は、各一〇人。

二三 「日数」は、前月の上日の数、勤務日数。

二四 太政官の長官は、左大臣・右大臣。

死。○閏六月甲午、制、奉二幣伊勢太神宮一者、卜食五位已上充レ使。不レ須二六位已下一。○庚子、縁二去月霹靂一、勅二新田部親王一、率二神祇官一卜之。乃遣レ使奉二幣於畿内七道諸社一、以礼謝焉。○庚戌、勅、比者亢陽稍盛。思量、年穀不レ登。宜下遣二使者四畿内一、令上レ検二百姓産業一矣。○秋七月癸亥、詔曰、供二給斎宮一年料、自レ今以後、皆用二官物一。不レ得三依レ旧充二用神戸庸調等物一。其大神宮禰宜二人進二位二階一。内人六人一階。莫レ問二年之長幼一。○八月己丑、太白入二大微中一。○辛亥、遣渤海使正六位上引田朝臣虫麻呂等来帰。○九月壬子朔、日有レ蝕之。○癸丑、天皇御二中宮一。虫麻呂等献二渤海郡王信物一。○己未、従二位大納言多治比真人池守薨。左大臣正二位嶋之第一子也。○丙子、遣レ使以二渤海郡信物一、

1 幣—弊(高)
2 太〔類三・紀略〕—大(兼等、大)
3 卜〔兼・谷、大、類三・紀略〕—下(東・高)
4 下〔紀略改〕—上(紀略原)
5 率〈意改〉(大改)—卒
6 卜〔兼・谷、大〕—下(東・高)
7 畿—幾(東)
8 亢(谷抹傍、大)—允〔兼・谷原・東・高〕
9 稍→校補
10 畿—幾(東)
11 物〔類四・類一〇七補・類一〇七一本〕—ナシ(類一〇七原)
12 人(谷傍補・東・高、大)—ナシ〔兼・谷原〕
13 内人六人一階—ナシ(東)
14 人—ナシ(高)
15 微—徴(高)
16 守—主(高)

二五 読み申すのは、外記。職員令2の大外記の職掌に「読二申公文一」。
二六 大倭・河内・山背・摂津の四国。
二七 →五頁注一六。
二八 曹司は、執務のための庁舎。
二九 落雷で死亡すること。震が落雷を意味する例→㈠五七頁注二三。

一 伊勢奉幣使には卜食した五位以上を充てるとする制。神祇令17に「凡常祀之外、須下向二諸社一供中幣帛上者、皆取二五位以上卜食者一充。〈唯伊勢神宮、常祀亦同〉」とする条文があるが、本条の記述からみて、大宝令には「唯」以下の本注はなかったと考えられる。
二 卜(うら)に食(あ)う。亀卜にかなうこと。
三 上文六月壬午条の落雷。
四 →㈠二一一頁注一八。
五 神祇官の官人を指揮して亀卜させる。
六 四畿内に使者を派遣して、穀物の作柄を調査せよと命ずる勅。
七 亢旱、ひでり。
八 穀物。
九 斎宮の年料には以後官物を充当すること、大神宮の禰宜・内人の位階を昇叙すること、の二項についての詔。
一〇 「供二給斎宮一年料」は、斎宮および斎宮寮の一年間の経費として充当する物資の意。このとき斎宮は聖武皇女の井上内親王(神亀四年九月壬申条)。斎宮→㈠補1―九二。斎宮寮→㈠補二―九一。斎宮寮の組織の拡大→補10―二七。
一一 斎宮の組織の拡大に対応した財政上の措置。斎宮式調庸雑物条に定めるような、諸国が、京進すべき調庸の一部を割いて斎宮寮に納入する方式は、この詔を契機に始められたとみられる。
一二 従来、斎宮および斎宮寮の年間諸経費は、

よりて死《し》ぬ。

伊勢奉幣使は五位以上

閏六月（甲申朔）甲午（十一日）、制《せい》[一]すらく、「幣《みてぐら》を伊勢太神宮《いせのだいじんぐう》に奉《たてまつ》る者《ひと》は、卜《うら》[二]に食《あ》へらむ五位已上を使《つかひ》に充《あ》てよ。六位已下を須《もち》ゐざれ」といふ。○庚子（十七日）、去《さ》[三]りぬる月《つき》の霹靂《かむとけ》に縁《よ》りて、新田部親王《にひたべのみこ》[四]に勅《みことのり》して、神祇官《じんぎくわん》[五]を率《ゐ》て卜《うら》なはしむ。乃《すなは》ち、使《つかひ》を遣《つかは》して幣《みてぐら》を畿内《きない》・七道《しちだう》の諸社《もろもろのやしろ》に奉《たてまつ》りて礼《ゐやま》ひ謝《をが》ましむ。○庚戌（二十七日）、勅《みことのり》[六]したまはく、「比者《このころ》、亢陽《かうやう》[七]稍《やや》く盛《さかり》なり。思《おも》ひ量《はか》るに、年穀《ねんこく》[八]登《みの》らざらむ。使者《つかひ》を四畿内《しきない》に遣して百姓《はくせい》の産業《なりはひ》を検《み》しむべし」とのたまふ。

斎宮の年料は官物

大神宮の禰宜・内人昇叙

秋七月（癸丑朔）癸亥（十一日）、詔《みことのり》[九]して曰《のたま》はく、「斎宮《いつきのみや》[一〇]に供給《くごふ》する年料《ねんれう》は、今《いま》より以後《のち》、皆官物《みなくわんもち》[一一]を用《もち》ゐよ。旧《もと》に依《よ》りて神戸《かむべ》[一二]の庸調《ようでう》等の物《もの》を充《あ》てて用《もち》ゐること得ざれ。その大神宮《だいじんぐう》の禰宜《ねぎ》[一三]二人に位《くらゐ》二階を進《すす》む。内人《うちひと》[一四]六人には一階。年《とし》の長幼《ちやうえう》を問《と》ふこと莫《なか》れ」とのたまふ。

遣渤海使帰国

八月（癸未朔）己丑（七日）、太白《たいはく》[一五]、大微《たいび》[一六]の中《なか》に入《い》る。○辛亥（二十九日）、遣渤海使《けんぼつかいし》正六位上引田《ひけた》[一七]朝臣虫麻呂《むしまろ》ら来帰《まうけ》り。

大納言多治比真人池守没

九月壬子の朔、日《ひ》[一八]蝕《は》ゆること有り。○癸丑（二日）、天皇《すめらみこと》、中宮《ちうぐう》[一九]に御《おは》します。虫《むし》麻呂《まろ》ら渤海郡王《ぼつかいぐんわう》[二〇]の信物《しんぶつ》を献《たてまつ》る。○己未（八日）、従二位大納言《だいなふごん》多《た》[二一]治《ぢ》比《ひ》真人池守《いけもり》薨《こう》しぬ。左《さ》大臣《だいじん》正二位嶋《しま》[二二]の第一子なり。○丙子（二十五日）、使《つかひ》を遣して渤海郡《ぼつかいぐん》の信物《しんぶつ》を

伊勢大神宮の神戸の庸調等の物でまかなわれていた。本条の詔による処置によって、斎宮寮の財政は神宮から自立することとなった。

一三 禰宜は、神護景雲二年四月辛丑条では「禰義」、天平十年度周防国正税帳では「禰奇」(古二—一四五頁)と表記。神職の名。ここでは伊勢神宮の最高神職としての禰宜をいい、皇太神宮儀式帳に「職掌雑任卌三人〈禰宜一人、大内人三人〉」、止由気宮儀式帳に「職掌禰宜内人物忌事。合弐拾壱人〈禰宜一人、大内人三人〉」とあるから、「禰宜二人」は皇太神宮(内宮)と豊受宮(外宮)の禰宜。皇太神宮の禰宜の姓は荒木田神主、豊受宮のは度会神主。但し通常はいずれも神主とのみ称する。→一補5—二五。

一四 内人は、伊勢神宮の、禰宜に次ぐ神職の名で、「六人」は前注所引儀式帳の内宮・外宮各三人の大内人を指す。神宮にはこのほかの神職として、物忌・物忌父・小内人がある。

一五 金星。

一六 「太白入二大微中一」は謀反、政変の前兆、郄萌説(開元占経五十一)に「太白入二太微中一、臣相殺、国有レ憂」等とある。

一七 →一八九頁注三二。虫麻呂は神亀五年二月に送渤海客使となり、同年六月に拝辞。これを本条が遣渤海使と記すことからすれば、単なる送客使ではなく、渤海郡王に対する使節を兼ねていたことが知られる。

一八 この日はユリウス暦の七三〇年十月十六日。この日食は奈良では生じなかった。

一九 →補9—一八。

二〇 →一八三頁注六。

二一 →一一三三頁注一二。従二位への昇叙は神亀四年正月、大納言任官は養老五年正月。

二二 →一補1—一二七。

令㆑献㆓山陵六所㆒。并祭㆓故太政大臣藤原朝臣墓㆒。○戊寅、正四位下葛城王、従四位下小野朝臣牛養任㆓催造司監㆒。本官如㆑故。○己卯、停㆓諸国防人㆒。○庚辰、[1]詔曰、京及諸国多[2]有㆓盗賊㆒。或[3]捉㆓人家㆒[4]劫掠、或在㆓海中㆒侵奪。蠹㆓害百姓㆒、莫㆑甚㆓於此㆒。[5]宜㆘令㆓[6]所在官司㆒厳加㆓捉搦㆒、必使㆗擒獲㆖。又安藝・周[7]防国人[8]等妄説㆓禍福㆒、多集㆓人[9]衆㆒、[10]妖㆓[11]祠死魂㆒、[12]云㆑有㆑所㆑祈。又近㆑京左側山原、聚㆓[13]集多人㆒、[14]妖言惑㆑衆。多則万人、少乃数千。如㆑此[15]之徒、深[16]違㆓憲法㆒。若更因[17]循、為㆑害滋甚。自㆑今以後、勿㆑使㆓更然㆒。又造㆑[18]陸[19]多捕㆓禽獣㆒者、先朝禁断。[20]擅発㆓兵馬・人衆㆒者、当今不㆑聴。而諸国仍作㆓陸籬㆒、[21]擅発㆓人兵㆒、殺㆓害猪・鹿㆒。計無㆓頭数㆒。非㆔直多害㆓生命㆒。実亦違㆓犯章程㆒。宜㆘頒㆓[22]諸道㆒並須㆗禁断㆖。○冬十月乙酉、大僧都辨静法師為㆓僧正㆒。○丙午、弾正尹従四位下酒

1 詔〔兼重〕
2 有—ナシ(高)
3 捉→校補
4 劫〔兼朱抹朱傍〕—却(兼原)
5 宜—宣(高)
6 所—ナシ(高)
7 防(高、大改)—芳(兼・谷・東)→校補
8 等—ナシ(高)
9 衆〔兼朱抹朱傍・谷朱抹朱傍・東・高、大〕—象(兼原・谷原)→校補
10 妖(谷傍)→校補
11 祠→校補
12 云〔兼重〕
13 集〔兼抹傍〕→校補
14 妖(谷抹傍、大)→校補
15 之—ナシ(大)
16 違〔兼朱傍〕—ナシ(兼)
17 循(谷傍イ、大改)—脩〔兼等〕
18 陸〔兼・谷、大〕—法(東・高)
19 多〔兼・東・高、大補〕—ナシ(谷)
20・21 擅—檀(東)
22 諸〔兼重〕

一 未詳だが、天智、天武、持統、草壁、文武、元明の六陵か。但し天武・持統は合葬陵。
二 藤原不比等の墓。→補10—六六。
三 →㊀補5—六。
四 →七頁注二五。
五 催造司の長官。催造司→補9—六七。長官二人の例は造宮卿(天平十三年九月乙卯条)などにある。
六 葛城王の本官は左大弁(元年九月乙卯条)、小野牛養の本官は皇后宮大夫(同上)。なお天平六年五月一日の皇后宮職造仏所作物帳に「大夫従四位下兼催造監勲五等小野朝臣牛養」の位署がある(古一—五五三頁)。
七 諸国防人の停止。→補10—六七。
八 この詔は三項よりなる。
九 詔の第一項。盗賊の取締りを命ずる。
一〇 掠奪する。 一一 害毒をなす。
一二 詔の第二項。安芸・周防二国で行われている死魂を妖言して祈る行為、および京の周辺で行われている妖言して衆を惑わす行為の禁止を命ずる。
一三 「妄説㆓禍福㆒」は、僧尼令1の「仮説㆓災祥㆒」と同じ意か。禍・福を予言すること。
一四 死者の霊魂をまじないまつる。
一五 平城京の東方の山。 一六 行基の集団か。
一七 「妖言惑㆑衆」は僧尼令21の語。妖言はみだりに吉凶を説くこと。これを行えば遠流(賊盗律21)。僧尼にも俗律がそのまま適用される(僧尼令21)。
一八 国家の法の意。ここでは律令法。
一九 ぐずぐずしてためらうこと。
二〇 安芸・周防の両国の国司および左京職に対して命じたもの。
二一 詔の第三項。おりを用い、また人兵を動員した狩りによって、禽獣を殺害することの

[一]山陵《みささぎ》六所に献《たてまつ》らしむ。并《あは》せて故《こ》[二]太政大臣《だいじやうだいじん》藤原朝臣《ふぢはら》の墓《はか》を祭《まつ》らしむ。〇戊[二十七日]寅、正四位下葛城王《かづらきのおほきみ》[三]、従四位下小野《をの》[四]朝臣牛養《うしかひ》を催造司監《さいざうしのげむ》[五]に任《にむ》す。本官《ほんくわん》[六]は故《もと》の如《ごと》し。

防人を停止
盗賊取締

〇己卯[二十八日]、諸国《くにぐに》[七]の防人《さきもり》を停《とど》む。〇庚辰[二十九日]、詔《みことのり》[八]して曰《のたま》はく、「京《きやう》[九]と諸国《くに》に多《さは》に盗賊《たうぞく》有り。或《ある》は人家《じんか》に捉《と》りて劫掠《かそ》[一〇]ひ、或《ある》は海中《わたなか》に在《あ》りて侵《をか》し奪《うば》ふ。百姓《はくせい》を蠹害《そこな》[一一]ふこと此《これ》より甚《はなはだ》しきは莫《な》し。所在《しよざい》の官司《くわんし》をして厳《きび》しく捉搦《そくだく》を加《くは》へしめ、必《かなら》ず擒《とら》へ獲《え》しむべし。

妖言惑衆を
禁ずる

また、[一二]安藝《あき》・周防《すはう》の国人《くにひと》ら妄《みだり》[一三]に禍福《くわふく》を説《と》きて多《おほ》くの人衆《ひとども》を集《あつ》め、死《し》[一四]ぬる魂《たましひ》を妖祠《えうし》して祈《いの》る所《ところ》有りと云《い》ふ。また、京《きやう》に近《ちか》き左側《ひだりがは》[一五]の山《やま》の原《はら》に多《おほ》[一六]くの人《ひと》を聚《あつ》め集《つど》へ、妖言《およづれごと》[一七]して衆《ひとびと》を惑《まとは》す。多《おほ》きときは万人、少《すくな》きときも乃《なほ》し数千。此《かく》の如《ごと》き徒《ともがら》深《ふか》く憲法《のり》[一八]に違《たが》へり。若《も》し更《さら》に因循《いんじゆん》[一九]せば、害《がい》を為《な》すこと滋《しげ》く甚《はなはだ》しけむ。今《いま》より以後《のち》、更《さら》[二〇]に然《しか》らしむること勿《なか》れ。

狩猟制限

また、[二一]陸《をり》[二二]を造《つく》りて多《おほ》く禽獣《とりけだもの》を捕《と》ることは、先《さき》[二三]の朝《みかど》禁《いさ》め断《た》てり。擅《ほしきまにま》[二四]に兵馬《ひやうめ》・人衆《ひとども》を発《おこ》すことは当今《たうきん》聴《ゆる》さず。而《しか》るに諸国《くにぐに》仍《なほ》陸籬《をりかき》[二五]を作《つく》りて、擅《ほしきまにま》[二六]に人兵《にんびやう》を発《おこ》して猪《ゐのしし》・鹿《かのしし》を殺《ころ》し害《そこな》ふ。計《はか》るに頭数《とうすう》[二七]無し。直《ただ》に多《おほ》く生命《いのち》を害《そこな》ふのみに非《あら》ず。実《まこと》に亦《また》章程《のり》[二八]に違《たが》ひ犯《をか》せり。諸道《みちみち》[二九]に頒《わか》ちて並《ならび》に禁《いさ》め断《た》つべし」とのたまふ。

僧綱の任命

冬十月[壬午朔]乙酉[四日]、大僧都《だいそうづ》弁静法師《べんじやうほふし》[三〇]を僧正《そうじやう》とす。〇丙午[二十五日]、弾正尹《だんじやうのゐん》従四位下酒《さか》[三一]

禁止を命ずる。

二一　陸は山谷などで獣を追いこむ柵や堤をいうが、ここではわなや落し穴なども含めて鳥や獣を狩る仕掛けの意か。

二二　「先朝」は、天武朝。天武四年四月紀に、わなや落し穴などを用いて牛・馬・犬・猿・鶏・完(しし)を捕えることを禁ずる詔がある。なお雑令39には「凡作₂檻穽₁、及施₂機槍₁者、不ᴸ得₂妨ᴸ径及害₁ᴸ人」とあって、それを以て通行を妨害したり人を傷つけることは許されないが、檻(おり)・穽(落し穴)・機槍(機械仕掛けのやり)を使用すること自体は禁止されていない。本条が「先朝」の禁令を引くのはそのためであろう。

二四　擅興律1逸文に「凡擅発ᴸ兵、廿人以上杖一百、五十人徒一年、五十人加₂一等₁」とあるが、ここでいう「当今不ᴸ聴」は、長屋王事件の直後に出された元年二月丙子条の「宜₃国司莫₂令ᴸ有ᴸ衆」という勅を指す。「当今」は、今の天皇の意。なお養老擅興律1に、同条の適用除外例として、唐律にはなかった「公私田猟」の字句のあったことについては→補10−六四。

二五　陸→注二二。籬は垣、囲い。いずれも個人的な狩猟のための仕掛けではない。

二六　この記述は、この時期に、在地首長が百姓を徴発して武器を持たせ、狩猟を行うのが常態であったことを物語っている。

二七　数知れない。

二八　法のこと。さきの憲法と同じ。

二九　諸道に、この詔の施行を命ずる太政官符を発給して。

三〇　弁正、弁浄とも。→三二一頁注五。

三一　→補7−二三。弾正尹任官は、前任者大伴道足が右大弁に転任した元年九月乙卯か。

部王卒。○庚戌、遣レ使奉ニ渤海信物於諸国名神社一。○十一月丁巳、雷雨大風、折レ木発レ屋。

続日本紀　巻[1]第十

1 巻〈意補〉（大補）―ナシ

部王《べのおほきみ》卒《しゆつ》しぬ。○庚戌《二十九日》、使《つかひ》を遣《つかは》して渤海《ぼつかい》の信物《しんぶつ》を諸国《くにぐに》の名神《みやうじん》[一]の社《やしろ》に奉《たてまつ》る。

十一月《辛亥朔》丁巳《七日》、雷《かみ》なり雨《あめ》ふり大風《おほかぜ》ふきて、木《き》を折《を》り屋《や》を発《こほ》つ。

続日本紀　巻第十

一　神社の格づけの一つ。臨時祭式に「名神祭二百八十五座」をあげる。なお神名式で名神とするのは三〇九座。

1 巻首ヨリ二四四頁三行目「巨曾部朝臣足」マデ、底本欠失ニヨリ、兼右本ヲ以テ補ウ↓校補
2 巻〈意補〉(大補)―ナシ
3 年―ナシ(東)
4 国―ナシ(東)
5 三ノ上↓校補
6 官［兼等、大、紀略］―宮(東傍・高傍)
7 火［兼・谷、大、紀略］―大(東・高)
8 祭［高重］
9 常―恒(紀略)
10 従二位―ナシ(東)
11 王［兼擦重］―並(兼原)
12 従五位下大井王従五位上従四位下―ナシ(東)↓校補
13 群―ナシ(高)
14 臣ノ下、ナシ―豊(大補)↓脚注・校補
15 乎―手(大改)↓校補
16 巨［谷抹傍］―臣(谷原)

[1]続日本紀 [2]巻第十一 起二天平三[3]年正月一尽二六年十二月一

従四位下行民部大輔兼左兵衛督皇太子学士
臣菅野朝臣真道等奉レ勅撰

天璽[4]国押開豊桜彦天皇　聖武天皇

[5]三年春正月庚戌朔、天皇御二中宮一、宴二群臣一。」美作国献二木連理一。○乙亥、神祇[6]官奏、庭[7]火御竈四時[8]祭祀、永為二[9]常例一。○丙子、授二正三位大伴宿禰旅人[10]従二位、従四位下門部王・春日王・佐為[11]王並従四位上、正五位上桜井王従四位下、[12]従五位下大井王従五位上、従四位下多治比真人広成・紀朝臣男人・大野朝臣東人並従四位上、正五位上大伴宿禰祖父麻呂従四位下、正五位下中臣朝臣広見正五位上、従五位上石上朝臣勝雄・平[13]群朝[14]臣麻呂・小野朝臣老、従五位下石川朝臣比良夫並正五位下、従五位下波多真人継[15]乎・久米朝臣麻呂・石川朝臣夫子・高橋朝臣嶋主・村国連志我麻呂並従五位上、外従五位下[16]巨勢朝臣奈

一 平城宮内の殿舎。→補9―一八。正月朔の賜宴を中宮で行うことは、すでに天平元年に見える。
二 異なる樹の枝のつながったもの、治部省式では下瑞。
三 宮中内膳司で行われる庭火御竈祭を恒例の祭祀とすることを奏上する神祇官奏。神祇官奏について→補11―一。
四 →補11―二。
五 →㊀補5―一。正三位への叙位は神亀元年二月。万葉によれば前年天平二年十一月大納言に任じられ(三八九〇題詞)、十二月筑紫から上京(九六五題詞)。本年七月没。
六 →㊀補6―一。従四位下への叙位は和銅六年正月。
七 →一二七頁注二一。従四位下への叙位は養老七年正月。天平十五年五月正四位下に昇叙。
八 →㊀補6―一九。従四位下への叙位は神亀四年正月。この後天平八年十一月橘宿禰姓となり、九年二月正四位下に昇叙。
九 →㊀補6―一八。正五位上への叙位は天平元年三月。

続日本紀　巻第十一　天平《てんぴやう》三年正月起《よ》り六年十二月尽《ま》で

従四位下《じゆしゐのげ》行《ぎやう》民部《みんぶ》大輔《だいふ》兼左兵衛督《さひやうゑのかみ》皇太子学士《くわうたいしがくし》
臣菅野朝臣《すがののあそみ》真《ま》道《みち》ら勅《みことのり》を奉《う》けたまはりて撰《せん》す

天璽国押開豊桜彦天皇《あめしるしくにおしはらきとよさくらひこのすめらみこと》　聖武天皇《しやうむてんわう》

七三一年

三年《辛未》春正月庚戌の朔、天皇《すめらみこと》、[一]中宮《ちうぐう》に御《おは》しまして群臣《ぐんしん》を宴《うたげ》したまふ。美作《みまさか》国、[二]木連理《もくれんり》を献《たてまつ》る。○乙亥《二十六日》、[三]神祇官奏《じんぎくわんそう》すらく、「[四]庭火御竈《にはひのみかま》の四時《しじ》の祭祀《さいし》、永《なが》く常《つね》の例《ためし》とせむ」とまうす。○丙子《二十七日》、正三位[五]大伴《おほとも》宿禰旅人《たびと》に従二位を授《さづ》く。従四位下[六]門部王《かどべのおほきみ》・[七]春日《かすが》王・[八]佐為《さゐ》王に並《ならび》に従四位上。正五位上[九]桜井《さくらゐ》王に従四位下。従五位下[一〇]大井《おほゐ》王に従五位上。従四位下[一一]多治比《たぢひ》真人広成《ひろなり》・[一二]紀《き》朝臣男人《をひと》・[一三]大野《おほの》朝臣東人《あづまひと》に並に従四位上。正五位上[一四]大伴《おほとも》宿禰祖父麻呂《おほぢまろ》に従四位下。正五位下[一五]中臣《なかとみ》朝臣広見《ひろみ》に正五位上。従五位上[一六]石上《いそのかみ》朝臣勝雄《かつを》・[一七]平群《へぐり》朝臣麻呂《まろ》・[一八]小野《をの》朝臣老《おゆ》、従五位下[一九]石川《いしかは》朝臣比良夫《ひらぶ》に並に正五位下。従五位下[二〇]波多《はた》真人継平《つぐを》・[二一]久米《くめ》朝臣麻呂《まろ》・[二二]石川《いしかは》朝臣夫子《ふし》・[二三]高橋《たかはし》朝臣嶋主《しまぬし》・[二四]村国《むらくに》連志我麻呂《しがまろ》に並に従五位上。外従五位下[二五]巨勢《こせ》朝臣奈《な》

庭火御竈祭を常祀とする

一〇　→四一頁注四。従五位下への叙位は養老二年正月。天平九年九月条以降に見える大井王はこれとは別人か。
一一　→〔一〕二二九頁注二五。従四位下への叙位は神亀元年二月。天平七年四月正四位上に昇叙。
一二　→〔一〕九三頁注一六。従四位下への叙位は養老七年正月。天平八年正月正四位下に昇叙。
一三　→〔一〕二二一頁注二。従四位下への叙位は神亀二年閏正月。天平十三年閏三月従三位に昇叙。
一四　→七頁注二四。正五位上への叙位は天平元年八月。
一五　→補9―一三。正五位下への叙位は天平元年八月。
一六　→五三頁注一七。従五位上への叙位は神亀三年正月。天平八年正月正五位上に昇叙。
一七　→一二九頁注九。「麻呂」は上下文によれば「豊麻呂」か。豊麻呂の従五位上への叙位は神亀四年正月。本年四月讃岐守となる。
一八　→五三頁注一四。従五位上への叙位は天平元年三月。五年三月正五位上に昇叙。
一九　→一四七頁注五。従五位下への叙位は神亀元年二月。
二〇　他に見えず。波多真人→〔一〕六五頁注七。
二一　→〔一〕一九三頁注一六。従五位下への叙位は和銅六年正月。
二二　→補8―五一。従五位下への叙位は養老四年正月。天平八年正月正五位上に昇叙。
二三　→一二九頁注八。従五位下への叙位は養老七年正月。
二四　→補7―一〇。従五位下への叙位は養老二年正月。
二五　→二〇九頁注二九。外従五位下への叙位は天平元年三月。八年正月正五位下に昇叙。

1 麿→校補
2 真〔高重〕
3 人広〔高擦重〕
4 広〔兼重〕
5 人ノ下、ナシ—足人（東）
6 物部韓—ナシ〔底三字空〕→校補
7 韓〔高擦重〕—朝（高原）
8 五—ナシ〔底〕
9 焉〔東傍・高傍、大改〕—為（兼等）
10 乙巳正五—ナシ〔底四字空〕→校補
11 讃〔高擦重〕
12 上〔大改〕—下（兼等）
13 朝ノ下、ナシ〔大〕—朝（兼等）
14 左少弁—ナシ〔底三字空〕→校補
15 下ノ下、ナシ—土師〔底〕→脚注

氏麻呂・津嶋朝臣家道、正六位上石川朝臣加美・大伴宿禰兄麿[1]並従五位下、正六位上息長真人名代・当麻真[2]人[3]広[4]人・巨曾倍朝臣足人[5]・紀朝臣多麿・引田朝臣虫麿・巨勢朝臣又兄・大伴宿禰御助・佐伯宿禰人足・佐味朝臣足人・佐伯宿禰伊益・土師宿禰千村・箭集宿禰虫麿・物[6]部韓[7]国連広足・船連薬・難波連吉成・田辺史広足・葛井連広成・高丘連河内・秦忌寸朝元並外従五[8]位下一。○二月庚辰朔、日有レ蝕之。○三月乙卯、制、自レ今已後、習レ竿出身、不レ解二周髀一者、只許レ留レ省焉[9]。」廃二諏方国一并二信濃国一。○夏四月乙巳[10]、正五位下平群朝臣豊麿為二讃[11]岐守一。○五月辛酉、外従五位下巨勢朝臣又兄為二信濃守一。従五位上[12]布勢朝臣国足為二武蔵守一。従五位下大伴宿禰兄麿為二尾張守一。外従五位下紀朝臣[13]多麿為二上総守一。○六月庚寅、以二従五位下石川朝臣麿為二[14]左少弁一。従五位下阿倍朝臣粳虫為二図書頭一。外従五位下土師宿禰千村為二諸陵頭一。外従五位下[15]許曾倍朝臣足人

一 →一九七頁注一七。外従五位下への叙位は神亀五年五月。
二・三 →補11-三。
四 天平五年三月従五位下に昇叙。十年八月備中守。息長真人→[一]補2-一一二。
五 天平四年十月大蔵少輔。五年三月従五位下に昇叙。当麻真人→[一]補2-一一〇。
六 六月大蔵少輔。巨曾倍朝臣→[一]補2-六一。
七 五月上総守。紀朝臣→[一]補1-三一。
八 →一八九頁注三二。天平二年八月渤海から帰国。十二年十一月外従五位上に昇叙。
九 五月信濃守。巨勢朝臣→[一]補2-一八。
一〇 四年十月右兵衛率。大伴宿禰→[一]補1-九八。
一一 六月右衛士督。延暦九年十月の佐伯今毛人薨伝に「右衛士督従五位下人足之子也」とあり、やがて従五位下に昇叙。佐伯宿禰→[一]二七頁注一三。
一二 六月中衛少将。佐味朝臣→[一]二七頁注一四。
一三 四年九月三河守。佐伯宿禰→[一]二七頁注一三。
一四 六月諸陵頭、四年九月備前守。土師宿禰→[一]補1-四四。
一五 →補8-七五。明法家で養老律令の撰定にたずさわる。以下秦朝元までは学者に対する優遇か。
一六 文武三年五月丁丑条では韓国連広足。医術・呪禁に秀でる。→[一]補1-一一四。
一七 他に見えず。船連→[一]二三頁注五。
一八 もと谷那庚受。陰陽の学に秀でる。→一五一頁注三四。
一九 十二月乙未条に甲斐守。田辺史→[一]補1-一三五。
二〇 もと白猪史。文章に秀でる。→補8-三七。

氏麻呂《でまろ》・[一]津嶋《つしま》朝臣家道《いへみち》、正六位上[二]石川《いしかは》朝臣加美《かみ》・[三]大伴《おほとも》宿禰兄麿《えまろ》に並《ならび》に従五位下。正六位上[四]息長《おきなが》真人名代《なしろ》・[五]当麻《たぎま》真人広人《ひろひと》・[六]巨曾倍《こそべ》朝臣足人《たるひと》・[七]紀《き》朝臣多《おほ》麿《まろ》・[八]引田《ひけた》朝臣虫麿《むしまろ》・[九]巨勢《こせ》朝臣又兄《またえ》・[一〇]大伴《おほとも》宿禰御助《みすけ》・[一一]佐伯《さへき》宿禰人足《ひとたり》・[一二]佐味《さみ》朝臣足人《たるひと》・[一三]佐伯《さへき》宿禰伊益《これます》・[一四]土師《はじ》宿禰千村《ちむら》・[一五]箭集《やづめ》宿禰虫麿《むしまろ》・[一六]物部韓国《もののべのからくに》連広足《ひろたり》・[一七]船《ふね》連薬《くすり》・[一八]難波《なには》連吉成《よしなり》・[一九]田辺《たなべ》史広足《ひろたり》・[二〇]葛井《ふぢゐ》連広成《ひろなり》・[二一]高丘《たかをか》連河内《かふち》・[二二]秦《はだ》忌寸朝《てう》元《ぐゑん》に並に[二三]外従五位下。

算生は周髀必修

諏方国を信濃国に併合

二月庚辰の朔、[二四]日蝕《ひは》ゆること有り。

三月〈己酉朔〉乙卯〈七日〉、[二五]制《せい》すらく、「今《いま》より已後《のち》、[二六]竿《さん》を習《なら》ひ出身《しゅつしん》せむに、[二七]周髀《しゅばい》を解《さと》らぬ者《ひと》は、[二八]只省《ただしゃう》に留《とど》まることのみを許《ゆる》す」といふ。[二九]諏方《すは》国を廃《や》めて信濃《しなの》国に并《あは》す。

夏四月〈己卯朔〉乙巳〈二十七日〉、正五位下[三〇]平群《へぐり》朝臣豊麿《とよまろ》を讃岐《さぬき》守とす。

五月〈戊申朔〉辛酉〈十四日〉、外従五位下[三一]巨勢《こせ》朝臣又兄《またえ》を信濃《しなの》守とす。従五位上[三二]布勢《ふせ》朝臣国《くに》足《たり》を武蔵《むざし》守。従五位下[三三]大伴《おほとも》宿禰兄麿《えまろ》を尾張《をはり》守。外従五位下[三四]紀《き》朝臣多麿《おほまろ》を上《かみつ》総《ふさ》守。

六月〈戊寅朔〉庚寅〈十三日〉、従五位下[三五]石川《いしかは》朝臣麿《まろ》を左少弁《させうべん》とす。従五位下[三六]阿倍《あへ》朝臣糠虫《ぬかむし》を図書頭《づしよのかみ》。外従五位下[三七]土師《はじ》宿禰千村《ちむら》を諸陵頭《みさざきのかみ》。外従五位下[三八]許曾倍《こそべ》朝臣足人《たるひと》を

葛井連→七三頁注三。

二一 もと楽浪河内。文章に秀でる。→㈡一八三頁注一九。神亀元年五月正六位下で改姓。天平十七年正月外従五位上に昇叙。

二二 →五三頁注三二。養老五年正月医術を褒賞、時に従六位下。天平七年四月外従五位上に昇叙。

二三 内外五位制について→補10-一三。

二四 この日はユリウス暦の七三一年三月十三日。奈良での食分は一。

二五 算生の出身に周髀の修得を必須条件とすることを定めた制。→補11-四。

二六 算は算道。養老令では大学寮に算博士二人、算生三〇人が所属(職員令14)。出身は算生が試に及第し叙位されて官途につくこと。

二七 古代の算術書で大学における算生の教科書の一。算術書ではあるが暦学とも関わる性格をもっていた。→補11-四。

二八 省は式部省。留省は散位寮に出仕させて考を積ませること。周髀を理解しない算生は、及第しても叙位されず、官途につけなかった。

二九 養老五年六月信濃国を割いて建置。→一〇一頁注五。

三〇 →一二九頁注九。

三一 →注九。　三二 →一二九頁注五。

三三 →補11-三。　三四 →注七。

三五 →補9-二四。

三六 →補9-一一九。五年十二月縫殿頭に転じる。

三七 →注一四。諸陵寮は天平元年八月司から寮に昇格。→二一九頁注二九。寮には土部が所属し、長官・次官には土師氏が多い。

三八 →注六。底本は「許曾倍」の上に「土師」の二字があるが、上文の土師宿禰千村とまぎれたもので衍。

1従ノ上、ナシ—外(大補)→脚注・校補
2督—ナシ〔底一字空〕→校補
3秋七月→校補
4乙亥→校補
5新—雑〔底〕
6・7儛〔類一〇七〕—舞(兼等、大、類一〇七一本)
8楽〔東・高、大補、類一〇七〕—ナシ(兼・谷)
9儛〔類一〇七〕—舞(兼等、大、類一〇七一本)
10逝—ナシ(東)
11比→校補
12脩→校補
13一→校補
14仰(兼・谷、大)—御〔東・高〕
15由—田(高)

為二大蔵少輔一。外従五位下佐味朝臣足人為二中衛少将一。[1]従五位下佐伯宿禰人足為二右衛士[2]督一。正五位下巨勢朝臣真人為二大宰少弐一。」紀伊国阿弖郡海水変如レ血。色経二五日一乃復。○[3]秋七月辛未、大納言従二位大伴宿禰旅人薨。難波朝右大臣大紫長徳之孫、大納言贈従二位安麿之第一子也。○[4]乙亥、定二雅楽寮雑楽生員一。大唐楽卅九人、百済楽廿六人、高麗楽八人、[5]新羅楽四人、度羅楽六十二人、諸県[6]儛八人、筑紫[7]儛廿人。其大唐楽生、不レ言二夏蕃一、取下堪二教習一者上。百済・高麗・新羅等楽生、並取二当蕃堪レ学者一。但度羅[8]楽、諸県・筑紫[9]儛生、並取二楽戸一。○八月辛巳、引二入諸司主典已上於内裏一。一品舎人親王宣レ勅云、執事卿等、或薨[10]逝、或老病、不レ堪レ理レ務。宜下各挙中所レ知可レ堪レ済レ務者上。○癸未、主典已上三百九十六人、詣レ闕上表、挙レ名以聞。」詔曰、[11]比年、随二逐行基法師一優婆塞・優婆夷等、如レ法[12]脩行者、男年六十[13]一已上、女年五十五以上、咸聴二入道一。自餘持レ鉢行レ路者、[14]仰二所[15]由司一、厳加二捉搦一。

一 →一八九頁注三二。
二 →二四五頁注一二。
三 上文正月丙子条によれば、「従五位下」は「外従五位下」か。
四 →二四五頁注一一。
五 →補8-五一。万葉八一六・八一七によると、天平二年正月当時の少弐は小野老と粟田大夫(馬養もしくは人か)。小野老は天平七年には大弐であり、引続き大宰府にあったと思われるから(天平勝宝六年二月丙戌条)、ここの巨勢真人は粟田馬養(もしくは人)の後任か。
六 →一七一頁注五。
七 いわゆる赤潮。→補11-五。
八 →一補5-一一。大納言となった年時は続紀では不明だが、万葉三九〇題詞および補任(九条家本)によれば天平二年十一月。従二位への昇叙は本年正月。万葉に、旅人の死を悼んだ余明軍(四五四-四五八)・県犬養人上(四五九)などの挽歌がある。
九 難波朝は孝徳朝。長徳が大紫右大臣となったのは大化五年四月。大紫は大化三年・同五年冠位制の第五。長徳→一補2-七。
一〇 →一補2-四一。大納言任官は慶雲二年八月。従二位贈位は和銅七年五月。
一一 雑楽は宮廷の儀式に行われる古来の久米儛・五節儛などの歌舞以外の楽舞。職員令17では雑楽を「文武雅曲正儛」に対置させている。諸県儛等の地方の楽舞がこれに当る。ここはそれらの楽生・舞生の定員を新たに定めたもの。→補11-六。
一二 養老令では六〇人(職員令17)。→補11-七。
一三 養老令では二〇人(職員令17)。→補11-八。
一四 養老令では二〇人(職員令17)。→補11-九。
一五 養老令では二〇人(職員令17)。→補11-一〇。
一六 中央アジアに由来する楽舞か。→補

大蔵少輔《おほくらのせうふ》。外従五位下[一]引田《ひけた》朝臣虫麿《むしまろ》を主殿頭《しゅでんのかみ》。外従五位下[二]佐味《さみ》朝臣足人《たるひと》を中衛少将《ちうゑのせうしやう》。[三]従五位下[四]佐伯《さへき》宿禰人足《ひとたり》を右衛士督《うゑじのかみ》。正五位下[五]巨勢《こせ》朝臣真人《まひと》を大宰少弐《だいさいのせうに》。紀伊国[六]阿弖《あて》郡の[七]海水変《うしほかは》りて血《ち》の如《ごと》し。色《いろ》、五日《いつか》を経《へ》て乃《すなは》ち復《かへ》る。

大納言大伴旅人没

雑楽生の定員

秋七月（丁未朔）辛未（二十五日）、大納言《だいなふごん》従二位[八]大伴《おほとも》宿禰旅人《たびと》薨《こう》しぬ。[九]難波朝《なにはのみかど》の右大臣大紫《うだいじんだいし》長《なが》徳《とこ》の孫《うまご》、大納言贈従二位[一〇]安麿《やすまろ》が第一子なり。○乙亥（二十九日）、雅楽寮《げがくれう》の[一一]雑楽生《ざふがくしやう》の員《かず》を定《さだ》む。[一二]大唐楽《だいたうがく》卅九人、[一三]百済楽《くだらがく》廿六人、[一四]高麗楽《こまがく》八人、[一五]新羅楽《しらきがく》四人、[一六]度羅楽《とらがく》六十二人、[一七]諸県儛《もろかたまひ》八人、[一八]筑紫儛《つくしまひ》廿人。その大唐楽生《だいたうがくしやう》は、[一九]夏蕃《かばん》を言《い》はず、教《けう》習《しふ》に堪《た》ふる者《ひと》を取《と》る。百済《くだら》・高麗《こま》・新羅《しらき》等の楽生《がくしやう》は、並《ならび》に[二〇]当蕃《たうばん》の学《がく》に堪《た》ふる者《ひと》を取る。但《ただ》し、度羅楽《とらがく》、諸県《もろかた》・筑紫《つくし》の儛生《まひのしやう》は、並に[二一]楽戸《がくこ》を取《と》る。

議政官の推挙を求める

八月（丁丑朔）辛巳（五日）、諸司《しよし》の主典《さうくわん》已上を内裏《うち》に引《め》し入《い》れたまふ。一品[二二]舎人親王《とねりのみこ》[二三]勅《みことのり》を宣《の》りて云《のたま》はく、「執事《しふじ》の卿《まへつきみたち》等、[二四]或《ある》は薨《こう》し逝《ゆ》き、[二五]或は老《お》い病《や》みて、務《つとめ》を理《をさ》むるに堪《た》へず。各《おのおの》知《し》る所《ところ》の務《つとめ》を済《な》すに堪《た》ふべき者《ひと》を挙《こ》すべし」とのたまふ。○癸未（七日）、[二六]主典《さうくわん》已上三百九十六人、闕《くゑち》に詣《まゐ》り上表《じやうへう》し、名《な》を挙《こ》して聞《もん》す。

高齢の行基信者に出家を許可

[二七]詔《みことのり》して曰《のたま》はく、「比年《としころ》、[二八]行基法師《ぎやうきほふし》に随逐《したが》ふ[二九]優婆塞《うばそく》・[三〇]優婆夷《うばい》等《ども》、[三一]法《のり》の如《ごと》く修行《しゆぎやう》する者《ひと》は、[三二]男《をのこ》は年《とし》六十一已上、[三三]女《めのこ》は年五十五以上、咸《ことごと》く入道《にふだう》することを聴《ゆる》す。自余《そのほか》の[三四]鉢《はち》を持《も》ちて路《みち》を行《ゆ》く者《ひと》は、[三五]所由《しよゆ》の司《つかさ》に仰《おほ》せて、厳《きび》しく捉搦《そくだく》

11－一一。
一七 次の筑紫儛と共に、九州地方の服属を表徴する歌舞か。→補11－一二。
一八 →補11－一二。 一九 日本人(夏)でも渡来系氏族の出身者(蕃)でも。
二〇 百済・高句麗・新羅それぞれの国の出身者。
二一 楽生を出すために設定された戸で雅楽寮に所属。→補11－一三。
二二 知太政官事。→㊀七七頁注一四。
二三 太政官の議政官の死没・老病にかんがみ、官人に適任者を推挙すべきことを命じた勅。二日後の癸未(七日)に官人が上表推挙し、丁亥(十一日)にはそれにもとづいて六人の参議が任命された。
二四 天平二年九月大納言多治比池守、同三年七月大納言大伴旅人が没したこと等をさす。
二五 四年二月に中納言阿倍広庭が没するが、この頃すでに病に冒されていたか。この時点での公卿は、他には大納言藤原武智麻呂と参議藤原房前の二人だけであった。
二六 養老職員令の規定では京官の主典以上は四三二人。ここの三九六人はその九割以上にあたる。
二七 行基に従う在俗信者に条件つきで出家を認めることを述べた詔。養老期の朝廷は行基の活動を厳しく取締る態度をとったが、これ以後朝廷はその活動を容認し、行基も大仏造立など朝廷の政策に協力するようになる(天平十三年十月癸巳条・同十五年十月乙酉条)。
二八 →補7－二三。
二九 仏教に帰依し五戒を保つ男性の在俗信者。梵語 upāsaka の音写。清信士・近事男と漢訳。
三〇 同じく女性の在俗信者。upāsikā の音写。清信女・近事女。
三一 法令で、僧尼令の規定をさすか。

其[1]有レ遇二父母・夫喪一、期年以内脩行、勿レ論。○丁亥、詔、依二諸司挙一、擢二[2]式部卿従三位[3]藤原朝臣宇合・民部卿従三位多治比真人県守・兵部卿従三位藤原朝臣麿・大蔵卿正四位上鈴鹿王・左大弁正四位下葛城王・右大弁正四位下大伴宿禰道足等六人一、並為二参議一。○辛丑、詔曰、[4]如聞、天地所レ貺、豊年最好。[5]今歳登レ穀。朕甚嘉レ之。思下与二天下一共受中斯慶上。宜レ免二京及諸国今年田租之半一。但淡路・阿波・讃岐・隠[6]伎等国、[7]租并天平元年以往公私未納稲者、咸免除之。○九月戊申、左右京職言、三位已上宅門、[8]建二於大路一、先已[9]聴許。未審。身薨、宅門若為処分。勅、亡者宅門、不レ在二建例一。○癸酉、外従五位下高丘連河内為二右京[10]亮一、[11]正三位大納言藤原朝臣武智麿為二兼大宰[12]帥一。○冬十一月丁未、太政官処分、武官医師・使部及左右馬監馬

1有〔大補〕—ナシ(兼等)
2式〔底擦重〕—或〔底原〕
3藤—蔵〔底〕
4如聞〔類八三補〕—ナシ(類八三原)
5今—令〔底〕
6伎—岐(類八三)
7租〔類八三補〕—ナシ(類八三原)
8建↓校補
9聴〔底擦重〕
10亮〔谷抹傍・東・高傍、大〕—高(兼・谷原・高)↓校補
11正三位大納言—大納言正三位(大改)↓校補
12帥〔大〕—師(兼等)

三二　六十一歳以上の男子に入道を許したのは、令制で六十一―六十五歳の男子を老(次丁)とし、調・庸の負担額を正丁(二十一―六十歳)の半分としていること(賦役令1・4)と関係があろう。

三三　女子の年齢を五十五歳以上とした根拠は未詳。「鰥寡孤独」の寡の年齢は五十歳以上(天平十一年出雲国大税賑給歴名帳、戸令32義解)。

三四　↓補11-一四。

三五　玄蕃寮や京職、国司・郡司などか。

一　出家者でない者でも、父母や夫の死にあって仏法を修行することは、一年以内を限って認める。

二　期年は満一年。父母・夫の死による服紀は一年で(喪葬令17)、その間徭役が免除される(賦役令21)。

三　癸未(七日)条の諸司主典以上の推挙。結果は式部等四省の卿および左右大弁が新たに参議となった。この時参議藤原房前は中務卿であったから、この時の議政官は、弁官および八省の代表者によって構成されたといえる。

四　↓補7-二二。　五　↓[一]九三頁注九。

六　↓三七頁注九。　七　↓[一]補5-八。

八　↓[一]補5-六。　九　↓[一]補3-二四。

一〇　これまでは「参議」は「令レ参二議朝政一」(大宝二年五月丁亥条)のように動詞として用いられ、臨機の処置として旧来の豪族を朝政に参加させることを意味したが、ここでは官名とされている。なお歴運記・補任によると、この年十二月四日の勅で、始めて参議に食封八〇戸が支給された。「参二議朝政一」と参議↓[一]補2-一四一。

一一　豊年を祝い田租等の減免を命じた詔。前

官人の推挙により参議を任命

を加《くは》へよ。[一]その父母《ぶも》・夫《をひと》の喪《も》に遇《あ》ふこと有りて、期年《ごねん》[二]以内修行《しゆぎやう》するは、論《あげつら》ふこと勿《なか》れ」とのたまふ。○丁亥[十一日]、詔《みことのり》して、諸司《しよし》[三]の挙《こ》に依《よ》りて、式部《しきぶ》卿《きやう》従三位藤原《ふぢはら》[四]朝臣宇合《うまかひ》・民部卿《みんぶきやう》従三位多治比《たぢひ》[五]真人県守《あがたもり》・兵部卿《ひやうぶきやう》従三位藤《ふぢ》[六]原《はら》朝臣麿《まろ》・大蔵卿《おほくらのきやう》正四位上鈴鹿王《すずかのおほきみ》[七]・左大弁《さだいべん》正四位下葛城《かづらき》[八]王・右大弁《うだいべん》正四位下大伴《おほとも》[九]宿禰道足《みちたり》等六人を擢《あ》げて、並《ならび》に参議《さむぎ》[一〇]としたまふ。

豊作によって田租等減免

○辛丑[二十五日]、詔《みことのり》[一一]して曰《のたま》はく、「如聞《きくな》らく、「天地《てんち》の貺《たま》ふ所《ところ》は、豊年《ほうねん》最《もと》も好《よ》し」ときく。今歳《ことし》は穀《たなつもの》登《みの》れり。朕《われ》甚《はなは》だこれを嘉《よみ》す。天下《あめのした》と共《とも》に斯《こ》の慶《よろこび》を受《う》けむと思《おも》ふ。京《きやう》と諸国《くにぐに》とに今年《ことし》の田租《でんそ》の半《なかば》を免《ゆる》すべし。但《ただ》し、淡路《あはぢ》[一二]・阿波《あは》・讃岐《さぬき》・隠伎《おき》等の国《くに》には、租《そ》、并《あは》せて[一三]天平《てんひやう》元年より以往、公私《くうし》[一四]未納《みなふ》の稲《いね》は、咸《ことごと》く免除《ゆる》せ」とのたまふ。

三位以上の宅門

九月[丁未朔]戊申[二日]、左右京職《さうのきやうしきまう》言さく、「三位[一五]已上の宅門《たくもん》を大路《おほぢ》に建《た》つること、先《さき》[一六]に已《すで》に聴許《ゆる》す。未審《いふか》し。身《み》薨《こう》せば、宅門《たくもん》若為《いか》にか処分《しよぶん》せむ」とまうす。勅《みことのり》したまはく、「亡《う》せし者《ひと》の宅門《たくもん》は、建《た》つる例《ためし》に在《あ》らず」とのたまふ。○癸酉[二十七日]、外従五位下高丘《たかをか》[一七]連河内《かふち》を右京亮《うきやうのすけ》とし、正三位大納言《だいなふごん》藤原《ふぢはら》[一八]朝臣武智《むち》麿《まろ》を兼大宰帥《だいさいのそち》[一九]とす。

武官の考選を兵部省に移管

冬十一月[丙午朔]丁未[二日]、太政官処分《だいじやうぐわんしよぶん》[二〇]すらく、「武官《ぶくわん》[二一]の医師《くすし》・使部《しぶ》[二二]と左右馬監《さうのめのげむ》[二三]の馬《うまの》

年天平二年は旱害により凶作であった(閏六月庚辰条など)。

一二 以下の四国は前年の旱害のとくに著しかった国か。隠伎のみ国名の順になっていない。

一三 以下の処置も淡路等四国のみを対象としたか。

一四 公私出挙稲の本稲・利稲で未納のもの。

一五 以下の制について→補11―一五。

一六 聴許の年時は未詳。

一七 →㊀一八三頁注一九。

一八 →㊀九三頁注二。

一九 前年十一月大伴旅人が大納言に昇任して任を離れて以来の補充人事。旅人は現地に赴任したが武智麻呂は赴任せず、大納言として国政を領導した。

二〇 医師・使部等の下級武官の考選・解任の権を式部省から兵部省に移すことを定めた処分。武官考選の権は大宝令の施行後徐々に式部省から兵部省に移されていった。→㊀補3―八六。太政官処分→㊀補2―五〇。

二一 武官は五衛府・軍団などの官人(公式令52)。武官の医師は五衛府・中衛府などに所属する医師。五衛府の医師は、養老令に衛門府一、左右衛士府各二、左右兵衛府各一と規定されている(職員令59・61・62)。衛府の医師→補8―三一。

二二 使部は令制で在京の全官司に配属されている下級職員。→㊀補2―一五一。武官では五衛府・馬寮・兵庫・隼人司のほか、神亀五年新設の中衛府にも配属(神亀五年八月甲午条)。五衛府の使部のことはすでに大宝二年八月戊申条に見える。

二三 和銅四年十二月壬寅条に「馬寮監」が見えるが、ここは左右馬寮のことか。馬医→補8―三二。

医帯レ仗[1]者考選、及武官解任者、先例並属二式部[2]一。於レ事不レ便。自レ今以後、令[3]二兵部掌一焉。但正身、依レ旧、在レ寮上下。○庚戌[4]、冬至。天皇[5]御二南樹[6]苑[7]一、宴二五位已上一、賜レ銭。親王三百貫、大納言二百五十貫[8]、正三位二百貫、自外各有レ差。○辛酉、先レ是、車駕巡二幸京中一。道経二獄辺一、聞二囚[9]等悲吟叫[10]呼之声一。天皇憐愍、遣レ使覆二審犯[11]状軽重一。於レ是、降レ恩、咸[12]免二死罪已下一、并賜二衣服一、令二其自新一。○丁卯、始置二畿[13]内惣管・諸道鎮撫使一。以二一品新田部親王一為二大惣管一。従三位藤原朝臣宇合為二副惣管一。従三位多治比真人県守為二山陽道鎮撫使一、従三位藤原朝臣麿為二山陰道鎮撫使一、正四位下大伴宿禰道足為二南海道鎮撫使一。○癸酉、制、大惣管者、帯レ剣待[14]レ勅。副惣管者、与二大惣管一同。判吏[15]二人、主[16]事四人。鎮撫使、掌与二惣管一同。判官一人、典[17]一人。其抽下内外文武官六位已下、解二兵術・文筆一者上充。仍給二大惣管傔仗[18]十人一。副捴管六人。鎮撫使三位随身四人[19]、四位二人。並負二持弓箭[20]一、

1仗（谷・東、大、類一〇七）―伏〔兼〕、伏（高）→校補
2式〔谷抹傍、大、類一〇七〕―武（兼・谷原・東・高）
3令―ナシ（類一〇七）→校補
4戌→校補
5天皇→校補
6樹〔類七四〕―ナシ（類七四一本）→校補
7苑―薨〔底〕
8貫ノ下、ナシ（底抹）―自外各有差〔底原〕
9囚―内（兼）→校補
10叫＝叫（兼等、大、類三二・紀略）―叫〔兼朱傍イ・高傍イ〕
11犯―犯〔底〕
12咸〔兼等、大、類三二〕―減（類三二一本・紀略）
13畿―幾（東）
14待―侍（東）
15吏〔底〕―史→脚注
16主（底傍補）―ナシ〔底原〕
17典ノ上、ナシ〔兼・谷〕―主（東・高、大補）→校補
18仗〔谷・東、大〕―伏（兼）、伏（高）
19四人―ナシ（東）
20箭→校補

一　公式令52に「五衛府・軍団及諸帯レ仗者為レ武。自余並為レ文」とある。ここは上記以外の下級職員で武器を身に帯びる者。防閤・仗身（養老三年十二月庚寅条）、帯刀資人（同五年三月辛未条）などか。ただし内舎人は文官の扱いを受ける（公式令52）。
二　犯罪によりその任を解くこと。考課令58に「凡官人、有レ犯二私罪下中、公罪下々一、並解二見任一。即依レ法合二除免官当一者、不レ在二考校之限一」とある。
三　式部省被管の散位寮。考選の権限が兵部省に移った後も、武散位本人は散位寮に分番上下して考を積むことを命じたもの。↓十二月庚寅条。
四　冬至の宴。↓補9―一一四。
五　他に見えず。神亀五年十一月の冬至の宴が南苑で行われているから、南樹苑は南苑と同じか。同四年五月には、南苑の樹のことが見える。南苑↓補9―一二六。
六　天平宝字四年正月、孝謙・淳仁が恵美押勝邸に幸し、陪従に銭を賜わった例がある。
七　舎人親王と新田部親王。
八　藤原武智麻呂。
九　藤原房前。藤原武智麻呂も正三位だが、大納言として賜銭。
一〇　車駕は行幸の際の君主に対する尊称。天皇が巡幸の途次獄の前を過ぎ、獄囚を免じた話は続後紀嘉祥二年閏十二月己未条にも仁明天皇のこととして見える。天皇の恩徳が囚人にも及ぶことを強調したもの。なお辛酉は覆審の結果罪を免じ衣服を賜わった日。
一一　囚人を収容する施設で囚獄司の所管。↓補11―一六。
一二　刑部省に再審査させる。
一三　罪人がみずから過ちを改め、更生するこ

医《くすし》と[一]仗帯《ぢやうたい》する者《ひと》との考選《かうせん》と、武官《ぶくわん》の[二]解任《げにむ》とは、先例並《せんれいならび》に式部《しきぶ》に属《つ》く。事《こと》に於《おき》て便《たより》あらず。今《いま》より以後《のち》、兵部《ひやうぶ》をして掌《つかさど》らしめよ。但《ただ》し、正身《しやうしん》は、旧《もと》に依《よ》りて[三]寮《れう》に在《お》きて上下《じやうげ》せむ」といふ。

冬至の宴

○[五日]庚戌、[四]冬至《とうし》なり。天皇《すめらみこと》、[五]南樹苑《なむじゆゑん》に御《おは》しまして、五位已上を宴《うたげ》し[六]銭《ぜに》を賜《たま》ふ。[七]親王《しんわう》には三百貫、[八]大納言《だいなふごん》には二百五十貫、[九]正三位には二百貫、自外《そのほか》は各《おのおの》差《しな》有り。

獄囚を免じる

○[十六日]辛酉、是《これ》より先《さき》、[一〇]車《きよ》駕《が》、京中《きやうちう》に巡幸《みゆき》したまふ。道《みち》すがら[一一]獄《ひとや》の辺《ほとり》を経《ふ》るに、囚 等《とらへひとども》の悲吟《かなし》び叫呼《さけ》ぶ声《こゑ》を聞《き》きたまふ。天皇《すめらみこと》憐愍《あはれ》びて、使《つかひ》を遣《つかは》して犯状《ぼむじやう》の軽重《きやうちう》を[一二]覆審《ふうしむ》せしむ。是《ここ》に、恩《うつくしび》を降《くだ》して、咸《ことごと》く死罪《しざい》已下を免《ゆる》し、并《あは》せて衣服《いぶく》を賜《たま》ひ、[一三]それを自《みづか》ら新《あらた》にせしめたまふ。

惣管・鎮撫使設置

○[二十二日]丁卯、始《はじ》めて畿内《きない》の[一四]惣管《そうくわん》、諸道《しよだう》の鎮撫使《ちんふし》を置《お》く。一品[一五]新田部親王《にひたべのみこ》を[一六]大惣管《だいそうくわん》とす。従三位[一七]藤原《ふぢはら》朝臣宇合《うまかひ》を[一八]副惣管《ふくそうくわん》。従三位[一九]多治《たぢ》比《ひ》真人県守《あがたもり》を山陽道鎮撫使《せんやうだうのちんふし》。従三位[二〇]藤原《ふぢはら》朝臣麿《まろ》を山陰道鎮撫使《せんおむだうのちんふし》。正四位下[二一]大伴《おほとも》宿禰道足《みちたり》を南海道鎮撫使《なむかいだうのちんふし》。

惣管・鎮撫使の職掌・待遇

○[二十八日]癸酉、[二二]制《せい》すらく、「大惣管《だいそうくわん》は、[二三]剣《つるぎ》を帯《お》び[二四]勅《みことのり》を待《ま》つ。副惣管《ふくそうくわん》は大惣管《だいそうくわん》に同《おな》じ。[二五]判吏《はんり》二人、[二六]主事《しゆじ》四人。鎮撫使《ちんふし》は、掌《つかさど》ること惣管《そうくわん》に同《おな》じ。[二七]判官《はんぐわん》一人、[二八]典《てん》一人。其《そ》れ、内外《ないぐゑ》の文武《ぶんぶ》の官《くわん》六位已下の兵術《へいじゆつ》・文筆《ぶんひつ》を解《し》れる者《ひと》を抽《ぬ》きて充《あ》てよ。仍《なほ》、大惣管《だいそうくわん》に[二九]傔仗《けむぢやう》十人を給《たま》ふ。副惣管《ふくそうくわん》に六人。鎮撫使《ちんふし》の三位には[三〇]随身《ずいじん》四人、四位には二人。[三一]並《ならび》に弓箭《ゆみや》を負《お》

とをはかる。

一四 惣管・鎮撫使の設置→補11-一七。

一五 →【一】二一頁注一八。養老四年八月知五衛及授刀舎人事となり、この時は大将軍。

一六 畿内惣管の長。中国唐代の大総管(大都督)の制に倣ったか。→補11-一七。

一七 →補7-二二。神亀元年四月持節大将軍、天平元年二月長屋王の変に六衛の兵を率いるなどの経歴がある。この時参議式部卿。

一八 →補11-一七。

一九 →【一】九三頁注九。養老四年九月持節征夷将軍の経歴がある。この時参議民部卿。

二〇 →三七頁注九。この時参議兵部卿。この後天平九年正月持節大使。

二一 →【一】補3-三四。この時参議右大弁。

二二 惣管・鎮撫使の組織と任務を定めた制。

二三 公式令52に「五衛府・軍団及諸帯レ仗者為レ武」とあり、惣管・鎮撫使は武官の扱いを受ける。

二四 帯剣したままで、天皇の口勅による命令を直接受ける。

二五 兼右本等には判史とある。惣管の判官。他に見えず。この名称中国にもなし。

二六 惣管の主典。他に見えず。唐制では十令史ごとに一主事を置く。主典の中の上級官の名称。

二七 唐の節度・観察・防禦の諸使の属官「判官」に当る。

二八 鎮撫使の主典。

二九 護衛官。和銅元年三月、大宰府の帥・大弐、三関・尾張の国守に賜わったのが初例。→【一】補4-二二。

三〇 傔仗に準じる武装した従者。→補11-一八。

三一 以下は傔仗・随身の職務・待遇についての規定。親王・上級官人の護衛・雑使にあたる帳内・資人との近似点が多い。

朝夕祗承。随二主願一充、令レ得レ入レ考。物管、如有二縁レ事入部一者、聴レ従二騎兵卅疋一。其職掌者、差二発京及畿[1]内兵馬一、捜下捕結レ徒集レ衆、樹レ党仮レ勢、劫[2]二奪老少[3]一、圧二略貧賤一、是二非時政一、臧二否人物一、耶[4]曲冤枉上之事。又断下盗賊[5]、妖[6]言、自非二衛府一執二持兵刃一之類[7]上。取レ時巡[8]二察国郡司等治績[9]一、如得二善悪一、即時奏聞。不レ須下連二延日時一、令上会二恩赦一。其有二犯レ罪者一、先決杖一百已下。然後奏聞。但鎮撫使、不レ得レ差二発兵馬一。○十二月丙子、甲斐[10]国献二神馬一。黒身白髪[11]尾。○乙酉、令三大宰府始補二壱伎・対馬医師一。○庚寅、定二武散位定額員二百人一。○乙未、詔曰、朕、君二臨九州一、字二養万姓一。日仄[12]忘[13]レ膳、夜寐失レ席。粤[14]得二治部卿従四位上門部王等奏一称[15]、甲斐国守外従五位下田辺史広足等所レ進神馬、黒身白髪[16]尾。謹検二符瑞図一曰、神馬者、河之精也。援神契曰、

1 畿—幾(東)
2 劫—却〔底〕
3 少〔谷傍補・東・高、大〕—ナシ(兼・谷原)
4 耶〔兼・谷原・東・高〕—邪(谷擦重、大)
5 賊〔底擦重〕—賤〔底原〕
6 妖〔谷原・谷傍〕→校補
7 類ノ下→校補
8 察→校補
9 績—続=續〔底〕
10 斐〔東、大、紀略〕—裴(兼・谷・高)
11 髪〔兼等、紀略原〕—髦(大改、紀略改)→脚注
12 仄〔兼 等〕— 仄〔底〕、昃(大改)→校補
13 忘〔谷重、大〕—忌(兼・谷原・東・高)
14 粤—奥〔底〕
15 称=稱—偁(大改)→校補
16 髪—髦(大改)

一 祗承の語は帳内・資人の考第について規定した考課令69に見え、義解に「祗者敬也。承、猶レ事也」とある。謹んで主君に仕えること。
二 毎年の勤務の成績を審査し、叙位の対象とする。帳内・資人の場合、本主により毎年三等の考第が立てられ(考課令69)、その選限は八考であった(選叙令14)。
三 必要があって管轄区域の現地に赴く場合には。 四 →㊀一五頁注三一。
五 以下は畿内物管の職掌についての規定。諸道鎮撫使の職掌もこれに準じるが、兵馬の差発権だけは認められなかった。
六 兵士と軍馬。「兵馬」は軍用の馬の意にも用いられるが(職員令25)、ここは別。
七 以下は天平二年九月庚辰条の詔に京・諸国の不穏な情勢として述べられていることと相応する。
八 臧否は良否善悪の批判。特定の官人を批判すること。
九 不正行為と、人を無実の罪に陥れることと。
一〇 吉凶を予言するなどあやしげなことを述べて人心を惑わす。賊盗律21に「凡造二妖書及妖言一遠流。…伝用以惑レ衆者、亦如レ之」とある。
一一 衛府の関係者ではないのに武器を携帯している者。
一二 断罪。どのような罪に当るかを処断する。
一三 巡察使(㊀補1―一一一)の任務を物管・鎮撫使に行わせたことを示す。
一四 奏聞を遅らせることにより恩赦に浴する機会を得させようとする官人同士の庇い合いを禁じたもの。
一五 物管・鎮撫使の手ですべての罪人を笞罪・杖罪に決し、その上で上申して正式の罪名についての処断を仰ぐ。天平十三年二月戊午条

ひ持《も》ちて、朝夕《あさよひ》に祇承《ししよう》[一]せよ。主《しゆ》の願《ねがひ》に随《したが》ひて充《あ》て、考《かう》[二]に入《い》ること得《え》しむ。惣管《そうくわん》、如《も》[三]し事《こと》に縁《よ》りて入部《にふぶ》すること有らば、騎兵《きひやう》[四]卅疋を従《したが》ふることを聴《ゆる》す。[五]その職掌《しきしやう》は、京《きやう》と畿内《きない》との兵馬《ひやうめ》[六]を差《さ》し発《おこ》さむこと、徒《ともがら》[七]を結《むす》び衆《しゆ》を集《あつ》め、党《たう》を樹《た》て勢《いきほひ》を仮《か》り、老少《らうせう》を劫奪《こふたつ》し、貧賤《ひんせん》を圧略《あふりやく》し、時政《じせい》を是非《ぜひ》し、人物《じんぶつ》[八]を臧否《ざうひ》し、耶曲冤枉《じやきよくゑんわう》[九]なるを捜《あなぐ》り捕《とら》へむ事《こと》なり。また、盗賊《たうぞく》、妖言《えうげん》[一〇]、自《みづか》[一一]ら衛府《ゑふ》に非《あら》ずして兵刃《ひやうにん》を執《と》り持《も》つ類《たぐひ》を断《ただ》[一二]せ。時《とき》を取《と》りて国郡司《こくぐんし》[一三]らの治　績《をさめのいさをしき》を巡《めぐ》り察《み》て、如《も》し善悪《ぜんあく》を得《え》ば、即時《そのとき》に奏聞《そうもん》せよ。日時《にちじ》[一四]を連《つら》ね延《の》べて、恩赦《おんしや》に会《あ》はしむべからず。其《そ》れ、罪《つみ》を犯《をか》す者《ひと》有らば、先《ま》[一五]づ決杖《くゑちぢやう》一百已下。然《しか》して後《のち》に奏聞《そうもん》せよ。但《ただ》し、鎮撫使《ちんふし》[一六]は兵馬《ひやうめ》を差《さ》し発《おこ》すこと得《え》ず」といふ。

十二月（乙亥朔）丙子（二日）、甲斐国《かひ》、神馬《じんめ》[一七]を献《たてまつ》る。黒《くろ》き身《み》にして、白《しろ》き髪《かみ》[一八]と尾《を》とあり。

神馬出現により大赦・賑給

○乙酉（十一日）、大宰府《だいさいふ》をして始《はじ》めて壱伎《いき》・対馬《つしま》に医師《くすし》[一九]を補《ほ》せしむ。○庚寅（十六日）、武散《ぶさん》[二〇]位《ゐ》の定額《ぢやうぎやく》の員《かず》、二百人を定《さだ》む。○乙未（二十一日）、詔《みことのり》[二一]して曰《のたま》はく、「朕《われ》、九州《くに》[二二]に君《きみ》として臨《のぞ》みて万姓《ばんせい》を字養《やしな》ひ、日《ひ》[二三]仄《かたぶ》くまで膳《ぜん》を忘《わす》れ、夜《よる》に寐《い》ねて席《むしろ》を失《うしな》へり。粤《ここ》に、治部卿《ちぶきやう》従四位上門部王《かどべのおほきみ》[二四]らが奏《そう》を得《う》るに、称《まう》さく、「甲斐国《かひ》守外従五位下田辺《たなべ》[二五]史広足《ひろたり》らが進《たてまつ》れる神馬《じんめ》は、黒《くろ》き身《み》にして白《しろ》き髪《かみ》と尾《を》とあり。謹《つつし》みて符瑞図《ふずいづ》[二六]を検《かむが》ふるに、曰《い》はく、『神馬《じんめ》は河《かは》の精《せい》なり』といふ。援神契《ゑんしんけい》[二七]に曰《い》は

に類似の例がある。

一六 畿外での兵馬差発権を認めると反乱につながるおそれがあると判断したためか。

一七 治部省式に大瑞。→□一補2-一三三。天平十年正月条の神馬も黒身白髪で本条と同じ。治部省式には青馬白髦とある。祥瑞→□一補1-一二七。

一八 考證は髪は髦の誤りとする。大系本は治部省式により髪を髦と改める。髦はたてがみ。

一九 大宰府による壱伎・対馬の医師の補任→補11-一九。

二〇 武散位は武官の経歴のある者で、位階は持つが現在任官していない者。→九七頁注一九。十一月丁未の太政官処分で彼等が散位寮に出仕することになったため、その定員を決め、定員外の者は資(続労銭→補12-一七)を納めて労をつがせることにしたのであろう。この後天平七年五月、勲位についても定額が決められ、天平宝字二年十二月丙寅条でも兵部散位の定額は二〇〇人とされている。

二一 神馬の出現により大赦・賑給等を命じた詔。天平十一年三月癸丑の詔文もこれと類似。

二二 全国。古代中国で全国を九州に分けたことによる。

二三 常に人民のことを思って、昼過ぎまで食事をとることを忘れ、夜寝る時も床の敷物を忘れるほどである。

二四 →□一補6-一。治部卿任官の年時は未詳。祥瑞の表奏は治部省の職務。

二五 →二四五頁注一九。

二六 旧唐書経籍志・新唐書芸文志に顧野王符瑞図十巻。神護景雲二年九月辛巳条にも見える。養老元年十一月癸丑条の「符瑞書」も同じか。

二七 養老七年十月乙卯条に「孝経援神契」。→補9-四一。

徳至二山陵一、則[1]出二神馬一。実合二大瑞一者。斯則、宗廟[2]所レ輸、社稷所レ睨。朕以二不徳一、何堪二独受一。天下共悦、理允[3]二恒典一。宜下大二赦天下一、賑中給孝子・順孫、高年、鰥寡[4]惸独不レ能二自存一者上。獲[5]レ馬人進二位三階一、免二甲斐[6]国今年庸、及出レ馬郡庸調一。其国司史生以上并獲レ瑞人、賜レ物有レ差。

[7][8]四年春正月乙巳朔、御二大極殿一受レ朝。天皇[9]始服二冕服一。」左京職献二白雀一。○甲子、正四位上鈴鹿王、正四位下葛城王並授二従三位一。無位小治田王従五位下、従四位下榎井朝臣広国従四位上、従[10]五位下石上朝臣乙麿・藤原朝臣豊成並従五位上。」以二従三位多治比真人県守一為二中納言一。以二従五位下角朝臣家主一為二遣[11]新羅使一。○丙寅、新羅使来朝。○二月甲戌[12]朔、日有レ蝕之。○戊子、故太政大臣職田・位田并養戸、並収二於官一。○乙未、中納言従三位兼催造宮[13]長官知河内和泉等国事阿倍[14]朝臣広庭薨。右大臣従二位御主人之子也。○庚

1 則ノ下、ナシ―沢(大補)→校補
2 廟〔底擦重・兼重〕
3 允―久〔底〕
4 寡→校補
5 獲ノ上、ナシ〔底〕―其
6 斐―悲〔底〕
7 四ノ上→校補
8 四年→校補
9 天皇→校補
10 従ノ上、ナシ―従(谷)
11 遣〔高重〕
12 戌(兼・谷・高、大、紀略)―成〔底〕、戌(東)
13 宮〔谷傍補、大〕―ナシ(兼・谷原・東・高)
14 倍〔大〕―陪(兼等)

一 治部省式でも大瑞とする。
二 祖先を祀る廟。転じて歴代の皇帝。→一八五頁注九。
三 国家を守護する神々。→三頁注一〇。
四 →㊀補2-九八。
五 孝子・順孫を賑給の対象とするのは、ここと天平十一年三月癸丑詔との二例だけ。
六 →五頁注二一四。
七 国家が人民に食糧を施し与えること。→㊀補1-四五。
八 国司の四等官および史生。あるいは国博士・国医師も含むか。
九 平城宮の大極殿→㊀補1-四八・5-一。
一〇 元日朝賀の儀。→㊀補1-四九。
一一 →補11-一〇。
一二 大夫は藤原麻呂か(補任)。
一三 治部省式では中瑞。
一四 →㊀補5-八。正四位上への叙位は天平元年三月。同十年正月正三位に昇叙。
一五 →㊀補5-六。正四位下への叙位は天平元年三月。同十年正月正三位に昇叙。
一六 他に見えず。
一七 →㊀一九三頁注一八。従四位下への叙位は天平元年八月。
一八 →一四七頁注一一。従五位下への叙位は神亀元年二月。天平八年正月正五位下に昇叙。
一九 →一四七頁注一二。従五位下への叙位は神亀元年二月。天平九年二月正五位上に昇叙。
二〇 →㊀九三頁注九。前年八月諸司の挙により参議。中納言への昇任は中納言阿倍広庭の病(この後二月に没)への対処の意味をもつか。
二一 →補9-一二一。

く、『徳《とく》、山陵《みささぎ》に至《いた》れば、神馬《じんめ》を出《いだ》す』といふ。実《まこと》に大瑞《たいずい》[一]に合《かな》へり」とまうす。斯《こ》れ、宗廟《そうべう》[二]の輸《いだ》す所《ところ》、社稷《しやしよく》[三]の既《たま》ふ所《ところ》なり。朕《われ》、不徳《ふとく》を以《もち》て何《なに》ぞ独《ひと》り受《う》くるに堪《た》へむ。天下《あめのした》と共《とも》に悦《よろこ》びば、理《ことわり》恒典《こうてん》に允《かな》はむ。天下《あめのした》に大赦《たいしや》[四]し、孝子《けうし》[五]・順孫《じゆんそん》、高年《かうねん》[六]と鰥寡惸独《くわんくわけいどく》との自存《じぞん》すること能《あた》はぬ者《ひと》に賑給《しんごふ》[七]すべし。馬《め》を獲《え》たる人《ひと》には位《くらゐ》三階を進《すす》め、甲斐《かひ》国の今年《ことし》の庸《よう》と、馬《め》を出《いだ》せる郡《こほり》の庸《よう》・調《でう》とを免《ゆる》す。その国司《こくし》[八]の史生《ししやう》以上、并《あは》せて瑞《しるし》を獲《え》たる人《ひと》に物賜《ものたま》ふこと差《しな》有り」とのたまふ。

七三二年

天皇冕服を着す

四年[壬申]春正月乙巳の朔、大極殿《だいごくでん》[九]に御《おは》しまして朝《でう》[一〇]を受《う》けたまふ。天皇《すめらみこと》始《はじ》めて冕服《べんふく》[一一]を服《け》す。左京職《さきやうしき》[一二]、白雀《しろきすずめ》[一三]を献《たてまつ》る。○甲子[二十日]、正四位上鈴鹿王《すずかのおほきみ》[一四]、正四位下葛城《かづらき》[一五]王に、並《ならび》に従三位を授《さづ》く。無位小治田《をはりだ》[一六]王に従五位下。従四位下榎井《えのゐ》[一七]朝臣広国《ひろくに》に従四位上。従五位下石上《いそのかみ》[一八]朝臣乙麿《おとまろ》・藤原《ふぢはら》[一九]朝臣豊成《とよなり》に並に従五位上。従三位多治比《たぢひ》[二〇]真人県守《あがたもり》を中納言《ちうなふごん》とし、従五位下角《つの》[二一]朝臣家主《やかぬし》を遣新羅《けんしらき》[二二]使《し》とす。○丙寅[二十二日]、新羅使《しらきのつかひ》[二三]来朝《まう》く。

遣新羅使任命

新羅使来朝

二月甲戌の朔、日蝕《ひは》[二四]ゆること有り。○戊子[十五日]、故《こ》太政大臣《だいじやうだいじん》[二五]の職田《しきでん》[二六]・位田《ゐでん》[二七]、并《あは》せて養戸《やうこ》[二八]は、並に官《くわん》[二九]に収《をさ》む。○乙未[二十二日]、中納言《ちうなふごん》従三位兼催造宮長官《さいざうくうちやうぐわん》[三〇]知《ち》[三一]河内《かふち》和泉《いづみ》等国事《じ》阿倍《あへ》[三二]朝臣広庭《ひろには》薨《こう》しぬ。右大臣《うだいじん》従二位御主人《みうし》[三三]が子《こ》なり。○庚[二十]

中納言阿倍広庭没

二二 二月拝朝、八月還帰。遣新羅使の任命は神亀元年八月以来。この年の遣使の理由は未詳だが、あるいは神亀三年以来来朝していない新羅に入貢を促す意味があったか。この月新羅使が来朝するが、遣使は中止されなかった。天平年間以降の対新羅外交→補11–二。

二三 金長孫ら(三月戊申条)。三月大宰府に召され、五月入京・拝朝、六月帰国。

二四 この日はユリウス暦の七三二年三月一日。この日食は奈良では生じなかった。

二五 藤原不比等。→[一]補1–八六。養老四年八月右大臣正二位で没。同年十月太政大臣・正一位を追贈。

二六 →二二七頁注三〇。養老令では右大臣の職分田(職田)は三〇町(田令5)。

二七 →一六七頁注四。正二位の位田は六〇町(田令4)。

二八 封戸。右大臣の職封は二〇〇〇戸、正二位の位封は二〇〇戸(禄令10)。大宝令の位封も同額。→[一]九九頁注一)。慶雲三年二月、正二位の位封は三五〇戸に増額([一]九九頁注二)。この後天平十三年正月、不比等の食封五〇〇〇戸が返上されているから、ここはそれ以外の戸。

二九 位田・職田とも没後直ちに収公されるのが建前であるが、神亀三年二月の制で、位田は薨卒後六年まで収公が免ぜられた(一六七頁注二)。ここはそれからさらに六年たっており、不比等は格別の恩典を受けていたことになる。

三〇 平城宮造営にあたる催造司の長官。→補9–六七。

三一 →補9–五。

三二 →[一]八三頁注五。

三三 →[一]補1–一四二。

子、遣新羅使等拝朝。○三月戊申[1]、召ニ新羅使韓奈麻金長孫等於大宰府一。○乙丑、散位従四位下𡉴[2]部宿禰老卒。○己巳、知造難波宮事従三位藤原朝臣宇合等已下、仕丁已上、賜レ物各有レ差。○夏五月壬寅朔、正六位下物部依羅連人会賜ニ朝臣姓一。○壬子、新羅使金長孫等卌人入レ京。○庚申、金長孫等拝朝。進ニ種種[3]財物并鸚鵡一口、鴝[4]鵒[5]一[6]口、蜀狗一口、猟狗一口、驢二頭、騾二頭一。仍奏[7]ニ請来朝年期一。○壬戌、饗ニ金長孫等[8]於朝堂一。詔、来朝之期、許以ニ三年一度一。宴訖[9]、賜ニ新羅王并使人等禄一各有レ差。○甲子、遣ニ使者于[10]五[11]畿[12]内一祈レ雨焉。○乙丑、対馬嶋司、例給ニ年粮一、秩満之日、頓停ニ常粮一。比レ還ニ本貫一、食粮交絶[13]。又薩摩国司、停ニ止季禄一、衣服乏[14]少。並依レ請給レ之。○六[15]月丁酉、新羅使還レ蕃。○己亥[16]、此夏陽旱、百姓不レ佃。雖ニ数雩祭一、遂不レ得[17]レ雨[18]。○秋七月丙午、令下両京・四畿[19]内[20]及二監、依ニ内典法一、以請上レ雨焉。

1 申〔兼・谷、大、紀略〕—甲（東・高）
2 𡉴〔底〕—日下（兼・谷、大）、日丁（東・高）
3 種〔底〕—々
4 鴝→校補
5 鵒—欲（兼）
6 一口蜀狗一口猟狗一口〔高擦重〕—一口猟狗一口（高原）
7 奏—奉〔底〕
8 等—ナシ（高）
9 訖—許〔底〕
10 于—千（高）
11 五→脚注
12 畿—幾（東）
13 絶→校補
14 乏〔谷重、大〕—之（兼・谷原・東・高）
15 六月→校補
16 己亥→脚注
17 得〔紀略改〕—待（紀略原）
18 雨→校補
19 畿—幾（東）
20 内〔兼擦重〕—乃（兼原）

一 角家主。正月任命。
二 →二三頁注二七。
三 新羅十七等官位の第十等。大奈麻とも。前回（神亀三年五月）の使者金造近の薩飡は第八等、次回（天平六年十二月）の使者金相貞の級伐飡は第九等。韓奈麻は奈良時代の新羅使の官位としては最も低い。
四 上文正月丙寅条に新羅使来朝とある。五月入京・拝朝、六月帰国。
五 大宰府に安置したこと。この後五月に入京。
六 →[一]一二九頁注三〇。従四位下に叙されたのは神亀元年二月。
七 難波宮造営を担当する官司の責任者。神亀三年十月任命。ここはその造営工事の一応の完成にともなう褒賞か。→補9—一一三。なおこの後も難波宮の造営工事が継続されたことは、九月の造難波宮長官の任命や、造営のための雇役民の徴発が行われていること（一七七頁注二一）によって知られる。
八 →補7—一二。
九 仕丁は官司に出仕する正丁。「仕丁已上」は難波宮造営にあたる官司のすべての官人。
一〇 天平十一年正月正六位上から外従五位下。同十八年五月従五位下。翌月信濃守となる。物部依羅連（朝臣）は河内の依羅屯倉と関係ある氏族か。→補11—一二。
一一 →補11—一三。
一二 八哥鳥《はっか》。ムクドリ科の鳥で、他の鳥や人のことばをまねる。
一三 →補11—一四。
一四 猟犬。品種は未詳。
一五 ろば。→補11—一五。
一六 らば。→補8—二五。
一七 これまで新羅からの来朝は不定期で、神亀三年以降は五年間の空白期を生じていた。

子（七日）、遣[一]新羅使《けんしらきし》ら拝朝《みかどをがみ》[二]す。
三月（甲辰朔）戊申（五日）、新羅使《しらきのつかひ》韓奈麻《かんなま》[三]金長孫《こむちやうそん》[四]らを大宰府《だいさいふ》[五]に召《め》す。○乙丑（二十二日）、散位《さんゐ》従四位下早部《くさかべ》[六]宿禰老《おゆ》卒《しゆつ》しぬ。○己巳（二十六日）、知《ち》[七]造難波宮事《ざうなにはくうじ》従三位藤原《ふぢはら》[八]朝臣宇合《うまかひ》ら已下、仕丁《じちやう》[九]已上、物賜《ものたま》ふこと各差《おのおのしな》有り。

新羅使入京

夏五月壬寅の朔、正六位下物部依羅《もののべのよさみ》[一〇]連人会《ひとあひ》に朝臣の姓を賜《たま》ふ。○壬子（十一日）、新羅使《しらきのつかひ》金長孫《こむちやうそん》ら卌人京《みやこ》に入《い》る。○庚申（十九日）、金長孫《こむちやうそん》ら拝朝《みかどをがみ》す。種種《くさぐさ》の財物《ざいぶつ》、并《あは》せて鸚鵡《あうむ》[一一]一口、鴝鵒《くこく》[一二]一口、蜀狗《しよくく》[一三]一口、猟狗《れふく》[一四]一口、驢《うさぎうま》[一五]二頭、騾《つかれうま》[一六]二頭を進《たてまつ》る。仍《すなは》ち来朝《まう》[一七]くる年期《としのかぎり》を奏請《そうしやう》す。○壬戌（二十一日）、金長孫《こむちやうそん》らを朝堂《でうだう》[一八]に饗《みあへ》す。

新羅使来朝の年期

詔《みことのり》して、来朝《まう》くる期《かぎり》は、許《ゆる》すに[一九]三年に一度を以《もち》てしたまふ。宴訖《うたげをは》りて、新羅王《しらきわう》[二〇]、并《あは》せて使人《しにん》らに禄賜《ろくたま》[二一]ふこと各差《おのおのしな》有り。○甲子（二十三日）、使者《つかひ》を五畿内[二二]に

辺境国司への処遇

遣《つかは》して、雨《あめ》[二三]を祈《こ》はしむ。○乙丑（二十四日）、対馬嶋司《つしまのしまのつかさ》、例《つね》に年粮《ねんらう》[二四]を給《たま》ふに、秩満《ちつみ》[二五]つる日《ひ》、頓《にはか》に常粮《じやうらう》を停《とど》めらる。本貫《ほんぐわん》[二六]に還《かへ》る比《ころほひ》、食粮《じきらう》交《こもごも》絶《た》ゆ。また、薩摩国《さつまのこく》司《し》、季禄《きろく》[二七]を停止《とど》められ、衣服《いぶく》乏少《とも》し。並《ならび》[二八]に請《こひ》に依《よ》りてこれを給《たま》ふ。

新羅使帰国
干害

六月（壬申朔）丁酉（二十六日）、新羅使《しらきのつかひ》蕃《ばん》に還《かへ》る。○己亥（二十八日）[二九]、この夏《なつ》陽旱《ひでり》して、百姓佃《はくせいたつく》らず。数《しばしば》雩祭《あまごひ》[三〇]すと雖《いへど》も、遂《つひ》に雨《あめ》を得《え》ず。
秋七月（壬寅朔）丙午（五日）、両京《りやうきやう》[三一]・四畿内と二監とをして、内典《ないてん》[三二]の法《ほふ》に依《よ》りて雨《あめ》を請《こ》は

新羅の奏請の本意は、朝貢周期の延長にあったか。→補11―二二。
一八 →七頁注一八。
一九 この後しばらくの間、新羅の使は天平六年十二月、天平十年正月、天平十四年二月と、ほぼ年期を守って来朝している。
二〇 聖徳王。
二一 新羅王への禄→五九頁注八。
二二 下文七月丙午条のように、正確には「四畿内二監」とあるべきもの。
二三 この年畿内を中心に旱魃のあったこと、以下六月己亥条、七月丙午条等に見える。
二四 対馬嶋司への年粮の支給→補11―二六。
二五 国司の任期を終えると同時に、それまで行われていた食料の支給を停止される。
二六 戸籍に登録されている地。多くは京・畿内。
二七 官職の相当位に応じ春夏・秋冬の禄を二月・八月に支給するもの。外官では本来大宰府官人および壱伎・対馬の嶋司のみが支給の対象であった(禄令1)。薩摩国司にも壱伎・対馬の嶋司に準じて支給されていたのが、ある時点で停止されたのであろう。
二八 対馬嶋司については、秩満後も交替の手続を終えて任地を離れるまでの食料支給が認められたか。
二九 本条はこの夏全体にかかる記事。「己亥」の下に脱文あるか。あるいは二字は衍か。
三〇 雩は夏に行われる雨乞い。礼記、月令に「仲夏之月、…命㆓有司㆒為㆑民祈㆓祀山川百源㆒。大雩㆑帝、用㆓盛楽㆒」とある。
三一 左右京、大倭・河内・摂津・山背の四国および芳野監・和泉監。芳野監→補11―二七。
三二 内典は仏教の典籍。内典の法とは仏典に見える祈雨の修法。皇極紀元年七月庚辰条に大雲経を読んで雨を祈ったことが見える。

詔曰、従㆑春亢[1]旱、至㆑夏不㆑雨。百川減㆑水、五穀稍彫。実以㆓朕之不徳㆒所㆑致也。百姓何罹[2]、燋萎之甚矣。宜㆑令㆔京及諸国、天神地祇、名山大川、自致㆓幣[3]帛㆒。又審[4]録㆓冤獄㆒、掩㆑骼埋㆑胔、禁㆑酒断㆑屠。高年之徒及鰥寡[5]惸独不㆑能㆓自存㆒者、仍加㆓賑給㆒。其可㆑赦㆓天下㆒。自㆓天平四年七月五日昧爽㆒已前流罪已下、繫[6]囚[7]・見徒、咸[8]従[9]㆓原免㆒。其八虐[10]、劫賊[11]、官人枉[12]㆑法受㆑財、監臨主守自盗、盗[13]㆑所㆓監臨㆒、強盗・窃盗、故殺人、私鋳銭、常赦所㆑不㆑免者、不㆑在㆓此例㆒。如[14]以[15]㆑贓入[16]㆑死、降㆓一等㆒。窃盗一度計㆑贓、三端以下者、入㆓赦限㆒。〇丁未、詔、和㆓買畿内百姓私畜猪卌頭㆒、放[17]㆓於山野㆒、令㆑遂㆓性命㆒。〇丙辰、地震。〇八月甲戌、始大風雨。〇辛巳、遣新羅使従五位下角朝臣家主等還帰。〇丁亥、以㆓従四位上多治比真人広成㆒為㆓遣唐大使㆒。従五位下中臣朝臣名代[18]為㆓副使[19]㆒。判官四人、録事四人。正三位藤原朝臣房前為㆓東

1 亢〔谷抹傍、大〕―亢（兼・谷原・東・高）
2 罹（東・高）―羅〔底〕、罪（兼・谷、大）
3 幣（底重）―弊〔底原〕
4 審録〔高擦重〕―録冤（高原）
5 寡〔高擦重〕―独＝獨（高原）
6 繫〔谷重〕―敷（谷原）→校補
7 囚―因＝囙〔底〕
8 咸〔兼・谷、大〕―成（東・高）
9 従〔東重〕
10 虐―虎（東）
11 賊―賦（高）
12 枉―柱（東）
13 盗（底傍補・谷・東・高擦重、大）―所（高原）、ナシ〔底原〕、々（兼）
14 如以下二二字小字ニ書ス―大字ニ書ス（大改）→校補
15 如―加〔底〕
16 入（兼・谷、大）―人（東・高）
17 放〔兼・谷、大〕―於（東・高）
18 代→校補
19 使〔東・高、大補〕―ナシ（兼・谷）

一 干害により奉幣・賑給・大赦等を行うべきことを命じた詔。
二 天つ神と国つ神。天つ神は高天原から地上に降って来たと伝える神、国つ神は天孫の降臨以前からこの国土にいたと伝える神。すべての神々はこのいずれかに属するとされる。神祇令1に「凡天神地祇者、神祇官皆依㆓常典㆒祭之」とあり、義解に天神として伊勢・住吉、地祇として大神・大倭等の神社を例に挙げる。→㊀一二七頁注一三。
三 祈雨神としての「山口神」「水分神」の存在する山川をいうか。→㊀補1-七一。
四 無実の罪に陥っている人々。→一二一頁注一。以下の酒肉の禁および赦の記事は、養老六年七月丙子条の詔文と類似。
五 →五頁注二。
六 →五頁注三・四。
七 この時の賑給は、天平四年度佐渡国正税帳（古一-四二四頁）に「依㆓天平四年七月五日官符㆒賑給高年及鰥寡惸独并柒拾人。…〈九十歳二人、…八十歳十五人、鰥卌一人、寡六人、惸七人、独九人〉」とある。賑給→二五五頁注七。
八 大赦。→㊀補2-九八。
九 未決囚も、現に徒役に服している懲役囚も。
一〇 →五一頁注二。
一一 →一二一頁注七。
一二 →一二一頁注八。

干害につき奉幣・賑給・大赦

しむ。[一]詔《みことのり》して曰《のたま》はく、「春従《はるよ》り亢旱《かうかん》して、夏《なつ》に至《いた》るまで雨《あめ》ふらず。百川水《はくせんみづ》を減《へ》し、五穀《ごこく》稍《やや》彫《しば》めり。実《まこと》に朕《わ》が不徳《ふとく》を以《もち》て致《いた》す所《ところ》なり。百姓《はくせい》何《なに》の罹《うれひ》ありてか、燋《かし》け萎《な》えたること甚《はなはだ》しき。京《きやう》と諸国《くにぐに》とをして、[二]天神地祇《てんしんちぎ》、[三]名山大川《めいさんたいせん》に自《みづか》ら幣帛《みてぐら》を致《いた》さしむべし。また審《つばひ》らかに[四]冤獄《ゑんごく》を録《しる》し、骼《かばね》を掩《おほ》ひて胔《ししむら》を埋《うづ》み、酒《さけ》を禁《いさ》めて屠《ほふ》りを断《た》て。[五]高年《かうねん》の徒《ともがら》と[六]鰥寡惸独《くわんくわけいどく》の自存《じぞん》すること能《あた》はぬ者《ひと》とには、仍《より》て[七]賑給《しんごふ》を加《くは》へよ。其《そ》れ、天下《あめのした》に[八]赦《ゆる》すべし。天平《てんひやう》四年七月五日の昧爽《よあけ》より已前《さき》の流罪《るざい》已下、[九]繫囚《けいしう》も見徒《げんづ》も、咸《ことごと》く原免《ゆるし》に従《したが》へ。その[一〇]八虐《はちぎやく》と、[一一]劫賊《こふぞく》と、[一二]官人《くわんにん》の法《のり》を枉《ま》げて財《たから》を受《う》けたると、[一三]監臨主守《げむりむしゆしゆ》自《みづか》ら盗《たう》せると、[一四]監臨《げむりむ》する所《ところ》に盗《たう》せると、[一五]強盗《がうだう》・窃盗《せつたう》と、[一六]故殺人《こせつにん》と、[一七]私鋳銭《しじゆせん》と、[一八]常赦《じやうしや》の免《ゆる》さぬとは、この例《つら》に在《あ》らず。[一九]如《も》し贓《ざう》を以《もち》て死《し》に入《い》らば一等を降《くだ》せ。窃盗《せつたう》一度に贓《ざう》を計《かぞ》ふるに、三端以下の者《ひと》は赦《しや》の限《かぎり》に入《い》れよ。」とのたまふ。

猪を放生

○丁未(六日)、詔《みことのり》して、畿内《きない》の百姓《はくせい》の[二〇]私《ひそ》かに畜《やしな》ふ猪《ゐ》卌頭を[二一]和《あまな》ひ買《か》ひて山野《さんや》に放《はな》ち、性命《しやうみやう》を遂《と》げしめたまふ。○丙辰(十五日)、地震《なゐ》ふる。

遣新羅使帰国

八月(辛未朔)甲戌(四日)、[二二]始《はじ》めて大風《おほかぜ》ふき雨《あめ》ふる。○辛巳(十一日)、[二三]遣新羅使《けんしらきし》従五位下[二四]角《つの》朝臣家《やか》主《ぬし》ら還帰《かへ》る。

遣唐使任命

○丁亥(十七日)、従四位上[二五]多治比《たぢひ》真人広成《ひろなり》を[二六]遣唐大使《けんたうたいし》とし、従五位下[二七]中臣《なかとみ》朝臣名代《なしろ》を副使《ふくし》とす。[二八]判官《はんぐわん》四人、[二九]録事《ろくじ》四人。

節度使任命

[三〇]正三位[三一]藤原《ふぢはら》朝臣房前《ふささき》を東《とう》

一三・一四 →一二一頁注九。
一五 →〔一〕補1―一二二。
一六 →一二一頁注一一。
一七 →三頁注一八。
一八 →三頁注二〇。
一九 以下の規定→一二一頁注一四・一五。
二〇 天智紀三年十二月是月条に淡海(近江)国坂田郡の人の猪槽のことが見え、畿内とその周辺で猪が飼育されていたことが知られる。猪の屠殺禁止・放生のことは、養老五年七月庚午、天平二年九月庚辰、天平宝字二年七月甲戌の各条に見える。放生→〔一〕補1―一七。
二一 売手と相談の上で買う。相対買。
二二 五月以来雨が降らず、祈雨の奉幣・賑給・大赦等が行われていた。
二三 この年正月任命、二月拝朝。
二四 →補9―一二一。
二五 →〔一〕一二九頁注二五。兄の県守も養老度の遣唐押使。
二六 以下は遣唐使の任命。天平四年度の遣唐使→補11―一二八。
二七 →補10―一九。
二八 遣唐使の第三等官。田口養年富・紀馬主(天平八年十一月戊寅条)、平群広成(同十一年十月丙戌条)、秦朝元(懐風藻弁正伝)の四人。このほか天平八年十一月戊寅条に准判官大伴首名が見える。
二九 遣唐使の第四等官。具体的な人名は不明だが、大伴首名(前注)は元来主典か。
三〇 以下は節度使の任命。新羅との関係の緊張に対応し、武備の強化を図るために置かれた。遣新羅使の帰朝報告にもとづく施策か。
壬辰条にその具体的職務が見える。天平宝字五年十一月にも再置。→補11―一一九。
三一 →〔一〕六五頁注四。この時参議。

海・東山二道節度使一。従三位多治比真人県守為二山陰道節度使一。従三位藤原朝臣宇合為二西海道節度使一。道別判官四人、主典四人、[1]医師一人、陰陽師一人。[2]○壬辰、勅、東海・東山二道及山陰道等国兵器・牛馬、並不レ得レ売二与他処一。一切禁断、勿レ令レ出レ界。其常進レ公牧繫飼[3]牛馬者、不レ在二禁限一。但西海道依二恒法一。又節度使所レ管諸国軍団幕釜、有レ欠[4]者、割二取今年応レ入レ京官物一充レ価、速令二塡[5]備一。又四道兵士者、依レ令差点、満二四分之一一。其兵器者、修[6]二理[7]旧物一、仍造下勝レ載二百石已上一船上。又量二便宜一、造レ籾[8]焼レ塩。又筑紫兵士、課役並免。其白丁者、免レ調輸レ庸。年限遠近、聴二勅処分一。又使[9]已下傔人已上、並令[10]レ佩レ剣。其国人、習得レ入二三色一。博士者、以二生徒多少一為二三等一。上等給二田一町五段一。中等一町。下等五段。兵士者、毎月一試[11]、得二上等一人[12]、賜二庸綿二屯一。中等一屯。○丁酉、大風雨。壊二百姓廬舎及処[13]処仏寺堂塔一。

1 人ノ下、ナシ―主典四人(高)
2 陰陽師一人―ナシ(高)
3 飼〔底擦重〕
4 欠→校補
5 塡―慎(高)
6 修→校補
7 理〔大補〕―ナシ(兼等)
8 籾〔大〕―粈(兼等)
9 使〔谷重、大〕―便(兼・谷原・東・高)
10 令〔兼重〕―今(兼原)
11 試〔谷擦〕
12 人―ナシ〔底〕
13 処〔底〕―々

一 →[一]九三頁注九。参議。前年山陽道鎮撫使。
二 →補7―一二。参議。前年畿内副惣管。万葉九七一・九七二に宇合の節度使発遣の時の高橋連虫麿の歌、また懐風藻に宇合の「奉二西海道節度使一之作」一首がある。
三 下文是夏条に山陰道節度使判官巨曾倍津嶋、西海道判官佐伯東人の名が見える。
四 出雲国計会帳に見える「録事」にあたるか(古一―五九六頁)。天平宝字五年の遣唐使の主典も録事。
五 負傷した兵士の治療にあたる。衛府や大宰府、後年の陸奥の鎮守府にも置かれていた。
六 占筮により敵襲を予知。→補11―三〇。
七 節度使の職務等について規定した勅で、「又」の字によって区切られた六項よりなる。
八 勅の第一項。節度使管内の兵器・牛馬の移動に関する規定。六年四月の節度使停止とともに、東海・東山・山陰道諸国の牛馬移動禁止令も解かれた。→天平六年四月甲寅条。
九 →補11―三一。
一〇 兵器・牛馬の管理に関する独自の式が定められていたか、未詳。
一一 勅の第二項。節度使管内の軍団幕釜の欠損の補塡についての規定。
一二 →[一]補3―一六。
一三 神亀元年四月庚寅条で諸国に造らせている。幕・釜→補9―七二。
一四 本年度諸国から京へ送るべき庸・調などの物。その一部を幕・釜購入の費用にあてる。天平六年出雲国計会帳記載、五年九月廿日の節度使符「応レ造レ幕料布充レ価調短絹状」(古一―五九三頁)は、この命令が実際に行われたことを示す。
一五 勅の第三項。兵士の数の充足、兵器の修理、軍船の造営に関する規定。

節度使の職務

海《かい》・東山《とうせん》二道節度使《せつどし》とす。従三位[一]多治比《たぢひ》真人県守《あがたもり》を山陰道節度使《せんおむだうのせつどし》。従三位[二]藤原《ふぢはら》朝臣宇合《うまかひ》を西海道節度使《さいかいだうのせつどし》。道別《だうごと》に[三]判官《はんぐわん》四人、[四]主典《さうくわん》四人、[五]医師《くすし》一人、[六]陰《おむ》陽師《やうし》一人。○壬辰〔二十二日〕、[七]勅《みことのり》したまはく、「[八]東海《とうかい》・東山《とうせん》二道と山陰道《せんおむだう》等との国《くに》の兵器《つはもの》・牛馬《うしうま》は、並《ならび》に他処《ほか》に売《う》り与《あた》ふること得《え》じ。一切《いつさい》禁《いさ》め断《た》ちて、界《さかひ》を出《いだ》さしむること勿《なか》れ。其《そ》れ、[九]常《つね》に公《おほやけ》に進《たてまつ》る牧《うまき》に繋《つな》ぎ飼《か》ふ牛馬《うしうま》は、禁《いさめ》の限《かぎり》に在《あ》らず。但《ただ》し、西海道《さいかいだう》は[一〇]恒《つね》の法《はふ》に依《よ》れ。また、[一一]節度使《せつどし》の管《つかさど》れる諸国《くにぐに》の[一二]軍団《ぐんだん》の[一三]幕《ばく》・釜《ふ》欠《か》くること有らば、[一四]今年《ことし》の京《きやう》に入《い》るべき官物《くわんもち》を割《さ》き取《と》りて価《あたひ》に充《あ》て、速《すみや》かに塡《あ》て備《そな》へしめよ。また、[一五]四道の兵士《ひやうじ》は、[一六]令《りやう》に依《よ》りて差《さ》し点《てむ》し、四分が一を満《み》てよ。その兵器《つはもの》は、[一七]旧《ふる》き物《もの》を修理《つくろ》へ。[一八]仍《なほ》百石已上を載《の》するに勝《た》ふる船《ふね》を造《つく》れ。また、[一九]便宜《べんぎ》を量《はか》りて[二〇]籾《もみ》を造《つく》り塩《しほ》を焼《や》け。また、[二一]筑紫《つくし》の兵《ひやう》士《じ》は[二二]課役《くわやく》並《ならび》に免《ゆる》す。その[二三]白丁《びやくちやう》は調《でう》を免《ゆる》し庸《よう》を輸《いだ》さしむ。[二四]年《とし》の限《かぎり》の遠近《をんごん》は勅《みことのり》の処分《しよぶん》を聴《き》け。また、[二五]使《つかひ》已下、[二六]傔人《けむにん》已上には、並に剣《つるぎ》を佩《は》かしむ。その[二七]国《くに》の人《ひと》は習《なら》ひて[二八]三色に入《い》ること得《う》。[二九]博士《はかせ》は生徒《しやうと》の多少《たせう》を以《もち》て三等とす。上等《じやうとう》には田《た》一町五段を給《たま》ふ。中等《ちうとう》には一町。下《げ》等《とう》には五段。[三〇]兵士《ひやうじ》は毎月《つきごと》に一たび試《こころ》みて、上等《じやうとう》を得《え》たる人《ひと》には庸《よう》の綿《わた》二屯を賜《たま》ふ。中等《ちうとう》には一屯」とのたまふ。

大風

○丁酉〔二十七日〕、大風《おほかぜ》ふき雨《あめ》ふる。百姓《はくせい》の廬舎《いほや》と処処《ところどころ》の仏寺《ぶつじ》堂塔《だうたふ》とを壊《こほ》

一六 ↓補11-三二一。 一七 ↓補11-三三。

一八 石は容積の単位で、一〇斗。兵員・糧食等の運搬用の船。

一九 勅の第四項。籾と塩との準備を命じる。

二〇 「造レ籾」とは稲穂(穎稲)から実を扱くこと。「焼レ塩」とは藻塩を焼きこれを水に溶かし、その上澄みを煮つめて塩をつくること。軍防令6では兵士一人ごとに糒(ほしひ)六斗、塩二升を自弁すると定める。

二一 勅の第五項。筑紫(西海道諸国)の兵士・白丁の処遇に関する規定。

二二 課役→〔一〕補3-五。兵士の課役免除→補11-三四。

二三 →〔一〕一三七頁注一九。白丁には本来課役免除の特権はない。

二四 何年間この措置を続けるかは、後に発せられる勅によるように、の意。六年四月の節度使停止の時点で停止されたか。

二五 勅の第六項。節度使とその配下の者の処遇に関する規定。

二六 節度使の下級官。↓補11-三五。

二七 節度使管下の諸国の人々。

二八 天平六年四月甲寅条に見える健児・儲士・選士をさすか。↓補11-五二。

二九 節度使に所属する博士と生徒。出雲国計会帳に「馬射博士」(古一-五九四頁)、「学生」(古一-五九〇～五九二頁)、「雑工生」(古一-五九三頁)、「造弩生」(古一-五九四頁)などが見える。

三〇 同計会帳の天平五年九月六日節度使符には「熊谷団兵士紀打原直忍熊、意宇団兵士蝮部臣稲主、歩射・馬槍試練定、却還状」とあり、出雲国の軍団兵士が節度使による歩射・馬槍等の武芸の試練を受けたことを示している(古一-五九三頁)。

[1]是夏、少レ雨。秋稼不レ稔。」山陰道節度使判官[2]巨曾倍朝臣[3]津嶋、西海道判官佐伯宿禰東人並授二外従五位下一。○九月辛丑朔、賑二給和泉監[4]伯姓一。○甲辰、遣二使于近江・丹波・播磨・備中等国一、為二遣唐使一造二舶四艘一。○乙巳、以二正五位上中臣朝臣広見一為二神祇伯一。正五位下高橋朝臣安麿為二右中弁一。従五位上県犬養宿禰石次為二少弁一。外従五位下箭集宿禰虫麿為二大判事一。正五位上佐伯[5]宿禰豊人為二左京亮一。正五位下石川朝臣枚夫為二造難[6]破宮長官一。従四位上榎井朝臣広国為二大[7]倭守一。外従五位下佐伯宿禰伊[8]益為二三河守一。外従五位下田口朝臣年足為二越中守一。従五位上石上朝臣乙麿為二丹波守一。[9]外従五位下土師宿禰千村為二備前守一。[10][11]従五位上石川朝臣夫子為二備後守兼知安藝守事一。○丁卯、依二諸道節度使請一、充二駅鈴各[12]二口一。○冬十月癸酉、始置二造[13]客館司一。○辛巳、給二節度使白銅印一。道別一面。○丁亥、以二外従五位下箭集宿禰虫麿一為二大学頭一。外従五位下大神朝臣乙麿為二散位頭一。従五位上久米朝臣麿為二主税頭一。正五位上中臣朝臣東人為二兵部大輔一。

1 是夏→校補
2 巨—臣〔底〕
3 津〔高擦重〕—嶋(高原)
4 伯—佰(大)
5 宿〔底重〕→校補
6 破〔底〕—波
7 倭(底傍)—和〔底〕
8 益—答=荅〔底〕
9 外従五位下土師宿禰千村為備前守—ナシ(高傍按)→校補
10 従ノ上、ナシ〔兼・谷、大〕—外(東・高)
11 従—ナシ(高)
12 二口→校補
13 客—ナシ(高)

一 この叙位、八月丁酉のことか。前段の「是夏」云々は、丁酉の大風雨に関連する説明的記事として挿入されたのであろう。
二 天平二年度大倭国正税帳に介正六位上勲十二等として加署(古一-四一三頁)。同十年八月には長門守であった(万葉一〇二四)。巨曾倍朝臣→㊀補2-六一。
三 万葉集に判官在任中の妻との相聞歌が見える(六二一・六二二)。佐伯宿禰→㊀二七頁注一三。
四 →補7-一一。
五 →二五五頁注七。
六 遣唐使船建造の記事。遣唐使船は安芸国で造られることが多く(㊀補3-七一)、これら四か国で造られるのは異例。和名抄に近江国蒲生郡船木郷があるなど、これらの国には船木・船城の地名が見られる。四か国で行ったのは用材の伐採で、船の建造は海岸部で行われたのであろう。
七 五年四月己亥条に「遣唐四船自二難波津一進発」とある。大使・副使・判官・録事らの所謂四等官が分乗。養老度の遣使から四艘となったと考えられるが、明証があるのは今回が最初。以後遣唐使船のことを「四船(よつのふね)」と呼んだ(万葉四二六四・四二六五)。
八 →補9-一二三。前官は右中弁か(天平二年二月丁巳条)。
九 →四一頁注一四。右中弁の前任者は中臣広見。
一〇 →補8-五一。
一一 →補8-七五。
一二 →一四五頁注四一。
一三 →一四七頁注五。
一四 天平六年三月丁丑条に見える造難波宮司の長官。石川枚夫の位階正五位下は、本年三

つ。是《こ》の夏《なつ》、雨《あめ》ふること少《まれ》にして、秋稼《あきのみのり》稔《みの》らず。山陰道節度使《せんおむだうのせつどし》[一]判官《はんぐわん》巨曾《こそ》[二]倍《べ》朝臣津嶋《つしま》、西海道判官《さいかいだうはんぐわん》佐伯《さへき》[三]宿禰東人《あづまひと》に、並《ならび》に外従五位下を授《さづ》く。

遣唐使船の建造

九月辛丑の朔、和泉監《いづみのげむ》[四]の伯姓《はくせい》に賑給《しんごふ》[五]す。○甲辰（四日）、使《つかひ》[六]を近江《ちかつあふみ》・丹波《たには》・播《はり》磨《ま》・備中《きびのみちのなか》等の国《くに》に遣《つかは》して、遣唐使《けんたうし》の為《ため》に舶《ふね》[七]四艘を造《つく》らしむ。○乙巳（五日）、正五位上中臣《なかとみ》[八]朝臣広見《ひろみ》を神祇伯《じんぎはく》とす。正五位下高橋《たかはし》[九]朝臣安麿《やすまろ》を右中弁《うちうべん》。従五位上県犬養《あがたいぬかひ》[一〇]宿禰石次《いはすき》を少弁《せうべん》。外従五位下箭集《やづめ》[一一]宿禰虫麿《むしまろ》を大判事《だいはんじ》。正五位上佐伯《さへき》[一二]宿禰豊人《とよひと》を左京亮《さきやうのすけ》。正五位下石川《いしかは》[一三]朝臣枚夫《ひらぶ》を造難破宮長官《ざうなにはくうちやうぐわん》[一四]。従四位上榎井《えのゐ》[一五]朝臣広国《ひろくに》を大倭《やまと》守。外従五位下佐伯《さへき》[一六]宿禰伊益《これます》を三河《みかは》守。外従五位下田口《たぐち》[一七]朝臣年足《としたり》を越中《こしのみちのなか》守。従五位上石上《いそのかみ》[一八]朝臣乙麿《おとまろ》を丹波《たには》守。外従五位下土師《はじ》[一九]宿禰千村《ちむら》を備前《きびのみちのくち》守。従五位上石川《いしかは》[二〇]朝臣夫子《ふし》を備後《きびのみちのしり》守兼知《ち》[二一]安藝《あき》守事《じ》。○丁卯（二十七日）、諸道《しよだう》の節度使《せつどし》の請《こひ》に依《よ》りて、駅鈴《やくりやう》[二二]各《おのおの》二口を充《あ》つ。

造客館司設置

冬十月癸酉（辛未朔 三日）、始《はじ》めて造客館司《ざうきやくくわんし》[二三]を置《お》く。○辛巳（十一日）、節度使《せつどし》に白銅《びやくどう》[二四]の印《おして》を給《たま》ふ。道別《だうごと》に一面。○丁亥（十七日）、外従五位下箭集《やづめ》[二五]宿禰虫麿《むしまろ》を大学頭《だいがくのかみ》[二六]とす。外従五位下大神《おほみわ》[二七]朝臣乙麿《おとまろ》を散位頭《さんゐのかみ》。従五位上久米《くめ》[二八]朝臣麿《まろ》を主税頭《しゆさいのかみ》。正五位上中臣《なかとみ》[二九]朝臣東人《あづまひと》を兵部大輔《ひやうぶだいふ》。

月乙巳条の知造難波宮事藤原宇合の従三位にくらべ著しく低い。おそらく難波宮の造営が三月でほぼ終って宇合は知造難波宮事の任を解かれ、あらためて難波宮の維持管理にあたる造難波宮司が設置されたのであろう。

一五 →〔一〕一九三頁注一八。大倭守の前任者は大宅大国(古一-四一三頁)。

一六 →二四五頁注一三。

一七 →一九七頁注一四。

一八 →一四七頁注一一。

一九 →二四五頁注一四。

二〇 →補8-五一。

二一 近隣の国守の政務を行った場合としては、他に道首名が筑後守で「兼二治肥後国一」した例(養老二年四月乙亥条)、笠麻呂が美濃守で尾張守を兼ねた例(霊亀二年六月甲子条)などがある。

二二 公式令43によれば駅鈴二口は中・下国と同数。変事の急報など中央との連絡を密にするための処置。

二三 天平十二年正月丙辰条によれば平城京内の客館の造営にあたる官司か。職員令18集解古記には、玄蕃寮の管理する「館舎」について、「謂在二京及津国一館舎」と記す。

二四 印は節度使発給の文書に押捺。天平六年出雲国計会帳には多くの節度使符が記録されており、文書による命令の下達が頻繁に行われていたことが知られる。白銅は銅と白鑞との合金(〔一〕一七九頁注一六)。

二五 →補8-七五。もと大判事。

二六 懐風藻に「外従五位下大学頭箭集宿禰虫麻呂」とするから、虫麻呂の極官か。

二七 →二〇九頁注三一。

二八 →〔一〕一九三頁注一六。

二九 →〔一〕補5-三〇。

外従五位下当麻真人広人[1]為二大蔵少輔一。従[2]五位上多治比真人占部為二宮内少輔[3]一。外従五位下物部韓国連広足為二典薬頭一。従五位上紀朝臣清人為二右京亮一。正四位下長田王為二摂津大夫一。正五位上粟田朝臣人上為二造薬師寺大夫一。従四位下高安[4]王為二衛門督一。外従五位下後部王起[5]為二右衛士佐一。外従五位下大伴宿禰御助為二右兵衛率[6]一。外従五位下大伴直南淵麿為二左兵庫頭一。従五位上伊吉連古[7]麿為二下野守一。○十一月丙寅、冬至。天皇[8]御二南苑一、宴[9]二群[10]臣一。賜二親王已下絁[11]及高年者綿一有レ差。又曲二赦京及畿[12]内二監一、天平四年十一月廿七日昧爽已前徒罪已下一。其八虐、劫賊、官人枉レ法受レ財、監臨主守自盗[13]、盗[14]レ所二監臨[15]一、強盗・窃盗、故殺人、私鋳銭、常赦所レ不レ免者、不レ在二此例一。其京及倭[16]国百姓年七十以上、鰥寡惸独不レ能二自存一者、給レ綿有レ差。○十二月丙戌、築[17]二河内国丹比[18]郡狭山下池一。○辛卯、地震。

[19]五年春正月庚子朔、天皇[20]御二中宮一、宴二侍臣一。自餘五位已上者、賜二饗於朝堂一。」越前国献二白烏[21]一。○丙午、

1 人〔谷傍補、大〕―ナシ（兼・谷原・東・高）
2 従ノ上、ナシ〔兼・谷、大〕―外（東・高）↓校補
3 輔ノ下、ナシ―少輔（東）
4 安〔東重〕
5 起↓校補
6 率〔大改〕―卒（兼等）
7 古〔兼・谷、大〕―吉（東・高）
8 天皇↓校補
9 宴群臣賜〔紀略改〕―宴賜群臣（紀略原）
10 群―郡（高）
11 絁―絶（東）
12 畿―幾（東）
13 監臨主守自盗〔高擦重〕―臨主自盗（高原）
14 盗（谷・東、大、類七四一本）―々（兼・高補）、ナシ〔高原・類七四〕
15 監ノ下、ナシ―監（東）
16 倭ノ上↓校補
17 築―筑（高）
18 比〔高擦重〕
19 五ノ上↓校補
20 天皇↓校補
21 烏↓校補

一 →二四五頁注五。大蔵少輔の前任者は許曾倍足人（天平三年六月庚寅条）。
二 →補8-五一。
三 →[一]補1-一一四。
四 →[一]補6-三七。右京亮の前任者は高丘河内（天平三年九月癸酉条）。
五 →[一]一六五頁注二〇。前官は衛門督か（天平元年九月乙卯条）。
六 →[一]二〇七頁注三三。
七 造薬師寺司の長官。同司は大宝元年七月戊戌の太政官処分により寮に準ずる官庁とされ

外従五位下[一]当麻《たぎま》真人広人《ひろひと》を大蔵少輔《おほくらのせうふ》。従五位上[二]多治比《たぢひ》真人占部《うらべ》を宮内少輔《くうないせうふ》。正外従五位下[三]物部韓国《もののべのからくに》連広足《ひろたり》を典薬頭《てんやくのかみ》。従五位上[四]紀《き》朝臣清人《きよひと》を右京亮《うきやうのすけ》。正四位下[五]長田王《ながたのおほきみ》を摂津大夫《つのだいぶ》。正五位上[六]粟田《あはた》朝臣人上《ひとかみ》を[七]造薬師寺大夫《ざうやくしじだいぶ》。従四位下[八]高安《たかやす》王を衛門督《ゑもんのかみ》。外従五位下[九]後部王起《こうほうわうき》を右衛士佐《うゑじのすけ》。外従五位下[一〇]大伴《おほとも》宿禰御助《みすけ》を右兵衛率《うひやうゑのかみ》。外従五位下[一一]大伴《おほとも》直南淵麿《みなふちまろ》を左兵庫頭《さひやうごのかみ》。従五位上[一二]伊吉《いき》連古麿《こまろ》を下野守《しもつけの》。

冬至の宴

十一月[庚子朔]丙寅[二十七日]、[一三]冬至《とうし》なり。天皇《すめらみこと》、[一四]南苑《なむゑん》に御《おは》しまして群臣《ぐんしん》を宴《うたげ》したまふ。親《しん》王《わう》已下には絁《あしぎぬ》、高年《かうねん》の者《ひと》には綿《わた》賜《たま》ふこと差《しな》有り。また、京《きやう》と畿内《きない》・[一五]二監と

曲赦

の、天平《てんひやう》四年十一月廿七日の昧爽《よあけ》より已前《さき》の徒罪《づざい》已下を[一六]曲赦《きよくしや》す。その[一七]八虐《はちぎやく》と、劫賊《こふぞく》と、官人《くわんにん》の法《のり》を枉《ま》げて財《たから》を受《う》けたると、[一八]監臨主守《げむりむしゆしゆ》自《みづか》ら盗《たう》せると、[一九]監臨《げむりむ》する所《ところ》に盗《たう》せると、[二〇]強盗《がうだう》・窃盗《せつたう》と、[二一]故殺人《こせつにん》と、[二二]私鋳銭《しじゆせん》と、[二三]常赦《じやうしや》の免《ゆる》さぬとは、この例《つら》に在《あ》らず。其《そ》れ、京《きやう》と倭国《やまと》との百姓《はくせい》年《とし》七十以上、[二四]鰥寡惸独《くわんくわけいどく》の自存《じぞん》すること能《あた》はぬ者《ひと》には綿《わた》給《たま》ふこと差《しな》有り。

狭山下池築造

十二月[庚午朔]丙戌[十七日]、河内《かふち》国[二五]丹比《たぢひ》郡[二六]狭山下池《さやまのしもついけ》を築《つ》く。○辛卯[二十二日]、地震《なゐ》ふる。

七三三年

[癸酉]五年春正月庚子の朔、天皇《すめらみこと》、[二七]中宮《ちうぐう》に御《おは》しまして[二八]侍臣《じしん》を宴《うたげ》したまふ。自餘《そのほか》の五位已上の者《ひと》には饗《みあへ》を[二九]朝堂《でうだう》に賜《たま》ふ。越前国《こしのみちのくち》、[三〇]白烏《しろきからす》を献《たてまつ》る。○丙午[七日]、

た。ここは平城京の薬師寺造営のための官司。→㊀四一頁注二〇。平城京の薬師寺→補8-二四。
八 →㊀補6-二。衛門督の前任者は長田王か。
九 →一五九頁注一八。右衛士佐の前任者は紀佐比物か(天平元年二月辛未条)。
一〇 →二四五頁注一〇。
一一 →一四七頁注一六。
一二 →㊀一一三頁注一八。
一三 冬至の宴。→補9-一一四。
一四 →補9-一二六。
一五 芳野監と和泉監。芳野監→補11-二七、和泉監→補7-一二。
一六 地域を限定して行う赦。→㊀補2-九八。
一七 →五一頁注二。
一八・一九 →一二一頁注九。
二〇 →㊀補1-一二二。
二一 →一二一頁注一一。
二二 →三頁注一八。
二三 →三頁注二〇。
二四 →五頁注三・四。
二五 →㊀二三頁注四。
二六 →補11-三六。
二七 →補9-一八。
二八 元日節会にあたり、中宮に侍臣を宴し、五位以上を朝堂に饗するという形は、以後天平六年・七年・十年にも見える。侍臣→一六三頁注二三。
二九 平城宮の朝堂院。→㊀補4-一四。
三〇 治部省式では中瑞。→㊀八一頁注一六。

一 火星。
二 晋書天文志に「軒轅十七星、在二七星北一。軒轅、黄帝之神、黄竜之体也。后妃之主、士職也」、淮南子、天文訓に「軒轅者、帝妃之舎

雷風。○戊[1]申、熒惑入二軒轅一。○庚戌、内命婦正三位県[2]犬養橘宿禰三千代薨。遣二従四位下高安王等一、監二護喪事一。賜二葬儀一准二散一位一。命婦、皇后之母也。○丙寅、芳野監、讃岐・淡路等国、去年不レ登、百姓飢饉[3]。勅、賑二貸之一。○二月乙亥、紀伊国旱損。賑二給之一。」太政官奏、遷替国司等、赴[4]レ任之日、官給二伝駅一。入レ京之時、何乗来帰。望請、給二四位守馬六疋、五位五疋、六位已下守四疋、介・掾各三疋、目・史生各二疋一放去。若歴レ国之人者、依レ多給、不レ給二両所一。縁[5]レ犯解却、不レ入二給例一者。勅、許レ之。○甲申、大倭[6]・河内五穀不レ登、百姓飢饉[7]。並加[8]二賑給一。○三月辛亥、授二無位塩[9]焼王・正五位上中臣朝臣東人並従四位下、正五位下小野朝臣老正五位上[10]、従五位下中臣朝臣名代・坂本朝臣宇頭麻[11]佐・紀朝臣[12]飯麿・巨勢朝臣少麿、外従五位下大神朝臣乙麿並従五位上[13]、

1戊—伐(谷)
2位〔東擦重〕
3饉〔底擦重〕
4赴→校補
5縁〔大改〕—掾(兼等)
6倭—和(類一七三)
7饉〔底擦重〕
8加—ナシ(高)
9塩=鹽—監〔底〕
10上〔高擦重〕
11麻ノ下、ナシ—呂(高)
12朝〔高擦重〕
13上—下〔底〕

也」とある。獅子座の付近。火星が軒轅に入るのは宮廷に変事のあることの凶徴で、県犬養三千代の死の前兆と考えられたか。

三 五位以上の位階を帯する婦人。一六七頁注一二。単に命婦とも。

四 →二三頁注三。

五 →㊀補6—一一。下文に、三千代の葬儀は散一位に準ずるという。散一位の場合、喪事の監護は治部大輔の任とされるが(喪葬令4)、王はこの時衛門督(天平四年十月丁亥条)。

六 喪葬令8に位階に応じた葬送具の規定、同5に賻物の規定がある。三千代には絁二〇疋、布八〇端、鉄七連の賻物が支給されたと考えられる。この後、十二月に従一位を追贈。

七 藤原光明子。→補10—八。父は藤原不比等。

八 →補11—一七。

九 芳野監については前年七月丙午条に祈雨の記事があり、淡路国については本年三月癸丑・閏三月己巳条にも旱害・飢饉のことが見える。天平四—五年は、瀬戸内海沿岸諸国を中心に旱害が著しかった。

一〇 正税稲を無利息で貸与すること。借貸。

一一 紀伊国については、閏三月己巳条にも旱害による借貸のことが見える。

一二 →二五五頁注七。

一三 任を終え帰京する国司に対し乗用の馬を給することを願い出た奏。

一四 和銅五年五月、国司遷代の時に粮馬脚夫を支給する法が定められ(㊀補5—五四)、神亀三年八月には、新任国司が任地に向かう時の、国の遠近による食・馬・伝符の支給の規定が定められた。ここは他国の国司に遷任することなく、国司の任を放たれて上京する場合の規定。

一五 伝馬と駅馬。国司の駅馬利用→補9—一三。

県犬養橘三千代没

雷《かみ》なり風《かぜ》ふく。○戊申《九日》、[一]熒惑《くゑいこく》、[二]軒轅《けんゑん》に入《い》る。○庚戌《十一日》、[三]内命婦《ないみやうぶ》正三位[四]県犬《あがたいぬ》養橘《かひのたちばな》宿禰三千代《みちよ》薨《こう》しぬ。従四位下[五]高安王《たかやすのおほきみ》らを遣《つかは》して、喪事《ものこと》を監護《みまも》らしむ。葬《はぶり》の儀《ぎ》を賜《たま》ふこと[六]散一位に准《なずら》ふ。命婦《みやうぶ》は[七]皇后《くわうごう》の母《はは》なり。○丙寅《二十七日》、[八]芳《よし》野監《ののげむ》、讃岐《さぬき》・淡路《あはぢ》等の国《くに》、[九]去年《こぞ》登《みの》らず、百姓《はくせい》飢饉《う》ゑぬ。勅《みことのり》して、これを[一〇]賑貸《しんたい》したまふ。

遷替国司入京時に馬を給う

二月乙亥《己巳朔 七日》、[一一]紀伊国《き》、旱《ひでり》して損《そこな》ふ。これに[一二]賑給《しんごふ》す。[一三]太政官奏《だいじやうぐわんそう》すらく、「[一四]遷《せん》替《たい》する国司《こくし》ら、任《にむ》に赴《おもぶ》く日《ひ》には、官《くわん》より[一五]伝駅《でんやく》を給《たま》はる。京《きやう》に入《い》る時《とき》には、何《なに》に乗《の》りてか来帰《まうかへ》らむ。望《のぞ》み請《こ》はくは、[一六]四位の守《かみ》には馬《うま》六疋、五位には五疋、六位已下の守《かみ》には四疋、介《すけ》・掾《じよう》には各《おのおの》三疋、目《さうくわん》・史生《ししやう》には各《おのおの》二疋を給《たま》ひて放《はな》ち去《さ》らしめむことを。若《も》し[一七]国《くに》を歴《へ》たる人《ひと》ならば、[一八]多《おほき》に依《よ》りて給ひ、両所《りやうしよ》に給はじ。[一九]犯《ぼむ》に縁《よ》りて解《と》き却《しりぞ》けば、給ふ例《つら》に入《い》れず」とまうす。勅《みことのり》して、これを許《ゆる》したまふ。○甲申《十六日》、大倭《やまと》・河内《かふち》、五穀《ごこく》登《みの》らず、百姓《はくせい》飢饉《う》ゑぬ。並《ならび》に賑給《しんごふ》を加《くは》ふ。

三月辛亥《戊戌朔 十四日》、無位[二〇]塩焼王《しほやきのおほきみ》・正五位上[二一]中臣《なかとみ》朝臣東人《あづまひと》に並に従四位下を授《さづ》く。正五位下[二二]小野《をの》朝臣老《おゆ》に正五位上。従五位下[二三]中臣《なかとみ》朝臣名代《なしろ》・[二四]坂本《さかもと》朝臣宇頭麻《うづま》佐《さ》・[二五]紀《き》朝臣飯麿《いひまろ》・[二六]巨勢《こせ》朝臣少麿《すくなまろ》、外従五位下[二七]大神《おほみわ》朝臣乙麿《おとまろ》に並に従五位上。

国司赴任の場合、一般には伝符により伝馬を賜うが、急用等で駅馬を利用する場合もあったか。駅伝制→㊀補2-一〇九。

一六 官位令の規定では、大国の守の相当位は従五位上、上国は従五位下、中国は正六位下、下国は従六位下。ここは相当位によらず、国守の実際の位階に応じての支給。なお本条の規定は、交替式・延喜式には継承されていない。

一七 いくつかの国司を歴任した人。

一八 国司を歴任するうちに位階が上昇したり、昇任したりした場合には、規定に照らして多い方の額を支給し、それ以外の国からは重ねて支給しない。

一九 犯罪により国司を解任された場合。貞観交替式に引く和銅五年五月十六日格の規定と思われる「式云」の末尾にも、「但依レ犯解任之輩、不レ在二給限一」とある。→㊀補5-五四。

二〇 天武皇子新田部親王の子。十二年正月従四位上に昇叙。→補11-二七。

二一 →㊀補5-三〇。正五位上への叙位は神亀三年正月。

二二 →五三頁注一四。正五位下への叙位は天平三年正月。六年正月従四位下に昇叙。

二三 →補10-一九。遣唐副使。従五位下への叙位は天平元年三月。八年十一月従四位下に昇叙。

二四 →一五九頁注二五。従五位下への叙位は天平元年三月。

二五 →二〇九頁注三〇。従五位下への叙位は天平元年八月。十三年閏三月従四位下に昇叙。

二六 →一九七頁注八。従五位下への叙位は天平元年三月。

二七 →二〇九頁注三一。外従五位下への叙位は天平元年三月。

外従五位下息長真人名代・当麻真人広人並従五位下、正六位上大伴宿禰小室・小治田朝臣広千[1]・高向朝臣諸足・河内[2]蔵人首麿並外従五位下[3]。○癸丑、遠江・淡路飢。賑二恤[4]之一。○戊午、遣唐大使従四位上多治比真人広成等拝朝。

○閏三月己巳、勅、和泉監、紀伊・淡路・阿波等国、遭レ旱殊甚、五穀不レ登。宜下今年之間、借二貸大税一、令続二百姓産業上。○戊子、諸王[5]飢乏者二百十三人、召二入於殿前一、各賜二米塩[6]一。詔、責二其嬾[7]惰[8]一、令レ治二生業一。○壬辰、勅、以二調布一万端、商[9]布三万一千九百廿九段一、充下西海[10]道造二新[11]器仗[12]一之料上。○癸巳、遣唐大使多治比真人広成辞見。授二節刀一。○夏四月[13]己亥、遣唐四船、自二難波津一進発。○辛丑、制、諸国司等相代向レ京、或替人未レ到以前上道、或雖二交替訖一不レ付二解由一。因レ茲、去天平三年、告二知[14]朝集使等一已訖。然国司寛縦、不[15]二肯遵行一。仍[16]遷任之人、不レ得レ居レ官、無職之徒、不レ許レ直レ寮、

1 千→脚注
2 内→脚注・校補
3 下〔兼抹傍〕―上〔兼原〕
4 恤―恒〔底〕
5 王―生〔大改〕→脚注
6 塩＝鹽―監〔東〕
7 嬾〔底〕―懶
8 惰→校補
9 商〔東・高、大〕―商〔兼・谷〕
10 海―汝〔底〕
11 新〔底〕―雑
12 仗〔兼・谷擦重・東、大〕―伏〔高〕
13 夏四月→校補
14 知〔類八〇一本〕―ナシ〔類八〇〕
15 不→校補
16 仍〔底擦重〕

一 →二四五頁注四。外従五位下への叙位は天平三年正月。
二 →二四五頁注五。外従五位下への叙位は天平三年正月。
三 十月摂津亮となる。大伴宿禰→㊀補1-九八。
四 十一年正月従五位下に昇叙。十三年八月尾張守、十五年六月讃岐守。万葉一四七六・一五〇一の小治田朝臣広耳か。小治田朝臣→㊀二一頁注四。
五 懐風藻に「従五位下鋳銭長官」として詩一首を載せる。高向朝臣→㊀補2-一四二。
六 他に見えず。河内蔵人→補11-三八。
七 →㊀一二九頁注二五。四年八月に任命。ここは準備が整ったことによる拝朝か。この後閏三月辞見、四月進発。天平四年度の遣唐使→補11-二八。万葉にこの年三月一日に広成に贈った山上憶良の「好去好来歌」(八九四-八九六)が見える。
八 官稲を無利息で貸与する。大税→㊀補2-五七。
九 →補11-三九。
一〇 未詳。内裏の殿舎か。
一一 西海道の兵器新造のため調布・商布を充てることを命じた勅。前年八月の節度使の任命、西辺の防衛強化の動きと関係があろう。
一二 賦役令1の規定では、正丁二人分の調布、長さ五丈二尺、広さ二尺四寸を一端としたが、養老元年十二月二日格により、一丁の調布二丈八尺、庸布一丈四尺を并せ、長さ四丈二尺、広さ二尺四寸を一端とした。→補7-四〇。
一三 商布は調庸以外の自家用・交易用の布。段は布の丈量単位。和銅六年二月、二丁の庸布長さ二丈六尺を段とし、同七年二月には商布にもそれを及ぼしたが、養老元年十二月二日格で、長さ二丈八尺を段とすることに改めた。→補7-四〇。

外従五位下[一]息長《おきなが》真人名代《なしろ》・[二]当麻《たぎま》真人広人《ひろひと》に並《ならび》に従五位下。正六位上[三]大伴《おほとも》宿禰小室《をむろ》・[四]小治田《をはりだ》朝臣広千《ひろち》・[五]高向《たかむく》朝臣諸足《もろたり》・[六]河内蔵人首麿《かふちのくらひとおびとまろ》に並に外従五位下。○癸丑（十六日）、遠江《とほつあふみ》・淡路《あはぢ》飢《う》ゑぬ。これを賑恤《しんじゆつ》す。○戊午（二十一日）、遣唐大使《けんたうたいし》従四位上[七]多《た》治比《ちひ》真人広成《ひろなり》ら拝朝《みかどをがみ》す。

旱害により大税を借貸

閏（戊辰朔）三月己巳（二日）、勅《みことのり》したまはく、「和泉監《いづみのげむ》、紀伊《き》・淡路《あはぢ》・阿波《あは》等の国《くに》、旱《ひでり》に遭《あ》ふこと殊《こと》に甚《はなはだ》しく、五《ご》穀《こくみの》登らず。今年《ことし》の間《あひだ》[八]大税《おほちから》を借貸《しやくたい》して、百姓《はくせい》の産業《なりはひ》を続《つ》がしむべし」とのたまふ。○戊子（二十一日）、[九]諸王《しよわう》の飢乏《う》ゑたる者《ひと》二百十三人、[一〇]殿《との》の前《まへ》に召《め》し入《い》れて、各《おのおの》米《こめ》・塩《しほ》を賜《たま》ふ。詔《みことのり》して、その嬾惰《らんだ》を責《せ》め、生業《なりはひ》を治《をさ》めしめたまふ。

西海道の兵器新造の料

○壬辰（二十五日）、[一一]勅《みことのり》したまはく、「[一二]調布《でうふ》一万端・[一三]商布《しやうふ》三万一千九百廿九段を以《もち》て、西海道《さいかいだう》の[一四]新《あらた》しき器仗《きちやう》を造《つく》る料《れう》に充《あ》てよ」とのたまふ。○癸巳（二十六日）、遣唐大使《けんたうたいし》[一五]多治比《たぢひ》真人広成《ひろなり》、[一六]辞見《じけん》す。[一七]節刀《せつたう》を授《さづ》く。

遣唐使進発

夏（丁酉朔）四月己亥（三日）、[一八]遣唐《けんたう》の四船、[一九]難波津《なにはづ》より進《すす》み発《た》つ。

国司交替にあたり解由の制を励行

○辛丑（五日）、[二〇]制《せい》すらく、「諸《もろもろ》の国司《こくし》ら相《あ》ひ代《かは》りて京《きやう》に向《むか》ふに、[二一]或《ある》は替《かは》る人到《ひといた》らぬ以前《さき》に上道《じやうだう》し、[二二]或《ある》は交替《けうたい》し訖《をは》ると雖《いへど》も解由《げゆ》を付《さづ》けず。茲《ここ》に因《よ》りて、去《さ》りぬる天平《てんひやう》三年に、[二三]朝集使《でうじふし》らに告《つ》げ知《し》らしむること已《すで》に訖《をは》りぬ。然《しか》れども、国司《こくし》寛縦《くわんしよう》にして肯《あへ》て遵《したが》ひ行《おこな》はず。仍《よ》りて[二四]遷任《せんにむ》の人《ひと》は官《くわん》に居《を》ること得《え》ず、無職《むしき》の徒《ともがら》は[二五]寮《れう》に直《ちよく》す

一四 器仗は武器。諸国が毎年定められた数の武器を造る年料器仗の制は、西海道では天平宝字五年七月になって行われた。→霊亀元年五月甲午条・㈠補6-八一。
一五 →㈠一一九頁注二五。
一六 出発にあたっての暇乞いの拝謁。儀制令6に「凡文武官三位以上、仮使者、去皆奉辞。還皆奉見。其五位以上、奉レ勅差使者、辞見亦如之」とある。公式令79には「凡受レ勅出レ使、辞訖、無レ故不レ得レ宿二於家一」とあり、辞見後はすぐ出発しなければならなかった。
一七 全権を委ねるしるしの刀。→㈠補2-五三。
一八 万葉一七九〇・一七九一に「天平五年癸酉遣唐使船発二難波一入レ海之時、親母贈レ子歌」が見える。四船→二六三頁注七。
一九 いわゆる「難波の御津」。→補11-四〇。
二〇 国司の交替を円滑にするため、交替帰京する前司に解由を授けることを励行せしめた制。四月五日の式部省符として延暦交替式に引かれているものとほぼ同文。
二一 新任国司の到着以前に前任者が国衙を去って上京の途に就く。
二二 新旧国司の間の事務引継が完了しても、その証明書である解由を新司が前司に交付しない。国司交替と解由→補11-四一。
二三 政務、とくに官人の勤務状況の評価を報告するため、毎年上京してくる大宰府および諸国の官人。→㈠補5-五八。ただし天平三年にこのような告知を朝集使に行ったこと、続紀には見えない。
二四 交替事務の完了が認められないため、前任の国司は帰京しても新たな官につくことができず、散位寮に出仕することも許されない。
二五 任を終えた国司は、六位以下の場合、次の官に任じられるまで、選叙令11の規定により、

1交〔底〕―遷
2方〔谷、大〕―万（兼・東・高）
3斯〔兼等、大〕―其（兼等傍イ）
4忘〔兼等、大〕―忌（兼等傍イ）
5平―下（東）
6熊―能〔底〕
7下―ナシ（高）
8伽―ナシ（東）
9一―ナシ〔底〕
10直―真〔底〕
11因＝曰〔谷、大〕―目（兼・東・高）
12蔵―ナシ〔底〕
13膳ノ下、ナシ〔兼等、類一〇七一本・紀略原〕―職（大補、類一〇七・紀略補）
14盂〔兼・東・高、大、類一〇七・紀略〕―孟〔谷〕
15瓫〔紀略〕―瓮（兼等、大、類一〇七）

空延ニ日月一、豈合ニ道理一。国宜下知レ状、[1]交替之人、必付ニ解由一、申中送於官上。今日以後、永為ニ恒例一。〇五月辛卯、勅、皇后枕席不レ安、已経ニ年月一。百[2]方療治、未レ見ニ其可一。思ニ[3]斯煩苦一、[4]忘ニ寝与レ飡。可下大ニ赦天下一、救中済此病上。自ニ天[5]平五年五月廿六日昧爽一以前大辟已下、常赦所レ不レ免、皆悉原放。其反逆并縁坐流之類者、便随ニ軽重一降。但強窃二盗、不レ在ニ免例一。〇六月丁酉、多褹嶋[6]熊毛郡大領外従七位下安志託等十一人、賜ニ多褹後国造姓一。益救郡大領外従六位[7]下加理[8]伽等[9]一百卌六人多褹[10]直、能満郡少領外従八位上粟麿等九百六十九人、[11]因レ居賜ニ直姓一。武[12]蔵国埼玉郡新羅人徳師等男女五十三人、依レ請、為ニ金姓一。〇甲辰、太白入ニ東井一。〇秋七月乙丑朔、日有レ蝕之。〇庚午、始令ニ大[13]膳備ニ[14]盂蘭[15]瓫供養一。

散位寮に出仕して考を積むことが認められていた。二五 散位寮に出仕する。

一 太政官のなかの「受ニ付庶事一」（職員令2）を任務とする弁官。
二 皇后の病により大赦を命じた勅。
三 藤原光明子。→補10‐八。
四 飡の俗字、餐に同じ。食事のこと。
五 →㊀補2‐九八。
六 死刑に相当する罪。→三頁注一三。
七 →三頁注二〇。常赦所不免の者は大赦から除外されるのが一般で、本条のような例は少ない。
八 謀反・大逆の罪を犯した者、およびその縁坐により遠流に処せられた者。→㊀一二三頁注二〇。
九 →㊀補1‐一二二。
一〇 多褹嶋は壱岐嶋・対馬嶋と並び、国に準じる行政単位としての扱いを受けていた。現在の鹿児島県種子島・屋久島および周辺の諸島を管する。→㊀二一三頁注五。
一一 和名抄「久末介」。種子島北半部の郡。天長元年多褹嶋を大隅国に併せるにあたり、南半部の能満郡を併せ種子島全島を熊毛郡とした。　一三 他に見えず。
一二 屋久島北半部の郡。天長元年南半部の馭謨郡に併合。
一四 他に見えず。
一五 屋久島の豪族に多褹直を賜るところを見ると、ここの多褹は種子島・屋久島を含む南島の汎称か。
一六 種子島南半部の郡。天長元年熊毛郡に併合。
一七 他に見えず。
一八 能満直の姓を与えたの意か。なおこの年

ること許《ゆる》されず、空《むな》しく日月《ひつき》を延《の》ぶること、豈道理《あにことわり》に合《かな》はむや。国《くに》、状《じやう》を知《し》り、交替《けうたい》の人《ひと》に必《かなら》ず解由《げゆ》を付《つ》けて[一]官《くわん》に申《まう》し送《おく》るべし。今日《けふ》より以後《のち》、永《なが》く恒《つね》の例《ためし》とせよ」といふ。

皇后の病により大赦

五月（丙寅朔）辛卯（二十六日）、[二]勅《みことのり》したまはく、「[三]皇后枕席安《くわうごうしむせきやす》からぬこと、已《すで》に年月《としつき》を経《へ》たり。百方《ひやくはう》療治《いや》せども、その可《か》なることを見《み》ず。斯《こ》の煩苦《ぼんく》を思《おも》ひて、寝《しむ》と[四]飡《そん》とを忘《わす》る。天下《あめのした》に[五]大赦《たいしや》して、この病《やまひ》を救済《すく》ふべし。天平《てんひやう》五年五月廿六日昧爽《よあけ》より以前《さき》の[六]大辟《だいびやく》已下、[七]常赦《じやうしや》の免《ゆる》さぬも、皆悉《みなことごと》く原放《ゆる》せ。その[八]反逆《へんぎやく》并《あは》せて縁坐《えんざ》の流《る》の類《たぐひ》は、便《すなは》ち軽重《きやうぢう》に随《したが》ひて降《くだ》せ。但《ただ》し、[九]強窃《がうせつ》の二盗は免《ゆる》す例《つら》に在《あ》らず」とのたまふ。

六月（丙申朔）丁酉（二日）、[一〇]多褹嶋熊毛郡《たねのしまくまげ》[一一]大領《だいりやう》外従七位下[一二]安志託《あした》ら十一人に多褹後国《たねのしりへのくにの》造《みやつこ》の姓を賜《たま》ふ。[一三]益救《やく》郡大領外従六位下[一四]加理伽《かりか》ら一百卅六人には[一五]多褹直《たね》、[一六]能満《のま》郡少領《せうりやう》外従八位上[一七]粟麿《あはまろ》ら九百六十九人には[一八]居《ゐところ》に因《よ》りて直の姓を賜ふ。○武蔵《むざし》国[一九]埼玉《さきたま》郡[二〇]新羅人徳師《しらきのひとととこし》ら男女《をのこめのこ》五十三人を、請《こひ》に依《よ》りて[二一]金《こむ》の姓とす。○（九日）甲辰、[二二]太白《たいはく》、[二三]東井《とうせい》に入《い》る。

盂蘭盆

秋七月乙丑の朔、[二四]日蝕《ひは》ゆること有り。○（六日）庚午、始《はじ》めて[二五]大膳《だいぜん》をして[二六]盂蘭瓮《うらんぼん》の供養《くやう》を備《そな》へしむ。

は造籍の年にあたる。

一九 武蔵国東北端の郡。万葉三三八〇に「佐吉多万」、和名抄は「佐伊太末」と訓む。神亀三年山背国愛宕郡雲下里計帳（古一―三五四頁）には前玉郡。武蔵国分寺献進瓦に「前」「埼」「前玉」などとみえる。現在の埼玉県行田・羽生・加須・岩槻・春日部・越谷・久喜・八潮・蓮田の各市および北埼玉郡・南埼玉郡がほぼかつての境域。

二〇 他に見えず。新羅の人を武蔵国に安置したことは持統紀元年四月条、同四年二月条、続紀天平宝字四年四月戊午条に見える。この後天平宝字二年八月に至り、同国に新羅郡を設置。→天平宝字二年八月癸亥条。

二一 新羅王をはじめ、同国でもっとも一般的な姓。来朝新羅使も大半は金姓であった。

二二 金星。

二三 二十八宿の井宿をいう。双子座の東方部。

二四 この日はユリウス暦の七三三年八月十四日。この日食は奈良では生じなかった。

二五 大膳職。宮廷の食膳のことにあたる。ここは諸寺の盂蘭盆会の供物の調達を大膳職に行わせたもので、正月の県犬養橘三千代の死と関係があろう。宮内省式には「凡七月十四日早朝、丞・録各一人、率史生二人向大膳職、検校七箇寺盂蘭盆供物」との規定があり、料物の詳細が大膳式下に規定される。

二六 梵語 ullambana の音写。死者の苦しみを救うために祭儀を設け、三宝に供養すること。四月十六日から始まる夏安居（げあんご）の最終日である七月十五日に衆僧に供養する儀式として行われたが、後にはとくに祖先の霊を供養する法会としての意味をもった。推古紀十四年四月条、斉明紀三年七月条、同五年七月条に行事のことが見える。

○八月辛亥[1]、天皇臨レ朝、始聴二庶政一。○九月丁亥、遠江国蓁原郡人君子部真塩[2]女、一産二三男一。賜二大税[3]二百束、乳母一人一。○冬十月丙申、外従五位下大伴宿禰小室為二摂津亮一。正五位下多治比真人広足為二上総守一。○十二月己未、出羽柵遷二置於秋田村高清水岡一。又於二雄勝村一建レ郡居レ民焉。○庚申、以二従五位下[4]県犬養宿禰石次一為二少納言一。従五位上吉田連宜為二図書頭一。従五位下路真人虫麿為二内蔵頭一。従五位下阿倍朝臣糠虫為二縫殿頭一。従四位下栗[5]栖王為二雅楽頭一。従五位下角朝臣家主為二諸陵頭一。○辛酉、遣二一品[6]舎人親王・大納言正三位藤原朝臣武智麿・式部卿従三位藤原朝臣宇合・大蔵卿従三位鈴鹿王・右大弁正四位下大伴宿禰道足一、就二県犬養橘宿禰第一、宣レ詔、贈二従一位一。別勅、莫レ収二食封・資人一。◎是年、左[7]右京及諸国飢疫者衆。並加二賑[8]貸一。

[9]六年春正月癸亥朔、天皇御[10]二中宮一、宴二侍臣一。饗二五位已上於朝堂一。」但馬・安藝・長門等三国、各献二木連理一。○丁

1 亥―未〔底〕
2 塩＝鹽―監〔底〕→校補
3 税〔谷重〕
4 下―上（大改）→脚注・校補
5 栗―粟（谷）
6 品〔谷重〕
7 左右（底改）―右左〔底原〕→校補
8 賑（兼等、大）―振〔類一七三〕
9 六ノ上→校補
10 天―ナシ〔底一字空〕

一 朝は、朝堂。天皇が出御するのはそのうちの大極殿。
二 正月の県犬養橘三千代の死によって、一時政務を離れていたか。
三 和名抄に「波伊波良」と訓む。遠江国最東端の郡。大井川を隔てて駿河国に接する。現在の静岡県榛原郡（ただし御前崎町及び相良町の南部を除く）。
四 他に見えず。君子部→㊀補6―七〇。
五 続日本紀の多産記事→㊀補1―一〇四。
六 →㊁補2―五七。
七 →二六九頁注三。
八 →七頁注二三。上総守の前任者は紀多麿（天平三年五月辛酉条）。
九 これまでは最上川河口、山形県酒田市付近に置かれていた。→㊁一五三頁注一。
一〇 和名抄に出羽国秋田郡高泉郷、三代実録貞観七年二月廿七日条に同国高泉神。現在の秋田市寺内、旧雄物川右岸、河口付近の丘陵地帯にあたる。同地からは「天平六年月」と記した木簡、「高水」という刻銘のある瓦、「秋田」の墨書のある土器などが出土している。のち秋田城と称された。→補11―四二。
一一 現在の秋田県雄勝郡羽後町西馬音内堀回付近か。雄物川上流に位置し、天平九年には陸・羽の連絡をはかるため、陸奥国からこの地に向かっての軍事行動が展開された。雄勝柵（雄勝城）との関係→補11―四三。
一二 延喜式・和名抄に出羽国雄勝郡。和名抄「乎加知」。現在の秋田県湯沢市・雄勝郡、および平鹿郡増田町・雄物川町の各一部。ただしこの時は支配の拠点となる官衙の設定と民

八月《乙未朔》辛亥《十七日》、[一]天皇朝《すめらみことでう》に臨《のぞ》みて、[二]始《はじ》めて庶政《もろもろのまつりごと》を聴《き》きたまふ。

九月《乙丑朔》丁亥《二十三日》、遠江国《とほつあふみ》[三]蓁原《はいはら》郡の人[四]君子《きみこ》部真《べのま》塩女《しほめ》、[五]一たびに三男《みたりのをのこご》を産《う》みつ。[六]大税《おほちから》二百束・乳母《めのと》一人を賜《たま》ふ。

冬十月《甲午朔》丙申《三日》、外従五位下[七]大伴《おほとも》宿禰小室《をむろ》を摂津亮《つのすけ》とし、正五位下[八]多治比《たぢひ》真人広足《ひろたり》を上総守《かみつふさ》とす。

出羽柵を秋田に移す
雄勝郡を建つ

十二月《甲午朔》己未《二十六日》、[九]出羽柵《いではのき》を[一〇]秋田《あきた》村高清水《たかしみづ》の岡《をか》に遷《うつ》し置《お》く。また、[一一]雄勝《をかち》村に[一二]郡《こほり》を建《た》てて民《たみ》を居《お》く。○庚申《二十七日》、従五位下[一三]県犬養《あがたいぬかひ》宿禰石次《いはすき》を少納言《せうなふごん》とす。従五位上[一四]吉田《きつた》連宜《よろし》を図書頭《づしよのかみ》。従五位下[一五]路《みち》真人虫麿《むしまろ》を内蔵頭《うちのくらのかみ》。従五位下[一六]阿倍《あへ》朝臣糠虫《ぬかむし》を縫殿頭《ぬひとののかみ》。従四位下[一七]栗栖王《くるすのおほきみ》を雅楽頭《げがくのかみ》。従五位下[一八]角《つの》朝臣家主《やかぬし》を諸陵頭《みささきのかみ》。○辛酉《二十八日》、一品[一九]舎人親王《とねりのみこ》、大納言《だいなふごん》正三位[二〇]藤原《ふぢはら》朝臣武智麿《むちまろ》、式部卿《しきぶきやう》従三位[二一]藤原《ふぢはら》朝臣宇合《うまかひ》・大蔵卿《おほくらのきやう》従三位[二二]鈴鹿《すずか》王、右大弁《うだいべん》正四位下[二三]大伴《おほとも》宿禰道足《みちたり》を遣《つかは》して、[二四]県犬養橘《あがたいぬかひのたちばな》宿禰の第《てい》に就《つ》きて詔《みことのり》を宣《の》らしめ、[二五]従一位を贈《おく》る。別《べち》に勅《みことのり》して、[二六]食封《じきふ》・資人《しにん》を収《をさ》むること莫《な》からしむ。

是《こ》の年《とし》、左右京《さうのきやう》と諸国《くにぐに》と、[二七]飢《う》ゑ疫《えやみ》する者衆《ひとおほ》し。並《ならび》に[二八]賑貸《しんたい》を加《くは》ふ。

七三四年

六年春正月《甲戌》癸亥の朔、天皇《すめらみこと》、[二九]中宮《ちうぐう》に御《おは》しまして[三〇]侍臣《じしん》を宴《うたげ》し、五位已上を[三一]朝堂《でうだう》に饗《みあへ》したまふ。但馬《たぢま》・安藝《あき》・長門《ながと》等の三国、各《おのおの》[三二]木連理《もくれんり》を献《たてまつ》る。○丁《十五》

戸の配置。郡域は未確定で、北方の平鹿郡地方にまで及んでいた可能性がある。平鹿郡の初見は天平宝字三年九月。

一三 →補8-五一。天平元年三月に従五位上に昇叙。ここも従五位上とあるべきか。

一四 →〔一〕補1-一四一。図書頭の前任者は阿倍糠虫。

一五 →補9-一一八。

一六 →補9-一一九。前官は図書頭。

一七 →一二七頁注一九。

一八 →補9-一二一。諸陵頭の前任者は土師千村か(天平三年六月庚寅条)。

一九 →〔一〕七七頁注一四。

二〇 →〔一〕九三頁注二一。

二一 →補7-一二一。

二二 →〔一〕補5-八。

二三 →〔一〕補3-三四。

二四 三千代。→一二三頁注三。この年正月、正三位で没。

二五 正月、散一位に準じる葬儀を賜った。この後天平宝字四年八月、正一位を贈られ、大夫人となる。

二六 令の規定通りとすれば、内命婦正三位の位封は六五戸、位分資人は三〇人(禄令10・軍防令49)。

二七 この年の旱害および飢饉のことは、正月丙寅条以下の諸条に見える。疫病はこの後天平七年・九年に大流行し、多くの死者を出した。

二八 借貸。大税(正税)などを無利子で貸し与えること。

二九 →補9-一一八。

三〇 →一六三頁注二三。

三一 平城宮の朝堂院。→〔一〕補4-一四。

三二 治部省式に下瑞。→〔一〕八一頁注四。

丑、聴㆓諸国司毎ㇾ年貸㆓官稲㆒。大国十四万以下、上国十二万以下、中国十万以下、下国八万已下。如過㆓茲数㆒、依ㇾ法科ㇾ罪[1]。○己卯、授㆓正三位藤原朝臣武智麿従二位、従三位多治比真人県守・藤原朝臣宇合並正三位、无[2]位小田王・野中王並従五位下、正五位上小野朝臣老従四位下、従五位下紀朝臣麻路従五位上、正六位上石川朝臣乙麿、正六位下藤原朝臣仲麿並従五位下、従六位下三国真人広庭、正六位下当麻真人鏡麿、正六位上大伴宿禰麿・大伴宿禰老人・小野朝臣鎌麿・波多朝臣安麿、従六位下田中朝臣浄足並外従五位下、内命婦無位大市[3]王・神社[4]王並従四位下、正五位下播磨[5]王正五位上、従五位上新家[6]王正五位下、従七位上秦忌寸大宅外従五位下㆒。」以㆓従二位藤原朝臣武智麿㆒為㆓右大臣㆒。○庚辰、勅、令[7]㆘諸国雑色官稲、除㆓駅起稲㆒以外、悉混㆗合正税㆖。○[8]二月癸巳朔、天皇[9]御[10]㆓朱雀門㆒、覧㆓歌垣㆒。男女二百卌[11]餘人、五品已上有㆓風流㆒者、皆交㆓雑其中㆒。正四位下長田王、従四位下栗[12]栖王・門部王、従五位下野中王等為ㇾ頭。以㆓本末㆒唱和、為㆓難

1 罪ノ下、ナシ—罪(高)
2 无(谷・東・高、大)—元〔底〕、旡(兼)
3 市ノ下、ナシ—女(大補)
4 社ノ下、ナシ—女(大補)
5 磨ノ下、ナシ—女(大補)
6 家ノ下、ナシ—女(大補)
7 令〔大改〕—命(兼等)
8 二月↓校補
9 天皇↓校補
10 御ノ下、ナシ—従〔底〕↓脚注
11 卌—卅(紀略)
12 栗〔谷重〕—粟(谷原)

一 いわゆる国司借貸。天平十年三月に停止。→補11-四四。
二 国の等級について→㈠補5-六二。
三 →補11-四五。
四 →㈠九三頁注二。この日右大臣となる。正三位への叙位は神亀元年二月。九年七月病没の日、正一位に叙し左大臣となる。
五 →㈠九三頁注九。中納言。従三位への叙位は天平元年三月。
六 →補7-二二。参議式部卿。従三位への叙位は神亀二年閏正月。
七・八 →補11-四六。
九 →五三頁注一四。正五位上への叙位は天平五年三月。九年六月従四位下のまま没。
一〇 →補8-五一。従五位下への叙位は養老四年正月。天平十二年正月正五位下に昇叙。
一一 他に見えず。石川朝臣→㈠補1-三二。
一二 →補11-四七。十二年正月正五位下に昇叙。
一三 八年正月従五位下、十七年正月従五位上に昇叙。三国真人→㈠九三頁注一。
一四 八年正月従五位下に昇叙。因幡守・少納言を歴任、十九年十二月従五位上で民部大輔。当麻真人→㈠補2-一一〇。
一五 十年閏七月右京亮となり、十八年四月従五位下に昇叙。天平宝字三年十二月散位従四位下で没。大伴宿禰→㈠補1-九八。
一六 他に見えず。
一七 他に見えず。小野朝臣→㈠補1-一四五。
一八 他に見えず。波多朝臣→㈠補1-一四六。
一九 天平六年以前の播磨国郡稲帳に従六位下備前介(古二-一五〇頁)。懐風藻に長屋王宅での詩一首を載せ、題に備前守従五位下、目録には讃岐守外従五位下とある。田中朝臣→㈠補1-七四。
二〇 五位以上を帯する婦人。→一六七頁注一

国司借貸

丑《日》、諸《もろもろ》の国司《こくし》に、年毎《としごと》に官稲《くわんたう》[一]を貸《か》すことを聴《ゆる》す。大国《だいこく》[二]は十四万以下、上国《じやうこく》は十二万以下、中国《ちうこく》は十万以下、下国《げこく》は八万已下。如《も》[三]し茲《こ》の数《かず》に過《す》ぎば、法《のり》に依《よ》りて罪《つみ》を科《おほ》す。○己卯《十七日》、正三位藤原《ふぢはら》[四]朝臣武智麿《むちまろ》に従二位を授《さづ》く。従三位多治比《たぢひ》[五]真人県守《あがたもり》・藤原《ふぢはら》[六]朝臣宇合《うまかひ》に並《ならび》に正三位。无位小田《をだのおほきみ》[七]王・野中《のなか》[八]王に並に従五位下。正五位上小野《をの》[九]朝臣老《おゆ》に従四位下。従五位下紀《き》[一〇]朝臣麻路《まろ》に従五位上。正六位上石川《いしかは》[一一]朝臣乙麿《おとまろ》、正六位下藤原《ふぢはら》[一二]朝臣仲麿《なかまろ》に並に従五位下。従六位下三国《みくに》[一三]真人広庭《ひろには》、正六位下当麻《たぎま》[一四]真人鏡麿《かがみまろ》、正六位上大伴《おほとも》[一五]宿禰麿《まろ》・大《おほ》[一六]伴《とも》宿禰老人《おきな》・小野《をの》[一七]朝臣鎌麿《かままろ》・波多《はた》[一八]朝臣安麿《やすまろ》、従六位下田中《たなか》[一九]朝臣浄足《きよたり》に並に外従五位下。内命婦《ないみやうぶ》[二〇]無位大市《おほち》[二一]王・神社《かみこそ》[二二]王に並に従四位下。正五位下播磨《はりま》[二三]王に正五位上。従五位上新家《にひのみ》[二四]王に正五位下。従七位上秦《はだ》[二五]忌寸大宅《おほやけ》に外従五位下。従二位藤原《ふぢはら》[二六]朝臣武智麿《むちまろ》を右大臣《うだいじん》とす。○庚辰《十八日》、勅《みことのり》して、諸国《くにぐに》の雑色《ざふしき》[二七]の官稲《くわんたう》は、駅起稲《やくきたう》[二八]を除《のぞ》く以外《ほか》、悉《ことごと》く正税《しやうぜい》[二九]に混《ま》ぜ合《あは》せしめたまふ。

藤原武智麻呂、右大臣となる

雑稲を正税に混合

歌垣

二月癸巳の朔、天皇《すめらみこと》、朱雀門《すざくもん》[三〇・三一]に御《いでま》して歌垣《うたがき》[三二]を覧《みそなは》す。男女《をのこめのこ》二百卌餘人、五品已上の風流《みやび》有る者《ひと》、皆《みな》その中《なか》に交雑《まじは》る。正四位下長田《ながた》[三三]王、従四位下栗《くる》[三四]栖《す》王・門部《かどべ》[三五]王、従五位下野中《のなか》[三六]王等を頭《かみ》[三七]とす。本末《もとすゑ》を以《もち》て唱和《しやうわ》し、難《なに》[三八]

二。

二一 他に見えず。以下新家王まで女王。大市王は無位から従四位下に叙されているから選叙令35の蔭位の規定によれば親王の子か。

二二 同じく親王の子か。万葉三七六などに「モリ」に「神社」の字をあてたとみられる例があるが、姓氏録にも六国史にもモリ氏の名は見えないので、カミコソと訓んでおく。天平神護二年八月散事従三位で没。

二三 他に見えず。

二四 他に見えず。

二五 叙位記事の順序からみて女性。他に見えず。秦忌寸→〔一〕補2-一三六。

二六 →〔一〕九三頁注二一。前官は大納言。

二七 雑稲・雑色稲・雑官稲とも。諸国の郡ごとの正倉に貯えられ、出挙してその利稲を特定の目的に用いる。雑稲の正税への混合の意味→補11-四八。

二八 養老令では駅稲。→〔一〕補2-一一七。この後天平十一年六月、駅起稲も正税に混合。

二九 大税。→〔一〕補2-五七。

三〇 「朱雀門」の上、底本「従」の字があるが、「御」の字のまぎれたものか。

三一 宮城の南面中央の門。→〔一〕補6-六二。

三二 「かがい」(嬥歌)ともいう。→補11-四九。

三三 →〔一〕一六五頁注二〇。万葉や歌経標式に作歌があり、家伝下には風流侍従とある。

三四 →一二七頁注一九。この時雅楽頭。

三五 →〔一〕補5-五。万葉に作歌があり、家伝下には風流侍従とある。

三六 →補11-四六。野中は河内国丹比郡野中郷の地名に由来か。喪葬令8、遊部に関する集解古記に「此条遊部、謂野中・古市人歌垣之類是」とある。

三七 歌頭→補11-四九。

波曲・倭部曲・浅茅[1]原曲・広瀬曲・八裳刺[2]曲之音一。令二都中士女縦観一。極レ歓而[3]罷。賜下奉二歌垣一男女等禄上有レ差。○庚子、二品泉内親王薨。天智天皇之皇女也。○三月辛未、行二幸難波宮一。○壬申、散位従四位下百済王遠宝卒。○丙子、施二入四天王寺食封二百戸[4]一、限以三年一。并施二僧等絁布一。」摂津職奏二吉師部楽一。○丁丑、陪従百官衛士已上、并造難波宮司・国郡司・楽人等、賜レ禄有レ差。免下供二奉難波宮一東西二郡今年田租調、自餘十郡調上。○戊寅、車駕発レ自二難波一、宿二竹原井頓宮一。○庚辰、車駕還レ宮。○夏四月甲午、免二河内国安宿・大県・志紀三郡今年田租一。以レ供二竹原井頓宮一也。○戊戌、地[5]大震、壊二天下百姓廬舎一。圧死者多。山崩川[6]擁[7]、地[8]往々圻[9]裂、不レ可二勝数一。○癸卯、遣二使畿[10]内七道諸国一、検下看被[11]二地震一神社上。○戊申、詔曰、今月七日、地震殊レ常。恐動二山陵一。宜下遣二諸王・真人一、副二土[12]師宿禰一人一、

1茅―弟〔底〕
2刺→校補
3而ノ下、ナシ―向〔底〕→脚注
4戸ノ下、ナシ―百(高)
5地大〔類一七一一本〕―大地(類一七二)
6川〔類一七一一本〕―河(類一七二)
7擁〔兼等〕―壅(大改、類一七一・紀略改)、擁(紀略原)→校補
8地〔紀略改〕―壊(紀略原)
9圻〔紀略〕―圻(兼等、大、類一七一一本)、拆(類一七二)→校補
10畿―幾(東)
11被〔兼・東・高、大改、類一七一改・類一七一一本・紀略補〕―破(谷、類一七一原)、ナシ(紀略原)
12土〔兼・谷、大〕―士(東・高)

三八 以下の諸曲について→補11-五〇。

一 底本は「極レ歓而向レ罷」とするが、「向」は上の「而」の字のまぎれたもの。
二 →㊀三五頁注二八。
三 万葉にこの時の歌六首を載せ(九九七-一〇〇二)、船王・守部王・山部赤人・安倍豊継等の名を伝える。難波宮→㊀補1-一〇七・補9-一一三。
四 →㊀三一頁注一七。
五 →㊀補3-八。難波行幸にちなんでの食封施入。
六 禄令14に「凡寺不レ在二食封之例一。若以二別勅一権封者、不レ拘二此令一〈権、謂二五年以下一〉」とあり、寺院への施封の年限は五年以下とされていた。
七 難波吉士・草香部吉士など難波を本拠とする吉士集団の伝承した楽舞か。三代実録貞観元年十一月十九日条には大嘗祭に安倍氏が「吉志舞」を奏したとあり、北山抄五には大嘗祭の午日に安倍氏が「吉志舞」を奏し、安倍・吉志・大国・三宅・日下部・難波等の氏がそれに供奉するとある。同裏書に引く吏部王記には、安倍氏の祖が新羅を討ち、大嘗祭の日に報命したので、この舞を相伝するとの説がある。天平神護元年閏十月庚寅条に見える黒山企師部儛もこれと同種の楽舞か。
八 →二六三頁注一四。長官は石川枚夫。
九 前日吉師部楽を奏した人々。
一〇 摂津職東生(ひがしなり)郡と西成(にしなり)郡。二郡の境界を通説では天満橋(大阪市東区)からの谷町筋とするが、最近の発掘によって明らかとなった難波宮の中軸線(谷町筋より東寄り)と

波曲《はぶり》・倭部曲《やまとべぶり》・浅茅原曲《あさぢはらぶり》・広瀬曲《ひろせぶり》・八裳刺曲《やつもさすぶり》の音《ね》を為《な》す。都《みやこ》の中《うち》の士女《をとこをみな》をして縦《ほしきまにま》に覧《み》せしむ。[一]歓《よろこび》を極《きは》めて罷《や》む。歌垣《うたがき》を奉《たてまつ》れる男女《をのこめのこ》らに禄《ろく》賜《たま》ふこと差《しな》有り。○庚子（八日）、二品[二]泉内親王《いづみのひめみこ》薨《こう》しぬ。天智天皇《てんちてんわう》の皇女《ひめみこ》なり。

難波行幸

三月（壬戌朔）辛未（十日）、[三]難波宮《なにはのみや》に行幸《みゆき》したまふ。○壬申（十一日）、散位従四位下[四]百済王遠宝《くだらのこにきしをんぼう》卒《しゅつ》しぬ。○丙子（十五日）、[五]四天王寺《してんわうじ》に食封《じきふ》二百戸を施入《せにふ》す。[六]限《かぎ》るに三年を以《もち》てす。并《あは》せて僧《ほふし》らに絁《あしぎぬ》・布《ぬの》を施《ほどこ》す。摂津職《つのしき》、[七]吉師部楽《きしべのがく》を奏《つかへまつ》る。○丁丑（十六日）、陪従《ばいじゅ》せる百官《ひやくくわん》の衛士《ゑじ》已上、并《あは》せて[八]造難波宮司《ざうなにはくうし》・国郡司《こくぐんし》・[九]楽人《がくにん》らに禄《ろく》賜ふこと差《しな》有り。難波宮《なにはのみや》に供奉《つかへまつ》れる[一〇]東西《とうさい》二郡には今年《ことし》の田租《でんそ》・調《でう》、[一一]自餘《そのほか》の十郡には調《でう》を免《ゆる》す。○戊寅（十七日）、車駕《きよが》、難波《なには》より発《た》ちて、[一二]竹原井頓宮《たかはらゐのかりみや》に宿《やど》りたまふ。○庚辰（十九日）、車駕《きよが》、[一三]宮《みや》に還《かへ》りたまふ。

大地震

夏四月（壬辰朔）甲午（三日）、河内《かふち》国[一四]安宿《あすかへ》・[一五]大県《おほかた》・[一六]志紀《しき》の三郡に今年《ことし》の田租《でんそ》を免《ゆる》す。竹原《たかはら》井頓宮《ゐのかりみや》に供《つかへまつ》れるを以《もち》てなり。○戊戌（七日）、[一七]地大《なゐおほ》きに震《ふ》りて、天下《あめのした》の百姓《はくせい》の廬《いほ》舎《や》を壊《こほ》つ。圧死《あふし》せる者多《ひとおほ》し。山崩《やまくづ》れ川擁《かはふさが》り、地往々《つちところどころ》坼《さ》け裂くること、勝《あ》げて数《かぞ》ふべからず。○癸卯（十二日）、使《つかひ》を畿内《きない》・七道《しちだう》の諸国《くにぐに》に遣《つかは》して、[一八]地震《なゐ》を被《かがふ》りし神社《かむやしろ》を検《かむが》へ看《み》しむ。○戊申（十七日）、[一九]詔《みことのり》して曰《のたま》はく、「今月七日の地震《なゐ》は常《つね》に殊《こと》なり。恐《おそ》るらくは、山陵《みささぎ》を動《うご》かさむことを。[二〇]諸王《しよわう》・真人《まひと》を遣《つかは》し、土師《はじ》宿禰一人

する説もある。

一一 摂津職所管の郡について→補11-五一。

一二 河内国、大和川沿いにある離宮。天皇はいわゆる竜田越の経路で平城にもどったことになる。→補7-二八。

一三 平城宮。

一四 和名抄に「安須加倍」と訓む。現在の大阪府羽曳野市南東部・柏原市南部および南河内郡太子町の一部、河内へ流れ出た大和川の南岸からその南にかけての地域。雄略紀九年七月条に「飛鳥戸郡」、柏原市高井田の鳥坂寺跡出土瓦の文字に「飛鳥評」とあり、神名式に同郡飛鳥戸神社がある。皇后安宿媛(藤原光明子)の名はこの地に由来する。

一五 →補8-六七。安宿郡の北、大和川北岸の地域。

一六 →[一]補6-一六。大和川と南河内から北流する石川との合流地点一帯。

一七 天平六年出雲国計会帳によると、この時の地震と関連する太政官符(「地震状」)が、四月十六日付で伯耆国から出雲国に発送されている(古一-五八八頁)。

一八 出雲国計会帳、弁官解文のなかの「(天平六年五月)十二日申下送検二看諸社一返抄上事」(古一-六〇四頁)は、出雲国が本条の命令を履行し、その旨を弁官に報告したことを示す。

一九 地震による山陵の被害を調査すべきことを命じた詔。

二〇 真人は天武十三年十月制定の八姓の第一で、継体以後の天皇の近親の後裔。土師宿禰は諸陵寮所管の土部を率い、山陵造営のことにあたる氏族。文武三年十月、越智山陵の修造に衣縫王・当麻真人国見・土師宿禰根麻呂、山科山陵の修造に大石王・土師宿禰馬手らを遣わしているのは、本条の場合と酷似する。

検㆗看諱所八処及有㆑功王之墓㆖。」又詔曰、地震之災、恐由㆓政事有㆒㆑闕。凡厥庶寮[1]勉理㆑職理[2]㆑事。自[3]㆑今以後、若不㆓改励㆒、随㆓其状迹㆒、必将㆓貶黜[4]㆒焉。〇壬子、遣㆓使於京及畿[5]内㆒、問㆔百姓所㆓疾苦㆒。詔[6]曰、比日、天地之災、有㆑異㆓於常㆒。思、朕撫育之化、於㆓汝百姓㆒有㆑所㆓闕失㆒歟。今故、発㆓遣使者㆒、問㆓其疾苦㆒。宜㆑知㆓朕意㆒焉。」諸道節度[7]使事既訖。於㆑是、令㆔国司主典已上掌㆓知其事㆒。〇甲寅、許㆘東海[8]・東山・山[9]陰道諸国売㆓買牛馬㆒出㆖堺。又免㆓諸道健児・儲士・選[10]士田租并雑徭之半㆒。〇丁巳、禁㆘断[11]以㆓年七十已上人㆒新擬㆗郡司㆖。〇五月戊[12]子、太[13]政官奏偁[14]、左右京[15]百姓、夏輸㆓徭銭㆒、其[16]不㆑堪㆑弁。宜[17]㆘其正丁・次丁、自[18]㆓九月㆒始令㆑輸㆑之、少丁勿㆖輸。又天平四年亢[19]旱[20]以来、百姓貧[21]乏。宜㆘限㆓一年㆒借㆗貸左[22]右京・芳野・和泉・四畿[23]内百姓大税㆖。

1 寮〔底擦重〕
2 理〔底〕―ナシ
3 自〔谷傍補〕―ナシ(谷原)
4 黜〔兼・谷・東、大〕―點(高)、黜(類一七一)
5 畿―幾(東)
6 詔→校補
7 度→校補
8 海―汝〔底〕
9 山―々(兼)
10 選士〔類八三補〕―ナシ(類八三原)
11 断―制(紀略)
12 戊―代〔底〕
13 太―大〔底〕
14 偁―称(類八四)
15 百(底傍補)―ナシ〔底原〕
16 其〔底〕―甚
17 宜〔谷抹傍〕―皁(谷原)
18 自ノ下、ナシ〔大衍〕―十(兼等)
19 亢〔谷傍・東、大、類八四〕―允(兼・谷重・高)
20 旱―早(高)
21 貧〔兼等、大、類八四〕―負(兼傍イ・谷傍イ)
22 左〔谷重〕
23 畿―幾(東)

一 諱は隠。諱所は屍を隠す所即ち墓、ここは山陵。八処の内容は未詳。
二 高市皇子など諸皇子の墓と考えられるが、未詳。
三 地震の災により諸司に職務への精励を求めた詔。下の壬子条の詔とともに、為政者の不徳によって災異が起るとするいわゆる災異思想に基づく。
四 もろもろの官司。官司の規模を示す職・寮・司の寮の意ではない。
五 官司としての職分につとめ、事務に精励する。
六 位階を下し官より退ける。
七 天地の災異が君主の人民に対する政治の欠陥によるのではないかと考え、人民の疾苦を問うための使を発遣することを述べた詔。五月戊子条の太政官奏は、この詔に対応したもの。
八 四年八月に任命。海辺の防衛、兵力動員の体制が一応完成したか、あるいは災異により人民の負担の軽減をはかったか。
九 四年八月の禁止の解除。天平六年出雲国計会帳によると、この命を伝えた太政官符(「許㆘売㆓買牛㆒出㆖堺状」)が五月七日に伯耆国から出雲国あてに発送されている(古一―五八八頁)。
一〇 健児・儲士・選士は、いずれも節度使の設置とともに置かれたとみられる在地の有力

を副《そ》へて、諱所《みさざき》[一]八処と、功《いさを》[二]有りし王《おほきみ》の墓《おくつき》とを検《かむが》へ看《み》しむべし」とのたまふ。また、詔《みことのり》[三]して曰《のたま》はく、「地震《なゐ》ふる災《わざはひ》は、恐《おそ》るらくは政事《まつりごと》に闕《か》けたること有るに由《よ》らむ。凡《おほよ》そ厥《そ》の庶《もろもろ》[四]の寮《つかさ》、勉《つと》めて職《しき》[五]を理《をさ》め事《こと》を理《をさ》めよ。今《いま》より以《の》後《ち》、若《も》し改《あらた》め励《はげ》まずは、その状迹《ありさま》に随《したが》ひて必《かなら》ず貶黜《しりぞ》[六]けむ」とのたまふ。○壬子（二十一日）、使《つかひ》を京《きやう》と畿内《きない》とに遣《つかは》して、百姓《はくせい》の疾苦《くる》しむ所《ところ》を問《と》はしむ。詔《みことのり》[七]して曰《のたま》はく、「比日《このころ》、天地《あめつち》の災《わざはひ》、常《つね》に異《こと》なること有り。思《おも》ふに、朕《わ》が撫育《ふいく》の化《おもぶけ》、汝百姓《なむちはくせい》に闕失《くゑつしつ》せる所《ところ》有らむか。今故《いまことさら》に使者《つかひ》を発遣《はつけん》して、その疾苦《くるしみ》を問《と》はしむ。朕《わ》が意《こころ》を知《し》るべし」とのたまふ。諸道《しよだう》[八]の節度使《せつどし》の事《こと》、既《すで》に訖《をは》りぬ。是《ここ》に、国司《こくし》主典《さうくわん》已上をしてその事《こと》を掌《つかさど》り知《し》らしむ。○甲寅（二十三日）、東海《とうかい》・東山《とうせん》・山陰道《せんおむだう》の諸国《くにぐに》に、牛馬《うしうま》[九]を売買《うりかひ》するに堺《さかひ》を出《い》づることを許《ゆる》す。また、諸道《しよだう》の健児《こんでい》[一〇]・儲士《ちよし》・選士《せんし》に田租《でんそ》[一一]并《あは》せて雑徭《ざふえう》の半《なかば》を免《ゆる》す。○丁巳（二十六日）、年《とし》[一二]七十已上の人《ひと》を新《あらた》に郡司《ぐんじ》に擬《あ》つることを禁《いさ》め断《た》つ。

地震により諸司の精励を求む

京畿に民情調査のため遣使

節度使を停む

五月戊子（辛酉朔 二十八日）、太政官奏《だいじやうぐわんそう》[一三]して俾《まう》さく、「左右京《さうのきやう》の百姓《はくせい》の夏《なつ》に徭銭《えうせん》[一四]を輸《いだ》すこと、其《そ》れ弁《わきま》[一五]ふるに堪《た》へず。その正丁《しやうちやう》[一六]・次丁《しちやう》[一七]には九月より始《はじ》めてこれを輸《いだ》さしめ、少丁《せうちやう》[一八]には輸《いだ》すこと勿《な》からしむべし。また、天平《てんひやう》四年の亢旱《かうかん》より以来、百姓《はくせい》貧乏《まづ》し。一年を限《かぎ》りて、左右京《さうのきやう》・芳野《よしの》[一九]・和泉《いづみ》[二〇]・四畿内の百姓《はくせい》に大税《おほちから》[二一]を

民政三策

者・富裕農民による武力。→補11-五二。天平宝字六年に健児が再置されたおりも、本条の勅によって田租と雑徭の半とが免除されている(天平宝字六年二月辛酉条)。

一一 出雲国計会帳によると、六月四日に伯耆国は「健児正身田租免、并雑徭減半状」を記した民部省符を出雲国あてに発送している(古一-五八九頁)。

一二 式部省式上に「凡年七十已上廿四已下…不レ得レ銓ニ擬郡司ニ」とあるのは本条の規定を承けたもの。七十歳は官人が致仕を許される年齢(選叙令21)。これより先和銅六年五月の制で、郡の大領・少領は終身の任だが、七十歳に達して老衰している者には本人の願い出により致仕を許している。

一三 以下の太政官奏は、(一)左右京の徭銭の納期・対象者を変更すること、(二)京畿二監の百姓に大税を借貸すること、(三)大倭国諸郡が公私稲の出挙によって人民を苦しめるのを禁止すること、の三項よりなる。四月に京畿に発遣された、百姓の疾苦を問う使の報告にもとづく対策であろう。

一四 雑徭の代りに納める銭。→補11-五三。

一五 収穫以前で米価が騰貴すること、銭と交換すべきものを持ち合せないことによるか。

一六 二十一歳以上六十歳以下の男子(戸令6)。

一七 六十一歳以上六十五歳以下、および残疾者の男子(戸令8)。

一八 十七歳以上二十歳以下の男子(戸令6)。これ以前、京では正丁一二〇文の徭銭の四分の一に当る三〇文の徭銭を少丁から徴発していた。→補11-五三。

一九 芳野監。→補11-二七。

二〇 和泉監。→補7-一二。

二一 正税とも。→(一)補2-五七。

又大倭国十四郡公私挙稲、毎レ郡有之。愚民競貸、至二于責徴一、不レ能二尽備一。資財既罄、遂償二田宅一。而毎年廻挙、取レ利過レ本、及[1]父負物徴二不レ知レ[2]情妻子一、[3]子子負物徴二不レ知レ情父母一者、自レ今以後、皆悉禁断之。奏可之。○六月癸卯、大倭国葛下[4]郡人白丁花口宮麿、散二己私稲一、救二養貧乏一。仍賜二少初位上一。○秋七月丙寅、天皇観二相撲戯一。是夕、[5]徙二[6]御南苑一、命二[7]文人一賦二七夕之詩一。賜レ禄有レ差。○辛未、詔曰、朕、撫二育黎元一、稍歴二年[8]歳一。風化尚擁、囹圄未レ空。通[9]旦[10]忘レ[11]寐、憂労在レ茲。頃者、天頻見レ異、地数震動。良[12]由二朕訓導不一レ明、民多入レ罪。責在二[13]予一人一。非レ[14]関二兆庶一。宜レ令下存二寛宥一而登二仁寿一、蕩二[15]瑕穢一而許中自新上。可レ大二赦天下一。其犯二八虐一、[16]故殺人、謀殺[17]々訖、

一 無利息の貸稲。和泉監については、前年閏三月にも大税借貸の措置がとられている。
二 以下の部分、三代格に天平六年五月廿三日官符として載せるが、文章には若干の異同がある。
三 添上・添下・平群・広瀬・葛上・葛下・忍海・宇智・宇陁・城上・城下・高市・十市・山辺の諸郡。吉野は当時監と呼ばれ、大倭国とは別の存在。→補11—二七。
四 官稲・私稲の出挙。
五 争って借りる。
六 返済にあてるための財物がなくなり、田地や宅地を売却してそれにあてる。雑令19・20に、財物・稲粟の出挙で家資が尽きた場合は、役身折酬(債務者の労役によって負債にあてる)すべきことを規定する。→□一補1—二六。
七 本稲・利稲を含めた滞納額に毎年あらためて利率をかけ、やがて利息分が本来の借稲の額を上まわるようになる。雑令20に稲粟出挙は一年ごとの契約とし、利息は私稲は一倍、官稲は半倍まで、「並不レ得下因二旧本一更令レ生

1 父—欠〔底〕→脚注
2 情〔底重〕
3 子〔底〕—ナシ→脚注
4 郡—部(高)
5 徙(谷朱抹朱傍、大、類七三・紀略)—御〔底〕、従(兼原・谷原)、徒(兼朱抹朱傍・東・高)→校補
6 御(兼・谷・東・高擦重、大、類七三・紀略補)—従徴〔底〕、御南(高原)、ナシ(紀略原)
7 文〔兼・谷、大、類七三・紀略〕—父(東)、火(高)
8 歳〔兼等、大〕—夷(兼傍イ・谷傍イ・東傍・高傍イ)
9 旦〈意改〉(大)—且
10 忘—志(谷)
11 寐—寝(東)
12 由—田(高)
13 予〔底〕—ナシ
14 関(兼、大)—開〔谷・東・高〕
15 瑕—蝦〔底〕
16 故殺人→校補
17 々〔底〕—殺(兼傍按・谷傍按・東・高、大)、ナシ(兼・谷)→校補

[一]借貸《しやくたい》すべし。また、[二]大倭《やまと》国の[三]十四郡の[四]公私《くうし》の挙稲《こたう》、郡毎《こほりごと》に有り。愚《おろか》なる民《たみ》[五]競《きほ》ひ貸《か》り、責《せ》め徴《はた》るに至《いた》りて、尽《ことごと》く備《そな》ふること能《あた》はず。[六]資財《しざい》既《すで》に罄《つ》き、遂《つひ》に田宅《でんたく》を償《つくの》ふ。而《しか》して[七]毎年《としごと》に廻《めぐら》し挙《こ》して、利《くぼさ》を取《と》ること本《もと》に過《す》ぐることと、[八]父《ちち》の負《お》ふ物《もの》を情《まこと》を知《し》らぬ妻子《めこ》に徴《はた》り、[九]子《こ》の負《お》ふ物《もの》を情《まこと》を知《し》らぬ父母《ぶも》に徴《はた》ることとは、今《いま》より以後《のち》、皆悉《みなことごと》く禁《いさ》め断《た》たむ」とまうす。奏《そう》するに可《か》としたまふ。

救貧の篤志者に叙位

六月（庚寅朔）癸卯（十四日）、大倭《やまと》国[一〇]葛下《かづらきのしも》郡の人[一一]白丁《ひとびやくちやう》[一二]花口宮麿《はなくちのみやまろ》、己《おの》が私稲《したう》を散《あか》ち、貧《ま》乏《ち》を救《すく》ひ養《やしな》ふ。仍《より》て少初位上を賜《たま》ふ。

相撲・七夕

秋七月（庚申朔）丙寅（七日）、天皇《すめらみこと》、[一三]相撲《すまひ》の戯《わざ》を観《みそなは》す。是《こ》の夕《ゆふべ》、[一四]南苑《なむゑん》に徙《うつ》り御《おは》しまして、文人《ぶんじん》に命《おほ》せて、[一五]七夕《しちせき》の詩《し》を賦《ふ》せしめたまふ。禄《ろく》賜ふこと差《しな》有り。○辛未（十二日）、

天災により大赦

[一六]詔《みことのり》して曰《のたま》はく、「朕《われ》黎元《おほみたから》を撫育《ふいく》すること、稍《やや》く年歳《とし》を歴《へ》たり。[一七]風化《おもぶけ》尚《なほ》擁《とどこほ》りて、囹圄《ひとや》空《むな》しからず。通旦《よもすがら》寐《い》ぬることを忘《わす》れて、憂労茲《いたはしみこと》に在《あ》り。頃者《このころ》、天頻《てんしきり》に異《あやしび》を見《あらは》し、地数《なゐしばしば》震動《ふ》る。良《まこと》に朕《わ》が訓導《をしへ》の明《あき》らかならぬに由《よ》りて、民多《たみおほ》く罪《つみ》に入《い》れり。責《せ》めは予《われ》一人に在《あ》り。[一八]兆庶《もろもろ》に関《あづ》かるに非《あら》ず。[一九]寛宥《くわんいう》を存《ぞん》して仁寿《じんしう》に登《のぼ》せ、[二〇]瑕穢《かわい》を蕩《とらか》して自《みづか》ら新《あらた》にすることを許《ゆる》さしむべし。天下《あめのした》に[二一]大赦《たいしや》すべし。その[二二]八虐《はちぎやく》を犯《をか》せると、[二三]故殺人《こせつにん》と、[二四]謀殺《むせつ》の殺《ころ》し訖《をへ》たると、

レ利、及廻レ利為レ本」と規定する。→㊀補1－二六。

八 「父」は三代格に「父母」。以下事情を知らない親族に負債を徴すること。

九 「子子」、三代格では「妻子」。

一〇 天武紀十三年是年条に「葛城下郡」、慶雲四年の威奈真人大村墓誌・和銅二年弘福寺田畠流記写には「葛木下郡」。南方の葛上郡（㊀補1－一四八）に対する。現在の奈良県大和高田市、および北葛城郡の河合町・広陵町を除く地域。

一一 位階をもたない者。

一二 他に見えず。

一三 いわゆる相撲節。当時は七月七日に行われた。→補11－五四。

一四 →補9－一二六。

一五 牽牛・織女二星の相遇を主題とした詩。→補11－五五。

一六 天災・地震により大赦すべきことを述べた詔。出雲国計会帳、天平六年七月十九日の石見国移の「勅符壱通」は、あるいは本条の詔を伝達したものか。

一七 自分の徳化が行きとどかず、罪を犯す者が多い。囹圄は牢獄。

一八 多くの人々。一般の人民。

一九 寛大な政治を行い、人々の生を全うさせる。

二〇 犯した罪を許し、自発的に更生させる。瑕穢はきず・けがれ。三年十一月辛酉条に獄囚を免じ衣服を賜わって「自ら新にせしめたまふ」とあるのと同じ思想。

二一 →㊀補2－九八。

二二 →五一頁注二。

二三 →一二一頁注一一。

二四 →三頁注一七。

別勅長禁、劫賊傷レ人、[1]官人・史生、[2]枉レ法受レ財、盗レ所ニ監臨一、造偽至レ死、掠ニ良人一為ニ奴婢一、強盗・窃盗、及常赦所レ不レ免、並不レ在ニ赦例一。○九月[3]戊辰、唐人陳[4]懐玉賜ニ千代連姓一。○辛[5]未、班ニ給難波京宅地一。三位以上一町以下、五位以上半町以下、六位以下四ニ分一町一之一以下。○甲戌、[6]制、安藝・周防二国、以ニ大竹河一為ニ国堺一也。○壬午、地大震。○冬十月辛卯、曲ニ赦京中死罪一。○十一月丁丑、入唐大使従四位上多治比真人広成等来ニ着多[7]褹嶋一。○[8]戊寅、太政官奏、仏教流伝、必在ニ僧尼一。度人才行、実簡ニ所司一、比来出家、不レ審ニ[9]学業一、多[10]由ニ嘱請一、甚[11]乖ニ法意一。自レ今以後、不レ論ニ道俗一、所レ挙度人、唯[12]取下闇ニ誦法花経一部一、或最勝王経一部一、兼解ニ礼仏一、浄行三年以上者上、令ニ得度一者、学問弥長、[13]嘱請自休。其取ニ僧尼児一、詐作ニ男女一、[14]得ニ出家一者、准レ法

1 官―宮〔底〕
2 枉↓校補
3 戊―戌(東)
4 懐玉―壊王〔底〕↓校補
5 未〔谷傍補〕―ナシ(谷原)
6 制―例〔底〕
7 褹〔底〕―禰=祢(兼・谷、大、紀略)、称(東・高)
8 戊―戌(谷擦)、成(谷原)
9 学=學―挙=擧〔底〕
10 由―田(東)
11 乖↓校補
12 取ノ下↓校補
13 嘱〔大改〕―啒(兼等)
14 得ノ上、ナシ―令(大補)

一 未詳。特別の勅により長期間拘束されている者か。
二 →一二一頁注七。
三 官人(四等官)と史生か。
四 →一二一頁注八。
五 →一二一頁注九。
六 課役をのがれるなどのため、生きているのに死んだといつわること。唐詐偽律19には、「諸詐自復除、若詐レ死、及詐去ニ工楽雑戸名一者、徒二年」とある。造はいつわる。詩経、王風兎爰に「尚無レ造」、毛伝に「造、偽也」とある。
七 賊盗律45に「凡略レ人、略ニ売人一、…為ニ奴婢一者、遠流」とある。
八 →[二]補1-一二一。
九 →三頁注二〇。
一〇 天平神護元年正月己亥条の千代連玉足はあるいは同一人か。
一一 姓氏録に見えず。大安寺縁起資財帳には大倭国十市郡千代郷(現在の奈良県磯城郡田原本町大字千代)の名が見え、神名式には同城下郡に千代神社がある。これらの地名に因むか。
一二 難波京の名は続紀ではここが初見。藤原宇合らによる難波宮の造営が天平四年三月にほぼ完成し、それに伴って京域の整備も進行したのであろう。
一三 宅地配分の基準、藤原京の場合は右大臣の四町以下、二町、一町、半町、四分の一町の五段階(持統紀五年十二月条)。それに較べると難波京の宅地は狭小であった。
一四 一町は条坊制の一坪で、四〇丈四方(約一・六ヘクタール)。一坊を東西・南北に各四等分した一六分の一の区画にあたる。
一五 広島県大竹市・佐伯郡と山口県岩国市・玖

別勅《べちよく》[一]に長《なが》く禁《いさ》むると、劫賊《こふぞく》[二]の人《ひと》を傷《やぶ》れると、官人《くわんにん》[三]・史生《ししやう》法《のり》[四]を枉《ま》げて財《たから》を受《う》けたると、監臨《げむりむ》[五]する所《ところ》に盗《たう》せると、造偽《いつは》[六]りて死《し》に至《いた》ると、良人《らうにん》[七]を掠《かす》めて奴《ぬ》婢《ひ》とせると、強盗《がうだう》[八]・窃盗《せつたう》と、常赦《じやうしや》[九]の免《ゆる》さぬとは、並《ならび》に赦《しや》の例《つら》に在《あ》らず」とのたまふ。

難波京の宅地班給

九月（己未朔）戊辰（十日）、唐《もろこし》の人《ひと》陳懐玉《ちんくわいぎよく》[一〇]に、千代《ちよ》[一一]連の姓を賜《たま》ふ。○辛未（十三日）、難波京《なにはのきやう》[一二]に宅《たく》[一三]地《ち》を班《あか》ち給《たま》ふ。三位以上には一町[一四]以下、五位以上には半町以下、六位以下には一町を四分せるが一以下。○甲戌（十六日）、制《せい》すらく、「安藝《あき》・周防《すはう》の二国は[一五]大竹河《おほたけ》を国《くに》の堺《さかひ》とせよ」といふ。○壬午（二十四日）、地大《なゐおほ》きに震《ふ》る。

冬十月（戊子朔）辛卯（四日）、京《きやう》の中《うち》の死罪《しざい》を曲赦《きよくしや》[一六]す。

遣唐使帰国

十一月（戊午朔）丁丑（二十日）、入唐大使《にふたうたいし》従四位上多治比《たぢひ》[一七]真人広成《ひろなり》ら多褹嶋《たねのしま》[一八]に来着《らいちやく》す。○戊寅（二十一日）、太政官奏《だいじやうぐわんそう》[一九]すらく、「仏教《ぶつけう》[二〇]の流伝《るでん》は、必《かなら》ず僧尼《ほふしあま》に在《あ》り。度人《どにん》[二一]の才行《ざいぎやう》は実《まこと》に所司《しよし》[二二]に簡《えら》はるるに、比来出家《このころしゆつけ》は、学業《がくげふ》を審《つばひ》らかにせず、多《おほ》く嘱請《そくしやう》[二三]に由《よ》ること、甚《はなは》だ法意《ほふい》に乖《たが》へり。今《いま》より以後《のち》、道俗《だうぞく》を論《あげつら》はず、挙《こ》[二四]する度人《どにん》は、唯《ただ》[二五]法花経《ほふくゑきやう》一部、或《ある》は最勝王経《さいしようわうきやう》[二六]一部を闇誦《そらに》[二七]し、兼《か》ねて礼仏《らいぶつ》[二八]を解《さと》り、浄行《じやうぎやう》[二九]三年以上の者《ひと》を取《と》りて得度《とくど》せしめば、学問《がくもん》弥《いよいよ》長《ちやう》し、嘱請《そくしやう》自《おのづか》ら休《や》まむ。其《そ》れ、僧尼《ほふしあま》[三〇]の児《こ》を取《と》りて、詐《いつは》りて男女《なむによ》と作《な》し、出家《しゆつけ》すること得《え》ば、法《のり》[三一]に准《てら》し

出家者の資格

珂郡との間を流れる小瀬川（木野川）。近世初頭にも洪水のたびに河道が移動し、しばしば争論が起ったという。

一六 地域を限定して行う赦。九月の地震によるものか。→㈠補2-九八。

一七 →㈠一二九頁注二五。五年四月難波を進発。この後七年三月節刀を返上し拝朝。

一八 鹿児島県の種子島・屋久島。→二七一頁注一〇。

一九 出家者の資質を高めるため、得度にあたって経典の読誦を課するなどのことを定めようとした官奏。三代格は官奏の日付を二十日とする。天平元年十月律師となった道慈の思想と関係あるか。→補8-四六。得度制の沿革→補11-五六。

二〇 仏教が弘まるか否かは、僧尼の資質いかんにかかっている。

二一 得度する人の才能や修行は、担当する官司によって選ばれるものである。

二二 僧尼の名籍を掌る玄蕃寮や左右京職、諸国の国司など。

二三 僧尼令8に「妄相嘱請」の句がある。僧綱などに個人的に出家を頼みこむ。

二四 度人として推挙される者。在俗の仏教信者を優婆塞（男）・優婆夷（女）といい（二四七頁注二九・三〇）、正倉院文書の中には多数の出家を願う優婆塞の貢進文が残されている。

二五 鳩摩羅什訳の妙法蓮華経。八巻もしくは七巻。→一七一頁注八。

二六 唐義浄訳の金光明最勝王経十巻。→一六一頁注一九。

二七 経典をそらんじる。優婆塞貢進文によってもこの二経のいずれかを誦する者は少ない。

二八 仏前での行事の作法を修得する。

二九 優婆塞貢進文に記する修行の実例は、八

科レ罪。所司知而不レ正者、与同罪。得度者還俗。奏可之。
〇十二月戊子朔、日有レ蝕之。〇癸巳、大宰府奏、新羅[1]
貢調使級伐准[2]飡金相貞等来泊。〇丙申、外従五位下烏安
麿賜二下村主姓一。

続日本紀　巻[3]第十一

一一〇年が多い。
三〇 僧尼の子を俗人が自分の男女だといつわって出家させる。在俗の時の子は別として、僧尼には元来子はあるべからざるもの。
三一 僧尼令16に「凡僧尼、詐為二方便一、移二名他一者、還俗。依レ律科レ罪。其所由人、与同罪」とあり、同条集解古記は、関連する律条として戸婚律5私入道私度条「凡私入道、及度之者、杖一百」を挙げる。あるいはこれをさすか。

1 羅―罪〔底〕
2 准〔底〕―ナシ→脚注
3 巻〈意補〉(大補)―ナシ

て罪《つみ》を科《おほ》せむ。所司《しよし》知《し》りて正《ただ》さずは与《よ》同罪《どうざい》一。得度《とくど》せる者《ひと》は還俗《ぐゑんぞく》二」とまうす。奏《そう》するに可《か》としたまふ。

新羅使来朝

十二月戊子の朔、日《ひ》蝕《は》ゆること有り三。○癸巳[六日]、大宰府《だいさいふ》奏《そう》すらく、「新羅《しらきの》四貢調使《ぐでうし》級伐《きふはつ》五准《しゆん》飡《さん》六金相貞《こむさうちやう》ら来泊《らいはく》す」とまうす。○丙申[九日]、外従五位下烏安麿《うのやすまろ》七に下村主《しものすぐり》八の姓を賜《たま》ふ。

続日本紀　巻第十一

一 同じ罪とみなし同じ刑を科すること。
二 僧尼の身分を剝奪する。僧尼に対する刑罰の一種。
三 この日はユリウス暦の七三四年十二月三十日。奈良における食分は九。
四 天平四年来朝の年期を三年と定めて後最初の来朝。七年二月入京。天平年間以降の対新羅外交→補11―二一。
五 「准」の字は兼右本等になし。「飡」の字がまぎれたもので衍か。級伐飡は汲飡とも。新羅十七等官位の第九等。
六 七年二月入京したが、使命を果たさず帰国。
七 →一四七頁注一八。
八 →七五頁注六。本貫は河内国安宿郡資母郷(現在の大阪府柏原市国分本町付近)か。

続日本紀[1] 巻第十二[2] 起二天平七年正月一尽二九年十二月一

従四位下行民部大輔兼左兵衛督皇太子学士

臣菅野朝臣真道等奉レ勅撰

天璽国押開豊桜彦天皇　聖武[3]

[4]七年春正月戊午朔、天皇御二中宮一、宴二侍臣一。又饗二五位已上於朝堂一。〇二月癸卯、新羅使金相貞[5]入レ京。〇癸丑、遣二中納言正三位多治比真人県守[6]於兵部曹司一、問二新羅使入朝之旨一。而新羅国輙[7]改二本号一、曰二王城国一。因レ茲、返二却其使一。〇三月丙寅、入唐大使従四位上[8]多治比真人広成等自二唐国一至、進二節刀一。〇辛巳、[9]拝朝。〇夏四月戊申、授二無位長田王・池田王[10]並従四位下、正四位下百済王南典、従四位上[11]多治比真人広成並正四位上、正五位上粟田朝臣人上従四位下、従五位下阿倍[12]朝臣粳虫従五位上、正六位上石川[13][14]朝臣年

一↓補9—一八。

1巻首ヨリ七行目「遣中」マデ、底本欠失ニヨリ、兼右本ヲ以テ補ウ→校補
2巻〈意補〉(大補)—ナシ
3武ノ下、ナシ〔兼・谷〕—天皇(東・高、大補)
4七ノ上↓校補
5貞ノ下、ナシ〔兼等〕—等(大補、紀略)
6守(底新補)—ナシ〔底一字空〕→校補
7輙ノ下、ナシ〔紀略衍〕—及(紀略原)
8多治比真人広成等自唐国至進節刀辛巳拝—ナシ〔底一行空〕→校補
9拝朝(紀略)—□朝〔底〕、朝拝(兼等、大)→校補
10王〔底擦重〕
11上(底新補)—ナシ〔底一字空〕→校補
12朝臣粳(底新補)—ナシ〔底三字空〕→校補
13川〔底〕—河
14朝臣年足多治比真人伯百済王慈敬阿倍朝(底新補)—ナシ〔底一八字空〕→校補

1朝ノ下、ナシ〔底一字空〕—臣(底新補)↓校補
2臣〔底原〕—ナシ(底新朱抹傍)→校補
3麿→校補

続日本紀　巻第十二　天平《てんひやう》七年正月起《よ》り九年十二月尽《ま》で

従四位下《じゆしゐのげ》　行民部大輔《ぎやうみんぶだいふ》兼左兵衛督皇太子学士《さひやうゑのかみくわうたいしがくし》
臣菅野朝臣真道《すがののあそみまみち》ら　勅《みことのり》を奉《う》けたまはりて撰《せん》す

七三五年

天璽国押開豊桜彦天皇《あめしるしくにおしはらきとよさくらひこのすめらみこと》　聖武《しやうむ》

七年（乙亥）春正月戊午の朔、天皇《すめらみこと》、中宮《ちうぐう》[一]に御《おは》しまして侍臣《じしん》を宴《うたげ》[二]したまふ。また、五位已上を朝堂《でうだう》[三]に饗《みあへ》す。

新羅使入京

二月（丁亥朔）癸卯（十七日）、新羅使《しらきのつかひ》金相貞《こむさうちやう》[四]、京《みやこ》に入《い》る。○癸丑（二十七日）、中納言《ちうなふごん》正三位多治比《たぢひ》[五]真人県守《あがたもり》を兵部《ひやうぶ》[六]の曹司《ざうし》に遣《つかは》して、新羅使《しらきのつかひ》の入朝《みかどまゐり》せる旨《むね》を問《と》はしむ。而《しか》るに

新羅、国号を改める

新羅《しらき》国、輙《たやす》く本《もと》の号《な》を改《あらた》めて王城国《わうじやうこく》[七]と曰《い》ふ。茲《これ》に因《よ》りてその使《つかひ》を返《かへ》し却《しりぞ》く。

遣唐使還帰

三月（丁巳朔）丙寅（十日）、入唐大使《にふたうたいし》従四位上多治比《たぢひ》[八]真人広成《ひろなり》ら唐国《もろこし》より至《いた》りて節刀《せつたう》[九]を進《たてまつ》る。○辛巳（二十五日）、拝朝《みかどをがみ》[一〇]す。

夏四月（丙戌朔）戊申（二十三日）、無位長田王《ながたのおほきみ》[一一]・池田《いけだ》[一二]王に並《ならび》に従四位下を授《さづ》く。正四位下百済[一三]王《くだらのこにきし》 南典《なむてん》、従四位上多治比《たぢひ》真人広成《ひろなり》に並に正四位上。正五位上粟田《あはた》[一四]朝臣人上《ひとかみ》に従四位下。従五位下阿倍《あへ》[一五]朝臣糠虫《ぬかむし》に従五位上。正六位上石川《いしかは》[一六]朝臣年《とし》

二　元日節会の宴。
三　平城宮の朝堂。→〔一〕補4‐一四。
四　天平六年十二月来朝。
五　→〔一〕九三頁注九。
六　兵部省の職務を執る官衙。何故兵部曹司において新羅使の入朝理由を問わしめたかは不明。平城宮跡では壬生門の北西に兵部曹司の遺構が発掘されている。
七　この名称は中国・朝鮮側の史料には見えない。日本と新羅との関係→補11‐一一。
八　→〔一〕一二九頁注二五。前年十一月帰国。
九　広成が節刀を受けたのは天平五年閏三月。同年四月に進発。節刀→二五頁注二〇。
一〇　入唐大使の拝朝。
一一　長親王の子。この後天平十二年十一月に従四位上。同十三年八月刑部卿。天平宝字三年迄に没。紹運録に長親王の孫、栗栖王の子と記すのは誤り。三代実録貞観元年十月の広井女王薨伝に「長親王之後也、曾祖二世従四位上長田王」と見える。天平九年六月に没した長田王とは別人。
一二　舎人親王の子。天平勝宝六年正月従四位上。畿内巡察使、弾正尹などを歴任。天平宝字元年四月道祖王廃太子の後、皇嗣候補となったが、「孝行有レ闕」として外された。同三年六月淳仁天皇即位により兄弟のため叙三品。恵美押勝の乱の結果、同八年十月親王より諸王に下され土佐国に配流。
一三　→〔一〕補4‐一八。正四位下昇叙は養老七年正月。
一四　→〔一〕二〇七頁注三三。正五位上昇叙は天平元年三月。
一五　→補9‐一一九。従五位下昇叙は神亀三年正月。
一六　→補12‐一。石川朝臣→〔一〕補1‐三二。

4並〔兼傍補〕―ナシ(兼原)　5朝元外(底新擦重)―朝元(底新補)、ナシ〔底三字空〕→校補　6位ノ下、ナシ〔谷抹、大〕―已(兼・谷原・東・高)→校補　7土(底新朱抹傍)―士〔底原〕　8侯〔底原・底新朱抹傍〕→校補　9辛亥(底新補)―ナシ〔底二字空〕→校補　10道朝臣真備献唐礼一百卅巻太衍暦経一巻(底新補)―ナシ〔底一行空〕→校補　11真ノ下、ナシ―吉(紀略)　12経一巻太衍暦―ナシ(東)　13暦―ナシ(高)　14尺〔紀略改〕―人(紀略原)　15管(底新補)―ナシ〔底一字空〕→校補　16四節(底新補)―ナシ〔底二字空〕→校補　17・18隻〔底原、大改、類七八〕―侯(底新朱抹傍・兼等)→校補　19五ノ上、ナシ―五(高)　20无→校補　21天皇→校補　22奏(底新朱抹傍)―秦〔底原〕　23戌→校補　24益秦(底新補)―ナシ〔底二字空〕→校補　25答(底新朱抹傍)―益〔底原〕　26国ノ下→校補　27勲(底新朱抹傍)―六〔底原〕　28擬(底新朱抹傍)―椽〔底原〕　29簡→校補　30庭〔底〕―廷　31効〔底〕―劾(兼・東・高)、勤(谷擦重、大)　32衆〔兼擦重〕　33其―ナシ(高)

足・多治比真人伯・百済王慈敬・阿倍朝[1]臣[2]継[3]麿[4]並従五位下、外従五位下秦忌寸[5]朝元外従五位上、外正六位[6]上上毛野朝臣今具麻呂、正六位上[7]土師宿禰五百村・城上連真立・陽[8]侯史真身並外従五位下一。〇[9]辛亥、入唐留学生従八位下下[10]道朝臣[11]真備、献二唐礼一百卅巻、太衍暦[12]経一巻、太衍[13]暦立成十二巻、測影鉄[14]尺一枚、銅律[15]管一部、鉄如方響写律管声十二条、楽書要録十巻、絃纏漆角弓一張、馬上飲水漆角弓一張、露面漆[16]四節角弓一張、射甲箭廿[17]隻、平射箭十[18]隻一。〇[19]五月己未、夜天、衆星交錯乱行、[20]无二常所一。〇庚申、[21]天皇御二北松林一、覧二騎射一。入唐廻使及唐人、[22]奏二唐国・新羅楽一拵槍。五位已上賜レ禄有レ差。〇壬[23]戌、入唐使献二請[24]益秦大麻呂問[25]答六巻一。〇乙亥、畿内及七道諸[26]国外散位及[27]勲位、始作二定額一、国別有レ差。自余聴二准レ格納レ資続一レ労。〇丙子、制、畿内七道諸国、宜下除二国[28]擬一外、別[29]簡二難波朝[30]庭以還譜第重大四五人一副上之。如有下雖レ无二譜第一、而身才絶レ倫、并労[31]効聞レ[32]衆者上、別状亦副、並附二朝集使一申送。[33]其身、限二十二月一日一、

一 →補12-二。多治比真人→[一]補1-一二七。
二 →補12-三。百済王→[一]三一頁注一七。
三 →補12-四。阿倍朝臣→[一]補1-一四二。
四 →五三頁注三一。外従五位下昇叙は天平三年正月。
五 天平十四年正月に従五位下に昇叙。上毛野朝臣→[一]補1-一四七。
六 他に見えず。土師宿禰→[一]補1-四四。
七 →補12-五。城上連→補9-八四。
八 →一一頁注二五。
九 遣唐使に従って入唐し、長期間、学芸を学ぶ者。留学生の滞在費として、大蔵省式に、絁・綿・布などの賜物の数量が規定されている。
一〇 →補12-六。　一一 →補12-七。
一二 →補12-八。　一三 →補12-九。
一四 →補12-一〇。　一五 →補12-一一。
一六 →補12-一二。　一七 →補12-一三。
一八 弓に馬上飲水の絵がある漆塗りの角弓か。
一九 四か所の節の部分を漆塗りにし、他は生地を露出したものか。
二〇 →補12-一四。　二一 →補12-一五。
二二 流星が群をなして飛び流れる、いわゆる流星雨の記録。
二三 平城宮の北の松林苑を指す。→補10-三五。
二四 射騎とも記す。うまゆみ。五月五日の節会。騎射→[二]補2-五二。
二五 使命を果して唐から帰国した使。多治比広成らを指す。天平勝宝六年四月壬申条に大伴古麻呂・吉備真備らを入唐廻使と記す文を見る。
二六 多治比広成らに従って来朝した袁晋卿らを言うか(宝亀九年十二月庚寅条)。
二七 入唐廻使・唐人と新羅楽との関係未詳。
二八 拵は弄の俗字。弄槍。→補12-一六。
二九 既に教えを受けた者が更に教えを請うて

足《たり》・[一]多治比《たぢひ》真人伯《おほぢ》・[二]百済王《くだらのこにきし》慈敬《じきやう》・[三]阿倍《あへ》朝臣継麿《つぎまろ》に並《ならび》に従五位下。外従五位下[四]秦《はだ》忌寸朝元《てうぐゑん》に外従五位上。外正六位上[五]上毛野《かみつけの》朝臣今具麻呂《こぐまろ》、正六位上[六]土師《はじ》宿禰五百村《いほむら》・[七]城上《きのへ》連真立《またち》・[八]陽侯《やこ》史真身《まみ》に並に外従五位下。○辛亥[二十六日]、[九]入《にふ》

下道真備、唐の文物を献上

唐留学生《たうるがくしやう》従八位下[一〇]下道《しもつみち》朝臣真備《まきび》、[一一]唐礼《たうれい》一百卅巻、[一二]太衍暦経《たいえんれきけい》一巻、太衍暦《たいえんれき》立成《りふせい》十二巻、[一三]測影鉄尺《かげをはかるくろがねのしやく》一枚、[一四]銅律管《あかがねのりちくわん》一部、[一五]鉄如方響写律管声《くろがねのはうきやうのごとくりちくわんのこゑをうつすもの》十二条、[一六]楽書要録《がくしよえうろく》十巻、[一七]絃纏漆角弓《つるまきにうるしぬれるつのゆみ》一張、[一八]馬上飲水漆角弓《うまのうへにみづをのむうるしのつのゆみ》一張、[一九]露面漆四節角弓《おもてをあらはしよふしにうるしぬれるつのゆみ》一張、[二〇]射甲箭《よろひをいるや》廿隻、[二一]平射箭《ひらいのや》十隻を献《たてまつ》る。

端午の節会

五月[丙辰朔]己未[四日]、[二二]夜《よる》の天《そら》に衆星《あまたのほし》交錯《まじは》り乱《みだ》れ行《ゆ》きて常《つね》の所无《ところな》し。○庚申[五日]、天皇《すめらみこと》、[二三]北《きた》の松林《しようりむ》に御《おは》しまして[二四]騎射《うまゆみ》を覧《みそなは》す。[二五]入唐廻使《にふたうくわいし》と[二六]唐《もろこし》の人《ひと》と、唐国《もろこし》・[二七]新羅《しらき》の楽《がく》を奏《つかへまつ》りて[二八]拝槍《ほこと》る。五位已上に禄賜《ろくたま》ふこと差《しな》有り。○壬戌[七日]、入唐使《にふたうし》、[二九]請益《せいえき》

外散位と勲位の定額

[三〇]秦大麻呂《はだのおほまろ》が[三一]問答《もんだふ》六巻を献《たてまつ》る。○乙亥[二十日]、[三二]畿内《きない》と七道《しちだう》との諸国《くにぐに》の[三三]外散位《ぐゑさんゐ》と[三四]勲《くん》位《ゐ》とには始《はじ》めて[三五]定額《ぢやうぎやく》を作《な》す。国別《くにごと》に差《しな》有り。自餘《そのほか》は[三六]格《きやく》に准《なずら》へて[三七]資《し》を納《い》れ労《らう》を続《つ》ぐことを聴《ゆる》す。

郡司の銓擬方法の改正

○丙子[二十一日]、制《せい》[三八]すらく、「畿内《きない》・七道《しちだう》の諸国《くにぐに》は、[三九]国擬《こくぎ》を除《のぞ》く外《ほか》に、別《べち》に[四〇]難波朝庭《なにはのみかど》より以還《このかた》の[四一]譜第重大《ふだいぢうだい》なる四五人を簡《えら》ひて副《そ》ふべし。[四二]如《も》し譜第《ふだい》无《な》しと雖《いへど》も、身《み》の才倫《ざいひと》に絶《すぐ》れ、并《あは》せて労効衆《ろうこうしゆう》に聞《きこ》えたる者《ひと》有らば、別《べち》に状《じやう》を亦副《またそ》へて、並《ならび》に[四三]朝集使《てうじふし》に附《さづ》けて申《まう》し送《おく》れ。[四四]その身《み》は十二月一日を

益を受ける意。理解不充分のことにつき、短期間入唐して更に教えを請うこと、またその人を言い、請益生とも記す。大蔵省式に入唐請益生の滞在費についての規定が見える。

三〇 天平宝字二年八月と推定される官人歴名に播磨少目秦大万呂が見える(古一五―一三二頁)が、二三年の間隔があるので、同一人か否か疑問。令集解古記の作者とする説がある。

三一 理解不充分の点に関する問と唐人の回答(唐決)を問答にしてまとめ、六巻の書としたものか。大麻呂を古記の作者とする説では律に関する問答。

三二 これより以前、すでに内外文武散位の定額が決められていたが、必ずしも全国的規模のものではなかったため、ここに至って国毎に外散位の定額の員数を定めたもの。

三三 →〔一〕補3―一七。 三四 →〔一〕補2―三八。

三五 国衙等に上番する定員数。→九七頁注一九。 三六 養老五年六月十日格を指す。

三七 財物を納めて前労を継続すること。なお続労→補12―一七。

三八 畿内七道に対し、郡司の銓擬に当っては国擬以外に譜第の者を上申する他、譜第以外の才能・功労ある者も上申することを命じた制。この日同時に郡司の同姓併用禁止の格が出されている(三代格及び選叙令13集解所引の弘仁五年三月廿九日官符所引格)。→補12―一八。

三九 国司の銓擬した郡司。→〔一〕補1―六一。

四〇 孝徳天皇の難波長柄豊碕宮の朝廷。三代格弘仁二年二月廿日詔にも「夫郡領者、難波朝庭始置二其職一、有労之人世序二其官一」とあり、郡司制の起源が孝徳朝に置かれている。

四一 →補12―一八。

四二 譜第氏族としての実績がなくても、身体

集二式部省一。○戊寅、勅、朕以[1]二寡[2]徳一、臨二駆万姓一。自暗二治機一、未レ剋[3]二寧済一。洒者、災異頻興、咎徴仍見。戦々[4]兢々、責在レ予[5]矣。思、緩レ死愍レ窮、以存二寛恤一。可レ大二赦天下一。自二天平七年五月廿[6]日昧爽一已前大辟[7]罪已[8]下、咸赦除之。其犯二八虐一、故殺[9]人、謀殺[10]殺[11]訖、監臨主[12]守自盗、盗[13]レ所二監臨一、強盗・窃盗及常赦所レ不レ免、並不レ在[14]二赦限一。但私鋳銭人、罪入[15]レ死者、降二一等一。其京及畿内二監、高年、鰥寡[16]惸独、篤疾等、不レ能二自存一者[17]、量加二賑恤一。百[18]歳已上穀一石、八十已上穀六斗、自餘穀四斗。」諸国所レ貢力婦、自レ今以後、准二仕丁例一、免二其房徭一、并給二田二町一、以充二養物一。○己卯、於二宮中及大安・薬師・元興・興[19]福四寺一、転二読大般若経一。為下消二除災害一、安中寧国家上也。○六月己丑、勅曰、先令レ并レ寺者、自レ今[20]以後、更不レ須レ并。宜レ令[21]三寺寺[22]務加二脩造一。若有二懈怠一、

が強壮で智才・武才に格段に抜きんでている者や、勤勉に努めた者。

四三 →一四九頁注二一。

四四 式部省式上に「凡郡司有レ闕、国司銓二擬歴名一、附二朝集使一申上、其身正月内集レ省」とあり、式部省に集まるのは遅くなっている。郡司の任用手続→㈠補1−六一。

一 凶作・疫病による大赦・賑給の勅。大赦→㈠補2−九八。

二 天皇の位について天下万民を治める。

三 天下を治める方法についての理解力に乏しく。「機」は物事の主要な部分を言う。「治機」は治政の主要点の意。

四 「寧」は安、「済」は益また救の意。万民を未だ安堵させるに至っていないこと。

五 「咎徴」は字義通り咎めのしるし。災異咎徴の具体的事実は未詳だが、是歳条に「年頗不レ稔、自レ夏至レ冬、天下患二豌豆瘡一、夭死者多」とあるところから、夏も半ばを過ぎた五月下旬には凶作・疫病が憂慮すべき事態となっていたか。

六 勅発令の日と日付を異にする。→補12−一九。

七 死罪のこと。和訓「しぬるつみ」。→三頁注一三。

八 律の八虐に相当する罪を犯す。→五一頁注二。

九 →一二一頁注一一。

一〇 計画殺人の既遂。→㈠一二九頁注五。

一一・一二 →一二一頁注九。

1 朕以(底新補)—ナシ〔底二字空〕→校補
2 寡＝寠〔底原・底新朱抹傍〕→校補
3 剋〔兼・谷原・東・高〕—克(谷抹傍、大)
4 々(底補)—ナシ〔底原〕
5 予—弔(高)
6 廿ノ下、ナシ—三(大補)→脚注・校補
7 辟〔底擦重〕
8 已(底傍補)—ナシ〔底原〕
9 殺→校補
10 殺殺→校補
11 殺〔底〕—々
12 主ノ下、ナシ〔底一字空・底新朱抹〕—主(底新補)→校補
13 盗(底傍補)—ナシ〔底原〕、々(兼等、大)
14 在(底新補)—ナシ〔底一字空〕→校補
15 入—人〔底〕
16 寡＝寠〔底原・底新朱抹傍〕
17 者ノ下、ナシ(底新朱抹)—加〔底原〕
18 百ノ下、ナシ—百(高)
19 興〔谷・東・高傍補、大〕—々(兼、紀略)、ナシ(高原)
20 今(底新傍補・兼・谷・東、大、類一八〇)—ナシ〔底原〕、令(高)
21 令〔大改、類一八〇〕—命(底新傍朱イ・兼等)
22 寺〔底〕—々(谷・東・高、大、類一八〇)、ナシ(兼欠)→校補

災異により大赦

限《かぎ》りて、式部省《しきぶしやう》に集《あつ》めよ」といふ。○戊寅[二十三日]、[一]勅《みことのり》したまはく、「朕《われ》、寡徳《くわとく》を以《もち》て[二]万姓《ばんせい》に臨《のぞ》み馭《しら》す。[三]自《みづか》ら治《をさ》むる機《き》に暗《くら》くして[四]寧《やす》く済《すく》ふこと剋《あた》はず。迺者《このころ》、災異《さいい》頻《しきり》に興《おこ》りて[五]咎徴仍見《きうちようなほあらは》る。戦々競々《せんせんきようきよう》として責《せ》め予《われ》に在《あ》り。思《おも》ふに、死《し》を緩《ゆる》へ窮《きは》まれるを愍《あはれ》みて、寛《ひろ》き恤《めぐみ》を存《そん》せむ。天下《あめのした》に大赦《たいしや》すべし。天平《てんひやう》七年五月廿日[六]昧爽《よあけ》より已前《さき》の[七]大辟罪《だいびやくざい》已下、咸《ことごと》く赦除《ゆる》せ。その[八]八虐《はちぎやく》を犯《をか》せると、[九]故殺人《こせつにん》と、[一〇]謀殺《むせつ》の殺《ころ》し訖《をは》れると、[一一]監臨主守《げむりむしゆしゆ》自《みづか》ら盗《たう》せると、[一二]監臨《げむりむ》する所《ところ》に盗《たう》せると、[一三]強盗《がうだう》・窃盗《せつたう》と、[一四]常赦《じやうしや》の免《ゆる》さぬとは、並に赦《しや》の限《かぎり》に在《あ》らず。但《ただ》し、[一五]私鋳銭《しじゆせん》の人《ひと》、罪《つみ》、死《し》に入《い》る者《ひと》は[一六]一等を降《くだ》せ。その京《きやう》と畿内《きない》・[一七]二監との[一八]高年《かうねん》、[一九]鰥寡惸独《くわんくわけいどく》、[二〇]篤疾《とくしつ》等の自存《じぞん》すること能《あた》はぬ者《ひと》には、量《はか》りて賑恤《しんじゆつ》を加《くは》へよ」とのたまふ。[二一]百歳已上に穀《こく》一石、八十已上は穀六斗、自余《そのほか》は穀四斗。諸国《くにぐに》

膂力婦女田

の貢《たてまつ》れる[二二]力婦《りきふ》、今《いま》より以後《のち》、[二三]仕丁《じちやう》の例《ためし》に准《なずら》へてその[二四]房《ばう》の徭《えう》を免《ゆる》し、并《あは》せて[二五]田《た》二町給《たま》ひて養物《やうもち》に充てしむ。

大般若経転読

○己卯[二十四日]、宮中《きうちう》と、[二六]大安《だいあん》・[二七]薬師《やくし》・[二八]元興《ぐわんこう》・[二九]興福《こうふく》の四寺に於《おき》て、[三〇]大般若経《だいはんにやきやう》を[三一]転読《てんどく》せしむ。[三二]災害《さいがい》を消除《せうぢよ》し、国家《こくか》を安寧《あんねい》ならしめむが為《ため》なり。

寺院併合を停止

六月己丑[乙酉朔 五日]、[三三]勅《みことのり》して曰《のたま》はく、「[三四]先《さき》に寺《てら》を并《あは》せしめたること、今《いま》より以後《のち》、更《さら》に并《あは》すべからず。寺寺《てらでら》をして務《つと》めて脩造《しゆざう》を加《くは》へしむべし。若《も》し懈怠《けだい》有り

一三　→㊀補1―一二二。
一四　→三頁注二〇。
一五　偽金（にせがね）つくり。→㊀補6―五五。
一六　斬も絞も流罪となる。
一七　和泉・芳野の二監。和泉監→補7―一二。芳野監→補11―二七。
一八　→五頁注二。
一九　→五頁注三・四。
二〇　重度の身体障害者と疾病者。→五一頁注一〇。
二一　百歳以上あるいは八十歳以上の高年に賜穀などの賑恤を加える例は続紀に散見するが、本条は九十以上の賜穀量の明記がなく八十以上の中に含まれ、また百歳以上が賜穀一石で前後の同様な例に比べ量が少ない。
二二　女丁の一種。→一九五頁注七。
二三　→㊀一五五頁注一三。
二四　力婦を出す房戸が負担すべき雑徭。→補12―二〇。房戸→㊀補1―一一〇。雑徭→三九頁注九。
二五　膂力婦女田。主税寮式上に膂力婦女田を掲げ、雑色田の一種として不輸租田に含める。膂力者→一九五頁注七。
二六　当時の官大寺の筆頭寺院。大安寺以下は当時の四大寺。大安寺→補7―一八。
二七　天武発願の寺院。→補8―二四。
二八　飛鳥（法興）寺の後身寺院→補8―一六。
二九　藤原氏の氏寺。→補8―六四。
三〇　大般若波羅蜜多経の略称。→一五九頁注八。
三一　→八一頁注三〇。
三二　具体的には疫病を指すか。
三三　寺院併合の政策変更の勅。
三四　霊亀二年五月庚寅条に見える荒廃寺院併合の詔を指す。→九三頁注三三。

不レ肯二造成一者[1]、准レ前并之。其既并造訖、不レ煩二分析[2]一。○秋七月己卯、大隅・薩摩二国隼人二百九十六人入朝。貢二調物一。○庚辰、依二忌部宿禰虫名・烏[3]麿等訴申一、検二時々[4]記一、聴下差二忌部等一為中幣[5]帛使上。○八月乙酉、太白与二辰星一相犯。○辛卯、天皇[6]御二大極殿一。大隅・薩摩二国隼[7]人等、奏二方楽一。○壬辰、賜二二国隼人三百八十[8]二人爵并禄一、各有レ差。○乙未、勅曰、如聞、比[9]日、大宰[10]府疫死者多。思下欲救二療疫気一、以済中民命[11]上。是以、奉二幣[12]彼部神祇一、為レ民禱[13]祈焉。又府大寺及別国諸寺、読二金剛般若経一。仍遣レ使賑二給疫民一、并加二湯薬一。又其長門以還諸国守、若介、専斎[14]戒[15]、道饗[16]祭[17]祀。○丙午、大宰府言、管内諸国、疫瘡大発、百姓悉臥。今年之間、欲レ停二貢調一。許レ之。○九月庚辰[18]、先レ是、美作守従五位下阿倍[19]朝臣帯麿等故殺二四人一。

1 者―ナシ（類一八〇）
2 析〔底〕―拆→校補
3 烏―鳥（大）
4 々―時（紀略）
5 幣―弊〔底〕
6 天皇→校補
7 隼―集（高）
8 十―千（高）
9 比〔底原、大改、類一七三・紀略〕―此（底新朱抹傍・兼等）→校補
10 宰〔谷重〕
11 命是（底新補）―ナシ〔底二字空〕→校補
12 幣―弊〔底〕
13 禱祈〔類一七三一本〕―祈禱（類一七三）
14 斎（高、大、類一七三）―斉〔兼・谷・東〕
15 戒〔大改、類一七三改〕―或（兼・谷・東・高重、類一七三原）
16 饗〔高重〕
17 祭〔谷重〕
18 辰〔谷重〕
19 倍―部（大）

一 霊亀二年五月詔による併合のこと。
二 一旦併合した寺院は再分割するに及ばない。
三 和銅二年十月に隼人の定期朝貢及び大替隼人といわれる制度が行われてから四回目の交替。→二補4―五〇。
四 要略二十四所引官曹事類によれば、養老五年九月十一日井上女王が斎王となったとき斎宮の忌部に任ぜられた。時に従八位上。忌部宿禰→二補2―五五。
五 天平勝宝元年四月従五位下。時に神祇少副で同時に任伊勢幣帛使。天平宝字七年正月には信部少輔、翌八年正月には従五位上。神護景雲元年七月には無位より本位従五位上に復している。恵美押勝の乱に関係したか。天平二年安房国義倉帳に（安房）目大初位上忌部宿禰登理万里と見えるのは（古一―四二四頁）、同一人か。
六 伊勢神宮への幣帛使。→補12―二一。
七 金星のこと。
八 水星のこと。
九 惑星同士または惑星が星宿中の特定の星に接近する場合、その程度が〇・七度以内のときを犯と言う。この日に金星（太白）は獅子座を順行中で水星は同処を逆行していた。そして金星は水星の北、〇・三度まで接近したため、相犯と記された。
一〇 諸方楽に同じ。その国、その地方の楽の意。風俗歌舞とも言う。ここは隼人特有の音楽のこと。→二九頁注四。
一一 七月己卯条と比べると人数が八六人多い。これは平城京近辺に定住させられた隼人を含んだためか。あるいは大替で帰郷の隼人を含めたか。
一二 大宰府管内の疫病を鎮めるため管内の社

て造《つく》り成《な》し肯《か》へにせば、前《さき》[一]に准《なずら》へて并《あは》せよ。その既《すで》に并《あは》せ造《つく》り訖《をは》れるは分《わ》[二]き析《さ》くことを煩《わづら》はさず」とのたまふ。

隼人入朝

秋七月（甲寅朔）己卯（二十六日）、大隅《おほすみ》・薩摩《さつま》の二国の隼人《はやひと》[三]二百九十六人入朝《みかどまゐり》す。調物《でうもち》を貢《たてまつ》る。○庚辰（二十七日）、忌部《いむべ》[四]宿禰虫名《むしな》・鳥麿《とりまろ》[五]らが訴《うるた》へ申《まう》すに依《よ》りて、時々《ときとき》の記《ふみ》を検《かむが》へ、忌部《いむべ》らを差《あ》てて幣帛使《みてぐらのつかひ》[六]とすることを聴《ゆる》す。

大宰府管内の防疫策

八月（甲申朔）乙酉（二日）、太白《たいはく》[七]と辰星《しんせい》[八]と相犯《あひをか》[九]す。○辛卯（八日）、天皇《すめらみこと》、大極殿《だいごくでん》に御《おは》します。大隅《おほすみ》・薩摩《さつま》の二国の隼人《はやひと》ら、方楽《はうがく》[一〇]を奏《つかへまつ》る。○壬辰（九日）、二国の隼人《はやひと》[一一]三百八十二人に爵《しやく》、并《あは》せて禄《ろく》賜《たま》ふこと各《おのおの》差《しな》有り。○乙未（十二日）、勅《みことのり》[一二]して曰《のたま》はく、「如聞《きくな》らく、「比日《このころ》、大宰府《だいさいふ》に疫《えやみ》[一三]に死《し》ぬる者多《ひとおほ》し」ときく。疫気《えきき》を救《すく》ひ療《いや》して、民《たみ》の命《いのち》を済《すく》はむと思欲《おも》ふ」とのたまふ。是《ここ》を以《もち》て、幣《みてぐら》を彼部《かのくに》[一四]の神祇《あまつかみくにつかみ》に奉《まつ》り、民《たみ》の為《ため》に禱《の》み祈《いの》らしむ。また、府《ふ》[一五]の大寺《だいじ》と別国《ことくに》[一六]の諸寺《てらでら》とをして、金剛《こむがう》[一七]般若経《はんにやきやう》を読《よ》ましむ。仍《より》て使《つかひ》を遣《つかは》して疫民《えきみん》に賑給《しんごふ》[一八]し、并《あは》せて湯薬《たうやく》[一九]を加へしむ。

西海道諸国に疫瘡流行

また、その長門《ながと》[二〇]より以還《このかた》の諸国《くにぐに》の守《かみ》[二一]、若《も》しくは介《すけ》、専《もは》ら斎戒《さいかい》[二二]し、道饗祭《みちあへのまつり》[二三]を祀《まつ》る。○丙午（二十三日）、大宰府《だいさいふ》言《まう》さく、「管内《くわんない》の諸国《くにぐに》に疫瘡《えきさう》[二四]大《おほ》きに発《おこ》り、百姓《はくせい》悉《ことごと》く臥《ふ》しぬ。今年《ことし》の間《あひだ》、貢調《ぐでう》を停《とど》めまく欲《ほり》す」とまうす。これを許《ゆる》す。

右弁官を訴訟不受理により処罰

九月（癸丑朔）庚辰（二十八日）、是《これ》[二五]より先《さき》、美作《みまさか》守従五位下阿倍《あへ》[二六]朝臣帯麿《おびまろ》ら、四人を故殺《こせつ》[二七]しき。

寺に祈禱させ、疫民に賑給を加えるとともに、山陽道以東への波及を防ぐため長門以東の諸国に道饗祭を行わせることなどを命じた勅。

一三 豌豆瘡による死者。→八月丙午・是歳条。

一四 彼部は大宰府管内。神祇は天神地祇。→二五九頁注二。

一五 観世音寺。→㊀補2-九〇。

一六 大宰府管内諸国の寺院。八世紀末までに建立の寺院は、国分寺を除くと豊前で八寺、筑前で一三寺、肥前で五寺、肥後で七寺を数えるが、この当時の状況は知られない。

一七 →一七九頁注三。

一八 →㊀補3-五四。

一九 →二七頁注二七。

二〇 疫病が長門から東上波及して畿内ひいては平城京に侵入するのを防ぐ目的。

二一 摂津職、大宰府及び諸国の長官（大夫、帥、守）の職掌の第一に「祠社」があり、職員令68義解に祠は百神を祭るとある。神祇を祭ることは地方長官の第一の任務であった。次官は長官不在の時これに代る存在とされた。

二二 飲食・動作を慎み、心身を清めること。

二三 →補12-二二。

二四 大宰府管内に流行している病気の名称がここに初めて見える。→是歳条。

二五 美作守の阿倍帯麿らが故殺人の罪を犯したので、被害者の一族が訴えたにも拘らず、右弁官の役人らが受理しなかったことが発覚したため科断され、右弁官の役人たちは承伏したが、詔により許されたとの記事。高橋安麻呂・県犬養石次の右中弁・右少弁就任は天平四年九月なので、事件はそれより以後に発生。

二六 →補10-一八。美作守就任時は未詳。

二七 →一二二頁注一一。

其[1]族人詣レ官申訴。而右大弁正四位下大伴宿禰道足、中弁正五位下高橋朝臣安麻呂、少弁従五位上県犬養宿禰石次、大史正六位下葛井連諸会・従六位下板茂連安麿、少史正七位下志貴連広田等六人、坐レ不レ理二訴人事一。於レ是、下二所司一科[2]断[3]、承伏既訖[4]。有レ詔、並宥之。○壬午、一品新田部親王薨。遣二従四位下高安王等一監二護葬事一。又詔、遣二一品舎人親王一就レ第[5]弔之。親王、天[6]渟中原瀛真人天皇之第七皇子也。○冬十月丁亥、詔、親王薨者、毎[7]二七日一供斎[8]、以二僧一百人一為レ限。七七[9]日[10]斎[11]訖者、停之。自レ今以後、為レ例行之。○十一[12]月己未、正四位[13]上賀茂朝臣比売[14]卒。勅、以二散一[15]位葬[16]儀一送之。天皇之外祖[17]母也。○乙丑[18]、知太政官事一品舎人親王薨。遣二従三位鈴鹿王等一監二護葬事一。其儀、准[19]二太政大臣一。令[20]三王親男女悉会二葬処一。遣二中納言正三位多治比真人県守等一就[21]レ第宣レ詔、贈二太政大臣一。

1 其ノ上、ナシ〔兼抹〕―其（兼原）
2 科〔底重〕↓校補
3 断―料＝斮〔底〕
4 訖〔大〕―託（兼等）
5 第―弟（兼）
6 天渟中原瀛真人天皇↓校補
7 毎（底新朱抹傍）―無〔底原〕
8 斎―斉〔底〕
9 七―々（紀略）
10 日〔底〕―ナシ
11 斎―斉〔底〕
12 一〔大改〕―二（兼等）
13 位（底新傍補）―ナシ〔底原〕
14 売＝賣〔大改〕―責（兼等）
15 一〔底原、大補〕―ナシ（底新朱抹・兼等）
16 葬↓校補
17 祖〔兼・谷、大〕―租（東・高）
18 丑〔底原・底重〕↓校補
19 准〔紀略改〕―次（紀略原）
20 令〔底〕―命（底新傍朱イ・兼等、大）
21 就ノ上、ナシ〔紀略衍〕―監（紀略原）

一 官は太政官の弁官。右弁官が訴訟を受理するはず。殺人事件には捕亡令2「凡有二盜賊一及被二傷殺一者、即告二随近官司坊里一」が訴訟手続として適用されるが、殺人者が国守なので国郡司（随近官司）に告訴するわけにはいかぬため、直接、中央に訴えたのであろう。
二 ↓㊀補3―三四。この時参議。
三 ↓四一頁注一四。
四 ↓補8―五一。
五 太政官右弁官局の官職。相当位は正六位上。四等官制では大主典相当。令条に職掌の規定はないが、これは神祇大史のそれに準ずるためで、神祇大史の職掌として「受レ事上抄、勘二署文案一、検二出稽失一、読二申公文一」（職員令1）とある。
六 ↓補12―二三。葛井連↓七三頁注三。
七 ↓補12―二四。板茂連↓補8―二一。
八 太政官右弁官局の官職。相当位は正七位上。四等官制では少主典相当。職掌は大史と同じ。
九 他にみえず。志貴は志紀・磯城とも記す。志貴連は姓氏録大和神別に神饒速日命の孫、日子湯支命の後と見え、旧氏姓は磯城県主で、

その族《うがら》の人《ひと》、官《つかさ》[一]に詣《まう》でて申訴《うるたへまう》す。而《しか》るに、右大弁《うだいべん》正四位下大伴《おほとも》[二]宿禰道足《みちたり》、中弁《ちうべん》正五位下高橋《たかはし》[三]朝臣安麻呂《やすまろ》、少弁《せうべん》従五位上県犬養《あがたいぬかひ》[四]宿禰石次《いはすき》、大史《だいし》[五]正六位下葛井《ふぢゐ》[六]連諸会《もろゑ》、従六位下板茂《いたもち》[七]連安麿《やすまろ》、少史《せうし》[八]正七位下志貴《しき》[九]連広田《ひろた》等六人、訴人《そにん》[一〇]の事《こと》を理《ことわ》らぬに坐《つみ》せらる。是《ここ》に、所司《しよし》[一一]に下《くだ》して科断《くわだん》するに、承伏《しようふく》すること既《すで》に訖《をは》りぬ。詔《みことのり》有りて並《ならび》に宥《ゆる》したまふ。○壬午（三十日）、一品新田部《にひたべ》[一二]親王《のみこ》薨《こう》しぬ。従四位下高安王《たかやすのおほきみ》[一三]らを遣《つかは》して葬《はぶり》の事《こと》を監護《みまも》らしむ。また、詔《みことのり》して、一品舎人《とねり》[一四]親王を遣《つかは》して第《てい》に就《つ》きて弔《とぶら》はしめたまふ。親王は天渟中原瀛真人《あまのぬなはらおきのまひとの》[一五]天皇《すめらみこと》の第七[一六]の皇子《みこ》なり。

新田部親王没

冬十月（癸未朔）丁亥（五日）、詔《みことのり》[一七]したまはく、「親王《みこ》薨《こう》すれば七日毎《ごと》に供斎《いはひまつ》るに、僧《ほふし》一百人を以《もち》て限《かぎ》りとせよ。七七日《しちしちにち》[一八]の斎《いはひ》訖《をは》らば停《とど》めよ。今《いま》より以後《のち》、例《ためし》として行《おこな》へ」とのたまふ。

知太政官事舎人親王没

舎人親王に太政大臣追贈

十一月（壬子朔）己未（八日）、正四位上賀茂《かも》[一九]朝臣比売《ひめ》卒《しゆつ》しぬ。勅《みことのり》ありて散一位[二〇]の葬儀《さうぎ》を以《もち》て送《おく》らしめたまふ。天皇《すめらみこと》の外祖母《ははかたのおほば》なればなり。○乙丑（十四日）、知太政官事《ちだいじやうぐわんじ》[二一]一品舎人《とねり》[二二]親王薨《こう》しぬ。従三位鈴鹿《すずか》[二三]王らを遣《つかは》して葬《はぶり》の事《こと》を監護《みまも》らしむ。その儀《ぎ》[二四]、太政大臣《だいじやうだいじん》に准《なずら》ふ。王親《わうしん》の男女《だむぢよ》をして悉《ことごと》く葬《はぶり》の処《ところ》に会《むか》はしむ。中納言《ちうなふごん》正三位多治比《たぢひ》[二五]真人県守《あがたもり》らを遣《つかは》して第《てい》に就《つ》きて詔《みことのり》を宣《の》らしめ、太政大臣《だいじやうだいじん》[二六]を贈《おく》る。

天武十二年十月連の賜姓にあずかった。
一〇 右弁官が受理すべきであるのに、阿倍帯麿に殺害された者の同族の訴えを受理しなかった。
一一 刑部省。右弁官が受理しなかったことが、弾正台の調査により発覚し、奏聞の結果刑部省によって右弁官人の処断ということになったのであろう。職員令58に弾正尹の職掌として「粛二清風俗一、弾二奏内外非違一事」があり、これに基づく調査、奏聞か。
一二 →〔一〕二一頁注一八。
一三 →〔一〕補6—一。
一四 →〔一〕七七頁注一四。
一五 天武。→〔一〕三頁注三。
一六 天武紀二年二月条には第六番目の皇子として見える。→〔一〕補1—一一八。
一七 親王の没後七日ごとに斎会を行うべきことを命じた詔。翌日が新田部親王の初七日に当るので、それを機に出した詔。
一八 七七忌。また七七日、累七ともいう。
一九 →補12—二五。賀茂朝臣→〔一〕三一頁注二六。
二〇 喪葬令5によれば散位三位以上の賻物は職事の三分の二が与えられ、「女亦准レ此」ずることになっており、大宝令制下でも同様であった。なお賀茂比売の待遇は天平五年正月に死去した橘三千代と同じ。
二一 →〔一〕補3—六。
二二 →〔一〕七七頁注一四。補任によれば「薨、年六十」とある。
二三 →〔一〕補5—八。
二四 →補12—二六。
二五 →〔一〕九三頁注九。
二六 藤原不比等に続く第二番目の例。親王が知太政官事在職で死去したこと、またその出自、経歴などが関係するか。

親王、天渟中原瀛真人天皇之第三[1]皇[2]子也。○閏[3]十一月壬午朔、日有レ蝕之。○己丑、宮内卿[4]従四位下高田王卒。○戊戌、詔、以三災変数見、疫癘[5]不二已、大二赦天下一。自二天平七年閏十一月十七日昧爽一以前大辟罪以下、罪無二軽重一、已発覚・未発覚、已結正・未結正、及犯二八虐[6]一、常赦[7]所[8]レ不レ免、咸赦[9]除之。其私鋳銭、并強盗・窃盗、並不[10]レ在二赦限一。但鋳盗之徒、応レ入二死罪一、各降二一等一。高年百歳以上賜二穀三石一。九十以上穀二石。八十以上穀一石。孝子・順孫、義夫・節婦、表二其門閭一、終レ身勿レ事。鰥寡[11]惸独、篤疾之徒、不レ能二自存一者、所在官司、量加二賑恤[12]一。○庚子、更置二鋳銭司一。○壬寅、天[13]皇臨レ朝、召[14]二諸国朝集使等一。中納言多治比真人県守宣レ勅曰、朕選二卿等一、任為二国司一。奉レ遵二条章一、僅有二一[15]両人[16]一。而或人以二虚事一求二声誉一、或人背[17]二公家一向二私業一。因レ此、比年、国内弊[18]損、百姓困乏[19]、理不レ合レ然。自レ今以後、勤恪奉レ法

1 三→脚注
2 皇—王〔底〕
3 閏—潤〔底〕
4 卿→校補
5 癘〔類一七三一本〕—瘡（類一七三）
6 虐—虎（高）
7 赦〔兼・谷、大、類一七三〕—ナシ（東・高）
8 所〔兼原・兼抹朱傍補〕—ナシ（兼衍）→校補
9 赦（底新朱抹傍）—放〔底原〕
10 不〔兼傍補〕—ナシ（兼原）
11 寡＝寡〔底原・底新朱抹傍〕
12 恤〔底原・底新朱抹傍〕→校補
13 天皇→校補
14 召—呂〔底〕→校補
15 一〔高擦〕—二（高原）
16 人而〔高擦重〕—人（高原）
17 背→校補
18 弊—幣〔底〕
19 乏〔谷重、大〕—之（兼・谷原・東・高）

一 天武紀二年二月条には第五番目の皇子として見える。→［一］補1‐一一八。
二 この日はユリウス暦で七三五年十二月十九日に当り、奈良では食は生じなかった。
三 →一四五頁注二二。
四 疫病流行による大赦・賑給の詔。大赦→［一］

親王《みこ》は天渟中原瀛真人天皇《あまのぬなはらおきのまひとのすめらみこと》の第三[一]の皇子《みこ》なり。

疫病流行により大赦

閏十一月壬午の朔、日蝕《ひは》[二]ゆること有り。○己丑（八日）、宮内卿《くうないきやう》従四位下高田《たかだの》[三]王《おほきみ》卒《しゆつ》しぬ。○戊戌（十七日）、詔《みことのり》[四]したまはく、「災変《さいへん》数《しばしば》見《あらは》れ、疫癘《えきれい》已《や》まぬを以《もち》て、天下《あめのした》に大赦《たいしや》せむ。天平《てんひやう》七年閏十一月十七日昧爽《よあけ》より以前《さき》の大辟罪《だいびやくざい》[五]以下、罪《つみ》軽重《きやうぢう》と無く、已発覚《いほつかく》[六]も未発覚《みほつかく》も、已結正《いけつしやう》[七]も未結正《みけつしやう》も、八虐《はちぎやく》[八]を犯《おか》せるも、常《じやう》[九]赦《しや》の免《ゆる》さぬも、咸《ことごと》く赦除《ゆる》せ。その私鋳銭《しじゆせん》[一〇]と、并《あは》せて強盗《がうだう》[一一]・窃盗《せつたう》とは、並《ならび》に赦《しや》の限《かぎり》に在《あ》らず。但《ただ》し、鋳《じゆ》・盗《たう》の徒《ともがら》の死《し》ぬる罪《つみ》に入《い》るべきは、各《おのおの》一等を降《くだ》せ。高年《かうねん》[一二]百歳以上には穀《こく》三石を賜《たま》へ。九十以上は穀二石、八十以上は穀一石。孝子《けうし》[一三]・順孫《じゆんそん》・義夫《ぎふ》・節婦《せちふ》は、その門閭《もんりよ》に表《へう》して、身《み》を終《を》ふるまで事《こと》勿《な》からしむ。鰥寡惸独《くわんくわけいどく》[一四]と篤疾《とくしつ》[一五]の徒《ともがら》との、自存《じぞん》[一六]すること能《あた》はぬ者《ひと》には、所在《しよざい》[一七]の官司《くわんし》、量《はか》りて賑恤《しんじゆつ》を加《くは》へよ」とのたまふ。○庚子（十九日）、更《さら》[一八]に鋳銭司《じゆぜんし》を置《お》く。

国司に精励を求める

○壬寅（二十一日）、天皇《すめらみこと》、朝《でう》[一九]に臨《のぞ》みて、諸国《くにぐに》の朝集使《でうじふし》[二〇]等《ども》を召《め》す。中納言《ちうなふごん》[二一]多治比《たぢひ》真人県守《あがたもり》、勅《みことのり》[二二]を宣《の》りて曰《のたま》はく、「朕《われ》、卿等《なむたち》を選《えら》ひて、任《ま》けて国司《こくし》とす。条章《でうしやう》[二三]を遵《したが》ひ奉《まつ》れるは、僅《わづか》に一両人のみ有り。而《しか》も或人《あるひと》は虚事《そらこと》[二四]を以《もち》て声誉《ほまれ》を求《もと》め、或人《あるひと》は公家《おほやけ》[二五]を背《そむ》きて私業《わたくしのなりはひ》に向《むか》へり。此《これ》に因《よ》りて、比年《このころ》、国内《くぬち》弊《つひ》え損《そこな》はれ、百姓《はくせい》困乏《たしな》めり。理《ことわり》然《しか》るべからず。今《いま》より以後《のち》、勤恪《つつしまりつと》[二六]めて法《のり》を奉《う》けた

補2-九八。
五 →三頁注一三。
六 →三頁注一四。
七 →三頁注一五。
八 →五一頁注二。
九 →三頁注二〇。
一〇 →三頁注一八。
一一 →㈠補1-一二二。
一二 →五頁注二。
一三 →五頁注六。
一四 →五頁注三・四。
一五 →二九一頁注二〇。
一六 →㈠補3-五四。
一七 天平八年度薩摩国正税帳の河辺郡の項に「依二天平七年潤十一月十七日恩勅一、賑給寡惸等徒人」(古二-一二頁)とあるのは、賑恤の実施を語る。
一八 岡田鋳銭司の設置と見、その所在地を京都府相楽郡加茂町銭司に比定し、「更置」とあるのは、すでに河内鋳銭司が存在したためとする説がある(栄原永遠男)。これに対し河内鋳銭司は天平二年以前に廃されたとし、本条を田原鋳銭司の設置と見る意見もある(八木充)。→㈠補4-四三。
一九 朝堂。
二〇 朝集使は十一月一日以前に京に集まる規定。朝集使→㈠補5-五八。
二一 →㈠九三頁注九。
二二 朝集使を通して国司の治政を督励した勅。漢文の勅を口頭で宣している。
二三 朝廷の定めた法律。
二四 民生安定に役立たぬ虚礼や虚飾。
二五 国家や朝廷のためをはからず、私家の利益を求め奔走する。
二六 職務に精励して法を守るもの。

者、褒賞之、懈怠無レ[1]状者、貶黜之。宜下知二斯意一、各自
努力上。◎是歳、年頗不レ稔[2]。自レ夏至レ冬、天下患二豌豆
瘡一。[3]俗[4]曰二[5]裳瘡一。[6]夭死者多。
[7]八年春正月丁酉、[8]天皇宴二群[9]臣於南[10]楼一、賜レ禄有レ差。○
[11]戊申、授二正[12]六位上坂上忌寸犬養外従五位下一。○辛丑、
[13]天皇臨レ朝。授二従四位上紀[14]朝臣男人正四位下、従五位上
石川朝臣夫子、正五位下石上朝臣勝雄並正五位上、従五
位下巨勢朝臣奈弖麻呂、従五位上石上朝臣乙麻呂並正五
位下、従五位下賀茂朝臣助従五位上、外従五位下三国真
人広庭・当麻真人鏡麻呂・下毛野朝臣帯足、正六位上石
川朝臣東人・多治比真人国人・百済王孝忠並従五位下、
正六位上波多朝臣古麻呂・田口朝臣三田次・紀朝臣必
登・田中朝臣三上・巨勢朝臣首名・阿倍朝臣車[15]借[16]・佐伯
宿禰[17]浄麻呂・[18]土師宿禰祖麻呂・丹比宿禰人足、正六位下
[19]下道朝臣真備、正六位上大蔵忌寸広足並外従五位下[20]一。○
二月丁巳、入唐学問[21]玄[22]昉法師施二封一百戸、田一十町、扶
翼童子八人一。律師道慈法師扶翼童子[23]六人。○戊寅、以二

1状＝狀〔兼・谷、大〕―肰(東・高)
2稔ノ下、ナシ―稔(高)
3俗曰裳瘡―大字ニ書ス(紀略)
4曰〔兼・谷、大、類一七三〕―田(東・高)
5裳(底新朱抹傍)―棠〔底原〕
6夭〔底原・底新朱抹傍・兼・谷原・谷抹傍・東・高、大、類一七三・紀略〕→校補
7八ノ上→校補
8天皇→校補
9臣〔兼・谷、大、類三二〕―ナシ(東・高)
10楼〔類三二・紀略〕―殿(底新傍朱イ・兼等、大)→脚注
11戊申→脚注・校補
12六〔兼傍補〕―ナシ(兼原)
13天皇→校補
14朝(底新傍補)―ナシ〔底原〕
15車(底新朱抹傍・兼等、大)―連〔底原〕　16借→校補
17浄麻呂土師宿禰―ナシ(東)
18土(底新朱抹傍)―士〔底原〕
19下(底新傍補)―ナシ〔底原〕
20下―ナシ(高)
21問ノ下、ナシ〔兼等、紀略原〕―僧(大補、類一八五・紀略補)→校補
22昉(兼・東・高、大、類一八五)―肪〔谷〕
23六〔兼朱傍イ・谷朱傍イ・高朱傍イ、大改、紀略〕―八(兼等)

一 治政に不熱心で良い行いのない者。
二 官位をおとし退ける。
三 穀物のこと。
四 現在の天然痘。↓補12-二七。
五 平城宮内の殿舎の一。↓補12-二八。
六 踏歌(㊀補2-九)の後の宴。
七 戊申は二十八日に当るので、次条の辛丑(二十一日)の下に置くべきであろう。
八 ↓補12-二九。坂上忌寸↓㊀補1-一一二。
九 この日の叙位の配列を見ると、従五位上の石川夫子が正五位下の石上勝雄の前に、従五位下の巨勢奈弖麻呂が従五位上の石上乙麻呂の前に、また正六位下の下道真備が正六位上の大蔵広足の前に記されているが、単なる混乱か何らかの理由があるか未詳。
一〇 ↓㊀九三頁注一六。従四位上昇叙は天平三年正月。
一一 ↓補8-五一。従五位上昇叙は天平三年正月。
一二 堅魚とも記す。↓五三頁注一七。正五位下昇叙は天平三年正月。
一三 ↓二〇九頁注二九。従五位下昇叙は天平三年正月。
一四 弟麻呂とも記す。↓一四七頁注一一。従五位上昇叙は天平四年正月。
一五 鴨朝臣とも記す。↓一四七頁注一四。従五位下昇叙は神亀元年二月。
一六 ↓二七五頁注一三。外従五位下昇叙は天平六年正月。
一七 ↓二七五頁注一四。外従五位下昇叙は天平六年正月。
一八 ↓一九七頁注一六。外従五位下昇叙は神亀五年五月。
一九 天平十六年九月従五位下で北陸道巡察使

まはる者《ひと》は褒賞《ほうしやう》し、[一]懈怠《おこた》りて状《じやう》無き者《ひと》は[二]貶黜《へむちゆつ》せむ。斯《こ》の意《こころ》を知《し》りて各自《おのおの》努力《つと》むべし」とのたまふ。

豌豆瘡

是《こ》の歳《とし》、[三]年頗《すこぶ》る稔《みの》らず。夏《なつ》より冬《ふゆ》に至《いた》るまで、天下《あめのした》、[四]豌豆瘡《わんとうさう》俗《くにぶり》に裳瘡《もがさ》と曰ふ。を患《や》む。夭《わか》くして死《し》ぬる者多《ひとおほ》し。

七三六年

八年（丙子）春正月（辛巳朔）丁酉（十七日）、天皇《すめらみこと》、群臣《ぐんしん》を[五]南楼《なむろう》に[六]宴《うたげ》したまふ。禄賜《ろくたま》ふこと差《しな》有り。○[七]戊申（二十八日）、正六位上[八]坂上忌寸犬養《さかのうへいぬかひ》に外従五位下を授《さつ》く。○[九]辛丑（二十一日）、天皇《すめらみこと》、朝《でう》に臨《のぞ》みたまふ。従四位上[一〇]紀《き》朝臣男人《をひと》に正四位下を授く。従五位上[一一]石川《いしかは》朝臣夫子《ふし》、正五位下[一二]石上《いそのかみ》朝臣勝雄《かつを》に並《ならび》に正五位上。従五位下[一三]巨勢《こせ》朝臣奈弖麻呂《なでまろ》、従五位上[一四]石上《いそのかみ》朝臣乙麻呂《おとまろ》に並に正五位下。従五位下[一五]賀茂《かも》朝臣助《すけ》に従五位上。外従五位下[一六]三国《みくに》真人広庭《ひろには》・[一七]当麻《たぎま》真人鏡麻呂《かがみまろ》・[一八]下毛野《しもつけの》朝臣帯足《おびたり》、正六位上[一九]石川《いしかは》朝臣東人《あづまひと》・[二〇]多治比《たぢひ》真人国人《くにひと》・[二一]百済王《くだらのこにきし》孝忠《けうちう》に並に従五位下。正六位上[二二]波多《はた》朝臣古麻呂《こまろ》・[二三]田口《たぐち》朝臣三田次《みたすき》・[二四]紀《き》朝臣必登《ひと》・[二五]田中《たなか》朝臣三上《みかみ》・[二六]巨勢《こせ》朝臣首名《おびとな》・[二七]阿倍《あへ》朝臣車借《くるまかし》・[二八]佐伯《さへき》宿禰浄麻呂《きよまろ》・[二九]土師《はじ》宿禰祖麻呂《おやまろ》・[三〇]丹比《たぢひ》宿禰人足《ひとたり》、正六位下[三一]下道《しもつみち》朝臣真備《まきび》、正六位上[三二]大蔵忌寸広足《おほくらひろたり》に並に外従五位下。

玄昉に封戸・田・扶翼童子を施す

二月（辛亥朔）丁巳（七日）、[三三]入唐学問《にふたうがくもん》[三四]玄昉法師《ぐゑんばうほふし》に、[三五]封《ふう》一百戸、田《た》一十町、[三六]扶翼童子《ふよくのどうじ》八人を施《ほどこ》す。[三七]律師《りちし》[三八]道慈《だうじ》法師に扶翼童子六人。○戊寅（二十八日）、

遣新羅大使任命

となる。石川朝臣→[一]補1‐三二一。

二〇 →補12‐三〇。多治比真人→[一]補1‐一二七。

二一 →補12‐三一。百済王→[一]三二一頁注一七。

二二 他にみえず。波多朝臣→[一]補1‐一四六。

二三 天平十八年四月に従五位下。田口朝臣→[一]補3‐三一。

二四 →補12‐三二。紀朝臣→[一]補1‐三一。

二五 →補12‐三三。田中朝臣→[一]補1‐七四。

二六 天平六年の出雲国計会帳に出雲介、正六位上、勲十二等(古一‐五九三・六〇〇頁)とある。巨勢朝臣→[一]補2‐一八。

二七 他にみえず。阿倍朝臣→[一]補1‐一四二。

二八 →補12‐三四。佐伯宿禰→[一]二一七頁注一三。

二九 他にみえず。土師宿禰→[一]補1‐四四。

三〇 他にみえず。丹比宿禰→補12‐三五。

三一 →補12‐六。

三二 天平十二年十一月に外従五位上、天平勝宝二年正月に従五位下となり、同六年正月従五位上に昇叙。大蔵忌寸→[一]一九三頁注一九。

三三 仏教研究を目的として渡唐留学し、長期にわたって研究しようとする僧。短期間留学する請益僧とは異なる。

三四 →補12‐三六。

三五 僧に対する施封としては、すでに養老三年十一月に神叡・道慈に施封各五〇戸のことが見えるが、施田の例は玄昉が最初。

三六 扶翼は扶助と同じく助けるの意。宝亀三年三月に十禅師に賜った童子と同じく(三代格)、特定の僧に賜わり、近侍し仕える年少者。年齢は僧尼令6に言う信心童子と同じく十七歳未満の者か。

三七 →二一一頁注八。道慈の律師就任は天平元年十月。

三八 →補8‐四六。

従五位下阿倍[1]朝臣継麻呂為二遣新羅大使一。〇三月辛巳[2]、行二幸甕原離宮一。〇乙酉、車駕還レ宮。〇庚子、太政官[3]奏、諸国公田、国司随二郷土沽[4]価一賃租、以二其価一送二太政官[5]一、以供二公廨一。奏可之。〇夏四月丙寅、遣新羅使阿倍朝臣継麻呂等拝朝。〇戊寅、賜[6]二陸奥・出羽二国有レ功郡司及俘[7]囚[8]廿七人爵一、各有レ差。〇五月庚辰朔、日有レ蝕之。〇辛卯、諸国調布、長二丈八尺、闊一尺九寸、庸布、長一丈四尺、闊一尺九寸、為レ端貢之。常陸曝布・上総望陁細貲[9]・安房細布及出レ絁郷[10]庸布、依レ旧貢之。〇丙申、先レ是、有レ勅、諸国司等、除二公廨田・事力・借貸[11]一之外、不レ得二運送一者。大宰管内諸国、已蒙二処分一訖。但府官人者、任在二辺要一、禄同二京官一。因レ此、別給二仕丁・公解[12]稲一。亦漕送之物、色[13]数立レ限。又一任之内、不レ得レ交二関[14]所部一。但買二衣食一者聴之。

1 倍〔兼重〕—位〔兼原〕
2 巳ノ下、ナシ〔兼等、紀略原〕—朔〔大補、紀略補〕→校補
3 官—宮〔兼〕
4 沽〔類一五九一本〕—估〔類一五九〕→校補
5 官—宮〔兼〕
6 賜〔兼・谷、大〕—暢〔東・高〕
7 俘〔底原・底新朱抹傍〕→校補
8 囚—図〔底〕
9 貲安房〔高擦重〕—安房細〔高原〕
10 郷—綿〔底〕
11 貸〔底新傍朱イ・兼・谷・谷傍イ・東・東傍イ・高・高傍イ、大、類八四〕→校補
12 解〔大改〕—庸〔底新傍朱イ・兼等〕
13 色〔底原、大改〕—也〔底新朱抹傍・兼等〕
14 関—開〔底〕

一 →補12-四。なおこの時の遣新羅使については→補12-三七。
二 辛巳は朔日。大系本は朔の字を補う。
三 曲水の宴のための行幸。→一補6-一七。
四 天子の乗る車、転じて行幸時の天子に対する尊称。
五 公田賃租の価の取扱いに関する太政官奏。成立していたが未施行の田令11条を、一部変更の後、官奏の形で提出。→補12-三八。
六 私田に対する語で公に属する田。→補12-三九。
七 その地域の賃租価格。おおむね収穫の十分の二。
八 →補12-四〇。
九 公田の賃租料。→補12-四〇。
一〇 公廨は本来は官衙の舎屋。その収蔵物を公廨料という。大宝田令当該条の後半は「其価販売、供二公廨料一、以充二雑用一」とあったと解される。
一一 →二月戊寅条。
一二 有功の具体的内容は未詳。
一三 →一五九頁注七。
一四 ここは一般の位階か。蝦夷の爵→補7-二。
一五 ユリウス暦で七三六年六月十四日に当る。食は午前五時八分で、奈良における食分は〇・〇四。
一六 一部の地域を除き、諸国の調庸布の長さ・幅の変更を命じた記事。
一七 従来は養老元年十二月二日格(賦役令1集解古記所引)により、広さ(幅)は二尺四寸であった。→補7-四〇。

従五位下[一]阿倍《あへ》朝臣継麻呂《つぎまろ》を遣新羅大使《けんしらきたいし》とす。

三月[二]辛巳、[三]甕原離宮《みかのはらのとつみや》に行幸《みゆき》したまふ。○乙酉[五日]、[四]車駕《きよが》、宮《みや》に還《かへ》りたまふ。

公田賃租の価を公廨料とする

○庚子[二十日]、[五]太政官奏《だいじやうぐわんそう》すらく、「諸国《くにぐに》の[六]公田《くうでん》は、国司《こくし》、郷土《がうど》の[七]沽価《うりね》に随《したが》ひて[八]賃《にむ》租《そ》し、その[九]価《あたひ》を太政官《だいじやうぐわん》に送《おく》りて[一〇]公廨《くげ》に供《そな》へむ」とまうす。奏《そう》するに可《か》としたまふ。

陸奥・出羽郡司と俘囚に賜爵

夏四月丙寅[庚戌朔 十七日]、[一一]遣新羅使《けんしらきし》阿倍《あへ》朝臣継麻呂《つぎまろ》ら拝朝《みかどをがみ》す。○戊寅[二十九日]、陸奥《みちのおく》・出羽《いでは》の二国の[一二]功《いさを》有る郡司《ぐんじ》と[一三]俘囚《ふしう》との廿七人に[一四]爵《しやく》賜《たま》ふこと各《おのおの》差《しな》有り。

調庸布の規格改訂

五月庚辰の朔、[一五]日《ひ》蝕《は》ゆること有り。○辛卯[十二日]、[一六]諸国《くにぐに》の調《でう》の布《ぬの》は長《なが》さ二丈八尺、[一七]闊《ひろ》さ一尺九寸を、庸《よう》の布《ぬの》は長《なが》さ一丈四尺、闊《ひろ》さ一尺九寸を[一八]端として貢《たてまつ》らしむ。常陸《ひたち》の[一九]曝布《さらしぬの》と、上総《かみつふさ》の[二〇]望陁《まくたの》[二一]細貲《さよみのぬの》と、安房《あは》の[二二]細布《たへのぬの》と、[二三]絁《あしぎぬ》を出《いだ》す郷《さと》の庸《よう》の布《ぬの》とは[二四]旧《もと》に依《よ》りて貢《たてまつ》らしむ。

国司が物資を京に運送するのを規制

○丙申[十七日]、[二五]是《これ》より先《さき》、[二六]勅《みことのり》有りて、「諸《もろもろ》の国司《こくし》ら、[二七]公廨田《くげでん》・[二八]事力《じりき》・[二九]借貸《しやくたい》を除《のぞ》く外《ほか》は運《はこ》び送《おく》ること得ざれ」とのたまふ。大宰《だいさい》の管内《くわんない》の諸国《くにぐに》は、已《すで》に処分《しよぶん》を蒙《かがふ》り訖《をは》りぬ。但《ただ》し府《ふ》の官人《くわんにん》は、任《にむ》、[三〇]辺要《へんえう》に在《あ》りて[三一]禄《ろく》は京官《きやうくわん》に同じ。此《これ》に因《よ》りて、別《べち》に[三二]仕丁《じちやう》・[三三]公廨稲《くげのいね》を給《たま》ふ。亦《また》、漕送《さうそう》の[三四]物色数《ものいろかず》に限《かぎり》を立《た》つ。[三五]また、一任《いちにむ》の内《うち》は、所部《しよぶ》に交関《けうくゑん》すること得《え》ず。但《ただ》し、衣食《いしよく》を買《か》ふことは聴《ゆる》す。

一八 諸国の調庸布を狭き幅にして納入を命じたもの。→補12-四一。
一九 曝布は白く晒しあげた麻布。晒布・漂布とも記す。→補12-四二。
二〇 上総国の郡名。和名抄に「末宇太」と訓み、畔治・表可・会戸・飯富・磐田・河曲・鹿津の七郷より成る。国造本紀の馬来田国造の本拠地。現在の千葉県木更津市及び君津郡の一部。
二一 糸が細く織目の細かい上質の布。→補12-四三。
二二 細い糸で織ったやや上質の布。→補12-四四。
二三 ふとめの糸で織った平織の絹の布。→㊀一五頁注一六。
二四 →補12-四五。
二五 大宰府官人への特別給与とその京への輸送の制限、また在任中の交易に関する勅。
二六 天平勝宝六年九月丁未条に天平七年格として引くのは天平八年格の誤でこの格を指すか、また既に七年に類似の格が出ているのかは、「是より先」が本条より少し前か、あるいは七年か分からないので、未詳。
二七 国司公廨田の収穫稲。→㊀補4-二四。
二八 事力の資か。事力→㊀補4-二三。
二九 国司に対する無利息での借貸稲。本条は借貸稲によって得た利稲を指す。国司借貸→補11-四四。
三〇 →補12-四六。
三一 禄令1に「凡在京文武職事、及大宰、壱岐、対馬、皆依二官位一給レ禄」。ただし「依二官位一」は大宝禄令では「依二品位一」。
三二 →補12-四七。
三三 →補12-四八。
三四 種類、品目と数量。
三五 →補12-四九。

○六月乙亥、行二幸芳野離宮一。○[1]秋七月丁亥、詔、賜二芳野監及側近百姓物一。○[2]庚寅、車駕還レ[3]宮。○辛卯、詔曰、比来、[4]太上天皇寝膳不レ安。朕甚惻隠、思三[5]欲平復一。宜下奉為度二一百人一、都下四大寺七日行道上。又京畿内及七道諸国百姓并僧尼有レ病者、給二[6]湯薬・食粮一。高年百歳以上穀人四石、九十以上三石、八十以上二石、七十以上一石。鰥[7]寡惸独、[8]癈疾篤疾、不レ能二自存一者、所司量加二賑[9]恤一。○[10]八月庚午、入唐副使従五位上中臣朝臣名代等、[11]率二唐[12]人三人、波[13]斯一人一拝朝。○[14]冬十月戊申、施二唐僧道璿・波羅門[15]僧[16]菩[17]提[18]等時服一。○戊辰、詔曰、如聞、比年、大宰所レ管諸国、公事稍繁、労役不レ少。加以、去冬疫瘡、男女惣困、農事有レ[19]廃、五[20]穀不レ饒。宜下免二今年田租一、令上続二民命一。○癸酉、夜、太白入レ月、星有レ光。

1 秋七月→校補
2 庚寅→校補
3 宮〔大補、紀略〕―ナシ(兼等)
4 太上天皇→校補
5 欲〔高重〕
6 湯〈意改〉(大改)―復〔兼・谷原・東・高〕、服(谷抹傍)→脚注・校補
7 寡＝㝥〔底原・底新朱抹傍〕
8 癈―廃＝廢〔底〕
9 恤〔底原・底新朱抹傍〕
10 八月〈意補〉(大補)―ナシ→校補
11 率〔大改、紀略〕―卒(兼等)
12 人―入(高)
13 斯ノ下、ナシ〔兼・谷原・東・高〕―人(谷朱傍補、大補)
14 冬十月→校補
15 僧(底新朱抹傍)―儻〔底原〕
16 菩―善〔底〕
17 提ノ下、ナシ〔兼・谷、大、紀略〕―尼(兼朱傍イ・谷朱傍イ・東・高)
18 等(兼等、大、紀略)―寺〔底原〕、尼等(底新朱抹傍)→校補
19 廃＝廢―癈〔底〕
20 穀不饒宜免〔高擦重〕―饒宜免(高原)

一 →補12-五〇。この時の山部赤人応詔長歌が万葉にみえる(一〇〇五・一〇〇六)。
二 芳野監の官人と、監の周辺に生活する百姓か。芳野監→補11-一七。
三 元正太上天皇の病気平復を祈っての賑給等の諸処置を命じた詔。天平八年度薩摩国正税帳に、この詔の実施の記事が見える(古二一-一六頁)。
四 大安・薬師・元興・興福の四寺。
五 遶堂・遶仏・遶行ともいう。仏を礼拝供養するため、仏の周囲を仏に対し自分の右肩を向けてめぐり回ること。転じて、法会の時に経を読んだり華を散じたりしながら、仏座の周囲をゆっくりと回り歩く儀式をいう。
六 「湯」を底本等に「復」とするのは誤。湯薬→二七頁注二七。
七 →五頁注二。
八 →五頁注三・四。
九 →五一頁注一〇。
一〇 →二九一頁注二〇。
一一 →補10-一九。中臣朝臣名代の帰国→補12-五一。
一二 十一月戊寅条に見える皇甫東朝はその一人か。また天平神護二年十月癸卯条に東朝と共に見える皇甫昇女も或いは含まれるか。
一三 波斯はペルシャ。大系本は谷本の傍朱書によって波斯の下に人の字を補う。波斯は旧

六月[己酉朔]乙亥[二十七日]、芳野離宮《よしののとつみや》[一]に行幸《みゆき》したまふ。

太上天皇の病平癒を祈る詔

秋七月[戊寅朔]丁亥[十日]、詔《みことのり》して、芳野監《よしののげむ》[二]と側近《そくきん》との百姓《はくせい》とに物賜《ものたま》ふ。○庚寅[十三日]、車駕《きよが》、宮《みや》に還《かへ》りたまふ。○辛卯[十四日]、詔《みことのり》[三]して曰《のたま》はく、「比来《このころ》、太上天皇《だいじやうてんわう》、寝膳安《しむぜんやす》からず。朕甚《われはなは》だ惻隠《いた》みて平復《へいふく》を思欲《ねが》ふ。奉為《おほみため》に一百人を度《ど》し、都下《とか》の四大[四]寺をして七日行道《ぎやうだう》[五]せしむべし。また、京《きやう》・畿内《きない》と七道《しちだう》の諸国《くにぐに》との百姓《はくせい》、并《あは》せて僧尼《ほふしあま》の病《やまひ》有る者《ひと》に、湯薬《たうやく》[六]・食粮《じきらう》を給《たま》ふ。高年《かうねん》[七]百歳以上に穀人《こく》ごとに四石、九十以上に三石、八十以上に二石、七十以上に一石。鰥寡惸独《くわんくわけいどく》[八]と、癈《はい》[九]疾《しつ》・篤疾《とくしつ》[一〇]との、自存《じぞん》すること能《あた》はぬ者《ひと》には、所司《しよし》量《はか》りて賑恤《しんじゆつ》を加《くは》へよ」とのたまふ。

唐人・波斯人拝朝

八月[戊申朔]庚午[二十三日]、入唐副使《にふたうふくし》従五位上中臣《なかとみ》[一一]朝臣名代《なしろ》ら、唐《もろこし》[一二]の人《ひと》三人、波斯《はし》[一三]一人を率《ひき》ゐて拝朝《みかどをがみ》[一四]す。

大宰府管内は免租

冬十月[丁未朔]戊申[二日]、唐僧道璿《たうそうだうせん》[一五]・波羅門《ばらもん》[一六]僧菩提《そうぼだい》[一七]らに時服《じぶく》[一八]を施《ほどこ》す。○戊辰[二十二日]、詔《みことのり》[一九]して曰《のたま》はく、「如聞《きくな》らく、「比年《このころ》、大宰《だいさい》の管《つかさ》どれる諸国《くにぐに》、公事《くうじ》稍《やや》く繁《しげ》く、労役《らうえき》少《すくな》からず。加以《しかのみならず》、去《こぞ》の冬疫瘡《ふゆえきさう》ありて、男女惣《だむぢよすべ》て困《たしな》み、農事《のうじ》廃《すた》ること有りて五穀饒《みの》らず」ときく。今年《ことし》の田租《でんそ》を免《ゆる》し、民《たみ》の命《いのち》を続《つ》がしむべし」とのたまふ。○癸酉[二十七日]、夜《よる》、太白《たいはく》[二〇]、月《つき》[二一]に入《い》る。星《ほし》、光《ひかり》有り。

唐書巻一九八列伝に「波斯国在二京師西一万五千三百里一、東与二吐火羅・康国一接、北鄰二突厥之可薩部一、西北拒二拂菻一、正西及南倶臨二大海一」とあり、また通典巻一九三辺防に「波斯、後魏時通レ焉、在二達曷水之西一、都二宿利城一…大月氏之別種、其先有二波斯匿王一、其子孫以二王父字一為レ氏、因為二国号一」と見える。現在のイラン。なお本条の波斯人は十一月戊寅条に見える李密翳を言う。

一四 中臣名代は天平四年度遣唐使の副使に任命されたが、大使多治比広成はすでに天平七年三月に帰国拝朝している。名代等は大使に遅れて帰国しこの日の拝朝となった。

一五 →補12-五二。

一六 本来波羅門はインドにおける四姓(カースト)のうちの最高の僧侶階級を指す。主としてバラモン教聖典の学習・教授や、種々の祭祀を司ることを職とする者のことであるが、日本ではたんにインドから来日した僧をいう場合もある。本条はこの意。

一七 →補12-五三。

一八 時候にあった衣服。

一九 大宰管内諸国に対し、国家の労役と去冬の疫瘡流行で生活が苦しく収穫も不足のため、田租を免除するとの詔。これによれば大宰管内は天平七年の疫病が一時跡絶えていた。

二〇 金星。

二一 天文学上の計算によれば、この現象は天体同士の接近が〇・七度以内の「犯」であって(このとき金星は月体南縁の外〇・五度)、星が月の後ろに隠れる現象である星食つまり本条にいう「入」ではない。史記天官書の注「正義」の影響で、星が月面の前に入ると信じられていたため、このように誤ったか(斉藤国治)。

○十一月戊寅、[1]天皇臨レ朝。詔、授二入唐副使従五位上中臣朝臣[2]名代従四位下一。故判官正六位上田[3]口朝臣[4]養年富・紀朝臣馬主並贈二従五位下一。准判官従七位下大伴宿禰首名・唐人皇甫東朝・波斯人李密翳等、授レ位有レ[5]差。○丙戌、従三位葛城王・従四位上佐為王等上レ表曰、臣葛城等言、去天平五年、故知太政官事一品舎人親王・大将軍一品新田部親王宣レ勅曰、聞道、諸王等、願下賜二臣連姓一、供中奉朝[6]庭上。是故、召二王等一、令レ問二其状一者。臣葛城等、[7]本懐二此情一、無レ由二上達一。[8]幸遇二恩勅一、昧レ死以聞。昔者、軽堺原大宮御宇[9]天皇曾孫[10]建内宿禰、尽二事レ君之忠一、致二人臣之節一。創為二八氏之祖一、永遺二万代之基一。自レ此以来、賜レ姓命レ氏。或[11]真人、或朝臣。源[12]始二王家一、流終二臣氏一。[13]飛鳥浄御原大宮御二[14]宇大八[15]州一[16]天皇、徳覆二四海一、[17]威震二八[18]荒一。欽明文思、経レ天緯レ地。太上天皇、内修二四徳一、外撫二万民一。化及二翼鱗一、沢被二草木一。[19]復太上天皇、無レ改二先軌一、

1 天皇→校補
2 名〔底新傍朱イ〕―宕〔底原〕
3 口〔東・高、大補〕―ナシ（兼・谷）
4 養→校補
5 差ノ下→校補
6 庭〔底〕―廷
7 本―木（高）
8 幸〔兼傍補〕―ナシ（兼原）
9 天皇→校補
10 建―逮〔底〕
11 真〔兼・谷、大〕―貞（東・高）
12 始〔兼・東・高、大改〕―姓（谷擦重）
13 飛〔底原・底新朱抹傍〕→校補
14 宇〔東・高〕―ナシ（兼・谷、大）
15 州〔底原・底新朱抹傍〕→校補
16 天皇→校補
17 威〔底重・谷重〕
18 荒〔底原・底新朱抹傍〕→校補
19 復―後（大改）→校補

一 →補10―一九。
二 →補12―五四。田口朝臣→㊀補3―三一。
三 →補12―五五。紀朝臣→㊀補1―三一。
四 天平四年八月の遣唐使任命の記事に准判官の任命は記されず、またこの時の遣唐使で准判官の見えるのは、この記事のみ。
五 →補12―五六。大伴宿禰→㊀補1―九八。
六 →補12―五七。
七 八月庚午条に見える波斯一人に当る。他に見えず。
八 大伴首名以下の者は六位以下の叙位であったため、こうした書き方で一括したか。
九 →㊀補5―六。　一〇 →㊀補6―二九。
一一 葛城王等の橘宿禰賜姓を願う上表文。全体は六項に分れる。→補12―五八。改賜姓→㊀補1―六六。
一二 →㊀補3―六。　一三 →㊀七七頁注一四。
一四 →一九七頁注二八。
一五 →㊀二二頁注一八。
一六 この勅他の史料に見えず。
一七 天武八姓以前の有力豪族の姓。諸王が臣・連の賜姓により臣籍に降下した例はなく、ここに記した理由は未詳。
一八 上聞に達する。
一九 心から敬い畏って申し上げるの意。「昧死」は死をも覚悟するの意。中国では先秦以来、上奏文に敬畏を表わす常套語として使用。史記三王世家に「臣…昧死再拝以聞」と見える他、多数の用例がある。ここまでが第一項。
二〇 孝元。軽堺原大宮は現在の奈良県橿原市大軽町付近。但し、同見瀬町の牟佐坐神社（俗名境原天神）にあてる説もある（大和志など）。
二一 →㊀一一頁注二七。孝元紀では孝元の子彦太忍信命の孫と記すのに対し、孝元記で

葛城王ら橘宿禰賜姓を願う

十一月（丙子朔）戊寅（三日）、天皇《すめらみこと》、朝《てう》に臨《のぞ》みたまふ。詔《みことのり》して、入唐副使《にふたうふくし》従五位上[一]中臣《なかとみ》朝臣名代《なしろ》に従四位下を授《さづ》けたまふ。故判官《こはんぐわん》正六位上[二]田口《たぐち》朝臣養年富《やねほ》・[三]紀《き》朝臣馬主《うまぬし》に並《ならび》に従五位下を贈《おく》る。[四]准判官《しゆんはんぐわん》従七位下[五]大伴《おほとも》宿禰首名《おびとな》、唐《もろこし》の人《ひと》[六]皇《くわう》甫《ほ》東朝《とうてう》・波斯《はし》人《ひと》[七]李密翳《みつえい》らに[八]位《くらゐ》を授《さづ》くること差《しな》有り。○丙戌（十一日）、従三位[九]葛城《かづらきの》王《おほきみ》、従四位上[一〇]佐為《さゐ》王ら[一一]表《へう》を上《たてまつ》りて曰《まう》さく、「臣葛城《しんかづらき》ら言《まう》さく、去《さ》りぬる天《てん》平《ひやう》五年、故《こ》[一二]知太政官事《ちだいじやうぐわんじ》一品[一三]舎人親王《とねりのみこ》、[一四]大将軍《だいしやうぐん》一品[一五]新田部《にひたべ》親王、[一六]勅《みことのり》を宣《の》りて曰《のたま》はく、「聞道《きくな》らく、『諸王《おほきみたち》等、[一七]臣連の姓を賜《たま》はりて朝庭《みかど》に供奉《つかへまつ》らむことを願《ねが》ふ』ときく。是《こ》の故《ゆゑ》に、王《おほきみたち》等を召《め》してその状《じやう》を問《と》はしむ」とのたまひき。臣葛城《しんかづらき》ら、本《もと》よりこの情《こころ》を懐《いだ》けども[一八]上達《じやうたつ》するに由《よし》無し。幸《さきはひ》に恩勅《おんちよく》に遇《あ》ひて、[一九]死《し》を昧《をか》して聞《きこ》えむ。昔者《いにしへ》、[二〇]軽堺原大宮《かるのさかひはらのおほみや》に御宇《あめのしたしらしめ》し天皇《すめらみこと》の曾孫《ひひこ》[二一]建内宿禰《たけうちのすくね》、君《きみ》に事《つか》ふる忠《ちう》を尽《つく》して、人臣《じんしん》の節《せつ》を致《いた》しき。創《はじ》めて[二二]八氏の祖《おや》と為《な》りて、永《なが》く万代《ばんだい》の基《もとゐ》を遺《のこ》せり。此《これ》より以来《このかた》、姓《せい》を賜《たま》ひ氏《うぢ》を命《おほ》せり。[二三]或《ある》は真人、或は朝臣。[二四]源《みなもと》は王家《わうか》に始《はじ》まり、流《なが》れて臣氏《しんし》に終《をは》る。[二五]飛鳥浄御原大宮《あすかきよみはらのおほみや》に大八洲御宇《おほやしましらしめ》し天皇《すめらみこと》、[二六]徳《とく》、四海《しかい》を覆《おほ》ひ、威《ゐ》、八荒《はちくわう》に震《ふる》へり。[二七]欽明文思《きむめいぶんし》、[二八]天《あめ》を経《たて》にし地《つち》を緯《よこ》にす。[二九]太上天皇《だいじやうてんわう》、[三〇]内《うち》に四徳《しとく》を修《をさ》め、外《そと》に万民《ばんみん》を撫《な》で、[三一]化《おもぶけ》、翼鱗《とりうを》に及《およ》び、[三二]沢《めぐみ》、草木《くさき》に被《およ》べり。復《また》、[三三]太上天皇、[三四]先軌《せんくゐ》を改《あらた》むること無

は子と記し、所伝が異る。本条の記載は紀に拠っている。

二二 孝元記に「建内宿禰之子、并九〈男七女二〉」と見え、その後裔氏族として波多臣以下二七氏を記す。ここの八氏は多数の氏の意味であろう。

二三 真人・朝臣は天武十三年賜姓の中の第一・第二の姓。

二四 起源は王家に始まり、末流は臣下の家筋の氏（じ）にまで及んだ。ここまでが第一項。

二五 天武。

二六 徳は全世界を覆うほど広大で、威厳はまた天下にとどろきわたる。八荒の荒は果ての意。八方の果て、転じて天下を意味する。

二七 欽明は慎み深く道理に明らかなこと。文思は学問・徳行を備え思慮深いこと。書経、尭典に「曰若稽㆓古帝尭㆒曰放勲、欽明文思安安、允恭克譲」とあり、孔伝に「威儀表備謂㆓之欽㆒、照㆓臨四方㆒謂㆓之明㆒、経㆓緯天地㆒謂㆓之文㆒、道徳純備謂㆓之思㆒」とある。

二八 天下を治め整えること。国語、周語下に「経㆑之以㆑天、緯㆑之以㆑地」と見える。

二九 持統太上天皇→㊀補2―六二。

三〇 内に婦人の四つの徳を修め。婦人の四徳とは周礼、天官九嬪や礼記、昏義等に見える婦徳・婦言・婦容・婦功の四つの徳行を指す。

三一 化は徳による化。翼鱗は鳥と魚を言い、徳による導きが広く動物たちにまで及んだの意。

三二 沢は恩沢。恵み、慈しみは草木にまで及んだ。

三三 元明太上天皇。

三四 従来の政治方針を変更することなく。軌は車の通ったあと。転じて規範、法則。以下の「民寧一なり」までが第三項。

守而不レ違。[1]率土清[2]静、民以寧一。于レ時也、葛城親母、贈従一位県犬養橘宿禰、上歴ニ浄御原朝[3]庭一、[4]下[5]逮ニ[6]藤原大宮一、事レ君致レ命、移レ孝為レ忠。夙夜忘レ[7]労、累代[8]竭レ力。和銅元年十一月廿一日、供ニ奉挙レ国大嘗一。[9]廿五日、御宴。[10]天皇、誉ニ忠誠之至一、賜ニ浮レ[11]坏之橘一。勅曰、橘者、[12]菓子之長上、[13]人所レ好。柯[14]凌ニ霜雪一而繁茂、葉経ニ寒暑一而不レ彫。与ニ珠玉一共競レ光、交ニ金銀一以逾美。是以、汝姓者、賜ニ橘宿禰一也。[15]而今無ニ継[16]嗣一者、恐失ニ明詔一。伏惟、[17][18]皇帝[19]陛下、光ニ宅天下一、充ニ塞八埏一、[20]化被ニ海路之所一レ通、徳蓋ニ陸道之所一レ極。方船之貢、府無レ[21]空レ時、河図之霊、史不レ絶レ記。四民安レ業、万姓謳レ衢。[22]臣葛城、幸蒙ニ遭レ時之恩一、濫接ニ九卿之末一。進以ニ可否一、志在レ尽レ忠。身隆ニ[23]絳闕一、妻子康レ家。夫、王、賜レ姓定レ氏、由来遠矣。是以、臣葛城等、願、賜ニ橘宿禰之姓一、[24]戴ニ[25]先帝之[26]厚命一、流ニ橘氏之殊名一、万歳無レ窮、千

1 率土〔大改〕―卒立（兼・谷・東）、卒立清立（高）
2 静〔兼・東・高〕―浄（谷、大）
3 庭〔底原〕―廷（底新朱抹傍・兼等、大）
4 下―丁（高）
5 逮（底新朱抹傍）―建〔底原〕
6 藤原大宮↓校補
7 労＝勞〔谷原・谷重〕↓校補
8 竭―端（高）
9 廿五日↓校補
10 天皇↓校補
11 坏〔底〕―杯
12 菓〔底〕―果（兼・谷・東、大）、杲（高）
13 人ノ下、ナシ―之（大補）
14 凌（底新朱抹傍）―淩〔底原〕
15 而―ナシ（高）
16 嗣〔兼・東・高、大改〕―副（谷）
17 皇帝陛下↓校補
18 皇ノ下、ナシ―皇（高）
19 陛（底新朱抹傍・東・高、大改）―陸〔底原〕、階（兼・谷）
20 化〔大改〕―紀（兼等）
21 空↓校補
22 臣（底新朱抹傍）―美〔底原〕
23 絳〈意改〉（大改）―降↓脚注・校補
24 戴〔底重・谷・東、大〕―載（兼・高）
25 先帝↓校補
26 厚―原〔底〕

一 天下。
二 葛城王・佐為王等は美努王と県犬養三千代との間に生れた。
三 三千代の贈従一位は天平五年十二月辛酉。県犬養三千代↓補7―一四。
四 天武朝から持統・文武・元明朝まで。
五 身命の限り全力を尽くして天皇に仕え。
六 和銅元年十一月己卯条に大嘗の記事がみえる。
七 同じく十一月癸未条に宴の記事がみえるが、下文の勅はみえない。
八 橘の姓を継ぐ者がいなければ。
九 ここまでが第四項。
一〇 聖武。皇帝↓㊀三三五頁注二五。
一一 天皇の徳が天下四方に及び。書経、尭典序に「昔在ニ帝尭一、聡明文思、光ニ宅天下一」とある。

く、守《まも》りて違《たが》はず。[一]率土《そつと》清静《せいせい》にして、民寧一《たみねいいつ》なり。時《とき》に、葛城《かづらき》が親母《いろは》[二]、[三]贈《ぞう》従一位県犬養橘《あがたいぬかひのたちばな》宿禰、[四]上《かみ》、浄御原朝庭《きよみはらのみかど》を歴《へ》て、下《しも》、藤原大宮《ふぢはらのおほみや》に逮《およ》ぶまで、[五]君《きみ》に事《つか》へて命《めい》を致《いた》し、孝《かう》を移《うつ》して忠《ちう》を為《な》せり。夙夜労《しゆくやらう》を忘《わす》れ、累代《るいたい》力《ちから》を竭《つく》せり。[六]和銅《わどう》元年十一月廿一日、国《くに》を挙《あ》げて大嘗《おほにへ》に供奉《つかへまつ》る。[七]廿五日、御宴《みうたげ》あり。天皇《すめらみこと》、忠誠《ちうせい》の至《いたり》を誉《ほ》めて坏《さかつき》に浮《うか》べる橘《たちばな》を賜《たま》ひき。勅《みことのり》して曰《のたま》ひしく、「橘《たちばな》は菓子《くだもの》の長上《ちやうしやう》にして、人《ひと》の好《この》む所《ところ》なり。柯《えだ》は、霜雪《さうせつ》を凌《しの》ぎて繁茂《しげ》り、葉《は》は寒暑《かんしよ》を経《へ》て彫《しぼ》まず。珠玉《しゆぎよく》と共《とも》に光《ひかり》に競《きほ》ひ、金《くがね》・銀《しろがね》に交《まじ》りて逾美《いよいようるは》し。是《ここ》を以《もち》て、汝《なむち》の姓は橘《たちばな》宿禰を賜ふ」とのたまひき。而《しか》るに今《いま》、[八]継嗣《けいし》無くは、恐《おそ》るらくは[九]明詔《めいせう》を失《うしな》はむか。伏《ふ》して惟《おも》ひみるに、[一〇]皇帝陛下《くわうていへいか》、[一一]天《あめの》下《した》を光《てら》し宅《ゐ》まして、[一二]八埏《はつえん》を充《み》て塞《ふさ》ぎたまふ。[一三]化《おもぶけ》、海路《うみぢ》の通《かよ》ふ所《ところ》を被《おほ》ひ、徳《とく》、陸道《くがぢ》の極《きは》みを蓋《おほ》へり。[一四]方船《はうせん》の貢《ぐ》は府《ふ》に時《とき》を空《むな》しくすること無く、[一五]河図《かと》の霊《れい》は、史《ふひと》、記《き》を絶《た》たず。[一六]四民業《しみんなりはひ》を安《やす》くし、万姓衢《ばんせいちまた》に謳《うた》ふ。臣葛城《しんかづらき》、幸《さきはひ》に時《とき》に遭《あ》へる恩《めぐみ》を蒙《かがふ》り、濫《みだり》に[一七]九卿《きうけい》の末《すゑ》に接《まじは》る。進《すす》みて可否《かひ》を以《もち》て、志《こころざし》忠《ちう》を尽《つく》すに在《あ》り。[一八]身《み》は絳闕《かうくゑつ》を隆《さかり》にし、[一九]妻子《めこ》は家《いへ》を康《やす》くす。夫《そ》れ、王《わう》、姓《せい》を賜《たま》ひ氏《うち》を定《さだ》むること由来遠《いうらいとほ》し。是《ここ》を以《もち》て、臣葛城《しんかづらき》ら、願《ねが》はくは、橘《たちばな》宿禰の姓を賜《たま》はり、[二〇]先帝《せんてい》の厚命《こうめい》を戴《いただ》き、橘氏《たちばなうち》の殊名《しゆめい》を流《つた》へて、万歳《ばんせい》に窮《きはま》り無く、[二一]千《せん》

一二 (天皇の徳は)地の果てまで充ち満ちている。八埏は八際、八垠とも言い、八方の遠いはて。漢書司馬相如伝や文選、司馬相如封禅文に「上暢二九垓一、下泝二八埏一」とある。

一三 天皇の徳は海路・陸路の通ずる全てに及んでいる。

一四 各地からの相続く船によってもたらされた貢物により、倉庫は空になる時もない。府は文書財貨を蓄える倉を言う。

一五 河図は中国古代の伝説で、伏羲の時、黄河から出現した竜馬の背に記されていた図。易の卦のもととなったもの。易経、繫辞上に「河出レ図、洛出レ書、聖人則レ之」とあり、聖王の治政に応ずるもの。ここの文は河図の不思議を史官が記さぬときがないとの表現で、聖武朝における神亀の重ねての出現と、その祥瑞に伴う改元の事柄を語る。

一六 天下の人民は生活が安定し、衢ではその聖代を謳歌する。

一七 九人の大臣。礼記、王制に「三公・九卿・二十七大夫・八十一元士」とあり、三公(太師・太傅・太保)に次ぐ。時代により名称を異にし、周では少師・少傅・少保・冢宰・司徒・司空・司馬・司寇・宗伯を指す。ここの「接九卿之末」の文は葛城王が当時参議であったため、こう記したか。

一八 諸本すべて「降」とあるが「絳」が正しい。絳は真紅の色。絳闕は赤く塗った王宮の門。転じて宮城、皇居の意。葛城王が朝廷の高官として優遇されていることを言う。

一九 妻子は家庭において安泰な生活を過している。ここまでが第五項。

二〇 元明。

二一 後々まで窮まることなく伝える。ここまでが最後の第六項。上表の結びに当る。

葉相伝。○壬辰、詔曰、省二従三位葛城王等表一、具[1]知二意趣一。王等、情深謙譲[2]、志在レ顕レ親。辞二皇族之高名一、請二外家之橘姓一。尋二思所一レ執、誠得二時宜一。一依[3]二来[4]乞[5][6]一、賜二橘[7]宿禰一。千秋万歳、相継無レ窮。○甲午[8]、詔、免二京四畿内及二監国今年田租一。以二秋稼頗損一也。

九[9]年春正月辛酉[10]、正八位下車持君長谷賜二朝臣姓一。○丙申、先レ是、陸奥按察使大野朝臣東人等言、従二陸奥国一達二出羽柵一、道経二男勝一、行程迂遠。請、征二男勝村一、以通二直路一。於レ是、詔二持節大使兵部卿従三位藤原朝臣麻呂、副使正五位上佐伯宿禰豊人・常陸守従五位上勲六等坂本朝臣宇頭麻[11]佐[12]等一、発二遣陸奥国一。判官四人、主典四人。○辛丑、遣新羅使大判官従六位上壬生使主宇太麻呂・少判官正七位上大蔵忌寸麻呂等入レ京。大使従五位下阿倍朝臣継麻呂泊[13]二津嶋一卒。副使従六位下大伴宿禰三中染レ病、不レ得レ入レ京。

1具〔大改〕—恩(底新傍朱イ・兼・谷原・東・高)、因(谷抹傍)
2譲→校補
3依〔兼等、大、紀略補〕—衣(東傍・高傍)、ナシ(紀略原)
4来〔大改〕—表(底新傍朱イ・兼等、紀略)、ナシ(東傍按・高傍按)→校補
5乞〔大改、紀略〕—令(底新傍朱イ・兼等)
6乞ノ下、ナシ〔兼・谷、大、紀略〕—乞(東・高)
7橘(底傍補)—ナシ〔底原〕
8午(底新朱抹傍)—子〔底原〕
9九ノ上→校補
10辛酉→脚注・校補
11麻ノ下、ナシ〔谷朱抹、大〕—呂(兼・谷原・東・高)
12佐〔谷重〕
13泊〔谷重〕—伯(谷原)

一 葛城王等に橘宿禰を賜う詔。万葉一〇〇九の題詞によれば、この時に聖武天皇は橘を賀す歌を作った。→補12-五八。
二 皇族の語は続紀では本条のみ。五世王までを含む天皇の一族というほどの意味か。諸兄は五世王。
三 外家とは母または妻の縁につながる身うち。
四 主張するところ。
五 橘宿禰は姓氏録左京皇別に敏達の後裔と見え、賜姓について続紀本条と同様のことを記す。天平勝宝二年正月朝臣賜姓。→補12-五八。
六 京及び四畿内二監(芳野・和泉)への免租の詔。
七 天平九年正月は同年度の但馬国・駿河国・和泉監の各正税帳の記載から、丙子朔、小の月であることが知られる(岡田芳朗)。
八 この月に辛酉はない。辛巳なら六日。
九 他に見えず。車持公は姓氏録左京皇別に、上毛野朝臣と同祖で、豊城入彦命の八世孫、射狭君の後とある。また摂津国皇別にも、豊城入彦命の後と見える。車持朝臣→[一]補5-一〇。
一〇 陸奥按察使大野東人の、男勝連絡路開通の奏請に応え、持節大使藤原麻呂等に陸奥発遣を命じた記事。
一一 →補8-三四。
一二 →[一]二二一頁注二。大野東人はこの時従四位上。また彼の陸奥按察使任命の時期は未詳。
一三 →二七三頁注一〇。
一四 →補12-五九。
一五 雄勝村とも。→二七三頁注一一。
一六 不比等の第四子。→二二七頁注九。

葛城王らに橘宿禰姓を賜う

葉《えふ》に相伝《あひつた》へむことを」とまうす。○壬辰（十七日）、詔《みことのり》[一]して曰《のたま》はく、「従三位葛城《かづらきの》王達《おほきみたち》の表《へう》を省《み》て具《つぶさ》に意趣《いしゆ》を知《し》りぬ。王等《おほきみたち》の情深《こころふか》く謙譲《へりうやま》ひ、志《こころざし》、親《むつ》びを顕《あらは》すに在《あ》り。皇族《くわうぞく》[二]の高《たか》き名《な》を辞《さ》り、外家《ぐわいか》[三]の橘《たちばな》の姓を請《こ》ふ。執《しふ》[四]する所《ところ》を尋《たづ》ね思《おも》ふに、誠《まこと》に時宜《じぎ》を得《え》たり。一《もは》ら来《きた》り乞《こ》ふに依《よ》りて、橘《たちばな》[五]宿禰と賜《たま》はむ。千秋万歳《せんしうばんせい》に相継《あひつ》ぎて窮《きはま》ること無《なか》れ」とのたまふ。○甲午（十九日）、詔《みことのり》[六]して、京《きやう》・

京・四畿内・二監は免租

四畿内と二監との国《くに》の今年《ことし》の田租《でんそ》を免《ゆる》したまふ。秋稼《あきのみのり》頗《すこぶ》る損《そこな》へるを以《もち》てなり。

七三七年

九年（丁丑）春正月（丙子朔）[七]辛酉[八]、正八位下車持君《くるまもち》[九]長谷《はつせ》に朝臣の姓を賜《たま》ふ。○丙申（二十一日）、是《これ》[一〇]より先《さき》、陸奥按察使《みちのおくあんせちし》[一一]大野《おほの》[一二]朝臣東人《あづまひと》ら言《まう》さく、「陸奥国《みちのおく》従《よ》り出羽柵《いではのき》[一三]に達《いた》る道《みち》

東北経略の軍をおこす

男勝《をかち》[一四]を経《ふ》れば行程《ゆくみちのり》迂《う》遠《ゑん》なり。請《こ》はくは、男勝村《をかち》[一五]を征《う》ちて直路《ただち》を通《とほ》さむことを」とまうす。是《ここ》に、持節大使《ぢせちだいし》兵部卿《ひやうぶきやう》従三位藤原《ふぢはら》[一六]朝臣麻呂《まろ》、副使《ふくし》正五位上佐伯《さへき》[一七]宿禰豊人《とよひと》、常陸《ひたち》守従五位上勲六等坂本《さかもと》[一八]朝臣宇頭麻佐《うづまさ》らに詔《みことのり》して、陸奥国《みちのおく》に発《おこ》し遣《つかは》したまふ。判官《はんぐわん》四人、主典《さうくわん》四人。○辛丑（二十六日）、遣新羅使《けんしらきし》[一九]大判《だいはん》

遣新羅使入京

官《ぐわん》従六位上壬生《みぶ》[二〇]使主宇太麻呂《うだまろ》、少判官《せうはんぐわん》正七位上大蔵《おほくら》[二一]忌寸麻呂《まろ》ら京《みやこ》に入《い》る。大使《たいし》従五位下阿倍《あへ》[二二]朝臣継麻呂《つぎまろ》、津嶋《つしま》[二三]に泊《とま》りて卒《しゆつ》しぬ。副使《ふくし》従六位下大伴《おほとも》[二四]宿禰三中《みなか》、病《やまひ》に染《そ》みて京《みやこ》に入《い》ること得《え》ず。

一七 →一四五頁注四二。

一八 →一五九頁注二五。

一九 天平八年二月任命、四月発遣の遣新羅使→補12-三七。

二〇 宇陁麻呂とも記す。天平六年四月に節度使の録事として出雲国へ派遣されるという通達のあったことが出雲国計会帳から知られる(古一-五九六頁)。時に正七位上少外記。天平十八年四月外従五位下に昇叙。以後官を歴任し天平勝宝六年七月に玄蕃頭。遣新羅使大判官として赴く途中に詠んだ短歌四首、旋頭歌一首が万葉に見える。壬生使主は壬生臣の同族で、姓氏録河内皇別に天足彦国押人命の後である大宅臣と同祖と見えるが、本来は渡来系の氏族。

二一 万里、万呂とも記す。天平勝宝三年十一月に正六位上造東大寺司判官と見え(古一一-一七五頁)、以後同六年まで在任。同七歳三月造東大寺司次官として造寺司解に署名(古四-五一頁)。天平宝字二年十一月従五位下。この時丹波守。宝亀三年正月正五位下。遣新羅使少判官として赴く途中に詠んだ短歌一首が万葉に見える。大蔵忌寸→㊀一九三頁注一九。

二二 →補12-四。

二三 対馬嶋。釈紀巻十六秘訓一に「私記曰、問、案二古事記一只云二津嶋一、今此云二対馬嶋一如何、答、其義正同、今俗読二対馬一為レ津也、島読如レ字、而今人ツシマノシマ止読之者非也」とある。地名辞書は、日本ではもと津島と記していたが、中国で対馬と記したのを書紀や和名抄が採用したため、対馬と記すに至ったものと述べる。津嶋の用法は敏達紀十二年に対馬と併用して見える。

二四 →補12-六〇。大伴宿禰→㊀補1-九八。

○二月戊午[1]、天皇[2]臨レ朝。授二従四位下栗林[3]王従[4]四位上、無位三使王・八釣[5]王並従五位下、従四位上橘宿禰佐為正四位上[6]、従五位上藤原朝臣豊成正五位上、正六位上多治比真人家主、外従五位下佐伯宿禰浄麻呂・阿倍朝臣豊継・下道朝臣真備[7]並従五位下、正六位上三使連人麻呂外従五位下一。四品水主内親王・長谷部内親王・多紀内親王並授二三品一。夫人无位藤原朝臣一人闕[8]レ名[9]、並正三位。正五位下県犬養宿禰広刀[10]自、无位橘宿禰古[11]那可智並従三位。従四位上多伎[12]王正四位下[13]。従四位下檜前[14]王従四位上。无位矢代[15]王正五位上。従五位下住吉[16]王従五位上。无位忍海[17]王従五位下。従四位下大神朝臣豊嶋従四位上。従五位上河[18]上忌寸妙観・大宅朝臣諸姉並正五位下。従五位下曾禰連五十日[19]虫・大春日朝臣家主並従五位上。无位藤原朝臣吉日従五位下。正六位上大田部君若子、従六位上黄文連許志、従七位上丈[20]部直刀[21]自、正七位上朝倉君時、従七位下尾張宿禰小倉、正八位下小槻山君広虫、无位盧[22]郡[23]君並外従五位下。○己未、遣新羅使奏、新羅国、失[24]二常礼一、

1 午〔兼等、大、紀略〕—子〔東傍・高傍〕→校補
2 天皇→校補
3 林→脚注・校補
4 従〔谷擦重〕—四〔谷原〕
5 釣〔大改〕—鉤〔兼等〕
6 上—下〔大改〕→脚注
7 備〔底新傍朱イ〕—借〔底原〕
8 闕名ヲ小字割書—大字ニ書ス〔底〕
9 名〔底重〕
10 刀—力〔東〕
11 古〔底重〕
12 伎ノ下→校補
13 下〔兼抹傍〕—上〔兼原〕
14 前ノ下→校補
15 代ノ下→校補
16 吉ノ下→校補
17 海ノ下→校補
18 河〔兼・谷、大〕—何〔東・高〕
19 日〔底新傍補・兼・谷・高、大〕—ナシ〔底原・東〕
20 丈→校補
21 刀〈意改〉〈大〉—力〔兼等〕
22 盧—廬〔大改〕→脚注
23 郡→校補
24 失—共〔底〕

一 栗栖王とも記す。長親王の子。→補9—一九。
二 本条の三使王の他に、天平勝宝元年四月に無位から従五位下に叙され、天平宝字三年六月に従四位下、同年十一月大膳大夫、翌年五月従四位下大膳大夫で没し、宝亀二年九月にその男女が山辺真人の賜姓にあずかった三(御)使王がいる。両者は同一人とする説もあるが別人か。別人とすれば、紹運録に天武天皇の孫、舎人親王の子として見える三使王は、天平勝宝元年叙位の三使王か。
三 系譜未詳。矢釣王とも記す。天平十二年十一月に従五位上に昇り、同十五年五月正五位下となる。平城京左京三条二坊八坪より出土の木簡に見える矢釣王(平城木簡概報二一—一五頁)は同一人物か。
四 もと佐為王。前年十一月橘宿禰の賜姓にあずかる。→一補6—二九。従四位上昇叙は天平三年正月。
五 原文は正四位上と記すが、この年八月に没したとき正四位下とある。
六 →一四七頁注一二。従五位上昇叙は天平四

二月[乙巳朔]戊午[十四日]、天皇《すめらみこと》、朝《でう》に臨《のぞ》みたまふ。従四位下[一]栗林《くるす》王に従四位上を授《さづ》く。無位[二]三使《みつかひのおほきみ》王・[三]八釣《やつり》王に並《ならび》に従五位下。従四位上[四]橘《たちばな》宿禰佐為《さゐ》に正四位上。[五]従五位上[六]藤原《ふぢはら》朝臣豊成《とよなり》に正五位上。[七]正六位上[八]多治比《たぢひ》真人家主《やかぬし》、外従五位下[九]佐伯《さへき》宿禰浄麻呂《きよまろ》・[一〇]阿倍《あへ》朝臣豊継《とよつぐ》・[一一]下道《しもつみち》朝臣真備《まきび》に並に従五位下。正六位上[一二]三使《みつかひ》連人麻呂《ひとまろ》に外従五位下。四品[一三]水主内親王《もひとりのひめみこ》・[一四]長谷部《はつせべ》内親王・[一五]多紀《たき》内親王に並に三品を授《さづ》く。[一六]夫人《ぶにん》无位[一七]藤原《ふぢはら》朝臣の二人 名《な》を闕《か》けり。 に並に正三位。正五位下[一八]県犬養《あがたいぬかひ》宿禰広刀自《ひろとじ》、无位[一九]橘《たちばな》宿禰古那可智《こなかち》に並に従三位。従四位上[二〇]多伎《たぎ》王に正四位下。従四位下[二一]檜前《ひのくま》王に従四位上。无位[二二]矢代《やしろ》王に正五位上。従五位下[二三]住吉《すみのえ》王に従五位上。无位[二四]忍海《おしぬみ》王に従五位下。従四位下[二五]大神《おほみわ》朝臣豊嶋《とよしま》に従四位上。従五位上[二六]河上《かはかみ》忌寸妙観《めうくわん》・[二七]大宅《おほやけ》朝臣諸姉《もろね》に並に正五位下。従五位下[二八]曾禰《そね》連五十日虫《いかむし》・[二九]大春日《おほかすが》朝臣家主《やかぬし》に並に従五位上。无位[三〇]藤原《ふぢはら》朝臣吉日《よしひ》に従五位下。正六位上[三一]大田部《おほたべ》君若子《わくご》、従六位上[三二]黄文《きふみ》連許志《こし》、従七位上[三三]丈部《はせつかひべ》直刀自《とじ》、正七位上[三四]朝倉《あさくら》君時《とき》、従七位下[三五]尾張《をはり》宿禰小倉《をくら》、正八位下[三六]小槻《をつき》山《やま》君広虫《ひろむし》、无位[三七]盧郡君《ろぐんくん》に並に外従五位下。○己未[十五日]、[三八]遣新羅使《けんしらきし》奏《そう》すらく、

新羅常礼を欠く

「新羅《しらき》国、常《つね》の礼《ゐや》を失《うしな》ひて

年正月。

七 正六位上の多治比家主が、外従五位下佐伯宿禰浄麻呂等三名の前に記されているのは内位から従五位下に昇叙されたためか。

八 →一三五頁注六。神亀元年二月に見える屋主とは別人。

九 →補12-三四。外従五位下昇叙は天平八年正月。

一〇 万葉に天平六年三月難波行幸時に詠んだ短歌一首が見える(一〇〇二)。阿倍朝臣→㊀補1-一四二。

一一 →補12-六。外従五位下昇叙は天平八年正月。

一二 他に見えず。三使連は御使連とも記す。神護景雲二年九月に御使連清足らに朝臣の賜姓。姓氏録左京皇別に景行の皇子気入彦命の後より出ず、とあり、引続いて御使連賜姓についての伝承を記すが、これは御使部の伴造氏族と見たためで、従えない。

一三 →㊀補6-六四。四品に叙されたのは霊亀元年正月以前。以下は女性への叙位。

一四 →㊀補6-六五。四品に叙されたのは霊亀元年正月以前。

一五 →㊀補1-九一。四品に叙されたのは慶雲三年十二月以前。

一六 →一一九頁注二一。

一七 一人は天平二十年六月に正三位で没した藤原武智麻呂の女、他の一人は天平宝字四年正月に従二位で没した房前の女。この夫人の称は橘宿禰古那可智までかかる。

一八-三七 →補12-六一。

三八 正月辛丑入京の大判官らの奏。副使大伴三中の入京は後述の如く三月だが、彼の意向も大判官らによって伝えられたか。天平年間以降の対新羅外交→補11-一一。

不レ[1]受二[2]使旨一。於レ是、召二五位已上并六位已下官人[3]惣卌五人于内裏一、令レ陳二意見一。〇丙寅、諸司奏二意見表一。或言、遣レ使問二其[4]由一、[5]或、発レ兵加二征伐一。〇三月丁丑、詔曰、毎レ国、令下造二釈迦仏像一[6]体、[7]挟侍菩薩二軀一、兼写中大般若経一部上。〇壬寅、遣新羅使副使正六位上大伴宿禰三中等[8]卅人拝[9]朝。〇[10]夏四月乙[11]巳、遣二使於伊勢神宮、大神社、筑紫住吉・八幡二社及香椎宮一、奉レ[12]幣、以告二[13]新羅无レ礼之状一。〇壬[14]子、律師道慈言、道慈、奉二天勅一、[15]任二此大安寺一修造以来、於二此伽藍一、恐レ有二災事一。私請二浄行僧等一、毎レ年、令レ転二大般若経一部六百巻一。因レ此、雖レ有二雷声一、無レ所二災害一。請、自レ今以後、撮二取諸国進調庸各三段物一、以充二布施一、請二僧百五十人一、令レ転二此経一。伏願、護寺鎮国、平二安[16]聖朝一、以二此功徳一、永為二恒例一。勅許レ之。

1受〔紀略改〕―変＝變〔紀略原〕
2使〔底擦重〕
3惣―物〔底〕
4由―旨〔紀略〕
5或ノ下、ナシ―言〔大補〕→校補
6体＝體〔紀略〕―軀〔兼等、大〕→校補
7挟―狭〔底〕
8卅〔底〕―卌
9朝〔底新補〕―ナシ〔底一字空〕
10夏四月→校補
11巳ノ下、ナシ―朔〔大補〕
12幣―弊〔底〕
13新―雑〔底〕
14子〔紀略改〕―午〔紀略原〕
15任〔兼・東・高〕―住〔谷、大〕
16聖〔底新朱抹傍〕―望〔底原〕

一 五位以上および、六位以下の官人のうちの四五人。それぞれ諸司の長官か。
二 臣下が政治の得失について上陳するもの。→九一頁注三。
三 官人の意見を官司ごとにまとめて意見を提出させたか。
四 天平十三年三月乙巳の国分寺創建の詔の中に見える「去歳、普令下天下造二釈迦牟尼仏尊像高一丈六尺者各一鋪一、并写中大般若経各一部上」がこれに当る。→補14―一。
五 →一二七頁注八。
六 脇侍・夾侍・脇士ともいう。仏の両脇に立つ菩薩または羅漢など、常に仏に随侍し、仏を助けて衆生を導く大士。釈迦如来の挟侍は文

新羅対処に二つの意見

使《つかひ》の旨《むね》を受《う》けず」とまうす。是《ここ》に、五位已上并《あは》せて六位已下の官人《くわんにん》、惣《すべ》[一]て卌五人を内裏《うち》に召《め》して、意見《いけん》[二]を陳《の》べしむ。○丙寅（二十二日）、諸司《しよし》[三]、意見《いけん》の表《へう》を奏《まう》す。或《ある》は言《まう》さく「使《つかひ》を遣《つかは》してその由《よし》を問《と》はしむ」とまうし、或《ある》は「兵《いくさ》を発《おこ》して征伐《せいばつ》を加へむ」とまうす。

対新羅関係を諸神に報告

三月丁丑（乙亥朔 三日）、詔《みことのり》[四]して曰《のたま》はく、「国毎《くにごと》に、釈迦仏《しやかぶつ》[五]の像《ざう》一体、挟侍菩薩《けふじのぼさち》[六]二軀を造《つく》り、兼《か》ねて大般若経《だいはんにやきやう》[七]一部を写《うつ》さしめよ」とのたまふ。○壬寅（二十八日）、遣新羅使《けんしらきし》[八]副使《ふくし》正六位上大伴《おほとも》宿禰三中《みなか》ら卌人拝朝《みかどをがみ》す。

夏四月乙巳[九]、使《つかひ》を伊勢神宮《いせじんぐう》[一〇]、大神社《おほみわのやしろ》[一一]、筑紫《つくし》の住吉《すみのえ》[一二]・八幡《やはた》[一三]の二社と香椎宮《かしひのみや》[一四]とに遣《つかは》して、幣《みてぐら》を奉《たてまつ》りて新羅《しらき》[一五]の礼无《ゐやな》き状《じやう》を告《まう》さしむ。○壬子（八日）、律師《りちし》[一六]道慈《だうじ》[一七]

大安寺に調庸を給う

言《まう》さく、「道慈《だうじ》、天勅《おほみこと》[一八]を奉《う》けたまはりて、この大安寺《だいあんじ》[一九]に任《ま》けられて修《をさ》め造《つく》りてより以来《このかた》、この伽藍《がらむ》に災事《わざはひ》有ることを恐《おそ》る。私《わたくし》に浄行《じやうぎやう》の僧《ほふし》らを請《こ》ひて、年毎《としごと》に大般若経《だいはんにやきやう》一部六百巻を転《てん》せしめたり。此《これ》に因《よ》りて、雷《いかづち》の声《おと》有りと雖《いへど》も、災害《わざはひ》ある所《ところ》無し。請《こ》はくは、今《いま》より以後《のち》、諸国《くにぐに》より進《たてまつ》る調《でう》・庸《よう》各《おのおの》三段の物を撮取《と》りて布施《ふせ》[二〇]に充《あ》て、僧《ほふし》百五十人を請《まね》きてこの経《きやう》を転《てん》せしめむことを。伏《ふ》して願《ねが》はくは、護寺鎮国《ごじちんこく》して、聖朝《せいでう》を平《たひら》けく安《やす》けくし、この功徳《くどく》を以《もち》て、永《なが》[二一]く恒《つね》の例《ためし》とせむことを」とまうす。勅《みことのり》してこれを許《ゆる》し

殊・普賢の二菩薩。

七 天平十一年度伊豆国正税帳にこの詔による大般若経書写の記事が見える(古二−一九五頁)。大般若経→一五九頁注八。

八 副使の大伴三中は病のため入京が遅れ、この日に拝朝となった。→正月辛丑条。

九 朔とはないが「乙巳」は朔日。大系本は朔の字を補う。

一〇 →〔一〕補1−一一九。

一一 →補12−六二。

一二 →補12−六三。

一三 →補12−六四。

一四 →補12−六五。

一五 伊勢神宮及び大神社は律令国家の崇敬の厚い社であり、また大神社以下の各社はそれぞれ新羅征討に関し伝承を持つ社であった。こうした社に祈念して、対新羅関係を有利に展開しようとしたもの。

一六 僧綱の一。道慈の律師就任は天平元年。僧綱制→〔一〕補1−六二。

一七 →補8−四六。以下は大般若経の功徳を述べ、僧一五〇人に布施を受けこの経を転読さすことにより、災害を除き護寺鎮国し、聖朝を平安にしたいので、以後転読の行事を恒例にしたい、との道慈の奏言。

一八 天勅は勅を尊んでの称。この勅は天平十六年十月の道慈卒伝に見える「遷㆓造大安寺於平城㆒、勅㆓法師㆒勾㆓当其事㆒」の勅がそれに当る。

一九 →補7−一八。

二〇 仏や僧に財物を施すこと、またその財物。もとは仏教における行法の一つで、信者が仏や僧に財物を施す財施、また僧が信者のために仏法を説く法施があるが、前者が一般化。

二一 →補12−六六。

○戊午、遣陸奥持節大使従三位藤原朝臣麻呂等言、以㆓去二月十九日㆒、到㆓陸奥[1]国多賀柵㆒。与㆓鎮守将軍[2]従四位上大野朝臣東人㆒共平章。[3]且[4]追㆓常陸・上[5]総・[6]下総・武蔵・上野・下野等六国騎兵惣一千人㆒。[7]聞、山海両道夷狄等、咸懐㆓疑懼㆒。仍差㆓田夷遠田郡領外従七位上遠田君雄人㆒遣㆓海道㆒、差㆓帰服狄和我君計安塁㆒遣㆓山道㆒、並以㆓使旨㆒慰喩、鎮撫之。仍抽㆓勇[8]健一百九十六人㆒、委㆓将軍東人㆒。四百五十九人分㆓配玉造等五柵㆒。麻呂等、[9]帥㆓所㆑餘三百[10]卌五人㆒、鎮㆓多賀柵㆒。遣㆓副使従五位上[11]坂本朝臣宇頭麻佐㆒鎮㆓玉造柵㆒。判官正六位上大伴宿禰美濃麻呂鎮㆓新田柵㆒。国大[12]掾正七位[13]下[14]旱部宿禰大麻呂鎮㆓牡鹿柵㆒。自餘諸柵、依㆑旧鎮守。廿五日、将軍東人従㆓多[15]賀柵㆒発。[16]四月一日、[17]帥㆓使下判官従七位上紀朝臣武良士等及所㆑委騎兵一百九十六人、鎮兵四百九十九人、当国兵五千人、帰服狄[18]俘二百卌九人㆒、従㆓部内色麻柵㆒発。即日、到㆓出羽国大[19]室駅㆒。出羽国守正六位下田辺史難[20]波[21]将㆓部内兵五百人、帰服狄一百卌人㆒、

1 国〔底〕—ナシ
2 従〔高擦重〕
3 且—旦〔底〕
4 追→校補
5 総—總(兼)
6 下総—ナシ(高)
7 聞(底新傍朱イ・兼・東・高)—問〔底〕、開(谷擦重、大)
8 健(底新傍)—健〔底〕
9 帥〈意改〉(大)—師
10 卌—卅〔底〕
11 坂—板(東)
12 掾→校補
13 下(大補)—ナシ(兼等)
14 旱〔底原〕—日下(底新朱抹傍・兼等、大)
15 多ノ下、ナシ(底新朱抹)—鴐〔底原〕
16 四—三(大改)→脚注
17 帥(谷・東、大)—師(兼・高)
18 俘〔底原・底新朱抹傍〕→校補
19 室—宝(兼)
20 波(東・高)—破(兼・谷、大)
21 将〔底原・底新朱抹傍〕→校補

一 以下は男勝連絡路開通を目的として正月丙申に発遣された持節大使藤原麻呂の奏言。全体は麻呂の奏言の間に大野東人の麻呂への報告・奏言等を含み、大きく三項に分れる。
二 →三七頁注九。
三 以下一一行目の「旧に依りて鎮め守らしむ」までが準備行動。藤原麻呂は二月十九日に多賀柵に至って大野東人と計画を立て、山海両道を開こうとしたところ、夷狄が疑懼を抱いたので、これを巡撫の上、東人以下の指揮官がそれぞれ兵士を率い、玉造柵以下の諸柵に進み警衛に当ったという内容。
四 →補12—六七。
五 →二二五頁注二三。
六 正月丙申条には陸奥按察使と見える。両職を兼ねていた。神亀二年閏正月には藤原宇合の征夷に従軍の功により、従四位下勲四等に昇叙。→㈠二二一頁注二。なお本条にみえる大野東人以下、紀武良士・田辺難波・坂本宇頭麻佐らは、みな藤原宇合の征夷に参加していて、律令国家のこの時期の征夷事業の持続性と一貫性とが窺える。
七 平章にはさまざまの意味また用法があるが、ここは「よく相談して」の意。法王帝説の「東宮厩戸豊聡耳命、大臣宗我馬子宿禰共平章而建㆓立三宝㆒」の用例と同じ。
八 武蔵は当時東山道に属していたから、上野の下に記さるべきであるが、ここの国の記載順序は原史料のままか。
九 後の黒川郡以北の地域を内陸部と海岸部に二分した名称。北上川沿いの地域が山道、牡鹿半島の海沿いの地域が海道。
一〇 →二二九頁注二〇。
一一 和名抄に遠田郡所属の郷として、清水・余戸の二郷を記す。現在の宮城県遠田郡の一部

たまふ。○戊午[十四日]、[一]遣陸奥持節大使《けんりくあうぢせちだいし》従三位[二]藤原《ふぢはら》朝臣麻呂《まろ》ら言《まう》さく、「[三]去《さ》りぬる二月十九日を以《もち》て、陸奥国《みちのおく》[四]多賀柵《たがのき》に到《いた》れり。[五]鎮守将軍《ちんしゆしやうぐん》従四位上[六]大野《おほの》朝臣東人《あづまひと》と共《とも》に[七]平章《むけととの》ふ。且《ま》た、常陸《ひたち》・上総《かみつふさ》・下総《しもつふさ》・[八]武蔵《むざし》・上野《かみつけの》・下野《しもつけの》等の六国の騎兵《きひやう》、惣《すべ》て一千人を追《め》せり。聞《き》かくは、「[九]山《やま》・海《うみ》の両道の夷狄等《いてきども》咸《ことごと》く疑懼《ぎく》を懐《いだ》く」ときく。仍《より》て、[一〇]田夷《たえみし》[一一]遠田郡領《とほたのぐんりやう》外従七位上[一二]遠田《とほた》君雄人《をひと》を差《さ》して海道《うみぢ》に遣《つかは》し、帰服《まつろ》へる狄《えみし》[一三]和我《わが》君計安塁《けあるい》を差《さ》して山道《やまぢ》に遣《つかは》し、並《ならび》に[一四]使《つかひ》の旨《むね》を以《もち》て慰《やす》め喩《こしら》へて鎮撫《ちんぶ》せしむ。仍《より》て勇《いさを》しく健《たけ》き一百九十六人を抽《ぬ》きて、[一五]将軍東人《しやうぐんあづまひと》に委《ゆだ》ぬ。四百五十九人を[一六]玉造《たまつくり》らの五柵に分《わ》け配《くば》る。麻呂《まろ》ら餘《あま》れる三百卌五人を帥《ひき》ゐて、多賀柵《たがのき》を鎮《しづ》む。副使《ふくし》従五位上[一七]坂本《さかもと》朝臣宇頭麻佐《うづまさ》を遣《つかは》して、玉造柵《たまつくりのき》を鎮《しづ》めしむ。判官《はんぐわん》正六位上[一八]大伴《おほとも》宿禰美濃麻呂《みのまろ》をして[一九]新田柵《にひたのき》を鎮《しづ》めしむ。国大掾《くにのだいじよう》正七位下[二〇]早部《くさかべ》宿禰大麻呂《おほまろ》をして[二一]牡鹿柵《をかのき》を鎮《しづ》めしむ。[二二]自餘《そのほか》の諸《もろもろ》の柵《き》は旧《ふるき》に依《よ》りて鎮《しづ》め守《まも》らしむ。[二三]廿五日、将軍東人《しやうぐんあづまひと》、多賀柵《たがのき》より発《た》つ。[二四]四月一日、[二五]使下《しげ》の判官《はんぐわん》従七位上[二六]紀《き》朝臣武良士《むらじ》らと、[二七]委《ゆだ》ねらるる騎兵《きひやう》一百九十六人と、[二八]鎮兵《ちんひやう》四百九十九人、[二九]当国《そのくに》の兵《いくさ》五千人、帰服《まつろ》へる狄俘《てきふ》二百卌九人とを帥《ひき》ゐて、部内《ぶない》[三〇]色麻柵《しかまのき》より発《た》つ。即日《そのひ》、出羽《いでは》国[三一]大室駅《おほむろのうまや》に到《いた》る。出羽《いでは》国守正六位下[三二]田辺《たなべ》史難波《なには》、部内《ぶない》の兵《いくさ》五百人、[三三]帰服《まつろ》へる狄《えみし》一百卌人を将《ひき》

遣陸奥持節大使藤原麻呂の報告

鎮守将軍大野東人多賀柵より出羽に向う

がこれに相当するか。

一二 他に見えず。遠田君は遠田郡の在地豪族。

一三 他に見えず。和我君も未詳。後紀弘仁二年正月丙午条に和我、薭縫、斯波三郡の建郡の記事が見え、この地の豪族と考えられる。和我郡は現在の岩手県北上市の一部及び和賀郡。

一四 山海二道の夷狄の不安・動揺を鎮撫するため、男勝連絡路開通という作戦計画を説明するための使。

一五 上文に見える一〇〇〇人の兵士の中から選抜した一九六人を東人の指揮下に入れた。

一六 →補12―六八。

一七 →一五九頁注二五。神亀二年閏正月、藤原宇合の征夷に従軍。功により、勲六等、田二町を賜わる。時に従六位下。

一八 他に見えず。大伴宿禰→[一]補1―九八。

一九 →補12―六九。

二〇 この後天平二十年二月に正六位上より従五位下に昇叙。早部宿禰→[一]補4―一三。

二一 →補12―七〇。

二二 他の諸柵は従来通り守らせた。

二三 二月二十五日。東人はこの日以後三月中に奥羽山脈横断の険阻な新道の開通工事に当り、終了の後いったん色麻柵に戻ったと推測される。四月一日の一日だけで大軍が色麻柵から大室駅までの約八〇里(約四二キロメートル)を行軍しえたのは、既に新道が開通していたためである。

二四 以下三一七頁三行目の「東人廻りて多賀柵に至る」までは、四月一日東人が紀武良士らと、計五九四四人の兵力を率いて色麻柵を出発し、出羽国大室駅で待機していた田辺難波の軍六四〇人とその日のうちに合流、四月三日両軍は賊地に入ったが、雪が深くまぐさも

在二此駅一相待。以二三日一、与二将軍東人一共入二賊地一。且開レ道而行。但賊地雪深、馬蒭[1]難レ得。所以、雪消草生、方始発遣。同月十一日、将軍東人廻至二多賀柵一。自導[2]二新開通[3]道惣[4]一百六十里一。或剋[5]レ石伐レ樹、或塡レ澗[6]疏レ峯[7]。従二賀美郡一至二出羽国最上郡玉野一八十里、雖二惣是山野形勢険[8]阻一、而人馬往還無二大艱[9]難一。従二玉野一至二賊地比羅保許山一八十里、地勢平坦、無レ有二危嶮[10]一。狄俘等曰、従二比羅保許山一至二雄勝村一五十餘里、其間亦平。唯有二両[11]河一。毎レ至二水漲一、並用レ船渡。四月四日、軍屯二賊地比羅保許山一。先レ是、田辺難波状偁、雄勝村俘長等三人来降。拝首云、承聞、官軍欲レ入二我村一、不レ勝二危懼一。故来請レ降者。東人曰、夫狄[12]俘者、甚多二姧謀一。其[13]言無レ恒。不レ可二輙信一。而重有二帰順之[14]語一、仍共平章。難破[15]議曰、発レ軍入二賊地一者、為下教二喩俘狄一、築レ城居上レ民。

1 蒭〔底原・底新朱抹傍〕―芻(兼等、大)→校補
2 導―道(高)
3 通(底重)―道〔底原〕
4 惣―物〔底〕
5 剋〔兼・谷、大〕―刻(東・高)
6 澗→校補
7 峯〔大改〕―亭(兼等)
8 険〔高擦重〕
9 艱難〔谷改〕―難艱(谷原)→校補
10 危〔底原・底新朱抹傍〕→校補
11 両〔底原・底新朱抹傍〕→校補
12 狄〔兼・谷、大〕―秋(東・高)
13 其〔兼・谷、大〕―某(東・高)
14 之(底新朱抹傍)―亦＝糸〔底原〕
15 破〔兼・谷、大〕―波(東・高)

得難く雪融けを待つことに作戦を変更、十一日に東人は多賀柵に戻ったという内容。従来の諸書が「四月」を「三月」と改めていたのは誤り。
二五 持節大使の部下。→一五九頁注二三。
二六 →一五九頁注二三。牟良自とも記す。神亀二年閏正月に藤原宇合の征夷に従軍。功により、勲六等、田二町を賜わっている。時に少初位上。
二七 上文の東人に委ねられた勇健な一九六人の兵士。
二八 鎮兵は鎮守府に駐屯していた兵士。
二九 この作戦のため新たに陸奥管内の軍団から徴した兵士。
三〇 →補12-七一。
三一 最上郡玉野の地。天平宝字三年九月己丑条に見える玉野駅は同一の駅か。現在の山形県尾花沢市丹生・正厳付近とされる。
三二 →一五九頁注二四。
三三 出羽国の帰服した狄俘。

一 四月三日。
二 且つは何々しながらの意。大室駅のある玉野から北方の比羅保許山・雄勝村方面にはまだ律令国家の支配が行届いていないので、賊を征圧しながら新道を開いて行く。
三 秣が得難く騎馬の大軍を率いて行けない。そこで(さし当って小部隊で、新道を開き)雪が消え草が生えてから(大軍を)始めて送り込む、の意。「蒭」は「芻」に同じ。芻は説文に「象下包二束艸一之形上刈艸(草)也」と見える。馬料の乾し草。
四 以下三一九頁一四―一五行目の「自ら入らずと雖も、事成るべし」まで第二項。多賀柵に帰還後の東人の麻呂への報告。
五 現在の約八四・二キロメートル。
六 新道(特に三月中の奥羽山脈横断路)開通の

東人多賀柵に帰り報告

ゐて、この駅《うまや》に在《あ》りて相待《あひま》つ。[一]三日を以《もち》て、将軍東人《しやうぐんあづまひと》と共《とも》に賊《にしもの》の地《ところ》に入《い》る。且《か》[二]つ、道《みち》を開《ひら》きて行《すす》む。但《ただ》し、賊《にしもの》の地《ところ》は雪深《ゆきふか》く、馬《ま》[三]芻《くさ》得《え》難《がた》し。所以《このゆゑ》に雪消《ゆきき》え草生《くさは》えて、方《まさ》に始《はじ》めて発《おこ》し遣《つかは》す。同月十一日、将軍東人《しやうぐんあづまひと》廻《めぐ》りて多賀柵《たがのき》に至《いた》る。『[四]自《みづか》ら新開《にひはり》の通道《かよひぢ》惣《すべ》て[五]一百六十里を導《みちび》く。或《ある》[六]は石《いは》を剋《き》り樹《き》を伐《き》り、或《ある》は澗《たに》を塡《うづ》み峯《みね》を疏《けづ》る。賀美《かみ》[七]郡より出羽《いでは》国最上《もがみ》[八]郡玉野《たまの》[九]までの八十里は、惣《すべ》て是《こ》れ山野《さんや》[一〇]の形勢険阻《けいせいけむそ》なれども、人馬《じんば》の往還《わうくわん》、大《おほ》きなる艱難《かんなん》無し。玉野《たまの》より賊《にしもの》の地《ところ》、比羅保許《ひらほこ》[一一]山までの八十里は、地勢平坦《ちせいへいたん》にして危嶮《くゐけむ》有ること無し。狄俘《てきふ》ら曰《まう》さく、「比羅保許《ひらほこ》山より雄勝《をかち》[一二]村までの五十餘里は、その間《かん》も亦平《またたひら》なり。唯《ただ》、両河《ふたつのかは》[一三]有り。水漲《みなぎ》るに至《いた》る毎《ごと》に、並《ならび》に船《ふね》を用《もち》ゐて渡《わた》る」とまうす。

東人、田辺難波の融和策を採用

[一四]四月四日、軍《いくさ》、賊《にしもの》の地《ところ》、比羅保許《ひらほこ》山に屯《いは》む。是《これ》[一五]より先《さき》、田辺難波《たなべのなには》が状《じやう》[一六]に偁《まう》さく、「雄勝《をかち》村の俘《ふ》の長《をさ》ら三人来《きた》り降《くだ》りて、拝首《をろが》みて云《まう》さく、『承《うけたまは》り聞《き》かく、官軍《くわんぐん》、我《わ》が村《むら》に入《い》らむとすときく。危懼《くゐく》に勝《た》へず。故《かれ》、来《まか》りて、降《くだ》らむことを請《こ》ふ』とまうす」とまうす。東人曰《あづまひといは》く、「夫《そ》れ、狄俘《てきふ》は甚《はなは》だ姧謀多《かんぼうおほ》く、その言恒《ことつね》無し。輙《たやす》く信《しん》すべからず。而《しか》れども重《かさ》ねて帰順《くゐじゆん》の語《ことば》有らば、仍《より》て共《とも》に平章《むけととの》へむ」といふ。難破《なには》議《はか》りて曰《い》はく、「軍《いくさ》を発《おこ》して賊《にしもの》の地《ところ》に入《い》るは、俘狄《ふてき》を教《をし》へ喩《こしら》へ、城《き》を築《つ》き、民《たみ》を居《を》らしめむが為《ため》なり。

難工事の表現。澗は説文に「山夾レ水也」と見える。谷、また谷川。

七 色麻柵の所在郡。加美郡とも記す。和名抄には川島・磐瀬・余戸の三郷を数える。現在の加美郡は宮城県の西北部に位置する。

八 →[一]補5-六五。

九 大室駅の所在地。大槻如電『駅路通』は、大室駅（丹生・正厳）の東南約三キロメートルに位置する尾花沢市原田の「玉野原」に比定。天平宝字三年九月己丑条に玉野駅を設置したことが見える。

一〇 奥羽山脈を横断するので険阻だが、新道が開通して往復が容易になった。

一一 天平宝字三年九月己丑条に見える平戈駅はこの山麓に設置か。現在秋田・山形・宮城三県の境に近く位置する神室山（標高一三六五メートル）とする説があるが（新野直吉）、最上郡金山町の有屋峠（磯田信義）、真室川町の雄勝峠（高橋富雄）とする説もある。

一二 →二七三頁注一一。

一三 雄物川の上流の役内（やくない）川と、雄物川の本流との二川（新野直吉）。

一四 この頁の三行目に「同月十一日」とあるが、ここは東人が報告の中で「四月四日」と言ったのである。玉野から比羅保許山までは地勢が平坦なので、三日に出発したのに四日にはもう八〇里の新道を開いて山麓に駐屯した。この後十一日に東人は多賀柵に帰った。

一五 以下は、なぜ雄勝村まで軍を進めなかったかということについての釈明。田辺難波の、狄俘を殺傷するよりも宣撫により帰順させるのが得策との意見を受け、東人自身も同意したというのがその内容。

一六 状の提示された時期は未詳。或いは大室駅で東人と合流前か。

非三必[1]窮レ兵残二害順服一。若不レ許二其請一、凌[2]圧[3]直進者、俘等懼怨、遁二走山野一。労多功少。恐非二上策[4]一。不レ如、示二官軍之威[5]一、従二此地一而返。然後、難破[6]、訓以二福順一、懐以二寛恩一。然則、城墎易レ守、人民[7]永安者也。東人以為レ然矣。又東人本計、早入二賊地一、耕種貯レ穀、省二運レ粮[8]費一。而今春大雪、倍二於常年一。由レ是、不レ得三早入二耕種一。天時如レ此。已違二元意一。其唯営二造城墎一、一朝[9]可レ成。而守レ城以レ人、存レ人以レ食。耕種失レ候、将何取給。且夫兵者、見レ利則為、無レ利則止。所以、引レ軍而旋、方待二後年一、始作二城墎一。但為三東人自入二賊地一、奏二請将軍鎮二多賀柵一。今[10]新道既通、地形親視。至二於後年一、雖レ不二自入一、可二以成一レ事者。臣麻呂等愚昧、不レ明二事機一。但東人久将二辺要一、尠[11]二謀不[12]一レ中。加以、親臨二賊境一、

1 必〔底原・底新朱抹傍〕↓校補
2 凌〔底新朱抹傍〕—淩〔底原〕
3 圧〔底原・底新朱抹傍〕↓校補
4 策〔兼等、大〕—第〔東傍・高傍〕
5 威〔底重〕
6 破〔兼・谷、大〕—波〔東・高〕
7 民〔底新朱抹傍〕↓校補
8 粮〔底〕—糧
9 朝〔底重〕—期〔底原〕
10 今—令〔高〕
11 尠〔谷〕—妙〔谷傍イ〕
12 不〔大補〕—ナシ〔兼等〕

必《かなら》ずしも兵《いくさ》[一]を窮《つく》して順服《まつろ》[二]へるを残《そこな》ひ害《やぶ》るに非《あら》ず。若《も》しその請《こひ》を許《ゆる》さずして、[三]凌《しの》ぎ圧《お》し直《ただ》に進《すす》まば、俘《ふ》ら懼《お》ぢ怨《うら》みて山野《さんや》に遁《に》げ走《はし》らむ。労多《らうおほ》くして功少《くうすく》なけむ。恐《おそ》るらくは、上策《じやうさく》に非《あら》ざらむ。如《し》かじ、官軍《くわんぐん》の威《ゐ》を示《しめ》して[四]この地《ところ》より返《かへ》らむには。然《しか》して後《のち》に、難破訓《なにはをし》[五]ふるに福順《ふくじゆん》を以《もち》てし、懐《なつ》[六]くるに寛恩《くわんおん》を以《もち》てせむ。然《しか》らば城墎守《じやうくわくまも》り易《やす》く、人民永《じんみんなが》く安《やす》みせむ」といふ。東人《あづまひと》、

東人、築城を中止

然《しか》りとす。また[七]、東人《あづまひと》の本計《もとはか》るに、早《すみや》かに賊《にしもの》の地《ところ》に入りて、耕種《なりはひ》して穀《こく》を貯《たくは》へ、粮《かて》を運《はこ》ぶ費《つひ》えを省《はぶ》かむとす。而《しか》るに今春《このはる》、大雪《おほゆき》ふること常年《つねのとし》より倍《ま》せり。是《これ》に由《よ》りて早《すみや》かに耕種《なりはひ》に入《い》ること得《え》ず。天《てん》[八]の時此《ときかく》の如《ごと》し。已《すで》に元意《もとのこころ》に違《たが》へり。其《そ》[九]れ唯《ただ》、城墎《じやうくわく》を営《いとな》み造《つく》ること一朝《ひとひ》に成《な》すべし。而《しか》るに、城《き》を守《まも》るには人《ひと》を以《もち》てし、人《ひと》を存《いか》すには食《じき》を以《もち》てす。耕種《なりはひ》、候《とき》を失《うしな》ひて、将何《はたなに》を取《と》りてか給《たま》はむ。且《か》つ夫《そ》れ、[一〇]兵《いくさ》は利《り》を見《み》ては為《な》し、利《り》無くは止《や》む。所以《このゆゑ》に軍《いくさ》を引《ひ》きて旋《めぐら》し、方《まさ》に後年《のちのとし》を待《ま》ちて、始《はじ》めて城墎《じやうくわく》を作《つく》らむ。但《ただ》し、東人自《あづまひとみづか》ら賊《にしもの》の地《ところ》に入らむが為《ため》に、将軍《しやうぐん》として多賀柵《たがのき》を鎮《しづ》めむことを奏《まう》し請《こ》ふ。今《いま》[一一]、新《あらた》しき道既《みちすで》に通《かよ》ひ、地形《ところのさま》親《まのあたり》に視《み》る。後年《のちのとし》に至《いた》らば、自《みづか》[一二]ら入《い》らずと雖《いへど》も、

藤原麻呂、東人の方針変更の裁許を乞う

事成《ことな》るべし』とまうす。臣麻呂《しんまろ》[一三]ら愚昧《おろか》にして、事機《じき》[一四]に明《あきら》かならず。但《ただ》し、東《あづま》人《ひと》、久《ひさ》しく辺要《さかひ》に将《しやう》として、謀《はかりごと》中《あた》らぬこと尠《すくな》し。加以《しかのみならず》、親《みづか》ら賊《にしもの》の境《さかひ》

一 最後まで武力を行使して、の意。
二 帰服する者を無益に殺傷する。「残害」はそこない殺すこと。
三 強引に武力で圧えつける。
四 比羅保許山麓の地。
五 帰順すれば生活も安定し、幸いをもたらすことを教えさとし。
六 寛大な恩恵によって、彼らを懐かせよう。
七 以下九行目の「事成るべし」までが東人の計画変更とその内容。新道も開通し今後の作戦行動が容易になったので、今は雄勝に入らず軍を返すというもの。
八 天の与えた状況がこのようであり本来の意図と乖離してしまった。
九 しかし城墎を営造すること自体は簡単だが、守るのは大変である。九年正月丙申条の東人の奏言では雄勝を征圧する（城墎を営造する）計画であった。
一〇 ここの兵は作戦行動をいう。孫子軍争篇に「兵以レ詐立、以レ利動」とあり、火攻篇に「合二於利一而動、不レ合二於利一而止」とある。また呉子図国篇にも「凡兵之所レ起者、有レ五…二曰争レ利」とある。
一一 （しかし）比羅保許山麓までの道が開通し、その周辺の地形は自分の眼で見て来たの意。
一二 自ら雄勝に進入しなくても、容易に平定することができよう、の意。
一三 以下文末の「発せる軍士は、且つ放ち且つ奏さむ」までが第三項。麻呂の奏言で、東人の意見を尊重し、軍を解くことの奏言。
一四 事機はここでは作戦上の微妙な好機。呉子論将篇に「凡兵有二四機一、一曰気機、二曰地機、三曰事機、四曰力機」とある。

察㆓其形勢㆒、深思遠慮、量定如㆑此。謹録㆓事状㆒、伏聴㆓勅裁㆒。但今[1]間無㆑事、時属㆓農作㆒。所㆑発軍士、且放且奏。○辛酉、参議民部卿正三位藤原朝臣房前薨。送以㆓大臣葬儀㆒。其家固辞不㆑受。房前、贈太[2]政大臣正一位不比等之第二子也。○癸[3]亥、大宰管内諸国、疫瘡時行、百姓多死。詔、奉㆓幣於部内諸社㆒以祈禱焉[4]。又賑㆓恤[5]貧疫之家㆒、并給㆓湯薬㆒療之。○五月甲戌朔、日有㆑蝕之。」請㆓僧六百人㆒、于㆓宮中㆒、令㆑読㆓大般若経㆒焉。○壬辰、詔曰、四月以来、疫旱並行、田[6]苗燋萎。由[7]㆑是、祈㆓禱山川㆒、奠[8]㆓祭神祇㆒、未㆑得㆓効験㆒。至㆑今猶[9]苦。朕以㆓不徳㆒、実致㆓兹災㆒。思㆘布㆓寛仁㆒、以救㆗民患㆖。宜㆑令㆘国郡審録㆓冤獄㆒、掩㆑骼埋㆑胔、禁㆑酒断㆖屠。高年之徒、鰥寡[10]惸独、及京内僧尼男女臥㆑疾、不㆑能㆓自存㆒者、量加㆓賑給㆒。又普賜㆓文武職事以上物㆒。大㆓赦天下㆒。

1 今―令〔底〕
2 太―大〔底〕
3 癸〔底擦重〕―発＝發〔底原〕
4 焉―之〔紀略〕
5 恤〔底原・底新朱抹傍〕
6 田〔高擦〕―由〔高原〕
7 由〔兼・谷、大、類一七三〕―田〔東・高〕
8 奠〔底原・底新朱抹傍・兼・谷・東、大〕―尊〔高〕→校補
9 猶〔大改、類一七三〕―独＝獨〔底新朱傍イ・兼等〕
10 寡＝寘〔底原・底新朱抹傍〕

一 時候も(旧暦の四月で)農作の時期になった、の意。
二 奏可を得た後に兵を解くのでなく、最高指揮官たる麻呂の責任権限で常陸以下六国の騎兵一千や当国の兵五千などを復員させながら上奏し、その了解を求めている。
三 →㊀六五頁注四。懐風藻によれば没時五十七歳。十月丁未に贈正一位左大臣。またその家に二〇年の期限で食封二〇〇〇戸を賜った。以下、疫病によると思われる高官の死があいつぐ。
四 喪葬令4に「凡百官在㆑職薨卒、当司分番会㆑喪、親王及太政大臣散一位、治部大輔監㆓護喪事㆒、左右大臣及散二位、治部少輔、監護、三位治部丞監護」とあり、また同令5に「凡職事官薨卒、賻物、正従一位、絁卅疋、布一百廿端、鉄十連…正従三位、絁廿二疋、布八十八端、鉄六連…太政大臣絁五十疋、布二百端、鉄十五連、親王及左右大臣准㆓一位㆒」とあり、大宝令も同文と推測される。房前の場合大臣葬儀となるので、葬事監護は三位の場合の治部丞に代って治部少輔が行い、また賻物は、

に臨《のぞ》みて、その形勢《ありさま》を察《み》、深《ふか》く思《おも》ひ、遠《とほ》く慮《おもひはか》りて、量《はか》り定《さだ》むること此《かく》の如《ごと》し。謹《つつし》みて事《こと》の状《じやう》を録《しる》して、伏《ふ》して勅裁《ちよくさい》を聴《こ》ふ。但《ただ》し今間《いま》は事《こと》無く、時《とき》[一]、農作《なりはひ》に属《つ》けり。発《おこ》せる軍士《いくさひと》は、且《か》[二]つ放《はな》ち且《か》つ奏《まう》さむ」とまうす。

参議藤原房前没

〇[十七日]辛酉、参議《さむぎ》民部卿《みんぶきやう》正三位藤原《ふぢはら》[三]朝臣房前薨《ふささきこう》しぬ。送《おく》[四]るに大臣《だいじん》の葬《はぶり》の儀《ぎ》を以《もち》てせむを、その家《いへ》固《かた》く辞《いな》びて受《う》けず。房前《ふささき》は、贈太政大臣《ぞうだいじやうだいじん》正一位不比等《ふひと》[五]の第二子なり。

大宰府管内に疫瘡流行

〇[十九日]癸亥、大宰《だいさい》の管内《くわんない》の諸国《くにぐに》、疫瘡《えきさう》時行《はや》りて百姓《はくせい》多《おほ》く死《し》ぬ。詔《みことのり》[六]して、幣《みてぐら》を部内《ぶない》[七]の諸社《もろもろのやしろ》に奉《たてまつ》りて祈《の》み禱《いの》らしめたまふ。また、貧疫《ひんえき》の家《いへ》を賑恤《しんじゆつ》し、并《あは》せて湯薬《たうやく》を給《たま》ひて療《いや》さしむ。

疫病・災害により大赦等の施策

五月甲戌の朔、日《ひ》[八]蝕《は》ゆること有り。僧《ほふし》六百人を請《こ》ひて、宮中《うち》に大般若経《だいはんにやきやう》[九]を読《よ》ましむ。〇[十九日]壬辰、詔《みことのり》[一〇]して曰《のたま》はく、「四月より以来《このかた》、疫《えやみ》・旱《ひでり》並《ならび》に行《おこな》はれ、田苗《たのなへ》燋《や》け萎《な》ゆ。是《これ》に由《よ》りて、山川《さんせん》を祈《の》み禱《いの》り、神祇《あまつかみくにつかみ》[一一]を奠祭《まつ》らしむれど、効験《しるし》を得《え》ず。今《いま》に至《いた》りて猶《なほ》苦《くる》しぶ。朕《われ》、不徳《ふとく》を以《もち》て実《まこと》に茲《こ》の災《わざはひ》を致《いた》せり。寛仁《くわんじん》を布《し》きて民《たみ》の患《わづらひ》を救《すく》はむと思《おも》ふ。国郡《くにこほり》をして審《つばひ》らかに冤獄《ゑんごく》を録《しる》し、骼《かばね》[一二]を掩《おほ》ひて胔《ししむら》を埋《うづ》み、酒《さけ》を禁《いさ》めて屠《ほふ》[一三]りを断《た》たしむべし。高年《かうねん》[一四]の徒《ともがら》と、鰥寡《くわんくわ》[一五]惸独《けいどく》と、京内《みやこのうち》の僧尼《ほふしあま》・男女《をのこめのこ》の疾《やまひ》に臥《ふ》せるとの、自存《じぞん》[一六]すること能《あた》はぬ者《ひと》に、量《はか》りて賑給《しんごふ》を加《くは》へよ。また、普《あまね》く文武《ぶんぶ》の職事《しきじ》[一七]以上に物賜《ものたま》へ。天下《あめのした》に大赦《たいしや》す。

同じく正三位の場合より絁八疋・布三二端・鉄四連増額の優遇措置。こうした措置に出たのは彼の政績に併せて、養老五年十月に内臣に任じられたことが関係するか。
五 →⊖補1‐八六。
六 大宰管内の疫病を鎮めるため、部内の諸社に祈禱させ、また貧疫の家に賑恤を行うことを命じた詔。天平七年八月乙未条にも同様の勅が見える。なお、この賑恤については、天平九年度和泉監正税帳にその実施が見える(古二‐七六・八九・九六頁)ので「また、貧疫の家」以下は全国への発令とも解される。
七 大宰管内の神社。
八 ユリウス暦によれば、七三七年六月三日。奈良においてはこの食は生じなかった。
九 →一五九頁注八。
一〇 四月以後の疫病流行及び旱による農作困難のため祈禱を行ったが、効果のないことを言った後、諸国に対し冤罪者の救済、死者の埋葬、禁酒、肉食の禁などを命じ、さらに賑給を施し天下に大赦を行うことを告げた詔。養老六年七月丙子条にもほぼ同文の詔を見る。この詔に見える賑給が全国的に実施されたことが、天平九年度和泉監・但馬国・豊後国の各正税帳に見える(古二‐四二・四八・五三・五五・六〇・七六・八二・八五・八九・九六頁)。大赦→⊖補2‐九八。
一一 →二五九頁注二。
一二 曝された骨や腐った肉を収め埋める。→一二二頁注二。
一三 屠は牛馬などの肉をさいてばらすこと。
一四 →五頁注二。
一五 →五頁注三・四。
一六 →五頁注四。
一七 →五三頁注二四。

自二天平九年五月十九日昧爽一以前死罪以下、[1]咸従二原免一。其八虐、劫賊、官人受レ財枉レ法、監臨守主自盗、[2]盗レ所二監臨一、強盗・窃盗、故[3]殺人、私鋳銭、常赦所レ不レ免者、不レ在二赦例一。○六月甲辰朔、[4]廃レ朝。以二百[5]官官人患レ[6]疾也。○癸丑、散位従四位下大宅朝臣大国卒。○甲寅、大宰大弐従四位下小野朝[7]臣老卒。○辛酉、散位正[8]四位下長田王卒。○丙寅、中納言正[9]三位多治比真人県守薨。左大臣正二位嶋之子也。○秋七月丁丑、賑二給大倭・伊豆・若狭三国飢疫百姓一。」散位従四位下大野王卒。○壬午、賑二給伊賀・駿河・長門三国疫飢之民一。○乙酉、参議兵部卿従三位藤原朝臣麻呂薨。贈太政大臣不比等之第四子也。○己丑、散位従四位下百済王郎虞卒。○乙未、大二赦天下一。詔曰、比来、縁レ有二疫気多発一、祈二祭神祇一、[10]猶未レ得レ可。而今、右[11]大臣、身体有レ労。寝膳不レ[12]穏。朕以惻隠。可下大二赦天下一、救中此病苦上。自二天平九年七月廿二日昧爽一以前大辟罪已下、咸赦除之。

1 咸（底新朱抹傍・兼等、大）―減〔底原〕、威（類一七三）
2 盗（底新傍補・谷・東・高、大）―ナシ〔底原、類一七三〕、々（兼）
3 殺ノ上、ナシ（底新朱抹）―殺〔底原〕
4 廃＝廢（兼・谷・東、大、類一七三・紀略）―癈〔高〕
5 官〔兼等、大〕―々（類一七三・紀略）
6 疾〔紀略〕―疫（底新傍朱イ・兼等、大、類一七三）→脚注
7 臣〔谷傍補、大〕―ナシ（兼・谷原・東・高）
8 四〔高擦重〕―三（高原）
9 三〔大改、紀略〕―二（底新傍朱イ・兼等）→脚注・校補
10 猶〔大改〕―独＝獨（底新傍朱イ・兼等）
11 大〔谷擦重〕―右（谷原）
12 穏〔底重〕

一　→五一頁注二。
二　→一二一頁注七。
三　→一二一頁注八。
四・五　→一二一頁注九。「守主」は「主守」の顚倒か。
六　→㊀補1―一二二。
七　→一二一頁注一一。
八　→三頁注一八。
九　→三頁注二〇。
10　いわゆる告朔。儀制令5に「凡文武官初位以上、毎二朔日一朝」とある。

百官人の罹病多く、廃務

中納言多治比県守没

参議藤原麻呂没

右大臣藤原武智麻呂病により大赦

天平《てんひやう》九年五月十九日の昧爽《よあけ》より以前《さき》の死罪《しざい》以下、咸《ことごと》く原免《ゆるし》に従《したが》へよ。その[一]八虐《はちぎやく》と、[二]劫賊《こふぞく》と、[三]官人《くわんにん》の財《たから》を受《う》けて法《のり》を枉《ま》げたると、[四]監臨守主《げむりむしゆしゆ》自《みづか》ら盗《たう》せると、[五]監臨《げむりむ》する所《ところ》に盗《たう》せると、[六]強盗《がうだう》・窃盗《せつたう》と、[七]故殺人《こせつにん》と、[八]私鋳銭《しじゆせん》と、[九]常赦《じやうしや》の免《ゆる》さぬとは、赦《しや》の例《つら》に在《あ》らず」とのたまふ。

六月甲辰の朔、[一〇]朝《でう》を廃《や》む。百官《ひやくくわん》の[一一]官人疾《くわんにんやまひ》に患《わづら》へるを以《もち》てなり。○癸丑[十日]、[一二]散位従四位下[一三]大宅《おほやけ》朝臣大国《おほくに》卒《しゆつ》しぬ。○甲寅[十一日]、大宰大弐《だいさいのだいに》従四位下[一四]小野《をの》朝臣老《おゆ》卒《しゆつ》しぬ。○辛酉[十八日]、散位正四位下[一五]長田王《ながたのおほきみ》卒《しゆつ》しぬ。○丙寅[二十三日]、中納言《ちうなふごん》正三位[一六]多《た》治《ち》比《ひ》真人県守《あがたもり》薨《こう》しぬ。左大臣《さだいじん》正二位[一七]嶋《しま》の子なり。

秋七月丁丑[癸酉朔][五日]、大倭《やまと》・伊豆《いづ》・若狭《わかさ》の三国の飢《う》ゑ疫《や》める百姓《はくせい》に賑給《しんごふ》す。散位従四位下[一八]大野《おほの》王卒《しゆつ》しぬ。○壬午[十日]、伊賀《いが》・駿河《するが》・長門《ながと》の三国の疫《や》み飢《う》ゑたる民《たみ》に賑給《しんごふ》す。○乙酉[十三日]、参議《さむぎ》兵部卿《ひやうぶきやう》従三位[一九]藤原《ふぢはら》朝臣麻呂《まろ》薨《こう》しぬ。贈太政大臣《ぞうだいじやうだい》臣《じん》[二〇]不比等《ふひと》の第四子なり。○己丑[十七日]、散位従四位下[二一]百済王郎虞《くだらのこにきしりやうぐ》卒《しゆつ》しぬ。○乙未[二十三日]、天下《あめのした》に大赦《たいしや》す。[二二]詔《みことのり》して曰《のたま》はく、「比来《このころ》、疫気《えきき》多《おほ》く発《おこ》ること有るに縁《よ》りて、神祇《あまつかみくにつかみ》を祈《いの》り祭《まつ》れども猶《なほ》可《よ》きこと得《え》ず。而《しか》るに今《いま》、右大臣《うだいじん》の身体《み》に労《いたつき》有りて、寝膳《しむぜん》穏《おだひ》にあらず。朕《われ》以《もち》て[二三]惻隠《いた》む。天下《あめのした》に大赦《たいしや》してこの病苦《びやうく》を救《すく》ふべし。[二四]天平《てんひやう》九年七月廿二日の昧爽《よあけ》より以前《さき》の大辟罪《だいびやくざい》已下、咸《ことごと》く赦除《ゆる》せ。

一一　底本は疾とするが、兼右本・谷森本等は疫に作り、大系本も疫としている。この年の前後の記事より推すと疫とすべきか。

一二　位階を帯びるが官職についていない者。

一三　→□一二〇七頁注三一。

一四　→五三頁注一四。天平十年度周防国正税帳に天平九年七月二十四日のこととして「下伝使〈大宰故大弐従四位下小野朝臣骨送使対馬嶋史生従八位下白氏子虫〉」とあり(古二―一三一頁)、小野老の骨が送られたことが知られる。

一五　→□一六五頁注二〇。天平七年四月戊申条に見える長田王とは別人。

一六　→□九三頁注九。なお正三位を兼右本等は正二位とするが、天平六年正月に正三位に叙され、同七年二月にも正三位とあり、その後昇叙の記事はないので、正三位を正しいとすべきであろう。

一七　→□補1―一二七。

一八　→□一七七頁注一二。

一九　→三七頁注九。四月の奏上後陸奥より帰京してほどなく没したのであろう。補任によれば没時四十三歳。

二〇　→□補1―八六。

二一　良虞とも記す。→□七三頁注二一。

二二　藤原武智麻呂の病が重いためその平癒を願っての大赦の詔。藤原不比等の場合(養老四年八月辛巳条)に準ずる特別な待遇。天平九年度但馬国正税帳に「賷二免罪赦書一来駅使」とあるのは(古二―六〇頁)、この時のことか。

二三　惻も隠もいたむ。人の不幸などをあわれみいたむ意。孟子、公孫丑上に「惻隠之心、仁之端也」とある。

二四　詔発令の日と日付を異にする。→補12―一九。

其犯二八虐一、私鋳銭及強窃二盗、常赦所レ不レ免者、並不レ在二赦限一。○丁酉[1]、勅、遣二左大弁従三位橘宿禰諸兄・右大弁正四位下紀朝臣男人一、就二右大臣第[2]一、授二正一位一、拝二左大臣一。即日薨。遣二従四位下中臣朝臣名代等一、監二護葬[3]事一。所レ須官給[4]。武智麻呂、贈太政大臣不比等[5]之第一子也。○八月壬寅[6]、中宮大夫兼右兵衛率[7]正四位下橘宿禰佐為卒。○癸卯、令[8]二四畿内二監及七道諸国、僧尼清浄沐浴一。一月之内二三度、令レ読二最勝王経一。又[9]月六斎[10]日、禁二断殺生一。○丙午、参議式部卿[11]兼大宰帥[12]正三位藤原朝臣宇合薨。贈太[13]政大臣不比等之第三子也。○甲寅、詔曰、朕、君二臨宇内一、稍歴二多年一。而風化尚擁[14]、黎庶未レ安。通[15]旦[16]忘[17]レ寐、憂[18]労在レ茲[19]。又自レ春已来、災気遽発、天下百姓、死亡実多、百[20]官人等、闕卒不レ少。良由二朕之不徳一、致二此災殃一。仰レ天慙惶、不二敢寧処[21]一。故可下優二復百姓一使上レ得二存済一。免二天下今年租賦

1 酉ノ下、ナシ〔兼・谷、大〕—正一位左大臣藤原朝臣武智麻呂薨（東・高）→脚注
2 第〔大〕—弟（兼等）
3 葬〔兼等〕—喪（大改、紀略）→脚注
4 給〔底新朱抹傍〕—紘〔底原〕
5 等〔底新朱抹傍〕—第〔底原〕
6 寅ノ下、ナシ—朔（大補）
7 率〔大改〕—卒（兼等）
8 令〔底〕—命〔底新傍朱イ・兼等、大〕
9 又—毎（紀略）
10 斎—斉〔底〕
11 卿〔底新傍補〕—ナシ〔底原〕
12 帥〔兼・東、大〕—師（谷・高）
13 太—大〔底〕
14 擁—壅（類一七三）
15 通〔底新傍朱イ〕—適〔底〕
16 旦〔谷、大、類一七三〕—且（兼・東・高）
17 忘〔底原・底新朱抹傍〕→校補
18 憂→校補
19 茲—慈〔底〕
20 百官人等闕卒不少良由〔類八三補〕—ナシ（類八三原）
21 処—所（大）

一 橘諸兄等を武智麻呂第に遣わし正一位に叙し左大臣を授けるという勅。東山本・高松宮本は丁酉の下に「正一位左大臣藤原朝臣武智麻呂薨」の一五字があるが不要。
二 もと葛城王→㊁補5—六。本条は天平八年十一月橘宿禰賜姓後最初の記事。
三 →㊀九三頁注一六。
四 家伝下に「至二九年七月一遘疾弥留、朝廷惜レ之、其廿四日皇后親臨、称レ勅問レ患、叙二正一位一徙為二左大臣一、其翌日薨二于左京私第一、春秋五十有八矣、帝聞二公薨一、永慟二于懐一、輟レ朝三日、遂給二羽葆鼓吹一、八月五日火二葬于佐保山一、礼也」とあり、武智麻呂に官位を与えた日を続紀より一日前に記す他、没後の記事を収める。
五 →補10—一九。
六 紀略は「喪事」に作り、大系本はこれにより「喪事」に改めている。本来は喪事と見られる。喪葬令4では「監護喪事」とあって、天平五年正月の県犬養三千代の場合には喪事とあるが、天平七年九月の新田部親王、十一月の舎人親王の場合は葬事とあり、統一はない。
七 →㊁補1—八六。
八 朔とはないが「壬寅」は朔日。大系本は朔の字を補う。
九 中務省の被管である中宮職の長官。相当位は従四位下。中宮職は皇后・皇太后などの事務を担当する官司。大宝令施行後は文武夫人

その八虐《はちぎやく》を犯《をか》せると、私鋳銭《しじゆせん》と、強《がう》・窃《せつ》の二盗と、常赦《じやうしや》の免《ゆる》さぬとは、並《ならび》に赦《しや》の限《かぎり》に在《あ》らず」とのたまふ。〇丁酉（二十五日）、勅《みことのり》[一]して、左大弁《さだいべん》従三位橘《たちばな》[二]宿禰諸兄《もろえ》、右大弁《うだいべん》正四位下紀《き》[三]朝臣男《を》人《ひと》を遣《つかは》して、右大臣《うだいじん》[四]の第《てい》に就《つ》きて正一位を授《さづ》け、左大臣《さだいじん》を拝《はい》せしめたまふ。即日《そのひ》、薨《こう》しぬ。従四位下中臣《なかとみ》[五]朝臣名代《なしろ》らを遣《つかは》して、葬《はぶり》[六]の事《こと》を監護《みまも》らしむ。須《もち》ゐるものは官《つかさ》より給《たま》ふ。武智麻呂《むちまろ》は贈太政大臣不比等《ぞうだいじやうだいじんふひと》[七]の第一子なり。

左大臣武智麻呂没

八月壬寅[八]、中宮大夫《ちゆうぐうだいぶ》[九]兼右兵衛率《うひやうゑのかみ》[一〇]正四位下橘《たちばな》[一一]宿禰佐為《さゐ》卒《しゆつ》しぬ。〇癸卯（二日）、四畿内・二監と七道《しちだう》の諸国《くにぐに》との僧尼《ほふしあま》をして清浄沐浴《しやうじやうもくよく》[一二]せしむ。一月の内に二三度、最勝王経《さいしようわうきやう》[一三]を読《よ》ましむ。また、月《つき》の六斎日《ろくさいにち》[一四]に、殺生《せちしやう》を禁断《きむだん》す。〇丙（五日）午、参議式部卿《さむぎしきぶきやう》兼大宰帥《だいさいのそち》正三位藤原《ふぢはら》[一五]朝臣宇合《うまかひ》薨《こう》しぬ。贈太政大臣不比等《ぞうだいじやうだいじんふひと》の第三子なり。

参議藤原宇合没

〇甲寅（十三日）、詔《みことのり》[一六]して曰《のたま》はく、「朕《われ》、宇内《くにのうち》に君《きみ》として臨《のぞ》み、稍《やや》く多《なが》き年《とし》を歴《へ》たり。而《しか》れども風化《おもぶけ》[一七]尚擁《なほとどこほ》り、黎庶《おほみたから》安《やす》からず。通旦《よもすがら》、寐《い》ぬることを忘《わす》れ、憂労《いたはしみ》茲《ここ》に在《あ》り。また、春より已来《このかた》、災気《さいき》遽《には》かに発《おこ》り、天下《あめのした》の百姓《はくせい》死亡《し》ぬること実《まこと》に多《おほ》く、百官人等《ひやくくわんにんども》も闕《か》け卒《し》ぬること少《すくな》からず。良《まこと》に朕《わ》が不徳《ふとく》に由《よ》りて、この災殃《さいあう》[一八]を致《いた》せり。天《あめ》を仰《あふ》ぎて慙《は》[一九]ぢ惶《おそ》り、敢《あ》へて寧《やす》く処《を》らず。故《かれ》、百姓《はくせい》を優復《いうふく》し、存済《そんせい》すること得《え》しむべし。天下《あめのした》の今年《ことし》の租賦《そふ》[二〇]

災異により租賦・出挙未納を免除

宮子のための官司で、光明皇后には別に皇后宮職が設置された。中宮職→補10―六。

一〇 →(一)三五頁注一一。

一一 もと佐為王。橘諸兄の弟。→(一)補6―二九。

一二 水を浴びて身を清めること。暑熱の国インドでは沐浴が生活上必須であるため、仏教教団でも沐浴が許され、厳しい規制を設けた上で罪や穢れを払うため行われた。この観念・行為が日本の仏教にも採り入れられたもの。

一三 →一六一頁注一九。

一四 阿含経その他の経典に由来し、毎月八日、十四日、十五日、二十三日、二十九日、三十日を言う。この日には天界から四天王自ら、またその使者が下界に降って衆生を監視するとある。その日には身心を清浄に保ち、善事を行い精進することが要求された。雑令5に「凡月六斎日、公私皆断$_{二}$殺生$_{一}$」と見え、天平十三年の国分寺建立の詔にも、六斎日に漁猟殺生を禁じたことが見える。

一五 →補7―二二。懐風藻によれば没時四十四歳。

一六 疫病を鎮めるため、租賦や公私出挙稲の未納を免除する一方、霊験を願って諸神に奉幣するとともに大宮主・御巫・祝部等に叙爵を行うという詔。

一七 上が善教を垂れて下を感化すること。詩経、豳風七月序に「故陳$_{二}$后稷先公風化之所$_{レ}$由」と見え、顔氏家訓に「夫風化者、自$_{レ}$上而行$_{二}$於下$_{一}$者也」とある。

一八 災も殃もわざわい。殃は説文に「殃、凶也」とある。災殃は天の下すわざわい。

一九 恥じ恐れかしこむ。

二〇 租は田租。賦は賦役。但し田租を租賦と称することもある。

及百姓宿負公私稲一。公稲限二八年以前一。私稲七年以前。其在二諸国一、能起二風雨[1]一、為二国家[2]一有レ験神、未レ預二幣帛[3]一者、悉入二供幣之例一。賜[4]二大宮主・御巫・坐摩[5]御巫・生嶋御巫及諸神祝部等爵一。○丙辰、為二天下太[6]平、国土安寧一、於二宮中一十五処[7]一、請二僧七百人一、令レ転二大般若経・最勝王経一。度四百人。四畿内七道諸国五百七十八人[8]。○庚申、以二正四位上多治比真人広成一為二参議一。○辛酉、三品水主内親王薨。天智天皇[9]之皇女也。○甲子、正五位下巨勢朝臣奈弖[10]麻呂為二造[11]仏像司長官一。○丁卯、以二玄昉[12]法師一為二僧正一。良敏法師為二大僧都一。○九月癸巳、詔曰、如聞、臣家之稲[13]、貯二蓄[14]諸国一、出[15]二挙百姓一、求レ利交関[16]。無知愚民、不レ顧二後害一、迷レ安乞[17]レ食、忘[18]二此農務一。遂逼二乏[19]困一、逃二亡[20]他所一、父[21]子流離、夫婦相失。百姓弊[22]窮、因[23]レ斯弥甚。実是、国司教喩、乖レ方之所レ致也。朕甚愍焉。済レ民之道、豈合[24]レ如レ此。自レ今以後、悉皆禁断。催二課百姓一、一赴[25]二産業一、必使レ不レ失二地宜一。人阜家

1雨(底重)―両＝兩〔底原〕
2家―ナシ(東)
3幣―弊〔底〕
4賜〔底〕―給(谷傍補、大、類一七三)、例(東・高)、ナシ(兼・谷原)→校補
5坐―座(類一七三)
6太(兼等、大)―大〔底〕、泰(紀略)
7処→校補
8人―ナシ〔底〕
9天智天皇→校補
10弖＝氐〔兼・谷・高、大〕―氐(東)、良(紀略)
11造(底新朱抹傍)―為〔底原〕
12昉(底新傍補)―ナシ〔底原〕
13稲ノ下、ナシ→校補
14蓄(大改、類八四)―蕃〔兼等〕
15出挙→校補
16関(東、大)―開〔兼・谷、類八四〕、開(高)
17乞―衣(類八四)
18忘〔谷重〕―忌(谷原)
19乏〔谷重、大、類八四〕―之(兼・谷原・東・高)
20亡―已(東)
21父(底新朱抹傍)―文〔底原〕
22弊〔谷・東、大、類八四〕―幣(兼・高)
23因―困(兼)
24合―令〔底〕
25赴→校補

一　公私出挙稲の未払いの溜ったもの。なお天平九年度和泉監正税帳にこの詔により田租の免除及び三か年の出挙未納の免除の記事が見える(古二―八〇・八八頁)。出挙→□一補1―二六。

二　→□一補3―四三。

三　新撰字鏡に「巫〈武倶反、加无奈支〉」とあり、神に仕え祭りに奉仕し、神意などを求める人。日本では通常女性。職員令1集解令釈に「巫者、知二鬼神之道一也。在レ男曰レ巫、在レ女曰レ覡、一説、在レ男曰レ覡、在レ女曰レ巫、此令取二此説一」とあり、臨時祭式に「凡御巫、御門巫、生嶋巫各一人…、取二庶女堪上事充之、但考選准二散事官人一」とある。神名式に宮中神卅六座の中の神祇官西院坐御巫等祭神廿三座に御巫祭神八座がある。

四　坐摩神は居所知(イガシリ)の義で宮中を守る神、また居之代の意で家屋・屋敷を守る神、或いは井之後の意で地名、さらには井之塘の意で溝水の神とも言われるが、二宮正彦は古語拾遺の説く大宮地(大内裏)の神霊説を妥当と見

宮中に大般若経・最勝王経転読

玄昉を僧正とする

私稲出挙を禁じる

と百姓宿負《はくせいしゆくふ》[一]の公私稲《くしたう》とを免《ゆる》す。公稲《くたう》は八年より以前《さき》を限《かぎ》れ。私稲《したう》は七年より以前。その諸国《くにぐに》に在《あ》りて能《よ》く風雨《かぜあめ》を起《おこ》し、国家《くに》の為《ため》に験《しるし》有る神《かみ》の、幣帛《みてぐら》に預《あづか》らぬは、悉《ことごと》く供幣《ぐへい》の例《ためし》に入《い》れよ。大宮主《おほみやじ》[二]・御巫《みかむなぎ》[三]・坐摩御巫《ゐかすりのみかむなぎ》[四]・生嶋《いくしまの》[五]御巫《みかむなぎ》と、諸神《かみがみ》の祝部等《はふりども》[六]とに爵《しやく》を賜《たま》ふ」とのたまふ。○（十五日）丙辰、天下太平国土《てんかたいへいこくと》安寧《あんねい》の為《ため》に宮中《うち》の一十五処にして、僧《ほふし》七百人を請《ま》きて、大般若経《だいはんにやきやう》[七]・最勝王《さいしようわう》[八]経《きやう》を転《てん》せしむ。度《ど》すること四百人。四畿内・七道《しちだう》の諸国《くにぐに》は五百七十八人。○（十九日）庚申、正四位上多治比《たぢひ》[九]真人広成《ひろなり》を参議《さむぎ》[一〇]とす。○（二十日）辛酉、三品水主内親王《もひとりのひめみこ》[一一]薨《こう》しぬ。天智天皇《てんちてんわう》の皇女《ひめみこ》なり。○（二十三日）甲子、正五位下巨勢《こせ》[一二]朝臣奈弖麻呂《なでまろ》を造仏《ざうぶつ》[一三]像司長官《ざうしちやうぐわん》とす。○（二十六日）丁卯、玄昉法師《ぐゑんばうほふし》[一四]を僧正《そうじやう》[一五]とす。良敏《らうみん》[一六]法師を大僧都《だいそうづ》とす。

九月（壬申朔）癸巳（二十二日）、詔《みことのり》[一七]して曰《のたま》はく、「如聞《きくな》らく、「臣家《しんか》の稲《いね》、諸国《くにぐに》に貯《つ》み蓄《たくは》へ、百姓《はくせい》に出挙《すいこ》し、利《くぼさ》を求《もと》めて交関《けうくゑん》す。無知《むち》の愚民《ぐみん》、後《のち》の害《そこなひ》を顧《かへり》みずして安《やす》きに迷《まよ》ひ食《じき》を乞《こ》ひ、この農務《なりはひ》を忘《わす》れて、遂《つひ》に乏困《ぼふこん》に逼《せ》まられ、他所《あたしところ》へ逃亡《たうばう》して、父子《ふし》流離《りうり》し、夫婦《ふふ》相失《あひうしな》ふ」ときく。百姓《はくせい》の弊窮《へいきう》斯《これ》に因《よ》りて弥《いよいよ》甚《はなはだ》し。実《まこと》に是《こ》れ、国司《こくし》の教喩《けうゆ》、方《はう》に乖《そむ》けるが致《いた》せるなり。朕甚《われはなは》だ愍《あはれ》む。民《たみ》を済《すく》ふ道《みち》、豈此《あにかく》の如《ごと》くあるべけむや。今《いま》より以後《のち》、悉《ことごと》く皆禁断《みなきむだん》す。百姓《はくせい》を催《もよほ》し課《おほ》せ、一《もは》ら産業《なりはひ》に赴《おもぶ》かしめ、必《かなら》ず地宜《ちぎ》を失《うしな》はざらしめば、人阜《ひとゆた》[一八]かにして、家《いへ》

る。坐摩御巫は、この神に仕える御巫。神名式によれば座摩巫祭神五座及び生嶋巫祭神二座が、神祇官西院坐御巫等祭神廿三座の中に含まれている。また職員令1集解令釈所引の別記には「御巫五人、倭国巫二口、左京生嶋一口、右京座摩一口、御門一口、各給二廬守一一人一、又免二戸調役一也」とあって、生嶋・座摩の御巫のことが見え、さらに臨時祭式には前注に引用した条文の他、「凡座摩巫、取二都下国造氏童女七歳已上者一充レ之、若及二嫁時一、申二弁官一充替」の規定を見ることができる。

五 生嶋神は国土の霊格を表わした神。この祭神二座に仕える御巫が生嶋御巫。前注参照。

六 →五頁注一。

七 →一五九頁注八。

八 →一六一頁注一九。

九 →㈠一二九頁注二五。

一〇 →二四九頁注一〇。この年疫病によって議政官が多く没し、中納言多治比県守も含まれていたため、その後を承けるかたちでの広成の参議就任。この後九月己亥に中納言となる。

一一 →㈠補6-六四。

一二 →二〇九頁注二九。

一三 この官司はこの年三月丁丑の詔と関係があるか。

一四 →補12-三六。

一五 僧綱の一。僧綱制→㈠補1-六三。

一六 法相宗の僧。義淵の弟子。神亀元年律師、天平元年少僧都。天平十年没。

一七 私稲出挙を禁止する詔。→補12-七二。

一八 新撰字鏡に「阜、父口反、…盛也、大也、肥也、厚也、長也」とあり、また「贍、又作レ饍、市占反、饒也、助也、足也」とある。生活が豊かに富むの意。

贍。如有レ違者、以二違勅一論、其物没官。国郡官人、即解[1]二見任一。」是日、[2]停二筑紫防人一、帰二于本郷一。差二筑紫人一、令レ戍二壱岐[3]・対馬一。○己亥、以[4]二従三位鈴鹿王一為二知太政官事一。従三位橘宿禰諸兄為二大納言一。正四位上多治比真人広成為二中納言一。広成及百済王南典並授二従三位一。従四位下高安王従四位上。无位諱天宗高紹天皇也。・道祖王並従四位下。无位倉橋王・明石王・宇治王・神前[5]王・久勢王・河内王・尾[6]張王・古市王・大井王・安宿王並従五位下。正五位下巨[7]勢朝臣奈弖[8]麻呂、正五位上藤原朝臣豊成並従四位下。正五位下[9]大伴宿禰牛養・高橋朝臣安麻呂・石上朝臣乙麻呂並正五位上。従五位上県犬養宿禰石次・吉田連宜並正五位下。従五位下石川[10]朝臣麻呂従五位上。正六位上阿倍朝臣吾人・石川朝臣牛養・多治比真人牛養・阿倍朝臣佐美麻呂、従六位下巨勢朝臣浄成、従六位上藤原朝臣乙麻呂・藤原朝臣永手[11]・藤原朝臣広嗣並従五位下。正六位上為奈真人馬養・紀朝臣鹿[12]人・賀茂朝臣高麻呂・路[13]真人宮守・波多朝臣孫足、従六位下佐伯宿禰常

1解〔谷擦重・東傍・高傍、大、類八四〕—拝〔底新傍朱イ・兼・谷原・東・高〕
2日〔底原・底新朱抹傍〕→校補
3岐〔底〕—伎
4以ノ下、ナシ〔谷抹、大〕—後〔兼・谷原・東・高〕→校補
5前〔底新傍補〕—ナシ〔底原〕
6尾張王古市王大井王〔高擦重〕
7巨〔高擦重〕—正〔高原〕
8弖＝氏—氏〔東〕
9五位下〔高擦重〕—五位〔高原〕
10川〔底〕—河
11手〔兼重〕
12鹿〔底擦重〕
13路〔底原、大補〕—ナシ〔底新朱抹・兼等〕

一 →〔一〕一九五頁注一二。
二 三代格にはこの下に「科罪」の二字がある。
三 本条については天平二年九月己卯条とあいまって種々の見解がある。→補10―六七。
四 この命令が実施に移され防人が帰郷の途についたことは、天平十年度筑後国正税帳に「依レ勅還二郷防人一」(古二―一四七頁)、同年度の周防国正税帳に約二三〇〇人の「向レ京防人」(古二―一三九頁)の見えること、また同年の駿河国正税帳にこの国を通過した旧防人一〇八二人の記されていること(古二―一一三頁)から知られる。防人→〔一〕補6―一二。
五 →補12―七三。
六 本条は疫病により多くの官人が病没したため、その欠員を埋めるための特別の任官及び叙位。
七 →〔一〕補5―八。前任官は参議大蔵卿(天平三年八月丁亥条)。知太政官事の前任者は舎人親王(天平七年十一月乙丑条)。
八 →〔一〕補5―六。前任官は参議左大弁(天平九年七月丁酉条)。大納言は慶雲二年四月定員二名と定められたが、天平三年七月辛未の大伴旅人没後は藤原武智麻呂のみ。天平六年正月己卯の武智麻呂の右大臣就任以後は欠官。
九 →〔一〕一二九頁注二五。前任官は参議(天平九年八月庚申条)。中納言は慶雲二年四月定員三名と定められたが、天平四年二月乙未の阿倍広庭没後は多治比県守のみ。天平九年六月丙寅に県守の没後は任命者なし。正四位上昇叙は天平七年四月。
一〇 →〔一〕補4―一八。正四位上昇叙は天平七年四月。

防人を停止

鈴鹿王知太政官事、橘諸兄大納言、多治比広成中納言となる

贍《にぎは》はむ。如《も》し違《たが》ふこと有らば、[一]違勅《ゐちよく》を以《もち》て[二]論《あげつら》ひ、その物《もの》は没官《もつくわん》、国郡《こくぐん》の官《くわん》人《にん》は即《すなは》ち見任《げんにむ》を解《と》け」とのたまふ。[三]是《こ》の日《ひ》、筑紫《つくし》の防人《さきもり》を停《とど》め、[四]本郷《もとつくに》に帰《かへ》し、[五]筑紫《つくし》の人《ひと》を差《つかは》して、壱岐《いき》・対馬《つしま》を戍《まも》らしむ。○[六]己亥《二十八日》、従三位[七]鈴鹿王《すずかのおほきみ》を知太政官事《ちだいじやうぐわんじ》とす。従三位[八]橘《たちばな》宿禰諸兄《もろえ》を大納言《だいなふごん》。正四位上[九]多治比《たぢひ》真人広成《ひろなり》を中納言《ちうなふごん》。広成《ひろなり》と[一〇]百済王《くだらのこにきし》南典《なむてん》とに並《ならび》に従三位を授《さづ》く。従四位下[一一]高安《たかやす》王に従四位上。无位[一二]諱《いみな》天宗高紹天皇《あめむねたかつぎすめらみこと》なり。・[一三]道祖《ふなと》王に並に従四位下。无位[一四]倉橋《くらはし》王・[一五]明石《あかし》王・[一六]宇治《うぢ》王・[一七]神前《かむさき》王・[一八]久勢《くせ》王・[一九]河内《かふち》王・[二〇]尾張《をはり》王・[二一]古市《ふるち》王・[二二]大井《おほゐ》王・[二三]安宿《あすかべ》王に並に従五位下。正五位下[二四]巨勢《こせ》朝臣奈弖麻呂《なでまろ》、正五位上[二五]藤原《ふぢはら》朝臣豊成《とよなり》に並に従四位下。正五位下[二六]大伴《おほとも》宿禰牛養《うしかひ》・[二七]高橋《たかはし》朝臣安麻呂《やすまろ》・[二八]石上《いそのかみ》朝臣乙麻呂《おとまろ》に並に正五位上。従五位上[二九]県犬養《あがたいぬかひ》宿禰石次《いはすき》・[三〇]吉田《きつた》連宜《よろし》に並に正五位下。従五位下[三一]石川《いしかは》朝臣麻呂《まろ》に従五位上。正六位上[三二]阿倍《あへ》朝臣吾人《あひと》・[三三]石川《いしかは》朝臣牛養《うしかひ》・[三四]多治比《たぢひ》真人牛養《うしかひ》・[三五]阿倍《あへ》朝臣佐美麻呂《さみまろ》、従六位下[三六]巨勢《こせ》朝臣浄成《きよなり》、従六位上[三七]藤原《ふぢはら》朝臣乙麻呂《おとまろ》・[三八]藤原《ふぢはら》朝臣永手《ながて》・[三九]藤原《ふぢはら》朝臣広嗣《ひろつぐ》に並に従五位下。正六位上[四〇]為奈《ゐな》真人馬養《うまかひ》・[四一]紀《き》朝臣鹿人《かひと》・[四二]賀茂《かも》朝臣高麻呂《たかまろ》・[四三]路《みち》真人宮守《みやもり》・[四四]波多《はた》朝臣孫足《ひこたり》、従六位下[四五]佐伯《さへき》宿禰常《つね》

一一 →㊀補6-二。従四位下昇叙は神亀四年正月。

一二 白壁王。天智の孫。施基皇子の子。母は紀諸人の女、橡姫。後に即位(光仁)。天宗高紹天皇は国風謚号。延暦元年正月己未に謚された。天平十八年四月従四位上、以後位階の昇叙を受け、天平宝字八年九月正三位、天平神護二年正月に大納言就任。宝亀元年八月立太子、同年十月即位。天応元年四月譲位。同年十二月丁未没。諱→補12-七四。

一三 天武の孫。新田部親王の子。天平十年閏七月散位頭。同十二年十一月従四位上。天平勝宝八歳五月聖武太上天皇の遺詔により皇太子となったが、天平宝字元年三月聖武の諒闇中の行為により廃太子。同年七月橘奈良麻呂の変に坐し杖下に死。

一四-二三 →補12-七五。

二四 →二〇九頁注二九。正五位下昇叙は天平八年正月。

二五 →一四七頁注一二。正五位上昇叙は天平九年二月。

二六 →㊀一四五頁注二七。正五位下昇叙は養老四年正月。

二七 →四一頁注一四。正五位下昇叙は神亀二年閏正月。

二八 →一四七頁注一一。正五位下昇叙は天平八年正月。

二九 →補8-五一。従五位上昇叙は天平元年三月。

三〇 →㊀補1-一四一。従五位上昇叙は和銅七年正月より養老五年正月の間。

三一 →補9-二四。従五位下昇叙は養老七年正月。

三二-三九 →補12-七六。

四〇-四五 →補12-七七。

人、正六位上平群朝臣広成在㆑唐、未㆑帰。・大宅朝臣君子・穂積朝臣老人、従六位上大伴宿禰[1]祜[2]信備、正六位上柿本朝臣浜名・太朝臣国吉、正六位下巨勢斐太朝臣嶋村・菅生朝臣古麻呂、正六位上小野朝臣東人、正[3]六位下中臣熊[4]凝朝臣五[5]百嶋、正七位上阿倍朝臣虫麻呂、従七位上県犬養宿禰大国、正六位上土師宿禰御目・高麦[6]大・民忌寸大梶・於忌寸人主・文忌寸馬養・大津[7]連船人並外従五位下。因施㆓両京・四畿・二監僧正已下沙弥[8]尼已上、惣二千三百七十六人綿并[9]塩㆒、各有㆑差。○[10]冬十月壬寅、令㆔左右京職停㆑収㆓徭銭㆒。○丁未、停㆔額外散位輸㆓続労銭㆒。」贈㆓民部卿正三位藤原朝臣房前正一位左大臣㆒、并賜㆓食封二千戸於其家㆒。限以㆓廿年㆒。○己未、地震。○庚申、[11]天皇御㆓南[12]苑㆒。授㆓従五位下安宿王従四位下、无位黄文王従五位下、円方女王・紀女王・忍海部女王並従四位下㆒。○甲子、令㆔百官人等[13]買㆓薪一千荷㆒。従三位鈴鹿王已下文官番上已上、躬担進㆓于中宮供養院㆒。○丙寅、講㆓金光明最勝王経于[14]太極殿㆒。朝[15]庭之儀、一同㆓元日㆒。

1 祜〈意改〉(大改)―祐
2 信〔兼等、大〕―倍(東傍・高傍)
3 六(底新傍朱イ)―五〔底〕
4 凝〔底重〕
5 百〔谷擦重〕―位(谷原)
6 大〔底〕―太
7 連―ナシ(高)
8 尼〔底〕―ナシ(底新朱傍按・兼等、大)→校補
9 塩＝鹽―監〔底〕
10 冬十月→校補
11 申ノ下、ナシ(底新朱抹)―位黄〔底原〕→校補
12 苑―菀〔底〕→校補
13 買―貢(大改)→脚注・校補
14 太〔兼等〕―大(大、紀略)→校補
15 庭〔底〕―廷

一八 →補12―七七。

一九 この日の任官叙位の記事と、「因」以下の僧尼に対する賑恤の文とに因果関係を見出すのは困難。天平九年度和泉監正税帳によると、「依㆓九月廿八日恩勅㆒、賑㆓給高年八十年已上壱伯弐拾伍人㆒、稲穀壱伯伍拾弐斛〈百年三人別三斛、九十年廿一人別二斛、八十年一百一人別一斛〉」とあり(古二―七六頁)、任官叙位とは別に京畿内の僧尼及び高年者に対し賑給を行う旨の勅文発令の記事を脱したか。

二〇 芳野(補11―二七)・和泉(補7―一二)の二監。

二一 沙弥尼は、出家して十戒を守っているが、まだ具足戒を受ける以前の女子で、やがて比丘尼となる修行の者。

二二 天平六年五月に少丁の雑徭銭納を廃止し、正丁・次丁は納銭の時期を変更したが、本条はその処置方法をさらに進め銭納の廃止に踏み切ったもの。徭銭→二七九頁注一四。

二三 定員外の散位の納める続労銭の負担が重いため、その負担を軽減し、それにより惹起される社会不安を除去せんとしたもの。直接の契機として疫病による社会の動揺が考えら

人《ひと》、正六位上平群《へぐり》[一]朝臣広成《ひろなり》 唐《もろこし》に在《あ》りて帰《かへ》らず。・大宅《おほやけ》[二]朝臣君子《きみこ》・穂積《ほづみ》[三]朝臣老人《おきな》、従六位上大伴《おほとも》[四]宿禰祜信備《こしび》、正六位上柿本《かきのもと》[五]朝臣浜名《はまな》・太《おほ》[六]朝臣国吉《くによし》、正六位下巨勢斐太《こせのひだ》[七]朝臣嶋村《しまむら》・菅生《すがふ》[八]朝臣古麻呂《こまろ》、正六位上小野《をの》[九]朝臣東人《あづまひと》、正六位下[一〇]中臣熊凝《なかとみのくまこり》朝臣五百嶋《いほしま》、正七位上阿倍《あへ》[一一]朝臣虫麻呂《むしまろ》、従七位上県犬養《あがたいぬかひ》[一二]宿禰大国《おほくに》、正六位上土師《はじ》[一三]宿禰御目《みめ》・高麦大《かうばくた》[一四]・民《たみ》[一五]忌寸大梶《おほかぢ》・於《うへ》[一六]忌寸人主《ひとぬし》・文《ふみ》[一七]忌寸馬養《うまかひ》・大津《おほつ》[一八]連船人《ふなひと》に並《ならび》に外従五位下。因《より》[一九]て、両京《りやうきやう》・四畿・二監[二〇]の僧正《そうじやう》已下、沙弥尼《しやみに》[二一]已上、惣《すべ》て二千三百七十六人に綿《わた》、并《あは》せて塩《しほ》を施《ほどこ》すこと各差《おのおのしな》有り。

左右京の雑徭銭納を禁じる

冬十月（辛丑朔）壬寅（二日）、左右《さう》[二二]の京職《きやうしき》をして徭銭《えうせん》を収《をさ》むることを停《とど》めしむ。

藤原房前に正一位左大臣・封戸を追贈

○丁未（七日）[二三]、額外《きやくぐゑ》の散位《さんゐ》に続労銭《ぞくらうせん》[二四]を輸《いだ》すことを停《とど》む。民部卿《みんぶきやう》正三位藤原《ふぢはら》[二五]朝臣房前《ふささき》に正一位左大臣《さだいじん》を贈《おく》り、并《あは》せて食封《じきふ》[二六]二千戸をその家《いへ》に賜《たま》ふ。限《かぎり》は廿年を以《もち》てす。○己未（十九日）、地震《なゐ》ふる。○庚申（二十日）、天皇《すめらみこと》、南苑《なむゑん》[二七]に御《おは》します。従五位下安宿王《あすかべのおほきみ》[二八]に従四位下を授《さづ》く。无位黄文王《きふみ》[二九]に従五位下。円方女王《まとかたのひめみこ》[三〇]・紀《き》[三一]女王・忍海部《おしぬみべ》[三二]女王に並に従四位下。

百官人薪を貢進

○甲子（二十四日）、百官人等《ひやくくわんにんども》をして薪《たきぎ》一千荷を買《か》[三三]はしむ。従三位鈴鹿《すずか》[三四]王已下、文官《ぶんくわん》の番上《ばんじやう》已上、躬《みづか》ら担《にな》ひて、中宮《ちうぐう》[三五]の供養院《くやうゐん》に進《たてまつ》る。

大極殿で最勝王経講説

○丙寅（二十六日）、金光明最勝王経《こむくわうみやうさいしようわうきやう》[三六]を太極殿《だいごくでん》に講《かう》す。朝庭《でうちやう》の儀《ぎ》、一《もは》[三七]ら元日《ぐわんにち》に同《おな》じ。

れる（岸俊男）。

二四 ここの続労は、財物を納めて前任を継続し考選の資格を得ることを意味する。そのために用いる銭貨が続労銭。→補12-一七。

二五 →㊀六五頁注四。この年四月辛酉に没。

二六 天平十年度周防国正税帳に、官租穀から故左大臣藤原家の封穀を割くとの記載が見える（古二-一四三頁）。

二七 →補9-一二六。

二八-三二 →補12-七八。

三三 「買」を考證は「狩谷氏曰、買疑当レ作レ貢」と記し、大系本はこれに従って「貢」に改めている。本条の内容より推して「貢」とすべきであろう。薪を貢することは天武紀四年正月にすでに見え、雑令26にも「凡文武官人、毎年正月十五日並進レ薪、〈長七尺、以二廿株一為二一担一〉一位十担、三位以上八担、四位六担、五位四担、初位以上二担、無位一担、諸王准レ此、〈無位皇親、不レ在二此例一〉」とあり同条集解令釈（逸文）に神亀五年格を引き、それには「外五位進レ薪以二三荷一為レ限」と見える。古来中国では人のために薪を拾うことはその人の奴僕であることを示し、かかる観念が日本に入り、官人が天皇に忠節を示す行事として始まったものとされる（滝川政次郎）。但しそれは毎年正月に行われるもので、本条とは異るが、意図に共通したものはあろう。本条は臨時の措置で、中宮供養院に進らせているところから、疫病の沈静を目的としたものと思われる。

三四 →㊀補5-八。

三五 未詳。中宮に臨時に設けられた供養院か。中宮→補9-一八。

三六 →一六一頁注一九。

三七 →㊀補1-四九。元日の朝賀の儀に準じた。

請二律師道[1]慈[2]一為二講師一、堅[3]蔵為二読師一。聴衆一百、沙弥一百。○十一月癸酉、遣二使于畿内及七道一、令[4]レ造二諸神[5]社一。○甲[6]戌、加二置鋳銭司史生六員一。通レ前十六員。○己[7]丑、以二従四位下石川王一為二宮内卿一。○壬辰、宴二群臣於中宮一。散位正六位上大倭忌寸小東人・大外記従六位下[8]大倭忌寸水守二人、賜二姓宿禰一。自餘族人連姓。為レ有二神宣一也。又授二小東人外従五位下[9]一。宴訖、五位已上賜レ物有レ差。但大倭宿禰小東人[10]・水守賜レ絁各廿疋[11]。○十二月辛亥、以二兵部卿従四位下藤原朝臣豊成一為二参議一。○壬戌、外従五位下菅生朝臣古麻呂為二神祇大副一。外従五位下阿倍朝臣虫麻呂為二皇后宮亮一。外従五位下中臣熊凝朝臣五百嶋[12]為二員外亮一。従五位下池辺王為二内匠頭一。外従五位上秦忌寸朝元為二図書頭一。従五位下宇治王為二内蔵頭一。外従五位下高麦太為二陰陽頭兼陰陽師一。外従五位下小治田朝臣諸人為二散位頭一。従五位下神前王為二治部大輔一。外従五位下大倭宿禰清国為二玄蕃頭一。外従五位下土師宿禰三目[13]為二諸陵頭一。従五位下阿倍朝臣吾人為二主計頭一。従五

1 道（底傍補）―ナシ〔底原〕
2 慈ノ下、ナシ（底新朱抹）―慈〔底原〕
3 堅〔大改〕―竪（底新傍朱イ・兼等）→脚注
4 令〔大改〕―命（底新傍朱イ・兼等）
5 神〔大補〕―ナシ（兼等）
6 甲〔高擦重〕―中〔高原〕
7 己〈意改〉（大改）―乙→脚注・校補
8 下―ナシ（高）
9 従ノ下、ナシ（底新朱抹）―位〔底原〕
10 人ノ下、ナシ〔底原、大衍、類三二〕―忌寸（底新傍補・兼等）
11 四〔底〕―疋
12 為（底新傍補）―ナシ〔底原〕
13 目―日〔底〕

一 ↓補8-四六。
二 法華会・最勝会などの法会において、経典の義を講演する役僧。ここで道慈がとくに選ばれて講師を勤めていることは、彼が金光明最勝王経を始めて日本に持ち帰った僧であることを考えるとき注意される。
三 「竪」を兼右本等は「竪」に作る。要録も「竪」に作るので「竪」がよいか。但し堅蔵も竪蔵も他に見えない。
四 安居・法会などで経論を読誦する僧。
五 本条は天平十三年三月の国分寺建立詔に見える「前年馳レ使増二飾天下神宮一」に対応するもの。↓補14-二。天平十年度周防国正税帳に見える「改造神社料用穎稲肆伯壱拾肆束漆把伍分、役単功肆伯伍拾弐人…右、依二太政官去天平九年十一月廿八日符一、充用如レ件」（古二-一三七・一三八頁）の記事は、その実施を物語る。
六 ↓㊀二一二頁注一六・補4-四三。
七 一六名の史生の設置は鋳銭の活発化を語るか。史生の新置↓㊀補4-二九。
八 諸本「乙丑」に作るが、この月は辛未朔なので乙丑はない。おそらく己丑の誤りであろう。
九 ↓補9-一一七。宮内卿の前任者は高田王（天平七年閏十一月己丑に現職のまま没）。以後この日まで卿は欠員のままか。
一〇 新嘗祭の辰の日の節会か。↓㊀補1-九五。
一一 ↓一一一頁注二六。大倭忌寸及び大倭国造↓㊀補1-四三。
一二 天平十九年四月大倭神主と見え、正六位上より従五位下に昇叙。
一三 大倭国造である大倭忌寸の奉祭する大倭坐大国魂神の託宣。具体的には不明。天平十年度周防国正税帳に見える「神命」（古二-一四五頁）と同義か。

律師《りちし》道慈《だうじ》[一]を請《まね》きて講師《かうし》[二]とし、堅蔵《けんざう》[三]を読師《どくし》[四]とす。聴衆《ちやうしゆ》一百、沙弥《しやみ》一百。

諸社を修造

十一月（辛未朔）癸酉（三日）[五]、使《つかひ》を畿内《きない》と七道《しちだう》とに遣《つかは》して、諸《もろもろ》の神社《やしろ》を造《つく》らしむ。○甲戌（四日）、鋳銭司《じゆぜんし》[六]に史生《ししやう》[七]六員を加《くは》へ置《お》く。前《さき》に通《つう》して十六員。○己丑（十九日）[八]、従四位下石川《いしかは》[九]王を宮内卿《くうないきやう》とす。○壬辰（二十二日）、群臣《ぐんしん》を中宮《ちうぐう》に宴《うたげ》す[一〇]。散位正六位上大倭《やまと》[一一]忌寸小東《をあづま》人《ひと》、大外記《だいぐゑき》従六位下大倭《やまと》[一二]忌寸水守《みもり》二人に姓を宿禰と賜《たま》ふ。自餘《そのほか》の族人《うがらひと》は連の姓。神宣《かむこと》[一三]有りし為《ため》なり。また、小東人《をあづまひと》に外従五位下を授《さづ》く。宴訖《うたげをは》りて五位已上に物《もの》賜ふこと差《しな》有り。但《ただ》し大倭《やまと》宿禰小東人《をあづまひと》・水守《みもり》には絁《あしぎぬ》賜ふこと各《おのおの》廿匹。

藤原豊成参議となる

十二月（庚子朔）辛亥（十二日）、兵部卿《ひやうぶきやう》従四位下藤原《ふぢはら》[一四]朝臣豊成《とよなり》を参議《さむぎ》とす。○壬戌（二十三日）、外従五位下菅生《すがふ》[一五]朝臣古麻呂《こまろ》を神祇大副《じんぎだいふく》とす。外従五位下阿倍《あへ》[一六]朝臣虫麻呂《むしまろ》を皇后《くわうごう》宮亮《ぐうのすけ》。外従五位下中臣熊凝《なかとみのくまこり》[一七]朝臣五百嶋《いほしま》を員外亮《ゐんぐゑのすけ》。従五位下池辺王《いけべのおほきみ》[一八]を内《うちの》匠頭《たくみのかみ》。外従五位上秦《はだ》[一九]忌寸朝元《てうぐゑん》を図書頭《づしよのかみ》。従五位下宇治《うぢ》[二〇]王を内蔵頭《うちのくらのかみ》。外従五位下高麦太《かうばくた》[二一]を陰陽頭《おむやうのかみ》[二二]兼陰陽師《おむやうのし》[二三]。外従五位下小治田《をはりだ》[二四]朝臣諸人《もろひと》を散位頭《さんゐのかみ》。従五位下神前《かむさき》[二五]王を治部大輔《ぢぶだいふ》。外従五位下大倭《やまと》[二六]宿禰清国《きよくに》を玄蕃頭《ぐゑんばんのかみ》。外従五位下土師《はじ》[二七]宿禰三目《みめ》を諸陵頭《みさざきのかみ》。従五位下阿倍《あへ》[二八]朝臣吾人《あひと》を主計頭《しゆけいのかみ》[二九]。従五

一四 →一四七頁注一二。兵部卿就任時を補任は参議就任と同日とするが未詳。参議はこの年藤原房前・宇合・麻呂の三名が没し、多治比広成は八月庚申に参議就任の後九月己亥に任中納言。

一五 以下の任官は、疫病で欠員となった官司の補充を中心とする任官。→補12-七七。神祇大副の前任者は中臣朝臣人足(霊亀二年二月丁巳条)。

一六 →補12-七七。この官は皇后宮職の次官としてその職務は長官たる大夫に同じ。虫麻呂は四日後の丙寅条には中宮少進と見える。転任か或いは兼任か未詳。皇后宮職→補10-五六。

一七 →補12-七七。皇后宮員外亮は、藤原四卿没後、光明皇后の地位確保のため皇后宮職の充実を目的として任命。

一八 →一七七頁注一五。内匠寮は神亀五年七月に設置。

一九 →五三頁注三一。図書頭の前任者は吉田連宜(天平五年十二月庚申条)。

二〇 →補12-七五。内蔵頭の前任者は路真人虫麻呂(天平五年十二月庚申条)。

二一 →補12-七七。

二二 陰陽寮の長官。相当位は従五位下。職員令9に「頭一人。掌、天文、暦数、風雲気色、有ㇾ異密封奏聞事」とある。

二三 陰陽寮所属の陰陽師。相当位は従七位上。職員令9に「陰陽師六人。掌、占筮相ㇾ地」とある。

二四 →二〇九頁注三三。散位頭の前任者は大神朝臣乙麻呂(天平四年十月丁亥条)。

二五 →補12-七五。大輔の職掌は卿に同じ。

二六 他に見えず。大倭宿禰は追記か。

二七 →補12-七七。九月己亥条には御目と記す。

1兄〔底原・底新朱抹傍〕→校補
2臣ノ下、ナシ〔底抹・兼・谷、大〕—牛(底原・東・高)→校補
3尹—君〔底〕
4倭〔紀略改〕—和(紀略原)
5日(底新朱抹傍・兼・谷重・東・高、大)—同〔底原〕
6皇太夫人→校補
7太—大〔底〕
8皇太夫人→校補
9太—大〔底〕
10天皇→校補
11慧〔底〕—恵
12開〔底原・底抹傍〕—閑(底重)→校補
13是〔底新朱抹傍〕—足〔底原〕
14賀〔兼等、大、紀略〕—加(兼朱傍イ・谷朱傍イ・高朱傍イ)
15匹〔底新朱抹傍〕—返〔底原、疋(兼等、大)〕
16屯〔底原・底新朱抹傍〕→校補
17絇→校補
18下〔兼・谷原・東・高、大改〕—上(谷抹傍)
19馬〔大改〕—鳥(底新傍朱イ・兼等)
20疫〔大改、類一七三〕—疾(底新傍朱イ・兼等)
21発〔底重〕
22秋—状〔底〕
23没—疫(類一七三)
24巻〈意補〉(大補)—ナシ

位下大伴宿禰兄[1]麻呂為二主税頭一。従五位下石川朝臣牛養為二大蔵少輔一。外従五位下紀朝臣[2]鹿人為二主殿頭一。従四位上御原王為二弾正尹[3]一。外従五位下穂積朝臣老人為二左京亮一。従四位下門部王為二右京大夫一。外従五位下太朝臣国吉為レ亮。○丙寅、改二大倭[4]国一為二大養徳国一。」是日[5]、皇[6]太[7]夫人藤原氏、就二皇后宮一、見二僧正玄昉法師一。天皇亦幸二皇后宮一。皇[8]太[9]夫人、為下沈二幽憂一、久廃中人事上、自レ誕二天皇[10]一、未二曾相見一。法師一看、慧[11]然開[12]晤。至レ是[13]、適与二天皇一相見。天下莫レ不二慶賀[14]一。即施二法師絁一千疋[15]、綿一千屯[16]、糸一千絇[17]、布一千端一。又賜二中宮職官人六人位一各有レ差。亮従五位下下道朝臣真備授二従五位上一。少進外従五位下阿倍朝臣虫麻呂従五位下[18]、外従五位下文忌寸馬[19]養外従五位上。◎是年春、疫[20]瘡大発[21]。初自二筑紫一来、経レ夏渉レ秋[22]。公卿以下天下百姓、相継没[23]死、不レ可二勝計一。近代以来、未二之有一也。

続日本紀　巻[24]第十二

二八　→補12-七六。
二九　主計寮の長官。相当位は従五位上。職員令22に「頭一人。掌、計二納調及雑物一、支二度国用一、勘二勾用度一事」とある。

一　→補11-三二。前任官は尾張守(天平三年五月辛酉条)、主税頭の前任者は久米朝臣麿(天平四年十月丁亥条)。
二　→補12-七六。大蔵少輔の前任者は当麻真人広人(天平四年十月丁亥条)。
三　→補12-七七。主殿頭の前任者は引田朝臣虫麻呂(天平三年六月庚寅条)。
四　→補7-二三。弾正尹の前任者は万葉一〇一三題詞によれば門部王。
五　補12-七七。前任官は天平四年以前備中掾、その後は未詳。左京亮の前任者は佐伯宿禰豊人(天平四年九月乙巳条)。
六　紹運録によれば川内王の子。高安王の弟。→[一]補5-五。右京大夫の前任者は、これまで藤原朝臣麻呂が京職大夫として兼ねていた。

位下大伴[一]《おほとも》宿禰兄麻呂《えまろ》を主税頭《しゆさいのかみ》。従五位下石川[二]《いしかは》朝臣牛養《うしかひ》を大蔵少輔《おほくらのせうふ》。外従五位下紀[三]《き》朝臣鹿人《かひと》を主殿頭《しゆでんのかみ》。従四位上御原[四]《みはら》王を弾正尹《だんじやうのゐん》。外従五位下穂積[五]《ほづみ》朝臣老人《おきな》を左京亮《さきやうのすけ》。従四位下門部[六]《かどべ》王を右京大夫《うきやうのだいぶ》。外従五位下太[七]《おほ》朝臣国吉《くによし》を亮《すけ》。

大倭国を大養徳国に改める
藤原宮子、天皇と対面

○丙寅[二十七日]、大倭[八]《やまと》国を改《あらた》めて、大養徳《やまと》国とす。是《こ》の日《ひ》、皇太夫人[九]《くわうたいぶにん》藤原氏[一〇]《ふぢはらうぢ》、皇后[一一]《くわうごう》宮《ぐう》に就《つ》きて、僧正玄昉法師[一二]《そうじやうぐゑんばうほふし》を見《み》る。天皇《すめらみこと》も亦《また》、皇后宮《くわうごうぐう》に幸《みゆき》したまふ。皇《くわう》太夫人《たいぶにん》、幽憂[一三]《いういう》に沈《しづ》み久[一四]《ひさ》しく人事《じんじ》を廃《や》むるが為《ため》に、天皇[一五]《すめらみこと》を誕《あ》れましてより曽《かつ》て相見《あひまみ》えず。法師《ほふし》一たび看[一六]《み》て慧然《けいぜん》として開晤[一七]《かいご》す。是《ここ》に至《いた》りて適 天皇《たまたますめらみこと》と相見《あひまみ》えたり。天下《あめのした》、慶《よろこ》び賀《ことほ》がぬは莫《な》し。即《すなは》ち、法師《ほふし》に絁《あしぎぬ》一千四、綿《わた》一千屯、糸《いと》一千絇、布《ぬの》一千端を施《ほどこ》す。また、中宮職[一八]《ちうぐうしき》の官人[一九]《くわんにん》六人に位《くらゐ》を賜《たま》ふこと 各《おのおの》差《しな》有り。亮《すけ》従五位下 下道[二〇]《しもつみち》朝臣真備《まきび》に従五位上を授《さづ》く。少進《せうしん》外従五位下阿[二一]《あ》倍《へ》朝臣虫麻呂《むしまろ》に従五位下。外従五位下文[二二]《ふみ》忌寸馬養《うまかひ》に外従五位上。

是[二三]《こ》の年《とし》の春《はる》、疫瘡《えきさう》大《おほ》きに発《おこ》る。初《はじ》め筑紫《つくし》より来《きた》りて夏《なつ》を経《へ》て秋《あき》に渉《わた》る。公卿《くぎやう》以下天下《あめのした》の百姓《はくせい》相継《あひつ》ぎて没死[二四]《しし》ぬること、勝《あ》げて計《かぞ》ふべからず。近[二五]《ちか》き代《よ》より以来《このかた》、これ有らず。

ここで左右京職の長官がそれぞれ任命されたか。
七 補12-七七。右京亮の前任者は紀朝臣清人(天平四年十月丁亥条)。
八 →補12-七九。
九 →一四七頁注四一。
一〇 藤原宮子。→㈠補1-一二八。
一一 皇后光明子の居所。→一二九頁注一四。
一二 →補12-三六。
一三 幽はおしこめられる、閉ざされるの意。抑圧された精神状態にあること。
一四 人事は人間としての通常の言動。そうした言動が長期にわたって出来ない、の意。
一五 大宝元年に聖武が生れてから、宮子は聖武と会わなかった。
一六 看病して。
一七 晤は寤に通じさめるの意。「慧然として開晤す」とは精神がはっきりとし正常の状態にもどること。
一八 →補10-六。
一九 官人六人と記しながら以下に三名しか見えないのは、他は六位以下の叙位であったため。またこの記事から、この時点で大夫と大進各一名が欠員であったことが知られる。大夫は八月壬寅の橘佐為の没後置かれず、大進は不明であるが、大夫の場合と同様に疫病により没したか。
二〇 →補12-六。
二一 →補12-七七。
二二 →補7-一〇。
二三 →補12-二七。
二四 類聚国史は疫死に作る。
二五 近き頃、近来の意。但し本条にいう近代が具体的にいつを指すかは未詳。和銅元年二月戊寅条の近代もこの用法か。

続日本紀　巻[1]第[2]十三　起二天平十年[3]正月一尽二十二年十二月一

従四位下行民部大輔兼左兵衛督皇太子学士[4]
臣菅野朝臣真道等奉レ勅[5]撰

天[6]璽国押開[7]豊桜彦天皇[8]

十[9]年春正月庚午朔、天[10]皇御二中宮一、宴二侍臣一、饗二五位已上於朝堂一。」信濃国献二神馬一。黒身白髪[11]尾。○壬午[12]、立二阿倍内親王一為二皇太子一。大二赦天下一。但謀殺殺[13]訖、私鋳銭、強窃二盗、不レ在二赦限一。若罪至レ死、降二一等一。其六位已下、進二位一階一。高年、窮乏、孝義人等、量加二賑恤一。又貢レ瑞人、賜二爵及物一、并免二出レ瑞郡当年[14]之庸一。」是日、授二大納言従三位橘宿禰諸兄正三位[15]一、拝二右大臣一。従三位鈴鹿王授[16]二正三位一。正五位上大伴宿禰牛養・高橋[17]朝臣安麻呂・石上朝臣乙麻呂並従四位下。○丙戌、皇帝幸[18]二松林一。賜二宴於文武官主典已上[19]一、賚レ禄

1 巻―ナシ〔底〕
2 第―弟（東）
3 年正月尽十二年十二月―ナシ〔底一〇字空〕→校補
4 士―土〔底〕
5 勅→校補
6 天→校補
7 開―ナシ（兼）
8 皇ノ下、ナシ〔底〕―聖武天皇
9 十ノ上→校補
10 天皇→校補
11 髪〔兼等、紀略原〕―髦（大改、紀略改）→脚注・校補
12 午→校補
13 殺〔底〕―々
14 年―ナシ〔底一字空〕→校補
15 授大納言従三位橘宿禰諸兄―大納言従三位橘宿禰諸兄授（紀略）
16 授〔谷傍イ、大改〕―扠＝據（兼等）
17 橋（底傍補）―ナシ〔底原〕
18 幸―辛〔底〕→校補
19 上賚（兼等、大）―ナシ〔底二字空〕、上賜（紀略）→校補

一 →補9―一八。
二 →七頁注一八。
三 神馬は治部省式によると大瑞。神馬→㊀補2―一三三。黒身白髦尾は天平三年十二月丙子・乙未条、青身白髦尾は十一年三月癸丑条にもみえる。
四 大系本は治部省式により「髪」を「髦」と改める。髦はたてがみ。
五 聖武の女。母は光明子。宝亀元年の没年から逆算してこの時二十一歳。天平勝宝元年七月即位して孝謙天皇。
六 皇女の立太子は他に例がない。→補13―一。
七 以下は祥瑞の出現と立太子にともなう大赦・賑恤・賜爵・賜物・庸の免除。大赦→㊀補2―九八。

続日本紀　巻第十三　天平《てんひやう》十年正月起《よ》り十二年十二月尽《ま》で

従四位下《じゆしゐのげ》行民部大輔《ぎやうみんぶだいふ》兼左兵衛督皇太子学士《さひやうゑのかみくわうたいしがくし》
臣菅野朝臣真道《すがののあそみまみち》ら勅《みことのり》を奉《う》けたまはりて撰《せん》す

天璽国押開豊桜彦天皇《あめしるしくにおしはらきとよさくらひこのすめらみこと》

七三八年

阿倍内親王を皇太子とする

橘諸兄右大臣となる

十年[戊寅]春正月庚午の朔、天皇《すめらみこと》、中宮《ちうぐう》[一]に御《おは》しまして侍臣《じしん》を宴《うたげ》し、五位已上を朝堂《でうだう》[二]に饗《みあへ》したまふ。信濃《しなの》国神馬《じんめ》[三]を献《たてまつ》る。黒《くろ》き身《み》にして、白《しろ》き髪《かみ》[四]と尾《を》とあり。○壬午[十三日]、阿倍内親王《あへのひめみこ》[五]を立《た》てて皇太子《くわうたいし》[六]とす。天下《あめのした》[七]に大赦《たいしや》す。但《ただ》し謀殺《むせつ》[八]の殺《ころ》し訖《をは》れると、私鋳銭《しじゆせん》[九]と、強窃《がうせつ》[一〇]の二盗とは、赦《しや》の限《かぎり》に在《あ》らず。若《も》[一一]し罪死《つみし》に至《いた》らば、一等を降《くだ》す。其《そ》れ六位已下には位《くらゐ》一階を進《すす》む。高年《かうねん》[一二]・窮乏《きうばふ》[一三]・孝義《けうぎ》[一四]の人《ひと》等《ども》には、量《はか》りて賑恤《しんじゆつ》を加《くは》ふ。また、瑞《しるし》を貢《たてまつ》れる人《ひと》には爵《しやく》と物《もの》とを賜《たま》ひ、并《あは》せて瑞《しるし》を出《い》だせる郡《こほり》には当年《そのとし》の庸《よう》を免《ゆる》す。是《こ》の日《ひ》、大納言《だいなふごん》従三位橘《たちばな》[一五]宿禰諸兄《もろえ》に正三位を授《さづ》け、右大臣《うだいじん》を拝《はい》せしむ。従三位鈴鹿王《すずかのおほきみ》[一六]に正三位を授《さづ》く。正五位上大伴《おほとも》[一七]宿禰牛養《うしかひ》・高橋《たかはし》[一八]朝臣安麻呂《やすまろ》・石上《いそのかみ》[一九]朝臣乙麻呂《おとまろ》に並《ならび》に従四位下。

○丙戌[十七日]、皇帝《くわうてい》[二〇]、松林《しようりむ》[二一]に幸《みゆき》したまふ。宴《うたげ》[二二]を文武《ぶんぶ》の官《くわん》の主典《さうくわん》已上に賜ひ、禄賚《ろくたま》

八　以下は大赦からの除外規定。謀殺殺訖→三頁注一七。
九　→三頁注一八。
一〇　→〔一〕補1-一二二。
一一　謀殺殺訖・私鋳銭・強窃二盗は大赦から除外するが、死罪となる場合は一等を下すの意。
一二　以下の賑給は天平十年度の周防国・淡路国正税帳にもみえる。→補13-二。高年はこのとき年八十以上。→五頁注二・〔一〕補3-五四。
一三　→補13-二。
一四　職員令21民部卿の職掌に孝義があり、孝子・順孫・義夫・節婦の意。残存する正税帳には孝子順孫等に対する賑給の例はみえない。→補13-二。
一五　→〔一〕補5-六。従三位への叙位は、天平四年正月。前年七月の左大臣藤原武智麻呂の没後、九月に大納言になり、さらに武智麻呂の死後欠官であった右大臣となる。
一六　→〔一〕補5-八。従三位への叙位は天平四年正月。このとき知太政官事。知太政官事の地位は右大臣に準ずる。→〔一〕補3-一六。
一七　→〔一〕一四五頁注二七。正五位上への叙位は天平九年九月。
一八　→四一頁注一四。正五位上への叙位は天平九年九月。
一九　→一四七頁注一一。正五位上への叙位は天平九年九月。
二〇　地の文に「皇帝」の表記がみえるのは本条と天平十二年十二月丙辰条・丁卯条・天平十五年十月乙酉条の四回で、巻十三・十五のみ。聖武天皇の勝宝感神聖武皇帝の尊号(天平宝字二年八月戊申条)あるいは編纂方針に関連あるか。
二一　松林宮・松林苑とも。→二〇九頁注一。
二二　大射(〔一〕補2-一一)にともなう宴か。

有レ差。○乙[1]未、以二従四位下[2]石上朝臣乙麻呂一為二左大
弁[3]一。中納言従三位多治比真人広成為二兼式部卿一。従四位
下巨勢朝臣奈弖麻呂為二民部卿一。◎是月、大宰府奏、新
羅使級飡金想[4]純等一百卌[5]七人来朝。○二[6]月丁巳、筑紫宗
形神主外従五位下宗[7]形朝臣鳥麻呂授二外従五位上一。出雲
国造外正六位上出雲臣広嶋外[8]従五位下。○三月辛未、従
六位上背[9]奈公福信授二外従五位下[10]一。○丙申、施二山階寺食
封一千戸一。鵤[11]寺食封二百戸。隅院食封一百戸。又限二五
年一、施二観世音寺食封一百戸一。○夏四月乙卯、詔、為レ令二
国家隆平一、宜レ令三京畿内七道諸国、三日内[12]、転二読最勝
王経一。○庚申、従五位下佐伯宿禰浄麻呂為二左衛士督一。
従五位下藤原朝臣広嗣為二大養[13]徳守一。式部少[14]輔如レ故。従
五位下百済王孝忠為二遠江守一。外従五位下佐伯宿禰常人
為二丹波守一。従五位下大伴宿禰兄麻呂為二美作守一。外従五
位下柿本朝臣浜名為二備前守一。外従五位下大宅朝臣君子
為二筑前守一。外従五位下田中朝臣三上為二肥後守一。外従五
位下陽侯史真身為二豊

1 乙ノ上→校補
2 下〔兼抹傍〕―上（兼原）
3 弁―ナシ〔底一字空〕→校補
4 想〔東傍・高傍、大改、紀略〕―相（兼等）
5 卌―四十（紀略）
6 二月―ナシ〔底二字空〕→校補
7 宗〔底傍補〕―ナシ〔底原〕
8 外従五〔底傍補〕―ナシ〔底原〕
9 背→校補
10 位〔底傍補〕―ナシ〔底原〕
11 鵤〔大改、紀略〕―触＝觸（兼等）
12 内〔大補〕―ナシ（兼等）
13 養―食（東）
14 少ノ下、ナシ〔谷抹〕―転（谷原）

一 →一四七頁注一一。前官は丹波守（天平四年九月乙巳条）。左大弁の前任者は前年九月に大納言となった橘諸兄か。
二 →㊀一二九頁注二五。式部卿の前任者は前年八月に没した藤原宇合か。
三 →二〇九頁注二九。前任者は前年四月民部卿で没した藤原房前か。
四 新羅十七等官位の第九等。
五 六月辛酉に大宰府より放還。
六 宗形神社。→㊀補1―五七。
七 天平元年四月乙丑条に、鳥麻呂が宗形郡大領として「奏下可レ供二奉神斎一之状上」とみえる。
八 →二一三頁注一。　九 →九頁注二。
一〇 →補9―五一。
一一 高麗国より渡来した福徳の孫。本貫は武蔵国高麗郡。薨伝によると相撲の力を認められ、内竪所に召されて名をあらわし、右衛士大志に初任。やがて春宮亮となり、天平十九年背奈公から背奈王の姓を賜わる。天平勝宝元年中衛少将で紫微少弼を兼ね、同二年高麗朝臣の姓を賜わった。信部大輔・内匠頭・法王宮大夫・造宮卿等を歴任、宝亀十年高倉朝臣を賜わり、弾正尹に進んだが、延暦四年致仕、同八年八十一歳で没した。背奈は肖奈。→校補三五四・3。
一二 興福寺の別称で所在地による称。続紀においては、この後宝亀初年まで、山科寺・興福寺の両様の表記がみえる。→補8―六四。
一三 法隆寺（㊀補6―八八）の別称で所在地による称。天平十九年法隆寺資財帳に「合食封弐佰戸〈永年者。在二四国一。播磨国揖保郡林田郷五十戸、但馬国朝来郡枚田郷五十戸、相模国

ふこと差《しな》有り。○乙未[二十六日]、従四位下石上[一]《いそのかみ》朝臣乙麻呂《おとまろ》を左大弁《さだいべん》とす。中納言《ちうなふごん》従三位多治比[二]《たぢひ》真人広成《ひろなり》を兼式部卿《しきぶきやう》。従四位下巨勢[三]《こせ》朝臣奈弖麻呂《なでまろ》を民部卿《みんぶきやう》。

新羅使来朝

◎是《こ》の月《つき》、大宰府《だいさいふ》奏《そう》すらく、「新羅使級飡金想純[四][五]《しらきのつかひきふさんこむさうじゆん》ら一百卌七人来朝《まう》く」とまうす。

二月丁巳[己亥朔 十九日]、筑紫宗形[六]《つくしのむなかた》神主[七]《かむぬし》外従五位下宗形[八]《むなかた》朝臣鳥麻呂《とりまろ》に外従五位上を授《さづ》く。出雲国造[九]《いづものくにのみやつこ》外正六位上出雲[一〇]《いづも》臣広嶋《ひろしま》に外従五位下。

諸寺に食封

三月辛未[己巳朔 三日]、従六位上背奈[一一]《せな》公福信《ふくしん》に外従五位下を授《さづ》く。○丙申[二十八日]、山階寺[一二]《やましなでら》に食封《じきふ》一千戸を施《ほどこ》す。鵤寺[一三]《いかるがでら》に食封二百戸。隅院[一四]《すみのゐん》に食封一百戸。また、五年[一五]を限《かぎ》りて観世音寺[一六]《くわんせおむじ》に食封一百戸を施《ほどこ》す。

諸国に最勝王経転読を命じる

夏四月乙卯[己亥朔 十七日]、詔[一七]《みことのり》したまはく、「国家《こくか》を隆平《りうへい》ならしめむが為《ため》に、京《きやう》・畿内《きない》と七道《しちだう》の諸国《くにぐに》とをして、三日の内《うち》に最勝王経[一八]《さいしようわうきやう》を転読《てんどく》せしむべし」とのたまふ。○庚申[二十二日]、従五位下佐伯[一九]《さへき》宿禰浄麻呂《きよまろ》を左衛士督《さゑじのかみ》とす。従五位下藤原[二一]《ふぢはら》朝臣広嗣《ひろつぐ》を大養徳《やまと》守。式部少輔《しきぶせうふ》は故《もと》の如《ごと》し。従五位下百済王[二二]《くだらのこにきし》孝忠《けうちう》を遠江《とほつあふみ》守。外従五位下佐伯[二三]《さへき》宿禰常人《つねひと》を丹波《たには》守。従五位下大伴[二四]《おほとも》宿禰兄麻呂《えまろ》を美作《みまさか》守。外従五位下柿本[二五]《かきのもと》朝臣浜名《はまな》を備前《きびのみちのくち》守。外従五位下大宅[二六]《おほやけ》朝臣君子《きみこ》を筑前《つくしのみちのくち》守。外従五位下田中[二七]《たなか》朝臣三上《みかみ》を肥後《ひのみちのしり》守。外従五位下陽侯[二八]《やこ》史真身《まみ》を豊

足下郡倭戸郷五十戸、上野国多胡郡山部郷五十戸〉右天平十年歳次戊寅四月十二日納賜、平城宮御宇天皇者」とある。

一四 海竜王寺。法華寺の東北の隅にあったのでいう。→補13―二。

一五 禄令14に寺院に対する施封は五年を限度とするとある。五年を限った例としては大宝元年八月施入の観世音寺・筑紫尼寺の封(一四七頁注四)、養老六年施入の法隆寺の封(天平十九年法隆寺資財帳)がある。

一六 →一補2―九〇。

一七 諸国に最勝王経の転読を命じる詔。四月中旬から三か月は夏安居の時期に当る。

一八 神亀五年十二月条に、金光明(最勝王)経を国別に十巻ずつ頒下。→二〇三頁注八。

一九 以下の任官は、正倉院文書上階官人歴名(古二四―七四頁)と関連があり、藤原広嗣と百済王孝忠の任官記事が一致する。

二〇 →補12―三四。

二一 →補12―七六。分脈藤原八束の伝に、「天平六年為二大和守一」とあり、前任者はあるいは八束か。

二二 →補12―三一。

二三 →補12―七七。前任者は石上乙麻呂か(天平四年九月乙巳条)。

二四 →補11―三。前官は主税頭(天平九年十二月壬戌条)。前任者は阿倍帯麻呂か(天平七年九月庚辰条)。

二五 →補12―七七。前任者は土師千村か(天平四年九月乙巳条)。

二六 →補12―七七。

二七 →補12―三三。前官は大宰府少監か(古二一―一五〇頁)。

二八 →一一一頁注二五。天平九年度豊後国正税帳に豊後守とみえる(古二一―四〇頁)。

後守一。○五月庚午、停二東海・東山・山陰[1]・山陽・西海等[2]道諸国健児一。○辛卯、使三右大臣正三位橘宿禰諸兄[3]・神祇伯従四位下中臣朝臣名代・右少弁従五位下紀朝臣宇[4]美・陰陽頭外従五位下高麦太一、賷[5]二神[6]宝一奉三于伊勢大[7]神宮二。○六月戊戌[8]、武蔵守従四位下粟田朝臣人上卒。○辛酉、遣二使大宰一、賜二饗於新羅使金想純等一。便[9]即放還。○秋[10]七月癸酉、天皇[11]御二大蔵省一、覧二相撲一。晩頭、転[12]御二西池宮一。因指二殿前梅樹一、勅二右衛士[13]督下道朝臣真備及諸才子一曰、人皆有レ志、所レ好不レ同。朕、去春、欲レ翫二此樹一、而未レ及二賞翫一。花葉遽[14]落、意甚惜焉。宜下各賦二春意一、詠中此梅樹上。文人卅人、奉レ詔賦之。因賜二五位已上絁廿匹[15]、六位已下各六匹[16]一。○丙子、左兵庫少属従八位下大伴宿禰子虫、以レ刀斫二殺右兵庫頭外従五位下中臣宮処連東人一。初子虫、事二長屋王一、頗蒙二恩[17]遇一。至レ是、適与二東人一任二於比寮一。

1山―々(兼)
2等―寺(東)
3諸→校補
4宇〔大改、類三〕―守(兼等)
5賷〔大、類三〕―賫(兼等、紀略)
6神〔兼・谷、大、類三・紀略〕―ナシ(東・高)
7大―太(類三)
8戌ノ下、ナシ―朔(大補)
9便〔大改、紀略改〕―使(兼等、紀略原)
10秋七月→校補
11天皇→校補
12転〔東・高、大補、類三三・紀略〕―ナシ(兼・谷)
13衛士―御土〔底〕
14遽〔類三二〕―劇(類三二一本)
15・16匹〔紀略〕―疋(兼等、大、類三二)
17恩―因〔底〕

一 →二七九頁注一〇。なお北陸・南海の二道が除かれている理由は未詳。
二 この官職・位階は伊勢神宮への遣使の例の中で最高。
三 →㊀補5―六。
四 →補10―一九。
五 →一六五頁注三四。
六 →補12―七七。
七 伊勢太神宮式に「神宝廿一種」の規定があり、続後紀嘉祥二年九月丁巳条に「遣二左少弁従五位上文室朝臣助雄等一、奉二神宝於伊勢大神宮一、是廿年一度所レ奉、例也」とあるのをはじめ、式年遷宮にともなって神宝を奉献する記事が諸史料にみえるので、本条の神宝奉献も式年遷宮との関係が問題となるが、式年遷宮の推定年次(天平元年、天平十九年)と大きく異な

後《みちのしり》守。

諸国健児を停止

五月庚午、東海《とうかい》・東山《とうせん》・山陰《せんおむ》・山陽《せんやう》・西海《さいかい》等の道《だう》の諸国《くにぐに》の健児《こんでい》を停《とど》む。

伊勢神宮に神宝を奉る

○辛卯、右《う》大臣《だいじん》正三位橘《たちばな》宿禰諸兄《もろえ》、神祇伯《じんぎはく》従四位下中臣《なかとみ》朝臣名代《なしろ》、右《う》少《せう》弁《べん》従五位下紀《き》朝臣宇美《うみ》、陰陽頭《おむやうのかみ》外従五位下高麦太《かうばくた》を使《つかは》して、神宝《じんぽう》を賷《も》ちて伊勢大神宮《いせのだいじんぐう》に奉《たてまつ》らしむ。

新羅使を大宰府から放還

六月戊戌、武蔵《むざし》守従四位下粟田《あはた》朝臣人上《ひとかみ》卒《しゅつ》しぬ。○辛酉、使《つかひ》を大宰《だいさい》に遣《つかは》して、饗《みあへ》を新羅使《しらきのつかひ》金想純《こむさうじゅん》らに賜《たま》ひて便即《すなはち》放還《はうくわん》せしむ。

下道真備らに賦詩を命じる

秋七月癸酉、天皇《すめらみこと》、大蔵省《おほくらしやう》に御《おは》しまして相撲《すまひ》を覧《みそなは》す。晩頭《ばんとう》に、転《めぐ》りて西《にしの》池宮《いけのみや》に御《おは》します。因《より》て殿《みあらか》の前《まへ》の梅樹《うめのき》を指《さ》し、右衛士督《うゑじのかみ》下道《しもつみち》朝臣真備《まきび》と諸《もろもろ》の才子《さいし》とに勅《みことのり》して曰《のたま》はく、「人皆《ひとみな》志《こころざし》有りて、好《この》む所《ところ》同《おな》じからず。朕《われ》、去《さ》りぬる春《はる》よりこの樹《き》を翫《もてあそ》ばむと欲《おも》へれども、賞翫《しやうぐわん》するに及《およ》ばず。花葉《くわえふ》遽《には》かに落《お》ちて、意《こころ》に甚《はなは》だ惜《を》しむ。各《おのおの》春《はる》の意《おもひ》を賦《ふ》して、この梅樹《うめのき》を詠《よ》むべし」とのたまふ。文人《ぶんじん》卅人、詔《みことのり》を奉《う》けたまはりて賦《ふ》す。因《より》て五位已上には絁《あしぎぬ》廿四、六位已下には各《おのおの》六匹を賜《たま》ふ。

大伴子虫、中臣宮処東人を殺害

○丙子、左兵庫少属《さひやうごのせうぞく》従八位下大伴《おほとも》宿禰子虫《こむし》、刀《たち》を以《もち》て右兵庫頭《うひやうごのかみ》外従五位下中臣宮処《なかとみのみやこ》連東人《あづまひと》を斫《き》り殺《ころ》しつ。初《はじ》め子虫《こむし》は長屋王《ながやのおほきみ》に事《つか》へて、頗《すこぶ》る恩遇《おんぐう》を蒙《かがふ》れり。是《ここ》に至《いた》りて適《たまたま》東人《あづまひと》と比寮《ひれう》

り、また嘉祥以後の遣使の官職・位階と比べて非常に高いことなどから、式年遷宮との関係は未詳。

八「朔」とはないが、戊戌は朔日。大系本は戊戌の下に「朔」字を補う。

九 →㊀二〇七頁注三三。

一〇 正月に来日。入京させず大宰府で饗したのみ。前年の遣新羅使が常礼を失した扱いを受けた(天平九年二月己未条)のと関係あるか。

一一 七月七日の相撲の節。→二八一頁注一三。内裏式にも「七月七日相撲式」。

一二 続紀では他にみえず。万葉一六五〇題詞に「御二在西池辺一肆宴歌一首」とある。最近平城宮跡西北の佐紀池の発掘調査によって奈良時代園池の一部が発見され、これが西池宮に関係あるかと言われている。

一三 →補12-六。

一四 天平六年七月丙寅条にみえるように七夕の詩を作るのが普通だが、この時の勅は特に梅樹に因んだ春の詩を賦すように命じたもの。中国では梁の簡文帝の梅花賦をはじめ、寒中に咲く梅花を詠じた詩賦は多いが、秋に葉の落ちて後、春意を賦して梅樹を詠むのは甚だ異例。聖武天皇の文学意識の特異性は注目に値する。又天皇側近の下道真備ら三〇名の文人が題詠できたとすると、当代朝廷における漢文学の滲透の明証となろう。もっとも賦した作が和歌の可能性もあるか。

一五 他にみえず。大伴宿禰→㊀補1-九八。

一六 天平元年二月漆部君足とともに長屋王の謀反を密告した功により、無位から外従五位下となり、食封等を賜った人物。→二〇五頁注三。

一七 →㊀補3-二四。

一八 相並ぶ官司。例えば左兵庫と右兵庫。

政事之隙、相共囲レ碁。語及二長屋王一、憤発而罵、遂引レ剣斫而殺之。東人、即誣二告長屋王事一之人也。○閏七月癸卯、以二従五位下阿倍朝臣沙弥麻呂一為二少納言一。従五位下紀朝臣宇[1]美為二右中弁一。従[2]五位下多治比真人牛養為二少弁一。従五位下石川朝臣加美為二中務大輔一。従五位下阿[3][4]倍朝臣虫麻呂為二少輔[5]一。従[6]五位下大井王為二左大舎人頭一。従五位下久世王為二内蔵頭一。従四位下道祖王為二散位頭一。従五位下阿倍[7]朝臣吾人為二治部少輔一。従四位下安宿王為二玄蕃頭一。従五位下多治比真人国人為二民部少輔一。従五位下石川朝臣牛養為二主計頭一。外従五位下[8]文忌寸馬養為[9]二主税頭一。従五位上石川朝臣麻呂為二兵部大輔一。外従五位下大伴宿禰百世為二少輔一。従五位下宇治王為二刑部大輔一。外従五位下大[10]養徳宿禰小東人為二少輔一。従五位下小田王為二大蔵大輔一。従五位下路真人虫麻呂為二少輔一。正五[11]位下吉田連宜為[12]二典薬頭[13]一。外従五位下大伴宿禰麻呂為二右京亮一。従四位下大伴宿禰牛養為二摂津大夫一。外従五位下中臣熊凝朝臣五百嶋為レ亮。○乙[14]巳、以二行達法師・栄弁

1宇〔東・高、大改〕―守(兼・谷)
2従五位下〔東傍補・高傍補、大補〕―ナシ(兼・谷・東原・高原)
3阿倍(底傍補)―ナシ〔底原〕
4阿―安(東)
5輔ノ下、ナシ―従五位下阿倍朝臣虫麻呂為少輔〔底〕
6従五位下大井王為左大舎人頭〔東傍補・高傍補、大補〕―ナシ(兼・谷・東原・高原)↓校補
7倍―位〔底〕
8下―上(大改)↓校補
9為(底傍補)―ナシ〔底原〕
10大〔谷擦、大〕―犬(兼・谷原・東・高)
11五―ナシ〔底〕
12為〔谷傍補・東・高、大〕―ナシ(兼・谷原)
13頭―ナシ(東)
14乙(底擦重)―信〔底原〕

一 僧尼令9に「碁琴不レ在二制限一」とあり、万葉一七三二・一七三三にも「碁師歌二首」とある。また懐風藻にも弁正が唐留学中に囲碁をよくし李隆基(玄宗)と対局したことが見えるなど、碁は当時官人や僧侶の間に広く行われていた。碁正倉院にも東大寺献物帳所載の木画紫檀棊局等が現存する。
二 誣告とは故意に事実をまげて訴えること。闘訟律40逸文に「誣二告謀反及大逆一者斬」。
三 →補12-七六。四 →一六五頁注三四。前官は右少弁(天平十年五月辛卯条)。
五 →補12-七六。前任者は紀宇美。
六 →補11-三。七 →補12-七七。前官は皇后宮亮(天平九年十二月壬戌条)兼中宮少進か(天平九年十二月丙寅条)。
八 →補12-七五。九 →補12-七五。前任者は宇治王か(天平九年十二月壬戌条)。
一〇 →三二九頁注一三。前任者は小治田諸人か(天平九年十二月壬戌条)。
一一 →補12-七六。前官は主計頭か(天平九年十二月壬戌条)。
一二 →補12-七五。前任者は大倭清国か(天平九年十二月壬戌条)。一三 →補12-三〇。
一四 →補12-七六。前官は大蔵少輔か。前任者は阿倍吾人か(天平九年十二月壬戌条)。
一五 →補7-一〇。前官は中宮少進か(天平九年十二月丙寅条)。
一六 →補9-二四。前官は左少弁か(天平三年六月庚寅条)。
一七 天平十三年八月美作守、同十五年十二月筑紫鎮西府の副将軍、同十八年九月豊前守。万葉集に天平二年正月十三日の大宰府の「大監伴氏百代」の歌(八三)、同年六月の「大宰大監大伴宿禰百代等贈二駅使一歌二首」(五六六)などがあり、天平初年に大宰府官人であったこと

長屋王事件は誣告

に任《にむ》す。政事《まつりごと》の隙《ひま》に相共《あひとも》に碁《ご》を囲《かく》[一]む。語《こと》長屋王《ながやのおほきみ》に及《およ》べば、憤発《いきどほ》りて罵《ののし》り、遂《つひ》に剣《つるぎ》を引《ぬ》き、斫《き》りて殺《ころ》しつ。東人《あづまひと》は長屋《ながや》王の事《こと》を誣告《むがう》[二]せし人《ひと》なり。

閏（丁酉朔）七月癸卯（七日）、従五位下阿倍《あへ》[三]朝臣沙弥麻呂《さみまろ》を少納言《せうなふごん》とす。従五位下紀《き》[四]朝臣宇美《うみ》を右中弁《うちうべん》。従五位下多治比《たぢひ》[五]真人牛養《うしかひ》を少弁《せうべん》。従五位下石川《いしかは》[六]朝臣加美《かみ》を中務大輔《ちうむだいふ》。従五位下阿倍《あへ》[七]朝臣虫麻呂《むしまろ》を少輔《せうふ》。従五位下大井《おほゐ》[八]王を左大舎人《ひだりのおほとねりの》頭《かみ》。従五位下久世《くせ》[九]王を内蔵頭《うちのくらのかみ》。従四位下道祖《ふなと》[一〇]王を散位頭《さんゐのかみ》。従五位下阿倍《あへ》[一一]朝臣吾人《あひと》を治部少輔《ちぶせうふ》。従四位下安宿《あすかべ》[一二]王を玄蕃頭《ぐゑんばんのかみ》。従五位下多治比《たぢひ》[一三]真人国人《くにひと》を民部少輔《みんぶせうふ》。従五位下石川《いしかは》[一四]朝臣牛養《うしかひ》を主計頭《しゆけいのかみ》。外従五位下文《ふみ》[一五]忌寸馬養《うまかひ》を主税《しゆさいの》頭《かみ》。従五位上石川《いしかは》[一六]朝臣麻呂《まろ》を兵部大輔《ひやうぶだいふ》。外従五位下大伴《おほとも》[一七]宿禰百世《ももよ》を少輔《せうふ》。従五位下宇治《うぢ》[一八]王を刑部大輔《ぎやうぶだいふ》。外従五位下大養徳《やまと》[一九]宿禰小東人《をあづまひと》を少輔《せうふ》。従五位下小田《をだ》[二〇]王を大蔵大輔《おほくらのだいふ》。従五位下路《みち》[二一]真人虫麻呂《むしまろ》を少輔《せうふ》。正五位下吉田《きつた》[二二]連宜《よろし》を典薬頭《てんやくのかみ》。外従五位下大伴《おほとも》[二三]宿禰麻呂《まろ》を右京亮《うきやうのすけ》。従四位下大伴《おほとも》[二四]宿禰牛養《うしかひ》を摂津《つの》大夫《だいぶ》。外従五位下中臣熊凝《なかとみのくまこり》[二五]朝臣五百嶋《いほしま》を亮《すけ》。

僧綱任命

○乙巳（九日）、行達法師《ぎやうだちほふし》[二六]・栄弁《ゐやうべん》[二七]

が知られる。大伴宿禰→㊀補1-九八。

一八→補12-七五。前官は内蔵頭か（天平九年十二月壬戌条）。一九→一一一頁注二六。

二〇→補11-四六。

二一→補9-一一八。前官は内蔵頭か（天平五年十二月庚申条）。前任者は石川牛養か（天平九年十二月壬戌条）。

二二→㊀補1-一四一。前官は図書頭か（天平五年十二月庚申条）。前任者は物部韓国連広足か（天平四年十月丁亥条）。

二三→二七五頁注一五。前任者は太国吉か（天平九年十二月壬戌条）。

二四→㊀一四五頁注二七。

二五→補12-七七。前官は皇后宮員外亮か（天平九年十二月壬戌条）。前任者は大伴小室か（天平五年十月丙申条）。

二六 以下は僧綱任命の記事。僧綱制→㊀補1-六三。行達は法相宗薬師寺の僧。七大寺年表に行基の弟子で神亀三年少僧都とある。この後天平十一年十月に大僧都となる（七大寺年表には天平十年）。天平勝宝七年没（僧綱補任）。二七 神亀三年律師、天平勝宝二年没（七大寺年表）。

一→補13-四。

二→一八九頁注三二。

三 斎宮頭はすでに大宝二年正月乙酉条にみえるが（㊀五三頁注七）、養老以前はすべて頭、本条以後は頭と長官の両様の表記がみられる。

四→補12-七七。

五→補12-七七。前官は摂津亮（天平十年閏七月癸卯条）。

六→補12-七七。前任者は中臣熊凝五百嶋（天平十年閏七月癸卯条）。

七→七頁注二三。前官は上総守か（天平五年

法師一為二少僧都[1]一。行信法師為二律師一。○丁巳、外従五位下引田朝臣虫麻呂為二斎[2]宮長官一。外従五位下小野朝臣東人為二左兵衛率[3]一。○八月乙亥、外従五位下中臣熊凝朝臣五百嶋為二皇后宮亮一。外従五位下於忌寸人主為[4]二摂津亮一。正五位下多治比真人広足為二武蔵守一。従五位下当麻真人鏡麻呂為二因幡守一。従五位下息長真人名代為二備中守一。外従五位下大伴直蜷淵麻呂為二伊豫守一。外従五位下小治田朝臣諸人為二豊[5]後守一。○甲申、停二山陽道諸国借貸一。大税出挙[6]如レ旧。○辛卯、令下天下諸国造二国郡図一進上。○九月丙申朔、日有レ蝕之。○庚子、内礼司主礼六人、始令レ把レ笏。○辛丑、地震。○甲寅、伊勢国飯高郡人[7]无位伊勢直族大江授二外従五位下一。○冬[8]十月丁卯、免二京畿内、芳野[9]・和泉監[10]今年田租一。○己丑、遣二巡察[11]使於七道諸国一、採二訪国宰政迹、黎民労逸一。○甲午、大宰大弐正四位下紀朝臣男人卒。○十二[12]月丁卯、従五位下宇治王為二中務大輔一。従四位下高橋[13]朝臣安麻呂為二大宰大弐一。従五位下藤原朝臣広嗣為二少弐一。○戊寅、仕丁役畢還レ郷、

1 都―頭〔底〕
2 斎(兼・谷・高、大)―斉〔東〕→校補
3 率〔底〕―佐
4 為―ナシ〔底〕
5 豊〔大改〕―備(兼等)
6 挙＝擧―峯(東)
7 人〔大補〕―ナシ(兼等)
8 冬十月→校補
9 野ノ下、ナシ〔東傍按・高傍按、大衍、類八三・紀略〕―山(兼等)→校補
10 監―ナシ(東)
11 察〔谷傍補、大、紀略〕―ナシ(兼・谷原・東・高)
12 二(底擦)―月〔底原〕
13 橋〔底擦重〕

十月丙申条)。前任者は粟田人上か(天平十年六月戊戌条)。
八 →二七五頁注一四。前任者は従五位下丹比家主か(古二―六一頁)。
九 →二四五頁注四。前任者は従五位下石川賀美か(備中国風土記逸文)。
一〇 →一四七頁注一六。前官は左兵庫頭か(天平九年十月丁亥条)。前任者は中臣名代か(古二―五頁)。
一一 →二〇九頁注三三。前官は散位頭か(天平九年十二月壬戌条)。天平十年度周防国正税帳に、十月十四日「下伝使、豊後国守外従五位下小治田朝臣諸人」とみえる(古二―一三三頁)。この任官による赴任か。前任者は陽侯真身(天平十年四月庚申条)。
一二 無利息で官稲を貸付ける制度。天平七年―九年の疫病流行により実施してきた措置を山陽道について停止したもの。天平九年度長門国・同十年度周防国正税帳に借貸実施のことがみえる。
一三 正税出挙→㊀補2―五七。国司借貸→補11―四四。
一四 天平十年五月廿八日格にも「国図」(三代格弘仁五年六月廿三日官符所引)がみえる。国郡図の作成は郷里制の廃止および国郡合併の準備と関係あるか。なお後紀延暦十五年八月己卯条にも諸国地図を更新せしめることがみえる。
一五 この日はユリウス暦の七三八年十月十八日。この日食は奈良では生じなかった。
一六 中務省の被管。その長官の職掌は「宮内礼儀、禁二察非違一」(職員令12)。大同三年正月二十日に弾正台に合併された(三代格)。
一七 内分番で職掌は「分二察非違一」(職員令12)。→㊀六五頁注二四。
一八 把笏制→補8―一三。

法師を少僧都《せうそうづ》とす。[一]行信《ぎやうしん》法師を律師《りちし》。○丁巳（二十一日）、外従五位下[二]引田《ひけた》朝臣虫麻呂《むしまろ》を[三]斎宮長官《さいぐうちやうぐわん》とす。外従五位下[四]小野《をの》朝臣東人《あづまひと》を左兵衛率《さひやうゑのかみ》。

山陽道諸国の借貸を停止
諸国に国郡図作成を命じる

八月乙亥（丙寅朔　十日）、外従五位下[五]中臣熊凝《なかとみのくまこり》朝臣五百嶋《いほしま》を皇后宮亮《くわうごうぐうのすけ》とす。外従五位下[六]於《うへ》忌寸人主《ひとぬし》を摂津亮《つのすけ》。正五位下[七]多治比《たぢひ》真人広足《ひろたり》を武蔵《むざし》守。従五位下[八]当麻《たぎま》真人鏡麻呂《かがみまろ》を因幡《いなば》守。従五位下[九]息長《おきなが》真人名代《なしろ》を備中《きびのみちのなか》守。外従五位下[一〇]大《おほ》伴《とも》直蜷淵麻呂《みなふちまろ》を伊豫《いよ》守。外従五位下[一一]小治田《をはりだ》朝臣諸人《もろひと》を豊後《とよくにのみちのしり》守。○甲申（十九日）、山陽道《せんやうだう》の諸国《くにぐに》の[一二]借貸《しやくたい》を停《とど》む。[一三]大税《おほちから》の出挙《すいこ》は旧《もと》の如《ごと》し。○辛卯（二十六日）、天下《あめのした》の諸国《くにぐに》をして[一四]国郡図《くにこほりのづ》を造《つく》りて進《たてまつ》らしむ。

九月丙申の朔、[一五]日蝕《ひは》ゆること有り。○庚子（五日）、[一六]内礼司《うちのゐやのつかさ》の[一七]主礼《しゆらい》六人に始《はじ》めて[一八]笏《しやく》を把《と》らしむ。○辛丑（六日）、地震《なゐ》ふる。○甲寅（十九日）、伊勢《いせ》国[一九]飯高《いひたか》郡の人《ひと》无位[二〇]伊勢《いせ》直族大江《おほえ》に外従五位下を授《さづ》く。

巡察使を諸国に派遣

冬十月丁卯（乙丑朔　三日）、京《きやう》・畿内《きない》と[二一]芳野《よしの》・[二二]和泉《いづみ》の監《げむ》とに今年《ことし》の田租《でんそ》を免《ゆる》す。○己丑（二十五日）、[二三]巡察使《じゆんさちし》を七道《しちだう》の諸国《くにぐに》に遣《つかは》して、国宰《くにのみこともち》の政迹《せいせき》、黎民《おほみたから》の労逸《らういつ》を採《と》り訪《とぶら》はしむ。○甲午（三十日）、大宰大弐《だいさいのだいに》正四位下[二四]紀《き》朝臣男人《をひと》卒《しゆつ》しぬ。

藤原広嗣、大宰少弐に左降

十二月丁卯（甲子朔　四日）、従五位下[二五]宇治王《うぢのおほきみ》を中務大輔《ちうむだいふ》とす。従四位下[二六]高橋《たかはし》朝臣安麻呂《やすまろ》を大宰大弐《だいさいのだいに》。従五位下[二七]藤原《ふぢはら》朝臣広嗣《ひろつぐ》を少弐《せうに》。○戊寅（十五日）、[二八]仕丁《じちやう》の役畢《えだちをは》りて郷《がう》

一九　皇太神宮儀式帳に、飯高県造乙加豆知に国の名を問うたところ、忍飯高国と答えたとみえる。和名抄によると飯高郡は上枚・下枚・丹生・英太・立野・駅家・神戸の七郷からなる。現在の三重県松阪市の大半と飯南郡。

二〇　他にみえず。天平十九年十月丙辰条および平城宮木簡（概報五-六頁）に伊勢直大津、同木簡に伊勢直者人（平城宮木簡一-一三六号）がみえる。伊勢直族も他にみえず。

二一　芳野は芳野監のこと。→補11-二七。本条は芳野監の所見の最後。

二二　→補7-一二。天平十二年八月河内国に併合。

二三　→㊀補1-一一。天平十年度駿河国正税帳に「巡察使従〈史生一口、従一口〉七郡別一日食、為㆓単壱拾肆日㆒」とみえる。なお十一年六月甲申条の賞はこの巡察使の報告によるか。

二四　→㊀九三頁注一六。天平十年度周防国正税帳に「（十一月）十九日、向京、大宰故大弐正四位下紀朝臣骨送使」とみえる。

二五　→補12-七五。前官は刑部大輔（十年閏七月癸卯条）。

二六　→四一頁注一四。前官は右中弁（四年九月乙巳条）。前任者は紀男人（十年十月甲午条）。天平十年頃作の万葉一〇三七の左注に安麻呂が右大弁であったことがみえるので、大宰府に赴かなかった可能性がある。

二七　→補12-七六。前官は大養徳守兼式部少輔（十年四月庚申条）。大養徳守（従五位上相当）から大宰少弐（従五位下相当）へ左遷。

二八　→㊀一五五頁注一三。養老六年二月甲午に衛士・仕丁の役年を減じ、三年をもって限度とすることが定められた。なお賦役令38には仕丁は三年で交替する規定がある。

始給二程粮一。

[1]十一年春正月甲午朔、出雲国献二赤烏[2]一。越中国献二白烏一。○丙午、[3]天皇御二中宮一。授二正三位橘宿禰諸兄従二位、従四位上大石王正四位下、従五位下黄文王・无位大市王並従四位下、无位茨田王従五位下、従四位下藤原朝臣豊成正四位下、正五位下県[4]犬養宿禰石次従四位下、[5]従五位[6]上賀茂朝臣助正五位上、[7]従五位上多治比[8]真人占部正五位下、従五位下石川朝臣加美・紀朝臣宇美・藤原朝臣仲麻呂並[9]従五位上、外従五位下小治田朝臣広千[10]・大伴宿禰[11]祜信備・佐伯宿禰常人並従五位下、外従五位下坂上伊美伎犬養外従五位上、正六位上倭武助・[12]麻田連陽春・塩屋連[13]吉麻呂・物部依羅朝臣人会・紀朝臣豊川・村国連子虫並外従五位下、正四位下竹野女王・従四位下無漏女王並従三位、正四位下多伎女王正四位上、従四位下[14]大野女王・広湍女王・日置女王・[15]粟田女王・河内女王・丹生女王並従四位上、従五位下春日女王、无位小長谷女王・坂合部女王・高橋女王・茨田女王・陽[16]胡女王、従五位下藤原朝臣

一 程粮は帰郷に要する日程に応じた食料。民部省式上に「凡諸国匠丁還レ郷者、本司録移二送省一、省申レ官給二路粮一。一人日米一升、塩一勺〈仕丁准レ此〉」。

二 治部省式によると赤烏は上瑞、白烏は中瑞。儀制令8に大瑞は即時奏上、上瑞以下は所司に申し元日に奏聞との規定がある。↓㊀補1-三七。

三 ↓補9-一八。中宮に御して授位が行われた例は、ほかに養老七年正月丙子、天平十二年正月庚子条がある。

四 ↓㊀補5-六。十年正月に正三位、十二年十一月に正二位。

五 ↓㊀一九頁注五。養老七年正月に従四位上。

六 ↓補12-七八。

七 宝亀十一年十一月の薨伝に邑珍、万葉三九二六に邑知とみえる。長親王の第七子。無位から従四位下への直叙は選叙令35の親王の子の蔭位による。宝亀十一年に七十七歳で没しているから、慶雲元年生れで、この年三十六歳。天平勝宝四年文室真人の姓を賜わり、宝亀五年従二位大納言の時致仕。

八 系譜未詳だが、叙位からみると諸王の子か。天平十六年少納言、同十八年宮内大輔、同十九年越前守。天平勝宝五年正月の万葉四二八三歌に「右一首中務大輔茨田王」とある。越中国官倉納穀交替記に天平宝字元年十二月のこととして「国守従五位上茨田王」(平遺二〇四号)、天平宝字三年十一月の越中国東大寺荘物券及び東大寺開田図にもみえる(古四-三九二頁)。

九 ↓一四七頁注一二。九年九月に従四位下。十五年五月に従三位。

一〇 ↓補8-五一。九年九月に正五位下。

一一 ↓一四七頁注一四。八年正月に従五位上。十二年十二月に従四位下。

1 十ノ上↓校補
2 烏〔兼、大、類一六五・紀略〕—鳥(谷・東・高)
3 天皇↓校補
4 犬—大〔底〕
5 従(兼等、大)—正〔東傍イ・高傍イ〕
6 上〔底擦重〕—下〔底原〕
7 五〔底擦重〕—四〔底原〕
8 真人〔東・高、大改〕—直(兼・谷)
9 従五位上外〔大補〕—ナシ(兼等)
10 千〔兼・谷・東〕—十(高)、耳(大改)
11 祜〔大改〕—祐(兼等)
12 麻ノ下、ナシ〔大衍〕—呂(兼等)
13 吉—古(大改)
14 大ノ下、ナシ〔高傍按、大衍〕—和(兼等)↓校補
15 粟—栗(高)
16 胡(兼等、大)—朝〔東傍・高傍〕

に還《かへ》るに、始《はじ》めて程粮《ちやうらう》[一]を給《たま》ふ。

十一年《己卯》春正月甲午の朔、出雲《いづも》国赤烏《あかきからす》[二]を献《たてまつ》る。越中国《こしのみちのなか》白烏《しろきからす》を献る。

○丙午《十三日》、天皇《すめらみこと》、中宮《ちうぐう》[三]に御《おは》しまして、正三位橘《たちばな》[四]宿禰諸兄《もろえ》に従二位を授《さづ》けたまふ。従四位上大石王《おほいし》[五]に正四位下。従五位下黄文王《きふみ》[六]、无位大市王《おほち》[七]に並《ならび》に従四位下。无位茨田王《まむたのおほきみ》[八]に従五位下。従四位下藤原《ふぢはら》[九]朝臣豊成《とよなり》に正四位下。正五位下県犬養《あがたいぬかひ》[一〇]宿禰石次《いはすき》に従四位下。従五位上賀茂《かも》[一一]朝臣助《すけ》に正五位上。従五位上多治比《たぢひ》[一二]真人占部《うらべ》に正五位下。従五位下石川《いしかは》[一三]朝臣加美《かみ》・紀《き》[一四]朝臣宇美《うみ》・藤原《ふぢはら》[一五]朝臣仲麻呂《なかまろ》に並に従五位上。外従五位下小治田《をはりだ》[一六]朝臣広千《ひろち》・大伴《おほとも》[一七]宿禰祜《こ》信備《しび》・佐伯《さへき》[一八]宿禰常人《つねひと》に並に従五位下。外従五位下坂上《さかのうへ》[一九]伊美伎[二〇]犬養《いぬかひ》に外従五位上。正六位上倭武助《やまとのむそ》[二一]・麻田《あさだ》[二二]連陽春《やす》・塩屋《しほや》[二三]連吉麻呂《きちまろ》・物部依羅《もののべのよさみ》[二四]朝臣人《ひと》会《あひ》・紀《き》[二五]朝臣豊川《とよかは》・村国《むらくに》[二六]連子虫《こむし》に並に外従五位下。正四位下竹野女王《たかののおほきみ》[二七]、従四位下無漏《むろ》[二八]女王に並に従三位。正四位下多伎《たぎ》[二九]女王に正四位上。従四位下大野《おほの》[三〇]女王・広湍《ひろせ》[三一]女王・日置《へき》[三二]女王・粟田《あはた》[三三]女王・河内《かふち》[三四]女王・丹生《にふ》[三五]女王に並に従四位上。従五位下春日《かすが》[三六]女王、无位小長谷《をはつせ》[三七]女王・坂合部《さかひべ》[三八]女王・高橋《たかはし》[三九]女王・茨田《まむた》[四〇]女王・陽胡《やこ》[四一]女王、従五位下藤原《ふぢはら》[四二]朝臣

一二 →補8-五一。神亀五年五月に従五位上。十五年五月に正五位上。
一三 →補11-三。十二年正月に正五位下。
一四 →一六五頁注三四。十七年正月に正五位下。
一五 →補11-四七。十二年正月に正五位下。
一六 →二六九頁注四。
一七 →補12-七七。十二年十一月に従五位上。
一八 →補12-七七。
一九 →補12-二九。十一年三月に従五位下。
二〇 忌寸とも書くが天平宝字三年十月に忌寸に統一された。
二一 →補13-五。
二二 →補9-八六。
二三 →補8-七三。
二四 →二五七頁注一〇。十二年十一月に外従五位上。
二五 万葉一五〇三に短歌一首がある。紀朝臣→㊀補1-三一。
二六 十二年十一月に外従五位上。村国連→㊀補2-六七。
二七 天平勝宝元年四月正三位、同三年正月従二位。飛鳥の竜福寺塔銘に「天平勝宝三年歳次辛卯四月廿四日庚子従二位竹野王」とある(寧遺九七二頁)。
二八 天平十八年正月没。薨伝によると美努王の女。宝亀二年二月の藤原永手の薨伝によると永手の母。姓氏録左京皇別橘朝臣の項に牟漏女王は房前に嫁し、永手、真楯を生んだとみえる。法隆寺資財帳に天平八年二月花形白銅鏡一面を寄進したことがみえる。
二九 →補12-六一。
三〇 二十年三月正四位下より正四位上。
三一 →一二九頁注二五。二十年三月正四位上。
三二 天平勝宝二年八月正四位下より正四位上。

吉日、正五位下大宅朝臣諸姉並従四位下、従五位下宇遅女王・无位中臣殖[1]栗連豊日並従五位上、无位紀朝臣意美奈・采女朝臣首名・采女朝臣若[2]・[3]岡連[4]若子並従五位下一。○二月戊子、詔曰、[5]皇后寝膳不レ安、弥[6]益二疲労一。朕見二此苦一、情甚惻隠。宜下大二赦天下一、[7]救中済病患上。自二天平十一年二月廿六日戌時一以前大辟罪以下及八虐、常赦所レ不レ免者、咸赦除之。其[8]癈疾之徒、不レ能二自存一者、量[9]加二賑恤一。仍[10]令三長官親自慰問量給二湯薬一。僧尼亦同。○壬辰、勅、二月廿六日赦書云、[11]敢[12]以二赦前事一告言者、以二其罪一[13]罪之、宜暫可レ停。若百姓、心懐二私愁一、欲二披陳一者、恣聴之。巡察使、宜二随レ事問知、具レ状録奏一。勿下依二赦書一罪中告人上。○三月甲午、天皇行二幸甕原離宮一。○丁酉、車駕還レ宮。○癸丑、詔曰、朕、恭[14]膺二宝命一、君二臨区宇一、未レ明求レ[15]衣、[16]日[17]昃忘レ[18]膳。即得二従四位上治

1 栗〔底擦・兼・谷、大〕―粟〔底原・東・高〕
2 若ノ下→校補
3 岡〔兼等、大〕―置（東傍・高傍）→校補
4 若〔東傍・高傍〕―君（兼等、大）
5 皇ノ上、ナシ―依（紀略）
6 益〔底傍補〕―ナシ〔底原〕
7 救―赦（東）
8 癈〔谷、大〕―廃＝廢（兼・東・高）
9 量〔兼擦重〕―加（兼原）
10 令〔谷重、大〕―今（兼・谷原・東・高）
11 敢〔底擦重、大改〕―以（兼等）
12 以赦〔大改〕―赦以（兼等）
13 罪〔底〕―々
14 膺〔大改〕―応＝應（兼等）
15 衣〔東・高、大改〕―ナシ（兼・谷）→校補
16 日ノ下、ナシ〔谷原〕―蚤（谷傍補）→校補
17 昃＝昗〔大改〕―興（兼等）、異（東傍・高傍）→校補
18 膳→校補

三三 →一一九頁注二六。二十年三月正四位下より正四位上。
三四 薨伝によると高市皇子の女。天平二十年三月正四位下、天平宝字二年八月従三位、宝亀四年正月無位から本位正三位に復し、同十年十二月没。万葉四〇五九に天平二十年三月の短歌一首がある。
三五 天平勝宝二年八月正四位上、万葉五三三、五三四、一六一〇に大宰帥大伴卿に贈った短歌がある。
三六 天平勝宝二年八月正四位上、同八歳五月没。
三七 天平宝字五年正月正四位下より正四位上、同五年六月光明皇太后周忌斎会供奉により位一階を進められ、神護景雲元年正月没。時に尚膳従三位で忍壁親王の女とある。
三八 宝亀九年五月の薨伝に光仁天皇の異母姉とある。また光仁天皇が即位すると宝亀元年十一月四品に叙せられ以後内親王。同五年十一月三品。
三九 他にみえず。
四〇 薬師寺仏足石記にみえる茨田郡王（寧遺九七四頁）ならば文屋真人智努の夫人で従四位下、天平勝宝五年ころ没。
四一 天平宝字五年十月保良遷都に際し稲四万束を賜わる。この時は陽侯。
四二 →補12-六一。天平勝宝元年四月に従三位。

一 →補9-一一六。九年二月に正五位下。
二 他にみえず。
三 他にみえず。天平宝字八年信濃国調布墨書に同国史生中臣殖栗連梶取がみえる（銘文集成）。

吉日《よしひ》・正五位下大宅《おほやけ》[一]朝臣諸姉《もろね》に並《ならび》に従四位下。従五位下宇遅《うぢ》[二]女王、无位中《なか》[三]臣殖栗《とみのゑぐり》連豊日《とよひ》に並に従五位上。无位紀《き》[四]朝臣意美奈《おみな》・采女《うねめ》[五]朝臣首名《おびとな》・采女《うねめ》[六]朝臣若《わか》・岡《をか》[七]連若子《わくご》に並に従五位下。

光明子病いにつき大赦・賑給

二月（癸亥朔）戊子（二十六日）、詔《みことのり》[八]して曰《のたま》はく、「皇后《くわうごう》、寝膳《しむぜん》安《やす》からずして、弥《いよいよ》疲労《ひらう》を益《ま》せり。朕《われ》この苦《くるしび》を見《み》て、情《こころ》に甚《はなは》だ惻隠《いた》む。天下《あめのした》に大赦《たいしや》して病患《やまひ》を救済《すく》ふべし。天平《てんひやう》十一年二月廿六日の戌時《いぬのとき》[九]より以前《さき》の大辟罪《だいびやくざい》[一〇]以下と、八虐《はちぎやく》[一一]と、常赦《じやうしや》[一二]の免《ゆる》さぬとは、咸《ことごと》く赦除《ゆる》せ。其《そ》れ、癈疾《はいしつ》[一三]の徒《ともがら》の自存《じぞん》すること能《あた》はぬ者《ひと》には、量《はか》りて賑恤《しんじゆつ》を加《くは》へよ」とのたまふ。仍《よ》りて長官《ちやうぐわん》[一四]をして親自《みづか》ら慰問《ゐもん》し、量《はか》りて湯薬《たうやく》[一五]を給《たま》はしむ。僧尼《ほふしあま》も亦同《またおな》じ。

赦の一部を撤回

○壬辰（三十日）、勅《みことのり》[一六]したまはく、「二月廿六日の赦《しや》の書《ふみ》に云《い》はく、「敢《あ》へて赦《しや》の前《さき》の事《こと》を以《もち》て告《つ》[一七]げ言《まう》す者《ひと》は、その[一八]罪《つみ》を以《もち》て罪《つみな》はむ」といふ。暫《しま》[一九]し停《とど》むべし。若《も》[二〇]し百姓《はくせい》心《こころ》に私《し》愁《しう》を懐《いだ》きて披陳《ひちん》せまく欲《ほり》せば、恣《ほしきまにま》に聴《ゆる》せ。巡察使事《じゆんさちしこと》[二一]に随《したが》ひて問《と》ひ知《し》り、状《じやう》を具《つぶさ》にして録《しる》し奏《そう》すべし。赦《しや》の書《ふみ》に依《よ》りて告《つ》げたる人《ひと》を罪《つみな》ふこと勿《なか》れ」とのたまふ。

三月（癸巳朔）甲午（二日）、天皇《すめらみこと》、甕原離宮《みかのはらのとつみや》[二二]に行幸《みゆき》したまふ。○丁酉（五日）、車駕《きよが》[二三]、宮《みや》に還《かへ》りたまふ。

神馬出現につき賑給・賜爵・賜物・復除

○癸丑（二十一日）、詔《みことのり》[二四]して曰《のたま》はく、「朕《われ》恭《うやうや》しく宝命《ほうめい》[二五]を膺《う》け、区宇《くに》に君《きみ》として臨《のぞ》めり。明《あ》[二六]けぬに衣《ころも》を求《もと》め、日昃《ひた》くるまで膳《ぜん》を忘《わす》る。即《すなは》ち、従四位上治《ぢ》

四 他にみえず。紀朝臣→[一]補1—三一。
五 他にみえず。采女朝臣→[一]補3—一九。
六 他にみえず。
七 他にみえず。岡連→一八五頁注二九。
八 皇后藤原光明子の病気平癒のための大赦・賑給を命じた詔。
九 午後八時。戌時は異例。天平十二年六月庚午詔も戌時だが、あるいは詔を出した時間か。
一〇 →三頁注一三。
一一 →五一頁注二。
一二 →三頁注二〇。
一三 →五一頁注一〇。
一四 ここは京職や諸国の長官の意か。養老二年十二月丙寅大赦の詔にも同じ表現がみえる。
一五 →二七頁注二七。
一六 二月二十六日の大赦を施行する赦書の一部を撤回する勅。
一七 人の罪を告発・告訴すること。
一八 告言者が赦前の事を告発・告訴した罪によって告言者自身が処罰される。闘訟律53逸文に「凡以二赦前事一相告言者、以二其罪一罪之」。
一九 赦書のこの文言の効力を停止するの意。
二〇 もしどうしても心中のわだかまりを訴えたいという百姓がいたら、その訴えをきくように、との意。
二一 前年十月に発遣。
二二 →[一]二〇一頁注一七。
二三 行幸の時の天皇の称。→二三頁注二一。
二四 神馬の出現にともなう賑給・賜爵・賜物・復除についての詔。三年十二月条の詔と同趣旨。
二五 天子の地位につけとの天命。
二六 夜が明けないうちから衣を着、日が暮れるまで食事をとることを忘れるほどである。政務に精励するをいう。漢書董仲舒伝に「周文王至二於日昃一不レ暇レ食」とみえる。

部卿茅野王等奏一称[1]、得二大宰少弐従五位下多治比真人伯等解一偁、対馬嶋目正八位上養徳[2]馬飼連乙麻呂所レ獲神馬、青身白髦[3]尾。謹検二符瑞図一曰、青馬白髦[4]尾者、神馬也。聖人為レ政、資服有レ制、則神馬出。又曰、王者事二百姓一、徳至二丘陵一、則沢出二神馬一。実合二大瑞一者。斯乃、宗廟所レ祐[5]、社稷[6]所レ贶[7]。朕以二不徳一、何堪二独受一。天下共悦、理允[8]二恒典一。宜レ賑下給孝子・順孫、高年、鰥寡[9]惸独、及不レ能二自存一者上。其進レ馬人、賜二爵五級并物一。免二出レ馬郡今年庸調、自餘郡之庸一。国司史生以上、亦各賜レ物。宜下体二此懐一聿遵[10]中朕志上焉。○乙卯、天[11]皇及太[12][13]上天皇、行三幸甕[14]原離宮一。授二外従五位上坂上[15]伊美吉犬養従五位下一。○戊午、車駕還レ宮。○庚申、石上朝臣乙麻呂坐レ奸二久米連若売一、配三流土左国一。若売配二下総国一焉。○夏四月甲子、詔曰、省二従四位上高安王等去年十月廿九日表一、

1 称＝稱―偁（大）
2 徳〔大改〕―得（兼等）
3 髦〔大改〕―髪（兼等）
4 髦〔谷擦重〕―髪（谷原）
5 祐―祜〔底〕
6 稷―禝〔底〕
7 贶〔谷原・東・高、大改〕―護（谷重）→校補
8 允〔東傍・高傍、大改〕―久（兼等）
9 寡→校補
10 遵〔大改〕―道（兼等）
11 天皇及太上天皇→校補
12 太上天皇→校補
13 太〔東、大、類三一・紀略〕―大（兼・谷・高）
14 甕〔底重〕
15 坂上〔類三一補〕―ナシ（類三一原）

一 智努王→補7―二三。祥瑞は治部卿の担当。
二 →補12―一。
三 他にみえず。養徳馬飼連は天武紀十二年九月に倭馬飼造に連の姓を賜ったことがみえる。養徳馬飼連は大和における馬飼を管掌する伴造。左右馬寮に属する馬部。
四 治部省式で大瑞。→□一補2―一三三。
五 顧野王符瑞図のこと。神護景雲二年九月辛巳条に「顧野王符瑞図曰、青馬白髦尾者神馬也」とある。→二五三頁注二六。
六 人民が蓄財や服装に節度を守っていれば。
七 「沢」は徳に対する沢、すなわち余沢とも解せるが、沢馬という熟語があり、水沢の意か。
八 祖宗の廟。→一八五頁注九。
九 土地の神と五穀の神。→三頁注一〇。
一〇 天命思想にもとづく文言。
一一 孝子順孫～不能自存は天平三年十二月乙未詔とほとんど同文だが、同詔では「鰥寡惸独」と「不能自存」との間に「及」字がない。孝子順孫→五頁注六。
一二 →五頁注二。
一三 →五頁注三・四。
一四 天平十一年度出雲国大税賑給歴名帳は、この時の賑給によるもので、「不能自存」を独立した項目としているのはこの詔文を忠実に実施したものか。ただし孝子順孫に対する賑給は残存部分にはみられない。→補13―六。
一五 正八位上から五級進めると従六位下。
一六 対馬嶋の郡は上県と下県の二郡であるがいずれであるかは未詳。
一七 元正太上天皇。
一八 →□二二〇一頁注一七。
一九 →補12―二九。聖武太上天皇没後、天平勝宝八歳五月乙亥条に「久侍二禁掖一深承二恩渥一」として陵に奉仕せんことを請い、天平宝字八

部卿《ぶきやう》[一]茅《ち》野王《ののおほきみ》らが奏《そう》を得《う》るに称《まう》さく、「大宰少弐《だいさいのせうに》従五位下[二]多治比《たぢひ》真人伯《おほち》らが解《げ》を得《う》るに偁《い》はく、『対馬嶋《つしまのしま》の目《さうくわん》正八位上[三]養徳馬飼連《やまとのうまかひ》乙麻呂《おとまろ》が獲《え》たる神《じん》[四]馬《め》は、青《あを》き身《み》にして白《しろ》き髦《たちがみ》と尾《を》とあり』といふ。謹《つつし》みて符瑞図《ふずいづ》[五]を検《かむが》ふるに曰《い》はく、『青馬《あをうま》にして白《しろ》き髦《たちがみ》と尾《を》とあるは神馬《じんめ》なり。聖人《せいじん》政《まつりごと》して資服制《しふくせい》[六]有れば、神馬《じんめ》出《い》づ』といふ。また曰《い》はく、『王者《わうしや》百姓《はくせい》を事《こと》とし、徳《とく》丘陵《きうりよう》に至《いた》れば、[七]沢神馬《たくじんめ》を出《いだ》す』といふ。実《まこと》に大瑞《だいずい》に合《かな》へり」とまうす。斯《こ》れ乃《すなは》ち[八]宗廟《そうべう》の祐《たす》くる所《ところ》、[九]社稷《しやしよく》の貺《たま》ふ所《ところ》なり。朕《われ》[一〇]、不徳《ふとく》を以《もち》て何《なに》ぞ独《ひと》り受《う》くるに堪《た》へむ。天下《あめのした》と共《とも》に悦《よろこ》びば、理《ことわり》恒典《こうてん》に允《かな》はむ。孝子《けうし》[一一]・順孫《じゆんそん》、高年《かうねん》[一二]と鰥寡惸《くわんくわけい》[一三]独《どく》と、自存《じぞん》すること能《あた》はぬ者《ひと》とに賑給《しんごふ》[一四]すべし。其《そ》れ、馬《め》を進《たてまつ》れる人《ひと》に爵《しやく》[一五]五級并《あは》せて物賜《ものたま》ふ。馬《め》を出《いだ》せる郡《こほり》[一六]の今年《ことし》の庸《よう》・調《でう》、自餘《そのほか》の郡《こほり》の庸《よう》を免《ゆる》す。国《こく》司《し》の史生《ししやう》以上にも亦《また》各《おのおの》物《もの》賜ふ。この懐《こころ》を体《さと》りて聿《つひ》に朕《わ》が志《こころざし》に遵《したが》ふべし」とのたまふ。○乙卯（二十三日）、天皇《すめらみこと》と太上天皇《だいじやうてんわう》[一七]と、甕原離宮《みかのはらのとつみや》[一八]に行幸《みゆき》したまふ。外従五位上坂上《さかのうへ》[一九]伊美吉犬養《いぬかひ》に従五位下を授《さづ》く。○戊午（二十六日）、車駕《きよが》、宮《みや》に還《かへ》りたまふ。○庚申（二十八日）、石上《いそのかみ》[二〇]朝臣乙麻呂《おとまろ》、久米《くめ》[二一]連若売《わくめ》を奸《けん》[二二]すといふに坐《つみ》して、土左国《とさ》[二三]に配流《はいる》せらる。若売《わくめ》は下総《しもつふさ》[二四]国に配《はい》せらる。

高安王に大原真人を賜姓

夏四月甲子（壬戌朔　三日）、詔《みことのり》[二五]して曰《のたま》はく、「従四位上高安《たかやす》[二六]王らの去年《こぞ》[二七]十月廿九日の表《へう》

年十二月の卒伝に「少以二武才一見レ称」と見え、東大寺献物帳にも犬養の所持していた弓のことが記載されている(古四—一四七頁)。武官として聖武天皇に近侍していたことによる叙位か。

二〇 →一四七頁注一一。天平十年正月乙未に左大弁に任じられているから、この時も同じか。なお、配流のことは、懐風藻の伝に「嘗有二朝譴一、飄二寓南荒一」とあり、この時の詩四首を載せる。また万葉に「石上乙麿卿配二土左国一之時歌三首〈并短歌〉」(一〇一九—一〇二三)がある。天平十二年六月若売が許された時に乙麻呂は許されず、その後、天平十五年五月に従四位下から従四位上に叙されているので、この時までに許されたらしい。

二一 卒伝によると、藤原百川の母。従って宇合の室。姦の罪で配流された後、翌天平十二年六月に入京を許され、神護景雲元年十月に無位から従五位下を賜って順次昇叙、宝亀十一年六月に没。この久米連は渡来系(補9—八二)か否か未詳。

二二 雑律22逸文に「凡姦者、徒一年。有レ夫者、徒二年」。流に処せられた理由は未詳。

二三 神亀元年三月庚申条によると遠流の地。刑部省式も同じ。

二四 神亀元年三月庚申条・刑部省式の配流国には下総国はみえないが、拾芥抄赦令部に「式外近代遺国国」として同国を挙げる。

二五 高安王らに大原真人の姓を賜う詔。

二六 →㈠補6—一一。弟の門部王(㈠補5—五)・桜井王(㈠補6—二八)もこのとき大原真人となる。この兄弟は、紹運録によれば、長親王(㈠七七頁注一三)の孫。

二七 この表は、他にみえない。表は、上表文。天皇に直接意見を上奏する文書。

具知二意趣一。王等、謙沖[1]之情、深懐レ辤[2]レ族、忠誠之至、厚存[3]二慇懃一。顧二思所一レ執、志不レ可レ奪。今依レ所レ請、賜二大原真人之姓一。子子[4]相承、歴二万代一而無レ絶、孫孫[5]永継、冠二千秋一以不レ窮。〇戊辰、中納言従三位多治比真人広成薨。左大臣正二位嶋之第[6]五子也。〇乙亥[7]、令下天下諸国改二駄馬一匹[8]所レ負之重大二百斤一、以二百五十斤一為上レ限。〇戊寅、正六位上百済王敬福授二従五位下一。正六位上田[9]辺史難波外従五位下。〇壬午、陸奥国按察使兼守[10]鎮守府[11]将軍大[12]養徳守従四位上勲四等大野朝臣東人・民部卿兼春宮大夫従四位下巨勢朝臣奈弖麻呂・摂津大夫従四位下大伴宿禰牛養・式部大[13]輔従四位下県犬養宿禰石次為二参議一。〇五月甲寅、詔曰、諸国郡司、徒多[14]二員数一、無レ益二任用一、侵二損百姓一、為レ蠹実深。仍省二旧員一改定。大郡、大領・少[15]領・主政[16]各一人、主帳[17][18]二人。上[19][20]郡、大領・少領[21]・主政・主帳[22]各一人。中郡、大領・少領・主帳[23]各一[24]人。下郡亦同。小郡、領・主帳[25]各一人。〇辛酉、詔曰、

1 沖〔大改〕—仲（兼等）
2 辤〔底〕—辞＝辭
3 存〔底〕—在
4 子—々（兼）
5 孫〔底〕—々　6 第—弟（東）
7 亥〔紀略改〕—卯（紀略原）
8 匹〔紀略〕—疋（兼等、大、類八〇）
9 田〔谷重〕
10 守—ナシ（大衍）→脚注・校補
11 府—ナシ〔底〕
12 大〔谷擦・高、大〕—犬（兼・谷原・東）
13 大—太（東）
14 多（底傍補）—ナシ〔底原〕
15 少〔兼・東・高、大改〕—小（谷）
16 主政各一人—ナシ（東）
17 帳〔谷重、大〕—張（兼・谷原・東・高）
18 帳ノ下、ナシ—各（東）
19 上郡大領少領主政主帳各一人中郡大領少領主帳各一人—ナシ（東）
20 上〔大改〕—ナシ（兼・谷原・高）、小（谷傍補）
21 少領〔高、大補〕—ナシ（兼・谷）
22 帳〔兼・谷重、大〕—張（谷原・高）
23 帳〔兼・谷重、大〕—張（谷原・高）
24 一〔大改〕—二（兼・谷・高）
25 帳—張（東）

一 へりくだって、自分をむなしくするところ。
二 族は、ここでは皇族。
三 執は、見解を述べること、また主張する意。
四 姓氏録は左京皇別に大原真人を載せ、敏達

を省《み》て、具《つぶさ》に意趣《いしゆ》を知《し》りぬ。王《おほきみたち》等の謙沖《けむちう》[一]の情《こころ》、深《ふか》く族《うがら》[二]を辞《さ》ることを懐《おも》ひ、忠誠《ちうせい》の至《いたり》、厚《あつ》く慇懃《ねもころ》に存《あ》り。執《しふ》[三]する所《ところ》を顧《かへり》み思《おも》ふに、志《こころざし》奪《うば》ふべからず。今《いま》、請《こ》ふ所《ところ》に依《よ》りて大原《おほはら》[四]真人の姓を賜《たま》ふ。子子《しし》相承《あひう》けて、万代《ばんだい》を歴《ふ》とも絶《た》ゆること無く、孫孫《そんそん》永《なが》く継《つ》ぎて、千秋《せんしう》に冠《くわん》して窮《きは》まらずあれ」とのたまふ。

中納言多治比広成没

○戊辰（七日）、中納言《ちうなふごん》従三位多治比《たぢひ》[五]真人広成薨《ひろなりこう》しぬ。左大臣《さだいじん》正二位嶋《しま》[六]の第五子なり。○乙亥（十四日）、天下《あめのした》[七]の諸国《くにぐに》をして駄馬《におひうま》一匹の負《お》へる重《おも》さ大《だい》[八]二百斤を改《あらた》めて百五十斤を限《かぎり》とせしむ。○戊寅（十七日）、正六位上百済王敬福《くだらのこにきしきやうふく》[九]に従五位下を授《さづ》く。

大野東人らを参議

正六位上田辺《たなべ》[一〇]史難波《なには》に外従五位下。○壬午（二十一日）、陸奥国《みちのおく》按察使《あんせちし》兼守[一一]鎮守府将軍《ちんしゆふしやうぐん》大養徳《やまと》守従四位上勲四等大野《おほの》[一二]朝臣東人《あづまひと》、民部卿《みんぶきやう》兼春宮大夫《しゆんぐだいぶ》従四位下巨勢《こせ》[一三]朝臣奈弖麻呂《なでまろ》・摂津大夫《つのだいぶ》従四位下大伴《おほとも》[一四]宿禰牛養《うしかひ》・式部大輔《しきぶだいふ》従四位下県犬養《あがたいぬかひ》[一五]宿禰石次《いはすき》を参議《さむぎ》[一六]とす。

郡司定員を削減

五月甲寅（壬辰朔 二十三日）、詔《みことのり》[一七]して曰《のたま》はく、「諸国《くにぐに》の郡司《ぐんじ》は徒《いたづら》に員数《かず》多《おほ》くして、任用《にむよう》に益《えき》無く、百姓《はくせい》を侵《をか》し損《そこな》ひて蠹《と》あること実《まこと》に深《ふか》し。仍《より》て旧《もと》[一八]の員《かず》を省《はぶ》きて改《あらた》め定《さだ》む。大郡《だいぐん》には大領《だいりやう》・少領《せうりやう》・主政《しゆしやう》各《おのおの》一人、主帳《しゆちやう》二人。上郡《じやうぐん》には大領・少領・主政・主帳各《おのおの》一人。中郡《ちうぐん》には大領・少領・主帳各《おのおの》一人。下郡《げぐん》も亦《また》同《おな》じ。小郡《せうぐん》には領《りやう》・主帳《しゆちやう》各《おのおの》一人」とのたまふ。○辛酉（三十日）、詔《みことのり》[一九]して曰《のたま》はく、

の孫の百済王より出たとするが、本条の大原真人とは別。

五 →〔一〕一二九頁注二五。中納言任官と従三位昇叙は天平九年九月。

六 →〔一〕補1−一一七。嶋の子は、他に池守(第一子、天平二年九月己未条)・県守(同九年六月丙寅条)・広足(天平宝字四年正月癸未条)が知られる。

七 荷駄一匹の負荷重量を軽減する記事。主税寮式上では「凡一駄荷率絹七十疋、…銅一百斤」と銅の場合の負荷重量を挙げ、さらに軽減している。

八 重さの単位の斤には、大斤・小斤の二種があり、その比率は三対一。大二〇〇斤は約一三四キログラム。これを改めて一駄を大一五〇斤(約一〇〇キログラム)とする。

九 百済義慈王の四世の孫で、郎虞の子。→補13−七。百済王→〔一〕三一頁注一七。

一〇 →補9−一〇七。

一一 この「守」の字は、陸奥国守の守の意。→補13−八。

一二 →〔一〕二二一頁注二。

一三 →二〇九頁注二九。

一四 →〔一〕一四五頁注二七。

一五 →補8−五一。

一六 四月に中納言多治比広成が没してのちの太政官の議政官は、右大臣橘諸兄・知太政官事鈴鹿王・参議藤原豊成の三名のみ。天平三年八月に参議になった大伴道足は、同七年九月に訴訟不受理の罪は宥されたものの参議は辞したとみられる。→〔一〕補3−三四。大伴牛養はそのあとを襲ったものであろう。

一七 郡司の定員を削減する詔。→補13−九。

一八 大宝官員令に定める定員。→〔一〕補1−六〇。

一九 この詔は、二項について定める。

天下諸国、今年出挙正税之利、皆免之。諸家封戸之租、依レ令、二分、[1]一分入レ官、一分給レ主者。自レ今以後、全賜二其主一、運送傭食、割二取其租一。〇六月戊寅、令三諸国駅起稲、咸悉混二合正税一。〇癸未、縁レ停二兵士一、国府兵庫、点二白丁一、作レ番令レ守之。〇甲申、賜二出雲守従五位下石川朝臣年足絁卅匹[2]、布六十端、正税三万束一。賞二善政一也。〇秋七月乙未、授二外従五位下背[3]奈公福信従五位下、正六位上新城連吉足外従五位下[4]一。〇癸卯、渤[5]海使[6]副使[7]雲麾将軍己珎蒙等来朝。〇甲辰、詔曰、方今孟秋、苗子盛秀。欲レ令[8]三風雨調和、年穀成熟一。宜レ令[9]下天下諸寺転二読五穀成熟経一、并悔過七日七夜上焉。〇八月丙子、太政官処分、式部省蔭子孫并位子等、不レ限二年之高下一、皆下二大学一、一向学問焉。〇九月庚寅朔、日有レ蝕之。〇冬[10]十月甲子、従四位下小野朝臣牛養卒。〇丙子、少僧都行達為二大僧

1 一分〔東・高、大補、類八三〕―ナシ（兼・谷）
2 匹〔底〕―疋
3 背〔兼等・東傍・高傍、大改〕↓校補
4 下〔大補〕―ナシ（兼等）
5 渤〔大、紀略〕―勃（兼等）
6 使↓校補
7 使〔谷傍補〕―ナシ（谷原）
8・9 令〔大補、類一二〕―ナシ（兼等）
10 冬十月↓校補

一 詔の第一項。今年の正税出挙の利稲を免除する。この時期の公出挙の利率は五割。天平十一年度伊豆国正税帳に、天平十一年六月七日兵部省符により兵家稲の出挙利稲を全免したとするのも（古二―一九六頁）、この処置によるか。正税→㊀補2―五七。出挙→㊀補1―二六。
二 詔の第二項。これまで一部の封主に適用していた封租全給を、すべての封主に及ぼす。封租全給→㊀補6―二七。
三 食封として支給される戸。
四 令は、大宝賦役令封戸条（養老賦役令8に相当する条文）。「二分、一分入レ官、一分給レ主」は大宝令同条の引用。
五 ここでの官は、国衙。正倉に収納して正税とする。
六 封主、すなわち食封を給された者。
七 封租を京に運送する人夫の食料などは、その租を割いて充当する。その変遷→補13―一〇。
八 駅起稲は、駅の諸経費をまかなうために置かれた駅起田（養老令では駅田）の収穫稲を蓄積したもの。→㊀補2―一一七。これを正税に混合する。天平六年正月に雑色官稲を正税に混合したのに続く処置。→補11―四八。
九 これよりさき、奉勅の太政官符を承けた五月二十五日付の兵部省符が諸国に頒布され、兵士が停止された。→補13―一一。本条はそれにともなう措置。兵士（軍団）→㊀補3―一六。
一〇 諸国の国府（補7―三二）に設置されている兵庫。兵庫は、軍器・器仗を納める倉庫（軍防令43・45）。天平期の諸国正税帳に兵器・器仗を営造・修理した記事がみえる（古一―六一二頁、二―五八・六八・一一八・一四〇・一九二頁）。

正税出挙の利稲を免除
封戸全給

「天下《あめのした》[一]の諸国《くにぐに》の今年《ことし》出挙《すいこ》せる正税《しやうぜい》の利《くぼさ》は皆免《みなゆる》せ。諸《もろもろ》[二]の家《いへ》の封戸《ふうご》[三]の租《そ》は令《りやう》[四]に依《よ》るに、「二分し、一分は官《くわん》[五]に入《い》れ、一分は主《しゆ》[六]に給《たま》へ」といへり。今《いま》より以後《のち》は全《また》くその主《しゆ》に賜《たま》ひ、運送《うんそう》[七]の傭食《ようじき》はその租《そ》を割《さ》き取《と》れ」とのたまふ。

駅起稲を正税に混合
兵士停止にともなう処置

六月[壬戌朔]戊寅[十七日]、諸国《くにぐに》の駅起稲《やくきたう》[八]をして咸悉《ことごと》く正税《しやうぜい》に混《ま》ぜ合《あは》せしむ。○癸未[二十二日]、兵《ひやう》[九]士《じ》を停《とど》むるに縁《よ》りて、国府《こくふ》[一〇]の兵庫《ひやうご》は白丁《びやくちやう》[一一]を点《てむ》して番《ばん》を作《な》して守《まも》らしむ。○甲申[二十三日]、出雲《いづも》守従五位下石川《いしかは》[一二]朝臣年足《としたり》に絁《あしぎぬ》卌四、布《ぬの》六十端、正税《しやうぜい》三万束を賜《たま》ふ。善《よ》[一三]き政《まつりごと》を賞《ほ》むればなり。

渤海使来着

秋七月[辛卯朔]乙未[五日]、外従五位下背奈《せな》[一四]公福信《ふくしん》に従五位下を授《さづ》く。正六位上新城《にひき》[一五]連吉足《よしたり》には外従五位下。○癸卯[十三日]、渤海使《ぼつかいのつかひ》[一六]副使《ふくし》雲麾将軍《うんくゐしやうぐん》[一七]己《き》珎蒙《ちんもう》[一八]ら来朝《まう》く。

諸寺に五穀成熟経転読を命じる

○甲辰[十四日]、詔《みことのり》[一九]して曰《のたま》はく、「方《まさ》に今《いま》、孟秋《まうしう》[二〇]に苗子《べうし》盛秀《せいしう》なり。風雨《ふうう》調和《てうくわ》し年穀成《ねんこくせい》熟《じゆく》ならしめむと欲《す》。天下《あめのした》の諸寺《てらでら》をして五穀成熟経《ごこくじやうじゆくきやう》[二一]を転読《てんどく》[二二]し、并《あは》せて悔過《くゑくわ》[二三]すること七日七夜《なぬかななよ》ならしむべし」とのたまふ。

留省の蔭子孫・位子は大学に

八月[辛酉朔]丙子[十六日]、太政官処分《だいじやうぐわんしよぶん》[二四]すらく、「式部省《しきぶしやう》の蔭子《おむし》[二五]孫《そん》、并《あは》せて位子《ゐし》[二六]らは、年《とし》[二七]の高下《かうげ》を限《かぎ》らずして皆大学《みなだいがく》[二八]に下《くだ》し一向《ひたぶる》に学問《がくもん》せしめよ」といふ。

九月庚寅の朔、日《ひ》[二九]蝕《は》ゆること有り。

僧綱任命

冬十月[庚申朔]甲子[五日]、従四位下小野《をの》[三〇]朝臣牛養《うしかひ》卒《しゆつ》しぬ。○丙子[十七日]、少僧都《せうそうづ》行達《ぎやうだち》[三一]を大僧《だいそう》

一一 位階をもたない者。→㊀一三七頁注一九。ここは一般の公民をいう。
一二 →補12-一。出雲守の任官時期は未詳だが、天平十年六月書写の観弥勒菩薩上生兜率天経の跋語に「出雲国守従五位下勲十二等石川朝臣年足」とある（寧遺六一五頁）。
一三 前年十月発遣の巡察使の報告によるものであろう。
一四 →三三九頁注一一。
一五 他にみえず。神亀元年五月に新城連の姓を賜わった王吉勝と同族か。新城連→補9-七七。
一六 渤海使の二度目の来着。下文十一月辛卯条および十二月戊辰条によれば、この使節は入唐判官平群広成を送る任務を兼ねて渡海。大使の乗船が漂没したため、副使らのみ出羽国に来着した。本条はその出羽国来着をいうもの。一行は十月丙戌に入京し、十二年正月の元日朝賀の儀などに参列したのち、二月己未に帰国。なお「渤海使副使」は、十二年正月甲午条では「渤海郡副使」と記す。
一七 渤海の武散官の一つ。唐官品令では従三品の武散官。
一八 以下の渤海使関係の記事にみえるのみ。
一九 五穀豊穣祈願のため、天下諸寺に五穀成熟経の転読と悔過を行うことを命ずる詔。
二〇 ハジメノ秋。七月。
二一 この経典、未詳。類聚国史仏道六、天長元年九月壬申条に調和風雨成熟五穀経がみえる。 二二 転経とも。→八一頁注三〇。
二三 礼仏して罪過を懺悔し、五穀豊穣等の利益を求める儀礼。
二四 式部省に留められている蔭子孫・位子は、大学で勉学すべきことを命ずる太政官処分。→補13-一二。

都一。○丙戌、入唐使判官外従五位下平群[1]朝臣広成并渤海客等入レ京。○十一月辛卯、平郡[2]朝臣広成等[3]拝朝。初広成、天平五年、随二大使多治比真人広成一入唐。六年十月、事畢却帰。四船同発、従二蘇州一入レ海。悪[4]風[5]忽起、彼此相失。広成之船一百一十五人[6]、漂二着崑崙国一。有二賊兵一来囲、遂被二拘執一。船人、或被レ殺、或迸[7]散[8]。自餘九十餘人、着レ瘴死亡[9]。広成等四人、僅免レ死、得レ見二崑崙王一。仍給二升粮[10]一、安二置悪[11]処一。至二七年[12]一、有二唐国欽州熟崑崙一到レ彼。便[13]被二偸載一出来、既帰二唐国一。逢二本朝学生阿倍中満[14]一。便奏、将[15]入[16]朝、請[17]下取二渤海路一帰朝上。天子許レ之、給二船粮一発遣。十年三月、従二登州一入レ海。五月、到二渤海界[18]一。適遇下其王大欽茂差レ使欲上レ聘[19]二我朝一。即時同発。及レ渡[20]二沸[21]海一、渤海一船、遇レ浪傾覆。大使胥[22]要[23]徳等卌人没死。広成等、率[24]二遺[25]衆一到二着出羽[26]国一。○十二月戊辰、渤海使己珎蒙等拝朝。上二其王啓并方物一。

1群〔底〕—郡→校補　2郡→校補　3等〔底〕—ナシ　4悪—亜（東）　5悪風忽起〔紀略補〕—ナシ（紀略原）　6人ノ下、ナシ〔紀略衍〕—悪風忽起（紀略原）　7迸〔兼等、大、紀略〕—散（東傍・高傍）→校補　8散〔大補、紀略補〕—ナシ（兼等、紀略原）　9亡—巳〔底〕　10粮〔紀略〕—糧（兼等、大）　11悪→校補　12七〔底傍補〕—ナシ〔底原〕　13便〔東傍・高傍、大改〕—使（兼等）　14中〔底〕—仲　15将〔底〕—得　16入〔大補〕—ナシ（兼等）　17請取渤海路帰朝〔東傍補・高傍補、大補〕—ナシ（兼・谷・東原・高原）　18界〔谷擦・東傍・高傍、大〕—男（兼・谷原・東・高）　19聘〔兼・谷・大〕—躬（東・高）→校補　20渡〔兼等、大〕—仏＝佛（東傍・高傍）　21沸〔大補〕—ナシ（兼等）　22胥→校補　23要〔大改〕—悪（兼等）　24率〔東傍・高傍、紀略〕—卒（兼等、大）　25遺（谷、大、紀略）—遺〔兼・東・高〕　26羽〔東傍・高傍、大改、紀略〕—州（兼等）

二五 蔭の及ぶ範囲は三位以上の子・孫と四位・五位の子（⊟補2-八一）だが、蔭子孫は五位以上の子・孫をいう。

二六 内位の六位以下八位以上の嫡子。

二七 学令2に定める大学の入学年齢は、十三以上十六以下。それにかかわらないで入学させる。

二八 式部省の大学寮の所管。→補10-六〇。

二九 この日はユリウス暦の七三九年十月七日。この日食は奈良では生じなかった。

三〇 →七頁注二五。

三一 →三四三頁注二六。僧綱制→⊟補1-六二。

一 天平四年八月任命、同五年四月進発の遣唐使。大使は六年十一月に多褹島に帰来し七年三月に拝朝。副使は八年八月に拝朝。

二 →補12-七七。

三 七月に出羽国に来着した己珎蒙ら。

四 以下は、平群広成の帰国報告。

五 天平五年四月己亥に難波津より進発。

六 →⊟一二九頁注二五。天平四年八月に大使に任。

七 今の江蘇省呉県。以下の出航後の様子を、唐丞相曲江張先生文集や文苑英華に収める張九齢の「勅日本国王書」は「丹墀真人広成等入朝。東帰初出二江口一。雲霧斗暗。所レ向迷レ方、俄遭二悪風一、諸船漂蕩」と記す。

八 崑崙は、旧唐書南蛮伝に「自二林邑一已南、皆拳髪黒身、通号為二崑崙一」とあり、林邑（イ

遣唐使平群広成、渤海使とともに入京

都《づ》とす。○丙戌（二十七日）、入唐使《にふたうし》[一]判官《はんぐわん》外従五位下平群《へぐり》[二]朝臣広成《ひろなり》并《あは》せて渤海《ぼつかい》[三]の客《まらひと》ら京《みやこ》に入《い》る。

平群広成の復命

十一月（己丑朔）辛卯（三日）、平郡《へぐり》朝臣広成《ひろなり》ら拝朝《みかどをがみ》す。初《はじ》[四]め広成《ひろなり》は天平《てんぴやう》[五]五年に大使《だいし》多治比《たぢひ》[六]真人広成《ひろなり》に随《したが》ひて入唐《にふたう》す。六年十月、事畢《ことをは》りて却帰《かへ》るに、四船同《おな》じく発《た》ちて蘇州《そしう》[七]より海《うみ》に入《い》りき。悪《あ》しき風忽《かぜたちま》ちに起《おこ》りて彼此《ひし》相失《あひうしな》ふ。広成《ひろなり》の船《ふね》一百一十五人、崑崙《こんろん》[八]国に漂着《へうちやく》す。賊兵《ぞくへい》有りて来《きた》り囲《かく》み、遂《つひ》に拘執《とらは》る。船人《ふなひと》、或《ある》は殺《ころ》され、或《ある》は迸《はし》り散《ち》る。自餘《そのほか》の九十餘人、瘴《やまひ》[九]に着《つ》かれて死亡《し》ぬ。広成《ひろなり》ら四人、僅《わづ》かに死《し》を免《まぬか》れて崑崙王《こんろんわう》に見《まみ》ゆること得《う》。仍《より》て升粮《しようりやう》[一〇]を給《たまは》りて悪処《あくしよ》[一一]に安置《あんち》せらる。七年に至《いた》りて、唐国欽州《もろこしきむしう》[一二]の熟崑崙《じゆくこんろん》[一三]有りて彼《かしこ》に到《いた》る。便《すなは》ち偸《ひそ》[一四]かに載《の》せられて、出《い》で来《きた》りて既《すで》に唐国《もろこし》に帰《かへ》る。

阿倍仲麻呂

本朝《ほんてう》の学生《がくしやう》阿倍中満《あへのなかまろ》[一五]に逢《あ》ひ、便《すなは》[一六]ち奏《そう》して将《ゐ》て入朝《にふてう》し渤海《ぼつかい》の路《みち》を取《と》りて帰朝《くゐてう》せむことを請《こ》ふ。天子《てんし》[一七]これを許《ゆる》し、船粮《せんりやう》[一八]を給《たま》ひて発遣《はつけん》す。十年三月、登州《とうしう》[一九]より海《うみ》に入《い》りき。五月、渤海《ぼつかい》の界《さかひ》に到《いた》る。適《たまたま》[二〇]その王大欽茂《わうたいきむぼう》の使《つかひ》を差《つかは》して我《わ》が朝《でう》を聘《とぶら》はむと欲《す》るに遇《あ》ふ。即時同《すなはちおな》[二一]じく発《た》つ。沸海《ふつかい》[二二]を渡《わた》るに及《およ》びて、渤海《ぼつかい》の一船浪《なみ》に遇《あ》ひ傾《かたぶ》き覆《くつがへ》りぬ。大使《たいし》胥要徳《しよえうとく》[二三]ら卌人没死《ぼつし》す。広成《ひろなり》ら、遺《のこ》れる衆《ひとびと》を率《ひき》ゐて出羽《いでは》[二四]国に到《いた》り着《つ》く。

渤海王の啓

十二月（己未朔）戊辰（十日）、渤海使己《ぼつかいのつかひき》珎蒙《ちんもう》[二五]ら拝朝《みかどをがみ》す。その王《わう》の啓《けい》[二六]并《あは》せて方物《はうぶつ》を上《たてまつ》る。

ンドシナ半島メコン川下流地域）以南の総称とする。但し「勅日本国王書」では、平群広成らの漂着地を林邑国とし、そこでの遭難の模様を「朝臣広成(平群広成のこと)等、漂至二林邑国一。既在二異域一、言語不レ通。並被二劫掠一、或殺或売」と述べている。

九 熱病。

一〇 一升の糧食、わずかな食料。

一一 環境の良くない場所をいうか。

一二 唐書地理志に嶺南道欽州寧越郡。今の広西壮族自治区欽州県。

一三 唐に帰服した崑崙人の意か。

一四 ひそかに熟崑崙の船に乗せてもらい、脱出。

一五 留学生の阿倍朝臣仲麻呂のこと。唐での名は朝衡。→補13–一三。阿倍朝臣→□一補1–一四二。

一六 仲麻呂を通じて玄宗皇帝に奏上し、唐の朝廷に入って拝謁し、の意。

一七 玄宗皇帝。

一八 船と食料。

一九 今の山東省牟平県。

二〇 折よく渤海王大欽茂が日本に使者を派遣しようとしている機会に遇うことができた、の意。大欽茂は、下文十二月戊辰条の同王の啓では、欽武。武藝(一八三頁注六)の子で、文王と称す。

二一 渤海使とともに進発。

二二 風浪さかまく海。

二三 下文十二月戊辰条に若忽州都督、十二年正月丙辰条に忠武将軍。

二四 →七月癸卯条。

二五 この年十月丙戌に平群広成とともに入京。

二六 神亀五年正月、天平勝宝五年の渤海王の国書も啓の書式。

其詞曰、欽武[1]啓[2]、山河杳[3]絶、国土敻遥。佇望二風猷一、唯増二傾仰一。伏[4]惟、天[5]皇聖殿[6]、至徳遐[7]暢、弈葉[8]重レ光、沢流二万姓一。欽武[9]、忝継二祖業[10]一、濫[11]惣如レ始[12]。義洽[13]情深、毎脩二隣好一。今彼国使朝臣広業等、風潮失レ便、漂[14]落投レ此。毎加二優賞[15]一、欲下待二来春[16]一放廻上。使等貪レ前、苦二請乃[17]年帰去一。訴[18]詞至重、隣[19]義非レ軽。因備二行資一、即為二発遣[20]一。仍差二若忽州都督胥要[21]徳等一充レ使、領二広業等一令レ送二彼国一、并附二大虫皮・羆[22]皮各七張、豹皮六張[23]、人参三十斤・蜜三㪷[24]一進上。至レ彼、請二検領一。○己卯、外従五位下平群[25]朝臣広成授[26]二正五位上一。自餘水手已上、亦各有レ級。正六位上祢[27]仁傑外従五位下。

十[28]二年春正月戊子朔[29]、天[30]皇御二大極殿一受二朝賀一。渤[31]海郡使・新羅学語等、同亦在レ列[32]。但奉翳美人、更着[33]二袍[34]袴一」。飛驒国献二白狐・白雉一。○甲午、渤海郡[35]副使雲麾将軍己珎蒙等、授レ位各有レ差。即賜二宴於朝堂一。賜二渤海郡王

1武—茂(大改)
2啓〔底擦重〕　3杳—香〔底〕
4伏—伏(東)　5天皇↓校補
6殿—叡(大改)↓脚注・校補
7遐暢〔谷傍補〕—ナシ(谷原)
8葉〔大改〕—業(兼等)↓校補
9武—茂(大改)
10業—葉〔底〕↓校補　11濫—監〔底〕↓脚注　12始(底傍補)—ナシ〔底原〕　13洽〔谷擦重、大〕—給(兼・谷原・東・高)
14漂〔谷傍補〕—ナシ(谷原)
15賞—当=當〔底〕　16春〔兼傍イ・谷傍イ・高傍イ、大〕—眷(兼等)　17乃〈意改〉(大改)—及　18訴(兼・谷・高、大)—訢〔東〕　19隣〔東、大〕—憐(兼・谷・高)　20遣〔兼重〕
21要(底擦重)—悪〔底原〕
22羆〔兼・谷、大〕—罷(東・高)
23張ノ下、ナシ—張〔底〕
24㪷↓脚注・校補
25群〔紀略〕—郡(兼等、大)
26授ノ下、ナシ—成授(高)
27祢仁〔東・高、大補〕—ナシ(兼・谷)　28十ノ上↓校補
29朔〔類七一・類一六五補〕—ナシ(類一六五原)　30天皇↓校補　31渤ノ下、ナシ—渤(高)
32列〔兼朱抹朱傍・谷・東・高朱傍、大、類七一・紀略〕—別(兼原・高)
33着〔大補、類七一〕—ナシ(兼等)　34袍〔東・高、大、類七一〕—袍(兼・谷)　35郡—群〔底〕

一 欽茂の即位を告げ、広成らの送還事情を述べるとともに、修好を求めた啓文。
二 十一月辛卯条は欽茂に作る。新旧唐書渤海伝はともに欽茂と記す。大系本はこれに従い欽茂とする。「欽武い」の「い」は主格を示す助詞。
三 佇んで(天皇の)すぐれた人民教化のはかりごとを望み見ると、ただ心を傾けその徳を仰ぎみるのみである。風猷は人民を教え導くはかりごと。神亀五年正月甲寅条の武藝の啓にも「延聴二風猷一、但増二傾仰一」とみえる。
四 天皇のすぐれた人格やこの上ない徳ははるか遠くにまで及び。至徳は至極最行の徳。孝経開宗明義章に「先王有二至徳要道一」とある。諸本の「聖殿」では意味が通ぜず、狩谷校本の「聖叡」に従うべきか。大系本は「叡」とする。
五 代々の君主は立派な政治を行い、その恩沢はすべての人民に及ぶ。弈は奕と同じ。神亀五年の武藝の啓に「奕葉重レ光、本枝百世」(神亀五年正月甲寅条)とみえる。
六 「継二祖業一」は、武藝の後を承け渤海王となったこと(唐開元二十五年)を言う。「濫惣」は底本は「監惣」とするが、上掲武藝の啓にも「濫二摠諸蕃一」とみえる。
七 広成らの遭難、及び再び唐に戻っての後、帰国の路を渤海国経由としたことを言う。
八 前に進むことのみを強く欲し、その年のうちの帰国を強く請う。「乃年」の乃は強意。その(同じ)年。
九 渤海が唐制に擬して設けた地方行政区の一つ。但し新唐書渤海伝の六二州の中にはみえない。
一〇 虎の異称。虎を大虫と称したことは、捜

その[一]詞《ことば》に曰《い》はく、「[二]欽武《きむぶ》い啓《まう》す。山河《さんか》杳《はる》かに絶《た》えて、国土《こくと》夐《はる》かに遥《とほ》し。[三]佇《たたず》みて風猷《ふういう》を望《のぞ》めば、唯《ただ》に傾仰《けいかう》を増《ま》すのみ。伏《ふ》して惟《おもひ》みれば、天皇《てんわう》の[四]聖殿至《せいてんし》徳遐《とくはる》かに暢《の》び、[五]弈葉光《えきえふひかり》を重《かさ》ねて沢《なだ》らかに万姓《ばんせい》に流《つた》ふ。欽武《きむぶ》忝《かたじけな》くも[六]祖業《そげふ》を継《つ》ぎ、濫惣始《らむそうはじ》めの如《ごと》し。義《ぎ》洽《あまね》く情深《こころふか》くして、毎《つね》に隣好《りんかう》を脩《をさ》む。[七]今彼《いまか》の国《くに》の使《つかひ》朝臣広業《ひろなり》ら、風潮便《ふうてうたより》を失《うしな》ひ漂落《へうらく》して此《ここ》に投《いた》る。毎《つね》に優賞《いうしやう》を加《くは》へ、来《きた》る春《はる》を待《ま》ちて放廻《はうくわい》せむと欲《す》。使《つかひ》ら[八]前《すす》むことを貪《ねが》ひて、乃年《そのとし》に帰去《くゐきよ》せむことを苦《はなは》だ請《こ》ふ。訴詞《そし》至《いた》りて重《おも》く、隣義《りんぎ》軽《かる》きに非《あら》ず。因《より》て行資《みちのかて》を備《そな》へ、即《すなは》ち発遣《はつけん》せしむ。仍《より》て[九]若忽州都《じやくこつしうと》督胥要徳《とくしよえうとく》らを差《つかは》して使《つかひ》に充《あ》て、広業《ひろなり》らを領《ひき》ゐて彼《か》の国《くに》に送《おく》らしむ。并《あは》せて[一〇]大虫《とら》の皮《かは》・羆《しくま》の皮《かは》各《おのおの》七張、豹《へう》の皮《かは》六張、人参《にんじむ》三十斤、蜜《みつ》三斛[一一]を附《ふ》して進上《たてまつ》る。彼《かしこ》に至《いた》らば、検領《けむりやう》せられむことを請《こ》ふ」といふ。○己卯[二十一日]、外従五位下平群《へぐり》朝臣広成《ひろなり》に正五位上を授《さづ》く。自餘《そのほか》の水手《かこ》已上にも亦《また》各《おのおの》級《しな》有り。正六位上[一二]祢仁傑《ねにんけつ》に外従五位下。

七四〇年

十二年[庚辰]春正月戊子の朔、天皇《すめらみこと》、大極殿《だいごくでん》に御《おは》しまして[一三]朝賀《でうが》を受《う》けたまふ。[一四]渤海郡使《ぼつかいぐんし》・[一五]新羅学語《しらきがくご》ら同《おな》じく亦列《またつら》に在《あ》り。但《ただ》し、[一六]奉翳《はとり》の美人《みにん》は更《あらた》めて[一七]袍袴《はうこ》を着《き》たり。飛驒《ひだ》国、[一八]白狐《しろききつね》・白雉《しろききぎし》を献《たてまつ》る。○甲午[七日]、渤海郡副使《ぼつかいぐんふくし》[一九]雲麾将軍《うんくゐしやうぐん》己珎蒙《きちんもう》らに位《くらゐ》を授《さづ》くること各《おのおの》差《しな》有り。即《すなは》ち[二〇]宴《うたげ》を朝堂《でうだう》に賜《たま》ふ。渤海郡王《ぼつかいぐんわう》に

渤海王らに賜物

神記にすでにみえる。大虫皮の献上は、三代実録貞観十四年五月十八日条にもみえる。

二 斛の俗字。上掲三代実録の記事には「蜜五斛」とある。

三 他にみえず。祢氏は姓氏録にみえず。善隣国宝記上に引く海外国記に、百済鎮将の使として天智三年四月に対馬に至った人物に、祢軍がみえることより、百済系の渡来氏族と見られるが未詳。

三 元日の朝賀。→[一]補1-四九。

四 前年十月入京の己珎蒙等。渤海郡の名称は唐に服属していることを示す表現。→一八三頁注六。

五 言語等の習得を目的として新羅から日本へ派遣された学生。天武紀九年十一月に新羅から「習言者三人」の来日の記事がみえ、また天平宝字四年九月癸卯条の新羅使の言に「無下知二聖朝風俗言語一者上、仍進二学語二人一」、宝亀十一年正月辛未条の新羅国王の言に「依二常例一進二学語生一」とある。大蔵省式賜蕃客例の新羅の項に「学語生〈各絁二疋、綿六屯〉」とみえる。

六 即位・朝賀などの際、鳥の羽で作った翳（さしは）を天皇の左右からさしかざす女官（直木孝次郎）。美人は唐制で正三品相当の女官を言うが、本条の美人は女孺のこと。内裏式上、元正受群臣朝賀式条に「二九女孺執レ翳左右分進奉レ翳」とあり、同様な文が儀式六、元正朝賀儀の条にもみえる。

七 上衣と袴。男官と同じ服装をしたか、或いは唐風に倣うところがあったか。

八 治部省式によると白狐は上瑞、白雉は中瑞で、いずれも「岱宗之精也」とある。

九 →三五五頁注一七・一八。

二〇 白馬節会の宴。→補9-五〇。

美[1]濃絁卅[2]疋、絹卅[3]疋、糸一百五十[4]絇、調綿三百屯㆒。己珎蒙美濃絁廿[5]疋、絹十[6]疋、糸五十[7]絇、調綿二百屯。自餘各有㆑差。〇庚子、天皇御㆓中宮㆒。授㆓従四位下塩焼王従四位上、[8]无位奈良王・守[9]部[10]王従四位下、正五位下多治比真人広足正五位上、従五位上紀朝臣麻路・石川朝臣加美・藤原朝臣仲麻[11]呂正五位下、[12]従五位下石川朝臣年足・佐伯宿禰浄麻呂[13]並従五位上、正六位上藤原朝臣巨勢麻呂・藤原朝臣八束・安倍朝臣嶋麻呂・多治比真人[14]土[15]作従五位下、正六位上大伴宿禰三中・宗形朝臣赤麻呂・紀朝臣可比佐・大伴宿禰犬養・車持朝臣国[16]人外従五位下㆒。又以㆓外従五位下大伴宿禰犬養㆒為㆓遣渤海大使㆒。〇癸卯、[17][18]天皇御㆓南[19]苑㆒、宴㆓侍臣㆒。饗㆓百官及渤海客於朝堂㆒。五位已上賜㆓[20]摺衣㆒。〇甲辰、[21]天皇御㆓大極殿南門㆒、観㆓大射㆒。五位已上射[22]了。乃命㆓渤海使己珎蒙等㆒射焉。〇丙辰、遣㆑使就㆓[23]客館㆒、贈㆓渤海大使忠武将軍胥[24]要徳従二位、[25]首領无位己[26]閼棄蒙従五位下㆒、并[27]賻㆓調布一百十五端、庸布六十段㆒。〇丁巳、天皇御㆓中宮閤[28]門㆒。己珎蒙等奏㆓本国楽㆒。賜㆓帛

1濃〔谷傍補〕—ナシ（谷原）
2・3匹〔底〕—疋
4絇（兼・谷・高、大）—約〔東〕
5・6匹〔底〕—疋
7絇（兼・谷・高、大）—豹〔底〕、約（東）→校補
8无（底擦重）—位〔底原〕
9部〔大改〕—郡（兼等）
10王ノ下、ナシ—並（大補）
11呂ノ下、ナシ—並（大補）
12従五位下〔大補〕—ナシ（兼等）
13並—ナシ〔底〕
14土〔東・高、大〕—士（兼・谷）
15作ノ下、ナシ〔兼・谷原・東・高〕—並（谷傍補、大）
16人ノ下、ナシ〔兼・谷原・東・高〕—並（谷傍補、大）
17天皇→校補
18天—大（兼）
19苑〔大、類七二〕—菀（兼等）
20摺（谷重、大、類七二一本）—揩〔兼・東・高、類七二・紀略〕
21天皇→校補
22了—畢（紀略）
23客—容〔底〕
24要（底擦重）—悪〔底原〕
25首〔兼・谷・東傍・高傍、大〕—道（東・高）
26閼→校補
27賻〔東傍イ・高傍イ、大改〕—賜（兼等）
28門〔谷傍補〕—ナシ（谷原）

一 大蔵省式賜蕃客例に「渤海王〈絹卅疋、絁卅疋、糸二百絇、綿三百屯、竝以㆓白布㆒裹束〉、大使〈絹十疋、絁廿疋、糸五十絇、綿一百屯〉、副使〈絁廿疋、糸卅絇、綿七十屯〉」と見え、本条の賜物と額が異り、とくに副使己珎蒙への賜物が大使なみなのは、大使死没により副使が大使の職を代行したためか。
二 →補9-一八。
三 →二六七頁注二〇。従四位下昇叙は天平五年三月。
四-二〇 →補13-一四。
二一 前年来日の渤海使の答礼使。この年四月丙子辞見出発。十月戊午帰国。

[一]美濃《みの》の絁《あしぎぬ》卌匹、絹《きぬ》卌匹、糸《いと》一百五十絇、調《でう》の綿《わた》三百屯を賜《たま》ふ。己珎蒙《きちんもう》に美濃《みの》の絁《あしぎぬ》廿匹、絹《きぬ》十匹、糸《いと》五十絇、調《でう》の綿《わた》二百屯。自餘《そのほか》は各《おのおの》差《しな》有り。○庚子[十三日]、天皇《すめらみこと》、[二]中宮《ちうぐう》に御《おは》しまして、従四位下[三]塩焼王《しほやきのおほきみ》に従四位上を授《さづ》く。无位[四]奈良《なら》王・[五]守部《もりべ》王に従四位下。正五位下[六]多治比《たぢひ》真人広足《ひろたり》に正五位上。従五位上[七]紀《き》朝臣麻路《まろ》・[八]石川《いしかは》朝臣加美《かみ》・[九]藤原《ふぢはら》朝臣仲麻呂《なかまろ》に正五位下。従五位下[一〇]石《いし》川《かは》朝臣年足《としたり》・[一一]佐伯《さへき》宿禰浄麻呂《きよまろ》に並《ならび》に従五位上。正六位上[一二]藤原《ふぢはら》朝臣巨勢麻《こせま》呂《ろ》・[一三]藤原《ふぢはら》朝臣八束《やつか》・[一四]安倍《あへ》朝臣嶋麻呂《しままろ》・[一五]多治比《たぢひ》真人土作《はにつくり》に従五位下。正六位上[一六]大伴《おほとも》宿禰三中《みなか》・[一七]宗形《むなかた》朝臣赤麻呂《あかまろ》・[一八]紀《き》朝臣可比佐《かひさ》・[一九]大伴《おほとも》宿禰犬養《いぬかひ》・[二〇]車持《くるまもち》朝臣国人《くにひと》に外従五位下。

遣渤海大使任命

また、外従五位下大伴《おほとも》宿禰犬養《いぬかひ》を[二一]遣渤海大使《けんぼつかいたいし》とす。○癸卯[十六日]、天皇《すめらみこと》、[二二]南苑《なむゑん》に御《おは》しまして侍臣《じしん》を[二三]宴《うたげ》し、百官《ひやくくわん》と渤海《ぼつかい》の客《まらひと》とを[二四]朝堂《でうだう》に饗《みあへ》したまふ。五位已上に[二五]摺衣《すりごろも》を賜《たま》ふ。○甲辰[十七日]、天皇《すめらみこと》、[二六]大極殿《だいごくでん》の南門《なむもん》に御《おは》しまして、[二七]大射《おほいくは》を観《みそなは》す。五位已上[二八]射《い》了《をは》りて、乃《すなは》ち[二九]渤海使《ぼつかいのつかひ》己珎蒙《ちんもう》らに命《おほ》せて射《い》しむ。○丙辰[二十九日]、使《つかひ》を遣《つかは》して[三〇]客《まらひと》の館《やかた》に就《つ》き、渤海大使《ぼつかいたいし》[三一]忠武将軍《ちうぶしやうぐん》胥要徳《しよえうとく》に従二位、[三二]首領《しゆりやう》无位[三三]己閼棄蒙《きおきもう》に従五位下を[三四]贈《おく》らしむ。并《あは》せて調《でう》の布《ぬの》一百十五端、庸《よう》の布《ぬの》六十段を[三五]賻《おく》る。○丁巳[三十日]、天皇《すめらみこと》、[三六]中宮《ちうぐう》の[三七]閤門《かふもん》に御《おは》します。己珎蒙《きちんもう》ら、

渤海使本国の楽を奏す

[三八]本国《ほんこく》の楽《がく》を奏《つかへまつ》る。帛《はくのきぬ》・

二二 →補9-一二六。
二三 踏歌節会の宴。踏歌節会→㊀補2-九。
二四 →㊀補4-一四。
二五 山藍や鴨跖草(つきくさ)などの染め草の汁をすりつけて、草木や花鳥などの模様を染め出した衣。天平勝宝八歳六月の東大寺献物帳に屛風の袋として揩布袋が見え(古四-一六〇頁以下)、それには麻布に花卉文がすり出されている。
二六 大極殿院の正門。→㊀補5-一。
二七 →㊀補2-一一。
二八 雑令41に「凡大射者…親王以下初位以上皆射之」とある。本条によれば六位以下は渤海使の終了後射たか。
二九 神亀五年正月甲寅の大射にも渤海使の参加したことが見える。内裏式上に蕃客来朝の際には大射に参加させるとある。
三〇 天平四年十月癸酉条に造客館司設置が見える。蕃客用の館はすでに完成していたか。
三一 渤海における武散官。唐制に模して制定。唐制では正四品上の官なので、副使己珎蒙の雲麾将軍(従三品の官)より官品が低くなるが未詳。
三二 →一八三頁注七。
三三 胥要徳とともに、来日の際に没。
三四 胥要徳ら二名の死没者への贈位。
三五 死者に物を賜わること。本条の両名への賻物は喪葬令5の賻物の額と異なり、絁・鉄は与えられていないが、布は調布の他に庸布も与えられ額も多い。贈位とあわせて蕃客の不慮の死及び広成ら送還への礼を含む特例か。
三六 →補9-一八。
三七 中宮院の南面の正門。
三八 渤海楽の日本における演奏の最初。職員令17に見える高麗楽とは別。

綿㆒各有㆑差。○二月己未、己珎蒙等還㆑国。○[1]甲子、行㆓幸難波宮㆒。以㆓知太政官事正三位鈴鹿王・正四位下兵部卿藤原朝臣豊成㆒為㆓留守㆒。○庚午、給㆓摂津国百姓稲[2]籾㆒、[3]人有㆑差。○丙子、百済王等奏㆓風俗楽㆒。授㆓[4]従五位下百済王慈敬従五位上、正六位上百済王全福従五位下㆒。」是日、[5]車駕[6]還㆑宮。○辛巳、賜㆓陪従[7]右大臣已下、五位已上禄㆒、各有㆑差。○三月辛丑、以㆓外従五位下紀朝臣必登㆒為㆓[8]遣新羅大使㆒。○[9]夏四月戊午、遣新羅使等拝[10]辞。○丙子、遣渤海使[11]等辞見。○五月乙未、[12]天皇幸㆓右大臣相楽別業㆒。宴飲酣[13]暢、授㆓大臣男无位奈良麻呂従五位下㆒。○丁酉、車駕還㆑宮。○六月庚午、[14]勅曰、朕、君㆓臨八荒㆒、奄㆓有万[15]姓㆒、履㆑薄馭㆑朽、情深㆓覆育㆒。求㆑衣[16]忘㆑寝、思㆓切納[17]隍㆒。恒念、何答㆓上玄㆒。人民有㆓休平之楽㆒。能称㆓明命㆒、国家致㆓寧泰之栄㆒者。信是、被㆓於寛仁㆒、[18]挂[19]網之徒、保㆓身命㆒而得㆑寿、布㆓於鴻恩㆒、窮乏[20]之類、脱㆓[21]乞微㆒

1甲子〔類七八改〕—己未（類七八原）
2籾〔東・高、大、類七八〕—粈（兼・谷）
3人〔類七八原〕—各（兼等、大、類七八改）
4従〔底擦〕—後〔底原〕
5車駕→校補
6還〔谷傍補、大、紀略〕—ナシ（兼・谷原・東・高）
7大〔谷擦重〕—右（谷原）
8遣（谷抹傍、大、紀略）—即〔兼・谷原・東・東傍・高・高傍〕
9夏四月→校補
10辞ノ下→校補
11等（底傍補）—ナシ〔底原〕
12天皇→校補
13暢→校補
14勅—詔（紀略）
15姓—性〔底〕
16忘寝思〔兼朱傍イ・谷朱傍イ・高朱傍イ、大改〕—覆恩（兼等）
17隍〔谷〕—理（谷傍イ）
18挂（東傍、大改）—桂〔高傍〕、牲（兼等）
19網〈意改〉（大改）—納→脚注・校補
20之〔谷傍補・東・高、大〕—ナシ（兼・谷原）
21乞微→脚注・校補

一 神亀三年に修造開始、天平三年頃完成。→補9―一二。天平勝宝元年十二月丁亥条の宣命に、去る辰年に天皇(聖武か)が河内国智識寺の盧舎那仏を礼拝したとあるのは、この行幸のおりのことであろう。
二 →㊀補3―六。
三 →㊀補5―八。
四 →一四七頁注一二。この時参議。補任によるとこの年正月中衛大将となる。
五 留守官。→㊀補5―一八。
六 養老六年五月己丑条に「稲十万束、籾四百斛」を長屋王に賜ったことが見えるが、ここは稲の籾で稲穀のことか。これは難波行幸にともなう措置。
七 百済系の王族。→㊀三二頁注一七。ここも難波行幸にともなうもの。百済王氏は河内に本拠があった。
八 本国の百済国の楽。→補11―八。難波・河内への行幸にあたって百済王が楽舞を奏することは、天平十六年二月丙辰条、天平神護元年十月戊子条、延暦十年十月己亥条にもみえる。
九 →補12―三。
一〇 天平十六年二月の難波行幸のおりにも百済楽を奏して叙位、同年九月山陰道巡察使、同十七年九月正五位下で尾張守となる。百済王→㊀三二頁注一七。
一一 行幸の際の君主に対する尊称。→二三頁注二一。
一二 平城宮。
一三 橘諸兄。→㊀補5―六。
一四 →補12―三二。
一五 四月拝辞。九月長門国に帰着(九月乙巳条)、十月入京。渤海使の渡来に対応し、新羅に対し何らかの新しい政策をとろうとしたか。天平年間以降の対新羅外交→補11―一一。

綿《わた》を賜《たま》ふこと各《おのおの》差《しな》有り。

難波宮行幸

二月《戊午朔》己未《二日》、己弥蒙《きちんもう》ら国《くに》に還《かへ》る。○甲子《七日》、難波宮《なにはのみや》[一]に行幸《みゆき》したまふ。知太《ちだい》[二]政官事《じやうぐわんじ》正三位鈴鹿王《すずかのおほきみ》[三]、正四位下兵部卿《ひやうぶきやう》[四]藤原朝臣豊成《ふぢはらとよなり》を留守《るしゆ》[五]とす。○庚午《十三日》、摂津《つ》国の百姓《はくせい》に稲《いね》[六]の籾《もみ》を給《たま》ふこと人《ひと》ごとに差《しな》有り。○丙子《十九日》、百済王《くだらのこにきし》[七]ら、風俗《ふうぞく》[八]の楽《がく》を奏《つかへまつ》る。従五位下百済王慈敬《くだらのこにきしじきやう》[九]に従五位上を授《さづ》く。正六位上百済王全福《くだらのこにきしぜんふく》[一〇]に従五位下。是《こ》の日《ひ》、車駕《きよが》[一一]宮《みや》[一二]に還《かへ》りたまふ。○辛巳《二十四日》、陪従《ばいじゆ》せる右大臣《うだいじん》[一三]已下五位已上に禄《ろく》賜《たま》ふこと各《おのおの》差《しな》有り。

遣新羅大使任命

三月《丁亥朔》辛丑《十五日》、外従五位下紀朝臣必登《きひと》[一四]を遣新羅大使《けんしらきたいし》[一五]とす。

夏四月《丁巳朔》戊午《二日》、遣新羅使《けんしらきし》ら拝辞《ことわりまう》す。○丙子《二十日》、遣渤海使《けんぼつかいし》[一六]ら辞見《じけん》す。

橘諸兄の相楽別業に行幸

五月《丙戌朔》乙未《十日》、天皇《すめらみこと》、右大臣《うだいじん》の相楽別業《さがらかのべちごふ》[一七]に幸《みゆき》したまふ。宴飲酣暢《えんいむたけなは》なるときに、大臣《だいじん》の男《をのこ》无位奈良麻呂《ならまろ》[一八]に従五位下を授《さづ》く。○丁酉《十二日》、車駕《きよが》宮《みや》[一九]に還《かへ》りたまふ。

寛仁の政のための大赦

六月《丙辰朔》庚午《十五日》、勅《みことのり》[二〇]して曰《のたま》はく、「朕八荒《われはちくわう》[二一]に君《きみ》として臨《のぞ》み、万姓《ばんせい》を奄《おほ》ひ有《たも》つ。薄《うす》[二二]きを履《ふ》み朽《く》ちたるを馭《をさ》め、情《こころ》覆育《ふういく》に深《ふか》し。衣《ころも》[二三]を求《もと》め寝《い》ぬるを忘《わす》れ、切《しき》りに納隍《なふわう》[二四]を思《おも》ふ。恒《つね》[二五]に念《おも》はく、「何《いか》にぞ上玄《じやうぐゑん》[二六]に答《こた》へて人民《じんみん》に休平《きうへい》の楽《たのしび》有らしめ、能《よ》く明命《めいめい》[二七]に称《かな》ひて国家寧泰《こくかねいたい》の栄《さかえ》を致《いた》さむ」とおもふ。信《まこと》に是《こ》れ寛仁《くわんじん》を被《かがふ》らば、挂網《けいまう》[二八]の徒《ともがら》、身命《しんめい》を保《たも》ちて寿《いのち》を得《え》、鴻恩《こうおん》を布《し》かば、窮乏《きうばふ》の類《たぐひ》、乞徴《きつび》[二九]

一六 正月任命。十月に帰国。
一七 相楽は山背国相楽郡。別業は別荘。山城志に綴喜郡井手村にありとし、「本相楽郡、今入二当郡一」とする。現在の京都府綴喜郡井手町井手。同地には橘氏の氏寺である井手寺(円提寺)が存在した(胡口靖夫)。この行幸、十二月の恭仁京遷都に影響したか。
一八 分脈によるとこの時二十歳。→補13―一五。
一九 平城宮。
二〇 寛仁の政を行うために大赦を命じた勅。このような理由での大赦は異例。
二一 八方のはて。全世界。
二二 薄い氷を踏み、朽ちた綱で馬車を御するようにおそれ慎む。詩経、小雅、小旻に「戦戦兢兢、如レ臨二深淵一如レ履二薄冰一」、書経、五子之歌に「予臨二兆民一懍乎若三朽索之馭二六馬一」とあり、唐の貞観四年二月大赦には、本条と同じ「履レ薄馭レ朽」の句がある(文館詞林六六九、唐大詔令集八十三)。
二三 人民のためを思って、夜明け前から起きて衣服を求め、寝ることを忘れて政務につとめる。天平十一年三月の詔には「未レ明求レ衣、日昃忘レ膳」とある。
二四 堀に落されたように苦しんでいる人々。文選、東京賦に「人或不レ得二其所一、若三己納二之於隍一」とある。
二五 いつも、天帝の意にこたえて人民を安楽にし、国家を安泰にするにはどうしたらよいかを考える。
二六 天帝。
二七 天帝から授かっている命令。
二八 後漢書袁紹伝に「挙レ手挂二網羅一」とある。罪を犯して刑に服している者。
二九 貧困の生活の意か。狩谷校本等には徴は徴かとする。乞徴は租税を責めはたること。

而有㆑息。宜㆑大㆓赦天下㆒。自㆓天平十二年六月十五日戌時㆒以前大辟以下、咸赦除[1]之。兼天平十一年以前公私所㆑負之稲、悉皆原免。其監臨主守自盗、盗[2]㆑所㆓監臨㆒、故殺[3]人・謀殺[4]人殺[5]訖、私[6]鋳銭作具既備、強盗・窃盗、奸㆓他妻㆒、及中衛舎人、左右兵衛、左右[7]衛士・衛門府[8]衛士・門部・主[9]帥[10]・使部等[11]、不㆑在[12]㆓赦限㆒。其流人穂積[13]朝臣老、多治比真人祖人・名負・東人、久米連若女等五人、召令㆑入㆑京。大原采女勝[14]部鳥女還㆓本郷㆒。小野王[15]・日奉[16]弟[17]日女・石上乙麻呂・牟[18]牟礼大野・中臣宅守・飽海古良比、不㆑在㆓赦限㆒。○甲戌、令㆘天下諸国、毎国写[19]㆓法華経十部㆒、并建㆗七重塔㆖焉。○[20]八月甲戌、和泉監并㆓河内国㆒焉。○癸未、大宰少弐従五位下藤原朝臣広嗣[21]上㆑表、指㆓時政之得失㆒、陳㆓天地之災異㆒。因以㆑除[22]㆓僧正玄昉[23]法師・右衛士督従五位上[24]下[25]道朝臣真備㆒為㆑言。○九月丁亥、広嗣遂起㆑兵反。勅、以㆓従四位上大野朝臣東人㆒為㆓大将軍㆒、従五位上紀朝臣飯麻呂為㆓副将軍㆒。軍[26]監・軍曹各四人。徴[27]㆓発東海・東山[28]・山陰・山陽・南海五道軍一万七千人㆒、

1 除〔兼・兼朱傍・高・高朱傍〕↓校補　2 盗〔底〕—々
3 殺〔谷傍補〕—ナシ(谷原)
4 人殺〔高擦重〕—訖(高原)
5 殺〔底傍補〕—ナシ〔底原〕
6 私鋳銭〔高擦重〕
7 左右衛〔兼傍補〕—ナシ(兼原)　8 府衛士門〔谷傍補〕—ナシ(谷原)
9 主〔兼傍イ・谷傍イ・東・高、大改〕—生(兼・谷)
10 師〔大改〕—師(兼等)↓校補
11 等ノ下↓脚注・校補
12 在〔谷傍補、大〕—ナシ(兼・谷原・東・高)
13 積〔大補〕—ナシ(兼等)↓校補
14 勝〔東傍・高傍、大改〕—膳(兼等)　15 日↓校補
16 弟〔谷・東、大〕—第(兼・高)
17 日↓校補
18 牟〔底〕—々(兼等)、ナシ(東傍按・高傍按、大衍)↓校補
19 写〔東・高、大補、紀略〕—ナシ(兼・谷)
20 八ノ上、ナシ—秋(大補)
21 嗣—副〔底〕　22 除↓校補
23 昉〔兼・谷、大〕—肪(東・高)
24 上〔大改〕—下(兼等)
25 下〔大、紀略〕—々(兼等)
26 軍〔谷傍補・東・高、大、紀略〕—ナシ(兼・谷原)
27 徴〔谷擦重、大、紀略〕—徴(兼・谷原・東・高)
28 山〔大〕—々(兼等、紀略)

一 ↓[一]補2-九八。
二 午後八時。天平十一年二月戊子条の赦詔も戌刻を指定。
三 死刑に相当する罪。↓三頁注一三。
四 公出挙・私出挙の本稲・利稲。私出挙は天平九年九月に禁止(補12-七二)。ここはそれ以前に出挙された稲を示す。
五・六 ↓一二一頁注九。
七 ↓一二二頁注一一。
八 ↓三頁注一七。 九 ↓補13-一六。
一〇 ↓[一]補1-一二二。 一一 ↓補13-一七。
一二 以下は⑴中衛府の舎人、⑵左右兵衛府の兵衛、⑶左右衛士府・衛門府の衛士、⑷衛門府の門部、⑸左右衛士府・衛門府の主帥、⑹諸衛府の使部、の六種。中衛舎人↓一九九頁注一五。
一三 左右兵衛府に各四〇〇人。↓[一]補2-一三九。 一四 ↓[一]補2-九六。
一五 衛門府に二〇〇人。宮城門の守備にあたる。 一六 ↓[一]補5-四〇。
一七 使部は令制で在京全官司に配属されている下級職員。この時期の衛府の使部は、中衛府・衛門府・左右兵衛府に各三〇人、左右衛士府に各六〇人。使部↓[一]補2-一五一。
一八 上記の人々の犯罪については、罪の軽重を問わずすべて許さない、の意。狩谷校本は「等」の下に脱文があるかとするが、このままで意は通じる。
一九 以下の流人に対する処分は、⑴入京、⑵本郷に帰す、⑶赦に入れない、の三種。
二〇—二五 ↓補13-一八。
二六 本貫の出雲国大原郡の地。
二七—三二 ↓補13-一八。
三三 以下国分寺建立事業の一環。天平十三年三月乙巳条の詔に「宜㆑令㆘天下諸国各令㆑敬㆓

国毎に法華経を写し七重塔を建つ
和泉監を河内国に合併
藤原広嗣、時政を批判
広嗣反す
大野東人に征討を命じる

を脱《まぬか》れて息《いこ》ふこと有らむ。天下《あめのした》に大赦《たいしや》[一]すべし。天平《てんひやう》十二年六月十五日の戌《いぬの》[二]時《とき》より以前《さき》の大辟《だいびやく》[三]以下は咸《ことごと》く赦除《ゆる》せ。兼《か》ねて、天平十一年以前の公私《くし》[四]の負《お》へる稲《いね》は悉《ことごと》く皆原免《みなゆる》せ。其《そ》れ、監臨主守《げむりむしゆしゆ》[五]自《みづか》ら盗《たう》せると、監臨《げむりむ》[六]する所《ところ》に盗《たう》せると、故殺人《こせつにん》[七]と、謀殺人《むせつにん》[八]の殺《ころ》し訖《をは》れると、私鋳銭《しじゆせん》[九]の作具《さくぐ》既《すで》に備《そなは》れると、強《がう》[一〇]盗《だう》・窃盗《せつたう》と、他妻《ひとづま》[一一]に奸《けん》せると、中衛舎人《ちうゑのとねり》[一二]、左右兵衛《さうのひやうゑ》[一三]、左右衛士《さうのゑじ》[一四]、衛門府《ゑもんふ》の衛士《ゑじ》・門部《もんぶ》[一五]、主帥《しゆそち》[一六]、使部《しぶ》[一七]等とは赦《しや》[一八]の限《かぎり》に在《あ》らず。其《そ》れ、流人《るにん》[一九]、穂積《ほづみ》[二〇]朝臣老《おゆ》、[二一]多治比《たぢひ》真人祖人《おやひと》・名負《なおひ》[二二]・東人《あづまひと》[二三]、久米《くめ》[二四]連若女《わくめ》等五人、召《め》して京《みやこ》に入《い》らしめよ。大原釆女勝部鳥女《おほはらのうねめすぐりべのとりめ》[二五]は本郷《ほんがう》[二六]に還《かへ》せ。小野王《をののおほきみ》[二七]・日奉弟日女《ひまつりのおとひめ》[二八]・石上乙麻呂《いそのかみのおとまろ》[二九]・牟《む》[三〇]礼大野《れのおほの》・中臣宅守《なかとみのやかもり》[三一]・飽海古良比《あくみのこらひ》[三二]は赦《しや》の限《かぎり》に在《あ》らず」とのたまふ。○甲戌（十九日）、天下《あめのした》の諸国《くにぐに》をして、毎国《くにごと》[三三]に法華経《ほふくゑきやう》十部を写《うつ》し、并《あは》せて七重塔《しちぢうのたふ》を建《た》てしむ。

八月（乙卯朔）甲戌（二十日）、和泉監《いづみのげむ》[三四]を河内《かふち》国に并《あは》す。○癸未（二十九日）、大宰少弐《だいさいのせうに》[三五]従五位下藤原《ふぢはら》[三六]朝臣広嗣《ひろつぐ》、表《へう》[三七]を上《たてまつ》りて時政《じせい》[三八]の得失《とくしつ》を指《しめ》し、天地《てんち》の災異《さいい》を陳《の》ぶ。因《より》て僧正《そうじやう》玄昉《げんばう》[三九]法師《ほふし》、右衛士督《うゑじのかみ》従五位上下道《しもつみち》[四〇]朝臣真備《まきび》を除《のぞ》[四一]くを以《もち》て言《こと》[四二]とす。

九月（乙酉朔）丁亥（三日）、広嗣遂《ひろつぐつひ》[四三]に兵《いくさ》を起《おこ》して反《そむ》[四四]く。勅《みことのり》して、従四位上大野《おほの》[四五]朝臣東人《あづまひと》を大将軍《だいしやうぐん》[四六]とし、従五位上紀《き》[四七]朝臣飯麻呂《いひまろ》を副将軍《ふくしやうぐん》としたまふ。軍監《ぐんけむ》・軍曹《ぐんざう》各《おのおの》四人。東海《とうかい》・東山《とうせん》・山陰《せんおむ》・山陽《せんやう》・南海《なむかい》の五道[四八]の軍《いくさ》[四九]一万七千人を徴《はた》り発《おこ》

造七重塔一区、并写中…妙法蓮華経一部上」とあるのにあたる。→補14-一。
三四 和泉監は霊亀二年四月に河内国の三郡を割いて設置(補7-一二)。この後、天平宝字元年五月に河内国からまた分立して和泉国。
三五 広嗣の乱とその経過→補13-一九。
三六 →補12-七六。広嗣の乱当時の大宰府首脳部→補13-二〇。
三七 松浦廟宮本縁起にこの時の上表文と称するものを載せるが、重野安繹以来、後世の偽作とされている。
三八 時の政治を批判し、天災地異が起ったのも政治が悪いからだと陳述する。→補13-二一。
三九 →補12-三六。天平九年八月に僧正。
四〇 →補12-六。
四一 下文の十月壬戌条でも「請二朝庭乱人二人一」といっている。この二人が帰国以来、朝廷で重用されていたことがわかる。
四二 言は上表文の内容。釈名に「下言二於上一曰レ表、又曰レ言、言二其意一也」とある。
四三 この一文は「勅」以下を説明するために続紀編者が加えた文。
四四 反と謀反→補13-二二。
四五 →〔一〕二二一頁注二。これまで陸奥按察使・鎮守将軍。
四六 以下は軍防令24「凡将帥出レ征、兵満二一万人以上一、将軍一人、副将軍二人、軍監二人、軍曹四人、録事四人、…各為二一軍一、毎レ惣二三軍一大将軍一人」の規定に拠っていない。
四七 →二〇九頁注三〇。
四八 北陸道が除かれているように五道の諸国でも遠方は除くか。
四九 天平十一年六月に軍団の兵士は停止。→補13-一一。帰農した兵士の召集か。

委㆓東人等㆒、持㆑節討之。○戊子、召㆓隼[1]人廿四人於御在所㆒。右大臣橘宿禰諸兄宣㆑勅、授㆑位各有㆑差。并賜㆓当色服㆒発遣。○己丑、勅㆓従五位上[2]佐伯宿禰常人・従五位下阿倍朝臣虫麻呂等㆒、亦発遣、任㆓用軍事㆒」従五位下神前王賜㆓姓甘南備真人㆒、補[3]㆓摂津亮㆒。○乙未、遣㆓治部卿従四位上三原王等㆒、奉㆓幣帛于伊勢大[4]神宮㆒。○己亥、勅㆓四畿内七道諸国㆒曰、比来、縁㆔筑紫境有㆓不軌之臣㆒、命㆑軍討伐[5]。○願依㆓聖祐㆒、欲㆑安㆓百姓㆒。故今国別造㆓観世[6]音菩薩像壱[7]軀、高七尺㆒、并写㆓観世音経一十巻㆒。○乙巳、勅㆓大将軍大野朝臣東人等㆒曰、得㆓奏状㆒、知㆔遣新羅使船来泊㆓長門国[8]㆒。其船上物者、便蔵㆓当国㆒、使中有㆑人、可[9]㆓採用㆒者、将軍、宜㆓任用㆒之。○戊申、大将軍東人等言、殺㆓獲賊徒豊前国京都郡鎮[10]長大宰史生従八位上小長谷常人・企[11]救郡板櫃[12]鎮[13]小長凡河内田道㆒。但大[14]長三田塩籠者、着㆓箭二隻㆒、逃㆓竄野裏㆒。生㆓虜登美・板櫃・京都三処営兵一千七百六十七人㆒。器仗[15]十七

一 節刀。→二五頁注二〇。 二 衛門府隼人司の隼人は畿内及びその周辺に居住。他にも天平七年七月の入朝者がいる。これをかように殊遇して広嗣の率いる隼人軍の宣撫工作に従わせる。隼人→㈠補2-一四九・4-五〇。

三 もと葛木王。→㈠補5-六。

四 位階に相当した服。衣服令に規定がある。

五 →補12-七七。この時、衛門督。

六 →補12-七七。この時、式部少輔。

七 九月戊申・十月壬戌の両条に「勅使」とある。

八 →補12-七五。

九 姓氏録左京皇別に路真人と同祖、路真人は橘朝臣らと共に敏達皇子難波王の後。

一〇 摂津職の次官。 一一 →補7-一二三。

一二 神嘗祭の奉幣。→養老五年九月乙卯条。

一三 従来は「四畿内二監」(例えば天平九年八月癸卯・九月己亥条)。本年八月に和泉監廃止。芳野監も既に廃止か。畿内制→㈠補1-七〇。

一四 平定祈願のため造像・写経を命じた勅。

一五 軌は車のワダチ。不軌は不道、不法。

一六 →一九九頁注二六。観世音に「不可思議、威神之力」のあることは天平宝字元年七月戊午条・神護景雲三年五月丙申条にみえる。

一七 →一二五頁注二一。

一八 大将軍らの問合せに対して、来泊した遣新羅使船の物資は荷上げし、使人中の適材は征討軍に加えることを命じた勅。

一九 大将軍らの上奏文。内容は船の処置か。

二〇 天平十二年三月辛丑に任命、同四月戊午に拝辞、十月戊辰に還帰。従ってこの来泊は還帰の途中での長門寄港。

二一 船そのものは征討に使うのであろう。

二二 以下は九月二十四日付の東人報告。まず戦果を挙げ、ついでその戦果を挙げた部隊の派遣と自分の予定と間諜の報告とを述べる。

1 隼〔底擦・谷擦、大、紀略〕―集〔底原・兼・谷原・東・高〕
2 上―下(紀略)
3 補→校補
4 大〔兼等、大〕―太(類三・紀略)
5 伐〔東・高、大、紀略〕―代(兼・谷)
6 世〔東・高、大補、紀略〕―ナシ(兼・谷)
7 壱―一(紀略)→校補
8 国〔大補、紀略〕―ナシ(兼等)
9 可〔大補〕―ナシ(兼等)
10 鎮〔大改〕―領(兼等)
11 企→校補
12 櫃〈意改〉―櫝→校補
13 鎮〔兼・谷、大〕―領(東・高)
14 大〔大改〕―犬(兼等)
15 仗〔谷重、大〕―伏(兼・谷原・東・高)

して東人《あづまひと》らに委《ゆだ》ね、節《せつ》[一]を持《ぢ》して討《う》たしむ。〇戊子[四日]、隼人《はやひと》[二]廿四人を御在所《おましところ》に召《め》す。右大臣《うだいじん》橘《たちばな》[三]宿禰諸兄《もろえ》勅《みことのり》を宣《の》りて、位《くらゐ》を授《さづ》くること各《おのおの》差《しな》有り。并《あは》せて当色《たうじき》[四]の服《ぶく》を賜《たま》ひて発《おこ》し遣《つかは》す。〇己丑[五日]、従五位上佐伯《さへき》[五]宿禰常人《つねひと》、従五位下阿倍《あへ》[六]朝臣虫麻呂《むしまろ》らに勅《みことのり》[七]して亦《また》発《おこ》し遣《つかは》し、軍事《ぐんじ》に任用《にむよう》す。従五位下神前《かむさきの》[八]

伊勢神宮に奉幣

王《おほきみ》に姓を甘南備《かむなび》[九]真人と賜《たま》ひ、摂津亮《つのすけ》[一〇]に補《ほ》す。〇乙未[十一日]、治部卿《ぢぶきやう》従四位上三《み》[一一]原《はら》王らを遣《つかは》して幣帛《みてぐら》[一二]を伊勢大神宮《いせのだいじんぐう》に奉《たてまつ》らしむ。〇己亥[十五日]、四畿内《しきない》[一三]・七道《しちだう》の諸国《くにぐに》に勅《みことのり》[一四]して曰《のたま》はく、「比来《このころ》、筑紫《つくし》の境《さかひ》に不軌《ふくゐ》[一五]の臣《しん》有るに縁《よ》りて、軍《いくさ》に命《おほ》せて討《う》伐たしむ。願《ねが》はくは、聖祐《せいいう》に依《よ》りて百姓《はくせい》を安《やす》みせ欲《む》ことを。故《ゆゑ》に今国《いまくに》別《ごと》に観世音菩薩《くわんせおむぼさつ》[一六]像《ざう》壱軀、高《たか》さ七尺なるを造《つく》り、并《あは》せて観世音経《くわんせおむきやう》[一七]一十巻を写《うつ》せ」とのたまふ。〇乙巳[二十一日]、大将軍大野《だいしやうぐんおほの》朝臣東人《あづまひと》らに勅《みことのり》[一八]して曰《のたま》はく、「奏《そう》[一九]の状《じやう》を得《え》て、遣新羅使《けんしらきし》[二〇]の船来《ふねきた》りて長門《ながと》国に泊《とま》れることを知《し》りぬ。その船《ふね》[二一]の上《うへ》の物《もの》は便《すなは》ち当国《そのくに》に蔵《をさ》め、使《つかひ》の中《うち》に人《ひと》有りて採《と》り用《もち》ゐるべきは、将軍任用《しやうぐんにむよう》すべし」とのたまふ。〇戊申[二十四日]、大将軍東人《だいしやうぐんあづまひと》ら言《まう》[二二]さく、「賊徒《ぞくと》なる豊前国《とよくにのみちのくち》京都《みやこ》[二三]郡鎮長大宰史生《ちんちやうだいさいのししやう》[二四][二五]従八位上小長谷常人《をはつせのつねひと》[二六]と企救《きく》[二七]郡板櫃鎮小長《いたひつちんせうちやう》[二八]凡河内田《おほしかふちのた》[二九]道《みち》とを殺獲《さつくわく》[三〇]す。但《ただ》し、大長《だいちやう》三田塩籠《みたのしほこ》[三一]は、箭《や》二隻を着《つ》けて野《の》の裏《うち》に逃《のが》れ竄《かく》る。登美《とみ》[三二]・板櫃《いたひつ》・京都《みやこ》の三処の営兵《ゐやうひやう》[三三]一千七百六十七人を生虜《とりこ》にす。器仗《きちやう》[三四]十七

討伐成功祈願のための造像・写経

九月二十四日付東人の報告

二三 景行紀十二年九月条に京、豊後国風土記、大分郡に京都、霊異記上-三十に宮子郡。民部省式上・和名抄は京都郡。現在の福岡県京都郡南部と行橋市北部。
二四 軍団の兵士の常駐する鎮(補9-一二)の指揮官。軍団は兵士一〇〇〇人の指揮官として大毅・少毅を置き、五〇〇人以下ならば軍毅を置く(□補3-一六)。鎮にも大長・小長を置く場合と鎮長のみの場合とがある。
二五 平時の本務は大宰府の史生か鎮長か未詳。大宰府史生→□補3-九。
二六 天平十年度周防国正税帳に「部領使大宰史生従八位下小長谷連常人」(古二-一四〇頁)。小長谷は小泊瀬とも。武烈の名代の小泊瀬部を管理する小泊瀬造は天武十二年九月に連と賜姓。常人は京都郡の豪族。今、京都郡苅田町小波瀬に御所山古墳などがある。連の姓は常人が罪人なので省く。以下も姓省略は同じ。
二七 雄略紀十八年八月条では聞、万葉では企玖(三八七六)とも。平安以後は規矩郡。京都郡の北隣。現在の北九州市門司・小倉南・小倉北区。
二八 鎮の所在は今の北九州市小倉北区板櫃町か。兵部省式に到津駅がみえる。
二九 他に見えず。姓が忌寸ならば、凡河内忌寸→□補3-七四。
三〇 下文の「生虜」に対して、殺して獲たの意。
三一 翌日己酉条の東人報告では殺されている。十一月戊子条の三田兄人は同族か。首姓ならば豊前安心院出土釈迦金銅像銘に見える「三由(田か)首表(袁か)末呂」(寧遺九九二頁)も同族。三田首→□補2-九二。
三二 地名辞書に企救郡足立村富野。現在の福岡県北九州市小倉北区富野。
三三 登美以下三鎮の兵営にいた兵。必ずしも全部が「鎮兵」とは限らないので「営兵」という。

事。仍差二長門国豊浦郡少領外正八位上額田部広麻呂一、将二精兵卅人一、以二今月廿一日一発渡。又差二勅使従五位上佐伯宿禰常人・従五位下安倍[1]朝臣虫麻呂等一将二隼人廿四人并軍士四千人一、以二今月廿二日一発渡、令レ鎮二板[2]櫃営一。東人等将二後到兵一、尋応二発渡一。又間諜[3]申云、広嗣、於二遠珂[4]郡家一造二軍営一、儲二兵弩一。而挙二烽火一、徴[5]二発国内兵一矣。○己酉、大将軍東人等言、豊前国京都郡大領外従七位上楉田勢麻呂将二兵五百騎一、仲津郡擬少領[6]无位膳東人兵八十人、下毛郡擬少領无位勇山伎美麻呂・築城郡擬[7]領外大初位上佐伯豊石兵七十人一、来二帰官軍一。又豊前国百姓豊国[8]秋山等殺二逆賊三田塩籠一。又上毛郡擬大領紀乎[9]麻呂等三人、共謀斬二賊徒首四級一。○癸丑、勅二筑紫府管内諸国官人百姓等一曰、逆人広嗣、小[10]来凶悪、長益二詐姧一。其父故式部卿、常欲二除弃一、朕不レ能レ許、掩蔵至レ今。比在二京中一、讒二乱親族一。故令レ遷レ遠、冀[11]二其改[12]レ心。今聞、

一四 宮衛令18集解古記に箭五十隻を「一事」とし、同義解には弓一張も「一事」とする。

一 仍は、よって、なおの意。乃、即、而と通ずる場合もある。叙上の戦果を挙げた部隊の派遣を述べる。
二 正税帳・平城宮出土木簡・延喜式など、みな豊浦郡。和名抄に「止与良」。国府所在の郡。今、南部は下関市、東部の一部は美祢市。
三 周防国正税帳に耽羅嶋人の部領使として「長門国豊浦郡擬大領(外か)正八位下額田部直広麻呂」と見え(古二―一三三頁)、天平十三年閏三月に外正八位上から外従五位下。神護景雲元年四月丁未条の長門国豊浦団毅額田部直塞守は同族か。額田部直は中央の額田部連([一]補1―一三五)の管掌下にあって各地の額田部を管理した地方豪族。
四 橋頭堡確保のため、関門海峡を渡らせた。
五 実力行使に先立ち、勅で懐柔を試みるため先遣。 六 九月戊子条の二四人。
七 板櫃鎮(三六七頁注二八)の兵営。営は軍団の兵士が常駐する兵営をいう。
八 前々日渡海の四千人は五道の軍一万七千人の一部で、今後も長門に大軍が集結するはず。
九 推古紀九年九月条に新羅の間諜、孝徳紀大化二年正月条に斥候、天武紀元年五月是月条に候。みなウカミと訓む。名義抄に「間諜、ウカミス、伺見」。
一〇 遠珂郡の郡家に軍の兵営を造り。郡家は築地で囲まれ、政庁・倉庫・広場などがあって([四]補4―四六)兵営にしやすい。筑前国遠珂郡は豊前国企救郡の西隣。→補13―一二。
一一 兵器である弩。「弩」だけでよいのだが、上の「軍営」に対し「兵弩」と表現。下文の十月壬戌条では征討軍も使用。弩→補13―一三。

1 倍―位〔底〕
2 板〔大改〕―坂(兼等)
3 諜(谷抹傍、大)―講〔兼・谷原・東・高〕
4 珂〔東・高、大改、紀略〕―河(兼・谷)
5 徴〔谷擦重、大、紀略〕―微(兼・谷原・東・高)
6 領ノ下、ナシ〔谷抹、大〕―无位膳(兼・谷原・東・高)
7 擬ノ下、ナシ―少(大補)↓脚注
8 国〔大補〕―ナシ(兼等)
9 乎〔底〕―宇(兼・谷、大)、平(東・高)
10 小〔大改〕―ォ‖等(兼・谷原・東・高)、元(谷抹傍)
11 冀〔底擦重〕―軍〔底原〕→校補
12 改〔谷重、大〕―政(兼・谷原・東・高)

事あり。[一]仍《すなは》ち長門《ながと》国[二]豊浦《とよら》郡少領《せうりやう》外正八位上[三]額田部広麻呂《ぬかたべのひろまろ》を差《つかは》して、精兵《しやうひやう》卌人を将《ひき》ゐて今月廿一日を以《もち》て[四]発《た》ち渡《わた》らしむ。また、[五]勅使《ちよくし》従五位上佐伯《さへき》宿禰常人《つねひと》、従五位下安倍《あへ》朝臣虫麻呂《むしまろ》らを差《つかは》して、[六]隼人《はやひと》廿四人并《あは》せて軍士《いくさ》四千人を将《ひき》ゐて今月廿二日を以て発《た》ち渡《わた》らしめ、[七]板櫃営《いたひつのゐやう》を鎮《しづ》めしむ。東人《あづまひと》らは[八]後《のち》に到《いた》らむ兵《いくさ》を将《ひき》ゐて、尋《つ》ぎて発《た》ち渡《わた》るべし。また、[九]間諜《うかみ》申《まう》して云《い》はく、「広嗣《ひろつぐ》は[一〇]遠珂《をか》の郡家《ぐんけ》に軍営《ぐんゐやう》を造《つく》り、[一一]兵弩《ひやうど》を儲《まう》く。而《しか》して[一二]烽火《とぶひ》を挙《あ》げて国内《くぬち》の兵《いくさ》を徴《はた》り発《おこ》せり」といふ」とまうす。

九月二十五日付東人の報告

〇己酉《二十五日》、大将軍東人《だいしやうぐんあづまひと》ら[一三]言《まう》さく、「豊前《とよくにのみちのくち》国京都《みやこ》郡[一四]大領《だいりやう》外従七位上[一五]楉田勢麻呂《しもとたのせまろ》は兵《いくさ》五百騎、[一六]仲津《なかつ》郡[一七]擬《ぎ》少領《せうりやう》无位[一八]膳東人《かしはでのあづまひと》は兵《いくさ》八十人、[一九]下毛《しもつみけ》郡擬少領《ぎせうりやう》无位[二〇]勇山伎美麻呂《いさやまのきみまろ》、[二一]築城《ついき》郡[二二]擬領《ぎりやう》外大初位上[二三]佐伯豊石《さへきのとよいは》は兵《いくさ》七十人を将《ひき》ゐて、官軍《くわんぐん》に来帰《まうかへ》る。また、豊前《とよくにのみちのくち》国百姓《はくせい》[二四]豊国秋山《とよくにのあきやま》ら逆賊《げきぞく》[二五]三田塩籠《みたのしほこ》を殺《ころ》す。また、[二六]上毛《かみつみけ》郡擬大領《ぎだいりやう》[二七]紀平麻呂《きのをまろ》ら三人は共《とも》に謀《はか》りて賊徒《ぞくと》が首《くび》四級を斬《き》る」とまうす。

大宰府管内人民への勅

〇癸丑《二十九日》、[二八]筑《つく》紫府《しふ》の管内《くわんない》の諸国《くにぐに》の官人《くわんにん》・百姓《はくせい》らに[二九]勅《みことのり》して曰《のたま》はく、「逆人広嗣《げきじんひろつぐ》は[三〇]小来凶《もとよりきよう》悪《あく》にして、長《ひととな》りて詐奸《さかん》を益《ま》す。その父故《ちちこ》[三一]式部卿常《しきぶきやうつね》に除《のぞ》き弃《す》てむと欲《す》れども、朕許《われゆる》すこと能《あた》はず、掩《おほ》ひ蔵《かく》して今《いま》に至《いた》れり。比《このころ》、京《みやこ》の中《うち》に在《あ》りて[三二]親族《うがら》を讒《しこ》ぢ乱《みだ》す。故《ゆゑ》に[三三]遠《とほ》きに遷《うつ》さしめてその心《こころ》を改《あらた》むることを冀《ねが》ふ。今聞《いまき》かく、

一二 烽は外敵の侵入を火や煙で緊急に通報する施設(〔一〕一七九頁注二二)。→補13-一四。
一三 以下は九月二十五日付の東人報告。豊前の諸郡司の帰順、前日の報告では取逃していた三田塩籠らの殺獲を述べる。
一四 郡司の長官。郡司の動員力→補13-二五。
一五 天平十三年閏三月の論功行賞で外従五位下。→補13-二六。
一六 京都郡の南隣。→補13-二七。
一七 擬少領や下文の擬大領は少領や大領の候補として国司が式部省に推薦中の者。擬郡司→天平十四年五月庚午条。かれらの目覚ましい活躍は目下候補でもあるためか。
一八 他にみえず。膳・膳臣→補13-二八。
一九 上毛郡の南隣。→補13-二九。
二〇 他にみえず。勇山氏→補13-三〇。
二一 仲津郡の東南隣。→補13-三一。
二二 郡領の候補。小郡は大領・少領の別なく郡領一人のみ(職員令78)。築城郡は小郡。
二三 他にみえず。佐伯氏→補13-三二。
二四 他にみえず。豊国は豊前・豊後両国に分かれる以前の古称。豊国氏→補13-三三。
二五 上文戊申条に企救郡板櫃鎮大長。
二六 築城郡の東南隣、下毛郡の北隣。→補13-三四。
二七 他にみえず。紀臣・紀朝臣ならば→〔一〕補1-三一。
二八 大宰府。同様な呼び方の例に天平六年出雲国計会帳に「筑紫大宰符壱条」「筑紫府施(梔か)師」(古一-五九六頁)。また氏名闕請軸状に大宰帥を「筑紫監」(古二五-二〇五頁)とも。
二九 以下は九月二十九日付で九州各地に広く配布した異例の勅符。(一)広嗣の行動は天地への反逆だから必ず滅びる、(二)以上の主旨の勅を大宰府に下したがその送達が妨害されて各

[1]擅為㆓狂逆㆒、擾㆓乱人民㆒。不孝[2]不忠、違㆑天背㆑地。神明所㆑弃、滅在㆓朝夕㆒。前已遣㆓勅符㆒、報㆓知彼国㆒。又聞、或有㆓逆人㆒、[3]捉㆓害送人㆒、不㆑令㆓遍見㆒。故更遣㆓勅符数[4]千条㆒、散㆓擲諸国㆒。百姓見者、早宜㆓承知㆒。如有㆑人、雖㆘本与㆓広嗣㆒同㆑心起㆑謀、今能改㆑心悔㆑過、斬㆓殺広嗣㆒、而息㆓百姓㆒者、白丁賜㆓五位已上㆒、官人随㆑等加給。若身被㆑殺者、賜㆓其子孫㆒。忠臣義士、宜㆓速施行㆒。大軍続須㆓発入㆒、宜㆑知㆓此状㆒。○[5]冬十月戊午、遣渤海郡使外従五位下大伴宿禰犬養等来帰。○壬戌、詔㆓大将軍東人㆒、令㆑祈㆓請八幡神㆒焉。」大将軍東人等[6]言、逆賊藤原広嗣率[7]㆓衆一万許騎㆒、到㆓板櫃河㆒。広嗣[8]親自率㆓[9]隼人軍㆒為㆓前鋒㆒。即編㆑木為㆑船、将㆑渡㆑河。于㆑時、佐伯宿禰常人・安倍朝臣虫麻呂、発㆑弩射之。広嗣衆却、[10]列㆓[11]於[12]河西㆒。常人等率㆓軍士六千餘人㆒、[13]陳㆓于河東㆒。即令㆓隼人等呼㆒云、随㆓逆人広嗣㆒、拒㆓捍官軍㆒者、非㆔直滅㆓其[14]身㆒、

1 擅（谷重、大）—擅〔底〕、壇（兼・谷原・東・高）
2 不忠〔東・高、大補〕—ナシ（兼・谷）
3 捉（兼・谷・高、大）—投〔東〕
4 千—十（大改）→脚注
5 冬十月→校補
6 等〔大補、紀略〕—ナシ（兼等）
7 率〔大、紀略〕—卒（兼等）
8 親（底擦重）—新〔底原〕
9 隼〔谷、大〕—集（兼・東・高）
10 列〔底〕—到
11 於〔大補、紀略〕—ナシ（兼等）
12 河〔紀略改〕—海（紀略原）
13 陳（底傍補・兼等、大）—ナシ〔底原〕、陣（紀略）
14 身罪及〔谷擦重〕—罪及妻（谷原）

地に周知されなかったので今回は各地へ直接にこの勅符を数千枚も配布したから妨害しても無駄である、㈢広嗣の共謀者でも後悔して広嗣を斬殺すれば行賞する、の三項に分けられる。

二〇 少年時代から。

二一 藤原宇合→補7-二二。式部卿は長兄の武智麻呂の養老五年正月中納言昇任による後任発令以来か（初見は神亀元年四月）未詳。天平九年八月に在任のまま没。「式家」の祖。

二二 従兄ら（補13-三七）を誹謗したのであろう。

二三 天平十年四月任の従五位上相当の大養徳守から同年十二月に従五位下相当の大宰少弐へ左遷。

一 「前」は公文書などに用いられる「以前」「前件」の略で、以上は、の意。

二 以上は既に乱勃発の当初に勅符として筑紫府管内諸国に報知させた。勅符→補13-三五。

三 当初の勅符を送達しようとした使。

四 本条の全文がこの二十九日付の勅符の内容であろう。

五 大系本所引内藤広前説を始め、諸書は「千」を「十」の誤かとするが、これは「散擲」するので「数千」が可。

六 特定の官職宛でなく、広く百姓に配布。

七 ここでは無位の者の意。白丁→㊀一三七頁注一九。

八 もともと持っている位階に応じて五位より更に上にまで昇叙しよう、の意。白丁はもちろん、官人でもふつうは五位以上になかなかしない。

九 軍防令には本人に授くべき勲位を父や子に賜う場合に関する規定（33・34）がある。

「擅《ほしきまにま》に狂逆《くゐやうげき》を為《な》し、人民《じんみん》を擾乱《ぜうらん》す」ときく。不孝不忠《ふかうふちう》にして天《てん》に違《たが》ひ地《ち》に背《そむ》けり。神明《しんめい》の弃《す》つる所《ところ》、滅《ほろ》ぶること朝夕《てうせき》に在《あ》り。前《さき》[一]は已《すで》[二]に勅符《ちよくふ》を遣《つかは》して彼《か》の国《くに》に報知《し》らしむ。また聞《き》かく、「或《ある》は逆人《げきじん》有りて、[三]送人《そうじん》を捉《とら》へ害《そこな》ひて遍《あまね》く見《み》しめず」ときく。故《ゆゑ》に更《さら》に[四]勅符《ちよくふ》[五]数千条を遣《つかは》して諸国《くにぐに》に[六]散《あか》ち擲《な》げしむ。百姓見《はくせいみ》ば、早《すみ》やかに承知《しようち》すべし。如《も》し人《ひと》有りて本《もと》より広嗣《ひろつぐ》と心《こころ》を同《おな》じくして謀《はかりごと》を起《おこ》すと雖《いへど》も、今能《いまよ》く心《こころ》を改《あらた》めて過《とが》を悔《く》い、広嗣《ひろつぐ》を斬殺《さむさつ》して百姓《はくせい》を息《やす》めば、[七]白丁《びやくちやう》には五位已上を賜《たま》ひ、官人《くわんにん》には[八]等《しな》に随《したが》ひて加《くは》へ給《たま》はむ。若《も》し身殺《みころ》されば、その[九]子孫《しそん》に賜はむ。忠臣義士《ちうしんぎし》、速《すみ》やかに施行《せぎやう》すべし。大軍続《だいぐんつ》きて発《た》ち入《い》るべくは、この状《じやう》を知《し》るべし」とのたまふ。

遣渤海使帰国

冬十月〔甲寅朔〕戊午〔五日〕、[一〇]遣渤海郡使《けんぼつかいぐんし》外従五位下[一一]大伴《おほとも》宿禰犬養《いぬかひ》ら来帰《まうけ》り。〇壬戌〔九日〕[一二]、大《だい》将軍東人《しやうぐんあづまひと》に詔《みことのり》して、[一三]八幡神《やはたのかみ》を祈《いの》り請《こ》はしむ。

十月九日付東人の報告

[一四]大将軍東人《あづまひと》ら言《まう》さく、「逆《げき》賊藤原広嗣《ぞくふぢはらのひろつぐ》は衆《いくさ》[一五]一万許騎を率《ひき》ゐて、[一六]板櫃《いたひつ》河に到《いた》る。広嗣親自《ひろつぐみづか》ら隼人《はやひと》の軍《いくさ》を率《ひき》ゐて前鋒《せんほう》と為《な》る。即《すなは》ち、木《き》を編《あ》み船《ふね》として、河《かは》を渡《わた》らむとす。時《とき》に、[一七]佐伯宿禰常人《さへきすくねつねひと》・安倍《あへ》朝臣虫麻呂《むしまろ》、[一八]弩《おほゆみ》を発《はな》ちて射《い》る。広嗣《ひろつぐ》が衆却《いくさしりぞ》きて河《かは》の西《にし》に列《つらな》る。常人《つねひと》ら軍士[一九]六千餘人《いくさ》を率《ひき》ゐて河《かは》の東《ひむかし》に陳《つらな》る。即《すなは》ち[二〇]隼人《はやひと》らに呼《よ》ばしめて云《い》はく、「逆人広嗣《げきじんひろつぐ》に随《したが》[二一]ひて官軍《くわんぐん》を拒捍《ふせ》く者《ひと》は、直《ただ》にその身《み》を滅《ほろ》ぼす

一〇 正月に任命、四月に辞見。遣新羅使と違って乱に遭遇せず。日本海側の航路か。
一一 大使。→補13-一四。
一二 詔を出したのがこの日。
一三 宇佐八幡→補12-六四。豊前の東端宇佐郡にある。宇佐八幡に祈請させたのは、九月己酉の東人報告で豊前国全郡が征討軍の支配下に入ったと判断したためか、或いはその後に報告(続紀にはみえない)が入ったためか。
一四 以下は十月九日付の東人報告。板櫃河畔での戦況、勅使と広嗣との問答、戦果、降伏隼人から得た広嗣軍の現状とを述べる。
一五 下文の降伏隼人の申告では広嗣が率いたのは「五千人」とあり、綱手の率いた軍も「五千許人」とあるので、綱手軍も到着していると解する説もあるが、綱手軍の来る豊後方面は既に官軍が征圧している。九月戊申条にみえるように広嗣は遠珂の郡家でも国内の兵を徴発しているので「一万許騎」となるのであろう。なお「騎」は騎兵、「人」とあれば歩兵を連想するが、歩騎は混っているはずで、特に歩か騎かを問題にする必要はない。
一六 今の紫川下流か。板櫃川は近世まで紫川に合流していたという。
一七 この二人は九月二十二日に渡海した勅使。
一八 広嗣側も装備→三六九頁注一一。
一九 九月戊申条の軍士四〇〇〇人に、己酉条にみえる来帰の兵らが加わった数。
二〇 九月戊子・戊申条にみえる征討軍側の隼人。広嗣側の隼人に通じる方言で、以下のことばを呼びかけさせた。
二一 謀反は従者も斬、父子は没官、祖孫兄弟も遠流(賊盗律1)。実際に乱の翌年の正月甲辰条には、死罪二六人・没官五人・流罪四七人などとみえる。

罪及二妻子親族一者。則広嗣所レ率隼人并兵等、不三敢発レ箭。于レ時、常人等呼二広嗣一十度、而猶不レ答。良久、広嗣乗[1]レ馬出来云、承二勅使到来一。其勅使者為レ誰。常人等答云、勅[2]使、衛門督佐伯大夫・式部少輔安倍[3]大夫。今在二此間一者。広嗣云、而今[4]知二勅使一、即下レ馬、両[5]段再拝、申云、広嗣、不三敢捍二朝[6]命一。但請二朝庭[7]乱人[8]二人一耳。広嗣敢捍二朝庭[9]一者、天神地祇罰殺。常人等云、為レ賜二勅符一、喚二大宰典已上一、何故発レ兵押[10]来。広嗣不レ能二弁答一。乗レ馬却還。時、隼人三人、直従[11]二河中一泳来降服。則朝庭[12]所レ遣隼人等扶救、遂得レ着レ岸。仍降服隼人二十人、広嗣之衆十許騎、来二帰[13]官軍一。獲虜[14]器械如[15]レ別。又降服隼人贈唹[16]君多理志佐申云、逆賊広嗣謀云、従二三道一往。即広嗣自率二大隅・薩摩・筑前[17]・豊後等国軍合五千[18]人[19]一、従[20]二鞍手道一往。綱手率二筑後・肥前等国軍合五千[21]許人一、

1 乗—垂〔底〕
2 勅〔底擦重〕
3 倍—位〔底〕
4 今〔谷傍補、大、紀略〕—ナシ(兼・谷原・東・高)
5 両—雨〔底〕
6 朝〔兼・谷、大、紀略〕—ナシ(東・高)
7 庭〔底〕—廷
8 人〔谷傍補、大、紀略〕—ナシ(兼・谷原・東・高)
9 庭〔底〕—廷
10 押〔東・高、大改、紀略〕—捍(兼・谷)
11 従〔兼・谷、大〕—徒(東・高)
12 庭〔底〕—廷
13 帰〔大補〕—ナシ(兼等)
14 虜〔谷擦重・東傍・高傍、大〕—処(兼・谷原)、巡(東・高)
15 如〔東・高、大補〕—ナシ(兼・谷)
16 唹〔兼等、大〕—於(東傍イ・高傍イ)
17 筑前〔東・高、大補〕—ナシ(兼・谷)
18 千—十(東)
19 人ノ下、ナシ〔底〕—許
20 従鞍手道往綱手率筑後肥前等国軍合五千許人〔東・高、大補〕—ナシ(兼・谷)
21 千—十(東)

一 佐伯常人の任官時は未詳。天平十七年正月朔条でも衛門督。衛門府は隼人司を管隷、督の掌に「隼人」(職員令59)。
二 大夫は四位・五位の称。常人も虫麻呂も五位。
三 天平十年十二月に大宰少弐へ左遷された広嗣の後任が虫麻呂。任官時は未詳。
四 「此間」は唐の頃からの口語。此処、の意。
五 今初めて勅使が(旧知の)君たちであることを知った。
六 両度再拝(推古紀十六年八月条)とも。四拝することになる。丁寧な礼。儀式、春日祭儀に「内蔵頭執レ幣、入置二瑞籬前上棚一、両段再拝、退出」などとある。
七 朝廷(天皇)の命令に対する捍は、職制律32により「対二捍詔使一、而無二人臣之礼一者絞」。絞となるだけでなく、名例律6で八虐の大不敬に数えられる。八虐→五一頁注二。
八 玄昉と下道真備の二人(八月癸未条)の引渡しを要請するだけである。
九 朝庭の命令。

のみに非《あら》ず、罪《つみ》は妻子《めこ》親族《うがら》に及《およ》ばむ」といふ。広嗣《ひろつぐ》が率《ひき》ゐる隼人《はやひと》并《あは》せて兵《いくさ》ら、敢《あ》へて箭《や》を発《はな》たず。時《とき》に、常人《つねひと》ら広嗣《ひろつぐ》を呼《よ》ぶこと十度、而《しか》れども猶答《なほこた》へず。良久《ややひさ》しくして広嗣《ひろつぐ》馬《うま》に乗《の》りて出《い》で来《きた》りて云《い》はく、「勅使到来《ちよくしたうらい》すと承《うけたまは》る。その勅使《ちよくし》は誰《たれ》にあるか」といふ。常人《つねひと》ら答《こた》へて云《い》はく、「勅使《ちよくし》[一]衛《ゑ》門督《もんのかみ》佐伯大夫《さへきのだいぶ》[二]・[三]式部少輔《しきぶせうふ》安倍大夫《あへのだいぶ》、[四]今此《いまこ》間《こ》に在《あ》り」といふ。広嗣云《ひろつぐい》はく、「[五]而今《いま》勅使《ちよくし》を知《し》れり」といふ。即《すなは》ち馬《うま》より下《お》りて、[六]両段再拝《りやうだんさいはい》し、申《まう》して云《い》はく、「広嗣《ひろつぐ》は敢《あ》へて[七]朝命《でうみやう》を捍《こば》まず。但《ただ》、朝庭乱《でうちやうみだ》す[八]人二人を請《こ》はく耳《のみ》。広嗣《ひろつぐ》敢《あ》へて[九]朝庭《でうちやう》を捍《こば》まば、[一〇]天神地祇《てんしんちぎ》罰《つみな》ひ殺《ころ》せ」といふ。常人《つねひと》ら云《い》はく、「[一一]勅《ちよく》符《ふ》を賜《たまは》らむが為《ため》に[一二]大宰　典《だいさいのさうくわん》已上を喚《よ》ぶに、何《なに》の故《ゆゑ》にか兵《いくさ》を発《おこ》して押《お》し来《きた》る」といふ。広嗣弁答《ひろつぐべんたふ》すること能《あた》はず。馬《うま》に乗《の》りて却《しりぞ》き還《かへ》る。時《とき》に、隼人《はやひと》三人直《ただ》ちに河《かは》の中《なか》より泳《およ》ぎ来《きた》りて降服《まつろ》ふ。朝庭《でうちやう》の遣《つかは》せる隼人《はやひと》ら扶《たす》け救《すく》ひて、遂《つひ》に岸《きし》に着《つ》くこと得《う》。仍《すなは》ち[一三]降服《まつろ》へる隼人《はやひと》二十人、広嗣《ひろつぐ》の衆《いくさ》十許騎、官軍《くわんぐん》に来帰《まうかへ》る。[一四]獲虜《かくりよ》と器械《きかい》とは[一五]別《べち》の如《ごと》し。また、降服《まつろ》へる隼人《はやひと》[一六]贈唹《そお》君多理志佐《たりしさ》申《まう》して云《い》はく、「[一七]逆賊広嗣《げきぞくひろつぐ》謀《はか》りて云《い》はく、『[一八]三道より往《ゆ》かむ。即《すなは》ち広嗣自《ひろつぐみづか》ら大《おほ》隅《すみ》・薩摩《さつま》・筑　前《つくしのみちのくち》・豊　後《とよくにのみちのしり》　等の国《くに》の軍合《いくさあは》せて五千人を率《ひき》ゐて、[一九]鞍手《くらて》道《ち》より往《ゆ》かむ。[二〇]綱手《つなて》は筑　後《つくしのみちのしり》・肥　前《ひのみちのくち》　等の国《くに》の軍合《いくさあは》せて五千許人を率《ひき》

一〇 宣命では「天坐神・地坐祇」(㊀一二七頁注一三)とも。広嗣自身は忠臣で神霊の加護を受けているつもり。→十一月戊子条。

一一 九月癸丑条やその中にみえる以前の勅符とは別に、佐伯常人・阿倍虫麻呂が携行か。

一二 当時、帥・大弐は在京。従って召喚の対象は少弐(広嗣と多治比伯)・大監(以下も定員各二名)・少監・大典・少典。→補13-一〇。

一三 隼人は両軍にいるため、「朝庭所レ遣隼人」に対し広嗣側の隼人を「降伏隼人」と表現。

一四 軍防令31に「凡申ニ勲簿一、皆具録ニ…獲賊・軍資・器械一」とある「獲賊」と「器械」。「器械」は同条義解に「弓箭・介冑之属」。器仗(二一六九頁注一四)とも(軍資は同じく義解に「粮食・牛馬之属」)。

一五 軍防令31にいう「勲簿」に別記した意か。

一六 曾乃君多理志佐とも。天平十三年閏三月に外従五位下。外正五位上を経て天平勝宝元年八月に従五位下。贈唹君は大隅国贈唹郡を本拠とする隼人系豪族。→㊀補5-一二。

一七 以下は広嗣の動員計画と現状の報告。兵士ならば知らぬはずだし、乱後特に行賞されているので、多理志佐は大隅隼人の指揮官で広嗣軍の中枢にいたと思われる。広嗣の動員計画→補13-一六。

一八 下文の鞍手道を左翼、豊後国を右翼、田河道は中央とし、三方から関門海峡に集結する計画。

一九 筑前の鞍手郡(現、直方市付近)を経由する道。大宰府から東へ蘆城駅(万葉五四九・五六八、現、筑紫野市)・伏見駅(兵部省式、現、嘉穂郡筑穂町)を経て穂波郡に出て、遠賀川沿いに鞍手郡に入り、遠珂郡に至る。

二〇 宇合の長子が広嗣、第四子が綱手。広嗣と共に十一月一日に斬。→補13-一七。

従ニ豊後国一往。多胡古麻呂、不レ知ニ所レ率軍数一。従ニ田河道一往。但
広嗣之衆、到ニ来鎮所一、綱手・多胡古麻呂未[1]レ到。〇戊辰、
遣新羅国使外従五位下紀朝臣必登等還帰。〇壬申、任ニ
造伊勢国行宮司一。〇丙子、任ニ次第司[2]一。以ニ従四位上塩[3]焼
王一為ニ御前長官一。従四位下石川王為ニ御後長官一。正五位
下藤原朝臣仲麻呂為ニ前[4]騎兵大将軍一、正五位下紀朝臣麻
路為ニ後[5]騎兵大将軍一。徴[6]ニ発騎兵東西史部・秦忌寸等惣四
百人一。〇己卯、勅ニ大将軍大野朝臣東人等一曰、朕、縁レ有
レ所レ意、今月之末、暫往ニ関[7]東[8]一。雖レ非ニ其時一、事不レ能
レ已。将軍知レ之、不レ須ニ驚怪[9]一。〇壬午、行ニ幸伊勢国一。
以ニ知太政官事兼式部卿正三[10]位鈴鹿王・兵部卿兼中衛大
将正四位下藤原朝臣豊成[11]一為ニ留守一。是日、到ニ山辺郡竹
谿村堀越[12]一頓宿。〇癸未[13]、車[14]駕到ニ伊賀国名張郡一。〇十一[15]
月甲申朔、到ニ伊[16]賀郡安保頓宮一宿。大雨途泥、人馬疲煩[17]。
〇乙酉[18]、到ニ伊勢国壱志郡河口頓宮一。謂ニ之関宮[19]一也。〇
丙戌、遣ニ少納言従五位下大井王并中臣・忌部等一、奉ニ幣
帛[20]於

1 未〔東・高、大補〕—ナシ（兼・谷）
2 第司—弟同（東）
3 塩〔谷擦重・東傍・高傍、大〕—増（兼・谷原・東・高）
4 前（兼等、大）—後（底擦重）、騎〔底原〕
5 後—前〔底〕
6 徴〔谷擦重、大〕—微（兼・谷原・東・高）
7 関〔谷擦重、大、紀略〕—闌（兼・谷原・東・高）
8 東—車（東）
9 怪＝恠〔大改〕—怖（兼等、紀略）
10 三〔紀略〕—二（兼等、大）
11 成〔東・高、大改、紀略〕—武（兼・谷）→校補
12 宿〔兼等、紀略〕—宮（谷傍イ、大改）
13 未ノ下→校補
14 車—申〔底〕
15 十一月→校補
16 到伊賀郡安保頓宮宿大雨途泥人馬疲〔東・高、大補〕—ナシ（兼・谷、紀略原）、到伊賀郡安保頓宮（紀略補）
17 煩（東・高、大補）—頓〔底〕、ナシ（兼・谷）
18 乙酉〔東・高、大補、紀略補〕—ナシ（兼・谷、紀略原）
19 関〔大〕—開（兼等）
20 帛〔類三〕—ナシ（類三一本）

一 筑後から東進して山越えに豊後へ入る道をとる。かつて筑紫君磐井も筑後国上妻県から山越えで豊前国上膳県（上毛郡）に逃れたという（釈紀所引、筑後国風土記逸文）。
二 他にみえず。省かれている姓が吉師ならば、多胡吉師→補9—一一二。
三 編者注でなく原注か。古麻呂の軍が肥後の軍団の兵士ならば弘仁四年までは定員四〇〇〇人。→補13—二六。
四 豊前国田川郡を経由する道。鞍手道の伏見駅から東北に綱別駅（兵部省式、現、福岡県嘉穂郡庄内町）・豊前国田河駅（兵部省式、現、田川郡香春町）を経て筑前国彦山川沿いに北上するのであろうがやはり遠珂郡に至る。
五 豊前に京都・板櫃・登美などの鎮があったが征討軍に既に占領されている。この鎮所は広嗣が筑前の遠珂の郡家に造った軍営。→九月戊申条。遠珂には軍団があり、「遠賀団印」という銅印が大宰府跡から出土。鎮・鎮所→補9—一一。
六 途中、長門に寄港、乗船を征討軍に引渡す。→九月乙巳条。陸路還帰ならば主計寮式上に行程を二一日、海路ならば二三日とする。
七 →補12—三一。三月辛丑条に大使。
八 造行宮（頓宮）司は行幸に先立って任命。→二三頁注二四。長官はあるいは十一月甲辰条の智努王か。なおこの時の行幸は伊勢から美濃・近江・山背へ廻るが、それら諸国の造行宮司はみえない。
九 行幸の列の指揮官。以下のように御前と御後に分れる。前後次第司→補13—二八。
一〇 →二六七頁注二〇。
一一 →補9—一一七。
一二 →補11—四七。
一三 将軍・副将軍・軍監・軍曹の四等官で編成し

ゐて、[一]豊後《とよくにのみちのしり》国より往《ゆ》け。[二]多胡古麻呂《たごのこまろ》、[三]率《ひき》ゐる軍《いくさ》の数《かず》を知《し》らず。[四]田河道《たかはぢ》より往《ゆ》け』といふ。但《ただ》し、広嗣《ひろつぐ》の衆《いくさ》は[五]鎮所《ちんしよ》に到来《たうらい》すれども、綱手《つなて》・多胡古麻呂《たごのこまろ》は到《いた》らず」といふ」とまうす。

遣新羅使帰国

○戊辰《十五日》、[六]遣新羅国使《けんしらきこくし》外従五位下[七]紀朝臣必登《きのあそみひと》ら還帰《かへ》る。

造伊勢国行宮司任命

○壬申《十九日》、[八]造伊勢国行宮司《ざういせこくぎやうくうし》を任《にむ》す。○丙子《二十三日》、[九]次第司《しだいし》を任《にむ》す。従四位上[一〇]塩焼王《しほやきのおほきみ》を御前長官《みさきのちやうぐわん》とす。従四位下[一一]石川《いしかは》王を御後長官《みあとのちやうぐわん》。正五位下[一二]藤原《ふぢはら》朝臣仲麻呂《なかまろ》を[一三]前騎兵大将軍《さきのきひやうだいしやうぐん》。正五位下[一四]紀《き》朝臣麻路《まろ》を後騎兵大将軍《あとのきひやうだいしやうぐん》。[一五]騎兵《きひやう》の[一六]東西史部《やまとかふちのふびとべ》・[一七]秦《はだ》忌寸ら惣《すべ》て四百人を徴《はた》り発《おこ》す。

関東行幸の勅

○己卯《二十六日》、大将軍《だいしやうぐん》大野《おほの》朝臣東人《あづまひと》らに[一八]勅《みことのり》して曰《のたま》はく、「[一九]朕意《われおも》ふ所《ところ》有るに縁《よ》りて、今月《このつき》の末暫《すゑしまら》く[二〇]関《せきの》東《ひむかし》に往《ゆ》かむ。[二一]その時《とき》に非《あら》ずと雖《いへど》も、事已《ことや》むこと能《あた》はず。将軍《しやうぐん》これを知《し》るとも、驚《おどろ》き怪《あや》しむべからず」とのたまふ。

伊勢国行幸

○壬午《二十九日》、伊勢《いせ》国に[二二]行幸《みゆき》したまふ。知太政官事《ちだいじやうぐわんじ》兼式部卿《しきぶきやう》正三位[二三]鈴鹿王《すずかのおほきみ》、兵部卿《ひやうぶきやう》兼中衛大将《ちうゑだいしやう》正四位下[二四]藤原《ふぢはら》朝臣豊成《とよなり》を[二五]留守《るしゆ》とす。是《こ》の日《ひ》、[二六]山辺《やまのへ》郡竹谿《つけ》村堀越《ほりこし》に到《いた》りて頓《とど》まり宿《やど》る。○癸未《三十日》、

伊賀国にいたる

車駕《きよが》、伊賀《いが》国[二七]名張《なばり》郡に到《いた》りたまふ。

十一月甲申の朔、[二八]伊賀《いが》郡安保頓宮《あほのかりみや》に到《いた》りて宿《やど》る。大雨《おほあめ》ふり途泥《みちなづ》みて、人馬《じんば》疲煩《つか》れたり。

伊勢国関宮に停まる

○乙酉《二日》、伊勢《いせ》国[二九]壱志《いちし》郡河口頓宮《かはくちのかりみや》に到《いた》る。これを[三〇]関宮《せきのみや》と謂《い》ふ。○丙戌《三日》、少納言《せうなふごん》従五位下[三一]大井《おほゐ》王并《あは》せて[三二]中臣《なかとみ》・忌部《いむべ》らを遣《つかは》して、[三三]幣帛《みてぐら》を

（天平神護元年十月辛未条）、騎兵司とも（十二月丙辰条）。行幸の警衛を担当。

一四 →補8-五一。

一五 いわゆる従駕の諸国騎兵(一)一五頁注三一)でなく、東西史部・秦忌寸らで構成された騎兵。漢氏・秦氏の武力→補13-三九。

一六 東西文部→(一)六三頁注三四。漢氏の伴部。穢を祓う職務もあるが、この場合は警備。

一七 →(一)補2-一三六。秦氏も軍事に活躍。

一八 征討軍に関東行幸を告げる勅。七日前から行幸準備を始めているし、出発は三日後なのに、なぜこの日に勅を出したか未詳。

一九 避難か、未詳。元正・光明らも同行したらしい。→十二月丁卯条。

二〇 鈴鹿関・不破関以東。関東の伊勢・美濃から近江・山背へ戻ったのは乱が平定した結果で、当初からの意図ではないはず。

二一 乱の最中である。三日前に広嗣は逮捕されているが聖武はまだ知らない。

二二 以下の伊勢行幸の路は、いわゆる斎王上路とほぼ同じ。→補13-四〇。

二三 →(一)補5-八。知太政官事は天平九年九月任、式部卿は同十一年四月没の多治比広成の後任。補任は同年「五月日兼式部卿」という。

二四 →補9-五九。兵部卿は天平九年七月没の叔父藤原麻呂の後任、中衛大将は同年四月没の叔父藤原房前の後任だが、いずれも任官時未詳。補任が同十二年「正月日兼中衛大将」とするのは本条からの推測か。

二五 留守官→(一)補5-一八。鈴鹿王と豊成はこの二月にも留守。

二六 平城宮の東南方の山中。→補13-四一。

二七 竹谿村の真東にあたる。→補13-四二。

二八 名張郡の東北方、伊賀・伊勢国境の西麓。→補13-四三。

1大〔兼等、大〕―太（類三・紀略）
2御〔兼・谷傍補・東・高、大、類三二〕―ナシ（谷原、紀略）
3関〔大、類三二〕―開（兼等）
4士―土〔底〕
5阿〔紀略〕―安（兼等、大）
6逆〔大補、紀略〕―ナシ（兼等）
7肥前国〔東・高、大補、紀略〕―ナシ（兼・谷）
8曰〔東・高、大補、紀略〕―ナシ（兼・谷）
9露―然（紀略）
10獦〔類三二〕―猟（兼等、大、類八三・紀略）
11正〔大改〕―止（兼等）
12従〔兼・谷、大〕―徒（東・高）
13賀〔東・高〕―駕（兼・谷、大）
14箇〔底〕―ケ

大[1]神宮一。車駕停二御[2]関[3]宮一十箇日。」是日、大将軍東人等言、進士[4]无位阿[5]倍朝臣黒麻呂、以二今月廿三日丙子一、捕二獲逆[6]賊広嗣於肥[7]前国松浦郡値嘉嶋長野村一。詔報曰[8]、今覧二十月廿九日奏一、知レ捕二得逆賊広嗣一。其罪顕露[9]、不レ在レ可レ疑。宜二依レ法処決、然後奏聞一。〇丁亥、遊二獦[10]于和遅野一。免二当国今年租一。〇戊子、大将軍東人等言、以二今月一日一、於二肥前国松浦郡一、斬二広嗣・綱手一已訖。菅成以下従人已上及僧二人者、禁二正[11]身一、置二大宰府一。其歴名如レ別。又以二今月三日一、差二軍曹海犬養五百依一発遣、令レ迎二逆人一。広嗣之従[12]三田兄人等廿餘人申云、広嗣之船、従二知賀[13]嶋一発、得二東風一往四箇[14]日、行見レ嶋。船上人云、是䑽羅嶋也。于レ時、東風猶扇、船留二海中一、不レ肯二進行一。漂蕩已経二一日一夜一。而西風卒起、更吹還レ船。於レ是、広嗣自捧二駅鈴一口一云、我是大忠臣也。神霊弃レ我哉。乞頼二神力一、風波暫静。

二九・三〇　安保から東へ国境の青山峠付近を越えてやや南下すると、川口関がある。頓宮はこの関の付近に設けた。→補13-四四。
三一　→補12-七五。少納言は任官時未詳だが、職掌により行幸にも随行。
三二・三三　おそらく乱平定祈願。奉幣使は五位以上のトに合った王。中臣・忌部は神祇官の官人。→補13-四五。

一　万葉(一〇二九-一〇三六)には河口行宮滞在中の内舎人大伴家持の作ほか、美濃の不破行宮までの天皇以下随行官人の作を収める。
二　以下は、十月二十三日に広嗣を逮捕したという十月二十九日付の東人報告と、直ちに処刑せよと命じた詔。詔が報告への即答なので、詔の出た十一月三日付で報告を併載。→補13-一九。
三　志願兵。蝦夷征討に際し「広募二進士一」(宝亀十一年五月己卯条)とある。「殷富百姓才堪二弓馬一者」(同三月辛巳条)などが応募する。この進士を学令・選叙令・考課令にみえる進士試験の合格者とする解釈は採れない。
四　天平宝字五年ころには日向守か(古一五-一三二頁)。翌年閏三月の行賞者中にみえないのは授位が六位以下のためであろう。阿倍(安倍)朝臣→㊀補1-一四二。但し黒麻呂は

大神宮《だいじんぐう》に奉《たてまつ》る。車駕《きよが》、関宮《せきのみや》に停《とどま》り御《おは》しますこと[一]十箇日。[二]是《こ》の日《ひ》、大将軍《だいしやうぐん》東人《あづまひと》ら言《まう》さく、「[三]進士《しんじ》无位[四]阿倍《あへ》朝臣黒麻呂《くろまろ》、[五]今月廿三日丙子を以《もち》て逆賊広《げきぞくひろ》嗣《つぐ》を肥 前《ひのみちのくち》国松浦《まつら》郡[六]値嘉嶋長野《ちかのしまながの》村に捕獲《とら》へき」とまうす。詔《みことのり》して報《こた》へて曰《のたま》はく、「今《いま》、[七]十月廿九日の奏《そう》を覧《み》て、逆賊広嗣《げきぞくひろつぐ》を捕《とら》へ得《え》たることを知《し》りぬ。その罪顕露《つみあらは》にして疑《うたが》ふべきに在《あ》らじ。[八]法《はふ》に依《よ》りて[九]処決《しよくゑつ》し、然《しか》して後《のち》に奏聞《そうもん》すべし」とのたまふ。

十月二十九日付東人の報告
広嗣を捕獲

○[四日]丁亥、[一〇]和遅野《わちの》に遊猟《みかり》したまふ。[一一]当国《そのくに》の今年《ことし》の租《そ》を免《ゆる》したまふ。

十一月五日付東人の報告
広嗣を斬る

○[五日]戊子、大将軍東人《だいしやうぐんあづまひと》ら[一二]言《まう》さく、「今月一日を以《もち》て肥 前《ひのみちのくち》国[一三]松浦《まつら》郡に広嗣《ひろつぐ》・[一四]綱手《つなて》を斬《き》ること已《すで》に訖《をは》りぬ。[一五]菅成《すがなり》以下従人《じゆにん》已上と僧《ほふし》二人とは正身《しやうしん》を禁《いまし》め大宰府《だいさいふ》に置《お》く。その[一六]歴名《りやくみやう》は別《べち》の如《ごと》し。また、今月三日を以《もち》て[一七]軍曹《ぐんざう》[一八]海犬養五百依《あまのいぬかひいほえ》を差《つかは》して発遣《はつけん》し、逆人《げきじん》を迎《むか》へしむ。広嗣《ひろつぐ》が従三《じゆうみ》[一九]田兄《たのえ》人《ひと》ら廿餘人申《まう》して云《い》はく、「広嗣《ひろつぐ》が船《ふね》、[二〇]知賀嶋《ちかのしま》より発《た》ち東風《こち》を得《え》て往《ゆ》くこと四箇日にして、行《ゆ》きて嶋《しま》を見《み》る。船《ふね》の上《うへ》の人云《ひとい》はく、『是《こ》れ[二一]躭羅嶋《たむらのしま》なり』といふ。時《とき》に東風《こち》猶扇《なほふ》くに、船海中《ふねわたなか》に留《とどま》りて肯《あ》へて進《すす》み行《ゆ》かず。漂蕩《ただよ》ふこと已《すで》に一日一夜を経《へ》たり。而《しか》して西風《にし》卒《には》かに起《おこ》り、更《さら》に吹《ふ》きて船《ふね》を還《もど》しぬ。是《ここ》に、広嗣自《ひろつぐみづか》ら[二二]駅鈴《やくりやう》一口を捧《ささ》げて云《い》はく、『我《われ》は是《こ》れ大《おほき》なる忠臣《ちうしん》なり。神《しん》霊我《れいわれ》を弃《す》つるか。乞《こ》はくは、神力《しんりよく》に頼《よ》りて風波《かぜなみ》暫《しまら》く静《しづ》かならむことを』と

現地の人で、朝臣は追記ともみられる。

五 十月を「今月」と書いてあるのは東人報告をそのまま引用したため。廿三日は大事な日付なので干支まで添えてある。

六 値嘉嶋は下文に知駕嶋とも。長崎県の五島列島中の島。↓補13-四六。

七 十一月三日まで足掛け五日で北九州(おそらく大宰府)から伊勢の関宮へ連絡。八月二十九日の広嗣の上表も五日目に平城京に届いた。

八 賊盗律1に「凡謀反及大逆者皆斬」。

九 直ちに処刑し、報告はその後でよい。↓補13-四七。

一〇 三重県一志郡白山町二本木の和知野。

一一 伊勢国。行幸地の租の免除は頻見。

一二 以下は十一月五日付の東人報告。広嗣らに対する処置と、同時に逮捕された者の供述。処刑後五日目の報告↓補13-四八。

一三 松浦郡の郡家。獄令2に「笞罪、郡決之」とあるように、刑を執行する場所があった。

一四 広嗣の弟↓補13-三七。

一五 綱手の子の菅継(補13-三七)の幼名か。謀反者の子や家人は没官(賊盗律1)となるが、さしあたって身柄を拘禁し大宰府に置いて指示を仰ぐ。従人は従者か家人か未詳。

一六 氏名を列記した名簿。この報告に添付。

一七 九月丁亥条の軍曹四人のうちの一人。

一八 ↓補13-四九。

一九 他にみえず。九月戊申条の三田塩籠の一族か。

二〇 上文丙戌条では値嘉嶋。

二一 済州島。継体紀二年十二月条、斉明紀七年五月条などにみえる。

二二 大宰府には二〇口(公式令43)。駅鈴(一)補2-一〇九)は国外に出れば使えなくなる。

以レ鈴投レ海。然猶風波弥甚。遂着二等保知賀[1]嶋色都嶋一矣。広嗣、式部卿馬養之第[2]一子也。○乙未[3]、従二河口一発、到二壱志郡一宿。○丁酉、進至二鈴鹿[4]郡赤坂頓宮一。○甲辰、詔、陪従文武[5]官并騎兵及子弟[6]等、賜二爵人一級一。但騎兵父[7][8]者、雖[9]レ不レ在二陪従一、賜二爵二級一。授[10]二従二位橘宿禰諸兄正二位、従四位上智努王・塩焼王並正四位下、従四位下石川王・長田王・守部王・道祖王・安宿王[11]・黄文王並従四位上、无位山背王[12]従四位下、従五位下矢釣王[13]・大井王・茨田王並従五位上、従四位上大原真人高安正四位下、正五位下紀朝臣麻路[14]・藤原朝臣仲麻呂並正五位上、従五位上下道朝臣真備・佐伯[15]宿禰清麻呂・佐伯宿禰常人並正五位下、従五位下多治比真人家主・阿倍朝臣吾人・多治比真人牛養・大伴宿禰祜[16]信備・百済王全福・阿倍朝臣佐美麻呂・阿倍朝臣虫麻呂・藤原朝臣八束・橘宿禰奈良麻呂並従五位上、正六位上多治比真人木人・藤原朝臣清河、外従五位下民忌寸大楫[17]並従五位下、外従五位下菅生朝臣古麻呂・紀朝臣鹿[18]人・宗形朝臣赤麻呂・引田朝臣虫麻

1賀〔東・高〕—駕(兼・谷、大)
2第—弟(東)
3未ノ下、ナシ—車駕(大補)
4鹿〔東・高、大補、紀略〕—ナシ(兼・谷)
5武〔大補、紀略補〕—ナシ(兼等、紀略原)
6弟—第〔底〕
7父〔兼・東・高、大改〕—文(谷)
8父ノ下、ナシ〔兼・谷原・東・高、大衍〕—官(谷傍補)
9雖—難〔底〕
10従—ナシ〔底〕
11王〔東・高、大改〕—彌(兼・谷)
12従四位下〔大補〕—ナシ(兼等)
13王—ナシ〔底〕
14路〔底〕—呂
15伯〔底傍補〕—ナシ〔底原〕
16祜〈意改〉(大改)—祐
17楫〈意改〉(大改)—指→脚注
18鹿〔底擦重・兼・谷、大〕—麻〔底原・東・高〕

一 海神に奉納する意。文武四年三月己未条にも道照が鐺子を海神に与えた話がみえる。
二 五島列島の福江島か小値賀島か未詳。→補13-四六。
三 後紀の延暦二十四年六月甲寅条の松浦郡鹿嶋はシコツ島とよむというが、血鹿嶋(補13-四六)の血の脱ともいわれる。未詳。
四 十日頃に五日付東人報告が届いたので安堵して出発。以後の行程は頓に緩かとなる。
五 壱志郡の郡家または、斎王上路の壱志頓宮(補13-四〇)か。郡家ならば現在の一志郡一志町一志の辺。しかし万葉一〇三三の題詞には狭残行宮が河口行宮の次に挙げられ、狭残は今の鈴鹿市土師の辺か(土屋文明)ともいう。
六 以後は斎王上路を離れ、美濃の不破までは壬申の乱に大海人皇子らが進んだ道。
七 鈴鹿郡は伊勢国府の所在郡。天武紀元年六月条ほか諸書みな鈴鹿郡。訓は和名抄に「須々加」。鈴鹿川中流域で現在は鈴鹿郡関町・亀山市・鈴鹿市。赤坂頓宮の所在は関町の木崎町とも、国府のあった鈴鹿市国府町とも。
八 赤坂頓宮で従駕の文武官以下に行賞(広嗣の乱の行賞は翌年閏三月)。詔の詳細は不明。
九 武官でない騎兵、つまり陪従した騎兵のなかで官位のない者。
一〇 父は陪従しなくとも位を賜うといっているので、この子弟は任意の陪従者か。未詳。
一一 下文最後の壱師古麻呂以外は位が全員一階ずつ昇っている。
一二 →[三]補5-六。この当時、右大臣。
一三 →補7-一三。官歴に木工頭・造宮卿・造離宮司など造営関係が目立つ。あるいは造伊勢国行宮司(十月壬申条)長官か。
一四 →二六七頁注二〇。行幸の御前長官。
一五 →補9-一一七。行幸の御後長官。

従駕者に叙位

いひて、鈴《すず》[一]を海《うみ》に投《な》ぐ。然《しか》れども猶風波《なほかぜなみ》弥《いよいよ》甚《はなはだ》し。遂《つひ》に等《と》[二]保《ほ》知《ち》賀《か》嶋《しま》の色《しと》[三]都《つ》嶋《しま》に着《つ》きぬ」といふ」とまうす。広嗣《ひろつぐ》は式部卿《しきぶきやう》馬養《うまかひ》が第一子なり。◯乙未[十二日]、河口《かはくち》より発《た》[四]ちて壱志《いちし》[五]郡に到《いた》りて宿《やど》る。◯丁酉[十四日]、進《すす》[六]みて鈴鹿《すずか》[七]郡赤坂《あかさかの》頓《かり》宮《みや》に至《いた》る。◯甲辰[二十一日]、詔《みことのり》[八]して、陪従《ばいじゆ》せる文武《ぶんぶ》の官《つかさ》并《あは》せて騎兵《きひやう》[九]と子弟《してい》[一〇]らとに爵《しやく》[一一]を人《ひと》ごとに一級を賜《たま》ふ。但《ただ》し、騎兵《きひやう》の父《ちち》は陪従《ばいじゆ》せるに在《あ》らずと雖《いへど》も爵《しやく》二級を賜《たま》ふ。従二位橘《たちばな》[一二]宿禰諸兄《もろえ》に正二位を授《さづ》く。従四位上智《ち》[一三]努王《ののおほきみ》・塩焼《しほやき》[一四]王に並《ならび》に正四位下。従四位下石川《いしかは》[一五]王・長田《ながた》[一六]王・守部《もりべ》[一七]王・道祖《ふなと》[一八]王・安宿《あすかべ》[一九]王・黄文《きふみ》[二〇]王に並に従四位上。无位山背《やましろ》[二一]王には従四位下。従五位下矢釣《やつり》[二二]王・大井《おほゐ》[二三]王・茨田《まむた》[二四]王に並に従五位上。従四位上大原《おほはら》[二五]真人高安《たかやす》に正四位下。正五位下紀《き》[二六]朝臣麻路《まろ》・藤原《ふぢはら》[二七]朝臣仲麻呂《なかまろ》に並に正五位上。従五位上下道《しもつみち》[二八]朝臣真備《まきび》・佐伯《さへき》[二九]宿禰清麻呂《きよまろ》・佐伯《さへき》[三〇]宿禰常人《つねひと》に並に正五位下。従五位下多治比《たぢひ》[三一]真人家《やか》主《ぬし》・阿倍《あへ》[三二]朝臣吾人《あひと》・多治比《たぢひ》[三三]真人牛養《うしかひ》・大伴《おほとも》[三四]宿禰祜信備《こしび》・百済王全福《くだらのこにきしぜんふく》[三五]・阿《あ》[三六]倍《へ》朝臣佐美麻呂《さみまろ》・阿倍《あへ》[三七]朝臣虫麻呂《むしまろ》・藤原《ふぢはら》[三八]朝臣八束《やつか》・橘《たちばな》[三九]宿禰奈良麻呂《ならまろ》に並に従五位上。正六位上多治比《たぢひ》[四〇]真人木人《きひと》・藤原《ふぢはら》[四一]朝臣清河《きよかは》、外従五位下民《たみ》[四二]忌寸大楫《おほかぢ》に並に従五位下。外従五位下菅生《すがふ》[四三]朝臣古麻呂《こまろ》・紀《き》[四四]朝臣鹿人《かひと》・宗形《むなかた》[四五]朝臣赤麻呂《あかまろ》・引田《ひけた》[四六]朝臣虫麻《むしま》

一六 →二八七頁注一一。
一七 →補13-一四。
一八 →三二九頁注一三。
一九 →補12-七五。
二〇 →補12-七八。
二一 長屋王の子。安宿王・黄文王の同母弟。→補10-三四。のち右大舎人頭、出雲守、但馬守。橘奈良麻呂の変では兄二人と違って藤原氏の側につき、従三位に昇叙、藤原朝臣弟貞と賜姓。天平宝字七年十月、参議従三位礼部卿で没。薨伝がある。
二二 →三一一頁注三。
二三 →補12-七五。
二四 →三四七頁注八。
二五 高安王。→[一]補6-二。
二六 →補8-五一。行幸の後騎兵大将軍。
二七 →補11-四七。行幸の前騎兵大将軍。
二八 →補12-六。広嗣の非難の対象。玄昉も行幸に随行させられたはず。
二九 →補12-三四。
三〇 →補12-七七。九月己丑に勅使として北九州に派遣、帰還の日時は不明。
三一 →一三五頁注六。万葉一〇三二は朝明郡四泥の崎での歌を丹比屋主の作とする。この家主と紛らわしいが、左注によれば屋主は勅により河口行宮から帰京したという。
三二・三三 →補12-七六。
三四 →補12-七七。
三五 →三六三頁注一〇。
三六 →補12-七六。
三七 →補12-七七。九月己丑に勅使として北九州に派遣。帰還の日時は不明。
三八 →補13-一四。
三九 →補13-一五。
四〇 のち兵部少輔・中務少輔、あるいは下総

呂・物部依羅朝臣人会・高麦太・大蔵忌寸広足・倭武助[1]・村国連子虫並外従五位上、正六位上当麻真人広名[2]・紀朝臣広名、笠朝臣蓑麻呂・小野朝臣綱手・枚[3]田忌寸安麻呂・秦前大魚・文忌寸黒麻呂・日根造大田・守[4]部連牛養・酒波人麻呂、外少初位上壱師君族古麻呂並外従五位下一。○乙巳、賜二五位已上絁一各有レ差。○丙午、従二赤坂一発、到二朝明郡一。○戊申、至二桑名郡石占一頓宿[5]。○己酉、到二美濃国当伎郡一。○庚戌、賜二伊勢国高年百姓百歳[6]已下、七十[7]歳已上者大税一、各有レ差。○[8]十二月癸丑朔、到[9]二不破郡不破頓宮一。○甲寅、幸二宮処寺及曳常泉一。○丙辰、解二騎兵司一、令レ還二入京一。」皇帝巡二観国城[10]一。晩頭、奏[11]二新羅楽・飛驒[12]楽一。○丁巳、賜下美濃国郡司及百姓有二労勤一者位一級上。正五位上賀茂朝臣助授二従四位下一。○戊午、従二不破一発、至二坂田郡横川一頓宿[13]。」是日、右大臣橘宿禰諸兄、在前而発、経二略山背国相楽郡恭仁郷一。以レ擬二遷都一故也。○己未、従二横川一発、到二犬上一頓[14]。○丙寅[15]、外従六位上調連馬養授二外従五位下一。○辛酉、従二犬上一

1 助→校補
2 広＝廣―唐(東)
3 枚―救〔底〕
4 守〔大補〕―ナシ(兼等)
5 宿〔兼等、紀略〕―宮(谷傍イ、大改)
6 歳〔谷擦重、大、紀略〕―家(兼・東・高)
7 七十〔紀略〕―八十(谷傍補、大)、ナシ(兼・谷原・東・高)
8 十二月→校補
9 到―至〔紀略〕
10 城→校補
11 奏―秦〔底〕
12 驒〔東・高、大改〕―騎(兼・谷、紀略)
13 宿〔東・高、紀略〕―宮(谷傍補、大)、ナシ(兼・谷原)
14 頓ノ下、ナシ〔兼・谷原・東・高〕―宮(谷補、大)、宿(紀略)
15 丙寅→脚注・校補

守・薩摩守などを歴任、宝亀六年正月に正五位上。多治比真人→⊟補1―一二七。
四一 →補13―五〇。
四二 →補12―七七。諸本の大指は大楫(大梶)の誤。民忌寸は漢氏。→補13―三九。
四三・四四 →補12―七七。
四五 →補8―七八。解工として著名。あるいは造伊勢国行宮司の一員か。
四六 →一八九頁注三一。

一 →二五七頁注一〇。 二 →補12―七七。
三 →二九九頁注三二。大蔵忌寸は漢氏。→補13―三九。
四 →補13―五。 五 →三四七頁注二六。
六 河内介などを経て天平神護元年正月に正五位下。当麻真人→⊟補2―一一〇。
七 後騎兵大将軍の麻路の子。大学頭・少納言・主税頭などを経て神護景雲元年三月に従五位下式部大輔。のち正五位下。
八 中務少輔・上野守などを歴任、天平宝字三年十一月以前に没(古四―三九一頁)。笠朝臣→⊟補3―三二。
九 内蔵頭を経て天平十八年四月に従五位下上野守。小野朝臣→⊟補1―一四五。
一〇 他にみえず。枚田忌寸→補13―三九。
一一 姓は忌寸。姓の省略理由は未詳。天平二年度尾張国正税帳に従七位下・勲十二等で少目。のち参河守、下野守。秦前は秦の一族だが「前」の意味は未詳。→補13―三九。
一二 もと文部。→七三頁注一九。漢氏の一員→補13―三九。
一三 天平十五年正月に外従五位下・勲十二等で優婆塞を貢進(古二―三三二頁)。和泉国日根郡大領の一族。日根造は、姓氏録和泉諸蕃に、出自を新羅国人の億斯富使主とする。

呂《ろ》・物部依羅《もののべのよさみ》[一]朝臣人会《ひとあひ》・高麦太《かうばくた》[二]・大蔵《おほくら》[三]忌寸広足《ひろたり》・倭武助《やまとのむそ》[四]・村国《むらくに》[五]連子虫《こむし》に並《ならび》に外従五位上。正六位上当麻《たぎま》[六]真人広名《ひろな》・紀《き》[七]朝臣広名《ひろな》・笠《かさ》[八]朝臣蓑麻呂《みのまろ》・小野《をの》[九]朝臣綱手《つなて》・枚田《ひらた》[一〇]忌寸安麻呂《やすまろ》・秦前大魚《はださきのおほうを》[一一]・文《ふみ》[一二]忌寸黒麻呂《くろまろ》・日根《ひね》[一三]造大田《おほた》・守部《もりべ》[一四]連牛養《うしかひ》・酒波人麻呂《ささなみのひとまろ》[一五]、外少初位上壱師《いちし》[一六]君族古麻呂《こまろ》に並に外従五位下。○乙巳（二十二日）、五[一七]位已上に絁《あしぎぬ》を賜《たま》ふこと各《おのおの》差《しな》有り。○丙午（二十三日）、赤坂《あかさか》より発《た》ちて朝明《あさけ》[一八]郡に到《いた》る。

美濃国にいたる

○戊申（二十五日）、桑名《くはな》[一九]郡石占《いしうら》に至《いた》りて頓《とど》まり宿《やど》る。○己酉（二十六日）、美濃《みの》国当伎《たぎ》[二〇]郡に到《いた》る。○庚戌（二十七日）、伊勢《いせ》国の高年《かうねん》[二一]の百姓《はくせい》百歳已下七十歳已上の者《ひと》に大税《おほちから》[二二]を賜《たま》ふこと各《おのおの》差《しな》有り。

不破頓宮にいたる

十二月癸丑の朔、不破《ふは》郡不破頓宮《ふはのかりみや》[二三]に到《いた》る。○甲寅（二日）、宮処寺《みやこでら》[二四]と曳常泉《ひきつねのいづみ》[二五]とに幸《みゆき》したまふ。○丙辰（四日）、騎兵司《きひやうし》[二六]を解《と》きて京《きやう》に還《かへ》し入《い》らしむ。皇帝《くわうてい》[二七]、国城《こくじやう》[二八]を巡《めぐ》り観《みそなは》す。晩頭《ばんとう》に新羅《しらき》[二九]楽《がく》・飛驒《ひだ》[三〇]楽《がく》を奏《つかへまつ》る。○丁巳（五日）、美濃《みの》の国郡司《こくぐんし》と百姓《はくせい》の労《つと》[三一]め勤《いそし》むこと有る者《ひと》に位一級を賜《たま》ふ。正五位上賀茂《かも》[三二]朝臣助《すけ》に従四位下を授《さづ》く。

近江国にいたる

○戊午（六日）、不破《ふは》より発《た》ちて坂田《さかた》[三三]郡横川《よかは》[三四]に至《いた》りて頓《とど》まり宿《やど》る。是《こ》の日《ひ》、

橘諸兄、恭仁の地を整備

右大臣《うだいじん》橘《たちばな》[三五]宿禰諸兄《もろえ》、在前《さき》[三六]に発《た》ち、山背《やましろ》国相楽《さがらか》[三七]郡恭仁《くに》[三八]郷を経略《けいりやく》[三九]す。遷都《せんと》[四〇]を擬《はか》ることを以《もち》ての故《ゆゑ》なり。○己未（七日）、横川《よかは》より発《た》ちて犬上《いぬかみ》[四一]に到《いた》りて頓《とど》まる。○丙寅（十四日）[四二]、外従[四三]六位上調《つき》[四四]連馬養《うまかひ》に外従五位下を授《さづ》く。○辛酉（九日）、犬上《いぬかみ》より

一四 のち下総守。守部連は守君の部曲の管理者か([一]補1―一三五鍛造大角の項)。

一五 天平七年相模国封戸租交易帳に正六位上勲十二等で掾。酒波氏には天平宝字七年十二月丁酉条に近江史生となった酒波長歳がみえ、おそらく近江の地名による氏で、楽浪河内([一]一八三頁注一九)の一族とすると百済系渡来人。

一六 他にみえず。行幸の送迎や部隊への饗応による授位か未詳。壱師君族は壱志郡の豪族壱師君の支流。

一七 前日に従五位下(あるいは外従五位下)以上を授位された者全員に対してであろう。

一八 朝明郡の郡家か。朝明郡は和名抄に「阿佐介」、鈴鹿郡の北方、現在の三重郡朝日町・川越町と菰野町・四日市市の北部。兵部省式には東海道伊勢国朝明駅(朝日町縄生付近)は駅馬一〇匹、朝明郡(郡家)は伝馬五匹とある。

一九 桑名郡は伊勢国の北端、現在の三重県桑名市の大半と桑名郡の諸町村。石占は神名式にみえる桑名神社の石取神事に関わる地名かという。

二〇 当伎郡は当耆郡とも。→三三頁注七。万葉一〇三四・一〇三五にこの時の大伴東人・家持の短歌を収める。多芸行宮へは元正も養老元年九月に行幸。

二一 →五頁注二。

二二 国郡に貯えられている田租。→[一]補2―五七。

二三 岐阜県不破郡垂井町宮代の辺か。養老元年九月甲寅条に行在所、同十一月癸丑条に不破行宮とみえる。万葉一〇三六に不破での大伴家持の短歌がある。

二四 岐阜県不破郡垂井町宮代に、白鳳期の瓦が散布し巨大な塔心礎をもつ宮代廃寺跡と、通称宮処寺跡とがあるが、どちらかは未詳。

発、到二蒲生郡一宿。○壬戌、従二蒲生[1]一発[2]、到二野洲一頓宿[3]。
○癸亥、従二野洲一発、到[4]二志賀郡禾[5]津一頓[6]。○乙丑、幸二
志賀山寺一、礼レ仏。○丙寅[7]、賜二近江国郡司位一級一」従二
禾津一発、到二山背国相楽郡玉井一頓宿[8]。○丁卯、皇帝[9]在
前幸二恭仁宮一。始作二京都一矣。太上天皇[10]・皇[11][12]后在後而至。

続日本紀　巻[13][14]第十三

1生ノ下、ナシ〔底〕—郡宿
2発〔大改〕—生(兼・谷原・東・高)、出(谷朱抹傍)、ナシ(紀略)
3宿〔兼・谷原・東・高〕—宮(谷朱抹傍、大改)、宮宿(紀略)
4到〔谷傍補、大、紀略〕—ナシ(兼・谷原・東・高)
5禾—未〔底〕
6頓ノ下、ナシ〔兼・谷原・東・高〕—宮(谷傍補、大)、宿(紀略)
7丙寅→校補
8宿〔兼等、紀略〕—宮(谷傍、大改)
9皇帝→校補
10太上天皇→校補
11皇后→校補
12皇〔東・高、大、紀略補〕—ナシ(兼・谷、紀略原)
13巻〈意補〉(大補)—ナシ
14第—弟(東)

二五 常陸国風土記久慈郡条に三野国引津根之丘がみえる。泉は『岐阜県史』に垂井町の垂井泉とする。
二六 前後騎兵大将軍の率いる四〇〇人の騎兵部隊のこと。→十月丙子条。
二七 聖武天皇。皇帝→三三七頁注二〇。
二八 美濃国府。推定地は垂井町府中。皇帝も国城も続紀の藤原仲麻呂編纂時代(㊀四九〇—四九一頁)の中国風表現の遺存か。
二九 →補11-一〇。天平宝字五年正月に美濃と武蔵の少年に新羅語を習わせるのも、武蔵と同様に美濃に新羅人が多かったため。
三〇 土風歌儛(三三頁注六)の一種か未詳。
三一 行幸に奉仕した者を指す。
三二 →一四七頁注一四。美濃国守であろう。次官以下への授位は省略。
三三 不破郡の西隣で、天平五年山背国愛宕郡計帳では近江国積太郡(古一-五三九頁)、現在の滋賀県坂田郡と長浜市。
三四 横川は天武紀元年七月条に息長の横河、兵部省式に横川駅。現在の米原町醒井の辺か。
三五 十一月甲辰、正二位に昇叙。
三六 先発し。日本漢文ではあまり使わぬ語。
三七 →㊀三五頁注一五。
三八 →㊀一四三頁注一八。
三九 経も略も営み治める意。整備すること。
四〇 恭仁遷都→補13-五一。
四一 坂田郡の南隣が犬上郡。東海道が犬上川を渡る高宮のあたりが頓宿の地かという。
四二 本条を下文丙寅条の位一級の次に移すと上文丁巳条と同形式の記述になる。原文は一七字だから当時の巻子本の一行分に相当。
四三 「従」が「正」の誤ならば賜位一級となるが未詳。
四四 のち従五位下、備前守。奈良麻呂の変で

発《た》ちて蒲生《かまふ》[一]郡に到《いた》りて宿《やど》る。○壬戌《十日》、蒲生《かまふ》より発《た》ちて野洲《やす》[二]に到《いた》りて頓《とど》まり宿《やど》る。○癸亥《十一日》、野洲《やす》より発《た》ちて志賀《しが》[三]郡禾津《あはつ》[四]に到《いた》りて頓《とど》まる。○乙丑《十三日》、志賀《しが》[五]山寺《さんじ》に幸《みゆき》して仏《ほとけ》を礼《をろが》みたまふ。○丙寅《十四日》、近江《ちかつあふみ》の国郡司《こくぐんし》に位《くらゐ》一級を賜《たま》ふ。禾《あは》津《つ》より発《た》ちて山背《やましろ》国相楽《さがらか》郡玉井《たまゐ》[六]に到《いた》りて頓《とど》まり宿《やど》る。○丁卯《十五日》、皇帝《くわうてい》在前《さき》に恭仁宮《くにのみや》[七]に幸《みゆき》したまふ。始《はじ》めて京都《みやと》[八]を作《つく》る。太上天皇《だいじやうてんわう》[九]・皇后《わうごう》[一〇]、在後《あと》に至《いた》りたまふ。

山背国にいたる

恭仁宮に入る

続日本紀　巻第十三

官位を奪われたらしく、天平神護元年正月には無位から従五位上。調連→㈡補4-二七。

一 →㈠補2-一三一。蒲生郡の郡家か。

二 蒲生郡の西南隣。現在の滋賀県守山市と野洲郡の諸町にほぼ相当する。頓宿の地は未詳。

三 →三三頁注一二。

四 滋賀県大津市膳所。壬申の乱の決戦の地。

五 →㈠補2-八九。天智朝の創建。

六 京都府綴喜郡井手町水無に玉ノ井。橘諸兄の相楽別業がある。→五月乙未条。

七 玉井の東南、平城の東北、木津川沿いの小盆地に、以前から甕原離宮(㈠補6-一七)がある。恭仁宮・恭仁京→補13-五一。

八 続紀では京・京師がふつうで「京都」は稀。

九 元正。

一〇 光明。

続日本紀　巻第十四[1]　起二天平十三年正月一尽二十四年十二月一

従[2]四位下行[3]民部大輔兼左兵衛督皇太子学士[4]
臣菅野朝臣真道等奉レ勅撰[5]

天璽国押開豊桜彦天皇[6]

十[7]三年春正月癸未朔、天皇[8]始御二恭仁宮一受レ朝。宮垣未レ就[9]、繞以二帷帳一。」是日、宴二五位已上於内裏一、賜レ禄有レ差。○癸[10]巳、遣[11]二使於伊勢大神宮及七道諸社一奉レ幣、以告下遷二新京一之状上也。○丁酉、故太[12]政大臣藤原朝臣家返二上食封五千戸一。二千戸、依レ旧返二賜其家一。三千戸、施二入諸国国[13]分寺一。以充下造二丈六仏像[14]一之料上。」停二大射一。○戊戌、御二大極殿一、賜[15]二宴百官主典已上一。賜レ禄有レ差。○甲辰、逆人広嗣支[16]党、且所二捉獲一、死罪廿[17]六人、没官五人、流罪卅七人、徒罪卅二人、杖罪一百七十七人。下二之所司一、拠レ法処焉。徴二従四位[18]下中臣朝臣名代、外従五位下塩屋連吉[19]

1 巻〈意補〉(大補)—ナシ
2 従四位下民部大輔兼左兵衛督皇(底新補)—ナシ〔底一四字空〕→校補
3 行(東、大)—ナシ〔底新補・兼・谷・高〕→校補
4 太子学士臣菅野朝臣真道等奉—ナシ〔底一三字空〕→校補
5 勅撰(底新補)—ナシ〔底二字空〕→校補
6 皇ノ下、ナシ〔底原〕—聖武天皇(底新補・兼等、大)→校補
7 十ノ上→校補
8 天皇→校補
9 就→校補
10 癸—祭〔底〕
11 遣〔底擦重〕
12 大〔兼等、大〕—太(類三・紀略)
13 国〔底〕—々
14 像之→校補
15 賜〔底重〕
16 支〔兼・谷原・東・高〕—与＝與(谷擦重、大、紀略改)、友(紀略原)
17 廿〔大〕—二十(兼等)
18 位〔底擦重〕
19 吉〔兼等、類八七原〕—古(大改、類八七改)

一 ↓補13-五一。
二 元日朝賀の儀→(一)補1-四九。
三 宮城四周の大垣か。→十四年八月丁丑条。近年恭仁宮跡の発掘調査で、柵列の遺構が発見されているが、大垣との関係は未詳。平城遷都後の和銅四年九月にも「宮垣未レ成」、紫香楽遷都後の天平十七年正月にも「垣牆未レ成、繞以二帷帳一」と見える。
四 大極殿や朝堂の建設予定地の周囲を幕で囲んだのである。
五 内裏すなわち皇居の一部はできていた。
六 藤原宮への遷都にあたっても、伊勢等の諸社に奉幣が行われた(持統紀六年五月条)。伊勢大神宮→(一)補1-一一九。
七 藤原不比等(一)補1-八六)。養老四年八月没、同年十月贈太政大臣。
八 不比等の封戸について→(一)補3-八五。
九 広嗣の乱の償いに藤原家伝来の封戸を返上したもの。
一〇 慶雲四年四月不比等に賜わった二千戸に当るか。この後恵美押勝の乱後の天平神護元年四月に豊成、大同三年に内麻呂、弘仁六年六月丙寅に園人も封戸二千戸の返上を願い出ている。
一一 三月乙巳条の国分寺建立の詔によると、国分寺は国毎に設置され、僧寺(金光明四天王護国之寺)と尼寺(法華滅罪之寺)から成る。その詔の発布以前の本条に国分寺の語が見えるのは、同寺建立の施策が天平九年三月丁丑条の詔以後段階を追って整えられたためか。→補14-一。
一二 一丈六尺の釈迦如来像。天平九年三月丁丑条の詔の「釈迦仏像一体」、同十三年三月乙巳条の国分寺建立詔の「釈迦牟尼仏尊像、高

続日本紀　巻第十四　天平《てんぴやう》十三年正月起《よ》り十四年十二月尽《ま》で

従四位下《じゆしゐのげ》行民部大輔《ぎやうみんぶだいふ》兼左兵衛督《さひやうゑのかみ》皇太子学士《くわうたいしがくし》

臣菅野朝臣真道《すがののあそみまみち》ら勅《みことのり》を奉《う》けたまはりて撰《せん》す

天璽国押開豊桜彦天皇《あめしるしくにおしはらきとよさくらひこのすめらみこと》

七四一年　恭仁宮で朝賀

十三年（辛巳）春正月癸未の朔、天皇《すめらみこと》、始《はじ》めて恭仁宮《くにのみや》[一]に御《おは》しまして朝《でう》[二]を受《う》けたまふ。宮《みや》[三]の垣《かき》就《な》らず、繞《めぐら》[四]すに帷帳《ゐちやう》を以《もち》てす。是《こ》の日《ひ》、五位已上を内裏《うち》[五]に宴《うたげ》す。禄《ろく》賜《たま》ふこと差《しな》有り。○癸巳（十一日）、使《つかひ》を伊勢大神宮《いせのだいじんぐう》[六]と七道《しちだう》の諸《もろもろ》社《のやしろ》とに遣《つかは》して幣《みてぐら》を奉《たてまつ》らしめて、新《あらたしき》京《みやこ》に遷《うつ》れる状《じやう》を告《まう》す。

故藤原不比等家、封戸を返上

○丁酉（十五日）、故太政大臣藤原《こだいじやうだいじんふぢはら》[七]朝臣の家、食封《じきふ》[八]五千戸を返《かへ》[九]し上《たてまつ》る。[一〇]二千戸は、旧《もと》に依《よ》りてその家《いへ》に返《かへ》し賜ふ。三千戸は、諸国《くにぐに》の国分寺《こくぶんじ》[一一]に施《ほどこ》し入《い》れて、丈六《ぢやうろく》[一二]の仏像《ぶつざう》を造《つく》る料《れう》に充《あ》つ。大射《おほいくは》[一三]を停《とど》む。○戊戌（十六日）、大極殿《だいごくでん》[一四]に御《おは》しまして、宴《うたげ》[一五]を百官《ひやくくわん》の主典《さうくわん》已上に賜ふ。禄《ろく》賜ふこと差《しな》有り。

広嗣の与党を処罰

○甲辰（二十二日）、逆人広嗣《げきじんひろつぐ》[一六]が支党《したう》、且《か》[一七]つ捉獲《とら》はれたるは、死罪《しざい》[一八]廿六人、没官《もつくわん》[一九]五人、流罪《るざい》[二〇]卅七人、徒罪《づざい》[二一]卅二人、杖罪《ぢやうざい》[二二]一百七十七人。これを所《しよ》[二三]司《し》に下《くだ》し、法《のり》に拠《よ》りて処《ことわ》る。従四位下中臣《なかとみ》[二四]朝臣名代《なしろ》、外従五位下塩屋《しほや》[二五]連吉《きち》

一丈六尺者、各一鋪」に当る。

一三 大射→㊀補2-一一。大射の停止は恭仁宮が未整備のため。

一四 この時大極殿は未完成(十五年十二月辛卯条)。ここは仮殿か。

一五 踏歌の節会にともなう宴。踏歌節会→㊀補2-九。

一六 藤原広嗣とその弟の綱手はすでに斬。従人らは大宰府に拘禁。→天平十二年十一月戊子条。支党は与党の意。処分の対象は広嗣の弟ら、都にいる縁坐者も含む。

一七 さしあたって逮捕ずみの者。且つは、しばらく、さしあたりの意。この後も逃亡者の捜索を続けたのであろう。

一八 賊盗律1に「凡謀反及大逆者、皆斬。〈…言レ皆者、罪無ニ首従一〉」とある「従」に該当。

一九 謀反・大逆などの大罪を犯した者の家族・使用人や財産を官に没収すること。賊盗律1に「父子、若家人資財田宅、並没官」。

二〇 同じく賊盗律1に「祖孫兄弟、皆配ニ遠流一」とある。広嗣の弟の田麻呂は隠岐(延暦二年三月丙申条)、良継は伊豆(宝亀八年九月丙寅条)に配流された。神亀元年三月庚申条および刑部省式によると隠岐・伊豆ともに遠流の地。

二一 賊盗律3に「凡口陳ニ欲レ反之言一、心無ニ真実之計一、而無レ状レ可レ尋者、徒二年」とあるなどに相当か。

二二 杖罪の刑は杖六十から百まで、その下に笞罪として笞十から五十までの刑があるが(名例律1)、笞罪は省略。

二三 刑部省やその被管の贓贖司・囚獄司、および諸国など。

二四 →補10-一九。

二五 →補8-七三。

麻呂・大養[1]徳[2]宿禰小東人等卅四人於配処一。〇二月戊午、詔曰、馬牛代レ人、勤労養レ人。因レ茲、先有二明制一、不レ許二屠殺一。今聞、国郡未レ能二禁止一、百姓猶有二屠殺一。宜下其有二犯者一、不レ問二蔭贖一、先決杖一百、然後科上レ罪。又聞、国郡司等、非レ縁二公事一、聚レ人田獦[3]。妨二民産業一、損害実多。自レ今已後、宜レ令二禁断[4]一。更有二犯者一、必擬二重科一。〇三月壬午朔、日有レ蝕之。〇己丑、禁二外従五位上[5]小野朝臣東人一、下二平城獄一。〇庚寅、東西両[6]市決杖各五十、配二流[7]伊豆三嶋一。〇辛丑、摂津職言、自二今月[8]十四日一始[9]至二十八日一、有二鸛一百八一、来二集宮内殿上一。或集二楼闕[10]之上一、或止二太政官之庭一。毎日、辰時始来、未時散去。仍遣レ使鎮謝焉。〇乙巳[11]、詔[12]曰、朕以二薄徳一、忝[13]承二重任一。未レ弘二政化一、寤[14]寐多慙。古之明主、皆能二光[15]業一。国泰人楽、災除福

1 大(谷擦重、大、類八七改)―犬〔兼・谷原・東・高、類八七原〕
2 徳〔類八七補〕―ナシ(類八七原)
3 獦〔底〕―猟→校補
4 断(底新補)―ナシ〔底一字空〕
5 上〔兼傍イ・谷傍イ・東・高、類八七〕―下(兼・谷、大)
6 両→校補
7 流ノ下、ナシ〔類八七一本〕―於(類八七)
8 月〔大補、紀略〕―ナシ(兼等)
9 始〔谷重・東・高、大〕―如(兼・谷原)、ナシ(紀略)
10 闕〔底〕―闍
11 乙巳→脚注・校補
12 詔―謂(高)
13 忝―恭〔底〕→校補
14 寤→校補
15 光〔底〕―先

一 →一一一頁注二六。この時刑部少輔か(十年閏七月癸卯条)。
二 配は実刑の執行の意で、杖罪などは大宰府で執行されるから、配処に徴すは、この三四人を大宰府に派遣して縁坐で流罪となった藤原広嗣の弟として裁判させたとの意。なお広嗣の弟として縁坐で流罪となった藤原田麻呂・良継は薨伝では天平十四年に許されたとする。
三 (一)馬牛の屠殺と、(二)国司・郡司が私的に狩を行うこと、とを禁断した詔。本詔は三代格にも所収。
四 天武四年四月、牛・馬等を食うことを禁じており、律にも厩庫律8に「凡故殺二官私馬牛一者、徒一年」、賊盗律32に「凡盗二官私馬牛一而殺者、徒二年半」などの規定がある。
五 霊異記中―五に、聖武太上天皇の世に殺牛祭神が行われたとの説話が見える。
六 蔭と贖。蔭は、蔭によって議・請・減・贖の優遇を受けること(名例律8―12)、贖は、相当額の贖銅を納めて実刑を免除されること(名例律11)。ここは、そのような特権を有する者でも、例外なくまず杖一百を科することをいう。
七 厩庫律8や賊盗律32などに規定される刑罰か。→注四。
八 天平宝字八年十月甲戌条に、贄としての雑宍魚の貢進が停止されている。公事とは贄の貢上等を意味するか。贄→補10―六四。
九 田は狩。田獦は狩猟。大がかりな狩猟の禁止→天平二年九月庚辰条。
一〇 農業などの生業。
一一 この日はユリウス暦七四一年三月二十二日。奈良における食分は一。続日本紀の日食

馬牛の屠殺禁止

麻呂《まろ》・大養徳《やまと》[一]宿禰小東人《をあづまひと》ら卅四人を配処《はいしよ》[二]に徴《め》す。

二月戊午（壬子朔 七日）、詔《みことのり》[三]して曰《のたま》はく、「馬《うま》・牛《うし》は人《ひと》に代《かは》りて、勤《いそ》しみ労《つと》めて人を養《やしな》ふ。茲《これ》に因《よ》りて、先《さき》に明《あきらけ》[四]き制《せい》有りて屠《ほふ》り殺《ころ》すことを許《ゆる》さず。今聞《いまき》かく、「国郡《こくぐん》[五]禁《いさ》め止《とど》むること能《あた》はずして、百姓猶屠《はくせいなほほふ》り殺《ころ》すこと有り」ときく。其《そ》れ犯《をか》す者《ひと》有らば、蔭贖《おむぞく》[六]を問《と》はず、先《ま》づ決杖《くゑつぢやう》一百、然《しか》して後《のち》に罪科《つみおほ》[七]すべし。

国郡司の私的狩猟禁止

また聞《き》かく、「国郡司《こくぐんし》等《ども》、公事《くじ》[八]に縁《よ》るに非《あら》ずして、人《ひと》を聚《あつ》めて田猟《でんれふ》[九]し、民《たみ》[一〇]の産業《なりはひ》を妨《さまた》げて、損害実《そこなひまこと》に多《おほ》し」ときく。今《いま》より已後《のち》は、禁断《きむだん》せしむべし。更《さら》に犯《をか》す者《ひと》有らば、必《かなら》ず重《おも》き科《とが》に擬《あ》てむ」とのたまふ。

三月壬午の朔、日《ひ》[一一]蝕《は》ゆること有り。○己丑（八日）、外従五位上小野《をの》[一二]朝臣東人《あづまひと》を禁《いまし》めて平城獄《ならのひとや》[一三]に下《くだ》す。○庚寅（九日）、東西《とうさい》[一四]の両市《りやうし》に決杖《くゑつぢやう》各《おのおの》五十にして、伊豆《いづ》[一五]三嶋《みしま》に配流《はいる》す。○辛丑（二十日）、摂津職言《つのしきまう》さく、「今月十四日より始《はじ》めて十八日に至《いた》るまでに、鸛《おほとり》[一六]一百八有りて、宮内《うち》[一七]の殿《みあらか》の上《うへ》に来《きた》り集《つど》へり。或《ある》は楼閣《ろうくゑつ》[一八]の上に集《つど》ひ、或《ある》は太政官《だいじやうぐわん》[一九]の庭《には》に止《とま》る。毎日《ひごと》に辰時《たつのとき》に始来《きたりはじ》め、未時《ひつじのとき》に散《あか》れ去《さ》る」とまうす。仍《より》て使《つかひ》を遣《つかは》して鎮《しづ》[二〇]め謝《まう》さしむ。

国分寺建立の詔

○乙巳[二一]（二十四日）、詔《みことのり》[二二]して曰《のたま》はく、「朕《われ》、薄徳《はくとく》を以《もち》て忝《かたじけな》くも重《おも》[二三]き任《にむ》を承《う》けたまはる。政化弘《せいくわひろ》まらず、寤寐《ごび》[二四]に多《おほ》く慚《は》づ。古《いにしへ》の明主《めいしゅ》は、皆光業《みなくわうげふ》を能《よ》くしき。国泰《くにやす》く人楽《ひとたの》しび、災除《わざはひのぞこ》り福《さきはひ》

記事→[一]補1―七五。

三 →補12―七七。広嗣の乱への連座と思われるが、その理由は未詳。後に許されたらしく天平十八年四月に外従五位下から従五位下に叙されている。

一三 平城京の獄。→二五一頁注一一。

一四 この年八月に平城京の二市が恭仁京に移転されるが、これはまだ平城京の二市。獄令7に「凡決二大辟罪一、皆於レ市」とある。市で罪人を決することは、書紀敏達十四年三月条に、物部守屋らが善信尼らを海石榴市で鞭打ったことなどの例がある。

一五 伊豆国賀茂郡三嶋郷。伊豆嶋→一〇九頁注一四。伊豆は神亀元年三月に遠流国に指定。

一六 和名抄に「本草云鸛〈音館、和名於保止利〉、水鳥似レ鵠而巣レ樹者也」とある。類似の記事として天武紀十一年九月に、「日中数百鶴当二大宮一、以高翔二於空一、四剋而皆散」とある。

一七 難波宮。→補9―一一三。

一八 楼闕は楼門、楼閣ならば高殿。天平十六年三月戊寅条には「難波宮東西楼殿」とある。

一九 天平宝字元年七月庚戌条には平城宮の「太政官院庭」が見える。

二〇 災いをもたらす神に奉幣して鎮めなだめる。使は難波宮へ派遣。十三年閏三月己巳条も同じ。

二一 天平十九年十一月己卯詔及び三代格所収勅等には「天平十三年二月十四日」とあって本条とは日付が相異。続紀の三月乙巳(二十四日)は、干支の係け方の誤りか。→補14―一。

二二 国分寺建立の詔。「朕が意を知らしめよ」(二九一頁三行)までの本文と「また毎国(くにごと)の僧寺」以下の条例とから成る。→補14―二。

二三 重い任務。君主として国を統治すること。

二四 寝ても覚めても。

至。脩[1]二何政化一、能臻二此道一。頃者、年穀不レ豊、疫癘頻至。慙懼交集、唯労罪レ己。是以、広為二蒼生一、遍求二景福一。故[2]前年、馳レ使[3]増二飾天下神宮一。去歳、普令下天下造二釈迦牟尼仏尊[4]像、高一丈六尺者[5]、各一鋪[6]一、并写中大般若経各一部上。自二今春一已来、至二于秋稼一、風雨順序、五穀豊穣。此乃、徴レ誠啓レ願、霊[7]貺如レ答。載惶[8]載懼[9]、無二以自[10]寧一。案レ経云、若有国土講二宣[11]-読-誦、恭三敬-供-養、流四通此経王一者、我等四王、常来擁護。一切災障、皆使二消殄[12]一。憂愁疾疫、亦令二除差一。所願遂レ心、恒生二歓喜一者、宜レ令下天下諸国各令[13]レ敬二造七重塔一区一、并写中金光明最[14]勝王経・妙法蓮[15]華経[16]一[17]部上。朕、又別擬、写二金字[18]金光明最[19]勝王経一、毎レ塔各令レ置二一部一。所レ冀、聖法之盛、与二天地一而永流、擁護之恩、被二幽明一而恒満。其造塔之寺、兼為二国華[20]一。必択二好処一、実可二久長[21]一。近[22]レ人

1脩何政化→校補
2故前年馳使増〔底〕―故前年駆駅増(兼・谷傍補・高傍補、大)、ナシ(谷原・東・高原)
3使〔底〕―駅(底新傍朱イ)→脚注
4尊ノ下、ナシ〔谷原、大、紀略〕―金(兼・谷傍補・東・高)
5者〔東・高、大補〕―ナシ(底新朱抹・底新傍朱按・兼・谷、紀略)→校補
6鋪〔東・高、大改、紀略〕―餔(底新傍朱イ・兼・谷)
7霊〔谷傍補〕―ナシ(谷原)
8惶→校補
9懼→校補
10自〔兼・谷、大〕―安(兼傍・谷傍・東・高)
11宣―寅〔底〕
12殄→校補
13令―ナシ(大)
14最〔底原・底抹傍〕→校補
15蓮〔兼・谷傍補・東・高、大、紀略補〕―ナシ(底新朱傍按・谷原、紀略原)→校補
16経ノ下、ナシ〔谷原、紀略〕―各(兼・谷傍補・東・高、大)
17一〔大改、紀略〕―各十(底新傍朱イ)、十(兼等)→脚注
18金字〔兼・谷、大〕―ナシ(東・高)
19最→校補
20華〔大改〕―花(兼等)
21久長〔底〕―長久
22近〔兼擦重〕

一 天平七年・八年などは殊に凶作であった。
二 天平七年・九年の疫病流行をさす。→補12―二七。
三 天平九年十一月畿内七道に遣使して神社を修造させた。
四 駅馬を馳せること。
五 天平九年三月国ごとに釈迦仏像一体、脇士菩薩二軀を造らせ、兼ねて大般若経一部を写させたことをさす。
六 国分寺の本尊。天平勝宝八歳六月、七道諸国の国分丈六仏像を催検させ、翌年の聖武天皇の忌日までに造了すべきことを命じている。上野国分寺の場合、長元年間の上野国不与解由状の金光明寺の項に「釈迦丈六壱躰　安座高八尺　金色」「左脇士普賢菩薩壱躰〈立〉　高一丈　金色」「右脇士文珠師利菩薩壱躰〈立〉　高一丈　金色」(平遺四六〇九号)と見える。
七 本尊と左右の脇士菩薩像とを合わせた一組。
八 大般若波羅蜜多経六〇〇巻。→[一]六七頁注二〇。書写は天平九年三月に始まる。天平十一年度伊豆国正税帳に天平九年三月十六日の太政官符により大般若経四二七巻を書写した際の価稲のことが見える(古二―一九五頁)。
九 今年の春から秋の取り入れまでの意。詔の発布時期にかかわる問題の文言。萩野由之は二月あるいは三月の詔の文言としては不自然であるとし、詔の発布は天平十年秋冬の交とした。国分寺建立の詔→補14―一。
一〇 神霊のたまわりもの。
一一 金光明最勝王経。→一六一頁注一九。同巻三の滅業障品に「若有二国土一講二宣読三誦此妙経王一、是諸国王、我等四王常来擁護行住共倶、其王若有二一切災障及諸怨敵一、我等四王皆使二消殄一、憂愁疾疫亦令二除差一、増二益寿命一、感応禎祥、所願遂レ心恒生二歓喜二」、巻六の四天王護国品に「若有二人王一、受二持是経一、恭敬

至《いた》りき。何《いか》なる政化《せいくわ》を脩《をさ》めてか、能《よ》くこの道《みち》に臻《いた》らむ。頃者《このころ》、[一]年穀《ねんこく》豊《ゆた》かならず、[二]疫癘《えきれい》頻《しき》りに至る。慙懼《ざむく》交《こもごも》集《あつま》りて、唯《ただ》労《いたつ》きて己《おのれ》を罪《つみな》へり。是《これ》を以《もち》て、広《ひろ》く蒼生《さうせい》の為《ため》に遍《あまね》く景福《けいふく》を求《もと》めむ。故《ゆゑ》に、[三]前年《さきのとし》に[四]使《つかひ》を馳《は》せて、天下《あめのした》の神宮《かみのみや》を増《ま》し飾《かざ》りき。[五]去歳《こぞ》は普《あまね》く天下《あめのした》をして、[六]釈迦牟尼仏尊像《しやかむにぶつそんざう》の高《たか》さ一丈六尺なる各《おのおの》[七]一鋪を造らしめ、并《あは》せて[八]大般若経《だいはんにやきやう》各《おのおの》一部を写《うつ》さしめたり。[九]今春《このはる》より已来《このかた》、秋稼《あきのみのり》に至るまで、風雨《ふうう》順序《をりにしたが》ひ、五穀《ごこく》豊《ゆた》かに穣《みの》らむ。此《こ》れ乃《すなは》ち、誠《まこと》を徴《あらは》して願《ねがひ》を啓《ひら》くこと、[一〇]霊貺《れいくゐやう》答《こた》ふるが如《ごと》し。載《すなは》ち惶《おそ》り載《すなは》ち懼《お》ぢて、自《みづか》ら寧《やす》きこと無し。[一一]経《きやう》を案《かむが》ふるに云《い》はく、「若《も》し有らむ国土《こくど》に、この経王《きやうわう》を講宣《かうせん》し読誦《どくじゆ》し、恭敬供養《きようきやうくやう》し、流通《るつう》せむときには、我《われ》ら[一二]四王、常《つね》に来《きた》りて擁護《おうご》せむ。一切《いつさい》の災障《さいしやう》も皆消殄《みなせうてん》せしめむ。憂愁《うしう》・疾疫《しつやく》をも亦除差《またぢよさ》せしめむ。所願《しよぐわん》心《こころ》に遂《と》げて、恒《つね》に歓喜《くわんき》を生《しやう》せしめむ」といへり。天下《あめのした》の諸国《くにぐに》をして各《おのおの》[一三]七重塔一区を敬《ゐやま》ひ造《つく》らしめ、并《あは》せて[一四]金光明最勝王経《こむくわうみやうさいしようわうきやう》・[一五]妙法蓮華経《めうほふれんぐゑきやう》[一六]一部を写《うつ》さしむべし。朕《われ》また別《べち》に擬《はか》りて、[一七]金字《こむじ》の金光明最勝王経《こむくわうみやうさいしようわうきやう》を写《うつ》し、塔毎《たふごと》に各《おのおの》一部を置《お》かしめむ。冀《ねが》はくは、[一八]聖法《しやうほふ》の盛《さかり》、天地《あめつち》と与《とも》に永《なが》く流《つたは》り、擁護《おうご》の恩《めぐみ》、[一九]幽明《いうみやう》を被《かがふ》りて恒《つね》に満《み》たむことを。その[二〇]造塔《ざうたふ》の寺《てら》は、兼《か》ねて国華《こくくゑ》とせむ。必《かなら》ず好《よ》き処《ところ》を択《えら》ひて、[二一]実《まこと》に久《ひさ》しく長《なが》かるべし。人《ひと》に近《ちか》くは、

供養者、為レ消二衰患一、令二其安隠一」とある。経文の訓点は西大寺本金光明最勝王経平安初期点を参考にした。

一二 仏教の守護神たる四天王。金光明最勝王経四天王護国品によれば、東方は持国天王、西方は広目天王、北方は多聞天王、南方は増長天王。

一三 天平十二年六月に、国ごとに法華経一〇部を写し、七重塔を建てさせるとあることと関連。諸国国分寺の塔が七層であったことは、続後紀承和十二年三月己巳条に「武蔵国言、国分寺七層塔一基、以二去承和二年一為二神火所一レ焼」とあることなどによって知られる。国分寺跡→補14-一。

一四 唐義浄新訳。十巻。→一六一頁注一九。

一五 鳩摩羅什訳。八巻。→一七一頁注八。

一六 谷森本・兼右本は「十部」。天平十二年六月甲戌条には法華経十部を国ごとに写させたとあり、承和六年六月の太政官符にも「最勝法華二部経各十部」とあるので「十部」が可。

一七 天平二十年十月の写経所解に「合奉レ写金字最勝王経十巻　用紫紙一百六十五張」「以前国分最勝王経七十一部之内、因レ誤更写加一部料」と見える(古三-一二七・一二八頁)。また正倉院に「依二天平十四年歳在壬午春二月十四日勅一天下諸国毎レ塔安二置金字金光明最勝王経一」と織成された経帙が蔵されているが(銘文集成)、天平十四年となっている理由は未詳。

一八 仏法。　一九 来世と現世。

二〇 僧寺の塔が国分二寺の中心。インドでも寺院は塔(ストゥーパ)が中心だった。国華はその国の信仰や文化の精粋の意。

二一 長く久しく保つようにせよ。天平十九年十一月の詔でも勝地を簡定し営繕を加うべきことが命ぜられている。

則不レ欲ニ薫臭所[1]一レ及。遠レ人則不レ欲[2]ニ労レ衆帰集一。国司等、各宜下務存[3]ニ厳飾一、兼尽中潔清上。近感[4]ニ諸天一、庶ニ幾臨護一。布ニ告遐邇一、令レ知ニ朕意一。又毎国僧寺、施ニ封五十戸[5]、水田一[6]十町一。尼寺水田十町。僧寺必令レ有ニ廿僧一。其寺名、為ニ金光明四天王護国之寺一。尼寺[7]一十尼[8]。其名[9]為ニ法華滅罪之寺一。両寺相去[10]、宜レ受ニ教戒[11]一。若有レ闕者、即須ニ補満一。其僧尼、毎月[12]八日、必応レ転ニ読最勝王経[13]一。毎レ至ニ月半一、誦ニ戒羯磨[14]一。毎月六[15]斎日、公私不レ得ニ漁猟[16]殺生一。国司等宜ニ恒[17]加ニ検校一。○己酉、三品長谷部内親王薨。天武[18]天皇之皇女也。○閏三月乙卯、天皇[19]臨レ朝。授[20]ニ従四位上大野朝臣東人従三位[21]、従五位上大井王正五位下、従四位下巨勢朝臣奈弖麻呂従四位上、正[22]五位上藤原朝臣仲麻呂、従五位上紀朝臣飯麻呂並従四位下、正五位下佐伯宿禰常人正五位上、従五[23]位下大伴宿禰兄麻呂、従五位上阿倍朝[24]臣虫麻呂並[25]正五位下、正六位上多治比真人犢養[26]・阿倍朝臣子嶋並従五位下、正六位上馬史比奈麻呂、外正六位上曾乃君多理志佐、外従七

1所及〔底新傍朱イ・兼・谷傍補・東・高、大〕―ナシ〔谷原〕→校補　2欲―ナシ〔底〕　3存〔大改〕―在〔兼等〕　4近感〔兼抹傍〕―延盛〔兼原〕　5十―千〔底〕　6一〔兼・東・高、紀略〕―ナシ〔谷、大〕　7尼寺〔谷傍補、大、紀略〕―ナシ〔底新傍朱按・兼・谷原・東・高原〕、尼寺尼〔東傍補・高傍補〕→校補　8尼〔兼等、大、紀略〕―ナシ〔東傍按・高傍按〕→校補　9其ノ下、ナシ―寺〔大補〕　10去―共〔大改〕　11戒〔谷擦重・東・高、大〕―或〔兼・谷原〕　12毎〔兼・谷傍補・東・高、大、紀略補〕―ナシ〔谷原、紀略原〕　13最→校補　14磨〔兼等、大〕―摩〔底傍、紀略〕　15六ノ下、ナシ〔紀略衍〕―日〔紀略原〕　16猟〔底抹傍・兼等、大〕―猿〔底原〕、獦〔兼傍イ・谷傍イ・高傍イ、紀略〕→校補　17恒〔谷擦重、大〕―恤〔兼・谷原・東・高〕、桓〔東傍イ・高傍イ〕、亘〔兼傍イ〕→校補　18天武天皇→校補　19天皇→校補　20授―校〔底〕　21従三位〔谷傍補〕―ナシ〔谷原〕　22正五位上〔東傍補・高傍補、大補〕―ナシ〔兼・谷・東原・高原〕　23五ノ下、ナシ〔底抹〕―位〔底原〕　24倍―位〔底〕　25並〔大補〕―ナシ〔兼等〕

一 仏典に見える仏法を擁護する神々。神護景雲元年八月の改元の詔に「三宝毛諸天毛天地乃神多知毛」とある。

二 以下、条例の第一条。

三 藤原氏から返上された封三〇〇〇戸を分割して諸国国分寺に施入したもの。→正月丁酉条。なお三代格所収勅には封戸のことが見えない。

四 天平十九年十一月に僧寺に九〇町、尼寺に四〇町の追加施入が令され、天平勝宝元年七月大倭国金光明寺四〇〇〇町、同法華寺一〇〇〇町、諸国金光明寺一〇〇〇町、同法華寺四〇〇町の墾田地の限度が定められた。しかし三代格所収天平神護二年八月十八日の太政官符によると、国分二寺の田は悪田が多いので乗田・没官田に改易すべきことが命ぜられている。

五 以下、条例の第二条。

六 国分寺僧の貢挙の例として天平十四年十一月十七日の大養徳国城下郡司の優婆塞貢進解があり、それに「被ニ国今月十五日午時符一云、為ニ国分寺、僧尼応レ定。宜乙知ニ此意一、簡下取部内清信廉行堪レ為ニ僧尼一之人上貢挙甲者」と国符を引用している(古二―三一八頁)。

七 「金光明最勝王経」の経名と同経の「四天王護国品」の品名による。

八 天平神護二年八月十八日太政官符により二〇人となる(三代格)。

九 法華経の経名とその思想とによる。同経の提婆品には女人成仏が説かれている。

薫臭《くんしう》の及《およ》ぶ所《ところ》を欲《ほり》せず。人《ひと》に遠《とほ》くは、衆《もろもろ》を労《わづら》はして帰集《くゐしふ》することを欲《ねが》はず。国司《こくし》等《ども》、各《おのおの》務《つと》めて厳飾《げむしよく》を存《たも》ち、兼《か》ねて潔清《けちしやう》を尽《つく》すべし。近《ちか》く諸天《しよてん》[一]に感《かま》け、

寺封・寺田の施入

臨護《りむご》を庶幾《ねが》ふ。遐邇《かじ》に布《ふ》れ告《つ》げて、朕《わ》が意《こころ》を知《し》らしめよ。また、毎国《くにごと》[二]の僧《ほふし》寺《でら》に封《ふう》[三]五十戸、水田《すいでん》[四]一十町施《ほどこ》せ。尼寺《あまでら》には水田十町。

僧尼の数

僧寺《ほふしでら》[五]は、必《かなら》ず廿僧[六]有らしめよ。

寺の名称

その寺《てら》の名《な》は、金光明四天王護国之寺《こむくわうみやうしてんわうごこくのてら》[七]とせよ。尼寺《あまでら》は一十尼[八]。その名《な》は法華滅罪之寺《ほふくゑめちざいのてら》[九]とせよ。両寺《ふたつのてら》[一〇]は相去《あひさ》りて、教戒《けうかい》を受《う》くべし。若《も》[一一]し闕《か》くること有らば、即《すなは》ち補《おきぬ》ひ満《み》つべし。その僧尼《ほふしあま》、毎月《つきごと》[一二]の八日に必ず最《さい》勝王経《しようわうきやう》を転読《てんどく》すべし。月《つき》の半《なかば》に至《いた》る毎《ごと》に戒羯磨《かいかつま》[一三]を誦《じゆ》せよ。毎月《つきごと》[一四]の六斎日《ろくさいにち》[一五]には、公私《くうし》ともに漁猟殺生《ぎよれふせちしやう》すること得《え》ざれ。国司《こくし》等《ども》、恒《つね》に検校《けむけう》を加《くは》ふべし」とのたまふ。○己酉（二十八日）、三品長谷部内親王《はつせべのひめみこ》[一六]薨《こう》しぬ。天武天皇《てんむてんわう》の皇女《ひめみこ》なり。

広嗣の乱の戦功者らに叙位

閏三月（辛亥朔）乙卯（五日）、天皇《すめらみこと》、朝《でう》に臨《のぞ》みたまふ。従[一七]四位上大野《おほの》[一八]朝臣東人《あづまひと》に従三位を授《さつ》く。従五位上大井王《おほゐのおほきみ》[一九]に正五位下。従四位下巨勢《こせ》[二〇]朝臣奈弖麻呂《なでまろ》に従四位上。正五位上藤原《ふぢはら》[二一]朝臣仲麻呂《なかまろ》、従五位上紀《き》[二二]朝臣飯麻呂《いひまろ》に並《ならび》に従四位下。正五位下佐伯《さへき》[二三]宿禰常人《つねひと》に正五位上。従五位下大伴《おほとも》[二四]宿禰兄麻呂《えまろ》、従五位上阿倍《あへ》[二五]朝臣虫麻呂《むしまろ》に並に正五位下。正六位上多治比《たぢひ》[二六]真人犢養《こうしかひ》・阿倍《あへ》[二七]朝臣子嶋《こしま》に並に従五位下。正六位上馬《うま》[二八]史比奈麻呂《ひなまろ》、外正六位上曾乃《その》[二九]君多理志佐《たりしさ》、外従七

一〇 僧寺と尼寺は離れて建立し、僧と尼は別個に教戒を受けるようにせよの意。

一一 僧あるいは尼に欠員が生じた場合は直ちに補充し、常に定員を満たすべきであるの意。この後天平十四年五月廿八日の太政官符(三代格延暦二年四月廿八日太政官符所引)で、国分寺僧には精進練行の僧を取るべきこと、直ちに得度はさせず数年間その志性を確かめてから入道させるべきことを命じた。玄蕃寮式に「凡諸国国分寺僧、有二死闕一者、簡下擢京諸寺僧堪レ為二法師一者上申レ省、省申レ官補レ之。諸寺僧無二心願一者、択二百姓年十六已上者一、新度補レ之。但寺別令レ有二壮年者五人一。若見僧心願之内、壮年満二此数一、不レ聴二更新度一。其尼者、講師与二国司一簡定、申レ官度レ之」。

一二 すでに天平九年八月、諸国の僧尼に毎月二、三度最勝王経を読むべきことが命じられている。

一三 玄奘訳の菩薩戒羯磨文一巻。第一受戒羯磨、第二懺罪羯磨、第三得捨差別から成り、受戒や懺悔の作法を説いたもの。天平九年の写経請本帳(古七―六九頁)などによって書写されていたことが知られる。平安時代以後、南都ではコンマ、北嶺でカツマと読んだという(南北相違集)。

一四 以下、条例の第三条。

一五 →三二五頁注一四。八・十四・十五・二十三・二十九・三十の各日。雑令5に六斎日には殺生を禁断する規定があり、天平九年八月にも六斎日の殺生禁断が命じられている。

一六 →[一]補6―六五。天平九年二月に三品となる。

一七 以下の叙位は広嗣の乱関係者に対する行賞。六位以下は例によって略されている。

一八―二九 →補14―二。

位上椹田勝麻呂、外正八位上額田部直広麻呂並外従五位下一。○己未、遣レ使運二平城宮兵器於甕原宮一。○乙丑、詔三留守従三位[1]大養徳国守大野朝臣東人・兵部卿正四位下藤原朝臣豊成等二曰、自レ今以後、五位以上、不レ[2]得三任レ意住二於平城一。如有二事故一、応三須退帰一、被レ賜二官符一、然後聴之。其見三在平城一者、限二今[3]日内一、悉皆催発。自餘散三在他所一者、亦宜二急追一。○己巳、難波宮鎮レ怪。庭中有三狐頭断[4]絶而無二其身一。但毛屎等散三落頭傍一。○甲戌、奉三八幡神宮秘錦冠一頭、金字最勝王経・法華経各一部、度者[5]十人、封戸、馬五疋一。又[6]令レ造二三重塔一区一。賽二宿禱一也。○乙亥、勅、賜二百官主典已上并中衛・兵衛等銭一、各有レ[7]差。○夏四月辛丑、遣二従四位上巨勢朝臣奈弖麻呂・従四位下藤原朝臣仲麻呂・従五位下民忌寸大[8]楫・[9]外従五位下陽侯[10]史真身等一、検下校河内与二摂津[11]国一相争河[12]堤所上。○五月乙卯、天皇幸二[13]河南一、観二[14]校[15]獦一。○庚申、令下諸国

26 養ノ下→校補
1 大(谷擦、大)—犬〔兼・谷原・東・高〕
2 得〔東・高、大補、紀略補〕—ナシ(兼・谷、紀略原)
3 日→脚注・校補
4 絶→校補
5 十ノ下、ナシ(底新傍朱按)—八〔底擦重〕→校補
6 令〔兼・谷、大、類五・紀略〕—合(東・高)
7 差〔底擦重〕
8 楫〈意改〉(大)—揖〔底原・底新傍朱イ・兼等〕→校補
9 外〔大補〕—ナシ(兼等)
10 史〔東・高、大補〕—ナシ(兼・谷)
11 国〔底〕—ナシ(底新傍朱按・兼等、大)→校補
12 堤〔大改〕—提(兼等)
13 河〔類三二〕—阿(類三二一本)
14 校＝挍〔兼等、大〕—狩(類三二・紀略)、狡(類三二一本)
15 獦〔底原、類三二・紀略〕—猟(底新朱抹傍・兼等、大)

一 椹田勝麻呂の「勢」脱か。→補13-二六。
二 →三六九頁注三。
三 平城宮内の左右兵庫・内兵庫などに貯えられていた兵器。この後、十五年十二月には、平城宮の器仗を恭仁宮に移したとある。
四 →㊀補6-一七。恭仁宮近くの離宮。
五 平城宮の留守官。留守官→㊀補5-一八。
六 →㊀二二一頁注二。平城宮留守となった年時は未詳。大将軍として広嗣の乱を平定して帰京の後、十二年十二月頃、それまでの留守、知太政官事鈴鹿王と交替したらしい。
七 →一四七頁注一二。天平十二年十月、平城宮の留守となる。
八 恭仁京遷都にもかかわらず平城の旧京に留っている官人に対し、新都への移住を促す詔。
九 万葉三九二〇左注によると、天平十三年四月当時、大伴家持の弟書持は平城京に居住していた。
一〇 太政官符。
一一 今月の誤りか。
一二 五位以上で現在平城京以外の地にある者。
一三 →㊀補1-一〇七・9-一一三。
一四 怪異。狐の頭だけが庭中にあったことを指す。災いの神への鎮謝→三八七頁注二〇。
一五 宇佐八幡宮。→補12-六四。以下の記事は、要録四に載せる弘仁十二年八月十五日太政官符に「天平十二年依二大軍事一、馳二遣勅使一、奉二封廿戸兼神宝及造寺度僧一」と記すものに当る。同官符は、続紀本条で行われたことを、広嗣の乱の起った十二年に係けて記したもの。
一六 秘錦→一二五頁注二二。名義抄に「ヒコム」。東大寺献物帳の大刀の注に「緋地秘錦袋」(古四-一三四頁)、大安寺資財帳に「秘錦

位上楉田《しもとた》[一]勝麻呂《まろ》、外正八位上額田部《ぬかたべ》[二]直広麻呂《ひろまろ》に並《ならび》に外従五位下。○己[九日]未、使《つかひ》を遣《つかは》して平城宮《ならのみや》[三]の兵器《つはもの》を甕原宮《みかのはらのみや》[四]に運《はこ》ばしむ。○乙丑[十五日]、留守《るしゆ》[五]の従三位大養徳《やまと》国守大野《おほの》[六]朝臣東人《あづまひと》、兵部卿《ひやうぶきやう》正四位下藤原《ふぢはら》[七]朝臣豊成《とよなり》らに詔《みことのり》[八]して曰《のたま》はく、「今《いま》より以後《のち》、五位以上は、意《こころ》[九]に任《まか》せて平城《なら》に住《す》むこと得《え》じ。如《も》し事《こと》の故《ゆゑ》有りて退《まか》り帰《かへ》るべくは、官符《くわんふ》[一〇]を賜《たま》はりて、然《しか》して後《のち》に聴《ゆる》せ。其《そ》れ、平城《なら》に見在《いまあ》る者《ひと》は、今日《けふ》[一一]の内《うち》を限《かぎ》りて、悉《ことごと》く皆催《みなもよほ》し発《た》て。自餘《そのほか》の、他所《あだしところ》[一二]に散在《あか》れたる者《ひと》も亦《また》、急《いそ》ぎ追《お》ふべし」とのたまふ。○己巳[十九日]、難波宮《なにはのみや》[一三]に怪《もののけ》[一四]を鎮《しづ》む。庭《には》の中《なか》に、狐《きつね》の頭断絶《かしらたた》れてその身《み》無き有り。但《ただ》し毛《け》屎等《くそども》は頭《かしら》の傍《かたはら》に散《ち》り落《お》ちたり。○甲戌[二十四日]、八幡神宮《やはたのかみのみや》[一五]に秘錦冠《ひごむのくわん》[一六]一頭、金字《こむじ》[一七]の最勝王経《さいしようわうきやう》・法華経《ほふくゑきやう》各《おのおの》一部、度者《どしや》[一八]十人、封戸《ふうど》[一九]、馬《うま》五疋を奉《たてまつ》る。また、三重塔[二〇]一区を造《つく》らしむ。宿《しゆく》[二一]禱《たう》を賽《むく》ゆればなり。○乙亥[二十五日]、勅《みことのり》して、百官《ひやくくわん》の主典《さうくわん》已上、并《あは》せて中衛《ちうゑ》[二二]・兵衛《ひやうゑ》等に銭《ぜに》[二三]賜《たま》ふこと各《おのおの》差《しな》有り。

平城宮の兵器を運ぶ

五位以上に恭仁京への移住を促す

宇佐八幡宮に報賽

夏四月[庚辰朔]辛丑[二十二日]、従四位上巨勢《こせ》[二四]朝臣奈弖麻呂《なでまろ》、従四位下藤原《ふぢはら》[二五]朝臣仲麻呂《なかまろ》、従五位下民《たみ》[二六]忌寸大楫《おほかぢ》、外従五位下陽侯《やこ》[二七]史真身《まみ》等を遣《つかは》して、河内《かふち》と摂津《つ》国との相争《あひあらそ》[二八]へる河堤所《かはのつつみのところ》を検校《けむけう》せしむ。

河内・摂津国界の河堤を検校

五月[庚戌朔]乙卯[六日]、天皇《すめらみこと》、河《かは》[二九]の南《みなみ》に幸《みゆき》したまひて校獦《けうれふ》[三〇]を観《みそなは》す。○庚申[十一日]、諸国《くにぐに》をし

衛士を増員

大灌頂一具」「秘錦参床」(古二—六三九・六四一頁)などと見える。

一七 天平十三年の一切経納櫃帳に閏三月廿日の日付で「紫檀軸十八枚奉レ請、八幡神宮最勝王経十巻、法華経八巻借着」(古七—四九四頁)とあるものに当る。八幡神への報賽が、諸国国分寺に納められたと同じ仏教の経典であることが注目される。→三月乙巳条。

一八 得度者。天平勝宝元年六月廿六日官符(三代格)に、毎年宇佐八幡の神戸一人を得度させ弥勒寺に充てることがみえる。

一九 戸数脱か。注一五所引の太政官符では二〇〇戸、天平勝宝二年二月戊子条によれば、同年以前に八幡神が得ていた封は四二〇戸。

二〇 仏典の奉納などとともに宇佐八幡の神仏習合を示す。

二一 広嗣の乱の際天平十二年十月に八幡神に戦勝を祈願したことへの報賽。

二二 中衛府に属する中衛(舎人)(一九九頁注一五)と左右兵衛府の兵衛(㊀補2—一三九)。いずれも天皇身辺の警固にあたる武官。

二三 銭を賜わるのは遷都にともなう措置か。天平宝字四年八月にも「賜ニ新京諸大小寺…百官主典已上新銭一」とある。

二四 →二〇九頁注二九。この時民部卿。

二五 →補11—四七。

二六 →補12—七七。

二七 →一一一頁注二五。

二八 河内と摂津の国堺にかかわる淀川の堤防の修築をめぐる争いか。三代実録貞観四年三月にも河内・摂津両国が伎人堤(くれひとのつつみ)をめぐって争ったことが見える。

二九 泉河(木津川)の南。神亀四年五月条に「南野」。

三〇 柵を作り禽獣の逃路を防いで行う狩猟。

常[1]額之外、差㆓加左右衛士各四百人、衛門衛士二百人㆒
貢㆖之。○丙子、讃岐国介正六位上村国連子老[2]・越後国
掾正七[3]位下錦部連男笠等、与㆓官長㆒失㆑礼、不㆓相和[4]順㆒。
仍解[5]㆓却見任㆒。○秋[6]七月辛亥、従四位上勲十二等巨勢朝
臣奈弖[7]麻呂為㆓左大弁兼神祇伯[8]春宮大夫㆒、従四位下紀朝
臣飯麻呂為㆓右大弁㆒、従五位下藤原[9]朝臣[10]清河[11]為㆓中務少
輔㆒、従五位上橘宿禰奈良麻呂為㆓大学頭㆒、従四位上黄文
王為㆓散位頭㆒、従五位上紀朝臣浄人為㆓治部大輔兼文章博[12]
士㆒、外従[13]五位下猪名真人馬養為㆓雅楽頭㆒、従四位下藤原
朝臣仲麻呂為㆓民部卿㆒、外従五位下文[14]忌寸黒麻呂為㆓主税
頭㆒、正五位下[15]下道朝臣真備為㆓東宮学士㆒。○戊午、太上
天皇移㆓御新宮㆒。天皇奉㆑迎㆓河[16]頭㆒。○辛酉、宴㆓群臣于新
宮[17]㆒。奏㆓女楽・高麗楽㆒。五位已上賜㆑禄有㆑差。」是日、
授㆓左大弁従四位上巨勢朝臣[18]奈弖麻呂正四位上[19]㆒、并賜㆓以
金牙飾斑竹御杖㆒。○辛未、正五位上紀朝臣麻路為[20]㆓式部
大輔㆒。○八月丁亥、従五位下多治比真人木人[21]為㆓兵部少
輔㆒、従四位上長田王為㆓刑部卿㆒、外従[22]五位下大伴宿[23]禰御

1 常→校補
2 老—差〔底〕
3 七→校補
4 和〔谷抹傍、大〕—加(兼・谷原・東・高)
5 解却→校補
6 秋七月→校補
7 弖=氐—氐(谷)
8 伯〔底新朱抹傍〕—仰〔底原〕
9 藤原〔底重〕
10 朝臣〔東・高、大補〕—ナシ(兼・谷)
11 清河→校補
12 博(底新朱抹傍)—学〔底原〕
13 従五位—位五従〔底〕
14 文—交〔底〕
15 下〔底〕—々
16 河〔谷擦重、大、紀略〕—何(兼・谷原・東・高)
17 宮(底傍補)—ナシ〔底原〕
18 朝臣〔大補、類七八〕—ナシ(兼等)
19 并賜以金牙飾斑竹御杖辛未正五位上〔大補〕—并賜以金牙飾斑竹御枚辛未正五位上(東・高)、并賜以金牙飾斑竹御杖(類七八)、ナシ(兼・谷)→校補
20 為〔谷重〕
21 木人〔東・高、大補〕—ナシ(兼・谷)
22 従(底傍補・底新傍補)—ナシ〔底原・底傍擦〕→校補
23 宿禰御中為少輔兼大判〔大補〕—禰御中為少輔兼大伴(東・高)、ナシ(兼・谷)

一 常額は定員の意。衛士(㈠補2-九六)の定員は令に規定はないが、養老二年五月、国ごとに貢進すべき衛士の数が定められている。

二 左右衛士府の衛士と衛門府の衛士。恭仁や紫香楽にも配置するので増員する必要が生じた。天平十七年四月廿一日の右衛士府移(古二-四二六～四二八頁)によると、右衛士府には四月初め八〇〇人(火頭を含む)の衛士が所属していたことが知られる。後紀延暦二十四年十二月壬寅条によれば、当時までの衛士の数は左右衛士府各六〇〇人、衛門府衛士四〇〇人であった。

三 この後天平宝字五年正月・三月の東大寺三綱牒に摂津職大進と見え(古四-四四九・四五二頁)、同七年正月外従五位下、同八年八月能登守。宝亀元年十月再び正六位上から外従五位下となり、同二年九月園池正、同五年六月出雲介となる。村国連→㈠補2-六七。

四 他に見えず。錦部連→㈠補2-一一。

五 宮衛令4集解古記に「官長、謂㆓次官以上㆒」とある。讃岐では守、越後では守や介と不和だったのである。

六 →二〇九頁注二九。本条で民部卿から左大弁兼神祇伯に遷任し、東宮大夫と参議はもとのまま。左大弁の前任者は石上乙麻呂、神祇伯の前任者は中臣名代。

七 →二〇九頁注三〇。右大弁の前任者は高橋安麻呂。万葉一〇二七の天平十年作と推定される歌の左注に「右大弁高橋安麿卿語云」とある。

八 →補13-五〇。中務少輔の前任者は阿倍虫麻呂。

九 →補13-一五。

一〇 →補12-七八。前任者は道祖王。

一一 →㈠補6-三七。

一二 神亀五年七月新置の文章学士を天平二年

元正太上天皇、恭仁宮に移住

て、[一]常額《じやうぎやく》の外《ほか》に左右衛士《さうのゑじ》[二]各《おのおの》四百人、衛門衛士《ゑもんのゑじ》二百人を差《さ》し加《くは》へて貢《たてまつ》らしむ。○丙子[二十七日]、讃岐《さぬき》国介正六位上村国《むらくに》[三]連子老《こおゆ》、越後《こしのみちのしり》国掾正七位下錦部《にしこり》[四]連男笠《をかさ》等、[五]官長《つかさのをさ》と礼失《ゐやな》く相和順《あひまつろ》はず。仍《より》て見任《げんにむ》を解《と》き却《しりぞ》く。

秋七月[己酉朔]辛亥[三日]、従四位上勲十二等巨勢《こせ》[六]朝臣奈弖麻呂《なでまろ》を左大弁《さだいべん》兼神祇伯《じんぎはく》春宮《しゆんぐ》大夫《だいぶ》とす。従四位下紀《き》[七]朝臣飯麻呂《いひまろ》を右大弁《うだいべん》。従五位下藤原《ふぢはら》[八]朝臣清河《きよかは》を中務《ちうむ》少輔《せうふ》。従五位上橘《たちばな》[九]宿禰奈良麻呂《ならまろ》を大学頭《だいがくのかみ》。従四位上黄文王《きふみのおほきみ》[一〇]を散位頭《さんゐのかみ》。従五位上紀《き》[一一]朝臣浄人《きよひと》を治部《ちぶ》大輔《だいふ》兼文章博士《もんじやうはかせ》[一二]。外従五位下猪名《ゐな》[一三]真人馬養《うまかひ》を雅《げ》楽頭《がくのかみ》。従四位下藤原《ふぢはら》[一四]朝臣仲麻呂《なかまろ》を民部卿《みんぶきやう》。外従五位下文《ふみ》[一五]忌寸黒麻呂《くろまろ》を主税《しゆさいの》頭《かみ》。正五位下下道《しもつみち》[一六]朝臣真備《まきび》を東宮学士《とうぐうがくし》[一七]。○戊午[十日]、太上天皇《だいじやうてんわう》[一八]、新宮《あらたしきみや》[一九]に移《うつ》り御《おは》します。天皇《すめらみこと》、河頭《かはぎし》[二〇]に迎《むか》へ奉《まつ》る。○辛酉[十三日]、群臣《ぐんしん》を新宮《あらたしきみや》に宴《うたげ》す。女《によ》[二一]楽《がく》・高麗楽《こまのがく》[二二]を奏《つかへまつ》る。五位已上に禄《ろく》賜《たま》ふこと差《しな》有り。是《こ》の日《ひ》、左大弁《さだいべん》従四位上巨勢《こせ》[二三]朝臣奈弖麻呂《なでまろ》に正四位上を授《さづ》け、并《あは》せて以金牙飾斑竹御杖《きむがをもちてかざれるへんちくのみつゑ》[二四]を賜《たま》ふ。○辛未[二十三日]、正五位上紀《き》[二五]朝臣麻路《まろ》を式部《しきぶ》大輔《だいふ》とす。

八月[己卯朔]丁亥[九日]、従五位下多治比《たぢひ》[二六]真人木人《きひと》を兵部少輔《ひやうぶせうふ》とす。従四位上長田《ながた》[二七]王を刑部卿《ぎやうぶきやう》。外従五位下大伴《おほとも》[二八]宿禰御《み》

三月に文章博士と改称。↓補10-一二六・六〇。

一三 ↓補12-七七。

一四 ↓補11-四七。民部卿の前任者は巨勢奈弖麻呂。

一五 ↓七三頁注一九。主税頭の前任者は文馬養。

一六 ↓補12-六。

一七 東宮職員令によると定員は二人で、東宮に典籍を講説することを職掌とする。官位令には皇太子学士とあり、従五位下相当。

一八 元正。

一九 恭仁宮。

二〇 恭仁宮の南を流れる泉河(木津川)のほとり。

二一 女性の演奏する歌舞。職員令17によると雅楽寮に歌女一〇〇人が所属。また同条集解古記に引く大属尾張浄足説では、女性の舞として「那禁女儛」「韓与ㇾ楚奪ㇾ女儛」などを挙げる。

二二 ↓補11-九。恭仁京のある山背国南部には、高句麗系の渡来氏族が多く居住する。

二三 ↓二〇九頁注二九。

二四 金と象牙の装飾を施した斑模様のある竹の杖。高年を優して杖を賜わったもの。奈弖麻呂は補任天平十一年条に「天智天皇四年丙寅生」「年七十」、天平十三年条に「七十二」とあるが、この年七十二歳ならば天智九年生。

二五 ↓補8-五一。養老五年六月に式部少輔。式部大輔の前任者は県犬養石次。

二六 ↓三七九頁注四〇。兵部少輔の前任者は大伴百世。

二七 ↓二八七頁注一一。

二八 ↓補12-六〇。十九年三月にも刑部大判事に任じられている。刑部少輔の前任者は大養徳小東人。

中為二少輔兼大判事一、従五位上百済王慈敬為二宮内大輔一、正四位下智[1]努王[2]為二木工頭一、外従五位上紀朝臣鹿人為二大炊頭一、外従五位下車持朝臣国人為二主殿頭一、従五位上[3]多治比真人家主為[4]二鋳銭[5]長官一、従五位下小治田朝臣広千為二尾張[6]守一、従五位下百済王孝忠為二遠江守一、外従五位下陽侯史真身為二但馬守一、正五位下阿倍朝臣虫麻呂為二播磨[7]守一。外従五位下大伴宿禰百世為二美作守一。○癸巳、佐渡国、自二去六月一至二今月一、霖雨不レ止、有レ傷二民産一、免二当年田租調庸一。○丙午、遷二平城二市[8]於恭仁京一。○九月辛亥、免二左右京百姓調租、四畿内田租一、縁二遷都一也。○乙卯、勅、以二京都新遷一、大二赦天下一、天平十三年九月八日午時以前天下罪人、大辟已[9]下、已発覚・未発覚、已結正・未結正、無レ問二軽重一、咸釈放[10]却。其流人、未レ達二前所一、已達二前所[11]一、及年満[12]已編二付為百姓一、亦[13]咸釈放還。其在二流所一生子孫、父母已亡、無レ可二随還一者、亦[14]不レ限[15]二年之遠近一、情二願還一、皆録レ名[16]聞奏。但不レ願レ還

1智〔東・高、大改〕―知〔底新傍朱イ・兼・谷〕
2王―五〔底〕
3上〔大改〕―下〔兼等〕
4為〔谷傍補、大〕―ナシ〔兼・谷原・東・高〕
5鋳銭〔谷改、大〕―銭鋳〔兼・谷原・東・高〕→校補
6張〔大〕―破〔兼等〕
7磨〔兼・谷、大〕―磿〔東・高〕
8市―亦〔底〕
9已〔底傍補〕―ナシ〔底原〕
10放〔兼・谷、大〕―於〔東・高〕
11所〔底傍補〕―ナシ〔底原〕
12満―漏〔兼〕
13亦〔兼等、大〕―前〔兼朱傍イ・谷朱傍イ・高朱傍イ〕
14亦〔兼重・東・高原、大改〕―前〔谷・高朱抹傍〕、不〔兼原〕
15限〔底擦重〕
16名〔兼・谷、大〕―為〔東・高〕

一 →補12-三。
二 →補7-二三。
三 →補12-七七。前官は主殿頭。
四 →補13-一四。主殿頭の前任者は紀鹿人。
五 →一三五頁注六。
六 天平七年閏十一月に設置された鋳銭司の長官。鋳銭司→㊀二一二頁注一六。
七 →二六九頁注四。
八 →補12-三一。天平十年四月に遠江守、同十二年十一月の遠江国浜名郡輸租帳にも国守として署があり(古二-二七一頁)、ここは再度の任命。
九 →一一一頁注二五。前官は豊後守。天平勝宝二年正月の但馬国司解(東南院三-六四頁)、同年三月の但馬国司牒(東南院三-一九〇頁)、

中《なか》を少輔《せうふ》兼大判事《だいはんじ》。従五位上[一]百済王《くだらのこにきし》慈敬《じきやう》を宮内大輔《くうないだいふ》。正四位下[二]智努王《ちののおほきみ》を木工頭《もくくのかみ》。外従五位上[三]紀《き》朝臣鹿人《かひと》を大炊頭《おほひのかみ》。外従五位下[四]車持《くるまもち》朝臣国人《くにひと》を主殿頭《しゆでんのかみ》。従五位上[五]多治比《たぢひ》真人家主《やかぬし》を[六]鋳銭長官《じゆぜんのちやうぐわん》。従五位下[七]小治田《をはりだ》朝臣広千《ひろち》を尾張《をはり》守。従五位下[八]百済王《くだらのこにきし》孝忠《けうちう》を遠江《とほつあふみ》守。外従五位下[九]陽侯《やこ》史真身《まみ》を但馬《たぢま》守。正五位下[一〇]阿倍《あへ》朝臣虫麻呂《むしまろ》を播磨《はりま》守。外従五位下[一一]大伴《おほとも》宿禰百世《ももよ》を美作《みまさか》守。

平城京二市を恭仁京に移す

○癸巳[十五日]、佐渡《さど》国、去《さ》りぬる六月より今月《このつき》に至《いた》るまで霖雨《ながあめ》ふりて止《や》まず、民《たみ》の産《なりはひ》を傷《そこな》ふこと有り。当年《ことし》の[一二]田租《でんそ》、調庸《でうよう》を免《ゆる》す。○丙午[二十八日]、平城《なら》の[一三]二市を恭《く》仁京《にのみやこ》に遷《うつ》す。

京・畿内は免租

遷都により大赦

九月辛亥[戊申朔 四日]、[一四]左右京《さうのきやう》の百姓《はくせい》の[一五]調租《でうそ》、四畿内の田租《でんそ》を免《ゆる》す。遷都《せんと》に縁《よ》りてなり。○乙卯[八日]、[一六]勅《みことのり》したまはく、「京都《みやこ》新《あらた》に遷《うつ》れるを以《もち》て天下《あめのした》に[一七]大赦《たいしや》す。天《てん》平《ぴやう》十三年九月八日[一八]午時《うまのとき》より以前《さき》の天下《あめのした》の罪人《つみひと》、[一九]大辟《だいびやく》已下、[二〇]已《い》発覚《ほつかく》も未《み》発《ほつ》覚《かく》も、[二一]已結正《いけつしやう》も未結正《みけつしやう》も、軽重《きやうぢう》を問《と》ふこと無く、咸《ことごと》く釈《ゆる》し放却《はな》て。その流《る》人《にん》の、[二二]前所《ぜんしよ》に達《いた》らぬも、已《すで》に前所《ぜんしよ》に達《いた》れるも、及《また》、[二三]年満《としみ》ち已《をは》りて編付《へんふ》して百姓《はくせい》と為《な》れるも、亦《また》咸《ことごと》く釈《ゆる》し放《はな》ち還《かへ》せ。その[二四]流所《るしよ》に在《あ》りて生《う》まれたる子《こ》孫《うまご》の、父母《ちちはは》已《すで》に亡《な》くして随《したが》ひ還《かへ》るべき無き者《ひと》も、亦《また》、[二五]年《とし》の遠近《あんきん》を限《かぎ》らず、還《かへ》らむことを情《こころ》に願《ねが》はば、皆名《みなな》を録《しる》して聞奏《もんそう》せよ。但《ただ》し還《かへ》ることを願《ねが》はぬ

に同国守として自署がある。
一〇 →補12-七七。前官は中務少輔。
一一 →三四三頁注一七。前官は兵部少輔。美作守の前任者は大伴兄麻呂。
一二 賦役令9によれば、田租・調・庸が免除されるのは、八分以上の損があったとき。
一三 東市と西市。→[一]一九一頁注七。
一四 恭仁京の左右京。
一五 京畿内の調は畿外の半額で、庸は免除されていた(賦役令1・4)。
一六 遷都による大赦と前年の行幸に関係した諸国への調免除の勅。
一七 →[一]補2-九八。なお書紀大化二年三月条に難波宮の造営に関連する大赦の例が見える。
一八 この日の正午時以前に罪を犯した人。
一九 →三三頁注一三。
二〇 →三三頁注一四。
二一 →三三頁注一五。
二二 配所。
二三 配所において一定年限の後編付されて一般の百姓となったもの。名例律24に「凡犯㆑流応㆑配者、三流倶役一年〈本条称㆓加役流㆒者、配㆓遠処㆒役三年。…役満、及会㆑赦免㆑役者、即於㆓配処㆒従㆓戸口例㆒〉」とある。
二四 父母の流配地で生まれた子孫で、父母がすでに死亡しているためそれに従ってかえることができない者も、の意。流刑者は配所へ家族をともなう。妻妾は強制的、父祖子孫は希望による(名例律24)。
二五 名例律24に「若流移人、身喪、家口雖㆑経㆑附㆑籍、六年内願㆑還者、放還」とあり、流刑者本人が死亡した場合、その家口は、附籍後六年以内であれば配所から還ることが聴されるとの規定がある。その六年の期限にかかわらずの意。

者、恣聴之。又縁二逆人広継一入レ罪者、咸従二原免一。又大[1]養徳・伊賀・伊勢・美濃・近江・山背等国、供二奉行宮一之郡、勿レ収二今年之調一。以二正四位下智努王・正四位上巨[2]勢朝臣奈弖麻呂二人一為二造宮卿一。○丙辰、為レ供二造宮一、差二発大[3]養徳・河内・摂津・山[4]背四国役夫五千五百人一。○己未、遣二木工頭正四位下智努王・民部卿従四位下藤原朝臣仲麻呂・散位外従五位下高岳連河内・主税頭外従五位下文忌寸黒麻呂四人一、班二給京[5]都百姓宅地一、従二賀世山西路[6]一以レ東為二左京一、以レ西為二右京一。○丁丑、行二幸宇治及山科一。五位已上、皆悉従レ駕[7]。追二奈良留守兵部卿正四位下藤原朝臣豊成一為二留守一。○冬十月己卯、車駕還レ宮。○辛卯、勅、五位已上礼服冠者、元来、官作[8]賜之。自レ今以後、令二私作備[9]一。内命婦亦同。○癸巳、賀世山東河造レ橋。始レ自二七月一至二今月一乃成。召二畿内及諸国優婆塞等一役レ之。随レ成令二得度一。惣七百五人[10]。○戊戌、制、令二内外[11]五位以上、自レ今以後、侍レ中供奉一。

1 大〔谷、大〕—犬(兼・東・高)
2 巨—臣(兼)
3 大〔底原・底新朱抹傍・兼・谷、大〕—犬(東・高)→校補
4 山—国(兼)
5 京—直〔底〕
6 路〔底〕—道(底新傍朱イ・兼等、大、紀略)
7 駕(底新朱抹傍)—賀〔底原〕
8 作〔底原、大改〕—依(底新朱抹傍・兼等)
9 備〔谷擦重、大〕—倫(兼・谷原・東・高)
10 五ノ下、ナシ〔底原〕—十(底新傍補・兼等、大)
11 外ノ下、ナシ〔底〕—従

一 縁は縁坐。賊盗律1に謀反・大逆の縁坐として、父子・家人の没官、祖孫兄弟の遠流などを規定。正月甲辰に断罪された者のうち没官以下は、この大赦によって許されるはずであるが、翌十四年になって許されている例がある。→三八六頁注二。

二 以下の国名の序次は、天平十二年十月以下の行幸経路に対応している。

三 行幸にあたり、行宮の造営や供給に奉仕したことをさす。

四 →補7-一三。八月丁亥条で木工頭に任じ、九月己未条にも木工頭とあるから、木工頭との兼任。また天平十四年八月には造宮卿で造離宮司(紫香楽宮)を兼ねている。

五 →二〇九頁注二九。天平勝宝五年三月造宮卿を兼ねたまま没。

六 造宮省の長官。恭仁宮の造営を目的とする。造宮省→㈠補4-一七。

七 雇直及び食を給する雇役によって徴発された役夫。賦役令22に雇役丁は十月一日から二月三十日までの間に均分上役せしめよとある。本条は十月から徴発すべき役夫の数を畿内諸国に告知したもの。

八 →補11-四七。

九 →㈠一八三頁注一九。十四年八月には造宮輔。

一〇 →七三頁注一九。

一一 恭仁京における宅地班給の基準は未詳。平城京の場合→㈠補4-一四の㈢。難波京の場合→天平六年九月辛未条。

一二 現在の京都府相楽郡加茂町鹿背山。木津川左岸、加茂町と西の木津町との間の山塊で、木津川は恭仁宮の西方で鹿背山に沿って大きく湾曲する。賀世山の西の路とは、木津川の左岸に沿い加茂町と木津町とを結ぶ道。北東は鹿背山の東で木津川を渡り、恭仁京の「宮城以南大路」(天平十四年八月乙酉条)に接続、

造宮により役夫徴発

宅地班給

宇治・山科に行幸

礼服の冠は以後自弁

優婆塞らを架橋に使役

者《ひと》は、恣《ほしきまにま》に聴《ゆる》せ。また、逆人広継《げきじんひろつぐ》に縁《よ》りて罪《つみ》に入《い》れる者《ひと》は、咸《ことごと》く原免《ゆるし》に従《したが》へよ。また、大養徳《やまと》・伊賀《いが》・伊勢《いせ》・美濃《みの》・近江《ちかつあふみ》・山背《やましろ》等の国《くに》の、行宮《かりみや》に供奉《つかへまつ》れる郡《こほり》は、今年《ことし》の調《でう》を収《と》ること勿《なか》れ」とのたまふ。正四位下智努《ちの》王《おほきみ》と正四位上巨勢《こせ》朝臣奈弖麻呂《なでまろ》との二人を造宮卿《ざうくうきやう》とす。○丙辰、造宮《ざうくう》に供《つかへまつ》る為《ため》に、大養徳《やまと》・河内《かふち》・摂津《つ》・山背《やましろ》の四国に役夫《やくぶ》五千五百人を差《さ》し発《おこ》す。○己未、木工頭《もくのかみ》正四位下智努《ちの》王、民部卿《みんぶきやう》従四位下藤原《ふぢはら》朝臣仲麻呂《なかまろ》、散位外従五位下高岳《たかをか》連河内《かふち》、主税頭《しゆさいのかみ》外従五位下文《ふみ》忌寸黒麻呂《くろまろ》の四人を遣《つかは》して、京都《みやこ》の百姓《はくせい》の宅地《たくち》を班《あか》ち給《たま》はしむ。賀世山《かせやま》の西《にし》の路《みち》より東《ひむかし》を左京《さきやう》とし、西《にし》を右京《うきやう》とす。○丁丑、宇治《うぢ》と山科《やましな》とに行幸《みゆき》したまふ。五位已上皆悉《みなことごと》く駕《が》に従《したが》ふ。奈良留守兵部卿《ならのるしゆひやうぶきやう》正四位下藤原《ふぢはら》朝臣豊成《とよなり》を追《め》して留守《るしゆ》とす。

冬十月己卯、車駕《きよが》、宮《みや》に還《かへ》りたまふ。○辛卯、勅《みことのり》したまはく、「五位已上の礼服《らいぶく》の冠《かがふり》は、元来《もと》、官作《つかさつく》りて賜《たま》へり。今《いま》より以後《のち》は、私《わたくし》に作《つく》り備《そな》へしめよ。内命婦《ないみやうぶ》も亦同《またおな》じ」とのたまふ。○癸巳、賀世山《かせやま》の東《ひむかし》の河《かは》に橋《はし》を造《つく》る。七月より始《はじ》めて今月《このつき》に至《いた》りて乃《すなは》ち成《な》る。畿内《きない》と諸国《くにぐに》との優婆塞等《うばそくども》を召《め》してこれに役《つか》ふ。成《な》るに随《したが》ひて得度《とくど》せしむ。惣《すべ》て七百五人。○戊戌、制《せい》すらく、「内外《ないぐゑ》の五位以上をして、今《いま》より以後《のち》、中《うち》に侍《はべ》りて供奉《つかへまつ》らしむ」と

南西は木津から南下して平城京に至る。恭仁京の左京・右京→補13―五一。万葉に恭仁の新京を讃える田辺福麿の長歌二首がある(一〇五〇・一〇五三)。 一三・一四→補14―四。

一五 平城宮の留守。豊成は天平十二年十月、聖武の伊勢行幸にあたり平城の留守となった。ここは宇治・山科への行幸にあたり、平城の豊成を召喚し、恭仁宮の留守としたことを示す。 一六 →一四七頁注一二。

一七 礼服の冠の作製方法の変更に関する勅。本来は官給であるが、今後は各自私的に作り備えよ、というもの。

一八 礼服は、五位以上が大祀・大嘗・元日に着用。→[一]補2―一〇七。その際の冠を礼服冠(礼冠)といい、形態については衣服令や式部省式下朝賀条に詳しい規定がある。

一九 大宝衣服令の施行にさきだち、文武四年十月に製衣冠司を置いたことが示すように、礼服・朝服は本来は官給であったとみられる。

二〇 五位以上の婦人。→[一]一一三頁注九。衣服令によると内命婦の礼冠にあたるものは、金玉をもって髻(もとどり)を飾る宝髻。

二一 木津川。

二二 賀世山西道が、木津川を渡る地点に架設されたもの。鹿背山の東北の加茂町河原の小字橋本の地名が架橋地点か。天平十四年八月乙酉条の「宮城以南大路」と「甕原宮以東」とを結ぶ大橋も、これと同地点に作られたものか。催馬楽では「沢田川」、浅いのに恭仁の宮人は高橋を渡す、と囃されている。

二三 在俗の男子で僧となることを願い経典の学習など修行を行う者。→二四七頁注二九。行基年譜によると、行基は天平十三年までに泉橋の架設など多くの土木事業を行っているから、本条の優婆塞等も行基に従う人々であ

○十一月戊辰、右大臣橘宿禰諸兄奏、此間朝[1]庭、以二何名号一、伝二於万代一。[2][3]天皇勅曰、号為二[4]大養徳恭仁大宮一也。○庚[5]午、始以二赤幡一、班二給大[6]蔵・内蔵・大膳・大炊・造酒・主醤等司一。供御物前建以為レ標。○十二月丙戌、外従五位下[7]秦[8]前大魚為二参河守一。外従五位下馬史比奈麻呂為二甲[9]斐守一。外従五位下[10]紀朝臣広名為二上総守一。外従五位下守部連牛養為二下[11]総守一。従五位下阿倍朝臣子嶋為二肥後守。」安房国并二上総国一、能登国并二越中国一。○己亥、外従五位[12]下引田朝臣虫麻呂為二摂津[13]亮一、従五位下甘南備真人神前為二近江守一。従五位下大伴宿禰稲君為二因幡守一。従五位上藤原朝臣八[14]束為二右衛士督一。

[15]十四年春正月丁未朔、百官朝[16]賀。為二大極殿未レ成、権造二四阿殿一。於レ此受レ朝焉。石上・榎井[17]両氏、始樹二大楯槍一。○辛亥、[18]廃二大宰[19]府一、遣二右大弁従四位下紀朝臣飯麻呂等四人一、以二廃府官物一付二筑前国司一。○癸丑、[20]天皇幸二城北[21]苑一、宴二五位已上一。賜レ禄有レ差。[22]特[23]賚二造宮卿正四

った可能性が強い。

二四 公験（六五頁注二〇）を与えられて僧尼となること。→二九頁注一七。なおこの時から造営事業への労役奉仕によっても得度が認められることとなる。

二五 内外は、内位と外位。→㈠補2-三七。

二六 中は禁中の意で内裏をさす。天平宝字二年八月甲子条にみえる紫微中台の職掌「居レ中奉レ勅」の「中」、孝謙天皇詔勅草の「内召二五位已上一宣命」（古四-二八五頁）の「内」などと同じ。

一 →㈠補5-六。

二 大養徳は天平九年十二月に大倭を改称した国名。国名を冠した宮の号として近江大津宮（慶雲四年七月壬子条）がある。ただし恭仁宮は山背国に属するから、大倭国（㈠八一頁注一三）、夜麻止乃久尓（天平十五年五月癸卯条）と同じく日本の意か。大宮は難波大宮（慶雲四年四月壬午条）と同じく宮城（天平十四年八月乙酉条）の意。

三 供御の物の運搬には、荷に赤幡をたてて、一般の物資と区別することにしたもの。宮内省式の「凡供奉雑物送二大膳・大炊・造酒等司一者、皆駄担上竪二小緋幡一以為二標幟一。其幡一給之後、随レ破請替、以二内侍印一印之」という条文は、本条を起源とする。

四 以下の官司はいずれも供御のものを取り扱う。主醤は主漿（こみづ）の誤か。春宮坊の主漿署。

五 天皇に供進する食物や衣服など。中宮・東宮も供御に準ずる。

六 →三八一頁注一一。

七 →補14-二。甲斐守の前任者は天平十年四月の上階官人歴名（古二四-七五頁）に見える丹比間人乙万呂。

八 →三八一頁注七。

九 →三八一頁注一四。

1 庭〔底原、紀略〕—廷（底新朱抹傍・兼等、大）
2 天皇→校補
3 天〔底原・底新朱抹傍〕→校補
4 大〔兼・谷、大、紀略〕—犬（東・高）
5 午—牛（谷）
6 蔵ノ下、ナシ（底新朱抹）—大〔底原〕
7 秦〔谷擦重、大〕—奏（兼・谷原・東・高）
8 前—ナシ（兼）
9 斐〔兼・東、大〕—裴（谷・高）
10 紀朝臣広名為上総守外従五位下〔東・高、大補〕—ナシ（兼・谷）
11 総〔大改〕—野＝埜（兼等）
12 下→脚注
13 亮〈意改〉（大改）—高〔底原〕、介（底新朱抹傍・兼等）→校補
14 束〔兼・谷・高、大〕—東（東・高傍）
15 十ノ上→校補
16 賀〔兼原・兼朱傍補・谷朱傍補・東・高、大、類七一・紀略補〕—ナシ（兼抹・谷原、紀略原）→校補
17 両—等（紀略）
18 廃＝廢—癈〔底〕
19 府→校補
20 天皇→校補
21 苑〔類七八・紀略〕—菀（兼等、大）
22 特（谷、大、類七八・紀略）—持〔兼・東・高〕
23 賚—賷（類七八）

いふ。

大養徳恭仁大宮

十一月（戊申朔）戊辰（二十一日）、右大臣[一]橘《たちばな》宿禰諸兄《もろえ》奏《まう》さく、「此間《ここ》の朝庭《みかど》、何《いか》なる名号《な》を以《もち》てか万代《よろづよ》に伝《つた》へむ」とまうす。天皇《すめらみこと》、勅《みことのり》して曰《のたま》はく、「号《なづ》けて、[二]大養徳《やまと》恭仁大宮《くにのおほみや》とす」とのたまふ。○庚午（二十三日）、始《はじ》めて[三]赤幡《あかはた》を[四]大蔵《おほくら》・内蔵《うちのくら》・大膳《おほかしはで》・大《おほ》炊《ひ》・造酒《みき》・主醤《ひしほ》等の司《つかさ》に班《あか》ち給《たま》ひ、[五]供御《くご》の物《もの》の前《まへ》に建《た》てて標《しるし》とす。

十二月（丁丑朔）丙戌（十日）、外従五位下[六]秦前大魚《はださきのおほうを》を参河《みかは》守とす。外従五位下[七]馬史比奈麻呂《うまひなまろ》を甲斐《かひ》守。外従五位下[八]紀《き》朝臣広名《ひろな》を上総《かみつふさ》守。外従五位下[九]守部《もりべ》連牛養《うしかひ》を下総《しもつふさ》守。従五位下[一〇]阿倍《あへ》朝臣子嶋《こしま》を肥後《ひのみちのしり》守。[一一]安房《あは》国を上総《かみつふさ》国に并《あは》せ、能登《のと》国を越中《こしのみちのなか》国に并《あは》す。○己亥（二十三日）、外従五位下[一二]引田《ひけた》朝臣虫麻呂《むしまろ》を摂津亮《つのすけ》とす。従五位下[一三]甘南備《かむなび》真人神前《かむさき》を近江《ちかつあふみ》守。従五位下[一四]大伴《おほとも》宿禰稲君《いなきみ》を因幡《いなば》守。従五位上[一五]藤原《ふぢはら》朝臣八束《やつか》を右衛士督《うゑじのかみ》。

七四二年
四阿殿で朝賀

大宰府廃止

十四年（壬午）春正月丁未の朔、百官朝賀《ひやくくわんでうが》す。[一六]大極殿《だいごくでん》成《な》らぬ為《ため》に、権《かり》に[一七]四阿殿《あづまやどの》を造《つく》る。此《ここ》に於《お》きて朝《でう》を受《う》けたまふ。[一八]石上《いそのかみ》・榎井《えのゐ》の両氏、始《はじ》めて大《おほ》き楯《たて》・槍《ほこ》を樹《た》つ。○辛亥（五日）、[一九]大宰府《だいさいふ》を廃《や》む。右大弁《うだいべん》従四位下[二〇]紀《き》朝臣飯麻呂《いひまろ》ら四人を遣《つかは》して、[二一]廃府《はいふ》の官物《くわんもち》を[二二]筑前《つくしのみちのくち》国司《のこくし》に付《さつ》けしむ。○癸丑（七日）、天皇《すめらみこと》、[二三]城北《じやうほく》の苑《その》に幸《みゆき》したまふ。五位已上を[二四]宴《うたげ》す。禄賜《ろくたま》ふこと差《しな》有り。特《こと》に造宮卿《ざうくうきやう》正四

一〇 →補14-三。肥後守の前任者は田中三上。
一一 養老二年五月、安房は上総から、能登は越前からそれぞれ分立。この後、天平宝字元年五月にそれぞれ旧に依り分立。
一二 →一八九頁注三一。天平十二年十一月に外従五位上に叙せられており、本条の外従五位下は上の誤りか。摂津亮の前任者は甘南備神前。
一三 →補12-七五。もと神前王。
一四 →補14-五。
一五 →補13-一四。右衛士督の前任者は下道真備。
一六 十五年十二月条に、平城宮大極殿の恭仁宮移築が、ようやく完成したことが見える。
一七 寄棟造の建物。大極殿が本来四阿造であるとの考え方による。
一八 元日及び大嘗会の時石上・榎井両氏が楯(大楯・神楯とも)・桙(槍・戟・楯桙とも)を樹てることは貞観儀式・践祚大嘗祭式等に見える。両氏が大嘗祭に神楯を立てたことは神亀元年十一月己卯条に、元日に楯・槍を立てたことは本条にはじめて見える。→〔一〕補1-九七。
一九 広嗣が大宰府の機構を利用して反乱を起したための処置。この後十五年十二月鎮西府が置かれ(補15-三二)、天平十七年六月にいたり、大宰府が再置された。
二〇 →二〇九頁注三〇。広嗣の乱で征討副将軍。
二一 廃止された大宰府に貯えられていた調・庸や武器など。八月丁酉条に廃府物を大隅・薩摩等の官人の禄に充てたことが見える。
二二 和名抄に「太宰府並国府在㆓御笠郡㆒」とあり、筑前の国府は、御笠郡内に大宰府政庁とは別個に存したと考えられる。
二三 恭仁宮の北方にある苑。平城宮の北にも松林苑があった(二〇九頁注一)。
二四 正月七日の節にともなう宴。→補9-五〇。

位下智努[1]王東絁六十疋[2]、綿三百屯一。以レ勤[3]レ造二宮殿一也。外従五位下巨[4]勢朝臣堺麻呂・上毛野朝臣今具麻呂並授[5]二従五位下一。○丙辰、賜二武官酒食一。仍賚[6]二五位已上被一。主典已上支[7]子袍・帛袴。府生已下衛士已上絁[8]綿各[9]有レ差。○壬戌、天皇御二大安殿一、宴二群[10]臣一。酒酣奏二五節田儛[11]一。訖更令二少年童女踏[12]歌一。又賜二宴天下有位人并諸司史生一。於レ是、六位以下人等鼓レ琴歌曰、新年始邇　何久志社供奉良米　万代摩提丹。宴訖賜レ禄有レ差。又賜下家入二大宮一百姓廿人爵一級上。入二都内一者、无レ問二男女一並賚レ物。○己巳[13]、陸奥国言、部[14]下黒川[15]郡以[16]北[17]十一郡、雨二赤雪一。平地二寸。○二月丙子朔、幸二皇后宮一、宴二群[18]臣一。天皇[19]歓[20]甚。授二正四位上巨勢朝臣奈弖麻呂従三位、従五位上坂上忌寸犬養正五位下、正八位上県[21]犬養宿禰八重外従五位下一。宴訖賜レ禄有レ差。○戊寅、免二中宮職奴広庭一、賜二大養徳忌寸姓一。」

1努―弩(類七八)
2疋―匹(類七八)
3勤―ナシ(類七八)
4巨―臣(兼)
5授→校補
6賚―賫(類三二)
7支(大、類三二)―友(兼等)
8絁(類三二)―ナシ(類三二一本)
9各(類三二一本)―ナシ(類三二)
10群(東・高、大改、類七二・七七・紀略)―郡(兼・谷)
11儛(類七二・七七)―舞(兼等、大、紀略)
12踏―蹹(類七七)→校補
13己巳(紀略改)―以上(紀略原)
14部―都(兼)
15川―河(兼)
16以北十一郡―ナシ(類一六五)
17北(谷、大、紀略)―此(兼・東・高)
18群―郡(兼)
19皇(底原・底新朱抹傍)→校補
20歓―観(底)
21県=縣―懸(底)

一 →補7-一三。
二 東国産の絁。
三 絹綿。
四 →補14-六。
五 →二八九頁注五。
六 天皇周囲の警固にあたる衛府・馬寮などの官人。→二四九頁注二一。
七 和名抄に「衾」を「布須万」と訓み、「大被也」とする。寝るときかける夜具。
八 五位以上を除く衛府・馬寮・兵庫などの四等官。
九 支子の実で染めた濃い黄色の袍。支子は梔とも。袍は衣冠・束帯のときに着る上着。
一〇 練絹で作った袴。
一一 府生・番長・舎人(中衛・兵衛)・門部(衛門府)・物部(同)・馬部(馬寮)・使部・直丁・隼人(隼人司)・衛士(衛門府・左右衛士府)などか。四等官以外ということであれば、医師・馬医も含まれるか。府生→補10-一二四。衛士→㊀補2-九六。
一二 内裏の正殿。恭仁宮大安殿の初見。→㊀補2-一三。
一三 踏歌の節会にともなう宴。→㊀補2-九。
一四 五節会に農耕の繁栄を祝うために行われ

踏歌の宴

位下[一]智努王《ちのおほきみ》に[二]東 絁《あづまのあしぎぬ》六十疋、[三]綿《わた》三百屯を賚《たま》ふ。宮殿《みあらか》を造《つく》るに勤《いそし》めるを以《もち》てなり。外従五位下[四]巨勢《こせ》朝臣堺麻呂《さかひまろ》・[五]上毛野《かみつけの》朝臣今具麻呂《こぐまろ》に並《ならび》に従五位下を授《さづ》く。〇丙辰[十日]、[六]武官《ぶくわん》に酒食《しゆじき》を賜《たま》ふ。仍《より》て五位已上に[七]被《ふすま》を賚《たま》ふ。[八]主典《さうくわん》已上に[九]支子袍《くちなしのはう》・[一〇]帛袴《はくのはかま》。[一一]府生《ふしやう》已下衛士《ゑじ》已上に絁《あしぎぬ》・綿《わた》各《おのおの》差《しな》有り。〇壬戌[十六日]、天皇《すめらみこと》、[一二]大安殿《だいあんでん》に御《おは》しまして[一三]群臣《ぐんしん》を宴《うたげ》す。酒酣《さけたけなは》にして[一四]五節田儛《ごせちのたまひ》を奏《つかへまつ》る。訖《をは》りて更《さら》に、[一五]少年《をのわらは》・童女《めのわらは》をして踏歌《たふか》せしむ。また、宴《うたげ》を[一六]天下《あめのした》の有位《うゐ》の人《ひと》、并《あは》せて[一七]諸司《しよし》の史生《ししやう》に賜ふ。是《ここ》に、六位以下の人等《ひとども》、[一八]琴鼓《ことひ》きて、[一九]歌《うた》ひて曰《い》はく、「新《あら》しき年《とし》の始《はじめ》に、かくしこそ、供奉《つかへまつ》らめ、万代《よろづよ》までに」といふ。宴訖《うたげをは》りて禄《ろく》賜ふこと差《しな》有り。また、家《いへ》の[二〇]大宮《おほみや》に入《い》れる[二一]百姓《はくせい》廿人に[二二]爵《しやく》一級を賜ふ。[二三]都《みやこ》の内《うち》に入《い》れる者《ひと》は、男女《をとこをみな》を問《と》ふこと無《な》く並《ならび》に物賚《ものたま》ふ。〇己巳[二十三日]、陸奥国《みちのおく》言《まう》さく、「部下《ぶか》の[二四]黒川郡《くろかは》より北《きた》の十一郡に[二五]赤雪雨《あかきゆきふ》れり。平地《へいち》に二寸」とまうす。

皇后宮に行幸

二月丙子の朔、[二六]皇后宮《くわうごうぐう》に幸《みゆき》したまひて群臣《ぐんしん》を宴《うたげ》す。天皇《すめらみこと》、歓《よろこ》びたまふこと甚《はなはだ》し。正四位上[二七]巨勢《こせ》朝臣奈弖麻呂《なでまろ》に従三位を授《さづ》く。従五位上[二八]坂上《さかのうへ》忌寸犬養《いぬかひ》に正五位下。正八位上[二九]県犬養《あがたいぬかひ》宿禰八重《やへ》に外従五位下。宴訖《うたげをは》りて禄《ろく》賜ふこと差《しな》有り。〇戊寅[三日]、[三〇]中宮職《ちうぐうしき》の[三一]奴広庭《やつこひろには》を免《ゆる》して[三二]大養徳《やまと》忌寸の姓を賜ふ。

る舞。踏歌節会も五節の一つ。天平十五年五月には皇太子阿倍皇女が五節舞を舞ったことが見える。→補14-七。

一五 少年・童女の踏歌。

一六 京官、外官を問わず踏歌の節会に参加した有位の人。

一七 在京諸司に所属する史生。

一八 鼓は琴を弾ずる意。琴→補14-八。

一九 新年に当ってこのように歌い舞い万代までも仕えたいとの喜びを表わしたもの。琴歌譜に「新しき年の始めにかくしこそ千年をかねて楽しきをへめ」、古今集一〇六九の大直日(おほなほび)の歌に「あたらしき年の始にかくしこそ千年をかねてたのしきを積め」とあり、催馬楽に「安良多之支、止之乃波之女尓也、加久之己曾、波礼可久之己曾、川可戸末川良女也、与呂川与末天尓」とある。

二〇 恭仁大宮の宮域内。慶雲元年十一月にも藤原宮地を定めた際、宮中に入る百姓千五百余烟に布を賜わったことが見える。

二一 戸主を指すか。

二二 ここでは位階。

二三 恭仁京の京域内。

二四 現在の宮城県黒川郡。→補14-九。

二五 寒冷な地域で雪上に赤色の藻類が繁殖するためにできる赤色の雪。

二六 恭仁宮における光明皇后の居所。この後四月甲午にも赴いている。

二七 →二〇九頁注二九。時に参議。

二八 →補12-二九。

二九 葛井広成の室。→補14-一〇。

三〇 官奴婢(七五頁注一四)。中宮職→補10-六。官奴婢の賜姓→補9-四九。

三一 他に見えず。奴で氏姓がなかった。

三二 大倭忌寸→[一]補1-四三。

大宰府言、新羅使沙飡金欽[1]英等一百八十七人来朝。○庚辰、詔、以二新京草[2]創一、宮室未レ成。便令[3]下右大弁紀朝臣飯麻呂等饗中金欽英等於大宰上、自レ彼放還。」是日、始開二恭仁京東北[4]道一、通二近江国甲賀郡一。○三月己巳、地震。○夏[5]四月甲申、伊勢国飯高郡采女正八位下飯高君笠目之親族県造等、皆賜二飯高君姓一。賜二外従七[6]位下日下部直[7]益人伊豆国造伊豆[8]直姓一。○甲午[9]、天[10]皇御二皇后宮一、宴二五位以上一。賜レ禄有レ差。授二河内守従五位上大伴宿禰祜[11]志備正五位[12]下、皇后宮亮外従五位下中臣熊凝朝臣五百嶋従五位下一。○戊戌、授[13]二従四位下大原真人門部[14]従四位上一。○五月丙午、遣二使畿内一、検二校遭レ澇百姓産業一。○癸丑、越智山陵崩壊。長一十一丈、広五丈二尺。○丙辰、遣二知太[15]政官事正三位鈴鹿王等十[16]人一、率二雑工[17]一修緝[18]之。又遣二采女[19]・女孺[20]等一、供二奉其事一。○庚[21]申、遣二内蔵頭外従五位下路

1 欽―飲(兼)
2 草〔大補、紀略補〕―ナシ(底新朱傍按・兼等、紀略原)→校補
3 令―今〔底〕
4 北―此(兼)
5 夏四月→校補
6 七〔大改〕―五(兼等)
7 直〔大改〕―真(兼等)
8 豆〔兼・谷、大〕―逗(東・高)
9 午〔紀略改〕―子(紀略原)
10 天皇→校補
11 祜〈意改〉(大改)―祐〔兼等〕
12 位―ナシ(高)
13 授〔谷擦重、大〕―接(兼・谷原・東・高)
14 部〔東・高、大補〕―ナシ(兼・谷)
15 太―大(兼)
16 十(底傍補)―ナシ〔底原〕
17 工〔兼原・兼朱傍補・谷朱傍補・東・高、大、類三六〕―ナシ(兼抹・谷原)→校補
18 緝〔類三六一本〕―ナシ(類三六)
19 女(底傍補)―ナシ〔底原〕
20 孺〔兼等〕―嬬(大、類三六)
21 庚〔底重〕

一 大宰府は正月に廃されているので、実際は筑前国。
二 前回の新羅使来朝は天平十年正月で今回は約四年目。四年五月新羅に対し三年一度の来朝を許した記事がある。
三 薩飡とも。新羅十七等官位の第八等。
四 下文庚辰条にみえるのみ。
五 天平年間に来朝した新羅使では最も人数が多い。
六 新羅使を大宰府(筑前国)から放還することを命ずる詔。
七 →二〇九頁注三〇。正月大宰府に派遣された。
八 大宰府の管轄下に後の鴻臚館に当る外国使節の接待施設があった。
九 入京させずに帰国させること。
一〇 賀世山西道(三九九頁注一二)が甕原宮以東の大橋及び宮城以南の大路(四〇七頁注二五)を経て、恭仁京東北道に通じていたと考えられる。恭仁宮の東北には石原宮があった(天平十五年正月壬子条)。
一一 甲可郡とも。和名抄によると老上・夏身・山直・蔵部の四郷より成る。敏達紀十三年九月に鹿深臣、天武紀元年六・七月に鹿深、鹿深山が見える。天平十四年八月以後聖武天皇がしばしば紫香楽宮に行幸したことが見え、やがて宮都となったが(補14―一四)、天平十七年五月に平城に還都した。現在滋賀県甲賀郡。本条の恭仁京から甲賀郡への道路の開通は、紫香楽宮の造営開始に関係するものとみられる。
一二 飯高郡→三四五頁注一九。采女は後宮に

新羅使、大宰府より帰国

大宰府《だいさいふ》[一]言《まう》さく、「新羅使《しらきのつかひ》[二]沙飡《さむ》[三]金欽英《こむこむやう》[四]ら一百八十七人来朝《まう》く[五]」とまうす。○庚辰（五日）、詔《みことのり》[六]したまはく、「新京《あらたしきみやこ》の草創《さうさう》を以《もち》て、宮室《きうしつ》成《な》らず。便《すなは》ち、右大《うだい》弁《べん》紀《き》[七]朝臣飯麻呂《いひまろ》らをして金欽英《こむこむやう》らを大宰《だいさい》[八]に饗《みあへ》せしめて、彼《そこ》[九]より放《はな》ち還《かへ》せ」とのたまふ。是《こ》の日《ひ》、始《はじ》めて恭仁京《くにのみやこ》の東北道《とうほくのみち》[一〇]を開《ひら》き、近江《ちかつあふみ》国甲賀《かふか》[一一]郡に通《つう》せしむ。

近江国甲賀郡への道を開く

三月己巳（丙午朔 二十四日）、地震《なゐ》ふる。

夏四月甲申（乙亥朔 十日）、伊勢《いせ》国飯高《いひたか》[一二]郡釆女《うねめ》正八位下飯高君《いひたか》[一三]笠目《かさめ》が親族《うがら》の県造《あがたのみやつこ》等《ども》に、皆《みな》、飯高君《いひたか》[一四]の姓を賜《たま》ふ。外従七位下日下部《くさかべ》[一五]直益人《ますひと》に伊豆国造《いづのくにのみやつこ》[一六]伊豆《いづ》直の姓を賜ふ。○甲午（二十日）、天皇《すめらみこと》、皇后宮《くわうごうぐう》に御《おは》しまして五位以上を宴《うたげ》す。禄《ろく》賜ふこと差《しな》有り。河内《かふち》守従五位上大伴《おほとも》[一七]宿禰祜志備《こしび》に正五位下を授《さづ》く。皇后《くわうごう》宮亮《ぐうのすけ》外従五位下中臣熊凝《なかとみのくまこり》[一八]朝臣五百嶋《いほしま》に従五位下。○戊戌（二十四日）、従四位下大原《おほはら》[一九]真人門部《かどべ》に従四位上を授《さづ》く。

越智山陵崩壊

五月丙午（甲辰朔 三日）、使《つかひ》を畿内《きない》に遣《つかは》して澇《おほみづ》[二〇]に遭《あ》へる百姓《はくせい》の産業《なりはひ》を検校《けむけう》せしむ。○癸丑（十日）、越智山陵《をちのみさざき》[二一]崩《く》え壊《こぼ》る。長《なが》さ一十一丈、広《ひろ》さ五丈二尺。○丙辰（十三日）、知太政《ちだいじやう》[二二]官事《ぐわんじ》正三位鈴鹿王《すずかのおほきみ》[二三]ら十人を遣《つかは》して[二四]、雑工《ざふく》[二五]を率《ゐ》て修《をさ》め緝《つくろ》はしむ。また、釆女《うねめ》・女孺等《にょじゅども》[二六]を遣してその事《こと》に供奉《つかへまつ》らしむ。○庚申（十七日）、内蔵頭《うちのくらのかみ》[二七]外従五位下路《みち》[二八]

奉仕する女官。→㊀補2-一三九。釆女は郡単位に貢上される規定があり(軍防令38)、郡名を冠せられる例が多い。
一三 →補14-一一。
一四 親族が県造姓であることから、釆女を出す飯高君は飯高県造の本宗の氏と推定される。
一五 他に見えず。日下部氏は仁徳天皇の皇子大草香皇子または雄略天皇の皇后草香幡梭皇女の名代に由来する氏族(補9-六四)。
一六 伊豆国造は律令国造。→補14-一二。宝亀二年閏三月己酉条に伊豆国造伊豆直乎美奈が見える。
一七 →補12-七七。天平十二年十一月に従五位上。
一八 →補12-七七。
一九 もと門部王。天平十一年四月に大原真人を賜わる。→㊀補5-五。大原真人→三五三頁注四。
二〇 名義抄に澇を「オホ水」と訓むが、ここでの意味は長雨による被災。
二一 皇極(斉明)陵。大和国高市郡所在。→㊀補1-一二三。
二二 →㊀補3-六。
二三 →㊀補5-八。
二四 文武三年十月辛丑に越智山陵と山科山陵を修造した時もそれぞれ主典以上一〇人が派遣されている。
二五 各種の技術者。いわゆる雑工部・雑工戸(補9-八)より広義の意か。文武三年十月の修陵には大工各二人が従っている。
二六 女孺→一八三頁注二四。
二七 内蔵頭が派遣されたのは、その職掌に金銀・珠玉・宝器など宮廷財物の管理のことがあるによる。
二八 →補12-七七。

真人宮[1]守等一、賷[2]二種[3]種献物[4]一奉二山[5]陵一。○庚午、制、凡擬二郡司少領[6]已上一者、国司史生已上、共知簡定。必取二当郡推服、比郡知聞者一、毎レ司[7]依レ員貢挙。如有[8]二顔[9]面濫挙一者、当時国司、随レ事科決。又采女者、自レ今以後、毎レ郡一人貢進之。○六月丁丑、上毛野朝臣宿[10]奈麻呂復[11]二本位外従五位下一。○戊寅、夜、京中往々雨レ飯。○秋[12]七月癸卯朔、日有レ蝕之。○八月[13]甲戌、令下左右京四畿内七道諸国司等上中孝子・順孫、義夫・節婦、力田人[14]之名上。○丁丑、詔、授二造[15]宮録[16]正八位下秦下嶋麻呂従四位下一、賜二大[17]秦公之姓[18]、并銭一百貫、絁一百疋、布二百端、綿二百屯一。以レ築二大宮垣一也。○癸未、詔曰、朕、将レ行二幸近江国甲賀郡紫香楽村一。即以二造宮卿[19]正四位下智努王、輔外従五位下高岡連河内等四人一、為二造離宮司一。○甲申[20]、車駕幸二石原宮一。○乙酉、宮城以南大路

1宮〔東・高、大、類三六〕—官（兼・谷）
2賷〔大、類三六〕—賫（兼等、紀略）
3種〔東〕—々（兼・谷・高、大、類三六・紀略）
4物〔類三六一本〕—ナシ（類三六）
5山〔類三六一本〕—ナシ（類三六）
6領—頭（兼）
7司→脚注・校補
8有顔面濫挙者当時国司随事科決又（底傍補）—ナシ〔底原〕
9顔面〔大改〕—顧回（兼等）→脚注
10宿ノ下、ナシ（底新朱抹）—禰〔底原〕
11復（底新朱抹傍・兼・谷重・東・高、大）—頃〔底原〕、後（谷原）
12秋七月→校補
13月ノ下、ナシ—月（東）
14人〔東・高、大補、類五四〕—ナシ（兼抹・谷原）、之（兼原・兼朱傍・谷朱傍補）→校補
15造ノ下、ナシ（底抹）—授造〔底原〕
16録—殿〔底〕
17大〔兼・東・高〕—太（谷、大）
18姓〔大改〕—名（兼等）
19卿—御〔底〕
20申—午（兼）

一 越智山陵。
二 郡司少領以上の貢挙と采女の貢進について定めた制。
三 国司が郡司任命候補者を銓擬すること。本条は国司による銓擬の基準・罰則を定めたもの。この前後の郡領銓擬に関する法令には、天平七年五月丙子条の制、天平勝宝元年二月壬戌条の勅などがある。
四 当該郡で敬服され隣郡にも名の知られた人物。譜第によらず才能による銓衡基準。
五 隣郡。
六 欠員の生じたそれぞれの郡司ごとに、の意。
七 大領・少領の欠員の数に応じた人員を中央に推挙する、の意。
八 式部省へ推挙すること。
九 僧尼令15集解古記に「顔面、謂、阿党一種、俗語也」と注する。
一〇 軍防令38に一国内の郡を三分して、三分の二は兵衛、三分の一は采女を貢すると定めているが、以後はすべての郡から采女一人を貢することとなる。後宮職員令に定める采女の数は水司に六人、膳司に六〇人、計六六人であるが、例えば天平十七年十月の縫殿寮解には、采女七七人・常暇退采女四人・今暇退采女一人計八二人が見え、この時期には令の規定以上の采女の存したことが知られる(古二—四六七頁)。
一一 →一九七頁注一八。天平元年二月、長屋王の変に坐して流罪。
一二 紀略天元二年四月廿一日条に備中国で「形

真人宮守《みやもり》らを遣《つかは》して、種種《くさぐさ》の献物《たてまつりもの》を賚《も》ちて山陵《みささぎ》[一]に奉《たてまつ》らしむ。○庚午（二十七日）、制《せい》[二]

郡領推挙の基準

すらく、「凡《おほよ》そ、郡司《ぐんじ》の少領《せうりやう》已上に擬《あ》[三]てむには、国司《こくし》の史生《ししやう》已上、共《とも》に知《し》りて簡《えら》ひ定《さだ》めよ。必《かなら》ず当郡《そのこほり》[四]の推服《すいふく》し、比郡《ひぐん》[五]の知《し》り聞《き》ける者《ひと》を取《と》れ。司毎《つかさごと》[六]に員《かず》[七]に依《よ》りて貢挙《ぐうこ》[八]せよ。如《も》し顔面《おもね》[九]りて濫《みだり》に挙《こ》すること有らば、当時《そのとき》の国司《こくし》、

采女の貢進

事《こと》に随《したが》ひて科決《くわくゑつ》せよ。また、采女《うねめ》は今《いま》より以後《のち》、郡毎《こほりごと》[一〇]に一人貢進《たてまつ》れ」といふ。

六月丁丑（甲戌朔 四日）、上毛野《かみつけの》[一一]朝臣宿奈麻呂《すくなまろ》、本位《ほんゐ》外従五位下に復《ふく》す。○戊寅（五日）、夜《よる》、京《みやこ》の中《うち》に往々《しばしば》飯雨《いひふ》[一二]る。

秋七月癸卯の朔、日蝕《ひは》[一三]ゆること有り。

八月甲戌（癸酉朔 二日）、左右京《さうのきやう》・四畿内・七道《しちだう》の諸国《くにぐに》の司等《つかさども》をして、孝子《けうし》[一四]・順孫《じゆんそん》・義《ぎ》夫《ふ》・節婦《せちふ》、力田《りきでん》[一五]の人《ひと》の名《な》を上《たてまつ》らしむ。○丁丑（五日）、詔《みことのり》して、造宮録《ざうくうろく》[一六]正八位下秦下嶋麻呂《はだのしものしままろ》[一七]に従四位下を授《さづ》け、大秦《うづまさ》[一八]公の姓、并《あは》せて銭《ぜに》一百貫、絁《あしぎぬ》一百疋、布《ぬの》二百端、綿《わた》二百屯を賜《たま》ふ。大宮《おほみや》[一九]の垣《かき》を築《つ》けるを以《もち》てなり。○癸未（十一日）、

紫香楽行幸を計画

詔《みことのり》して曰《のたま》はく、「朕《われ》、近江《ちかつあふみ》国甲賀《かふか》郡紫香楽《しがらき》[二〇]村に行幸《みゆき》せむ」とのたまふ。即《すなは》ち、造宮卿《ざうくうきやう》正四位下智努《ちの》[二一]王《おほきみ》、輔《すけ》外従五位下高岡《たかをか》[二二]連河内《かふち》ら四人を造離宮《ざうりくう》[二三]司《し》とす。○甲申（十二日）、車駕《きよが》、石原宮《いしはらのみや》[二四]に幸《みゆき》したまふ。○乙酉（十三日）、宮城《くうじやう》[二五]より南《みなみ》の大路《おほち》

味如レ飯」異物が降ったとの記事がある。

一三 この日はユリウス暦の七四二年八月五日。奈良における食分は九。

一四 →五頁注六。

一五 →補8-八二。孝子順孫等と並んで力田の人が挙げられたのは本条がはじめて。

一六 造宮省の第四等官。造宮省の録には大・少の別がなかった→㊀補4-一七。

一七 天平十七年五月に造宮輔、同年十月の造宮省移にも輔、ただし秦伊美吉と見える(古二-四七五頁)。天平十九年三月に長門守となり、同年六月没。惟宗系図(東京大学史料編纂所蔵)に見える。分脈に嶋麻呂の女を藤原葛野麻呂の母とする。秦下は秦氏の一族で複姓。下は、姓氏録河内諸蕃の下曰佐や景行記の茨田下連と同様河内国茨田郡の地名とする見方もある。

一八 大秦は一般に太秦と書かれる。古写本で大と太の区別は厳密でない。太秦公→補14-一三。

一九 恭仁宮の宮城四周の築地。

二〇 後の紫香楽宮の所在地。紫香楽宮→補14-一四。

二一 →補7-一三。

二二 もと楽浪河内。→㊀一八三頁注一九。

二三 紫香楽宮造営のための官司。

二四 天平十五年正月壬子条の分注には「在二城東北一」とある。紫香楽に通じる恭仁京東北道(天平十四年二月庚辰条)に沿って存在したと考えられる離宮。山城志は河原村(現在の京都府相楽郡加茂町河原)に在りとするが、城の東北というのに合致しない。

二五 恭仁宮の南辺に沿って東西に走る大路(平城京二条大路に相当)の西端、木津川に至った地点。

1以〔大補〕―ナシ（兼等、紀略）
2橋〔兼重〕
3小（底擦重）―度〔底原〕→校補
4上―下（大改）
5塩〔谷傍補・東・高、大〕―ナシ（兼・谷原）
6呂〔底原〕―ロロ（底抹傍）→校補
7伎〔底〕―岐
8附―所（東）→校補
9点＝點〔兼等傍イ、大改、類八四〕―野（兼等）
10巨―臣（兼）
11即日〔紀略改〕―己亥（紀略原）
12香―沓〔底〕→校補
13松（底新朱抹傍）―杉〔底原〕

西頭与二甕原宮以[1]東一之間、令レ造二大橋[2]一。令下諸国司随二国大小[3]一輸中銭十貫以下、一貫以上上。以充二造レ橋用度一。○癸巳、以二民部大輔従五位上多治比真人牛養等一為二装束司一。是日、賜二陪従人等禄一各有レ差。○甲午、以二中務卿正四位上[4]塩[5]焼王・左中弁従五位上阿倍朝臣沙弥麻呂[6]等六人一為二前次第司一、宮内卿従四位上石川王・民部大輔従五位上多治比真人牛養等六人為二後次第司一。○丁酉、制、大隅・薩摩・壱伎[7]・対馬・多褹等国官人禄者、令下筑前国司以二廃府物一給上。公廨又以二便国稲一依レ常給之。其三嶋擬郡司并成選人等、身留二当嶋一、名附[8]二筑前国一申上。仕丁国別点[9]二三人一。皆悉進レ京。○己亥、行二幸紫香楽宮一。以二知太政官事正三位鈴鹿王・左大弁従三位巨[10]勢朝臣奈弖麻呂・右大弁従四位下紀朝臣飯麻呂一為二留守一。摂津大夫従四位下大伴宿禰牛養・民部卿従四位下藤原朝臣仲麻呂為二平城留守一。即日[11]、車駕至二紫香[12]楽宮一。○九月壬寅朔、幸二刺松[13]原一。○乙巳、車駕還二恭仁京一。○癸丑、大風雨。壊二宮中屋墻及百姓廬舎一。○戊午、

一　↓㊀補6―一七。鹿背山塊の北を木津川に沿って走るいわゆる賀世山西道（天平十三年九月己未条）が、甕原宮の東の地点で川を渡っていたか。
二　天平十三年十月に架設された仮橋と同一地点に本橋の建設を計画したか。
三　国司に対する納銭の賦課。
四　大・上・中・下国の等級により差等を設けたもの。国の等級→㊀補5―六二。
五　↓補12―七六。
六　紫香楽行幸のための調度の準備にあたる官司。行幸の際の装束司の任命→補9―一三三。
七　石原宮へ天皇に供奉した者。
八　↓二六七頁注二〇。天平十二年十月の伊勢行幸でも御前次第司長官。この後十月罪により下獄。
九　↓補12―七六。
一〇　行幸に際して車駕の前と後に随行し、行列の威儀を整える官。前後次第司→補13―三八。
一一　↓補9―一一七。天平十二年十月の行幸でも御後次第司長官。
一二　↓補12―七六。牛養は装束司でもある。
一三　正月の大宰府廃止にともない、西海道諸国の官人の禄や公廨、擬郡司や成選人、仕丁等について、その取り扱いを指示した制。
一四　季禄や位禄。禄令1に季禄は在京の職事官とともに大宰府・壱伎・対馬の職事官に支給される規定がある。
一五　廃止された大宰府に保管されていた調・庸

恭仁大橋を造る

の西《にし》の頭《ほとり》と甕原宮《みかのはらのみや》[一]より東《ひむかし》との間《あひだ》に大橋《おほはし》[二]を造《つく》らしむ。諸国《くにぐに》[三]の司《つかさ》をして、国《くに》の大小《だいせう》[四]に随《したが》ひて銭《ぜに》十貫以下一貫以上を輸《いだ》さしめて、橋《はし》を造《つく》る用度《ようど》に充《あ》つ。○癸巳《二十一日》、民部《みんぶ》大輔《だいふ》従五位上多治比《たぢひ》[五]真人牛養《うしかひ》らを装束司《みよそひのつかさ》[六]とす。是《こ》の日《ひ》、陪従《ばいじゅ》[七]せる人等《ひとども》に禄《ろく》賜《たま》ふこと各《おのおの》差《しな》有り。○甲午《二十二日》、中務卿《ちうむきやう》正四位上塩焼王《しほやきのおほきみ》[八]、左中《さちう》弁《べん》従五位上阿倍《あへ》[九]朝臣沙弥麻呂《さみまろ》ら六人を前次第司《さきのしだいし》[一〇]とす。宮内卿《くうないきやう》従四位上石川《いしかは》[一一]王、民部《みんぶ》大輔《だいふ》従五位上多治比《たぢひ》[一二]真人牛養《うしかひ》ら六人を後次第司《のちのしだいし》。

大宰府廃止にともなう処置

○丁酉《二十五日》、制《せい》[一三]すらく、「大隅《おほすみ》・薩摩《さつま》・壱伎《いき》・対馬《つしま》・多褹《たね》等の国《くに》の官人《くわんにん》の禄《ろく》[一四]は、筑前《つくしのみちのくち》国司をして、廃府《はいふ》[一五]の物《もの》を以《もち》て給《たま》はしむ。公廨《くげ》[一六]は、また便国《べんこく》[一七]の稲《いね》を以て常《つね》[一八]に依《よ》りて給《たま》へ。その三嶋[一九]の擬郡司《ぎぐんじ》[二〇]、并《あは》せて成選人等《じやうせんにんども》[二一]、身《み》は当嶋《そのしま》に留《とど》め、名《な》[二二]は筑前《つくしのみちのくち》国に附《つ》けて申《まう》し上《あ》げよ。仕丁《じちやう》[二三]は国別《くにごと》に三人を点《えら》ひて、皆悉《みなことごと》く京《みやこ》に進《たてまつ》れ」といふ。

紫香楽宮行幸

○己亥《二十七日》、紫香楽宮《しがらきのみや》[二四]に行幸《みゆき》したまふ。知太政官事《ちだいじやうくわんじ》正三位鈴鹿《すずか》[二五]王、左大弁《さだいべん》従三位巨勢《こせ》[二六]朝臣奈弖麻呂《なでまろ》、右大弁《うだいべん》従四位下紀《き》[二七]朝臣飯麻呂《いひまろ》を留守《るしゅ》[二八]とす。摂津大夫《つのだいぶ》従四位下大伴《おほとも》[二九]宿禰牛養《うしかひ》・民部卿《みんぶきやう》従四位下藤原《ふぢはら》[三〇]朝臣仲麻呂《なかまろ》を平城留守《ならのるしゅ》とす。即日《そのひ》、車駕《きよが》、紫香楽宮《しがらきのみや》に至《いた》りたまふ。

九月壬寅の朔、刺松原《さすのまつばら》[三一]に幸《みゆき》したまふ。○乙巳《四日》、車駕《きよが》、恭仁京《くにのみやこ》に還《かへ》りたまふ。○癸丑《十二日》、大風《おほかぜ》ふき雨《あめ》ふる。宮中《うち》の屋墻《やかき》と百姓《はくせい》の廬舎《いほや》とを壊《こぼ》つ。○戊午《十七日》、

など、これらの官物の管理は筑前国司に委ねられていた。→正月辛亥条。

一六 公廨田（養老令では職分田）の収穫。それに相当する量の稲。国司には元来公解田が支給されるが、これらの国・嶋には公田が少なく、公廨田を設定できなかったのであろう。公廨田→三〇一頁注二七・㈠補4-二四。

一七 便宜の国。従来大宰府管内の六国から大宰府を経て二国三嶋に支給されていた公廨を、便宜の国から直接給することとしたもの。

一八 従来の支給額によっての意。

一九 壱伎・対馬・多褹の三嶋。

二〇 郡司の候補者として国司によって銓擬された者。→補14-一五。

二一 選限に達し、成績審査を受ける者。→一九一頁注二六。

二二 名簿を筑前国司を介して太政官・式部省に申上する、の意。

二三 →㈠一五五頁注一三。天平八年五月に大宰府官人に仕丁を給することが見える。本条は今後西海道九国三嶋については、仕丁はすべて京進させることとし、その点定の基準については、五〇戸につき二人という賦役令38の規定にはよらず、各国・嶋三人ずつという低いものとしたことを示すか。

二四 →補14-一四。

二五 →㈠補5-八。

二六 →二〇九頁注二九。

二七 →二〇九頁注三〇。

二八 恭仁京の留守官。留守官→㈠補5-一八。

二九 →㈠一四五頁注二七。

三〇 →補11-四七。

三一 天平神護二年二月丙午条に近江国の近郡の稲穀を貯納したとある松原倉と関連するか否か未詳。

遣二巡察使於七道諸国一。又任二左右京・畿内班田使一。○己巳、授二正五位上紀朝臣麻路従四位下一。○冬十月[1]癸未、禁二[2]従四位下塩焼王并女[3]孺[4]四人一、下二平城獄一。○乙酉、参議左京大夫従四位下県犬養宿禰石次卒。○戊子、[5]塩焼王配二流[6]於伊豆国三嶋一。子部宿禰小宅女於上総国。下村主白女於常陸国。川辺朝臣東女於佐渡国。名草直高根女於隠[7]伎国。春日朝臣家継女於土[8]佐国。○十一月癸卯、参議従三位大野朝臣東人薨。[9]飛鳥朝[10]庭[11]紀職大夫[12]直広肆果安之子也。○丙午、免二左右京畿内今年田租一。○[13]壬子、大隅国司言、従二今月廿三日未時一至二廿八[14]日一、空中有レ声。如二大鼓一、野雉相驚、地大震動。○丙寅、遣二使於大隅国一、検問并請二[15]聞神命一。○十二月丁亥、地震。○戊子、令下近江国司禁中断有勢之家専[16]貪二鉄穴一、貧賤之民不上得二採用一。○庚寅、正四位下大原真人高安卒。○庚子、行二幸紫香楽宮一。知[17]太政官事正三位鈴鹿王・左大弁従三位巨勢朝臣奈弖麻呂・右大弁従四位下紀朝臣飯麻呂・

1 癸—祭〔底〕
2 従—正(大改)
3 孺〔大、紀略〕—嬬(兼等、類八七)
4 四↓脚注
5 塩＝鹽—監(兼)
6 於〔大補、類八七・紀略〕—ナシ(兼等)
7 伎〔類八七〕—岐(兼等、大、類八七一本)
8 佐〔類八七一本〕—左(兼等、大、類八七)
9 飛鳥朝庭↓校補
10 庭〔底〕—廷
11 紀—紀(兼)
12 直〔谷擦、大〕—真(兼・谷原・東・高)
13 壬(底新朱抹傍)—王〔底原〕
14 日(底新傍補)—ナシ〔底原〕
15 聞↓校補
16 貪〔大改〕—食(兼等)
17 太—大(兼)

一 ↓㊀一七頁注一。京畿班田司の任命とも関連し、諸国班田の督励、土地状況の視察等に当ったか。翌十五年五月には墾田永年私財法が発せられる。
二 京畿班田使の任命は天平元年十一月に例がある(補10-五七)。この年全国的に班田が行われたことは、三代格弘仁十一年十二月廿六日の官符に「天平十四年…図籍」(いわゆる四証図の一つ)が見えることによっても知られる。
三 ↓補8-五一。
四 ↓二六七頁注二〇。天平宝字元年四月辛巳条に聖武がかつて王の無礼を責めたとあるのは、この時のことをさすか。王は聖武の女不破内親王を室としていた。
五 後宮に仕える下級の女官。↓一八三頁注二四。ここには四人とあるが、下文戊子条で塩焼とともに配流されている女性は五人。
六 ↓補8-五一。
七 ↓三八七頁注一五。
八 他に見えず。子部は姓氏録右京神別に火明命五世孫建刀米命の後とし、天武紀十三年十二月に児部連に宿禰を賜わる。三代実録元慶六年十二月廿五日条に主殿寮の殿部を構成する一氏族であったことが見える。
九 神亀元年三月条および刑部省式では安房を遠流の地としている。安房は天平十三年十二月に上総国に併されており、この時は上総国の一部。
一〇 他に見えず。下村主↓七五頁注六。
一一 神亀元年三月条および刑部省式に遠流の国。以下の佐渡・隠伎・土佐の諸国も同じ。
一二 他に見えず。川辺朝臣↓㊀一〇五頁注三。
一三 他に見えず。名草直は紀伊国名草郡を本拠とする国造の後裔氏族か。宝亀八年三月に

巡察使派遣
京・畿内班田使任命

[一]巡察使《じゆんさちし》を七道《しちだう》の諸国《くにぐに》に遣《つかは》す。また、左右京《さうのきやう》と畿内《きない》との班田使《はんでんし》[二]を任《にむ》す。○(二十八日)己巳、正五位上紀《き》[三]朝臣麻路《まろ》に従四位下を授《さづ》く。

塩焼王伊豆に配流

冬十月(壬申朔)(十二日)癸未、従四位下塩焼王《しほやきのおほきみ》[四]、并《あは》せて女孺《によじゆ》[五]四人を禁《いまし》めて、平城獄《ならのひとや》に下《くだ》す。○(十四日)乙酉、参議《さむぎ》左京大夫《さきやうのだいぶ》従四位下県犬養宿禰《あがたいぬかひ》[六]石次《いはすき》卒《しゆつ》しぬ。○(十七日)戊子、塩《しほ》焼王《やきのおほきみ》を伊豆《いづ》[七]国三嶋《みしま》に配流《はいる》す。子部《こべ》[八]宿禰小宅女《をやけめ》を上総《かみつふさ》[九]国。下村主白女《しものすぐりしろめ》[一〇]を常陸《ひたち》[一一]国。川辺《かはへ》[一二]朝臣東女《あづまめ》を佐渡《さど》国。名草《なくさ》[一三]直高根女《たかねめ》を隠伎《おき》国。春日《かすが》[一四]朝臣家継女《やかつぐめ》を土佐《とさ》国。

参議大野東人没

十一月(壬寅朔)(二日)癸卯、参議《さむぎ》従三位大野《おほの》[一五]朝臣東人《あづまひと》薨《こう》しぬ。飛鳥朝庭《あすかのみかど》[一六]の糺職大夫《ただすつかさのだいぶ》[一七]直《ぢき》[一八]広肆《くわうし》果安《はたやす》[一九]が子《こ》なり。○(五日)丙午、左右京《さうのきやう》[二〇]・畿内《きない》の今年《ことし》の田租《でんそ》を免《ゆる》す。○(十一日)壬子、大隅《おほすみ》国司言《まう》さく、「[二一]今月廿三日未時《ひつじのとき》より廿八日に至《いた》るまで、空《そら》[二二]の中《なか》に声《おと》有り。大《おほき》なる鼓《つづみ》の如《ごと》くして、野《の》の雉相驚《きぎしあひおどろ》き、地大《つちおほき》に震《ふる》ひ動《うご》けり」とまうす。○(二十五日)丙寅、使《つかひ》を大隅《おほすみ》国に遣《つかは》して、検《しら》べ問《と》はしめ、并《あは》せて神命《かみのおほせ》[二三]を請《う》け聞《き》かしむ。

有勢家の鉄穴占取を禁止

十二月(壬申朔)(十六日)丁亥、地震《なゐ》ふる。○(十七日)戊子、近江《ちかつあふみ》国司をして、有勢《いうせい》の家《いへ》、専《もは》ら鉄《てつ》[二四]穴《けつ》を貪《むさぼ》り、貧賤《ひんせん》の民《たみ》の採《と》り用《もち》ゐ得《え》ぬことを禁断《きむだん》せしむ。○(十九日)庚寅、正四位下大原《おほはら》[二五]真人高安《たかやす》卒《しゆつ》しぬ。○(二十九日)庚子、紫香楽宮《しがらきのみや》に行幸《みゆき》したまふ。

紫香楽宮行幸

知太政官事《ちだいじやうぐわんじ》正三位鈴鹿《すずか》[二六]王、左大弁《さだいべん》従三位巨勢《こせ》[二七]朝臣奈弖麻呂《なでまろ》、右大弁《うだいべん》従四位下紀《き》[二八]朝臣飯麻呂《いひまろ》、

紀名草直が見える。続後紀承和六年九月に名草直氏に宿禰姓を賜わり、文徳実録仁寿二年十二月に名草宿禰氏に滋野朝臣姓を賜わったことが見える。名草直高根女は名草郡貢上の采女か。春記長暦三年十一月に名草采女が見える。

一四 他に見えず。春日朝臣は大春日朝臣の傍流か。大春日朝臣→□一補4-三六。

一五 →□一二二一頁注二一。補任天平十四年条には「依〻斎月〻不〻給〻喪儀〻、在官四年、勲四等」とある。

一六 飛鳥浄御原宮の朝廷、天武・持統朝。

一七 糺職は大宝・養老令制の弾正台の前身。弾正台もその和訓はタダスツカサ。大夫はその長官の意か。

一八 天武十四年正月制定の冠位の一つで従五位下相当。

一九 大野果安。天武元年七月壬申の乱の時近江側の将として大伴吹負と乃楽山に戦ってこれを破ったことなどが見える。

二〇 恭仁京の造営などによる京畿の民の負担の増大に対する措置か。

二一 今月とは十月で、十月末に大隅国司の発した報告が十一月十一日に京に到着したのであろう。

二二 火山の活動にともなう現象。同様の記事は天平宝字八年十二月(是月)条。天平神護二年六月己丑条、延暦七年七月己酉条にも見える。

二三 宝亀九年十二月に大隅国の海中にある神を大穴持神といい官社としたことが見える。

二四 近江国に何か所か存した鉄鉱石の採掘場。→□一七三頁注八。雑令9に国内に銅鉄を出すところがあり官が採取しないならば百姓が私採することを聴すとの規定がある。

民部卿従四位下藤原朝臣仲麻呂等四人為二留守一。

三五　もと高安王。→㈡補6-一。
三六　→㈡補5-八。
三七　→二〇九頁注二九。
三八　→二〇九頁注三〇。

続日本紀　巻[1]第十四

1 巻〔大補〕―ナシ(兼等)

民部卿《みんぶきやう》従四位下[一]藤原《ふぢはら》朝臣仲麻呂《なかまろ》等四人を[二]留守《るしゆ》とす。

一　→補11-四七。
二　八月の行幸では鈴鹿王・奈弖麻呂・飯麻呂が恭仁、仲麻呂が平城の留守となっている。ここは恭仁・平城両京の留守を合わせ記したもの。

続日本紀　巻[1]第[2]十五　起二天平十五年正月一 尽二十六年十二月一

従四位下行民部大輔兼左兵衛督皇太子学士
臣[3]菅野朝臣真道等奉レ勅[4]撰

天[5]璽国押開豊桜彦天皇　聖武天皇

十[6]五年春正月[7]辛丑朔、遣二右大臣橘宿禰諸兄一、在前還二恭仁宮一。○壬[8]寅、車[9]駕自二紫香楽一至。○癸卯[10]、天[11]皇御二大[12]極殿一。百官[13]朝賀。○丁未、天[14]皇御二大安殿一、宴二五位以上一。賜レ禄有レ差。○壬子、御二石原宮[15]楼一、(在[16]二城東北一。)賜二饗於百官及有位人等一。有レ勅賜[17]レ琴。任二其弾一歌[18]五位已上、賜二摺衣一。六位已下禄各有レ差。○癸丑、為レ読二金光明最勝王経一、請二衆[19]僧於金[20]光明寺一。其詞曰、天[21]皇敬諮[22]二四十九座諸大徳等一。弟子、階二縁[23]宿殖一、嗣二膺宝命[24]一。思レ欲下宣二揚[25]正法一、導[26]中御蒸[27]民上。故以二今年正月十四日一、勧二請海内出家之衆於所レ住[28]処一、

1巻〈意補〉（大補）—ナシ　2第—弟（東）　3臣—ナシ〔底〕　4勅→校補　5天璽国押開豊桜彦天皇聖武天皇（底新補）—ナシ〔底一行空〕→校補　6十ノ上→校補　7正—三（兼）　8壬（底重・底新朱抹傍）—王〔底原〕→校補　9車駕→校補　10卯ノ下、ナシ（底新朱抹）—殿百〔底原〕→校補　11天皇→校補　12大—太（兼）　13官（底新補）—ナシ〔底一字空〕→校補　14天皇→校補　15宮—官〔底〕　16在城東北〔大補〕—在東城北（東傍補・高傍補）、ナシ（兼・谷・東原・高原、紀略）　17賜〔東・高〕—鼓（谷擦重、大）、ミ（兼）→脚注　18歌—哥（東）　19僧（底新補）—ナシ〔底一字空〕→校補　20光（兼擦重・谷・東・高、大、紀略）—金〔底〕、明（兼原）　21皇→校補　22諮—諮（兼）　23縁〔大改〕—級（底新傍朱イ・兼等）　24命思〔谷擦重・東傍・高傍、大〕—｜｜｜（兼・谷原）、i（東・高）→校補　25揚（東・高）—楊〔底〕、揚（兼・谷）→校補　26導—道〔底〕　27蒸—烝〔底〕→校補　28住処〔谷擦重・東傍・高傍、大〕—｜｜｜（兼・谷原）、i—｜（東・高）→校補

1七〔底〕—々（谷重、大）、1

一 天平十五年正月の干支→補15-一。
二 →㊀補5-六。太政官の首班。もと葛木王。
三 天皇に先立って、の意。書紀白雉元年二月条に「使レ執二雉輿一、而在前去」とあり、北野本にサイタテ（サキタチテ→サイタ〔ツ〕テ→サイタテ）の訓がある。聖武は前年十二月二十九日に恭仁宮から紫香楽宮に行幸、この翌日に帰還。
四 →補13-五一。天平十二年十二月以来の皇居。
五 行幸の際の天子の尊称。
六 紫香楽宮→補14-一四。前年八月の行幸記事に「即日、車駕至二紫香楽宮一」とあるので、紫香楽から恭仁までの行程は一日。
七 前年正月は大極殿未完成。この時は平城宮から移転した大極殿での朝賀が行われた。この年十二月辛卯条に「初壊二平城大極殿并歩廊一、遷二造於恭仁宮一四年。於レ茲、其功纔畢矣」とある。恭仁宮→補13-五一。
八 元日に行うべき朝賀を、この日行ったもの。元日朝賀→㊀補1-四九。
九 内裏の正殿。→㊀補2-二。
一〇 前年は正月七日城北苑で宴が行われ、十六日に大安殿で五節田儛が行われた。
一一 →四〇七頁注二四。
一二 前年正月十六日に、五節田儛、少年童女の踏歌の後宴で、六位以下の人等が琴をひき「新しき年の始に、かくしこそ、つかへまつらめ、万代までに」と歌ったことに因むか。「賜琴」は琴を賜わって弾かせる意で、この「賜」を「鼓」とする本もあるが、鼓では下文の弾の意味と同じになり、重複する。

続日本紀　巻第十五　天平《てんぴやう》十五年正月起《よ》り十六年十二月尽《ま》で

従四位下《じゆしゐのげ》行民部大輔《ぎやうみんぶだいふ》兼左兵衛督皇太子学士《さひやうゑのかみくわうたいしがくし》
臣菅野朝臣真道《すがののあそみまみち》ら勅《みことのり》を奉《う》けたまはりて撰《せん》す

天璽国押開豊桜彦天皇《あめしるしくにおしはらきとよさくらひこのすめらみこと》　聖武天皇《しやうむてんわう》

七四三年
恭仁宮で朝賀

十五年《癸未》春正月辛丑の朔[一]、右大臣《うだいじん》[二]橘《たちばな》宿禰諸兄《もろえ》を遣《つかは》して在前《さき》[三]に恭仁宮《くにのみや》[四]に還《かへ》らしむ。○壬寅《一日》、車駕《きよが》[五]、紫香楽《しがらき》[六]より至《いた》りたまふ。○癸卯《二日》、天皇《すめらみこと》、大極殿《だいごくでん》[七]に御《おは》します。百官《ひやくくわん》朝賀《でうが》[八]す。○丁未《六日》、天皇《すめらみこと》、大安殿《だいあんでん》[九]に御《おは》しまして五位以上を宴《うたげ》[一〇]したまふ。禄《ろく》賜《たま》ふこと差《しな》有り。○壬子《十一日》、石原宮《いしはらのみや》[一一]の楼《たかどの》 城《き》の東北《とうほく》に在《あ》り。 に御《おは》しまして、饗《みあへ》を百官《ひやくくわん》と有位《うゐ》の人等《ひとども》とに賜《たま》ふ。勅《みことのり》有りて琴《こと》[一二]を賜ふ。その歌《うた》[一三]を弾《ひ》くに任《た》ふる五位已上には摺衣《すりごろも》[一四]を賜ふ。六位已下には禄《ろく》各《おのおの》差《しな》有り。

金光明寺に衆僧を請す

○癸丑《十二日》、金光明最勝王経《こむくわうみやうさいしようわうきやう》[一五]を読《よ》ましめむが為《ため》に、衆《もろもろ》の僧《ほふし》を金光明寺《こむくわうみやうじ》[一六]に請《しやう》す。その詞《みことば》[一七]に曰《のたま》はく、「天皇《すめらみこと》敬《ゐやま》ひて四十九座[一八]の諸《もろもろ》の大徳等《だいとくたち》[一九]に諮《と》ふ。弟子《でし》[二〇]宿殖《しゆくしよく》[二一]に階縁《かいえん》して、宝命《ほうみやう》[二二]を嗣《つ》ぎ膺《う》けたり。正法《しやうほふ》[二三]を宣揚《せんやう》し蒸民《じようみん》[二四]を導御《だうご》せむと思《おも》ふ。故《ゆゑ》に今年《ことし》正月十四日を以《もち》て海内《かいない》の出家《しゆつけ》せる衆《もろもろ》を住《す》める処《ところ》に勧請《くわんじやう》して、

一三 琴を奏しながら歌うこと。字彙に「弾、鼓レ琴曰レ弾レ琴」とある。
一四 →三六一頁注二五。天平十二年正月・神護景雲三年正月の場合も摺衣は五位以上に給せられた。
一五 唐、義浄新訳の金光明経→一六一頁注一九。
一六 →補15-一二。
一七 仏法の正しい教えを広めるため、国内各所で四十九日の間、金光明最勝王経を転読させ、その間殺生を禁じ、また大養徳国金光明寺で全国の模範となる法会を行うことを述べた天皇の詞。高僧を招き、行事を諮り、協賛を求める形で、詔勅の形を採らず、詞として記されている点が注目される。天平勝宝八歳十二月、皇太子らを諸大寺に遣わし梵網経の講師を請わしめた際の記事には「其詞曰、皇帝敬白、朕…」とある。
一八 仏教で好む七の二乗であり、下文の最勝王経の転読と殺生禁断の日数七七日と対応する。天平勝宝三年十月壬申・六年十一月戊辰条にも聖武の病平癒のため四十九僧を請じている。
一九 徳の高い僧。
二〇 聖武。続紀で天皇がみずから仏の弟子と称したことの初見。
二一 まえまえからの縁に頼りすがって。「宿」は古い、まえまえからの、「殖」は育つ、ふやす、「階縁」は頼りすがる、の意。魏志高貴郷公紀注に引く魏氏春秋に「階ニ縁前緒一、興ニ復旧績一」とある。下の「嗣ニ膺宝命一」とは対句をなすので階縁は動詞。
二二 天の命(皇位)を継ぎ承ける。
二三 仏法。
二四 もろもろの人民。

限二七七[1]日一転二読大乗金[2]光明最勝王経[3]一。又[4]令[5]下天下限二七
七[6]日一禁二断殺生一及断中雑食上。別於二大養徳国金光明寺一、
奉レ設二殊勝之会一、欲レ為二天下之摸一。諸徳等、或一時名輩[7]、
或万里嘉賓、僉曰二人師一、咸称二国宝一。所レ冀、屈[8]二彼高
明一、随二茲延請一、始暢[9]二慈悲之音一、終諧[10]二微[11]妙之力一。仰願、
梵宇増レ威、皇家累レ慶、国土[12]厳浄、人民康楽、広及二群
方一、綿該[13]二広[14]類一、同乗[15]二菩薩之乗一、並坐二如来之座[16]一。像法
中興[17]、実在二今日一。凡厥知見、可レ不レ思[18]哉[19]。〇二月辛巳、
以二佐[20]渡[21]国一并二越後国一。〇乙未、夜、月掩二熒[22]惑[23]一。〇丁酉、
夜、月掩二太白一。〇三月癸卯、金光[24]明寺読経竟。詔、遣二
右大臣橘宿禰諸兄等一、就レ寺慰二労衆僧一。〇乙巳、筑前国
司言、新羅使薩飡金序貞等来朝。於レ是、遣二従五位下多
治比[25]真人土作[26]・外[27]従五位下葛井連広成[28]於筑前一、検二校供
客[29]之事一。〇夏[30]四月壬申、行二幸紫香楽一。以二右大臣正二位
橘宿禰諸兄・左大

(兼・谷原・東・高)、ゝ(東傍・高傍)→校補　**2**金(兼等、大)―全(底擦重)、合〔底原〕　**3**経〔兼重〕　**4**又(底新補)―ナシ〔底一字空〕→校補　**5**令(底新朱抹傍・兼等、大)―今〔底原〕、命(底新傍朱イ・兼等傍イ)→校補　**6**七〔底〕―々　**7**輩或〔東・高、大〕―｜(兼・谷原)、輩(谷擦重)→校補　**8**屈(底新補)―ナシ〔底一字空〕→校補　**9**暢→校補　**10**諧(底新補)―ナシ〔底一字空〕→校補　**11**微(底新朱抹傍)―後〔底原〕　**12**土(底新補・兼・谷・高、大)―ナシ〔底一字空〕、士(東)→校補　**13**該(底新補)―ナシ〔底一字空〕→校補　**14**広＝廣(底新朱抹傍)―鹿〔底原〕→校補　**15**乗―垂(東)　**16**座〔大改〕―坐(兼等)　**17**興―与＝與〔底〕　**18**思(谷重、大)―ナシ〔底一字空〕、｜(兼・谷原・東・高)→校補　**19**哉〔谷重・東傍・高傍、大〕―｜(兼・谷原、東・高)→校補　**20**佐―左(兼)　**21**渡―度(兼)　**22**熒―営＝營〔底〕　**23**惑―或〔底〕　**24**光(底新傍補)―ナシ〔底原〕　**25**比(底新朱抹傍)―正〔底原〕　**26**作―佐(東)　**27**外(兼等、大)―ナシ〔東傍按・高傍按〕→校補　**28**成ノ下→校補　**29**客〔大改、紀略〕―宮(兼等)、給(谷傍イ)→校補　**30**夏四月→

一 植物にまじえて動物も食べること。
二 大養徳国にある金光明寺。→補15―一。
三 手本。
四 その時代を代表する高僧。後漢書梁慬伝の論に「亦一時之志士也」。「一時」は下文の「万里」と対句をなす。
五 外国から渡来した僧。
六 五月の元明の詔(宣命第十詔)に「天皇朝庭乃始賜比造賜幣留国宝等之弖」とある。優れた僧を国の宝とする考えは、最澄の天台法華年分学生式に「国宝何物、宝道心也、有二道心一人、名為二国宝一」(平遺四四一七号)と見える。
七 「彼の高明を屈ひ」と「茲の延請に随ひ」は対句。「高明」は徳が高く聡明な僧。「延請」は招聘すること。
八 経文を読誦することで、仏の慈悲の言葉を広く行きわたらせ、霊妙な力を整える。
九 「梵宇」は寺。寺院が威厳を増し、天皇家に慶びが重なる。
一〇 もろもろを永く包み込んで、の意。「綿」は永く続き連なる。「該」は包む。孔子家語、正論解に「夫孔子者大聖、無レ不レ該〈該包〉」。三代格天平十三年二月十四日勅に「広二洽郡生一、通二該庶品一」とある。
一一 みな同じく菩薩の乗り物に乗り(菩薩乗により)、並んで如来の座に坐る(如来の境地に到る)。→補15―三。如来は修行を完成した者、悟りの境地に到達した仏で衆生を教え導く。
一二 →補15―四。像法の中興とは像法の時期に、衰えかかった仏法を再興すること。
一三 佐渡国は文武四年二月に見えて以来国として独立してきたが、ここで併合。天平勝宝四年十一月に復置(天平勝宝四年十一月乙巳条)。橘諸兄執政下では、安房国の上総国へ

七七日《しちしちにち》を限《かぎ》りて大乗金光明最勝王経《だいじようこむくわうみやうさいしようわうきやう》を転読《てんどく》せしむ。また天下《あめのした》をして、七七日《しちしちにち》を限《かぎ》りて殺生《せちしやう》を禁断《きむだん》し、及[一]雑食《またざふじき》を断《た》たしむ。別《べち》に[二]大養徳国《やまと》金光明《こむくわうみやう》寺《じ》に殊勝《しゆしよう》の会《ゑ》を設《まう》け奉《たてまつ》りて、天下《あめのした》の[三]摸《ためし》と為《な》さむとす。諸徳等《しよとくたち》、或《ある》は[四]一時《いちじ》の名輩《みやうはい》、或《ある》は[五]万里《まんり》の嘉賓《けひん》、僉人《みなひと》の師《し》と曰《い》ひ、咸《ことごと》く[六]国《くに》の宝《たから》と称《い》ふ。冀《ねが》はくは、[七]彼《か》の高明《かうみやう》を屈《ゐやま》ひて茲《こ》の延請《えんしやう》に随《したが》ひ、始《はじ》めには[八]慈悲《じひ》の音《おと》を暢《の》べて終《をはり》には微妙《みめう》の力《ちから》を諧《ととの》へむことを。仰《あふ》ぎ願《ねが》はくは、[九]梵宇《ぼむう》威《ゐ》を増《ま》して皇家《わうけ》慶《よろこび》を累《かさ》ね、国土《こくど》厳浄《ごむじやう》、人民康楽《にんみんかうらく》にして、広《ひろ》く群方《ぐんはう》に及《およ》ぼして[一〇]綿《なが》く広類《くわうるい》を該《か》ね、[一一]同《おな》じく菩薩《ぼさち》の乗《じよう》に乗《じよう》して並《ならび》に如来《によらい》の座《ざ》に坐《ざ》せむことを。[一二]像法《ざうほふ》の中興《ちうこう》は実《まこと》に今日《こんにち》に在《あ》り。凡《おほよ》そ厥《そ》の知見《ちけん》は思《おも》はずあるべけむや」とのたまふ。

佐渡国を越後国に併合

二月（辛未朔）辛巳（十一日）、[一三]佐渡国《さど》を越後《こしのみちのしり》国に并《あは》す。○乙未（二十五日）、夜《よる》、[一四]月熒惑《つきくゑいこく》を掩《おほ》ふ。○丁酉（二十七日）、夜《よる》、[一五]月太白《つきたいはく》を掩《おほ》ふ。

新羅使来朝

三月（庚子朔）癸卯（四日）、[一六]金光明寺《こむくわうみやうじ》の読経竟《どくきやうをは》る。詔《みことのり》して右大臣《うだいじん》[一七]橘《たちばな》宿禰諸兄《もろえ》らを遣《つかは》し、寺《てら》に就《つ》きて衆《もろもろ》の僧《ほふし》を慰労《ねぎら》はしむ。○乙巳（六日）、[一八]筑前《つくしのみちのくち》国司言《まう》さく、「[一九]新羅使《しらきのつかひ》[二〇]薩飡《さつさん》[二一]金序貞《こむじよちやう》ら来朝《まう》く」とまうす。是《ここ》に従五位下[二二]多治比《たぢひ》真人土作《はにつくり》、外従五位下[二三]葛井《ふぢゐ》連広成《ひろなり》を筑前《つくしのみちのくち》に遣《つかは》して、供客《きようかく》の事《こと》を検校《けむけう》せしむ。

紫香楽宮行幸

夏四月（庚午朔）壬申（三日）、[二四]紫香楽《しがらき》に行幸《みゆき》したまふ。右大臣《うだいじん》正二位[二五]橘《たちばな》宿禰諸兄《もろえ》、左大《さだい》

の、また能登国の越中国への併合（天平十三年十二月丙戌条）など小国の併合があり、橘諸兄政権の行政組織縮小策の一環と考えられる（岸俊男）。藤原仲麻呂の権勢伸長期には復置されている。

一四 熒惑は火星。丁酉条と共に、星が月の後に隠れるいわゆる星食の記事。→補15―五。

一五 太白は金星。→補15―六。

一六 正月の干支を補15―一のごとく訂正すれば、金光明経読誦開始の正月十四日は乙卯となり、この癸卯は四十九日目にあたる。

一七 →□一補5―六。

一八 前年正月に大宰府が廃止されているので、筑前国司が本来大宰帥の任である蕃客との交渉の任に当たった。

一九 前年二月新羅使金欽英が来日したが、恭仁京の宮室が未完成のため、右大弁紀飯麻呂を大宰府に遣わして饗応し、帰国させている。

二〇 新羅十七等官位の第八等。新羅使の位としては中位。

二一 四月に貢調を土毛と称し礼を失するとされ、筑紫から放還、帰国させられた。

二二 →補13―一四。霊亀二年の遣唐押使県守及び天平五年遣唐大使広成の甥。

二三 →補8―三七。養老四年五月白猪史から葛井連に改姓。養老三年閏七月遣新羅使となっている。万葉一七七八・一七七九の「藤井連遷レ任上レ京時、娘子贈歌一首」と「藤井連和歌一首」はこの時の広成に関わる作とも言う。

二四 →補14―一四。前年十二月二十九日から正月二日にかけての行幸に次ぐ第三回目の紫香楽行幸。一三日後恭仁に還る。

二五 前二回の行幸には随従したが、以後第四・第五回ともに留守。前年八月・十二月の紫香楽行幸の際の留守の主席は知太政官事鈴鹿王。

弁従三位巨勢朝臣奈弖麻呂・右大[1]弁従四位下紀朝臣飯麻呂一為二[2]留守一。遣三[3]宮内少輔従五位下多治比真人木人一為二平城宮[4]留守一。○乙酉、車駕還レ宮。○辛卯、賜二陪従五位已上廿八人、六位已下二千三百七十人禄一有レ差。○甲午、検[5]校新羅客使多治比真人土作等言、新羅使、調改[6]偁二[7]土毛一、書[8]直[9]注二物数一。稽二之旧例一、大失二常礼一。[10]太政官処分、宜下召二水手已上一、告以二[11]失礼之状一、便即放却上。○五月辛丑、自二三月一至二今[12]月一不レ雨。奉二幣帛于畿[13]内諸神社一祈レ雨焉。○癸卯、宴二群臣於内裏一。皇太子親儛二五節一。右大臣橘宿禰諸兄奉レ詔、奏二太上天皇一曰、天皇大命尓坐西[14]奏賜久、[15]掛母畏伎[16]飛鳥[17]浄御原宮尓大八洲所知志聖乃天皇命、天下乎治賜比[18]平賜比氏所思坐久、上下乎[19]斉倍和気弖无動久静[20]加尓[21]令有尓波、礼等楽等二都[22]並弖志平久長久可有[23]等随神母所思坐弖、此乃舞乎始賜比造賜比伎等聞食弖、与天地共尓絶事無久、弥継尓受賜波利行[24]牟物等之弖

一 →二〇九頁注二九。天平十三年九月恭仁の造宮卿に任ぜられ、十四年八月・十二月の紫香楽行幸でも恭仁京留守となっている。
二 →二〇九頁注三〇。前二回の紫香楽行幸でも留守となっている。
三 →㊀補5‐一八。
四 →三七九頁注四〇。宮内少輔は兵部少輔の誤か。木人は天平十三年八月に兵部少輔になり、本年六月中務少輔に転じるが、その際兵部少輔に大伴三中が任ぜられているのに対して宮内少輔の異動は見られない。
五 このとき紫香楽から恭仁に還る。
六 六位以下の人数が極めて多い。
七 →補13‐一四。三月に葛井広成と新羅使供客の検校に筑前に派遣された。
八 服属国の貢献物を表すものとして、「調」という語を用いさせるのが、日本の朝廷の立場であった。宝亀元年三月丁卯、新羅使に「新羅貢レ調、其来久矣。改称二土毛一、其義安在」と譴責し、同五年三月癸卯に新羅使が「進二土毛一、故不レ称二御調一」と述べたため、「新羅元来、称レ臣貢レ調、古今所レ知、…殊無二礼数一」として、帰国させている。このころの対新羅外交→補11‐一二。
九 その土地の産物。賦役令7集解古記に「土毛、謂二草木一也、其地所レ生、謂二之地毛一、当国所レ出、皆是土毛耳」。
一〇 いきなり品物の名と数のみを書き、その性格や趣旨を述べる「奉貢御調事」のような前書きを欠いていること。
一一 水夫。大蔵省式に賜蕃客例として新羅王・大使・副使・大通事・録事・医師・船頭・通事・小通事・大海師・学語生・傔人・海師・水手が見える。
一二 この後、天平勝宝四年閏三月に新羅王子

校補

1弁→校補　2留守〔谷重・東傍・高傍、大〕—｜｜(兼・谷原・東・高)→校補　3宮内→脚注・校補　4留—内(兼)　5校〔底擦重〕　6偁〔兼等〕—称=稱(大改、紀略)　7土—士〔底〕　8直〔紀略原〕—真(兼・谷原・東・高)、奥(谷擦重、大、紀略改)　9注〔紀略改〕—住(紀略原)　10太—大〔底〕　11失—告〔底〕　12月〔東傍イ・高傍イ、大改〕—日(兼等)　13内ノ下、ナシ—諸内〔底〕→校補　14西〔兼朱傍イ・谷朱傍イ・高朱傍イ、大改、類七七、詔〕—而(底新傍朱イ・兼・谷・高)、ナシ(東)　15掛(兼等、大、詔)—桂〔底〕、挂(類七七)　16伎〔類七七、詔〕—岐(兼等、大)　17浄ノ下、ナシ〔東傍按・高傍按、大衍、類七七、詔〕—見(兼等)→校補　18平賜比氏(底新傍補)—ナシ〔底原〕　19乎(兼等、大、類七七、詔)—宇〔東傍イ・高傍イ〕　20加→校補　21令有尓波〔詔〕—令有尓八(兼原・兼朱傍補・谷朱傍補・東・高、大、類七七)、ナシ(兼抹・谷原)→校補　22並弖志→校補　23等(兼等、大、類七七一本)—等〔底〕、登(類七七、詔)　24牟〔大、類七七、詔〕—乎(兼等)

弁《べん》従三位巨勢《こせ》[一]朝臣奈弖麻呂《なでまろ》、右大弁《うだいべん》従四位下紀《き》[二]朝臣飯麻呂《いひまろ》を留守《るしゅ》[三]とす。宮《くう》内少輔《ないせうふ》従五位下多治比《たぢひ》[四]真人木人《きひと》を遣《つかは》して、平城宮《ならのみや》の留守《るしゅ》とす。○乙酉《十六日》、車《きよ》[五]駕《が》、宮《みや》に還《かへ》りたまふ。○辛卯《二十二日》、陪従《ばいじゅ》せる五位已上廿八人、六[六]位已下二千三百七十人に禄賜《ろくたま》ふこと差《しな》有り。○甲午《二十五日》、検校新羅客使《けむけうしらききやくし》多治比《たぢひ》[七]真人土作《はにつくり》ら言《まう》さく、「新羅使《しらきのつかひ》は調《みつき》[八]を改《あらた》めて土毛《くにつもの》[九]と偁《い》ひ、書《ふみ》[一〇]に直《ただ》に物《もの》の数《かず》を注《しる》すのみ。旧《ふる》き例《ためし》に稽《かむが》ふるに、大《おほ》きに常《つね》の礼《ゐや》を失《うしな》へり」とまうす。太政官《だいじやうぐわん》処分《しよぶん》すらく、「水手《かこ》[一一]已上を召《め》して、告《つ》ぐるに失礼《しつれい》の状《じやう》を以《もち》てし、便即《すなは》ち放《はな》[一二]ち却《しりぞ》くべし」といふ。

新羅使常礼を失す、放還

　五月辛丑《己亥朔三日》[一三]、三月《やよひ》より今月《このつき》に至《いた》るまで雨《あめ》ふらず。幣帛《みてぐら》を畿内《きない》の諸《もろもろ》の神社《やしろ》に奉《たてまつ》りて雨《あめ》を祈《こ》ふ。○癸卯《五日》、群臣《ぐんしん》を内裏《うち》に宴《うたげ》す。皇太子《くわうたいし》[一四]、親《みづか》ら五節《ごせち》[一五]を儛《ま》ひたまふ。右大臣《うだいじん》橘《たちばな》[一六]宿禰諸兄《もろえ》、詔《みことのり》を奉《う》けたまはりて太上天皇《だいじやうてんわう》[一七]に奏《そう》して曰《のたま》[一八]はく、「天皇《すめら》が大命《おほみこと》[一九]に坐《いま》せ奏《まを》し賜《たま》はく、掛《か》けまくも畏《かしこ》き飛鳥浄御原宮《あすかきよみはらのみや》[二〇]に大八《おほや》洲知《しまし》らしめしし聖《ひじり》の天皇命《すめらみこと》、天下《あめのした》を治《をさ》め賜《たま》ひ平《たひら》げ賜《たま》ひて思《おも》ほし坐《ま》さく、上《かみ》[二一]下《しも》を斉《ととの》へ和《やはら》げて動《うごき》無く静《しづ》かに有らしむるには、礼《らい》[二二]と楽《がく》と二つ並べてし平《たひら》けく長《なが》く有べしと神《かむ》ながらも思《おもほ》し坐《ま》して、此《こ》[二三]の舞《まひ》を始《はじ》め賜《たま》ひ造《つく》り賜《たま》ひきと聞《き》[二四]き食《たま》へて、天地《あめつち》と共に絶《た》ゆる事《こと》無く、いや[二五]継《つぎ》に受《う》け賜《たま》はり行《ゆ》かむ物《もの》として、

皇太子阿倍内親王、五節を舞う
宣命第九詔
聖武から元正への奏

金泰廉・貢調大使金暄らが来るまで、新羅からの使はない。
一三 ユリウス暦で五月三十日。六月に宇治川の水枯れのことが見える。
一四 阿倍内親王→三三七頁注五。時に二十六歳。
一五 五節田舞→四〇三頁注一四。
一六 →㊀補5-六。
一七 元正。
一八 皇太子阿倍内親王の五節舞を元正太上天皇に奉献する宣命。聖武は、天武が天下統治のためには礼と楽とがともに必要であると考え造った五節の舞を自分も継承してゆこうと思い皇太子に習わせていたが、それを今、太上天皇に奉献すると述べる。宣命冒頭の表記→㊀補1-一一。
一九 (聖武の)大命によりますと、の意。イマセはイマセバに同じ。
二〇 天武。以下三行先の「造り賜ひき」までが、天武の事業。即ち天下を平定し、また秩序を維持するために礼と楽とが行われていくようにと、五節舞を造ったこと。
二一 君臣の秩序。
二二 礼記楽記篇に「楽者天地之和也、礼者天地之序也。和故百物皆化、序故群物皆別」とある。楽は天地人心をやわらげるもの、礼は秩序を正すために重要なものとされる。天武もそうした考えに立ち五節の舞を創始したと見られる。
二三 五節田舞。
二四 聖武がそのように由来を承り、自らも礼と楽とで支配を継承して行こうと思い、の意。
二五 幾代にもわたり継承していく。宣命第一詔(文武元年八月庚辰条)の「弥継々尓」と同じか。原文のままイヤツギニと読んでおく。

皇太子、斯王尓学[1]志頂[2]令荷弖、我皇天皇[3]大[4]前尓貢事乎奏。於[5]レ是、太[6]上天皇詔報曰、現神御大[7]八洲我子天皇乃掛[8]母[9]畏伎[10]天[11]皇朝庭[12]乃始賜比造賜留幣[13]国[14]宝[15]弖等之此王乎[16]令供奉賜波[17]、天下尓立賜比行賜流部法波[18]可絶[19]伎[20]事波[21]無久有止家利[22]見聞喜侍止奏[23]賜等詔[24]大命乎奏。又今日行賜布態乎見行波[25]、直[26]遊[27]止乃味尓波[28]不在弖之、天下人尓君臣祖子乃理乎教賜比趣[29]賜尓布止[30]有良志止奈[31]母所思須。是以、教賜比趣賜比奈何良、受被賜持弖、不忘[32]不失可有伎表弖等[33]之[34]一二人乎治賜波奈止那毛所[35]思行等須奏[36]賜止詔大命乎奏[37]賜止波[38]久奏。因御製歌[39]曰、蘇良美都　夜麻止乃久尓波　可未可良斯　多布度久安流羅之　許能末比美例波。又歌[40]曰、阿麻豆可未　美麻乃[41]弥[42]己止乃　登理母知弖　許能等与美岐遠　伊可[43]多弖末都流。又歌[44]曰、夜須美斯志　和己於保支美波　多比良気久　那何久伊末之弖　等与美岐麻都流。右大臣橘宿禰諸兄宣レ詔曰、天皇大命良麻等[45]勅久、今日行賜比供奉賜態[46]尓依而御世御世[47]当弖供奉礼留親王等大臣等乃子等乎始[48]而、可治賜伎一二人[49]等選給比治給布。

1学志〔兼傍補〕―ナシ(兼原)　2頂令―頃命〔底〕　3皇ノ下→校補　4大〔大、詔〕―太(兼等、類七七)　5於〔兼・谷、大、類七七〕―放(東・高)　6上ノ下→校補　7大―太〔底〕　8掛(兼等、大、詔)―桂〔底〕、挂(類七七)　9母(底新朱抹傍)―せ〔底原〕　10伎―皮〔底〕　11天ノ下、ナシ―天〔底〕　12庭〔類七七〕―廷(兼等、大、詔)　13幣〔兼・東〕―弊(谷・高、大、類七七、詔)　14国ノ上、ナシ〔類七七〕―宝(底新傍朱イ・兼等、大、詔)→脚注・校補　15宝ノ下、ナシ―宝(類七七)　16乎(底新傍補)―ナシ〔底原〕　17施　•18波―八(類七七)　19絶―施(東)　20伎ノ下、ナシ―事伎(高)　21波―八(類七七)　22止→校補　23奏―奉〔底〕　24大―太〔底〕　25波―八(類七七)　26直〔兼等、大、類七七、詔〕―宣(東傍)、宜(高傍)　27遊〔兼朱傍イ・谷朱傍イ、大改、類七七、詔〕―迹(底新傍朱イ・兼等)　28波―八(類七七)　29趣〔兼原・兼朱抹朱傍・谷、大、類七七、詔〕―起(兼擦重・東・高)→校補　30止〔詔〕―等(兼等、大、類七七)　31奈母〔高擦重〕　32忘―忌〔底〕→校補　33等〔底原〕―ナシ(底新朱抹)　34等ノ下、ナシ―止〔底〕　35所思―思所〔底〕　36奏―奉〔底〕

一 皇太子であるこの阿倍内親王。
二 習わせ、謹んで体得させる。
三 元正太上天皇。聖武から称したもの。
四 元正。
五 元正から聖武への報答の宣命。(一)聖武が天武の造った舞を、国の宝として皇太子に舞わせるのを見れば、天下に行われている大法は絶えることがないと感知されること、(二)今日のこの舞は単なる遊興ではなく、君臣祖子の間の倫理を教え導くものであり、その趣旨を銘記させるために、人々を昇叙させてもらいたいこと、の二段よりなり、以下に元正の歌三首を載せる。
六 聖武。親族関係としては、元正の甥だが、太上天皇として親子関係を以て称したもの。
七 天武。
八 兼右本等、上に「宝」がある。それによれば「宝を国宝として」と訓めるが、詔詞解は同系の本により、「上の宝の字は写誤なるべし、此舞乎、もしくは舞乎、など有るべき所也、故れ姑くまひをと訓つ」とする。
九 阿倍皇太子。「乎」は「をして」の意。
一〇 原文「奏賜」は、詔詞解など、「奏し賜ふ」と訓む。しかし「盧舎那像の大前に奏賜部止奏さく」(第十二詔)の例もあり、文脈から「奏し賜へ」とすべきであろう。
一一 「直」は助詞ノミをともない、それだけと

宣命第十詔
元正の詔報

[一]皇太子《ひつぎのみこ》斯の王《おほきみ》に学《なら》[二]はし頂《いただ》き荷《もた》しめて、我皇 天皇《わがおほきみすめらみこと》[三]の大前《おほまへ》に貢《たてまつ》る事を奏《まを》す」といふ。是《ここ》に於て[四]太上天皇《だいじやうてんわう》[五]詔報《みことのり》して曰《のたま》はく、「現神《あきつみかみ》と御大八洲《おほやしましらしめす》我子《あがこ》[六]天《すめら》皇《みこと》の掛《か》[七]けまくも畏《かしこ》き天皇《すめら》が朝庭《みかど》の始《はじ》め賜《たま》ひ造《つく》り賜へる国宝《くにのたから》[八]として、此王《このおほきみ》[九]を供《つか》へ奉《まつ》らしめ賜へば、天下《あめのした》に立《た》て賜ひ行《おこな》ひ賜へる法《のり》は絶《た》ゆべき事はなく有りけりと見聞《みき》き喜《よろこ》び侍《はべ》り、と奏《まを》[一〇]し賜へと詔《の》りたまふ大命《おほみこと》を奏《まを》す。また今《け》日《ふ》行《おこな》ひ賜ふ態《わざ》を見そなはせば、直《ただ》[一一]に遊《あそび》とのみには在《あ》らずして、天下《あめのした》の人《ひと》に[一二]君臣祖子《きみおみおやこ》の理《ことわり》を教《をし》へ賜ひ趣《おもぶ》[一三]け賜ふとに有るらしとなも思《おもほ》しめす。是《ここ》を以《もち》て教《をし》へ賜ひ趣《おもぶ》[一四]け賜ひながら受《う》け賜はり持《も》ちて、忘《わす》れず失《うしな》はずあるべき表《しるし》として、一二人《ひとりふたり》[一五]を治《をさ》め賜はなとなも思《おもほ》しめす、と奏《まを》し賜へと詔《の》りたまふ大命《おほみこと》を奏《まを》し賜はくと奏《まを》す」とのたまふ。因《より》て御製歌《おほみうた》に曰《い》はく、「そらみつ[一六]大和《やまと》の国《くに》は神《かみ》からし貴《たふと》くあるらしこの舞見《まひみ》れば」といふ。また歌《うた》に曰《い》はく、「天《あま》[一七]つ神御孫《かみみま》の命《みこと》の取《と》り持《も》ちてこの豊御酒《とよみき》を厳献《いかたてまつ》る」といふ。また歌《うた》に曰《い》はく、[一八]「やすみしし我《わ》ご大君《おほきみ》は平《たひ》らけく長《なが》く坐《いま》して豊御酒《とよみき》献《まつ》る」といふ。右《う》

宣命第十一
詔

大臣《だいじん》橘《たちばな》宿禰諸兄《もろえ》、詔《みことのり》[一九]を宣《の》りて曰《のたま》はく、「天皇《すめら》が大命《おほみこと》らまと勅《の》りたまはく、今日《けふ》行《おこな》ひ賜ひ供《つか》へ奉《まつ》り賜ふ態《わざ》に依《よ》りて、御世御世《みよみよ》に当《あた》りて供《つか》へ奉《まつ》れる親王《みこ》等《たち》・[二〇]大臣等《おほまへつきみたち》の子等《こども》を始《はじ》めて、治《をさ》め賜ふべき一二人等《ひとりふたりども》選《えら》[二一]ひ給《たま》ひ治《をさ》め給ふ。

限定する意義を持つ。詩歌・管絃・舞などを楽しむことだけではなく。

一二 君臣・親子の間で守られるべき道理。

一三 お導きになるということであるらしい。

一四 お導きになるとおりに。

一五 位階を賜う。「奈」は願望の助詞。太上天皇から天皇に対し、この際、叙位を行って欲しいとの希望の表明。

一六 今この舞を見れば大和の国が尊くあるのは神柄であるらしい。「そらみつ」は「大和」の枕詞。大和はここでは日本全体を指す。「神から」の「から」は人柄などの字を当てるように、そのものが本来持っている性質・品格。「し」は強調の助詞。

一七 天神の子孫である天皇が自から手に執り持ってこの豊御酒を厳かに奉ります。→補15-七。

一八 我が大君は永久に平安に豊御酒を奉ります。詔詞解は結句の「流」が「礼」ではないのを訝っているが、断定的な表現で願望をあらわす例は、呪的表現に例が多い。

一九 元正の宣命を承けて、叙位を行うことを述べた聖武の宣命。(一)今日の五節の舞の儀にもとづき、代々供奉して来た臣下に位を授けるので、君臣親子の理を忘れず、今後も代々の天皇に祖名を負い長く仕えるべきこと、(二)東宮の官人に一階、下道真備に二階を進めることを述べた二段よりなる。

二〇 「大臣」は詔詞解などオホオミと訓むが、続紀宣命中の「大臣」は、「藤原朝臣内大臣」(第五十二詔)など律令制以前の官名を表す特別な例を除きオホマヘツキミと訓むと思われる。令制の大臣の意。

二一 エラヒは選ぶ意のエルにフの付いた形。上代には清音であった。

是以、汝等母今日詔大命乃期等君臣祖子乃[1]理遠忘[2]事無久、天継坐牟[3]天皇御世御世尓明浄心乎[4]以而、祖名乎戴[5]持[6]而、天地与共[7]尓長久遠久仕奉礼等之弖、冠位上賜比治賜布等勅大命衆聞食宣。又皇太子宮[8]乃官[9]人尓冠一階上賜布。此中博士等任賜部留下道朝臣真備尓波[10]冠二階上賜比治賜波久等勅天皇[11]大命衆聞食宣[12]。授二右大臣正二位橘宿禰諸兄従一位、正[13]三位鈴鹿王従二位、正四位下藤原朝臣豊成従三位、従四位上栗[14]栖王・春日王並正四位下、従四位下船王従四位上、無位阿刀王・御室王並従四位下、従五位上矢釣王正五位下、无位高丘[15]王・林王・市原王並従五位下、従四位下大伴宿禰牛養・石上朝臣乙麿・藤原朝臣仲[16]麻呂並従四位上、正五位上多治比[17]真人広足・佐伯宿禰常人、正五位下下道朝臣真備並従四位下、正五位下多治比真人占部・石川朝臣加美、従五位上藤原朝臣八束・橘宿禰奈良麻呂、正五位下阿倍朝臣虫麻呂・佐伯宿禰清麻呂・坂上忌寸犬養並正五位上、従五位上阿倍朝臣佐美麻呂、従五位下藤原朝臣清河[18]、従五位上紀朝臣清人・石川朝臣年足[19]・背[20]奈王福信

一 宣命にあらわれる「明浄正直」。→[一]補1‐二三。
二 東宮傅・東宮学士および春宮坊の官人。下道真備以外当時の在任者は不明。天平十三年七月春宮大夫として見える巨勢奈弖麻呂は、この日中納言に任ぜられたが、昇叙されておらず、既に職を離れていたか。
三 ここでは東宮学士のこと。真備は天平十三年七月に東宮学士に任ぜられ、本年六月に春宮大夫に任ぜられ、「皇太子学士如レ故」とある。
四 →補12‐六。天平十二年十一月、正五位下に昇叙された。
五 以下叙位された四七人のうち一二人は六月の任官に見える。天平十二年正月の一八人以後、続紀に見えるまとまった叙位者の数は、同年十一月伊勢行幸供奉の五一人、十三年閏三月の一四人であるから、定例の叙位が崩れた後、しばらくぶりの規模。配列で本位の順が乱れている藤原八束・橘奈良麻呂・藤原清河・大原麻呂・下毛野稲麻呂の五人は全部二階以上の昇叙であるが、何故か不明。
六 →[一]補5‐六。正二位昇叙は天平十二年十一月。皇族以外で生前従一位に叙せられた最初の例。天平勝宝元年四月正一位。
七 →[一]補5‐八。知太政官事。正三位昇叙は天平十年正月。十七年九月従二位で没。
八 →一四七頁注一二。兵部卿兼中衛大将。天平神護元年十一月の薨伝に「天平十四年、至二従三位中務卿一」とあるのは、年・官ともに誤り。
九 →一二七頁注一九。
一〇 →一二七頁注二一。
一一 →一七七頁注一四。
一二 阿刀は安都とも。天平宝字七年五月義部

37奏（兼等、大、類七七、詔）—奉〔東傍イ・高傍イ〕 38波—八（類七七） 39・40歌—哥（東） 41乃—乃（東） 42弥〔大改、類七七、詔〕—祢（兼等） 43可〔類七七、詔〕—寸（兼等、大、類七七一本）→校補 44歌—哥（東） 45麻等—摩〔底〕 46態—熊（兼） 47御世—々々（兼） 48而〔兼重〕 49人—ナシ〔底〕

1乃〔兼等〕—乃（大、類七七、詔）
2忘〔類七七改〕—妄（類七七原）→校補
3牟—乎（東）→校補
4乎—ナシ〔底〕
5戴〔大改、類七七、詔〕—載（兼等）
6持—侍〔底〕
7共—供〔底〕
8宮（底新傍朱イ）—ナシ〔底〕
9官〔兼重〕—宮（兼原）
10波〔類七七〕—八（類七七一本）
11皇（底新傍補）—ナシ〔底原〕
12宣—寅〔底〕
13正—王〔底〕
14栗〔兼・谷重・高、大〕—粟（谷原）、東（東）
15丘—兵〔底〕 16仲〔谷重〕
17比—ナシ（高）
18清河〔大改〕—河清（兼等）
19足ノ下、ナシ〔兼・谷、大〕—足（東・高）
20背→校補

是《ここ》を以《もち》て汝等《いましたち》も今日《けふ》詔《の》りたまふ大命《おほみこと》のごと君臣祖子《きみおみおやこ》の理《ことわり》を忘《わす》るることなく、継《つ》ぎ坐《ま》さむ天皇《すめら》が御世《みよ》御世《みよ》に[一]明《あか》き浄《きよ》き心《こころ》を以《もち》て祖《おや》の名《な》を戴《いただ》き持《も》ちて、天地《あめつち》と共《とも》に長《なが》く遠《とほ》く仕《つか》へ奉《まつ》れとして、冠位上賜《かがふりくらゐあげたま》ひ治《をさ》め賜ふと勅《の》りたまふ大命《おほみこと》を衆聞《もろもろき》きたまへと宣《の》る。また[二]皇太子宮《ひつぎのみこのみや》の官人《つかさびと》に冠《かがふり》一階上《あ》げ賜ふ。此の中に[三]博士《はかせ》と任《め》し賜《たま》へる[四]下道《しもつみち》朝臣真備《まきび》には冠《かがふり》二階上《あ》げ賜ひ治《をさ》め賜はくと勅《の》りたまふ天皇《すめら》が大命《おほみこと》を衆聞《もろもろき》きたまへと宣《の》る」とのたまふ。[五]右大臣《うだいじん》正二位[六]橘《たちばな》宿禰諸兄《もろえ》に従一位を授《さづ》く。正三位[七]鈴鹿王《すずかのおほきみ》に従二位。正四位下[八]藤原《ふぢはら》朝臣豊成《とよなり》に従三位。従四位上[九]栗栖《くるす》王・[一〇]春日《かすが》王に並《ならび》に正四位下。従四位下[一一]船《ふね》王に従四位上。無位[一二]阿刀《あと》王・[一三]御室《みむろ》王に並に従四位下。従五位上[一四]矢釣《やつり》王に正五位下。无位[一五]高丘《たかをか》王・[一六]林《はやし》王・[一七]市原《いちはら》王に並に従五位下。従四位下[一八]大伴《おほとも》宿禰牛養《うしかひ》・[一九]石上《いそのかみ》朝臣乙麿《おとまろ》・[二〇]藤原《ふぢはら》朝臣仲麻呂《なかまろ》に並に従四位上。正五位上[二一]多治比《たぢひ》真人広足《ひろたり》・[二二]佐伯《さへき》宿禰常人《つねひと》、正五位下下道《しもつみち》朝臣真備《まきび》に並に[二三]従四位下。正五位下[二四]多治比《たぢひ》真人占部《うらべ》・[二五]石川《いしかは》朝臣加美《かみ》、[二六]従五位上[二七]藤原《ふぢはら》朝臣八束《やつか》・[二八]橘《たちばな》宿禰奈良麻呂《ならまろ》、正五位下[二九]阿倍《あへ》朝臣虫麻呂《むしまろ》・[三〇]佐伯《さへき》宿禰清麻呂《きよまろ》・[三一]坂上《さかのうへ》忌寸犬養《いぬかひ》に並に正五位上。従五位上[三二]阿倍《あへ》朝臣佐美麻呂《さみまろ》、[三三]従五位下[三四]藤原《ふぢはら》朝臣清河《きよかは》、従五位上[三五]紀《き》朝臣清人《きよひと》・[三六]石川《いしかは》朝臣年足《としたり》・[三七]背奈王福信《せなのこにきしふくしん》に

卿従四位下で没。以下の二人は無位より従四位下に叙せられているので、系譜は不明だが親王の子。慶雲二年十二月癸酉条に見える阿刀王は別人か。
一三 御室は三室とも。天平十七年四月散位従四位下で没。
一四 →三一一頁注三。
一五 →補15-八。
一六 →補15-九。
一七 →補15-一〇。
一八 →〔一〕一四五頁注二七。
一九 →一四七頁注一一。天平十年正月従四位下に昇叙。十一年三月久米若売を奸した罪により土佐に流された。十二年の大赦からは除かれたが、この時までに免ぜられたらしい。
二〇 →補11-四七。
二一 →七頁注二三。
二二 →補12-七七。
二三 聖武の宣命で特に二階昇叙と指定(七行前)。 二四 →補8-五一。
二五 →補11-三。
二六 以下従五位上から昇叙された藤原八束・橘奈良麻呂は、叙位記事の通例からすると、正五位下からの昇叙者の下に記されるべきもの。ここでは正五位下からの昇叙者の間に位置している。 二七 →補13-一四。
二八 →補13-一五。 二九 →補12-七七。
三〇 →補12-三四。七月に従四位下に昇叙。
三一 →補12-二九。 三二 →補12-七六。
三三 叙位記事の通例では従五位上からの昇叙者の下にあるべきもの。
三四 →補13-五〇。
三五 →〔一〕補6-三七。 三六 →補12-一。
三七 →三三九頁注一一。背奈王の賜姓は天平十九年六月で、ここは背奈公とあるべきもの。

並正五位下、従五位下大伴宿禰稲君・百済王孝忠・佐味朝臣虫麻呂・巨勢朝臣堺麻呂・佐伯宿禰稲麻呂並従五位上、外従五位下県犬養宿禰大国、正六位上大伴宿禰駿河麻呂、従六位上大原真人麻呂、正六位上中臣朝臣清麻呂・佐伯宿禰毛人並従五位下、従六位下[1]下[2]毛野朝臣稲麻呂、正六位上高橋朝臣国足・鴨朝臣角足・秦[3]井手乙麻呂・紀朝臣小楫・若犬養宿禰東人・井上忌寸麻呂並外従五位下。既而、以㆓右大臣従一位橘宿禰諸兄㆒拝[4]㆓左大臣㆒。兵部卿従三位藤原朝臣豊成・左大弁従三位巨勢朝臣奈弖麻呂為㆓中納言㆒、従四位上藤原朝臣仲麻呂、従四位下紀朝臣麻路為㆓参議㆒。○乙丑、詔曰、如聞、墾田、依㆓養老七年格㆒、限満之後、依㆑例収授。由㆑是、農夫怠[5]倦、開㆑地後[6]荒[7]。自㆑今以後、任為㆓私財㆒、無㆑論㆓三世一身㆒、咸[8]悉永年莫㆑取。其親王一品及一位五百町、二品及二位四百町、三品・四品及三位[9]三百町、四位二[10]百町、五位百町、六位已下八位已上五十町、初位已下至㆓于庶人㆒十町。但郡司者、大領・少領三十町、主政・主帳十町。若有㆓先給地過㆒多茲

1 下〔底〕―上（底新傍朱イ・兼等、大）
2 下〔東・高〕―上（底新傍朱イ・兼・谷、大）
3 秦―奉〔底〕
4 拝―任（紀略）
5 怠（底新朱抹傍）―台〔底原〕
6 後―復（大改）→校補
7 荒→校補
8 咸〔谷擦・東・高、大〕―感（兼・谷原）
9 位（底新朱抹傍）―品〔底原〕
10 二〔兼・東・高、大改〕―三（谷）

一 →補14―五。
二 →補12―三一。
三 →補9―一一五。
四 →補14―六。
五 天平二十年二月に従四位上を贈位。佐伯宿禰→㊀二七頁注一三。
六 →補12―七七。
七 →補15―一一。
八 →補15―一二。
九 →補15―一三。
一〇 →補15―一四。
一一 →補15―一五。

並に正五位下。従五位下[一]大伴《おほとも》宿禰稲君《いなきみ》・[二]百済王《くだらのこにきし》孝忠《けうちう》・[三]佐味《さみ》朝臣虫麻呂《むしまろ》・[四]巨勢《こせ》朝臣堺麻呂《さかひまろ》・[五]佐伯《さへき》宿禰稲麻呂《いなまろ》に並《ならび》に従五位上。外従五位下[六]県犬養《あがたいぬかひ》宿禰大国《おほくに》、正六位上[七]大伴《おほとも》宿禰駿河麻呂《するがまろ》、従六位上[八]大原《おほはら》真人麻呂《まろ》、正六位上[九]中臣《なかとみ》朝臣清麻呂《きよまろ》・[一〇]佐伯《さへき》宿禰毛人《えみし》に並に従五位下。従六位下[一一]下毛野《しもつけの》朝臣稲麻呂《いなまろ》、正六位上[一二]高橋《たかはし》朝臣国足《くにたり》・[一三]鴨《かも》朝臣角足《つのたり》・[一四]秦井手乙麻呂《はだのゐでのおとまろ》・[一五]紀《き》朝臣小楫《をかぢ》・[一六]若犬養《わかいぬかひ》宿禰東人《あづまひと》・[一七]井上《ゐのうへ》忌寸麻呂《まろ》に並に外従五位下。[一八]既《すで》にして右大臣《うだいじん》従一位[一九]橘《たちばな》宿禰諸兄《もろえ》を左大臣《さだいじん》に拝《はい》せしむ。兵部卿《ひやうぶきやう》従三位[二〇]藤原《ふぢはら》朝臣豊成《とよなり》・左大弁《さだいべん》従三位[二一]巨《こ》勢《せ》朝臣奈弖麻呂《なでまろ》を中納言《ちうなふごん》とす。従四位上[二二]藤原《ふぢはら》朝臣仲麻呂《なかまろ》、従四位下[二三]紀《き》朝臣麻路《まろ》を参議《さむぎ》。○乙丑《二十七日》、[二四]詔《みことのり》して曰《のたま》はく、「如聞《きくな》らく、「墾田《こんでん》は[二五]養老《やうらう》七年の格《きやく》に依《よ》り、[二六]限満《かぎりみ》つる後《のち》は例《ためし》に依《よ》りて収授《しうじゆ》す。[二七]是《これ》に由《よ》りて農夫《のうふ》怠《おこた》り倦《う》みて地《ち》を開《ひら》きし後荒《のちすさ》みぬ」ときく。今《いま》より以後《のち》、任《ほしきまにま》に私《わたくし》の財《たから》として、[二八]三世《さむせ》一身《いちしん》を論《あげつら》ふこと無く、咸悉《ことごと》く永年《えいねん》に取《と》ること莫《なか》れ。[二九]其《そ》れ、親王《しんわう》の一品と一位とには五百町、二品と二位とには四百町、三品・四品と三位とには三百町、四位には二百町、五位には百町、六位已下八位已上には五十町、初位已下庶人《しよにん》に至《いた》るまでには十町。但《ただ》し郡司《ぐんじ》は大領《だいりやう》・少領《せうりやう》に三十町、主政《しゆしやう》・主帳《しゆちやう》に十町。若《も》し先《さき》より給《たま》ひし地茲《ちこ》の

橘諸兄を左大臣

議政官を補充

墾田永年私財法

一二 ↓補15-一六。
一三 ↓補15-一七。
一四 ↓補15-一八。
一五 ↓補15-一九。
一六 ↓補15-二〇。
一七 ↓補15-二一。
一八 この太政官首脳の人事は、天平十一年四月中納言多治比広成の没後、大野東人・巨勢奈弖麻呂・大伴牛養・県犬養石次の四名を参議に補充して以来のもの。前年十月石次、同十一月東人が没し、議政官が知太政官事・右大臣・参議三名、となってしまったため、それを補充・拡大する目的を持つ。
一九 ↓㊀補5-六。
二〇 ↓一四七頁注一二。
二一 ↓二〇九頁注二九。
二二 ↓補11-四七。仲麻呂の参議任命で、藤原氏の議政官は二人となる。
二三 ↓補8-五一。紀氏の議政官参加は慶雲二年七月に大納言麻呂が没して以来。
二四 いわゆる墾田永年私財法を令する詔。↓補15-二二。
二五 養老七年四月のいわゆる三世一身法。↓補9-三二。
二六 三世一身法では三世もしくは一身の期限が終った後は、墾田は国家に収められ、班田収授の対象となった。
二七 収公が近づくと、どうせ自分の田ではなくなるというので、農夫は耕作を怠り、せっかく開墾した土地もまた荒廃してしまう。
二八 三世一身法に「其有下新造二溝池一、営二開墾一者上、不レ限二多少一、給伝二三世一。若逐二旧溝池一、営二開墾一者、給二其一身一」とある(養老七年四月辛亥条)。
二九 以下の品位による限度は三代格に見えない。↓補15-二二。

限一、便即還レ公。姧[1]作[2]隠欺、科レ罪如レ法。国司在レ任之日、更墾田一依二前格一。○丙寅、禁下断諸国司等不レ住二旧館一、更作二新舎一、又到レ任一度須レ給二鋪設一、而雖レ経二年序[3]一更亦給之、又各置二養郡[4][5]一、令上レ煩二資養[6]一。」備前国言[7]、邑久郡新[8]羅邑久浦漂二着大魚五十二隻一。長二丈三尺已下、一丈二尺已上。皮薄如レ紙、眼似[9]二米[10]粒一。声如二鹿鳴一。故老皆云、未二嘗聞一也。○六月癸巳、山背国司[11]言、今月廿四日、自レ酉至レ戌[12]、宇治河水涸[13]竭、行人掲渉。○丁酉、以二従五位下中臣朝臣清麻呂一為二神祇大副一。従五位下当麻真人鏡[14]麻呂為二少納言一。従五位下多治比真人木人為二中務少輔一。従五位下藤原朝臣許勢麻呂為[15]二中宮亮[16]一。従五位下高丘王為二右大舎人頭一。従五位下林王為二図書頭一。外従五位下小[17]野朝臣綱手為二内蔵頭一。従五位下大原[18]真人麻呂為二式[19]部少輔一。外従五位下大伴宿禰三[20]中為二兵部少輔一。従四位下大市王為二刑部卿一。正五位上平群[21]朝臣広成為二大輔一。外従五位上倭武助為二典薬頭一。外従五位下紀朝臣男楫為二弾正弼一。従四位上[22]藤原

1 姧―奸(兼)
2 作→校補
3 年ノ下、ナシ〔谷原、大〕―分以下三六字(兼・谷傍)、分以下三五字(東・高)→校補
4 郡―群(兼)
5 郡ノ下、ナシ〔兼・谷原・東・高〕―勿(谷傍補、大)
6 養〔兼擦重〕
7 言〔兼傍補〕―ナシ(兼原)
8 新→校補
9 似―如(紀略)
10 米〔兼・谷擦重・東・高、大〕―朱(谷原・紀略)
11 司〔大補、紀略〕―ナシ(底新朱傍按・兼等)→校補
12 戌―成〔底〕
13 涸―潤〔底〕
14 鏡〔東・高、大改〕―々(兼・谷)
15 為ノ下、ナシ―為(兼)
16 亮〔底原・底新朱抹傍〕→校補
17 小〔兼・谷、大〕―少(東・高)
18 原―真(兼)
19 式〔谷擦重〕―武(谷原)→校補
20 三〔高擦重〕
21 群―郡(高)
22 上〔谷擦重〕―下(谷原)

一 天平元年十一月癸巳の太政官奏に「諸国司等前任之日、開二墾水田一者、従二養老七年一以来、不レ論二本加レ功人一、転買得家、皆咸還収、便給二土人一。若有下其身未レ得二遷替一者上、依レ常聴レ佃。自余開墾者、一依二養老七年格一」とある。→補15―二二。
二 以下は国司が任地で勝手に新舎・鋪設・養郡を設けることを禁止した法令。→補15―二三。
三 席・薦・几・案など居住・執務に必要な設備。ここはそれを新任の時以外に、年数が経ったからといって新調することを禁じたもの。
四 特定の負担を課される郡。この場合国司の私的な必要物や労役を課される。
五 →九三頁注一八。
六 岡山県邑久郡牛窓町の錦海湾の南岸に師楽の地名がある。
七 海岸にのり上げることのあるオキゴンドウ(くじら目いるか科)か。
八 一丈＝一〇尺は約三・三メートル。
九 ユリウス暦で七月十九日。三月から五月まで雨降らず、畿内諸社に祈雨奉幣している。→五月辛丑条。宝亀八年冬にも出水(木津)・宇治川の渇水のことが見える。
一〇 天平十五年四月廿二日の弘福寺田数帳(古二―三三五頁)の奥に山背国司として守佐伯浄麻侶、介葛井諸□、掾紀伊富、目釧諸人が国判を加えている。
一一 →補15―二四。
一二 底本、「涸」を「潤」に作る。意に拠って改める。「竭」は「渇」に同じで、かれる、つきる。
一三 衣の裾をかかげて渡ること。詩経、邶風、匏有苦葉に「深則厲、浅則掲」、毛伝に「褰（か

限《かぎり》に過多《くわた》すること有らば、便《すなは》ち公《おほやけ》に還《かへ》し、姧作《けんさ》隠欺《おむこ》は罪《つみ》を科《おほ》すること法《のり》の如《ごと》し。国司《こくし》任《にむ》に在《あ》る日《ひ》は、墾田《こんでん》一《もは》ら前《さき》[一]の格《きやく》に依《よ》れ」とのたまふ。○丙寅《二十八日》、[二]諸国《くにぐに》の司《つかさ》ら旧《もと》の館《たち》に住《す》まずして、更《さら》に新《あら》しき舎《いへ》を作《つく》らむこと、また任《にむ》に到《いた》るに一度《ひとたび》は鋪設《ふせち》[三]を給《たま》ふべく、而《しか》るに年序《ねんじよ》を経《ふ》と雖《いへど》も更《さら》に亦給《またたま》ふこと、また各《おのおの》養郡《やうぐん》[四]を置《お》きて資養《しやう》を煩《わづら》はしむることを禁断《きむだん》す。備前《きびのみちのくち》国言《まう》さく、「邑《おほ》[五]久《く》郡新羅《しらき》[六]邑久浦《おほくのうら》に大魚《おほうを》[七]五十二隻漂着《へうちやく》す。長《なが》さ二丈[八]三尺已下一丈二尺已上なり。皮薄《かはうす》きこと紙《かみ》の如《ごと》く、眼《まなこ》は米粒《いひぼ》に似《に》たり。声《こゑ》鹿《しか》の鳴《な》くが如《ごと》し。故老《こらう》皆《みな》云《い》はく、「嘗《かつ》て聞《き》かず」といふ」とまうす。

六月[九]《戊辰朔》癸巳《二十六日》、山背《やましろ》[一〇]国司言《まう》さく、「今月廿四日酉《とりのとき》より戌《いぬのとき》に至《いた》るまで、宇治《うぢ》[一一]河《かは》の水《みづ》涸《か》[一二]竭れて、行《ゆ》く人掲渉《ひとかちわたり》[一三]す」とまうす。○丁酉《三十日》、従五位下中臣《なかとみ》[一四]朝臣清《きよ》麻呂《まろ》を神祇大副《じんぎだいふく》とす。従五位下当麻《たぎま》[一五]真人鏡麻呂《かがみまろ》を少納言《せうなふごん》。従五位下多治比《たぢひ》[一六]真人木人《きひと》を中務少輔《ちうむせうふ》。従五位下藤原《ふぢはら》[一七]朝臣許勢麻呂《こせまろ》を中宮亮《ちうぐうのすけ》。従五位下高《たか》[一八]丘王《をかのおほきみ》を右大舎人頭《みぎのおほとねりのかみ》。従五位下林《はやし》[一九]王を図書頭《づしよのかみ》。外従五位下小野《をの》[二〇]朝臣綱手《つなて》を内蔵頭《うちのくらのかみ》。従五位下大原《おほはら》[二一]真人麻呂《まろ》を式部少輔《しきぶせうふ》。外従五位下大伴《おほとも》[二二]宿禰三中《みなか》を兵部少輔《ひやうぶせうふ》。従四位下大市《おほち》[二三]王を刑部卿《ぎやうぶきやう》。正五位上平群《へぐり》[二四]朝臣広成《ひろなり》を大輔《だいふ》。外従五位上倭武《やまとのむそ》[二五]助を典薬頭《てんやくのかみ》。外従五位下紀《き》[二六]朝臣男楫《をかぢ》を弾正弼《だんじやうのひつ》。従四位上藤原《ふぢはら》[二七]

ゲ)レ衣而渉曰レ掲」。
一四 →補15‐一三。前官は神祇少副兼式部大丞(古二‐三三六頁)。神祇大副の前任者は菅生古麻呂。
一五 →二七五頁注一四。前官は因幡守(天平十年八月乙亥条)。
一六 →三七九頁注四〇。上文四月に平城留守司・宮内少輔とあるが、兵部少輔の誤りか。前任者はこの日大養徳守に遷任した藤原清河。
一七 →補13‐一四。中宮職は藤原宮子に係わるもの。中宮亮の前任者は下道真備(天平九年十二月丙寅条)。
一八 →補15‐八。
一九 →補15‐九。図書頭の前任者は秦朝元か(天平九年十二月壬戌条)。
二〇 →三八一頁注九。内蔵頭の前任者は路宮守か(天平十四年五月庚申条)。
二一 →補15‐一二。式部少輔の前任者は安倍虫麻呂(天平十二年十月壬戌条)。
二二 →補12‐六〇。前官は刑部少輔兼大判事(天平十三年八月丁亥条)。兵部少輔の前任者はこの日中務少輔に遷任した多治比木人。
二三 →三四七頁注七。刑部卿の前任者は長田王(天平十三年八月丁亥条)。
二四 →補12‐七七。刑部大輔の前任者は宇治王(天平十年閏七月癸卯条)。なお、刑部少輔であった大伴三中がこの日兵部少輔に転任しているから、その後任の補任も行なわれたはず。六位以下の者が任ぜられたので続紀には記されなかったか。
二五 →補13‐五。典薬頭の前任者は吉田宜(天平十四年閏七月癸卯条)。
二六 →補15‐一九。
二七 →補11‐四七。参議民部卿。左京大夫の前任者は前年十月に没した県犬養石次。

朝臣仲[1]麻呂為㆓左京大夫㆒。外従五位下鴨朝臣角足為㆓右[2]京亮㆒。従五位下多治比真人土作[3]為㆓摂津亮[4]㆒、従四位下下[5]道朝臣真備為㆓春宮大[6]夫㆒、皇太子学士如㆑故。正[7]五位下背[8]奈王福信為㆑亮。正五位下藤原朝臣清河為㆓大[9]養徳守㆒。従五位下佐伯宿禰毛人為㆓尾張守㆒。外従五位下秦井手乙麻呂為㆓相模守㆒。従五位下百済王敬福為㆓陸奥守㆒。外従五位下葛井連広成為㆓備後守㆒。従五位下小治田朝臣広千為㆓讃岐守㆒。外従五位上引田朝臣虫麻呂為㆓土左守㆒。〇秋[10]七月戊戌朔、日有㆑蝕之。〇庚子、天皇御㆓石[11]原宮㆒、賜㆓饗於隼人等㆒。授㆓正五位上佐伯宿禰清麻呂従四位下、外従五位下葛井連広成従五位下、外従[12]五位下曾[13]乃君多利志佐外正五位上[14]、外正六位上前君乎佐外従五位下、外従[15]五位上佐須岐君夜麻等久々[16]売外正五位下㆒。〇壬寅、出雲国司言、楯縫・出雲二郡、雷雨異㆑常。山岳頽崩、壊㆓廬舎㆒、埋㆓田畝㆒。〇庚[17]寅、地震。〇癸亥、行㆓幸紫香楽[18]宮㆒、以㆓左大臣橘宿禰諸兄・知太政官事鈴鹿王・中納言巨勢朝臣奈弖麻呂㆒為㆓留守㆒。〇八月丁卯朔、幸㆓鴨川㆒。改㆑名為㆓宮川㆒也。

1 仲〔谷傍補〕—ナシ(谷原)
2 右〔兼重〕—左(兼原)
3 作—佐(兼)
4 亮〔大改〕—介(底新朱傍・兼等)
5 下〔東〕—々(兼・谷・高、大)→校補
6 大—太(兼)
7 正—王〔底〕
8 背→校補
9 大—犬(東)
10 秋七月→校補
11 石〔谷朱傍イ・東・高、大改、紀略〕—在(底新朱傍イ・兼・谷)→校補
12 従〔底新傍朱イ〕—正〔底〕
13 下〔底新傍朱イ〕—上〔底〕
14 上—下(兼)
15 従〔谷重〕→校補
16 久々(底新朱抹傍)→校補
17 庚—康〔底〕→脚注・校補
18 楽〔底重〕

一 →補15-一七。右京亮の前任者は大伴麻呂(天平十年閏七月癸卯条)。
二 →補13-一四。三月に検校新羅客使に任ぜられ、四月新羅使の調が常礼を失することを報告。摂津亮の前任者はこの時土佐守に遷任した引田虫麻呂(天平十三年十二月己亥条)。
三 →補12-六。春宮大夫の前任者は巨勢奈弖麻呂であるが、五月には職を離れていたか。→四二三頁注二。
四 →三三九頁注一一。王の姓は十九年六月に賜っており、ここは背奈公とあるべきもの。
五 →補13-五〇。前官は中務少輔。大養徳守の前任者は前年十一月没した大野東人(天平十三年閏三月乙丑条)。六 →補15-一四。尾張守の前任者はこの日讃岐守に遷任した小治田広千(天平十三年八月丁亥条)。
七 →補15-一八。八 →三五三頁注九。
九 →補8-三七。もと白猪史。三月に検校新羅客使に任ぜられ筑前に派遣された。七月に従五位下に昇叙された。
一〇 →二六九頁注四。前官は尾張守。
一一 →一八九頁注三二。前官は摂津亮(天平十三年十二月己亥条)。
一二 この日はユリウス暦七四三年七月二十六日。この日食は奈良では見られない。続日本紀の日食記事→㊀補1-七五。
一三 恭仁宮の東北にある離宮。正月に諸臣を宴している。→四〇七頁注二四。
一四 ここは大替隼人の入朝か。前回は天平七年七月に入朝。この後は天平勝宝元年八月、大隅・薩摩の隼人が調を貢している。→㊀補4-五〇。
一五 →補12-二四。天平十五年四月の弘福寺田数帳に「正五位下守左衛士督兼行守勲十二等」として署名(古二-三三七頁)が見え、所在地

朝臣仲麻呂《なかまろ》を左京大夫《さきやうのだいぶ》。外従五位下鴨《かも》[一]朝臣角足《つのたり》を右京亮《うきやうのすけ》。従五位下多治比《たぢひ》[二]真人土作《はにつくり》を摂津亮《つのすけ》。従四位下下道《しもつみち》[三]朝臣真備《まきび》を春宮大夫《しゆんぐだいぶ》。皇太子学士《くわうたいしがくし》は故《もと》の如《ごと》し。正五位下背奈《せな》[四]王《のこにきし》福信《ふくしん》を亮《すけ》。正五位下藤原《ふぢはら》[五]朝臣清河《きよかは》を大養徳《やまと》守。従五位下佐伯《さへき》[六]宿禰毛人《えみし》を尾張《をはり》守。外従五位下秦井手乙麻呂《はだのゐでのおとまろ》[七]を相模《さがみ》守。従五位下百済王《くだらのこにきし》[八]敬福《きやうふく》を陸奥《みちのおく》守。外従五位下葛井《ふぢゐ》[九]連広成《ひろなり》を備後《きびのみちのしり》守。従五位下小治田《をはりだ》[一〇]朝臣広千《ひろち》を讃岐《さぬき》守。外従五位上引田《ひけた》[一一]朝臣虫麻呂《むしまろ》を土左《とさ》守。

石原宮で隼人を饗す

秋七月戊戌の朔、日蝕《ひは》[一二]ゆること有り。〇庚子[三日]、天皇《すめらみこと》石原宮《いしはらのみや》[一三]に御《おは》しまして、饗《みあへ》を隼人《はやひと》[一四]らに賜《たま》ふ。正五位上佐伯《さへき》[一五]宿禰清麻呂《きよまろ》に従四位下を授《さづ》く。外従五位下葛井《ふぢゐ》連広成《ひろなり》に従五位下。外従五位下曾乃君《その》[一六]多利志佐《たりしさ》に外正五位上。外正六位上前君《さき》[一七]乎佐《をさ》に外従五位下。外従五位上佐須岐君《さすき》[一八]夜麻等久々売《やまとくくめ》に外正五位下。〇壬寅[五日]、出雲《いづも》国司言《まう》さく、「楯縫《たてぬひ》[一九]・出雲《いづも》[二〇]の二郡、雷《かみ》なり雨《あめ》ふること常《つね》に異《こと》なり。山岳頽《やまくづ》れて廬舎《いほや》を壊《こほ》ち、田畝《でんほ》を埋《う》めたり」とまうす。

紫香楽宮行幸、留連すること四か月

〇庚寅[二一]、地震《なゐふ》る。〇癸亥[二十六日]、紫香楽宮《しがらきのみや》に行幸《みゆき》[二二]したまふ。左大臣《さだいじん》橘《たちばな》[二三]宿禰諸《もろ》兄《え》・知太政官事《ちだいじやうぐわんじ》鈴鹿王《すずかのおほきみ》[二四]・中納言《ちうなふごん》巨勢《こせ》[二五]朝臣奈弖麻呂《なでまろ》を留守《るしゆ》とす。

八月丁卯の朔、鴨川《かもかは》[二六]に幸《みゆき》したまふ。名《な》を改《あらた》めて宮川《みやかは》とす。

から山背守であることが知られる。五月に続いての昇叙は石原宮の所在地である山背国の国司で、行幸に奉仕したことへの褒賞か。

一六 →三七三頁注一六。天平十二年十月壬戌条に「贈唹君多理志佐」と見える、大隅国贈唹郡出身の隼人。十三年閏三月外正六位上から外従五位下に昇叙された。ここは大替隼人をひきいて上京したか。

一七 大隅の隼人。天平勝宝元年八月曾乃君多利志佐らと共に叙位に預かり、外従五位上。天平宝字八年正月大隅薩摩隼人の交替にあたり外正五位下を授けられる。和名抄大隅国熊毛郡幸毛郷と関係するか。

一八 →二一五頁注六。大隅の隼人。天平元年七月外従五位下に昇叙されている。天養二年三月十二日前大隅掾建部某処分状に「禰寝南俣内□作志木」とあり(平遺二五五〇号)これと関係するか。とすればこの三人の隼人は高千穂峯の近くと種子島の隼人の長と大隅半島南部の隼人の長の女。

一九 →補15—二五。二〇 →補15—二六。

二一 底本「庚」を「康」に作る。七月は戊戌朔、八月は丁卯朔で、庚寅は八月二十四日。記事の置かれた位置からすると、あるいは甲寅(七月十七日)か。

二二 四度目の紫香楽行幸。十一月に恭仁宮に還るまで四か月に渉る。この間紫香楽で大仏発願の詔が出される。紫香楽宮→補14—一四。

二三 →□一補5—六。四月の三度目の行幸以来随従していない。二四 →□一補5—八。

二五 →二〇九頁注二九。四月の行幸の際も留守。

二六 紫香楽の地を流れる雲井川(現在の大戸川)か。和名抄山城国相楽郡に賀茂郷があり、山城志に加茂と瓶原の間を鴨川というとある

○乙亥、上総国司[1]言、去七月、大風雨数箇[2]日。雑木、長三四丈已下、一二三尺[3]已上、一万五千許株、漂二着部内海浜一也。○九月壬寅、正五位上石川朝臣加美[4]授二従四位下一。○己酉、免二官奴斐[5]太一従レ良、賜二大友[6]史姓一。斐太、始以二大坂沙一治二玉[7]石一之人也。○丁[8]巳、甲賀郡調庸、准二畿内一収之。又免二当年田租一。○冬[9]十月辛巳、詔曰、朕以二薄徳一、恭[10]承二大位一、志存二兼済一、勤撫二人物一。雖三率土[11]之浜[12]、已霑二仁恕[13]一、而普[14]天之下、未レ洽[15]二法恩[16]一。誠欲下頼二三宝之威霊一、乾坤相泰、脩二万代之福業一、動植咸栄上。粤[17]以下天平十五年歳次二癸未一十月十五日上、発二菩薩大願一、奉[18]レ造二盧[19]舎那仏金銅像一軀[20]一。尽二国銅一而鎔レ象、削二大山一以構レ堂、広及二法界一、為二朕智[21]識一。遂使下同蒙二利益一共致[22]中菩提上。夫有二天下之富一者朕也。有二天下之勢一者朕也。以二此富勢一造二此尊像一。事也[23]易レ成、心也[24]難レ至。但恐徒有レ労[25]レ人、

1 司〔大補、紀略〕―ナシ(底新朱傍按・兼等)→校補
2 箇〔谷・東・高、大〕―ケ(兼)、个(紀略)
3 尺〔紀略改〕―丈(紀略原)
4 加〔東傍・高傍〕―賀(兼等、大)
5 斐〔底重〕
6 友〔兼等、大〕―支(東傍・高傍)
7 玉〔谷、大〕―王(兼・東・高)
8 丁(底新朱抹傍)―石〔底原〕
9 冬十月→校補
10 恭→校補
11 土(兼・谷、大)―士〔東・高〕
12 浜＝濱―賓〔底〕
13 恕(底重・兼・谷、大)―怒〔底原・東・高〕
14 普―晋(東)
15 洽〔底〕―給(兼等)、浴(大改)
16 恩―思〔底〕
17 粤―奥〔底〕
18 奉〔谷擦重〕
19 盧〔紀略改〕―立(紀略原)
20 軀―体＝躰(紀略)
21 智〔底〕―知
22 致―到(紀略)
23 也〔大〕―之(底新朱傍イ・兼等)
24 也〔大改〕―之(底新朱傍イ・兼等)
25 労(底新朱抹傍)―栄〔底原〕

ところから、恭仁京のあたりの木津川とする説もある。

一 天平十三年十二月に安房国を併せている。
二 →補11-二二。五月に正五位上に昇叙。
三 官有の賤民。→七五頁注一四。
四 他に見えず。
五 賤民の身分から解放し、良民とすること。ここは大仏発願に関係しての放賤従良か。
六 神亀二年の近江国志何郡計帳に大友但波史族が見える(古一-三三一頁)。姓氏録河内未定雑姓に大友史を載せ、百済国人白猪奈世の後とする。
七 →補15-一七。
八 砂で玉や石を研磨する。二上山穴虫山中の渓間に堆積した土砂中には現在も金剛砂を産出する。
九 →四〇五頁注一一。近江国の郡で、紫香楽宮の所在地。
一〇 調は半減、庸は免除する。賦役令1に「凡調絹絁糸綿布、並随二郷土所一レ出、正丁一人…布二丈六尺、…京及畿内、皆正丁一人調布一丈三尺」。同令4に「凡正丁歳役十日、若須レ収レ庸者、布二丈六尺、…中男及京畿内、不レ在二収庸之例一」とある。天平宝字五年十月、保良宮造営にあたり、保良京に近い両郡を畿県とした例がある。畿内制→□補1-七〇。
一一 大仏発願の詔。→補15-二八。
一二 天皇の位。晋書元帝紀に「帝竟登二大位一」とある。
一三 あらゆるものを救おうと、人にも物にもつとめていつくしみをかけてきた。
一四 下文の「普天の下」と対句。地の続く限り、天が下すべて。詩経、小雅、北山「溥天之下、莫レ非二王土一、率土之浜、莫レ非二王臣一」。十七

〇乙亥《九日》、上総《かみつふさ》[一]国司言《まう》さく、「去《さ》りぬる七月、大風《おほかぜ》ふき雨《あめ》ふること数箇日なりき。雑木《さふぼく》の長《なが》さ三四丈已下二三尺已上、一万五千許株部内《ぶない》の海浜《かいひん》に漂着《へうちやく》す」とまうす。

官奴斐太を良民とする

甲賀郡の調・庸は畿内に準ずる

九月《丁酉朔》壬寅《六日》、正五位上石川《いしかは》[二]朝臣加美《かみ》に従四位下を授《さづ》く。〇己酉《十三日》、官《つかさ》[三]の奴《やつこ》斐《ひ》[四]太《だ》を免《ゆる》して良《らう》[五]に従《したが》はしめ、大友《おほとも》[六]史の姓を賜《たま》ふ。斐《ひ》太《だ》は始《はじ》め大坂《おほさか》[七]の沙《すな》を以《もち》て玉《た》[八]石《ま》を治《をさ》めし人《ひと》なり。〇丁巳《二十一日》、甲賀《かふか》[九]郡の調《でう》・庸《よう》を畿《き》[一〇]内《ない》に准《なずら》へて収《をさ》む。また当年《そのとし》の田租《でんそ》を免《ゆる》す。

大仏発願の詔

冬十月《丁卯朔》辛巳《十五日》、詔《みことのり》[一一]して曰《のたま》はく、「朕《われ》薄徳《はくとく》を以《もち》て恭《ゐやゐや》しく大位《たいゐ》[一二]を承《う》け、志《こころざし》兼《けむ》[一三]済《さい》に存《そん》して勤《つと》めて人物《じんぶつ》を撫《な》づ。率土《そつと》[一四]の浜《はま》已《すで》に仁恕《じんしよ》[一五]に霑《うるほ》ふと雖《いへど》も、普天《ふてん》の下《もと》法恩洽《ほふおんあまね》くあらず。誠《まこと》に三宝《さむほう》[一六]の威霊《ゐりやう》に頼《よ》りて乾坤相《けんこんあ》ひ泰《ゆた》かにし、万代《ばんだい》[一七]の福業《ふくげふ》を脩《をさ》めて動植咸《どうしよくことごと》く栄《さか》えむとす。粤《ここ》に天平《てんひやう》十五年歳《ほし》[一八]癸未に次《やど》る十月十五日を以《もち》て菩薩《ぼさち》[一九]の大願《だいぐわん》を発《おこ》して、盧《る》[二〇]舎那《しやな》仏《ぶつ》の金銅像《こむどうざう》[二一]一軀を造《つく》り奉《まつ》る。国《くに》[二二]の銅《あかがね》を尽《つく》して象《かたち》を鎔《い》、大山《たいさん》を削《けづ》りて堂《だう》を構《かま》へ、広《ひろ》[二三]く法界《ほふかい》に及《およぼ》して朕《わ》が智識《ちしき》とす。遂《つひ》[二四]に同《おな》じく利益《りやく》を蒙《かがふ》りて共《とも》に菩提《ぼだい》を致《いた》さしめむ。夫《そ》れ、天下《あめのした》[二五]の富《とみ》を有《たも》つは朕《われ》なり。天下《あめのした》[二六]の勢《いきほひ》を有《たも》つは朕《われ》なり。この富《とみ》と勢《いきほひ》とを以《もち》てこの尊《たふと》き像《ざう》を造《つく》らむ。事成《ことな》[二七]り易《やす》く、心至《こころいた》り難《がた》し。但恐《ただおそ》[二八]るらくは、徒《ただ》に人《ひと》を労《つから》すことのみ有り

条憲法に、「率土兆民、以レ王為レ主」。天平勝宝四年六月来朝の新羅王子金泰廉も奏言中で「普天之下、無レ匪二王土一、率土之浜、無レ匪二王臣一」と述べており、このような王土王民思想は、東アジア世界では普遍的なものであった。

一五 あわれみ、思いやりの恵を蒙っているが、天が下すべてに仏法の恩がゆきわたってはいない。

一六 下文の「万代の福業を脩めて、動植咸く栄えむ」と対句。三宝は仏法僧、乾坤は天地。

一七 万代までのすぐれた事業を成就させて、仏教の威と霊の力によって天地が安泰となり。動物と植物にいたるまで全てが栄えるように。

一八 歳は木星、十二年で天を一周し、一年に一次を行く。その木星が癸未にやどる年、すなわち天平十五年。

一九 菩提(悟)を求め、衆生を済度しようとする願い。

二〇 →補15―二九。

二一 銅に金を鍍金した仏像。

二二 国中の銅を尽して、像を鋳造し、大きな山を削り仏堂を構築する。「鎔」は鋳る。

二三 仏法の及ぶ世界の人々をあまねく自分の協力者として造仏事業を行う。智識→補15―三〇。

二四 ついには皆同じく利益を受け菩提の境地に至らせたい。「菩提」は智恵のはたらきによって、迷いから目覚め、無明がなくなった状態。

二五 「有」は所持する。下文と相俟って天下の富勢を掌握した王者の言葉として有名。

二六 「勢」は強い威、権威、他を制御する力。集韻「勢、威力也」。韓非子、五蠹篇に「今人主処レ制二人之勢一、有二一国之厚一」とあるよう

無二能感一レ[1]聖。或生二誹謗一、反堕[2]二罪辜一。是故、預二智[3]識一者、懇発二至誠一、各招二介福一、宜[4]三日[5]毎三拝二盧舎那仏一。自当下存レ念各造中盧舎那仏[6]上也。如更有レ人、情下願持二一枝草一把土[7]一助中造像上者、恣聴之[8]。国郡等司、莫下因二此事一、侵二擾百姓一強令中収斂上。布二告[9]遐邇一、知二朕意一焉[10]。○壬[11]午[12]、東[13]海・東山・北陸三道廿五国、今[14]年調庸等物[15]、皆令レ貢二於紫香楽宮一。○乙酉、皇帝御二紫香楽宮一。為レ奉レ造二盧[16]舎那仏像一、始開二寺地一。於レ是、行基法師、率二弟[17]子等一、勧二誘衆庶一。○十一月丁酉、天[18]皇還二恭仁宮一。車駕留二連紫香楽一、凡四月焉。○戊申、宴二群臣於内裏一。外従五位上[19]倭武助授[20]二従五位下一。五位已[21]上賜レ禄有レ差。○十二月己丑、始運二平城器仗[22]一、収二置於恭仁宮一。○辛卯、始置二筑紫鎮西府一。以二従四位下石川朝臣加美一為二将軍一。外従五位下大伴宿禰百世為二副将軍一。判官二人・主典二人。」初壊二平城大極殿

1 感〔底重〕―咸〔底原〕
2 堕―随〔底〕
3 智〔底〕―知
4 宜〔底原〕―毎(底新傍)→校補
5 日毎〔底原〕―毎日(底新朱抹傍・兼等、大)
6 仏ノ下、ナシ―像(兼)
7 土ノ下、ナシ(底新朱抹)―土〔底原〕
8 之ノ下→脚注
9 告〔高擦重〕―遐(高原)
10 焉〔底原〕―矣(底新朱抹傍・兼等、大)
11 壬〔谷重〕―主(谷原)
12 壬午→校補
13 東海―ナシ(高)
14 今年〔東・高、大補、紀略〕―ナシ(兼・谷)
15 等物―物等(紀略)
16 盧〔紀略改〕―立(紀略原)
17 弟―第＝才(兼)
18 天皇〔大補、紀略〕―ナシ(兼等)
19 上〔底〕―下
20 授〔類三二一本〕―擬(類三二)
21 已―ナシ(兼)
22 仗―伏(東)

に、慎子と韓非子とにより確立された権力についての基本概念を含む(石母田正)。

二七 大仏造立の事業は形の上で成すことは容易であるが、その意図したところを真に成就することは困難である。「事也易レ成、心也難レ至」の「也」は句中にあって語勢を強める助辞。

二八 おそれるのは、徒らに人民に労苦を課すだけで、聖の心を理解させることができず、そしりを生み、かえって罪に落ちるものが出てしまうことである。橘奈良麻呂は、「造二東大寺一、人民苦辛」と聖武天皇の大仏造立事業が民衆の負担を加増させたことを批判した(天平宝字元年七月庚戌条)。

一 大仏造立の事業に参加する者は、心からなる誠意を持って、大きなる幸を招くように。「介」は大。介福の語は易経、晋・詩経、小雅にみえる。

二 自らすすんでこのような趣旨を理解し、その気持で、盧舎那仏の造営にあたるようにせよ。

三 たとえわずかな力であっても、自発的に大仏造立の事業に参加しようとする者は許可する。このような動きを認め、包摂してゆこうとする点に、従来の禁圧的な仏教政策に対するこの詔の顕著な特色があるとされる(井上光貞)。

四 「遐」は遠い。「邇」は近い。遠近。国内のあらゆる地域に、の意。

五 以下は、大仏造立のため東海・東山・北陸諸道の中央への貢納物を紫香楽宮に集積する措置。東海・東山・北陸三道廿五国→補15―三一。

六 →補14―一四。

東海・東山・北陸道の調庸物は紫香楽宮に貢進

大仏の寺地を開く

行基参加

恭仁宮に還幸

平城宮の武器を恭仁宮に移す

鎮西府を新置

て能《よ》く聖《しやう》に感《かま》くること無く、或《ある》は誹謗《ひばう》を生《おこ》して反《かへ》りて罪辜《ざいこ》に堕《おと》さむことを。是《こ》の故《ゆゑ》に智識《ちしき》[一]に預《あづ》かる者《ひと》は懇《ねもころ》に至《いた》れる誠《まこと》を発《おこ》し、各《おのおの》介《おほき》なる福《さきはひ》を招《まね》きて、日毎《ひごと》に三たび盧舎那仏《るしやなぶつ》を拝《をろが》むべし。自《みづか》[二]ら念《おもひ》を存《そん》して各《おのおの》盧舎那仏《るしやなぶつ》を造《つく》るべし。如《も》[三]し更《さら》に人《ひと》有りて一枝の草《くさ》一把の土《ひぢ》を持《も》ちて像《ざう》を助《たす》け造《つく》らむと情《こころ》に願《ねが》はば、恣《ほしきまにま》に聴《ゆる》せ。国郡《こくぐん》等の司《つかさ》、この事《こと》に因《よ》りて百姓《はくせい》を侵《をか》し擾《みだ》し、強《し》ひて収《をさ》め斂《あつ》めしむること莫《なか》れ。遐邇《かじ》[四]に布《ふ》れ告《つ》げて朕《わ》が意《こころ》を知《し》らしめよ」とのたまふ。○壬午[十六日]、東海《とうかい》[五]・東山《とうせん》・北陸《ほくろく》三道廿五国の今年《ことし》の調《でう》・庸《よう》等の物《もの》、皆《みな》[六]紫《し》香楽宮《がらきのみや》に貢《たてまつ》らしむ。○乙酉[十九日]、皇帝《くわうてい》[七]紫香楽宮《がらきのみや》に御《おはし》しまして、盧舎那《るしやな》の仏像《ぶつざう》を造《つく》り奉《まつ》らむが為《ため》に始《はじ》めて寺《てら》[八]の地《ち》を開《ひら》きたまふ。是《ここ》に行基法師《ぎやうきほふし》[九]、弟子等《でしども》を率《ひき》ゐて衆庶《もろもろ》を勧《すす》め誘《みちび》く。

十一月[丙申朔]丁酉[二日]、天皇《すめらみこと》[一〇]恭仁宮《くにのみや》に還《かへ》りたまふ。車駕《きよが》紫《し》香楽《がらき》に留連《りうれん》すること凡《おほよ》そ四月なり。○戊申[十三日]、群臣《ぐんしん》を内裏《うち》に宴《うたげ》す。外従五位上倭武助《やまとのむそ》[一一]に従五位下を授《さづ》く。五位已上に禄《ろく》賜《たま》ふこと差《しな》有り。

十二月[丙寅朔]己丑[二十四日]、始《はじ》めて平城《なら》の器仗《きぢやう》[一二]を運《はこ》びて、恭仁宮《くにのみや》に収《をさ》め置《お》く。○辛卯[二十六日]、始《はじ》めて筑紫《つくし》に鎮西府《ちんさいふ》[一三]を置《お》く。従四位下石川《いしかは》[一四]朝臣加《か》美《み》を将軍《しやうぐん》とし、外従五位下大伴《おほとも》[一五]宿禰百世《ももよ》を副将軍《ふくしやうぐん》とす。判官《はんぐわん》二人・主典《さうくわん》二人。初《はじ》めて平城《なら》[一六]の大極殿《だいごくでん》

七 聖武。「皇帝」の語は続紀では詔勅など漢文的表現以外には、天平十・十二・十五年の行幸の時に使用されている。

八 甲賀寺の地。天平十六年十一月、甲賀寺に始めて盧舎那仏の体骨柱が建てられた。↓補15-四四。

九 ↓補7-二三。養老元年四月弾圧を受けた行基は、ここに至って天皇の大仏造営の事業に積極的に参加する。

一〇 ↓補13-五一。

一一 ↓補13-五。

一二 器仗は武器。天平十二年閏三月に平城宮の兵器を甕原宮に運ばせている。ここは恭仁宮内の兵器庫に集中させ格納したことか。平城留守は四月に派遣された多治比木人。恭仁の留守は橘諸兄、鈴鹿王、巨勢奈弖麻呂(七月癸亥条)。

一三 ↓補15-二一。

一四 ↓補11-二。十七年六月に大宰府が復置されると大弐。

一五 ↓三四三頁注一七。天平二年正月大宰大監として帥大伴旅人の梅の宴に列席した際の短歌(万葉八二三)などあり、天平初年に大宰府の官人。その後兵部少輔などを経ている。

一六 恭仁京に移築された平城宮大極殿は柱間寸法の一致などから、平城宮のいわゆる第一次朝堂院にあった大極殿と考えられる。↓[一]補4-一四・5-一、補13-五一。なお「初めて」以下の記事は、平城の大極殿の恭仁への移建がこの十二月辛卯のことではなく、今年正月早々に既に完了している(四一五頁注七)ことからも明らかなように、恭仁宮造営についての続紀編者の総括であり、通例によれば「初めて」の前に「是年」の二字を加うべき内容である。

并歩廊一、遷二造於恭仁宮一四年、於レ茲、其功纔畢矣。用
度所レ費、不レ可二勝計一。至レ是、更造二紫香楽[1]宮一。仍停二恭
仁宮造作一焉[2]。
[3]十六年春[4]正月丙申朔、廃[5]レ朝。饗[6]二五位已上於朝堂一。○庚[7]
戌、任二装束次第司一。為レ幸二難波宮一也。○戊午、太[8]政官
奏、鎮西府将軍准二従五位官[9]一、判[10]官准二従六位官一、主典
准二従七位官一。倍二給二季禄及月料[11]一。並留二応レ入レ京調庸
物一、相折[12]通融、随二時便一給。又特[13]賜二公廨田一、将軍十町、
副将[14]八町、判[15]官六町、主典四町。奏可之。○辛酉、給二
鎮西府印[16]一面一。○閏正月乙丑朔、詔、喚二会[17]百官於[18]朝
堂[19]一、問曰、恭仁・難波二京、何定為レ都。各[20]言二其志一。
於レ是、陳二恭仁京便宜一者、五位已上廿四人、六位已[21]下
百五十七人。陳二難波京便宜一者、五位已上廿三人、六位
已下一百卅人。○戊辰、遣二従三位巨勢朝臣奈弖麻呂・
従四位上藤原朝臣仲麻呂一、就レ市問二定レ京之事一。市人皆
願下以二恭仁京一為上レ都。

1 楽〔谷傍補、大、紀略〕―ナシ(兼・谷原・東・高)
2 焉〔兼擦重〕―矣(兼原)
3 十ノ上→校補
4 正〔兼擦重〕―三(兼原)
5 廃＝廢(底擦)―癈〔底原〕
6 饗―響〔底〕
7 庚(底新朱抹傍)―康〔底原〕
8 太―大〔底〕
9・10 官―宮(兼)
11 料＝料〔谷・高、大〕―断(兼・東)
12 折―析(高)
13 特(兼・谷・高、大)―恃〔底〕、持(東)
14 将ノ下、ナシ―軍(大補)→校補
15 判(底新傍補)―ナシ〔底原〕
16 印〔底重〕
17 会＝會〔大改、紀略〕―命(兼等)
18 於―ナシ〔底〕
19 堂―当＝當〔底〕
20 各〔兼・谷、大、紀略〕―冬(東・高)
21 已―ナシ(東)

一 元日朝賀の儀式を取り止めること。天皇が恭仁宮にありながら廃朝したのは、前年紫香楽宮を造作し、恭仁宮の造営を停めたことと関係あるか。
二 恭仁宮の朝堂。↓補13-五一。
三 行幸の装束を調備するための装束司と天皇の前後の行列を整える御前次第司・御後次第司。太政官式に「凡行幸応レ経レ旬者、…任二装束司一、長官一人〈三位〉、次官二人〈五位〉、判官三人、主典三人〈並六位以下〉、任二前後次第司一、御前長官一人〈三位〉、次官一人〈五位〉、判官二人、主典二人〈並六位以下〉、御後亦准レ此」とある。これらの諸司を任じたことは、行幸がある程度の期間になることが予想されていたか。装束司→補9-一三三。次第司→補13-三八。
四 ↓補9-一一三。行幸への出発は閏正月乙亥。聖武の難波行幸六度目、天平十二年二月以来の行幸。
五 前年十二月に置かれた鎮西府の官員の相当位・待遇を定めたもの。鎮西府→補15-三二。
六 十二月に任命された副将軍の官位相当が抜

恭仁宮大極殿完成

并《あは》せて歩廊《ふらう》を壊《こほ》ちて恭仁宮《くにのみや》に遷《うつ》し造《つく》ること四年にして、茲《ここ》にその功纔《わざわづ》かに畢《をは》りぬ。用度《ようど》の費《つひや》さるること勝《あ》げて計《かぞ》ふべからず。是《ここ》に至《いた》りて更《さら》に紫香楽宮《しがらきのみや》を造《つく》る。仍《より》て恭仁宮《くにのみや》の造作《ざうさく》を停《とど》む。

七四四年

十六年《甲申》春正月丙申の朔、朝《でう》[一]を廃《や》む。五位已上を朝堂《でうだう》[二]に饗《みあへ》す。○庚戌《十五日》、装束次第司《みよそひのしだいし》[三]を任《にむ》す。難波宮《なにはのみや》[四]に幸《みゆき》せむが為《ため》なり。○戊午《二十三日》、太政官奏《だいじやうぐわんそう》[五]すらく、

鎮西府官員の相当位・待遇を定む

「鎮西府《ちんさいふ》の将軍《しやうぐん》[六]は従五位の官《つかさ》に准《なずら》へ、判官《はんぐわん》は従六位の官《つかさ》に准《なずら》へ、主典《さうくわん》は従七位の官《つかさ》に准《なずら》へて、二季の禄《ろく》[七]と月料《ぐあつれう》[八]とを倍《ま》し給《たま》はむ。並《ならび》[九]に京《きやう》に入《い》るべき調《でう》・庸《よう》の物《もの》を留《とど》めて相折《あひへ》ぎ通融《つうゆ》して、時《とき》の便《たより》に随《したが》ひて給《たま》はむ。また、特《こと》に公解田《くげでん》[一〇]を賜《たま》ふ。将軍《しやうぐん》には十町、副将《ふくしやう》[一一]には八町、判官《はんぐわん》には六町、主典《さうくわん》には四町」とまうす。奏《そう》するに可《か》としたまふ。○辛酉《二十六日》、鎮西府《ちんさいふ》に印《おして》[一二]一面を給ふ。

官人に都とすべきところを問う

閏正月乙丑の朔、詔《みことのり》して百官《ひやくくわん》を朝堂《でうだう》に喚《め》[一三]し会《つど》へ、問《と》ひて曰《のたま》はく、「恭《く》仁《に》・難波《なには》の二京、何《いづれ》をか定《さだ》めて都《みやこ》とせむ。各《おのおの》その志《こころざし》を言《まう》せ」とのたまふ。是《ここ》に、恭仁京《くにのみやこ》の便宜《へんぎ》を陳《の》ぶる者《ひと》、五位已上廿四人[一四]、六位已下百五十七人なり。難波京《なにはのみやこ》の便宜《へんぎ》を陳《の》ぶる者《ひと》、五位已上廿三人、六位已下一百卅人なり。

都を定めるにつき民意を問う

○戊辰《四日》、従三位巨勢《こせ》[一五]朝臣奈弖麻呂《なでまろ》、従四位上藤原《ふぢはら》[一六]朝臣仲麻呂《なかまろ》を遣《つかは》し、市《いち》[一七]に就《つ》きて京《きやう》を定《さだ》むる事《こと》を問《と》はしむ。市《いち》の人皆《ひとみな》恭《く》仁京《にのみやこ》を都《みやこ》とせむことを願《ねが》ふ。

けており、下文に副将軍の公解田が記されているところから、倉住靖彦は「将軍」の下に「准二従四位官一、副将軍」の八字の脱落を推定する。

七 季禄。二月に春・夏、八月に秋・冬それぞれ二季の禄が支給される。

八 官位に応じて毎月官人に支給される食料。

九 京に進上すべき西海道諸国の調・庸物の中から、官人の季禄・月料にあてるべき分を割き取り、調・庸の区別なく、適宜融通して支給する。

一〇 在外諸司に与えられる田の大宝令での名称。養老令では職分田。大宰府などとの比較。↓補15-三二。

一一 大系本は「軍」を意補。

一二 鎮西府の発行する文書に押す印。九月には駅鈴二口が給せられる。

一三 「喚会」は呼び集める。このように多くの官人から直接意見を求めるのは異例である。天皇・太上天皇や議政官などの首脳の遷都についての意見が分裂し方針が出せなかったためか。天平十七年五月己未にも諸司官人を、同辛酉に四大寺の僧を集め都をどこにすべきかを問うている。

一四 大宝元年三月においても五位以上官人は一二五人おり、その後の増加もあるので、ここで意見を表明したのは五位以上の全員ではない。

一五 →二〇九頁注二九。中納言。天平十五年四月・七月の紫香楽行幸の際の恭仁京留守。

一六 →補11-四七。参議民部卿左京大夫。

一七 恭仁京の市。「市」は取引交換の場であると共に、雨乞や死刑の執行など多数の民衆を対象とする政治的行事を行う場でもあるため、民意を聴き取る場として選ばれたのであろう。

但有下願二難波一者一人、願二平城一者一人上。○癸酉、更仰二京職一、令三諸寺・百姓皆作二舎宅一。○乙亥、天皇行三幸難波宮一。以二知[1]太政官事従二位鈴鹿王・民部卿従四位上藤原朝臣仲麻呂為二留守一。」是日、[2]安積親王、[3]縁二脚病一従二桜井頓宮一還[4]。○[5]丁丑、薨。時年十七。遣二従四位下大市王・紀朝臣飯麻呂等一監二護[6]葬事一。親王[7]、天[8]皇之皇子也。母、夫人正三位県犬養宿禰[9]広刀自、従五位[10]下唐之女也。○二月乙未[11]、遣二少納言従五位上茨田王于恭仁宮一、取二駅鈴・内外印一。又[12]追二諸司及朝集使等於難波宮一。○丙申、中納言従三位巨勢朝臣奈弖麻呂、持二留守官所レ給[13]鈴印一、[14]詣二難波宮一。以二知太政官事従[15]二位鈴鹿王・木工頭従五位[16]上小田[17]王・兵部卿従四位上大伴宿禰牛養・大蔵卿従四位下大原真人桜井、[18]大輔正五位上穂積朝臣老五人一、為二恭仁宮留守一。治部大輔正五位下紀朝臣清人・[19]左京亮外従五位下巨勢朝臣嶋村二人、為二平城[20]宮留守一。○[21]甲辰、幸二和泉宮一。○丙午、免二天下馬飼雑戸人等一。因勅曰、汝等今負姓、人之所レ恥也。所以原免、同二於平[22]民一。但既

1 太—大〔底〕
2 安(底新傍補)—ナシ〔底原〕
3 縁—綾〔底〕
4 還ノ下、ナシ—宮(紀略)
5 丁丑→校補
6 葬〔兼等〕—喪(大改、紀略)→校補
7 王ノ下、ナシ—者(紀略)
8 皇—王(兼)
9 広(底新傍補)—ナシ〔底原〕
10 下〔大補〕—ナシ(兼等)
11 未ノ下、ナシ〔兼等、紀略原〕—朔(大補、紀略補)
12 追〔大改、紀略〕—遣(兼等)→校補
13 鈴〔谷重〕
14 詣—諸〔底〕
15 二—三(兼)
16 上—下(大改)→校補
17 王〔兼等、大〕—ナシ(東傍按・高傍按)→校補
18 大ノ上→校補
19 左—右(兼)
20 宮(底重)—官〔底原〕
21 甲—申〔底〕
22 民—氏(兼)

一 恭仁を都とすることを述べた者が僅かながら多かったことを承けて、恭仁京での寺社や百姓の造作を進めさせたもの。この時点では恭仁を都とする方針であったことを示している。
二 この度の難波行幸は、前々日に出された恭仁京の造営の方針と紫香楽における大仏の造営が両立しなくなり、既に陪都としての設備が整っている難波に遷都することが得策と考えられたためか。聖武朝における難波宮の造営→補9-一一三。
三 →㊀補5-八。 四 →補11-四七。
五 下文に聖武の皇子。母は県犬養広刀自。安積親王の死→補15-三三。
六 →補15-三四。 七 →補15-三五。
八 神亀五年(七二八)の誕生。
九 →三四七頁注七。刑部卿。
一〇 →二〇九頁注三〇。
一一 →一二九頁注二二。
一二 →補12-六一。井上内親王・不破内親王の母でもある。 一三 →一六五頁注三七。
一四 朔は甲午→㊂一一七頁注二一。
一五 →三四七頁注八。ここで少納言茨田王が駅鈴・内外印を恭仁宮から運ぶための使となったのは、少納言が鈴・印・伝符の請進、飛駅函・鈴の進付、官印を監することを職務としていたこと(職員令2)によるか。この措置は安積親王の突然の死による変事の出来を警戒したものであろう。
一六 駅馬利用の資格を証する鈴。→㊀八七頁注一九。
一七 内印(天皇御璽)と外印(太政官印)。恭仁宮から印と駅鈴を接収することは、そこからの天皇もしくは太政官の命であるとする文書の伝達を不可能とする。公印制→㊀補2-六

難波宮行幸

但《ただ》し、難波《なには》を願《ねが》ふ者《ひと》一人、平城《なら》を願《ねが》ふ者《ひと》一人有り。〇癸酉[九日]、更《さら》に[一]京職《きやうしき》に仰《おほ》せて諸寺《てらでら》と百姓《はくせい》とをして皆舎宅《みないへ》を作《つく》らしむ。〇乙亥[十一日]、天皇《すめらみこと》、[二]難波宮《なにはのみや》に行幸《みゆき》したまふ。知太政官事《ちだいじやうぐわんじ》従二位[三]鈴鹿王《すずかのおほきみ》、民部卿《みんぶきやう》従四位上[四]藤原《ふぢはら》朝臣仲麻呂《なかまろ》を留守《るしゅ》とす。是《こ》の日《ひ》、

安積親王没

[五]安積親王《あさかのみこ》、[六]脚《あし》の病《やまひ》に縁《よ》りて[七]桜井頓宮《さくらゐのかりみや》より還《かへ》る。〇丁丑[十三日]、薨《こう》しぬ。[八]時《とき》に年《とし》十七。従四位下[九]大市《おほち》王・[一〇]紀《き》朝臣飯麻呂《いひまろ》らを遣《つかは》して葬《はぶり》の事《こと》を監護《みまも》らしむ。親王《しんわう》は天皇の皇子《みこ》なり。母《はは》は[一一]夫人《ぶにん》正三位[一二]県犬養《あがたいぬかひ》宿禰広刀自《ひろとじ》、従五位下[一三]唐《もろこし》が女《むすめ》なり。

駅鈴・内外印を難波宮に運ぶ

二月乙未[二日][一四]、少納言《せうなふごん》従五位上[一五]茨田王《まむたのおほきみ》を恭仁宮《くにのみや》に遣《つかは》して、[一六]駅鈴《やくりやう》・[一七]内外《ないぐゐ》の印《おして》を取《と》らしむ。また諸司《しよし》と[一八]朝集使《てうじふし》らとを難波宮《なにはのみや》に追《や》る。〇丙申[三日]、中納言《ちうなふごん》従三位[一九]巨勢《こせ》朝臣奈弖麻呂《なでまろ》、[二〇]留守《るしゅ》の官《つかさ》に給《たま》へる鈴《すず》・印《おして》を持《も》ちて難波宮に詣《いた》る。知《ち》太政官事《だいじやうぐわんじ》従二位[二一]鈴鹿《すずか》王、木工頭《もくくのかみ》従五位上[二二]小田《をだ》王、兵部卿《ひやうぶきやう》従四位上[二三]大伴《おほとも》宿禰牛養《うしかひ》、大蔵卿《おほくらのきやう》従四位下[二四]大原《おほはら》真人桜井《さくらゐ》、大輔《だいふ》正五位上[二五]穂積《ほづみ》朝臣老《おゆ》の五人を[二六]恭仁宮《くにのみや》の留守《るしゅ》とす。治部大輔《ちぶだいふ》正五位下[二七]紀《き》朝臣清人《きよひと》、左京亮《さきやうのすけ》外従五位下[二八]巨勢《こせ》朝臣嶋村《しまむら》の二人を平城宮《ならのみや》の留守《るしゅ》とす。〇甲辰[十一日]、[二九]和泉宮《いづみのみや》に幸《みゆき》したまふ。

馬飼・雑戸を免ずる

〇丙午[十三日]、天下《あめのした》の[三〇]馬飼《うまかひ》・[三一]雑戸《ざふこ》の人等《ひとども》を免《ゆる》す。因《より》て[三二]勅《みことのり》して曰《のたま》はく、「汝《なむち》らの今《いま》[三三]負《お》ふ姓は人《ひと》の恥《は》づる所《ところ》なり。所以《このゆゑ》に原免《ゆる》して平民《ひやうみん》に同《おな》じくす。但《ただ》し、既《すで》に

〇。 一八 →〔一〕補5-五八。諸国の朝集使は毎年十一月一日までに上京、正月の元日朝賀の儀に列したのち、考文等の審査が終るまで京に滞在していた。

一九 →二〇九頁注二九。この時恭仁京留守ではない。 二〇 恭仁京留守の官が保管していた駅鈴・内印・外印。

二一 →〔一〕補5-八。閏正月に既に留守に任ぜられている。 二二 →補11-四六。

二三 →〔一〕一四五頁注二七。

二四 もと桜井王。→〔一〕補6-二八。天平十一年四月兄高安王とともに大原真人姓を与えられたらしい。大原真人→三五三頁注四。

二五 →〔一〕六五頁注八。

二六 閏正月の難波行幸の際に任命された留守から藤原仲麻呂が除かれたことになる。

二七 →〔一〕補6-三七。

二八 →補12-七七。 二九 →補7-九。

三〇 馬の調教・飼養に従事する者。馬甘とも。職員令63の飼丁のこと。→〔一〕補6-一五。

三一 →一九頁注一九。

三二 馬飼・雑戸の姓を改めて平民と同じくするが、今後も技術の伝習に努めるべきことを命じた勅。賤視されていたものに愍みを及ぼすという大仏発願の趣旨を実行したもの。この後、天平勝宝四年二月己巳条に「京畿諸国鉄工・銅工・金作・甲作・弓削・矢作・桙削・鞍作・鞆張等之雑戸、依㆓天平十六年二月十三日詔旨㆒、雖㆑蒙㆓改姓㆒、不㆑免㆓本業㆒。仍下㆓本貫㆒、尋㆓検天平十五年以前籍帳㆒、毎㆑色差発、依㆑旧役使」とある。雑戸籍はこの時(天平十六年)以後作られなくなる。

三三 代々称せられる姓。姓は狭義のカバネでなく、ウヂ名・部名などを含む律令制の姓か。雑戸の姓としては桉作(和銅六年十一月)・山

免之後、汝等手伎、如不レ伝三習子孫一、子孫[1]弥降二前姓一、欲レ従二卑品一。又放二官奴婢六十人一従レ良。〇丁未、車駕自二和泉宮一至。〇甲寅、運二恭仁宮高御座并大楯於難波宮一、又遣レ使取二水路一運[2]三漕兵庫器仗[3]一。〇乙卯、恭仁京百姓情三願遷二難波宮一者、恣聴之。〇丙辰、幸二安曇江一、遊三覧松林一、百済王等奏二百済楽一。詔、授二无位百済王女天従四位下、従五位上百済王慈敬、従[4]五位下孝忠・全[5]福並正五位下一。〇戊午、取二三嶋路一、行三幸紫香楽宮一。太[6]上天皇及左大臣橘宿禰諸兄、留在二難波宮一焉。〇庚申、左大臣宣レ勅云、今以二難波宮一定為二皇都一。宜下知二此[7]状[8]一、京戸百姓任レ意往来上。〇三月甲戌、石上・榎井二氏、樹二大楯槍於難波宮中外門一。〇丁丑、運二金光明[9]寺大般若経一、致二紫香楽宮一。比レ至二朱雀門一、雑楽迎奏、官人迎礼。引導入二宮中一、奉レ置[10]二安殿一。請二僧二百一、転読一日。〇戊寅、難波宮東西

1子孫〔底〕―々々
2運〔兼・谷、大〕―軍（東・高）
3仗―伏（東）
4従五位下―ナシ（大衍）→脚注・校補
5全〔大改〕―金（兼等）
6太上天皇→校補
7此〔谷〕―平（谷傍イ）
8状〔大改、紀略〕―城（底新傍朱イ・兼等）
9明―ナシ（東）
10置ノ下、ナシ〔兼等〕―大（大補、紀略）

背甲作客（霊亀二年九月）・朝妻手人・河内手人・忍海手人（養老三年十一月）・朝妻金作（同四年十二月）・金作部（同六年三月）などがある。

一 特別の技能。この場合世襲のもの。

二 国家の所有する奴婢。宮内省官奴司が管理する。ここはそれを賤の身分から解放して、良民とすること。馬飼・雑戸の解放と同じく、慈みを衆生に及ぼすという大仏発願と関係する。

三 即位や朝賀の大儀に、大極殿の中央に設けられる帳を巡らした天皇の玉座。

四 →㊀一五頁注一。三月に難波宮に樹てられる。

五 恭仁から難波まで、木津川・巨椋池・淀川を経由する水上通路。

六 宮中の武器庫（左右兵庫・内兵庫）に保管されている武器。前年十二月、平城の器仗が恭仁宮に収められた。

七 大治五年東大寺諸荘文書并絵図等目録の摂津国の項に「新羅江荘　民部省符一通四至〈東安曇江、南堀江、西百姓家、北松原〉地四町天平勝宝二年四月十二日」とある（平遺二一五六・二一五七号）。現在の大阪市北区野崎町に小字「アドエ」があり、これに当てる千田稔説が有力。難波宮から西北約四キロメートル。

八 百済滅亡時の義慈王の子禅光を祖とする一族。摂津国百済郡に蟠踞し、渡来氏族中第一の名族として、百済系氏族の宗家的地位にあった。→㊀三一頁注一七。

九 →補11―八。

一〇 他に見えず。無位より従四位下に叙位さ

官奴婢を良民とする

免《ゆる》したる後《のち》に汝《なむち》らの手伎《わざも》[一]如し子孫《こうまご》に伝《つた》へ習《なら》はさずは、子孫《こうまご》弥《いよいよ》前《さき》の姓に降《くだ》りて卑品《ひほむ》に従《したが》へむと欲《おも》ふ。また官《つかさ》[二]の奴婢《やつこ》六十人を放《ゆる》して良《らう》に従《したが》へよ」とのたまふ。

高御座・大楯を難波宮に運ぶ

○丁未《十四日》、車駕《きよが》、和泉宮《いづみのみや》より至《いた》りたまふ。○甲寅《二十一日》、恭仁宮《くにのみや》の高御座《たかみくら》[三]幷《あは》せて大楯《おほたて》[四]を難波宮《なにはのみや》に運《はこ》ぶ。また使《つかひ》を遣《つかは》して水路《すいろ》[五]を取《と》りて兵庫《ひやうご》[六]の器仗《きちやう》を運《はこ》び漕《こ》がしむ。

恭仁の百姓の難波に移るを許す

○乙卯《二十二日》、恭仁京《くにのみやこ》の百姓《はくせい》の難波宮《なにはのみや》に遷《うつ》らむと情《こころ》に願《ねが》ふ者《ひと》は恣《ほしきまにま》に聴《ゆる》す。○丙辰《二十三日》、安曇江《あづみのえ》[七]に幸《みゆき》して、松林《しようりむ》を遊覧《いうらむ》したまふ。百済王《くだらのこにきし》[八]ら百済楽《くだらがく》[九]を奏《つかへまつ》る。詔《みことのり》して、无位百済王　女天《くだらのこにきしにょてん》[一〇]に従四位下を授《さづ》く。従五位上百済王　慈敬《くだらのこにきしじきやう》[一一]、従[一二]五位下孝忠《けうちう》[一三]・全福《ぜんふく》[一四]に並《ならび》に正五位下。

紫香楽宮行幸、元正太上天皇は難波宮に留まる

○戊午《二十五日》、三嶋路《みしまぢ》[一五]を取《と》りて紫香楽宮《しがらきのみや》[一六]に行幸《みゆき》したまふ。太上天皇《だいじやうてんわう》[一七]と左大臣《さだいじん》橘《たちばな》[一八]宿禰諸兄《もろえ》とは留《とど》まりて難波宮《なにはのみや》に在《あ》り。

難波宮を皇都とする勅

○庚申《二十七日》、左大臣《さだいじん》勅《みことのり》[一九]を宣《の》りて云《のたま》はく、「今《いま》、難波宮を以《もち》て定《さだ》めて皇都《みやこ》とす。この状《じやう》を知《し》りて京戸《きやうこ》の百姓《はくせい》意《こころ》の任《まにま》に往来《わうらい》すべし」とのたまふ。

三月《甲子朔》甲戌《十一日》、石上《いそのかみ》[二〇]・榎井《えのゐ》[二一]の二氏、大《おほ》[二二]き楯《たて》・槍《ほこ》を難波宮の中《なか》[二三]と外《と》との門《みかど》に樹《た》つ。

紫香楽宮で大般若経転読

○丁丑《十四日》、金光明寺《こむくわうみやうじ》[二四]の大般若経《だいはんにやきやう》[二五]を運《はこ》びて紫香楽宮《しがらきのみや》に致《いた》す。朱雀門《すざくもん》[二六]に至《いた》る比《ころほひ》、雑《くさぐさ》[二七]の楽《がく》迎《むか》へ奏《つかへまつ》り、官人《くわんにん》迎《むか》へ礼《ゐやま》ふ。引導《いんだう》して宮中《うち》に入《い》れ、安殿《あんでん》[二八]に置《お》き奉《たてまつ》る。僧《ほふし》二百を請《しやう》して転読《てんどく》せしむること一日。

難波宮で大般若経転読

○戊寅《十五日》、難波宮《なにはのみや》[二九]の東西《とうさい》の

れるのは親王の子並みの待遇。

一一 →補12-三。天平十二年二月難波行幸の際も風俗楽を奏して従五位上を授けられた。

一二 底本に「従五位下」とあるが、孝忠は天平十五年五月、全福も十二年十一月に従五位上に叙されているので衍文か。

一三 →補12-三一。

一四 →三六三頁注一〇。天平十二年難波行幸の際も風俗を奏し従五位下を授けられた。

一五 →補15-三六。

一六 →補14-一四。

一七 元正。

一八 →㊀補5-六。太上天皇と太政官の主班の難波宮残留となった背景として、皇后光明子及び藤原仲麻呂との対立を想定する説がある(直木孝次郎)。

一九 天皇が行幸出発後、左大臣が天皇不在の難波宮を都と宣布している。この勅を太上天皇の勅とする説がある(早川庄八)。

二〇 石上・榎井両氏は大嘗祭や遷都の際に大楯を樹てる。→㊀補1-九七。

二一 →㊀補1-九六。

二二 難波宮を皇都としたことを表示する行為。恭仁京では天平十四年正月元日百官朝賀の際、始めて両氏が大楯・槍を樹てている。

二三 中門と外門。

二四 平城にある大養徳金光明寺。→補15-一二。

二五 →㊀六七頁注二〇。六〇〇巻。国家鎮護のため読誦される。

二六 紫香楽宮の朱雀門。

二七 職員令17義解に「雑楽。〈謂雅曲・正舞以外雑楽也〉」とある。

二八 内裏の正殿。大安殿→㊀補2-二三。

二九 紫香楽の一日後の難波宮での大般若経転読は、両者対応しているのか不明。

楼殿、請二僧二百人一、令レ読二大般若経一。○[1]夏四月丙午、紫香楽宮西北山火。城下男女数千餘人、皆[2]趣伐レ山。然後火滅。[3]天皇嘉レ之、賜レ布人一端。○甲寅、[4]廃二造兵・[5]鍛冶二司一。○丙辰、以下始営二紫香楽宮一、[6]百[7]官未上レ成、司別給二公廨銭一。惣一千貫。交[8]開取レ[9]息、永充二公用一、不レ得レ損二失其本一。毎年限二十一月一、細[10]録二本利用状一、令レ申二太政官一。○五月[11]庚戌、肥後[12]国雷雨、地震。八代・天草・葦北三郡官舎、并田二百九十餘町、民家四百七十餘区、人千五百[13]廿餘口、被レ水漂没。山崩二百八十餘所、[14][15]圧死人[16]卌餘人。並加二賑恤一。○六月壬子、雨[17]氷。○[18]秋七月癸亥、[19]太上天皇幸二智[20]努[21]離宮一。○丁卯、故正四位下紀朝臣男人与二故従五位下紀朝臣国益一相[22]訴二奴婢一。[23]依二[24]刑部判一、賜二国益男正五位下清人一。既而清人上レ表、悉従レ良焉。○[25]戊戌、[26][27]太上天皇幸二[28]仁岐[29]河一。陪従衛士已上、無レ[30]問二男女一、

1 夏四月→校補
2 趣→校補　3 天皇→校補
4 廃＝廢(底擦・兼・谷・高、大)—癈〔底原・東〕
5 鍛(谷・東、大)—鍜〔兼・高〕→校補
6 百—ナシ(東)
7 官—始(兼)　8 開—関(大)
9 息〔兼等、大、類八四〕—自(底新傍朱イ・兼等傍イ)
10 録(底新傍補)—ナシ〔底原〕
11 庚戌→脚注・校補
12 国ノ下→校補
13 廿〔類一七二補・類一七二一本〕—ナシ(類一七二原)
14 圧ノ上、ナシ〔兼等、類一七二〕—有(大補、紀略)
15 圧＝壓〔谷・高、大〕—厭(兼・東)
16 卌〔類一七二〕—卅(類一七二一本)→校補
17 氷〔大改〕—水(兼等)
18 秋七月→校補
19 太上天皇→校補
20 努—弩(紀略)　21 離→校補
22 訴(兼・谷・高、大)—訢〔東〕
23 依(底新傍朱イ)—例〔底〕
24 刑—形〔底〕
25 戊戌→脚注・校補
26 太—大〔底〕
27 太上天皇→校補
28 仁→脚注
29 河(底重・兼・谷・高、大、類三一・紀略)—阿〔底原・東〕
30 問(底重)—間〔底原〕

一 宮の西北にある阿星山などか。翌年四月・五月には紫香楽宮の周辺に山火事が頻々としておこった。
二 紫香楽宮の周辺で、宮城の地とされた区域。
三 →補15-三七。
四 →補14-一四。紫香楽宮の造営が盛んに行われるのは前年の秋からか。
五 運用の単位が司別のことか。度々の遷都で官庁の必要品が整わなくなったので、各官庁の判断で運用・入手できるようにさせるためか。
六 「公廨」は本来、官庁の舎屋の意であるが、官庁の収蔵・用度の物を指すようになる。公廨銭は官庁が出挙し利息を得るなどの運用を許された銭。
七 天平十九年の大安寺資財帳に見える銭が六千四百余貫、そのうち学団の運用する銭のなかには、修多羅衆銭一六六八貫、三論衆銭一一一〇貫等一千を越すものもあり、同年九月河内国人大初位下河俣連人麻呂は銭一千貫を大仏に奉っている程であるから、全司一千貫

楼殿《ろうでん》に僧《ほふし》三百人を請《しやう》して大般若経《だいはんにやきやう》を読《よ》ましむ。

諸司に公解銭

夏四月（甲午朔）丙午（十三日）、紫香楽宮《しがらきのみや》[一]の西北《せいほく》の山《やま》に火《ひ》あり。城下《じやうか》[二]の男女《だむぢよ》数千餘人皆趣《みなおもぶ》きて山《やま》を伐《う》つ。然《しか》して後《のち》に火《ひ》滅《き》えぬ。天皇《すめらみこと》これを嘉《よみ》して布《ぬの》を賜《たま》ふこと人《ひと》ごとに一端。○甲寅（二十一日）、造兵《ざうひやう》[三]・鍛冶《たんや》の二司を廃《や》む。○丙辰（二十三日）、始《はじ》めて紫香楽宮《しがらきのみや》[四]を営《いとな》むに、百官《ひやくくわん》成《な》らぬを以《もち》て、司別《つかさごと》[五]に公廨《くげ》[六]の銭《ぜに》を給《たま》ふ。惣《すべ》て一千貫[七]。交関《けうくゑん》[八]して息《くぼさ》[九]を取《と》り、永《なが》く公用《くよう》に充《あ》てその本《もと》[一〇]を損《そこな》ひ失《うしな》ふこと得《え》ざらしむ。毎年《としごと》に十一月を限《かぎ》りて細《つぶさ》に本利《ほんり》の用状《ようじやう》を録《しる》し、太政官《だいじやうぐわん》に申《まう》さしむ。

肥後国地震

五月（癸亥朔）庚戌[一一]、肥後《ひのみちのしり》国に雷《かみ》なり雨《あめ》ふり、地震《なゐ》[一二]ふる。八代《やつしろ》[一三]・天草《あまくさ》[一四]・葦北《あしきた》[一五]の三郡の官舎《くわんしや》并《あは》せて田《た》二百九十餘町、民家《みんか》四百七十餘区、人《ひと》千五百廿餘口、水《みづ》を被《かがふ》りて漂没《へうぼつ》[一六]す。山崩《やまくづ》るること二百八十餘所、圧死《あふし》せる人《ひと》卌餘人。並《ならび》に賑恤《しんじゆつ》[一七]を加《くは》ふ。

六月[一八]（壬辰朔）壬子（二十一日）、雨氷《ひさめ》ふる。

元正太上天皇、智努離宮に行幸

秋七月（壬戌朔）癸亥（二日）、太上天皇《だいじやうてんわう》[一九]、智努離宮《ちぬのとつみや》[二〇]に幸《みゆき》したまふ。○丁卯（六日）、故《こ》正四位下紀《き》[二一]朝臣男人《をひと》と故《こ》従五位下紀《き》[二二]朝臣国益《くにます》と、奴婢《ぬひ》を相訴《あひうるた》へり。刑部《ぎやうぶ》の判《はん》に依《よ》りて国益《くにます》が男《をのこ》正五位下清人《きよひと》[二三]に賜《たま》ふ。既《すで》にして清人《きよひと》表《へう》を上《たてまつ》りて悉《ことごと》く良《らう》[二四]に従《したが》はしむ。○戊戌[二五]、太上天皇、仁岐河《にきかは》[二六]に幸《みゆき》したまふ。陪従《ばいじゆ》せる衛士《ゑじ》已上に、男女《だむぢよ》を問《と》

はそれほどの額ではない。あるいは司毎の限度が一千貫か。

八 出挙して。

九 利息。

一〇 元金。

一一 是の月に庚戌はない。あるいは庚辰（十八日）か。

一二 宇佐美竜夫『新編日本被害地震総覧』は、雷雨と地震が発生したと考え、地震による山崩れとすると、マグニチュード7と評価している。

一三 →補15-三八。

一四 →補15-三九。

一五 →補15-四〇。

一六 流されたり、土砂に埋められる。

一七 食糧等を施し与える。賑給（㊀補1-四五）と同じ。

一八 ユリウス暦で八月三日。

一九 元正。

二〇 十月にも元正は珍努宮に幸している。珍努宮→補7-九。

二一 →㊀九三頁注一六。天平十年十月に没。

二二 →九九頁注二四。没年不明。男人の子家守の卒伝（延暦三年四月己未条）によれば、男人は麻呂の子、麻呂は大人の子（慶雲二年七月丙申条麻呂薨伝）である。国益は関係を直接に示すものはないが、世代からみて、大人の子か。

二三 →㊀補6-三七。二月に平城宮留守となる。十一月に従四位下に昇叙されるのは、この放賤によるか。

二四 奴婢を解放して良民とする。

二五 是の月に戊戌はない。丁卯と己巳の間なので戊辰（七日）の誤りであろう。

二六 →補15-四一。

賜レ禄各有レ差。○己巳、車駕還二難波宮一。○甲申、詔曰、四畿内七道諸国、[1]々別割二取正税四万束一、以入二[2]僧尼両寺一、各二万束。毎年出挙、以二其息利一、永[3]支二造レ寺用一。○八月乙未、詔、授二[4]蒲生郡大領正八位上佐[5]々貴山君親人従五位下一、并賜二食封五十戸、[6]絁一百疋、布二百端、綿二百屯、銭一百貫一。神前郡大領正八位下[7]佐佐貴山君足[8]人正六位上、并[9]絁卌[10]匹、布八十端、綿八十屯、銭[11]卌貫。斯二人、並[12]伐二除紫香楽宮辺山木一。故[13]有二此賞一焉。○九月甲戌、遣二巡察使於畿内七道一。以二従四位下紀朝臣[14]飯麻呂一為二畿内使一。正五位下石川朝臣年足為二東海道使一。正五位上平群朝臣広成為二東山道使一。従五位下石川朝臣東人為二北陸道使一。正五位下百済王[15]全福為二山陰道使一。外従五位下大伴宿禰三中為二山陽道使一。外従五位下巨勢朝臣嶋村為二南海道使一。従四位上[16]石上朝臣乙麻呂為二西海道使一、外従五位下[17]大養徳宿禰小東人為二次官一。道別判官一人、主典一人。○乙酉、勅二[18]八道[19]巡察使等一曰、是行使等、検二問事条一、国[20]郡[21]官司、依レ実報答者、

1 々―ナシ〔底〕
2 僧尼ノ上↓校補
3 支↓校補
4 蒲↓校補
5 々―ナシ〔底〕
6 絁―絶〔兼〕
7 佐〔底〕―々
8 人―君〔兼〕
9 絁―絶〔兼〕
10 匹〔底〕―疋
11 卌―四十〔兼〕
12 伐〔兼・谷、大、類七八〕―代〔東・高〕
13 有〔兼・谷、大、類七八〕―布〔東・高〕
14 飯〔底重〕
15 全〔大改〕―金〔兼等〕
16 石上―ナシ〔東〕
17 大〔大〕―犬〔兼等〕
18 八〔底新朱抹傍〕―入〔底原〕
19 巡〔底新朱抹傍〕―川〔底原〕
20 郡―群〔兼〕
21 官〔底新傍補〕―ナシ〔底原〕

一 行幸時の天子に対する尊称（儀制令1）。しかし聖武は紫香楽にあり、元正が珍努離宮から還ったことを指す。

二 国分二寺に正税各二万束を割き充て、その出挙の利を造寺料に充てさせたもの。三代格・要略五十五（天慶二年二月十五日官符所引）の天平十六年七月廿三日詔には、この後に「但志摩国分二充尾張国一、壱岐嶋分二充肥前国一、多褹・対馬不レ在二此限一」とある。

三 →㊀補2―一三一。

四 天平勝宝八歳五月聖武太上天皇大葬の養役夫司に任ぜられ、天平宝字三年七月中宮亮に任ぜられた。この時も従五位下。佐々貴山君は安康記に「淡海之佐佐紀山君之祖、名韓帒」、孝元紀七年二月条に「兄大彦命、是阿倍臣・膳臣・阿閉臣・狭狭城山君…凡七族之始祖」、姓氏録左京皇別に「佐々貴山公、阿倍朝臣同祖」、摂津皇別に「佐々貴山君」が見える。神名式近江蒲生郡に、佐々貴神社（現在の滋賀県蒲生郡安土町常楽寺）、和名抄に篠笥郷が見える。

五 天平十四年八月恭仁宮の大宮垣を築いた正八位下秦下嶋麻呂に従四位下・太秦公姓と銭百貫・布などを賜っている例がある。

六 神名式・民部省式上・和名抄は「神崎郡」。「加無佐岐」と訓む。郷数七。兵部省式・天平十六年勘籍（古二五―一三二頁）・続紀天平宝字二年六月乙丑条は「神埼郡」。天智紀四年二月是月条・天平十九年大安寺資財帳は「神前郡」。現在の滋賀県神崎郡・八日市市。

七 他に見えず。天平神護元年正月に正六位上より外従五位下に叙せられた佐々貴山公人足と同一人か。

ふこと無く禄賜《ろくたま》ふこと各差《おのおのしな》有り。○己巳（八日）、車駕《きよが》[一]、難波宮《なにはのみや》に還《かへ》りたまふ。

国分寺稲・国分尼寺稲を置く

○甲申（二十三日）、詔《みことのり》[二]して曰《のたま》はく、「四畿内・七道《しちだう》の諸国《くにぐに》、国別《くにごと》に正税《しやうぜい》四万束を割《さ》き取《と》りて僧尼《ほふしあま》の両寺に入《い》るること各《おのおの》二万束。毎年《としごと》に出挙《すいこ》して、その息利《くぼさ》を以《もち》て永《なが》く寺《てら》を造《つく》る用《よう》に支《あ》てよ」とのたまふ。

八月乙未（辛卯朔 五日）、詔《みことのり》して蒲生《かまふ》[三]郡大領《だいりやう》正八位上佐々貴山《ささきやま》[四]君親人《おやひと》に従五位下を授《さづ》け、并《あは》せて食封《じきふ》五十戸、絁《あしぎぬ》一百疋、布《ぬの》二百端、綿《わた》二百屯、銭《ぜに》[五]一百貫を賜《たま》ふ。神前《かむさき》[六]郡大領《だいりやう》正八位下佐佐貴山《ささきやま》[七]君足人《たるひと》に正六位上、并せて絁《あしぎぬ》冊匹、布《ぬの》八十端、綿《わた》八十屯、銭《ぜに》冊貫。斯《こ》の二人は並《ならび》に紫香楽宮《しがらきのみや》の辺《へ》の山《やま》の木《き》を伐《き》り除《はら》へり。故《ゆゑ》にこの賞《しやう》有り。

巡察使発遣

九月甲戌（庚申朔 十五日）、巡察使《じゆんさちし》[八]を畿内《きない》・七道《しちだう》に遣《つかは》す。従四位下紀《き》[九]朝臣飯麻呂《いひまろ》を畿内使《きないし》とす。正五位下石川《いしかは》[一〇]朝臣年足《としたり》を東海道使《とうかいだうし》。正五位上平群《へぐり》[一一]朝臣広成《ひろなり》を東山道《とうせんだう》使《し》。従五位下石川《いしかは》[一二]朝臣東人《あづまひと》を北陸道使《ほくろくだうし》。正五位下百済王全福《くだらのこにきしぜんふく》[一三]を山陰道使《せんおむだうし》。外従五位下大伴《おほとも》[一四]宿禰三中《みなか》を山陽道使《せんやうだうし》。外従五位下巨勢《こせ》[一五]朝臣嶋村《しまむら》を南海道使《なむかいだうし》。従四位上石上《いそのかみ》[一六]朝臣乙麻呂《おとまろ》を西海道使《さいかいだうし》、外従五位下大養徳《やまと》[一七]宿禰小東人《をあづまひと》を次《じ》官《くわん》。道別《だうごと》に判官《はんぐわん》一人、主典《さうくわん》一人。

巡察使への戒め

○乙酉（二十六日）、八道の巡察使《じゆんさちし》等に勅《みことのり》[一八]して曰《のたま》はく、「是《こ》の行《かう》[一九]の使《し》ら事条《じでう》を検《かむが》へ問《と》ふに、国郡《こくぐん》の官司《くわんし》実《まこと》に依《よ》りて報答《こた》へなば、

八 ↓⊟補1-一一。天平十四年九月以来のもの。西海道のみ使・次官・判官・主典の四等官構成。他は使・判官・主典の三等官構成をとり、従四位上から外従五位下までの者を充てたのは、有力官人を起用したものと言える。刑部大輔(平群広成)・刑部少輔(大伴三中・巨勢嶋村・大養徳小東人)・大判事(大伴三中)という刑部の官に就く者が多い。大仏発願により大規模な民衆の動員が行われつつあり、これに名を借り、官僚が不正を働くのを摘発する事を目的とし、練達者を充てたものであろう。天平十七年四月甲寅条で、巡察使の上奏により、前年の田租を免じ、大赦を行っている。

九 ↓二〇九頁注三〇。現職右大弁か。天平勝宝六年十一月にも西海道巡察使となる。

一〇 ↓補12-一。

一一 ↓補12-七七。十五年六月刑部大輔に任ぜられる。

一二 ↓二九九頁注一九。

一三 ↓三六三頁注一〇。

一四 ↓補12-六〇。十五年六月兵部少輔に任ぜられる。

一五 ↓補12-七七。二月に平城京留守、天平十八年九月に刑部少輔。

一六 ↓一四七頁注一一。天平十八年三月に治部卿と見える。

一七 ↓一一一頁注二六。天平十年閏七月刑部少輔に任ぜられた。律令の編纂・刪定に参加。

一八 甲戌に任命された巡察使に、今次の巡察使発遣の基本的態度を表明した勅。調査に際し国郡司が正しく報答すれば、罪を論ぜず、対応が不誠実で罪が発覚したら些事でも許してはならぬとする。心情倫理的側面が強い。

一九 遣(や)るの意。

縦[1]当二死罪一、咸原勿[2]レ論[3]。若有下経レ問不レ臣、被二使勘獲[4]一
者上、事雖[5]二細[6]小一、依レ法不レ容[7]。使宜二慇懃告示、一事以上、
准レ勅施行一。○丙戌、勅、頒二卅二条於巡察使一。事具二別
勅一。因勅曰、凡頃聞、諸国郡官人等、不レ行二法令一、空
置二巻中一。無レ畏二憲章一、擅[8]求二利潤一、公民歳弊[9]、私[10]門[11]日増。
朕之股肱、豈合レ如レ此。自レ今以後、宜下依二頒条一、毎二四
考終一、必加二訪察一奏聞上。即随二善悪一黜[12]二陟其人一。遂令二涇[13]
渭殊レ流、賢愚得一レ所。若有二巡察使諂曲為レ心、昇降失一レ
理、当下寘二法律一、以明中勧沮[14]上。無レ偏無レ党、清レ風粛レ俗、
抜レ自二常班一、処以二栄秩[15]一、宜下告二所司一知中朕意上焉。又口
勅十三条、具在二別勅一。又勅曰、為レ検二天下諸国政績[16]治
不一、今差二巡察使一、分レ道発遣。但比年以来、所レ任使人、
訪[17]察不レ精、黜[18]陟有レ濫。吏民由レ是未レ粛。風化所以尚権[19]。
故今具定二事条一、

1 縦〔谷重〕
2 勿〔東傍イ・高傍イ〕―而(兼等、大)→校補
3 論ノ上、ナシ―勿(大補)→校補
4 獲→校補
5 雖→校補
6 細〔兼・谷、大〕―納(東・高)
7 容―客〔底〕
8 擅―檀〔底〕
9 弊―幣(兼)
10 私〔谷重〕
11 門ノ下、ナシ(底新朱抹)―門〔底原〕
12 黜―点=點〔底〕
13 涇―経(東)
14 沮〔兼・東・高、大改〕―但(谷)
15 秩→校補
16 績(兼・谷・高、大)―続=續〔東〕
17 訪(底新傍補)―ナシ〔底原〕
18 黜―点=點〔底〕
19 権―擁(大改)→脚注・校補

一 問われたのに、君に対する誠を以て応えないため、巡察使の摘発をうけた者。「勘」は調べ、「獲」は不正が挙げられること。
二 翌日出される三十二条の別勅。
三 今は伝わらない。巡察すべき条項を具体的に定めたもの。八の倍数の項目から成っているので、体系・文章共に整然としたものと思われる。
四 単行の施行細則。→一補1―七九。
五 三十二条の位置付け、人事の基本を述べた太政官に対する勅。地方官は法令をしまっておくだけで尊重せず、私利を求めている。今後は今頒った条令により、任期毎に訪察を加えて奏上せよ。その奏に基づいて地方官は善悪に応じて昇降することとする。巡察使も法律にそって公正でなければならないと述べる。
六 三十二条のこと。
七 国司の任期四年ごとの勤務評定。
八 善き者を進め、悪しき者を退ける。「黜」は退ける、「陟」はあがるの意。
九 正邪を区別すること。中国陝西省で合流し

縦《たと》ひ死罪《しざい》に当《あた》るとも咸《みなゆる》原して論《あげつら》ふこと勿《なか》れ。[一]若《も》し問《とひ》を経《ふ》るに臣《しん》ならずして使《つかひ》の勘獲《かむくわく》を被《かがふ》る者《ひと》有らば、事細小《ことさいせう》なりと雖《いへど》も法《のり》に依《よ》りて容《ゆる》さざれ。使慇懃《つかひねもころ》に告《つ》げ示《しめ》して一事以上勅《ちよく》[二]に准《よ》りて施行《せぎやう》すべし」とのたまふ。〇丙戌《二十七日》、勅《みことのり》して

巡察すべき三十二条

卅二条[三]を巡察使《じゆんさちし》に頒《あか》ちたまふ。事《こと》は別勅《べちちよく》[四]に具《つぶさ》なり。因《より》て勅《みことのり》[五]して曰《のたま》はく、「凡《おほよ》そ頃聞《このころき》かく、「諸《もろもろ》の国郡《こくぐん》の官人《くわんにん》ら法令《ほふりやう》を行《おこな》はずして、空《むな》しく巻中《くわんちう》に置《お》けり。憲章《けんしやう》を畏《おそ》るること無く、擅《ほしきまにま》に利潤《りじゆん》を求《もと》む。公民歳《くうみんとし》ごとに弊《つひ》え、私門日《しもんひにひ》に増《ま》す」ときく。朕《わ》が股《こ》肱豈此《こうあにかく》の如《ごと》くあるべけむや。今《いま》より以後《のち》、[六]頒《あか》てる条《でう》に依《よ》りて四《し》[七]考終《かうをは》る毎《ごと》に必《かなら》ず訪察《はうさつ》を加《くは》へて奏聞《そうもん》すべし。即《すなは》ち善悪《ぜんあく》に随《したが》ひてその人《ひと》を黜陟《ちゆつちよく》[八]し、遂《つひ》に涇渭《けいゐ》[九]流《ながれ》を殊《こと》にして賢愚《けんぐ》所《ところ》を得《え》しめよ。若《も》し巡《じゆん》察使《さちし》、諂曲《てむきよく》[一〇]を心《こころ》として昇降理《しようかうことわり》を失《うしな》ふこと有らば、法律《はふりつ》[一一]に寘《お》きて勧沮《くゑんしよ》[一二]を明《あき》らかにすべし。偏《へん》も無く党《たう》も無く、風《ふう》を清《きよ》くし俗《ぞく》を粛《つつし》ましめ、常班《じやうはん》[一三]より抜《ぬ》きて処《しよ》するに栄秩《えいちつ》[一四]を以《もち》てせむ。所司《しよし》に告《つ》げて朕《わ》が意《こころ》を知《し》らしむべし」とのたまふ。

巡察使への口勅十三条

また口勅《くちよく》[一五]十三条具《つぶさ》に別勅《べちちよく》に在《あ》り。また勅《みことのり》[一六]して曰《のたま》はく、「天下《あめのした》の諸国《くにぐに》の政績《せいせき》の治不《ちふ》を検《かむが》へむが為《ため》に、今巡察使《いまじゆんさちし》を差《つかは》し、道《だう》を分《わ》けて発遣《はつけん》せしむ。但《ただ》し比年《としころ》以来、任《にむ》せる使人《しにん》、訪察精《はうさつつばひ》らかならずして、黜陟濫《ちゆつちよくみだりがは》しきこと有り。吏民是《りみんこれ》に由《よ》りて粛《つつし》まず。風化所以《おもぶけゆゑ》に尚権《なほあら》[一七]し。故《ゆゑ》に今具《いまつぶさ》に事条《じでう》[一八]を

黄河に入る涇水は濁り、渭水は澄んでいる。

一〇 媚びへつらい、条理を曲げること。

一一 法律に則って。

一二 「勧」は進める。「沮」は阻む。

一三 抜擢して。「常班」は通常の順序。

一四 高い官職。

一五 天皇が口ずから述べたもの。今は伝わらない。天平宝字四年正月四日恵美押勝に従一位を授けた際の宣命（第二十六詔）、および天平宝字八年七月丁未条に紀寺の奴の解放の際、高野天皇（孝謙上皇）が文室浄三等を禁内に召し「面（マノアタリ）告二其旨一」した例などがあり、述べる者の意思がより一層はっきりと表れる。この場合も、大仏造立事業の民衆への影響に切実な関心を持たざるを得ない聖武の、巡察使発遣に当たっての発言と思われる。既に三十二条の要綱は使に示されており、ここで十三条、下文に五条とまとまりの良くない条数なのは、整然としたものではなく、天皇の気掛かりであったことを、その場でくどくどと述べたものであったためか。

一六 巡察使に向け、法的基準の整備を行ったこと、同時に心情的な面を配慮すべきことを指示した勅。後者の重視は大仏発願と関係があろう。これまで巡察使を発遣したが、査察が精確でなく、ために吏民の対応もきちんとしたものではなかったので、今詳しく条項を定めた。ただ懼れるのは、趣旨を充分に理解せず罪に陥ることで、そのため非常の恩として、自ら正しい道を進もうとする者は赦すが、心に奸偽を抱き罪を認めない者は法に依り処罰する。

一七 条理のきちんと通ったものではない。大系本は壅（ふさがる）に改めるが、その必要はない。

一八 具体的に点検すべき項目三十二条を定め。

1 陥→校補
2 特—持(東)
3 新〔大改〕—訴(兼・谷・高)、訢(東)
4 懐(兼・谷・東、大)—壊〔底〕、憹(高)
5 姧—奸(兼)
6 実=實—宝=寳〔底〕
7 固〔谷傍、大改〕—因(兼等)
8 令〔谷朱傍補〕—ナシ(谷原)
9 政—故〔底〕
10 冬十月→校補
11 天平元年為律師→校補
12 述—出(兼)
13 其—某〔底〕
14 模(兼、大)—摸〔谷・東・高〕
15 唐〔大改〕—道(兼・谷)、ナシ(東・高)
16 道—々(兼)

仰令二巡検一。唯恐官人、不レ練二明科一、多犯二罪愆一、還[1]陥二法網一。仍垂二非常之恩一、[2]特開二自[3]新之路一。其国郡官司、雖レ犯二謀反・大逆、常赦所一レ不レ免、咸悉除免、一切勿レ論。但情二[4]懐[5]姧偽一、不レ肯レ吐レ[6]実、使人存レ意、再三喩示。若是[7]固執、猶不二首伏一者、依レ法科レ罪。普天率土、宜レ知二朕懐一焉。又口勅五条、語具二別記一。○己丑、詔曰、今聞、僧綱任レ意用レ印、不レ依二制度一。宜下[8]令レ進二其印一、置中大臣所上。自レ今以後、一依二前例一。僧綱之[9]政、亦申レ官待レ報。」給二鎮西府駅鈴二口一。○[10]冬十月辛卯、律師道慈法師卒。[11]天平元年為二律師一。法師、俗姓額田氏、添下郡人也。性聡悟、為レ衆所レ推。大宝元年、随レ使入レ唐。渉二覧経典一、尤精二三論一。養老二年帰朝。是時、釈門之秀者、唯法師及神叡法師二人而已。著二[12]述愚志一巻一、論二僧尼之事一。[13]其略曰、今察下日本素緇行仏法軌[14]模上、全異二大[15]唐[16]道俗伝聖教法則一。若順二経典一、

一 法律の主旨を、良く理解せず、また通じていない。
二 「愆」は過ち。
三 罪を問わないで、自ら心を改め、正しい方向に進路を開く機会を与える。
四 →㊀補3-五五。
五 八虐の一つ。名例律上6に「謀二大逆一。〈謂、謀レ毀二山陵及宮闕一〉」。陵・皇居の損壊を謀る罪。刑は絞。実行に移れば「大逆」として斬(賊盗律1)。八虐→五一頁注二。
六 →三二頁注二〇。
七 天が覆う限り、地の続く限り。大仏発願の詔に、「率土之浜、…普天之下」と見える。この表現がしばしば宣せられるのは、大仏発願以後である。
八 口勅五条を記したもの。今は伝わらない。別式→㊀補1-七九。
九 僧綱の印を太政官に収め、仏教に関する政も太政官の指揮下に置くことを命じた詔。天平十七年正月に行基を僧正玄昉の上の大僧正に任じたのと一連の、僧綱の専権を抑制する動きか。
一〇 →一七頁注七。
一一 僧綱の印→一七頁注七。
一二 養老六年七月己卯条にみえる僧綱に対する指示の際に併せて出された細則をいうか、未詳。
一三 前年十二月に置かれた。→補15-三二。
一四 →㊀八七頁注一九。大宰府には公式令43によれば、駅鈴二〇口が給せられていた。
一五 →三二一頁注八。大安寺資財帳は天平十四年以後前律師と記し、懐風藻には「性甚骨鯁、為二時不一レ容、解レ任帰、遊二山野一」とあるので続紀は「前」を脱したか。
一六 →補8-四六。

定《さだ》め、仰《おほ》せて巡《めぐ》り検《かむが》へしむ。唯恐《ただおそ》るらくは、官人明科《くわんにんめいくわ》[一]を練《ね》らずして多《おほ》く罪《ざい》[二]愆《けん》を犯《をか》し、還《かへ》りて法網《はふまう》に陥《おちい》らむことを。仍《より》て非常《ひじやう》の恩《おん》を垂《た》れ、特《こと》に自新《じしん》[三]の路《みち》を開《ひら》く。その国郡《こくぐん》の官司《くわんし》、謀反《むへん》[四]・大逆《だいぎやく》[五]、常赦《じやうしや》[六]の免《ゆる》さぬを犯《をか》すと雖《いへど》も、咸悉《ことごと》く除《ゆる》免して一切《いちさい》に論《あげつら》ふこと勿《なか》れ。但《ただ》し姧偽《けんぐゐ》を情《こころ》に懐《いだ》きて実《まこと》を吐《は》き肯《かへ》にせば、使人意《しにんこころ》を存《そん》して再三《さいさむ》に喩示《ゆじ》せよ。若《も》し是《こ》れ固執《こしふ》して猶首伏《なほしゆふく》せずは、法《のり》に依《よ》りて罪《つみ》を科《おほ》せよ。普天率土《ふてんそつと》[七]、朕《わ》が懐《こころ》を知《し》るべし」とのたまふ。また

巡察使への口勅五条

僧綱の専権を抑制

口勅《くちよく》[八]五条あり。語《こと》は別記《べちき》に具《つぶさ》なり。○己丑（三十日）、詔《みことのり》[九]して曰《のたま》はく、「今聞《いまき》かく、「僧綱《そうがう》[一〇]、意《こころ》に任《まか》せて印《おして》[一一]を用《もち》ゐ、制度《せいど》に依《よ》らず」ときく。その印《おして》を進《たてまつ》らしめて大臣《だいじん》の所《ところ》に置《お》くべし。今《いま》より以後《のち》、一《もは》ら前《さき》[一二]の例《ためし》に依《よ》れ。僧綱《そうがう》の政《まつりごと》も亦《また》官《つかさ》に申《まう》して報《こたへ》を待《ま》て」とのたまふ。鎮西府《ちんさいふ》[一三]に駅鈴《やくりやう》[一四]二口を給《たま》ふ。

道慈卒伝

冬十月辛卯（庚寅朔 二日）、律師《りちし》[一五]道慈《だうじ》[一六]法師《ほふし》卒《しゆつ》しぬ。天平《てんひやう》[一七]元年律師《りちし》と為《な》る。法師《ほふし》は俗姓額田《ぞくせいぬかた》[一八]氏、添下《そふのしも》[一九]郡の人《ひと》なり。性《ひととなり》聡悟《そうご》[二〇]にして衆《もろひと》の為《ため》に推《お》さる。大宝《だいほう》元年、使《つかひ》[二一]に随《したが》ひて唐《もろこし》に入《い》りき。渉《ひろ》[二二]く経典《きやうてん》を覧《み》、尤《もと》も三論《さむろん》[二三]に精《すぐ》れたり。養老《やうらう》[二四]二年帰朝《かへ》る。是《こ》の時釈門《ときしやくもん》の秀《ひい》でたる者《ひと》は唯法師《ただほふし》と神叡法師《じんえいほふし》[二五]との二人のみ。愚志《ぐし》[二六]一巻を著《あらは》し述《の》べて僧尼《ほふしあま》の事《こと》を論《あげつら》ふ。その略《りやく》[二七]に曰《い》はく、「今日本《いまにちほん》の素緇《すし》[二八]の行《おこな》ふ仏法《ぶつほふ》の軌《くゐ》模《も》を察《み》るに、全《また》く大唐《だいたう》の道俗《だうぞく》の伝《つた》ふる聖教《しやうけう》の法則《ほふそく》に異《こと》なり。若《も》し経典《きやうてん》に順《したが》

一七 天平元年十月甲子条。

一八 額田首→□一七三頁注三一。「俗姓額田氏」以下は懐風藻の文に似る。

一九 →□一補4―三二。

二〇 ものわかりが早く、賢いこと。懐風藻に「聡敏好レ学、英材明悟」、大安寺碑文に「幼挺悟聡、夙彰貞敏」とある。

二一 大宝元年正月丁酉に任命された遣唐使粟田真人の一行。実際の出発は翌年六月。

二二 懐風藻に「遣二学唐国一。歴二訪明哲一、留二連講肆一、妙通二三蔵之玄宗一、広談二五明之微旨一」とあり、また唐国中の義学の高僧一〇〇人を選び宮中で仁王般若経を講ぜしめた時、学業穎秀で選に入り、特に唐王より遠学を優賞されたとある。新訳の金光明最勝王経を日本に持ち帰り、日本書紀の編纂に用いられた。

二三 →補15―四二。

二四 養老二年十月庚辰に大宰府、十二月壬申平城に達した遣唐使多治比県守の一行とともに帰国。懐風藻に「遊二学西土一、十有六歳、養老二年帰二来本国一」、碑文に「往二遊唐国一十有七年」。

二五 →三二一頁注七。養老三年十一月有徳の故を以て、道慈とともに食封五〇戸を施された。家伝下に「僧綱、有二少僧都神叡・律師道慈一、並順レ天休レ命、共補二時政一」とある。

二六 経や注疏ではなく、伝教の方策について述べたもの。この題名には謙遜の意味あいがある。現存していない。このほか著述として、東域伝灯目録に「浴像経開題」がある。天平十九年六月七日の写疏所解に千手千眼経疏二巻（古九―三九二頁）がある。

二七 あらまし。主張の中心を述べたところか。

二八 俗人と僧と。「素」は白、「緇」は黒で、それを着る俗人と僧侶。

能護二国土一。如違二憲章一、不レ利二人民一。一国仏法、万家修善、何用二虚設一。豈不レ慎乎。[1]弟子伝レ業者、于レ今不レ絶。[2]属遷二造大安寺於平城一、勅二法師一、[3]勾二当其事一。法師尤妙二工巧一。構作形製、皆稟二其規[4]摹一。所レ[5]有匠手、莫レ不二[6]歎服一焉。卒時、年七十有餘。○乙未、左[7]大臣家令正六位上[8]余義仁授二外従五位下一。○[9]庚子、[10]太上天皇行二幸弥[11]努及竹原井離宮一。○辛丑、賜二郡司十四人爵一級一。高年一人六級、三人九級。行所レ経大鳥・和泉・日根三郡百姓年八[12]十以上男女穀、人有レ差。○壬寅、[13]太上天皇還二難波宮一。○十一月壬申、甲賀寺始[14]建二盧[15]舎那仏像体骨柱一。[16]天皇親臨[17]手[18]引二其縄一。于レ時、種[19]々楽共作。四大寺衆僧[20]会集。[21]儭[22]施各有レ差。○癸酉、[23][24]太上天皇幸二甲[25]賀[26]宮一。○丙子、[27]太上天皇[28]自二難波一至。○[29]庚辰、授二正五位上藤原朝臣八束、正五位下紀朝臣清人並従四位下、外従五位下大宅朝臣君子・田辺史難波並従五位下一。

一 大安寺の善議(後紀弘仁三年八月戊申条)・慶俊(延暦僧録)がいる。
二 →補7-一八・㊀補2-五四。
三 大安寺碑文に「天平元年歳次己巳、詔遣二法師一修二営此寺一」。扶桑略記霊亀二年五月辛卯条「同年移二立元興寺于左京六条四坊一」を、其の寺地から大安寺の移転のこととする福山敏男の説が有力。→補7-一七。扶桑略記天平元年条及び菅孝次郎氏本諸寺縁起集に、平城京の大安寺は道慈が偸かに図し取った唐西明寺の結構によると見える。
四 任務に当たる。「勾」は鈎(かぎ)をする、印を付けることから、「勾当」は事務を担当するの意味となり、寺院・官司の役職名となる。
五 五明(ごみょう)の中の工巧明(くぎょうみょう)に特に秀でていたの意か。懐風藻に「広談二五明之微旨一」とあり、五明とは声明(文法・文学・音楽)、工巧明(技術・天文学)、医方明(医学)、因明(論理学)、内明(哲学・教義学)を言う。
六 模範。
七 橘諸兄。
八 →二〇五頁注三九。橘諸兄は前年五月従一位に昇叙しているので一位の家令の相当位が従五位下であるための昇叙か(官位令11)。
九 →補15-四三。
一〇 元正。
一一 珍努宮→補7-九。七月に元正は幸している。

1 弟—第(兼)
2 属—ナシ(兼)
3 勾〔兼・谷、大〕—句(東・高)
4 摹—墓〔底〕
5 有→校補
6 歎〔底擦重〕
7 大—ナシ〔底〕
8 余〔類一〇七改〕—舎(類一〇七原)
9 庚(底新朱抹傍)—康〔底原〕
10 太上天皇→校補
11 努—弩(紀略)
12 十ノ下、ナシ〔類三一衍〕—年(類三一原)
13 太上天皇→校補
14 建→校補
15 舎—遮(紀略)
16 天皇→校補
17 手→校補
18 引〔兼擦重〕
19 々〔兼・東、大〕—種(谷・高)
20 会〔底〕—僉(兼・谷・東、大)、命(高)
21 儭〔底〕—襯→校補
22 施〔谷重〕—絁(谷原)
23 太—大〔底〕
24 太上天皇→校補
25 賀〔類三一改〕—駕(類三一原)
26 宮—寺(兼)
27 太上天皇→校補
28 自—ナシ(東)
29 庚(底傍按)—康〔底〕→校補

元正太上天皇、弥努・竹原井離宮に行幸

甲賀寺に大仏の体骨柱を建つ

元正太上天皇、紫香楽宮に行幸す、以後聖武と行を共にする

ば能《よ》く国土《こくど》を護《まも》らむ。如《も》し憲章《けんしやう》に違《たが》はば人民《にんみん》に利《り》あらず。一国《いちこく》の仏法万《ぶつほふまん》家《け》修善《しゆぜん》せば何《なに》ぞ虚設《こせち》を用《もち》ゐむ。豈慎《あにつつし》まざらめや」といふ。弟子《でし》の業《ごふ》を伝《つた》ふる者《ひと》、今《いま》に絶《た》えず。属《このごろ》大安寺《だいあんじ》を平城《なら》に遷《うつ》し造《つく》るに、法師《ほふし》に勅《みことのり》してその事《こと》を勾当《くたう》せしめたまふ。法師《ほふし》尤《もと》も工巧《こうかう》に妙《たへ》なり。構作形製《こうさくけいせい》、皆《みな》その規摹《きぼ》を稟《う》く。有《あ》らゆる匠手《しやうしゆ》、歎服《たんふく》せぬは莫《な》し。卒《しゆつ》する時《とき》、年《とし》七十有餘。〇乙未、左《さ》大臣家令《だいじんけりやう》正六位上余義仁《よぎにん》に外従五位下を授《さづ》く。〇庚子、太上天皇《だいじやうてんわう》、弥努《ちぬ》と竹原井《たかはらゐ》との離宮《とつみや》に行幸《みゆき》したまふ。〇辛丑、郡司《ぐんじ》十四人に爵《しやく》一級を賜《たま》ふ。高《かう》年《ねん》一人に六級。三人に九級。行《ゆ》き経《へ》たまへる大鳥《おほとり》・和泉《いづみ》・日根《ひね》の三郡の百《はく》姓年《せいとし》八十以上の男女《だむぢよ》には穀《こく》、人《ひと》ごとに差《しな》有り。〇壬寅、太上天皇《だいじやうてんわう》、難波宮《なにはのみや》に還《かへ》りたまふ。

十一月壬申、甲賀寺《かふかてら》に始《はじ》めて盧舎那《るしやな》仏《ぶつ》の像《ざう》の体骨柱《たいこちちう》を建《た》つ。天皇《すめらみこと》、親《みづか》ら臨《のぞ》みて手《てづか》らその縄《なは》を引《ひ》きたまふ。時《とき》に種々《くさぐさ》の楽《がく》共《とも》に作《おこ》る。四大寺の衆《もろもろ》の僧《ほふしあ》会ひ集《つど》ふ。儭施《しんし》各《おのおの》差《しな》有り。〇癸酉、太上天皇《だいじやうてんわう》、甲賀宮《かふかのみや》に幸《みゆき》したまふ。〇丙子、太上天皇、難波《なには》より至《いた》りたまふ。〇庚辰、正五位上藤原《ふぢはら》朝臣八束《やつか》、正五位下紀《き》朝臣清人《きよひと》に並《ならび》に従四位下を授《さづ》く。外従五位下大宅《おほやけ》朝臣君子《きみこ》・田《たな》辺《べ》史難波《なには》に並に従五位下。

一三　養老元年二月、天平六年三月・四月に見える竹原井頓宮。→補7—二八。難波宮から竜田道を通って平城京に向かう際の、河内側の最東端に位置する。
一四　→九頁注三七。以下の三郡は珍努宮のある和泉監の全部の郡。
一五・一六　→九頁注一三。
一七　→補15—四四。
一八　→補15—二九。
一九　仏身を鋳造するため、まず中型(なかご)の部分(後に空洞となる)を塑像で作るが、その芯となる木組みの柱。中心柱の四方に四天柱をたて、これに木・竹などで籠状に大仏の大体の形を作り、粘土を塗りつけ塑像を作る。
二〇　大安・薬師・元興・興福の四寺。
二一　ほどこす。「儭」は財を施すの意。
二二　この記事は難波宮からみての表現で、紫香楽宮からみた次の丙子の記事と差がある。
二三　紫香楽宮。
二四　この記事は紫香楽宮側の史料によるか。難波に宮の字を付していないことに意味があるか。ここで二月に聖武が紫香楽宮に向かい、元正と橘諸兄が難波に留まって以来の両者の分離は解消された。平城還都のための地ならしをするために、分れていた部分が集って来たと解せるか。
二五　→補13—一四。天平十五年五月正五位上。従四位上昇叙は天平勝宝六年正月。
二六　→㈠補6—三七。天平十五年五月正五位下。二階級特進は七月の奴婢の上表解放も考慮されたか。
二七　→補12—七七。
二八　→補9—一〇七。天平十一年四月外従五位下。

○十二月庚[1]寅、有レ星孛二於将軍一。○壬辰、令二天下諸国薬師悔過一七日。○丙申、度二一[2]百人一。此夜、於二金鍾[3]寺及朱雀路一燃二灯一万坏一。

続日本紀　巻[4]第[5]十五

1 庚（底傍按）―康〔底〕
2 一―ナシ（兼）
3 鍾→脚注
4 巻〔大補〕―ナシ（兼等）
5 第―弟（東）

諸国薬師悔過

金鍾寺

十二月〈己丑朔〉庚寅〈二日〉、星《ほし》〔一〕有りて将軍《しやうぐん》に孛《ひとろ》へり。○壬辰〈四日〉、天下《あめのした》の諸国《くにぐに》をして薬師悔過《やくしくゑくわ》〔二〕せしむること七日。○丙申〈八日〉、一百人を度《ど》す。この夜《よ》、金鍾寺《こむしゆじ》〔三〕と朱雀路《すざくぢ》〔四〕とに灯《ともしび》〔五〕一万坏を燃《とも》す。

続日本紀　巻第十五

一　→補15-四五。
二　→補15-四六。
三　→補15-四七。
四　→平城京東大寺の南方に朱雀の地名がありこれを指すとする(堀池春峰)。いわゆる朱雀路(㈠補5-四)とは別。
五　書紀白雉二年十二月条に味経宮で一切経を読ませ、「是夕、燃㆓二千七百余灯於朝庭内㆒、使㆑読㆓安宅・土側等経㆒、於㆑是天皇従㆓於大郡㆒、遷㆓居新宮㆒、号曰㆓難波長柄豊碕宮㆒」と、地鎮と思われる例があり、同三年十二月条に僧尼を内裏に請し、斎を設け大捨し、燃灯すとある。この場合も同様か。この後天平十八年十月甲寅条に、天皇・太上天皇・皇后が金鍾寺に行幸して盧舎那仏に一万五千余坏の燃灯を供養し、天平勝宝六年正月辛丑条に東大寺に行幸して二万坏の燃灯を行っている。

補注

校異補注

補　注

7　巻第七

一　**陸田**(五頁注一六)　この詔は陸田の制度の初見であるが、その年次が和銅六年十月七日か霊亀元年十月乙卯(七日)かは確定できない。(イ)三代格・弘仁格抄がともに和銅六年で一致しているので、弘仁格では和銅六年であったと推定されること。(ロ)和銅八年は九月に霊亀元年に改元されているので、和銅八年十月七日の日付をもつ詔はありえない。したがって、(a)本来の詔に霊亀元年とあったのが和銅六年と誤まれたか、(b)本来の詔に和銅六年とあったのが和銅八年と誤まれ、霊亀元年の部分に収録されたか、二つの場合が想定されるが、後者、即ち本来の詔は和銅六年であった可能性の方が強いと考えられる。陸田の制はこの後、養老三年九月丁丑の詔(続紀)によって、天下の民戸に一町以上二〇町以下の陸田を給し、段ごとに地子粟三升を輸せしめることとされたが、この詔は弘仁格に収録されていないので、陸田の地子の徴収がどの程度実施されたかは問題が残っている。男夫一人二段、または戸ごとに一町―二〇町給された陸田の大部分は、おそらく既墾田ではなく未墾地であったと推定される。陸田の制は和銅―養老年間に全国的に展開された開墾政策の一環をなすものと考えられる。また霊亀元年(もしくは和銅六年)の詔の後半が義倉の主旨と通ずること、養老三年の詔が出た日に義倉を開いて賑恤していることから、陸田制成立の背景には備荒政策として義倉の充実をはかる意図があったと推定される。

二　**蝦夷の爵**(七頁注二)　一般の位階とは別に、蝦夷にのみ授与される爵が、何時制定されたかは未詳(㈠一七頁注三)。式部省式上に「凡諸夷入朝給レ禄者、第一等絁六疋・綿十二屯・布十二端。第二等以下、等別減二絁一疋・綿二屯・布二端一」とある。また大蔵省式の「賜二蕃客一例」の末に「蝦夷第一等〈布十六端〉、第二等〈布十五端〉、第三等〈布十三端〉、第四等〈布十端〉、第五第六等〈布各八端〉」「俘囚外五位〈絹三疋・綿十屯〉、外六位〈准二第二等一〉、外七位〈准二第三等一〉、外八位〈准二第四等一〉、外初位〈准二第五等一〉」とあり、「蝦夷」には六等の爵、「俘囚」には一般の位階、とはっきり区別している。続紀宝亀九年六月庚子条に「外正六位上吉弥侯伊佐西古、第二等伊治公呰麻呂」とあり、類聚国史俘囚、延暦十一年十一月条に「夷俘(同じ条のなかで蝦夷とも)爾散南公阿波蘇・宇漢米公隠賀」に「爵第一等」を、「俘囚吉弥侯部荒嶋」に「外従五位下」を授けるとある。

三　**国府**(七頁注九)　国を治めるための官司が原義と推定されるが、その官司の建物を中心にしてつくられた施設や区域をもさす。国府のなかで、とくに国司が政務をとる施設を「国庁」とよぶこともあり、万葉集では、大宰府とともに諸国の国庁も「遠(とほ)の朝廷(みかど)」とうたわれた。郡司が政務をとる施設が三家(ミヤケ)と同じく「家」の字を用いて「郡家」と表記されたのに対して、国府・大宰府に用いられた「府」の字は、衛門府・衛士府・兵衛府など軍事的施設に付されることが多い。なお「国衙」という語は平安時代以後に用いられることが多く、国の衙(事務所・役所)の意から、その衙のある区域をもさしたと推定される。

四　**閇村**(七頁注一一)　所在未詳。近代のマコンブの分布は北海道から宮城県金華山沿岸に至る地域であることが参考になる。あるいは後の牡鹿郡(民部省式上)または桃生郡(民部省式上)のあたりか。後紀弘仁二年七月丙午条に弊伊村、同十二月甲戌条に閇伊村がみえる。弊伊(閇伊)と同じとすれば、のちの閉伊郡(岩手県上下閉伊郡)のあたりか。しかし霊亀のころ、この地域に建郡できたかどうか疑問。

五　**美努連岡麻呂**(七頁注二七)　三野連(万葉六二)、岡万(墓誌)とも。一八七二年、大和国平群郡萩原村(現在の奈良県生駒市萩原町)出土の銅板墓誌によれば、天武天皇の甲申(天武十三)年正月勅により連姓を賜い、文武天皇の大宝元年五月、唐国に使した(万葉六三には、その際、春日蔵首老がおくった歌をのせ、万葉集の古写本に「小商監従七位下中宮小進美奴連岡麿」とみえる)。元正天皇の霊亀二年正月、従五位下を授けられ、主殿頭に任ぜられる。神亀五年十月没。時に年六十七。没後二年目にあたる天平二年十月□日の日付で、墓の中に納置すると記す。美努連→㈠補3―六一。

墓誌の全文を左に掲げる。

我祖美努岡万連、飛鳥浄御原天皇御世、甲申年正月十六日、勅賜㆓連姓㆒。藤原宮御宇大行天皇御世、大宝元年歳次辛丑五月、使㆓乎唐国㆒。平城宮治㆓天下㆒大行天皇御世、霊亀二年歳次丙辰正月五日、授㆓従五位下㆒。任㆓主殿寮頭㆒。神亀五年歳次戊辰十月廿日卒。春秋六十有七。其為㆑人、小心事㆑帝、移㆑孝為㆑忠。忠簡㆓帝心㆒、能秀㆓臣下㆒。成㆑功広㆑業、照㆓一代之高栄㆒。揚㆑名顕㆑親、遺㆓千歳之長跡㆒。令聞難㆑尽、余慶無㆑窮。仍作㆓斯文㆒、納㆓置中墓㆒。

天平二年歳次庚午十月□(一か)日

六　**大隅・媛嶋二牧**(九頁注一一)　安閑紀二年九月条に「別勅㆓大連㆒云、宜放㆔牛於難破大隅嶋与㆓媛嶋松原㆒。冀垂㆓名於後㆒」とあり、名代に類似する皇室直属の牛牧であったと推定される。その所在については明らかでないが、大隅嶋は現在の大阪市東淀川区大道南・大桐・大隅付近、媛嶋は西淀川区姫島町付近と推定する説がある。

七　**出雲臣**(九頁注四)　天穂日命(またはその子の建比良鳥命)を祖とする出雲国の豪族で、その本拠は熊野大社のある意宇郡であった。令制の出雲国造には代々出雲臣の一族が任ぜられた。延暦十年九月に近衛将監出雲臣祖人が宿禰姓を賜わり(続紀)、姓氏録の左京神別にも出雲宿禰がみえるが、出雲国造の一族は臣姓のままであった。

八　**出雲国造の神賀事の奏上**(九頁注六)　延喜式の臨時祭式・太政官式・中務省式・式部省式などによれば、(イ)出雲国造は国司が銓擬言上した候補者を太政官において任じ、位階を四階進めて叙し、(ロ)神祇官において負幸物(金装横刀一口・糸二〇絇・絹一〇疋・調布二〇端・鍬二〇口)を賜わり、(ハ)国に還って一年潔斎する。その斎の間は、重刑を決せず、校班田の年に当っても停める。(ニ)斎が終ると国司に率られて祝部らとともに入朝し、大極殿の南庭で神寿詞を奏し、神宝(赤水精八枚・白水精一六枚・青石玉四四枚・金銀装横刀一口・鏡一面・倭文二端・白眼鴾毛馬一疋・白鵠二翼・御贄五〇舁)を献ずる。(ホ)其の日は諸司廃務する。(ヘ)国造は四階進めて叙し、国造に絹二〇疋・調布六〇端・綿五〇屯、祝・神部におのおの調布一端、郡司に各二端、子弟に各一端を給う。(ト)後斎(ハ)に準ず)をして(ニ)―(ヘ)を繰返す。

この延喜式の規定と続紀にみえる記事とを対照してみると、初見のこの条(霊亀二年二月丁巳条)では、(ハ)斎、(ニ)奏神賀事、(ホ)百官斎、(ヘ)叙位・賜禄、のことしかみえないが、(イ)の国造に任ずる際の四階昇叙は天平宝字八年正月の出雲臣益方の例がおそらく該当し、益方は(ニ)の奏神賀詞の際にも(神護景雲元年二月甲午条)四階昇叙している(ただし二度目〔神護景雲二年二月庚辰条〕の奏神賀詞の際には一階)。(ロ)の負幸物については記述がない。(ハ)の国に還っての一年潔斎について、延喜式では何時から斎を始めるかに言及していないが、天平十八年三月に国造に任ぜられた弟山は四年後に、天平宝字八年に国造に任ぜられた益方は三年後に、最初の神賀詞の奏上を行なっているので、還国後、直ちに斎に入ったのではないと考えられる。そして続紀にみえる九例の神賀事の奏上が、神亀元年の広嶋の例(一月)を除き、いずれも二月に行なわれていることは(神亀元年の場合も一月二十七日で月末)、斎の始期と終期が一定していた結果と考えられ、何かの暦を単位とした可能性もある。続紀では斎の期間についての記述はないが、以上のことから延喜式と同じ一年の可能性が強い。

奏上される神賀事(続紀では神賀辞・神斎賀事・神事・神吉事、臨時祭式等では神寿詞)については祝詞式に「出雲国造神賀詞」としてみえる。全体は三部からなり、(I)出雲国の神々の斎の吉詞を国造の某が奏上する。(II)アメノホヒノ命がオホナモチノ命(オホナムチとも)を言向けた事績を述べ、アメノホヒノ命は永遠に天皇の御世を斎い、御禱(きほ)の神宝を献る、

(Ⅲ)神宝のそれぞれの品によせて、天皇の御世をことほぐ、の三部からなる。(Ⅰ)の出雲国造が熊野大神・オホナモチノ命の二柱をはじめ一八六社に坐す出雲の神々の斎の吉詞を申し上げることは、先の(ニ)の臨時祭式に「国司率二国造諸祝部并子弟等一入朝」が(ヘ)の臨時祭式に「国造已下、祝、神部、郡司、子弟五色人等給レ禄」と対応していることを参照すると、叙位・賜禄の記事——「自二果安一至二祝部一一百一十余人」(霊亀二年)、「祝部一百九十四人」(神亀三年)、「祝部男女百五十九人」(神護景雲二年)——に記す祝部の人数が、祝詞の出雲の一八六社に近似していることから、国造が出雲の神々の祝を率いて神々の賀詞を奏したことが奈良時代を通じて行なわれていたことが知られる。延暦四年二月癸未条に「出雲国国造外正八位上出雲臣国成等、奏二神吉事一」と複数形で書かれていることも注目される。祝詞の(Ⅲ)の神宝によせた寿詞の部分は、(ニ)の臨時祭式の神宝の内訳と対応しているが、神亀三年二月に広嶋が献じた神宝の記事「献二神祉剣鏡并白馬・鵠等一」がほぼそれと一致していることは、祝詞式の神賀詞の大筋が神亀三年ころまでは遡ることを推測させる。また神亀三年に広嶋が賜った「絁廿疋、綿五十屯、布六十端」は(ヘ)の臨時祭式の賜禄の規定と一致する。

神賀詞の奏上が二度行なわれたことも、神亀三年の広嶋の二度目の奏上の記事によって確められ、神賀詞の奏上の記事がみえる弟山・益方・国成はいずれも二度奏上している。ただ広嶋が一度目の神亀元年の次に一年おいて神亀三年に二度目を行なっているのに対して、弟山・益方・国成はいずれも一度目のすぐ翌年に二度目を行なっており、いずれが原形かははっきりしない。

延喜式の規定と続紀の記事とをこのように比較・対照してみると、神亀年間の広嶋のときには、式の規定と類似した儀礼がほぼ成立していたと考えられ、延暦年間の国成の場合には「其儀如レ常」(延暦四年二月癸未条・同五年二月己巳条)と記されている。ただ霊亀二年の果安のときに、どのような形式で行なわれたか——とくに二度繰返して行なわれたかどうか——は確認できない。この神賀詞の奏上を、初見の霊亀二年の果安のときから始まったとみなしたり、果安が記紀神話に合せて創作したという説もあるが(倉野憲司「出雲国造神賀詞について」『神道学』三四、鳥越憲三郎『出雲神話の成立』)、祝詞式の神賀詞ではアメノホヒがオホナモチを言向けたことを強調し、記紀神話とは一致しないこと、神賀詞のなかには古い部分と新しく挿入された部分(オホナモチの和魂と三子の御魂を大和に坐せた部分)が重層していて、長い伝統が想定されることなどから、果安以前から行なわれていたと推定した方が自然である。果安の記事が初見となるのは、書紀に比べて続紀では恒例の宮廷儀礼の記述が詳しくなり、続紀の対象とする期間においてたまたま果安が最初であったからと考えられる(岡田精司「記紀神話の成立」『岩波講座日本歴史』3、一九七五年)。

一年の斎は、天皇の即位の際の散斎一月、致斎三日(神祇令10)に比べて著しく長く、しかも二度繰返すのは——大嘗祭の悠紀・主基の繰返しと同じように——極めて重要な儀礼と考えられていたことを示している。出雲国造の神賀詞奏上も、おそらく国造の代替りの際の服属儀礼の系譜を引くものであろうが、それに加えて大和王権の神事を分掌する役割が附加され、しだいに後者の比重が重くなって、式にみられるような儀礼に発展したものと考えられる。その儀礼の成立過程で重要な契機となったのは、オホナモチの国譲りについての記紀神話の成立であり、出雲国造は国つ神からの寿詞を代表して奏上する役割を課せられたと考えられる。そしてオホナモチの荒魂を鎮めることがアメノホヒ(出雲国造)の役割とされているように、天皇を崇《たた》り神から守ることに重点がおかれるようになったのであろうか。

九　珍努宮・和泉宮(九頁注一四)　珍努(茅渟・智努・血沼とも)とはチヌ(黒鯛の異称)の海に面した後の和泉国一帯の地域の名であった。允恭紀八年二月条に、天皇が衣通郎姫のために茅渟に宮室を建て、そこに通うためしばしば日根野に遊猟したという。この宮の所在地を『和泉志』は日根郡上郷中村(大阪府泉佐野市上之郷)とする。日根野が現在の大阪府泉佐野市日根野の地とすれば、宮の推定地とも近い。もしこの推定が正しいとすれば、允恭紀の茅渟宮は、奈良時代の珍努宮とは異った場所にあった可能性が強い。奈良時代の珍努宮については、この霊亀二年三月条に河内国和泉・日根両郡を割いて珍努宮に供したとあるのが初見である。翌四月には大鳥・和泉・日根三郡を河内国から分割して和泉監(補7-一一)を置いているが、この和泉監は、芳野離宮のための芳野監と同じように、離宮のために特置されたものと考えられるから、おそらく造営を始めていた珍努宮のためのものと考えられる。ところが翌養老元年二月に行幸した先は和泉宮と書かれ、和泉監の官人と工匠役夫に叙位賜物しており、同年(養老元)十一月、養老三年二月、天平十六年二月にも和泉宮に行幸している。しかし、同年(天平十六)七月と十月に太上天皇が行幸した先は再び智努離宮と書かれている。珍努(智努)宮と和泉宮が並存していた可能性も否定はできないが、以上の続紀の記事から考えると、和泉郡を中心に和泉監が置かれたため、珍努宮が正式には和泉宮と呼ばれるようになった可能性が強い。和泉宮の所在地を『和泉志』は和泉郡府中村とし、和泉市府中の和泉国府の地が比定されている。天平九年度の和泉監正税帳には和泉監の正(長官)が従者三人をつれて二日間、「和泉宮御田苅稲収納」にあたったことが記されている(古二―七八頁)。なお天平十二年八月に和泉監は河内国に併合されたが、宮は維持されていたらしく、先述のように天平十六年にも行幸があった。

一〇　**霊亀二年四月癸丑条にみえる壬申の功臣とその息**(九頁注一六―二五)

贈少紫村国連小依　天武五年七月没、壬申の年の功により外小紫位(天智三年冠位制の第六位)を贈られた。→㊀補2―六七。

息従六位下志我麻呂　志賀麻呂とも。養老二年正月従五位下、神亀三年九月播磨国印南野行幸の際、造頓司に任ぜられ、天平三年正月従五位上。

贈大紫星川臣麻呂　天武九年五月没、壬申の年の功により大紫位(天智三年冠位制の第五位)を贈られた。壬申の乱での具体的な事績は未詳だが、天平宝字元年十二月壬子条には、坂上直熊毛・黄文連大伴・文直成覚とともに、「並歴二渉戎場一、輸二忠供一事」とみえる。

星川臣は、孝元記に建内宿禰の子、波多宿禰をその祖と伝え、天武十三年十一月朝臣姓を賜った。姓氏録では大和皇別に星川朝臣を載せ、石川朝臣と同祖、武内宿禰の後とし、敏達天皇の世、居によって改めて星川臣の姓を賜ったとする。大和国山辺郡星川郷(現在の奈良県山辺郡都祁村針ヶ別所付近)を本拠とする氏族か。

息従七位上黒麻呂　他に見えず。

贈大錦下坂上直熊毛　没年、贈位の年、ともに未詳。大錦下は天智三年冠位制の第九位。壬申の乱のとき、飛鳥古京の留守司であったが、大伴連吹負と密議して、高市皇子と称(なの)って留守司の軍営を攻撃してきた吹負に内応し、吹負の攻撃を成功させた。

坂上直は東漢氏の一族で、坂上系図に引く姓氏録逸文によれば、駒子直の第一子、甲由の後で、熊毛らは天武十年に直姓を改め連を賜ったとあるが、書紀には見えず、続紀のこの条は直姓。天平宝字元年十二月条も坂上直熊毛。

息正六位下宗大　他に見えず。

贈小錦上置始連宇佐伎　没年、贈位の年、ともに未詳。小錦上は天智三年冠位制の第十位。宇佐伎は菟にもつくる。壬申の乱のとき、大海人皇子の側に属し、紀阿閉麻呂らと、数万の軍衆を率いて伊勢から大和へ入り、近江朝廷軍に破られた大伴吹負を救い、大海人軍が大和を征圧するのに貢献した。置始連→㊀補5―二二。

息正八位下虫麻呂　他に見えず。

贈小錦下文直成覚　没年、贈位の年、ともに未詳。小錦下は天智三年冠位制の第十二位。壬申の乱における具体的な事績は未詳だが、天平宝字元年十二月壬子条に記事がある。文直→㊀補1―六七。

息従七位上古麻呂　他に見えず。

贈直大壱文忌寸知徳　持統六年五月没か、直大壱(天武十四年冠位制の第九位)を贈られた。→㊀補2―六七。

息従七位上塩麻呂　他に見えず。

贈直大壱丸部臣君手　文武元年九月、壬申の功臣として直広壱(天武十四年冠位制の第十位)を賜わる。没時の贈位か。没時の贈位とすれば、この条に贈直大壱(天平宝字元年十二月条も贈直大壱)とあるので文武朝にさらに一階贈位されたか、あるいは文武元年九月条の冠位の誤りか、未詳。→㊀七頁注八。

息従六位上大石　神亀五年五月に外従五位下。

贈正四位上文忌寸禰麻呂　慶雲四年十月没、正四位上を贈られる。→㊀補2―六八。

息正七位下馬養　馬甘とも。天平九年九月外従五位下。中宮少進・主税

頭・筑後守・鋳銭司長官を歴任、天平宝字二年八月、従五位下。万葉に橘諸兄の家でよんだ歌がある(一五七九・一五八〇)。

贈正四位下黄文連大伴　和銅三年十月没、壬申の年の功により正四位下を贈られる。→㊀補2-六七。

息従七位上粳麻呂　他に見えず。

贈従五位上尾張宿禰大隅　没年、贈位の年、ともに未詳。尾治宿禰とも。壬申の乱のさい、関東に出た大海人皇子を私第に迎え、軍資を供助した。持統十年五月に直広肆(大宝令制の従五位下相当)を授けられ、水田四〇町を賜った。この水田は、天平宝字元年十二月に功田の品を上功(三世に伝える)と定められた大隅の「壬申年功田卌町」にあたると推定されるので、この霊亀二年に子息の稲置に「賜田」とあるのは、父大隅が賜った田を継承することを認めたものか。

息正八位下稲置　他に見えず。

二　**賜田と功田の等級**(九頁注三六)　この条(霊亀二年四月癸丑条)の壬申年功臣の子息に対する賜田は、田令6「凡功田、大功世々不レ絶、上功伝二三世一、中功伝二二世一、下功伝レ子」の規定による等級は定められていなかった可能性が強い。天平宝字元年十二月条に「乙巳以来、人々立レ功、各得二封賞一、但大上中下、雖レ載二令条一、功田記文、或落二其品一」(乙巳は大化改新の年)と述べているのが、その状況をさすのであろう。功封・功田の制はおそらく大宝令によって制定されたが、この条の賜田の多くは、尾張宿禰大隅の場合のように(補7-一〇)、大宝令施行以前に父が賜った田を、子が継承することを公認したものである可能性が強い。ただ同じように壬申年功臣に対して「先朝論レ功行レ封」とされた食封については、大宝令施行と同時に禄令13功封条によって中功と定めているのに対して(㊀補2-六六)、この条にみえる賜田に功田条を適用して最終的に等級を定めたのは、養老令を施行した天平宝字元年の十二月壬子で、尾張宿禰大隅の功田は上功(伝三世)、その他の九人の功田は中功(伝二世)と定められた(ただし村国連小依・置始連宇佐伎・文忌寸知徳・丸部臣君手・文忌寸禰麻呂の功田の等級は「先朝所レ定」とするが、先朝がいつかは未詳)。

三　**和泉監**(九頁注三八)　珍努宮(補7-九)のために置かれた特別行政機関であると同時に、その区域をも指す。長官の正、(次官なし)、判官の佑、主典の令史の各一名、史生三名(霊亀二年六月丁卯条)によって構成される。監は、令制では内官として春宮坊に属する舎人監・主膳監・主蔵監の三監があり、正・佑・令史の各一名によって構成され、構成員や相当位は小司(㊀四五六頁表2)と同じ。なお大宝令では在外の監司についての規定(公式令53)があり、この和泉監と、芳野離宮のために置かれた芳野監(補11-二七)の二監は、その実現された例ともいえる。両者は「二監」と称されることもあった(天平四年七月丙午条)。この二監は、唐の京県と畿県とを参酌したものと考えられているが(滝川政次郎「芳野和泉二監考」『日本法制史研究』)、唐の太原府・河中府等の諸府尹に相当するか。なお天平九年度の和泉監正税帳によると、和泉監の職掌は国司とほとんど同じであった。和泉監は天平十二年八月に廃止されて再び河内国に合併されたが、天平宝字元年五月に、再度同じ大鳥・和泉・日根の三郡を割いて、和泉国とされた。

三　**貢調脚夫・入京人夫の観察**(九頁注三九)　和銅五年五月、従来臨時に派遣されていた巡察使を毎年派遣し、「国内豊倹得失」を検校させることとしたが(㊀補1-一一一)、この詔が地方行政の実態を推測する手懸りとして、入京してきた貢調脚夫や人夫の状態に注目しているのは、朝廷が地方の実情を掌握することの難しさをよく示しており、翌養老元年五月の大計帳等(補7-三七)の書式の諸国への頒布、養老三年七月の按察使の設置へと展開していったと推測される。

四　**軍団の大少毅**(一一頁注一三)　兵士一〇〇〇人を領する標準的な軍団には、大毅一人・少毅二人がおかれ、「検二校兵士一、充二備戎具一、調二習弓馬一、簡二閲陣列一事」を掌った(職員令79)。その任用について軍防令13には「凡軍団大毅小毅、通取二部内散位・勲位及庶人武芸可レ称者一充」とあるが、実際には、郡司の一族などが任用されることが多かったと推定される。神護景雲元年四月、銭・稲の献上により長門国豊浦団の毅の額田部直塞守が豊浦郡大領に任じられたのは、軍団の毅が郡領を出す一族であった実例であり(続紀)、また天平五年度の出雲国計会帳には「軍毅譜第帳」がみえ(古一-六〇〇頁)、軍毅が一族で継承されていたことを推察させる。岸俊男は、律令軍団制がかつての国造軍を基礎にして形成されたと推定したが(「防人考」『日本古代政治史研究』)、大宝令施行にあたり、かつての国造の政治的・軍事的な権能を、郡(大少領)と軍団(大少毅)とに分離し、国司が両者を直接に管掌する体制とした。しかし郡と軍団を別司としたために、同司には三等以上親を連任しないという選叙令7の規定が、郡領と軍毅には適用されないこととなり、郡領と軍毅が近親者によって連任されることも可能となった。おそらくそのような事例も実際に生じてきたのであろう。この霊亀二年五月の制は、そのような事態を避けるために出されたものと推定される。選叙令15では郡領と大少毅は同じように十考と定められ同等の扱いを受けており、軍防令でも大少毅は国司が直接管掌することになっていたが、大少毅は実際には郡領の勢力下にあった可能性が強い。東野治之は、養老三年四月に、大少毅を郡司の主政と同じ「判官任」としたのも、そのような実態を制度化したものと考え、大少毅が郡司の判官に位置づけられれば、郡領と大少毅は同司として三等以上親の連任を禁じられることになるので、この霊亀二年五月の制は、養老三年四月の制と一連のものと推定している(「続日本紀管見二則――禄法・軍毅――」『続日本紀研究』二〇〇)。しかし、養老三年四月の制度は把笏に関連したもので、郡領と大少毅との関係を直接に規定したものではない可能性が強い。なお兵部省式も軍毅には「其大少領三等已上親、不レ得レ任ニ同郡軍毅ニ」と規定する。

一五　**高麗郡の建郡**(一五頁注一〇)　旧高麗村、現在の日高町新堀にある高麗神社は、大宝三年四月に王姓を賜った従五位下高麗若光(㈠六九頁注一)を祭る。高麗氏古系図(東大史料編纂所蔵)によると、若光は武蔵国高麗氏の始祖といわれ、その没した時、貴賤相集って屍を埋め、霊廟を建てて高麗明神と崇めたという。若光との関係は不明であるが、背奈公(のち高麗朝臣)福信の祖父、背奈福徳が武蔵国に住み、福信は伯父行文につれられて上京したことからみて、若光も高麗郡に居住した可能性が強い。若光が初代の郡領になったかどうかは明らかでないが、高麗郡の建郡に若光が深くかかわっていた可能性が強い。

一六　**瀬戸内海の交通規制**(一五頁注一二)　瀬戸内海は、東北を明石瀬戸、東南を由良瀬戸もしくは鳴門瀬戸、西南を速吸瀬戸、西北を早鞆瀬戸によって画されており、瀬戸の交通は規制されていた。とくに早鞆瀬戸(関門海峡)には関(長門関)が、速吸瀬戸(豊予海峡)には戍が置かれ、速吸瀬戸の交通は禁止されていた。また天平十八年には、官人・百姓・商旅らが豊前国の草野津(福岡県行橋市)、豊後国の国埼津(大分県東国東郡国見町国東町)・坂門津(大分県北海部郡佐賀関町)から、勝手に往還して国産物を漕運するため直接に難波に向うことを禁じている(三代格延暦十五年十一月廿一日太政官符所引)。これらの規制が行なわれた背景には、新羅・唐などとの緊張関係が想定されるが、直接には西海道の物資が流出することを防ごうとする意図から出たものか。

一七　**元興寺の移建**(一五頁注一七)　養老二年九月甲寅条に「遷ニ法興寺於新京ニ」とあるのが、元興寺の移建に関する記事と考えられる。福山敏男は、飛鳥寺(法興寺・元興寺)と大安寺はともに大寺と呼ばれていたため、原史料に「霊亀二年に大寺を左京六条四坊に遷す」とあったのを、続紀の編者が、この大寺を大安寺でなく、法興寺と誤ったものと推定している(「大安寺及び元興寺の平城京への移建の年代」『日本建築史研究』)。

一八　**平城京の大安寺**(一五頁注一七)　大安寺の前身である百済大寺―高市大寺―大官大寺は皇室と密接な関係をもち、それぞれ宮の近くに建てられていた(㈠補2―五四)。平城遷都ののち、最初に藤原京から遷された寺が大安寺であったのは、そのような大安寺の性格によるもので、官寺の筆頭の地位にあった。東大寺の創建以前は最大の規模をもち、左京六条四坊から七条四坊にかけて、一五の坪を占めていた(天平十九年大安寺伽藍縁起并流記資財帳)。霊亀二年のこの移転の記事は、造営着手か金堂の建立をさすと推定され、天平元年頃から道慈(補8―四六)がその造営に関与した。

一九　**志貴親王の没した日**(一七頁注二四)　三代格宝亀三年五月八日勅は志貴親王の没した日について、「丙辰(霊亀二)年八月九日崩」と記し、本条(八月十一日)と異なる。続紀のこの条は、あるいは喪事を監護する使を派遣した日付かも知れない。また万葉三三〇の題詞には「霊亀元年歳次乙卯秋九月、志貴親王薨時作歌一首〈并短歌〉」とあり、続紀のこの条の年月(二年八月)と合わない。題詞の誤りとも、事実は元年九月であったものの薨奏を翌年八月まで延期した(万葉集攷証)とも、天武の皇子磯城との混同があるのではないか(万葉代匠記・万葉集古義)とも言われてきた。沢瀉久孝は笠金村が心覚え程度に記した題詞の「二」が後に「一」に誤られたと推定し、さらにそれを承けて本来は二年であったのに万葉集で元年に誤り、八月の薨去後四十九日の供養の日に金村の歌が披露されたものとする近藤章の推定(「志貴親王薨去とその挽歌」『国語と国文学』五一-八)が現在では有力である。

二〇　**大寺の製塩施設**(一九頁注八)　古代の大寺が製塩施設をもっていた例をあげると、西大寺資財流記帳(宝亀十一年)には、西大寺が播磨国赤穂郡と讃岐国寒川郡とに、塩焼きのための木を伐採する塩山(取塩木山)をもっていたことが記されている(寧遺四一四頁)。法隆寺資財帳(天平十九年)にみえる播磨国の印南郡・餝磨郡の「海弐渚」(古一-六一八頁)と「嶋林十六地」(古一-六一七頁)も多分製塩のためのものであろう。元興寺資財帳の写本は後半の資財の部分が大幅に省略されているが、賤・水田・封戸のあとに記されていた「園地并陸地并塩屋」(寧遺三九〇頁)の塩屋には、備中国浅口郡にあった飛鳥寺の製塩所も含まれていたか。

二一　**霊亀二年任命、養老元年発遣の遣唐使の特色**(一九頁注一〇)　霊亀二年八月に任命され、養老元年三月己酉(九日)に節刀を賜った遣唐押使多治比県守らは、その後間もなく難波から出航したと推測されるが、冊府元亀巻九七四、外臣部、褒異の項には、同年(開元五年、七一七年)十月丁卯(一日)に「日本国遣レ使朝貢」とあり、翌戊辰(二日)には「勅曰、日本国遠在二海外一、遣レ使来朝、既渉二滄波一、兼献二邦物一。其使真人英問(多治比真人県守)等、宜下以二今月十六日一、於二中書一宴集上」との勅が下されており、おそらく十六日にはその宴が開かれたのであろう。そして同月乙酉(十九日)には「鴻臚寺奏、日本国使、請下謁二孔子廟堂一、礼中拝寺観上、従レ之。仍令二州県金吾一相知検校搦捉(捉搦)、示レ之以レ整。応下須作二市買一、非レ違レ禁入上蕃者、亦容レ之」とある。即ち鴻臚寺の奏により、日本国使の希望する孔子廟・寺院・道観などの参拝が許可されたが、それに対応して州・県や京内守衛の金吾衛に使節一行を統制させることが命ぜられ、またもし使節が物を購入しようとする場合は、蕃国に対して輸出禁止とされている品を除いて許可する旨が指示されている。

この遣唐使の一行のなかには、留学生の下道(吉備)真備と阿倍仲麻呂、留学僧の玄昉、請益生の大倭小東人(のちの大和長岡)が含まれていた。請益生の大倭小東人は、翌養老二年に遣唐使とともに帰国しているが、おそらく彼は養老律令の編纂過程で生じた疑義などを明らかにするために派遣されたのであろう。卒伝には「霊亀二年、入唐請益、凝滞之処、多有二発明一。当時言二法令一者、就二長岡一而質レ之」(神護景雲三年十月癸亥条)とある。留学生の仲麻呂は真備と共に勉学に励み、「我朝学生、播二名唐国一者、唯大臣(真備)及朝衡(仲麻呂)二人而已」(宝亀六年十月、真備薨伝)といわれたが、ついに帰国できなかった。しかしこの度の遣唐使の派遣目的を考える際には、仲麻呂のことも含める必要がある。

真備と玄昉は、約一七年の留学の後、次回の遣唐使と共に天平六年に帰国する。その際、玄昉は「経論五千余巻」(開元釈教録による大蔵経)及諸仏像」をもたらし、唐訳と秘密部を多く含むその経典は、日本の仏教界に大きな影響を及ぼした(天平十八年六月己亥条、玄昉伝)。また真備は唐礼(永徽礼)一三〇巻をはじめ、暦書と天文観測具、楽器と楽書、弓箭など厖大な書籍・器物をもたらした(天平七年四月辛亥条)。先引の冊府元亀にみえる遣唐使に対する物資購入の特別許可は、留学生・僧による唐朝文物の大規模な輸入計画と関連しているのであろう。旧唐書日本伝に「所レ得錫賚、尽市二文籍一、泛レ海而還」とあるのは真備のことをさすといわれるが、冊府元亀の記事と相表裏するものであろう。

真備や玄昉は、単に書籍や器物の蒐集に努めただけではない。旧唐書日本伝に、「因請二儒士授一レ経、詔二四門助教趙玄黙一、就二鴻臚寺一教レ之」とあるのは、真備が唐の学者について就学したことを示すと推定されている。冊府元亀にみえるように、孔子廟・寺院・道観などの参拝が特に許されているのは、彼らが積極的にそれらの施設を訪ねたことを推測させる。真備は釈奠の服器や儀式を改定したと伝えられるが、それは礼典の知識だけによるものでなく、実地の見聞が与っていたであろう。また玄昉の五台山記(七大寺巡礼私記興福寺条)についても、細部はともかく、玄昉が五台山へ参じたこと自体は事実と考えられる。玄昉は古密教の呪術を実地に学んできた可能性も強い(例、宮子の治療)。

この度の遣唐使は、唐朝の文物の本格的な輸入を企図した。しかも単なる書籍や器物だけでなく、儀式や修法までも含めて継受しようとした。律令と並んで礼を本格的に学ぼうとしたのも、おそらくこの遣唐使からであろう(東野治之「奈良時代遣唐使の文化的役割」『仏教芸術』一二二)。

二二　**藤原朝臣馬養**(一九頁注一四)　宇合とも(宇合の表記は遣唐使として渡唐したとき用いて以来か)。不比等の第三男。母は蘇我武羅自古の女、娼子(媼子の誤か)。持統八年甲午の生れ。名の馬養は生年の十二支、あるいは乳母の姓と関係あるか。武智麻呂・房前の弟、麻呂・宮子・光明子・多比能の兄。子は広嗣・良継・清成・綱手・田麻呂・百川・蔵下麻呂(㊀四五四頁藤原氏系図)。式部卿を長く勤めたので、その家がのちに「式家」と呼ばれた。霊亀二年遣唐副使、唐からの帰国後、養老三年七月常陸守で安房・上総・下総の按察使、神亀元年四月蝦夷征討の持節大将軍。時に式部卿。同二年閏正月征夷の功により従三位・勲二等。天平元年の長屋王の変では、六衛の兵をひきいて王の第を囲んだ。同三年八月参議。同四年八月西海道節度使。同六年正月正三位。同九年八月没。時に参議、式部卿兼大宰帥、正三位。没年四十四。万葉集・懐風藻に作品がある。藤原朝臣→㊀補1-八四。

二三　**養老元年正月乙巳条の叙位**(二一頁注一七-三七・二三頁注一)

阿倍朝臣宿奈麻呂　引田朝臣・阿倍引田朝臣とも。→㊀補2-一六九。従三位への叙位は和銅二年正月。

安八万王　→㊀八五頁注二。従四位上への叙位は和銅六年四月。

酒部王　系譜未詳。従四位下に初叙されているので、選叙令35によれば親王の子。同時に初叙の他の三人と同じく天武の皇子の子か。この年十月に封を増され、天平二年十月没。時に従四位下、弾正尹。

坂合部王　穂積親王の子(万葉三八三)。境部王とも。この年十月封を増され、養老五年六月治部卿。懐風藻に二首、万葉に一首。なお紹運録は長親王の子とする。

智努王　長親王の子。大原王の父。天平勝宝四年九月文室真人姓を賜い、名を珍努・智奴麻呂などともつくるが、のち浄三と改む。養老元年正月に初叙、同年十月封戸を増される。天平十三年九月恭仁宮の造宮卿、翌年八月紫香楽の造離宮司、天平宝字五年には保良京の遷都にもあずかる。元正天皇・大皇太后(宮子)・聖武天皇の葬の御装束司、光明皇太后の葬の山作司となる。天平十九年正月従三位、天平宝字元年には皇太子の廃立にも関与(淳仁即位前紀)。同年六月治部卿。四年正月中納言。五年正月正三位。六年正月御史大夫(大納言)。八月宮中において扇をもち杖を用いることをとくに許される。同年十二月神祇伯を兼ね、八年正月従二位。同年九月致仕。とくに几杖・新銭を賜わる。紀略宝亀元年八月条所引の藤原百川伝によれば、称徳天皇が崩ずるとき、右大臣吉備真備らは文室浄三を皇太子に立てようとしたが、百川らの画策によって実現しなかったという。宝亀元年十月没。時に従二位。天平勝宝五年、亡夫人のために檀主となって仏足石(薬師寺)を作らしめた。日本高僧伝要文抄に引く延暦僧録に「沙門釈浄三菩薩伝」がある。同伝によれば、三宝に帰依して鑑真から菩薩戒をうけ、伝灯大法師位を授けられ、三界章一巻、仏法伝通日本記一巻を著わしたと伝える。

御原王　舎人親王の子。三原王とも。この年十月封を増され、天平九年十二月弾正尹。治部卿・大蔵卿などを歴任し、天平勝宝四年七月没、時に正三位中宮卿。万葉に一首。

高安王　→㊀補6-一。和銅六年正月に従五位下に初叙。

門部王　→㊀補5-五。和銅三年正月に従五位下に初叙。

葛木王　のち、橘宿禰(朝臣)諸兄。→㊀補5-六。和銅三年正月に従五位下に初叙。

石川朝臣難波麻呂　→㊀補5-一八。従四位下への叙位は和銅七年正月。

百済王良虞　→㊀補3-一四。正五位上への叙位は霊亀元年正月。

中臣朝臣人足　→㊀一一一頁注八。正五位下への叙位は霊亀元年正月。

大伴宿禰宿奈麻呂　→㊀一一九頁注二六。従五位上への叙位は和銅五年正月。

穂積朝臣老　→㊀六五頁注八。従五位上への叙位は和銅六年四月。

多治比真人広成　→㊀一二九頁注二五。従五位上への叙位は和銅五年正月。

小野朝臣馬養　→㊀六五頁注九。従五位上への叙位は和銅六年四月。
紀朝臣男人　→㊀九三頁注一六。従五位上への叙位は和銅五年正月。
賀茂朝臣堅麻呂　→㊀一七七頁注二八。従五位下への叙位は和銅五年正月。

佐伯宿禰虫麻呂　他に見えず。佐伯宿禰→㊀二七頁注一三。
大蔵忌寸国足　他に見えず。大蔵忌寸→㊀一九三頁注一九。
余真人　家伝下に神亀のころ陰陽に秀でた五人のうちにあげられている。余は百済系の渡来人で、陰陽によって賞された余秦勝(養老五年正月条)、大宰陰陽師の余益人(天平宝字二年六月条)らもおそらく一族であろう。余益人は一族三人とともに天平宝字二年六月に百済朝臣の姓を賜わる。
　百済朝臣は、姓氏録左京諸蕃に百済国の都慕王の三十世孫、恵王から出た、とある。

朝来直賀須夜　養老五年正月、退朝ののち東宮に侍せしめることにした一六人のうちにあげられている(養老五年正月庚午条)。
　朝来直は姓氏録右京神別に、火明命の三世の孫、天礪目命の後とある。和名抄に但馬国朝来郡朝来郷がある。

二四　県犬養橘宿禰三千代(一二三頁注三)　東人の女。はじめ美努王と結婚して葛城王(橘諸兄)・佐為王(橘佐為)・牟漏女王(藤原房前の妻)を生んだが、文武初年ころ藤原不比等と結婚、大宝元年に安宿媛(のち光明皇后)を生んだ。和銅元年十一月元明天皇の大嘗祭の宴で、天武朝以来の忠誠をほめて杯に浮かべた橘を賜わり、橘宿禰の姓を賜った。養老元年正月に従三位、同五年正月に正三位に進んだ。同年五月、元明太上天皇の病を契機に入道したが、食封・資人は旧の如く支給された。天平五年正月没。時に内命婦、散位一位に準じて葬儀。十二月従一位を贈られ、食封・資人も収公されなかった。天平宝字四年八月、不比等へ淡海公が贈られたのと同時に、正一位と大夫人の号を追贈された。三千代は浄御原朝庭の時代から宮廷に勢力をもち、藤原宮木簡の「三千代給煮…」の三千代も彼女らしい。夫の不比等の進出も、彼女の助力が大きかったといわれる。なお興福寺縁起によれば尚侍であった。岸俊男は、三千代の本貫を河内国古市郡と推定し、女の光明子の立后の直前に、同郡から瑞亀が献上されて天平と改元されたのも、三千代との関係が推測されるという。また同郡付近は、古代の仏教が早くから栄えたところで、三千代やその女、光明子の仏教への深い帰依も、その環境から生れた可能性がある。法隆寺所蔵の橘夫人厨子は、下框上面の墨書や古今目録抄によると、三千代の念持仏か。万葉に歌一首。なお、子の葛城王・佐為王は、天平八年十一月亡母の姓を継いで橘宿禰を姓とすることを願い、許された(岸俊男「県犬養橘宿禰三千代をめぐる憶説」『宮都と木簡』)。

二五　倭京(一二三頁注九)　天武紀九年五月条に「京内廿四寺」とあるので、一定の区画があったと推定されるが、その範囲は明確でなく、北限―横大路、東限―上ツ道、西限―下ツ道、南限―橘寺北門前の道、と推定する説がある。飛鳥川河谷地帯には方格地割も施されていたらしい。

二六　遣唐使の神祇祭祀(一二三頁注一二)　遣唐使が航海の無事を祈って御蓋山(春日山)の麓で神祇を祭ったことは、万葉四二四〇に「春日祭レ神之日、藤原太后御作歌一首、即賜二入唐大使藤原朝臣清河一」とみえ(天平勝宝二年任命の遣唐使)、続紀宝亀八年二月戊子条に「遣唐使拝二天神地祇於春日山下一」とある。これらの「春日」「春日山下」が天平勝宝八歳の「東大寺山堺四至図」(古四―一一六頁〔折込図〕)に「神地」と記された春日山の西麓(のち春日大社の地)をさすとする説もある(福山敏男『日本建築史の研究』)。
　なお臨時祭式には「遣二蕃国使一時祭〈使還之日准レ此〉」として、「右擬レ発二使者一、惣祭二天神地祇於郊野一。祭庭当国司掃二脩其地一。…神祇官率二神部等一〈並著二明衣一〉行二祭事一。大使自陳二祝詞一、神部奠レ幣。訖大使已下、各供二私幣一〈神部執奠二神座一〉」とあり、続後紀承和三年二月庚午朔条によれば、平安京の北野で祭っている。
　ところで養老元年出発の遣唐使には、留学生として阿倍仲麻呂が同行しているが、彼は藤原清河らと一緒に三六年ぶりに日本に帰ろうとして、蘇州(古今集の註は明州とするが、唐大和上東征伝の蘇州が正しい)から発つ前夜(天宝十二載〔七五三〕十一月十五日)、海に昇る満月をみて歌ったのが、古今和歌集羇旅歌の「天の原ふりさけみれば春日なるみかさの山にいでし月かも」であったと推定されている(杉本直治郎『阿倍仲麻呂伝研究』)。仲麻呂がみかさの山に出る月を歌った理由として、まず思い浮かぶのは、彼が故国を出発する際、遣唐使とともに御蓋山の南麓で神祇を祭って航海の無事を祈ったことを思い出し、帰国の航海の無事を祈ってではなかったか、という想定である。岸俊男は、仲麻呂がみかさ山の月を歌ったもう一つの理由として、阿倍氏と御蓋山との関係を指摘する(「阿倍仲麻呂と「みかさの山」」『古代宮都の探究』)。要録四諸院章の項に、「於㆓御笠山安部氏社之北、高山半中㆒、始造㆓和銅元年二月十日戊寅、山峯一伽藍㆒」とあるように、御笠山に阿倍氏の社があった。仲麻呂もおそらく御蓋山にあった阿倍氏の社の祭祀に(祭りは一般に夜おこなわれる)参加したことがあり、御蓋山が平城京に近い神山である以上の何ものかがあったため、仲麻呂も遥か異境で月を眺めたとき、まず「みかさの山に出た月」を想起したのではないか、と岸は推測している。

二七　**竪部**(一二三頁注二〇)　「画工狛竪部子麻名」(書紀白雉四年六月条)は「高麗画師子麻呂」(斉明紀五年是歳条)と同一人物と考えられることから、竪部は高句麗系の渡来人と考えられる。僧行善(俗姓竪部氏)が古代ではめずらしく高句麗に留学している(霊異記上―六)こともその傍証となる。竪部石前が和泉監正として和泉宮の造営に従事し、また「解工」(養老五年正月甲戌条)として賞されていることや、竪部子麻呂が画工(画師)と呼ばれていることから、一族には、建築や画に優れたものがいたことが知られる(画師には高句麗系の人が多い)。「竪」の字は柱(神代紀上)や楯・桙(書紀、天武即位前紀、続紀文武二年十一月条・延暦四年正月条)を竪てる例もみえるが、「竪㆓斎宮於倉梯河上㆒」(天武紀七年是春条)のように宮を竪てている例もあることが注目される。篆隷万象名義に豎(＝竪)を「立」の意とし、万葉などに屋や倉・殿を立つ、という表現が一般的であることを参照すると、竪部は高句麗系の建築技術を伝える品部の一種であった可能性がある。画師も本来は宮殿等の彩色を司ったものか。なお竪部を、高句麗本土の氏姓か、とする説もあるが、その可能性は少ない。

二八　**竹原井頓宮**(一二三頁注二二)　竹原井離宮・行宮とも。竜田道のほとりにあり、平城宮から難波宮や珍努宮(和泉宮)への往還の際、中間の宿所等として用いられた。万葉四一五に「上宮聖徳皇子出㆓遊竹原井㆒之時、見㆓竜田山死人㆒悲傷御作歌」とあり、竹原井は大和から竜田山を越えた河内側の景勝の地にあったと推定される。聖徳太子の歌は仮託かも知れないが、平城遷都以前から景勝の地として知られていた可能性がある。続紀には、元正天皇が養老元年二月に、聖武天皇が天平六年三月、元正太上天皇が同十六年十月に、光仁天皇が宝亀二年二月に行幸したことがみえる。竹原井行宮跡と推定される大阪府柏原市大字青谷一六二番地他の遺構が近年発掘調査され、南西に延びる支尾根を削平して造成されたと推定される平坦面から、回廊のなかに、塼を側壁とする溝を巡らし、凝灰岩の切石による壇上積基壇(東西二一メートル・南北一二メートル)が発掘されている。なお回廊の北には築地が存し、その外側には掘立柱建物があったと推定されている。出土した瓦は平城京・難波宮・河内国分寺出土の瓦と同種のものが認められている。遺跡の所在地は推定竜田道にそい、大和川が南に湾曲する突出部に位置する景勝の地で、大和川を隔てた南の明神山地の中腹には河内国分寺の塔跡がある。なお従来の説(例、『柏原町史』)が竹原井頓宮と智識寺南行宮とを異名同宮としたことが根拠薄弱であること、「車駕取㆓竜田道㆒、還到㆓竹原井行宮㆒」(続紀宝亀二年二月戊申条)という記述から、竜田道の端にある高井田より、途中にある青谷の方が竹原井行宮の場所としてふさわしいことについては、塚口義信「竹原井頓宮と智識寺南行宮」(『古代史の研究』四)参照。

二九　**造行宮司**(一二三頁注二四)　皇室の別荘である「離宮」に対して、行幸の際の一時的な仮りの宮は「行宮」とか「頓宮」と呼ばれた。行幸が決まるとまず「造行宮司」(「造頓宮使」)が任命され、現地に発遣されて行幸の際の行在所となる宮の造営・整備にあたる。そして宮からの還御の時、現地の関係者と共に賞賜にあずかり、行幸後の宮の整理にあたり、帰京するのが一般であった。のちの延喜式では太政官式行幸条に「前数十日〈臨時量定〉定㆓造行宮使㆒〈使人官品臨時随㆑事処分〉」とあり、行幸時に臨時に設置される次第司などが四等官の官位まで規定しているのとは異なる。八世紀の実例では「司」と表記されている造行宮司・造頓宮司が、延喜式では「使」に格下げになっているのは、奈良時代後半から行幸先が限定されていき、行幸時に既存の宮を再利用するようになっていったからと推測される(沢木智子「日本古代の行幸における従駕形態をめぐって」『史艸』三〇)。

三〇　**造宮省以外の令外の諸司**（二三頁注二九）　この時点の令外の諸司の全貌は明らかでないが、和銅二年八月乙酉条に「河内鋳銭司官属、賜禄・考選、一准レ寮焉」(㊀一五三頁注七)とあり、和銅六年十月庚子条に「板屋司、班秩、一准レ寮焉、〈蓋改二法用司一為二板屋司一也〉」(㊀二〇五頁注一)とあるのが注目される。なお寮には、判官が二人（大允・少允）の大寮と、判官が一人（允）の小寮との二等級があるが(㊀補2-七七)、この養老元年二月丙申条の後文に「准二令員判官一人之例一」とあるので、小寮に準ずる扱いをうけたと推定される。

三一　**衛部**（二五頁注一六）　孝徳朝に「将作大匠」「刑部尚書」などと並んでおかれた官職。「衛部」という官名は唐には存在しないが、唐風のものである。唐の兵部尚書に準じ、その職務の範囲を考慮して名称を変更したものともみられるが、百済の「衛士左平」の例や孝徳朝の軍事重視の政策からすると、宮廷の軍事を扱う「衛部」と、全国的な兵馬の権を統轄する「兵部(尚書)」とが並立していた可能性も存在する。「衛部」を含む孝徳朝の官制は、大夫層による国政諸部門分掌の体制であり、それらの諸大夫に中国風の官名を称さしめたものととるのが妥当である。なお「衛部」は、続紀金沢文庫本・内閣文庫本等に「衛」とのみあるのが正しいとする説もあるが、金沢文庫本のこの巻は慶長十九年の補写本であり、内閣文庫本とともに兼右本を祖本とするので、兼右本の「衛部」に従うべきであろう（笹山晴生「難波朝の衛部について」『日本古代衛府制度の研究』）。

三二　**三綱**（二七頁注一二）　寺院の統轄にあたる僧職。上座・寺主及び都維那。上座は一寺の長老、寺主は寺院の運営を、都維那は寺の一切の事務を司る役。三綱の制は中国から継受したと推定され、書紀大化元年八月条に寺主の名がみえるが、他は大宝令以前にはみえず（書紀朱鳥元年正月・六月条の三綱は僧綱のことであろう）、確認できるのは大宝令からである。玄蕃寮式に三綱の任命・交替等の規定がある。

三三　**行基**（二七頁注一五）　父は高志才智、母は蜂田古爾比売。高(古)志氏は百済系渡来氏族の書(文)氏の一族。蜂田氏も渡来系氏族。天智七年、河内国(のち和泉国)大鳥郡蜂田郷(大阪府堺市)の母方の家に生れ、天武十一年出家。慶雲元年、三十七歳のとき、生家を家原寺とし、この頃から布教活動や造橋・築陂など社会事業をさかんに行なう。養老元年、僧尼令違反として布教活動を抑圧されるが、天平三年には弟子の一部の出家が認められる。行基年譜に引く「天平十三年記」には、河内・和泉・摂津・山背に築造・修理した池・溝・堀・樋・道・橋・船息・布施屋について記す。天平十五年、盧舎那仏像の造立のために弟子を率いて衆庶を勧誘し、天平十七年正月には大僧正に任ぜられる。天平勝宝元年二月二日、右京の菅原寺で没した。続紀没時の伝は年八十とするが、大僧正舎利瓶記は八十二とし、同記に記す生年（戊辰）と適合する。その活動は、霊異記にも多くの説話を残している。

三四　**「妄説二罪福一」**（二七頁注一八）　僧尼令5に「凡僧尼…妄説二罪福一…者、皆還俗」とあり、集解古記は「梵天経辞、妄説之類是」と注す。養老六年七月己卯条の官奏に「近在京僧尼、以二浅識軽智一、巧説二罪福之因果一」とあり、天平二年九月庚辰条にも「安芸周防国人等、妄説二禍福一、多集二人衆一」とみえる。霊異記中―三十の行基の話などから、輪廻を媒介とする善悪因果の説経が、僧尼令の語句によって表現されたとみる説もある。

三五　**「焚二剝指臂一」**（二七頁注二〇）　僧尼令27に「凡僧尼、不レ得二焚レ身捨レ身。若違…者、並依レ律科断」とあり、集解古記は「焚レ身、謂灯レ指焼二尽身一也。捨レ身、謂剝二身皮一写経、并称二畜生布施一、而自二尽山野一也」と注す。養老六年七月十日官奏（三代格）にも「或於二坊邑一、害レ身焼レ指」とみえる。

三六　**巫術**（二七頁注二九）　僧尼令2に「凡僧尼、卜二相吉凶一、及小道巫術療レ病者、皆還俗」。集解古記は「巫術」に「謂二卜者筮者行事一也」と注し、朱説は「祭レ神而療レ病耳」と注する。説文に「巫、巫祝也。女能事二無形一、以レ舞降レ神者也」とあり、シャーマニズムの一形態を僧尼令の語句で表わしたか。

三七　**大計帳・四季帳・六年見丁帳・青苗簿・輸租帳**（二九頁注二五）　大計帳・四季帳・六年見丁帳は丁男の掌握の、青苗簿・輸租帳は耕作田の掌握のための帳簿。前三者は主として調庸の徴収に、後二者は主として租の徴収に関連する。おそらくこれらの帳簿の様式が国によって差があったので、その書式を頒布し、調庸や租を確実に徴収しようとしたのであろう。

大計帳　大計帳は、(A)課丁数等を集計した「目録」、具体的には、天平六年度出雲国計会帳にみえる「大帳」、主計寮式下に書式をのせる「大帳」に相当すると推定する説と、(B)「目録」と「歴名」との両者をさし、この二種を一組として京進させる制度が、この養老元年の「大計帳式」の頒下によって開始されたと推定する説(鎌田元一)がある。前者(A)の説によれば、この「大計帳式」も主計寮式下にのせる「大帳」の書式に類似していた可能性があり、後者(B)の説によれば、これまでは「目録」のみが作成・京進されていたのに対して、この時点で始めて「歴名」も作成・京進されたことになる。なお後者の説は、「歴名」が――造籍年を除き――毎年進官されたとするが、正倉院文書として残存する「歴名」は特殊な事例で、「歴名」が一般的に進官された証拠にはならないとして、後者の説に反対する説も有力である(鎌田元一「計帳制度試論」『史林』五五-五、杉本一樹「「計帳歴名」の京進について」『奈良古代史論集』一)。

四季帳　一年の途中で、課役を負担する身分から負担しない身分に変ったり、あるいは逆の変更が生じた場合、賦役令の規定ではその変更が生じた季節によって、課役の全部または一部を免除したり徴収したりすることになっていた。この四季帳は、その処理のために、変更の生じた人名等を季節ごとに列記した帳簿と推定されるが、具体的な書式は不明。賦役令12に「凡春季附者、課役並徴。夏季附者、免㆑課従㆑役。秋季以後附者、課役倶免」。同条集解古記の引く主計寮常例行事に「春季入色、課役倶免。…夏季入色、徴㆑課免㆑役。秋季入色、倶課役不㆑免」。戸令20集解令釈一云に「式有㆓四季帳㆒、課役并侍人出入、皆拠㆓季帳㆒、明知㆓季只㆒也」とみえる式は、このときの四季帳式の一部かも知れない。なお天平六年度出雲国計会帳に、十月廿一日進上公文として「四季帳四巻」がみえる。

六年見丁帳　内容・書式ともに未詳。六年はおそらく戸籍の六年一造の制(戸令19)と関連があり、造籍年と造籍年との間に生じた見丁(現に課役を納める丁)の変更を列記した帳簿かも知れない。もしそうだとすれば、先の大計帳が一年間の変動を、四季帳が一年のなかの四季の変動を記すのに対し、六年見丁帳は直前の戸籍を基準にした変動を記したと推測され、後の主計寮式などにみられる大帳の勘会方式とは異なった課丁の掌握方式がとられていた可能性がある。

青苗簿　その年の田の耕作状況を報告する帳簿。霊亀三年五月十一日勅(三代格)に「国郡宜㆘造㆓苗簿㆒日、必捨㆓其虚㆒、造㆓租帳㆒時、全取㆗其実㆖」とあるのをうけて出されたのが、この条の青苗簿と輸租帳の式。賦役令9集解古記に「苗簿或(式)云、縁㆓見営人㆒造㆓青苗簿㆒、責㆓房手実㆒、勘㆓会籍帳㆒、仍知㆓虚実㆒、然後入㆑簿。其売田主、不㆑問㆓得損㆒、即附㆓全得㆒。但輸㆑租者、徴㆓見営人㆒。或買田在㆑損、雖㆑免㆓輸租㆒、不㆑及㆓調庸㆒。若有㆓遭㆑損戸㆒、及売㆓買田㆒口、夾名具顕、謂㆓郡青苗簿㆒、若多在㆓夾名㆒、各造㆓別項㆒」とあるのは、この条の青苗簿式の一部か。この式によれば、青苗簿は房戸から手実を徴して作成され(三代格養老元年八月十日格にも「自今以後、納㆑租之事、依㆓青苗簿㆒、令㆑進㆓手実㆒」とある)、田の売買(賃租)の関係も記されていたことが知られるが、主税寮式下にのせる青苗簿帳の書式では戸毎に(イ)売口分田、(ロ)見営田(租田と買田に分けて)、(ハ)地子田を面積・坪付まで申告させている。先の苗簿式に「輸租者、徴㆓見営人㆒」とあるように、日本の律令田制では、田主でなく見佃人から租を徴する建前であったので、田の売買関係まで記す青苗簿が必要となるが、水旱虫霜などで不熟の場合に課役の全部または一部を免除するという賦役令9の規定を実施する上でも、田の売買関係を把握する必要があり(先の苗簿式では、「其売田主、不㆑問㆓得損㆒、即附㆓全得㆒」「或買田在㆑損、雖㆑免㆓輸租㆒、不㆑及㆓調庸㆒」と規定する)、青苗簿は租だけでなく調庸の徴収とも密接な関係があった(林陸朗「青苗簿について」『日本歴史』二七二、菊地康明『日本古代土地所有の研究』)。

輸租帳　青苗簿と同じく、五月十一日勅(三代格)をうけて出されたのが、この条の輸租帳式。このときの式の内容は未詳だが、輸租帳の実例としては天平十二年度の遠江国浜名郡輸租帳が残存し、その巻首に「浜名郡、依㆑式造㆓天平十二年輸租帳㆒事」とみえる(古二-二五八頁)。なお主税寮式下に「租帳」(輸租帳と同じ)の書式をのせる。

三八　**養老元年九月の元正天皇の近江・美濃への行幸**(三三頁注一一)　今回の行幸に際し、近江国と美濃国の行在所に、畿内を除く、西国と東国との中国・近国の諸国司が、歌儛・雑伎の人々を引きつれて参じ、土風の歌儛・雑伎を奏したのは、大嘗祭の際に吉野の国栖奏が行なわれたのと同じような服属の儀礼の意味があったと考えられ、この行幸が大規模な計画と準備のもとに行なわれたことをうかがわせる。なおこの東国・西国の歌儛奏上のあと、天皇は多度山の美泉を訪れ、養老改元の契機となったことも注目され、淡海の観望や不破への行幸も、単なる遊覧でなく、近江朝廷や壬申の乱を回顧させる政治的な意図があったかも知れない。

三九　**中男作物**(三九頁注七)　正丁の調副物と中男の調を廃止し、その代りに中央官庁が必要とする物品は、主計寮が毎年必要量を概算して諸国に貢納を命じ、諸国では中男を役してこれを調達し、中男が不足の場合には丁男の雑徭によって補うこととした。これを一般には中男作物という。賦役令1の調副物の品目と、主計寮式の中男作物の品目とを比較すると、中男作物にはかつての調副物と同種のものが多いが、贄の系譜をひく調雑物をも引き継いでいることが知られる。中男作物の制度は、調副物や調雑物として徴収されていた朝廷諸官司の必需品を、弾力的に収納するために創設された制度と推定される。中男作物の実例としては、正倉院御物のなかに芥子(からし)をつつんだ布袋や、平城宮跡から出土した木簡が数点あり、また中男の功が不足したため正丁の雑徭をあてたと考えられる「正丁作物」の木簡も発掘されている。これらの布袋や木簡の書式をみると、国郡(郷)名しか記されないものが多く、また個人名を記した場合にも、戸主名・戸口名を明記する調庸の場合と異なっていることが注目され、中男作物が国郡司の指揮する労役によって調達されていたことを推測させる。

四〇　**調庸の規格等を改定した格**(三九頁注一一)　「養老元年十二月二日格云、調布、長肆丈弐尺、闊弐尺肆寸。一丁輸㆓弐丈捌尺㆒、庸布、壱丈肆尺、并肆丈弐尺、即以為㆑端。常陸曝布、以㆓二丁㆒成㆓両端㆒。上総細布、長弐丈壱尺、以㆓二丁㆒成(端)。望多布、長壱丈肆尺、以㆓二丁㆒成㆑端。其輸㆑絁郷及上総常陸者、以㆓二丁之庸㆒成㆑段」(賦役令1集解古記)。

「養老元年十二月二日格云、庸布、布輸㆓一人一丈四尺㆒、以㆓二丁之庸布㆒成㆑段」(賦役令4集解古記)。→㊀一九三頁注二四。

なお、正倉院に残る天平―天応年間の調布(調并庸布とも)は長四丈二尺・広二尺四寸(一端)、天平感宝―天長年間の庸布は長二丈八尺・広二尺四寸(一段)で、いずれもこの養老元年格の規格と同じ。

四一　**立春の若水の儀**(三九頁注一六)　主水司式には「御生気御井神一座祭…右随㆓御生気㆒、択㆓宮中若京内一井堪㆑用者㆒定。前冬土王、令㆓牟義都首渫治㆒即祭之。至㆓於立春日昧旦㆒、牟義都首汲㆑水付㆑司擬㆓供奉㆒。一汲之後廃而不㆑用」とあり、立春の日の昧旦に若水を天皇に供奉する儀式が行なわれているが、その事を牟義都首が司っていることが注目される。牟義都(身毛)君氏は北美濃の小族長的豪族で、大化前代に牟義都国の国造として、領内の美泉の水を大王家の内廷に献ずる儀礼によって服属していたと推定される。壬申の乱では大海人皇子に従って活躍し、乱後も北美濃の郡領氏族として在地に大きな勢力をもっていた。一方、その一族が大化前代からの伝統によって主水司と関係をもち、養老元年の行幸の際にも、多度山の醴泉を汲む役割を果したと想定され、美濃国をして翌年の立春の暁に醴泉を汲ませたときにも、牟義都首が司った可能性が強い。そしてこのことが後の立春の若水の儀に牟義都首が重要な役割を果す源となったのであろう(野村忠夫「村国連氏と身毛君氏」『律令官人制の研究』)。

8　巻第八

一　**輿丁**（四一頁注二一）　輿をかつぐ人。駕輿丁とも。近衛府式に駕輿丁一〇一人とみえ、その内訳は隊正二・火長一〇・直丁一・丁八八とあり、兵衛府式に駕輿丁五〇人とみえている。駕別に従う駕輿丁の員数や装束ないし彼らに支給する衣服・食料等は、近衛府式に詳しい。本条（養老二年二月甲申条）以外では天平勝宝八歳十二月庚子条と宝亀十一年三月辛巳条にみえる。臨時に差発される駈使丁の一種か。

二　**道君首名伝と漢籍による文飾**（四三頁注一一）　道君首名伝には漢書および後漢書の循吏伝に範をとったと思われる部分がある。

少治二律令一、暁三習吏職一

　少学二律令一、喜為レ吏、…文習二文法一（漢書、黄覇伝）

勧二人生業一…皆有二章程一

　勧二人生業一、為制二科令一、至二於果菜一為レ限、鶏豕有レ数、農事既畢（後漢書、仇覧伝）

　皆畜二雞豚一…然後為二条教一、…及務二耕桑一、節二用殖財一、種レ樹畜養（漢書、黄覇伝）

一両年間、国中化之

　朞年称二大化一（後漢書、仇覧伝）

　郡中大化（後漢書、劉寵伝）

以広二漑灌一…由レ是、人蒙二其利一

　以広二漑灌一、歳歳増加、…民得二其利一（漢書、召信臣伝）

　修二理溝渠一、皆蒙二其利一（後漢書、任延伝）

咸以為二称首一、及レ卒百姓祠レ之

　時人称二其長者一（後漢書、劉寵伝）

　民思二其徳一、為立レ祠（後漢書、王渙伝）

　吏民為立二祠堂一、歳時祭祀、不レ絶至レ今（漢書、文翁伝）

三　**続日本紀における官人の伝記**（四三頁注一一）　官人が没すると続紀では、その事実を記すだけであったり、父祖等に関する係累的な記事を載せるだけの場合が多いが、それだけに終わらず、本人の官歴・性格・逸話等からなる伝記を載せていることがある。かかる伝記が収載されているのは、原則として四位以上の官人に限られ、淳仁紀以降の記事中に散見する。道君首名の詳細な卒伝は、首名が五位であることと続紀前半にみえる点で例外的である。功臣の場合は職員令13義解に「謂、有功之家、進二其家伝一、省更撰修」とあるから、式部省に伝記が保存されており、功臣でないにしても考課の際の評定文書が作成されていたであろうから、それらの伝記・文書を素材にして、続紀の伝記記事が作られていると考えられる（林陸朗「『続日本紀』の「功臣伝」について」坂本太郎博士古稀記念会編『続日本古代史論集』中）。伝記の文章には、中国正史の良吏伝・循吏伝の文章を模していることが明らかな場合があるが、そこに記されている伝の内容にまで疑いをさし挟む必要はないとされる（亀田隆之「良吏政治」『日本古代制度史論』）。後紀・続後紀でも四位以上官人の伝記を採録することが原則となっているが、文徳実録・三代実録では伝記の対象を五位にまで拡大している。ある官人の伝記を採録するか否かは、編纂担当者が興味と関心を抱いたか否かによったのであろう。官人の伝記とは別に僧侶の伝記があるが、続紀では文武四年三月の道照和尚伝を始めとして、前半部分から散見する。

四　**「以レ理解レ任」**（四五頁注二一）　選叙令9義解に「其以レ理解レ官、惣有二七色一、致仕、考満、廃官、省員、充侍、遭喪、患解、是也」とある。致仕については選叙令21により七十歳で認められ、考満は選限を満たすことにより官の移動が行われることをさし（選叙令9）、廃官・省員は官司ないし官員の廃省に伴う解官、充侍・遭喪・患解は選叙令22にみえ、自身の患一二〇日ないし親の患による仮二〇〇日以上の時や、父母に侍す必要があったり、更に喪に遭った場合の解官をさす。復任した場合の考については、選叙令18により前任と後任の労を通計した。

五　**初位と雑徭**（四五頁注六）　賦役令19は初位を免徭役とし、歳役＝庸と雑徭を免除しているが、その条の集解古記には「問、内外初位分番上下、若為処分、答、輸レ課免レ役、若无レ故不レ仕者、課役倶徴」「問、无レ故不レ上、初位雑徭若為、答、不レ免」とあり、初位は上番しない限り免除の特権がなかったと解釈している。この古記の注釈は養老二年四月癸酉条の太政官処分を前提としている可能性が考えられる。大宝賦役令では養老賦役令19と同様に主政・主帳を免徭役としており(集解古記所引神亀四年正月廿六日格)、元主政・主帳の無位白丁に上番続労を許すことになった結果、彼らに徭役免除の特権を与えることになったので、無位白丁より上級身分である内外初位の上番しない者に対し免雑徭の特権を付与するという手直しを行っているのであろう。

六　**国の建置**(四五頁注一二)　和銅から養老にかけて国の建置がしきりになされている。それを示すと、和銅五年九月出羽国(越後より)、同六年四月丹後国(丹波より)、美作国(備前より)、大隅国(日向より)、霊亀二年四月和泉監(河内より)、養老二年五月能登国(越前より)、安房国(上総より)、石城国(陸奥・常陸より)、石背国(陸奥より)、養老五年六月諏方国(信濃より)の一〇か国を数える。石城・石背・諏方等の国はその後廃止され消滅するが、他は一時的に廃止されることはあっても長く存続することになる。これらの国の建置を促した理由は、国ごとにさまざまであるが、大きくいえば律令政治の進展に伴い、従来の区画では不都合が見出され、是正が必要となったことによろう。なお、この時期には国の建置に並行して郡の分立例もめだっている。

七　**能登国の建置**(四五頁注一二)　元明・元正朝に著しい国郡建置の一環であるとともに、本条(養老二年五月乙未条)の建国は藤原不比等の主導の下で実施され、対蝦夷政策と関連をもつ点に特徴があり、能登建国は北陸道方面における東北進出のための補給基地を強化するという目的をもっていた。能登地域の先進地帯である能登半島南部には、西部に羽咋君、東部に能登臣が蟠踞するが、浅香年木によれば、七世紀後半以降能登臣の勢力拡大が著しく、羽咋君より優勢になっていたので、新設能登国の国府は西海岸でなく、東海岸の七尾に置かれるようになったという(「能登立国の背景」『古代地域史の研究』)。のち、能登国は天平十三年十二月に越中国へ併合され、天平宝字元年五月に再置されている。廃国の背景には、政府の東北地方への関心の一時的後退と財政危機による行政整理を求められたことなどが考えられるが、不比等政権の動向を否定しようとした橘諸兄政権の動向とも関連し、再建国は、父祖の功業を追慕顕揚しようとした藤原仲麻呂の政策に出ると考えられる(岸俊男「郷里制廃止の前後」『日本古代政治史研究』)。なお、廃国された能登を、旧管国たる越前国でなく越中国に併合しているのは、甚だ例外的である。

八　**安房国の建置**(四五頁注一七)　能登国と同様に、天平十三年十二月に廃されて上総国に併合され、天平宝字元年五月に再置されている。第一次立国期の国司任官例は知られない。古来太平洋岸沿いの海上交通上の要衝であり、安房郡に鎮坐する安房坐神社は式内名神大社で、同郡は安房坐神社の神郡である(文武四年二月乙酉条)。安房建国は、東海道方面における東北進出のための補給基地を強化するという目的をもっていたと考えられる。第一次立国時の安房国府が造営されたか否か、造営されたとしてどこに営まれたか未詳であるが、のちに知られる国府所在地は平群郡内で、現在の館山市東北郊府中部落である。なぜ国名を負う安房郡に置かれなかったのか未詳だが、府中部落の所在する地帯は平久里川が貫流し、安房国内における最も肥沃な地域で、条里地割の展開も認められ、古くから開発がすすんでいたようである。

九　**石城郡**(四五頁注一八)　神護景雲三年三月辛巳条に磐城郡とあり、和名抄も「磐城〈伊波岐〉」とする。常陸国風土記に白雉四年に多珂郡から石城郡を分置したことがみえる。現在の福島県いわき市一帯。国造本紀に石城国造、神武記に道奥石城国造がみえる。

標葉郡(四五頁注一九)　和名抄に「志波」、民部省式上「シネハ」。現在の福島県双葉郡北部の町村。国造本紀に染羽国造がみえる。

行方郡(四五頁注二〇)　和名抄に「奈女加多」。現在の福島県原町市と相馬郡鹿島町・小高町・飯館村。

宇太郡(四五頁注二一)　民部省式上・和名抄は「宇多」。国造本紀に浮田国造がみえる。現在の福島県相馬市と相馬郡新地町。

曰理郡(四五頁注二二)　和名抄に「和多里」。現在の宮城県亘理郡。

菊多郡(四五頁注二三)　和名抄に「木久多」。国造本紀に道奥菊多国造がみえる。現在の福島県いわき市南部。

一〇　**石城国の建置**(四五頁注二四)　対蝦夷政策と密接する建国で、福島県浜通り地方と宮城県山元町のあたりに比定される(『福島県地名大辞典』)。

いわき市平の東部神谷作・菅波・玉山にかけての地帯は福島県随一の古墳地帯であり、早くから開拓がすすんでいたと思われ、浜通り一帯を陸奥国から切り離し、建国に踏み切ったのであろう。養老四年十一月から神亀五年四月までの間に廃止された。石城・石背両国の建置沿革をめぐり大正二年のころ、現存令文に両国名がみえることを根拠に大宝年中に建置されていたとみる喜田貞吉と養老年中とみる高橋万次郎の間で論争が展開された(『史学雑誌』二四−一〜五)が、現段階では養老二年建置に疑問はなく、養老四年の秋に始まる蝦夷の反乱と鎮圧過程(養老四年九月)で、陸奥国に併合され、養老五年のころ廃止されたという土田直鎮説(「石城石背両国建置沿革余考」『歴史地理』八三−三)が通説的位置を占めている。養老二年撰修の戸令14および軍防令48において両国は、両貫ある場合の特別規定適用国ないし帳内・資人採用制限国としてみえている。国司補任例は知られず、国府の位置はもとより、それが造営されたか否か未詳である。

二　**白河郡**(四五頁注二五)　和名抄に「之良加波」。現在の福島県東白川・西白河・石川郡を含む地域。国造本紀に白河国造がみえる。

石背郡(四五頁注二六)　神護景雲三年三月辛巳条に磐瀬郡とある。和名抄も「磐瀬〈伊波世〉」。中世以降は「石瀬」。現在の福島県須賀川市と岩瀬郡。国造本紀に石背国造がみえる。

会津郡(四五頁注二七)　和名抄に「阿比豆」。現在の福島県会津若松市・喜多方市と会津地方全域。

安積郡(四五頁注二八)　和名抄に「阿佐加」。延喜六年に安達郡を分置(民部省式上頭注)。現在の福島県郡山市・二本松市・安達郡・田村郡にわたる地域。国造本紀に阿尺国造がみえる。

信夫郡(四五頁注二九)　和名抄に「志乃不」。後に信夫・伊達郡に分かれる。現在の福島市と伊達郡。国造本紀に信夫国造がみえる。

三　**石背国の建置**(四五頁注三〇)　石城国と同一の沿革をたどった国である。福島県の中通りおよび会津地方の一帯に比定される。会津若松市の大塚山古墳は全長九〇メートルの前期大型古墳で、副葬品も豊富な東北有数の古墳であり、中通り一帯も古墳の分布が比較的密である。早くから出現していた中通り・会津一帯の政治勢力の伝統をうけ、短期間とはいえ、石背国が建てられたのであろう。

三　**土左国への交通路**(四五頁注三二)　養老二年五月に従来の駅路に加え新路が拓かれ、延暦十五年に至りそれまでの駅路が迂遠難通なので廃止し、新道をひらき(紀略延暦十五年二月条)、翌年阿波・伊予・土左三国の駅家を廃し、土左国に駅二を新置している(後紀延暦十六年正月甲寅条)。養老二年と延暦十五年に駅路の新開・改廃が行われていることになるが、養老二年以前の土左国へ至る駅路について、㋑伊予国府から南下し四国山地を横断して仁淀川の渓谷へ出、高知平野に入り土左国府へ至る(吉田東伍『大日本地名辞書』)、㋺伊予国宇摩郡から猿田峠を経て現在の高知県長岡郡本山町に入り、国見峠を越えて、南国市領石を通り、土左国府へ至る(沼田頼輔「王朝時代に於ける土佐の官道」『日本交通史論』)、㋩伊予国府から幡多路を通り宿毛を経て土左国府へ向かう(岡本健児『高知県の考古学』)、㋥伊予国府から西条盆地に至り、ここから南下し四国山地を横断、高知市街を抜け土左国府へ至る(藤岡謙二郎『国府』)などがあり、養老二年に新たに開拓された道については、㋭阿波国の海岸沿いに南下し野根山を経由し土左国府へ至る(吉田東伍・沼田頼輔・岡本健児説)、㋬那賀川河谷をさかのぼり四ッ足堂峠を経て土左国府へ至る(金田章裕「南海道交通」『日本歴史地理総説』古代篇・栄原永遠男「四国地方における駅路の変遷」『続日本紀研究』二〇〇)などの諸説があり、延暦十五年以降の新道については、伊予国の最初の駅家である大岡駅より分岐し、立川(丹治川)を経て土左国府へ向かうとする駅路で、諸説は概ね一致している。養老二年段階の新旧二道をどれに当てるか、諸説の間で断定することは困難だが、養老二年段階における旧道に関する説のうち㋩は余りに迂遠に過ぎ、不適切なようであり、新道について㋭は、阿波国海岸がけわしく道路に適さないと思われ、結局養老二年当時の旧道は㋑㋺ないし㋥、新道は㋬とみるのが妥当なようである。なお、養老二年の新路開拓により旧道が廃止されたと説く学説があるが、旧道はそのまま存続させ、土左国司が京都との交通の便から新道の許可を求めたのであって、両道は併存したと考えるべきである。延暦十六年に廃された駅家は養老二年以降の旧道沿いのそれであり、新設された二駅は、延暦十五年に拓かれた新道沿いに位置していた。

一四　衛士の定員（四五頁注三六）　八世紀における具体的な国別衛士数は不明。天平六年度出雲国計会帳で逃亡ないし死去した衛士の替りを進上しているのは、国別定員に関係していると思われる。昌泰元年六月十六日官符で衛士功銭養物を左右衛士府で収納することを制度化している背景にも、衛士員数の定数化が窺われる（三代格）。天永四年衛士首付請文にみえる年料衛士分は、形骸化した段階における衛士定員数を示す（朝野群載二十七）。

一五　員外官（四七頁注一〇）　令や格で定められている定員以外に置かれるようになった官員。最初は京官にみられ、地方官の場合は天平十八年七月の近江員外介を初見とする（古二―五二三頁）。天応元年六月戊子朔条の詔に「事務稍繁、即量㆓劇官㆒、仍置㆓員外㆒」とあるから、事務量の多い劇官を対象に置かれたと考えられる。最初の員外官たる式部員外少輔が任命された同日に、藤原武智麻呂が式部卿となっており、かつ初期の員外官補任記事では式部省の場合が顕著なことから、藤原不比等の権力態勢の下で員外官任用により、人事行政を掌る式部省の掌握と強化が図られているらしい（養老二年九月、同四年十月、同五年六月）。員外国司も現地に赴任している例があり、多忙な国務の処理に当ったと考えられる場合があるが、京官が兼任しかつ位階が正任国司よりも高い例が多いので、収益をめざす遥任であったとみられる例が多い。員外国司と正員国司の収益は同一であり、員外国司も莫大な額にのぼる公解稲の配分に与かることができた。収益のみをめざす員外地方官は、道鏡政権下で増加の一途をたどっている。天平神護二年十月丙戌条に「員外国司赴㆑任者、一切禁之」とあり、これ以降、員外国司は制度的に遥授とされ、収益のみを目的とする官となった。しかし員外官の濫増は綱紀の弛緩をもたらしたので、光仁朝に入ると、宝亀五年三月丁巳条の勅で員外国司停廃の方針を打出し、翌六年六月に畿内員外史生以上の解却を決めるなどし、宝亀後半以降になると員外国司は例外的となった。林陸朗によれば、員外国司の停廃に伴い、正員地方官の増員や公解稲の一部京進とその京官俸禄財源化の試みが行われており、員外国司停廃による官人層の収入減を補う方策が採られているという（「員外官の停廃をめぐって」『国史学』一〇八）。京官員外官は、員外地方官停廃後も行われていたが、天応元年六月戊子朔詔で「宜㆘内外文武官、員外之任、一皆解却㆖」とされ、翌二年三月十八日勅により遭喪の場合の員外郡司の復任停止も策定され（三代格）、員外官は消滅していった。権官は員外国司の置かれていた時期からみられていた（神護景雲元年八月条）が、延暦末年のころから急増する。初期の権官は冗官でなかったが、後には収益を目的とする官となっていった。なお、員外官には左降の例もある（粟田道麻呂・石川永年→天平神護元年八月庚申条）。

一六　平城京における元興寺（四七頁注一一）　続紀では平城京における元興寺の造営について直接的に示す記載を欠く。本朝仏法最初南都元興寺由来に造寺工事の進展を示す記述があるが、後代のものなので信拠性を欠く。太田博太郎は霊異記中―一や神護景雲元年三月辛亥条等を根拠に、平城京における元興寺の造営は養老二年に始まり、まず金堂などができ、八世紀後半に至って完成したと推測している（『南都七大寺の歴史と年表』）。奈良時代における元興寺の規模は、長元八年の堂舎損色検録帳（東南院一―二五四頁）より知ることができる（浅野清・鈴木嘉吉「奈良時代僧房の研究」『奈良国立文化財研究所学報』四）。天平勝宝元年七月乙巳条によると、元興寺は東大寺四〇〇〇町につづいて二〇〇〇町の墾田地を定められており、東大寺につぐ寺格を有していたらしい。

一七　六宗（四七頁注二〇）　宗とは公的な制度で、政府の公認の下に各寺院に置かれた学団をさす。東大・元興・法隆・大安・弘福等の諸寺に置かれていたことが史料的に確認され、養老二年段階では華厳宗が未設置で、それは天平勝宝年間に東大寺に置かれるようになったことに始まり、ここに南都六宗が成立したと考えられている（井上光貞「南都六宗の成立」『著作集』二）。

　元来、宗組織は自然発生的に成長し、政府による公認如何に関わらなかったのであるが、養老から天平にかけての学問奨励策の一環として、五宗の公認が行われ、天平勝宝に入ると六宗の制として確立したのである。天平十九年元興・法隆・大安等の諸寺資財帳によれば、当時公認五宗に入らない別三論・摂論宗の存在が認められる。これは、六宗制確立過程における新旧宗派の混在している状態を示している。各宗は大学頭・小学頭・維那の下に組織され、宗所と称される宗機関をもち、独自の蔵書を有して教学の研鑽を行い、その経済的基盤として庄田経営や出挙等の営利活動を営んでいた。

一八　**独底船**（五一頁注二〇）　他にみえず。問答に「小船ノ底ヲ一枚板ニテ造レル由ノ名歟」、考證に「蓋独木船也」とある。遣唐使船に積む短艇か（森克己『遣唐使』）。皇極紀元年八月条に、百済使に大舶と同船《モロキフネ》を下賜したことがみえる。同船もあるいは大舶にのせた船か。

一九　**皇太子**（五一頁注二四）　皇太子は、皇位継承者に与えられる称号で、東宮・儲君ともいう。和訓はヒツギノミコ。

皇位継承者となりうる資格をもつ複数の大兄のなかの一人が、太子あるいは皇太子と称されるようになったのは、推古朝のころからであったと推定されるが、聖徳太子や中大兄皇子の例から知られるように、七世紀の皇太子は皇嗣であるとともに、天皇から統治権を委任された執政者でもあった（家永三郎「飛鳥朝に於ける摂政政治の本質」『社会経済史学』八―六、井上光貞「古代の皇太子」『著作集』一）。しかし律令制のもとでの皇太子は、もっぱら皇嗣たるべきことに重点が置かれ、養老三年六月に皇太子首皇子（のち聖武）が朝政を聴いたという事例はあるものの、執政者としての側面は法制上稀薄なものとされている。とはいえ、律令における皇太子の法的位置づけすなわちその身位は、かならずしも明確なものではない。皇太子には、皇太子傅一人・皇太子学士二人が附属してその教育に当り、舎人監以下の三監・六署を管する春宮坊が行政に携わるが（東宮職員令1―11）、その身位については、皇太子への上啓には臣下はこれを殿下と称し（儀制令3）、文章中に東宮・皇太子・殿下の語を用いるときは闕字とする（公式令38）との規定がみられるにすぎない。同じく殿下と称される太皇太后・皇太后・皇后の語が文章中に用いられるときは平出（公式令35―37）であるのにくらべれば、皇太子は軽い扱いであったといえる。但し公式令2・5には皇太子監国の規定があって、天皇が行幸などにより宮都を離れるときは、皇太子は留守（留守官→[一]補5―一八）として天皇の権限を代行しうるとしている。白壁王（のち光仁）および安殿親王（のち平城）が、それぞれ称徳と桓武の没後、短期間ではあるが皇太子のまま天皇の権限を代行したのは、これに準じた処置であったとみられる。

八世紀から九世紀はじめまでの皇太子をみると、八世紀前半にはしばしば皇太子不在の時期があるのに対し、後半からは不在の期間が少なくなる反面廃太子の事例が多くなる。八世紀前半に皇太子の空白期間が多いのは、天皇一族の内部に、皇位を継承する正当な血脈は天武の皇子である草壁皇子の嫡系（草壁皇子→軽皇子〈文武〉→首皇子〈聖武〉→聖武の皇子）であるとする考えが強く存在し、支配層全体もこれに同意を与えていたためと考えられ、この時期に中継ぎとしての女帝が続くのもこのことと無関係ではないと推定される。もっとも神亀四年十一月に皇太子となった聖武の皇子が翌年没したのち、天平十年正月に聖武の皇女阿倍内親王が皇太子となるが（補13―一）、女性の立太子はやはり違例のことであったらしく、それを承認しない貴族層も存在した（天平宝字元年七月庚戌条にみえる橘奈良麻呂が佐伯全成に語った言辞）。その阿倍内親王が即位して孝謙となり、さらに太上天皇聖武が没すると、草壁皇子の嫡系は断絶することが明らかとなり、その結果、皇位の継承権を有する者の範囲が草壁皇子以外の天武の諸皇子の子孫にまで拡大されるという事態が生みだされた。道祖王の廃太子（天平宝字元年三月丁丑条）は、それらの王と結んだ貴族相互の権力闘争の激化によるものと考えられる（荒木敏夫『日本古代の皇太子』）。なお光仁朝における他戸親王の廃太子は、同親王が聖武の外孫であったことが主要な理由であったとみられるが、桓武朝での早良親王の廃太子には貴族層の複雑な権力闘争がからんでいた。

二〇　**唐における賛引**（五一頁注二五）　唐には太常寺に流外の三品で定員は二〇人の賛引という官が置かれているが、本条や神護景雲元年二月丁亥条にみえる賛引は官ではなく賛引するものという意味で、むしろ大唐開元礼に嘉礼として掲げられている皇帝元正冬至受皇太子朝賀条に、皇太子が元日および冬至の時大極殿で皇帝に朝賀の拝謁をするときの賛者に相当する。本条で藤原武智麻呂と多治比県守が行った賛引役も、唐礼のあり方に準拠したものであったであろう。内裏式の元正受群臣朝賀式や儀式の元正受朝賀儀にみえる皇太子につきそう賛者のあり方も、唐礼を模していると考えられる。

二一　**板持連**（五三頁注一六）　姓氏録河内諸蕃に板茂連は伊吉連と同祖、

楊雍の後とある。板持は河内国錦部郡の地名（『姓氏家系大辞典』）。この年（養老三年）の五月条に板持史内麻呂らに連を賜姓したことがみえるので、内麻呂は正月段階では板持史であったことになるが、続紀本条（養老三年正月壬寅条）では連となっている。改賜姓で官人の姓が改められると位記や位記案も改められ、その位記案に依って続紀の叙位記事を作ったので、賜姓以前の記事でありながら、賜姓以後の姓となっているのであろう（熊谷公男「位記と「定姓」」『続日本紀研究』一八三）。

二二　**右襟の制**（五三頁注二三）　中国では左襟（左衽）は化外の風俗とされていたが、本条（養老三年二月壬戌条）の記事より従前の日本で左襟が行われていたことが知られる。本日の改正により庶民に至るまで右襟とすることになったが、天平勝宝四年四月の大仏開眼の時着用された衣服には左襟のものがあり、左襟の風は以後も残存したらしい（田中尚房『歴世服飾考』）。

二三　**把笏制**（五三頁注二五）　笏は、官人が礼服・朝服を着用した時威儀を整えるため右手にもつ細長い板で、和名抄に「音忽、俗云レ尺」とあり、字音コツが昆骨の骨に通ずるのを忌み、シャクないしサクと呼びならわした。衣服令に五位以上牙笏、六位以下木笏とみえ、続紀本条（養老三年二月壬戌条）の記事と一致している。但し日本の文献では本条が笏の初見であり、かつ衣服令集解古記が笏に関し沈黙していることなどから、大宝律令に笏の規定はなく、養老律令で創始された可能性が強い。中国では礼記、玉藻等にも見えるように、古くから用いられ、威儀を目的とするとともに、釈名に「君有二教命一、及所レ欲レ白、則書二其上一、備二忽忘一也」とある如く、備忘用という実用性を有していた。我が国でも、宣命や除目の叙位文・解文ないし儀式の式次第などを書いた紙を裏にはることが行われていた。弾正台式には「凡五位以上、通二用牙笏・白木笏一、前詘後直、六位以下官人用レ木、前挫後方」とあり、五位以上に対し牙木通用を許している。木笏の用材は櫟(いち)を旨とし、他に桜・榊・杉などが使われた。岐阜県北部の位山(くらいやま)は、櫟の名産地であることによりその名を得ている。和名抄に「手板、長一尺六寸、闊三寸、厚五分」とあるが、多少の異同はある。笏の持ち方に関し、身分・時・処により作法が定められていた。養老三年二月に職事官に対する把笏が定められて以降、把笏対象の拡大が行われ、諸国史生・主政・主帳・大少毅（養老三年六月辛未条）、神祇官宮主・左右大舎人寮別勅長上・画工司画師・雅楽寮諸師・造宮省主計寮主税寮算師・典薬寮乳長上・左右衛士府医師・左右馬寮馬医（養老三年六月丙子条）、京官史生・坊令（神亀三年九月丁丑条）、内礼司主礼（天平十年九月庚子条）、式部兵部省掌（神護景雲二年十一月癸未条）、太政官左右官掌（宝亀五年六月庚午条）、賀茂神二社禰宜祝（天応元年四月戊申条）らに対する把笏のことが続紀にみえ、延暦十年以降においても把笏対象拡大の記事は国史に散見し、式部省式上には「凡内外諸司史生官掌省掌台掌職掌坊掌寮掌使掌司掌…並把レ笏」「凡諸司番上把レ笏者、不レ与二公験一、其舎人・使部・伴部之類、皆与二公験一」とあり、笏は官職標示の機能を有していた。

知られる唐令逸文には笏規定を欠くが、旧唐書輿服志・唐会要巻三十二所引武徳四年（六二一）八月十六日詔に「五品以上執二象笏一、以下執二竹木笏一」とあるから、唐朝ではその初期から制度化されていた。五品以上象牙、六品以下竹木（礼記、玉藻では諸侯が象牙、大夫士が竹）とするあり方は、続紀本条の指示に一致している。野村忠夫は続紀養老三年正月己亥条「入唐使等拝見。皆着二唐国所レ授朝服一」に注目し、養老元年に入唐し翌年末帰京した遣唐使らのもたらした唐衣服制の一環として把笏制が導入され、養老衣服令の把笏規定に定着していったと考えている（「官人的把笏の問題」『律令官人制の研究』）。養老律令が養老二年に成立したか、あるいは藤原不比等没後に完成したかという問題と関係しているが、唐初の段階で制度化されていた中国の把笏制が養老以前から日本で知られていたと仮定するならば、養老二年帰国の遣唐使と養老令の把笏制とを結びつけて考える必要はなくなる。もっとも養老衣服令の把笏制定立とは別に、把笏制が養老三年以降に実施されていく背景に遣唐使の帰国を想定することは可能である。なお、正倉院御物中に牙笏・木笏が伝存している。

二四　**平城京の薬師寺**（五三頁注三一）　薬師寺は最初藤原京に建立され（本薬師寺→㊀補1―九三）、平城遷都に伴い平城京右京六条二坊へ移転している。続紀では移転の時期を記していないが、薬師寺縁起では養老二年のこととしている。但し境内出土の木簡に霊亀二年のものがあり（平城木簡概報一二―一九頁）、養老以前から工事が始っていることを示している。

養老六年七月には薬師寺を僧綱の住居としており、この頃までに造営はかなり進展していたらしい。養老六年十二月に元正天皇が天武・持統のために造った弥勒像と釈迦像およびその本願縁記を安置した仏殿は、薬師寺である可能性が強いとする説がある(太田博太郎『南都七大寺の歴史と年表』)。天平二年三月に東塔が建てられており(扶桑略記)、このころ薬師寺の造営が終了しているらしい。平城京への移転に関し、藤原京から建物や仏像を移したか否か議論があり、移建説は伽藍の形式・規模の類似や同形瓦の出土などを根拠とし、非移建説は平城移転後も本薬師寺が存続していることや薬師三尊の様式が天平時代のものであることなどに拠っている。寺地は十六坊四分の一を占め、四坊に塔・金堂・僧房等院、二坊に大衆院、四分の一坊に花苑院、一坊に温室・倉垣院、一坊に苑院、二坊に賤院が置かれていた(薬師寺縁起所引天平・宝亀寺家流記)。天平七年五月には大安・元興・興福三寺とともに薬師寺で大般若経の転読が行われており、薬師寺は平城京における四大寺の一として重視され、のち東大寺が建立されると、東大寺とともに第一級の寺として重んぜられた。天平勝宝元年閏五月の諸寺への施物の際には大安・薬師・元興・興福・東大の五寺を他寺院に比べ優遇しており、同年七月諸寺墾田地限を定めた時は東大寺四千町、元興寺二千町、大安・薬師・興福・大和法華・諸国国分寺千町としている。天平勝宝元年閏五月および天平勝宝二年二月に天皇が薬師寺宮に移ったことがみえている。薬師寺の隣接地に離宮が置かれていたらしい。平安時代に入った天延元年二月二十七日に火災を被り、金堂および塔を除きほぼ全焼している。

三五　**秦朝元**(五三頁注三二)　懐風藻に詩二首を残す僧弁正の子。懐風藻弁正の伝に「弁正法師者、俗姓秦氏、性滑稽、善二談論一、少年出家、頗洪二玄学一、大宝年中、遣二学唐国一、時遇二李隆基竜潜之日一、以善二囲棊一、屢見二賞遇一、有二子朝慶朝元一、法師及慶在レ唐死、元帰二本朝一、仕至二大夫一、天平年中、拝二入唐判官一、到二大唐一見二天子一、天子以二其父故一、特優詔厚二賞賜一、還二至本朝一尋卒」とある。朝慶・朝元兄弟は大宝年間に渡唐した弁正が唐婦人との間に儲けた子で、父兄の死後朝元のみ、養老二年に帰国した遣唐使に伴われ、十数歳の時日本へ戻ったらしい。医術の専門家であるが、その修得は在唐中に行われたらしい。また中国生まれで漢語に堪能だったので、語学の専門家としても評価されていた(天平二年三月辛亥条)。懐風藻の弁正伝は、朝元が天平年中遣唐使となり帰国後まもなく死去した如く記すが、天平九年十二月に図書頭を拝任したことがみえ、十八年三月に外従五位上主計頭となったことがみえるから、帰国後少なくとも十数年は活躍していた。万葉三九二六左注に、天平十八年正月太上天皇の御在所における雪見の宴で、詔に応じ歌を作ったとき、左大臣橘諸兄が朝元に戯むれて、歌ができなければ麝をもって贖えといったので、朝元は黙していたという。朝元は唐から麝香を将来していたらしい。

補任延暦元年条では種継の母を「従五位下秦朝元之女」とし、分脈では藤原宇合の孫綱手の子菅継(種継の従父弟)の母を「従四(五の誤りか)位下秦朝元女」としている。

三六　**志摩国の郡**(五三頁注三五)　志摩国の所管の郡として最初に知られるのは志摩郡で、和銅五年四月二十日の年紀をもつ木簡に「志摩国志摩郡手節里(塔志)」(平城木簡概報六-八頁)、養老二年四月三日の年紀をもつ木簡に「志摩国志摩郡伊雑郷」(平城宮木簡二-二二四八号)とある。養老三年四月に至るまで志摩郡以外知られず、志摩国は志摩郡一郡のみであったらしい(平城宮木簡二解説、弥永貞三「古代志摩国とその条里」『日本古代社会経済史研究』)。志摩国一郡説は『地理志料』においても説かれている。養老三年四月条の記事は、志摩郡を塔志郡と佐芸郡の二郡に分立したということであろう。神亀六年志摩国輸庸帳に管郡二とある(古一-三八五頁)。佐芸郡はその後史料にみえず、民部省式上ないし和名抄では答志・英虞郡をあげるのみである。英虞郡は天平八年六月の年紀をもつ木簡(平城木簡概報二二-一九頁)等にみえるから、天平十八年以前の段階で佐芸郡から英虞郡への改称が行われているのであろう。なお、和名抄にみえる管郷は答志郡は郷四・駅一・神戸一。高山寺本に「タフシ」の訓を付す。英虞郡は郷六・余戸一・神戸一で、先の木簡にみえる伊雑郷は答志郡の管郷となっている。塔志郡は現在の三重県鳥羽市および志摩郡磯部町、英虞郡は志摩郡阿児・大王・志摩・浜島の諸町にわたる地域。

三七　**巨勢斐太臣大男**(五五頁注七)　他にみえず。

巨勢斐太臣は姓氏録右京皇別に巨勢楲田と同氏、巨勢雄柄四世の孫稲茂の男荒人の後とあり、巨勢楲田臣については同書大和皇別に巨勢楲田朝臣と同祖、武内宿禰の後とある。この巨勢楲田朝臣については同書右京皇別に「雄柄宿禰四世孫稲茂臣之後也、男荒人、天豊財重日足姫天皇〈謚皇極〉御世、遣二佃葛城長田一、其地野上、漑レ水難レ至、荒人能解二機術一、始造二長楲一、川水灌レ田、天皇大悦、賜二楲田臣姓一也」とある。

中臣習宜連笠麻呂（五五頁注八）　他にみえず。中臣習宜連の本宗の中臣習宜朝臣は姓氏録右京神別に神饒速日命の孫味瓊杵田命の後とある。習宜は大和国添下郡の地名。

中臣熊凝連古麻呂（五五頁注九）　他にみえず。中臣熊凝連の本宗の中臣熊凝朝臣は姓氏録右京神別に中臣習宜朝臣と同一出自とする。熊凝は大和国平群郡の地名。

榎井連排麻呂（五五頁注一〇）　他にみえず。榎井連は物部氏と同族で、嫡系は榎井朝臣。榎井連→㈠補2-六七。榎井朝臣→㈠補1-九六。榎井は大和国高市郡の地名。

若湯坐連家主（五五頁注一一）　他にみえず。若湯坐連は高橋氏文や天孫本紀にもみえるが、姓氏録河内神別には胆杵磯丹杵穂命の後とみえ、その本宗の若湯坐宿禰は同書の左京・摂津神別に石上朝臣と同祖で、神饒速日命六世孫伊香我色雄命の後とする。続紀にみえる若湯坐連は、天武十三年十二月に宿禰になった一族の傍系であろう。

二六　**皇太子執政**（五五頁注一六）　律令制下における皇太子の政治的権限は、天皇不在の時に公式令2および5に規定された皇太子監国制により、勅旨式で扱い得る政令を発し、便奏式により奏上されてきた事項を決裁することに限られているが、伝統的にみるならば、古くは天皇大権を代行する執政者としての性格を有していた（竹内理三「「知太政官事」考」・「太政官政治」『律令制と貴族政権』、井上光貞「古代の皇太子」『著作集』一）。推古朝の皇太子厩戸皇子が万機を総摂し、孝徳・斉明朝の皇太子中大兄皇子が政治を指導し、天武朝の皇太子草壁皇子が万機を摂ったのは、その実例である。律令制下においても皇太子執政の伝統は残存し、それを承けて養老三年六月に至り皇太子首皇子が朝政を聴くという措置がとられるようになったと考えられる。

二九　**画工司**（五五頁注二八）　画工司は中務省被管で絵事・彩色を掌る。大同三年正月内匠寮に統合（三代格）。職員令10には画師四人が配属され画部を率い職務に当ることになっている。養老令にみる画師の官位相当は大初位上だが（官位令18）、大宝令では官位相当規定がない。画師→㈠補2-八二。

三〇　**乳長上**（五五頁注三一）　乳長上は職員令にみえないが、牛乳を扱う専門職で、弘仁十一年二月廿七日格に「典薬寮解偁、検二案内一、難波長柄豊前宮御宇天皇御世（孝徳）、大山上和薬使主福常、習レ取二乳術一、始授二此職一、自レ斯以降子孫相承、世居二此任（乳長上）一、至レ今不レ絶、而今終身在レ職漸致二懈怠一、望請、簡二補氏中幹了者一以二六箇年一為レ限者、…依レ請」とあり（三代格）、和薬使主氏の中から簡補するのが慣例であった。天平勝宝九歳八月八日官奏では典薬取乳長上を少初位官に準じ給禄することとし、天長二年四月四日官符で乳長上を乳師と改称している（三代格）。

三一　**衛府の医師**（五五頁注三二）　この日の条（養老三年六月丙子）にみえる左右衛士府医師の他に、養老三年九月と同五年六月に衛門府および左右兵衛府に始めて医師を置くとある。「始置」という点に注目し、衛門府・左右兵衛府医師は大宝官員令になく、養老年間に創置され、養老職員令の衛門府・左右兵衛府医師に定着していったと説かれることがあり、他方続紀の「始置」という文言が文字通りの制度的創設を意味するとは限らないことから（㈠補2-二五）、大宝官員令に衛門府・左右兵衛府医師が置かれていたとみ、この「始置」は、それに基づき医師の補任が始めて行われたことを意味するとする説がある。

三二　**左右馬寮の馬医**（五五頁注三三）　左右それぞれ閑馬調習・養飼・供御乗具・配給穀草・飼部戸口名籍を掌り、馬医各二が配属（職員令63）。養老令では馬医の官位相当従八位上。大宝令では官位相当がなかったか。宝亀十年九月庚午条の正月王の左馬頭補任以降、大同三年六月に坂上石津麻呂が右馬頭に就任する（後紀）まで、左右馬寮関係の記事がないので、この間左右馬寮が一寮に統合され、主馬寮と改称されていたらしい。→天応元年五月乙丑条。

三三　**抜出司**(五五頁注三五)　古来相撲には服属儀礼や、攘災に関係する要素があり、宮中では攘災や国家安泰を祈願し、武術の鍛練とともに娯楽の目的で相撲を行い、天覧に供し宴を賜う慣行があった。垂仁紀七年七月条に、この日、野見宿禰、当麻蹶速に命じて相撲を行わせたとあり、相撲節の起源伝承を示している。抜出司は、この相撲節のことに当る臨時の官司で、平安朝に入ると相撲司と呼称するのが普通である。養老三年の抜出司の任命は七月四日であるが、本朝月令所引弘仁太政官式には「凡六月九日、任㆓左右相撲司㆒、太政官簡㆓定参議正次侍従㆒奏聞、〈人数臨時処分〉、中務任之、如㆓式部儀㆒〈事見㆓儀式㆒〉」とあり、儀式相撲節儀には「前一月任㆓相撲司㆒、同日簡㆓参議已上㆒、分㆓配左右司㆒、厥明定㆓四位五位并行事已上所々人㆒」とある。左右に分かれ、公卿を筆頭に簡定された。但し後になると平城天皇の国忌をさけ七月十六日に相撲節を改め(類聚国史相撲、天長三年六月己亥条)、更に元慶八年八月五日には七月二十五日を節日とし(三代格)、太政官式に継承されている。相撲節の式次第については、儀式・故実書に詳しい。なお、続紀では天平六年七月丙寅条に聖武天皇が相撲戯を観覧したことがみえている。

三四　**按察使**(五七頁注五)　地方官を監督するものに巡察使(〔一〕補1-一一)があるが、臨時に派遣されることから監督機能に限界があったので、養老三年に至り新置されることになった官職である。律令地方行政の単位である道の範囲に拘泥することなく数か国をまとめ、その中の特定国の国司が兼任し管内諸国の行政を監察することになっており、巡察使に比べ帯びる位階が高く、現地に常駐している点に特色がある。按察使の系譜的淵源として、唐の景雲二年(七一一)創設十道按察使制と大宝令制以前から存在する惣領制(〔一〕補1-一三四)が考えられている。唐の按察使も中央から派遣される巡察使と異なり、一定期間地方に駐在して監察に従ったらしく、養老元年に入唐し翌年帰国した遣唐使が、唐制按察使に関する知識をもたらし、設置された。この時の遣唐押使多治比県守と大使大伴山守および副使藤原宇合は最初に按察使を兼任した一一人の国司の中に入っている(菊地康明「上代国司制度の一考察」『書陵部紀要』六)。八世紀初頭には、道君首名が筑後守で肥後守を兼ね(養老二年四月乙亥条)、笠朝臣麻呂が美濃守で尾張守を兼ねるなど(霊亀二年六月甲子条)、有能な国守に近隣の国守を兼帯せしめる政策がとられている。これは按察使制の前提となる施策かとみられる。按察使は養老三年七月に一一か国に置かれてから養老五年八月には所管国の編成がえや増置があり、やがて西海道と畿内を除くほぼ全国が按察使の監察対象となった。西海道は大宰府が按察使の任につき、畿内には摂官(養老三年九月癸亥条)が置かれたが、畿外でも紀伊国は大和国守が監察することになった(養老五年八月癸巳条)。

按察使の属官として典が置かれ(養老三年七月丙午条)、後に記事と改められ(養老四年三月己巳条)、上京したり属国を巡行する際の駅伝馬の供給も定められた(養老四年三月乙亥条)。官位相当や禄を始めとする給与規定は養老五年六月十日官奏で定められたが、禄のみは、元正天皇の特旨により、官奏で定めた額の二倍に増額された(三代格)。坂元義種の指摘によれば、按察使・記事の待遇は惣領制の系譜を引く大宰大弐・大典のそれに近似するという(「按察使制の研究」『ヒストリア』四四・四五合併号)。按察使・記事および大宰大弐・大典の官位相当ないし給与を表示すると次の如くである(按察使・記事の禄は勅による倍増以前の額を示す)。

	位階	公解田	事力	仕丁	禄			
					絁	綿	布	鍬
按察使	正五位上	六町		五人	五疋	五屯	一二端	二〇口
記事	正七位上	二町		二人	二疋	二屯	四端	一五口
大宰大弐	正五位上	六町	一四人		五疋	五屯	一二端	二〇口
大典	正七位上	一町六段	五人		二疋	二屯	四端	一五口

具体的な監察任務として本条(養老三年七月庚子条)では管内国司の非違の断決・奏上と声教ある場合の善最言上を指示しているが、養老三年七月十九日に監察基準として按察使訪察事条事を定めている(三代格)。考課令3-6・50・54などの

養老三年按察使訪察事条

国郡司訪察事条	百姓善悪状
在レ職公平立レ身清慎	敦レ本棄レ末情務二農桑一
剖断合レ理獄訟無レ冤	幼標二孝悌一有レ感二通神一
籍帳皆実戸口無レ遺	文学優長識二明時務一
繁二殖戸口一増二益調庸一	有レ力超レ衆武芸絶レ群
勧二課農桑一国阜家給	田蚕不レ修耕織廃レ業
在レ官貪濁処レ事不平	不孝不義聞二於里閭一
容二縦子弟一請託公行	仮二託功徳一称二扇妖訛一
嗜レ酒沈湎畋遊無レ度	恐二脅公私一欺二凌貧弱一
逋逃在レ境淹滞不レ帰	
肆二行姦猾一以求二名官一	

規定と密接に関連し、和銅五年五月甲申条の国司による郡司・百姓の推挙基準および延暦五年四月庚午条の国郡司黜陟基準・大同四年九月廿七日の観察使起請事十六条などと共通する部分が多い。坂元義種によれば、按察使の監察対象は国司の民政・司法・財政部門を中心とし、軍事的部門には及んでいないという。按察使設置により軍事部門を除く、律令行政目標の浸透を意図したのである。

按察使は、養老から神亀にかけて所期の目的をある程度果したらしいが、天平十年十月には再び巡察使の派遣が行われており、按察使による地方行政の監察も効果をあげ得なくなってしまったらしい。天平勝宝以降の史料に散見する按察使は、陸奥の場合を別として、いずれも中央高官の兼任となっており、監察の実をあげたか疑問であり、任命国も美濃・近江等の関国按察使にほぼ限られ、拝任者も藤原氏に限られてきている。藤原氏によるそれらの国への勢力扶殖が考えられるが、名誉職化してきているとも考えられる。陸奥按察使は陸奥守ないし鎮守府将軍を兼ねることが多く、北辺経営の第一線に立っていたが、新野直吉によれば、陸奥守・鎮守府副将軍を帯びた按察使紀広純が叛乱軍に殺されて以降(宝亀十一年三月丁亥条)、参議兵部卿藤原小黒麻呂があとを襲い(天応元年正月庚午条)、以後遥任化の傾向があらわれるという(『律令古代の東北』)。平安期に入ると按察使は陸奥・出羽の場合に限られ、多くは大中納言の兼帯する名誉職となった。主税寮式では、陸奥国公廨稲の按察使に対する配分を国守に準ずとしている。

三五　**騾馬**(五九頁注五)　らば。「和名抄に「説文云、…騾〈音螺〉。驢父、馬母所レ生也」とある。牡ろばと牝馬とを交配させてできる雑種で、通常繁殖不能。馬より小型でろばに近似するが、粗食にたえ耐久力があり、労役に適している。ろばやらばは中国・朝鮮には多いが、日本にはいないため、珍重されたらしい。天武紀八年十月条や朱鳥元年四月条に新羅が調物としてらばを貢上したことがみえ、天平四年の新羅使もろば二頭・らば二頭を献じている。

三六　**新羅使への賜禄**(五九頁注八)　大蔵省式にみえる新羅使に対する賜禄の基準は、新羅王に絁二五疋・糸一〇〇絇・綿一五〇屯、大使に絁八疋・綿九〇屯、副使に絁八疋・綿八〇屯、大通事・録事に絁五疋・綿三〇屯、医師・船頭・通事・小通事・大海師・学語生に絁二疋・綿六屯、傔人・海師に絁一疋・綿五屯、水手に綿一屯・布一端となっている。この額は、被賜者の階品の高下・職事の優劣により、適宜加減することになっていた。

三七　**白猪史広成**(五九頁注九)　白猪史への葛井連賜姓記事が養老四年五月壬戌条にみえ、以後広成も葛井連として史料にあらわれる。白猪史→㊀補1-一三五。広成は後に筑前国で新羅使供客の事に当り(天平十五年三月乙巳条)、白猪史の伝統を受けつぎ、外交面での活躍が著しい。室は県犬養宿禰八重(天平二十年八月己未条)。備後守・中務少輔等を歴任する。万葉には大宰府へ遣わされた時の歌(九六二)があり、「藤井連和歌一首」と題する一七九も広成の歌とする説がある。文雅の士として知られ(家伝下)、懐風藻に詩二首、経国集に対策文二編を残す。

三八　**石城国の駅家**(五九頁注一三)　各駅家の比定地は未詳だが、駅路は大槻如電『駅路通』によれば、菊多関から磐城(福島県田村郡小野町夏井)—広野(双葉郡広野町)—楢葉(双葉郡富岡町)—標葉(双葉郡双葉町)—多珂(相馬郡小高町)—真野(相馬郡鹿島町)—仲村(相馬市中村)—坂本(宮城県亘理郡山元町坂元)—曰理(亘理郡亘理町)—逢隈関を経て玉前駅へ至ったとされる。福島県の太平洋側、いわゆる浜通りに沿った駅路で、弘仁二年四月乙酉条に陸奥国海道十駅を廃すとある(後紀)のがこれである。十駅廃止後は常陸国から久慈川を遡上した上流部に長有・高野二駅を設け、白河関を経由する、いわゆる中通りと常陸国との連絡がはかられた。

三九　**別勅・才伎長上から職事に任じられた官人の禄**（五九頁注一八）　式部省式上に「凡令称二初任一者、是無禄任二有禄一。其有禄遷二有禄一者、不レ入二初任之例一。但別勅才伎長二上諸司一者、任二職事官一、与二初任一同。〈馬料亦准レ此〉」とある。別勅・才伎長上は禄令3によれば当司判官以下主典相当の禄を支給されることになっているが、職事官に就任した場合、無禄から有禄へ入る初任と同一扱いにすることとし、禄令6「凡初任官者、雖レ不レ満レ日、皆給二初任之禄一」を適用することにしたもの。この条文の集解令釈に本条（養老三年八月己丑条）の処分に基づく解釈がみえる。

四〇　**摂官**（五九頁注二〇）　按察使に準じ、畿内諸国を監察するために置かれた官で、その属官は最初、記事であったが、のち検事と改められている（養老五年八月辛卯条）。養老三年九月に摂官の任命が行われたのち、河内国摂官参議多治比三宅麻呂が養老六年正月配流されためと、参議阿倍広庭が知河内和泉事となっており、補任には中納言大伴旅人が神亀三年に兼知山城国事とある。摂官と知…国事とは同じで、地方長官を置かずに畿内諸国の行政を参議・中納言などの中央高官が直接掌握する体制を示すのであろう（今泉隆雄「按察使制度の一考察」『国史談話会雑誌』一三）。天平四年九月に大倭守任命がみられ同十月に摂津大夫が任命されているので、この頃から畿内国守の任命が復活し、摂官が廃止されるようになったらしい。平安期に入ると畿内諸国に納言が別当として充てられている例が見出されるが、摂官の系譜を引くものであろう。

四一　**地子**（五九頁注二六）　田令11に「凡諸国公田、皆国司随二郷土估価一賃租」とあり、公田は郷土估価に従い賃租に出す規定になっているが、同条集解古記に「公田不輸租、以二十分之一地子一為レ価也」とあり、弘仁主税寮式に「凡公田穫稲、上田五百束、中田四百束、下田三百束、下々田一百五十束、地子各依二田品一令レ輸二五分之一一」とあり、収穫の五分の一を収納することになっていて、それを地子と称した。この地子制がいつごろまで遡るか明証はないが、古記にみえることから、天平十年前後に存在していたことは明らかである。菊地康明によれば、地子五分の一の制は天平八年三月条の官奏に始まるという（「地子と価直」『日本古代土地所有の研究』）。地子制が展開しても郷土估価制は残存し、それは価直と呼ばれていたらしい。但し本条（養老三年九月丁丑条）詔の地子は、五分の一地子制のそれと異なっており、田品を考慮せず定額制である。泉谷康夫は、ここの地子を中世の畠地子の先蹤と考えている（「奈良・平安時代の畠制度」『律令制度崩壊過程の研究』）が、菊地康明は、始め戸税制であった唐の義倉がのちに畝別二升の地税を徴収していたことを参考にして、義倉粟ではないかと推測している。

四二　**諸国軍団規模の改定**（五九頁注三一）　軍防令1では軍団の編成について一団一〇〇〇人とする一律規定を行っているが、この日の改定により八十一例「軍団置レ毅者、兵士満二千人一者、大毅一人、少毅二人。六百人以上、大毅一人、少毅一人。五百人以下、毅一人」（職員令79集解伴云）が立条され（虎尾俊哉「『例』の研究――八十一例・諸司例・弾例――」『古代典籍文書論考』）、三等の編成がとられるようになったらしい。この八十一例の条文は義解に継承され、兵部省式にとられている。

四三　**昭穆**（六一頁注一五）　礼記、祭統に「夫祭有二昭穆一。昭穆者所二以別一父子遠近長幼親疎之序一、而無レ乱也」とあり、戸令12義解に「昭者、明也。為レ父、故曰レ明也、穆者、敬也。子宜レ敬レ父也」とある。中国における元来の昭穆の意は宗廟における霊位の席次をさし、中央に位置する太祖の左に二世・四世・六世以下が列して昭となり、三世・五世・七世以下が右に列して穆となったが、転じて父を昭とし子を穆とする父子間の相対的世代関係を示す言葉として使用されるようになった。ここでは天武の子である舎人・新田部両親王と首皇子の父草壁皇子が同一世代であることをいう。

四四　**道安と慧遠**（六三頁注六）　ともに初期中国仏教界の偉人。道安は三一二年に生まれ、三八五年、七十四歳で没す。仏図澄に師事し、経典の研究に努め、寺塔の建立を行い、教化に従う。その徳風はひろまり、襄陽にいた時、四方の学士が集まったという。東晋の孝武帝も使を遣わしその高徳を讃え、鳩摩羅什も本国亀茲（現在の新疆ウイグル自治区庫車〈クチャ〉地方）においてその徳風を聞き、東方の聖人であると嘆称し遥かに敬礼したという。多くの仏典の翻訳・注釈・解題撰述などを行っている。

慧遠は三三四年に生まれ、四一六年に八十三歳で没す。弟とともに道安に師事。襄陽で道安と別れたのち南方へ行き、廬山に住し、法性論・釈三報論・大智度論抄・沙門不敬王者論などを著わす。長安に迎えられた鳩摩羅什と親交し、阿弥陀仏を専念する蓮宗の祖となる。

四五　**仏図澄と鳩摩羅什**（六三頁注九）　ともに西域出身の仏僧で、初期中国仏教界の偉人。仏図澄は亀茲国の人で、三四八年に百十七歳で没したと伝えられる。後趙王石勒・石虎の尊敬をうけ、大和上と尊称された。石虎治下において仏図澄の教化はすすみ、多くの仏寺を興隆し、門徒は一万人近くとなった。道安を始め五胡十六国時代に活躍した弟子をもち、訳経や著述を残さなかったが、神異道術の達人であり、また戒律を正し持律の人であった。

鳩摩羅什は天竺人を父に亀茲国に生まれる。生没年に異説があるが、僧肇の鳩摩羅什法師誄によれば、三四四年に生まれ四一三年に没した（有力説は三五〇-四〇九）。四〇一年に長安に迎えられ、国師の礼をもって遇され、多数の仏典を訳出し、数千の英才を教化した。翻訳した経典は三〇〇巻に近く、後の中国仏教に大きな影響を与えた。但し亀茲王女を妻としたり長安で妓女の提供を受けたとあり、持戒堅固な道安・慧遠らとはやや異なった仏教者であったようである。

四六　**道慈法師**（六三頁注一四）　天平十六年十月条に伝あり、又懐風藻に詩二首を載せ、その伝に「釈道慈者、俗姓額田氏、添下人、少而出家、聡敏好レ学、英材明悟、為二衆所一レ推、太宝元年、遣二学唐国一、歴二訪明哲一、留二連講肆一、妙通二三蔵之玄宗一、広談二五明之微旨一、時唐簡下于二国中一義学高僧一百人上、請二入宮中一、令レ講二仁王般若一、法師学業穎秀、預二入選中一、唐王憐二其遠学一、特加二優賞一、遊二学西土一、十有六歳、養老二年、帰二来本国一、帝嘉之、拝二僧綱律師一、性甚骨鯁、為二時不一レ容、解レ任帰、遊二山野一、時出二京師一、造二大安寺一、時年七十余」とある。大宝元年任命の遣唐使に留学生として随行し、在唐一七年ののち帰国する。神叡・道慈の二人が当時釈門の秀者と称されたことが、卒伝ならびに家伝下にみえ、両名が時政を共補したので、国家は栄え天下は太平となったとある。天平九年十月以降、同十年閏七月乙巳以前に、それまで就いていた律師を辞め、懐風藻の伝にあるごとく野に遊んだらしく、その晩年は失意であったようである。井上薫は、道慈と藤原氏の間に特別な関係があったと推測し（「道慈」『日本古代の政治と宗教』）、中井真孝は藤氏四子没後、玄昉が仏教界の指導者となるに及び、綱務をとることを潔しとせず、辞任したと考えている（「道慈の律師辞任について」『続日本紀研究』二〇〇）。著書愚志一巻。僧尼のことを論じ、鎮護国家のための仏教確立に尽くす。道慈の伝ないし事跡は、大安寺碑文、三国仏法伝通縁起・延暦僧録・元亨釈書等にもみえる。

四七　**河内手人大足**（六三頁注二八）　他にみえず。

河内手人は河内国に定住した工人に与えられた姓であろう。

下訳（六五頁注一）　下訳は姓氏録にみえないが、持統紀九年三月条に下訳語諸田なる人物がみえる。訳は曰佐・訳語とも。

忍海手人広道（六五頁注二）　他にみえず。

忍海手人は、忍海郡に定住した工人に与えられた姓であろう。神亀元年十月壬寅条に忍海手人大海らに手人の名を除き外祖父津守連通の姓に従わせたことがみえる。忍海は大和国の郡名（□四七頁注一一）。

久米直（六五頁注三）　姓氏録左京および右京神別に「神魂命八世孫味耳（日）命之後也」とある。

四八　**事業・防閤・仗身**（六五頁注一一一-一一三）

事業　五位以上家の家務に従う職員で、三位以上家に置かれる家司に準じ、家の発給する文書に加署する。続紀では本条（養老三年十二月庚寅条）の他に神亀五年三月甲子条にみえる。貞観四年三月十五日官符では、三位以上家家司とともに保長に任命し、治安維持に当らせるなどしている（三代実録・三代格）。

防閤　六典巻三、戸部条に「凡京司文武職事官皆有二防閤一」とあり、官僚の護衛や雑給仕に当った。養老六年閏四月乙丑条によると、陸奥按察使管内から徴発していたものを本土へ帰還させている。神亀五年三月に、防閤を廃して替りに馬料を賜うことになったとある。

仗身　北斉書平陽王淹伝等にみえ、通典巻三十五俸禄に唐制で鎮戍の官にまで仗身を給したことを伝える。帝王や高官の随身衛士。右京計帳に仗身がみえ（古一-四八七頁）、護身の類と思われる。但し他にみえず。

四九　**安那郡**(六五頁注一四)　和名抄「夜須奈」。神名式(武田本)傍訓に「アナ」。現在の広島県深安郡神辺町と福山市北部(旧加茂町)。国造本紀に吉備穴国造がみえる。

茨城(六五頁注一五)　茨が和名抄の安那郡榎原郷に当るとみ、『地理志料』は岡山県後月郡井原町に比定しているが、未詳。常城とともに天智三年以後、対外的な防衛施設として築造されたか。

葦田郡(六五頁注一六)　和名抄「安之太」。現在の広島県府中市と芦品郡・福山市の一部。

常城(六五頁注一七)　和名抄に葦田郡都禰郷がみえ、ここに置かれていたらしい。現在の広島県芦品郡新市町常に近い通称火呑山に石塁・土塁・城門跡・水門跡その他建物の遺跡が確認されている(『広島県史』考古編)。

五〇　**僧尼公験**(六五頁注二〇)　僧尼令14集解令釈および21集解讃説所引養老四年二月四日格に「凡僧尼給二公験一、其数有レ三、初度給レ一、受レ戒給レ一、師位給レ三」とあり、得度のときの度縁、受戒のときの戒牒、および受位のときの三種あったことが知られる。受戒公験を大宝三年閏四月十五日に僧弁教および神照に授けていることが西琳寺文永注記所引天平十五年帳にみえるので、ここにおける僧尼公験は、度縁であろう。度縁については玄蕃寮式に書式が規定されているので、それを示すと次のごとくである。

度縁式

沙弥某甲年若干〈某京国郡郷戸主某戸口黒子某処某邑〉

右太政官某年月日符偁右大臣宣奉レ勅云々若干人例得度省寮僧綱共授二度縁一如レ件

師主某寺僧位名

年月日

僧綱

僧正位名〈若無者律師以上一人署〉　威儀師位名

威儀師位名

玄蕃寮

頭位姓名　允位姓名

治部省

輔位姓名　丞位姓名

属位姓名

録位姓名

度縁の実例に最澄や円珍のがある(来迎院蔵、園城寺蔵・国宝)。

五一　**石川朝臣若子**(六五頁注三八)　本年(養老四年)十月兵部大輔任官。若子は君子の誤か。→㊀補6-三。石川朝臣→㊀補1-三二。

佐伯宿禰智連(六五頁注三九)　他にみえず。佐伯宿禰→㊀二七頁注一三。

猪名真人石楯(六五頁注四〇)　他にみえず。猪名真人→㊀七一頁注二一。

下毛野朝臣虫麻呂(六五頁注四一)　養老五年正月従五位上に昇叙。文章にすぐれ(養老五年正月甲戌条)、懐風藻に「大学助教」「年三十六」とあり、一首、経国集に対策文二が採られている。式部員外少輔を歴任。下毛野朝臣→㊀補1-一二五。

美乃真人広道(六五頁注四二)　他にみえず。美乃真人は三野真人に同じか。養老三年正月壬寅条に三野真人三嶋がみえる。

高向朝臣人足(六七頁注一)　養老四年十月尾張守任官。高向朝臣→㊀補2-一四二。

石川朝臣夫子(六七頁注二)　天平三年正月従五位上に昇叙。備後守を歴任し、天平八年正月正五位上に昇叙。石川朝臣→㊀補1-三二。

多治比真人占部(六七頁注三)　神亀五年五月従五位上に昇叙。宮内少輔・刑部卿等を歴任し、天平勝宝二年三月正四位下で摂津大夫となる。多治比真人→㊀補1-一二七。

県犬養宿禰石次(六七頁注四)　天平元年三月従五位上に昇叙。弾正弼・右衛士佐・右少弁・少納言等を経、天平十一年四月参議となり、十四年十月に没。時に参議左京大夫、従四位下。県犬養宿禰→㊀補2-一四。

当麻真人老(六七頁注五)　この年(養老四年)十月に造宮少輔となり、神亀元年二月従五位上に昇叙。淳仁即位前紀に、その女当麻山背が舎人親王に嫁し、淳仁を生んだことがみえる。当麻真人→㊀補2-一一〇。

阿倍朝臣若足(六七頁注六)　この年(養老四年)十月に大蔵少輔、五年六月に木工頭となる。阿倍朝臣→㊀補1-一四二。

巨勢朝臣真人(六七頁注七)　この年(養老四年)三月条に民部少輔で征隼人副将軍任官のことがみえ、神亀元年二月に従五位上に昇叙。天平三年六月正五位下で大宰少弐任官。巨勢朝臣→㊀補2-一八。

紀朝臣麻路(六七頁注八)　天平六年正月従五位上に昇叙。近江朝御史大夫大人の子(補任天平十五年条)。式部少輔・式部大輔・民部卿・参議・中納言・式部卿・大宰帥等を歴任。天平勝宝八歳十二月条には中納言従三位とみえる。淳仁即位前紀に天平宝字元年三月の道祖王廃太子の議に加わったとある。紀朝臣→㊀補1-三一。

田中朝臣稲敷(六七頁注九)　他にみえず。田中朝臣→㊀補1-七四。

五二　**渡嶋津軽津司**(六七頁注一二)　渡嶋は斉明紀四年四月条および持統紀十年三月条にみえ、朝廷領土の北辺をさし、開拓がすすむに従い北進していったとする説と、北海道南部にあてる説とがある。津軽は斉明紀元年七月条に津刈としてみえ、同四年四月条に津軽郡郡領を置いたことが記されている。津軽郡は青森県の津軽地方であるが、広く奥羽地方の日本海側を津軽と称すことがあったらしい。津司は津を管理する役所であるが、「渡嶋の津軽の津」「渡嶋と津軽の津」ないし「渡嶋と津軽津」などと読むことが可能である。ここの津を斉明紀四年四月条にみえる有間浜にあて、現在の青森県鰺ヶ沢・十三湊等に比定する説(地名辞書)や雄物川河口付近とする説(松原弘宣「渡嶋津軽津司について」『愛媛大学教養部紀要』一三)がある。

五三　**渡嶋津軽津司による靺鞨国視察**(六七頁注一二)　出羽国は日本海をはさみ、対岸のシベリア沿海州地域と近接し、早くから交流があったと考えられる。この地域には六九八(文武二)年に大祚栄が靺鞨族を率い国をおこし、七一二(和銅五)年には渤海郡王に封ぜられ、渤海を国号としていた。この渤海国は唐・新羅と対立し、他方日本も白村江の戦で敗北して以来唐・新羅に対する防衛の必要性を痛感していたので、渤海に対し関心をもち、このたびの靺鞨国視察となったのであろう。この視察から七年後の神亀四年九月に最初の渤海国使が出羽国へ来着しているが、津軽津司の派遣等により醸成されて来ていた日渤関係が背景の一つとなっていると解すことが可能である。

五四　**養老四年征隼人軍の編成**(六七頁注一五)　山田英雄によれば、このたびの征隼人軍は大宰府管内の兵士が動員され、国司・郡司らが出征したとされる(「征隼人軍について」『律令国家と貴族社会』)。国司の例としては唯一例であるが、要略巻二十三所引旧記に、養老四年豊前守宇奴首男人が将軍として大隅・日向両国の隼人を伐殺したとある。但し将軍という肩書は誇張らしい。天平九年度豊後国正税帳および同八年度薩摩国正税帳にみえる勲位を帯びている郡司らの多くは、この時の征戦に従い、叙勲されたものと思われる。

五五　**授刀資人**(六七頁注二一)　軍防令49で定められている資人(㊀補5-一五)とは別枠で、勅により下賜される武装した資人。帯刀資人・帯仗資人とも。単に帯刀と称すこともある(天平宝字八年九月戊申条)。養老五年三月辛未条に右大臣と中納言に支給したことがみえ、その考選は職分資人に準ずと規定され、扶桑略記天平六年三月八日条に「中納言已上、賜二帯仗資人一」とあり、天平宝字六年五月条には、恵美押勝に与えられた帯刀資人の夏冬衣服を官より給うとある。帯刀資人下賜に先だち、舎人親王に内舎人二・大舎人四・衛士三〇、新田部親王に内舎人二・大舎人四・衛士二〇が与えられている(養老三年十月辛丑条)。ここの衛士は、行路防禦のためであった。授刀資人も両親王に与えられた衛士に倣い、身辺警護を意図して下賜されたのであろう。平安期では天安元年に太政大臣となった藤原良房に内舎人・左右近衛からなる随身とともに、帯仗資人三〇人が与えられ、忠仁公故事とされていく。

五六　**伝馬**(七一頁注九)　厩牧令16の規定によれば、郡ごとに五匹置かれ、官人等の行旅に奉仕した。郡が管理し伝戸の徭丁たる伝子ないし伝馬子が馬の飼養・迎送を始めとする伝馬に従事した。駅長に相当するものとして伝馬長が置かれ(三代格弘仁十三年閏九月廿日官符)、郡家の建造物の一部に併置されていたらしい(田名網宏『古代の交通』)。伝馬の利用資格を示すのが伝符であり、厩牧令16義解に「謂、国司向レ任、及罪人令レ乗二官馬一者、皆乗二伝馬一之類」とあり、駅馬の場合に比べ重要性の薄い官人・公使等が利用するものであった。平安期における伝馬の配置状況は兵部省式から知られるが、令制郡ごとの五匹でなく一五匹ないし五匹未満の郡があり、出羽国では船の配置されている郡があった。駅伝制→㈠補2-一〇九。

五七　**内印を押捺する文書**(七三頁注七)　太政官式に内印を押捺する文書が列挙されている。それを示すと、下頒詔書・預官社神・得度還俗・増減官員・遣駅伝使・下駅鈴新任国司・諸司在外国者赴任・五位以上出畿外・出納兵庫器仗・用正税・徴免課役・輸調庸物色・賜人官物(給諸国)・公地封戸雑田遷収穀・百姓附籍移貫改姓・蕃人還国御馬・廃置郡駅・断罪禁制・放賤従良等からなり、他は外印を用いるとする。大宝・養老令の公印制→㈠補2-六〇。内印→㈠補5-七二。

五八　**兵衛・采女の資養物**(七三頁注一二)　在京生活を送る兵衛・采女の資養にあてられるもので、その郷里から供給される。兵衛の資物は見任郡司が節級して負担し、貢調使に附して京送することになっており、米や布帛を銭に換算するための換算率が法定されていた(天平元年四月庚午条)。采女養物は采女田(采女肩巾田)からの収益で賄い、これも貢調使に附して采女司へ納入された(天平神護二年五月丁巳条)。采女田は輸租田扱いすることが田令32集解古記にみえ、民部省式上に采女を貢上した郡に三町おき、郡司主帳以上が耕営し、佃料を除いた獲稲を舂米とするなり軽貨に交易して送納すると規定されている。兵衛・采女養糸を貢調使に附して送っている例が、天平六年出雲国計会帳にみえる。

五九　**丈部路忌寸**(七五頁注八)　坂上系図に路忌寸がみえることから、丈部路忌寸は倭漢坂上氏の同族で、文部路忌寸の誤とする説がある(太田亮『姓氏家系大辞典』)。しかし弘仁六年十月廿五日「五百井女王家施入状」(平遺三八号)に杖部路忌寸道麿という人物がみえており、杖部は丈部に通ずることからみて、丈部路忌寸がいたことは確実である(佐伯有清「丈部氏および丈部の研究」『日本古代氏族の研究』)。

六〇　**官戸**(七七頁注一九)　公奴婢とともに律令制下における官有賤民の一。宮内省官奴司の管轄下で、官司の雑役に駆使された。家人・奴がその主ないし五等以上の親を姧して生まれた男女や公奴婢の六十六歳以上となるもの、謀反・大逆を犯した者の父子で没官された者などが官戸に編入された。奴婢より上位の身分とされ、一戸を構えることを認められ、毎年正月に籍を造ることになっており、良民と同額の口分田を支給されることになっている。七十六歳になると賤身分から解放され、良民とされた。続紀慶雲四年五月癸亥条にも官戸が見えるが、これは唐制官戸で、日本の官戸とは別である(㈠一一五頁注七)。

六一　**内大臣**(七九頁注六)　天智紀で藤原鎌足は、七年九月まで内臣とあり、八年五月から内大臣とみえる。鎌足の場合の内臣と内大臣とのちがいは定かでないが、内大臣も内臣と同様の帷幄の臣をさしたことと思われる(内臣→補8-九三)。続紀では宝亀八年正月に内臣藤原良継が内大臣となり、同十年正月に忠臣藤原魚名が内大臣となったことがみえている。両人が就いた内大臣にも帷幄の臣に通ずる側面があったろうが、宝亀二年三月の段階で良継の就いた内臣が太政官の正式の官制となっていたから、内大臣も左右大臣に准ずる正式の職であったと考えられる。良継・魚名の場合、右大臣に先任者がおり、それを超えて左大臣に昇進することが困難な事態の中で案出された令外官という性格をもつ。平安中期以降、内大臣は常置の官となる。

六二　**知五衛及授刀舎人事**(七九頁注一三)　禁衛武官である衛門府・左右衛士府・左右兵衛府および授刀舎人寮を物管する臨時の官職であろう。知太政官事が皇親による太政官掌握を意図したのに対し、知五衛及授刀舎人事は皇親による禁衛軍の掌握を意図したのである。知五衛及授刀舎人事は他にみえないが、類似するものとして知近衛外衛左右兵衛事と知中衛左右衛士事(宝亀元年六月辛丑条)があり、左右大臣が任命されている。

六三　**養民司**(八一頁注一三)　陵墓を造営するために動員される役夫に給養を行うため設置された臨時の官司。続紀では藤原不比等死去に伴う設置以外に、光明皇太后の死去(天平宝字四年六月乙丑条)、皇太后高野新笠の死去(延暦八年十二月丙申条)、および皇后藤原乙牟漏の死去(延暦九年閏三月丁丑条)に伴う養民司設置が知られる。養民司と同性格の官司に養役夫司があり、元正太上天皇の死去(天平廿年四月辛酉条)、聖武太上天皇の死去(天平勝宝八歳五月丙辰条)、称徳天皇の死去(宝亀元年八月癸巳条)、および光仁太上天皇の死去(天応元年十二月丁未条)に伴う養役夫司設置のことが知られる。天皇の場合養役夫司を称し、それ以外の時は養民司を称したようである。皇后にあらざる不比等の墓を造るため養民司が置かれたことについて長山泰孝は、不比等が准三后の待遇をうけていたことによると考えている（「養民司と養役夫司」『続日本紀研究』二〇〇）。養民司の方が養役夫司よりやや規模が小さかったと考えられるが、員数の知られない不比等の場合を別にしていずれも五位二人の下に六位以下一〇人ないし五人程度により構成されていた。称徳死去の際の養役夫司の場合、京畿ないし近畿諸国から六三〇〇人の役夫を動員したことが知られる。

六四　**興福寺**（八一頁注一五）　藤原氏の氏寺で、興福寺流記所引宝字記によれば、天智八年に藤原鎌足が病んだとき夫人鏡女王が、鎌足の造立した釈迦三尊像を安置するため山城国山階に建てた山階寺に始まる。のち都が飛鳥に移ると、寺も従い移り、地名に因んで厩坂寺と呼ばれ、和銅三年の平城遷都に伴い再度移され、興福寺となった。宝字記の記述が史実であるか否か確証はないが、八世紀の史料に興福寺を山階寺ないし厩坂寺と呼んでいる例が知られるので、興福寺の前身に関する宝字記の記述は信頼してよいようである。興福寺が平城京に移った時期について造興福寺記所引興福寺供養願文・扶桑略記その他いずれも和銅三年とするが、福山敏男は昌泰三年興福寺縁起に「和銅三年歳次庚戌、太上天皇俯従二人願一定二都平城一、於レ是太政大臣相二承先志一、簡二春日之勝地一、立二興福之伽藍一也」とある記事中の遷都の部分を抜かし、和銅三年と興福寺建立とを結びつけたことによる年紀とみ、信頼できないとした（「興福寺の建立に関する問題」『日本建築史研究』）。興福寺が、平城京の条坊設定より若干遅れて設置された外京に位置していることからみて、福山説は首肯され、和銅三年より降った時期に移転されたと考えられる。興福寺の縁起・造営の規模・安置仏等については、資財帳と考えられるところの天平記・宝字記・延暦記・弘仁記を引用する興福寺流記が残っており、それより知ることができる。

六五　**太政大臣**（八一頁注一九）　職員令2では「太政大臣一人、右師二範一人一、儀二形四海一、経レ邦論レ道、燮二理陰陽一、無二其人一則闕」とあり、大宝令の規定も同じであったと考えられる。則闕の官とも称す。田令に職分田支給規定、禄令に給封規定、軍防令に資人支給規定がみえ、公式令に詔書・勅旨・論奏・奏事等の書式に連署のことがみえる。太政官の正式官員ではあるが、常置されず、具体的な分掌規定を欠き、すこぶる特異な官である。近江朝において天智十年正月に大友皇子が任命されたのが濫觴であり（書紀）、浄御原令制下では持統四年七月に高市皇子を任命している。懐風藻にみる大友皇子の権能は「総二百揆一」ないし「親二万機一」とあり、伝統的な皇太子執政権（補8-二八）に一致し、時の皇太子大海人皇子の権限を奪うという性格があったらしい（家永三郎「飛鳥朝に於ける摂政政治の本質」『社会経済史学』八-六）。高市皇子の太政大臣任官も、その任官中ついに皇太子が置かれず、死去した後草壁皇子の第二子珂瑠皇子が皇太子となっていることから、皇太子の万機摂行の職能を有していたと考えられている。即ち太政大臣は皇太子の権限を代行するという性格をもち、皇位に即き得ると期待される側面があった。しかし皇太子を皇儲とする皇太子制の確立に伴い、皇太子とは別に太政大臣を任命することにより政治的紛糾が予想されることから、大宝令制下では太政大臣の任命は行われず、藤原不比等の場合にみるごとく、死後に贈るに止めている。続紀では不比等の他に、舎人親王（天平七年十一月乙丑条）、藤原武智麻呂・房前（天平宝字四年八月甲子条）、藤原永手（宝亀二年二月己酉条）、紀諸人（延暦四年五月丁酉条）らへの太政大臣追贈の記事がみえる。藤原仲麻呂が任じた大師は太政大臣を改称したものであるが、仲麻呂が変事に坐したため太政大臣の先例としないのが通例となっており、道鏡が帯びた太政大臣禅師は令制太政大臣とは異なると意識されていたらしい。九世紀に入ると藤原良房が太政大臣となり、摂政の実を行い、以後太政大臣の職能を具体化するなかで、摂政・関白の制が出現してくる（竹内理三「摂政・関白」『律令制と貴族政権』）。

六六　**養老四年十一月乙亥条の前日の記事**（八一頁注二一）　類聚国史、政理五、免租税に「十一月甲戌（廿六日）、勅、陸奥・石背・石城三国調庸并租、減□之、唯遠江・常陸・美濃・武蔵・越前・出羽六国者、免二征卒及廝馬従等調庸并房戸租一」とある。続紀の現伝本にみられない記事であるが、元来の続紀にはあったと考えられる。この記事は九月にみえる征夷の軍興と関連している。石背・石城国→補8-一二・一〇。房戸→[一]補1-一一〇。

六七　**堅上・堅下郡**(八一頁注二三)　この両郡は他にみえない。大県郡は和名抄に「於保加多」とあり、鳥坂・鳥取・津積・大里・巨麻・賀美の六郷からなる。現在の大阪府柏原市の大和川以北にあたる地域。姓氏録河内神別に大県主がみえる。

六八　**朝妻金作大歳**(八一頁注二四)　天平十九年正月に外従五位下昇叙のことがみえる。朝妻は大和国葛上郡の地名(現在の奈良県御所市朝妻)。朝妻金作は、大和国朝妻に定住した金工に与えられた姓であろう。養老三年十一月辛酉条に朝妻手人、元興寺縁起所引塔露盤銘に「阿沙都麻首、名未沙乃」、天平勝宝二年五月の造東大寺司移に内匠寮銅鉄工朝妻望万呂がみえる(古三-四〇二頁)。

六九　**経典の読み方**(八三頁注四)　養老四年十二月癸卯詔により転経・唱礼の際の節廻しについて統制が図られることになったが、その後も別音を出すものがいたらしい。延暦二年十一月六日官符所引勅では、悔過の時僧尼らが「妄発二哀音一、蕩逸高叫、非三但厭二俗中之耳一、抑亦乖二真際之趣一」くような事態であると指摘し、濫唱を停止することを命じている(三代格)。

七〇　**致敬についての制限**(八三頁注九)　致敬とは、拝賀・敬礼の類をなすこと。既に文武元年閏十二月庚申条に拝賀の礼を定め、儀制令9では「凡元日、不レ得レ拝二親王以下一、唯親戚及家令以下、不レ在二禁限一、若非二元日一、有レ応二致敬一者、四位拝二一位一、五位拝二三位一、六位拝二四位一、七位拝二五位一、以外任随二私礼一」と規定し、位階差により致敬の可否を定めている。従って諸司官人が次官以上に致敬してよいとは限らないことになり、この日の制は令制の遵守を指示している。但し弾正台式では「神祇官祐史拝二次官已上一、太政官外記拝二少納言一、左右史拝レ弁、省台職坊使寮司判官主典・諸衛府監曹尉志・太宰監典拝二次官已上一、助教直講拝二博士一、東宮官人拝レ傅、六位已下拝二学士一、国介拝レ守、鎮守監曹拝二将軍一」とあり、この日の制が否定した諸司官人による次官以上に対する致敬を復活している。この延喜式制は開元令ないし開元礼に基づくらしい(宮城栄昌『延喜式の研究』史料編)。

七一　**呉粛胡明**(八三頁注二九)　医術家。神亀元年五月辛未条に御立連賜姓のことがみえ、家伝下に神亀の頃の方士御立連呉明とある。書紀では胡を清音、呉を濁音とするが、続紀では胡・呉ともに濁音(みな甲類の音)。

呉氏は、姓氏録未定雑姓に百済国人徳率呉伎側の後とみえる。

七二　**越智直広江**(八五頁注一二)　養老四年に明法博士であったことが集解にみえ(僧尼令14令釈・21讃説)、神亀三年十一月十五日太政官符に令師従五位下とある(賦役令19集解古記)。懐風藻に詩がみえ、家伝下に神亀の頃の宿儒とある。選叙令12集解古記に高行異才の例として智判事とみえるのは、広江のことである。

越智直は姓氏録左京神別に、神饒速日命に出自する石上朝臣と同祖とみえ、伊予国越智郡の郡領氏族。

船連大魚(八五頁注一三)　和銅二年十月弘福寺領水陸田目録に正八位下民部大録とみえる(古七-一頁)。養老七年正月従五位下に昇叙。船連→㊀二三頁注五。

山口忌寸田主(八五頁注一四)　算術家。家伝下に神亀の頃の暦算の名家とみえ、天平二年三月辛亥条に年歯衰老、教授を欠くとその業の絶えることを恐れ、弟子をとり習業させたことがみえる。山口忌寸→㊀補6-四二。

七三　**土師宿禰百村**(八五頁注一七)　続紀では他にみえず。天平二年正月十三日大宰帥大伴旅人宅の梅花宴で「梅の花咲きたる園の青柳を蘰にしつつ遊び暮さな」(万葉八二五)と詠んでいる。土師宿禰→㊀補1-四四。

塩屋連吉麻呂(八五頁注一八)　古麻呂にも作る。神亀三年十一月十五日の太政官符に令師正七位下とみえ(賦役令19集解古記)、当時の宿儒と称され(家伝下)、のち外従五位下大学頭となり、懐風藻に詩がみえる。職員令13集解令釈に明法博士外従五位下、選叙令12集解古記に塩屋判事とある。養老律令撰定に従事したが、藤原広嗣の乱後の天平十三年正月、流刑者の裁判に当るため、配処につかわされている。

塩屋連は姓氏録河内皇別に道守朝臣と同祖で、武内宿禰の男葛木曾都比古命の後とみえる。

七四　**背奈公行文**(八七頁注一)　武蔵国高麗郡の人で、福信の伯父。消奈(万葉三八三六)・背奈王(懐風藻)にもつくる。延暦八年十月条の高倉福信の薨伝に、福信の祖父福徳が高麗滅亡時に日本に帰化したとあり、行文は福徳の子か。神亀四年十二月従五位下に昇叙。家伝下に時の宿儒とあり、万葉に短歌一首、懐風藻に詩二首がみえる。大学助・博士を経歴。六十二歳で没。

背奈公は、天平勝宝二年正月に高麗朝臣賜姓の記事があり、姓氏録左京諸蕃に高麗朝臣をのせ、高句麗王好台七世孫延典王の後とする。

七五 **箭集宿禰虫万呂**(八七頁注五)　矢集にもつくり、虫麻呂にも。養老六年二月養老律令撰定の功により功田を下賜される。大判事(天平四年九月)・大学頭(天平四年十月)などを歴任。天平三年正月正六位上から外従五位下に昇叙。天平宝字元年十二月功田を下功田と定められたが、大同元年二月子孫なきをもって収公されている(後紀)。家伝下に神亀の頃の宿儒とあり、懐風藻に二首とられている。

箭集宿禰はもと連。天武十三年十二月宿禰姓を賜わる。姓氏録右京神別に箭集宿禰を載せ、神饒速日命六世の孫伊香我色雄命の後とする。また天孫本紀には、物部大母隅連公をその祖と伝える。

七六 **悉斐連三田次**(八七頁注一四)　暦算にすぐれていることが家伝下にみえ、天平二年三月辛亥条に算術の廃絶を恐れ、弟子をとり習業させることにしている。

悉斐は志斐に同じ。志斐連は姓氏録和泉神別に、大中臣朝臣と同祖、天児屋根命の後とある。

私部首石村(八七頁注一五)　天平二年三月辛亥条に算術を習業させるため弟子をとることがみえ、家伝下に神亀の頃の暦算の名家であったとある。

私部首は姓氏録にみえず。備中国大税負死亡人帳に私部首身売がみえる(古二一二五〇頁)。私→[一]六九頁注一八。

七七 **志我閇連阿弥陁**(八七頁注二二)　阿弥太とも。養老七年正月従五位下へ昇叙。

志我閇連は姓氏録右京諸蕃に、周霊王の太子晋より出た山田宿禰と同祖で、王安高の後とある。

七八 **賈受君**(八七頁注三一)　神亀元年五月に神前連を賜姓される。姓氏録左京諸蕃神前連の項に、百済国の人とある。

胸形朝臣赤麻呂(八七頁注三二)　胸形は宗形にもつくる。天平十二年正月正六位上から外従五位下、同年十一月外従五位上、同十七年正月外正五位上に昇叙。宗形朝臣は筑前国宗形郡の郡領氏族で、大陸との交通に関係が深いから、赤麻呂は船舶関係の工匠か。胸形朝臣→[一]補1-五七。

七九 **銀銭**(八九頁注一)　銀銭は、和銅三年九月に禁止されている(続紀)。弥永貞三(「奈良時代の銀と銀銭について」『日本古代社会経済史研究』)は、藤原不比等政権の動向と対置される長屋王政権の政策の一環として、銀銭の解禁が行われたと考え、この日の政令の前文に和銅三年の禁止を解く文言があったと推測している。銀一両は一両の重量の銀地金と考えられるので、銀銭一文は一両の四分の一で、銀地金六銖＝今量約一〇・五グラムとなる。弥永によれば、神亀六年二月九日の墓誌を有する小治田安万侶の墓地から和同開珎銀銭が出土していることなどから、このころ流通していた銀銭は和同開珎と考えねばならないという。然りとすれば、ここにおける銀銭の品位は銀地金に比べて劣るということになる。養老六年二月には一両の銀を二百銭に改めている。和同開珎→[一]補4-一八。

八〇 **雑太郡**(九三頁注一五)　和名抄「佐波太」。本条の賀母・羽茂二郡分立以前の佐渡国は、雑太郡のみからなっていたらしい。現在の新潟県佐渡郡西北部。民部省式上の佐渡国は羽茂・雑太・賀茂三郡からなる。

賀母郡(九三頁注一六)　佐渡島の東部を占める。現在の新潟県両津市・新穂村と相川町北半および金井町の一部。

羽茂郡(九三頁注一七)　佐渡島南部を占める。現在の新潟県佐渡郡羽茂町・小木町・赤泊村と真野町南半、および畑野町の沿岸部。

八一 **藤野郡**(九三頁注二〇)　諸本は藤野郡とあるが、藤原郡とあるべきである。備前国東端、旭川以東の広大な地を占める。神亀三年十一月に藤野郡へ、神護景雲三年六月和気郡へ改称。この間天平神護二年五月、邑久、赤坂、上道各郡の六郷および美作国勝田郡の一村を割いて藤野郡に編入。さらにこの後、延暦七年六月には和気郡の吉井川以西を磐梨郡とした。現在の岡山県備前市の大半と和気郡および磐梨郡熊山町・瀬戸町の一部。

八二 **力田之人**(九三頁注二五)　力田・力田者とも。亀田隆之によれば、(一)篤農家で、(二)その帯びる位階は低く、無位のこともあり、(三)部姓ないし渡来系のものが多く、(四)多量の土地と動産を有し、その財力により貧農を救済することがあり、(五)国家によりしばしば褒賞されている、などの特徴があげられるという(「「力田者」の一考察」『日本古代用水史の研究』)。国家的慶事のときに孝子順孫などと並んで褒賞されることが多い(天平十八年三月己未条、神護景雲元年八月癸巳条)。唐では漢以来の伝統を承け、皇帝の即位や改元の時に力田の推挙・褒賞を行っているので、これを模倣し、日本でも力田褒賞が行われるようになったのであろう。官符等において殷富・富豪之輩などと称されている人たちに一致し、私出挙を契機に階層的上昇を図ってきている人たちと考えられている。

(八三)　**度色**(九五頁注三)　得度のための資格をもつ者。一定の仏典を学び修行をつんだ者が該当する。天平六年十一月戊寅制では法華経ないし最勝王経一巻を暗誦し、礼仏を解し、浄行三年以上の者に得度を許すとし、のち延暦廿五年正月廿六日官符では、法華・金光明経を読み大義十条を問い五条以上通じた者を得度させるとしている(三代格)。

(八四)　**公験**(九九頁注三)　公験の書式は式部省式上にみえているので、それを示す。

式部省

位姓名〈年若干某国某郡人〉

右人元某色、今補二某司某色一任為二公験一

年月日　　　　　　　　　録位姓名

輔位姓名

右印署訖告二知本司一、令レ附二考帳一、仍即給与、随身為レ験

(八五)　**行善**(九九頁注五)　霊異記上-六に俗姓堅部氏。推古天皇の世に高麗に留学し、その国が破れると流離した。あるとき河辺に至り、橋はこわれ舟がなかったが、観音を念ずることにより渡ることができたので誓願を発し、仏像を作って安置し、日夜帰依したので、河辺法師と称された。また養老二年遣唐使の帰国に同行して日本へ帰り、興福寺に住して唐で作った仏像を死に至るまで供養したことがみえている。扶桑略記・元亨釈書にも同様の伝がある。但し興福寺に安置した仏像はたちまち消失し、所在を知らずとする。

(八六)　**放鷹司**(一〇一頁注一七)　大宝令では主鷹司を放鷹司と称したか。職員令29に規定された主鷹司の職業は「調二習鷹犬一事」。鷹犬を訓練し、それによる狩猟に関わった。職員令29集解古記・令釈所引の別記に鷹養戸一七戸が置かれていたことがみえる。天平宝字八年十月乙丑条に放鷹司を廃して放生司を置いたことがみえる。放生司は他にみえないが、放生のことを掌ったのであろう。その後延暦七年七月庚午条に主鷹正補任の記事がみえるから、令制主鷹司を復置している。

(八七)　**品部**(一〇一頁注二二)　古くは朝廷に所属した部民の一種で、職業部や名代などからなり、伴造に率いられて物資や労働力の提供を行っていたが、律令制形成過程で再編成され、雑戸とともに官司に配属され、種々の手工業品の製作や特殊技能を必要とする任務に就いた。身分的には雑戸(㊀補2-九三)より隷属度が弱く、一般公民と殆ど変わらない。職員令集解古記・令釈に引かれている官員令別記に品部の戸数や職務が規定されており官司ごとの品部を示すと、図書寮―紙戸五〇戸、雅楽寮―楽戸(伎楽四九戸、木登八戸、奈良笛吹九戸)、造兵司―雑工戸(爪工一八戸、楯縫三六戸、幄作一六戸)、鼓吹司―鼓吹戸(大角吹二一八戸)、主船司―船戸(船守戸)一〇〇戸、主鷹司―鷹戸(鷹養戸)一七戸、大蔵省―狛戸(忍海戸狛人五戸、竹志戸狛人七戸、村々狛人三〇戸、宮郡狛人一四戸、大狛染六戸、衣染二一戸、飛鳥沓縫一二戸、呉床作二戸、蓋縫一一戸、大笠縫三三戸、模作七二戸)、漆部司―漆部(漆部一五戸、泥障一〇戸、革張四戸)、織部司―染戸(錦綾織一一〇戸、呉服部七戸、川内国広絹織人等三五〇戸、緋染七〇戸、藍染三三戸)、大膳職―雑供戸(鵜飼三七戸、江人八七戸、網引一五〇戸、未醬二〇戸)、大炊寮―大炊戸二五戸、典薬寮―薬戸七五戸、乳戸五〇戸、造酒司―酒戸一八五戸、園池司―園戸三〇〇戸、土工司―泥戸五一戸、主水司―氷戸一四四戸、となっている。これらはいずれも京畿とその周辺に居住し、決められた数量の製品を貢納するなり、一定期間上番し役務に従った。賦役令19では品部を課役免とするが、品部としての服務状態により課役免であったり、調免・雑徭免等さまざまであった。奈良時代には雑戸の解放と同様に品部の解体がすすみ、養老五年七月の放鷹司の鷹戸の停止はその嚆矢である。天平宝字三年九月戊寅条には「世業相伝

者」を除き全品部を公戸に混入し、延喜式にみえる品部は鼓吹戸のみで、公戸のうちより定める借品部である(兵庫寮式鼓吹戸条)。

八八 **伊勢太神宮への奉幣と井上王の斎王就任次第**(一〇三頁注四)　要略二十四所引官曹事類に次の如くみえている。

官曹事類云、右符案云、養老五年九月十一日、天皇御二内安殿一、以二少納言正五位上紀朝臣男人一為二舎人一、引二中臣従五位上中臣朝臣東人、忌部大初位忌部宿禰呰麻呂等一、伊勢大神宮幣附二呰麻呂一、渡会神宮幣附二无位中臣朝臣古麻呂一訖、即以二皇太子女井上王一為二斎王一、仍移二於北池辺新造宮一、其儀、右大臣従二位長屋王率二参議以上及侍従并孫王等一而前従レ之、内侍従五位下播磨直月足、従五位下余比売大利等率二女孺数十人一而従レ之、乳母二人領二小女子十余許人一、繞レ輿従行、中臣正六位上菅生朝臣忍枠、忌部従七位上忌部宿禰君子与前従行、舁レ輿人用二左右大舎人六人一、並著二青摺布衣一、正五位下葛城王、従五位上佐為王為二前輿長一、従五位上桜井王、従五位下大井王為二後輿長一、従五位下石上朝臣勝男領二前内舎人八人一、従五位上榎井朝臣広国領二後内舎人八人一、左右衛士従二宮門一至二斎宮道一、両辺陣立至レ宮安置訖、其威儀従者及衛士各令二却還一、其斎宮任二中臣従八位下中臣朝臣大庭、忌部従八位上忌部宿禰虫名、宮主少初位下伊吉卜部年麻呂、神部四人、卜部一人、戸坐一人、御炬二人一。

官曹事類は続紀の原資料を編んだものであり、養老五年九月条は右引官曹事類の文章に基づいている。

八九 **井上王(井上内親王)**(一〇三頁注五)　聖武天皇女。母県犬養宿禰広刀自。白壁王(光仁)の妃となり、宝亀元年十一月に皇后となり同三年三月巫蠱大逆に坐し廃后された。実子他戸親王も五月に皇太子を廃され、同四年十月難波内親王を厭魅したことにより、大和国宇智郡没官宅に幽閉、同六年四月母子ともに死亡した。のち改葬されて守冢一烟を置き(宝亀八年十二月乙巳条)、延暦十九年七月には皇后を追贈し、その墓を山陵と称することにしている(類聚国史二五、三六)。なお本条で井上王を称しているのは、まだ父が皇太子であったためで、首皇子が皇位についた段階で内親王となったと考えられる。

九〇 **唱考の時の呼び方**(一〇三頁注九)　公式令68に「凡授レ位任レ官之日、喚辞、三位以上、先レ名後レ姓、四位以下、先レ姓後レ名、以外、三位以上直称レ姓〈若右大臣以上称二官名一〉、四位先レ名後レ姓、五位先レ姓後レ名、六位以下、去レ姓称レ名、唯於二太政官一、三位以上称二大夫一、四位称レ姓、五位先レ名後レ姓、其於二寮以上一、四位称二大夫一、五位称レ姓、六位以下称二姓名一、司及中国以下、五位称二大夫一」とあり、授位任官の時の官人の呼び方を定めている。この日の姓名の称し方は、公式令68で太政官における唱示方法として規定するあり方に近い。いま例を挙げて示せば藤原卿(三位以上)、阿倍朝臣(四位)、石川若子朝臣(五位)の如くとなる。

九一 **元明の諡号**(一〇三頁注一七)　公式令34義解に「謂、諡者、累二生時之行跡一、為二死後之称号一」とある。要録八に元明太上天皇の諡号を記した碑文が採録されている。諸陵寮式に平城宮御宇元明天皇とみえる。碑銘は「大倭国御谷郡平城之宮馭宇八側大上天皇之陵、是其所也、養老五年歳次辛酉冬十二月癸酉搬十三日乙酉葬」とある。続古京遺文では御谷を添上、宇を宇、側を洲、搬を朔としている。この碑は近世に至り土中より出、藤井貞幹により紹介されたが、現存しない。狩谷棭斎は出土石碑の信憑性について疑問を述べている(続古京遺文)が、竹内理三はなお研究の余地ありとしている(寧遺解説一四九頁)。

九二 **皇帝**(一〇三頁注一八)　儀制令1に「皇帝〈華夷所レ称〉」とあり、義解に「謂、華華夏也、夷夷狄也、言王者詔二誥於華夷一、称二皇帝一、即華夷之所レ称亦依レ此也」とある。本条(養老五年十月丁亥条)の規定に対応する唐儀制令においても「皇帝天子、夷夏通称之」とあり、皇帝は国内外における通称であるから、元明が元正を皇帝と称すのは令規に適っている。但し皇帝なる称号は、続紀では本条が初出。この前後において服制等の唐風化が顕著である(養老三年正月己亥条、同二月壬戌条)が、かかる風潮の中で中国で頻用される皇帝が使われるようになっているのであろう。

九三 **内臣**(一〇五頁注一一)　書紀大化元年六月条に藤原鎌足が内臣となったことがみえ、八世紀では藤原房前の他に藤原良継(宝亀二年三月庚午条)と藤原魚名(宝亀九年三月己酉条)の就任が知られる。中国で皇帝の寵臣を内臣と称した例があり、高句麗・百済・新羅にも内臣の例があるので、それらに倣い日本の宮廷でも設置されたのである。鎌足の職は「拠二宰臣之勢一、処二官司之上一」(書紀)とあり、正規の官職というよりは帷幄の臣として機務に参画したらしく、山本信吉によれば、鎌足は天智天皇の補佐の臣として活躍し、特に皇位継承の場において重要な働きをなしたという(「内臣考」『国学院雑誌』六二-九)。房前の「計二会内外一、准レ勅施行」も、内廷と太政官を計会しその命は勅に準ずるという大きな権限であるとはいえ、正規の官職としては参議を帯びるだけであるから、太政官組織とは別箇であり、天皇の顧問として枢機に参画し、制度的というよりは政界の裏面で実質的な政治指導を行ったのであろう。藤原不比等没後、多治比真人三宅麻呂の誣告謀反事件や穂積老の指斥乗輿事件もあり(養老六年正月壬戌条)、政治的にかなりの不安はあったようで、首皇子の擁立をめざす元明・元正両女帝が房前の内臣起用を図ったと考えられ、特に死を前にした元明の遺言を含んだ内臣任用であろう。房前の内臣の地位がいつまで続いたか不明だが、山本信吉は聖武即位をもって終了したと考えている。良継・魚名の就いた内臣は鎌足・房前の場合と異なり、正規の令外官として官制が定められ、「内臣職掌、官位、禄賜、職分雑物者、宜三皆同二大納言一、但食封者賜二一千戸一」(宝亀二年三月壬申条)とされ、太政官の構成員となった。大納言は食封八〇〇戸であるから、職掌等が大納言と同じとはいえ、大納言より格が多少上で、大臣と大納言の中間ということになる。かく正規の令外官となったとはいえ、帷幄の臣という性格はなお残存したらしく、良継の薨伝に「専レ政得レ志、升降自由」(宝亀八年九月丙寅条)とあり、魚名の薨伝に「当レ輔レ政、拝為二内臣一」(延暦二年七月庚子条)とある。良継が光仁即位に功績をもつことも、鎌足・房前の内臣就任と通じる側面がある。魚名の場合、皇位継承と関わる功績をもたないが、良継死後の藤原氏の長老として、代々藤原氏から輔政の臣が出るべきであるという観念を背景に、内臣となったらしい。

九四　**固関**(一〇五頁注一八)　続紀において大葬以外では、長屋王の変(天平元年二月辛未条)、恵美押勝の乱(天平宝字八年九月乙巳条)、称徳天皇の行幸(天平神護元年十月庚申条)、光仁不豫(天応元年四月己丑朔条)、氷上川継の謀反(延暦元年閏正月甲子条)の際の固関が知られる。大葬や変事に遭った時の戒厳措置であるが、三関が三関国の国府より近京の地に位置していることから岸俊男は、京師に叛乱がおきた時、その逆謀者が東国へ逃入し、そこを拠点に反撃するような事態を未然に防ぐことを意図していたと考えている(「元明太上天皇の崩御」『日本古代政治史研究』)。かつて壬申の乱において東国の兵を動員した大海人皇子が近江朝廷方を破り、山背大兄王・恵美押勝・平城上皇などが東国に拠点を求めようとした事実からみて、岸説は首肯されよう。

9　巻第九

一　**多治比真人三宅麻呂と穂積朝臣老の配流事件**（一〇九頁注七）　この事件に直接関係する記事は本条（養老六年正月壬戌条）以外にないので、三宅麻呂が「謀反を誣告」したといっても誰を誣告したのか、また老が「乗輿を指斥」したといってもどのように謗ったのかは不明であり、結局当時の政情から推測するほかにない。その場合にまず考えられるのは、文武天皇が二十五歳で早逝した当時、まだ七歳であった首皇子（聖武）の成長を待って皇位につけようと、首の祖母元明は「不改常典」（㈠補4―二）を持ちだして自ら即位し、ついで独身の娘の元正に譲位して、本来ならば皇位継承の資格のある天智・天武の諸皇子・諸皇孫らの期待を押えていたという経緯である。これは首の生母が皇族でなく臣下の藤原不比等の娘宮子であったことと相俟って、当時の朝廷に潜在的な不安を醸成していた。しかしこれも元明と朝廷の実力者右大臣不比等とが健在であるうちは、律令国家確立のために積極的な諸施策を展開し、朝廷貴族らの関心を皇位継承問題からそらしておくことができたけれども、不比等が養老四年八月に死去し、翌五年十二月に元明も没するにいたって再燃する。七、八世紀には歴代天皇ないし太上天皇が死去するたびに、ほとんど常にといってよいほど皇位継承をめぐる政変が起るのだが、元明のときも死去当日に鈴鹿・不破・愛発の三関へ固関使が派遣され、月末には授刀寮と五衛府に鉦鼓を設けて将軍の号令一下動員しうる体制を整えるなどの措置が取られたのに、年が明けてまもない正月壬戌にこの事件が起ったのであり、「さまざまな陰謀が企てられ、京師に叛乱の勃発する危険が多分にあったのである」（岸俊男「元明太上天皇の崩御」『日本古代政治史研究』）。

ところで三宅麻呂と老とが続紀に登場するのは大宝三年正月、それぞれ東山道と山陽道との巡察使に任じられた時であり、巡察使は六位以下だがいわゆる良家の出身である（㈠六五頁注三）。また三宅麻呂の場合は一族から大宝律令施行当時の左大臣多治比嶋が出ているし、老の場合は同族から文武・元明両朝の知太政官事穂積親王の乳母が出ている。官歴はもちろん、恐らく年齢でも三宅麻呂のほうが老よりも先輩であろうが、巡察使の時のみならず養老元年三月の石上麻呂の葬儀も一緒に勤めたし、三宅麻呂は左大弁、老は式部少輔から大輔に任ぜられるなど、いずれも要職を経験した有能な官人で、多分仲も良かったと思われる。大化前代以来の名門の出身でかつ有能な官人たちであれば、大化以後に皇室に取り入って権力を掌握しつつあった藤原一族に反感を持つのも不思議ではない。不比等死後も武智麻呂・房前兄弟を議政官としていた藤原一族が、元明の死去で危機感を深め、先手を打ってこの目立った二人を処分し、また皇太子の奏で死一等を減ずるということにして、皇太子の仁慈を天下に示す策を取ったという解釈も十分可能であろう。

二　**続日本紀と類聚三代格の文章の相違**（一〇九頁注二五）　続紀所引の法令と三代格などに記載されたそれらとの相違一般については、すでに第一分冊に解説があり、文章表現については続紀編纂時に編者が修飾を加えたとみられる場合のあることも注意されている（五一九頁）が、本条は相違の著しい一例として次に三代格に記載された全文を掲げ、続紀と一致する文字には右傍に○印を付けて、比較検討することとする。

勅、兵部卿従四位上阿倍朝臣首名等奏状偁、得二左衛士府督正五位下大伴宿禰牛飼・右衛士府督正五位上日下部宿禰老等解一偁、諸衛々士処々偶語、逃亡難レ禁。其所以者、壮年入レ役、白首帰レ郷、永離二父母一、遂陥二法網一。請欲レ令二三年一度交替一者。朕啇有二天下一、既経二歳月一、百姓苦楽、在二予一人一。自今以後、諸国向レ京衛士・仕丁、便減二役年之数一、以慰二父子之懐一。其衛士・仕丁、並限二三載一、以為二一番一、依レ式交替。

養老六年二月廿二日

まず「勅」は続紀では「詔」だが、これは内容が百姓に対する仁慈に関わっている文章なので、続紀編集時に勅から詔への格上げがなされたのではないだろうか。次に続紀にみえる阿倍首名らの奏言の時点「去養老五年三月廿七日」は三代格にみえないが、三代格所引の官符等ではかような日付が入っているのがふつうであって、原文にはあったのを三代格、いや遡って弘仁格編集時に不要として省いたのであろう。また三代格によれば阿倍首名らの奏状が左右衛士府の各長官の実状報告にもとづく提案であることが知られるが、続紀でこれを省略したのは、続紀編集時にこの勅を採録した主旨(前述)から不要と判断したためと思われる。こうして続紀と三代格の文章を細かく比較してゆくと、三代格のそれが事務的、即物的であるのにくらべて、続紀がかなりの美文となっていることは、容易に判定できよう。「法網」を、法は疏を良しとされているために「疏網」と改め、「三年一度交替」を「三周相替、以慰懐土之心」と改め補って念を入れ、「百姓苦楽、在予一人」を「思済黎元、無忘寝膳、向隅之怨、在余一人」と敷衍するなど、見事な手腕である。この勅の出る前々年に撰上された日本書紀の文章には、中国の類書などのそれがそのまま使われている個所が少なくないのに、続紀が編集されるころには、中国の古典から片言隻句を自由に取入れられるほど、漢文の作製能力が発達していたことは、すでに指摘されている(小島憲之『上代日本文学と中国文学』)。

なお三代格の勅の日付「二月廿二日」は、一月を大の月とした場合、続紀の二月甲午は二月二十二日となって、弘仁格抄八、兵部の「勅　養老六年二月廿二日」とも一致するが、二月廿三日付けの別の格も残っている(衣服令5集解穴記)。いましばらくこのままとする。

三　**百済人成と山田銀(白金)**(一一三頁注二)　本条(養老六年二月戊戌条)の五人をその列記の順つまり位階の順に番号をつけると、

(1)正六位上矢集宿禰虫麻呂・(2)従六位下陽胡史真身・(3)従七位上大倭忌寸小東人・(4)従七位下塩屋連吉麻呂・(5)正八位下百済人成

となるが、三五年後の天平宝字元年十二月壬子条にこの五人の功田を大宝律令撰定関係者の功と同等すなわち下功と判定して各人の子に伝えることを許した時の記事では、次のような順になっている(番号は養老六年度のもの)。

(3)正五位上大和宿禰長岡・(2)従五位下陽胡史真身・(1)外従五位下矢集宿禰虫麻呂・(4)外従五位下塩屋連古麻呂・(5)正六位上百済人成

しかし平安初期の天長三年十月五日の太政官符(令義解附録)に引く額田今足の解文では、「養老年中」に藤原不比等が律令を刊脩した時の博士として次の五人の名を挙げる。その位階は各人の極位であろうが、順は天平宝字元年の場合と同じである(番号は養老六年度のもの)。

(3)正四位下大和宿禰長岡・(2)従五位下陽胡史真身・(1)従五位下矢集宿禰虫麻呂・(4)従五位下塩屋連古麻呂・(5)従五位下山田連白金

従って(3)の大倭忌寸小東人が大和宿禰長岡と改姓改名したように、(5)の百済人成も山田連白金と改姓改名したとみることができる。名の白金は銀とも書き、その改姓改名は天平宝字元年十二月以後、山田史(のち連)銀の名がはじめてみえる同二年七月までの間。

山田白金は、天平宝字二年七月正六位上から外従五位下に昇叙し、三年十二月連姓を賜い、五年十月明法博士で主計助を兼ね、七年四月河内介となる。文徳実録天安二年六月己酉条の大学助山田連春城の卒伝によれば、曾祖白金は明法博士として律令の義に通じないところはなく、後の法律を学ぶ者はみなその学説を准的に資したという。清原宣賢式目抄が引く新令私記によれば、養老律令施行後の天平宝字元年九月十六日から平城宮の禁中で開始された新令講書において、明法博士山田史白金は講書の博士として説を伝えたとされる。考課令1集解令釈所引或釈にみられる「大和山田説」の、「大和」は大和長岡、山田は山田白金であろう。なお、平戸記寛元三年四月十四日条の陣定文には、寛治のころ、明法博士菅原有真は山田白金説に依拠して罪名勘文を勘申したと記されている。

百済の姓は、姓氏録左京未定雑姓の百済氏とするのがそれに当るとすれば、百済国の牟利加佐王の後。しかし山田連は河内国諸蕃(漢)にみえ、山田宿禰と同祖で、忠意の後とする。

四　**養老律令**(一一三頁注三)　大宝律令が律六巻・令十一巻(㈠補2-八六)であったのに対し、養老律令は律一部十巻十二篇・令一部十巻三十篇(本朝法家文書目録)。弘仁格式序は、養老二年に右大臣藤原不比等が勅を奉って撰したと記す。施行されたのは天平宝字元年五月。以後、形式的には近世江戸時代末期まで行われた。律は、第一名例律上(全部)・第二衛禁律(一部)・第三職制律(全部)・第七賊盗律(全部)・第八闘訟律(一部)が残されており、令は、養老令そのものとしては残されていないが、倉庫令・医疾令の二篇を除き、公的注釈書である令義解および私的注釈書の令集解に引載された形態で残されている。

この養老律令の撰定および施行に関しては、いくつかの問題が指摘されている。

㈠**撰定の時期**　撰定者に対する行賞について記す続紀本条(養老六年二月戊戌条)について養老律令があらわれる記事は、その施行を命じた天平宝字元年五月丁卯条であるが、そこでは撰定の時期を「養老年中」と記している。この点は、弘仁格式序が引用する天平勝宝九歳五月廿日勅書、天長三年十月五日太政官符(令義解附録)に引用されている明法博士額田今足解でも同じで、ともに「養老年中」の撰としている。ところが、功田の等品を定めた天平宝字元年十二月壬子条の太政官奏でそれが「養老二年」と記され、弘仁格式序の地の文でも「養老二年」となっている。この点につき、後述のように養老律令における条文の刪定は不徹底なものであるとみた坂本太郎は、(イ)養老二年に成ったものであれば、その行賞が同六年であるのは遅きにすぎる、(ロ)功田の等品を定めた太政官奏は大宝律令撰定の時期を「大宝二年」と誤記しているから、「養老二年」という記述にどれほどの信を置くことができるか疑問である、との二点を指摘したうえで、撰定作業は養老二年以後も行われたのであるが、同四年八月に主任者藤原不比等が死去したため事業は頓挫したと推定し、このことが刪定の不徹底であることの理由であるとみた(「養老律令の施行について」『著作集』七)。ついで、この坂本の提示した疑問を継承した利光三津夫は、撰定者の一人大倭小東人が、霊亀二年八月任命、養老元年進発の遣唐使に入唐請益生として参加し、養老二年十月に西海道に着し同年十二月に入京しているという事実を指摘して、小東人が帰国後撰定事業に参加したとすれば、「養老二年」は撰定完了の年ではありえないとして養老二年成立説を否定し(「養老律令の編纂について」『律の研究』)、また野村忠夫も、養老律令の規定そのもののなかにその令が養老二年以後に成ったものであることを示すものがあるとして、養老三年九月・同五年六月に置かれた衛府の医師と、養老三年二月以降記事が集中してみられる把笏の二例を挙げ、これらが養老令に規定されているのは、その編纂の過程で行われた新制度を令条として採用したためであるとみて、同じく養老二年成立説を否定した(「養老律令の成立をめぐる問題」『古代学』一三-二)。また野村は、養老律令の成立を「養老二年」としたのはこれを施行した藤原仲麻呂であって、その意図は、編纂の功を祖父不比等のものとするため、不比等の生前にさかのぼって完成したことにすることにあった、との見解も示している。しかしこうした養老二年成立否定説に対して、養老律令の編纂事業はかなり以前から開始されていたのであって、その間に生じた疑問を解決するために大倭小東人は入唐請益生として渡唐したのであったとすれば、帰国後その成果を盛り込んで養老二年中に編纂を完了して奏上することも不可能ではないであろうし、野村の挙げる論点も逆に養老令の規定を先どりして施行したとも解しうるとして、養老二年成立否定説はいまだ断案ではないとする井上光貞の所論(「日本律令の成立とその注釈書」『著作集』二)や、養老二年成立説を積極的に支持する川北靖之の見解(「養老律令の成立年次について」『皇学館論叢』一一-二・三)などがある。

㈡**編纂の意図**　かつて坂本太郎は、養老律令の施行がおくれた理由の一つにその編纂意図を挙げ、藤原不比等がその功を自家藤原氏に帰するという私的な意図による編纂であることを強調した(前掲論文)。それは、この時点においては新律令の編纂を積極的に要請するような要素は認められないという大勢論的理由と、不比等以外の撰定者はみな六位以下の学者であって、大宝律令の撰定者とはその構成が異なるという理由により推論されたものであった。だが、撰定者にその賞として功田が賜与されているという事実をみれば、不比等の私的事業とみなすことには無理がある。そのため今日では、以下のような見解が呈示されている。まず石尾芳久はM・ウェーバーの学説を援用してつぎのようにいう。M・ウェーバーは、法典編纂に、明白な革新的企図に導かれた目的主義的な編纂と、外形的には法典編纂とみなされても実は家産的君主が家産的官僚に委任して作らせる官憲的法令の蒐集にすぎないものとの、二類型があるとしている(『法社会学』)。これを日本の律令編纂史にあてはめると、大宝律令の編纂は前者の類型に、養老律令の編纂は後者の類型に属する、とする(「律令の編纂」『日本古代法の研究』)。ついで利光三津夫は、隋・唐における律令編纂史を勘案しながら、養老律令の編纂は太上天皇元明と藤原不比等の二人が企図し推進したのであって、その意図は、文武の皇子であり不比等の外孫である首皇子が即位したあかつきに、寛宥の仁政を盛り込んだ新律令を公布することにあったと論じている(「養老律令の編纂とその政治的背景」『続律令制とその周辺』)。この両者をいわば折衷したのが井上光貞の見解であって、井上によれば、律令の制定・公布には、律令国家を創立するという国家的目的によるものと、その制定・公布権を自己の皇統に伝えるという個人的目的によるものとがあり、大宝律令は前者の目的により、養老律令は後者の目的により編纂されたとする(前掲論文)。

㈢**条文修訂の方針**　養老律令の撰定者は、大宝律令の諸条文をいかなる方針に基づいて修訂したかという問題については、かつて滝川政次郎が大宝令文と養老令文の異同を調査して、つぎの四点を指摘していた(『律令の研究』)。⑴養老度の修訂は大宝律令の全篇にわたって行われた。⑵養老令には大宝令の条文・字句を削除したものがみられる。⑶しかし養老度の修訂はおおむね字句・名称の変更にとどまり、根本的な改定ではなかった。⑷大宝律令にくらべれば養老律令の方が日本的色彩が濃い。但し今日のところ、⑴―⑶については異論はないものの、⑷についての評価はまだ定まっていない。その後坂本太郎は、つぎの三点を加えている(前掲論文)。(i)すでに格によって公布・施行された事柄は、これを格に譲って令文には手を加えない。(ii)まだ格によって公布・施行されず、またそれが格を出すにも及ばないほどの小改正は、これを律令内に載せる。(iii)律令の文章上の矛盾・不備などは、なるべくこれを修正する。しかし坂本は、(iii)の修正が不徹底なものであったことをも指摘している。

㈣**施行**　古くは、大宝律令が制定されてから日時を措かずに施行されたのと同じように、養老律令も撰定後ただちに施行されたと考えられていた(たとえば荷田在満「令三弁」)。しかしそれは誤りであって、養老律令は天平宝字元年五月に施行されたことを論証したのは、中田薫である(「養老令の施行期に就いて」『法制史論集』一)。この事実に基づき、なぜ養老律令の施行はおくれたかということを考察したのが坂本太郎であって、坂本はその理由を以下の三点に求めている(前掲論文)。⑴消極的理由としての、上記(i)―(iii)の養老律令刪定の方針。これによれば、急を要する処分は格を出せばよいのであって、細部を修正したにすぎない養老律令をぜひとも施行しなければならないという積極性はなかったとみられる。⑵刪定・修訂の不徹底。不比等の死去により修訂事業は頓挫し、未完成であったとみられる。⑶不比等の死去による政治情勢の変化。不比等の私的事業として編纂された養老律令は、それが完成していたとしてもいなかったにしても、長屋王政権下においては、施行する機会は失われていた。それならばなぜそのような未完成品が、天平宝字元年五月に施行されることになったのか。こうした問いに対して坂本は、一つは藤原仲麻呂の父祖顕彰意欲、二つは仲麻呂の新奇をてらう政策による、と回答している。

以上が養老律令の撰定・施行をめぐって提起されている問題であるが、最後に養老律令の構成と内容について簡単に記しておく。

律は、名例上・名例下・衛禁・職制・戸婚・厩庫・擅興・賊盗・闘訟・詐偽・雑・捕亡・断獄の一三篇からなる。

名例律上・同下の二篇は、律全般に適用される総則的規定を定める。衛禁律から雑律までの九篇は、個々の犯罪に対する刑罰を規定した各則で、衛禁律では神社・宮城などの警護にかかわる犯罪、職制律では官人の職務上の犯罪、戸婚律では戸籍・婚姻・良賤身分などにかかわる犯罪、厩庫律では牛馬・倉庫などの管理をめぐる犯罪、擅興律では軍役・征討・造営などにかかわる犯罪、賊盗律では謀反・殺人・傷害・強盗・窃盗などの犯罪、闘訟律では私闘・誣告・裁判手続をめぐる犯罪、詐偽律では官物・官文書の偽造などの犯罪、また雑律では以上八篇に収められなかった個別的犯罪について、それぞれ罰則を定める。最後の捕亡律・断獄律の二篇は、犯罪者の逮捕・逃亡・裁判ならびに刑の執行にかかわる犯罪についての処罰規定を載せる。

令は、官位・職員・後宮職員・東宮職員・家令職員・神祇・僧尼・戸・田・賦役・学・選叙・継嗣・考課・禄・宮衛・軍防・儀制・衣服・営繕・公式・倉庫・厩牧・医疾・假寧・喪葬・関市・捕亡・獄・雑の三〇篇からなる。

官位令から家令職員令までの五篇は、位階に相当する官職と各官庁の組織および職掌を定めて、律令制運営の主体となる官僚機構を示したもの。神祇令と僧尼令は、宗教に関する規定。神祇令を他の諸篇の第一に置いたのは、職員令で神祇官を太政官の前に置いたのに対応する。戸令・田令・

賦役令は、民政関係の諸規定を収める。戸籍・計帳に基づく公民の編成、良賤の身分、田租・田積、班田収授の法、調庸雑徭その他の公民の負担など、律令国家存立の基盤である公民支配と収奪の体系は、すべてこの三篇に盛り込まれている。学令から禄令までの五篇は、官吏の養成(学令)、叙位と任官(選叙令)、皇族の範囲と高級官人の継嗣(継嗣令)、成績審査(考課令)、給与(禄令)について規定する。また宮衛・軍防の二令は軍事関係について定め、儀制令と衣服令は朝廷の儀式およびそうした場における官人身分の視覚的標識としての服制を定める。営繕令は土木工事についての細則を載せ、公式令は公文書の様式をはじめ官人の服務規律および訴訟手続などを定め、倉庫令は倉庫の規格および管理方法、厩牧令は牧および官私の馬牛の飼養と管理、医疾・假寧・喪葬の三令は医師の養成、官人の医療・休暇・葬儀、関市令は関津の出入と市での売買行為、捕亡令は犯罪人・逃亡人の追捕、獄令は裁判・刑の執行について定める。最後の雑令は、以上の諸篇から漏れた度量衡の規定・公私の出挙に関する規定などを載せる。

五 **知河内和泉事**(一一三頁注七) 日本語のシルは知(例えば日並知皇子の知→㈠補1-五)とも治(例えば治天下天皇の治)とも表記されるように、相手を隅々まで知ることによって相手を治める即ち支配する意味でもあり、いわば知は力なのであった。しかし大宝令施行後の知太政官事が天智朝・持統朝で権力のあった太政大臣の系譜を引きながら、間もなく右大臣並みに格付けされてしまったように(㈠補3-六)、知と治とは相即しなくなり、「知…事」という場合は支配というよりも管理という程度に弱まっていったようである。この「知河内和泉事」は正月壬戌に流刑となった多治比三宅麻呂の後任人事とみられるが、三宅麻呂が任じられた時には職名が「河内国摂官」であった(養老三年九月癸亥条)。摂官は天平四年頃まではその下に地方長官を置かずに中央の高官が行政を直接に掌握する職であったから(補8-四〇)、参議が観察使を兼ねた平安初期の観察使の先例ともいうべきであり、この「知」は国司の長官と同じ権限とみることができる。なお阿倍広庭は天平四年二月乙未に没するまでこの任にあった。

六 **金作**(一一三頁注八) 『姓氏家系大辞典』などが金作を鍛冶と同じと解するのは誤りで、金属細工の工人であろう。新撰六帖の藤原信実の歌に刀の鍔の工人を「かなつくり」と詠んだ例がある。大和国葛上郡(現在の奈良県御所市朝妻)の朝妻金作は雑戸であった(養老四年十二月己亥条)が、本条の金作部は金作の管理下にある部民で、渡来系と思われる金作とは系譜が異なり、多くは一般農民であったとみられる。

七 **漢人**(一一三頁注一〇) 中国系と称する渡来人。一般に学芸・技術によって朝廷に仕え、小さな氏をつくり、某漢人というように地名を冠して「漢人」を姓とするようになった。

八 **雑工**(一一三頁注二〇) 雑工は広義では諸種の工人、狭義では雑工戸を指す。雑工戸は兵部省造兵司や大蔵省典鋳司に隷属する雑戸(㈠補2-九三)や品部。本条で「姓雑工に渉る」というのは、金作部以下の姓が雑工戸にしばしばある姓だとの意。つまり広義の雑工の姓の中には、雑工戸の姓に紛らわしいのがあったのである。そこで「その号を除きて、並に公戸に従はしむ」という措置を取るのだが、この措置が彼らの氏姓を改めることだとすると、新しい氏姓が記されていないのはやや不審である。或いは大宝二年の御野国戸籍にみられる「工」(古一-三四・九一頁)、「鍛」(古一-四九・六七頁)などの広義の雑工であることを示す注記(狭義の雑工戸であることを示す注記という説もある)が目下造られている養老五年度の戸籍にも相変らず残っていたのを、混同を避けるために抹消して公民であることを明示するというだけの措置かも知れない。

九 **征討した将軍ら**(一一三頁注二三) 持節征夷将軍は多治比県守、持節鎮狄将軍は阿倍駿河であることが養老四年九月戊寅条に、両将軍の還帰は五年四月乙酉条にみえる。また征隼人持節大将軍は大伴旅人、副将軍は笠御室と巨勢真人であることが四年三月丙辰条に、大将軍の還帰は同八月壬辰条に、副将軍らの還帰は五年七月壬子条にみえる。

一〇 **「監臨犯㆑盗」**(一一三頁注三〇) 日本律が手本とした唐律は、その賊盗律36に、

諸監臨主守自盗、及盗㆘所㆓監臨㆒財物㆖者、〈若親王財物、而監守自盗、亦同〉、加㆓凡盗二等㆒。三十匹絞。〈本条已有㆑加者、亦累加之〉。

とあって、監臨つまり監督し支配すべき官や主守つまり保管の責任者が、

監督・支配・保管すべき対象を私物化即ち盗んだ場合は、一般の者が同じ物を盗んだ場合よりも二等重く処罰することにしている。しかしこの条文を日本の賊盗律は省いたために、監臨犯盗も、一般の者の盗と同じ刑が科せられることとなった。理由は日本の場合、君主権に対して官人貴族の勢力が強かったため、と考えられている(利光三津夫『律令及び令制の研究』第一部第三章)。ともあれ監臨の官は判官以上を指すが(唐名例律54注)、山田御方は国司の長官であったのだから該当するのは当然として、同時に官人として除名ないし免所居官という附加刑を科せられるはずであったのが、たまたま赦に逢ってそれらを免除され、さらにどうしても徴収さるべき盗品相当額までこの詔で免除されたのであった。

二　百万町歩開墾計画(一一五頁注一二)　百万町歩開墾の太政官奏については、続日本紀のこの日の四か条の奏文のうち、他の三条が陸奥按察使管内に関するものであることから、残る一条つまりこの百万町歩開墾の奏文も陸奥管内を対象とするものとの説がある(村尾次郎『律令財政史の研究』)。しかし、続日本紀編纂に当って、同一日に出された官奏は本来それぞれ独立したものであっても一括して扱われ、それを「又」「又言」で連続させてしまうのが普通である。また当時の陸奥の歴史的状況を考えるとき、陸田を含むとしても、百万町歩開墾は余りにも膨大な数字であり、また開墾にさいし国衙が糧食支給など賄いえたとも考えられない。官奏はやはり全国を対象に案出された策と見るべきであろう(石母田正「辺境の長者」『著作集』七)。ただ、奏文の中に雑穀蓄積の場合勲位を酬賞とするとの文が見えるが、当時勲位は軍功や辺境防衛に当る者への賜与であるのを思うとき、この文をどう理解するかが問題として残る(勲位が上記の場合以外に賜与された例は続紀神亀元年二月の聖武天皇即位・神亀改元の場合のみであるが、百万町歩開墾の奏文に見える勲位賜与とは性質を異にし、唐制の「余汎勲」の制の適用と見られる)。その点で、この官奏の「不レ在二免限一」までの前半は日本全国対象の文、「如部内百姓」以下の後半は、前半を受けて陸奥管内に計画された文と考え、続日本紀編纂にさいし省略等が行われたため、現在のような文になったと見ることもできるのではないか。

また奏文中に「良田」とあることから推すと、水田のみを対象としたものと一応は考えられる。しかし霊亀から養老にかけて頻繁に陸田対策が打ち出され、奏文中に「閑地」の語が見えることから、水田化を最終目標としながらも、陸田をも含むものであったとみられ(弥永貞三「律令制的土地所有」『日本古代社会経済史研究』)、さらに和銅から養老にかけて、全国的に大規模な条里制開発が進められていたことを前提に置くとき、大規模な条里制開発により造り出された開墾田の中には、用水の関係から直ちには水田化しえない陸田の広汎な存在が推測されるので、百万町歩開墾計画は水田開発を目標とするものの、水田化に困難な空閑地の場合には、陸田として開発することを含んでいたと推測される(吉田孝『律令国家と古代の社会』)。

三　鎮・鎮所(一一九頁注五)　中国では北魏以来軍隊の駐屯地を鎮といい、唐でも州県のような行政区とは別に、辺境には鎮という軍政区があり、律令にも鎮・鎮戍・鎮将・鎮人などについての規定があったが、日本では大化前代以来、地方の軍事組織は国造に委ねていた(国造軍)ために、鎮のような中央政権の直轄する軍隊の駐屯地はなかった。そのため律令を継受するにあたっても、鎮についての規定は省略し、令のなかでは壱岐・対馬・日向・薩摩・大隅などの辺境の国守の職掌として「鎮捍」という動詞を残す(職員令70)程度であった。しかし奥羽地方や大宰府管轄下の諸国では、蝦夷や外敵の来襲に備えて、軍団の兵士を常時駐屯させておく兵営があったほうが望ましく、また事実上は以前からあったのであろうが、それらが養老の頃からの唐風の呼称の採用という風潮のもとで鎮所とよばれ、その指揮官は鎮長(大きい鎮ならば大長・小長)というようになったと思われる。いわば鎮は軍事組織の名称であり、鎮所はその兵営である。なお奥羽地方の鎮所は神亀元年ころから陸奥の多賀城に置かれ(多賀城碑→補9―一〇五。多賀柵→補12―六七)、この後も続紀にみえるが、他には天平四年八月設置の節度使の鎮所が天平六年出雲国計会帳にみえ(古一―六〇〇頁)、天平十二年の広嗣の乱の際の豊前・筑前などに鎮・鎮所がみえるのみであり、節度使や大宰府管轄下のそれらは使や府の廃止と共に廃絶したようである。

四　駅馬乗用制限の緩和(一二三頁注一八)　公式令51には、

凡朝集使、東海道坂東、東山道山東、北陸道神済以北、山陰道出雲以北、山陽道安芸以西、南海道土左等国、及西海道、皆乗二駅馬一。自余各乗二当国馬一。

とあって、都との往復に駅馬を乗用できる国司を朝集使(㈠補5―五八)に限定し、その朝集使を出す国を例えば東海道ならば坂(足柄坂)より東の国々というように距離で限定している。この条文が大宝令でどうであったかは、同51集解の古記が「山陰道」と「自余」以下にしか注していないので、明らかではないが、この養老令文でも「坂東」「山東」「神済以北」などというように国名でなく各道の途中の地点で示していることは、大化改新の際に畿内国の四至を示した仕方と似ていて、この表現には古い沿源がありそうである(山陰道についての古記の注は「問、山陰道従二誰国一乗レ駅。答、従二出雲一在二乗限一」であるから、大宝令文では山陰道も地点で示していたのか、或いは古記筆者所持の大宝令写本にたまたま山陰道の部分が脱落していたのかも知れない)。

ところで続紀本条(養老六年八月丁卯条)の記述のもとになった資料は、選叙令8集解および公式令51集解の令釈に一部分が引用された養老六年八月廿九日格、弘仁格抄に「太政官謹奏」とある同年月日の格、そして三代格に全文と推定される内容が載っている同年月日の「太政官符」であろうが、それらを比較すると、まず三代格の「太政官符」はその内容の末尾に「以前件状如レ前。謹以申聞、伏聴二勅裁一。謹奏」とあり、年月日の次にも「奉レ勅依レ奏」とあって、もとは「太政官奏」であったことが判明する。また続紀の「但伊賀・近江・丹波・紀伊四国、不レ在二茲限一」は、三代格では「唯伊賀・近江・丹波等三国、不レ在二給レ駅之例一」となっているが、令集解の二か所に引用された格はいずれも「但伊賀・近江・丹波・紀伊等四国、不レ在二給レ駅之例一」となっているので、集解令釈の成立期から三代格が使った弘仁格編集の時期までの間に紀伊が給駅の例に入ったとみなければならない。かように三代格の養老六年八月廿九日付格文には後に手を加えた部分があるにしても、国司の駅馬乗用資格については、公式令51が「朝集使」のみに限定しているのに対し、続紀は「国司、先レ是、奉レ使入レ京、不レ聴レ乗レ駅。至レ是始聴之」と簡略な記述で、国司が公用ならば皆乗用する資格ができたのかどうか明らかでないのに、令集解の二か所での引用や三代格ではその部分が一致して「自レ今以後、縁レ有二公事一向レ京国司、皆聴レ乗レ駅」となっているから、資格が朝集使以外の公使一般にも拡大されたことが明らかになる。

しかし乗用資格が拡大された国名のほうはどうか。続紀本条の列記する一九国については、弘仁格抄が格文を全く載せず、令集解でもその部分は略されているが、三代格とは一九国の国名も、東海道以下六道の順に畿内に近い国から遠い国へ及ぶ列記の仕方も一致しているので、問題がなさそうにみえる。だが公式令51と比較すると疑問が湧く。

公式令51は既に述べたように、東海・東山・北陸の三道については「坂東」「山東」「神済以北」と各道途中の地点を示し、山陰・山陽・南海の三道については「出雲」「安芸」「土左」と国名を挙げている。国名が挙げてあれば、その国とその国よりも遠い国々との国司らが朝集使として出張する際に駅馬乗用資格を持つことは明らかになるが、地点を示すだけだとどの国から資格を持つか、令文の解釈が必要になる。だから令義解は令釈に従って「坂東」を相模以東、「山東」を上野以東、「神済以北」を越後以北と注した。では今回の養老六年八月廿九日の太政官奏が勅裁を受けるまでは、公式令51に基づき相模・上野・越後・出雲・安芸・土佐およびそれらよりも遠い国々だけが資格を持っていたのかとなると、以上六国と太政官奏の一九国との間に、駿河・信濃・越中・伯耆・備後・伊予六国が落ちていることに気づく。いずれも相模以下六国の都に近い側の隣国である。これはおかしい。やはり今回落ちている六国は既に朝集使の駅馬乗用が許されていたと考えるべきではないか。即ちこの問題は駅伝制の構造に関係があるのではないか。

駅伝制(㈠補2―一〇九)では駅子と駅馬が公使や公文書などを隣駅まで往復して逓送することになっている。だから国境に通過困難な「坂」「山」「済」などがあると、国境を挟む両国のどちら側の駅にも負担が掛る。公式令51の「坂」が足柄峠とすれば、その両側の駿河の横走駅と相模の坂本駅、「山」が碓氷峠とすれば、その両側の信濃の長倉駅と上野の坂本駅、また「済」が親不知付近の海路(令義解が「済」を「河」と注しているのは実情を知らぬ誤りである。近年では米沢康「神済考」『北陸古代の政治と社会』のように海路とする説が有力)とすれば、その両側の越中の佐味駅と越後の滄海駅、以上の六駅はみな他の通常の駅よりも駅馬を増強している(兵部省式、諸国駅伝馬条)。朝集使はその国と都とを往復すればよいが、帰途は都に近い隣国の国境の駅に、当国の国境の駅まで送ってもらうことになる。通過に苦労の多い国境を持つ国は両側にあるのに都に近い側の国は遠い側の国のように駅伝制を利用することができないというのでは公平でない。かような実情にもとづく乗用規定緩和の希求がまず駿河・信濃・越中三国に起り、ついで伯耆・備後・伊予三国に及んだのではなかろうか。だがそれが認められたのが養老六年八月廿九日以前の何時であるかは、平安初期の紀伊の場合と同様に、史料が失なわれている。ただ公式令51による限定が(大宝令にもほぼ同様な限定があったとして)そのような駅伝制の実情にもとづく希求によって駿河以下六国に対して緩和されれば、駿河以下六国よりも更に都に近い諸国にもそのような希求が波及するのは当然である。それが本条による一斉の緩和となったと思われる。

一四　**女医と女医博士**(一一五頁注三)　女医は女性であって医疾令16逸文(要略九十五至要雑事)に、

女医、取二官戸・婢、年十五以上廿五以下、性識慧了者卅人一、別所安置。教以二安胎・産難、及創・腫・傷・折・針・灸之法一、皆案レ文口授。毎レ月医博士試、年終内薬司試、限二七年一成。

とあるように、官戸(補8-六〇)の女子や婢から若くて頭の良い者三〇人を取り、内薬司の側に別院を造って住まわせ、産科を始め、内科・外科の一応の医療をそれぞれ専門の医師が医学書を読ませることなく口述で教育し、毎月医博士が試験し年度末には内薬司が試験して、七年以内に修了させることになっていたが、もっぱら女医の養成に責任を持つ医博士は置かれていなかった。それを勅が出てから一年後、内薬司に置いたのだが、三代格の寛平八年十月五日に内薬司を典薬寮に併合したときの官符によれば定員は一、また職原抄によれば官位相当は正七位下であった。

一五　**元明一周忌の供養**(一一五頁注二二)　天平十九年の大安寺資財帳(古二-六二四～六六〇頁)から「平城宮御宇天皇以二養老六年歳次壬戌十二月七日一納賜者」と明記されている資財のみを拾いだすと、次の如くである。

(1)「合、供養具弐拾口」。その内訳は「仏供養具」と「聖僧供養具」とを合計して「白銅鉢」二、「白銅多羅」四、「白銅鋺」一四。他に「匙」二、「箸」二。

(2)「合、灌頂幡壱拾弐具」のうちの「秘錦大灌頂一具」。同様にして同じ年の法隆寺資財帳(古二-五七九～六二三頁)からも「養老六年歳次壬戌十二月四日」という年月日に続けて「平城宮御宇天皇請坐」または「納賜平城宮御宇天皇」と供養者名が明記されている資財・封戸のみを拾いだそう(( )内の数字は便宜上、大安寺帳に連続させた)。

(3)「合、雑経弐仟壱佰伍拾弐巻」のうちの「金剛般若経壱佰巻」。

(4)「合、供養具弐拾肆口」は仏分・聖僧分ともに「白銅供養具」。その内訳は「仏分」と「聖僧分」を合計して「口径七寸一分深四寸一分」の「鉢」二、「口径各八寸深一寸」の「多羅」四、「口径六寸三分深二寸」の「鋺」二、「径各五寸三分深二寸」の「鋺」四、「径各五寸深一寸七分」の「鋺」八、「長八寸一分」の「鉗」二、「長七寸五分」の「鈚」二。

(5)「合、法分小幡壱伯肆拾捌首　緋綱肆条」のうちの緋綱のすべてと小幡の「壱伯首」。

(6)「合、法分灌頂幡壱拾肆具」のうちの「秘錦灌頂壱具」。

(7)「合、練絁帳捌張」のうちの「仏分肆張」。各張は「長一丈五寸広四幅」「長一丈五尺広二幅」「長一丈二尺広四幅」「長一丈四尺広五幅」。

(8)表が秘錦、裏が緋花形綾の「香机褥」、表が科子錦、裏が緋葛形綾の「経机褥」、長一丈広□の「紫羅」、長九尺七寸広三幅と長八尺広二幅の「紫羅綾花覆帳」、各一。

(9)「合、漆涅机伍足」のうちの「仏分壱足・法分参足・聖僧分壱足」。

(10)「合、樫筥捌拾弐合」のうちで「法分」とされた「漆涅、漆拾漆合」のなかの「伍合」。

(11)「合、韓櫃参拾漆合」のうちで「法分」とされた「壱拾陸合」のなかの「伍合」。その内訳は「長各三尺四寸広二尺二寸」が二合、「長三尺七寸広二尺三寸」が一合、「各長三尺広各二尺一寸」が二合。

(12)「食封参佰戸」には「右、養老六年歳次壬戌納賜平城宮御宇天皇者、神亀四年歳次丁卯年停止」との注記があり、禄令14の「五年以下」という規定が守られていることがわかる。

以上、大安寺・法隆寺の両帳を比較すると、まず「納賜」あるいは「請坐」と記された日付が、前者は「十二月七日」、後者は「十二月四日」と、違ってはいるものの、いずれも続紀の本条すなわち養老六年十一月丙戌(十九日)の詔にもとづく施入とみるべきである。日の違う点は、実際に品々が納入された日が両寺で違っていたと解してもよいと思うが、どちらかといえば、大安寺帳の「十二月七日」は法要の当日であり、それでは慌しくて仏前に供える余裕もないはずである。正しいのはやはり法隆寺帳の「十二月四日」であろう。大安寺帳は納入の日の記録がなかったために、かなり後になって元明一周忌の法要開始の日と「納賜」とを結びつけたのではないか。

施入された資財の記載上の差は著しい。両帳の記載を続紀と比較すると、続紀の「灌頂幡八首」のうちの二首は、大安寺帳の(2)「秘錦大灌頂一具」、法隆寺帳の(6)「秘錦灌頂壱具」に相当し、各寺に一首ずつ合計八寺に施入されたかと解されるが、続紀の「道場幡一千首」は、法隆寺帳の(5)「小幡」のなかに「壱伯首」とみえるのみで、大安寺帳にはみえない。大安寺帳にも「小幡」の項はあるのだが、(1)(2)の項のように「平城宮御宇天皇」云々と施入者名・施入年月日が添えられていないのである。大安寺に施入当時の記録がなかったとすると、大安寺帳の「合、小幡弐佰壱拾参頭」のなかには、あるいはこのとき施入された道場幡も実際にはあるのかも知れないが、「道場幡一千首」が何寺に何首ずつ施入されたのか分らないのと同様に、やはり不明である。他の諸資財についても同じであって、たまたま一致している(2)と(6)の秘錦の灌頂幡一具のほかに、(1)と(4)の「供養具」を比較すると「白銅」という材質も「弐拾肆口」の数量も一致するが、「鉢」以下の一々の寸法まで詳細に記載しているのは法隆寺帳のみである。従って両寺に施入された資財に大きな差があったと考えるよりも、大安寺帳の記載には不備があると考えたほうがよさそうである。

ともあれ続紀に両帳を参照すると、続紀にみえる「銅鋺器」以外に多種多様な「供養具」が施入されたことが知られ、法隆寺帳では続紀にみえない(3)「金剛般若経壱佰巻」という経典が納められたことも知られる。もっとも法隆寺帳では「漆涅」としか分らない(9)の「机」は、続紀に「着レ牙漆几」とあるから、象牙などの薄板を貼り漆を塗って研ぎだした机と推察できるし、両帳の「小幡」は、灌頂のときにしか吊らない「灌頂幡」と違って、常時堂内に吊っておく「道場幡」だと知られるばあいもある。なお両帳にいう「秘錦」は新羅の宮廷工房で王室用に織成された錦であり、(10)の「檉筥」は「漆涅」で続紀にいう「柳箱」のことである。

一六 **弥勒像**(一一七頁注一六) 弥勒はまだ兜率天におり、悟(さとり)を求めて修行中であるから、すでに悟った釈迦のように如来とはよばれず、観世音や地蔵と同様に菩薩とよばれる。しかし五十六億七千万年の後には悟を開いてこの世に姿を現わし、釈迦の救いにもれていた衆生を救うと弥勒下生経などに説かれている。中国では南北朝時代末期に釈迦に次いで盛んに信仰され、日本では敏達紀十三年九月条に百済から鹿深(かふか)臣が弥勒の石像を持ち帰ったというのが初見。その像としては、奈良中宮寺や京都広隆寺の飛鳥時代の半跏思惟像がどちらも弥勒といわれていたが、今日では確かでないとしてその姿勢により半跏思惟像とよぶ。奈良当麻寺の金堂にある白鳳時代の塑造弥勒坐像や大阪野中寺の金銅弥勒菩薩像がいずれも国宝に指定されている(田村円澄・黄寿永編『半跏思惟像の研究』)。

一七 **釈迦像**(一一七頁注八) 仏教は釈迦に対する絶対的な帰依から起っているが、その姿を刻んで礼拝の対象とするようになったのは、釈迦が実在した時代より大分遅れてギリシャ彫刻の影響を受けるようになって以後である。日本へ仏教が伝わったのは、すでに中国や朝鮮三国で盛んに仏像が造られていた時代であり、欽明紀十三年十月条の有名な仏教公伝の記事にも、百済の聖明王が「釈迦仏金銅像一軀」とこれを荘厳する幡・蓋を経・論とともに献ったとある。釈迦像はその後日本でもしきりに造られ、今日に残る遺品でも飛鳥時代のものでは釈迦像と半跏思惟像が大半であり、薬師像は白鳳時代の天武・持統朝から、また阿弥陀像は天平時代からその造像が盛んになる。いずれも中国で薬師信仰、阿弥陀信仰が流行しはじめた後、その影響のもとに日本でも流行するようになったとみられている。

一八 **中宮**(一一七頁注一一) 続日本紀にみえる中宮は、藤原宮子、高野新笠などの個人を示す場合と、平城宮内の特定の区画を示す場合とがある。ここでは後者。続紀では養老七年正月が初見で、天平勝宝六年七月までみえる。中宮は正月朔日の宴に使用されることが多く、平城宮内での重要な施設であった。天平十七年五月に恭仁京から平城京へ遷都した際、中宮院を行在所としたと見え、天平宝字八年十月には淳仁天皇の居所である中宮院を孝謙上皇の軍隊が囲んだことがみえる。これらの中宮院は中宮と同じ場所と考えられ、結局、中宮と天皇の御在所である内裏とは同一の施設であったと考えられる。中宮の呼称が、天平勝宝六年七月以後、続紀から見えなくなるのは、続紀前半の編纂方針ないしはその原史料の表記の仕方が、後半とは異っていたためか。平城宮内裏推定地の建物の構成・配置は、奈良時代の前半と後半とでは大きな変化はない。現在、平城宮の内裏跡と推定されている地区は、先年まで、恭仁京から還都の後に営まれた第二次内裏と称されていた地区である。創建以来の第一次内裏の位置は平城宮中央北半部に推定されていたが、現在では平安宮内裏に近似した施設は第二次内裏地区に一貫して造営されていたことが判明している。また、内裏推定地の東北に位置する土坑から、西宮を警備する兵衛の木簡が出土しており、同木簡が天平末年のものであることから、その当時は中宮＝内裏はさらに西宮とも称されていたものと推察される。この三者がまったく同一の区画を示すものか、区画に広狭があったものかは未詳である。また、続紀では中宮内の施設として中宮安殿（天平勝宝二年五月）、中宮供養院（天平九年十月）がみえ、万葉集には中宮西院（三九二三）がみえる。

一九　**栗栖王**（一一七頁注一九）　長親王の子。栗林王とも。天平五年十二月に雅楽頭、同六年二月歌垣に参加、後、大膳大夫などを経、天平勝宝四年七月に従三位、同五年十月に中務卿で没。補任、天平勝宝四年条に「七十一」「天武天皇十年壬午生」（壬午は書紀では十一年）とあるが、父の長親王は舎人親王の弟で天武五年以後の生れと推定される（[一]補1―一一八）から、これは何かの誤りか。

二〇　**三嶋王**（一一七頁注二〇）　舎人親王の子。天平七年相模国封戸租交易帳でも従四位下、封五〇戸（古一―六三九頁）。万葉に短歌一首がある。没年未詳だが従四位下のまま没（宝亀二年七月乙未条）。男に林王（宝亀二年九月丙申条）、女に河辺王・葛王（同七月乙未条）。

二一　**春日王**（一一七頁注二一）　施基親王の子。母は多紀皇女（万葉六六九の古写本の注）。天平三年正月従四位上、同十五年五月正四位下、同十七年四月散位で没。子に安貴王。本条の栗栖・三嶋・春日の三人は二世王なのでいずれも初授は従四位下。なお舎人・長は共に母が皇女で舎人の方が年長であるから、ここに栗栖王を三嶋王より先に挙げているのは、栗栖王が年長であるためか。

二二　**角朝臣家主**（一一九頁注七）　天平四年正月に遣新羅使、同年八月に還帰。同五年十二月に諸陵頭。

角は都努とも書き、孝元記では木角宿禰を都奴臣の祖とする。天武八姓で臣から朝臣。姓氏録は左京皇別に角朝臣を挙げ紀朝臣と同祖とする。

二三　**中臣朝臣広見**（一一九頁注一一）　意美麻呂の子。東人の弟、清麻呂の兄。神亀二年閏正月に従五位上、勲五等。位は累進して天平三年正月に正五位上。同四年九月に神祇伯。中臣氏系図に母を大納言紀麻呂の妹の奈賀岐娘とし、子を一〇人挙げている。中臣朝臣→[一]補1―八八。

二四　**石川朝臣麻呂**（一一九頁注一二）　天平三年六月に左少弁、同九年九月に従五位上、同十年閏七月兵部大輔、同十七年正月正五位下、同十八年三月宮内大輔、同年九月中務大輔、同十九年正月正五位上。同年三月二十八日、絁二〇〇匹を毎年学門僧等の衣服料として賜わる勅に中務大輔正五位上として署名（要録八）。同二十年二月従四位下。天平勝宝四年三月二十一日の大仏開眼会では読師の迎使を勤めた（要録二）。同六年九月武蔵守に任。

二五　**智努女王**（一一九頁注三〇）　神亀元年二月、聖武即位に際し従三位。万葉の天平勝宝八歳の歌群に「智努女王卒後、円方女王悲傷作歌」（四四七七）を収める。或いはこの年に没か。また円方女王は宝亀五年十二月丁亥条に長屋王の女とあり、智努女王は円方女王の母、長屋王の妻妾とも考えられる。

二六　**太宅朝臣諸姉**（一一九頁注三三）　天平八年七月、八月の内侍司牒に従五位上、典侍（古二―四・八頁）、同九年二月正五位下、同十一年正月従四位下。同十五年四月の文書に「大宅命婦」（古二四―一七一・一七八頁）、同十六年十二月、同十七年四月に優婆塞を貢進（古二五―一二六・一六四頁）、同十七年七月戊寅に、典侍、従四位上で没。大宅朝臣→[一]補2―六九。

二七　**薩妙観**（一一九頁注三四）　薩弘格（文武四年六月甲午条）との関係未詳。神亀元年五月、河上忌寸と賜姓、天平九年二月正五位下。万葉では葛

城王に贈った歌に「命婦」とみえ(四四五六)、元正太上天皇に唱和した歌(四四三八)がみえる。なお薩は薛の異体「薛」の誤写で、本来の姓は薛と考えられる(太田晶二郎「天地瑞祥志略説」『東大史料編纂所報』七)。

二八　**常陸国那賀郡**(一一九頁注四〇)　藤原宮出土木簡に「仲郡」(奈良県教育委員会編『藤原宮跡出土木簡概報』一七号)、神武記に「常道仲国造」。常陸国風土記では「那賀」「那珂」、平城宮出土木簡など、他の八世紀史料は続紀と同じ「那賀」。九世紀以後は「奈何」「奈加」とも。現在の茨城県那珂郡のほぼ全域と水戸市・勝田市・那珂湊市の全域および東茨城郡北部と西茨城郡友部町の一部にわたる。和名抄では管郷二二。管郷二〇を越える郡は他にない(地名辞書)。なお、神武記では神八井耳命を常道仲国造らの祖とするが、常陸国風土記の行方郡の条では建借間命を那賀国造の初祖とし、国造本紀も同じ。また風土記の行方郡の条では白雉四年当時の那珂国造は大建の壬生直夫子。

二九　**宇治部直**(一一九頁注四一)　宇治部直は大化前代では宇治部の管理者の氏姓。宇治部は応神の皇子の宇治稚郎子の御名代といわれ、山城の宇治のほか、全国各地に分布するが、東国では武蔵・下野にいるのが知られ、この常陸には同じ那賀郡の大領でやはり軍粮を進めた外正七位下の全成(天応元年正月乙亥条)、擬少領で大初位下の大成(調曝布銘〔銘文集成〕)、同郡大井郷戸主の花麿(同上)、戸口の小中(同上)らがいる。

三〇　**種子・種稲**(一二一頁注五)　天平二年度大倭国正税帳によれば、城上郡の大神神戸では「神田一町八段、種稲卅六束」(古一―四〇〇頁)、十市郡では「久志麻知神田一町、種稲廿束」(古一―四〇二頁)、添上郡では「太詞神田一町、種稲廿束。中衛府作御田三町、種稲六十束」(古一―四一一頁)と、いずれも田一町に対し種稲二〇束の割合である。稲(穎稲)一束は籾一斗、従って種子(籾)二斛は田一町分の種子料の計算となる。

三一　**道守臣**(一二一頁注一〇)　道守臣は開化記に開化皇子の建豊波豆羅和気王を祖とするとあり、姓氏録左京皇別にも同じ所伝を載せるが、姓氏録には別に武内宿禰の男波多八代宿禰の裔という道守臣もみえる。一部は天武十三年十一月に朝臣と賜姓。

三二　**三世一身法**(一二一頁注一八)　三世一身法は灌漑施設を新設して開墾した田は三世、既設の灌漑施設を利用しての開墾は本人死亡まで、その田の占有・用益を認めた法令である。その発令の背景には、百万町歩開墾計画に見られる、公功による条里地割及び用水施設の開発と、それ以前からのその地割内における私功による開墾とが重層的に存在していた当時の開発事情があった。もともと田令には開墾田の扱いについて明確な規定はなく、従って開墾者の権利も曖昧であったため、開墾田は国郡司の一方的恣意により収公される場合があった。そこで政府は開墾奨励(究極的には公地の増加と結びつく)と関連して、国郡司の恣意的な収公から開墾者の権利を守ることを三世一身法に含めたとみられるのであり、その意味でこの法は一種の勧農政策とも理解される(吉田孝『律令国家と古代の社会』)。ただ三世一身法に用水施設の新設また利用が標榜されたことは、耕地の増加と用水施設が深く関係し合うことを物語るとともに、国家の用水支配・管理の面で一つの問題を生じた。すなわち大化改新以後、公功による公水の開発、私水の公水化が強力に推進されたが、三世一身法発令により私功による私水の開発が進行するようになるとき、公水制が大きく影響を受けるに至ったことは明らかである(弥永貞三「律令制的土地所有」『日本古代社会経済史研究』)。

なお、三世一身法は私功による開墾を対象とするため、公功による開発を命じた百万町歩開墾の太政官奏との間に、直接の関係を認めるのは困難である。むしろ、三世一身法には国司在任中の開墾田についての規定がなかったため、国司の開墾田をその任期終了とともに収公すると定めた天平元年の法令に直接の関係を求めることができる。墾田永年私財法(補15―一二)がかかわるのはいうまでもないことである。

三三　**神戸の増減**(一二三頁注三)　この日の制は、文中に「戸无㆓増減㆒」とあるから、神戸即ち神社に与えられた封戸について、「依㆑本為㆑定」つまり当初の戸数の維持を命じた制であるように解されるが、下文の「増益」とか「死損」とかはしばしば戸口や課丁について用いられる語であり、さらにこの養老七年格を引用した三代格所引貞観二年十一月九日の太政官符では、専ら神戸の課丁の数や田租の数を問題にしている。従って「戸无㆓増減㆒」といっても、主旨は神戸の丁数について「増益即減之、死損即加之」というとところにあると解すべきかも知れない。しかし一般の封戸についても、賦役令8集解古記の引く慶雲二年十一月四日格では「以二四丁一准二一戸一」(賦役令8集解古記所引)というようにおおまかであったのが、天平十九年五月戊寅の太政官奏では「毎二一戸一、以二正丁五六人・中男一人一為レ率。則用二郷別課口二百八十・中男五十一擬為二定数一」と細かくなったように([一]補3-五八)、封主の収入が戸数よりも丁数によって増減することが問題にされてくる傾向があるので、貞観二年の太政官符が百数十年前の養老七年格を神戸の戸数よりも丁数についての格と解釈したのは当然であり、養老七年五月己卯にこの制が出た当時は神戸の戸数のみを問題にしていたと解する余地がある。

三四　**雑任**(一三三頁注一六)　律令制の官僚組織は、官人・雑任および徭役労働者の三階層で構成されている。このうちの官人は、親王ならば一品から四品まで、諸王ならば正一位から従五位下まで、諸臣ならば正一位から少初位下までに細かく分けられた位階を授けられ、各々の位階を持つ者が任じられるべき官が、品階や位階ごとに官位令に列挙されている。品や位と官とが相当すべきであることを官位相当といい、官位令はいわば官位相当の表だということができる。ところが官位令の次の職員令では、中央・地方の全官庁について、各官庁ごとに勤務者全員の官名・定員・職掌が規定されているのに、官位令の官名は、長官・次官・判官・主典という構成の四等官と博士・医師・楽師など学芸技術で勤務する品官とについてみられるだけで、かれらの指揮監督下にある史生・伴部・使部・舎人・兵衛など多数の実務担当者は、官位令にその名が挙げられていない、即ち官位相当がないのである。官位相当がないと、位階に対応した禄(禄令1)は支給されず、多少の手当(例えば兵衛の禄は禄令8)と租税免除(賦役令19)が受けられるだけだが、勤務も四等官や品官が毎日勤務する長上つまり常勤であるのに対し、かれらは順番を決めて交替で勤務する番上(分番とも)つまり非常勤であり、この番上には史生以下雑多な職種があるので、雑任ともよばれるのである。職員令という篇名も大宝令では官員令といっていたが、その内容は官位令にみえる官以外にかような雑任や、さらに雑任らの指揮監督のもとで徭役労働すなわち租税の代りの無償労働に使われる品部・雑戸や衛士・仕丁まで含んでいるため、養老令では官員令を職員令と改称したのである。なお徭役労働者は本人の意志に関わりなく徴用され、数年ずつ働かされるのに対して、雑任は本人が志望し(例えば軍防令47)、その勤務は成績評定を受け(選叙令14。[一]補3-六四)、位を授けられる者があった。

三五　**因幡国の駅の増置**(一三五頁注一)　兵部省式には因幡国の駅として山埼・佐尉・敷見・柏尾の四駅がみえ、駅馬は各八疋とする。その所在は山埼・佐尉が巨濃郡、敷見が高草郡、柏尾が気多郡とみられ、いずれも山陰道沿いに東から西へ列挙されているわけだが、後紀の大同三年六月壬申条には「省二因幡国八上郡莫男駅・智頭郡道俣駅馬各二匹一。以下不レ縁二大路一乗用希上也」とあって、山陰道の東隣但馬国から山埼駅に入ってくる他に、山陽道の播磨国から八上郡、美作国から智頭郡を通ってそれぞれ法美郡の国府や山陰道に連絡する駅路のあったことが知られる。本条の四駅は山陰道の四駅とは思われず、といって山陽道から入る駅路に莫男・道俣以外にさらに二駅あったとすればそれらは大同三年になぜ駅馬二匹を削減されなかったのか不審となる。

三六　**多治比真人家主**(一三五頁注六)　天平九年二月に従五位下、また因幡国守として従者九人を将いて赴任したことが同年度の但馬国正税帳にみえ(古二-六一頁)、鋳銭長官を経て位階が累進、天平勝宝六年正月の白馬節会の日に正五位下から従四位下へ昇叙、天平宝字四年三月没。延暦八年十二月の多治比長野の薨伝に、大納言池守の孫、散位従四位下家主の子とある。多治比真人→[一]補1-一一七。

三七　**国博士・国医師の配置**(一三五頁注一一)　諸国の国博士・国医師は職員令80に国別各一人とあり、選叙令27にはその国内(の国学生・医生)から取るが隣国からでもよいとし、選叙・考課は郡司と同じとしており、これは大宝令でも同様だったらしい。しかし地方の諸国で博士や医師の適格者を養成するのは当時の日本では難しかったようで、霊亀二年五月丁酉条では、中央の大学寮の大学生や典薬寮の医生のなかに国博士・国医師へ推薦されることを望む者がいたことが知られ、神亀五年八月壬申条では、国博士を三、四国に一人、国医師を毎国一人とした。これは本条(養老七年十月庚子)が国博士を按察使のいる国(すなわち三、四国のなかで一国)に一人として令制の国別一人を減定し、国医師については触れていない(すなわち令制どおりに国別一人)ことを、神亀五年八月に至って再確認したことを示している。国博士・国医師の任用方法の変遷→[一]補3―一〇。

三八 **養老七年十月癸卯条の記事と乙卯条の詔**(一三五頁注一三) 白亀が献上された九月七日については、扶桑略記に「九月七日癸卯、無位紀朝臣家裨、於㆓大和国白髪池㆒、得㆓白亀長一寸半・広一寸㆒、両眼並赤。貢㆑之」とし、続けて「紀朝臣家裨授㆓従六位上㆒、賜㆓絁廿疋・綿四十屯・布八十端・稲二千束㆒」とするが、この後半は続紀の十月乙卯の詔に同文がある。扶桑略記が書紀などの記事を安易に省略して誤った記事を造作することは、神功紀や安閑紀についてすでに指摘されている(坂本太郎「上代交通史料雑考」『著作集』二)ので、後半は続紀の十月乙卯条に拠ったとしても、前半は白亀の発見者の「家裨」や発見地の「大和国白髪池」、また「貢之」などという表現も続紀と異なるので、別の資料に拠ったとみうる。従って続紀十月乙卯の詔の中でも述べている「九月七日」の「献」(略記では「貢㆑之」)は正しくとも、十月の「癸卯(十一日)」は続紀・略記とも何かの誤りであろう。

三九 **白亀**(一三五頁注一五) 亀は古代中国で神霊の宿る動物として卜占に使われ、日本へも亀卜は早くから伝わっていたが、続紀では「形象異常」(天平十八年三月己未条)の亀が献上されると、祥瑞として「霊亀」(霊亀元年八月丁丑条・神護景雲二年九月辛巳条)、「瑞亀」(霊亀元年九月庚辰条)、「神亀」(天平十八年三月己未条)とよばれ、しばしば改元(霊亀・神亀・天平・宝亀)、ときには即位(元正・聖武・光仁)の契機とされた。しかしそれらがどのような規準で祥瑞と判定されたかは、後の治部省式で大瑞とされている「神亀」についても「黒神之精也。五色鮮明。知㆓存亡㆒明㆓吉凶㆒也」という注があるのみで、上瑞とされている「玉亀」には注もない(史記の亀策伝には「玉亀」を八名亀の第八に挙げて、名亀には「文在㆓腹下㆒」とするが、続紀のばあいは霊亀元年八月丁丑条に「腹下赤白両点、相㆓次八字㆒」とある亀を「霊亀」「瑞亀」とし、「玉亀」とは呼んでいない)。結局、続紀に一三例みえる亀の献上記事のうちで一一例(文武四年八月乙卯・養老七年十月癸卯＝乙卯・神亀三年正月辛巳・天平十七年十月辛亥＝十八年三月己未・天平勝宝四年正月己卯・同五年十一月己亥・神護景雲二年七月壬午＝九月辛巳・宝亀元年十月己丑＝丁酉・宝亀三年十月戊午・宝亀六年四月乙亥・宝亀六年九月丙午の各条)までは「白亀」であり、他の二例(霊亀元年八月丁丑＝九月庚辰・天平元年六月己卯＝八月癸亥の両条)の色は不明だとしても、亀が祥瑞と判定される規準には白色であることが数えられよう。神護景雲二年九月辛巳の勅では史記の亀策伝を引いて「神亀者天下之宝也。与㆑物変化、四時変㆑色。…春蒼、夏赤、秋白、冬黒」というが、この養老七年十月癸卯＝乙卯条にいう「白亀」も、発見されたのは「九月」であるから「秋白」という「神亀」の規準に合致するわけである。

なお動物には色素が欠乏あるいは欠如している個体が発生することがあり、そのばあいには眼の虹彩にも色素がないので瞳孔が赤くみえる。以上一一例の「白亀」についてもしばしば眼が赤いと報告されているし、色の不明な霊亀元年の例も「左眼白、右眼赤」であったから、やはり「白亀」だったとみられる。続紀には「白鼠」(宝亀九年十二月癸未・延暦九年九月己卯の両条)もみえるが、いずれも「赤眼」である。また、色素の欠乏や欠如は一般に劣性遺伝によるので、人為的に固定された種を除いては、ふつう短命であり繁殖力も弱い。

四〇 **危村橋**(一三五頁注一七) 危村を大系本はヤマムラと訓み、朝日本はキソとも訓む。前者ならば大和国添上郡に山村郷(現在は奈良市山町に山村町)があるが、付近には特に目立つ橋を必要とするような大きな川はなく、後者ならば美濃国の岐蘇(大宝二年十二月壬寅条)の棧(かけはし)のこととなるが未詳。

四一 **孝経援神契**(一三五頁注二二) 隋書の経籍志に「孝経援神契七巻〈宋均注〉」。日本国見在書目録の異説家の部にも同様に著録。逸文は清の馬国翰の玉函山房輯佚書などに収める。孝経のような経書の注釈に際して未来の予言を含める緯書が後漢の頃から流行しはじめたが、魏の宋均の注した本書もその一つ。宋均の著作では他に四書五経関係の緯書が数多く日本に将来され、いずれも見在書目録の異説家の部に著録されている。なお緯書に基づいた符瑞書→三五頁注一九・[一]一八五頁注一八。

四二 **熊氏瑞応図**(一三五頁注二三) 熊氏すなわち熊理の著作としては旧

唐書の経籍志に「瑞応図讃三巻〈熊理撰〉」というのがみえ、新唐書の芸文志も同じ著作を挙げる。「熊氏瑞応図」の内容は「孝経援神契」と同様な讖緯説による祥瑞の注釈と図であろうが、逸文は本条が知られるのみ(神護景雲二年九月辛巳条も同文)。ただ瑞応図には孫柔之の「孫氏瑞応図」(延暦四年五月癸丑条)もあり、玉海巻二百の引く中興館閣書目には、古くから伝わってきた瑞応図を魏晋の頃に孫氏や熊氏が寄せ集めて三篇とし、これを顧野王が整理した旨が述べられている。それら諸瑞応図のどれかは分らないが、日本国見在書目録の五行家の部にも「瑞応図十五」がみえる。

四三　**白髪池**(一三七頁注四)　白髪は「天皇生而白髪」という伝承で知られる清寧天皇の諡号だが、この伝承はシラカを白髪(古くは清音でシラカ)と解したために生じたもので、もともとは神事に使う白香(万葉三七九)や須恵器の多志羅加(主計寮式上)に関係のある名であろう。清寧の御名代(清寧記)として白髪部は山城・摂津・和泉など畿内諸国を含めて全国的に分布しているけれども、大和にはみえない。しかし諱を白壁(白髪部)とする光仁天皇は、即位前紀の童謡によると桜井(現在の奈良県桜井市桜井)に育ったようであり、付近に乳母方の白髪部一族がいた可能性がある。桜井は古くは城上郡に属し(地名辞書)、白壁王の父の名も磯城(施基)である。そこでシラカという地名を付近に求めると、帝王編年記は清寧の磐余甕栗宮に注して「大和国十市郡白香谷、是也」とし、中世・近世の文献にも白河郷・白河村がみえる。編年記の「十市郡」は隣接する「城上郡」の誤りと思われ、扶桑略記に白亀を得た地として「大和国白髪池」と記しているのは、城上郡の白河(現在の桜井市白河)の池と考えられる。なお一九七五年に飛鳥から出土した「白髪部五十戸」木簡は、駿河国有度郡・常陸国真壁郡・上野国勢多郡・下野国芳賀郡・同国河内郡などの真壁郷もしくは備中国窪屋郡真壁郷からの貢進物付札という解釈(岸俊男「「白髪部五十戸」の貢進物付札」『日本古代文物の研究』)がすでに定説となっているが、この解釈は大和国内に白髪部がみえないことを前提としているので、再考の余地がある(白髪部は延暦四年五月に真髪部と改められたが、それは「姓」のばあいであり、地名としては前記のように中世にも残っている)。

四四　**大倭の地祇**(一三七頁注一四)　天神の子孫である天皇が行幸すると、行く先々の献上品について、これをその地の神々の贈りものとみなす考え方は、記紀・万葉にしばしばみえるが、本条の白亀も、中国的な思想によれば、孝子である元正の善政を嘉して「天」が出現させた祥瑞と解釈されるにしても、詔に「天地霊貺」というように、同時にまた大倭の「地」祇の賜物とも理解されていたわけである(地祇→㈠一一七頁注一三)。大倭の地祇としては、神祇令1集解古記が大神(大三輪)・大倭・葛木鴨の三社を例示しており、そのうちの大倭社(現在の大和神社、天理市新泉町)の神官が大倭国造を勤めていたのであるが、かつての「倭国造の支配地」は「奈良盆地全体ではなくて磯城・十市両郡を主とする地域」(直木孝次郎「〝やまと〟の範囲について」『飛鳥奈良時代の研究』)であった。従って、大倭国造に賞賜があったことは、白亀の出現した郡が城上・城下・十市三郡のうちの一つだったため、とみてよいことになる。

四五　**口分田**(一三七頁注一六)　日本の班田制は概ね唐の均田制を模して田令に規定されたが、華北の畑作を基準とする均田制と水稲耕作を基準とする班田制とでは農業事情が違うため、日本独自で決定しなければならぬ部分もあった。例えば均田制では丁男一人に八〇畝とする口分田は、班田制では次の如くである。

凡給口分田者、男二段〈女減三分之一〉。五年以下不給。其地有寛狭者、従郷土法。易田倍給。給訖、具録町段及四至。(田令3)

この条文の「男二段〈女減三分之一〉」は、水田の全面積を日本の男女別総人口を調査し、前者を後者で割って出した数値を参考にしなければ決定できなかったであろうが、男子の三分の二にせよ女子にも口分田を班給するのは日本独自である。これは粗放な畑作と違って集約的な水稲耕作が女性の労働力を必要としていたためともいうけれども、ともかく均田制が受田資格と租調負担とを結びつけていたのに対して、両者をいちおう切り離すという班田制の基本方針に基づいている。均田制が租調を負担する良民の成年男子のみに口分田を班給しているのに、班田制では前記の条文に「五年以下不給」、すなわち満六歳になれば受田資格があると解される規定を設けていることや、次の条文にみえるように官戸の男女には良民並み、家人の男女や奴婢にまで良民の三分の一にせよ受田資格を認めているのも日本独自である。

凡官戸奴婢口分田、与二良人一同。家人奴婢、随二郷寛狭一、並給二三分之一一。(田令27)

この条文は律令制定に参加した官人貴族自身が多数の家人奴婢を持っていたので加えたともいわれるけれども、令集解の古記はこの条文を注釈して「問、家人奴婢並給二三分之一一。未レ知、寺家々人奴婢如何処分。答、无二給之法一。但従来有レ田寺者、不レ在二給限一。唯无レ田寺臨時量給耳」という。つまり田を持つ寺の家人奴婢はその田を耕して食べてゆけばよいが、田のない寺の家人奴婢には適宜に口分田を班給するのだというのである。この注釈は、家人奴婢にも口分田を班給するのは彼らの所有者の田を増加させるためというよりも、家人奴婢にも生存権はあるという考えに基づいているようにみえる。

しかし班田収授も六年ごとに実施されるようになってから六回目を迎え(㊀補2-三〇)、昨養老六年閏四月の百万町歩開墾計画(補9-一一)や本養老七年四月の三世一身法(補9-三二)で明らかなように「頃者、百姓漸多、田池窄狭」となったので、班年に当る本年の十一月一日からの口分田班給(田令23)に際して、今後は家人奴婢なら満十二歳以上でないと与えないこととしたのである。天平の頃にも今回の措置が引続き行なわれていたことは、令集解の古記が前に引用した部分の後に「問、家人奴婢六年以上、同二良人一給不。答、与二良人一同、皆六年以上給之。但今行事、賤十二年以上給之」と付加していることから判明する。

四六 **香取郡と香取神宮**(一三七頁注一八)　香取郡は香取神宮の神郡(㊀補1-五六)、和名抄の下総国の郡名に「香取〈加止里〉」、養老五年下総国戸籍に「釬托郡」(古一-三〇一頁)。現在の千葉県の佐原市・香取郡神崎町・下総町の全域と大栄町・成田市の一部。佐原市香取にある香取神宮は、利根川とその沼沢をへだてて茨城県鹿島郡の鹿島神宮に相対する。両社とも大化前代から朝廷の東国経営の拠点となっていたらしく、奈良時代には藤原氏が氏神とし(宝亀八年七月乙丑条)、奈良の春日神社の第一殿に鹿島神、第二殿に香取神を勧請している。この香取神について、神代紀下の第九段(天孫降臨章)第二の一書は、経津主(ふつぬし)神が武甕槌(たけみかづち)神とともに葦原中国の平定に出発するときに斎主之大人(いはひのうし)を勤めた神を「今在二于東国檝取(かとり)之地一也」と説明しているが、この斎主神の名は明らかでないのに、香取神宮の祭神を古語拾遺は経津主とし、続後紀承和三年五月丁未条は伊波比主としている。いずれにせよ檝取という表記から推測しうるように、元来は軍船などの出入する港津の守護神だったのが、奈良時代に朝廷の神話のなかの武神と結びつけられたのであろう。なお神亀元年二月壬子条の香取連五百嶋とこの神宮との関係は未詳。

四七 **鹿島郡と鹿島神宮**(一三七頁注一九)　鹿島郡は鹿島神宮の神郡(㊀補1-五六)、常陸国風土記に「香島」、和名抄の常陸国の郡名に「鹿島〈加之末〉」。現在の茨城県鹿島郡のほぼ全域と東茨城郡大洗町。鹿島郡鹿島町にある鹿島神宮は、風土記の香島郡条によると高天原から降(くだ)ってきた「天之大神」を祀り、崇神天皇のときに多くの武器などが奉納されたというが、この神の名は明らかでないのに、古語拾遺や続後紀では神代紀下にみえる武甕槌(建御賀豆智)神としている。また風土記は鹿島神宮について「神戸六十五烟〈本八戸。難波天皇之世加二奉五十戸一、飛鳥浄見原大朝加二奉九戸一、合六十七戸。庚寅年編戸減二二戸一令レ定二六十五戸一〉」と記し、近江朝に朝廷が神宮を造ってから「修理不レ絶」つまり式年遷宮をしているとし、地元では毎年七月に舟を造って納めているという。香取神宮と同様に元来は利根河口の港津の守護神だったのであろう。↓補9-四六。なお風土記によると郡家は神宮の南に接していたらしく、先年、付近の神野向遺跡から郡家と関連のあるらしい住居遺構が発掘されている。

四八 **名草郡の神社**(一三七頁注二〇)　下総国香取郡や常陸国鹿島郡の場合はそれぞれの神郡郡司がどの神社の神主であったかは明瞭だが、紀伊国名草郡の場合は国造であった紀直(補9-九五)氏が日前(ひのくま)・国懸(くにかかす)両神社の神主でもあったといわれていても、名草郡には他にも古来著名な神社があるのでいちおう検討しておく必要がある。

まず神名式の記載をみると、紀伊国全七郡で大社が一三、小社が一八であるが、そのうち名草郡は大社が九、小社が一〇を占めている。これに次ぐ牟婁郡でさえ熊野坐神社・熊野早玉神社など大社が二、他に小社が四であり、全七郡のなかには大社も小社もない郡もあるのだから、いかに名草郡の在地勢力が古くから中央と結びついていたかが明らかである。

　ところで名草郡の神社のなかで記紀神話に登場する神々と関係があるのは、まず神名式の最初に記載されている日前神社であり、神代紀上の第七段(宝鏡開始章)第一の一書に、天照大神が天石窟に磐戸を閉して隠れたときに天羽鞴(あまのはぶき)というフイゴで造られたとされる(矛を神体とするらしい)「紀伊国所坐日前神」を祀っている。しかし古語拾遺では同じときに鋳た鏡のなかで「初度所レ鋳、少不レ合レ意」のほうを祀ってあるのが「是、紀伊国日前神也」とされていて、書紀と古語拾遺とでは日前神社の神体に矛と鏡との相違がある。一方、書紀の神話でなく記録にもとづく部分に登場するのは、日前神社に続いて神名式に記載されている国懸神社の神であり、朱鳥元年七月条に天武の平癒祈願のため「奉下幣於居二紀伊国一々懸神・飛鳥四社・住吉大神上」とあるのが最初である。次いで持統六年五月条に藤原宮地鎮祭のため「奉二幣于四所、伊勢・大倭・住吉・紀伊大神一」とある紀伊大神も国懸神とみるのがふつうである。

　このように日前神社の神体は矛と鏡のどちらが本来かとか、記紀神話では日前神がみえ、記録では国懸神がみえるが、紀伊大神はどちらなのかというような問題は、現在も日前神宮と国懸神宮が和歌山市秋月の同じ境内にあり、西側が日前、東側が国懸とされていて、文徳実録の嘉祥三年十月甲子条に「紀伊国日前国懸大神社」とみえるように、両社は古くから日前国懸として一括され、合せて紀伊大神とよばれていたという事情で説明されてきた。両社は平安時代になっても他の神社のように授位されず、鎌倉時代にかけてたびたび遷宮が行なわれた記録が残っており、共に皇室の祖神に準ずる神を祀った社として区別されなかったために、多少の混同が生じたとしてよいであろうし、或いは本来一体であったと考えてよいかも知れない。

　だが、記紀神話には紀伊大神が他にも登場する。古事記上の大国主神の根国訪問の段にみえる「木国之大屋毘古(おほやびこ)神」は、神代紀上の第八段(宝剣出現章)第五の一書に素戔嗚(すさのを)追放後の話として「素戔嗚尊之子、号曰二五十猛(いたける)命一、妹大屋津(おほやつ)姫命、次柧津(つま)姫命。凡此三神、亦能分二布木種一、即奉レ渡二於紀伊国一也」とみえる五十猛に相当し(大屋毘古という名は大屋津姫という名に対応している)、さらに第四の一書では「称二五十猛命一為二有功之神一。即紀伊国所坐大神、是也」と、五十猛を紀伊大神としている。そういえば神代紀上の第七段第一の一書や朱鳥元年七月条は「日前神」「国懸神」つまり「神」と記し、「大神」とは記していない。従って持統六年五月条の「紀伊大神」も実は五十猛命すなわち大屋毘古神を指すとみたほうが書紀全体としては矛盾のない解釈となる。

　五十猛命即ち大屋毘古神とか、妹(妻)の大屋津姫、柧津姫とかは、いずれも良材を産する紀伊国(木国)にふさわしい大きな家とか屋根の端(つま)に関係のある名であり、神名式では名草郡の大社として伊太祁曾(五十猛の訛という)・大屋都比売・都麻都比売の三社を挙げ、現在では和歌山市伊太祁曾に伊太祁曾神社(祭神は大屋毘古命)、同市の宇田森に大屋都姫神社、同じく平尾に都麻津姫神社がある。この三社については大宝二年二月己未条に三社を分遷したという記事があり、もと一社内に祀っていたのを三社に分祀したと解されている(㈠補2―一二一)。しかし分遷は日前国懸神社からの分遷と解する余地があるし、またそういう古伝承もあるらしい。即ち天武・持統朝から文武朝にかけて、全国の地方神が皇室の祖神との関係伝承を規準にして神祇官記(㈠一〇二頁注二)などに整理されていった際、紀伊国造の祭神であった大屋毘古・大屋津姫・柧津姫を皇室と関係のない地祇(くにつかみ)とし(古事記は「木国之大屋毘古神」といっていて、紀のように「素戔嗚尊之子」とはしていない)、大屋毘古は伊太祁曾に遷されてから地名によって五十猛ともよばれるようになる一方で、紀伊国造が別に祀っていた日前国懸の神が天神(あまつかみ)として紀伊大神となったのではなかろうか。五十猛即ち大屋毘古は香取神宮の経津主や鹿島神宮の武甕槌のように記紀神話で活躍しているのに、日前国懸神は矛や鏡のような被造物にすぎないことも、考えあわすべきである。

四九　**高市の地名と氏名**(一三七頁注二四)　地名としての高市には、和名抄に大和国高市郡のほか常陸国久慈郡・備後国神石郡・伊予国越智郡にそれぞれ高市郷がみえるが、古代の氏としての高市・高市県主・高市連はみな大和の高市を本拠とするらしく、倭国六県の一つである高市県(現在の奈良県橿原市の辺)を管理していた高市県主は、高市連と賜姓(天武紀十二年十月条）され、一族からは高市郡大領の許梅（天武紀元年七月条）や擬少領の広君や擬大領の屋守（古二五-二〇四頁）ら郡司が出ている。県主や連のカバネを持たぬ高市氏も、大仏鋳造に従事した高市大国（天平二十年八月辛丑条）が「元大和国人」（要録第二縁起章）といわれるように、元来は高市郡の住民だったのであろう。

ところで官奴婢が良民とされたときの氏姓について、戸令38集解古記に「問、私奴婢放為レ良者、従ニ旧主姓部一。未レ知、官奴婢放為レ良、若為処分。答、随ニ情願一。但不レ得ニ高氏部一耳」という問答があり、原則としては本人の願いによるけれども高貴な氏に「部」を添えるような氏姓は許さないと説明している。本条の官婢花が高市という氏となったのは、本人の願いか上からの命令かは判らないまでも、やはり居地によったのではなかろうか。高市郡には前述のように古くから皇室直轄領の県があったし、元正天皇の父草壁皇子のいた嶋宮（跡は高市郡明日香村島ノ庄の付近）は奈良時代も皇室領で、多数の奴婢がいた。花も或いは嶋宮婢の一人だったのであろうか。

五〇 **白馬の節会**（一三七頁注三〇）　いわゆる白馬節会（あをうまのせちゑ）。正月七日に天皇が庭前を索き廻される馬を覧、群臣に宴を賜う宮廷行事。雑令40に「凡正月一日・七日・十六日・三月三日・五月五日・七月七日・十一月大嘗日、皆為ニ節日一。其普賜、臨時聴レ勅」とあって節日に数えられ、太政官式には「凡正月七日、賜ニ宴於五位已上一」、左右馬寮式には「凡青馬廿一疋、自ニ十一月一日一至ニ正月七日一二寮半分飼之」ほか、当日の馬の飾り方、朧（くちとり）を受持つ左近衛の衣装などについて細かい規定がある。続紀では本条が初見であるが、書紀では天武天皇の喪葬の済んだ持統三年以後、即位の儀礼のあった翌四年を除き、毎年正月七日に宴のあったことを記し、すでに七世紀から年中行事となっていたことが知られる。中国では古くから、馬は陽獣、青は春の色で、年の初めに青馬を覧ると年中の邪気が払われるとされ（礼記、月令）、日本でも天平宝字二年正月七日の節会のために大伴家持が用意していた歌「水鳥の鴨羽の色の青馬を今日みる人は限無しといふ」（万葉四四九四）にあるように、宴に際して索き廻される馬は、奈良時代までは青味を帯びた毛色であったがやがて白馬となり、延喜天暦の頃からは〃白馬節会〃と書かれるようになったのに、〃あをうま〃という呼称は依然として続いていた。

五一 **出雲臣広嶋**（一三七頁注三二）　国造系図によると、果安の子の広嶋は養老五年に第二十六代の国造となり、天平十八年にその子の弟山が次の国造となる。天平初年、出雲国造・意宇郡大領として出雲国風土記の撰上に参加し、同六年の出雲国計会帳にもみえ、続紀では同十年二月の外従五位下昇叙が最後。

五二 **聖武の国風諡号と尊号**（一三九頁注六）　「璽」は神祇令13に「神璽之鏡剣」とも。公式令40に「天子神璽」ともあるが、「天璽」で、下文の詔にあるように、天つ神が皇位に即くべく命じたところの、という意か。「国押開」はすでに欽明の諡号にも「国排開」と使われ、力強く統治する意。「豊桜彦」は美称。「勝宝感神」は陸奥からの産金、「聖武」は広嗣の乱などの平定を指す。国風諡号も尊号も生前の事蹟による追称（天平宝字二年八月戊申条）。

五三 **聖武即位と神亀改元の詔の構成**（一三九頁注一〇）　冒頭の文に続いて、㈠聖武は、皇位を譲るという元正の詔を受けて恐懼していると述べる第一項、㈡同じく元正の、過去の元明・元正の皇位継承の経過を述べながら、改元して年号を神亀とした上で聖武に皇位を譲るという詔を受けて、聖武は恐懼しているが、それを受けないわけにはいかないので、親王・王臣らの協力を要請するとする第二項、㈢辞別以下の第三項からなる。なお第二項に引用されている元正の詔のなかには、天智の「不改常典」に初めて言及した元明の詔が引用されている。

五四 **皇親神魯岐・神魯美命**（一三九頁注一五）　皇（すめ）親（むつ）神魯岐（かむろき）神魯美（かむろみ）の命（みこと）と訓む。スメはスメラ、スメロとも。至高の主権者。ムツは睦じい、親しい。スメラガムツでカムロキ・カムロミの形容語。ロは連体助詞。キは男、ミは女。全体で、皇室の祖先である男神・女神。なお「高天原尓神留坐皇親神魯岐神魯美命」までは、宣命第十四詔（天平勝宝元年七月）・第十九詔（天平宝字元年七月）・第二十三詔（天平宝字二年八月）や、祈年祭大祓の祝詞などにもみえる定型的な句。

五五 **内外文武職事**（一四三頁注一一）　内外は京官と外官（公式令53）、即ち京内の官庁に勤める中央官と全国の地方官。文武は文官と武官。職事は任官している者(公式令52)。「勲一等を授く」とすると誤解されるので「等」を「級」と記したらしい。勲位→㊀補2-三八。後に巨勢奈弖麻呂(天平十三年七月辛亥条)や石川年足(天平宝字三年六月丙辰条)のような高官が似つかわしくない勲十二等という最下級の勲等を帯びているのはこの授勲によるか。

五六　**鰥寡がみえぬ理由**(一四三頁注一六)　賑給に際しては鰥・寡・惸(孤)・独・不能自存と、その対象を並べるのがふつうであるが(㊀補3-五四)、ここでは惸・独のみである。これは例えば元明即位詔(㊀一二三頁)・和銅改元詔(㊀一二九頁)などと比べてみると、今回は高年の者への賜与額も少ないから、鰥・寡は脱字ではなくて最初から省かれているとみるべきである。

五七　**兵士の調半減**(一四三頁注一九)　全国の軍団(㊀補3-一六)の兵士は賦役令19によって庸と雑徭とが免除されている。また京と畿内では賦役令1により調は半額、同4により庸は免除。従って本条のように、全国の兵士に対して調を半減する一方、京畿の民には調を全免すると、ほぼ均衡が取れるわけである。

五八　**石上朝臣乙麻呂**(一四七頁注一一)　左大臣麻呂の第三子で宅嗣の父であることは、懐風藻の伝、天平勝宝二年九月の薨伝、天応元年六月の宅嗣薨伝にみえる。従五位下に昇叙後、同じ神亀元年十一月の大嘗祭に内物部を率いて神楯を斎宮の南北二門に立て、のち丹波守・越前守などを経て左大弁に任じ、位も従四位下に累進したものの、天平十一年三月、久米若売との姧で土佐に配流。同十二年六月の大赦からは除かれたが、のち許されたらしく、同十五年五月の従四位上から累進して同二十年二月に従三位、官は治部卿・右大弁・中務卿などを経て天平勝宝元年七月に中納言。その間、天平十八年には遣唐大使に任じられたが発遣されず、天平勝宝二年九月に没。銜悲藻二巻を残し、懐風藻に四首、万葉に二首(三六八・三七四)が載るほか、土佐に配流されたときには作者未詳の長歌と反歌(一〇一九-一〇二三)が寄せられている。人物について懐風藻の伝は「地望清華、人材穎秀、雍容閑雅、甚善二風儀一。雖レ勗二志典墳一、亦頗愛二篇翰一」、つまり大臣たるべき名門の生まれで秀才であり、温和で優雅、風采もよい、志は古典の研鑽にあったが、また詩文も相当に好んでいた、と賞讃している。

五九　**藤原朝臣豊成**(一四七頁注一二)　父は武智麻呂、母は従五位下安倍朝臣貞吉の女貞媛娘。二歳下の弟に仲麻呂がいる。妻は房前の女百能、また路真人虫麻呂の女。子は第二子に継縄、第三子に乙縄、第四子に縄麻呂。以上の系譜は家伝下・補任・分脈や各子の伝にみえる。没したとき年六十二とあるので逆算すると慶雲元年生。養老七年に内舎人で兵部大丞を兼ね、この神亀元年に二階昇叙して二十一歳で従五位下となって後、当時随一の名門の嫡子として急速に昇進、天平二十年三月には四十五歳で従二位、官も要職を歴任、天平九年十二月には兵部卿で参議となり、天平勝宝元年四月には右大臣。しかし弟の仲麻呂が権力を掌握すると、天平宝字元年七月の橘奈良麻呂の変では第三子乙縄が奈良麻呂と親しかった等の理由で右大臣から大宰員外帥に左降されたものの、病と称して難波の別邸に留まり、天平宝字八年九月、仲麻呂が没落すると帰京して右大臣に戻り、従一位へ昇叙。天平神護元年十一月没。その伝に「天資弘厚、時望攸レ帰」とされ、分脈に「号難波大臣、又号横佩大臣」とあり、当麻曼陀羅縁起には、その女が本願尼となったという伝承がみえる。

六〇　**大伴直**(一四七頁注一六)　大部直とも。姓氏録にはみえないが、三河・甲斐・武蔵・安房など東国を主にして各地に分布。中央の大伴連の部曲である大伴部の地方における管理者と思われ、安房の大伴直は国造本紀によれば安房国造、武蔵のそれ(但し「大伴」とある)も霊異記中-九に多磨郡大領とあって、古くからの在地豪族だったらしい。但しこの南淵麻呂は外位ではないので、父祖以来か本人かが既に中央官人になっていたはずである。本条の以下の二人も同じ。

六一　**烏氏**(一四七頁注一八)　烏安麻呂は後に(天平六年十二月)下村主と賜姓されるが、既に(養老四年六月)下村主と賜姓された河内国若江郡の河内手人刀子作広麻呂(七五頁注六)は雑戸なので近い親族ではないと思われる。下村主氏が後漢の光武帝の子孫と称する(姓氏録)のに対し、烏氏は新唐書宰相世系表に「烏氏、出二自姫姓一。黄帝之後、少昊氏以二烏鳥一名レ官、以二世功一命レ氏。斉有二烏之余一。裔孫世居二北方一、号二烏洛侯一、後徙二張掖一」とあって中国東北部に本拠を持つ渡来系氏族だが、名は安麻呂というように日本化しているから、渡来後数世代は経ているのであろう。

六二 **角山君**(一四七頁注一九)　近江国高島郡前少領角家足(天平宝字八年九月壬子条)は、治暦四年三月廿九日の太政官牒写(平遺新補一七〇号)に、天平十二年まで高島郡善積郷に子田上杣などを所有していたとみえる従七位上角山君家足と同一人らしく、高島郡には「角野〈都乃〉」郷もある(和名抄)から、角山君はこの地の郡司級豪族で、家足は本条の内麻呂と系譜関係があると思われる。また角山君は、近江国蒲生郡篠笥(ささき)郷を本拠とする佐々貴山君(天平十六年八月乙未条)や、同国栗太郡梨原郷の小槻を本拠とする小槻山君(天平九年二月戊午条)と同様に、本来は朝廷所有の近江の山林を管理する土着の豪族のうちで、高島郡角野郷を本拠とする一族と考えられる。

六三 **壬生部・壬生直・大生部直**(一四七頁注二一)　和名抄では遠江国磐田郡・安房国長狭郡・美濃国池田郡・安芸国山県郡・筑前国上座郡にそれぞれ壬生郷があり、なかんずく遠江・安房・筑前の諸郷には「爾布」との訓があるが、ニフならば「丹生」も同訓なので丹生郷の所在を求めると更に全国に拡がる。しかし和名抄の訓は十世紀の訓であるから古訓を求めると、壬生部と同じく皇子女の養育料を負担する乳部(壬は妊、壬生部は妊生部の意で、乳部とも表記しうる)について、皇極紀元年是歳条には「乳部、此云二美父一」即ちミブとある。皇子女の養育料を負担する部は、古くは名代、子代の部とよばれ、その時々の天皇号・宮号などを付して全国的に設定されてきたが、敏達—推古の頃からは壬生部という名称に統一されるようになったらしい(岸俊男「光明立后の史的意義」『日本古代政治史研究』)。なお人名表記の際には部の字がしばしば省略されるので、壬生という氏の多くは壬生部とみてよいし、全国各地の生部も壬生部の壬の省略であろう。また子代・名代や壬生部を全国各地に設定した当時、現地における管理者は、国造の一族から指定されるのが一般であったので、国造と同じ直という姓をもつことが多い。壬生直も大生部直も壬生部や大生部の管理者の氏姓とみられる。大生部の大は、三輪における大三輪、中臣における大中臣のように、大きな氏のなかで最も有力な一族の称する美称である。

六四 **日下部使主**(一四七頁注二二)　仁徳記に皇子の大日下王の名代として大日下部、皇女の若日下部王(安康記では若日下王)の名代として若日下部を定めたとあるが、全国的に分布しているのは日下部であり、その管理者は中央では連・吉士(吉師)など、地方では直・首・君などの姓をもつとみられ、日下部使主には上総国周准郡の大領(『銘文集成』)、上総国の防人で国造丁(万葉四三四八)など、上総に国造・郡司級の豪族がいる(関晃「甲斐国造と日下部」『甲斐史学』丸山国男会長還暦記念特集号)。この荒熊も上総の豪族か。

六五 **陸奥の鎮兵**(一四七頁注三〇)　陸奥の鎮・鎮所(補9—一一)には当国の兵(三代格、弘仁六年八月廿三日官符)の他に坂東など他国から移住させられてきた兵も配置されていた(養老六年八月丁卯条)。彼ら他国出身の「鎮兵」は坂東から直接に派遣されてきた「騎兵」や「当国兵」とは区別されていうことは防人(一)補6—一二)のような交替制が当初は考えられていたかも知れないのだが、それが実現しないと分って本籍を移し、まだ故郷に残っていた父母妻子を呼び寄せて生活を共にすることを願ったのであろう。

六六 **大夫人称号追収事件**(一四七頁注三六)　この事件は、聖武が、いったん出した「勅」「先勅」を、左大臣長屋王等の異議により撤回した、というものである。したがってこのことをめぐっては、綸言汗の如し(一度出た汗がもとにもどらないのと同じように、いったん出された天子の命令はくつがえすことはできない)といわれる天子の命令が取り消されたこと、中国律令法の大原則を継承して、律令を破ることも自由であるはずの天皇が、公式令の規定に拘束され、結局これを破ることができなかったことなど、この時期の天皇権力のありかたを考えるうえでの興味深い問題が提起されるが、ここでは、事件の経過とその間に用いられた公文書との関係について記しておく。

まず、続紀本条の三月辛巳条によれば、大夫人の称号に異議を申したてたのは、左大臣長屋王一人ではなく、「左大臣正二位長屋王等」、つまり複数の人物であった。またその言上文では「臣等謹検二公式令一」といっている。これもまた異議を申したてたのが複数の人物であったことを示しているが、「臣等云々」という文言は、議政官らが天皇の意志を問う場合あるいは天皇の諸問に答える場合に使用される太政官奏すなわち論奏《ろんそう》（公式令3）において用いられる文言である。つまりこの異議は、長屋王一人の意志としてではなく、太政官の議政官組織の意志として、論奏の形式で奏上されたものと推定されるのである。

　そこで事件の経過をふりかえってみると、大夫人の称号が「勅」によって布告されたのは二月四日（但し上文では記事を二月丙申〈六日〉条にかける）であった。論奏による議政官組織の主張を天皇が認めて「先勅」を撤回したのは三月辛巳（二十二日）である。このような時間的経過から知られることは、「先勅」は議政官組織が全く関知しないままに布告されたものであるらしいこと、そのためその布告後に太政官内で異議が出され議論されたらしい、という事情である。したがって、もしかりに、大夫人の称号使用を命じた「先勅」が法として定立し布告される過程において、議政官組織がその「勅」を審議していたならば、その時点で異議が提出され、天皇と議政官組織との意志の相違がこのように表面化する事態は、避けられたのではないかと推測される。

　現実におこった「勅」による布告と論奏によるそれの撤回という経過は、公式令に定める詔書と勅旨の相違に基づいて、以下のように説明することが可能である。すなわち、続日本紀においては「詔」と「勅」の語は区別されることなく、両者混同して用いられることが多いのであるが、この事件に関する記事においてはめずらしく使い分けられている。大夫人の称号を布告した二月丙申条ではそれが「勅」で行われたと記し、長屋王等が提出した論奏はそれを「二月四日勅」と記し、論奏に答えた「詔」の文中でもこれを「先勅」としている。これに対して、論奏に答えて出されたものは「詔」である。ところで公式令1詔書式条と2勅旨式条によれば、天皇の意志を法として定立させるさい、詔書を以てするか勅旨を以てするかによって、その手続きには明確な区別があった。詔書を以てする場合には太政大臣以下大納言以上の議政官が加署してこれに同意を与えることが必要であるのに対し、勅旨を以てする場合は議政官の加署を必要とせず、中務省官人が位署を加えた写がただちに弁官に送られて施行のための正勅旨が作成される。つまり法規上では、勅旨の作成・施行には議政官組織は関与しないのである。してみると大夫人の称号を布告した「勅」「先勅」は、2勅旨式条の規定に基づいて作成・施行された可能性が大きい。いったん公布された「勅」に対し、議政官組織が後になって論奏によって異議を申したてたことの背後には、このような「勅」の作成・施行をめぐる手続上の問題があったと推定される（早川庄八「大宝令制太政官の成立をめぐって」『日本古代官僚制の研究』）。

　なお、論奏に答えた「詔」で示されたものは、文字で記すときは公式令に定める如く「皇太夫人」と記し、口頭で言うときには「大御祖」すなわちオホミオヤと称せ、というものであった。このオホミオヤは、いうまでもなく天皇家の女性尊長を意味するスメミオヤ（皇祖母→一四一頁注四）に準ずる称号である。すなわちこれによって、聖武の生母藤原宮子はスメミオヤに準ずるものとして位置づけられたわけである。聖武とその背後にいた藤原氏は、一方で妥協しながらも、他方で実を取ったといえようか。

六七　**催造司**（一四九頁注三）　神亀前後から天平六年ごろにかけての平城宮造営に関わる官司とされる（今泉隆雄「平城宮大極殿朝堂考」関晃先生還暦記念『日本古代史研究』）。この神亀元年三月に任命された人々は不明だが、天平二年九月戊寅には左大弁の葛城王と皇后宮大夫の小野牛養を催造司の監即ち長官に任命。牛養は天平六年五月一日の造仏所作物帳にも「大夫従四位下兼催造監」（古一―五五三頁）とあるので、光明皇后が発願した興福寺堂塔仏像などの造営に皇后宮大夫として責任を取ったことが知られる（福山敏男「奈良時代に於ける興福寺西金堂の造営」『日本建築史の研究』）。

六八　**流配処の遠近の程**（一四九頁注五）　刑部省式は「其路程者、従レ京為レ計。伊豆〈去レ京七百七十里〉・安房〈一千一百九十里〉・常陸〈一千五百七十五里〉・佐渡〈一千三百廿五里〉・隠岐〈九百一十里〉・土佐等国〈一千二百廿五里〉、為二遠流一。信濃〈五百六十里〉・伊予等国〈五百六十里〉、為二中流一。越前〈三百一十五里〉・安芸等国〈四百九十里〉、為二近流一」と平安京からの里程を注記しているが、本条の諏方の代りに、式が諏方を天平三年三月に併合した信濃と記しているほかは、国名も遠・中・近の区分も同じである。この遠・中・近の区分が賦役令3の区分（同条集解古記所引の民部省式）と違うのは、記紀の物語に流配地として伊豆・土佐・伊予などがみえることや、「三流」という語が天武紀五年八月条にあるように、古くから流配の地は特定されていたためであろう。唐の流刑が遠・中・近を本人の居住地から流三千里・二千五百里・二千里と区分しているのにくらべて、日本では律の適用が都を中心としていたことがわかる。

究　**公用稲の設置**（一四九頁注七）　この日設置すべきことが布告されたものは、雑色官稲の一つで、国の大小により正税から一定量の稲を別置し、その出挙利稲を以て種々の粮料に充当することを目的としたものであるが、延暦交替式に収める延暦廿二年二月廿日太政官符はこれを「国儲」と称し、その沿革をつぎのように記している。

右検二案内一、去神亀元年三月廿日格偁、割二正税稲一、出挙取レ利、名為二国儲一、以充下朝集使還国之間、及非時差役并繕二写籍帳一書生、并除レ運二調庸一外向レ京担夫等粮食上。其出挙法、大国四万束、上国三万束、中国二万束、下国一万束者。至二天平十七年一、始置二公解一。即停二国儲一。天平宝字元年十月十一日式、唯称下割二公解内一置中国儲物上、未レ立二割置之数、充用之色一。

ここに引用されている神亀元年三月廿日格（以下単に格と称する）と続紀本条の記事とを比較すると、以下のような違いがあることが知られる。

(1)法令が出された日付　続紀は三月甲申（二十五日）にかけるが、格の日付は三月廿日。

(2)官稲の名称　続紀は名称を記さないが、格は「国儲」とする。

(3)使用目的　粮料として充当すべきものに、つぎのような相違がみられる。

(イ)続紀の「朝集使在京」を格は「朝集使還国之間」とする。

(ロ)続紀の「非時差使」を格は「非時差役」とする。

(ハ)格には、続紀にはみえない「繕二写籍帳一書生」がある。

(ニ)「除レ運二調庸一外向レ京担夫」は同じ。

(4)国別の数量　続紀は「四万已上廿万束已下」だが、格は「大国四万束、上国三万束、中国二万束、下国一万束」とする。

また延暦廿二年官符の記述についても、つぎのような問題がある。

(5)官符は、この「国儲」は天平十七年の公解稲設置（天平十七年十一月庚辰条）とともに停止されたと述べるが、後述のように、この官稲は公用稲と称されたらしく、それは天平六年正月の官稲混合令（補11-四八）によって正税に混合されたと推定される。なお官符がいう「天平宝字元年十月十一日式」については同年同月乙卯条の太政官処分を参照。

右のうち(1)・(3)・(4)は、いずれとも決めがたい。(1)日付の違いは、法令が定められた日（格の廿日）と、それを施行する太政官符が発給された日（続紀の二十五日）のずれを示すものでもあろうか。(3)使用目的のうち、(イ)は、続紀の如くであるならば朝集使の在京中の粮食となり、格の如くであるならば同使の帰国にさいしての路粮となる。(ロ)も、「非時差使」ならば臨時に派遣される使者の粮食、「非時差役」ならば臨時の労役に差発される人夫の粮食となる。これらもまた、(ハ)「繕二写籍帳一書生」の粮食が本来の使用目的に含まれていたか否かの問題とともに、いずれとも決めがたい。同様に(4)国別の数量も、いずれかが誤りであるとみなさざるをえないようである。

このように続紀の記事と格の文章との関係については、未解決の問題点を残さなければならないのであるが、(2)官稲の名称と(5)その後の沿革については、以下のようなことが知られている。

このとき設置された官稲は、「公用稲」と称されたらしい（薗田香融「出挙」『日本古代財政史の研究』）。「公用稲」の語は、天平六年出雲国計会帳の天平五年八月進上弁官解文のなかに「公用稲出挙（帳脱）一巻」（古一-五九七頁）とみえ、また天平六年度尾張国正税帳の葉栗郡の項にみえる「□用稲」（古一-六一五頁）もこれに当ると推定されるが、後者によればこの官稲はこの年に正税に混合されている。つまり延暦廿二年官符の記述とは異なり、天平六年に廃止されているのである。そしてこのことは、それ以後の諸国正税帳に、使用目的の(ニ)「除レ運二調庸一外向レ京担夫」の粮食を支出した、つぎのような記載がみられることにより、たしかめられる。

天平六年度尾張国正税帳（古一-六一六頁）

運雑物夫粮料

天平八年度薩摩国正税帳（古二-一五頁）

運府甘葛煎担夫の食稲

運府兵器料鹿皮担夫の食稲

運府筆料鹿皮担夫の食稲
天平九年度但馬国正税帳(古二-六五・六六頁)
運雑物向京夫の往還の充稲
その内訳として「造難波宮司雇民食鮨伍斛運担夫」、「醬大豆弐拾陸斛運駄」の牽夫・担夫、「蘇伍壺担夫」、「御履皮弐張担夫」の記述が残されている。
天平十年度駿河国正税帳(古二-一一九頁)
中宮職交易絁の運担夫庸稲
皇后宮交易雑物の運担夫庸稲
天平十年度淡路国正税帳(古二-一〇二頁)
運雑物向京担夫の往還の充稲
その内訳として「若桝御贄」の担夫、「正月二節御贄」の担夫の記述が残されている。

これらによって、(二)「除レ運二調庸一外向レ京担夫」とは交易雑物・贄・蘇などを運送する担夫をいうものであったことが知られるが、延暦廿二年官符がこの官稲の停止された年を公解稲が設置された天平十七年としているのは、このとき公解稲から割き置く「国儲」の定数を定めるにあたり、その起源を、公解稲処分の式である「天平宝字元年十月十一日式」の「国内之儲物」(続紀および延暦交替式所載の太政官宣による)に求めたためなのではなかろうか。

七〇 **「向レ京担夫」**(一四九頁注一三)　さまざまな徭役が次々と有償になる大勢の中でも、調庸を都まで運ぶ徭役は、最後まで調庸を納める義務に付随し、無償であった。他の向京担夫には養老四年三月己巳の官奏で帰国の程粮を京で支給することにしたが、今度は向京の程粮も国儲の利稲で支給することにした。

七一 **陸奥からの飛駅の所要日数**(一四九頁注一五)　養老四年九月丁丑条は、按察使上毛野広人が蝦夷に殺されたという陸奥国からの飛駅の朝廷に届いた日とみられ(七九頁注二一)、翌日には持節征夷将軍以下が任命されているが、本条のばあいはこの三月甲申が報告の朝廷に届いた日か、それとも陸奥国からの飛駅による上奏文に記載された日付か、どちらにでも解釈できそうである。しかし三月甲申から足かけ九日目の四月壬辰には陸奥大掾佐伯児屋麻呂の死がすでに朝廷に知られていることは確かだし、十三日目の四月丙申に持節大将軍以下が任命されているので、三月甲申を報告が朝廷に届いた日と解釈すると、蝦夷の反乱への対応が養老四年のばあいにくらべて遅すぎると思われる。飛駅のような急使の速度は平安遷都のころまではほぼ一定しており、陸奥国から平城京までは、後の例によると足かけ七日以内(宝亀十一年三月丁亥条―癸巳条・天応元年六月戊子朔条)または足かけ八日以内(宝亀十一年十月己未条・延暦八年七月丁巳条)で連絡しえたので、この三月甲申条もやはり陸奥国からの上奏文に記載されていた日付による記事と解釈すべきである。すなわち蝦夷の反乱という報告を足かけ七日目か八日目の四月一日か二日に受けた朝廷は、殺されたのが按察使や国守でなく大掾であったから、当初は現地の国司らに処理させる方針であったのが、その後の続報で大きな反乱と知り、大軍を派遣することとしたとでもいうような経緯を想定すべきであろう(青木和夫「駅制雑考」『続日本古代史論集』中)。

七二 **軍器の幕・釜**(一四九頁注二〇)　軍防令7の兵士の自備すべき戎具のなかに、兵士一〇人につき一口の紺の幕、二口の釜がみえる。幕は天幕。大蔵省式に布幕の材料・寸法・日功などの規定がある。釜は盆でもよく、いずれも銅製の器で水を入れ湯をわかす。和名抄は釜を「賀奈閉。一云、末路賀奈倍」と訓む。

七三 **坂東九国**(一四九頁注二九)　坂東は公式令51義解に「駿河与二相模一界坂也」、即ち「足柄岳坂」(常陸国風土記)より東の相模・安房・上総・下総・常陸(以上東海道)、上野・武蔵・下野(以上東山道)の八国。天平宝字三年九月庚寅条以下はみな「坂東八国」。ここに「坂東九国」とあるのは東海道に伊豆、または東山道に陸奥を加えたためか、九は八の誤写か、未詳。

七四 **坂東から動員された兵士の数**(一四九頁注三〇)　坂東諸国の兵士が古くから蝦夷征討に動員されたことは、舒明紀九年是歳条に中央から派遣された将軍として上毛野形名の名がみえることでも推測しうるが、本条の後にも陸奥国への援軍として、天平宝字三年十一月辛未条に坂東八国から「国別差二発二千已下兵一」、宝亀五年八月己巳条に同じく「随二国大小一差二発援兵二千已下五百已上」、延暦二年六月辛亥条にも同じく「随二国大小一千已下五百已上」、延暦七年三月辛亥条では「坂東諸国歩騎五万二千八百余人」を翌年三月までに陸奥国多賀城に集合させるなどという動員数がみえる。

七五 **「月犯二熒惑一」**（一五一頁注三） 斉藤国治『星の古記録』によると、この神亀元年四月丁未は七二四年五月十五日にあたるが、計算上では十五日深夜に「月はいて座にあり、火星はやぎ座にあり、月と火星は互いに二四度も隔たっていて、まったく不合である」。しかし二日後の四月己酉（五月十七日）のこととすると、「同夜午後一〇時五九分の月出のときに火星は月の西縁の外〇・三度ほどにいたから、記事のとおり「犯」になる」。記事の日付が二日ずれているのは「月犯熒惑」の上に「己酉」二字が脱落しているためであろう、という。なお開元占経巻十二に引く河図帝覧嬉に「月犯二熒惑一、国内降、貴人・兵死」、同じく京氏妖占に「月犯二熒惑一、天下有二女主憂一」とあり、凶兆とされている。

七六 **河上忌寸**（一五一頁注一二） 河上（川上）という地名は各地にあるが、薩弘恪のように百済救援戦争と関係があるとすれば、近江国高島郡川上郷を本拠としたための命名か。忌寸は天武八姓の四番目で、本条の新城連以下の連姓が七番目であるのに比べて渡来系としては最も高い姓。薩妙観が命婦だからであろう。

七七 **新城連**（一五一頁注一三） 姓氏録左京諸蕃は新城連の出自を高麗国人の高福裕とする。高福裕と王吉勝との関係は未詳。新城の地名は天武紀五年是年条・同十一年三月条にみえ、新城宮は宝亀五年八月己丑条にみえるが、その地名による賜姓か。現在、奈良県大和郡山市に新木町がある。

七八 **吉田連**（一五一頁注一七） 姓氏録左京皇別の吉田連の項に、祖を任那に渡った塩垂津彦とする伝承を載せ、吉は任那の宰の意であり、知須（智首）らが奈良京の田村里に住んだので、神亀元年に本姓の吉と居地の田を取って吉田連と賜姓されたとする。続後紀承和四年六月己未条では任那が百済に隷したとするが、吉田連の由来についてはほぼ同じ。吉田の訓は、当初はキッタ、後にヨシダか。

七九 **国看連**（一五一頁注二四） 国看連は国見連（神護景雲元年八月癸巳条）とも書くが、国覓連（天平神護元年正月己亥条）あるいは国覓忌寸とも紛わしい。日本語のクニミ（土地を見渡すこと）とクニマギ（土地を求めること）とは意味が違うけれども類似する部分もある。一方、国看連は本条のように金氏であって新羅の姓という（[一]七三頁注二五）のに対して、国覓連・国覓忌寸は倭漢氏の枝氏（[一]一一一頁注一一）と称していて系譜を異にするものの、国覓忌寸も天武十四年六月に倭漢連が忌寸と賜姓されるまでは国覓連であったし、賜姓の範囲に含まれずに国覓連という旧氏姓のままであった枝氏もいたはずであって、それと本条の国看連との関係は明らかでない。

八〇 **御立連**（一五一頁注二九） 御立連は姓氏録にみえないが、御立史ならば、右京皇別に、御使（朝臣・連）と同氏とあり、参河国青（碧）海郡御立（現在の愛知県豊田市御立町）の地を本拠としたので持統朝に御立史と賜姓された、とある。

八一 **物部用善と物部射園連**（一五一頁注三〇） 天智紀十年二月条に百済からの使人として台久用善の名がみえるが関係未詳。しかしこの物部用善も渡来系。天応元年六月丙申条に物部射園連老に「授外従五位下」とある。

八二 **渡来系の久米連**（一五一頁注三一） 姓氏録では右京皇別に久米朝臣（[一]一三五頁注二五）、大和皇別に久米臣、左京神別に久米直（補8－四七）を載せているが、河内諸蕃に佐良々連の出自を「百済国人久米都彦」とし、雄略紀九年三月条にみえる紀岡前来目連のように新羅遠征に加わっている久米連もいる。本条は渡来系の諸氏に対する賜姓記事なので、この久米奈保麻呂も渡来系でまだ姓を持たなかった久米氏であろう。

八三 **賓難と長丘連**（一五一頁注三二） 賓難大足は他にみえず、また賓難姓の人物も他に見えない。渡来系か。長丘連も未詳。この賜姓に与った者に宝亀七年十二月の左京人少初位上蓋田蓑がいる。姓氏録大和諸蕃に、己智と同祖で諸歯王の後と記す長岡忌寸との同族関係も未詳。

八四 **城上連**（一五一頁注三三） 姓氏録にみえず。渡来系氏族で、その氏名は大和国広瀬郡城戸郷によるか。この氏を名乗る人物としては、家伝下に神亀の頃の方士として城上連真立が見え（寧遺八八六頁）、また天平宝字三―五年頃の経師として、城上連人足（寧遺六三〇頁）、城上連神徳（寧遺六二八頁他)が知られ、後者は木於連とも記す(古一四-二二三頁)。

八五　**谷那庚受と難波連**(一五一頁注三四)　名を康受とも。家伝下に神亀の頃、陰陽に長じた人物として見える(寧遺八八六頁)。天智二年九月紀に百済からの亡命渡来者として見える谷那晋首は同族か。難波連は姓氏録右京諸蕃に高麗国の好太王より出づ、とあるが、この旧姓が難波薬師であることは、続紀天平宝字二年四月己巳条の難波薬師奈良等の上言からも明らかで、この一族は医薬関係の官人として多く見える。本条の谷那庚受が百済系で陰陽関係の人物であることを考えると、この両者に同族関係を求めることは困難。

八六　**答本陽春と麻田連**(一五一頁注三五)　百済系渡来氏族。天平二年六月大宰大典として府に在り、帥大伴旅人を筑前国蘆城駅家にて送るさい二首の歌を詠む(万葉五六九・五七〇)。翌三年三月従六位上大宰大典と見え(東大寺五-二二六頁)、六月にも二首の歌を詠んでいる(万葉八六四・八六五)。天平十一年正月に正六位上より外従五位下に昇叙。その後天平十七年以後天平勝宝三年以前、外従五位下石見守のとき「和㆘藤江守詠㆓裨叡山先考之旧禅処柳樹㆒之作㆖」と題した五言の詩を作る。時に五十六歳(懐風藻)。天智四年八月紀などに見える答㶱春初や続紀天平勝宝三年十月以後見える答本忠節は同族か。但し後者は麻田連を名乗らぬところから、系統を異にするか。麻田連は姓氏録右京諸蕃に、百済国朝鮮王淮より出づ、と記す。この姓の人物として、麻田連金生(天平宝字八年正月)、麻田連真浄(神護景雲元年二月)、麻田連狎賦(延暦二年十二月)などがおり、いずれも同族か。

八七　**巨勢徳多**(一五三頁注二)　巨勢を許勢、名を徳陀、徳多、徳陀古、徳太古とも。また法隆寺資財帳には許世徳陁高臣と記す(古二-五七九頁)。補任に「雄柄宿禰七世孫、父胡孫子也。男人大臣後」とある。書紀皇極元年十二月、舒明の喪に当り大派皇子に代って誄を読む。この時冠位は小徳。翌二年十一月蘇我入鹿の命で将軍として山背大兄王を襲う。同四年六月、中大兄皇子が入鹿を誅したとき、皇子の命を受け、蘇我蝦夷を助けるため挙兵せんとした漢直らを諭し退散させた。大化五年四月小紫より大紫となり任左大臣。斉明四年正月左大臣にて没。補任に在官十年で六十六歳とある。なお彼の帯びる大繡は大化三年制定の冠位十三階、および同五年二月の冠位十九階のいずれも第三等。彼が大繡を授けられた年次は不明だが、大化五年四月に大紫を授けられてより以後。或いは贈冠位か。

八八　**巨勢黒麻呂**(一五三頁注三)　補任天平勝宝九年の巨勢朝臣堺麿の条には黒丸。同記載によれば小邑治の父、堺麿の祖父。彼の帯びる小錦中は天智三年二月制定の二十六階冠位制の第十一等。天武十四年正月に諸臣四十八階の位階制が制定されているので、黒麻呂はこれ以前に没。また中納言は当時存在しない。天武朝創始の納言の官に後世「中」の字を付加したもの(青木和夫「田中卓氏の「中納言(その一)」を読む」『続日本紀研究』一-八)。

八九　**石川夫人と石川朝臣石足**(一五三頁注八)　天武夫人石川大蕤比売は蘇我赤兄の女(天武紀二年二月条)、石川石足は蘇我連子の孫で安麻呂の子(天平元年八月丁卯条)、そして蘇我石川系図や補任が連子と赤兄を蘇我倉山田石河麻呂と共に蘇我倉麻呂(雄正・雄当とも)の子としていることに疑わしい点もないので、石足は石川夫人のイトコの子ということになる。

九〇　**僧尼帳**(一五三頁注一八)　天平六年出雲国計会帳の朝集使が進上した公文のなかに「僧尼帳一巻」がみえる(古一-五九八頁)。僧尼令20では、僧尼が死ぬとその寺の三綱は月ごとに国司に届け、国司は毎年の朝集使によってこれを弁官に報告することになっているが、やがて計帳手実のように、死去者だけでなく現在の僧尼全員を寺ごとに毎年その三綱が記載して僧尼帳とし、国司へ届け出ることになったようである。西琳寺文永注記に摘記されている天平十五年帳は資財帳であるが、九人の僧について一人ずつ、僧名・年齢・臈・出家以前の本籍の国郡里(国郡郷里)・戸主氏名・本人氏名・戒牒を受けた年月日・寺名を注記している。僧尼帳もこれと類似した歴名簿であろうか。但しこれには形貌・誌・黶など本人識別のための特徴は記載されていない。

九一　**白鳳以来朱雀以前**(一五三頁注二三)　白鳳・朱雀はともに年号として正史には見えない。それぞれ白雉・朱鳥の年号を称したもの。その使用については、坂本太郎の、(1)白雉を白鳳と称するに至ったのは、白雉が中瑞なのに対し鳳(白鳳をも含む)は大瑞であることにより、この転換は文化の外面形式を装飾しようとの欲求及び文字使用上の衒学的傾向から生じたもので、直接の契機は神亀の改元にある(得たのは白亀だが、白亀は祥瑞になく、神亀は大瑞であるところからの呼称の転換)、(2)家伝上に白鳳十二年、同十三年と見えるなど、白鳳が継続して使用されたのは、白雉以降改元の意志表示のないため、白鳳が継続したと考えられた、(3)天武朝に白鳳の年号を使用している史料はすべて後代のもので、奈良・平安初期の史料では干支または即位年度を基準としていることから、天武朝に白鳳の年号が存在したとは認められない、(4)朱鳥より朱雀の転換は白雉より白鳳の転換と同じ理由によるもので、中国では星宿南宮の名称であった朱鳥がまた朱雀とも呼ばれていたため、白鳳以上にその転換を容易にした、(5)こうした年号の転換は養老から神亀の頃にかけてなされたが、その後、村上・円融朝に現われ、堀河・鳥羽の頃から流布されるに至った、との見解(「白鳳朱雀年号考」『著作集』七)に従うべきであろう。本条に言う「白鳳以来朱雀以前」は孝徳・斉明・天智・天武の諸朝を指す。

九二　**玉津嶋頓宮**(一五五頁注四)　紀伊の玉津嶋へは、この聖武の行幸の後も、天平神護元年十月に称徳、延暦二十三年十月に桓武が行幸したことが、それぞれ続紀と後紀にみえる。(桓武の時は「玉出嶋」と書かれ、現地での詔のなかで十月を指して「此月波閑時爾之弖国風御覧須時」と言っている)。ところで聖武に随行した山部赤人は万葉の長歌(九一七)で「わご大君の常宮と　仕へまつれる　雑賀野(さひかの)ゆ　背向(そがひ)に見ゆる　沖つ島」と歌っているから、玉津嶋は今のように和歌山の市街地のなかの玉津嶋神社の小丘となってはおらず、「沖つ島」だったことが知られる。また聖武が十月甲午(八日)から泊った「頓宮」とは別に、戊戌(十二日)に「岡」の「東」に造ったという「離宮」は赤人の長歌のなかの「常宮」であり、「雑賀野」は玉津嶋神社西北方約一キロメートル足らずの天満神社や東照宮がある「岡」の「東」の裾野であって、東南の海に面した離宮に向き合うと背後の沖に玉津嶋が浮いているという関係になる(沢潟久孝『万葉集注釈』六)。聖武の滞在は二週間に及び、それから四一年後の称徳も一週間滞在したが、その折りの記事にみえる「南浜」の「望海楼」も聖武が造った当時の建物ではないであろうがやはり離宮の敷地内にあったと思われ、「御ニ南浜望海楼ニ」と、「御」の字が使われている(平城宮でも宮内の殿舎に行くときは「御」、宮外ならば「幸」と書き分けられている)。

九三　**伴部**(一五五頁注六)　訓は職員令34集解跡記・同51集解穴記に「友造」、賦役令19集解朱説に「友御造」。すなわち大化前代以来世襲の職務によりそれぞれの品部・雑戸の民を率いて朝廷に奉仕してきた下級の伴造。律令制では各官庁の四等官・品官のような官位相当のある長上官(常勤)の下に、番を作って交代で品部・雑戸を率い各官庁に勤務するので長上に対し番上といい、史生・舎人・兵衛・使部などと共に一般には雑任ともいった。品部・雑戸が某々戸とよばれるのに応じて伴部も某々部とよばれるのがふつうで、行幸に際しては一行の乗馬の世話をする馬寮の馬部、食事を用意する大膳職の膳部、宿舎を設営する木工寮の工部、主殿寮の殿部、掃部司や内掃部司の掃部などの伴部が随行させられたと思われる。

九四　**造離宮司**(一五五頁注七)　行幸の途中に設営される行宮や頓宮と、しばしば長期滞在をする吉野・和泉・甕原などの離宮とは一応区別さるべきだし、天平十四年八月癸未に任ぜられた造離宮司は、まもなく本格的な宮となる紫香楽離宮の造営担当であるだけに造宮卿や造宮輔が兼任させられたが、本条の造離宮司は誰か未詳である。造行宮司や造頓宮司は造宮省の長官や次官のような高官が任命されるのではないらしく続紀に名が出ることは稀で、太政官式でも行幸の際の装束司長官が三位、前後次第司長官も三位と規定されているのに対し、造行宮使は「使人官品臨時随レ事処分」と注されているのみである。この玉津嶋の離宮も山部赤人の長歌に「常宮」とは謳われたものの、行宮や頓宮とさして変らぬ程の簡素な施設だったのであろう。

九五　**紀直**(一五五頁注一三)　中央の紀朝臣(□一補1-二一)とは別で、紀伊国名草郡を本拠とする豪族。その嫡系は日前・国懸両神社(補9-四八)の神主であり、紀伊国造(木国造)でもあった。孝元記に木国造の祖として宇豆比古(景行紀三年二月条では紀直の遠祖として菟道彦)、崇神記に木国造として荒河刀弁(崇神紀元年二月条では紀伊国荒河戸畔)、神功紀元年二月条に紀直の祖として豊耳、敏達紀十二年七月条・十月条に紀国造として押勝などの名がみえ、早くから朝廷に知られていたことが推測しうる。姓氏録では河内神別に紀直を神魂命の五世の孫の天道根命の後とし、和泉神別でも紀直を神魂命の子の御食持命の後とする。国造本紀には天道根命を紀伊国造とし、紀伊の河瀬直の祖とする。紀直の一部は続後紀の承和二年三月癸丑条に紀宿禰と賜姓されたとみえる。紀ノ川下流のデルタ地帯を包括する名草郡一帯に大きな勢力を振っていた豪族であり、日前・国懸両神社の東方の丘陵地帯に今なお総数五二〇基以上を数える日本最大の古墳群岩橋千塚(いわせんづか)があるが、それらの古墳は紀直一族の墳墓として営まれたものであろうという(薗田香融「古代海上交通と紀伊の水軍」『古代の日本』5)。

九六　**大伴櫟津連**(一五五頁注一四)　紀伊国名草郡の豪族。名草郡にはこの氏族の他、宇治大伴連、大伴若宮連など地名を含む大伴の複姓氏族が多く居住。氏姓の一部にこうした地名を含むことは、彼等の出自が土着の氏族であることを示す。大伴氏と実際の血縁関係はないが、中央の大伴氏と同族関係を結ぶことにより地位の向上を図った氏族。

九七　**海部直**(一五五頁注一五)　大化前代より海産物の貢納及び航海技術に奉仕していた海(人)部を現地で統率支配していた豪族。海(人)部は後掲一覧表に明らかなごとく、主として日本の中部以西とくに瀬戸内海沿岸地域、伊勢湾周辺、日本海沿岸に分布し、一定の貢納物とくに海産食料品を贄として朝廷に奉るほか、有事には水軍勢力を形成し、瀬戸内海や朝鮮海峡における兵員や物資の輸送に従事した。管掌者たる伴造は阿(安)曇連であったことが応神三年十一月紀の阿曇連の伝承などから知られ、この氏族は同族を各地に派遣、海(人)部を管掌支配したが(阿曇宿禰→㊀補3―二八)、これと別に各地の海(人)部集団ごとに、海部直、海部首、海部公、海連など土着の統率者が置かれた。このうち直姓の氏族はその地の国造の同族から選ばれ海(人)部の統率に当った地方豪族で、本条の紀伊国名草郡の海部直は、国造たる紀直の同族と見られる(薗田香融「古代海上交通と紀伊の水軍」『古代の日本』5)。

九八　**守戸**(一五五頁注二一)　持統紀三年八月条に、摂津国武庫の海(武

地方	国名	海部		郡・郷名(延喜式・和名抄による)	
関東	上総				海部郷(市原郡)
中部	信濃				海部郷(小県郡)
	三河	海直(勝宝二紀)	海部(平城木簡)		
	尾張	海運(勝宝二実進文)		海部郡	海部郷(海部郡)
	越前	海直(天平三・回五税帳)			海部郷(坂井郡)
近畿	若狭		海部(平城木簡)		
	伊勢				海部郷(河曲郡)
	紀伊	海部直(神亀元紀)	海部(持統六紀平城木簡)	海部郡(欽明十七紀平城木簡)	
	淡路				阿万郷(御原郡)(平城木簡)
	播磨	海直(景雲三紀)	海人(仁徳・履中允恭各紀)		
	丹後	海(部)直(天平十税帳海部系図)			海部郷(熊野郡)
	但馬	但馬海直(姓氏録左京神別)			
中国	因幡	海部直(因幡戸籍)	海部(因幡戸籍・勝宝七高庭庄図注)		
	出雲	海臣(風土記)海部首(天平十一賑給帳)	海部(天平十一賑給帳)		
	隠岐	海部直(天平二税帳)	海部(天平五税帳)	海部郡(藤原木簡)	海部郷(海部郡)(藤原木簡)
	吉備	吉備海部直(雄略七・敏達十二紀)	海部(平城木簡)		
	安芸				海郷(佐伯郡)　阿満郷(安芸郡)
四国	讃岐				海郷(山田郡)(平城木簡)
	阿波		海部(平城木簡延喜戸籍)		海部郷(那賀郡)
	土佐				海部郷(長岡郡)
九州	筑前				海部郷(那珂郡・怡土郡・宗像郡)
	豊前		海部(大宝二戸籍)		
	豊後	海部公(延暦四紀)	海部君族(大宝二戸籍)		
	肥前	海部直(風土記)			

(薗田香融　前掲論文より)

庫川河口の沖)や紀伊国阿提郡(名草郡の南隣)の那耆野(有田川河口部)などでの漁猟を禁断し、河内国大鳥郡の高脚の海(大阪府高石市の高師浜)と同様に、守護人を置いたとある。守戸は陵墓のばあいの諸陵寮式によると近傍の良民から指定。

九九 **「奪二位禄一」**(一五七頁注三二) 大宝令の施行により、従来位封を与えられていた五位以上のうちの四位・五位は、位封の代りに位禄を与えられることになったが、すぐには実施できず、慶雲二年十一月に至って五位のみを位禄に切換えることとした(一九一頁注一一・一二)。その額は大宝元年格によると従五位のばあいは絁六疋・綿六屯・布三六端・庸布四〇段などであった(糸は何絇か未詳。禄令10集解所引大同三年十一月十日官奏)。本条の息長臣足は「散位従五位下」とあり、懐風藻でも没時は散位らしいので、「黷(贖)貨狼籍」という罪で官を解かれ、従って正五位に準ずる按察使の季禄や公廨田・仕丁(養老五年六月乙酉条)は取上げられたのであろうが(考課令58)、従五位下の位まで失う「除名」にならない限り、位禄は奪われないはずであるし、特にこの神亀元年二月には聖武即位に伴う大赦があった。にも関わらず臣足のばあいは「若本犯免官以上、及贓賄入レ己、恩前獄成者、仍以二景迹一論」(考課令64)に該当し、勅断により「景迹」を悪んで位禄まで剝奪されたのであろう。

一〇〇 **瓦舎**(一五七頁注一〇) 中国では前三世紀頃から使われていた瓦が、朝鮮諸国を経て、日本でも屋根を葺くために使われるようになったのは六世紀末といわれ、まず飛鳥寺のような寺院建築に採用された。ついで七世紀半の大化改新以後、外国の使臣を迎えるためもあったのであろうが「立礼」が用いられ(天武紀十一年九月条に「勅、自レ今以後、跪礼・匍匐礼、並止之。更用二難波朝廷之立礼一」とある)、これに伴って宮殿建築も従来のような「跪礼」「匍匐礼」に適した掘立柱の高床式で板葺・檜皮葺などの建築でなく、「立礼」のために床に「塼」などを敷き、礎石を据えて柱を立て、屋根を瓦葺とした寺院風の建築が必要となったらしく、斉明朝でも小墾田に瓦葺の宮を建てようとしたが果さなかったという(斉明紀元年十月条)。しかしその後の飛鳥の諸宮跡では、掘立柱の遺構と共に、礎石を据えて瓦葺の重量に耐えられるようにした遺構が目立つことから明らかなように、平城宮では前者が主として日常生活用に、後者が政務・儀式用にと、使いわけられることとなった。

この神亀元年十一月甲子条では、五位以上の全員と六位以下や無位でも裕福な庶民には「構二立瓦舎一、塗為二赤白一」とすることを命じているが、家伝下でも神亀の頃のこととして「営二飾京邑及諸駅家一、許二人瓦屋赭堊渥飾一」とあり、瓦屋と赭堊、即ち瓦舎を建て柱や壁を赤白に塗って、渥飾つまり美々しい装飾をすることを人々に許したと述べている。ただ家伝に「駅家」とあるのは続紀にはみえないが、後紀の大同元年五月丁丑条には「勅、備後・安芸・周防・長門等国駅館、本備二蕃客一、瓦葺粉壁」とあって家伝の記述を裏づけ、平城京や山陽道駅家のこのような美化も所詮は外国の使臣の眼を意識した措置であることが知られる。なお大宰少弐小野老が都を偲んで「青丹(あをに)よし寧楽(なら)の京師(みやこ)は咲く花の薫(にほ)ふが如く今盛りなり」(万葉三八)と歌ったのは天平初年のようであり、その「青丹」という表記からは「青」が連子窓に塗る岩緑青、「丹」が柱や軒などに塗る丹土を連想させるが、「あをに」は本来は「青土(あをに)」であり、「あをによし」という枕詞は、美しい岩緑青を産するとの意だとされる。

一〇一 **物部**(一五七頁注二一) 大化前代の物部は物部連(後の石上朝臣・榎井朝臣など)に率いられ、大伴と共に大和朝廷の軍の中核を構成し、律令時代にも物部と名のる民は全国的に分布していたが、律令制では京や畿内の物部の民のなかから有力な家の者が衛門府に三〇人、刑部省囚獄司に四〇人、左右京職の東西市司に各二〇人配属され、それぞれ伴部として部下の衛士や物部丁(仕丁から選抜)を指揮し、宮城門の警備や刑罰の執行を担当した。本条にいう内物部は、職員令59集解古記の他に同条集解の令釈や令義解も衛門府配属の物部を内物部というとしている。

一〇二 **平城宮の大嘗祭遺構**(一五七頁注二三) 平城宮では推定第二次朝堂院の内部で大嘗宮と推定される遺構が三時期にわたって発見されている(『奈良文化財研究所年報』一九八六)。発掘は大嘗宮の東半分(悠紀院)で行われ、次のようなことが明らかとなった。宮は一辺約一五〇メートルの正方形で、溝と垣によって囲まれている。宮の内部では儀式・延喜式にみえる臼屋、膳屋、正殿、御厠に相当する建物跡がみつかっている。両式にみえるように臼屋、膳屋と正殿、御厠とは垣によって別区画となっている。ただし廻立殿相当の建物は第一期に相当する建物跡が大嘗宮の北方でみつかっているが、二期、三期については該当する建物跡は発見されていない。発掘調査によれば、三度の大嘗祭が、朝堂院内で行われたことになる。奈良時代における大嘗祭は元正、聖武、孝謙、淳仁、称徳、光仁、桓武の七回行われており、淳仁、光仁、桓武が太政官院で、孝謙は南薬園新宮で大嘗祭を行っている。元正、聖武、称徳については場所について示す史料がない。発掘調査で見つかった三回の大嘗宮が、淳仁、光仁、桓武のそれにあたるのか、あるいは元正、聖武、称徳のそれにあたるのかは未詳である。淳仁、光仁、桓武にあたるとすると平城宮推定第二次朝堂院は朝堂院とも太政官院ともよばれていたことにもなる。その可能性は延暦五年七月丙午に「太政官院成、百官始就二朝座一焉」とあることから見てあり得ないことではない。

一〇三　**俘囚**(一五九頁注七)　蝦夷の捕虜のこと。続紀本条の七三七人は神亀元年の冬に拉致。おそらく正月拝賀の儀に参列させられたのであろう。西国への強制移住は古くから行われていたが、続紀ではこのころから目立つ。

一〇四　**神亀二年閏正月丁未条の叙勲**(一五九頁注一一)　神亀元年十一月の来帰後、軍防令30-33の規定によって提出された将軍らの報告にもとづくのであろう。ただ「征夷」のみで「鎮狄」がなく、その将軍小野牛養の叙位もみえぬが、それが省略でも欠脱でもないことは、牛養の正五位下への昇叙が三年後の神亀五年五月であることによって判る。鎮狄軍は戦果がなかったとみるべきか。

一〇五　**多賀城碑**(一五九頁注一四)　宮城県多賀城市大字市川にあり、高さ約二メートルの硬質砂岩に刻まれた石碑。明治以来の偽作説は近年の詳細な調査で根拠が乏しいとされるにいたった(安倍辰夫・平川南編『多賀城碑』)。碑文は左のとおり。なお多賀柵→補12-六七。

　多賀城　去京一千五百里
　　去蝦夷国界一百廿里
　　去常陸国界四百十二里
　　去下野国界二百七十四里
　　去靺鞨国界三千里
此城神亀元年歳次甲子按察使兼鎮守将
軍従四位上勲四等大野朝臣東人之所置
也天平宝字六年歳次壬寅参議東海東山
節度使従四位上仁部省卿兼按察使鎮守
将軍藤原恵美朝臣朝獦修造也
　天平宝字六年十二月一日

一〇六　**五百原君**(一五九頁注二〇)　駿河国廬原郡(現在の静岡県清水市の大半と庵原郡)を本拠とする国造系豪族。孝霊記は日子刺肩別命を五百原君の祖とし、姓氏録右京皇別には笠朝臣と同祖とし、吉備建彦命が景行天皇の時に東方に派遣され毛人を討ったので廬原国を賜ったとある。また天智紀二年八月条には廬原君臣が百済救援軍に加わったこと、天平九年度・十年度の駿河国正税帳には廬原君足磯が朝集雑掌として勤めていることがみえる。

一〇七　**田辺史難波**(一五九頁注二四)　天平九年四月には正六位下出羽守として大野東人を大室駅に迎える。同十一年四月に正六位上から外従五位下、同十六年十一月に従五位下、天平勝宝二年三月、中衛員外少将で上毛野君と賜姓、同六年正月に従五位上。天武紀にみえる近江方の別将田辺小隅も史姓らしい。田辺史→㈠補1-一三五。

一〇八　**坂本朝臣宇頭麻佐**(一五九頁注二五)　神亀五年五月、天平元年三月、同五年三月と累進して従五位上。同九年正月、常陸守で持節大使の副使として出征、玉造柵を鎮守。坂本(坂下)朝臣も崇峻・推古紀の糠手、天武紀の財ら武人を出している。→㈠補1-四二。

一〇九　**丸子・丸子部**(一五九頁注二六)　丸子・丸子部また丸子連を名乗る氏族は、奈良・平安時代においては、その分布が陸奥国に最も多く、常陸・上総・相模等の東国に限られ、地名にもこの地域に丸子が多い。このことはこの氏族が東国に広く分布居住していた氏族であることを示すが、その氏族名が継体・宣化・敏達・用明等六世紀の天皇の皇子の名と同音であることは、これらの皇子の子代・名代の系譜を引く氏族であることを示唆する(井上光貞「陸奥の族長、道嶋宿禰について」『著作集』一)。ただ、丸子・丸子部・丸子連をすべて同族とする説(上掲井上論文、高橋富雄「陸奥大国造」『古代の日本』8)に対し、丸子姓の人物は圧倒的に牡鹿郡の者の多いところから、丸子姓の氏族は七世紀前半頃に牡鹿の地に移住した新来の集団と見、丸子部・丸子連と別系統の氏族とする見解(伊藤玄三「道嶋宿禰一族についての一考察」『東北古代史の研究』)もあり未詳。丸部(和邇部)とは別氏族。

一一〇 **川原椋人・河原史・川原連**(一六一頁注七)　川(河)原椋(蔵)人は姓氏録河内諸蕃に陳思王植の後とする。河原は地名(現在の大阪府羽曳野市河原城)。椋人→[一]補6-五三。

大化五年三月是月条に川原史がみえ、神護景雲三年九月条では河原毗登(史)・河原蔵人らが河原連と賜姓されているが、天武紀十三年十月条には既に川原連がみえる。即ち川原椋人・史・連はみな河内国丹比郡([一]二三頁注四)河原を本拠とする渡来系の一族か。

一一一 **志摩国の口分田**(一六一頁注二〇)　志摩国は二郡しかなく(補8-二六)、一昨年の養老七年冬から昨神亀元年春にかけての班田の結果、口分田に著しく不足したため、この神亀二年七月の本条での措置がとられたのである。次の班田が終った天平二年度尾張国正税帳の山田郡の部分には「志摩国伯姓口分田輸租穀弐拾参斛壱斗」(古一-四一七頁)とみえ、本条の措置の実施されたことが判る。なお民部省式上にはこれに則した規定と国司職田は伊勢国に給するとの規定がある。また他郡など遠方での給田は天平神護二年越前国司解(古五-五五四～六一六頁)にも例がみえ、ふつうには賃租(補12-四〇)によって経営したらしい。

一一二 **雊雉之冤**(一六三頁注九)　この語は書経、高宗肜(ゆう)日に「高宗肜日、越有㆓雊雉㆒。祖己曰、惟先格㆑王、正㆓厥事㆒。乃訓㆓于王㆒曰、惟天監㆓下民㆒、典㆓厥義㆒。降㆑年、有㆑永有㆑不㆑永、非㆓天夭㆒㆑民、民中絶命。民有㆑不㆑若㆑徳不㆒㆑聴㆑罪。天既孚命、正㆓厥徳㆒、乃曰㆓其如㆒㆑台。嗚呼、王司㆑敬㆑民、罔㆑非㆓天胤㆒、典㆑祀無㆑豊㆓于昵㆒」とあり、その前文に「高宗祭㆓成湯㆒、有㆓飛雉㆒、升㆓鼎耳㆒而雊。祖己訓㆓諸王㆒、作㆓高宗肜日、高宗之訓㆒」とあるによる。殷の高宗が始祖の成湯を祭ったとき、肜の祭(本祭の翌日に行う祭)の日に雉が飛んで来て祭の鼎の耳にとまって鳴いたので、賢臣の祖己は王に誤った行いのあるためこの災いを招いたと考え、徳による政治を行うことを勧めたというもので、野鳥である雉が祭廟の中に飛来し、祭器の鼎にとまるのは不吉であり、それは徳を失った政治の結果であるとする。

一一三 **後期難波宮の造営**(一六三頁注一五)　後期難波宮は、孝徳朝に造営された前期難波宮([一]補1-一〇七)が朱鳥元年(六八六)に火災にあって後、再建されたものをいう。文武三年正月癸未には文武天皇が行幸しているので、そのころにもすでに一部が再建されたものかと思われるが、本格的な再建はこの時期のもので、後期難波宮にともなう重圏文の軒平、軒丸瓦は、この造営の際に作成されたものとされている。後期難波宮は延暦十二年まで、天平十六年二月庚申に皇都と一時称したことを除くと、平城宮の副都として使用された。延暦十二年三月九日太政官符(三代格)では「難波大宮既停」とあって摂津職をとどめて国としたことがみえる。難波宮の廃止はここからみて、長岡京の造営と関係しているものと考えられる。ちなみに長岡宮出土の瓦には重圏文の軒平、軒丸瓦があり、また朝堂院が八堂で構成されているなど難波宮との類似点が注目される。発掘調査でみつかっている後期難波宮の遺構としては、内裏の南辺部、大極殿院、朝堂院の一部がある。内裏の区画では正殿とその前の細殿及び回廊、大極殿院では、大極殿と後殿および回廊、朝堂院では西第一堂と西面築地、東四堂および南門の一部を確認している。南門が発見されたことによって、朝堂院内には八堂しかなかったと推定されるようになった。

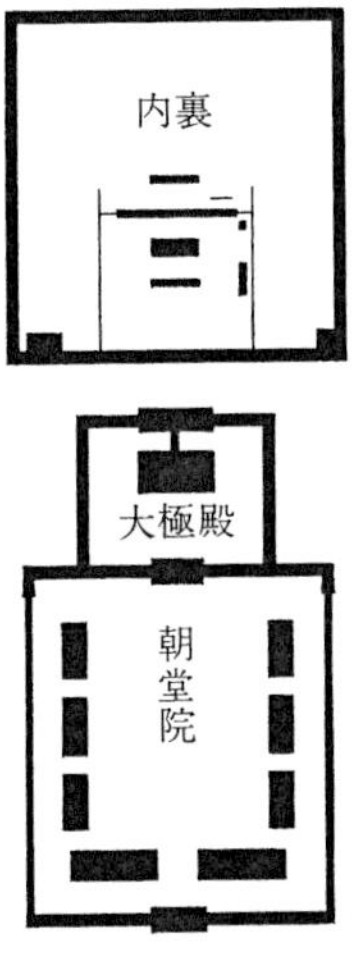

後期難波宮
(723–784)

一一四 **冬至の賀**(一六三頁注二一)　旧暦(太陰太陽暦)では冬至のある月

を十一月とし、十一月朔日が冬至にあたると朔旦冬至といって朝廷で賀の会が行われたことは、書紀では唐のばあいが斉明紀五年七月条の伊吉博徳書に、続紀では延暦三年十一月朔条に初めてみえる。本条は単なる冬至の賀だが、賀辞の受納、侍臣らの奇翫珍贄進上、宴飲、賜禄など、朔旦冬至の賀の行事と同じである。

二五　**佐味朝臣虫麻呂**（一六三頁注三〇）　続紀本条の後、従五位下相当の衛門佐に任じられ、天平元年二月、衛門府の兵を率いて長屋王邸を囲み、後さらに越前守、治部大輔、備前守。天平宝字三年十月、従四位下中宮大夫で没。佐味朝臣→㊀二七頁注一四。

二六　**播磨直**（一六三頁注三二）　国造系の豪族。要略二十四所引官曹事類の養老五年九月十一日符案にみえる内侍播磨直月足などは采女出身であろう。天平六年播磨国既多寺で書写された大智度論跋語（寧遺六一二頁）に知識として針間国造・針間直・佐伯直などがみえる。姓氏録右京皇別の佐伯直の項によればその一族か。

二七　**石川王**（一六五頁注一四）　天平九年十一月に宮内卿。同十七年四月の宮内省移でも同じ（古二-四三三頁）。その間前後次第司や山作司など、儀典関係を担当。長屋王木簡に名がみえる（平城宮木簡概報二十一-一四頁）。長屋王の子か、未詳。

二八　**路真人虫麻呂**（一六五頁注二九）　内蔵頭を経て、天平十年閏七月に大蔵少輔。いずれも従五位下。以後みえぬが、分脈に藤原良因（武良士）・継縄・乙縄の母を「従五上」の虫麿女とする。即ち豊成の妻の父。路真人→㊀一九頁注六。

二九　**阿倍朝臣粳虫**（一六五頁注三〇）　糠虫とも。図書頭、縫殿頭を経て、天平七年四月に従五位上。のち中務大輔で終ったらしく、延暦三年十月の阿倍古美奈の薨伝に「中務大輔従五位上粳虫之女」とみえ、後紀大同三年十月の安倍兄雄の卒伝にも「従五位上粳虫之孫」とある。阿倍朝臣→㊀補1-一四二。

三〇　**大宅朝臣広麻呂**（一六五頁注三一）　東大寺奴婢帳とよばれる文書群のなかには、大宅朝臣広麻呂が、右京の五人、山背の二八人、摂津の一三人、合計四六人の奴婢や良民の男女を本来は自分の奴婢であると訴えて、養老七年五月八日に至り刑部省がこれを認めたことが知られる文書が三通ある（古二-二八一・三〇〇・三三八頁）。それらの奴婢は、天平十二年八月二十二日から九月一日にかけて、刑部省からそれぞれの職への移や国への符として大養徳国添上郡志茂郷の少初位下大宅朝臣加是麻呂の籍に附けるように連絡しているが、それらの移や符では「故従五位下大宅朝臣広麻呂」と書かれているので、遅くとも天平十二年八月までに広麻呂は没していることが分る。また加是麻呂は広麻呂の奴婢がまだ自分の籍に入っていないと訴えてもいるし（古二-三三九頁）、広麻呂の子として遺産を相続したと思われ、後年多数の奴婢を東大寺に施入している。なお『日本古代人名辞典』は広麻呂を右京の人とするが速断か。大宅朝臣→㊀補2-六九。

三一　**粟田朝臣馬養**（一六五頁注三二）　天平二年三月、漢語の通訳養成を命じられ、同十八年四月に従五位上、筑前守を経て同十九年十一月の備中守が所見の最後。なお天平十五年正月に優婆塞として秦三田次を貢進（古八-一六一頁）。粟田朝臣→㊀補1-一二五。

三二　**多胡吉師**（一六七頁注一）　神功紀摂政元年三月条に忍熊王の軍の先鋒として熊之凝という者を挙げ、「一云、多呉吉師之遠祖也」と注する。吉師は渡来系の姓。天平十二年十月壬戌条の多胡古麻呂も吉師姓か。

三三　**位田**（一六七頁注四）　位田は、品階および五位以上の位階をもつ親王・諸王・諸臣に対し、その品階・位階に応じて支給される田。田令4はその支給額を、一品八〇町、二品六〇町、三品五〇町、四品四〇町、正一位八〇町、従一位七四町、正二位六〇町、従二位五四町、正三位四〇町、従三位三四町、正四位二四町、従四位二〇町、正五位一二町、従五位八町と定め、女は三分の一を減ずるとする。なお外五位については神亀五年三月に改正があり、内位の半分、女は三分の一を減ずるとされた（補10-一三）。位田の収授については、田令8に「凡応レ給二職田位田一人、若官位之内、有二解免一者、従レ所二解免一追」と定め、同条集解令釈および義解は位階を得ればただちに支給され、死後は班田の年を待たずにただちに収公されると注釈しているが、続紀本条の制は死後六年の収公猶予期間を設けたわけである。しかし藤原不比等の位田のように、死後一一年後に収公される場合もあった（天平四年二月戊子条）。この収公猶予期間は宝亀九年四月の勅で一年間に短縮され、その規定は弘仁民部省式(紅葉山文庫本令義解書入「民部先式云々」)・延喜民部省式上に条文として継承されている。なお民部省式上には、位田は半分は畿内に、半分は外国(畿外)に給し、一所の位田は一〇町を超えてはならないとする規定がある。

一一四　**内命婦の官禄**(一六七頁注一二)　後宮十二司に所属する女官の官職の相当位は、官位令には定められていない。しかし季禄(㈠補1-五二)は官職の相当位に基づいて支給されるから、それの準用規定を設けておく必要がある。それが禄令9の「凡宮人給レ禄者、尚蔵准二正三位一。尚膳、尚縫准二正四位一。典蔵准二従四位一。尚侍、典膳、典縫准二従五位一。尚酒准二正六位一。尚書、尚薬、尚殿、典侍准二従六位一。尚兵、尚闈准二正七位一。尚掃、尚水、掌蔵、掌侍准二従七位一。掌膳、掌縫准二正八位一。典書、典薬、典兵、典闈、典殿、典掃、典水、典酒准二従八位一」という規定であって、各官職ごとの準ずる位階が定められている。続紀本条の制は、五位以上の位階をもつ内命婦が、六位以下に準ぜられている官職に任じた場合には正六位の官禄を給するとするもの。すなわち、内命婦が正六位に準ぜられている官職に任じた場合のみでなく、従六位以下に準ぜられている官職に任じた場合でも、正六位の官禄が支給されることとなった。この制は、宝亀四年三月庚辰の勅でさらに改められて、「宮人職事季禄者、高官卑位依レ官、高位卑官依レ位給レ之」(九条家本延喜式紙背宝亀四年三月五日太政官符による。古二一-二八〇頁)となった。

一一五　**選人の引唱**(一六七頁注一三)　官人の成績審査にあたっては、審査される官人本人は口頭での査問を受けなければならない。この査問には、考課令1の規定に基づいて毎年当司の長官が行う考問と、選叙令1の規定に基づいて成選の年に行われる引唱との二種があった。続紀本条の太政官奏は、文中に「選人」とあるから、後者の引唱の不参者の処置について述べたもの。選叙令1集解所引(惟宗直本所引か)の弘仁式および延喜式部省式上では、長上官は官すなわち太政官において引唱し、番上官は省すなわち式部省において引唱し、「諸国郡司」は国において引唱することになっている。続紀本条は「於レ官引唱」と述べているから、内長上の諸官についてのもの。

一一六　**南苑**(一六七頁注二四)　南苑は神亀三年三月から天平十九年五月まで見える。五位以上への賜宴(神亀三年三月条等)、冬至の宴(神亀五年十一月条)、七夕の宴(天平六年七月条)などに使用されている。位置については関野貞『平城京及大内裏考』(『東京帝国大学紀要』工科三)は、南苑を皇居の南にある園池と考え、関野が内裏と推定した平城宮中央部分(推定第一次内裏推定地)の南方に推定した。また奈良文化財研究所『平城宮跡発掘調査報告書Ⅱ』では、宴が小規模であることから未詳とする。関野が内苑を推定した区画からは、平安宮豊楽院によく似た大規模な殿舎跡が発見されている。また循烈池からおこった風が南苑の樹をたおしたことが見える(神亀四年五月辛卯条)。平城宮北辺のあたりにあったものか。また南樹苑(天平三年十一月条)がみえるが南苑と同じか。

一一七　**長屋王宅の宴**(一六七頁注三一)　懐風藻には「秋日於二長王宅一宴二新羅客一」と題する詩が八人に各一首ずつ(52・60・63・65・71・77・79・86)みえ、うち一首(52)を除いては皆「賦得二某字一」との注記がある。すなわち各自がそれぞれ某という字を探りあててそれを韻字として作詩したとの意味である(52は注記を脱するか)。この注記は「於二宝宅一宴二新羅客一」と題する長屋王自身の作(68)でも同じであるから、以上九首は王が或る秋の日に佐保の宅(作宝楼とも)へ来日した新羅使と恐らく八人の朝廷の文雅の士を招いて詩宴を催した時の作品群と解される。ところがそれらとは別に「初秋於二長王宅一宴二新羅客一」と題する調古麻呂の一首があり、これは題も多少異なるし韻字の注記もないので、以上九首とは別の詩宴での作と解すべきであろう。小島憲之『上代日本文学と中国文学』(下)は、調古麻呂の詩の題に「初秋」とあるのに注目し、また新羅使を宴する役を考慮に入れると、長屋王の左大臣就任以後の新羅使来日の際とするのがふさわしいとして、本条の金造近らが初秋七月に帰国したことを指摘している。しかし王が大納言時代の養老三年五月に来日した金長言らも閏七月に帰国しているし、題詞に「秋日」とあるさきの九首は、右大臣時代の養老七年八月に朝堂で宴を開き、同月末には帰国した金貞宿らの滞在中も、秋日ということになるので、推定は難しい。

一一八　**汝卿**(一六九頁注一六)　元明の藤原房前に対する詔にも「汝卿」と

いう呼びかけがあったが(養老五年十月戊戌条)、唐の皇帝も日本の天皇も、互いに相手の国の使人を「卿等」と呼んだばかりでなく、唐の玄宗は日本の天皇に対しても「卿」と呼びかけている(張九齢「勅日本国王書」『文苑英華』四七一)。

一二九　**興福寺東金堂**(一六九頁注二八)　要録、本願章第一は、聖武即位の神亀元年二月以後、仏教関係記事を続紀から摘記したらしく、三年六月についても庚申・辛酉・丁卯の諸条を続紀と同文で記し、丁卯条に続けて七月甲午に「又勅二所司一縁二太上天皇寝膳不一レ安、敬造二薬師仏像・挟侍菩薩・并四天王像興福寺一立二東金堂一、奉二供養一」と記す。養老四年十月に造興福寺仏殿司が設置されて以来、中金堂、北円堂が建てられ、この神亀三年七月からは東金堂、天平二年四月から光明の発願で五重塔、五年から六年にかけてもやはり光明によって西金堂が建てられ、また今日に残る十大弟子・八部衆などの諸像が安置されて、興福寺の主要な堂塔がほぼ完成した。興福寺→補8―六四。

一三〇　**鼓吹戸・鷹戸**(一七一頁注一一・一二)　鷹戸は兵部省主鷹司(放鷹司)に所属する品部で、大宝令の附属法令とみられている官員令別記に一七戸とあるが(補8―八七)、養老五年七月庚午に廃止されて公民となっているので、本条はその再置であろう。しかし延喜式にはみえない。また鼓吹戸の廃止はこれまでにみえないので、官員令別記の二一八戸を増置したのかと思われるのに、兵庫寮式では「山城国七十五烟・摂津国二烟・河内国廿三烟〈烟別六丁〉」とされていて、合計一〇〇戸、六〇〇人である。しかし同じ式に「凡鼓吹戸、計帳之日、属已上一人、到レ国与二国司一共以二中上戸一定之」とあるように、一般の民戸の中から中上戸を選んで指定するのであるから、世襲的な品部ではなく、良民が雑徭の代りとして勤める借品部である。

一三一　**新任国司の食馬の給法**(一七一頁注一三)　遷代国司すなわち任を終えて京に帰る国司に対する夫馬の給法は、さきに和銅五年五月十六日格によって定められたが(㊀補5―五四)、本条の太政官処分では新任国司の赴任のさいの食馬の給法を定める。文中の「給レ食」は路次の諸国が食料を給すること、「給二伝符一」は同じく路次の諸国が食料と伝馬を給すること。この給法が実際に行われたことは、天平四年度越前国郡稲帳に(古一―四六一頁)、

赴二新任所一能登国史生少初位上大市首国勝、壱拾剋柒封伝符壱枚、食料稲柒束弐把、塩参合陸勺、酒陸升〈一人別稲四把、塩二勺、酒一升、二人別稲四把、塩二勺〉

同九年度但馬国正税帳に(古二―六一頁)、

赴二任所一弐箇国伝使単弐拾捌日〈使四日、将従廿四日〉給米肆斗肆升、酒肆升

〈因幡国守従五位下丹比真人家主、将従九人、合十人、経二日、々別給米一斗五升五合、酒一升〉

〈出雲国掾従六位下県犬甘宿禰黒麻呂、将従三人、合四人、経二日、々別給米六升五合、酒一升〉

の記載があることから知られる。これらはいずれも本条の「自外諸国、皆給二伝符一」に当るものであるが、越前国では同国を通過した新任能登国史生に日別稲四把(米にして二升)・塩二勺・酒一升を、従者に日別稲四把・塩二勺を郡稲から支給し、但馬国では同国を通過した新任の因幡国守と出雲国掾に日別米二升・酒一升を、従者に日別米一升五合を支給している。これとは別に、かれらには伝符の剋数の伝馬が給せられたはずである。この給法はその後、「給レ食」の備前・備中二国が「給二伝符一」となり、「給レ食」に芻(まぐさ)の給付が加わるなどの若干の修正を経たようであるが、基本的に変更されることなく、太政官式に条文として継承されている。

一三二　**海路の使人**(一七一頁注一九)　さきの和銅五年五月十六日格で、遷代の国司については「其取二海路一者、水手准二陸夫数一」と、海路を取った場合には陸路の場合の夫と同数の水手が、長官から史生にいたるまで節級して、支給されることになった(㊀補5―五四)が、本条では「自外、随レ使駕レ船、縁路諸国、依レ例供給」すなわち給食・給食馬(給伝符)を受ける新任の国司(補9―一三一)については、海路を取れば海路に沿った諸国が食、または食・船・水手を供給することにし、これは後に民部省式下に「凡山陽・南海・西海道等府国、新任官人赴任者、皆取二海路一。仍令三縁海国依レ例給二レ食。〈但西海道国司到レ府即乗二伝馬一〉。其大弐已上乃取二陸路一」と規

定された。本条が「随レ使駕レ船」すなわち使命の必要上(「随レ使」ならば赴任国司が便宜上という意になるが敢えて「使」を「便」に変えるべきではない)海路を取るならば、といっているのを、式のように「皆取二海路一」としてしまうと、山陽道に属する播磨や美作まで海路を取るのかという疑問が生ずるし、また式のように「其大弐已上乃取二陸路一」としてしまうと、帥と大弐だけは山陽道を伝馬で行くのかという疑問も生ずる。この式文はいつ規定されたのか、はたして実効性はあったのか、という点で疑問が残るのに対して、本条の「随レ使駕レ船」の方は当代の他の史料でも確かめられる。すなわち天平二年十二月に海路を取って帰京した大宰帥大伴旅人は赴任の際も海路だったことは万葉に残る歌(四四六―四五〇)から明らかであり、旅人の傔従らも往復とも海路であった(三八九〇―三八九九)。また天平十年度周防国正税帳には伝使らへの食料支給が記載されているが(古二―一三〇頁以下)、多数の「下伝使」「向京伝使」などの間に少数の「下船伝使」が点在しているので、前者を陸路、後者を海路として、海路を取った事情を伝使の任国・官職・位階について陸路の場合と比較検討しても両者の間に区別がつかない。やはり「随レ使駕レ船」すなわち使人はその使命次第で海路を取ることもあったと解すべきであろう。

一三三　**装束司**(一七三頁注七)　太政官式によれば、行幸前数十日に造行宮使、前後次第司、留守などと共に装束司を任命するが、造行宮使に任命すべき官人の位階は「臨時随レ事処分」として決まっていないのに対して、装束司は鹵簿の行進を一糸乱さずに指揮するという重要な役割を勤める前後次第司と同じく四等官制をとり、位階は両司共に長官が三位、次官が五位、判官・主典が六位以下と官位相当を決められ、人数に至っては装束司の方が次官・判官・主典共に前後次第司よりも一人ずつ多く、行幸に際して任命される官職のなかで最も重要とみられていることが明らかである。職務は行幸の際の衣服・調度その他の準備であり、準備すべき物資や馬・夫などの詳細は延喜式の行幸関係諸条に規定がある。装束司はまた喪葬に際しても任命され、太政官式には「凡親王及大臣薨、即任二装束司及山作司一」とあるが、天皇・皇后・皇太后の場合などは憚って規定を省略している。

10 巻第十

一 雇役(一七七頁注二二) 律令時代の朝廷による有償の強制雇傭労働。大化前代以来、中央での大規模な造営事業には、そのたびに朝廷が地方の国造に命じて動員した民を無償で使役したようであり、浄御原令の下ではこのような徭役労働を全国の成年男子の義務として役(えだち)といい、大宝律令では唐に倣ってこれを歳役(さいえき)とし、年間の労働日数を唐の半分の十日と規定した。しかし同時に又、中央で十日使役するために、遠国の民を前後数十日も掛けて往復させるのは不経済であるから、歳役は皆、十日の労働に相当する額の布や米・塩などで徴収することとしてこれを庸(ちからしろ・よう)とよび、国司らを通じて徴発した民に庸を賃金・食料として支給する制度を採った。これが雇役であり、歳役と異って年間の労働日数を十日に限定する必要はなく、また賃金・食料を支給するので課役のような徭役労働でなく雇傭労働ではあったが、労働力確保のために強制的に徴用する点では歳役と異ならなかった。八世紀における大規模な造営事業、すなわち平城・難波・長岡・平安などの宮都の造営は一般にこの雇役で行われ、雇民といえばもちろん、これら中央での造営事業に関連して役民・役夫などと書かれていれば、ほぼ雇役の人夫とみてよいのである。

雇役に関する規定は主として賦役令に収められているが、まず木工寮を始め造宮省・造京司など造営担当官庁が、年間事業に必要な資財と雇民との予算を組んで太政官に提出すると、太政官は主計寮に集計させ、その調達を諸国に割当てる。雇民一人あたりの労働日数は農閑期である十月から二月までの一五〇日間に各人五〇日以内とされているので、諸国からの雇民を前・中・後の三番に分けて五〇日ずつ交代で使役すればよいわけだが、農繁期だと三〇日以内しか使ってはならぬという規定もある。諸国の国司は、予め各戸の貧富や戸口の多少や戸内の成年男子の強弱まで調査して九等に分けてある帳簿から、その国に割当てられた人数を徴用する(以上、賦役令22)。徴用に際しては、富んで強壮な成年男子の多い戸から順に指名し、貧しくて人手のない戸は農閑期に割当てる(同23)。指名した者の名簿は前以て中央に送り、中央ではその名簿によって配置する事業所を決めておくが、十月早々に到着できるのは近国の雇民だから、配置の決定は近国・中国・遠国の順となるし、また西国の雇民は東の平城宮でなく西の難波宮へ割当てるというように無駄なく配慮する。作業用具は雇民自身のものを持参させる(同24)。雇民が働けなくなるような事故が起れば代りの者を出させるが、サボタージュや逃亡したりすれば国司はこれを逮捕し処罰してから配置先に送り返し、元通りに作業させ、その分の賃銀は払ってやる(同25)。十人を一組とし、火頭(ずか)という組長を一人決める。病気や雨で作業ができない日は食料を減らす(同26)。因みに雇民と同様に造営事業に使われた仕丁に対しては、米を一人一日あたり現量で約八合支給している(弥永貞三「仕丁の研究」『日本古代社会経済史研究』)。

以上のほかにも雇役に関連する細かな規定は営繕令・捕亡律などにみられるが、最大の問題は雇役が中央政府の都合による強制労働であったために逃亡者が多かったこと(和銅四年九月丙子条・天平六年出雲国計会帳)のほかに、往復の途中の食料が自弁だったことであり、往路は食料を持参しえても帰路は食料がなく(和銅五年正月乙酉条・同十月乙丑条)、賃金として支給された和同開珎で食料を買おうとしても地方では売ってくれないのが実情であった(同上の十月乙丑条)。かような雇民の待遇改善のために、やがて酒や鮨まで支給されるに至ったようだが(天平八年度摂津国正税帳・天平九年度但馬国正税帳)、庸による雇民への賃金・食料の支給という収支の計算が支出増大のために合わなくなってきたためか、天平年間には雇民の食料も正税のなかから調達するようになる(天平九年度和泉監正税帳)。雇民の待遇改善や食料の正税支出がいずれも天平年間の正税帳で報告され、かつまた、それらが難波宮造営の雇民に関係していることは注目すべきであって、もともと賃金や食料を支給する雇傭労働であり、「課役」の代りの徭役労働ではないはずの「造難波宮雇民」に対して、神亀四年二月の本条が本人の「課役」と本人の属する「房」戸の「雑徭」を免除していることは、神亀に続く天平年間の雇民待遇改善の先駆とみることができる。なお強制雇傭労働である雇役に対して、自由な契約による雇傭労働である和雇も古くから行われ、寺院などの造営に従事した和雇の人夫には常時雇傭の定雇夫と日雇いの日雇夫との別があったことが、正倉院文書のなかの関係資料によって明らかにされている(青木和夫「雇役制の成立」『史学雑誌』六七—三・四、大津透「律令国家と畿内」『日本書紀研究』一三)。

二 **西海道の庚午年籍七七〇巻**(一八三頁注一)　和名抄での西海道九国二島の郷数(里数)は五〇九。そのうち大隅・薩摩二国の大部分は八世紀はじめに律令国家の支配下に編入されたものであるから、これを除くと四三七郷(里)となる。また、律書残篇の二国三島と記載漏れの筑前を除く郷(里)の概数は三六〇である。したがって、律令制の戸籍は一里一巻で作成されたが(一補2—三〇)、庚午年籍は里よりも小規模の単位で成巻された可能性がある。

三 **神亀四年九月来着の渤海使**(一八三頁注五)　下文十二月丙申条および五年正月甲寅条の渤海王の書によれば、このときの渤海の使節は使以下二四人で編成され、出羽国に漂着したが、使高仁義ら一六人は蝦夷のため殺害され、首領高斉徳ら八人が死をまぬがれたという。高斉徳らはこののち、十二月丁亥に入京、丙申に衣服・冠・履を賜い、五年正月庚子の朝賀に参列し、甲寅に王の書と方物を献上した。ついで二月壬午にこの使を送る送渤海客使の任命があり、四月壬午に渤海王に対する璽書を賜わったのち、六月に帰国した。

四 **渤海との交渉**(一八三頁注五)　渤海との交渉は、神亀四年(七二七)の初度の渤海使来航にはじまり、以後同国が滅亡する十世紀はじめまで続けられた。

　渤海を建国した高王大祚栄は、七一二年に唐から渤海郡王に封ぜられたが、二代武王大武藝の七二六年、隣接する黒水靺鞨部が渤海領を通過して使者を唐に派遣するということがあり、これにこたえて唐が黒水州を置いたのを契機として、両国の関係は悪化した。日本への遣使があったのは、その翌年のことである。そのため、この遣使で日本との外交関係を開くことを要請したことの背後には、唐および唐と結んでいる新羅を牽制する意図があったものとみられている。これに対して日本は、使者の来航を朝貢とみなしてこれを遇し、渤海もまた殊更それに異をとなえるものではなかったから、以後、使者の来航も知られるかぎりで三五回に及び、日本からの遣使も一三回みられる。但し日本からの遣使の多くは渤海使を送る使者という形態をとり、独自の派遣は天平宝字二年度・同五年度・延暦十七年度の三回があるにすぎない。そして、渤海使来航の意図が朝貢から物資の交易へと変化した九世紀以降には、日本からの遣使は行われなくなる。

㈠**渤海使の人員と編成**　派遣されてくる渤海使の人員は、八世紀においてはかならずしも定まったものではなかったようである。神亀四年度が大使以下二四人、天平勝宝四年度が七五人、天平宝字二年度と同六年度が二三人、宝亀二年度が三二五人、同七年度が一八七人、延暦五年度が六五人、同十四年度が六八人となっている。使節の編成の知られるものも、天平宝字三年度のが大使・副使・判官(三人)・録事以下、同六年度のが大使・副使・判官・品官・傔人、宝亀二年のが大使・副使・判官(二人)・録事・訳語・品官、同七年度のが大使・判官(二人)・録事(二人)となっている。しかし九世紀に入ると(確認できるのは弘仁十四年度以後)、人員は一〇〇人ないし一〇五人に固定し、使節の編成も大使一人・副使一人・判官二人・録事三人のほか訳語・史生・首領などとなる。壬生家文書として残されている咸和十一年(承和八年、八四一年)閏九月二十五日付の渤海国中台省牒案(『図書寮叢刊壬生家文書』六、一六七九号)に記されている承和八年度の渤海使一〇五人の構成は、つぎのようなものである。

　一人使領　政堂省左允賀福延
　一人嗣使　王宝璋
　二人判官　高文暄　烏孝順
　三人録事　高文宣　高平信　安寛喜
　二人訳語　季憲寿　高応順
　二人史生　王禄昇　李朝清
　一人天文生　晋昇堂
　六十五人大首領
　廿八人梢工

㈡**来着地と迎接**　渤海出航後リマン海流に乗って南下し、ついで朝鮮半島東側の暖流に乗れば出羽国方面に漂着し、対馬海流に乗ればそれ以南の日本海沿岸諸国に漂着する。かくして来着地は、出羽、越後、能登、加賀

(弘仁十四年に越前国より分置)、越前、若狭、但馬、伯耆、隠岐、長門、対馬の各国にわたることとなる。このような状況に対処するため、宝亀四年度の渤海使に以後筑紫道をとるべきことを通告し、ついで越前国に漂着した同七年度の渤海使には大宰府に向わなかった理由を問責している。しかし延暦二十三年六月には、比年渤海使は能登国に来着することが多いとの理由で、同国に客院を造ることを命ずる勅が出されており(後紀)、日本海沿岸諸国への来着を認めざるをえなかったものとみられる。

　来着した国の国司からの通報が中央に届くと、その国もしくは周辺の国に使節を安置し供給(食料などを給すること)すべきことが命ぜられ、また使者が派遣された。この使者を存問使という。存問使は国王の啓と中台省の牒を開函して来着の意図などを調査し、その報告に基づいて中央では使節を入京させるか否かを決定する。但し天長四年度の使節が但馬国に来着したときには、国司が開函してその写を進上させることとするとともに、啓・牒が故実に反するものである場合には国司の判断で使節を還却せよと命ずる天長五年正月二日付の太政官符が出されている(三代格)。入京した使節は、元日朝賀の儀などに参列し、また国王の啓、中台省の牒、信物等を献上する。これにこたえて、天皇の璽書を与え、国王・使節に物を賜い、また使節に位階を授与する。その迎接を担当する者を、領客使または掌客使という。入京後の使者の逗留するところは、九世紀では平安京内の鴻臚館であった。

　㈢**来朝の期**　八世紀においては、渤海使の来航の期について特に定めることはなかったようである。神亀四年の初度の来航ののちは、天平十一年、天平勝宝四年と、それぞれ一〇年以上の間隔があるが、天平宝字年間には二年・三年・六年の三度の来航があり、宝亀年間は二年・四年・七年・九年・十年の五回に及んでいる。だが、八世紀末から九世紀に入ると、来朝の期について以下のような交渉があった。

　延暦十四年十一月に出羽国に来着した渤海国使呂定琳らがもたらした国王の啓は、文王大欽茂の死去を報ずるものであったが、その啓は首尾たしかならず、旧儀に違うとして、十五年五月発遣の送使御長広岳らに、その趣を責める璽書を付した。ところがその送使が持ち帰った渤海国王の啓は、はじめて来朝の年限を問うものであった。その答使は十七年四月に発遣され、六歳一貢とする旨を通告する璽書を渤海国王に伝えた。これに対する答信は同年十二月来着の渤海国使大昌泰らによってもたらされるが、王の啓の内容は六年一貢の期間の短縮を要請するものであった。これに答えて、「宜下其脩聘之使、勿上労二年限一」とする璽書を与える。すなわち随時の来航を認めることになったわけである。そしてこれ以後、大同年間に一度、弘仁年間に六回の来航があった。だがこの間に、来航の目的は朝貢から物資交易に移っていたらしく、弘仁十四年来航の大使貞泰ら(入京せず越前国に安置)が帰国するにあたって、大納言藤原緒嗣の上表により、前例を改めて一紀(一二年)一貢とする旨が通告された(三代格天長元年六月廿日太政官符、類聚国史渤海下、天長三年三月戊辰朔条)。しかし渤海使はこの通告に反して、天長二年十二月に隠岐国に来着する。このときもまた右大臣藤原緒嗣は、このたびの使節は一紀一貢の契期を破るものであること、近年の渤海使は「商旅」であって「隣客」ではないのであるから、そのような「商旅」に対し賓礼を以て迎接するのは国を損するものであることなどの理由をあげ、入京させずに即刻還却すべきであると主張したが、容れられなかった。これ以後、天長四年に但馬国に来着した大使王文矩ら、貞観三年に隠岐国に来着した大使李居正らは、違期を理由に入京させていない。また貞観十八年に出雲国に来着した大使楊中遠らは一紀一貢の廃止を請う王の啓をもたらしたが、これを拒否している。付表参照。

五　**渤海使の首領**(一八三頁注七)　大蔵省式の賜蕃客例条にみられる渤海使の編成は大使・副使・判官・録事・訳語・史生・首領で、首領は最も下級の役職であったことが知られる。なお類聚国史渤海上、延暦十五年四月戊子条によれば、日本後紀の編者は渤海国について、「其百姓者、靺鞨多土人少。皆以二土人一為二村長一。大村曰二都督一。次曰二刺史一。其下百姓皆曰二首領一」と述べているから、首領は在地の首長をも意味した。こうした首領は、渤海から唐に派遣された使節すなわち渤海の遣唐使にもみられるものであるが、承和八年に来日した渤海使は、一〇五人のうち六五人が「大首領」で占められていた(補10―四)。この首領について鈴木靖民は、唐・日本への信物としての特産物を、渤海の各地域において徴達する在地の首長が首領といわれるものであり、その首領が遣唐使・遣日使の一員となっているのは、それが軍事官的性格を有するものであったためではないかと推定している(「渤海の首領に関する基礎的研究」『古代対外関係史の研究』)。

六 **中宮職**(一八三頁注二一) 中宮職は中務省の被管官司で、大夫一人、亮一人、大進一人、少進二人、大属一人、少属二人の四等官(その相当位→㊀補2-七五)のほか、舎人四〇〇人、使部三〇人、直丁三人が所属し、皇后などの天皇の配偶者および皇太后・太皇太后に関する庶政を掌る(職員令4)。しかし大宝令施行以後の中宮職は、もっぱら文武の夫人藤原宮子付きの官司として機能していたため、天平元年に藤原光明子が聖武の皇后となると、光明子付きの令外の皇后宮職が置かれるにいたり(補10-五六)、さらに平安時代以降には皇太后宮職、太皇太后宮職なども時に応じて併設された。

七 **太政大臣家資人**(一八三頁注二三) 藤原不比等(㊀補1-八六)は養老四年八月に没し、同年十月に太政大臣正一位を贈られたが、その家政機関は没後も存続していた。すなわち、補任養老四年条に引く贈官・贈位を告げる詔は「食封・資人、並如㆓全生㆒」といい、職田・位田・養戸(食封)が収公されたのは天平四年二月のことであった。不比等没後の同家に資人がいたことは、神亀三年山背国愛宕郡雲下里計帳に「大政大臣家位分資人」(古一-三五九頁)がみえることによりたしかめられる。

八 **藤原朝臣光明子**(一八五頁注一七) いわゆる光明皇后。藤原朝臣不比等の第三女で、母は県犬養宿禰三千代。諱を安宿媛、道名を則真という。所生の皇子に神亀四年閏九月丁卯誕生の皇子、皇女に阿倍内親王(のち孝謙・称徳)がある。

天平宝字四年六月乙丑条の崩伝に、時に春秋六十とあるから、誕生は聖武と同じ大宝元年(㊀五一頁注一八)。霊亀二年、年十六のとき、即位前の聖武すなわち首皇子の妃となり、養老二年、年十八で阿倍内親王を生み、神亀元年二月の聖武の即位にともなって夫人となり、同四年、年二十七で皇子を生み、食封一〇〇〇戸を賜わる(続紀本条)。皇太子となったその皇子が死去したのちの天平元年、長屋王事件を経て、八月戊辰に皇后となる。このとき皇后附属の官司として令外の皇后宮職(補10-五六)が新たに設けられた。この皇后宮職内には写経司が置かれ、天平十二年五月に父不比等・母三千代のための一切経律論五千余巻の書写を発願し、同司に書写させている。これを五月一日御願経という。また皇后宮職には病者の施療のための施薬院が置かれ(三三五頁注一七)、崩伝には悲田院も置いたとある。聖武の行った仏教政策を領導したのは皇后であったようで、東大寺の創建、国分二寺の建立などは皇后の勧めによるものであったと、崩伝は記している。天平勝宝元年七月、皇太子阿倍内親王が即位(孝謙)すると、皇太后となるとともに、皇后宮職を改めて紫微中台とし、その長官紫微令には甥の藤原仲麻呂が任命された。この官司は「居㆑中奉㆑勅、頒㆓行諸司㆒」(天平宝字二年八月甲子条)という権限を有する官司であって、紫微中台の設置は光明子と仲麻呂が事実上政権を掌握したことを意味した。しかもここにいう「勅」は天皇の命令にかぎられるものではなく、光明子の命令もまた「詔」であった(たとえば天平宝字元年七月己酉条の「太后詔」)。ついで、天平勝宝八歳五月に聖武が死去し、七七忌に当る六月二十一日、聖武遺愛の品々を東大寺盧舎那大仏に献じた。その目録が東大寺献物帳(国家珍宝帳、古四-一二一～一七一頁)である。その後、聖武が立てた皇太子道祖王が廃され、代って皇太子となった大炊王が即位(淳仁)したのちの天平宝字二年八月、百官・僧綱の上表により天平応真仁正皇太后の称号がたてまつられ、同四年六月乙丑に年六十で没した。同月癸卯条に大和国添上郡佐保山に葬したとあり、諸陵寮式はこの陵を佐保山西陵とし、陵墓要覧はその所在地を奈良市法蓮町とする。万葉に短歌三首がある。

九 **市往氏**(一八五頁注二一) 姓氏録右京諸蕃に市往公があり、百済国の明王より出たとする。また天平五年右京計帳に市往の姓がみえる(古一-四八二頁)。市往は、大和国高市郡市往岡(現在の高市郡明日香村岡)にちなむものか(佐伯有清『新撰姓氏録の研究』五)。なお、扶桑略記の大宝三年三月乙酉条では義淵の俗姓を阿刀氏とし、要録第一本願章が引く竜蓋寺記では父を津守氏、母を阿刀氏とする。阿刀氏は阿刀連(㊀七七頁注三〇)か。

一〇 **叙位の儀と宣命**(一九一頁注一一) 本条の制は、朝堂院で行われる叙位の儀においては、宰相らは宣命が宣布される以前に朝堂の前に出て、起立して宣命を聞き、宣布が終ったのちに朝座(朝堂の座)に就くべきことを命じたもの。

国家的な儀式が朝堂院で行われる場合には、群臣が朝庭に列立した状態で宣命が宣布される。しかし通常の政務に関する宣命は、議政官以下関係諸官司の官人がいったん朝座に就いたのちに、宣布される。本条の制は、そうした場合の一つである叙位の儀においても、宰相らは庁前に起立して宣命を聞くべきことを命じたもので、式部省式上には「凡於二朝廷一宣命者、群官降レ座、立二堂前庭一」というように、より一般化した規定として継承されている。

叙位の儀における宣命の宣布については、太政官式・式部省式等にその規定がみえ、太政官式では「凡成選応レ叙レ位者、奏二短冊一後、預書二位記一、式部四月十(一脱か)日、兵部十三日請印。十五日大臣已下就二朝座一、二省率二応レ叙人一就二標位一、弁大夫宣命。〈内記進二宣命文一、外記請二其文一、授二宣命大夫一。任二郡司一亦同〉」として、四位・五位の弁が宣命使として宣命を宣布するとしている。その宣命について柱史抄(群書類従公事部)は、

天皇我詔旨度勅大命乎、衆諸聞食止宣。仕奉人等中爾、其仕奉状乃随爾、治賜人毛在。又御意愛盛爾、治賜人毛一二在。故是以冠位上賜波久止詔天皇大命乎、衆諸聞食止宣。

某年正月七日

という宣命を記し、これに「宝亀六年正月初有二此詔一」と注している。しかしそれより古く、叙位の儀に宣命が宣布されていたことは続紀本条により明らかであるから、この注記は正月七日叙位の儀の宣命についていうものであろう。なお貞観元年四月十五日の叙位の儀は太政官曹司庁で行われたが、そのとき宣布された宣命はつぎのようなものであった(三代実録)。

勅旨止宣大命乎、衆聞食止宣。天安二年成選人等尓、其仕奉状乃随尓、冠位上賜比治賜波久止宣大命乎、衆聞食止宣。

二　**宰相**(一九一頁注一四)　宰相は、天子を輔佐し、百僚を統摂して政事を行う者の意だが、ここでは太政官の議政官をいうか。続紀では本条のほか、天平宝字三年五月甲戌条と同六月丙辰条にこの語がみえ、前者は太保藤原恵美押勝をいい、後者は議政官をいうものとみられる。ちなみに続後紀嘉祥二年十一月乙亥条にみられる宰相は、参議のこと。平安時代には、宰相は参議の唐名として用いられた。

三　**庁**(一九一頁注一五)　庁は、書紀大化三年是歳条の北野本の古訓に「マツリコト、ノ」とあり、ここでは朝堂院内の十二朝堂をいう。本条上文の宰相を議政官と解してよければ、また延喜式の記述を八世紀にさかのぼらせて考えてよければ、議政官の朝座は東第一堂と第二堂(平安宮では昌福堂と含章堂)に置かれていた(式部省式上)。

四　**「定二外五位位禄蔭階等科一」の内容**(一九一頁注一六)　大宝令の位階制(養老令制も同じ)では、諸臣に授与される位階として、正一位から少初位下までの内位の三十階のほかに、外正五位上から外少初位下までの外位二十階を定めていた(大宝元年三月甲午条)。そのうちの外位は、官職の種別およびその考選方式に対応して設けられた位階であったが([一]補2-三七)、その種の官職に任ずる者は主として地方(畿外)出身者であったから、現実には内位と外位の別は畿内と畿外という出身の別を表示するものともなっていた。しかし律および令では、内位と外位との処遇上の差別を全く設けておらず、両者は同等のものとして扱われていた。本条の勅は、通貴に入る五位について、内位と外位の処遇に新たな差等を設けることを指示したものだが、それだけでなく、従来内五位に叙せられてきた畿内出身者の叙爵(五位に叙せられること)のコースに、その姓の高下と家の門地により、はじめから内五位に叙せられるコースと、外五位を経て内五位に叙せられるコースとの別を設けることとなった点が注目される。このうちの外五位から内五位に叙せられることを入内(にゅうない)というが、野村忠夫は、神亀五年三月以後の入内の事例を精査して、それには

正六位上以下から外従五位下に叙せられ、ついで従五位下に入内するAコース

正六位上以下から外従五位下に叙せられ、外従五位下にとどまるBコース

正六位上以下から外従五位下に叙せられ、さらに外従五位上を経て従五位下に入内するCコース

の三種があったことを確認したうえで、このとき外階コースとされた真人姓・朝臣姓の氏族の多くと宿禰姓氏族の一部は、天平十八年四月・五月の

ところを境として内階コースにもどったことを明らかにしている（『律令官人制の研究』・『官人制論』）。

さてこのとき設定された内五位と外五位の差等については、続紀本条では「定二外五位々禄蔭階等科一」としか記していないが、三代格には「刪二定内外五位貴賤差別一」という勅による諸問に答えた神亀五年三月廿八日の太政官奏が収載されていて、その具体的な内容を詳しく知ることができる。その概要は以下の如くである。

太政官奏はまず、「内外五位不レ合二同等一事」として、つぎのように述べる。官位令では外五位として正五位上階から従五位下階までの四階を設けている。しかし選叙令（正しくは選任令、選叙令2相当条文）では「凡内外五位以上勅授」といい、禄令（10相当条文）でも「五位以上、不レ在二食封之例一」としたうえで内位と外位の区別をせずに四位・五位の位禄を定めている。これにより、内・外の呼称の別はあっても、禄料などでのその別についてはいまだ処分を経ていないことが知られる。だが礼数・等級がどうして同等であってよいことがあろうか。今後は名称にしたがって秩を分け、外形上は姓の高下を分ち、内容上は家の門地を択ぶことにする。五位以上の子・孫で、歴代あいついで冠蓋相望の者、あわせて明経・秀才の、国家の大儒、後生の袖領たるに堪える者は内五位に叙し、以外は外五位に叙することとする。但し外五位を得たのちに功効を積み、内五位とする場合は、すみやかに相当する内位の位階に叙すべきである。だが、別勅特授はこの方式から除外する。

太政官奏はこのように述べたうえで、外五位の処遇を具体的に指示している。以下、太政官奏の述べる順序にしたがい、律令条文を掲記しながら改正点を示す。但し令の条文番号は養老令のもの。

(1)神祇令17　凡常祀之外、須下向二諸社一供中幣帛上者、皆取二五位以上卜食者一充。

これを外五位については「其縁二神祇官事一、雖レ有二卜食者一、不レ合レ差二充伊勢神宮奉幣帛使一。〈中臣・忌部不レ在二此限一〉」とする。

(2)公式令42　凡給二駅伝馬一、皆依二鈴伝符剋数一。…五位、駅鈴五剋、伝符十剋。

外五位は、駅馬四疋、伝馬六疋とする。

(3)儀制令9　凡…若非二元日一有レ応二致敬一者、…七位拝二五位一。

これを「内八位外七位並拝二外五位一」とする。

(4)僧尼令19　凡僧尼於二道路一遇二三位以上一者隠。五位以上、斂レ馬相揖而過。若歩者隠。

これを外五位については「若有二歩行僧尼忽逢二道路一者、下レ馬過去」とする。

(5)雑令26　凡文武官人、毎レ年正月十五日、並進レ薪。…五位四担。

外五位は三荷とする。

(6)雑令24　凡皇親及五位以上、不レ得下遣二帳内資人及家人奴婢等一、定二市肆一興販上。

これを外五位については「欲レ令下家人奴婢居二住市廛一興販上、即聴」とする。

(7)獄令6凡断レ罪行レ刑之日、…五位以上及皇親、聴レ乗レ馬、聴二親故辞訣一。

これを外五位については「不レ得二乗馬辞訣一」とする。

(8)獄令7　凡決二大辟罪一、皆於レ市。五位以上及皇親、犯非二悪逆以上一、聴レ自二尽於家一。

これを外五位については「不レ得レ自二尽私家一」とする。

(9)田令4　凡位田、…正五位十二町、従五位八町。

外五位は減半する。

(10)禄令10　凡食封者、…其五位以上、不レ在二食封之例一。…正五位絁六疋、綿六屯、布卅六端、庸布二百卌常。従五位絁四疋、綿四屯、布廿九端、庸布一百八十常。〈女減レ半〉。其無レ故不レ上二一年一者、則停レ給。

外五位は減半する。また「女減レ半」を「女減二三分之一一」とし、「其無レ故不レ上二一年一者、則停レ給」を「如无レ故不レ上レ経二一年一者、停レ給」とする。

(11)喪葬令5　凡職事官薨卒、賻物、…正五位絁十一疋、布四十四端、鉄二連。従五位絁十疋、布四十端、鉄二連。…〈女亦准レ此〉

外五位は減半する。また「女亦准レ此」を「女減二三分之一一」とする。

(12)軍防令49　凡給二帳内一、…資人、…正五位廿五人、従五位廿人。〈女減レ半〉。

外正五位は五人、外従五位は四人とし、「女亦同」とする。

⒀選叙令38　凡五位以上子出身者、…正五位嫡子正八位下、庶子及従五位嫡子従八位上、庶子従八位下。

これを「外正五位嫡子従八位上、庶子大初位上、外従五位嫡子従八位下、庶子大初位下」とする。

⒁これは複数の条文に関係する。

軍防令46　凡五位以上子孫、年廿一以上、見無二役任一者、…検二簡性識聡敏、儀容可一レ取、充二内舎人一。…以外、式部随レ状、充二大舎人及東宮舎人一。

学令2　凡大学生、取二五位以上子孫、及東西史部子一為レ之。

軍防令48　凡帳内、取二六位以下子及庶人一為レ之。其資人、不レ得レ取二内八位以上子一。

これを外五位については「並嫡子補二大舎人并大学生一。不レ得レ任二内舎人一。其庶子補二二宮舎人及諸司史生帳内職分資人等之色一」とする。

⒂これも複数の条文に関係する。

名例律9　凡応レ議者、…若五位及勲四等以上、犯二死罪一者上請。

名例律10　凡七位勲六等以上、及官位勲位得レ請者之祖父母父母妻子孫、犯二流罪以下一、各従下減二一等一之例上。

名例律11　凡応二議請減一、及八位勲十二等以上、若官位勲位得レ減者之父母妻子、犯二流罪以下一、聴レ贖。

これを外五位の子については「即有二犯罪一者、准レ犯配決、不レ須二蔭贖一」とする。

⒃賦役令18　凡三位以上父祖兄弟子孫、及五位以上父子、並免二課役一。

これを外五位については「其父従下免二課役一之例上」とする。

⒄後宮職員令16　凡内親王女王及内命婦朝参行立次第者、各従二本位一。其外命婦、准二夫位次一。

これを外五位については「妻者、得二外命婦之号一、不レ入二朝参之例一」とする。

以上のような外五位の処遇の改正にともなって、同じ日に、もう一つの勅が出されている。三代格に収める左の勅がそれである。

勅、諸国郡司五位以上、相二逢当国主典以上一者、不レ問二貴賤一、皆悉下レ馬。如有下官人於二本部一逢中国司上者、同位以下、必須レ下レ馬。不レ然者、揖而為レ過。其有二故犯者一、内外五位以上、録レ名奏聞。六位以下決杖六十。不レ得二蔭贖一。

神亀五年三月廿八日

これは、郡司で五位を帯する者は外五位であるという現実をふまえて、儀制令11の「凡郡司遇二本国司一者、皆下レ馬。唯五位、非二同位以上一者、不レ下。若官人就二本国一見者、同位即下」という規定を改め、郡司は五位以上でも本国司に対しては下馬の礼をとることにしたものである。

なお上記の太政官奏で定められた諸事項は、その後延暦十二年正月六日の勅により、「夫五位者、班二列大夫一、蔭二及子孫一。朝庭攸レ重、人望斯在。而労級雖レ貴、礼数猶卑。褒レ徳勧レ人、豈合レ如レ此」との理由で、「位田位禄賻物之数、蔭階資人」以外は「不レ穏之条」であるとして「除去」されている（三代格）。続紀本条が単に「勅定二外五位々禄蔭階等科一」と記すにすぎないのは、このためであろうと考えられる。

一四　**資人を推問する所司**（一九一頁注三二）　儀制令24に、帳内・資人が本主にさからった場合の処断の方法についての、「凡帳内資人、雖レ有二蔭位一、不レ称二本主一者、杖罪以下、本主任決。〈四位以下、唯得二決笞一〉」という条文がある。しかしこの条文は大宝令では、「（凡帳内資人、雖レ有二蔭位一）、不レ称二本主一者、申二式部一。杖罪以下、不二申送一、随レ罪処分」となっていた。したがって続紀本条の所司も式部省をいうものとみられる。なお同条集解古記は、本条のこの部分の文章を「神亀五年格云、位分資人、請後犯レ罪者、披二陳所司一、推問得レ実、決杖一百。追二奪位記一、却二還本色一」というようにそのまま引用している。

一五　**位分資人採用地域の除外**（一九一頁注三六）　三関は、鈴鹿・不破・愛発の三つの関（〔一〕補4-二〇）。筑紫は、西海道諸国。出羽国は和銅五年九月に建置（〔一〕一八七頁注一五）。

帳内・資人の採用に除外地域を設けることについては、軍防令48に「凡帳内、…其資人、…並不レ得レ取二三関及大宰部内、陸奥、石城、石背、越中、越後国人一」という規定がある。このことに関係する記事を続紀に拾うと、つぎのようになる。

⑴三関―和銅五年九月、三関の人を取って帳内・資人とすることを禁止(㊀一八七頁注一六)。本条で位分資人に採用することを禁止。

⑵大宰部内―本条で位分資人に採用することを禁止。

⑶陸奥―養老六年閏四月、陸奥按察使管内から採用していた帳内・資人を本国にかえす。本条で位分資人に採用することを禁止。

⑷石城・石背の二国―養老二年五月に建置、同五年ごろ再び陸奥国に併す(補8―一〇・一一)。

⑸越中・越後の二国―所見なし。

これらによれば、大宝軍防令には採用除外地域に関する規定はなかったものと推定される。なお続紀本条にはこれらに飛騨・出羽の二国が加わっているが、式部省式上ではこれを継承して、「凡飛騨、陸奥、出羽及大宰府所管諸国人、皆不レ得レ補二帳内職分資人位分資人一」という条文となっている。三関国がないのは、延暦八年七月に三関が廃止されたため。

一六 **馬料**(一九三頁注五) 馬料は、従者としての防閤に代って支給されているから、従者が用いる馬の飼料をいうものとみられる。

本条ではその給法について「給式有レ差、事並在レ格」というが、その格が残されていないので、このときどのような物がいかなる基準で支給されることになったのかは、未詳である。ただ、支給対象が「京官文武職事五位以上」であることから、基準の差等は五位以上の者が任じている官職の相当位によって設定されたのであろうと推定されるにすぎない。

この馬料は、その後大同三年九月廿日の詔(三代格)により、要劇料・時服などとともに、前例をあらためてあまねく衆司に給されることになった。延喜式ではその給法を、文官については式部省式上に、武官については兵部省式に、女官については中務省式に定めているが、職事官全員が支給対象となっている。その支給方法は季禄(㊀補1―五二)のそれとほぼ同じで、一位から初位までの官職の相当位に基づいて支給額を定め、一年を正月から六月までと七月から十二月までの二季に分ち、一季ごとの上日一二五以上の者に給するとしている。なお馬料として支給される物は、大蔵省が保管する銭であった(太政官式・式部省式上)。但し神祇官および斎宮寮の官人の馬料には神税が用いられた(式部省式上)。

一七 **神亀五年五月丙辰条の外従五位下授与者の配列**(一九七頁注六) この日はじめて外従五位下を授与された畿内出身者一六名の配列は、本位の高下によるものではない。そこでこのうち内位の従五位下に昇叙(これを入内という)した時期の知られるものをみると、つぎのようになっている。

天平元年三月甲午の入内者

阿倍朝臣帯麻呂　巨勢朝臣少麻呂　中臣朝臣名代　坂本朝臣宇頭麻佐

天平元年八月癸亥の入内者

高橋朝臣首名

天平三年正月丙子の入内者

津嶋朝臣家道

天平八年正月辛丑の入内者

下毛野朝臣帯足

本条の配列と入内時期の先後がぴったり一致しているわけではないが、それでもはじめに書かれている者に早期の入内者が集中している傾向がうかがわれる。したがって本条の人名の配列は、神亀五年三月廿八日太政官奏(補10―一三)がいう姓の高下、家の門地によっている可能性がある。

一八 **阿倍朝臣帯麻呂**(一九七頁注七) 天平元年三月に従五位下に昇叙したが、七年九月庚辰条に、美作守従五位下阿倍帯麻呂等は四人を故殺し、その族人から弁官に訴えられたとある。後紀、大同三年六月甲子条の安倍弟当卒伝にみえる弟当の父美作守従五位上意比麻呂が同一人であれば、船守(㊀一六五頁注四一)の男。

一九 **中臣朝臣名代**(一九七頁注九) 天平四年八月遣唐副使となり、五年四月に進発し、八年八月帰国。同年十一月従四位下に叙せられ、十年五月には神祇伯として神宝を伊勢神宮に奉ずる使となる。十七年九月散位従四位下で没。

二〇 **新田部親王の「三品」と「明一品」**(一九七頁注一八) 新田部親王は、さきに神亀元年二月の聖武即位にともなう叙位で、二品から一品に昇叙している。したがって本条が本位を三品とするのは不審。また明一品を授くとするのも、解し難い。大宝令位階制の施行にあたり、大宝元年三月甲午条は「親王明冠四階」として、明冠四階を親王に授与する一品から四品までの四階とすると述べており、また同日条には旧冠位と新位階との対応関係を示す正正三位・正従二位などの表記がみられるから、続紀本条の「明一品」の「明」は旧冠位の明冠をさすとみられなくもない。しかしそのような表記が行われたのは大宝二年のころまでであったようであるから(㈠三七頁注三一)、本条の記事全体に誤りがあるのかも知れない。もっともこの記事が係けられている神亀五年七月二十一日という日は、令外の内匠寮と中衛府の新設、大学寮と斎宮寮の改組・拡充などの重要な改革が行われた日であるから、同じ日に新田部親王の地位もしくは処遇に関する何等かの新施策が出され、本条の記事はそれを反映したものである可能性もないわけではない。

二　**神亀五年八月甲午の干支**(一九七頁注二九)　この年八月の朔日干支は甲子であるから、八月に甲午の日はない。しかし、類聚国史、職官十二内匠寮でも、また紀略でも、内匠寮の設置の日を八月甲午としているから、後世伝写の間に生じた誤りではなく、続日本紀本来の誤りであったとみられる。加えて、本条下文に記す内匠寮設置の勅、中衛府設置の勅、および続紀には記事として採用されなかった大学寮と斎宮寮に関する勅の日付は、三代格等では七月二十一日となっている。さらに八月の記事の係日をみると、甲午、甲申(二十一日)、壬申(九日)、丙戌(二十三日)、丁卯(四日)というように、乱れている。神亀五年七月・八月の記事については、続日本紀の編纂の時点で何等かの錯乱があったのかも知れない。

三　**内匠寮の新置**(一九九頁注四)　内匠寮を新置する勅は、三代格に載せられている。いまこれを狩野文庫本類聚三代格所収のものによって示せば、つぎの如くである。

勅

内匠寮　頭一人　助一人　大允一人　少允二人　大属一人　少属二人
史生八人　直丁二人　駈使丁廿人

右、令外増置、以補二闕少一。其使部以上考選禄料、一同二木工寮一。宜下付二所司一、以為中恒例上。寮即入二中務省管内之員一。

神亀五年七月廿一日。

勅が「一同二木工寮一」というように、この四等官の構成は大寮である木工寮に準じているが、少属が一人多い。相当位は木工寮と同じく、頭―従五位上、助―正六位下、大允―正七位下、少允―従七位上、大属―従八位上、少属―従八位下であったとみられる。なお続紀本条で「使部已下」といい、右の勅でも「使部以上」といいながらその定員を記さないのは、定員を定めなかったためか。大同三年十月廿一日太政官符により使部の定員は一〇人となる(狩野文庫本三代格)。式部省式上に定める内匠寮の使部の定員も一〇人。

内匠寮は右の勅がいうように、中務省の被管官司として置かれたが、それがどのような目的と職掌をもつものとして新設されたかは、続紀がいう「雑色匠手」によってある程度推測することができる。すなわち、天平十七年の内匠寮大粮申文(古二―四五八頁)によれば、設置後まもない同寮にはつぎのような匠手が所属していた。匠手の下に注したものは、職掌の重なる令制官司。

番上匠手一七人
金銀銅鉄手一八人　典鋳司(大蔵省被管)・鍛冶司(宮内省被管)
木石土瓦歯角匠手一〇人　土工司(宮内省被管)
織錦綾羅手一二人　織部司(大蔵省被管)
織柳箱手二人　筥陶司(宮内省被管)
国工六人
造菩薩司匠三〇人

これによれば、令制の官司制では手工業品の製造業務はいくつもの官司に分けられていたが、それらの官司とは別にそうした業務を包括する内匠寮を新設することによって、内廷で必要とする調度品等を効率よく製造し供給することが、同寮設置の目的であったとみることができる。また、令制の手工業関係官司の多くが品部・雑戸制を基礎とするものであったのに対し、内匠寮はそれを基礎とするものではなかったとも推定されている(中西康裕「内匠寮考」『ヒストリア』九八)。なお内匠寮はその後、延暦十五年八月二日太政官符により織綾羅等手二〇人を内蔵寮に移したが(三代格)、宝亀五年に典鋳司を併合し(紅葉山文庫本令義解官位令書入)、大同三年正月に画工司と漆部司を併合した(三代格)。そのため内匠寮式における同寮の職掌は、これらの諸司の職掌をも兼ね併せたものとなっている。

二三　**中衛府の新置**(一九九頁注七)　神亀五年に新置された中衛府は、慶雲四年七月、元明即位の直後に置かれた授刀舎人寮の武力を継承したもので、神亀元年の聖武の即位にともない、それまで首皇子(聖武)側近の警固の任にあった授刀舎人を基盤として新たな衛府を編成し、旧来の五衛府にまさる地位と権力をそれに付与したものと考えられる(一補4―七)。設置の時日は、内匠寮と同じく、三代格所収の勅によって七月二十一日とすべきであろう。なお三代格所収の勅(国史大系には欠文があるが、東北大学所蔵狩野文庫本によって補完しうる)は、官員の種類やその数、位階等の記載において続紀本条と相違がある。これは弘仁格編纂の際、天平神護元年二月の官制改革時の格により、本来の勅の記載に変改を加えたことによるのであろう(笹山晴生「中衛府設置に関する類聚三代格所載勅について」『日本古代衛府制度の研究』)。

中衛府新置時の大将は、万葉八一〇・八一一などにより、藤原房前だったと推測される。房前はこれ以前、養老六年には授刀頭であった(笹山晴生「中衛府の研究」同上)。藤原氏と中衛府との関係はその後も密接で、ことに仲麻呂は、中衛大将としてその武力を自己の権勢の基盤とした。しかし天平神護元年に近衛府が新設されると、中衛府の特権的な地位は失われ、大同二年には、近衛府は左近衛府、中衛府は右近衛府となり、六衛府制の一環としての左右近衛府が成立した。中衛府新置以後の主要な官制の変遷を以下に示す。

㈠神亀五年七月　中衛府を設置(三代格七月廿一日勅、続紀八月甲午条)。

㈡天平勝宝八歳七月　中衛舎人の上限を四〇〇人と定める。新置時は三〇〇人(続紀七月己巳条)。

㈢天平宝字二年八月　藤原仲麻呂(恵美押勝)の官号改易により、中衛府→鎮国衛、大将→大尉、少将→驍騎将軍、員外少将→次将と改称。大将を正三位(もと従四位上)、少将を従四位上(もと正五位上)、員外少将を正五位下の官とする(続紀八月甲子条)。

㈣天平神護元年二月　近衛府・外衛府の官制制定にともない、中衛府の官制も改変。大将一人(正三位官)・中将一人(従四位下官)・少将二人(正五位下官)・将監四人(従六位上官)・将曹四人(従七位下官)・医師二人・府生六人・番長六人・舎人四〇〇人・使部三〇人・直丁二人(三代格神亀五年七月廿日勅、紀略延暦十一年四月乙巳条)。

㈤延暦十一年四月　大将を従四位上の官とし、中将を廃止(紀略四月乙巳条)。

㈥延暦十八年四月　大将を正四位上の官とする(後紀四月辛丑条)。

㈦大同二年四月　中衛府を右近衛府とし、中将を復置(紀略四月己卯条、三代格四月廿二日詔)。延喜式における左右近衛府の四等官は、大将一人(従三位官)・中将一人(従四位下官)・少将二人(正五位下官)・将監四人(従六位上官)・将曹四人(従七位下官)(中務省式・兵部省式)。

二四　**府生**(一九九頁注一三)　府生は衛府に配置された、文官の史生に相当する職員。令制五衛府には本来府生はなく、中衛府に関する本条を初見とする。しかし中衛府新置に関する七月二十一日の格文(狩野文庫本三代格)に「其府生者、帯レ剣上下。補曹不レ定、准二文官史生一与レ考。即固二(同か)左右衛門(士か)府主帥一給レ禄。如有レ立レ仗者、執レ兵立レ陣。余五衛府々生准レ此。宜下付二所司一永為中常員上」とあることからすれば、令制五衛府にもこれ以前から府生が設置されており、中衛府新置を機にそれが定員化され、任務・考選・賜禄等についても規定されたとみることができる。神亀五年十一月壬寅条に「制、衛府々生者、兵部省補焉」とあるのも、これにともなう処置であろう。兵部省式での定員は、左右近衛府各六人、左右衛門府・左右兵衛府各四人。

二五　**東舎人**(一九九頁注一六)　神護景雲三年十月乙未朔条の宣命に引く聖武の勅に、「朕が東人に刀を授けて侍はしむる事は、汝の近き護りとして護り近づけよと念ひてなも在る。是の東人は常に云はく、「額には箭は立つとも背は箭は立たじ」と云ひて、君を一つ心を以ちて護る物そ」とある。これは天平十八年二月に置かれた授刀舎人のことかと考えられるが、中衛舎人や授刀舎人を東舎人とか東人とか称するのは、東国人が武勇の故をもって古来舎人として宮廷に奉仕した伝統にもとづくものであろう。続紀や万葉巻二〇の防人歌などによると、八世紀の東国には檜前舎人・金刺舎人・他田舎人等の姓が多数分布し、これらは六世紀代に、東国豪族の子弟が多く舎人として宮廷に奉仕したことを示すと考えられる。中衛舎人には、物部蜷淵(上野国甘楽郡人、天平神護元年十一月戊午朔条)のように東国出身者もいるが、上道朝臣斐太都(備前国上道郡人、天平宝字元年七月戊午条)のように西国出身者もおり、現実には必ずしも東国人のみで編成されてはいなかったと考えられる。

二六　**大学寮に関する神亀五年七月廿一日勅**(一九九頁注二〇)　三代格に、つぎの勅が収載されている(狩野文庫本による)。

勅　大学寮

律学博士二人　直講三人　文章学士一人　生廿人

以前、一事已(上脱)、同二助博士一。

神亀五年十(七)月廿一日

右のうち、「十月」は弘仁格抄第二式部上の「勅　大学寮　神亀五年七月廿一日」によって「七月」の誤りであることが知られる。また「生廿人」は「一事已上、同二助博士一」ということと矛盾するから、本来の勅文にはなかったものとみられる。

さてこの勅は、こののち天平二年三月辛亥に出される太政官奏とともに、大学寮の組織の変更のみでなく、同寮設立の理念をも変えるものであった。すなわち、大宝令制の大学寮の教官組織は大学博士一人・助博士(養老令では助教)二人・音博士二人・書博士二人・算博士二人から成り、このうちの大学博士と助博士が大学生四〇〇人を教授するが、その教授内容はいわゆる明経・文章・明法のすべての分野にわたり、大学生もまたこのすべてを兼学するというのが大宝令制大学寮設立の理念であった。つまりある分野を専門とする教官とそれの教授を受ける学生からなる「科」が存したわけではなく、あるのはすべての分野を兼学する「本科」というべきもののみであったのである。ただ出身するにさいしての省試(式部省が行う国家試験)のコースに、秀才・明経・進士・明法の別があるにすぎなかった。

これを変更して、分野ごとの専門教官を置くことにしたのが、上掲の勅である。すなわち律学博士二人は律令の学を講じ、直講三人は大学博士・助博士とともに明経の学を講じ、文章学士一人は文章の学を講ずる。そしてこのような処置を経たうえで、天平二年三月二十七日の太政官奏(職員令14集解令釈所引)により、文章学士の名が文章博士と変更され、さらに明法生一〇人・文章生二〇人の学生の定員と、学生のなかからえらばれる得業生(明経生四人・文章生二人・明法生二人・算生二人)の定員が定められたことにより、令制の諸学兼学の体制は改められて、教官—得業生—学生からなる「明経科」「文章科」「明法科」などが成立することとなる(桃裕行『上代学制の研究』、早川庄八「奈良時代前期の大学と律令学」『日本古代官僚制の研究』)。→補10—六〇。

なお律学博士の名称は隋・唐のそれを継承したものであるが、のち明法博士と改められる。また勅のいう「一事已上、同二助博士一」とは、相当位正七位下の助博士と同一の処遇を与えるという意である。但し文章博士の相当位は弘仁十二年二月十七日太政官符により従五位下に改められた(三代格)。

二七　**斎宮寮に関する神亀五年七月廿一日勅**(一九九頁注二〇)　三代格巻四につぎの勅が収載されている(狩野文庫本による)。

斎宮寮

頭一人〈従五位官〉　助一人〈正六位官〉　大允一人〈正七位官〉　少允一人〈従七位官〉　大属一人　少属一人〈已上従八位官〉　使部十人

主神司

中臣一人〈従七位官〉　忌部一人　宮主一人〈已上従八位官〉　神部六人　卜部四人

舎人司　長官一人〈従六位官〉　主典一人〈大初位官〉　大舎人廿人　舎人十人

膳部司　長官一人〈従六位官〉　判官一人〈正八位官〉　主典一人〈大初位官〉(膳部□人脱)

織(蔵)部司　長官一人〈従六位官〉　主典一人〈大初位官〉　蔵部六人

炊部司　長一人〈従八位官〉　炊部四人

酒部司　長一人〈従七位官〉　酒部四人

水部司　長一人〈従七位官〉　水部四人

釆部司　長一人〈従七位官〉　女釆(部)二人

殿部司　長一人〈従七位官〉　殿部六人
薬部司　長一人〈従七位官〉　医生二人
掃部司　長一人〈従七位官〉　掃部六人
　勅、依二前件一。
　　神亀五年七月廿一日

右のうち、「織部司」はその伴部が蔵部であることから知られるように「蔵部司」の誤り、また膳部司では「膳部□人」という伴部の記載が脱落している。

　この勅については、斎宮寮を官司として新設したもの、斎宮寮の被管官司を定めたもの、官職の相当位を定めたもの、などとする種々の見解があるが、官職の定員と相当位および伴部の定員を定めたものとみるべきである(一補2-九一)。すなわち斎宮寮は、聖武の皇女井上内親王が斎内親王として伊勢に群行するさいに同寮が設けられたとき、その組織は飛躍的に拡大されたのであって、神亀四年八月壬戌条によれば同内親王附属の斎宮寮官人は一二一人であったとされている。勅に記す定員は、長上官が二三人、番上官が八四人、計一〇七人である。これに、脱落している番上官の膳部と、武官であるために式部省に充てて出されたこの勅には記載されていない門部司と馬部司の人員を加えれば、ほぼ一二一人にみあう数となる。ちなみに兵部省式におけるこの二司の定員と相当位は、つぎのようになっている。

　門部司　長官一人〈従六位官〉　主典一人〈大初位官〉　門部十六人
　馬部司　長一人〈従七位官〉　馬部四人

　すなわち、斎宮寮とその被管の十三司(主神司を別格とすれば十二司)は前年の神亀四年八月に組織されたのであったが、ここにいたって改めて寮および各司の長上官および番上官の定員と、長上官の相当位を定め、これを法制化したのであった。

二八　**僧綱の賻物**(二〇一頁注二三)　僧綱が死没した場合に与えられる賻物については、喪葬令5集解令釈所引の治部省例に「(大宝元年)七月四日勅裁、僧綱賻物者、僧正准二正五位一、大少僧都律師並准二従五位一給レ之」とある。喪葬令5に定める正五位の賻物は絁一一疋、布四四端、鉄二連であるから、義淵に賜与された賻物がいかに多量であったかが知られる。なお僧綱の賻物は宝亀四年閏十一月に改正されて「僧正賻物准二従四位一、大少僧都准二正五位一、律師准二従五位一」(辛酉条)となり、それが治部省式に継承されている。

二九　**天平期の諸国正税帳にみられる金光明経**(二〇三頁注九)　天平期の諸国正税帳・郡稲帳には、正月十四日の斎会で金光明経を読誦したさいの供養料等に関する記載が残されている。それによれば、読誦・転読された経典はつぎのようになっている。

　天平四年度越前国郡稲帳(古一-四六五頁)
　　金光明経八巻　金光明最勝王経十巻
　天平八年度薩摩国正税帳(古二-一二頁)
　　金光明経八巻　金光明最勝王経十巻
　天平九年度但馬国正税帳(古二-五七頁)
　　金光明経八巻　最勝王経十巻
　天平九年度和泉監正税帳(古二-七七頁)
　　金光明経八巻　最勝王経十巻
　天平十年度淡路国正税帳(古二-一〇四頁)
　　金光明経四巻　最勝王経十巻
　天平十年度駿河国正税帳(古二-一一七頁)
　　金光明経并最勝王経十八巻(金光明経八巻、最勝王経十巻)
　天平十一年度伊豆国正税帳(古二-一九二頁)
　　金光明経四巻　金光明最勝王経十巻

これらによって、続紀本条がいうように、それまで諸国が有した金光明経には四巻本と八巻本があったこと、このとき諸国に頒布したものが十巻本の金光明最勝王経であったことなどがたしかめられる。

三〇　**長屋王事件**(二〇五頁注一)　この事件に関する続日本紀の記事は、天平元年二月辛未(十日)条の長屋王謀反の密告と同夜の三関固守および王宅包囲の記事にはじまり、以下日を逐って、壬申(十一日)条の窮問、癸酉(十二日)条の王の自尽と室吉備内親王および男四人の自経、甲戌(十三日)条の王と室の葬およびその葬礼に関する勅、丙子(十五日)条の衆することを禁ずる勅、戊寅(十七日)条の与同者の配流、己卯(十八日)条の縁坐の免除と百官大祓、壬午(二十一日)条の曲赦と密告者に対する褒賞と続き、丁亥(二十六日)条の王一族の存命者は給禄の例に預ることとするという記事を以て終っている。つまりこの事件は、謀反発覚後僅々半月の間にすべての決着がつけられたわけである。だがこの事件には、つぎのような後日談があった。すなわち天平十年七月丙子条によれば、この日左兵庫少属大伴子虫は右兵庫頭中臣宮処東人を斬殺したが、この両人について続日本紀の編纂者は、子虫は「事二長屋王一、頗蒙二恩遇一」る者、東人は「誣二告長屋王事一之人也」と記している。誣告とは、無実の罪を告言することである。事件の発端となった二月辛未(十日)の漆部君足・中臣宮処東人らによる密告が、長屋王を陥れるためにしくまれたものであるということは、続日本紀が編纂されたころには周知の事柄であったのである。

この冤罪事件については、従来は、光明立后との関連で藤原氏が企てた陰謀と解釈し説明されるのが一般的であった。すなわち、不比等没後の藤原氏にとっては、右大臣、ついで左大臣として太政官政治を領導する長屋王の存在は、好ましいものではなかった。両者の確執は神亀元年聖武即位後におこった藤原宮子の大夫人称号事件にすでにあらわれていたが、神亀五年九月に光明子所生の皇太子が夭逝するにおよんで、両者の関係は決定的なものとなった。なぜならば藤原氏は、皇位継承問題を解決する方途として、これ以後光明立后を画策する方向に進んだからである(補10―五三)。だが、大夫人称号事件で令のたてまえを主張して聖武の勅を撤回させた長屋王が、令の原則を破って臣下の女を皇后に冊立するなどということを、決して容認しないであろうことは当然予測される。かくして企てられたのが、長屋王抹殺の陰謀であった、とみるわけである。

このような理解は、大筋においてはおそらく誤ったものではないであろう。しかし近年、長屋王宅跡の発掘調査が行われ、その地から多数の木簡が出土したことにより、多少異なる解釈を施しうる可能性が生みだされつつあるようである。それは、主として「長屋親王宮鮑大贄十編」と記された木簡(平城木簡概報二一―三五頁)をめぐってのもので、事件そのものは藤原氏が企てた陰謀であったとしても、長屋王の側にも謀反の嫌疑をかけられるような条件があったのではないか、というものである。

長屋王は、持統朝に皇太子に準ずる処遇をうけた「後皇子尊」すなわち高市皇子(補10―三二)の長子である。この王は、和銅五年に故文武のために書写させた大般若経の願文に、「長屋殿下」と記されている(古二四―二頁)。殿下は、臣下が三后(太皇太后・皇太后・皇后)および皇太子に上啓するときに用いられる称号である(儀制令3)。かつまた、霊亀元年二月には、王の室吉備内親王所生の男女は皇孫の例に入るとの勅が出されている。とすれば父の長屋王は、これによって天皇の子としての処遇をうけることになったとも解せられる。したがって以上の事柄を勘案すれば、木簡の「長屋親王」も、王家の内部での私称ではなく、天皇家一族によって承認された称呼であったとみてよいのではないか。そのような状況のなかで生じたのが皇太子の夭逝であって、それにより長屋王は有力な皇位継承候補者に浮上した可能性がある。それがこの事件のいま一つの背景であった、とみるわけである。

いずれにせよこの事件は、八世紀におこった数々の疑獄事件と同じように、その真相の解明は困難であるが、総数三万点といわれる長屋王家木簡の解読が進められ、長屋王をとりまく状況が今後明らかにされることにより、さらに実相に近づくことができるものと思われる。

三　**長屋王の自家での自尽**(二〇五頁注二六)　獄令7に、五位以上および皇親が死刑に当る罪を犯し、それが悪逆(八虐の第四→㊀補3―五五)以上でない場合は、家で自尽することがゆるされるとの規定がある。長屋王にかけられた嫌疑は八虐第一の謀反であるから、その規定によれば自家での自尽はできないことになるが、特にゆるされたものであろう。なお霊異記中―一では、長屋王はみずから、刑殺されるよりは自殺したほうがよいと考えて、子・孫に毒薬をのませたうえで絞殺し、その後服毒自殺をしたという。

三　**家令**(二〇五頁注三九)　家令は、有品の親王・内親王、三位以上の王・臣の家に、家政を掌るものとして国家から配属された職員。したがってその官職には相当位があり、それに任ずれば職事官となる。品階・位階による定員は、家令職員令に定める。二品の吉備内親王の場合は、家令一人（正六位上相当）、扶一人（正七位上相当）、従一人（従七位下相当）、大書吏一人（大初位上相当）、少書吏一人（大初位下相当）。ちなみに正二位の長屋王の場合は、家令一人（従六位上相当）、従一人（正八位下相当）、大書吏一人（少初位上相当）、少書吏一人（少初位上相当）。なお、長屋王宅跡からは、家令・家扶・家従・少書吏などが発給した多数の文書様木簡が出土している（平城木簡概報二一「長屋王家木簡一」）。

三三　**高市親王**（二〇七頁注二）　天武の諸皇子のなかで、生年の最も早い皇子（㈠補1―一八）。母は胸形君尼子娘。壬申の乱に、大津皇子とともに近江にいたが、ともに脱出して天武の東行に合流し、活躍した。天武十四年正月に浄広弐。持統四年七月、飛鳥浄御原令制の太政大臣となり、同十年七月没。書紀はその記事で、「後皇子尊薨」と記している。後皇子尊は、草壁皇子を「皇太子草壁皇子尊」（持統三年四月紀）と称したのに対するもの。

三四　**長屋王の子女**（二〇七頁注一八）　長屋王の子女に、つぎのような者がいたことが知られる。王家木簡の括弧内は、平城木簡概報二一「長屋王家木簡一」の頁数。

㈠男の膳夫王・桑田王・葛木王・鉤取王。生母は室吉備内親王。これらはさきに自経した（天平元年二月癸酉条・天平宝字七年十月丙戌条）。

㈡男の安宿王・黄文王・山背王（のち藤原朝臣弟貞と改名）と、女の教勝。生母は藤原不比等女（天平九年十月庚申条・天平宝字七年十月丙戌条）。

㈢女の円方女王（天平九年十月庚申条・宝亀五年十二月丁亥条）。生母は智努女王。王家木簡に円方若翁・員方若翁としてみえる（一五・一六頁）。

㈣女の紀女王・忍海部女王。生母は未詳（天平九年十月庚申条）。王家木簡に、紀女王は紀若翁（七頁）、忍海部女王は忍海部若翁・忍海若翁（一六頁）としてみえる。

㈤女の賀茂女王。生母は阿倍朝臣（万葉一六三題詞下注）。王家木簡にみえる安倍大刀自（一五頁）は生母であろう。なお万葉一六三左注にみえる椋橋部女王と笠縫女王も長屋王の女であった可能性がある。

㈥紹運録は、以上にみられる者のほかに、栗原王・安君王・朝妻王を長屋王の男として記している。

㈦このほか、王家木簡に、山形王（山形皇子・山方王子・山形王子とも、五・一五頁）、珍努若翁（五頁）、林若翁（五頁）、馬甘若翁（一三頁）、石川王（一四頁）、竹野王子（竹野皇子とも、一五頁）、矢釣王（一五頁）、田持王（一五頁）、太若翁（一六頁）などの名がみえ、これらにも長屋王の子女が含まれている可能性が大きい。

三五　**松林苑**（二〇九頁注一）　松林苑は天平元年三月から天平十年正月にかけて松林苑（天平元年三月）、松林宮（天平二年三月）、松林（天平元年五月・十年正月）、北松林（天平七年五月）などとみえ、聖武はそこで宴、騎射、曲水宴などを行っている。また天平十七年五月には松林倉廩に聖武天皇が臨んだとある。北松林とあるところからみて平城宮の北方にあったことが知られる。曲水宴の場所として使用されているところをみると庭園施設をもち、また倉庫群も建てられていたものである。平城宮木簡一―七七号に「松原草除充夫」とある松原も松林苑かもしれない。弘仁十三年三月廿八日太政官符所引の天平神護二年二月廿日勅書（三代格）にみえる松原倉も松林苑の倉廩の可能性がある。

この松林苑の遺跡は、橿原考古学研究所の調査により、平城宮の北に接した、築地痕跡をともなう区域であることが確かめられている（河上邦彦「松林苑の確認と調査」『奈良県観光』二七七）。松林苑の規模は現状の地形と築地痕跡から、南北一〇〇〇メートル以上、東西五〇〇メートル以上の南北に長い不整形の区画で、その内部中央に南北二二〇メートル、東西二〇〇メートルほどの方形の内郭があると推定されている。発掘調査は西面外郭の築地や南面外郭の築地についてそれぞれ部分的に行われている。その結果、外郭の築地は、基底幅二・四メートルで瓦葺であったことが確かめられている。築地基部の外側には幅九〇センチメートルの犬走りがある。また注目されることは、西南隅の部分の発掘では西面築地がかぎの手に曲って、南面築地の縁をこして平城宮に向ってのびていることである。このことは、松林苑が平城宮に連続した施設であったことを推測させる。また出土した軒丸瓦・軒平瓦は平城宮の瓦の編年でいう第二期にあたっており、続紀にみえる年代と矛盾しない。

三六　**巨勢朝臣奈氐麻呂**（二〇九頁注二九）　天平勝宝五年三月の薨伝に、「小治田朝小徳大海之孫、淡海朝中納言大紫比登之子也」とある。父の比登は、比等、人とも書き、近江朝廷の重臣で、天智十年正月に御史大夫(奈氏麻呂薨伝の中納言は、これを続日本紀編纂時の現行官制になぞらえて記したもの)となったが、壬申の乱の敗北後配流された。それを記した天武元年八月紀には比等の子孫も悉く配流されたとあるから、奈氏麻呂も流罪に処せられたものとみられる。しかし許された時期は未詳。奈氏麻呂はこののち、天平三年正月に入内して従五位下。十一年四月、民部卿兼春宮大夫で参議となり、十三年七月に左大弁兼神祇伯春宮大夫。同月、金牙を以て飾った斑竹の杖を賜わっているから、すでにかなりの高齢であった。以後造宮卿に任じ、十五年五月に中納言、天平勝宝元年四月に従二位大納言となり、同五年三月辛未没。時に大納言従二位兼神祇伯造宮卿。万葉に歌一首がある。なお、同じく近江朝廷の御史大夫の子であっても、紀大人の子が早く昇進した(麻呂→㈠補2-四二、古麻呂→㈠九一頁注一四)のにくらべ、奈氏麻呂の昇進はきわめておそい。

三七　**紀朝臣飯麻呂**(二〇九頁注三〇)　天平宝字六年七月丙申条の薨伝に、「淡海朝大納言贈正三位大人之孫、平城朝式部大輔正五位下古麻呂之長子也」とある。天平元年八月に入内して従五位下になったのち、十二年九月に従五位上で藤原広嗣の乱平定のための副将軍となり、大倭守・大宰大弐、大蔵卿を経て、天平宝字元年八月正四位下に叙せられて参議となり、同六年正月に従三位。同年七月丙申に没。時に散位従三位とある。

三八　**広絁の廃止**(二〇九頁注三九)　養老三年五月に、賦役令1に定める絹・絁の規格(長さ五丈一尺・広さ二尺二寸を以て一疋とする)とは異なる狭絹・狭絁の規格(長さ六丈・広さ一尺九寸を以て一疋とする。→五五頁注一五)が定められたが、それとは別に、長さ四丈・広さ二尺五寸の広絁も生産されていた。太政官奏の第一項はその広絁を廃止して、調の絁を狭絁に統一することを奏したもの。なお、美濃国産出の絁の一部は、これ以後も美濃絁の名称で、広絁として貢納された。美濃絁→㈠補4-四一。

三九　**天平元年の班田**(二〇九頁注四〇)　天平元年の班田については、かつては班田収授制の行きづまりに対する対策とみる説があったが、班田収授制の実施の本格化とみる説が有力となっている。「依レ令収授、於レ事不レ便」について、虎尾俊哉は、㈠田令による口分田の収授は死亡等による退田と受田年齢に達したことによる新規受田についてのみ行われるので、戸の口分田の散在的形態がしだいに甚しくなるという実施面より生じた不便と、㈡大宝田令の「初班死、三班収授」の規定が不便であるという規定面からの不便との、二つの可能性を指摘し、後者の可能性が強いと結論した(『班田収授法の研究』)。それに対して宮本救は、規定の改正施行だけならば全面的な班給地の更改は必要ないとして、前者の口分田耕地の散在化の増大の不便をさすと推定している(「律令制的土地制度」『体系日本史叢書』六)。なお河内祥輔は、大宝田令では班田と収授とは区別された概念であるとして、六年一班の班田年と、三班収授の収授年とを区別し、ここにいう「不便」とは戸によって収授年が異なる不便をさす(その対策として天平元年に収授年を統一しようとした)という斬新な仮説を提示している(「大宝令班田収授制度考」『史学雑誌』八六-三)。

四〇　**播磨国賀茂郡**(二一一頁注五)　民部省式上・和名抄に賀茂郡、播磨国風土記に賀毛郡、神戸市垂水区玉津町吉田の吉田南遺跡出土木簡に鴨郡(『木簡研究』一-二五頁)。国造本紀に針間鴨国造があり、播磨国風土記賀毛郡条にも国造黒田別・国造許麻に関する記述がみられるから、かつて賀茂郡を本拠地とする国造が存在したものと推定される。天平六年書写の大智度論の跋語(寧遺六一三頁)にみえる針間国造・針間直等の姓を持つ者は、その後裔か(補9-一一六)。郡域は、加古川中流とその支流である万願寺川・東条川の流域一帯で、現在の兵庫県小野市・加西市と加東郡(社・滝野・東条町)全域にわたる。

四一　**厭魅呪咀**(二一一頁注一一)　厭魅は、図形・人形などを用いて人を害するまじないの法。呪咀はそれを用いてまじないのろうこと。賊盗律17にその刑を定める。厭魅を造り、また符書(本条下文の書符と同じ)を造って呪咀し人を殺そうとしたならば、謀殺人罪から二等を減じた罪を科す。すなわち徒一年。殺せば殺人罪。すなわち斬。

四二　**律の首従の法**(二一一頁注一三)　名例律42逸文に、「共犯レ罪者、以二造意一為レ首。随従者減二一等一」。造意は、犯罪を企てた者。これを首犯とし、以外の共犯者は従犯として罪を一等減ずる。続紀本条のように首犯が斬の場合、斬から一等を減ずると、名例律56逸文により斬・絞の死罪は同じ刑とみなされるから、遠流となる。

四三　**妖訛の書・妖書**(二一一頁注二三)　妖書は、災祥を説き、吉凶を予言するなど、不穏な内容をもつ書物。賊盗律21により、妖書を造れば遠流、用いても遠流。

四四　**神戸の調庸等の処分**(二一一頁注二八)　神祇令20に、「凡神戸調庸及田租者、並充下造二神宮一、及供レ神調度上。其税者、一准二義倉一。皆国司検校、申二送所司一」とする。したがって、伊勢神宮に納められる調から毎年絁三〇〇疋を割いて中央に送り、神祇官の中臣朝臣に給うこととするという続紀本条の勅は、なにか特別の理由があって出されたものであろうが、古語拾遺は「天平年中」の「中臣専レ権」の例として「諸社封税、総入二一門一」と述べている。なお、神戸の調・庸・田租に乗(あまり)があった場合の処置について神祇令20集解古記は、昔は神祇官に収置し、中間(なかごろ)は神社の神主等に給わっていたが、今(天平十年ころ)は再び神祇官に収置していると述べている。とすれば、本条の勅によって神祇官の中臣朝臣に給うことになった調の絁も、そのようにして神祇官に収置されたものであった可能性もあることになる。

四五　**舎人親王に対する朝堂での礼の改正**(二一一頁注三〇)　儀制令12に朝堂での礼を定めて、つぎのようにいう。

　凡在二庁座上一、見二親王及太政大臣一、下レ座。左右大臣、当司長官、即動レ座。以外不レ動。

これは、諸司官人がさきに朝堂の自分の座に就いているとき、親王および太政大臣が入ってくるのを見たならば「下座」せよ、左右大臣および自分が属する官司の長官が入ってくるのを見たならば「動座」せよ、以外の者に対しては「不動」でよい、とするものである。このうちの「下座」については、二一一頁注三三に記したように、同条集解古記は「下座、謂五位以上自レ牀下立。六位以下自レ座避跪。庁外之人立レ地也」とし、令釈もほぼ同様の解釈を施している。これによれば、五位以上は起立の礼をとるが、六位以下は跪伏の礼に通ずる礼をとることになる。これに対し、「動座」については集解諸注釈は注釈を加えていないけれども、後掲の八十一例文や式部省式上・弾正台式の関係条文を勘案すると、その場で起立することをいうものとみられる。

ところで大宝儀制令の相当条文も養老令とほぼ同じであったとみられるが(「座上見親王」「下座」「即動座」の字句が復原できる)、これについてはその後八十一例による改正があった。八十一例は、養老三年以後あまり時期を降らないころに撰定された法令集であるが(虎尾俊哉「「例」の研究」『古代典籍文書論考』)、その逸文の一つにつぎのようなものがある(儀制令集解古記所引と要略六十九、糺弾雑事所引のもののうち、後者による)。

八十一例云、朝堂座上、左右大臣見二親王及太政大臣一、並動レ座。若太政大臣見二親王一、々々見二太政大臣一者、並不レ動。

これは左右大臣の親王・太政大臣に対する礼が「下座」から「動座」に変ったこと(但し左右大臣は五位以上であるから、上記の古記・令釈の解釈にしたがえば、所作には変化はない)を示すが、このとき「下座」の礼そのものが廃止されたのではなかろうか。なぜならば六位以下の「下座」の礼は上記のように跪伏の礼に通ずるものであるが、その跪伏の礼の禁止令はしばしば出されていたし(一補3-四二)、また後世の規定ではあるが式部省式上・弾正台式では、親王・太政大臣・左右大臣が朝堂に入るのを見たならば諸司はみな「起座」するとしているからである(但し親王・太政大臣に対しては「磬折而立」すなわち腰を折って立つ)。

以上のような予備知識を得たうえで続紀本条の太政官処分を読むと、つぎのように解せられよう。知太政官事舎人親王が朝堂に入るとき、親王に対する礼としてか、あるいは知太政官事を太政大臣になぞらえての礼としてかは明らかではないが、諸司はこれまで「下座」の礼をとっていた。すなわち五位以上は起立したが、六位以下は「座ヨリ避(サ)リテ跪ク」礼をとっていた。その「下座」を今後やめて、諸司すべて起立すなわち「動座」の礼とする。これが、この太政官処分の意味するものであるとみられる。

四六　**貢調使**(二一三頁注三)　貢調使は単に調使ともいい(戸令21)、国司がこれに任じ、調・庸・交易雑物等の運脚を率いて、近国は十月三十日、中国は十一月三十日、遠国は十二月三十日以前に上京する(賦役令3)。

四七　**天平元年四月庚午条の「所司」**(二一三頁注四)　この「所司」は兵部省。天平六年出雲国計会帳に、天平五年十一月十四日付で兵部省に送った解に

「進上兵衛養糸壱伯弐拾斤事」があり、この解は貢調使に附されて進上されている(古一-五九八頁)。

四八　**兵衛資物の輸法**(二一三頁注五)　本条の「准二銀廿両一」とは、兵衛一人の資物すなわち兵衛を出した郡の現任郡司が負担する資物の総額をいうものであろう。また「即依二当土所出一」とは、絁、糸、綿、布、米のいずれを資物として貢進するかはその土地に産出するものに依る、の意。したがって一郡の郡司の負担額は、

絁ならば、一疋＝銀二両だから、一〇疋
上糸ならば、小二斤＝銀一両だから、小四〇斤
庸綿ならば、小八斤＝銀一両だから、小一六〇斤
庸布ならば、四段＝銀一両だから、八〇端
米ならば、一石＝銀一両だから、二〇石

となる。

四九　**大極殿閤門**(二一五頁注一)　続紀本条について、大系本も朝日本も「天皇御二大極殿一。閤門隼人等奏二風俗歌舞一」(天皇、大極殿ニ御ス。閤門ノ隼人等風俗ノ歌舞ヲ奏ス)と読んでいる。しかし続紀での閤門の用例をみると、「天皇御二中宮閤門一。己珍蒙等奏二本国楽一」(天平十二年正月丁巳条)、「御二閤門一、宴二於五位已上一」(天平宝字二年十一月癸巳条)、「高野天皇及帝御二閤門一。五位已上及高麗使依レ儀陳列」(同四年正月己巳条)などのように、天皇は「閤門ニ御」しており、延暦二年正月癸巳条の踏歌の節の宴も「天皇御二大極殿閤門一」して賜わっている。したがって本条についても、「天皇、大極殿ノ閤門ニ御ス。隼人等風俗ノ歌舞ヲ奏ス」と読まなければならない。

さて、平城宮には、(イ)いわゆる第一次朝堂院の大極殿と、(ロ)第二次朝堂院の大極殿の、二つの大極殿があったことが明らかにされている(正確には、(ロ)大極殿の下層の(ハ)掘立柱の大極殿を含めて三つの大極殿があった)(一補1-四八・5-一)。このうち(イ)大極殿の前面は竜尾壇に当るかとみられる塼積の壇であって、そこには門はない。これに対して(ロ)大極殿は、複廊で四周をとりかこまれた大極殿院の中にあり、同院の南面には門が設けられている。したがって本条の「大極殿閤門」は、(ロ)第二次朝堂院の大極殿の閤門をいうものとみられる。隼人等はその南面の前庭すなわち朝庭で、風俗の歌舞を奏したのである。もっとも第一次朝堂院にも、その北院と南院を区画する回廊の中央に門があったから、これをいうものである可能性もある。

なお宮衛令1ほかの諸条によれば、宮城の諸門には、宮城外郭の門から内への順に、宮城門、宮門、閤門の別があった。大宝令ではこれを外門、中門、内門と称していたとみられている。このうち外門・宮城門は宮城十二門(一補2-一四三)をいうが、中門・宮門と内門・閤門がそれぞれどの門を指すかはかならずしも明確ではない。かつまた大宝二年七月己巳条のように、外門・宮城門を「宮門」と称したとみられる事例も存する。したがって続紀にみられる閤門・宮門などの語については、それがどの門に当るかを個別に判断しなければならない。

五〇　**官寺**(二一九頁注三七)　官寺は、国家が特別に保護を加える寺院。天武九年四月紀に、「勅、凡諸寺者、自レ今以後、除下為二国大寺一二三上以外、官司莫レ治」とある。またこの勅では、飛鳥寺(法興寺)を官寺とするか否かが問題とされているから、その数はきわめて制限されていたことが知られる。なお天平勝宝元年四月甲午朔条の宣命第十三詔に、「新造寺乃官寺止可成波官寺止成賜夫」とある。

五一　**「五世王嫡子已上」**(二一九頁注三八)　本条では、「五世王嫡子已上」が「孫王」すなわち天皇の孫＝二世の女王を娶って生まれた男女は、皇親の限りに入れるとする。「五世王ノ嫡子」は六世王であるから、それの生んだ男女は七世王となる。したがってここでいう「已上」とは、四世王の子(＝五世王)の生んだ男女(＝六世王)をいうものと解される。但しその四世王の子が、嫡子に限定されるのか、庶子をも含むのかは明らかではない。この処置は、父系で計世すれば皇親でないものを母系で計世して優遇しようとするものであるが、これは霊亀元年二月に吉備内親王が生んだ長屋王の男女を皇孫の例に入れたことと通ずるものがある。なおこの法令は三代格に天平元年八月五日勅として収められているが、「自余依二慶雲三年格一」の文がない。延暦十七年閏五月廿三日勅(三代格)により慶雲三年格が廃止されて「一依二令条一」となったため、弘仁格編纂時に削除されたもの。

五二　**「少納言小花下安麻呂」**(二二一頁注二五)　安麻呂は、天武即位前紀

の、天智十年十月に大海人皇子が病床の天智と面会して出家を申し出た記事に蘇賀臣安麻侶としてみえ、同皇子を大殿に導いたという。少納言は、そのような天皇の側近に侍する立場のものを、令制の官職になぞらえて記したものか。小花下は大化五年冠位十九階の第十等だが、花冠と錦冠はまぎれることが多いので(坂本太郎「大化改新」『著作集』二)、ここは天智三年冠位二十六階の第十二等の小錦下をいうか。

五三 **皇后の身位と光明立后**(二二二頁注二六) 天皇の配偶者については、後宮職員令1-3に、「妃二員、右四品以上。夫人三員、右三位以上。嬪四員、右五位以上」と定める。そこには皇后の規定はないが、妃になりうるのが品階を有する者すなわち内親王であったとすれば、その上位に位置づけられる皇后になりうる者も当然内親王でなければならない、というのが令の原則であったとみられる。しかし令条内で皇后について定めたものとしては、皇后に臣下が上啓するときはこれを殿下と称し(儀制令3)、文章中に皇后の語を用いる時は平出する(公式令37)とする条文がみられるにすぎない。こうした皇后の身位とその歴史的性格、およびそれと天平元年八月に行われた光明立后との関係については、これまで種々の見解が示されているが、ここでは岸俊男の所論(「光明立后の史的意義」『日本古代政治史研究』)にしたがって、その概略を記述しておく。

皇后・妃・夫人・嬪の別が定まったのは浄御原令においてであったと推定されるが(一補1-三三)、それ以前は、のちの皇后に相当するものは大后(オホキサキ)と称されていた。それは、天皇の后妃すなわちキサキのうちの最上位の者の意であって、こうした区別が行われるようになり、后妃の制が整えられたのは、六世紀末、敏達朝のころからであったと推定される。ところで日本書紀は、後の制度を過去に遡及させて、天皇のキサキのうちの一人を「皇后」と表記しているが、それをみると、仁徳「皇后」の葛城襲津彦の女磐之媛命と仁賢(武烈の誤り)「皇后」の出自未詳の春日娘子の二例を除き、他の「皇后」はすべて天皇の皇女または皇族の王の女である。もちろん后妃の制が整えられたのちの「皇后」も天皇の皇女であって、しかもほぼそのころから、女帝ないしは「皇后」による執政という、日本史上特異な政治形態が出現する。そうした女帝は、みな先帝の「皇后」であった。推古は敏達の、皇極・斉明は舒明の、持統は天武の「皇后」である。元明は皇后ではなかったが、即位を予定された皇太子草壁皇子の妃であったから、皇后に準ずる立場にあった。また孝徳の「皇后」間人皇女と天智の「皇后」倭姫王については、女帝に擬せられた可能性もある。さらにまた持統は、天武の在位中に政事にたずさわったとも伝えられている。これらのことは、六世紀末以来の大后・「皇后」の地位が皇太子に比肩しうる執政権を有し、皇位継承の機会をもつきわめて重要なものであったことを示している。皇位継承の機会をもつとすれば、それになりうるのは天皇の親族でなければならない。令制の皇后が、内親王を以てするのを原則とするのは、六世紀以来の大后・「皇后」のこうした地位と権能に由来するものと考えられる。

さて藤原氏は、文武の夫人に宮子をいれ、ついで聖武の夫人に光明子をいれて、天皇の外戚としての地位を固めようとはかっていた。そして神亀四年閏九月に待望の光明子所生の皇子が誕生し、皇太子となった。この時点ではまだ、藤原氏に、光明子を皇后に立てるという構想はなかったとみられる。皇太子が即位すれば、外戚としての立場は保持できるからである。だがその皇太子は、翌年九月に夭死してしまう。しかし事がそれだけのことであるならば、光明子所生のつぎの皇子の誕生を待てばよいのであって、あえて光明子を皇后に立てる必要はなかったであろう。だがこのとき、藤原氏にとっては猶予できない切迫した事態が生じていたのであった。それは、皇太子が夭死したその年に、聖武のいま一人の夫人県犬養広刀自所生の皇子安積親王が誕生したことである。県犬養氏は後宮に隠然とした勢力をもつ氏族である。とすればいずれは安積親王の立太子の議が日程にのぼるであろう。それはすなわち、天皇の外戚としての地位を保持するという藤原氏の意図が潰えることでもある。そのような不利な事態が生ずることに先手を打つため、六世紀末以来の大后・「皇后」の地位と権能に着目して画策されたのが、光明立后であった。光明子を皇后とすることにより、皇后の立場から政治を領導し、場合によっては光明子が即位することさえも意図したかも知れない謀略である。だがこの計画の最大の障害は、皇后は内親王でなければならないとする令の原則であった。そのために、強く反対することが予測される左大臣長屋王を抹殺する必要があったのであり、また立后の宣命においてもくだくだしい弁明をしなければならなかったのである。

以上が岸の所論の概要である。なお、長屋王事件については→補10-三〇。

三四　**ヤケ**(一二三頁注八)　ヤケ(家・宅)は、溝・堀や垣根に囲まれた一区画に複数のヤ(屋)やクラ(倉)が建っている施設をさす言葉と推定され、朝廷に属するミヤケ(御宅・三宅)のほか、オホヤケ(大家・大宅)、ヲヤケ(小家・小宅)など、さまざまなヤケが存在していた。ヤケは軍事や交通の拠点でもあったが、ヤケのもっとも一般的な機能は農業経営の拠点であったと推定される。朝廷の重要な農耕儀礼である月次祭に対比される庶民の祭りが宅神祭(ヤカツカミノ祭)と呼ばれたのも(yaka は yakë の母音交替形)、ヤケの主要な機能が農業経営の拠点であったことを示唆している。イヘが家族のすまい一般をさす言葉であったのに対して、ヤケはミヤケのように家族とは必ずしも結びつかない。大伴家持(ヤカモチ)・石上宅嗣(ヤカツグ)・宅媛(ヤカヒメ)という人名から推測すると、ヤケは豪族層の施設(豪族のイヘの場合もふくむ)をさす言葉であった可能性が強い(吉田孝「イヘとヤケ」『律令国家と古代の社会』)。

三五　**葛城曾豆比古**(一二五頁注六)　紀は葛城襲津彦、記は葛城之曾都毗古と記し、神功六十二年紀に引かれた百済記にみえる「沙至比跪」も同一人とされている。葛城は、大和葛城に基づく氏の名で、そこに蟠踞した豪族。曾豆比古は四世紀末から五世紀にかけて活躍した実在の人物とみられており、天皇家の外戚として栄えた(井上光貞「帝紀からみた葛城氏」『著作集』一)。

三六　**皇后宮職**(一二七頁注七)　皇后宮職は、皇后藤原光明子付きの官司として新たに置かれた、令外の官司。続紀本条は、その長官である大夫のはじめての補任。

大宝・養老令の官制では、皇后・夫人などの天皇の配偶者および皇太后・太皇太后のための庶事に従事する男官の官司として、中務省の被管として中宮職(補10-六)が置かれているが、皇后宮職はそれとは別に新設されたもの。中宮職と同じく中務省の被管。正倉院文書として残されている同職の解・移・牒の位署によると、判官・主典の相当位は中宮職のそれと同じ。したがって四等官は、大夫一人、亮一人、大進一人、少進二人、大属一人、少属二人で構成されていた。

三七　**班田使**(一二七頁注一二)　班田にあたり、班田使が任命ないし派遣されたことは、持統六年九月紀にすでにみえる。辛丑条に「遣㆓班田大夫等於四畿内㆒」とあるのがそれで、これはおそらく、飛鳥浄御原令の班田収授法をはじめて実施するにあたっての班田使の派遣とみられる。しかしそれ以後、班年は文武二年、慶雲元年、和銅三年、霊亀二年、養老七年と五回あったはずであるのに(㊀補2-三〇)、続紀に班田使のことがみえるのは本条がはじめてである。これは今回の班田が、三月癸丑条の太政官奏が裁可されたことにより、全面的なやり直しという大事業であったためであろうか。

さて、諸国の班田は、その国の国司がこれに従事した。天平神護二年九月十九日の越前国足羽郡司解に「天平宝字五年田班国司介高丘連枚麻呂」(古五-五四四頁)、同年同月十□日の同国同郡司解に「天平宝字五年班田使国医師城上石村」(古五-五四五頁)などとみえるのは、その例である。もっともそれにさきだち、天平宝字四年正月任命の巡察使のように、「校田」を目的とする使者が中央から派遣されることもあった(この巡察使は「校田駅使」とも呼ばれている。古五-五四三頁など)。

これに対して京・畿内の班田には、以後、中央官人が班田使に任命されて、派遣されることになる。班田使の任命と派遣は九世紀にいたっても継続してみられるが、続紀の記述範囲内での関係記事・史料をひろうと、つぎのようになる。

①天平元年度

続紀本条のほか、万葉四四五五の題詞に「天平元年班田之時、使葛城王、従㆓山背国㆒贈㆓薩妙観命婦等所㆒歌一首」とあって、左大弁葛城王(㊀補5-六)が山背国班田使に任命されたことが知られる。また万葉四四三の題詞「天平元年己巳、摂津国班田史生丈部竜麿自経死之時、判官大伴宿禰三中作歌一首〈并短歌〉」から、このときの班田使には、使の下に少なくとも判官・史生が加わっていたことが知られる。なお史生丈部竜麿の自殺は、このときの班田のやり直しがかなり厳しい状況のもとで行われたことが原因ではなかったかとみられている。

②天平十四年度

天平十四年九月戊午条に「又任二左右京畿内班田使一」とある。天平十五年四月廿二日の弘福寺田数帳(古二—三三五～三三七頁)を作成したのが大和国班田使であったとみてよければ、長官一人(右大弁紀飯麻呂)、判官二人、准判官一人、主典一人の編成。

③天平勝宝七歳度

続紀はこのことについて記さないが、正倉院文書に「七歳九月廿八日」の日付をもつ班田司歴名が残されている(古四—八一～八二頁)。初行に「班田司　合七十五人〈准判官五人、算師廿人、史生五十人〉」としてその歴名を記すが、地域別の編成は以下のようになっている。

左	准判官一人	算師四人	史生一〇人
右	准判官一人	算師四人	史生一〇人
山代	准判官一人	算師四人	史生六人
河内	准判官二人	算師四人	史生一〇人
津	（准判官ナシ）	算師四人	史生一〇人

これは実務担当者の歴名とみられるが、長官・次官等についての関係史料はない。なお右のうちの「左」「右」は、のちに記す⑤から推して、大和国左司・同右司の意。

④宝亀五年度(任命・発遣は四年か)

大和国添下郡京北班田図(奈良西大寺所蔵)の、宝亀五年五月十日の日付をもつ京北四条の班田図の加署者を、大和国班田使とみてよければ、その編成は長官一人(左大弁佐伯今毛人)、次官一人、判官二人、権判官一人、主典二人。他に算師一人、史生三人。

⑤延暦五年度

延暦五年九月乙卯条に、つぎのような班田使の任命記事がある。

大和国班田左長官　正四位上神王
　次官　従五位下石川魚麻呂
右長官　従四位上佐伯久良麻呂
　次官　外従五位下島田宮成
河内和泉長官　従四位下巨勢苗麻呂
　次官　従五位上紀作良
摂津長官　従四位上和気清麻呂
　次官　従五位下藤原葛野麻呂
山背長官　従四位下壱志濃王
　次官　従五位下多治比継兄

使別、判官二人、主典二人。

⑥延暦十年度

延暦十年八月癸巳条に「任二畿内班田使一」とある。

右のうち、②天平十四年、③天平勝宝七歳、④宝亀四年、⑤延暦五年は、四証図の年に当る。

五八　**太政官奏第一項の法意の変質**(一一七頁注一五)　この太政官奏は、第一項において今回の班田を実施するにあたっての基本方針を述べ、第二—七項で細則を提示するという構成をとっている。したがって第一項が、親王・五位以上諸王臣の位田・功田・賜田と、寺家・神家の地は改め易えることはせず、もとの地に給うとするのは、三月癸丑の太政官奏が「悉収更班」すなわち全面的に班給し直すとしたことに対する除外措置であって、今回の班田についてのみいい、将来にわたって改易しないというものではない。ところが民部省式上には、この官奏第一項を継承した「凡位田、功田、賜田及神寺等田者、各拠二本地一、不レ須二輒改一」という条文が収められている。おそらく弘仁格式の編纂にいたるまでの間に、永格とされたかもしくは法意が変更されて、それが延喜式に継承されたのであろう。そしてまた平安時代中期のころまで、この官奏第一項は寺院の荘園収公を拒否する寺院側の根拠としてもしばしば利用された。たとえば久安三年十一月八日の官宣旨が引く東大寺所司解に「而続日本紀第十云、天平元年十一月癸巳太政官奏、寺家神家地者、不レ須二改易一。勅許者」とある(平遺二六三三号)。

五九　**周防国吉敷郡**(一三一頁注一六)　吉敷郡は、民部省式上・和名抄も吉敷郡。天平勝宝九歳四月七日の西南角領解の別筆追記に「周防国余色郡」

（古四―二二八頁）。郡域は、現在の山口県山口市・吉敷郡（小郡・秋穂・阿知須町）全域と防府市・宇部市の一部。

六〇　天平二年三月二十七日太政官奏による大学寮改組の内容（二三一頁注二〇）　この太政官奏は、弘仁格ではその巻三、式部下に収載されていたが（弘仁格抄）、三代格ではその欠失部分に収められていたため、今日これをみることはできない。しかし幸いなことに、官奏を引用している史料が多いので、もとの太政官奏がどのような内容のものであったかを、ほぼ知ることができる。以下に関係する史料を掲げる。

(一)続紀本条の太政官奏

①大学生のなかから、性識聡恵、芸業優長なる者一〇人以下五人以上をえらび、これを得業生として、夏冬の服（時服）と食料を支給することとする。

②陰陽・医術・曜・暦の達者七人に弟子をとらせ、陰陽三人、医術三人、曜二人、暦二人の生徒を得業生として、時服・食料を給することとする。

③粟田馬養ら五人にそれぞれ弟子二人をとらせ、漢語を習わしめることとする。

(二)三代格、「定二文章博士官位一事」という事書をもつ弘仁十二年二月十七日太政官符

右、依二天平二年三月廿七日格一、置二件官員一、定二正七位下官一。

(三)職員令14集解令釈所引

天平二年三月二十七日奏、①直講四人〈一人文章博士〉、律学博士二人。已上同二助教一。②明法生十人、文章生二十人、簡二取雑任及白丁聡慧一、不レ須レ限二年多少一也。③得業生十人。明経生四人、文章生二人、明法生二人、算生二人。並取二生内人、性識聡慧、芸業優長者一。賜二夏人別絁一疋・布一端、冬絁二疋・綿四屯・布二端一。食料、米日二升、堅魚・海藻・雑魚各二両、塩二勺。

(四)職員令9集解令釈所引

天平二年三月二十七日太政官奏云、陰陽得業生三人、暦得業生二人、並准二大学生一。

(五)職員令44集解所引

天平二年三月廿七日官奏、医得業生三人、並准二大学生一也。

これらにより、この日の太政官奏は以下の諸事項を上奏していたことが知られる。

(イ)神亀五年七月廿一日の勅（補10―二六）を再確認して、直講四人、うち一人は文章博士とし、また律学博士二人を定め、それらの処遇を助教と同じとする（(二)・(三)―①）。

(ロ)明法生一〇、文章生二〇人の定員と、簡取の基準を定める（(三)―②）。

(ハ)大学生のなかからえらぶ、明経生四人、文章生二人、明法生二人、算生二人の、計一〇人の得業生の定員と、給する時服料・食料を定める（(一)―①・(三)―③）。

(ニ)吉田宜ら七人に弟子をとらせ、その生徒のうち、陰陽三人、医術三人、曜二人、暦二人を得業生として、(ハ)と同じく時服・食料を給する（(一)―②・(四)・(五)）。

(ホ)粟田馬養ら五人に弟子をとらせ、漢語を習わせる（(一)―③）。

六一　諸司の時服（二三三頁注四）　禄令11には、皇親の年十三以上の者に春と秋に支給する時服料が定められているが（(一)補2―九五）、皇親以外の者にも時服の支給が行われていた。続紀本条は、その史料上の初見。以後続紀では、天平宝字四年十一月丙午条に大臣以下参議以上の「夏冬衣服」、同五年二月丙辰朔条に議政に預る親王の「夏冬衣服」、同六年五月丙午条に大師恵美押勝の帯刀資人の「夏冬衣服」がみえるが、これらはいずれも時服をいうものと思われる。

こうした諸司の時服は、はじめは得業生や劇官の長上官・番上官に対する特別給付であったとみられるが、大同三年九月廿日の詔により衆司に支給されることとなり（三代格）、同四年正月十五日の太政官符によって支給細則が定められた（同上）。延喜式では中務省式に詳細な規定を載せる。

この諸司の時服は、二季に分けて支給されること、一定の上日数を支給の条件としたことなど、季禄（(一)補1―五二）と共通するところがあるが、季禄が二月・八月の春・秋に支給されたのに対し時服は四月・十月の夏・冬に支給されたこと、季禄は官職の相当位に基づいて禄物が定められていたのに対して時服はかならずしもそうではなかったこと、などの点で異な

るところがあった。

六二　**七曜暦**（一三三頁注七）　七曜暦は、天皇に献ぜられるものなので七曜御暦ともいう。日・月および水・金・火・木・土の五星を記した、天文観測のための一種の天文暦で、陰陽寮式に毎年正月一日に天皇に奉ずると定める。これを御暦奏（ごりゃくのそう）という。なお敦煌から唐の民間で行われていた七曜暦日一巻（敦煌本P二六九三）が発見されており、それには蜜から鶏緩までの中古イラン語による七曜を見出しとして、各々に十二支を配し、日々の吉凶を注記してある。

六三　**具注暦**（一三三頁注八）　暦日の下にその日の吉凶・禁忌などを注記したこよみ。現存する具注暦で最も古いものは、静岡県城山遺跡から出土した、木簡に記した神亀六年（八月五日に天平と改元）の具注暦断簡（『木簡研究』一―二二頁、原秀三郎「静岡県城山遺跡出土の具注暦木簡について」『木簡研究』三）。また正倉院文書に、天平十八年具注暦（古二―五七〇～五七四頁）、天平二十一年具注暦（古三―二四七～二五三頁）、天平勝宝八歳具注暦（古四―二〇九～二一七頁）の、三点の八世紀の具注暦断簡が残されており、漆紙文書として発見されている八世紀の具注暦断簡としては、天平勝宝九歳暦（東京都武蔵国分寺跡出土）、宝亀十一年暦（宮城県多賀城跡出土）、延暦九年暦（茨城県鹿の子C遺跡出土）などがある。これらはみな、暦日と暦日とのあいだの行間をあけていない。平安時代に入るとその行間をあけるようになり、二行間アキ、三行間アキなどと称して、そこに日記を書きつけるようになった。日記のことを暦記というのはそのためである。もっとも、天平十八年具注暦にはその日行われた行事などがところどころに書きつけてある。現存する暦記の最古のものといえる。

六四　**贄とその貢進**（一三五頁注四）　本条の太政官処分第三項は、諸国が産出する国内の「珍奇口味等物」を、国司・郡司が匿して進上しなかったり、産出量が乏しいという口実を設けて進上しないという現状に対処するため、今後は産出量が乏しくても、駅馬と伝馬とを限らずそれを用いて貢進せよと命じている。脚注に記したように、ここには官物を以て市（か）い充てるという様子はうかがわれないから、「珍奇口味等物」は贄をいうものとみられる。この時期には、賦役令35に定める諸国貢献物（大宝令では朝集使貢献物）の多くは調または交易雑物（正税を代価に充てて購入し貢進するもの）に切りかえられており、それらは調庸運脚などが京へ搬送したから、本条が「不レ限二駅伝一」と運送方法について特に指示していることも、「珍奇口味等物」が、調・交易雑物・諸国貢献物以外のものであったことを示していると思われる。

贄（にへ）は新饗（にひあへ）の約ともいわれ、万葉三三八六の「にほ鳥の葛飾早稲をにへすとも…」などにその用例がある（直木孝次郎「新嘗と大嘗のよみと意味」『飛鳥奈良時代の研究』）。七世紀後半以後では、天皇に献上する食物、ことに魚鳥の類を大贄もしくは御贄と称した。この贄の貢納については、後述のように延喜式に記述があるものの、令にはみられないため、従来はほとんどその詳細が知られなかったが、藤原宮跡および平城宮跡・平城京跡から多数の贄貢進の付札すなわち木簡が出土して、七世紀後半から八世紀の時期にその貢進が広く行われていたことが確認された。その貢進地はほぼ全国に及ぶが、それらの付札には、調庸などのそれと異なり、貢納者の個人名が記されていないことが注目される。すなわち贄の貢納単位は、国・郡・里（郷）などの行政単位、あるいは固有名詞を冠する島・海部などの特定の地域もしくは集団となっている。このことは、贄の貢納がそれぞれの地域の古くからの共同体的関係を基礎として行われたことを暗示するものである。石上英一は、みだりに兵を発した場合の処罰を規定した擅興律1の日唐両律文（但し養老律は逸文）を比較し、養老律での同条適用除外例には唐律にはない「公私田猟」が加えられているのに着目して、贄は本来は在地首長が支配下の人民を駆使した田猟（かり）で採取し貢納したと推定しているが（「律令国家財政と人民収奪」『日本経済史を学ぶ』上）、同様のことは下文の天平二年九月庚辰条の詔の第三項の記述からもうかがわれることである（その条の脚注参照）。

なお、藤原宮跡出土木簡での贄の表記は、今日知られるかぎりでは大贄に統一されているが、平城宮跡・平城京跡出土木簡には大贄と御贄の両様の表記がある。一方延喜式をみると、宮内省式と内膳司式に贄貢進の規定があるが、それは次のようになっている。

宮内省式に規定するもの

(イ)「諸国所進御贄」
(a)山城国以下七国の御贄は内膳司に送り年中節料に充てる。
(b)大和国以下五国の御贄は内膳司に送り年中旬料に充てる。
(c)参河国以下四国の御贄は内膳司に送り正月三節料に充てる。
(d)伊賀国以下一一国の御贄は大膳職に送り正月三節の雑給料に充てる。
(ロ)「諸国例貢御贄」
山城国以下二九国と大宰府が貢進。これは内裏に進上し贄殿に納める。

内膳司式に規定するもの
「諸国貢進御贄」
(A)旬料。これは上記の(イ)―(b)に当る。
(B)節料。これは上記の(イ)―(a)・(c)に当る。
(C)年料。山城国以下三四国と大宰府が貢進。贄殿に納めて供御に擬す。
国名・貢納品目など、上記の(ロ)と一致しないものがある。

宮内省式の(イ)「諸国所進御贄」は内膳司式の(A)旬料・(B)節料に対応しているから、(ロ)「諸国例貢御贄」も(C)年料と本来は対応するもので、国名・貢納品目名などの相違は式文成立の新古によるものである可能性がある。もしそうであるとすると、延喜式に定める贄は、「諸国所進御贄」と「諸国例貢御贄」の二本立であったことになる。木簡での大贄と御贄の表記の違いは、このいずれかに対応するものかも知れない。

六五　**天平二年六月甲寅朔条の太政官処分**(二三五頁注二一)　この太政官処分では、毎月の史生以上の上日数は長官に読み申し、長官がいないときは大納言に読み申せ、としている。大納言の所属する官司はいうまでもなく太政官であるから、長官は左右大臣を意味する。したがって史生以上というのも、太政官に所属する史生以上の官人と解される。すなわちこの太政官処分は、官内官人の上日数をその長官に報告するという太政官内の行事について出されたものであって、他の諸官司にかかわるものではない。この点は延喜式の諸規定からも推測されるところであるが、しかし延喜式では以下のようにその方式はかなり異なっている。(イ)諸司の五位以上の前月の上日は、それぞれの官司が簿を造り、毎月二日(正月は三日)に式部省に送る。すなわちこれは太政官には報告されない(式部省式上・下)。(ロ)太政官の官人の上日については、太政官(この太政官は少納言・外記の意)が毎月晦日に参議以上の上日を録し、翌月一日に少納言が天皇に奏上する。また太政官は参議以上および少納言の上日を録して弁官に送り、これを受けた弁官は太政官符を修して毎月二日に式部省に下す(太政官式・式部省式下)。この太政官符には弁官に所属する五位以上官人の上日も記入されたものとみられる。

このように延喜式では、前月分の上日数について、諸司五位以上の式部省への報告と、参議以上の天皇への奏上については定めているが、太政官での長官への読申や、六位以下史生以上の上日の報告に関する規定はみられない。そうしたことは式文とは別の、諸司の例に基づいて行われていたのではなかろうか。なお、本条の太政官処分のような太政官という一官司内の庶政に関する命令は、九世紀以後の例では宣旨で行われている。本条の記述の素材として用いられた資料も、おそらく、議政官の一員が口頭で宣し、それを奉った外記が記した宣旨であろう。

六六　**藤原朝臣不比等の墓**(二三九頁注二)　藤原不比等の墓については、諸陵寮式は「多武岑墓〈贈太政大臣正一位淡海公藤原朝臣。在㆓大和国十市郡㆒〉」として、現在の奈良県桜井市多武峰にあったとする。しかし内閣文庫本延喜式のこの部分には「国史並貞観式云、大織冠墓云々。今文(案か)、已違㆑式。誤也」という傍書があって、貞観式では多武岑墓を藤原鎌足の墓としていたらしい。なお、補任、養老四年条の頭書に「十月八日戊子、火㆓葬佐保山椎山岡㆒。従㆓遺教㆒也」とあり、帝王編年記にも「養老四年八月三日薨。六十二。葬㆓佐保山㆒」とあるから、佐保山(現在の奈良市法蓮町付近)に葬られたとする説もあったようである。

六七　**天平二年九月己卯条の諸国防人の停止**(二三九頁注七)　天平九年九月癸巳条に「是日、停㆓筑紫防人㆒、帰㆓于本郷㆒。差㆓筑紫人㆒、令㆑戍㆓壱岐対馬㆒」という記事がある。それとの関連で、続紀本条の「諸国」について、防人を差点し西海道に送る側の諸国(東国諸国)と解する説(岸俊男「防人考」『日本古代政治史研究』二‐一〇)と、防人が配備されていた筑紫以外の諸国と解する説(直木孝次郎「東国の政治的地位と防人」『解釈と観賞』二四五、「防人と東国」『続日本紀研究』四‐一)とがある。前者の説では天平九年の記事との関係を、天平二年に防人は廃止されたが、現任の防人の任期がまだ終らないうちか、あるいは防人が帰郷せず筑紫に残留しているうちに、新羅との緊張関係がたかまったため、事実上の解任がおくれ、九年にいたってようやく帰郷が実現したと解している。

11 巻第十一

一 神祇官奏(諸司の奏)(二四三頁注三)　本条は、宮中の祭祀に関する神祇官奏である。一般には、諸司の発議した案件は解として太政官に提出され、太政官奏として天皇に奏上される。しかし諸司が直接上奏する場合もあり、公式令77はその場合の手続について、「凡諸司奏事、皆不レ経二長官一、不レ得二輒奏一。若有二機密一、及論二長官事一者、不レ在二此例一」と規定している。

令に規定される諸司の奏としては、祥瑞の出現についての治部省の奏(儀制令8)、日食や天文の異変についての陰陽寮の奏(職員令9・儀制令7)、中務省による暦の奏(雑令6)、宮中の警衛に関する衛府の奏(宮衛令2・3・12・15)、親王および五位以上の重罪についての弾正台の奏(公式令8)などがあるが、続紀ではこれ以外にも、僧尼の公験に関する治部省の奏(養老四年八月癸未条、神亀元年十月丁亥朔条、宝亀十年八月庚申条)、断罪についての刑部省の奏(神亀二年十二月庚午条、宝亀十一年十一月壬戌条)などがある。神祇官奏は本条のみで、宮中の祭祀に関する件であるため、とくに直接に奏上されたのであろうか。

二 庭火御竈四時祭祀(二四三頁注四)　庭火は宮中内膳司に祀られる竈の神で、文徳実録斉衡二年十二月丙子朔条などには「庭火皇神」、三代実録元慶二年七月八日条などには「庭火神」と見える。毎日天皇の食膳に供する飯を炊く竈を神として祀るもので、紀略天徳四年十一月十九日条には、錡(三足の釜)とある。同じ内膳司の忌火神とともに、毎月朔日にその祭祀(忌火庭火祭)が行われ(四時祭式下)、また六月・十二月の神今食祭、十一月の新嘗祭の後にも祭祀が行われる(四時祭式上)。

三代格には、天平三年九月十二日の格が収められている。前半部を欠くが、内膳司による膳神の祭祀について、その春秋の祀物等のことが規定されており、恐らく本条と関係するものであろう。本条の「四時祭祀」が、四時祭式の定める毎月朔日のそれか、あるいは神今食祭・新嘗祭時のそれをも含むかについては、判然としない。

庭火神は、斉衡二年十二月に従五位下を授けられて後(文徳実録同月丙子朔条)昇叙を重ね、康保三年八月には従三位に達した(紀略同月廿六日条)。平安時代には、忌火神・庭火神・平野竈神の三神が御竈神として祀られたが、このうち平野竈神は、桓武朝以後、天皇の母家和氏ゆかりの平野神社の祭神の一、久度神すなわち竈神を宮中内膳司に遷したものと思われる。その祭祀は「癸御祭」(中右記寛治八年十一月十一日条裏書所引長徳三年三月廿一日蔵人信経私記)と呼ばれ、毎月癸日中の吉日を択び、陰陽寮によって行われた(陰陽寮式)。これらの三神は、内裏の焼亡や新造などで天皇の遷幸がある度に、賢所と共に移動するのを例とした。庭火神の釜は、天皇の代替りごとに新鋳する例であったが、後堀河天皇の即位後は、四条・後嵯峨と三代にわたり旧物を用い、後深草天皇の時に至り、宝治二年(一二四八)、内膳司の火災により焼損したため、ようやく新造されたといわれる。

三 石川朝臣加美(二四五頁注二)　天平六年に備中守従五位下勲十二等(備中国風土記逸文)。その後中務大輔・筑紫鎮西府将軍・大宰大弐・兵部卿を経、同十九年三月従四位下で没。石川朝臣→[一]補1-三二一。

大伴宿禰兄麿(二四五頁注三)　尾張守・主税頭・美作守・美濃守を経て天平勝宝元年七月正四位下で参議、八月紫微大弼を兼任。同二年四月廿二日の美濃国司解には「参議兼紫微大弼正四位上行守」とある(古三-三九〇頁)。同三年正月従三位。没年未詳。補任天平勝宝八年条には「或本、天平宝字二(元か)年謀反」とある。大伴宿禰→[一]補1-九八。

四 周髀とその学習(二四五頁注二五)　続紀本条の制は、天平二年三月辛亥条の太政官奏における、陰陽・医術・七曜頒暦等の学術の衰退を防止する施策と一連のもので、直接的には、天平三年に式部省の申請を受けて太政官で行った「官議」によるものである。すなわち、学令13集解古記に、「天平三年依二式部解一官議曰、案二学令一、凡算経、孫子以下九司以上、各為二一経一。其学生弁二明術理一、然後為レ通。試二九章・六章・綴術各三条、余経各一条一、試レ九通二六以上一為レ第。若落二九章一者、雖レ通レ六、猶為二不第一者。令設二及第之科例一、立二叙位之法一。但学如二麟角一、権レ時制レ宜。成若二牛毛一、理須二簡品一。其周髀者、論二天地之運転一、推二日月之盈虚一。言渉二陰陽一、義関二儒説一。此(比か)類余術、難易殊懸。一概銓衡、理未二允愜一。頃者、諸国貢挙算生、偏習二余経一、苟規二及第一。无二益レ国之大器一、有二容レ身之少才一。暦象秘要、恐将レ墜レ地。自今以後、習レ算出身、不レ解二周髀一者、請依二令文一、只許二留省一、事異二常例一」とあって、大宝令の規定では、算道の学習にあたって九章などにくらべて重視されていなかった周髀を、暦象秘要に関わるものとして重視し、本条のような措置を講じたのである。なお式部省式上に、「凡算得業生、不レ解二周髀一者、雖レ得二及第一不レ須レ叙レ位。但聴レ留レ省」とあるのは、本条の制に由来するものである。

周髀は現存する中国最古の天文算法の古典で、髀は影の長さを測る八尺の棒をいい(能田忠亮『周髀算経の研究』)、唐書芸文志には「趙嬰注周髀一巻、甄鸞注周髀一巻」とある。かつまた周髀算経序に、「古蓋天之学也。以二勾股之法一度二天地之高厚一、推二日月之運行一而得二其度数一」とあるように、暦学とも関わる性格をもっていた。大宝学令では、算道の考試は養老令とは若干異っており、学令13の集解古記、および前掲天平三年の「官議」によれば、それは、九章(もしくは六章・綴術)から三条、余経(海嶋・周髀・五曹・九司・孫子・三開重差の六経)から各一条、計九条を試み、六条に通じる者を及第とするが、九章を落せば、六以上に通じていても不第とするものであった。本条の制により、この後は周髀を解さない者は、六条以上に通じていれば、九章を落した場合のように落第とはしないが、考課令75の規定により留省とされるのみで、出身＝叙位はされないこととなった。

五 「海水変如レ血」(二四七頁注七)　水中におけるプランクトンの異常大量発生による、いわゆる赤潮か。大竹千代子編『日本環境図譜』によると、赤潮は一つの生態学的な特異現象で、色は必ずしも赤とは限らず、褐色・緑色のものまであるという。継続日数は五日以内が全体の約半数、夏から秋にかけ、かなり降雨があった後、海が穏やかで日照が続いた後に発生しやすい。なお池の水の異変についての記事には、皇極紀二年七月条(河内の茨田池)、同八月条(同)、続紀天応元年七月丙子条(河内国尺度池)等があり、いずれも暑い時期の異変である

六 雅楽寮の楽師・楽生(二四七頁注一一)　養老令では、雅楽寮に所属する楽師・楽生を次のように規定する(職員令17)。

歌師四人　歌人三〇人　歌女一〇〇人
儛師四人　儛生一〇〇人
笛師二人　笛生六人　笛工八人
唐楽師一二人　楽生六〇人
高麗楽師四人　楽生二〇人
百済楽師四人　楽生二〇人
新羅楽師四人　楽生二〇人
伎楽師一人　腰鼓師二人

しかしこのうち唐楽以下のいわゆる雑楽については、同条集解古記に「問、諸師等無レ生、若為」云々とあり、大宝令では楽生の数が定まっていなかった。続紀本条(天平三年七月乙亥条)は、その雑楽生の定員と採用法とを新たに定めたものと考えられる。

なお同条集解古記は、「大属尾張浄足説、今有レ寮儛曲等如レ左」として、天平十年頃雅楽寮に伝えられていた楽舞の種類、楽師・儛師の数等について記している。楽師・儛師の数については、この後、大同四年三月(後紀同月丙寅条、三代格同月廿一日官符・職員令17集解同月廿八日官符)、弘仁十年十二月(三代格・職員令17集解同月廿一日官符)において変動があり、楽生については、嘉祥元年九月、倭楽・唐楽以下計二五四人のうち一五四人を減じ一〇〇人とする大幅な減員があった(三代格同月廿二日官符)。

七 大唐楽(二四七頁注一二)　中国唐代の音楽で横笛・合笙・簫(しょう)・篳篥(ひちりき)・尺八・箜篌(くご)・箏・琵琶・方磬・鼓等各種の楽器を使用、演奏の規模も大きい。楽師については職員令17に一二人とし、大属尾張浄足説(補11-六)では合笙師・搊箏師・横笛師・鼓師・歌師・方磬師・篳篥師・尺八師・箜篌師・儛師各一人の計一〇人、大同四年三月格(補11-六)では他に簫師・琵琶師各一人を挙げる。楽生は続紀本条(天平三年七月乙亥条)に三九人、養老令に六〇人で、その内訳は、嘉祥元年九月格(補11-六)によれば、歌生四人・横笛生四人・尺八生三人・簫生二人・篳篥生四人・合笙生四人・箜篌生三人・琵琶生三人・箏生三人・方磬生三人・鼓生一四人・儛生一二人。同年これを歌生二人・横笛生四人・尺八生二人・簫生一人・篳篥生四人・合笙生四人・箜篌生二人・琵琶生二人・箏生二人・

方磬生二人・鼓生四人・儛生六人の計三六人に減じた(内訳の数はいずれも一名不足)。なお大宝二年正月癸未条の五常・太平楽は唐楽の曲目。↓㊀五一頁注二八・二九。

八　**百済楽**(二四七頁注一三)　百済からの楽人渡来のことは、すでに欽明紀十五年二月条から見える。箜篌・横笛等を使用。天平十六年二月丙辰条、延暦十年十月己亥条では百済王氏が演奏している。楽師については職員令17に四人、大属尾張浄足説(補11―六)では竽篌師・横笛師(兼歌)・韓琴師・儛師各一人、大同四年三月格(補11―六)では韓琴師を莫目師とする。楽生は続紀本条(天平三年七月乙亥条)に二六人、養老令に二〇人で、その内訳は、嘉祥元年九月格(補11―六)によれば、横笛生一人・莫牟生一人・箜篌生二人・儛生四人・儛女一〇人・多理志古生一人・歌生一人で、同年このうち箜篌生一人・儛生二人・儛女一〇人を減じ七人とした。平安時代には高麗楽に吸収される。

九　**高麗楽**(二四七頁注一四)　高句麗伝来の楽で、天平十三年七月、恭仁宮で演奏されているのは、山背居住の高句麗系渡来人によるものであろう。天武紀十二年正月条に、高麗・百済・新羅三国の楽を奏したとある。楽師については職員令17に四人、大属尾張浄足説(補11―六)では儛師・散楽師・箜篌師各一人の計三人で、大同四年三月格(補11―六)では横笛師・箜篌師・莫目師・儛師各一人の計四人とする。この後斉衡二年八月、五節儛師を停めて高麗鼓師を置いた(三代格同月廿一日官符)。楽生は続紀本条(天平三年七月乙亥条)に八人、養老令に二〇人で、その内訳は、嘉祥元年九月格(補11―六)によれば、横笛生四人・莫牟生二人・箜篌生三人・儛生六人・鼓生四人・弄槍生二人。同年このうち儛生二人を減じ、一八人を定員とした(内訳の数は一名多い)。なお天平十五年七月十三日の高麗楽人貢文には「高麗楽人合廿五人〈一人官人、二人師〉」とある(古八―二二〇頁)。平安時代には、百済・高麗・新羅楽を併せ、左方の唐楽に対する右方の高麗楽が形成される。嘉祥元年九月の楽生定員の改定で、百済楽・新羅楽の楽生が大幅に減員されるのに対し、高麗楽にそれが見られないのは、左右両部制の形成と関係があろう(荻美津夫『日本古代音楽史論』)。

10　**新羅楽**(二四七頁注一五)　天武紀十二年正月条に初見。正倉院宝物中に新羅琴とその琴柱とが遺存する。天平十二年十二月、美濃国で演奏されているのは、同国居住の新羅人(霊亀元年七月丙午条)によるものか。楽師については、職員令17に四人、大属尾張浄足説(補11―六)には儛師・琴師各一人とあり、弘仁十年十二月、定員が四人から二人(儛師・琴師各一人)に減定された(職員令17集解同月廿一日官符)。斉衡二年十二月には、五節儛師を置くかわりとして、さらに儛師が停止された(三代格同月廿一日官符)。楽生は続紀本条(天平三年七月乙亥条)に四人、養老令に二〇人で、その内訳は、嘉祥元年九月格(補11―六)によれば、琴生・儛生各一〇人。同年これを琴生・儛生各二人計四人に減定した。平安時代、高麗楽に統合される。

二　**度羅楽**(二四七頁注一六)　大属尾張浄足説(補11―六)に、「度羅儛師一人。歌師一人。婆理儛六人、二人持二刀楯一儛、四人持レ桙立。久太儛廿人。那禁女儛五人、三人儛人、二人花取。韓与レ楚奪レ女舞、女廿人之中、五人著レ甲帯レ刀。右四儛、度羅之楽」とある。度羅楽は天平勝宝四年四月の大仏開眼会にも演奏され(要録二)、婆理・久太の装束と大刀とは正倉院宝物に、婆理の仮面は東大寺にそれぞれ遺存する。

上記尾張浄足説によると、儛師・歌師各一人を除く儛人の数は計五一人となり、本条(天平三年七月乙亥条)の六二人とは相違する。儛師・歌師については、大同四年三月格(補11―六)における雑楽師数の改定でも、「度羅楽師二人〈鼓師・儛師〉」とあり、やはり各一人であった。

度羅については、天平宝字七年正月庚申条には「吐羅」と記しており、中央アジアのトハラ(吐火羅)とするなどの諸説がある。なお書紀白雉五年四月条に吐火羅人渡来のことがあり、今日のタイ国、メナム河下流にあったドヴァラヴァティ国に比定されるが(井上光貞「吐火羅・舎衛考」『著作集』十一)、本条の楽舞としての度羅との関係は未詳。

三　**諸県儛・筑紫儛**(二四七頁注一七・一八)　諸県は九州南部の地名。民部省式上、日向国に諸県郡があり、和名抄に「牟良加多」と訓む。現在の宮崎県西南部、えびの市・小林市・都城市、北・西・東諸県郡から鹿児島県曾於郡の北半に及ぶ地域。宮崎市の一部をも含む。景行紀十八年三月条に諸県君泉媛が見える。諸県儛・筑紫儛の儛生は、本条にはそれぞれ八人、二〇人とあるが、大属尾張浄足説(補11-六)には、「筑紫儛廿人。諸県師一人、儛人十人。儛人八人著レ甲持レ刀、禁止二人。歌師四人。立歌二人、大歌笛師二人。兼知二横竹乃文一」と記し、諸県儛の儛人の数がことと相違する。この後、天長五年十一月、雅楽寮に書生を置くための替として筑紫諸県儛生五人を廃止(三代格同月廿五日官符)、嘉祥元年九月格(補11-六)では、筑紫諸県儛生二八人を三人に減定した。

筑紫儛・諸県儛の儛師については、大同四年三月格(補11-六)、弘仁十年十二月廿一日格(職員令17集解)がいずれも、正儛の儛師四人の一人を筑紫諸県儛師としている。上記尾張浄足説では、諸県儛にのみ儛師を記しており、天平宝字元年八月八日の太政官奏(三代格)にも諸県儛師が見えるが、恐らく一人の儛師が筑紫儛・諸県儛双方の儛師を兼ねる形で、一体として教育したのであろう。両者は元来九州地方の風俗の歌舞で、上記尾張浄足説に、諸県儛について「儛人八人著レ甲持レ刀、禁止二人」とあって、戦闘と、それを抑止する仕ぐさが演じられたことが推測され、服属儀礼の意味を担っていたことが考えられる。

一三 **楽戸**(二四七頁注二一)　養老令では伎楽生・腰鼓生を楽戸からあてることになっており(職員令17)、雅楽寮式では四月八日・七月十五日の斎会のおりの伎楽人を、大和国城下郡杜屋村(現在の奈良県磯城郡田原本町大字蔵堂)にある楽戸郷から簡び充てるとする。職員令17集解古記に引く別記では、伎楽四九戸・木登八戸・奈良笛吹九戸を挙げ、倭国が臨時に召し、品部として雑徭を免ずるとしている。本条の度羅楽生、諸県・筑紫の儛生がどこの楽戸から取られたかは未詳。度羅からの渡来者は少なく、一方諸県・筑紫の儛は大和に伝えられて時久しく、現地の人を採用するには及ばぬ程度に宮廷楽舞化していたものか。

一四 **「持レ鉢行レ路者」**(二四七頁注三四)　鉢を持ち経文を唱えながら家々をまわり、米などの施しを受けるいわゆる托鉢。僧尼令5に「其有二乞食者一。三綱連署。経二国郡司一。勘二知精進練行一、判許。…須二午以前、捧レ鉢告乞一。不レ得二因レ此更乞一余物一」とある。ここは出家者でない優婆塞・優婆夷が托鉢することを禁じたもの。

一五 **宅門の制**(二四九頁注一五)　京内の東西・南北の大路には、元来坊門のみが開かれ、坊内の諸邸宅の門は、坊間の小路に面して開くのが建前であった。平安京で、各条の中間にある東西小路を「一条坊門」と称するのは、その小路の大路に接するところに坊門が設けられていたためである。しかし天平三年以前のある時期から、三位以上の宅門に限り、大路に面して建てることが許された。続紀本条の記事は、三位以上の者が没した場合、既設の大路に面した宅門を除去すべきことを定めたものである。直接の対象となったのは、大伴旅人(三年七月没、大納言従二位)・多治比池守(二年九月没、同)・石川石足(元年八月没、左大弁従三位)等であろうか。一九八六―八九年の平城京左京三条二坊一・二・七・八坪の発掘で、長屋王宅と目される邸宅の遺構が発見され、A期(長屋王の時期)に、北方二条大路に面した中央(一・八坪の境目)に一間の棟門の開いていることが確認された。またその北方、左京二条二坊五坪においても、一九八九年、藤原麻呂宅の可能性のある邸宅の遺構が発見され、二条大路に面した南面中央に、やはり一間の門跡が確認された。

この後、三代実録貞観十二年十二月廿五日条には、「三位已上及四位参議家門、聴レ建二大路一。薨卒之後、子孫居住者亦聴之」との制が出され、天平三年の制が改められ、三位以上および四位の参議については、没後もその特権が認められた。この制は延喜式にも継承され、左右京職式に「凡大路建二門屋一者、三位已上及参議聴之。雖二身薨卒一、子孫居住之間亦聴」、弾正台式に「凡三位以上、聴レ建二門屋於大路一。四位参議准レ此。其聴レ建之人、雖二身薨卒一、子孫居住之間亦聴」とあり、拾芥抄(中、京程部)にも、「建二門屋於路頭一、聴二三位以上四位参議一。自余四位・五位者不レ可レ立之」と記されている。

一六 **獄**(二五一頁注一一)　平安京には左獄(東獄)・右獄(西獄)が存在した。平城京の場合、天平十三年三月己丑条に小野東人、同十四年十月癸未条に塩焼王らをそれぞれ平城の獄に下すとあり、天平宝字七年十月乙亥条には、同八年の恵美押勝の乱により獄囚が充満し、罪人の身柄を近江に移したことが見えるが、その数や京内の位置については未詳。長岡京にも獄があり、平安遷都後も大江音人の検非違使別当在職時(貞観十六年―十九年)まで存続したとされる(江談抄二、音人卿為二別当一時長岡獄移二洛陽一事」)。

一七　**惣管・鎮撫使**(二五一頁注一四)　天平三年十一月に任命された畿内惣管、山陽・山陰・南海三道鎮撫使のうち、畿内副惣管の藤原宇合、山陽道鎮撫使の多治比県守、山陰道鎮撫使の藤原麻呂、南海道鎮撫使の大伴道足はいずれも当時参議の地位にあった。大納言藤原武智麻呂は鎮撫使に任命されていないが、九月に大宰帥を兼ねており(天平三年九月癸酉条)、実質的には西海道鎮撫使の地位にあった。天平十八年四月の鎮撫使再置のおり、他の中納言・参議が西海道を除く六道の鎮撫使を兼ねた中で、左大臣橘諸兄が兼大宰帥となっているのも(天平十八年四月丙戌条)、この体制を継承したものである。同年十二月丁巳条に「停七道鎮撫使」とあることは、大宰帥諸兄が実質的に西海道鎮撫使の任務を行っていたことを示すものであろう。

　惣管・鎮撫使の設置は、天平初年以来、長屋王の変や渤海使の来朝、旱害・飢饉等による人心の動揺、社会不安を、武力を背景に鎮圧することにあったと思われる。前年天平二年九月庚辰条の詔では、京・諸国における盗賊・海賊の発生、安芸・周防国人による死魂の妖祠、京側の山原における多人数の集会、兵馬人衆を発しての狩猟の横行等の事態が挙げられているが、天平三年十一月癸酉条に掲げられている惣管・鎮撫使の職務はこれとよく対応しており、とくに反政府的な行動、私的な武力に対するきびしい警戒的態度がうかがわれる。

　天平四年度の惣管・鎮撫使については、その停止についての記事がなく、使人の多くは、翌年八月、諸道節度使に任命された。この後天平十八年四月に再置された諸道鎮撫使は、同年十二月停止され、同時に天平十一年以来停止されていた京畿及諸国の兵士の徴発が再開された。

　なお、惣管・鎮撫使の遺制としては、平氏政権期の養和元年正月、平宗盛を「五畿内并伊賀・伊勢・近江・丹波等国惣官」に任じたことがあり(玉葉・百練抄)、また維新政府は、総督を長とする鎮撫使を、山陰・東海・東山・北陸・九州の諸道に遣している。

一八　**随身**(二五一頁注三〇)　公式令45には、非時に召喚された場合の証となる随身符についての規定があり、天平宝字四年正月丙寅条には、大師恵美押勝に随身契を賜わったことが見えるが、身分の高い者の護衛兵の称としての随身は鎮撫使についての本条が初見。平安時代には太上天皇・摂政関白、および左右近衛府の大将・中将・少将に随身が賜わられ、一般に左右近衛府の下級官人(将曹・府生・番長)・舎人がその任にあたった。

一九　**大宰府による壱伎・対馬の医師の補任**(二五三頁注一九)　選叙令27に「凡国博士医師者、並於部内取用。若無者、得於傍国通取」とある。医師の能力を持つ者が現地にいないため、大宰府の手で任命し派遣したのであろう。文徳実録天安元年十一月の藤原衛卒伝に、衛が大宰大弐の時のこととして「先是、所管九国二嶋医師博士、惣府所自任也」とあり、大宰府による医師の補任が西海道全域に及んでいたことが知られる。式部省式上には、「凡日向・大隅・薩摩・壱岐・対馬等国嶋博士医師者、太宰准大学典薬生試才補任、副勘籍状言上。省載季帳申官。待考満叙内位。其遷替以六年為限」との規定がある。国博士・国医師の任用→㊀補3-一〇。

二〇　**冕服**(二五五頁注一一)　中国で大夫以上が朝儀・祭礼等に著ける冠と礼服。冕は冠に平直な板を載せ、玉を貫いた旒を垂らしたもの。日本の天皇の礼服については、西宮記等に記述があり、日月山竜虎猿等の形を縫った赤の大袖、同色の小袖に、白綬、玉佩二旒を加え、玉冠(冕冠)を被るものとしており、中国の伝統的様式をそのまま用いたことが知られる。礼服は令の規定では大祀・大嘗・元日に皇太子以下が着用するが(㊀補2-一〇七)、本条(天平四年正月乙巳条)は中国の礼制に倣い、天皇も中国の皇帝と同じ冕冠・礼服を着用したことを意味するか。

二一　**天平年間以降の対新羅外交**(二五五頁注二二)　七世紀末以降神亀年間までの新羅と日本との関係(㊀補1-四一)は、新羅と唐とが基本的に対立した状況にあったことを反映して、形式的には新羅の日本に対する朝貢という形がとられ、表面的には静穏であった。しかし天平年間に入ると、北東アジアの情勢の変化と関連し、新羅と日本の関係にも大きな変化がおこった。

　その一つは渤海と唐との対立である。渤海の武王は、七二六年(神亀三)、唐と通交した黒水靺鞨を撃ち、七三二年(天平四)には山東半島の登州を攻めた。唐は翌年、新羅に命じて渤海の南境を攻めさせた(旧唐書新羅伝・渤海靺鞨伝)。このような動きは、唐と新羅の連携の強化を生み、また渤海の日本への接近を促した。渤海と日本との接近は新羅の警戒心を高め、防衛の強化を促し、新羅と日本との関係を緊張させた。

新羅の聖徳王は、七三五年(天平七)唐に遣使賀正せしめ、唐の玄宗は、勅して浿水(大同江)以南の地を新羅に賜わった(冊府元亀九七五)。六七六年(天武五)の安東都護府の遼東遷移後、唐は初めて新羅の朝鮮半島領有を承認したのである。唐と新羅との確執は解消したが、同時にそれは、新羅が日本に対して朝貢国として従属的な態度をとる必要をも解消させた。

七二六年(神亀三)以後、新羅の日本に対する朝貢はしばらく途絶えた。七三二年(天平四)の遣新羅使の派遣は、朝貢を促す意味をもっていたと考えられる。同年、新羅使は来日し、来朝の年期を奏請した。その意味は、朝貢の周期の延長を申し入れることにあったと思われるが、日本はそれに対し、三年一度の朝貢を命じた。これより先、新羅は、七二二年(養老六)、日本の襲来に備えて毛伐郡城を築き(三国史記新羅本紀・地理志)、また三国史記には七三一年(天平三)のこととして、「日本国兵船三百艘、越レ海襲二我東辺一。王命レ将出レ兵、大破レ之」との記事がある。日本では、七三二年(天平四)八月に帰還した遣新羅使の報告にもとづき、節度使を任命して海辺の防衛強化をはかった。当時の日本と渤海との間の使人の往来が新羅の警戒心を生み、緊張を高めたことがうかがわれる(鈴木靖民「天平初期の対新羅関係」『古代対外関係史の研究』)。

その後の新羅は、日本に対して対等の態度をとる方向に向かった。七三四年(天平六)末に来日した新羅使は、国名を王城国と称して返却され、七三七年(天平九)に帰国した遣新羅使は、新羅が常礼を失し、使の旨を受けなかったと報告、朝廷は官人に意見を徴し、また諸社に奉幣した。

七三七年春、新羅では聖徳王が没して孝成王が即位した。翌年新羅使が来日したが、疫病流行後の故か大宰府から放還された。七四〇年(天平十二)には遣新羅使が派遣され、関係の修復がはかられている。この後七四二年(天平十四)、新羅では景徳王が即位し、七四二年、七四三年とあいついで新羅使が来日するが、七四二年の使人は新京(恭仁京)未完成の故を以て放還され、七四三年の使人も、調を土毛と称し、常礼を失するとしてやはり大宰府から放却されている(天平十五年四月甲午条)。他方三国史記には、景徳王元年(七四二)、日本側史料には見えない遣新羅使について記し、「冬十月日本国使至。不レ納」としている。

このように天平期の新羅と日本との関係は不調を続け、七四三年(天平十五)以後、新羅使の来日は中絶した。七五二年(天平勝宝四)に至り、朝貢を促すための使かとみられる山口人麻呂が新羅に派遣された。これに応じ、同年新羅から王子金泰廉が貢調使として来日、拝朝した。朝廷はこれに対して、今後は国王みずから来りて奏すべし、余人の時は必ず表文を奏すべしと命じた(天平勝宝四年六月己丑条)。この時の新羅王子の来日は、同年の東大寺盧舎那大仏の開眼との関係などが考えられるが、新羅は日本との外交形式において、国書を用いず、口奏によるのを伝統としており(栗原朋信「上代の日本へ対する三韓の外交形式」『上代日本対外関係の研究』)、国王自身の来朝とともに、日本側の要求は新羅にとってとうてい容認できるものではなかった。日本の高圧的な態度に新羅は硬化し、また恐らく翌七五三年(天平勝宝五)正月、唐朝において日本の遣唐使と新羅使とが座次を争ったこと(天平勝宝六年正月丙寅条)も関連して、一旦好転したかに見えた両者の関係はたちまちに冷却した。七五三年に赴いた遣新羅使小野田守について、三国史記は、「秋八月、日本国使至。慢而無レ礼。王不レ見レ之、乃廻」と記している(景徳王十二年条)。

七五九年(天平宝字三)、恵美押勝の政権下で、新羅征討計画がおこされる。この計画の背景には、天平勝宝年間以来の対新羅関係の不調の上に、七五五年(天平勝宝七)、唐に安禄山の反乱がおこり、唐が新羅を支援しえない状況が生まれたという事情がある。安禄山反乱の報が、遣渤海使小野田守によって七五八年(天平宝字二)にもたらされ、渤海使揚承慶が来日したのを機に渤海との連携の上に計画されたものであろう。この計画は、その後唐と渤海との関係が修復されたこともあり、実行されずに終った。

この後も新羅使の来日は継続されるが、唐の衰亡、新羅国内の混乱の中で、交渉は政治的な性格を薄め、貿易を主とする方向に進んだ。私的な商船が九州に来泊することが増え(宝亀五年五月乙卯条など)、七六八年(神護景雲二)には、新羅交関物の購入のため、左右大臣らに大宰の綿を賜うことなども行われている(神護景雲二年十月甲子条)。しかしこの間においても、七六〇年(天平宝字四)の金貞巻の使人に対しては、使人軽徴の故をもって返却し、今後使人には、専対の人、忠信の礼、仍旧の調、明験の言の四者を具備すべきことを命じ(天平宝字四年九月癸卯条)、七六三年(天平宝字七)の金体信の使人にも、貞巻の約を守らないとの故を以て入京を許さず、以後は王子に非れば執政大夫等をして入朝せしめよとするなど、朝廷はあくまで国交の形態に固執する態度を続けた(天平宝字七年二月癸未条)。七六九年(神護景雲三)、在唐の藤原清河・阿倍仲麻呂の書をもたらした金初正に対しては、貢物を土毛と称したことを問責し(宝亀元年三月丁卯条)、七七四年(宝亀五)の金三玄の使に対しても、貢調を国信と称し、旧章に従わずとして放還した(宝亀五年三月癸卯条)。しかし七七九年(宝亀十)、二六年ぶりに遣新羅使(下道長人)が派遣され、新羅に漂着した遣唐使人海上三狩を日本に帰国せしめたおりには、使人金蘭蓀が唐客高鶴林をともなって来日、朝廷は入京を許し、新羅使は貢物を御調と称し、国交を回復した(宝亀十一年正月辛未条)。しかしその帰国にあたっては、蘭蓀がなお口奏を陳する態度をとったことをとがめ、以後は必ず表函をもたらすべしとし、今後表函を持たない使は入境させないことを告げた(同十一年二月庚戌条)。

日本と新羅との公的な交渉は(遣唐使船発遣との関係から八〇四年〔延暦二十三〕・八三六年〔承和三〕の両度、使人が新羅に赴いたことを除くと)これ以後途絶した。八世紀後半以後新羅では支配階級内部の分裂抗争が激化し、地方豪族の勢力が伸長して国の統制が失われ、九三六年、王建の高麗がこれにかわって朝鮮を統一した。九世紀に入ると国内の混乱を避けて日本に渡来する新羅人が増え、また新羅の土豪や民衆で海上貿易に従事する者が増えて、唐と活発な交易を行い、また日本にも来航した。院宮王臣家や九州の在地土豪はこれと私的な貿易を行い、民間の人的交流は活発になったが、朝廷は新羅人と在地勢力との結合が国家の支配を崩すのを恐れ、これを抑制する政策をとった。朝廷は以後近隣諸国に対する排外的・閉鎖的態度を強め、高麗に対しても公的な交渉を開くことをしなかった。

二二　**物部依羅連(朝臣)**(二五七頁注一〇)　姓氏録河内神別に神饒速日命の後とあり、また推古紀十六年八月壬子条に物部依網連抱、同三十一年是歳条に同乙等が見える。依羅(依網)は河内国の地名。仁徳紀四十三年条、皇極紀元年五月条に依羅屯倉、崇神紀六十二年十月条、仁徳記に依網池が見え、大和政権によって屯倉の設定された地であった。和名抄では河内国丹比郡に依羅郷がある。現在の大阪府、大阪市東住吉区および松原市付近の地。このほか和名抄では摂津国住吉郡にも大羅(おほよさみ)郷があり、河内国の依羅郷に隣接していた。依羅屯倉は物部氏との関係が深かったらしく、天孫本紀には饒速日尊十一世の孫物部布都久留連の子の物部多波連公を依網連、同十三世の孫物部呉足尼連公を依羅連等の祖とする。また同十四世の孫物部倭古連公を依羅田部連等の祖としている。

二三　**鸜鵒**(二五七頁注一一)　書紀大化三年是歳条に、新羅の金春秋が献上したとあるのが初見。以後斉明二年是歳条・天武十四年五月条にいずれも朝鮮から将来されたことが見える。和名抄に「山海経云、青羽赤喙、能言。名曰二鸜鵒一〈桜母二音〉郭璞注云、今之鸜鵒〈音武〉。脚指前後各両者也」とある。

二四　**蜀狗**(二五七頁注一三)　「蜀犬吠レ日」の諺があるが、品種としての蜀犬については未詳。新羅から犬が贈られたことは天武紀八年十月条、朱鳥元年四月条にも見える。また類聚国史殊俗、渤海、天長元年四月丙申条には、渤海使が「契丹大狗」「猧子」を貢上したとある。

二五　**驢**(二五七頁注一五)　ろば。和名抄に「説文云、驢〈力居反。与レ閭同。和名宇佐岐無麻〉。似レ馬長耳」とある。推古紀七年九月条に百済から献上のことが見える。

二六　**対馬嶋司に対する年粮の支給**(二五七頁注二四)　対馬嶋は田地が乏しいため、毎年一定量の穀を西海道諸国から送り、官人の食料にあてていた。万葉三八六九左注には神亀年中のこととして「対馬送レ粮船柂師」のことが見える。この後、天平宝字四年八月甲子条の勅では、大宰管内諸国の地子稲を史生以上の官人に給することとしたが、弘仁主税寮式および延喜の主税寮式上には、「凡筑前・筑後・肥前・肥後・豊前・豊後等国、毎年穀二千石漕二送対馬嶋一、以充二嶋司及防人等粮一。其部領粮、船賃、挟抄・水手功粮並用二正税一」とある。

二七　**芳野監**(二五七頁注三二)　芳野監の名は天平五年正月丙寅条に初めて見えるが、天平四年七月丙午条に「両京・四畿内及二監」(二監は芳野監・和泉監)と見えるのが事実上の初見。監は職(左右京職・摂津職)や国に準ずる行政単位で、唐の京県畿県の制に倣い、離宮の所在地に置かれ、離宮の事務を管理したとされる(滝川政次郎「芳野和泉二監考」『日本法制史研究』)。芳野監の設置年時は未詳だが、和銅四年四月甲申条に「大倭国芳野郡」が見えるので、それ以後、恐らく霊亀二年四月の和泉監設置とほぼ同時期に大倭国から分立したのであろう。天平六年五月戊子条に「大倭国十四郡公私挙稲」とあり、十四郡という数は後の大和国の管郡数より一つ少ないだけだから、芳野監の境域は芳野一郡だったことになる。芳野監が史料に見える最後は天平十年十月丁卯条であり、和泉監が河内国に併合された天平十二年八月の前後に廃せられたのであろう。和泉監→補7―一一。

二八　**天平四年度の遣唐使**(二五九頁注二六)　天平四年度の遣唐使は、霊亀二年任命の多治比県守の遣唐使に次ぐもので、天平四年八月に任命があり、大使は多治比広成、副使は中臣名代。翌五年閏三月辞見、四月難波津を発した。船は四艘、冊府元亀一七〇(帝王部来遠)によれば、使人の総数は五九〇人に及んだ。万葉には、五年三月一日、山上憶良が大使広成に贈った「好去好来歌」(八九四―八九六)、閏三月、笠金村が入唐使に贈った歌(一四五三―一四五五)をはじめ、いくつかの関連の歌がある(一七九〇―一七九一、四二四五―四二四六)。

冊府元亀には、開元二十一年(七三三年、天平五年)のこととして、「八月、日本国朝賀使真人広成与二傔従五百九十人一、舟行遇レ風、飄至二蘇州一。刺史銭惟正以聞、詔二通書舎人韋景先一、往二蘇州一宣慰労焉」(一七〇帝王部来遠)とあり、広成らは風波に苦労しつつも、八月には江南の蘇州に到着した。翌開元二十二年(天平六年)四月、日本国使は唐朝に美濃絁二〇〇疋、水織絁二〇〇疋を献上した(九七一外臣部朝貢)。使人は同年十月、四船とも蘇州を発し帰途についたが、風浪にあい四散、大使広成は同年十一月多褹嶋に帰着、翌天平七年三月入京し節刀を進めた。留学生下道真備、学問僧玄昉、請益秦大麻呂、その他唐人が広成に伴われて入京、真備は七年四月唐礼一三〇巻等多くの典籍・工芸品・武器等を献上、大麻呂は同五月、問答六巻を献上した。副使中臣名代は遭難し再び唐都にもどったようで、冊府元亀に開元二十三年(天平七年)三月のこととして「日本国遣レ使献二方物一」とあるのは、名代のことかと思われる。同じく冊府元亀には、同年閏十一月のこととして、「日本国遣二其臣名代一来朝。献レ表懇二求老子経本及天尊像一、以帰二于国一、発二揚聖教一」と記しており(九九九外臣部請求)、名代が帰国を前に、文物の収集に努めていたことがうかがわれる。名代の帰国にあたり、玄宗は、張九齢の文になる、「勅二日本国王主明楽美御徳一」で始まる国書を授けた(文苑英華四七一翰林制詔紙背。唐丞相曲江張先生文集巻一二、全唐文巻二八七)。名代は翌天平八年八月、唐僧道璿、波羅門僧菩提、林邑僧仏徹、唐人皇甫東朝、波斯人李密翳等を伴って入京、拝朝した。

判官平群広成の帰国はさらに遅れた。天平六年十月の蘇州出発後、風浪にあい崑崙国に漂着、広成は崑崙王に保護され、七年唐国にもどった。学生阿倍仲満の斡旋で渤海を経由して帰国することを許され、十年三月登州より渡海、五月渤海に至り、渤海王の日本への遣使に同行、十一年七月出羽国に帰還、十月入京、十一月に拝朝した(天平十一年十一月辛卯条)。なお他の一船の消息は明らかでない。

なお遣唐使に従い、戒師招請のために渡唐した栄叡・普照の二僧は、まず道璿を請じて日本に向かわせ、ついで天宝元載(天平十四年)、揚州大明寺に鑑真を訪い、渡日を要請、鑑真はこれに応え、天平勝宝五年に来日した(唐大和上東征伝)。天平四年度の遣唐使は、遣新羅使の帰国の直後、節度使と同日に任命されており、当時の唐・新羅・渤海三国の関係緊張に対処する政治的目的をになって任命されたものと思われるが(補11―一一)、結果的にはむしろ文化的な面で、当時の天平文化のみならず後の日本文化の展開にも大きな役割を果たすものとなったといえる。

なお石山寺蔵遺教経の跋語によると、開元二十二年(天平六年)二月八日、唐人陳延昌は「日本使国子監大学朋古満(大伴古麻呂か)」にこの経典を付し、流伝せしめようとしている(寧遺六一四頁)。これによれば、続紀に記載はないが、大伴古麻呂も大学寮の官人か学生として渡唐したことになろう。遣唐使→[一]補2―一一。

二九　**節度使**（二五九頁注三〇）　節度使は、天平四年八月、天平宝字五年十一月の両度任命された。その称は中国唐代の辺境防衛軍の総指揮官の称にならったもので、唐では景雲二年（七一一年、和銅四年）に河西節度使が任命されたのを初めとして各地に設置され、大きな権勢をふるった。天平四年度の節度使は、遣新羅使の帰朝の六日後に任命されていることから考えて、恐らく遣新羅使のもたらした情報にもとづき、唐・新羅・渤海の動きを含めた国際関係の緊張に備え、西辺の武備を固めることを目的として置かれたものと考えられる。山陰道・西海道の節度使は直接西辺の防衛強化のことにあたり、東海・東山両道の節度使は、天平宝字五年度の節度使の例から考えて、西海に赴くべき東国の兵士の動員、船舶の準備などのことにあたったのであろう。なお宝亀十一年七月丁丑条によると、この時の山陰道節度使の管轄区域は、山陽道の安芸・周防・長門三国に及んでいたことが推測される。節度使の赴任にあたり、天皇は使人に賜酒し、激励の和歌を詠じた（万葉九七三・九七四）。

　節度使の任務については、続紀八月壬辰条の勅に、管内諸国の武器・牛馬等の保全、兵士の徴発、兵船・武器・糧食等の準備、兵士に対する武芸の訓練等のことが挙げられているが、天平六年の出雲国計会帳からは、天平五年八月―六年七月間の文書授受の記録を通じて、石見国に置かれた山陰道節度使の命を受け、出雲国で烽の設置や試験、弩の製造と要所への設置、「造兵器別当国司」のもとでの鉦・幕・綿甲などの武器・武具の整備、兵士の徴発と歩射・騎射・馬槍などの武芸の訓練等が活発に行われていたことが知られる。同帳には「備辺式」二巻が節度使から出雲国に送られたことが記されるが（古一―五九四頁）、宝亀十一年七月丁丑条の勅には、山陰・山陽両道七国および大宰府管内について、天平四年の節度使の時の式により警固すべしとされており、敵襲時の対応を具体的に定めた備辺式（警固式）の策定も、節度使の重要な職務であったことが察せられる。この度の節度使は、天平六年四月、「事既訖」として停止された。

三〇　**陰陽師**（二六一頁注六）　陰陽師は卜占の法によって吉凶を判断する者で、令制では陰陽寮に六人、大宰府に一人が所属し、占筮相地のことを掌った。その他本条（天平四年八月丁亥条）の節度使や、征夷使・入唐使・入渤海使にも従っている（大蔵省式）。とくに軍事の場合、外敵の襲来を察し、軍隊の進退を決するものとして占筮は重んじられ、九世紀に入ると、出羽国（嘉祥四年二月）・武蔵国（貞観十四年五月）・下総国（同十八年七月）、陸奥国の鎮守府（元慶六年九月）、常陸国（寛平三年七月）にあいついで陰陽師が設置された。

三一　**「常進㆑公牧繋飼牛馬」**（二六一頁注九）　諸国の官牧から貢上され、中央での用途に供される牛馬。左右馬寮式には「凡諸国所㆑貢繋飼馬牛者、二寮均分検領、訖移㆓兵部省㆒。…毎年十月以前長牽貢上、並放㆓飼近都牧㆒」とある。右の式で貢上の義務を負うのは東海・東山・山陽・南海諸道の一三か国。牧→㊀補1―二三二。

三二　**兵士の差点**（二六一頁注一六）　続紀本条には、節度使管内のこととして、「又四道兵士者、依㆑令差点、満㆓四分之一㆒」とある。兵士の徴発については、軍防令3に、「其応㆓点入㆒㆑軍者、同戸之内、毎㆓三丁㆒取㆓一丁㆒」と規定している。同条の義解は、「謂、此為㆓多丁之戸㆒立㆑文。若戸内少㆑丁者、亦須㆑通㆓取他戸㆒。即一国之丁、惣為㆓三分㆒、取㆓其一分㆒之義」とするが、恐らくこれは、令の本意ではなかろう。戸ごとに三丁中一丁を取るという制は、中国では西魏以来行われ、唐でも、白楽天の新楽府、新豊折臂翁に「戸有㆓三丁㆒点㆓一丁㆒」とある（浜口重国「府兵制度より新兵制へ」『秦漢隋唐史の研究』上）。日本軍防令の制は、中国の制度を模して作られたのであろう。

　正倉院文書中の大宝二年・養老五年の戸籍によれば、兵士を出す戸のほとんどは一戸一兵士であり、一戸一人の徴兵が点兵率の基準であったと想定される（石尾芳久「日唐軍防令の比較研究」『日本古代法の研究』）。浦田（義江）明子はまた、大宝二年御野国戸籍に見られる三等政戸（上政戸・中政戸・下政戸）を、兵士を徴発するための基準とみ、本来は上政戸からは二兵士、中政戸からは一兵士が徴発され、下政戸からは兵士が徴発されなかったとみている（「編戸制の意義」『史学雑誌』八一―二）。戸を単位とする労役の徴発の一環として、兵士制も現実には行われていたのであろう。一戸一兵士が実際の点兵率の基準であるとすれば、一里（郷）から五〇人、すなわち一隊の兵士が出されることになり（軍防令1）、二〇里（郷）の兵士をもって一軍団（一〇〇〇人）が構成されることになる。出雲国風土記によると、天平五年当時の出雲国の軍団数は三、郷数は六二で、この比率が適合する。

本条の「依レ令差点」の意味は、必ずしも明確でない。あるいは養老三年十月戊戌条で、京畿・七道諸国の軍団・大少毅・兵士等の数を減定し、点兵率も減定したのを、節度使管内四道については旧に復させたものとも考えられる。また「満二四分之一一」とは、差点した兵士の四分の一を、常に動員可能な状態にしておくの意と解される。持統紀三年閏八月庚申条の詔に、「其兵士者、毎二於一国一四分而点二其一一、令レ習二武事一」とあるのも、同様に解すべきものであろう。

三三　**節度使と兵器の修理**（二六一頁注一七）　営繕令8には「凡貯レ庫器仗、有二生レ渋綻断一者、三年一度修理。若経二出給一破壊者、並随レ事料理。在京者、所レ須調度・人力、申二太政官一処分。在外者、役二当処兵士及防人一。調度用二当国官物一」という兵器・儀仗の修理規定があり、また軍防令42・45にも、兵器の修理・廃棄についての規定がある。→□一補6-八一。出雲国計会帳、天平五年八月廿日に出雲国から節度使へ申送した公文中に「修理古兵帳一巻」（古一-六〇〇頁）、同十月六日進送兵器帳五巻の中に「修理旧兵帳一巻」（古一-六〇一頁）とあるのは、本条（天平四年八月壬辰条）の命令に対応したものか。また同計会帳天平五年十月十一日節度使符には、「造兵器別当国司」として目小野淑奈麻呂の名が見える（古一-五九四頁）。

三四　**兵士の課役免除**（二六一頁注二二）　続紀本条（天平四年八月壬辰条）には、節度使設置に関連する措置として、「筑紫兵士、課役並免」と記している。賦役令19によると、元来兵士は徭役（庸・雑徭）免除であり、ここでは西海道の兵士に限り、調をも免除したのであろう。天平宝字三年三月庚寅条には、大宰府の奏言として、「天平四年八月廿二日有レ勅、所有兵士全免二調庸一、其白丁者免レ調輸レ庸」とあり、これによると、筑紫の兵士にはこれまで調のほか庸も賦課されていたように見えるが、これは「全免」を強調したもので、庸ばかりでなく調も、の意と考えられる。

なお出雲国計会帳で、天平五年十月十五日節度使符に「応レ徴二差加兵士庸一状」（古一-五九四頁）、同十二月六日符に「応レ免二今点兵士庸一事等参条状」（古一-五九四頁）とあるのは、新たに兵士に差点された者の庸について（出雲は中国、十一月三十日までに輸納）、最初当年の庸を徴発することにしたものの、のち方針を変えて免除することにしたもので、兵士に庸が賦課されていたことを示すものではないであろう。

三五　**傔人**（二六一頁注二六）　「傔人」の語は、書紀には一般的な従者の意として神功紀四十六年三月条をはじめしばしば見えるが、令制期のそれは諸司の下級官。大蔵省式に、入唐・入渤海・入新羅使および新羅使について傔人が見える。節度使の傔人については、本条（天平四年八月壬辰条）のほか、出雲国計会帳にも、天平六年正月五日節度使符「判官已下傔人已上、依レ例応レ給禄料絹状」（古一-五九五頁）が見え、使とともに賜禄の例に入っている。恐らく下文の「三色」（健児・儲士・選士）が現地採用の者であるのに対し、使とともに中央から派遣された番上官であろう。傔仗→□一補4-二二。

三六　**狭山下池**（二六五頁注二六）　和名抄に河内国丹比郡狭山郷。現在の大阪府大阪狭山市付近。狭山池のことは垂仁記、崇神紀六十二年七月条に見えるが、ここの狭山下池は古来の狭山池とは別に新造された池。現大阪狭山市の太満池、または大阪府堺市野田にあった轟池かといわれる。行基年譜によると、天平三年、行基は狭山池院・同尼院を建てたといい、同書に引く天平十三年記には、行基が狭山池を修築したとある。本条（天平四年十二月丙戌条）の築造記事も、こうした行基の活動と関係があろう。なおこの後、天平宝字六年四月、狭山池の隄が決壊したことが見える。

三七　**塩焼王**（二六七頁注二〇）　新田部親王の子、道祖王の兄。氷上志計志麻呂、同川継の父。天平宝字元年八月、氷上真人の姓を賜わる。聖武の女不破内親王を室とし、聖武後の皇位継承の有力候補者とされたため、しばしば政治的事件に関わった。天平十四年十月、中務卿正四位下のおり伊豆に配流。同十七年四月入京、十八年閏九月本位に復した。天平宝字元年三月、皇太子道祖王の廃位後、藤原豊成・永手らによって皇嗣に推されたが退けられ、七月の橘奈良麻呂の変にも奈良麻呂らから皇嗣の一人に擁立されたが、父の功績の故に特に罪を許された。同二年八月従三位に昇り、礼部卿・信部卿を経、六年正月参議、十二月中納言となり、八年八月文部卿を兼ねた。同年九月、恵美押勝の乱に押勝により今帝に擁立され、近江で斬殺。歌経標式に「孫王塩焼恋歌」がある。

三八　**河内蔵人**（二六九頁注六）　河内蔵人は河内連の一族で、倉庫や財政の管理を職務とした氏か。狩谷校本に、姓氏録河内諸蕃、神亀二年七月条、神護景雲三年九月条などにより、河内は河原ではないかとするが、河内蔵人姓が河原蔵人とは別に存在していた可能性もあり、断定はできない。河原蔵人→補9―一一〇。蔵人（倉人・椋人）の姓は、他にも、次田倉人（天武紀十年四月条）、白鳥椋人（神護景雲三年六月戊戌条）、秦倉人（同十一月壬午条）など数多い。某「人」の姓→㈠補6―五三。

三九　**「諸王飢乏者」**（二六九頁注九）　諸本「諸王」とある。貧窮の女王の話が霊異記中―十四にあるが、ここは諸王では人数が過大。「諸生」の誤りか。天平二年三月辛亥条にも、大学生の困窮のことが見える。大学寮の学生四〇〇人をはじめ、令制に規定される諸生は、中央官司に属する者だけで八〇〇人近い。

四〇　**難波津**（二六九頁注一九）　難波津は難波付近の船の着く津の総称で、日本書紀では仁徳六十二年五月条を初めとして数多く見え、隋・唐・高句麗・百済等各国の使人の船がここに泊した。仁徳朝と伝えられる難波の堀江の開鑿により、堀江を通って淀川・大和川への水路が開け、それまでの住吉の機能を奪ったと推測されている（直木孝次郎「難波津と難波の堀江」『ヒストリア』一二四）。

本条の難波津については、万葉の山上憶良の好去好来歌に「…大伴の御津の浜辺に　直泊に　御船は泊てむ」（八九四）、笠金村の送別歌に「難波潟三津の埼より　大船に　真楫繁貫き…」（一四五三）、等とあり、いわゆる難波の御津をさしていると考えられる。御津は天平勝宝五年九月壬寅条に、「摂津国御津村、南風大吹、潮水暴溢、壊二損廬舎一百十余区一、漂二没百姓五百六十余人一」とあるようにかなりの集落を形成していた。その所在地は大阪市中央区心斎橋筋二丁目―西心斎橋二丁目（旧南区三津寺町）付近とする説が有力だが、より北方の、中央区高麗橋付近にあてる説もある。

四一　**国司交替と解由**（二六九頁注二二）　解由は、官人が解任するさい、他の現任の官人が連署して前任者に付する文書で、前任者はこれを太政官に提出し、在任中に官物の未納等のなかったことの証とした。本条は解由の史料上の初見であるが、「解由」の語は中国にその淵源があり、唐から日本に伝えられたものであろう（福井俊彦『交替式の研究』）。

本条の制は、交替帰京する国司に必ず解由を付すべきことを命じたもので、延暦元年十二月には、遷替国司で一二〇日に満ちて解由を得られない者については、位禄・食封を奪い、将来を懲らすこととした（延暦元年十二月壬子条）。解由を得られぬ国司に対しその理由を記した「不与解由状」を与える制も創始され、延暦十六年には解由の審査にあたる勘解由使が設置され、同二十二年には国司交替に関する諸法規をまとめた交替式（延暦交替式）が成立するなど、桓武朝を通じて国司交替に関する制度は著しく整備された。延喜式では、太政官式に「凡内外諸司解由者、惣令レ進二一通一。其程限者、官長・任用、各依二受領勘知之程一並申畢、即下二民部省并勘解由使一。若不レ進二一通一者、返却不レ下」、式部省式上に「凡諸司諸国進二解由一者、諸司長官六十日、次官以下及史生卅日為レ限。諸国長官百廿日、任用六十日為レ限」等の規定がある。

なお天平宝字七年正月三日の造東大寺司告朔解の官人連署中、次官国中連（公麻呂）の下に「未レ進二解由一」とある（古五―三八二頁）。八世紀において京官にも解由の制が行われたことの証とされるが（福井俊彦、前掲）、国司を兼任しているとも考えられ、断定できない。

四二　**出羽柵（秋田城）**（二七三頁注一〇）　出羽柵は、最初最上川下流、現在の山形県酒田市付近に置かれたが（㈠一五三頁注二）、天平五年に至り、北進して雄物川下流地域、秋田の地に移された。出羽国府もこの時秋田に移されたとみられる。秋田は斉明紀四年四月条、同五年三月是月条に齶田郡・齶田浦・齶田蝦夷・飽田郡等と見え、早くから北方の渡嶋・津軽の地に対する日本海沿岸地方の要衝であった。この後、天平九年、大野東人によって、雄勝を経由しての陸奥国との連絡路の建設が計画された。八世紀後半には秋田城と称されるようになったが（天平宝字四年三月十九日丸部足人解〔古二五―二六九頁〕に「阿支太城」とあるのが初見）、征討・開発の主力が太平洋側の陸奥国に置かれたためその維持に苦しむようになり、宝亀年間には国府を出羽郡に移し、秋田城には鎮守の軍を置き、国司一人を専当としてその保持をはかった(宝亀十一年八月乙卯条)。九世紀には、天長七年正月、地震によって城郭・官舎・四天王寺等に大きな被害が出(類聚国史地震、同年正月癸卯条)、元慶二年の出羽俘囚の乱(元慶の乱)でも、城・郡院・屋舎、城辺の民家等が焼失した(三代実録元慶二年三月廿九日条)。三代実録同五年四月廿五日条の、乱による被害の記録によると、城櫓二八宇をはじめ、城棚櫓・埓棚櫓等の施設、甲冑・鼓・弩・手弩等多数の武器武具、穀穎・糒等の食料が城郭・郡院に備わっていたことが知られる。乱後、権守藤原保則によって城郭の再建がはかられ(三善清行「藤原保則伝」)、専当の国司を置き、鎮兵四五〇人のほか列士・兵士等を配置した(三代実録元慶三年六月廿六日条)。

秋田城の跡は、秋田市寺内、雄物川北岸の高清水丘陵上にあり、一九五八年以来発掘調査が行われている。東西・南北各約五五〇メートルの不整形の外郭は、築地塀、のち材木列により形成され、郭内西南部に掘立柱建物の政庁がある。他方郭外東方鵜ノ木地区にも掘立柱建物群があり、一九七八年、この地区の井戸から「天平六年月」と記した釘書きの木簡が出土した。この他政庁域から漆紙文書も出土している。

四三　**雄勝柵(雄勝城)**(二七三頁注一一)　雄勝は民部省式上・和名抄に出羽国の郡名として見え、和名抄は「乎加知」と訓む。雄勝郡は現在の秋田県湯沢市・雄勝郡にあたるが、建置当初は北方の平鹿・山本二郡は未成立で、雄勝は、雄物川上・中流域の横手盆地全体を含む称であったと考えられる。天平五年十二月、雄勝村に郡を建て民をおき、同九年には、陸奥鎮守将軍大野東人らが陸奥国多賀柵から雄勝村までの直路の建設をはかったが、直接雄勝村には達せずして終った。

雄勝柵(雄勝城)の建設が行われるのは天平宝字年間のことで、陸奥按察使・鎮守将軍藤原朝猟の領導のもと、陸奥国桃生城の建設と並行して進められた。天平宝字二年十二月、坂東の騎兵、鎮兵・役夫・夷俘等が徴発され、翌三年春から秋にかけて工事が行われ、三年九月には役にあたった者の挙税が免除され、四年正月には関係者の行賞があった。城の完成にともない、三年九月には坂東・北陸の浮浪人二〇〇〇人を雄勝柵戸とし、また玉野等七駅を設置して、秋田城、および最上郡を介して陸奥国との連絡がはかられた。延暦廿一年正月には、越後国の米一〇六〇〇斛、佐渡国の塩一二〇斛を毎年雄勝城に運送し、鎮兵の粮とさせた(紀略延暦廿一年正月庚午条)。雄勝城は九世紀を通じてその存在を保ち、元慶二年の出羽俘囚の乱にあたっても、「承二十道一之大衝」として重要視され(三代実録元慶二年七月十日条)、乱後は権掾一人以下の城司、鎮兵一〇〇人、列士・兵士等が配置され、その保全がはかられた(同元慶三年六月廿六日条)。

天平年間の雄勝村、および天平宝字年間以降の雄勝城の所在地については諸説がある。雄勝村については、和名抄の中村郷(現在の雄勝郡雄勝町)にありとする説(地名辞書)、雄勝郡羽後町西馬音内付近に求める説(深沢多市「雄勝城阯考」『歴史地理』四一‐五・六ほか)などがあり、後者が有力視される。また雄勝城については、雄勝村と同一地とする説のほかに、一九〇二年に発見された、秋田県仙北郡仙北町・千畑町所在の払田柵跡をそれにあてる説がある(阿部正巳「蝦夷征討と柵の起源」『歴史地理』六三‐一・三・六、高橋富雄「払田柵と雄勝城」『日本歴史』三〇二ほか)。払田柵は横手盆地の中央部に位置し、長森・真山の二丘陵を占め、角材列の外郭と、長森丘陵を囲む築地塀を主とする内郭とに囲まれ、内郭中央部に掘立柱の正殿・東西脇殿等からなる政庁跡が存在する。近年採取された木簡に天平宝字四年の年紀を示すと見られるものがあり、八世紀後半に創建の遡ることが判明した。柵の所在地は後の雄勝郡の郡域よりかなり北になるが、規模と立地等から考えて、それが雄勝城に当る可能性は高い。

四四　**国司借貸**(二七五頁注一)　国司借貸は、国司に対する無利息の官稲の貸付けであり、貸付けられた稲は、国司によって出挙され、国司がその息利を自己の収入とするのが現実であった。続紀本条(天平六年正月丁丑条)は、国の等級によりその上限を設けたもので、国司借貸の制の創始を示すものではない。これ以前国司借貸が広く行われていたことは、天平九年度和泉監正税帳に、「天平四年前監所レ給借貸未納伍伯陸拾陸束伍把〈故正田辺史首名二百廿束五把、主政土師宿禰広浜三百卅六束〉」(古二‐八〇頁)などとあることからも推測される。本条の規制以後についても、天平八年度薩摩国正税帳(四九〇〇束、古二‐一六頁)、天平九年度豊後国正税帳(球珠郡等三郡について合計一六〇〇〇束、古二‐四四・五〇・五一頁)

等に借貸の実例があるが、その額は本条の制限額よりはるかに低い(薗田香融「出挙――天平から延喜まで――」『日本古代財政史の研究』)。

この後、天平八年十一月には、国司が官稲を負ったまま死亡した場合の措置が太政官によって議せられ、廐庫律17の規定により、判署の官に徴することとした(延暦交替式天平八年十一月十一日官符)。しかし天平十年三月には国司借貸の制は廃止され、天平六年正月廿一日の太政官符を進上すべきことが命じられている(貞観交替式天平十年三月九日官符)。その後は、延暦十七年六月、国司の職田停止にともない、一年の料の三分の一に限り借貸を許可したり(類聚国史借貸、延暦十七年六月乙酉条)、同二十五年三月、新任国司に公廨が支給されないため、公廨の四分の一に準じて正税の借貸を認めるなど(三代格延暦廿五年三月廿四日官符)、部分的に行われるにとどまった。

本条の制度は、雑稲の正税混合を命じた勅(補11-四八)の三日前に出されており、出雲国計会帳には、「(天平六年二月)八日移太政官下符弐道〈一官稲混合状、一国司等貸状〉」とあり、双方の命を伝えた太政官符が、同日付で伯耆国から発送されている(古一-五八七頁。三月三日には同様の官符二通が隠岐国から出雲国に送られている。古一-五九一頁)。借貸による国司の得分は、公廨田(職田)の収入をはるかに上まわったと考えられるから、政府は官稲混合によって一本化された正税の一部を国司借貸にふりむけることにより、公出挙制の強化・充実に対する国司の熱意をよびさまそうとしたのであろう(薗田香融「出挙――天平から延喜まで――」前掲)。天平十七年十一月、諸国に公廨稲が設置され、官物の欠員未納の補塡、国内儲物を割いた残余を国司の得分とする制が施行されたのは、国司借貸の制を継承し、それを公出挙制の中にとり入れたものとみることができる。

四五　**国司借貸の「如過二茲数一、依レ法科レ罪」の「法」**(二一七五頁注三二)　国司が自国の官物を勝手に借用したり、人に貸したりした場合には、職制律52の「凡貸下所二監臨一財物上者、坐贓論。若百日不レ還、以レ受下所二監臨一財物上論」、および廐庫律17逸文の「(凡)監臨主守、以二官物一私自貸、若貸レ人、及貸レ之者、無二文記一、以レ盗論。有二文記一、准レ盗論、減二二等一。立二判案一者勿レ論」(要略)等の規定が適用されたと考えられる。これらの規定は、本来国司による官物の自貸・貸人を禁止する立場からのものであり、国司借貸そのものを認めない立場からの処罰規定であると考えられる。従って本条(天平六年正月丁丑条)の「法」については、

(1)数量超過分についてのみ、自貸・貸人とみなして職制律52・廐庫律17の規定を適用する。

(2)数量超過分は、正月丁丑条の法令に対する違反とみなし、職制律22の違勅罪、もしくは雑律61の違式罪を適用する。

の二様の解釈が可能だが、本条の法令自体が律の法意を超えたものであることを考えると、(2)の可能性のほうが大きいと考えられる。

四六　**小田王**(二一七五頁注七)　無位から従五位下に叙されているから、選叙令35によると諸王の子。大蔵大輔・木工頭・因幡守を歴任、天平十八年四月従五位上へ昇叙。天平勝宝元年十一月正五位上。天平十八年正月、元正太上天皇の御所に参入して掃雪に供奉して酒宴を賜わる王卿大夫の中にその名が見えるが、その応詔歌は漏れて伝わらない(万葉三九二二―三九二六左注)。

野中王(二一七五頁注八)　同じく諸王の子か。天平六年二月に歌垣の頭となったこと以外見えない。

四七　**藤原朝臣仲麿**(二一七五頁注一一)　武智麻呂の第二子、豊成の弟。男に真従・真先(執弓)・訓儒麻呂(浄弁)・朝狩・小湯麻呂・刷雄・薩雄・辛加知・執棹、女に児従・東子・額など(薗田香融「恵美家子女伝考」『史泉』三二・三三号、岸俊男『藤原仲麻呂』)。天平宝字八年九月壬子条の伝に、内舎人から大学少允に遷ったとある。民部卿の後、天平十五年五月参議となり、左京大夫・民部卿・近江守・式部卿を歴任、孝謙即位後の天平勝宝元年七月に大納言、同八月新設の紫微中台の長官(紫微令)となり、光明皇太后の庇護をうけて権勢を振った。天平宝字元年五月、紫微内相となって内外諸兵事を掌握、橘奈良麻呂の変後、同二年八月大保(右大臣)となり、姓に恵美の二字を加え、名を押勝と賜わった。同四年正月大師(太政大臣)、六年二月正一位に昇ったが、孝謙上皇の寵を得た道鏡と対立、八年九月兵を挙げ敗死。万葉に短歌二首があり、氏族志や、日本書紀を継ぐ歴史書の編纂をも企てた。藤氏家伝上の鎌足・貞恵の伝は仲麻呂の撰。藤原朝臣→

[一]補1―一一九。

四八　**雑稲の正税への混合**(二七五頁注二七)　雑稲(雑色官稲・雑官稲)には、郡稲([一]補5—六二)をはじめ各種のものがあり、出挙してその利稲を特定の目的に用いた(五五頁注二三)。本条の勅は、その雑稲を、駅起稲を除いて正税に混合すべきことを命じたもので、出雲国計会帳では、天平六年二月八日付で、伯耆国から本条の勅の旨を記した太政官符(官稲混合状)が出雲国に送られている(古一—五八七頁)。この年、諸道に検税使の派遣されたことが、「天平六年七道検税使算計法」(延暦交替式)の存在により察知されるが、それは、官稲混合の実施状況や、正倉管理の状況を把握するために行われたのであろう(福井俊彦『交替式の研究』)。

本条の勅で除外された駅起稲も、天平十一年六月には正税に混合され(続紀天平十一年六月戊寅条)、また本条には記載のない兵家稲も、同年九月十四日の兵部省符により正税に混合された(天平十一年度伊豆国正税帳、古二—一九五頁)。駅起稲は、駅家に貯積され、出挙してその利稲を駅家の設備や駅馬の購入にあてたものと考えられ([一]補2—一一七)、兵家稲は兵部省の管理に属し、武器の修理・購入等の費用にあてたものと考えられる。これらの稲の正税への混合が遅れたのは、その管理形態や管轄の相違などによるものであろう。なお出雲国計会帳で、天平六年三月三日、「官稲混合状」の太政官符とともに隠岐国から出雲国に送られている「白書壱通〈神税等稲不レ合状〉」は、神税等について正税への混合の例外とすることを通知した、補足の文書(官印を押捺していない)ではないかと思われる(古一—五九一頁)。

本条におけるいわゆる官稲混合が実施されたさまは、天平六年度の尾張国正税帳によって知られる(古一—六〇七〜六二〇頁)。また、天平四年度の越前国郡稲帳(古一—四六一〜四七三頁)と官稲混合後の諸国正税帳の記載とを比較すれば、どのような費目が本来郡稲からの支出であり、それがいかに正税に組み込まれたかが察知される。当時、諸国では年料交易雑物など中央への貢納物のために正税から多額の支出を行っており、また国衙機構の整備や中央との連絡強化の費用を支えるためにも、正税出挙の充実をはかる必要があったものと考えられる。本条の施策は、従来個々の目的のために出挙されていた官稲を正税に一元化することにより、その運用を弾力化して財政の需要にこたえ、また責任の所在を明確にして不正の防止をはかることを目的としたものであろう。それはまた、従来郡司のもとで行われてきた、古い形の財政運用を、国司を中心とする新しい地方支配体制の中で、より合理的な運用に転化させたものとも見ることができる。

四九　**歌垣**(二七五頁注三二)　男女が集まり、相互に掛合歌を歌って求愛する習俗から発した行事。その習俗は現代、中国貴州省のミャオ族など、中国南部からインドシナ半島北部の諸民族の間にみえる。日本古代では、武烈即位前紀にみえる大和の海柘榴市、万葉・常陸国風土記にみえる筑波山、肥前国風土記にみえる杵島岳の例などがある。本条のそれは、中国の「踏歌」の習俗と混じて宮廷化したもので、宝亀元年三月辛卯条にも、河内の渡来系氏族男女二三〇人による歌垣のことが見える。

続紀本条では長田王など四人の諸王が頭となったとある。宝亀元年の歌垣では、「男女相並、分レ行徐進」とあるから、ここも四王が左右に分かれ、双方の歌頭となったのであろう。踏歌(女踏歌)の場合にも歌頭のあったことが、天平勝宝三年正月庚子条に見える。

五〇　**歌垣に演奏された曲**(二七五頁注三八)　歌垣では、宮廷風に編曲された古曲が唱和され、それに合わせて歌舞が行われた。続紀本条では、難波曲・倭部曲・浅茅原曲・広瀬曲・八裳刺曲の名が記され、宝亀元年の歌垣では、由義宮・博多川の頌歌二首が記され、「其余四首、並是古詩」とある。その他肥前国風土記には杵島曲の歌詞を記し、古今和歌集御歌所御歌には、あふみぶり・みづくきぶり・しはつ山ぶりの三曲を載せている。一般にこれらの曲名は、曲の始めの歌詞によって名づけられたものであろう。

難波曲　「難波津に咲くやこの花冬ごもり今は春べと咲くやこの花」の古歌に曲節をつけたものか。「難波津」の歌は古今和歌集仮名序に王仁の作と伝えて手習い始めの歌とされ、法隆寺五重塔初層天井組子裏の落書をはじめ、平城宮出土の土器・木器等にも記され、広く知られていた。

倭部曲　未詳。倭国造(大倭忌寸)の伝える大和に対する讃歌か。景行記に「倭は　国のまほろば　畳なづく　青垣　山隠れる　倭し麗し」の歌がある。

浅茅原曲　これも浅茅原を詠み込んだ歌か。景行記に「浅小竹原(あさじのはら)」の歌があ

腰なづむ　空は行かず　足よ行くな」の歌がある。

広瀬曲　未詳。大和の広瀬を詠んだものか。

八裳刺曲　「八裳刺」は「やつめさす」で出雲の枕詞。景行記に「やつめさす　出雲建が　佩ける大刀　黒葛さは纏き　さ身なしにあはれ」の歌がある。

五一　**摂津職所管の郡**(二七七頁注一一)　続紀本条(天平六年三月丁丑条)には、「免㆘供㆓奉難波宮㆒東西二郡今年田租調、自余十郡調㆖」とある。これら計一二郡は、摂津職管内のすべての郡にあたると考えるのが穏当であろう。しかるに民部省式上・和名抄等に記される摂津職所管の郡は、住吉・百済・東生・西成・嶋上・嶋下・豊嶋・河辺・武庫・兎原・八部・有馬・能勢の計一三郡である。このうち東生・西成二郡が上記の「東西二郡」に当ることはほぼ確実なので、残る一一郡のうちいずれか一郡が、天平六年当時未成立であったことになる。

従来は、摂津では他の一二郡にはそれぞれ郡単位の条里制が施行されているのに、百済郡にのみそれが見られず、百済郡は条里制施行後の成立とみられるとして、未成立の郡を百済郡とする考えが有力であった。しかし近年、平城京左京三条二坊八坪のいわゆる長屋王宅跡から、霊亀元年のものと思われる「百済郡南里…元年十月十三日」と記した木簡が出土し(平城木簡概報二一—三六頁)、この考えは瓦解した。

上記一一郡のうち、続紀をはじめ天平六年までの確実な史料に出てくるのは、住吉・百済・嶋上・嶋下・河辺の諸郡である。未成立の一郡を確定することは困難であるが、天平十九年の法隆寺資財帳に、「宇治郷」が兎原郡・雄伴郡(のちの八部郡)の双方に見られること、住吉大社神代記に、兎原郡について「元名雄伴国」と記していることなどを勘案すると、兎原・雄伴の両郡が未分化だったことも考えられる。

五二　**健児・儲士・選士**(二七九頁注一〇)　続紀本条(天平六年四月甲寅条)には、諸道の健児・儲士・選士に田租と雑徭の半を免じたとある。本条の前半は牛馬の売買の許可についてのもので、これは天平四年八月、節度使設置のおりに出された禁令を解除したものであるから、この健児・儲士・選士に対する優遇も、節度使の停止(天平六年四月壬子条)と関連する措置であろう。天平四年八月壬辰条の節度使に関する勅で、「其国人、習得㆑入㆓三色㆒」とある「三色」は、この健児・儲士・選士である可能性が強い。恐らく節度使の設置にともない、管内在地の有力者を武力として編成したものであろう。

健児　「健児」は書紀の訓にチカラヒトとあり、武勇者や兵士の称として見える(皇極紀元年七月乙亥条、天智紀三年八月条)。在地の武力の称としては、近江国志何郡計帳手実に、同郡古市郷の人大友但波史族吉備麻呂について、神亀二年および天平元年から六年にわたり(三十五歳から四十四歳)、「健児」の注記がある(古一—三二一・三八七・三九一・四四〇・四五〇・五〇五・六二一頁)。また三代格大同五年五月十一日官符に引く天平五年十一月十四日の勅符に「兵士三百人以為㆓健児㆒」とある。これは陸奥出羽按察使藤原緒嗣の解に引かれるもので、陸奥国に関しての施策であるらしい(北啓太「天平四年の節度使」土田直鎮先生還暦記念会編『奈良平安時代史論集』上)。

天平四年八月に節度使管内(東海・東山・山陰・西海四道および山陽道の一部。→補11—二九)に置かれたとみられる健児は、天平十年五月に停止された(天平十年五月庚午条)。その後天平宝字六年二月、伊勢・近江・美濃・越前四国の郡司子弟及び百姓、年四十以下二十以上の弓馬に熟練した者を健児とし、天平六年四月廿一日の勅(続紀本条)により田租および雑徭の半ばが免除された(天平宝字六年二月辛酉条)。これら四国は恵美押勝の勢力基盤であり、押勝の軍事力の補強のために設けられたのであろう。このような後をうけ、延暦十一年六月、辺要を除いて兵士を廃止し、かわりに健児を置いて兵庫・鈴蔵・国府などの守衛にあてる政策が実施される。健児には郡司子弟があてられ、その数は常陸・近江両国の二〇〇人から和泉国の二〇人まで国によって差があり、全体として五一国に三一五五人が配置された(三代格延暦十一年六月十四日官符)。兵部省式では五七国に三九六四人の配置である。健児には一般には徭役(庸・雑徭)が免除されたが、志摩等一〇国は雑徭のみ免除され、畿内は延暦十六年、調をも免除された(三代格延暦十六年八月十六日官符)。食料としては、延暦二十年、諸国に健児田を設置、その地子を粮料にあてたが(三代格弘仁五年正月十五日太政官符所引延暦廿年六月廿九日民部省符）、畿内では乗田、隠岐では国造田の地子をあて、出羽では出挙稲の息利をあてた（三代格弘仁五年正月十五日太政官符、弘仁主税寮式、延喜主税寮式）。健児には郡司子弟のほか、白丁・勲位者をあてる国もあった。延暦以降の健児は、在地有力者による国衙守備兵としての性格をもち、十一世紀以降の国衙においても、税所・調所等と並んで「健児所」が置かれ、文書の伝送や、荘園への入部などの検察的行動に健児が従事していた。

儲士　神亀元年の近江国志何郡計帳手実では、大友但波史族吉備麻呂（三十四歳、正丁）について、「儲人」の注記がある（古一―三二九頁）。吉備麻呂は先述したように、翌神亀二年以後は「健児」となっている。恐らく儲士も儲人と同義で、「健児となるべきマウケヒト」の意味であり（松本愛重「大日本古文書の研究」『史学雑誌』一三―三）、兵士中の武芸に秀でた者をあらかじめ差点し、兵事に備えたものであろう（北啓太「天平四年の節度使」前掲）。本条の儲士は、天平四年八月の節度使設置にともない、その管内に置かれたものと推定され、出雲国の場合、計会帳によれば、天平五年七月十三日の石見国移によって、「差二点儲士一并国司郡司等応二会集一状」の節度使符がもたらされ（古一―五九二頁）、同年十月六日、節度使に対し「儲士歴名帳一巻」が、同廿一日弁官に対し「儲士歴名簿一巻」が、それぞれ申送・進上されている（古一―五九八・六〇一頁）。

選士　選士も節度使の設置にともなって置かれたものと推定され、ことに大宰府管内においてこの後永く存続する。三代格所載天応元年三月八日太政官符には、大宰府管内のこととして、「右管内諸国所レ有射田毎レ郡一町、兵士・選士其数稍多。請更加二一町一、惣置二二町一、一町以賜二歩射之上手一、一町以賜二騎射之勝者一」とあり、兵士の中から歩射・騎射等の武芸に秀でた者を選抜したものであることが推測される。これらの選士は、官符により四〇〇人が大宰府に配置されていたが、この後天長三年、大宰府管内の兵士・軍団の停廃にあたって一三二〇人が加増され、統領に率いられて九国二嶋の警固に当ることとなった。選士は管内の「富饒遊手之児」から選ばれ、四番に分って番別三〇日、年間九〇日の勤務とされた。選士は庸を免じられ、また中男三人を賜わり、在番時には日粮・塩を支給され、府の警衛に当る者は調をも免除された（三代格天長三年十一月三日太政官符）。貞観十一年には鴻臚館の守備に夷俘を配置することになり、その統率のため統領・選士の役務が加増されている（三代実録貞観十一年十二月五日条、三代格同月廿八日官符）。

五三　**徭銭**（一七九頁注一四）　徭銭は、銭を出すことによって雑徭を免除されるもので、左右京に限って行われたらしく、京職は徭銭によって雇役した労働力により、諸種の工事等を行った。本条の太政官奏は、徭銭の納期を夏から九月以降に改めるとともに、少丁を徴収の対象から外し、京民の負担の軽減をはかったものである。天平五年の右京計帳手実（古一―四八一～五〇一頁）には、戸ごとに京職官人によって付せられた徭銭に関するとみられる注記があり、それによれば、実役につかない場合、正丁一人から一二〇文、少丁（中男）からはその四分の一にあたる三〇文の徭銭が徴発されていたことが知られる（青木和夫「計帳と徭銭」『続日本紀研究』九―三）。正丁一二〇文の徭銭は雑徭の使役を年六〇日とすると一日二文の額となり、これは雇役の場合の公定賃銀に相当する。銭貨を得る手だての少なかった当時の平城京民にとって、徭銭一二〇文は調銭の九文に比べても大きな負担であり、年間六〇日の力役の方が実質的な負担軽減となる場合もあったであろう（岸俊男「郷里制廃止の前後」『日本古代政治史研究』、関晃・青木和夫「平城京」歴史学研究会・日本史研究会編『日本歴史講座』一）。天平九年十月、左右京職の徭銭は停止された（続紀十月壬寅条）。続紀宝亀十年九月戊子条によると、天平神護年中以後、外居之人（京戸でありながら京以外に居住している者）から徭銭を徴発していたのを、人民の疲弊により停止したとある。しかし平安遷都後は、雑徭制の衰退と銭貨の普及とによって徭銭（徭分銭）の制は復活し、大同四年六月には、兵士を雇役するため、それまで人別五〇文であった徭銭を八〇文に加増した（三代格大同四年六月十一日官符）。左右京職式には、「凡徭分銭者、載二調帳一進之」、「凡調徭銭用帳者、毎年起二正月一日一尽二六月卅日一、起二七月一日一尽二十二月卅日一、二度進之」等の規定がある。

五四　**相撲節**（一八一頁注一三）　七月七日に相撲を行うことは続紀本条に見え、また天平十年七月条にも見える。皇極紀元年七月乙亥条に、百済王子麹岐の前で健児に相撲せしめたとあり、天武紀十一年七月甲午条にも、大隅隼人・阿多隼人を朝廷で相撲せしめたとあって、七月に宮廷の行事として相撲を行うことは七世紀に遡る。養老三年七月辛卯条に抜出司を置いたことが見えるが、この頃から諸国からの相撲人貢進の体制が整備されたと思われ、万葉には天平二年の大宰府からの相撲部領使(八六四―八六七に付された吉田宜の大伴旅人あて返書)、天平三年の肥後国の相撲使(八八六―八九一題詞)のことが見え、天平四年度の越前国郡稲帳には、「向レ京当国相撲人参人」の食料のことが記されている(古一―四六三頁)。神亀五年四月辛卯条に、諸国郡司が部内の騎射・相撲・膂力の者を王公卿相の宅に給するのを禁じているのは、このような相撲人貢進制の整備と関係があろう。抜出司→補8―二二二。

五五　**七夕之詩**(二八一頁注一五)　七月七日は雑令40に節日と定められている。この夜は古来中国で牽牛・織女の二星が年に一度天の川を渡って逢会する夜とされた。この伝説が早くから日本に伝えられたことは、神代紀の歌謡「天なるや　弟織女(おとたなばた)の　頸(うな)がせる　玉の御統(みすまる)の」云々の歌からも知られる(九段一書第一)。中国ではこの夜、食を供え、また女性が竹に糸を結んで願いごとを記す行事が民間に行われていたが(乞巧奠《きっこうでん》)、この行事も九世紀までには日本の宮廷に採り入れられていたことが、織部司式「七月七日織女祭」の料物の規定によって察せられる。

七夕に詩を賦すことも中国に由来し、中国では玉台新詠・芸文類聚等に六朝時代の詩が数多く載せられている。日本では懐風藻に、藤原史(不比等)・山田三方・吉智首・紀男人・百済和麻呂・藤原総前(房前)の五言七言各一首があり、少なくとも養老年間には、貴族・官人の間で七夕の会がほぼ年中行事となっていたことが知られる。宮廷での七夕の賦詩のことは続紀本条(天平六年七月丙寅条)が初見であるが(持統紀五年・六年条に七月七日の宴のことは見えるが、賦詩のことは見えない)、貴族社会の行事が宮廷にも及んだものと解されよう。この後は天平十年条に相撲と文人による賦詩のことがあり、天平勝宝三年条に賜宴のことが見える。

万葉にも、人麻呂歌集(一九九六―二〇三三)・山上憶良(一五一八―一五二九)。神亀元年・天平元年・同二年)・大伴家持(四一二五―四一二七、四一六三、四三〇六―四三一三。天平勝宝元・二・六年)の作をはじめ一三〇首以上にのぼる七夕の歌があり、それらを通じて、七夕伝説が貴族社会から民間にも普及し、日本的な伝承と化していったさまをうかがうことができる(小島憲之「七夕をめぐる詩と歌」『上代日本文学と中国文学』中巻第五篇第九章)。

五六　**得度制の沿革**(二八三頁注一九)　得度は在俗の仏教信者(優婆塞・優婆夷)が仏門に入るための儀式で、得度の儀を経た者は沙弥・沙弥尼と称され、後受戒の儀を経て正式に僧尼(比丘・比丘尼)となる。得度すると度縁が授けられ、一般の戸籍からは名を削られ、課役を免除される。

僧尼の資格を証する公験の制は、養老年間からその整備がはかられた(補8―八四)。養老四年正月丁巳条には、始めて僧尼に公験を授けるとある。しかし神亀元年十月丁亥朔条に見られるように、当時の僧尼の名籍には粗漏が多く、実態の把握が困難であった。他方では宮廷を中心に仏教行事が盛行し、行事を執行する僧尼の資質の向上も急務とされた。本条は得度について、初めて最低限の基準を設けたものである。ここでは、(1)法華経もしくは最勝王経の暗誦、(2)礼仏＝仏事執行についての理解、(3)三年以上の修行、がその条件とされた。このような改革の背景には、当時の日本の僧尼が宗教者としての内実を備えていないと批判する律師道慈の存在(天平十六年十月条卒伝)が考えられよう。

毎年一定数の者を得度させる年分度者の制は、正月の金光明経の読誦に備え、毎年十人を得度させる制として持統十年から行われた(持統紀十年十二月己巳朔条)。八世紀にもこれは「例得度」として継承される。しかし八世紀には、天皇・上皇の病や法会などにあたり、一度に百人、千人もの大量の得度が行われたため、僧尼の資質は低下し、形式的な経典の読誦や仏事の執行はこなすものの、教義の理解能力や内面的な修行において劣る者が増え、教団の沈滞をまねいた。仏教界の刷新を企図した桓武天皇は、延暦十七年、天平六年以来の得度制度のもとで幼童が多く僧尼となり、「頗習二二経之音一、未レ閲二三乗之趣一」としてこれを改革、今後年分度者は(1)年三十五以上、「操履已定、智行可レ崇、兼習二正音一、堪レ為レ僧者」を選ぶこと、(2)毎年十二月以前、所習の経論につき大義十条を試問、通五以上の者を取ること、(3)受戒の日は更に審試し、八以上に通じる者を受戒させること、とした(類聚国史度者、延暦十七年四月乙丑条)。これは宗教者としての内面を重視したものである。延暦二十二年正月には、当時の僧侶が三論を軽視して法相に傾くため、年分度者の数を三論五、法相五とし、(類聚国史諸宗、同月戊寅条)、さらに同二十五年正月には、年分度者の数を華厳業二、天台業二、律業二、三論業三(うち成実一)、法相業三(うち倶舎一)と定め、新たに開立された天台宗を含め、諸宗の学統の維持がはかられた(三代格同月廿六日太政官符)。

12　巻第十二

一　**石川朝臣年足**(二八七頁注一六)　石足の長子。名足の父。本条(天平七年四月戊申条)の叙位後、官を歴任。また位階も昇進し、天平二十年三月参議、天平宝字元年八月中納言となり神祇伯・兵部卿を兼任、同二年八月正三位。同月に官号改易に参加、また翌三年六月律令と並ぶ別式の作成を上申し、自ら「別式」二〇巻を編集。同六年九月御史大夫正三位兼文部卿神祇伯にて没。七十五歳。江戸時代文政三年(一八二〇)正月、摂津国嶋上郡(現在の大阪府高槻市真上町)より左記の如き墓誌が発見された。系譜、死没の年月干支を記した後、十二月壬申(二十八日)摂津国嶋上郡白髪郷酒垂山に葬ったとの記載が見える。

武内宿禰命子、宗我石川宿禰命十世孫、従三位行左大弁石川石足朝臣長子。御史大夫正三位兼行神祇伯年足朝臣、当二平成宮御宇天皇之世一、天平宝字六年歳次壬寅九月丙子朔乙巳一、春秋七十有五薨二于京宅一。以二十二月乙巳朔壬申一、葬二于摂津国嶋上郡白髪郷酒垂山墓一、礼也。儀二形百代一、冠蓋千年、夜台荒寂、松柏含レ煙、嗚呼哀哉。

二　**多治比真人伯**(二八九頁注一)　姓を多治、丹比とも記す。天平六年度周防国正税帳に同国の守従五位下勲十二等として加署(古一―六二一八頁)。同十一年三月大宰少弐従五位下で対馬目の獲た神馬を祥瑞として中央に上申。

三　**百済王慈敬**(二八九頁注二)　天平十二年二月従五位上。同十六年二月正五位下。

四　**阿倍朝臣継麿**(二八九頁注三)　天平八年二月遣新羅大使。万葉に筑紫館、対馬にて詠んだ歌が見える(三六五六・三六六八・三七〇〇)。翌年帰国のさい対馬にて没。

五　**城上連真立**(二八九頁注七)　天平二年度大倭国正税帳に同国大掾兼侍医として署名(古一―四一三頁)。この時正六位上勲十二等。家伝下に神亀の頃の方士として見える。

六　**下道朝臣真備**(二八九頁注一〇)　国勝の子。泉の父。真吉備とも記す。備中国下道郡(現在の岡山県吉備郡・川上郡全域と、高梁市・総社市の高梁川左岸、小田郡美星町の一部を含む地域)出身。霊亀二年遣唐留学生となり、唐に赴く。この時従八位下。宝亀六年十月の薨伝によれば唐において「研二覧経史一、該二渉衆芸一」とあり、唐国に名をなす者は阿倍仲麻呂(朝衡)と真備の二名のみであったと記す(補7―一二)。天平六年十一月帰国、彼の将来した書籍は四月条に記されたものの他に東観漢記のあったことが知られ、また同行の玄昉が五千余巻の経論を将来しているところから、この遣唐留学は典籍将来を主目的の一つとし、玄昉に内典の、そして真備に外書の将来を使命として課し、このことは、以後日本に流布した漢籍の祖本は真備がもたらしたとの伝えさえ存するほど画期的な事柄であった(太田晶二郎「吉備真備の漢籍将来」『かがみ』創刊号)。以後官を歴任し、同十五年六月従四位下春宮大夫兼東宮学士。同十八年十月吉備朝臣賜姓。恒貞親王伝によれば、真備が天平末に釈奠の儀式を改定したと記すが、これは続紀天平二十年八月癸卯条がそれに当るか。天平勝宝元年七月には従四位上に叙されたが、同二年正月筑前守に左遷。同三年十一月遣唐副使に任命されたが、帰国後同六年四月正四位下大宰大弐、天平宝字八年正月造東大寺司長官に任ぜられ帰京。この年九月恵美押勝の乱にさいし平定の策に参加。功により参議中衛大将。天平神護元年正月に押勝鎮定の功により勲二等、八月には正三位に昇叙。翌二年三月に大納言、補任によれば十月従二位右大臣。宝亀元年八月称徳没後、皇嗣問題で藤原永手・良継等と対立、紀略の引く百川伝によれば文室浄三を推したが、白壁王冊立後辞表を提出。この頃「私教類聚」の著述に当ったらしい。宝亀六年十月八十三歳で没。霊亀二年二十二歳で入唐との記事からすると八十一歳没となる。最澄の内証仏法相承血脈譜の道璿の条から真備が道璿和上伝を編纂したことが知られ、続紀延暦十年三月丙寅条によれば、大和長岡とともに律令二十四条を删定したことが知られる。なお意見封事十二箇条によれば、真備は右大臣にして下道郡大領を兼ねていたとある。

下道朝臣は備中国下道郡一帯に勢力を有した豪族。もと臣姓。孝霊記に、若日子建吉備津日子命は吉備下道臣、笠臣の祖とあり、応神紀に、川嶋県を分ち御友別命の長子稲速別を封じたがこれが下道臣の祖とある。雄略紀に、吉備下道臣が見えその姓より推して吉備一族の中でも宗家の地位にあり、また国造氏。天武十三年賜姓朝臣。

七 **唐礼**(二八九頁注一一) 唐朝の典礼を勅命により宰臣・礼官・学士等が編纂した書。隋代に南北の儀注を集め五礼が編纂され、煬帝の時に江都集礼にまとめられたのを承け、新たに整備を加えて成った。唐礼には貞観・永徽(顕慶)・開元の三種あり、開元礼のみ現存する。

貞観礼(一〇〇巻)が鄭玄の六天説に拠ったのに対し、永徽礼(一三〇巻)は王粛説の一天を採用したような差異を含む。上元三年(六七六)また貞観礼を行う命令が出て、以降両礼が併せ参照された。開元礼(一五〇巻)は先行両礼の矛盾を折衷して基準を定めることを最要の課題とし、新興の集賢院で編纂され、開元二十年(七三二)完成、最も整った最大規模のものとなり、注釈も数種作られた。杜佑の通典に開元礼の要約である開元礼纂類が含まれ、ひろく普及している(古典研究会影印本『大唐開元礼』解説参照)。

真備の献じた唐礼一百三十巻は巻数から永徽礼に該当する。開元礼は発布直後で未だ鈔録に及ばなかったであろう。ただ後に天平勝宝三年遣唐副使として再度入唐し、勝宝六年帰国した際には開元礼を将来した可能性が考慮される。

日本国見在書目録礼家は、江都集礼百廿六巻・唐礼百五十巻(開元礼の重出か)・唐永徽礼百卅巻・唐開元礼百五十巻を著録する。

八 **太衍暦経・太衍暦立成**(二八九頁注一二) 太衍暦は、唐の僧一行(六八三-七二七)の撰した優れた暦法で、開元十五年(七二七)成り、一行の没後、宰臣張説(六六七-七三〇)と暦官陳玄景の手でまとめられ、翌年八月張説の序を附して上奏され、開元十七年より有司に頒って行用され、広徳元年(七六三)五紀暦に替るまで、三五年間唐朝で実用された。全五二巻。

一行は初唐の襄州都督張公謹の曾孫で本名張遂則、少時より聡明穎悟、諸学に通じ、道士尹崇に揚雄の太玄経を学び、恒景について出家して天台を受け、普寂に禅、悟真に戒律を学ぶ。なお善無畏(シュバカラシムハ)から密教を授かり金剛智(ヴァジュラボディ)に灌頂を受け、大日経疏二〇巻をあらわし唐代密教の発展に寄与する所大きかった。三十五歳で玄宗に召され光泰殿のち麗正殿に住み、開元九年(七二一)現行麟徳暦の日食が合わぬ所から勅命により新暦の編

書名	巻数	構成	編纂者	施行時期
貞観礼 大唐新礼(旧志) 大唐儀礼(新志)	一〇〇巻	吉礼六一篇 賓礼 四 軍礼二〇 嘉礼四二 凶礼 六 国恤 五 計一三八篇	房玄齢 魏 徴 長孫無忌 李百薬 顔師古 令狐徳棻 孔穎達 于志寧	貞観一一年三月 (六三七)
顕慶礼 永徽五礼(新志)	一三〇巻	計二九九篇 削除国恤	長孫無忌 杜正倫 李義府 李友益 劉祥道 許圉師 許敬宗 韋琨 史道玄 孔志約 蕭楚才 孫自覚 賀紀	顕慶三年正月 (六五八)
開元礼(新志) 大唐開元礼(現行本)	一五〇巻	序例 三巻 吉礼五五篇 七五 賓礼 六 二 軍礼二三 一〇 嘉礼五〇 四〇 凶礼一八 二〇 計一五二篇	蕭嵩 張説 徐堅 李鋭 施敬本 王仲丘 賈登 張烜 陸善経 洪孝昌	開元二〇年九月 (七三二)

唐礼三種の比較表

纂にとりかかる。太衍暦の特徴は両面あり、まず易経繫辞伝の大衍の語をとって暦に名づけた点に象徴される形而上学的性格がある。大衍は宇宙の聖数五十、漢の京房によれば天の十日(十干)と地の十二辰(十二支)及び二十八宿を合せた数で、自然界の理法を意味する。一行は暦数を説くのに易の観念を加え、自然現象の理解に神秘性を施し時代の風尚に投じた。同時に梁令瓚らは天文観測の為の大規模な黄道游儀・渾儀を集賢院中に造って観測データを整備し、又南宮説らは中原の河南を中心に南は安南に及ぶ全国的な日晷(影の長さ)調査を通じ地表の弧度を測定した。その結果従来の暦に比し、太陽運動における不等の主要項としての中心差が明確に知られ、又劉焯にはじまる補間法を一般のばあいに拡張し、或いは各地における日食の食分を算定する等、注目すべき前進がみられた(藪内清『隋唐暦法史の研究』・『中国の天文暦法』)。

真備はこの公用されて数年の最新の暦を将来献上した。太衍暦経一巻は本体部分で、新唐書暦志にその内容は大体収載されている。立成一二巻は具体的な準則・数表・暦計算の実際を示すもので、太衍暦を実用するに必備の部分である。従って経と立成を献じたことは最要部分を選択将来したことを意味する。やがて天平宝字元年(七五七)十一月癸未勅で、暦算生に漢晋律暦志などと並んで太衍暦議を講ぜしめ、同七年八月戊子、儀鳳暦を廃して始めて太衍暦を用いることとなる。

九　**測影鉄尺**(二八九頁注一三)　鉄製の日影測定用の尺。隋書律暦志上に「後周鉄尺。…是大祖遣㆓尚書故蘇綽㆒所㆑造。…祖孝孫云、平㆑陳後、廃㆓周玉尺律㆒、便用㆓此鉄尺律㆒、以㆓一尺二寸㆒即為㆓市尺㆒」とみえる。隋の開皇官尺の流れを汲むものか。

一〇　**銅律管**(二八九頁注一四)　銅製の律呂(音階)調律用の管。通典巻一四三に「凡為㆓楽器㆒以㆓十有二律㆒為㆓之数度㆒」とあるように、一オクターブを一二の音階に分けていたから、一二本で一部を構成していたと推定される。

一一　**鉄如方響写律管声**(二八九頁注一五)　鉄製で方響のような形をした音階調律器。律呂の規準となる一二音階の管の音を、架に吊下げた一二枚の小鉄板の音で示し、また楽器としても使ったもの。通典巻一四四に「方響、梁有㆓銅磬㆒、蓋今方響之類也。方響以㆑鉄為㆑之、修九寸・広二寸、円上方下、架如㆑磬而不㆑設㆑業、倚㆓於架上㆒以代㆓鐘磬㆒、人間所㆑用者纔三四寸」とある。正倉院南倉に方響残闕九枚が現存する。

一二　**楽書要録**(二八九頁注一六)　旧唐書経籍志に「楽書要録七巻〈大聖天后撰〉」、新唐書芸文志に「武后楽書要録十巻」とあり、則天武后勅撰の音楽理論書。中国の音楽理論を知る上で貴重な資料。日本国見在書目録及び通憲入道蔵書目録にその名が見える。伝本は写本・版本とも五・六・七巻のみで、他に若干の佚文が三五要録その他に引用されて伝わる。中国では早く散佚し、幕末の佚存叢書を通じ日本から輸入した。

一三　**絃纏漆角弓**(二八九頁注一七)　つるを巻いた上に漆を塗った角弓。角弓は唐六典巻十六に「弓之制有㆑四。…二曰角弓」と見え、注に「釈名曰…角弓以㆓筋角㆒、騎兵用㆑之」とある。部分的に角を使用し、装飾とともに補強に充てた小型の強弓。天平勝宝八歳の東大寺献物帳(古四―一四八頁)に「水牛純角御弓一張」と見える。

一四　**射甲箭**(二八九頁注二〇)　甲を射抜く鋭い鏃を持つ矢。唐六典巻十六に「箭之制有㆑四。…三曰兵箭」とありその注に「兵箭鋼鏃而長用㆓之射㆒甲」と見える。

一五　**平射箭**(二八九頁注二一)　和名抄に「平題箭。楊雄方言云、鏃不㆑鋭者謂㆓之平題㆒〈和名以太都岐〉。郭璞曰、題猶㆑頭也。今之戯射箭也」とある。儀式或いは遊戯に使う箭か。

一六　**拵槍(弄槍)**(二八九頁注二八)　軍防令11に弄槍の語が見え、義解に「弄者玩也。槍者木両頭鋭者、即戈之属也」、和名抄に「楊氏漢語抄云、弄槍〈和名保古斗利〉」とある。槍術を演じたものか。三代格嘉祥元年九月廿二日官符に見える高麗楽生二〇人の中に弄鎗生二人がある。

一七　**続労・続労銭**(二八九頁注三七)　続労とは散位及び無位の帯勲者が散位寮ないし国衙・軍団などに上番勤務し、考選にあずかることを言う。この散位の考選法については、考課(考仕)令、選叙(選任)令にその規定をうかがうことができる(一補3―一五)。大宝三年八月甲子の、大宰府の請により西海道諸国の無位帯勲者に許された続労、それを全国的に拡大した慶雲元年六月己未の、諸国勲七等以下の身に官位を帯びぬ者が軍団に直して続労を許されている例、また養老二年四月癸酉の、主政・主帳のうち理によって解任した者は解任後も国府に上番し続労を許されている例などは、上記の続労と見られる。これに対し、養老五年六月乙酉条に「除二定額一外、内外文武散位六位以下及勲位、并五位以上子孫、並令三納レ資便成二番考一」とあるのは、資つまり財物(銭貨)を納めて考選の資格を得ることを認められるもので、これまでの続労とは明らかに異なり、明記こそないものの一種の売官である続労銭の制の存在を語る。当時この制が広く実施されていたことは、平城宮跡から「(表)无位田辺史広□進続労銭伍佰文(裏)〈摂津国住吉郡〉神亀五年九月五日〈勘錦織秋庭〉」なる木簡(平城木簡概報四—九頁)の他、続労銭に関する木簡が出土していることからも裏づけられる。

続労銭の制が確立するに至ったのは、律令官位に対する競望の度が強く、それを利用して国家財源の増加を意図したためであろうが、こうした納資続労が認められると散位の定額が問題になるのは当然で、天平三年十二月庚寅の武散位の定員を二〇〇人と定め、また本条(七年五月乙亥条)に、畿内七道諸国の外散位及び勲位の定額を国別に定め、国衙に上番させるに至ったのは、その現れであった。本条でも、「自余聴二准レ格納レ資続一レ労」として、養老五年六月格に準じ、額外散位に対し納資続労を認める措置をとっている。

ところが、天平九年十月丁未に至って、額外散位の続労銭を禁止している。この理由について、岸俊男は、

(1)銭納の負担が当該者にとって相当に重いため、その負担を軽減し、銭納の惹き起す社会的弊害を除去しようとした。

(2)橘諸兄政権成立直後に実施されたことは、諸兄の守旧的な一連の政策と相関性を持つ。

(3)天平七—九年のたび重なる凶作・疫病による窮迫した社会情勢に対応する措置である。

(4)散位者は京内居住者が多かったと考えられるので、惨状のひどい京内に対する策と見られる。

との見解を示した(「郷里制廃止の前後」『日本古代政治史研究』)。これに対し直木孝次郎は、岸の(1)(3)の見解には賛成するものの、(2)に対しては、諸兄政権の成立は厳密には天平十年正月なので、諸兄の政策との関連性についてはより慎重でなければならず、また(4)については、続労により叙位を願う者は地方有力者に多かったから、京内に対する処置と簡単には言えないとし、直接の契機としては天平九年の疫病の流行を重視すべきだが、地方豪族の進出に対する政府の対策の一環として考える必要があるとする(「続労銭について」『続日本紀研究』六—九)。直木の言う(2)批判はもっともで、諸兄政権の政策との関連性を強調することには慎重でなければなるまい。ただ(4)批判については、養老五年六月乙酉条の続労銭納入者は、「内外文武散位六位以下及勲位、并五位以上子孫」とあるところから、京内居住者が多かったことは考えてよいであろうし、また続労銭納入者は官衙に上番を義務づけられるものではないので、この制をただちに地方豪族の進出と結びつけるのは困難であろう。この措置は天平九年十月壬寅の左右京の徭銭停止と関連があると考えられ、岸の言う(1)・(3)・(4)に理由を求めてよいと思われる。

続労銭はこの後天平宝字二年十二月丙寅に一時的に復活し、養老五年六月格に依ることとなったが、同八年十月癸巳に再度停止となった。この日の勅は「定額及額外散位等、輸二続労銭一宜レ停、自レ今以後、一依二令文一」として、天平九年十月の停止より対象範囲も広く、また措置も徹底している。これは藤原仲麻呂政権下に出された続労銭の制の広汎化を、全面的に廃止したものであった。但しこの処置で続労銭が姿を消したものでなかったことは、この後三代格延暦十六年十一月廿九日太政官符に、国衙上番者以外の額外外散位者の続労を認める一方、続労銭を納めえない帯勲者を健児として選ぶことを命じていることから裏づけることができる。

一八　**郡司の譜第**(二八九頁注四一)　譜第とは晋書杜預伝に「為二春秋左氏経伝集解一、又参二攷衆家譜第一、謂二之釈例一」とある如く、本来系図・系譜のことで、譜第重大は良い家柄の意であるが、郡司の譜第とは、後述の如く難波朝廷以来、氏族として郡領職を世襲し任用されて来た実績を持つことを言う。郡司の譜第が史料に見えるのは、本条(天平七年五月丙子条)が最初であるが、ここには「難波朝庭以還譜第」とある。この難波朝廷(庭)以還譜第という表現は、立郡と関係づけて後述の天平勝宝元年(天平二十一年)

二月壬戌勅に「立郡以来譜第」と見え、延暦十七年三月丙申詔(類聚国史国造)にも「難波朝庭始置二諸郡一」とあり、また弘仁二年二月己卯詔(後紀。なお己卯は十四日だが、三代格は廿日に作る)に「郡領者難波朝庭始置二其職一、有労之人世序二其官一」とあって、これらから立郡及び郡司制の創始が孝徳朝と見なされていたこと、従って、孝徳朝以来郡領職を世襲してきた家柄の者が、譜第郡司と言われたことが明らかである。言うまでもなく、彼等の中に大化前代の国造の系譜を引く氏族が存在したが、孝徳朝に新たに郡領に任用された者の子孫も含まれ、譜第郡司と称されたわけである。

本条によると、郡司任用に当ってこうした譜第郡司の他に、「雖レ无二譜第一、而身才絶レ倫、并労効聞レ衆者」も銓擬の対象となっているが、この譜第なき者を従来は新興の氏族とする見解が多かった。これに対し今泉隆雄は、天平勝宝元年二月勅と関連づけて、譜第氏族の郡司任用は嫡々相継ではなく、傍親間の相継による任用となっていたと見、そうした傍親を譜第なき者と捉え対象としたのであること、従って才用主義をうたい、それは譜第主義と対立するように見えるが決してそうではなく、譜第主義を前提としその枠内における才用重視であること、そして天平七年の制は、国司推薦の候補者を複数にすることによって、郡領任用権を式部省が把握することを意図するものであったことを主張している(「八世紀郡領の任用と出自」『史学雑誌』八一―一二)。

この後、天平勝宝元年二月勅では「宜下改二前例一、簡三定立郡以来譜第重大之家二、嫡々相継、莫上用二傍親一」とされている。この勅には郡領補任にさいし「譜第優劣、身才能不、舅甥之列、長幼之序」を基準としてあげているが、今泉によれば、これらは傍親間世襲の秩序立てとして慣例化していたものであり、この傍親とは譜第氏族より分立したいわば譜第家とも呼ばるべき家の者で、彼等をも含めての世襲を基礎とする任用方式が、勅に言う前例に当る。こうした任用方式を改めたのは、任用をめぐって当時譜第氏族に分裂・抗争が生じていたためで、ここに立郡以来譜第重大之家による嫡々相継を打ち出したのが、この勅であった。

しかし、この勅は殆ど実効力を持たず、譜第氏族の氏族的結合の弛みも関係し、同四年十一月己酉勅によれば、譜第の地位が必ずしも安定していなかったことが知られ、また宝亀四年八月庚午条によれば、「簡下郡中明廉清直、堪二時務一者上、悉令二任用一」と、譜第主義が排除され、才用主義を前面に打ち出している。ただこの時点での譜第は、天長四年五月廿一日太政官符(三代格)にいう労効二世以上の譜第と見られ、上述の譜第氏族そのものを指すのではなく、今泉の説くところを借りれば、家としての世襲の事実による譜第を指す。そして、このように譜第郡司の内容が変って来たのは、譜第家の分立・抗争のため各譜第家が家としての譜第を主張することが必要となって来たためであって、それは八世紀後半以後顕著化の現象と見られると言う。

ただし上掲の天長四年五月符に天平十年四月十九日符が引かれ、それに「郡司縁二身労効一、被レ任一世者、不レ得レ取二譜第之限一」とあるところから推せば、労効二世以上の譜第認定はかなり早かったと思われ、一方この時点で孝徳朝以来の郡領の系譜を引く譜第氏族以外の者が労効一世として出現する可能性はきわめて少ないと言わねばならないので、譜第と見なされる労効二世以上者とは、天平勝宝元年二月勅に見える傍親を指すと見てよいであろう。従って労効二世以上の譜第は八世紀前半に姿を見せ、譜第氏族との間に分裂・抗争を示していたのではないかと考えられる。

この後、延暦十七年三月詔によって、「譜第之選、永従二停廃一」として、労効二世已上の譜第の任用を停め、才用による任用としたが、弘仁二年二月詔で再度譜第任用に戻っている。ただ譜第家以外の任用を完全には否定していなかったため、天長四年五月符の発令により、「自今以後、雖二積レ功二世已上一、不レ預二譜第一…但既往二世已上者為レ第猶随二前例一」として、従来の譜第家の権利を認める一方、新たに譜第の資格を得ることをとどめるに至っている。

なお、郡領の系譜を持つ家柄の認定は、証拠書類として諸国から式部省に提出された譜図牒によって行われたことが、天長元年八月五日太政官符(三代格)から確められる(磯貝正義「郡司任用制度の基礎的研究」『郡司及び采女制度の研究』)。郡司任用の手続→[一]補1―六一。

一九　**勅文と干支の日付の違い**(二九一頁注六)　続紀の干支による日付の記載に時おり誤りのあることは第一分冊の「解説」にも触れてあるが、大赦等の勅文の中に記された日付は、その収載日の干支と一致するのが当然であるにも拘らず、続紀を見るとき、以下の表のようにそれが一致しないものを数例見出すことができる(ここには一致するものも含めてすべて表示する)。

	慶雲	4・7・壬子	慶雲四年七月十七日昧爽以前
	和銅	1・1・乙巳	和銅元年正月十一日昧爽以前
		7・6・癸未	和銅七年六月廿八日午時已前
	養老	2・12・丙寅	養老二年十二月七日子時以前
		4・8・辛巳朔	養老四年八月一日午時以前
		6・7・丙子	養老六年七月七日昧爽已前
	天平	5・5・辛卯	天平五年五月廿六日昧爽以前
○		7・5・戊寅	天平七年五月廿日昧爽已前
		閏11・戊戌	天平七年閏十一月十七日昧爽以前
		9・5・壬辰	天平九年五月十九日昧爽以前
○		7・乙未	天平九年七月廿二日昧爽以前
		11・2・戊子	天平十一年二月廿六日戌時以前
		12・6・庚午	天平十二年六月十五日戌時以前
		13・9・乙卯	天平十三年九月八日午時以前
		17・4・甲寅	天平十七年四月廿七日昧爽以前
		19・1・丁丑朔	天平十九年正月一日昧爽已前
		12・乙卯	天平十九年十二月十四日昧爽以前
		20・3・戊寅	天平廿年三月八日昧爽已前
○	天平勝宝	1・4・乙未	天平廿一年四月一日昧爽以前
		閏5・癸卯	天平感宝元年閏五月十日昧爽已前
	天平宝字	1・4・辛巳	天平勝宝九歳四月四日昧爽已前
*		5・10・己卯	天平宝字五年十月十六日昧爽已前
		8・10・己卯	今月十六日昧爽已前
		12・庚寅	天平宝字八年十二月廿八日昧爽已前
○	天平神護	2・4・丁未	天平神護二年四月廿八日昧爽已前
	神護景雲	3・3・丙申	神護景雲三年三月廿八日昧爽以前
	宝亀	1・6・壬辰朔	神護景雲四年六月一日昧爽以前
		4・1・癸未	宝亀四年正月七日昧爽已前
○		4・壬戌	宝亀四年四月十七日昧爽以前
		4・12・乙未	宝亀四年十二月廿五日昧爽以前
		6・1・丁酉	宝亀六年正月三日昧爽以前
		9・3・庚午	宝亀九年三月廿四日昧爽以前
	天応	1・1・辛酉朔	天応元年正月一日昧爽以前
		3・甲申	天応元年三月廿五日昧爽以前
		12・甲辰	天応元年十二月廿日昧爽以前
	延暦	1・7・丙午	天応二年七月廿五日昧爽已前
		9・閏3・壬午	延暦九年閏三月十六日昧爽以前

1 ○を付したものは日付と干支が異なるもの。
2 *を付したものは干支(己卯＝二十八日)と日付(十六日)が異なるが、これは干支が丁卯(十六日)の誤りと考えられるので、両者は一致する。

続紀にはこうした例の他に、その月にはない干支の記載や、干支の順序の錯乱している例などが多く見られるので、日付・干支を問題にする場合はとくに注意が必要である(宮本救「続日本紀雑記――干支(日付)錯謬――」国史大系月報五三)。

二〇 **力婦の房の雑徭免除**(二一九一頁注二四) 賦役令38集解古記の引く養老二年四月廿八日格に「向レ京衛士仕丁、免二其房雑徭一」とあり、また同四年三月十七日格に「仕丁衛士并匠丁及厮、並在レ役之日、免二当房雑徭一」とある。この仕丁の場合に準じ、力婦の房の雑徭を免じた。

二一 **伊勢奉幣使**(二一九三頁注六) 奉幣使はこの後天平宝字元年六月乙未条に「始制、伊勢太神宮幣帛使、自レ今以後差二中臣朝臣一、不レ得レ用二他姓人一」と定められ、以後中臣氏の独占となったように見えるが、古語拾遺には「又勝宝九歳左弁官口宣、自レ今以後伊勢太神宮幣帛使、専用二中臣一勿レ差二他姓一者、其事雖レ不レ行、猶所レ載二官例一、未二刊除一、所レ遺十一也」とあり、天平宝字二年八月、同三年十月以後忌部氏が奉幣使に任ぜられたことが続紀に散見するので、古語拾遺に言う所は事実であることが知られる。後紀大同元年八月庚午条に中臣・忌部両氏の訴として幣帛使の問題をとりあげている記事が見える。

二二　**道饗祭祀**(二一九三頁注二三)　神祇令5集解令釈(古記无レ別)に、毎年六月・十二月に京の四方の大路で鬼魅の外から来り入るのを防ぐため、神祇官の卜部らが祀る祭として道饗祭があるが、ここは臨時の祭。祝詞式によれば、幣帛を列挙し牛皮等を用いる点は同様であるが、祭るのは鬼魅ではなく、それを防遏する八衢比古(やちまたひこ)・八衢比売・久那斗(くなと)の三神であった。また臨時祭式に「宮城四隅疫神祭〈若応レ祭二京城四隅一准レ此〉」「畿内堺十処疫神祭」などが見え、その祭料の品目が道饗祭のそれと符合しているのは、疫神祭と道饗祭が同趣旨の祭で、後には専ら疫神を祀る祭と見なされていたことを示す。

二三　**葛井連諸会**(二一九五頁注六)　本条の後天平十三年六月に山背介として同国司移に署名し(古二―三〇三頁)、同十七年四月外従五位下に昇叙。同十九年四月相模守となり、天平宝字元年五月に従五位下に昇っている。経国集に和銅四年三月付の彼の対策文が収められ、万葉三九二五に歌を残す。

二四　**板茂連安麿**(二一九五頁注七)　学令15集解所引神亀二年三月十四日太政官処分によれば、書生として出身したことが知られる。天平二年正月大宰府での梅花宴にさいし短歌一首(万葉八二一)。時に壱岐守。

二五　**賀茂朝臣比売**(二一九五頁注一九)　分脈に藤原不比等の室。宮子の母。祖父を吉備麻呂、父を左兵衛督小黒麻呂と記すが、吉備麻呂は養老三年七月に従四位下播磨守と見える人物であり、父の小黒麻呂は他に見えない。分脈の系譜関係は年代等に問題が残り信用できない。

二六　**舎人親王の葬儀**(二一九五頁注二四)　喪葬令4によれば官人が在任中に薨卒の場合、その官司の官人が分番会喪と定められ、また同令5によれば賻物は太政大臣に絁五〇疋、布二〇〇端、鉄一五連だが、親王及び左右大臣は一位に準じ絁三〇疋、布一二〇端、鉄一〇連とあり、これらの規定は大宝令も同様であった。本条(天平七年十一月乙丑条)を見るとき舎人親王の葬儀は九月壬午に没した新田部親王より優遇されていたことが知られる。葬事の監護者も鈴鹿王の従三位は、新田部親王の場合の高安王の従四位下より高位で、こうしたことは舎人親王が知太政官事であったことと、天武皇子中、最後の存命者であったことが関係するか。天平七年十一月廿日付の左京職符に「舎人親王葬装束所」が見える(古一―六三三頁)。

二七　**天平七・九年の疫病流行**(二一九九頁注四)　豌豆瘡は諸病源候論に皰(疱)瘡をまた豌豆瘡というとあるところから、現在の天然痘と同じ疫病であることは明らかである。延暦九年にもこの疫病が流行したことは、続紀延暦九年是年条に、「秋冬京畿男女年卅已下者、悉発二豌豆瘡一〈俗云二裳瘡一〉、臥疾者多其甚者死、天下諸国往々而在」とあって、京畿のみならず諸国にも猛威を振るったことが知られる。本条にいう天平七年の流行は翌八年にはいったん終息したが、同九年また疫病が蔓延するに至った。この疫病については「疫瘡大発」(九年是年条)とのみあって、病名は記されていないが、後述の天平九年六月廿六日の太政官符に赤斑瘡と見えるところから、天平九年の流行病は皰瘡ではなく麻疹(現在のハシカ)であり、両者は区別すべきであるとの主張がある(屋代弘賢の麻疹考など)。しかしこの官符のもとになった同年六月の典薬寮勘文には「疱瘡治方事」と見え、また本文の中にも豌豆病・豌豆瘡と病名を記すところから、天平九年の疫病も天然痘と見てよいであろう。もっとも勘文の中に傷寒の治療のことを記すところから、さきの赤斑瘡の語と併せて、傷寒は麻疹による熱病を指すとの見解もあるが、傷寒はまた熱病の総称でもあるので、これだけで麻疹と断定するのは困難である。この点で、もし天平九年の疫病が麻疹であるならば、勘文が疱瘡の治方を言うのは矛盾であり、天平の頃、疱瘡と麻疹の症状を明瞭に認識区別してその処置に当ったか疑わしく、また、もし当時の医家が中国の医学書により一応の症状を承知していたとすれば、天平九年の罹病者の中に麻疹に似た症状を示した者が或いは混じっており、そのためこのように記したか、とする見解を妥当とすべきであろう(富士川游『日本疾病史』、服部敏良『奈良時代医学の研究』)。

この疫病の感染経路については、古くから中国大陸にその伝染源を求め、中国より朝鮮半島新羅を経由して伝わったとする意見があり、とくに天平九年の場合、遣新羅使の帰国と関連づける見解もあるが、こうした見解は当時の新羅との関係の不安定さをもとにして、新羅を常に偏った感情で見るためで、たまたま疱瘡に感染していた外国人(新羅人とは限らない)の一人と、偶然に接触した日本の舟人や使人によって持ちこまれたと見ても不自然ではないとする説も存する(William W. Farris, "Population, Disease, and Land in Early Japan 645–900")。ただ少なくとも天平九年に帰国した遣新羅使一行の中に感染した者のいたことは(感染の日時、場所、接触者などは不明)確実であろう。彼等の帰国前にすでに感染していた者はいたであろうが、遣新羅使が蔓延に一役買ったことは否定できまい。この疫病が当時の日本のどの地域にまで及んだかも未詳だが、疫病の流行を報告した国は続紀の記事だけでも、大宰府管内諸国、長門、大倭、紀伊、伊賀、若狭、駿河、伊豆と広範囲に及び、蔓延の東進は明らかなので、この他にかなりの国が疫病に苦しめられたことは確実であろう。

こうした疫病の流行に対し政府のとった対策は、天平七年及び九年の八回に及ぶ賑給とともに、山川や神仏への祈禱、そして疫病鎮圧のための天平九年三月の国分寺創建の詔発令などに窺われるが、この他に天平九年六月廿六日東海道以下六道に疫病の治療法などを指示した太政官符の発令がある。これは同年六月に出された典薬寮の勘文に基づいてのものであるが、いまその全文を掲げ大要を紹介すると次のようである。

太政官符東海東山北陸山陰山陽南海等道諸国司

合臥レ疫之日治身及禁食物等事漆条

一、凡是疫病名二赤斑瘡一。初発之時、既似二瘧疾一。未レ出前、臥床之苦、或三四日、或五六日。瘡出之間、亦経二三四日一。支体府蔵、太熱如レ焼。当二是之時一、欲レ飲二冷水一〈固忍莫レ飲〉。瘡入欲レ愈、熱気漸息。痢患更発、早不二療治一、遂成二血痢一〈痢発之間、或前或後、無レ有二定時一〉。其共発之病、亦有二四種一。或咳嗽〈志波夫岐〉、或嘔逆〈多麻比〉、或吐血、或鼻血。此等之中、痢是最急。宜下知二此意一能勤中救治上。

一、以二肱巾并綿一、能勤二腹腰一、必令二温和一、勿レ使二冷寒一。

一、鋪設既薄、無レ臥二地上一。唯於二床上一、敷二簀席一得二臥息一。

一、粥饘并煎飯粟等汁、温冷任レ意、可レ用好之。但莫レ食二鮮魚完及雑生菓菜一。又不レ得二飲レ水喫一レ氷。固可二戒慎一。其及レ痢之時、能煮二韮葱一可二多食一。若成二赤白痢一者、糯粉和二八九一、沸令レ煎、温飲再三。又糯糒粳糒、以二湯饘一湌レ之。若有レ不レ止者、用二五六度一、無レ有二怠緩一〈其糒舂砕、勿レ令レ全レ麁〉。

一、凡此病者、定悪二飯食一。必宜二強喫一。始レ従二患発一、灸火海松并擣塩屢含二口中一。若口舌雖レ爛、可レ用良之。

一、病愈之後、雖レ経二廿日一、不レ得下輙喫二鮮魚完生菓菜一、并飲レ水及洗浴、房室、強行、歩当中風雨上。若有二過犯一、霍乱必発、更亦下痢、所レ謂勢発〈更動之病、名曰二労発一〉。愈附扁鵲、豈得二禁断一。廿日已後、若欲レ喫二魚完一、先能煎炙、然後可レ食。余乾鰒堅魚等之類、煎否皆良〈乾脯亦好〉。但鯖及阿遅等魚者、雖レ有二乾腊一、慎不レ可レ食。〈年魚者、煎炙不レ可レ喫〉。其蘇蜜并豉等不レ在二禁例一。

一、凡欲レ治二疫病一、不レ可レ用二丸散等薬一。若有二胸熱一者、僅得二人参湯一。

以前、四月已来、京及畿内悉臥二疫病一、多有二死亡一。明知下諸国佰姓亦遭中此患上。仍条二件状一、国伝二送之一。至宜下写取、即差二郡司主帳已上一人一宛レ使、早達二前所一、無上レ有二留滞一。其国司巡二行部内一、告二示百姓一。若無二粥饘等料一者、国量宜下賑二給官物一、具状申送上。今便以二官印一印レ之。符到奉行。

正四位下行右大弁紀朝臣　従六位下守右大史勲十一等壬生使主

天平九年六月廿六日

（類聚符宣抄第三　疾疫）

典薬寮勘申　疱瘡治方事

傷寒後禁食

勿レ飲レ水〈損二心胞一掌灸不レ能レ臥〉。

大飲食、病後致レ死。

又勿レ食二肥魚膩魚鱠、生魚類、鯉鮪蝦蛆鯖鯵年魚鱸一。令二泄痢一不二復救一。

又五辛食レ之、目精失不レ明。又諸生菜菓〈鬲上為レ熱蝓〉。

又生魚食レ之勿二酒飲一。泄利難レ治。又油脂物、難レ治。

又蒜与レ鱠合食、令二人損一。苽与レ鱠合食、病後発。

又飲レ酒陰陽復病、必死。食二生薬（菜か）一陰陽復病、死。

病愈後大忌。大食飲酒、酔飲レ水〈汗出无レ忌〉。

傷寒豌豆病治方

初発覚欲レ作、則煮二大黄五両一服レ之。

又青木香二両、水三升、煮取二一升一、頓服。又取二好蜜一通身麻子瘡上。

又黄連三両、以二水二升一煮取二八合一、服レ之。又小豆粉、和二鶏子白一付レ之。

又取二月汁一、水和浴レ之。

又婦人月布拭二小児一。

豌豆瘡滅レ瘢

以二黄土末一塗レ上。又鷹矢粉土干和二猪脂一塗レ上。又胡粉付レ上。又白蠮末付レ之。又蜜付レ之。右依二宣旨一勘申。

天平九年六月　日　　頭

（朝野群載巻第廿一　凶事）

太政官符は七箇条から成っており、第一条は疫病の病名と症状を詳しく述べている。第二条以下は治療法についての指示で、第二・三条は罹病者の起居、生活上の注意に触れ、第四・五条は飲食物の細かい指示について記している。第六条は回復期の処置・心得についてであり、ここでも飲食物について詳しい指示をしている。第七条は服用薬物の使用を言うが、ここで胸熱がある場合の人参湯の服用以外、丸薬・散薬ともに使用を禁じているのは、巷間正体不明の薬物が出まわっていたためであろうか。このように七箇条の注意を記した後、この官符の本文は到着次第各国衙で写し取った上、本文は主帳以上の郡司一名に命じて速やかに隣国に伝送させる一方、国司は部内を巡行して百姓に官符の内容を知らせ、重湯や粥にする米のない百姓に対しては、官物を賑給することを命じている。また、この官符が内印を捺さず外印を捺すのみで発令されていることは、緊急度の高いことを示している。

典薬寮の勘文は疱瘡治方事として三つの部分より成り立っているが、この処方が唐の孫思邈の千金要方等の医書に拠っていることはすでに明らかにされている。三つの部分の第一は傷寒の治療法で八項目に分れているが、すべて飲食に関するもので、中でも飲酒、油脂物の摂取を戒めていること、また特定の食物の合食（食べあわせ）を禁じていることなどに注意される。第二は傷寒に伴う豌豆病の治療法で五項目に分れているが、大半を占めるのは薬物の摂取についてで、大黄・青木香・黄連などの服用を勧めている。第三は瘡瘡の瘢痕（いわゆる「あばた」）の治療法で、塗布薬物の種類また使用についての指示である。

このような勘文及び官符を読むとき、政府はその治療に懸命であったことが推測されるが、一般農民がこうした治療法に積極的に取り組み、効果をあげえたかと言えば、頗る疑問で、新村拓の言うように、疫病の蔓延とあいまって、当時全国的な現象であった天候不順、凶作という状況下にあって、官符や勘文が指示した小豆粉、糯米粉、鶏卵、蘇蜜などの品々は、貧しい農民にとっては入手がきわめて困難であったことを知るべきであろう（新村拓『日本医療社会史の研究』）。

なおこの官符はその後の疱瘡流行にさいし、依るべき処置基準とされたことが、水左記承保四年八月九日条の記事などから窺うことができる。

二八　**南楼**（一九九頁注五）　天平二十年正月戊寅の「南高殿」と同一の建物と思われるが未詳。兼右本・大系本等は「南殿」に作る。そのためこれを「南殿」の誤りと見、内裏の中の南の殿舎とする見解もあるが、類聚国史・紀略も「南楼」に作り、「西高殿」・「東高殿」（平城木簡概報十一―五頁）の存在を考えるとき、誤りと断ずることもできない。

二九　**坂上忌寸犬養**（一九九頁注八）　大国の子。苅田麿の父。天平十一年正月外従五位上、同三月従五位下。以後順調に昇進し、天平十八年七月には正五位上左衛士佐近江員外介勲十二等と見える。天平勝宝八歳五月正四位上、時に左衛士督。天平宝字八年十二月正四位上大和守で没。八十三歳。卒伝には若きより武才を称され、聖武の寵が厚かったとある。

三〇　**多治比真人国人**（一九九頁注二〇）　天平十年閏七月民部少輔。同十八年四月正五位下。以後官を歴任し従四位下にまで昇るが、天平宝字元年七月橘奈良麻呂の変に坐し伊豆に配流。万葉に天平勝宝七年五月及び年月未詳の歌併せて三首。

三一　**百済王孝忠**（一九九頁注二一）　天平十年四月及び同十三年八月遠江守。同十五年五月従五位上。同十六年二月正五位下。以後左中弁・大宰大弐を歴任し、従四位下に至る。天平勝宝元年八月紫微少弼を兼ね、同二年三月出雲守。

三二 **紀朝臣必登**(二九九頁注二四)　天平八年度伊予国正税出挙帳によれば、この年八月伊予介と見え大帳使となっている(古二―五頁)。天平十二年三月遣新羅大使に任命出発し、同年十月に帰国。同十八年四月従五位下。

三三 **田中朝臣三上**(二九九頁注二五)　天平四年以前の播磨国郡稲帳によれば、天平四年頃大宰少監正六位上であった(古二―一五〇頁)。同十年四月肥後守。

三四 **佐伯宿禰浄麻呂**(二九九頁注二八)　清麻呂、浄万侶とも記す。天平九年二月従五位下に昇り同十年四月左衛士督。以後没するまで在任。天平十五年四月の弘福寺田数帳によれば、この時正五位下勲十二等で大和守を兼任(古二―三三七頁)。その後官を歴任し、天平勝宝元年四月正四位下。翌二年十一月正四位下左衛士督で没。

三五 **丹比宿禰**(二九九頁注三〇)　姓氏録右京神別に火明命の三世孫、天忍男命の後とある。この氏族名は多治比(丹比・蝮)瑞歯別天皇(反正)の名代部である丹比部の伴造氏族であったことにもとづく。同族に丹比新家連がある。

三六 **玄昉**(二九九頁注三四)　俗姓は阿刀氏(阿刀連→[一]七七頁注三〇)、法相宗の僧。霊亀二年学問僧として入唐、唐の天子(玄宗皇帝)より三品に準じて紫の袈裟を賜わった。天平六年帰国。この時経論五千余巻、及び諸仏像を将来した(補7―二一・12―六)。天平八年二月封戸、田、扶翼童子などを賜わっている。同九年八月に僧正。同年十二月皇太夫人宮子の看病に効験を示し、その褒賞として、絁、綿、糸、布などを与えられた。天平十二年八月大宰少弐藤原広嗣が上表して玄昉及び下道真備を除くと称し、挙兵。広嗣の敗死後、天平十七年十一月観世音寺造営のため筑紫に派遣の処置を受け、封物も収公されるに至った。同十八年六月大宰府で死去。伝によれば世に藤原広嗣の霊のため害されたと言われた。

三七 **天平八年の遣新羅使と万葉集**(三〇一頁注一)　万葉集巻十五に、天平八年の遣新羅使一行が詠んだものとして、一四五首の歌(長歌五首、旋頭歌三首、短歌一三七首)が収められている。もっとも単なる実録的な作歌の集成ではなく、実録に基づきながら構成された虚構的な歌物語とする伊藤博説などが有力である。吉井巌によれば、帰国後に詠まれたもの或いは編集にさいし大伴家持の添加したものが含まれていると言う(「遣新羅使人歌群」『日本古代論集』)。これらの歌及び題詞は、当時の遣新羅使について多くのことを明らかにしてくれる。

まず遣新羅使一行についてである。続紀からでは大使阿倍継麻呂、副使大伴三中、大判官壬生宇太麻呂、少判官大蔵麻呂の四名しか名が知られないが、詞書及び左注から、秦間満、大石蓑麿、田辺秋庭、羽栗(闕名)、雪宅麿、土師稲足、秦田麿らが一行に含まれていたことが明らかである。大蔵省式によれば、入新羅使は大使、副使、判官の他に、録事、大通事、史生、知乗船事、船師、医師、少通事、雑使、傔人、鍛工、卜部、柂師、水手長、狭杪、水手の構成であったことが知られるので、上記の者はおそらく録事以下のいずれかであったと見てよいであろう(以下、人名に付した数字は彼等の詠んだ歌番号である)。また名は明らかでないが大使の第二男(三六五九)は、個人的な乗船ということは考えにくいので、傔人として随従したのではなかろうか。豊前国分間浦に停泊したさい歌を詠んだ後(三六四四)、壱岐嶋到着のさい鬼病(えやみ)によって死去した雪宅満は、雪＝壱岐の姓から推して壱岐の出身であること、臨時祭式に「凡宮主取二卜部堪レ事者一任レ之、其卜部取二三国卜術優長者一〈伊豆五人、壱岐五人、対馬十人〉」とあることから、神祇官の卜部として仕えていたのが、遣新羅使任命に当り一行の中に卜部として任命派遣となったものと考えてよいであろう(滝川政次郎「遣新羅使卜部雪連宅満」『万葉律令考』)。ただ、亡妻を偲んだ歌の作者丹比大夫(三六二六)や、雪宅麿の死を悼んでそれぞれ挽歌を詠んだ葛井連子老(三六九一―三六九三)や六鯖(六人部鯖麻呂か。三六九四―三六九六)については、これらの歌が後の誦詠或いは添加とされており(吉井上掲論文)、また人名表記が他と異るところから、彼等を一行の中に含めるのは適当ではあるまい。上記の人名中闕名の羽栗(三六四〇)は、羽栗吉麻呂の子の翼か翔のいずれかであろう。残る人物の中、大石蓑麿(三六一七)は天平十八年の王広麿写経手実(古二四―三九二頁)に、田辺秋庭(三六三八)は天平二十年四月の写経充紙帳(古三―一九一頁)に、そして秦田麿(三六八一)は天平五年の山背国愛宕郡計帳(寧遺一八二頁)にそれぞれ同姓名の人物の記載が見えるが、同一人物であろうか。

次に、一行が難波を出航してから対馬の竹敷浦に至るまでの詳しい航路、停泊場所や航行中の様子などが知られる。一行の航行は必ずしも順調ではない。おそらく六月に難波を出発した後、瀬戸内海を山陽道の陸地沿いに諸処の浦に停泊しつつ西進したが、佐婆海(防府市の沖合の佐波島のあたり)で逆風に遭い、漂流の後に豊前国の分間浦(中津市の東部)に到着。筑紫に入り、筑紫館(後の鴻臚館の建設場所に位置)に暫らく留った時は、予定より遅れてすでに秋に入っていた。その後、肥前国松浦郡の狛島(柏島の誤記とされる)に進んでそこに停泊(唐津市の沖の神集《はかし》島)、そこから針路を北に向け壱岐を目指している。壱岐嶋に到着したとき、上述のように雪宅満を失うが、この後一行は北に進んで対馬の浅茅浦(下県郡美津島町大船越あるいは小船越)さらにその南岸の竹敷浦(下県郡美津島町竹敷)に至り、ここで五日ほど順風待ちをしている。この後、新羅に向って出航したと思われるが、その航路、また新羅での動向や歌作、さらに帰途の模様などについて万葉集は沈黙している。帰途の模様は、対馬で大使が病没し、また副使が病のため入京が遅れたことが続紀から知られるのみである。以後「海路入レ京到二播磨国家嶋一」時の歌五首(三七一八―三七二二)を末尾として一行の歌は閉じられている。

竹敷浦から急に帰路の歌になっていることについて、吉井巌は、対馬出航以後ほどなくして一行の歌を集録していた録事が死没したため、結局竹敷浦の歌宴で閉じられたとし、最後の家嶋の歌五首が残る点について、録事のノートを入手した大伴家持が、一行の歌の全体の構想をしめくくる部分として、録事のノートに加筆や作歌の添加を試みたときに加えたものと推測している(上掲論文)。

なおこの遣新羅使の出発にさいし「蹔還二私家一陳レ思」との左注が見える(三五九〇)。この前に離別に当っての贈答歌一一首があるので、遣使任命後であることは確実で、四月丙寅に大使拝朝のことが見えることと併せ、発遣直前と考えられるにも拘らず「蹔還二私家一」は不審となってくる。このため何らかの理由により乗船の艤装が出来ていなかったため、一度節刀を返還し、再度賜うまでの間に私家に還ったのであろうと推測する説もある(滝川政次郎「遣新羅使の中途帰家と草香の直越」『万葉律令考』)。

三八　**公田賃租**(三〇一頁注五)　天平八年三月の公田賃租に関する太政官奏の理解には、養老田令11の条文及び大宝田令対応条文との比較考察が必要である。養老田令11の条文は、令義解・令集解所収の当該条からその全文が知られ、天平八年官奏と類似し、官奏はこの条文をもとに出されたことが明らかであるが、大宝田令対応条は現存せず、その復原を令集解当該条古記によらねばならない(現在のところ古記以外にその復原に資する史料は見出されていない)。ところが、残存古記の少なさからその復原に関しては諸説が並立し、しかもその復原は、公田地子の取扱い等について対立した見解を生む契機ともなっている。

それらのうち主な見解は、養老令の「賃租」に対応する語として大宝令では「販売」があり、「賃租」の語は養老令で成立したとする説(亀田隆之「賃租制の一考察」『史学雑誌』六二―九、早川庄八「公田地子の太政官送進について」『日本歴史』二九一、「公解稲制度の成立」『史学雑誌』六九―三)があり、それに対して「販売」の語は賃租の価(地子)を交易することを意味する語で、「賃租」の語はすでに大宝令から存在したとする見解(岸俊男「令集解と大宝令の復原――田令公田条についての一試案――」「国史大系月報」三九、虎尾俊哉「公田をめぐる二つの問題」『律令国家と貴族社会』)がある。また養老令に見える「送太政官」の語は大宝令には存在しなかったが、地子稲は一貫して太政官に送られていたとする考え(亀田・岸前掲論文、早川庄八「律令財政の構造とその変質」『日本経済史大系』1古代)と、大宝令には「送太政官」の語は存在せず、大宝令制下では公田地子は中央には送られず、国衙に領置使用されていたとの意見(鎌田元一「公田賃租制の成立」『日本史研究』一三〇、虎尾上掲論文)が対立している。

天平八年官奏の発令理由については、右のような問題点と関連してさまざまな意見があるが、泉谷康夫の説くように、天平六年の官稲混合令と密接な関連を持つものとして理解すべきであろう(「天平八年三月庚子条について」『続日本紀研究』一―一二)。天平六年正月の官稲混合令(二七五頁注二七)は、その曖昧さから公田地子稲の取扱いに混乱を生じ、本来京進さるべき公田地子稲が正税に混合され、地子交易物が不統一となったため、再び太政官への輸納を命じたものと言えよう。

この公田地子稲は、春米として送られるほか、軽貨に交易して送られることもあった。弘仁主税寮式には「凡五畿内伊賀等国地子、混二合正税一、其陸奥充二儲糒并鎮兵粮、出羽狄禄一、大宰所レ管諸国、宛二対馬・多褹二嶋公廨一、余国交二易軽貨一、送二太政官一、但随近及縁レ海国舂レ米運漕、其功賃便用二数内一」とあるが、この規定の成立年次は明らかではない。ただその品目は太政官の雑用の必要に応じて貢進される面が強く、固定しにくかったようで、銭貨の場合もあったことが「近江国乗田価銭」なる平城宮出土の木簡からも知られる（平城木簡概報七―五頁）。また長岡京出土木簡の地子荷札からする品目を見ると、塩（紀伊）、米（近江・美濃・伊予・長門）、雉腊（信濃）、銭（越前）と多様であり（長岡京木簡一―六六頁に整理表示）、弘仁主税寮式の規定通りではなかったことが知られる。こうした地子が太政官に於いて具体的に何に使われたか奈良時代には不明であるが、平安時代に入って、延暦十八年十月に「大弁以下年料米」と「両雑事」（一つは「夏冬頓給料」の名目で支給する商布、もう一つは後世その所管が太政官厨家に移った地子の使途の中で最も重要なものとされる列見・定考のときに給う禄）に充てる地子量の決定のことが、延喜十四年八月十五日官符（別聚符宣抄）に見える（橋本義彦「太政官厨家について」『平安貴族社会の研究』、早川庄八『日本経済史大系』所収前掲論文）。

三九　**公田**（三〇一頁注六）　本条（天平八年三月庚子条）の公田は実質的には乗田を指したと思われるが、闕官職田や無主位田等も含まれたか。乗田は本来口分田に班給した剰余の田を意味するが、実際には初めから公田として口分田とは別に置かれた可能性もある（赤松俊秀「大化前代の田制について」『古代中世社会経済史研究』）。

四〇　**賃租**（三〇一頁注八）　田主が一定の賃料をとり耕地を貸与え耕作させる行為。また売買とも呼ばれた。春の耕作前に借料を前払いして借りる行為を賃、秋に収穫量に応じて借料を支払う行為を租といったが、賃・租は同時に借料をも意味し、収穫後の借料はまた地子とも称した。春秋の支払い方法は、後者の方が成立は古く、十分の二の地子率が定着していたのに対し、前者は後者に影響されて成立した方法で、賃借料は地域により異るとの説もある（宮城栄昌「賃租制と地子制」『史学雑誌』六六―七）。賃借料は一般に稲であったが、銭貨の他に米や絁等を支払っている例も見られる。

四一　**狭き幅の調庸布の納入**（三〇一頁注一八）　養老元年十二月格によれば、正丁一人は二丈八尺の調布と一丈四尺の庸布を合成し（合計四丈二尺となるため一端の長さと合致する）納入してもよいと定めた（補7―四〇）。本条はこの合成方法を適用し、幅を一尺九寸と狭くして納入させることとしたものである。幅を狭くしたのは、養老三年五月に令された、諸国貢上の短絹・狭絁の幅を一尺九寸に狭めたのに揃えさせようとの意図からか。→五五頁注一五。ただ正倉院等に現存する調庸布は全て二尺四寸幅であるので、本条で命じられた一尺九寸の広さは、実行されなかったか、或いはまもなく廃されたと見られる。

四二　**常陸曝布**（三〇一頁注一九）　曝布は常陸が特産地で、常陸国風土記の那賀郡の条に「泉出二坂中一、多流尤清、謂二之曝井一、縁レ泉所レ居、村落婦女、夏月会集、浣レ布曝乾」と見える。養老元年十二月格（賦役令1集解古記所引）によれば、「常陸曝布以二三丁一成二両端一」とある。正倉院現存の常陸国調庸布の中にも「輸調曝布」「白曝調布」を見ることが出来る。

四三　**望陁細貲**（三〇一頁注二一）　貲には本来布の品質を示す意味はないが、細緻織巧の意味を持つ帋の字に通用させたと見られる。上総国望陁郡付近の特産で、賦役令1に「望陁布、四丁成レ端〈長五丈二尺、広二尺八寸〉」とあり、養老元年十二月格（賦役令1集解古記所引）に「望多布長壱丈肆尺、以二三丁一成レ端」とあるのは、この貲布を指すか。正倉院現存の上総国調布の中に、周准郡からのものとして「貲布調」を見ることが出来る。後には上総以外でも生産され、主計寮式上には遠江・安房・上総・筑前・筑後・肥前・肥後・豊前・豊後の調にその名が見える。

四四　**安房細布**（三〇一頁注二二）　養老元年十二月格（賦役令1集解古記所引）によれば「上総細布長弐丈壱尺、以二二丁一成」とある（成の下、端の字脱か）。また主計寮式上には安房・上総の調として緋細布を見ることが出来る。細布を貲布と同じとする説もあるが、上掲主計寮式は別の品目とする。

四五　**常陸曝布等の布及び絁を出す郷の庸布の従来通りの貢納**（三〇一頁注二四）　養老元年十二月格（賦役令1集解古記所引）に「輸レ絁郷及上総・

常陸者、以二丁之庸一成レ段」とあり、本条に言う常陸・上総・安房の特産の布及び絁を出す郷の庸布については、この養老元年の規定が適用され、調庸布の合成は行われなかった。養老元年格には安房細布は見えないが、これは安房が養老二年五月に上総より分立したため。

四六 **辺要**（三〇一頁注三〇）　都から遠く離れて位置し、防衛上重要な地域。民部省式上には陸奥国、出羽国、佐渡国、隠岐国、壱岐嶋、対馬嶋を挙げ、「右四国二嶋為二辺要一」とあるが、本条では広義の普通名詞的な使用。

四七 **大宰府官人への仕丁給与**（三〇一頁注三二）　仕丁を官人に給与する前例としては、養老五年六月に按察使に五名、記事に二名の仕丁の給与を見るのみ。本条（天平八年五月丙申条）に至って大宰府官人にも給与されることとなった。→九五頁注二一。仕丁→㊀一五五頁注一三。

四八 **大宰府官人への支給公廨稲**（三〇一頁注三三）　大宰府管内の公田地子稲は京進されず、府の雑事に充てることになっていたが、この勅以後、府及び管内諸国島の官人に支給されることになり、それが公廨稲と呼ばれた。天平宝字二年五月丙戌条に見える「先符」は本条の制を指すか。

四九 **「又一任之内」の対象**（三〇一頁注三五）　雑式には「凡国司一任之内、不レ得二所部交関一、但聴レ買二衣食一、其私物運レ京者、除二公廨一外不レ得二更加一、若有二違犯一、依レ法科レ罪」との規定がある。この式が本条と関係があるとすると、「又一任之内」以下は大宰府管内の官人のみでなく、国司一般を対象としたものとなるが、本条全体は大宰府に対しての措置のようにもみえる。

五〇 **芳野行幸**（三〇二頁注一）　万葉一〇〇五題詞によって、この行幸に随従した山部赤人が詔に応じて歌を作ったことが知られる。平城京左京二条二坊四坪出土のいわゆる二条大路木簡の中に、この芳野行幸に関係するものとして、「（表）芳野幸行貫簀〈不用〉（裏）天平八年七月十五日」といった行幸の備品に関する木簡（木簡研究一一―一八頁）の他、六月廿七日の日付を持つ行幸供奉に当っての荷持丁を申請した内膳司解木簡（木簡学会第十一回研究集会報告）や、七月二日付の、行幸で使用した器具に関する六人部諸人の署名木簡（同上）が見える。

五一 **中臣朝臣名代の帰国**（三〇二頁注一一）　天平五年発遣の遣唐使のうち、第一船に乗船した大使多治比広成はすでに天平七年三月に帰国拝朝しているが、第二船に乗船した名代等は遭難して唐に戻ったために大使より遅れて帰国し、この日（天平八年八月庚午条）の拝朝となった。唐から帰国のさい玄宗より勅書を賜わっている（文苑英華、欽定全唐文巻二八七）。この時名代とともに来朝した僧に道璿、菩提、仏徹等がいる。天平八年度薩摩国正税帳に、帰還した遣唐使第二船に穎稲や酒を供給したことが見える（古二―一六頁）。

五二 **道璿**（三〇二頁注一五）　唐僧。許州の人で俗姓は衛氏。天平五年入唐した栄叡（睿）・普照らの請により、戒を伝えるため、天平八年八月波羅門僧菩提らと共に、遣唐副使中臣名代の船で来朝（唐大和上東征伝・延暦僧録・道璿和上伝纂等）。来日後は大安寺西塔院に住した（僧綱補任）。天平勝宝三年四月律師、翌四年四月大仏開眼会の呪願となった（要録二）。同六年二月鑑真来朝のさい、菩提と共に東大寺に慰問（唐大和上東征伝）。天平宝字四年閏四月五十九歳で没（延暦僧録）。著作に集註菩薩戒経三巻（道璿和上伝纂）及び集注梵網経三巻（東域伝灯目録）。没年の前年三月、吉備真備により「道璿和上伝纂」が作られ、その中に彼の修行及び布教の一端を記す。

五三 **菩提**（三〇二頁注一七）　インド婆羅門僧。諱は菩提僊那、姓は波羅遅、「婆羅門種」（後掲南天竺波羅門僧正碑并序）。天平五年渡唐した遣唐使らの請により、林邑僧仏徹、唐僧道璿を伴い天平八年八月に来朝し、入京後大安寺中院に住した。天平勝宝三年四月僧正（碑并序は天平勝宝二年）。翌四年四月大仏開眼会に開眼師（要録二）、同六年二月鑑真来朝のさい、道璿と共に東大寺に慰問（唐大和上東征伝）。天平宝字四年二月五十七歳で没。碑并序には翌三月登美山に葬ったとある。神護景雲四年四月弟子修栄は菩提の碑並びに序を作成。万葉三八五六の歌「婆羅門の作れる小田を…」に見える婆羅門は菩提を指すとの説がある（高楠順次郎「天平時代を中心とした印度と日本との関係」『天平の文化』下）。

　南天竺波羅門僧正碑〈并〉序

夫仏日西沈、遺風東扇、十地開士。住二菩提一而播レ形。八輩応レ真、逼二機縁一而演レ化。是以真如奥旨、殊二五天一而共融。実相円音、同二八部一而倶顕。若乃深達二法相一、洞二了宗極一、研二尋七覚一。空有両亡、遊戯六通、真仮双照者僧也。僧正諱菩提僊那、姓波羅遅、波羅門種也。一十六国景二慕其高義一、九十五種鑽二仰其英徽一。但以二区域夐隔一、史伝闕然、本郷風範、難レ可二縷言一。僧正神情湛寂、風宇明敏、霊台可レ仰而不レ可レ窺、智海可レ注而不レ可レ挹。於レ是追二支讖之英範一、遂二世高之逸軌一、跨二雪峰一而進レ影、泛二雲海一而飛レ儀、冒レ険経レ遠、遂到二大唐一。唐国道俗、仰二其徽猷一、崇敬甚厚。于レ時聖朝通レ好、発二使唐国一。使人多治比真人広成学問僧理鏡、仰二其芳誉一、要二請東帰一。僧正感二其懇志一、無レ所二辞請一。以二大唐開元十八年十二月十三日一、与二同伴林邑僧仏徹唐国僧道璿一、随レ船泛レ海。及二于中路一、忽遭二暴風一波濤注レ日、陰曀迷レ天。計レ命忽若二贅旒一、去レ死猶其一分。挙船惶遽、不レ知レ所レ為。乃端仰一心、入レ禅観レ仏。少選之間、風定波息。衆咸嘆二其奇異一。以二天平八年五月十八日一、得レ到二筑紫大宰府一。昔騰蘭聿来、澄什利往、停二跡振旦之邦一、未レ躡二日域之境一、計レ遠論レ労、彼有二愧徳一。自レ非下位超二修成一行積中永劫上、其孰契二於茲一乎。同年八月八日、到二於摂津国治下一。前僧正大徳行基、智煥二心灯一、定凝二意水一、扇二英風於忍土一、演二妙化於季運一。聞二僧正来儀一、嘆二未曾有一。軼三燕王擁二箒於郭隗一、侔三伯喈倒二屣於王粲一。主客相謁、如二旧相知一。白首如レ新、傾蓋如レ旧。於レ是見矣。乃嘱二同法緇侶一云、法本不レ然、今亦不レ滅。故雖二赴レ化之質一、騒二跡於双林一。而法身之体、布二影於沙界一。経云、応下以二波羅門身一得度上者、即現二婆羅門身一、而為二説法一是也。原夫開闢以来、雖下時経二百王一、世更中万載上、未レ有三葱右梵英、印度聖種、梯レ山航レ海、弘二化聖朝一。而今聖徳作而異人至、昌運起而大化隆。非二但諸仏悲願之感一、抑亦聖朝崇法之応也。我等既逢二斯運一、復覯二此人一。盍各尽二至款一、共致二迎接一。於レ是道俗輻輳、闐レ城溢レ郭、連二成幕之袂一、濯二為雨之汗一、肩随踵接、送入二京輦一。皇上大喜、仍勅住二大安寺一、供給隆厚。公主英彦莫レ不二宗敬一。行基又率二京畿緇素両衆五十余種一、前後合二三度。僧正諷二誦華厳経一、以為二心要一。尤善二呪術一、弟子承習、至レ今伝レ之。僧正居レ敬行レ簡、喜慍不レ形二於色一、含レ章隠レ曜、莫三能測二其浅深一。高秩厚礼、不レ能レ廻二其慮一、厳威峻法、未レ足レ懼二其心一。光雖レ和レ世、而弗レ汚二其体一、塵雖レ同二其心一、而不レ測二其真一。以二天平勝宝二年一有レ勅、崇為二僧正一。大法申レ斯紹隆、群生以レ之回向。雖二道迹未一レ彰、而時英咸謂、已階二聖果一。但夜壑貿遷、閻浮業謝。以二天平宝字四年歳次庚子二月二十五日夜半一、合掌向レ西、辞色不レ乱、如レ入二禅楽一、奄爾遷化。即以二同年三月二日一、闍二維於登美山右僕射林一。春秋五十七。臨レ終告二諸弟子一云。吾常観二清性一、直厳二自性身一、而猶尊二重弥陀一、景二仰観音一。汝曹宜下抽二吾帑蔵衣物一、奉上造二阿弥陀浄土一。又云、吾生在之日、普為二四恩一、奉レ造二如意輪菩薩像一、而情願下更造二八大菩薩像一列中坐其像上。而無常行迫、其事不レ諧。汝曹不レ忘二疇昔一、宜三共相助畢レ功。弟子等奉レ遵二遺旨一、備二飾八像一而感二梁木之既摧一、慟二徳音之永閟一。所下以炳二発神功一、崇中敬茂範上。莫レ若下在二妙像於当今一、伝中遺影於後葉上。乃造二成形像一。雖下英智茂範、共二其人一既往上、而美質風器、与二厳像一而如レ在。爰命二諛才一為二像賛一。其辞曰、

至象無色　大道無名　湛然常住　非滅非生　随機汲引　応物分形　発二揮正教一　如二谷伝レ声一 其一　道不二自弘一　弘レ之在レ哲　猗歟聖王　海内有截　接レ武異人　連レ肩英傑　慈訓惟闡　慧灯斯徹 其二　爰有二応真一　寔曰二僧正一　愛レ道崇レ法　忘レ軀委レ命　茂徳弥新　玄化尤盛　四輩祛レ惑　一乗得レ径 其三　徳必有レ類　道非二独顕一　綽々行基　幽二賛妙典一　起二予聖賓一　揄二揚群善一　竭レ誠致レ敬　超群惟腆 其四　是生滅法　諸行無常　哲人薪尽　火移光亡　一朝帰レ寂　万古増レ傷　伝法道侶　奄絶二舟航一 其五　蔵山易レ速　閲水難レ息　仰レ徳酬レ恩　昊天無レ極　幽誠曷寄　写レ像追福　遍及二無辺一　広覃二有識一 其六

神護景雲四年四月二十一日　故波羅門僧正入室弟子伝灯住位僧修栄

五四　**田口朝臣養年富**(二〇五頁注二)　天平六年以前の播磨国郡稲帳によれば、天平四年頃播磨介正六位上(古二—一五〇頁)。同年八月遣唐判官として入唐、帰途没。この日贈従五位下。続後紀承和三年五月戊申条に、贈従五品上と見える。

五五　**紀朝臣馬主**(二〇五頁注三)　天平四年八月遣唐判官として入唐。帰途没。この日田口養年富と同じく贈従五位下。続後紀承和三年五月戊申条に、贈従五品上のことが見えるのも同じ。

五六　**大伴宿禰首名**(二〇五頁注五)　この後天平十年四月の上階官人歴名

に越前介と見える(古二二四－七五頁)。

五七　**皇甫東朝**(三〇五頁注六)　天平神護二年十月に法華寺舎利会に唐楽を奏し、皇甫昇女と共に従五位下に昇叙。神護景雲元年三月雅楽員外助兼花苑司正、同三年八月従五位上。宝亀元年十二月越中介となる。

五八　**葛城王の橘宿禰賜姓**(三〇五頁注一一)　続紀に見える賜姓諸王は約七〇名を数えるが、一般には真人賜姓でまたその殆んどは王の時の名をそのまま名乗っている。葛城王が橘宿禰の賜姓を願い、また賜姓後の名を諸兄と名乗っているのは例外的と言える。生母の県犬養宿禰三千代が和銅元年に賜った橘姓を宿禰の姓(かばね)とともに名乗ることを願ったのは、たんに後宮に勢力を持つ県犬養氏の協力を期待するだけでなく、三千代を通して同母兄妹に当る光明子との関係から、藤原氏との協調(彼自身、不比等の娘を室に迎えているし、藤原氏との関係は密接なものがあった)も保とうとしたため、との理解は認められるものであり、またその臣籍降下は、五世王として王族に留るよりも、臣下に降って政治的才腕を振るおうとしたため、との見解も妥当であろうが、彼が葛城からわざわざ諸兄と名を改めていることにも注意する必要がある。もっとも姓氏録左京皇別の橘朝臣の項に、「天平八年十二月甲子、詔二参議従三位行左大弁葛城王一、賜二橘宿禰諸兄一」と諸兄の名もまた与えられたと記すが、続紀の記事からは橘宿禰の氏姓のみを与えられたとしか考えられず、後述の万葉の歌も氏姓のみを対象とし、名まで与えられた内容ではない。姓氏録はまた賜姓の日を十二月甲子とし、続紀と大きく異なるが、その根拠は不明で、こうした点から姓氏録の記載に不審が抱かれ、これに従うのには躊躇される。諸兄の名はやはり自らが改めたと見るべきであろう。

ところで、礼記、文王世子に「正室守二大廟一、尊二宗室一而君臣之道著矣、諸父諸兄守二貴室一、子弟守二下室一、而譲道達矣」の文がある。諸兄の名は或いは、これに拠ったかと思われるのであるが、もしこの考えが妥当とすれば、礼記の「諸兄」は君主の族兄、つまり同世代の年長の親族を意味するから、葛城王はこの名乗りによって、親族内における長幼尊卑の秩序づけを踏まえて、光明子の同母兄としての血筋を通して聖武天皇の「諸兄」に相当する存在であることを示し(このことは、彼と光明子の生母に当る県犬養橘三千代の賜姓橘宿禰をわざわざ名乗ることと相応ずる)、それにより、宗家たる天皇家により近い存在として、自己を朝廷内に位置づけることを意識しようとしたと見られる。

万葉一〇〇九によると、聖武天皇は賜姓のさい「橘は実さへ花さへその葉さへ枝に霜降れどいや常葉の樹」との歌を詠んで、彼の将来に期待を寄せているが、この歌の左注には、賜姓がなされたのは十一月九日とあり(続紀は十七日)、この時皇后宮で酒宴が開かれ、上掲の歌はその宴席でのものと記す。ただ左注は続けて「或云」としてこの歌は太上天皇の歌との異説を述べた後、十一月九日は上表の提出された日(続紀は十一日)で、賜姓は十七日になされた(続紀と一致)と記している。また万葉一〇一〇に橘奈良麿の応詔歌が収められているが、沢潟久孝はこれを前の御製を受けての歌とする(『万葉集注釈』六)。

なお天平勝宝二年正月に諸兄はさらに朝臣の賜姓を受け、以後橘氏は朝臣姓となっている。

五九　**「道経二男勝一」**(三〇九頁注一四)　大野東人の奏言は、陸奥国から出羽柵に達する直路を開くために男勝村を征せんというもので奥羽連絡のための捷路開通が主目的となる。しかし男勝村は直路上ではなく、迂路の上に位置することになってしまうため、「道」の字の下に「不」を補うべきだとする見解が存する(和島芳男「奈良時代陸羽連絡策の研究」『史学雑誌』五三－一、虎尾俊哉「律令国家の奥羽経営」『古代の地方史』6)。これに対し、この時まで陸奥から出羽に向う進路は、多賀柵から奥羽山脈を越えて最上川流域に出、その下流域の荘内地方より海岸地帯を雄物川河口部まで進む路であるので、内陸部の男勝郡衙に立ち寄るのはまさに「迂遠」になり、奏言はこのままでよく、「不」を入れるのは不当とする見解も存在するが(新野直吉「大野東人の征夷軍事行動」『軍事史学』九)、四月戊午条の大野東人等の行動より推すと、後者の説が妥当か。

六〇　**大伴宿禰三中**(三〇九頁注二四)　天平十二年正月外従五位下。以後、官を歴任し、同十八年四月従五位下、翌年三月刑部大判事。本条(天平九年正月辛丑条)の三中の位階が従六位下で、大判官壬生宇太麻呂より位階が下なのは、宇太麻呂が帰朝により昇叙にあずかったための追記で、三中は入京前であるので派遣時の位階のままであったことによるか。三月壬寅条では正六位上。万葉に遣新羅使一行が対馬の竹敷浦に停泊した時に詠んだ歌を二首収める(三七〇一・三七〇七)。また万葉に丈部竜麻呂の死を傷む長歌があり(四四三-四四五)、その題詞から、天平元年に摂津国班田使判官であったことが知られる。

六二　**天平九年二月戊午条の女性への叙位**(三二一頁注一八-三七)

県犬養宿禰広刀自　唐(もろこし)の女。安積親王の母。天平宝字六年十月に夫人正三位で没。県犬養宿禰→㈠補2-二四。

橘宿禰古那可智　佐為の女。天平八年十一月に父等とともに橘宿禰賜姓。天平十四年二月法隆寺に櫃等を施入、時に正三位橘夫人と見える(寧遺三九一―三九三頁)。天平勝宝元年四月従二位。天平宝字元年閏八月に賜姓広岡朝臣、時に夫人正二位。同三年七月夫人正二位にて没。

多伎王　多伎(女)王は多芸女王とも。天平十一年正月正四位上。天平勝宝三年正月正三位。

檜前王　天平七年相模国封戸租交易帳に、御浦郡氷蛭郷に食封四〇戸を与えられていたことが見える。時に従四位下(古一-六三九頁)。万葉二〇二左注に、同歌を檜隈女王の作と類聚歌林に曰うと記す。万葉集攷証・私注・沢瀉注釈などはこの女王を高市皇子の女とし、檜前王と同一人とする。

矢代王　天平宝字二年十二月、聖武に幸されたが志を改めたとして、従四位下の位記を毀たれた。万葉六二六に聖武への献歌一首を収める。

住吉王　他に見えず。

忍海王　長屋王の女。この年十月(天平九年)に従四位下に叙された忍海部女王は同一人。平城京左京三条二坊八坪出土のいわゆる長屋王家木簡に忍海若翁、忍海部若翁(平城木簡概報二一-一六頁)として見える。

大神朝臣豊嶋　他に見えず。大神朝臣→㈠補2-六七。

河上忌寸妙観　養老七年正月に見える薩妙観と同一人。神亀元年五月河上忌寸に改賜姓。→補9-一七・七六。従五位上に叙されたのは養老七年正月。

大宅朝臣諸姉　→補9-一六。従五位上に叙されたのは養老七年正月。

曾禰連五十日虫　名を伊賀牟志とも記す。天平宝字五年九月従三位で没。曾禰連→㈠補3-二五。

大春日朝臣家主　→一一九頁注三五。従五位下に叙されたのは養老七年正月。

藤原朝臣吉日　天平十一年正月に従四位下に昇り、天平勝宝元年四月に従四位上より従三位に叙されている。吉日を不比等の娘で、橘諸兄の室とする見解がある(角田文衛「不比等の娘たち」『律令国家の展開』)。藤原朝臣→㈠補1-二九。

大田部君若子　他にみえず。大田部姓の者は下野・常陸等東国に多く見える。以下小槻山広虫までは采女。采女は地方豪族の出身であるため姓氏録には見えない。

黄文連許志　天平十七年正月に外従五位上より外正五位下に昇叙。黄文連→㈠補1-一三五。

丈部直刀自　他にみえず。丈部→㈠補6-六九。

朝倉君時　天平十七年正月に外従五位上から外正五位下。君は姓か、或いは君時という名か未詳。

朝倉君(公)は姓氏録に見えず。孝徳紀大化二年三月条に朝倉君が、また延暦六年十二月に朝倉公家長が見える。和名抄に上野国那波郡朝倉郷があり、朝倉公は在地の豪族で、上毛野公の一族か。

尾張宿禰小倉　天平十七年正月外従五位上から外正五位下。同十九年三月従四位下、尾張国造。尾張宿禰→㈠補2-一六〇。

小槻山君広虫　天平八年八月に従八位上、近江国栗太郡出身の采女として内侍司牒に署名(古二-一八頁)。天平勝宝元年八月正五位下。天平勝宝四年六月の買物解に名を記す。時に従四位下(古二-五-四七頁)。

小槻山君は姓氏録に見えぬが、姓氏録左京皇別に小槻臣を垂仁の皇子の於知別命の後とし、垂仁記に落別王を小月之山君の祖と記すことから、小槻臣の同族と見られる。近江国栗太郡の小槻神社のある地を本拠とした氏族か。

盧郡君　天平十九年正月従四位下。或いは盧姓の唐の女性か。盧姓の人物としては姓氏録左京諸蕃に盧如津が見え、沈惟岳と共に来朝と記す。沈惟岳の来朝は天平宝字五年八月。

六二　**大神社**（三一三頁注一一）　神名式に「大神大物主神社〈名神大、月次相嘗新嘗〉」。奈良県桜井市大字三輪に鎮座。祭神は倭大物主櫛𤭖玉命。神功摂政前紀に神功皇后が新羅を討とうとした時、大三輪神を筑紫に勧請して祈ったところ軍衆が自ら集まり、ために新羅を討つことができたとの伝承を持つ。三輪神に軍神としての性格があることと併せて、新羅との緊張関係においてこの神に祈念する行為に出たもの。

六三　**筑紫住吉社**（三一三頁注一二）　神名式に「住吉神社三座〈並名神大〉」。福岡市博多区住吉町に鎮座。祭神は底筒男命、中筒男命、表筒男命を主神とする。神功摂政前紀に、神功皇后が新羅を討とうとした時、主神の三神の協力により新羅を討つことができたとの伝承を持ち、三輪神同様に新羅関係が緊張したこの時期、祈念の対象となった。

六四　**八幡社**（三一三頁注一三）　神名式の豊前国宇佐郡に「八幡大菩薩宇佐宮〈名神大〉」とある。現在の大分県宇佐市南宇佐に鎮座。祭神は主神は誉田別尊（応神）。天平勝宝元年十二月にこの神に品位が贈られていることは、主神を誉田皇子（即位前の応神）としたためで、天神地祇を祭る他の神社とは別格に扱っていることを示す（二宮正彦「諸神への品位奉授について」『古代の神社と祭祀』）。本来北九州における地方神であったが、本条以後、藤原広嗣の乱にさいしての祈願や、東大寺大仏造営、道鏡事件などに関係し、中央政界とのつながりを深め、鎮護国家神として全国的に重視されるにいたった。手向山八幡の勧請の契機ともなり、また神仏習合の色彩を示した。道鏡事件以後天皇即位や国家大事のさいには、奉告祈願の奉幣のため勅使が派遣されるならわしとなり、平安時代に入ると、道鏡事件での和気清麻呂の功績により、即位の奉幣に和気氏五位の人を充てることが慣例となった（宇佐和気使）。本条の記事が「新羅无レ礼之状」という外交問題であることから、主神たる応神ひいては神功皇后の新羅遠征の伝承と関連づけて、北九州における有力な地方神を奉幣に加えたものと理解される。なお神名式には筑前国那珂郡に「八幡大菩薩筥崎宮一座〈名神大〉」（筥崎八幡）があるが、この宮の本社縁起には延長元年創立とあり、伝承として天平宝字三年神託により社殿を設けたと伝えるので、本条の八幡社とは別であろう。

六五　**香椎宮**（三一三頁注一四）　香椎は「加須比」と訓み（和名抄）、橿日、樫日、香襲とも記す。福岡県福岡市東区香椎に鎮座。仲哀及び神功皇后を祭神とし応神及び住吉大神を配祀する。万葉（九五七―九六二）の題詞に神亀五年十一月に大宰官人の香椎廟奉拝のことが見え、ここに「廟」とあること、続紀の天平宝字三年八月己亥条、同六年十一月庚寅条にいずれも香椎廟と見えることから、奈良時代においては香椎廟が公称であったとする意見がある（小島鉦作「香椎廟の香椎宮への移行とその荘園化」『対外関係と政治文化』二）。神名式には見えず、式部省式上に「凡諸神宮司并橿日廟司」と見え、諸神宮司と廟司と書き別けていることは、記紀で、神社とは別種のものに見える仲哀の皇居がその廟所となり、仲哀・神功皇后の霊を祀った所として扱われたためと見られる。通常の神社のように神階なども与えられておらず、本条（天平九年四月乙巳条）でも同じく筑紫にありながら他の二社と別に記すところから、この宮が別性格のものであることを考えさせる。本条の奉幣は、新羅との外交問題に関してで、このことは、神功皇后の新羅遠征の伝承に基づいての行為と考えられる。

六六　**大安寺大般若経会**（三一三頁注一一）　本条（天平九年四月壬子条）の道慈の奏言により、これまで大安寺で私的に行っていた大般若経の転読は、以後公的な大安寺大般若経会として認められ、官物の供養料などを受けるに至った。天平十九年の大安寺伽藍縁起并流記資財帳には、この大般若経会の調度とその数量が記されている（寧遺三七六頁）。また玄蕃寮式に「凡大安寺大般若経会、毎年四月六七両日、請二僧一百五十口一、転二読大般若経一、其施物、三宝糸卅絇、裹料曝布九尺、木綿三分、衆僧別絹一疋、布施用二本寺物一、供養用二官物一〈供養数見二主税大膳式一〉」と見える他、主税寮式上、大膳式下、雅楽寮式、造酒司式に供養料の品目数量、また供奉楽人の人数等が記されている。ただ上掲玄蕃寮式では布施には本寺物、供養には官物使用とあり、道慈の奏言とは異なる所がある。

六七　**多賀柵**（三一五頁注四）　律令国家による奥羽経略は、中華思想の導入に基づく皇化政策と、開発に結びつけての支配地の拡大確保との観点から、八世紀以後活発となった。和銅二年の巨勢麻呂、養老四年の多治比県守、神亀元年の藤原宇合等による鎮定と併せ、和銅五年九月の出羽国の新設、霊亀元年十月の香河・閇二村の郡家設置、また養老五年十月の苅田郡、天平五年十二月の雄勝郡の建郡、そして植民も積極的に行われたが、そうした施政の中心になるとともに、防衛・鎮守の意図も含んで柵の設置がなされた。本条(天平九年四月戊午条)に見える多賀柵などの諸柵もその例に漏れない。

多賀柵(城)跡は宮城県多賀城市市川、現在までの発掘調査の主な結果は次の通りである。

外郭(外城)は丘陵部を主体とし、東辺一〇四〇メートル、南辺八六五メートル、西辺六六五メートル、北辺七六五メートルの不整方形をなし、ほぼ中央の内郭(内城)に政庁、その周囲に多賀城を支える種々の役所群がある。外郭は基底幅約二・七メートルの築地で囲まれ、西辺のみ木柵である。南、東、西の三門跡(いずれも八脚門)が確認されている。外郭正門である南門は南辺中央やや東寄りに位置し、この門から幅一二メートル(のち二回にわたって拡幅)、長さ約三〇〇メートルの道路が真北に延び、政庁南門に通じている。また東門と西門を結ぶ道路跡が政庁の北を迂回する尾根線上に発見されている。政庁のある内郭は南北約一一六メートル、東西約一〇六メートルの規模で、築地で囲まれ、中央の北寄りに正殿、その東西に脇殿、正殿の南正面に内郭の南門が位置する。大別して四期の変遷が確認されているが、建物の配置はおおむね踏襲されている。Ⅰ期は掘立柱の建物で八世紀前半から半ばの時期の造営。Ⅱ期は礎石建物に改修され、一部に焼失跡を残すが、これは宝亀十一年の伊治呰麻呂の乱によるものと見られる。Ⅲ期は正殿が切石積の基壇となり、その東西に新たに楼が配され、いずれも九世紀後半までの建物とされる。Ⅳ期は貞観十一年の地震被害の復興造営で、主要建物に新たな建て替えは見られず、十世紀中頃まで維持された。

内郭の東、北東、北、西、南西の諸地区からそれぞれ規模の大きな建物跡が検出され、官衙施設の存在が推測されている。中でも内郭東の作貫(つきかん)とよばれる地区から五棟の建物が検出され、これは内郭についで重要な機能を持つ官衙地区と推定されている。北東の地区からは建物群の他に武器を伴う竪穴住居跡群が発見されたが、これは、多賀城兵士の宿舎跡と考えられている。また南西の地区からは鋤柄などの未製品の出土の他、鍛冶遺構も検出、工房の存在が確認されている。こうした諸施設が多賀城の実質的活動を支えたことは明らかである(付図参照)。

多賀城跡からは木簡、漆紙文書なども出土発見されている。「陽日郷川合里」の記載から郷里制施行期であることの明らかな木簡の他、「健児」の記載から天平十年以前のものと考えられる木簡も出土し、多賀城の創建年代の考察と密接な関連を持つ。また漆紙文書は内容の明らかなものだけでも、田籍ふうの文書や、請求、貢進の各文書が計二十数点出土し、その中には「此治城」(伊治城)の記載のある宝亀十一年に近い時期の文書の他、弘仁十四年七月十一日の日付を持つ文書も出土している(宮城県多賀城跡研究所『多賀城跡——政庁跡——』、平川南『漆紙文書の研究』、安倍辰夫・平川南編『多賀城碑』)。なお多賀城碑→補9−一〇五。

多賀柵(城)の実体を軍事施設よりもむしろ行政機関として考えるべきだとの主張があるが、上述の遺跡群の考察、また多賀柵が後に多賀城と見え(続紀では宝亀十一年三月)、以後は一貫して多賀城であり、陸奥鎮守府がここに置かれていたことを思うと、行政機関的な側面を有していたにもせよ、防衛・軍事的性格を一貫して持ち、そうした施設の整備・強化が「柵」から「城」へと呼称の変化をもたらしたと見るべきであろう。

六 **玉造柵**(三一五頁注一六) 宝亀十一年十月己未条に玉作城、延暦八年六月庚辰条に玉造塞と見える。現在の古川市大崎名生館遺跡に比定され、遺跡の全体は東西五二・五メートル、南北六〇・六メートルの規模で、内部に七間×五間の、四面に庇を持つ瓦葺きの東西棟建物があり、その北側柱列から塀が東西に延びている。東では一〇間ほど延び南に折れて六〇・六メートル続き、西では五間延び南北棟一〇間×二間の建物の東北隅に接続、その南に同規模と推定される、柱筋を揃えた建物が存在する。

本条(天平九年四月戊午条)に、玉造等五柵に兵士を配置したとの記載が見えるが、これに続く文には四柵しか見られないため、残りの一つを何れの柵とするかが問題となる。これを多賀柵とする研究者は多いが(高橋富雄『蝦夷』、新野直吉『古代東北史の基本的研究』、工藤雅樹「多賀城の起源とその性格」『古代の日本』8など)、この時徴発された騎兵の内、一九六人が大野東人の指揮下に入り、三四五人が藤原麻呂に率いられて多賀柵を鎮し、残りの四五九人が五柵に分配されたとあるところから、五柵に多賀柵を含めるのは妥当ではない。桃生柵、中山柵、名取柵などに充てる見解もあるが説得力が弱い。一方これを不明として将来の研究に委ねる意見(虎尾俊哉「律令国家の奥羽経営」『古代の地方史』6、平川南「古代東北城柵再論」『東北歴史資料館研究紀要』5など)もある。

六九　**新田柵**(三一五頁注一九)　他にみえず。後の新田郡(神護景雲三年三月辛巳条)内に設けられた柵。宮城県遠田郡田尻町八幡にある大崎八幡周辺台地に比定され、現在この遺跡から、奈良時代の古瓦が出土した他、土塁・空濠の遺構が確認されている。なおこの遺跡の東方近傍にある木戸瓦窯跡から「郡仲村郷他辺里長、二百長丈部呰人」の文字瓦が出土し、この郡は新田郡であるところから、軍団と新田柵比定地との関連が主張されている。

七〇　**牡鹿柵**(三一五頁注二一)　他にみえず。後の牡鹿郡(天平勝宝五年六月丁丑条)内に設けられた柵。現在の宮城県桃生郡矢本町赤井字星場御下井遺跡に比定され、この遺跡から瓦・土器等が出土。なお石巻市日和山を比定地とする説もある。

七一　**色麻柵**(三一五頁注三〇)　他にみえず。後の色麻郡(延暦八年八月己亥条)内に設けられた柵。現在、宮城県賀美郡中新田町城生柵遺跡に比定されている。この遺跡は外郭を築地と大溝で巡らした、東西三五〇メートル、南北三七〇メートルの方形の遺跡で、郭内から、掘立柱建物群や倉庫跡が確認され、また北辺外郭線の中央部では八脚門の北門跡が確認されている他、八世紀の瓦や硯等が出土。かつてこの遺跡は玉造柵に比定されていたが、この地が玉造郡内に含まれないこと、また上掲(補12―六八)の名生館遺跡の発掘により、色麻柵と推定されるに至った。

七二　**私出挙禁止の詔**(三二七頁注一七)　諸国に貯蓄する臣家の私出挙稲を借りた農民が、返済不能のため生活苦を生み、他所に流亡などの事態を招くのは国司の失政であることを言い、以後私出挙を厳禁し、違背者には違勅罪を科し、稲は没官し国郡司は見任を解くとの詔(この詔は三代格にも収めるが、三代格では勅とし、九月二十一日に係けて続紀と一日のずれがある他、「出挙」を「貸与」、「乞レ食」を「貸レ食」と記すなど、字句に若干の異同がある)。私出挙は雑令20に「凡以二稲粟一出挙者、任依二私契一、官不レ為レ理、仍以二一年一為レ断、不レ得レ過二一倍一」とあり、大宝令も同文であったらしい。条文では利率は十割だが、和銅四年十一月に五割に引下げられた(㈠一七五頁注二二)。本条(天平九年九月癸巳条)以後私出挙は一貫して禁止の対象となり違背者は厳しく処罰されている(天平宝字五年二月戊午条)。また私出挙取締りのさい本条が拠り所となったことは、天平勝宝三年九月四日太政官符及び寛平七年三月廿三日太政官符(以上三代格)から知られる。ただ本条に見る如く国郡司と王臣家との結びつきもあって、禁令の実効度は薄く、五割の利率も守られなかった。なお本条の禁令は、当時地方国衙財政における主要財源であった公出挙の円滑な運営をはかるために出されたとも言われる。

七三　**筑紫の語の用法**(三二九頁注五)　筑紫の語の用法としては、①西海道の総称、②西海道の北半分、筑・豊・肥の六国を併せた称、③筑前・筑後を併せた称、④筑前一国、もしくは大宰府の称、と多様であるが、本条は天平神護二年四月壬辰条と関連づけて考えるとき、②の六国を指すと見られ、筑紫人はこの六国より徴集した兵力と見られる。

七四　**諱**(三二九頁注一二)　ここに白壁王の名を記さず諱としているが、諱とは死者の生前の名を称するのを忌む思想によるもので、周礼、春官に「詔二王之忌諱一」とあり、注に「先王死日為レ忌、名為レ諱」と見え、礼記、王制に「奉二諱悪一」、その注に「諱、謂二先王之名一」とあるが、たんに生前の名を称するのを忌むというだけでなく、君主の名はこれを憚り、濫りに使用するのを慎しみ避けると言う観念となった。延暦四年五月丁酉条に「臣子之礼、必避二君諱一、比者、先帝御名及朕之諱、公私触レ犯、猶不レ忍レ聞、自レ今以後、宜二並改避一」との詔により、光仁及び桓武の名を称することを避けさせたのも、この観念の所産で、続紀の記載もこれに従い光仁及び桓武の名を記す個所はすべて諱と記す。

七五　**天平九年九月己亥条の従五位下授与の諸王**(三二九頁注一四―二三)

倉橋王　他に見えず。倉橋王以下安宿王までは叙位の位階から見て王の子。また最後の安宿王を除いて系譜未詳。

明石王　他に見えず。

宇治王　この年十二月内蔵頭、翌十年閏七月刑部大輔、同年十二月中務大輔。霊異記中-三十五の、聖武の世に沙門を凌轢したためその報により急死した宇遅王はこの人物か。

神前王　この年十二月治部大輔。天平十二年九月甘南備真人(三六七頁注九)賜姓。摂津亮、近江守を歴て同十八年四月刑部大輔。天平勝宝二年三月従五位下治部大輔として同省牒に見える甘南備真人は同一人か(古三-三七四頁)。天平宝字八年十月に無位から従五位下に叙された神前王は別人。

久勢王　久世王にも作る。天平十年閏七月内蔵頭、同十八年九月大学頭。天平勝宝元年七月従五位上。その後備後守、木工頭を歴任し天平神護元年正月に正五位上に昇叙。

河内王　天平十七年十月の縫殿寮解に頭として署名(古二-四六七頁)。天平宝字二年八月左大舎人頭、同三年六月従五位上。同六年正月丹後(波)守。天平宝字四年五月に従三位より正三位に昇叙された河内王は女王。宝亀元年十月に无位より従五位上に叙された河内王は別人か。

尾張王　続紀には少なくとも三名以上の尾張王が見える。①この日に従五位下を与えられた尾張王、②天平十七年十月河内国古市郡で得た白亀を献じ翌年三月従五位下に叙された右京人尾張王、③天平宝字元年五月无位から従五位下に叙された尾張王である。同年閏八月に豊野真人賜姓の尾張王が上記のいずれに当るか未詳。

古市王　他に見えず。

大井王　天平十年閏七月左大舎人頭、同十二年十一月に少納言となりまた従五位上に昇叙。翌年閏三月正五位下。同十九年十一月丹波守。天平勝宝三年正月奈良真人賜姓。

安宿王　長屋王の子。母は不比等の女。この年十月従四位下に昇叙。玄蕃頭、治部卿を歴任の後、天平勝宝三年正月正四位下。万葉に天平勝宝六年から八歳のものとして四首の歌を残す。天平宝字元年七月橘奈良麻呂の変に坐し佐渡に配流。後許されて帰京したらしく、宝亀四年十月高階真人賜姓(但しこの時は無位)。

七六　**天平九年九月己亥条の従五位下授与の官人**(三二九頁注三二-三九)

阿倍朝臣吾人　この年十二月主計頭、翌年閏七月治部少輔、天平十二年十一月従五位上に昇叙。阿倍朝臣→[一]補1-一四二。

石川朝臣牛養　この年十二月大蔵少輔、翌年閏七月主計頭となる。石川朝臣→[一]補1-三二。

多治比真人牛養　天平十年閏七月右少弁、同十二年十一月従五位上。その後民部大輔、大宰少弐を経て同十九年六月備後守。多治比真人→[一]補1-一二七。

阿倍朝臣佐美麻呂　沙弥麻呂、沙美麻呂にも作る。天平十年閏七月少納言。同十二年正月従五位上。天平勝宝元年四月従四位上。同七歳防人検校の勅使として大宰府に下向。その三月に詠んだ歌が万葉に見える(四三三)。天平宝字元年八月参議。翌二年四月没。時に正四位下参議中務卿。阿倍朝臣→[一]補1-一四二。

巨勢朝臣浄成　清成にも作る。天平勝宝四年五月下総守。その後官を歴任し位階も従五位上に昇る。神護景雲二年二月大蔵大輔に就任。巨勢朝臣→[一]補2-一八。

藤原朝臣乙麻呂　武智麻呂の四男。弟麻呂、乙万呂とも記す。天平十年以後官を歴任し、同十九年正月従五位上。天平勝宝元年十一月正五位上、同二年三月に大宰少弐。同年十月に従三位大宰帥。天平宝字三年十一月武部卿。翌四年六月武部卿従三位で没。藤原朝臣→[一]補1-一九。

藤原朝臣永手　房前の第二子。母は牟漏女王。以後官を歴任し、位階も昇進。天平神護二年正月正二位、右大臣、同年十月左大臣。宝亀元年八月白壁王(光仁)冊立の功により十月に正一位。翌二年二月左大臣正一位で没。五十八歳。薨伝に続き、光仁の弔賻が見える。

藤原朝臣広嗣　宇合の長子。天平十年四月式部少輔兼大養徳守。同年十二月大宰少弐。同十二年八月天地の災異を述べ、玄昉と下道真備を除かんことを上表、九月筑紫に叛し、同年十一月誅される。

七七　**天平九年九月己亥条の外従五位下授与の官人**(三二九頁注四〇-四五、三三一頁注一-一八)

為奈真人馬養　天平十三年七月雅楽頭。同十八年四月従五位下に昇叙。

為奈真人→㊀七一頁注二一。

紀朝臣鹿人　紀少鹿女郎の父。この年十二月主殿頭。天平十二年十一月外従五位上。同十三年八月大炊頭。万葉に天平初年頃の歌三首。時に典鋳正。紀朝臣→㊀補1―二一。

賀茂朝臣高麻呂　他に見えず。賀茂朝臣はもと鴨君、天武十三年賜姓朝臣。→㊀三一頁注二六。

路真人宮守　天平十年度駿河国正税帳によれば、神亀二年に従六位下勲十二等駿河掾であった(古二―一一二頁)。天平十八年四月従五位下。路真人→㊀一九頁注六。

波多朝臣孫足　他に見えず。波多朝臣→㊀補1―一四六。

佐伯宿禰常人　天平十年四月丹波守。同十一年正月従五位下。同十二年九月藤原広嗣の乱に当り勅使として下向。乱後、功により正五位下。同十七年正月衛門督。天平勝宝元年四月正四位下。佐伯宿禰→㊀二七頁注一三。

平群朝臣広成　天平四年八月遣唐判官。同十年五月帰国の途中出羽に漂着し、同十一年十月入京。十二月正五位上。以後、官を歴任し、同十九年正月従四位下、天平勝宝四年五月武蔵守。同五年正月没。時に従四位上。ここに「在レ唐、未レ帰」(天平九年九月己亥条)とあることは、この記載が広成の在唐中に彼への叙位のなされたことを示す。平群朝臣→㊀補3―八三。

大宅朝臣君子　天平十年四月筑前守。同十六年十一月従五位下。大宅朝臣→㊀補2―六九。

穂積朝臣老人　天平六年以前の播磨国郡稲帳によれば、天平四年以前に従六位下備中掾として播磨を経て任国に赴く(古二―一五一頁)。天平九年十二月左京亮。同十八年四月従五位下。同十八年九月内蔵頭。穂積朝臣→㊀六五頁注八。

大伴宿禰祜信備　祜志備・古慈備・古慈斐にも作る。吹負の孫、祖父麻呂の子。天平十一年正月従五位下。同十四年四月正五位下河内守。天平勝宝八歳五月出雲守在任中に朝廷誹謗等の罪により衛士府に禁固。天平宝字元年七月橘奈良麻呂の変に坐し任国である土佐に配流。宝亀元年十一月本位従四位上に復す。同六年正月従三位。同八年八月大和守従三位で没。八十三歳。大伴宿禰→㊀補1―九八。

柿本朝臣浜名　天平十年四月備前守。柿本朝臣→㊀一三九頁注八。

太朝臣国吉　この年十二月右京亮。太朝臣→㊀補3―三〇。

巨勢斐太朝臣嶋村　巨勢朝臣にも作る。天平十六年九月南海道巡察使。同十八年五月従五位下。九月刑部少輔。万葉に見える(三八四五左注)島村大夫と同一人か。巨勢斐太朝臣→補8―一七。

菅生朝臣古麻呂　この年十二月神祇大副。天平十八年五月従五位下。菅生朝臣→㊀補2―一二六。

小野朝臣東人　天平十年閏七月左兵衛率。同十三年三月伊豆三嶋に配流。後、許されて帰京。天平十八年四月内位に転じ、官を歴任。天平宝字元年五月従五位上。七月橘奈良麻呂の変に坐し杖下に死。小野朝臣→㊀補1―一四五。

中臣熊凝朝臣五百嶋　この年十二月皇后宮員外亮。その後摂津亮、皇后宮亮を歴任。天平十四年四月従五位下。同十七年八月熊凝朝臣賜姓。天平勝宝三年八月の近江国の墾田野地売買券に近江介従五位下とある(古三―五一四頁)。中臣熊凝朝臣→補8―二七。

阿倍朝臣虫麻呂　この年十二月皇后宮亮、翌十年閏七月中務少輔。天平十二年九月の藤原広嗣の乱には勅使として下向。乱後、功により従五位上。その後官を歴任し、位階も従四位下に昇る。天平勝宝四年三月中務大輔にて没。万葉に五首の歌を残す。阿倍朝臣→㊀補1―一四二。

県犬養宿禰大国　天平十五年五月従五位下。県犬養宿禰→㊀補2―一四。

土師宿禰御目　三目にも作る。この年十二月諸陵頭。土師宿禰→㊀補1―四四。

高麦大　大の字を兼右本等・印本・大系本は太に作る。この年十二月陰陽頭兼陰陽師となる。翌十年五月伊勢神宝使。天平十二年十一月外従五位上。高氏→㊀補2―八五。

民忌寸大梶　大楫にも作る。天平十二年十一月従五位下。同十三年四月河内摂津河堤の相論検校に派遣。民忌寸→㊀補2―一七〇・㊀七一頁注二四。

於忌寸人主　天平六年度尾張国正税帳に前尾張介正六位上勲十二等と見

える(古一-六〇八頁)。天平十年八月摂津亮。

於忌寸の於は宇閉・上にも作る。大和国広瀬郡の於神社の鎮座地(現在の奈良県北葛城郡広陵町大字大塚)の地名による氏で、倭漢氏の同族。旧姓は直。

文忌寸馬養 →補7-一〇。

大津連船人 →㈡二一五頁注三一。

七八 **長屋王の子女の叙位**(三三一頁注二八-三一)

安宿王 →補12-七五。

黄文王 安宿王の弟。天平十一年正月従四位下、同十二年十一月従四位上に昇る。同十三年七月散位頭。天平宝字元年七月の橘奈良麻呂の変で太子に擁立されようとし、捕われて杖下に死。霊異記下-三十八にも藤原仲麻呂に殺されたとある。なお従来の訓読ではここの従五位下を円方女王にかかる位階とし、黄文王はこの日无位より従四位下に叙されたと理解しているが、そうすると黄文王の天平十一年正月の叙位の記事と矛盾する。天平十一年の記事に誤りは認められないので、ここの従五位下は黄文王の叙位と見、円方女王の上に記されていた従五位下が重複と誤認され、削られたと見るべきであろう(亀田隆之「親王・王の子の叙位」『日本古代制度史論』)。

円方女王 天平宝字七年正月に従四位上から正四位上に昇る。同八年十月従三位、神護景雲二年正月に正三位となる。宝亀五年十二月没。万葉に天平勝宝八歳頃、智努女王の死を傷んだ歌を収める(四四七七)。

紀女王 天平宝字五年六月従四位下より従三位に昇叙。

忍海部女王 忍海女王と同一人か(補12-六一)。とすれば、天平九年二月に無位より従五位下に叙されているので、この時従五位下であったことは明らか。

七九 **「大倭国」の「大養徳国」への改称**(三三五頁注八) 天平七年・九年の疫病流行や飢饉などを天子の薄徳に対する天の咎めと受けとめ、天子は大いに徳を養い、天の望みに応えるべきであるとの考えに基づく改称。この後天平十九年三月辛卯に再び大倭国に戻り、さらに天平宝字二年二月己巳以前に大和に改称。

13 巻第十三

一 **女性の皇太子**(三三七頁注六) 皇太子は男性を原則とし、女性の皇太子はこの阿倍内親王が唯一の例外である。神亀元年に即位した聖武は、神亀四年閏九月に光明子が待望の皇子(基王。名が未詳であることを示す某王の誤写か)を出産すると生後一か月余で同年十一月に皇子を皇太子に立てたが、翌神亀五年九月に夭折してしまう。その後約十年間、皇太子の位を空けていたが、天平十年正月に至って、基王(某王か)の同母姉の阿倍を皇太子に立てる。聖武には県犬養広刀自所生の安積親王があったが、あえて女性の阿倍を皇太子としたのは、藤原氏出自の光明子の所生であったからと推測される。しかし女性の立太子は前後に例をみない異常な事態であったので、皇親や貴族のなかには、阿倍皇太子を皇嗣として容認しない雰囲気もあったらしい。すなわち、のちの橘奈良麻呂の乱の際の佐伯全成の供述(天平宝字元年七月庚戌条)によれば、天平十七年に難波行幸中の聖武が危篤に陥ったとき、奈良麻呂は全成に対して「陛下枕席不レ安、殆至二大漸一。然猶無レ立二皇嗣一、恐有レ変乎。…立二黄文一而為レ君、以答二百姓之望一」と語ったという。なお阿倍の立太子は、皇嗣としての皇太子制度の進展を示すとする説もある(荒木敏夫『日本古代の皇太子』)。

二 **天平十年正月壬午条の賑給**(三三七頁注一二) 天平十年度周防国正税帳(古二―一三〇頁)には、賑給の具体的な内訳を、「依二天平十年正月十三日恩勅一、賑給高年及鰥寡惸独疹疾不能自存者之徒、合参仟弐伯柒拾弐人、穀捌伯参拾柒斛〈九十歳一人二斛、八十歳廿七人別一斛、鰥十六人別六斗、鰥廿六人・寡卌三人合六十九人別五斗、鰥六十九人・寡二百三人・独廿一人・惸一百二人合三百九十五人別四斗、寡二百九人・惸一百九十一人・独三百九人・病者一百卅七人合八百卅六人別三斗、惸一百廿人・独一百一十四人・病者八百廿八人・窮乏五百卅一人合一千六百三人別二斗、窮乏三百一十五人別一斗〉」と記す(賑給の量・規準については→㊀補3―五四)。また賑給のために国司が部内を一七日間巡行したことが、「依二恩勅一賑給穀国司壱度〈掾一人・史生一人〉将従参人合伍人、十七日、単捌拾伍人〈掾十七人・史生十七人〉将従伍拾壱人、食稲弐拾捌束玖把、酒参斗陸合、塩壱升柒合」という食料支出の記録によって知られる。

三 **隅院・隅寺**(三三九頁注一四) 法華寺及びその前身の宮寺の東北隅を占めていたため隅院・隅寺・角寺などと呼ばれた。天平十年八月六日の写経所文書に見える「隅院写大宝積経一百廿巻」(古七―一八六頁)は、写経目録によると天平八年夏頃に書写されているから(古七―二四頁)、隅寺の初見は天平八年夏頃と考えられる。また一切経のうち二一〇巻が、天平九年二月二十二日まで同寺において書写されている(古七―九八頁)。天平十年三月に食封一〇〇戸を施入され、新抄格勅符抄に「角院寺 百戸〈天平十年施、出雲五十戸、播万五十戸〉」とある。天平神護二年十月、隅寺の毘沙門像から現われた舎利を法華寺に請じたことが見えるが、神護景雲二年十二月甲辰条には、山階寺僧基真が毘沙門天像を作って密かに数粒の珠子を置き舎利が現われたと称したものであると見える。

七大寺巡礼私記の興福寺西金堂の条に、「銀尺迦立像一軀…、抑件像本是海竜王寺之仏也、件寺又号二角寺一〈在二法花寺東北一〉、口伝云、海竜(王脱か)寺者光明皇后御願也、玄昉僧正入唐之時、遂二求法之志一為二安穏帰朝一、皇后健レ誓所二造立一也」とあり、海竜王寺とも号し、光明皇后が玄昉入唐の時に建てたものという。現在奈良市法華寺町(福山敏男『奈良朝寺院の研究』)。

四 **行信**(三四五頁注一) 法相宗の僧で、元興寺・法隆寺などに住したという。天平宝字五年の上宮王院資財帳によると、天平九年二月に聖徳太子御持物の鉄鉢一口を奉納し、また同太子御製の法華経疏四巻などを奉納したことが見える(古四―五一一〜五一七頁)。天平十年閏七月に律師となり、正倉院文書によると天平十九年十月(古二―九一頁)以後大僧都と見え、聖武天皇が天平感宝元年閏五月に大安寺以下十二か寺に施入した際の勅書に、大僧都として勅を奉じたことが見える(古三―二四〇頁)。行基年譜には、天平十六年勅使となって行基に封戸九〇〇戸を施したとあり、七大寺年表には法相宗元興寺の僧で、天平十年律師、天平二十年大僧正となり、天平勝宝二年に入滅したとあるが、続紀には、天平勝宝六年十一月に薬師寺の僧行信が八幡宮の主神大神多麻呂と意を同じくして厭魅した罪で下野薬師寺に配流されたという記事があり、同一人である可能性が強い。なお法隆寺東院の夢殿に乾漆坐像がある。

五　**倭武助**(三四七頁注二二)　本条で外従五位下の後、天平十二年十一月の広嗣の乱と聖武行幸関係の行賞の際に外従五位上、十五年六月に典薬頭、同年十一月に従五位下。天平十七年四月十七日の典薬寮解(古二-四〇五頁)に「頭　従五位下兼行内薬侍医　勲十等　和」とみえるのも、名を闕くが倭武助であろう。勲十等は十二年の行幸に随行したための授勲か。

この倭(和)氏は大倭忌寸(㊀補1-四三)などとは異って大和国に移住した渡来系の氏であるが、光仁妃で桓武母となった和(高野)新笠(宝亀九年正月丙子条)のように百済系ではなく、姓氏録左京諸蕃の漢の項に、出自を呉国主照淵の孫智聡とし、欽明朝に内外の典や薬書などをもたらし、孝徳朝に牛乳を献じて賜姓された和薬使主の系統と思われるが、武助が和薬使主という氏姓を称していない理由は未詳。

六　**天平十一年三月癸丑条の賑給**(三五一頁注一四)　天平十一年度出雲国大税賑給歴名帳(古二-二〇一頁)は、出雲国全体は残存しないが、例えば神門郡の部分には、「神門郡高年已下不能自存已上惣伍伯弐拾壱人、賑給穀弐伯伍拾斛三斗〈九十歳二人々別一斛、八十歳卅三人・鰥十五人・寡三百卅四人・惸九十人・独一人并四百六十三人々別五斗、不能自存五十六人々別三斗〉」と記す(この賑給の特色については↓㊀補3-五四)。

七　**百済王敬福**(三五三頁注九)　天平十年四月に陸奥介(古二四-七五頁)、のち、陸奥守在任中の天平勝宝元年四月、部内小田郡で産出した黄金を献じ、従五位上から従三位に昇叙。以後、外官では常陸守・出雲守・伊予守・讃岐守、内官では宮内卿・左大弁(薨伝による)・外衛大将・刑部卿等を歴任。天平神護二年六月、刑部卿従三位で没。薨伝では、義慈王―禅広王―昌成―郎虞―敬福の系譜を示し、没年を六十九とする。

八　**天平十一年四月壬午条の「陸奥国按察使兼守鎮守府将軍」の「守」の字**(三五三頁注一一)　この「守」の字については、㈠陸奥鎮守将軍が陸奥守を兼ねる事例は他にもみられるから、陸奥守の意と解する、㈡選叙令6「若職事卑為レ行、高為レ守」の行・守の守と解する、の二つの解釈が可能。このうち㈡の場合は陸奥鎮守府将軍の相当位が定められていたか否か明らかではないので、疑問だが、㈠の場合は宝亀五年七月庚申条の大伴駿河麻呂も「陸奥国按察使兼守鎮守将軍」であり、かつ駿河麻呂は前年七月甲午条の鎮守将軍任命の記事に「按察使及守如レ故」とあって陸奥守であることは確かである。従って本条の大野東人も以前から陸奥守であったのが大養徳守(藤原広嗣の後任)となり、特に本条で参議となったために、陸奥守や鎮守将軍は遥任として実務を介や副将軍に委ねたと考えられる。

九　**郡司定員の削減**(三五三頁注一七)　職員令74-78に定める郡司の定員は、つぎのようになっている。

大郡	大領一	少領一	主政三	主帳三
上郡	大領一	少領一	主政二	主帳二
中郡	大領一	少領一	主政一	主帳一
下郡	大領一	少領一		主帳一
小郡	領一			主帳一

これは、大宝官員令でも同じであったとみられる。それを続紀本条の詔では以下のように減定した。

大郡	大領一	少領一	主政一	主帳二
上郡	大領一	少領一	主政一	主帳一
中郡・下郡	大領一	少領一		主帳一
小郡	領一			主帳一

すなわち大郡・上郡・中郡の主政と主帳を削減したわけである。

なお、職員令74集解令釈は、「其主政帳有二省員一者、自今以後、宜二改依一レ令」という太政官処分を引用している。これによって、令釈が成った延暦年間以前に主政・主帳の定員が令制に復したことが知られるが、この太政官処分が出されたのは、天平宝字元年五月に養老律令が施行されてからまもなくのころであったと推定される(早川庄八「新令私記・新令説・新令問答・新令釈」『続日本紀研究』二一八)。

一〇　**封租運送の傭食**(三五五頁注七)　封戸が輸す租については、賦役令8に「凡封戸者、皆以二課戸一充。調庸全給。其田租為二二分一、一分入レ官、一分給レ主」(大宝令もほぼ同文とみられる)と定めるのみで、その運送方法、運送に要する経費の支弁などについての規定はみられない。このうちの運送方法については、同条集解古記が「問、其租一分給レ主、若為処分。答、運二舂米一国者米送。遠国者、販二売軽貨一送給耳」という注釈を施している。田令2にいう舂米運京を指定された国(実例では近国と縁海国)では米に舂いてこれを運び、遠国は軽貨に販売(交易)して運ぶという。おそらく古記が成った天平十年ころの実状に基づく注釈であろう。

続紀本条は、運送経費の支弁方法について述べているはじめての史料である。これによれば、人夫の傭食は京に送る租を割いて充当せよ、とする。この方式は天平二十年に変更されて、正税から食料が支給されることとなった。すなわち賦役令8集解令釈は、「運二送封戸租米一脚夫公粮者、准下運二官物一之夫上、以二正税稲一給レ粮。自今以後、永為二恒例一」という天平二十年格を引用している。しかし弘仁主税寮式には「凡神寺諸家封租、交二易軽貨一、并舂レ米送レ之。其舂運功賃、亦用二租内一」という条文があるから(延喜主税寮式上にも同文の条文がある)、弘仁式撰進以前に続紀本条の方式にもどされたものとみられる。

二　**天平十一年六月癸未条の兵士の停止**(三五五頁注九)　延暦廿一年十二月某日の太政官符(三代格)は、つぎのような、天平十一年五月廿五日付の兵部省符を引用している。

兵部省去天平十一年五月廿五日符偁、被二太政官符一偁、奉レ勅、諸国兵士、皆悉暫停。但三関并陸奥出羽越後長門并大宰管内諸国等兵士、依レ常勿レ改。

すなわち、三関国(伊勢・美濃・越前)、陸奥・出羽・越後・長門等の国、および大宰管内諸国などを除いた国々の兵士をしばらく停止する旨の奉勅の太政官符が兵部省に下され、それを承けた兵部省は五月二十五日に、この官符を謄した兵部省符を作成して諸国に下知したのであった。この時点での兵士の停止は、天平七年以後の疫病の流行などによる公民の疲弊と関係があるとみられるが、天平十八年十二月に旧に復している。なお、天平十一年度伊豆国正税帳に、天平十一年九月十四日兵部省符により兵家稲を正税に混合したとあるのも(古二―一九五頁)、このたびの兵士の停止にともなう処置であろう。

三　**天平十一年八月丙子条の太政官処分**(三五五頁注二四)　軍防令46(大宝軍防令の相当条文もほぼ同じ)は、五位以上の子・孫(これを蔭子孫という)の年二十一以上で現に任官していない者について、京国官司は毎年これらの者を調査してその身を式部省に送り、式部省ではその者の能力・容姿を審査し、内舎人もしくは大舎人・東宮舎人に任用する、と定める。また同令47(大宝軍防令の相当条文もほぼ同じ→㈠補4―二七)では、内六位以下八位以上の嫡子(これを位子という)の年二十一以上で現に任官していない者について、京国官司は毎年これらの者を調査して能力に応じて上・中・下の三等に分ち、上等と下等は式部省に、中等は兵部省に送る。式部省では簡試したうえで、上等は大舎人に、下等は使部に任用する。兵部省でも試練したうえで兵衛に採用する、と定める。

続紀本条の太政官処分は、このようにして式部省に送られた蔭子孫・位子で、内舎人・大舎人・東宮舎人・使部などに採用されず、式部省に留められている者は、学令2の年齢規定にかかわらず、大学に入学させよというもの。

亖　**阿倍朝臣仲麻呂**(三五七頁注一五)　中満は、仲満とも(旧唐書東夷伝・新唐書東夷伝)。唐で姓名を改めて朝衡と称する。古今和歌集目録は、中務大輔船守の男とする。宝亀六年十月の吉備真備薨伝によれば、養老元年発遣の遣唐使にしたがい、留学生として真備とともに入唐し、両人は唐で大いに名をたかめたという。真備が天平七年に帰国したのちも仲麻呂は唐に留り、続紀本条にみられるように遣唐使判官平群広成の帰国実現のため尽力し、また東征伝によれば天宝十二載(天平勝宝五年)十月に、遣唐大使藤原清河らとともに鑑真に日本への渡航を請い、みずからも帰国しようとしたが、乗船が遭難したため再び唐にもどったという。旧唐書東夷伝・新唐書東夷伝は、その後唐朝に仕え、左散騎常侍・鎮南都護などに任じたと伝える。宝亀十年四月入京の唐使によってその死去が伝えられると、同年五月丙寅に遺族に東絁一〇〇疋・白綿三〇〇屯が給された。没後従二品を贈位されたようであるが、承和三年五月にさらに正二品を贈られた(続後紀)。そこでは「故留学問贈従二品安倍朝臣仲満大唐光禄大夫右散騎常侍兼御史中丞北海郡開国公贈潞州大都督朝衡、可レ贈二正二品一」と記す。阿倍朝臣→㈠補1―一四二。

一四　**天平十二年正月庚子条の叙位**(三六一頁注四―二〇)

奈良王　皇親蔭位による叙位。二世王。紹運録、醍醐寺本諸寺縁起集所収薬師寺縁起によれば長親王の子。平城宮木簡一―一三八号に見える奈良王は同一人か。天平勝宝三年正月三嶋真人賜姓の奈羅王は別人。

守部王　三代実録貞観三年二月の清原岑成卒伝によれば舎人親王の子。万葉に歌二首(九九九・一〇〇〇)。

多治比真人広足　→七頁注二三。正五位下昇叙は神亀三年正月。

紀朝臣麻路　→補8―五一。従五位上昇叙は天平六年正月。

石川朝臣加美　→補11―三。従五位上昇叙は天平十一年正月。

藤原朝臣仲麻呂　→補11―四七。従五位上昇叙は天平十一年正月。

石川朝臣年足　→補12―一。従五位下昇叙は天平七年四月。

佐伯宿禰浄麻呂　→補12―三四。従五位下昇叙は天平九年二月。

藤原朝臣巨勢麻呂　武智麻呂の三男。許勢麻呂とも記す。天平十五年六月中宮亮。天平宝字三年五月播磨守。同六年十一月参議武部卿従三位と見え、同八年九月恵美押勝の乱で斬られた。藤原朝臣→㈠補1―二九。

藤原朝臣八束　天平神護二年三月の薨伝によると房前の第三子で、天平宝字四年従三位を授けられ更に名を真楯と賜わったとあるが、続紀本文には同二年八月から真楯と見える。天平十九年三月に治部卿、同二十年四月に元正太上天皇大葬の装束司、薨伝によると天平末年に大和守、勝宝の初めに参議となり、信部卿兼大宰帥に遷任、時に渤海使楊承慶が帰国の際真楯が宴餞を設けたところ承慶が真楯を称歎したとある。天平勝宝四年四月の大仏開眼会に読師延福法師を迎え(要録二)、同月に摂津大夫。天平宝字二年八月の官号改易に参議中務卿で参画、同四年正月に大宰帥、同六年十二月に中納言兼信部卿。天平神護二年正月に大納言、薨伝によるとこの時兼式部卿、同年三月に大納言正三位で没した。五十二歳。天平五年山上憶良の沈痾之時の歌(万葉九七八)は八束の見舞に報えたものである。

安倍朝臣嶋麻呂　御主人の孫、広庭の子。天平勝宝元年閏五月侍従。以後右中弁、伊予守、左大弁等と歴任し、天平宝字四年八月参議従四位下。同五年三月没。安倍朝臣→㈠補1―一四二。

多治比真人土作　水守の子か。天平十八年四月民部少輔。以後官を歴任し宝亀元年七月参議従四位上。同二年六月没。万葉に天平勝宝三年の時の歌一首(四二四三)。多治比真人→㈠補1―一二七。

大伴宿禰三中　→補12―六〇。

宗形朝臣赤麻呂　→補8―七八。

紀朝臣可比佐　天平十八年四月従五位下。同九月大蔵少輔。紀朝臣→㈠補1―三一。

大伴宿禰犬養　天平十年四月上階官人歴名に式部大丞(古二四―七四頁)。本条で遣渤海大使。同十八年十一月式部少輔。以後官を歴任し天平宝字三年七月右大弁。同六年十月没。大伴宿禰→㈠補1―九八。

車持朝臣国人　天平十三年八月主殿頭、同十七年九月伊予守、同十八年四月従五位下。車持朝臣→㈠補5―一〇。

一五　**橘宿禰奈良麻呂**(三六三頁注一八)　補任によると母は藤原不比等の女多比能。万葉一〇一〇に、天平八年十一月、父葛城王(諸兄)が橘宿禰姓を賜わった際の応詔歌があり、他に万葉に短歌二首がある。本条で従五位下に叙せられた後、大学頭・摂津大夫・民部大輔・侍従を歴任、天平勝宝元年七月参議となり、同二年正月朝臣に改姓。同七年五月―十一月には兵部卿であった(万葉四四九題詞・四四五四題詞)。天平宝字元年六月右大弁となり、同年七月、変を起そうとして発覚、逮捕・窮問され死亡。正四位下。分脈に年三十七。変後その書四八〇余巻が没官され(続後紀承和元年十月辛巳条)、また田地も没官された(天平宝字三年十一月越中国礪波郡石粟村東大寺開田図、寧遺七三〇頁)。のち子清友の女嘉智子が嵯峨皇后、仁明の母となったため、承和十年八月、無位から従三位を追贈(続後紀)、同十四年十月には贈大納言従三位からさらに太政大臣正一位を贈られた(同)。

一六　**「私鋳銭作具既備」**(三六五頁注九)　鋳銭に実際にとりかかっていなくても、すでに道具を準備している者。唐雑律3私鋳銭条に「諸私鋳銭者、流三千里。作具已備未レ鋳者、徒二年。作具未レ備者、杖一百」とあり、疏議に「其作具已備、謂鋳レ銭作具並已周備而未レ鋳者、徒二年」とある。私鋳銭の大赦からの除外→㈠補6―五五。「作具既備」が記されるのは本条のみで、通例より厳しい措置がとられたことになる。

一七　**「姧二他妻一」**(二六五頁注一一)　名例律上19に「姧〈謂姧二他妻妾一及与和者〉」とあり、雑律22逸文に「凡姦者、徒一年。有レ夫者、徒二年。…強者、各加二一等一」とある。「姧二他妻一」を大赦から除く文言が見えるのは本条のみで、これは石上乙麻呂・久米若売の事件(天平十一年三月庚申条)を対象としたもの。下文でも乙麻呂は赦から除外されている。

一八　**天平十二年六月庚午の大赦における流人への処分**(二六五頁注二〇-二五、二七-三二)

穂積朝臣老　→㊀六五頁注八。養老六年正月、乗輿を指斥した罪で佐渡に配流。

多治比真人祖人　他にみえず。多治比真人→㊀補1-一二七。以下多治比氏の三名は、いずれも養老六年正月伊豆に配流された三宅麻呂の子らか。三宅麻呂はすでに死亡していたのであろう。

多治比真人名負　宝亀二年正月正六位上から従五位下に昇叙、刑部少輔を経て同五年三月能登守。

多治比真人東人　天平十年四月の上階官人歴名(古二四-七五頁)に武蔵介とあり、すでに十年に任官していたか。

久米連若女　→三五一頁注二一。藤原宇合の妻。前年三月下総に配流。

勝部鳥女　出雲国大原郡出身の采女(㊀補2-一三九)であろうが、他に見えず。出雲国風土記大原郡の条に大領勝部君虫麻呂が見えるのは同族。またこの後、類聚国史賞宴下、大同二年五月庚子条にも、出雲の采女勝部公真上が見える。出雲国出雲・神門・大原諸郡には、勝部臣・勝部君・勝部首・勝部の姓が広く分布する。

小野王　他にみえず。

日奉弟日女　他にみえず。日奉(日奉部)は日神の祭祀にあたる部かとされる。ここの日奉は日奉(部)直で日奉部の管掌者。弟日女はあるいは下総国海上郡の郡司他田日奉直氏出身の釆女か。延暦四年正月癸亥条に見える海上国造他田日奉直徳刀自も釆女であろう。

石上乙麻呂　→三五一頁注二〇。天平十一年三月、久米若売との和姦の罪により土左に配流。上文の「姧二他妻一」の罪により、大赦から除外された。

牟牟礼大野　天平十年度周防国正税帳に「五月四日下流人〈周防国佐波郡人牟々礼君大町〉」と見えるのは同一人か。牟々礼の姓、他に平城宮木簡に「牟牟礼公豊成」が見える(平城木簡概報四-一二頁)。周防国佐波郡牟礼郷(和名抄)を本拠とする氏族か。

中臣宅守　中臣氏系図に東人の子。万葉巻十五の目録に「中臣朝臣宅守娶二蔵部女嬬狭野弟上娘子一之時、勅断二流罪一、配二越前国一也。於レ是夫婦相二嘆易レ別難一レ会、各陳二慟情一贈答歌六十三首」とあり、その中に「至二配所一中臣朝臣宅守作歌十四首」がある(三七二一-三七五四)。のち天平宝字七年正月壬子に従六位上から従五位下に昇叙、中臣氏系図に「大副従五位下、依二宝字八年九月乱一除名」と見える。中臣朝臣→㊀補1-八八。

飽海古良比　他にみえず。飽海(飽波)は大和国の地名。坂上系図に引く姓氏録逸文に、阿智王配下の漢人として飽波村主が見える。また養老六年三月辛亥条に近江国飽波漢人伊太須がみえ、同国犬上郡には飽波姓が分布する。→一一三頁注一一。

一九　**広嗣の乱とその経過**(二六五頁注三五)　広嗣の乱は、大軍が動員されて実戦が展開したという点では、七十年近く昔の壬申の乱以来の内乱であったし、主謀者が藤原一族、それが光明皇后の甥だったことも当時の朝廷を甚しく動揺させ、数年来猖獗を極めた天然痘の惨禍と共に、この乱がやがて国分寺や東大寺が造営される原因の一つとなったことは確かである。だが乱の直接の契機は、朝廷から疎外されていた主謀者藤原広嗣の個人的な不満にあり、大規模な内乱に展開したのも、広嗣が実質上の長官として(補13-二〇)着任した大宰府が朝廷から遥か離れた辺境にあって、しかも〝大君の遠の御門(みかど)〟つまり遠方の朝廷として大きな権限を与えられていたために、これを利用して大軍を動員することができたためであり、乱そのものの政治的構造はいわば単純であった。だから乱そのものは、かつての基本的な諸研究(北山茂夫「七四〇年の藤原広嗣の叛乱」『日本古代政治史の研究』、横田健一「天平十二年藤原広嗣の乱の一考察」『白鳳天平の世界』、坂本太郎「藤原広嗣の乱とその史料」『著作集』3)以後、近年では学界の注目を集める程の研究対象となってはいない。しかし乱の経過や現地の軍事組織についての続紀の記述はかなり詳しく、発遣軍からの報告や中央からの応答が具体的に収載されているので、この乱に関する近年の研究は、地方の軍制、あるいは中央と地方との通信すなわち駅伝制の究明や、続紀編纂の際の原資料を解明しようとする方向に展開している。かような研究（たとえば栄原永遠男「藤原広嗣の乱の展開過程」『太宰府論叢』上）の結果は乱の経過を確認することに役立つから、ここではさしあたって続紀の記事が拠っている原資料は何であったかということに注意しながら、年表的に経過を列記しておこう。

乱の経過を列記する場合、現地での経過に関する記事は、主として、派遣された大将軍大野東人の報告に拠っているし、中央の命令も現地からの報告に直ちに応じたものであろうから、まず、その間の日数の差を大宰府と平城京との間を当時の最も速い通信方法である飛駅(㈠補2－一〇九)で連絡するのにかかった時間と考えて調べてみると、それは足かけ四日で可能であり(田中卓『神宮の創祀と発展』、直木孝次郎「大宰府・平城京間の日程」『奈良時代史の諸問題』)、奈良時代を通じて五日以内であった(青木和夫「駅制雑考」坂本太郎博士古稀記念会編『続日本古代史論集』中)。

だがその前に、乱の経過に関して続紀が係けている日付(干支)は、現地からの上表や上奏など報告書の末尾に記されていた日付に拠っているか、それともそれらが中央に届いた日つまり中央の記録に記載された日付に拠っているかどうかという問題を考えねばならぬ。この場合、続紀が係けている日付をすべて後者つまり報告が届いた日と決めてしまう(坂本前掲論文)と、例えば後掲の〝九月二十四日付報告〟も〝九月二十四日到着報告〟ということになるが、そのなかには僅か二、三日前の九月二十一日や二十二日の現地での事態が述べられているだけに、これは九月二十四日よりも後に到着した報告まで二十四日に「合叙」されているのだとか、続紀には「編集上の手落ち」があるとか言わざるをえなくなる。だが続紀に限らず、国史の編纂一般に関しては、前者の場合(発送の日付)も後者の場合(到着の日付)も両方ありうるのであって、その都度改めて検討しなくてはならない(青木前掲論文。合叙説で乱の経過全体を解釈したのは栄原前掲論文)。さしあたって九月二十四日条は〝九月二十四日到着報告〟でなく〝九月二十四日付報告〟に拠っていると解しさえすれば、その中に九月二十一日や二十二日の現地での事態が述べられているのは当然であり、「合叙」とか「編集上の手落ち」などを想定する必要はなくなる。乱関係の記事のなかで「大将軍東人等言」として引用されている報告は、この九月二十四日条を含めて五条あるが、そのうちで報告が中央に到着した日付に係けられていることが分るのは十一月三日条の「大将軍東人等言」だけであり、これはこの東人報告に続けて「詔報曰、今覧㆓十月廿九日奏㆒云々と、即座に出された「詔」が十一月三日付だったために「詔」を重んじて十月二十九日付の東人報告も五日後の十一月三日条に併載されただけのことである。では続紀にその日付で記載された記事は〔 〕内に干支を入れて記し、東人報告から抽出しうる事柄には〔同日〕というようにして列記していこう。

天平12年

8月29日 〔癸未〕広嗣が大宰府から上表文を提出(上表文が29日付)。

9月3日 〔丁亥〕上表文が都に到達(五日目)。朝廷はこれを直ちに「反」と断定し、大将軍に大野東人、以下征討軍幹部を任命、軍士一七〇〇〇人の動員を五道に通達。

9月4日 〔戊子〕隼人二四人を発遣。

9月5日 〔己丑〕勅使として佐伯常人・阿倍虫麻呂を発遣。

9月15日 〔己亥〕諸国に観世音像の造立、観世音経の書写を指示。

9月21日 〔乙巳〕長門から大野東人の上奏が到着、依って折しも長門に帰航した遣新羅使中の人材任用を勅で指示(勅が21日付)。〔同日〕長門では豊浦郡司ら尖兵四〇人に関門海峡を渡海させる(24日付東人報告)。

9月22日 〔同日〕佐伯常人らが隼人二四人・軍士四〇〇〇人を率いて渡海(24日付東人報告)。

9月24日 〔戊申〕渡海した軍は豊前の三鎮を占領、鎮長らを殺獲、営兵・兵器を捕獲したとの情報が長門の東人に届く。東人は後続の軍士到着を待って渡海の予定。広嗣は筑前の遠珂郡家で戦備強化の由(以上みな24日付東人報告)。

9月25日 〔己酉〕豊前の諸郡司ら兵を率いて帰順、或いは味方に加わって敵を斬殺(25日付東人報告)。

9月29日 〔癸丑〕大宰府管内諸国に再度の勅符数千枚の散擲を命令。

10月9日　〔壬戌〕東人に詔して宇佐八幡に戦勝祈願(詔が9日付)。豊前・筑前国境の板櫃河畔では広嗣軍一万余と官軍六千余が対峙、広嗣軍からの帰順相継ぐ。広嗣の弟綱手と多胡古麻呂の率いる両軍は未着の由(9日付東人報告)。

10月23日　〔同日〕肥前の値嘉嶋で広嗣逮捕(29日付東人報告)。〔同日〕広嗣は海外脱出を企て知賀嶋から四日間で済州島近くまで航行したが、逆風のため遠値嘉嶋の色都嶋に吹戻された由(11月5日付東人報告)。

10月26日　〔己卯〕月末から東国へ行幸する旨を東人に勅(勅が26日付)。

10月29日　〔壬午〕聖武は東国へ出発。〔同日〕値嘉嶋での広嗣逮捕の情報が東人に届き、東人はこれを中央へ報告(29日付東人報告。逮捕の23日から七日目であるのは値嘉嶋から東人のいる大宰府までの連絡にそれだけ要したためか)。

11月1日　〔同日〕肥前の松浦郡(郡家)で広嗣・綱手兄弟を処刑(5日付東人報告)。

11月3日　〔丙戌〕伊勢の河口に滞在し神宮に奉幣使を派遣した聖武に、広嗣逮捕の10月29日付報告が到着(五日目)。聖武は直ちに処刑を命令(この詔が3日付)。〔同日〕大宰府からは広嗣の随従者を連行してくる使を派遣(5日付東人報告)。

11月5日　〔戊子〕東人は広嗣・綱手の処刑を確認、彼らが海外脱出に失敗した事情を連行されてきた随従者から聴取、かれらを大宰府に監禁、全員の名簿を中央に提出(5日付東人報告。この報告は聖武の河口滞在中に到着)。

12月15日　〔丁卯〕聖武は伊勢から美濃を経て山背の恭仁に到着。

天平13年

1月22日　〔甲辰〕広嗣与党の処分を命令。死刑二六人・没官五人・流刑四七人・徒刑三二人・杖刑一七七人。

閏3月5日　〔乙卯〕大野東人以下に授位。

以上のように、広嗣の乱の経過についての続紀の記事は、五通の東人報告(9月24日付・9月25日付・10月9日付・10月29日付・11月5日付)だけを資料としているとして理解できるのであり、「合叙」は想定する必要がないのである。

三〇　**広嗣の乱当時の大宰府首脳部**(二六五頁注三六)　大宰府の少弐以上の官は帥一人・大弐一人・少弐二人(職員令69)だが、この当時の帥は広嗣の父の藤原宇合が天平九年八月に没して以来まだ空席であり、同十年十二月に大弐は高橋安麻呂、少弐は広嗣と発令されたものの、安麻呂は中央で右大弁という激職を兼ねていた(万葉一〇三七左注)ため遥任と推定され、広嗣と同僚の少弐に多治比伯がいただけである。そして日本の律令官制の通則として大弐・少弐のような次官の職掌は帥すなわち長官と同じであった(職員令69でも大弐に注して「掌同㆑帥」、少弐に注して「掌同㆓大弐㆒」という)。だから広嗣はいわば大宰府の長官代行だったのである。なお乱を境に高橋安麻呂と多治比伯は続紀からみえなくなり、天平十四年正月に大宰府を廃止するために派遣された右大弁は、乱当時の副将軍紀飯麻呂であった。

三一　**反と謀反**(二六五頁注四四)　律の八虐(名例律6・[一]補3-五五)の最初に挙げられている「謀反」は、君主の生命乃至主権の奪取を予備・陰謀する罪であり、主犯はもちろん共犯もすべて刑は斬(賊盗律1)であるが、実行に着手した場合の「反」についての規定はない。これは「謀反」だけでも極刑の斬である以上、「反」について改めて規定を設ける必要はない(同じく八虐に数えられている「謀大逆」「謀叛」の刑は絞で「大逆」「叛」が斬)ためであろうが、「反」が成功すれば政権が倒れ、現行の律そのものの存立の根拠が失われるためでもあると考えられる。

「謀反」は君主暗殺の陰謀・予備も含むが、多くは兵乱の形をとり(律令研究会編『訳註日本律令』五)、広嗣の場合も「起㆑兵反」(九月丁亥条)と書かれ、勅使には「何故発㆑兵押来」(十月壬戌条)と責められているのであるが、初め朝廷に届いた上表文そのものに、玄昉と下道真備を除くため、兵を率いて上京する旨が書かれていたからこそ、即座に大将軍以下の任命や大軍の動員が行われたと推定される。もっとも上表文の主な内容は「指㆓時政之得失㆒、陳㆓天地之災異㆒」(八月癸未条)、すなわち政治が悪いから天災地変が起るのであって政治を改めなければならぬという主張にあるのであろうが、率直な政治批判は天皇非難に当るわけであり、「凡指㆓斥乗輿㆒情理切害者斬」(職制律32)と、それだけでも斬の刑に相当したのである。

二二 **遠珂郡**(二六九頁注一〇)　遠珂は神武即位前紀甲寅年十一月条に岡水門、仲哀紀八年正月条に岡津・岡県主(遠珂郡司は岡県主の後裔か)、筑前国風土記逸文に塢舸水門・塢珂県などと表記。銅印・民部省式上・和名抄では遠賀。古代ではヲカ、中世以後オンガ。遠賀川の下流域で、現在の福岡県遠賀郡・中間市の遠賀川東岸・北九州市西半。

二三 **弩**(二六九頁注一一)　推古紀二十六年八月条に高句麗の貢献とみえる渡来系の武器。短い強い弓の弦を引いて、引金のある機という発射機の弩牙に引掛け、箭をつがえ弓を水平にして狙い、弩牙に連動する引金を引いて発射する。軍防令10では一隊五〇人につき二人が弩手(弦を二人で引くためか)。天平六年出雲国計会帳に節度使が弩を造る工匠を召集した旨がみえ、弩の操作を教育する弩師は天平宝字六年四月辛未条に大宰府にも置いたとあり、平安初期には改良が加えられて辺境を始め諸国に配置されたが、中期以後廃れたらしい。和名抄の征戦具に「弩〈音怒、和名於保由美〉、黄帝造也」。

二四 **烽**(二六九頁注一二)　烽燧(和名抄)・烽火(職員令24)・烽候(同69・70)とも。軍防令に詳細な規定(同66-76)があり、白村江の敗戦後に対馬・壱岐・筑紫などに置いたというが(㈠一七九頁注二)、奈良時代にかけて整備が進んだようで、肥前国風土記では二〇所、豊後国風土記では五所を、それぞれ所在の郡まで記している。ただ、本文にいう「烽火」はそれらを実際に使った例とみるべきか、単に気勢を挙げるための焚火か、疑問が残る。なお和名抄は烽燧を「度布比」と訓む。

二五 **郡司の動員力**(二六九頁注一四)　大領・少領ら郡司の多くは大化前代の国造の子孫で、国造は領内の兵をいわゆる国造軍(岸俊男「防人考」『日本古代政治史研究』)に編成して指揮したが、律令制により国造軍に代って軍団が編成され国司の所管のもとに置かれても(㈠補3-一六)、軍団の指揮官である大毅・少毅ら軍毅は郡司の一族である場合がふつうであり、郡司はやはり隠然として郡内の兵を動員する力を保持していた。北九州では軍団が鎮として大宰府の所管のもとにあっても、このような緊急事態の場合は郡司がいわば義兵を募ることができたのであった。広嗣の乱は郡司の隠然たる実力が顕在化した例である。

二六 **楉田勢麻呂**(二六九頁注一五)　天平十三年閏三月乙卯条では楉田勝麻呂。楉田勝の勝は、大宝二年の北九州諸国の戸籍に頻見する渡来系の姓で、古代朝鮮語のスグリに対する宛て字といわれ村主とも書き、村長級の土豪とみられている。さらに宝亀七年十二月庚戌条には豊前国京都郡の人として楉田勝愛比の名がみえるので、楉田勢麻呂の勢は勝の誤写と解されやすいが、本条の郡司や擬郡司にはすべて姓が記されていない。郡司級豪族が姓を持たないのは不審である。罪人ならば姓を省くのは続紀の通例だが、九月戊申条の東人報告では殊勲者である郡少領の額田部広麻呂からも直という姓が省かれている。大野東人はその報告書を上奏文という書式で記す際に、現地の人々ならば郡司級豪族であっても、尊称である姓は省いたのではないか。とすると「楉田勢麻呂」は本来は「楉田勝勢麻呂」であって、翌年閏三月条の「楉田勝麻呂」のほうこそ、「勢」と「勝」の書体の類似のために「勢」が脱落したものと解することができる。なお、楉田の地は後紀の延暦十八年二月乙未条に豊前国宇佐郡楉田村とみえ、現在の大分県宇佐市和気の辺とされている。

二七 **仲津郡**(二六九頁注一六)　大宝二年戸籍・平城宮木簡・豊後国風土記・民部省式上・和名抄などみな仲津郡。京都郡の南、築城郡の北西、田河郡の東で、現在の福岡県京都郡犀川町・豊津町と行橋市南部の地域。

二八 **膳・膳臣**(二六九頁注一八)　膳(かしはで)は膳夫、膳部、食部とも。姓をもつ膳氏としては膳臣が全国的に分布。中央の膳臣は天武十二年に朝臣と賜姓されたが、その後は高橋朝臣と称している。高橋朝臣→㈠補1-八二。高橋朝臣が嫡系で、姓氏録和泉皇別や続紀などにみえる各地の膳臣は朝臣賜姓の範囲に入らなかった傍系であり、本条の仲津郡の北隣京都(宮子)郡でも慶雲二年九月に死去した少領は膳臣だった(霊異記上-三十)から、この仲津郡擬少領膳東人の姓も臣とみてよいであろう。なお膳臣は阿倍臣と同祖とされ(前引㈠補注)、阿倍臣と同様に大和朝廷の軍事部門を担うと共に天皇の食膳にも奉仕し、本朝月令所引高橋氏文にはその祖磐鹿六獦命が景行天皇から部下として膳大伴部を賜わったとの伝承を載せるが、景行紀十二年九月条には景行天皇が豊前国の京(京都郡)に行宮をたてたとあり、大宝二年豊前国戸籍には上三毛郡の塔里と加自久也(炊屋)里とに膳大伴部の人々の名がみえる。

元　**下毛郡**(二六九頁注一九)　平城宮木簡(一-二八八号)・万葉(三六四四)・民部省式上・和名抄などみな下毛郡。訓は民部省式上にシモツミケ、中世以後はシモゲ。景行紀十二年九月条にみえる「御木〈木、此云レ開〉」の地が上毛・下毛の両郡に分けられたもの。東は宇佐郡、南と西は豊後国、北は上毛・築城・仲津の諸郡で、現在の大分県中津市と下毛郡の三光村・本耶馬渓町・耶馬渓町・山国町にあたる地域。

三〇　**勇山氏**(二六九頁注二〇)　勇山は胆狭山、不知山、諫山とも。安閑紀元年閏十二月是月条には物部大連尾輿が筑紫の胆狭山部を献ったとみえ、天平十一年出雲国大税賑給歴名帳にも不知山部がみえるが(古二-二四〇頁)、姓氏録河内神別は、勇山連を饒速日命の三世の孫出雲醜大使主命の後としているので、筑紫や出雲などに勇山部が分布し、その管理者として物部氏から分れた勇山連がいたと推測される。筑紫の胆狭山部の後裔は和名抄の豊前国京都郡諫山郷や下毛郡諫山郷に住み、本条の勇山伎美麻呂はそのうちの後者(現在の大分県下毛郡三光村諫山)を本拠とし連の姓を持つ郡司級豪族と考えられる(本条に姓が省かれている理由→補13-一六)。なお正倉院文書には、天平勝宝・天平宝字の頃の経師・造東大寺司舎人などとして勇山内主(古四-五〇二頁以下)・勇山八千石(古三-一七七頁以下)の名がみえ、弘仁・天長の頃には河内国人の勇山文継らが連と賜姓され(後紀、弘仁元年十月戊子条)、文継は文人として著名になり凌雲集以下三勅撰詩集の撰者を勤め、安野宿禰と改姓、従四位下東宮学士(経国集序)にまで昇った。

三一　**築城郡**(二六九頁注二一)　民部省式上・和名抄共に築城郡。訓は前者に「ツキ」、後者に「豆伊岐」とあるが、いずれも音便による転訛で、本来は和名抄にみえる同郡の郷名にも槝木(搗木の誤)とあるように tukiki。中津郡の東南、上毛郡の北西で、明治二十九年に上毛郡と合併して築上郡。現在の福岡県築上郡椎田町・築上町と豊前市西部にあたる地域。

三二　**佐伯氏**(二六九頁注二二)　佐伯氏で姓を持つ諸氏は、続紀に宿禰(一二七頁注一三)・連(一補2-六七)・直(天応元年正月庚辰条)の他、姓氏録に造(右京神別)・首(河内神別)がみえ、なお続紀には姓のない佐伯(天平勝宝三年十月戊辰条)、あるいは佐伯部(天応元年五月乙丑条)もみえるが、本条の佐伯豊石が郡司級豪族で姓を持っていたとしても、それらの姓のなかのどれかは未詳。なお南隣の豊後国には、平安時代以後の文献に佐伯荘などの地名がみえる。

三三　**豊国氏**(二六九頁注二四)　豊国は豊前・豊後両国の古称。豊国氏には、姓氏録の左京皇別に敏達の孫百済王を祖とする豊国真人もみえるが、豊後国風土記は国造の豊国直についての伝承を載せる。本条の豊国秋山は後者の同族か。

三四　**上毛郡**(二六九頁注二六)　民部省式上・和名抄共に上毛郡だが、大宝二年豊前国戸籍では上三毛郡、筑後国風土記逸文では上膳(かみつみけ)県。訓も和名抄に「加牟豆美介」(牟は mi の転訛)。古くは膳(けみ)・御木(補13-二九)とよばれた地が上毛・下毛の両郡に分けられたもの。下毛郡の北、築城郡の南で、明治二十九年に築城郡と合併して築上郡。現在の福岡県豊前市のほぼ全域と築上郡の吉富町・新吉富村・大平村にあたる地域。

三五　**勅符**(三七一頁注二)　大宝公式令に勅符なる文書の規定があり、それが養老令において削除されたことは、飛駅下式条公式令9の義解に、

謂、…其前令、別有二勅符式一、此令既除、即知、飛駅之外、更无二勅符一。

とあることによって知られる。そして勅符の性格については、符式条(公式令13)集解古記に、

古記云、…問、勅直云二勅符一、未レ知、勅符、答、不レ依二中務一、直印、太政官為二勅符一遣宣、故太政官得レ為二勅符一、注云二勅符其国司位姓等一、不レ称二太政官一、知太政官勅符者、以二大弁署名一耳。

とあることなどから、勅符は、中務省を経由することなく、太政官が作成施行する文書であること、大弁の署名が加えられることがわかる。大宝令では符式の付則として勅符式の規定があった。

続紀天平十二年九月癸丑条及び同年十月壬戌条に見える勅符は、天平六年出雲国計会帳に見える勅符とともに、大宝令制下に行われた数少ない勅符の実例である。特に続紀九月癸丑条の勅は、勅符そのものを掲げたもの

と思われる。すなわち、広嗣軍の支配する大宰府管内諸国に対する勅は、通常の勅旨でなく勅符によって下達されたと考えるのが自然である。勅の宛所である「筑紫府管内諸国官人百姓等」は、数千通の勅符の宛所にふさわしく、勅文中の「故更遣二勅符数千条一」は、「故に今ここに勅符数千条を遣わす」と解することができ、また書き出しは「勅」とあって「勅符」とはないが、続紀は官符を掲げる際にも、往々にして勅または詔として掲げる場合があり、「勅符」とあった原史料を編纂の際に「勅」に改めた可能性があるからである。

三六　**広嗣の動員計画**(三七三頁注一七)　贈唹君多理志佐の供述によると、動員計画では広嗣軍が大隅・薩摩・筑前・豊後等の兵約五〇〇〇、綱手軍が筑後・肥前等の兵約五〇〇〇であり、多胡古麻呂軍の兵数は不明というが、豊前が早々に征討軍の勢力下に入ったとすれば、残るところは肥後等の兵となろう。以上の諸国のうちで大隅・薩摩が最初に挙げられているのは、それが大隅国贈唹郡の豪族多理志佐自身の率いた軍だったからであろうが、隼人を主としたと思われるこの両国の軍は強いけれども遠くにあるため他国に先立って動員されたか、あるいは翌十三年の定期朝貢(一)補4—五〇)に備えてすでに大宰府に来ていたとも考えられる。ともかく綱手や古麻呂の率いる筑後・肥前・肥後等の兵の到着が、筑前・豊後の兵の集結よりも遅れるのは、地理的に遠いのだから当然である。それにしても八月末から一か月以上も経て、なお筑後以遠の兵が到着しないということは、広嗣の動員計画がはかばかしく実現しなかったことを物語っている。

なお従来の諸説は広嗣側の軍の主力を九州諸国の軍団の兵士とみているが、三代格の弘仁四年八月九日官符によって九州六か国の兵士が合計九〇〇〇人に減定されるまでの各国の軍団と兵士の数は左記の如くであり、合計一万七一〇〇人であった。

筑前国	四団	四〇〇〇人
筑後国	三団	三〇〇〇人
豊前国	二団	二〇〇〇人
豊後国	二団	一六〇〇人
肥前国	三団	二五〇〇人
肥後国	四団	四〇〇〇人

弘仁四年といえば天平十二年から七三年後となるが、広嗣軍の約五〇〇〇は筑前・豊後両国の合計五六〇〇、綱手軍の約五〇〇〇は筑後・肥前の合計五五〇〇に近い数であり、広嗣の動員計画もおそらく当時の軍団の兵士の数によって立てられたとみてよいであろう。

三七　**藤原綱手**(三七三頁注二〇)　天平九年八月に四十四歳で没した藤原宇合(六九四—七三七)の諸子は、広嗣が第一子(天平十二年十一月戊子条)、良継(宿奈麻呂)が第二子(宝亀八年九月丙寅条)、清成が第三子(分脈によるのでやや不確実)、綱手が第四子(分脈が田麻呂と順序を逆にして第五子とするのは誤)、田麻呂が第五子(延暦二年三月丙申条)、第六・七子は未詳、百川(雄田麻呂)が第八子(宝亀十年七月丙子条)、蔵下麻呂が第九子(宝亀六年七月朔条)である。以上のうちで没時の年齢記載から生年も逆算できるのは良継(七一六—七七七)・田麻呂(七二二—七八三)・百川(七三二—七七九)・蔵下麻呂(七三四—七七五)の四人であり、従って第一子広嗣の生年は七一六年以前、第四子綱手は七一六年—七二二年の生れとなる。

ところで彼ら兄弟の従兄たちの従五位下昇叙すなわち叙爵年齢を同様な手続きで計算すると、父宇合の長兄武智麻呂の第一子豊成は七二四年(神亀元年二月)に二十一歳、第二子仲麻呂は七三四年(天平六年正月)に二十九歳、次兄房前の第一子鳥養は七二九年(天平元年八月)に十六歳以上(二十歳台か)、第二子永手は七三七年(天平九年九月)に二十四歳、第三子真楯(八束)は七四〇年(天平十二年正月)に二十六歳でそれぞれ叙爵されたことがわかり、永手と同じ時に叙爵された広嗣は宇合の第一子だから二十歳台前半の叙爵と推測される。また宇合の第二子には広嗣の同母弟(分脈)で七一六年生れの良継がいるので、広嗣は宇合のおそらく七一五年以前の子、叙爵は二十三歳前後、処刑時は二十六歳前後である可能性が高い。そして広嗣の異母弟で第四子の綱手の処刑は十九歳から二十五歳の間となるが、分脈に内舎人とあるのによれば二十一歳以上であり、また分脈は綱手の一人子として菅継という名を記し、続紀にみえる藤原菅継は宝亀四年正月に従五位下、以後累進して延暦十年五月に従四位下右京大夫で没している。そうすると綱手は死の前に従四位下秦朝元の女(分脈)との間に既に菅継という幼児を儲けていたことになる。綱手と共に逮捕された菅成(天平十二年十一月戊子条)は、綱手にまだ一人しか子がいなかったとするとこの幼児菅継のこととなる。

三八　**前後次第司**(三七五頁注九)　行幸に際して車駕の前・後に随行し、行列の威儀を整える官。宮衛令26に「凡車駕出入、諸従レ駕人、当按次第、如二鹵簿図一」即ち従駕者の行列の順序(当按も次第も行列の順序の意)は鹵簿図(鹵は警衛用の楯や儀仗)に規定されている通りにせよとあり、順序の維持は次第司が担当する。太政官式には「凡行幸応レ経レ旬者、任二前後次第司一。御前長官一人〈三位〉、次官一人〈五位〉、判官二人、主典二人〈並六位以下〉。御後亦准レ此。〈定畢奏聞〉」と、前・後それぞれ四等官で編成することを定めており、続紀にみえる実例でも長官以下主典以上は前・後とも各六人で編成されている。

三九　**漢氏・秦氏の武力**(三七五頁注一五)　騎兵を含めて諸国の兵士はすでに停止(補13-一一)されているし、三関の兵士を使うわけにはいかないであろうから、広嗣追討の軍一万七〇〇〇は従来の兵士歴名簿を復活して諸国から徴発したとしても、行幸の陪従にまでは使えないとすると、注目されるのは漢氏・秦氏らの私的な武力である。

漢氏には東文直(倭の漢直《あやのあたひ》)・西文首(河内の書首《ふみのおびと》)の両系統があり、いずれも天武十四年六月には忌寸と賜姓されたが(㈠補1-六七)、その内部は坂上・檜前・内蔵・大蔵・枚田・山口・調・民・文・路など多くの枝氏に分れており、古くから渡来系の氏として文筆で大和朝廷に仕え、東西文部という伴部としては大祓に祓刀を奉り祓詞を漢音で読み(㈠補2-一七二)、東西史部(東西文部と同じ)の子は優先的に大学生となった(学令2)。また武力のほうでも、おそらく渡来系のゆえに優れていて、殊に東漢直は古くから朝廷の諸勢力に利用されていた(崇峻紀五年十一月・皇極紀三年十一月・同四年六月・天武紀六年六月是月の各条)。秦氏は漢氏よりも遅れて渡来してきたようで、漢氏ほどには大和朝廷の内部に勢力を扶植できず、山城の太秦《うずまさ》を中核として畿内から九州にかけて分布し、畿内の秦忌寸(㈠補2-一三六)は太秦・依智秦・葛野秦・秦前・秦下・秦大蔵・秦長蔵など、地名や官司名を加えた複姓を称するのがふつうで、漢氏と同様にその武力は早くから朝廷に認められていたらしい。壬申の乱では飛鳥で漢直・秦造らの騎馬での活躍がめだつが、奈良時代でも両氏の武力は朝廷の諸勢力の注目するところで、橘奈良麻呂の変後の宣命では「奈良麻呂我兵起尓被雇多利志秦等」「今遺秦等」と秦忌寸が両軍に使われたことが知られ(天平宝字元年八月庚辰条)、藤原仲麻呂の変後には「賜下与レ賊相戦及宿二衛内裏一檜前忌寸二百卅六人、守二衛北門一秦忌寸卅一人、爵人一級上」と檜前忌寸(大和国高市郡檜前にいた漢氏)や秦忌寸が個人でなく集団として行賞されている(天平神護元年二月乙丑条)。なお奈良後期から平安初期にかけて漢氏の坂上忌寸からは犬養―苅田麻呂―田村麻呂と著名な武人が相継ぎ、聖武から桓武にかけて側近の武力となるに至った(関晃『帰化人』、平野邦雄『大化前代の社会組織の研究』)。広嗣の乱で平城宮を捨てて出る際に東西史部・秦忌寸を随行させたのは、漢・秦両氏のかような歴史を考えれば、聖武側近の武力としてであったと諒解されよう。

四〇　**伊勢行幸の路**(三七五頁注二二)　伊勢神宮に仕える斎王(㈠補1-九二)は、飛鳥諸宮や藤原京の時代までは初瀬川沿いの道を通ったようであるが、平城京に遷都後は伊賀・伊勢への近道として都祁山道(㈠補6-八七)が開かれ、斎王もこの道を通るようになったらしい。しかし奈良時代には斎王群行関係の資料がなく、平安京に遷都後は近江から伊勢の鈴鹿に出る道をとるようになり、斎王が喪に服するため任を解かれて帰京するときなどに伊賀から大和へ出る道が選ばれることとなった。斎王上路とよばれるこの路は、西宮記、巻八に「依二凶事一入京者、聞二京告一早退レ寮、用二伊賀道一給二造頓宮官符一事」として「造二山城相楽頓宮・大和都岐・伊賀河口・伊勢河口、或壱志等行宮等一」と注し、朝野群載四、朝儀にも山城に「相楽頓宮」、大和に「都祁道行宮」、伊賀に「河口道行宮」、伊勢に「壱志河口行宮」を挙げ、さらに江家次第十二、神事の斎王帰京次第では日程まで次のように記している。即ち一日目に斎宮寮を出ると多気川や下樋小川で御禊してから「壱志頓宮」に着く。二日目は「川口頓宮」。三日目は伊勢・伊賀で堺祭や服の着換えなどを行い随行の国司も交代して「阿保頓宮」に着く。四日目は名張の横川や甲可川で禊をして「大和都祁頓宮」。そして五日目が和爾川で禊をして大安寺の辺や奈良坂を過ぎ「山城相楽頓宮」に至る、という具合である。そこでこれらの頓宮や行宮の所在についての三者の記述を比較すると、西宮記と朝野群載とでは成立が百数十年も隔っているのに全く一致し、江家次第も「阿保頓宮」を前二者の「伊賀河口」の行宮とすればこれも一致する。また、聖武の伊勢行幸の日程を続紀から摘記すれば、十月二十九日、平城宮発、「山辺郡竹谿村(都祁村)堀越頓宮」着。三十日、都祁発、「伊賀国名張郡」着。十一月一日、名張発、「伊賀郡阿保頓宮」着。二日、阿保発、「伊勢国壱志郡河口頓宮(関宮)」着。十日間滞在。十二日、河口発、「壱志郡」着、となる。この日程を前三者、特に江家次第と照合すると、都祁と阿保(伊賀河口)との間に名張が加わっている他は、一日の行程もほぼ同じである。ではなぜ一日余計に名張へ泊ったのか。江家次第でも、斎王は阿保と都祁との間で名張の横川(名張川か)や甲可川(「こかわ筋」という小字名が残る)で禊をしているから、名張を通らなかったわけではない。となるとやはり未詳とせざるをえない。阿保から都祁まではかなりの距離であるが、斎王は都祁からも聖武のように平城宮までではなく、奈良坂を越えて山城の相楽まで一日で行っているのである。

なお頓宮と行宮との使いわけは西宮記と朝野群載とでは一致しているが、江家次第はみな頓宮とし、斎宮式では「凡頓宮者、近江国国府・甲賀・垂水、伊勢国鈴鹿・壱志、総五所。並国司依レ例営造。所レ須稲、近江一万五千束・伊勢二万三千束。舗設・雑器及供給、総用二此内一」といって、太政官式に規定する天皇の行宮とは区別しているらしい。和名抄(十巻本)では「行宮、日本紀私記云行宮〈賀利美夜、今案、俗云頓宮〉」として、両者を区別していない。

四一　山辺郡竹谿村堀越頓宮(三七五頁注二六)　山辺郡は民部省式上・和名抄とも大和国山辺郡。都介・星川・服部・長屋・石成・石上の六郷があった。訓は雄略紀十三年三月条に「耶麼能謎」、和名抄でも「夜万乃倍」。近年では大和高原とよばれる奈良盆地東側の丘陵地帯とその山裾で、現在の奈良県山辺郡と天理市の大半にあたる。

竹谿村は和名抄の都介郷。現在の山辺郡都祁村大字甲岡字西畑出土の神亀六年小治田安万侶墓誌に既に「大倭国山辺郡都家郷郡里」即ち郷とあるのに、本条で「竹谿村」即ち村と記しているのは山谷の間の僻地とみられていたためであろうが、「郡里」という里名(出土地の甲岡の甲)は山辺郡の郡家の存在を窺わせる。なお竹谿の表記は他に四時祭式上に竹谿水分神。仁徳紀六十二年是歳条には闘鶏稲置、允恭紀二年二月条には闘鶏国造、主水司式には都介氷室、長屋王家木簡には都祁氷室(平城木簡概報二一)などとあり、霊亀元年六月に都祁山道(㊀補6-八七)が開かれたのは、平城京から伊賀・伊勢への捷路としての役割の他に、氷の搬出の問題があったためと考えられる。

堀越頓宿の遺称地は小治田安万侶墓誌出土地の西北、都祁村大字友田字堀越。頓宿と頓宮・行宮との別も明らかでないが、あるいは頓に(仮りに)宿すと訓むべきかも知れない。いずれにしても、万葉(一六三八)に「黒木もち造れる室(いへ)」、神楽歌(79)に「木の丸殿」などとよまれた臨時の宿泊施設を設営したはずである。

四二　名張郡(三七五頁注二七)　安寧記に那婆理之稲置がみえ、孝徳紀大化二年正月条では名墾(なばり)の横河(名張川)を畿内の東限とし、天武紀元年六月条には隠(なばり)駅家、朱鳥元年六月条には名張厨(くりや)司がみえる。民部省式上、和名抄はいずれも名張郡、訓は「奈波利」。現在の三重県名張市の東北部を除く市域。

本条のように単に郡という場合はしばしば郡家を指し、周知・名張・夏身の三郷から成る本郡(和名抄)では名張郡家は名張郷に置かれていたはずで、今の名張市中村かと推定されているが、名張厨司のような天皇供御を常時供進する官司が天武朝以来あったとすると(名張川は供御川ともよばれ、川魚をとる簗にもとづく梁瀬という地名もある)、その官司の諸施設を一行の宿泊に使ったとも考えうる。

四三　伊賀郡安保頓宮(三七五頁注二八)　伊賀郡は表記も訓も諸書同じ。和名抄は阿保・阿我・神戸・猪田・大内・長田の六郷とする。現在の三重県上野市の南半と名賀郡青山町にほぼ相当。

安保頓宮は阿保郷にあって河口道行宮(補13-四〇)ともいい、現在は青山町大字阿保字上ノ代がその推定地。延暦三年十一月戊午条に健部朝臣の始祖息速別皇子が伊賀国阿保村に住んだとの所伝がみえる。名張郡の郡家から安保頓宮までは本条に「大雨」云々とあるが、推定一〇キロメートル程度で、これまでの一日行程よりもかなり短い。

四四　壱志郡河口頓宮(三七五頁注二九・三〇)　平城宮木簡に一之郡(『木簡研究』八―一〇九頁)。壱志郡は民部省式上・和名抄とも伊勢国壱志郡。中世以後、一志郡。河口頓宮が設けられたと思われる雲出川上流の宕野(たきの)郷を含めて、和名抄は一〇郷を挙げ訓を「伊知之」とする。現在は三重県一志郡及び松阪・久居両市の一部分。

河口頓宮は、川口関付近にあったし、聖武が十日間も滞在したので関宮ともよばれたのであるが、この川口関には、三関のように、反乱者などが伊賀から伊勢へ脱出するのを遮る目的もあったであろう。平城宮木簡(一―七九号)によれば「川口関務所」が置かれていたことが知られる。後、薬子の変で平城上皇が「川口道」をとって東国へ向う計画を立てた時には(後紀弘仁元年九月戊申条)、三関同様、既に廃止されていたはずである。関の遺称地は一志郡白山町川口(「聖武天皇関宮宮阯」という碑が大字御城字王住にある)。

四五　伊勢神宮奉幣使(三七五頁注三二・三三)　本条では神宮に幣帛を奉る使として五位の王が派遣されているが、天平二年閏六月甲午条の制ではトに合った五位以上であればよいのであり、王と限ってはいない。しかし諸社のうちで伊勢神宮が殊に尊重されていたことは、神祇令17に、諸社への臨時の奉幣使はトに合った五位以上としながら、但し伊勢神宮のみは常祀でも同じ、と注していることでも明らかである。だがこのままでは、伊勢神宮に臨時の奉幣使を派遣するばあいに諸社と同格になってしまうわけであるから、その後いつか、さらに格上げしてトに合った王(官人となった王はみな五位以上)としたのであろう。臨時の伊勢神宮奉幣使としては既に和銅元年十月に平城宮造営を報告するため正四位下の犬上王が派遣されているが、今回の従五位下の大井王以後、トに合うという条件に欠けるためか時折は王でないばあいがあるにしても、この三つの条件は次第に定着していったようであり、伊勢太神宮式には神嘗祭のような常祀の奉幣使についても「取二王五位已上卜食者一」との規定を設け、奉幣使への給禄では「四位王」「五位王」について額を別にした規定を設けている。また太政官式ではやはり神嘗祭のばあいだが、奉幣使について「太政官預点二五位以上王四人一卜定〈用二卜食者一人一〉。大臣奏聞宣命授二使王一共二神祇官中臣・忌部一発遣」とするので、王四人のうちから一人を卜定することや、同行する中臣・忌部は神祇官の官人であることが知られる。

四六　松浦郡値嘉嶋長野村(三七七頁注六)　松浦郡は魏志倭人伝に末盧国、仲哀記に末羅県、神功摂政前紀・肥前国風土記逸文などに松浦県、肥前国風土記・民部省式上・和名抄などはみな松浦郡。訓は万葉(八六八)に松浦県を「麻都良我多」、和名抄は「万豆良」とあり、庇羅・大沼・値嘉・生佐・久利の五郷より成る。肥前国の西北部を占める広大な郡で、五島列島も含み、明治以後は東西南北の四郡に分けられ、佐賀・長崎両県に分属。現在の佐賀県唐津市・伊万里市と東西松浦郡、長崎県松浦市・平戸市・福江市と南北松浦郡に相当する。

値嘉嶋は神代記の国生みの段に知訶嶋を挙げて別名を天之忍男とし、天武紀四年四月条・六年五月条では血鹿嶋と表記。肥前国風土記は松浦郡値嘉郷の条に小近・大近の二島についての伝説を記すが、この小近は現在の宇久島・小値賀島などを指し、大近は中通島から福江島に至る列島を指すようであり、大近の美弥良久之崎が福江島の美井楽町柏崎にあたることは疑いない。また後紀の延暦二十四年七月癸未条に、遣唐使が松浦郡の庇良嶋から出帆して遠値嘉嶋を目指したとあるのも、現在の平戸島から福江島に渡ろうとしたことをいうようであり、八・九世紀の遣唐使は風土記の美弥良久之崎、続後紀の承和四年七月癸未条にいう旻楽埼のある福江島から西方の海へ乗りだすのが常であったことを思えば、遠値嘉嶋は福江島であり、儀式十にみえる大儺儀の祭文に国土の西の堺を遠値嘉としていることとも合う。そしてこれをトホチカシマとよんでいたとすると、本文の下文にある等保知賀嶋も福江島を指すことになる。しかし遠値嘉の遠は、記や万葉ではヲの音仮名にも使っているのでヲチカとよむとすると、小近の小値賀島と同じ音になり、入唐求法巡礼行記で円仁が遣唐使の第一船に便乗して承和五年六月に小値賀島の北隣の有救(宇久)島から海へ乗りだしたことが想起され、遠値嘉嶋は現在の小値賀島を指すことになる。このように遠値嘉嶋さえ福江島と小値賀島のどちらか明らかでないとすると、値嘉嶋に至っては松浦郡値嘉郷を構成している五島列島諸島の汎称というほかはないであろう。
　長野村の所在も結局未詳だが、広嗣ら逮捕の報告が大宰府にいたと思われる東人の許に届くまでに足掛け七日もかかっていることを思うと、僻遠の地としてよい(今日の定期船でも博多から小値賀へは約八時間、福江へは約一三時間かかる)。また旧暦十月下旬といえば冬で西風が強く、この辺の海の荒れる季節でもあった。

四七　**処刑と奏聞の手続き**(三七七頁注九)　死刑執行は慎重でなければならないために、獄令5では天皇の執行命令が出ても処刑の前日に一度、当日に二度、執行してよいかと奏聞し、その都度許可を得ることとしており、これを三覆奏というが、地方諸国では執行の太政官符が出た日にまとめて(刑部省が)三覆奏し、八虐のうちの悪逆以上即ち本件のような謀反の実行段階ならば一覆奏でよいと規定している。本条の詔で「依レ法処決、然後奏聞」と命じたのは一覆奏さえ不要で直ちに処刑し、その後に奏聞すればよいという意。

四八　**処刑後五日目の報告**(三七七頁注一一)　覆奏の手続きを省略して処刑後に奏聞すればよいとした十一月三日付の詔が東人の許に届いたのは、十一月七日前後であろうから、十一月一日の松浦郡での処刑は東人らが発遣に際して内命を受けていたか、あるいは律の規定上当然として節刀を賜わっている東人が専決したのか、どちらかだと考えねばならない。しかし十一月一日処刑を五日付で報告したのは何故か。この点は合叙説(補13‐一九)を採ると、十一月一日付の東人報告が五日に伊勢の関宮に届いたという解釈になって所要日数としては妥当であり、その東人報告のなかに「又以二今月三日一、差二軍曹海犬養五百依一発遣」以下の記事は含まれているわけがないから、「又」以下は三日以後に出された別の東人報告を続紀編者が合叙したという説明ができて、合叙説に好都合である。
　だが十一月一日の松浦郡での処刑に東人は立合ったであろうか。もし立合っていれば、広嗣と同行していた三田兄人らを迎えに軍曹の海犬養五百依をわざわざ発遣する必要はなく、東人みずから松浦郡で兄人らから事情聴取をすればよい。東人は広嗣逮捕以前はもちろん、以後も乱が完全に終息するまでは、大宰府を離れられなかったはずである。広嗣らは値嘉嶋の長野村での逮捕後、松浦郡の郡家まで送られてきたが、郡家は肥前国風土記によると現在の唐津市街の南方の原・久里の辺と想定され、大宰府からは今日の鉄道で約六〇キロメートル、当時の駅馬を使えば(公式令42に急ぐときは一日十駅以上すなわち約一六〇キロメートル以上、緩かでも八駅すなわち約一二八キロメートル)半日もかからぬ行程である。従って十月二十九日に広嗣らの逮捕を知った大宰府の東人は、部将にその処刑を命じて松浦郡家に派遣、十一月一日に執行したという報告を翌日か翌々日に受けたものの、首級の確認(東人は広嗣と面識がある)を含めて逮捕に至った経緯を上奏文に加えるために三日に軍曹を派遣、五日に兄人らの供述を得て直ちに中央へ報告したと解釈するのが穏当であろう。

四九　**海犬養五百依**(三七七頁注一八)　軍曹として出征した時の位階は不明だが、その後正六位上勲十二等に昇進、天平勝宝三年十一月当時は橘左大臣家の家令(古三‐五二七頁)、天平宝字五年三月には摂津少進(古四‐四四九・四五二頁)、同じころにまた右京少進(古一五‐一三二頁)。
　海犬養は姓氏録右京神別に海神の綿積命の後とし、天武紀十三年十二月に連から宿禰。姓氏録摂津神別には阿曇犬養連がみえるが、海犬養連と同様に海(海部)氏の一族で犬養部の伴造氏族となったもの。代々、宮城の海犬養門(一五七頁注二三)を守衛、武門として知られる。

五〇　**藤原朝臣清河**(三七九頁注四一)　宝亀十年二月乙亥条によると房前の第四子。天平十二年十一月に正六位上から従五位下に叙せられ、中務少輔・大養徳守を経て、天平勝宝元年七月従四位下で参議となった。同二年九月に遣唐大使に任ぜられ、同四年閏三月に節刀を賜わり、大伴古麻呂・吉備真備らとともに入唐、名を河清と改めた。天宝十二載(天平勝宝五年)元日の朝賀において新羅使と席次を争い新羅使の上に列せられた(天平勝宝六年正月丙寅条、要録一所引延暦僧録)。唐大和上東征伝によると同年鑑真に渡海を勧め、第二船の古麻呂・真備・鑑真らは日本に着いたが、第一船の清河らは難破して唐にとどまった。天平宝字三年二月に迎藤原河清使として高元度が遣わされたが、同五年八月に帰国した高元度によると、清河は安禄山の乱のため帰国することができなかった。同七年正月在唐大使仁部卿正四位下で常陸守を兼ね、同八年正月に従三位を授けられた。宝亀七年四月に遣唐使に託して清河を迎えさせたが、同九年十一月に清河の女喜娘だけが帰国したという。紀略延暦二十二年三月丁巳に清河は大暦五年(宝亀元年)に七十三歳で没とあるのは誤りである。

五一　**恭仁宮・恭仁京**(三八三頁注七)　恭仁京は平城京から東国への行幸途次の天平十二年十二月から、同十六年二月難波宮が皇都と定められるまで、約三年間の都。天平十二年十二月恭仁宮に行幸して京の造営が開始され、翌十三年正月に伊勢神宮等への遷都の報告が行われた。同年閏三月に五位以上の者の平城京在住が禁ぜられ、九月に造宮卿以下を任命、十一月に宮を大養徳恭仁大宮と称することが定められた。同十六年閏正月までの続紀に、大極殿・大安殿・皇后宮・朝堂などの殿舎及び東西二市が見えるが、大極殿は平城宮から移築したものである(同十三年八月丙午・十五年十二月辛卯条)。しかし、十五年末までに恭仁宮の造営は停止され、十六年閏正月に天皇が難波宮へ行幸、二月に恭仁宮の高御座と大楯が同宮へ運ばれ、難波宮を「皇都」とすることが宣せられた。その後十八年九月に大極殿が山背国分寺に金堂として施入された。この大極殿は平城宮中央部の推定第一次内裏地区で発掘された第一次大極殿を移置したものと推定されている。

足利健亮は、航空写真を用いた道路・畦畔・溝渠・地形等の検討から、現在の京都府相楽郡加茂町瓶原にある国分寺金堂跡すなわち恭仁宮大極殿跡の南に朝堂院区域、北に内裏区域、そしてこれらを含む方約一キロメートルの恭仁宮の宮域を推定した。また恭仁京の京域は東西約六・一キロメートル、南北約四・八キロメートルで、中央の山地を介して左右両京に分かれ、左京の北端に宮城が位置するとした。さらに宮城の南に東西に走る大路があり、西へは木津川の橋(十四年八月乙酉に見える宮城以南の大路の西頭と甕原離宮以東との間の橋)を渡って賀世山西道(十三年九月己未)となって平城京へ至り、東へは恭仁京東北道(十四年二月庚辰)があって、甲賀宮へつながると推定した。そして十三年九月己未に賀世山西道より以東を左京、以西を右京とするとあるのは、中央の山地を左右両京に分かつ境界線を定めたものと解釈している(「恭仁京の歴史地理学的研究 第一報」『史林』五二―三、「恭仁京域の復原」『社会科学論集』四・五)。この足利の推定は、細部はともかく、宮については発掘調査結果とほぼ矛盾がない。大極殿西北で内裏かと思える建物群、南北で朝堂院南門及び東南隅が確認されている。もっとも外郭については、南辺以外は未詳。ただし、京についてはほとんど発掘が行われていない。

14　巻第十四

一　**国分寺の建立**（三八五頁注一一）　国分寺の建立は、仏教の興隆によって国家の安寧を願う護国の思想に基づいている。天武紀十四年三月に、諸国の家毎に仏舎を作り仏像・経を置き礼拝供養すべきことが詔せられており、この「諸国の家毎」を諸国国庁と解し国分寺の先蹤と見る説もあるが、豪族の私宅を意味し、かれらへの仏教の流通をはかったものと解するのが自然であろう（家永三郎『上代仏教思想史研究』）。次いで持統紀八年五月に諸国に金光明経を送り置き、毎年正月に読むべきことが命ぜられた。これにより、諸国において護国の法会が営まれることとなり、天平六年度尾張国正税帳や天平八年度薩摩国正税帳に、金光明経や金光明最勝王経の講読のことが見える。国分寺の建立は、天平九年三月の詔で国毎に釈迦仏像等の造置が命ぜられた時にはじまり、天平十三年二月（続紀では三月乙巳）に僧寺・尼寺からなる体系的な国分寺建立の詔の発布に至ったが（補14―二）、直接の契機として藤原広嗣の乱も挙げられる（田村円澄「国分寺創建考」『南都仏教』四六）。

　国分寺の制に影響を与えた唐制としては、則天武后が載初元年（六九〇）に天下に大雲経を頒ち諸州に設置した大雲寺（旧唐書六）、中宗が神竜元年（七〇五）に諸州に一観一寺の設置を令した竜興寺観（唐会要四十八）、玄宗が開元二十六年（七三八）に州毎に設置を命じた開元寺（唐会要五十）等が指摘されている（井上薫『奈良朝仏教史の研究』）。

　天平十三年二月の詔によって、諸国国分寺の造営が開始された後、天平十九年十一月には国司の怠慢を戒め、七道に使を遣わして進捗状況を視察させるとともに、向う三年のうちに造営を終えるよう督励するなど、造営の進捗は必ずしも順調ではなかったが、天平神護二年八月と神護景雲元年十一月に、国分寺のうちすでに造営を終え朽損しているものは修理すべきことを命じていること（三代格）、また宝亀元年四月美濃国方県郡少領の国分寺への寄進を最後に続紀に同種の記事が見えないことなどから、宝亀年間頃には国分寺の多くが完成していたと見られる（角田文衛編『国分寺の研究』）。武蔵の国分寺跡から発掘された漆紙文書の具注暦が天平勝宝九歳のものと判明し、同国分寺の造営時期をうかがう手懸りとなっている。

　国分寺の遺跡としては、国の特別史跡に指定されている国分寺跡が三、同尼寺跡が一、同じく史跡に指定されている国分寺跡が三七、同尼寺跡が九、合計五〇である（一九八九年三月現在）。僧寺の寺地は二町四方が多く、伽藍配置の判明しているものによれば、南門を入って中門があり、中門から左右に回廊が延びて金堂に続き、金堂の背後に講堂、僧房等があり、塔は回廊外の東または西に一基ある場合が多く、いわゆる東大寺式である。尼寺は僧寺から三、四町ないし五、六町を隔てて建てられた場合が多く、寺地も一町半ないし一町四方で僧寺より規模は小さい。南門、中門、回廊、金堂、講堂の跡などがしばしば発掘されているが、塔は確認されていない（石田茂作「国分寺跡の発掘と研究」『新版考古学講座』六、斎藤忠「国分尼寺の性格」角田文衛編『日本考古学論集』七）。

二　**国分寺建立の詔**（三八七頁注二二）　続紀天平十三年三月乙巳（二十四日）所載の詔は、本文と条例（条例の語は三代格所収勅の表記による）から成る。本文は「朕以二薄徳一、忝承二重任一。…布二告遐邇一、令レ知二朕意一」、条例は㈠「又毎レ国僧寺、施二封五十戸・水田一十町一。尼寺水田十町」、㈡「僧寺必令レ有二廿僧一。…毎レ至二月半一、誦二戒羯磨一」、㈢「毎月六斎日…宜三恒加二検校一」（条例の区切り方は三代格による）の三か条から成る。

　詔の要点は、㈠前年天下の神宮を増飾し、去歳天下に釈迦牟尼仏を造らしめかつ大般若経を写させたところ、今春より秋稼に至るまで風雨順調・五穀豊穣であった、㈡金光明最勝王経に、この経を流通せしめる王は四天王が擁護し一切の災障を消除せしめるであろうとあるから、天下諸国に七重塔を造らせ、金光明最勝王経と妙法蓮華経を写さしめ、また別に金字金光明最勝王経を塔ごとに置かしめる、㈢塔及び寺は国の華であるから好処を選んで永続するよう、国司は厳飾を加え清浄を尽すべきである、と述べる。条例は、㈠僧寺には封五〇戸・水田一〇町、尼寺には水田一〇町を施す。㈡僧寺には二〇僧を置いて金光明四天王護国之寺と称し、尼寺には一〇尼を置いて法華滅罪之寺と称する。僧尼ともに教戒を受け、欠員ある場合は補充する。毎月八日に最勝王経を転読し月半ばに戒羯磨を誦する。

(三)六斎日には殺生を禁ずる。国司等は恒に検校を加えよ、と述べる。

この詔の発布の時期については諸説がある。萩野由之(「国分寺建立発願の詔勅について」『史学雑誌』一三-六)は、詔本文中の「自二今春一已来、至二于秋稼一」の語は天平十三年二、三月の詔文としては不適切であり、かつ詔本文中の「頃者、年穀不レ豊、疫癘頻至」の語は天平九年までの熾烈な疫病と飢饉を指すと考えられることなどから、この詔本文は天平十年秋冬の交に発せられたものであり、条例は天平十三年二月十四日に下されたものと推定した。これに対し、角田文衛(「国分寺の設置」『国分寺の研究』)・伊野部重一郎(「国分寺創建の詔について」『続日本紀研究』四-一)は、詔本文の中に「宜レ令下天下諸国各令レ敬二造七重塔一区一、并写中金光明最勝王経・妙法蓮華経一部上」とあるが、続紀天平十二年六月甲戌条に「令下天下諸国、毎レ国写二法華経十部一、并建中七重塔上焉」とあるので、詔本文が天平十年秋冬の交に発せられたとすると、総括的な詔が出された後でその一部が繰返されたという不自然を生ずることになるから、詔本文は天平十年ではなく、天平十二年に発せられたものと考えるべきであること、かつ続紀天平十二年には七月がなく、また八月の上に「秋」の字が落ちているから、この部分の続紀には錯簡があり、詔本文の発布は天平十二年八月のことであろうと推定した。詔本文は天平十年以後十二年以前に発せられ、かつ部分的に施行されて来た国分寺造営についての詔・勅を集大成する形でまとめられたものと考えるのが妥当であろう。すなわち、天平十年以後十二年以前に発布された詔を本文とし、それに新たに三か条の条例と五か条の願文を加え(続紀では五か条の願文は省かれている)、天平十三年二月十四日に発布されたと考えられる。

次に、続紀は本詔を天平十三年三月乙巳(二十四日)に係けているが、この日付は続紀のみに見えるものであって、三代格所収の勅をはじめ、以後本詔を引用する詔・太政官符の類は、次に掲げるように二月十四日としている。

①続日本紀　天平十九年十一月己卯

詔曰、朕以二去天平十三年二月十四日一、至心発願、欲レ使二国家永固、聖法恒修一、遍詔二天下諸国一々別令レ造二金光明寺、法華寺一、其金光明寺各造二七重塔一区一、并写二金字金光明経一部一、安二置塔裏一、

②三代格　延暦二年四月廿八日太政官符

天平十四年五月廿八日下二四畿内及七道諸国一符偁、奉二去天平十三年二月十四日勅処分一、毎レ国造二僧寺一必令レ有二廿僧一者、

③続日本紀　延暦二年四月甲戌

先レ是去天平十三年二月勅処分、毎レ国造二僧寺一必令レ有二廿僧一者、

④三代格　弘仁十二年十二月廿六日太政官符

案二去天平十三年二月十四日格一偁、毎レ国造二僧寺一必令レ有二廿僧一、若有レ闕者即須二補満一、

従って、三月乙巳(二十四日)とするのは、続紀編纂の際の干支の係け方の誤りと見るのが妥当であろう。

なお、この三代格所収の国分寺建立の勅は、願文とともに要約した形で正倉院蔵の銅板勅書に引用されている。この銅板勅書は、「天平十三年歳次辛巳春二月十四日朕発願称」として国分寺建立の詔を引き、次いで「今以二天平勝宝五年正月十五日一荘厳已畢、仍置二塔中一」(銘文集成)として、天平勝宝五年正月に塔の荘厳が完了したのでこの銅板を置くという形をとっている。そして引用する国分寺建立の詔は願文を含み、明らかに三代格の勅を引用したものである。この銅板勅書は、喜田貞吉(「国分寺の創設と東大寺の草創」『国分寺の研究』)によって、三代格所収勅の願文と同じく「皇后先妣従一位橘氏大夫人」と記されているのは、橘三千代が大夫人を贈られた天平宝字四年八月以後のものであることを示しており、その内容には信を置きがたいことが指摘されている。

三　**天平十三年閏三月乙卯条の叙位**(三九一頁注一八-二九)

大野朝臣東人　→[一]二二一頁注二。従四位上に叙されたのは天平三年正月。この時大養徳守。広嗣の乱の征討大将軍。

大井王　→補12-七五。広嗣の乱に際し天平十二年十一月に伊勢神宮奉幣使。同月従五位上。

巨勢朝臣奈弖麻呂　→二〇九頁注二九。従四位下に叙されたのは天平九年九月。

藤原朝臣仲麻呂　→補11-四七。正五位上に叙されたのは天平十二年十

一月。

紀朝臣飯麻呂 →二〇九頁注三〇。従五位上に叙されたのは天平五年三月。広嗣の乱の征討副将軍。

佐伯宿禰常人 →補12-七七。正五位下に叙されたのは天平十二年十一月。広嗣の乱に際し勅使。

大伴宿禰兄麻呂 →補11-三。従五位下に叙されたのは天平三年正月。

阿倍朝臣虫麻呂 →補12-七七。従五位上に叙されたのは天平十二年十一月。広嗣の乱に際し佐伯常人とともに勅使。

多治比真人犢養 後、左京亮、式部少輔、遠江守を歴任、天平勝宝六年正月に従五位上となったが、天平宝字元年七月奈良麻呂の乱に参画、捕えられ杖下に死んだ。多治比真人→㊀補1-一二七。

阿倍朝臣子嶋 天平十年度周防国正税帳に大宰大監正六位上と見える(古二-一三一頁)。肥後守、兵部少輔、駿河守、式部少輔、武部大輔を歴任、天平宝字八年正月上総守従四位下で没。阿倍朝臣→㊀補1-一四二。

馬史比奈麻呂 夷麻呂とも。天平十三年十二月甲斐守、天平宝字三年五月典薬頭、同四年正月南海道巡察使。馬史→一七頁注一〇。

曾乃君多理志佐 →三七三頁注一六。広嗣の乱で官軍に帰服した隼人。

四 **宇治**(三九九頁注一三) 和名抄に山城国宇治郡宇治郷。現在の京都府宇治市。宇治川に面した景勝の地で、宇治橋・宇治津のある交通の要衝でもあった。

山科(三九九頁注一四) 和名抄に山城国宇治郡山科郷。現在の京都市山科区。宇治の北方の小盆地。天智紀八年五月に薬猟の記事があり、遊猟の地であった。

五 **大伴宿禰稲君**(四〇一頁注一四) 旅人の庶弟。万葉五六七の左注に天平二年右兵庫助の時大宰府に帥旅人の病を見舞ったことが見え、また衛門大尉の時の歌(一五五三)などが見える。天平勝宝元年八月兵部大輔、同六年四月上総守となり、天平宝字二年二月条に従四位下大和守とある。大伴宿禰→㊀補1-九八。因幡守の前任者は当麻鏡麻呂か。

六 **巨勢朝臣堺麻呂**(四〇三頁注四) 関麻呂とも。薨伝(天平宝字五年四月癸亥条)によると徳太古の曾孫、小邑治の子。本条で内位に叙せられた後、式部少輔から大輔となり、天平勝宝元年八月紫微少弼を兼ねた。天平勝宝八歳七月の東大寺献物帳に右大弁兼紫微少弼春宮大夫侍従として署している。天平宝字元年六月に奈良麻呂の叛を密奏した後、左大弁さらに参議、同二年八月官号改易に参画した時には参議紫微大弼兼兵部卿侍従下総守。同五年四月散位従三位で没した。巨勢朝臣→㊀補2-一八。

七 **五節舞**(四〇三頁注一四) 天智紀十年五月五日の宴において田儛を奏したことが見え、また天平十五年五月の詔には五節儛は天武天皇が創始したとある。職員令17集解古記に引く雅楽寮大属の尾張浄足の説に、「今有レ寮儛曲等如レ左、久米儛、…五節儛十六人、田儛師、儛人四人、倭儛師儛也」とあり、五節儛師の中に田儛師が含まれることによって、五節舞は田儛を本質とする農耕習俗に根ざすものであり、「倭儛師儛」とあることにより本来は大和によって代表された地方歌舞であったと考えられる。天平十四年正月の踏歌節会に奏せられたのが五節田舞と称されているのは、伝統的な五節舞を表現したものであろう。しかし天平十五年五月内裏の宴で皇太子阿倍内親王が五節舞を舞ったことは、五節舞が後に田舞と分離して女楽として独立する端緒となったらしい。天平勝宝元年十二月大神杜女が東大寺を拝した時には五節田儛を行ったと見えるが、天平勝宝四年四月大仏開眼会の際には五節儛と見え、宝亀八年五月の騎射の時には田儛を行ったと見え、貞観元年十一月の大嘗会においては、多治比氏が田舞を、宮人が五節舞を奏したと見え、五節舞と田舞が全く分化したことが知られる(林屋辰三郎『中世芸能史の研究』)。

八 **琴**(四〇三頁注一八) 続紀には、天平十四年正月の踏歌の饗宴における琴の弾歌と、天平十五年正月石原宮での饗宴における琴の弾歌が見え、いずれも歌の伴奏として琴を弾じている。節会としての形を整える前の饗宴においては、儀式の性格にかかわらず日本古来の音楽と外来の音楽の両方が演奏されたと考えられるから(荻美津夫『日本古代音楽史論』)、琴も和琴と中国・朝鮮から伝来した琴の両方が用いられたと考えられる。和琴は、仁徳記に船を焼いた木で琴を作ったことや、神功摂政前紀に琴を弾いて神を呼び出したことが見えるなど、古事記・日本書紀に散見する。古墳時代の形象埴輪に見られる琴や、隋書倭国伝に「楽有二五弦琴・笛一」と見えることから、かつては五絃であったと考えられるが、その後六絃となったらしい(林謙三「和琴の形体の発育経過について」『書陵部紀要』一〇)。正倉院蔵の和琴は、東大寺献物帳に「檜木倭琴二張」(古四―一三〇頁)とあるものをはじめ現存する一〇張はすべて六絃であり、裏板付きの槽をもつ。長さは一六一・六―一〇八・六センチメートルである。大陸から渡来した琴には、唐楽や新羅楽に用いられる琴がある。唐楽の琴としては正倉院蔵の金銀平文琴一張があり、七絃で長さ一一四・二センチメートルである。新羅琴としては正倉院に残闕を含め三張が現存するが、いずれも十二絃で長さは一四五・三―一五八・一センチメートルである(正倉院事務所編『正倉院の楽器』)。

九　**黒川郡**(四〇三頁注二四)　仙台市や多賀城市の北にあたる。一一郡には他に賀美(天平九年四月戊午条)、色麻・玉造・志太・新田・小田・遠田・牡鹿等の諸郡を含むか。延暦八年八月己亥条に黒川以北の十箇郡は「与レ賊接レ居」、三代格大同五年二月廿三日の官符には「黒川以北奥郡」などと見え、これら諸郡は宮城郡以南とは違い、蝦夷との関係が緊張している地域であった。

一〇　**県犬養宿禰八重**(四〇三頁注二九)　天平二十年八月聖武天皇が葛井広成の宅に行幸した際、広成とともに正五位上に昇叙、天平宝字四年五月命婦従四位下で没。天平十五年十月の経師等充紙帳に天平十四年四月犬甘少命婦が写経のことを宣したことなどが見える(古八―三三六頁等)。県犬養宿禰→[一]補2―一四。

一一　**飯高君笠目**(四〇五頁注一三)　天平十七年正月に正六位下から外従五位下となり、正倉院文書によると天平勝宝三年八月命婦として(古一一―一六五頁)、同四年十二月には内侍として写経のことを宣し(古三―五九七頁)、以後天平宝字二年十二月まで命婦あるいは内侍と見える。同五年六月皇太后の周忌斎会に供奉し正五位上に叙せられた。宝亀元年十月から見える飯高宿禰諸高と同一人物と考えられ、宝亀七年四月従三位、同八年五月没。

伊勢の飯高君は、孝昭記に、孝昭の男天押帯日子命を祖とするとある。

一二　**国造号の賜与**(**伊豆国造**)(四〇五頁注一六)　伊豆国造については、国造本紀に「神功皇后御代、物部連祖天蕤桙命八世孫若建命定二賜国造一」とある。国造号を冠した氏姓の例としては、本条の伊豆国造伊豆直のほかに、天平二十年の他田日奉部直神護解の海上国造他田日奉部直(古三―一五〇頁)、後紀延暦廿四年十月癸卯条の千葉国造大私部直などがある。これらに見える国造号はかつて国造であったことを示す名誉的職名と見られるが、また「外従五位下伊豆国造伊豆直乎美奈」(宝亀二年閏三月己酉条)などと国造号が位階の下に記されていることなどから、一種の複姓とする見方もある(磯貝正義『郡司及び采女制度の研究』)。

一三　**太秦公**(四〇七頁注一八)　姓氏録は、左京諸蕃に太秦公宿禰、山城国諸蕃に秦忌寸を載せ、いずれも雄略朝に秦公酒が糸・綿・絹帛を朝廷にうずたかく積んだので禹都万佐の姓を賜わったとの伝承を引いている。また皇極紀三年七月に、秦造河勝を時の人が歌で太秦と称したことが見え、太秦ははじめ秦氏の別称であったらしい。天平十四年八月秦下嶋麻呂に太秦公の姓を賜わったが、嶋麻呂は天平十七年五月庚申条に秦公、天平十七年十月廿一日の造宮省移(古二―四七五頁)、天平十九年三月乙酉条、同年六月戊申条に秦伊美吉(忌寸)と見えるので、秦をも称しており、また天平十七年五月から同年十月の間に忌寸を賜わったらしいことが知られる。太秦公忌寸の一族には、宅守(延暦四年八月乙酉条)、浜刀自女(延暦十年正月甲戌条)らが見えるが、宅守は延暦八年三月戊午条に忌寸、後紀延暦二十三年正月庚子条に宿禰とあるので、太秦公氏はこの間に宿禰となったらしい。文徳実録天安元年九月辛酉条に「中宮少属正七位上秦忌寸永岑賜二大秦公宿禰姓一、脱二山城国一占二着右京一」とあり、大秦公宿禰を賜わったことにともない本貫を右京に移している例がある(佐伯有清『新撰姓氏録の研究』四)。

一四　**紫香楽宮**(四〇七頁注二〇)　近江国甲賀郡の地に造営された離宮。甲賀宮とも見える。本離宮の造営は、恭仁京東北道が開かれた頃に計画され、天平十四年八月に造離宮司が任命されて開始された。その後同年八月、十二月、十五年四月、七月の四度にわたって行幸が行われたが、四度目には逗留が四か月に及び、その間八月には宮内を流れる鴨川を宮川と改称し、九月には甲賀郡の調庸を畿内に準ずることとし、十月には盧舎那仏の造立を発願するなどのことがあり、さらに十二月に紫香楽宮造営のために恭仁宮の造作が停止され、十六年十一月に元正太上天皇が難波宮から移御し、十七年正月には「遷㆓新京㆒」と見える。

しかし、一方、十六年閏正月に恭仁と難波のいずれを都とすべきかの諮問があり、難波宮への行幸に続いて駅鈴・内外印・高御座・大楯などが難波に運ばれ、同年二月の五度目の紫香楽宮への行幸の後、難波宮を都とすることが宣せられた。この点について、十五年十月に紫香楽宮に御して盧舎那仏の寺地(甲賀寺)を開いたとあること、十六年三月に金光明寺の大般若経を宮中の大安殿に奉置したとあることなどから、紫香楽宮は甲賀寺を中心とする法都であった可能性も指摘されている(藤岡謙二郎「紫香楽宮について」『山間支谷の人文地理』)。

記録に見える宮都の施設としては、上記の大安殿、朱雀路のほかに朝堂、朱雀門があり、また正倉院文書によると民部省・造宮省・木工寮・大炊寮・主殿寮・内掃部司・右衛士府などの官衙が営まれ機能していたことが知られる(井上薫「紫香楽宮」『日本古代の政治と宗教』)。今日、滋賀県甲賀郡信楽町大字黄瀬の内裏野と呼ばれる地域に金堂・講堂・中門・回廊・塔・僧坊などから成る寺院跡が保存され史跡に指定されている(滋賀県教育委員会『史跡紫香楽宮跡保存施設事業報告書』)。この遺跡を天平勝宝三年十二月の奴婢見来帳に見える甲賀宮国分寺(古三―五三五頁)とみなし、紫香楽宮跡に国分寺が営まれたとする見解もある(肥後和男「紫香楽宮址の研究」『滋賀県史跡調査報告』四)。しかし、一九八三年度からの発掘調査により、同町宮町地区で宮殿クラスの建物に用いられた柱根・柱掘形を持つ遺構、「奈加王」「垂水□(王か)」「天平十□(七か)年」などと書かれた木簡や「万病膏」の墨書銘のある須恵器坏などが出土したため、本遺跡が紫香楽宮跡である可能性がきわめて高くなった(信楽町教育委員会『宮町遺跡発掘調査報告』一)。

一五　**擬郡司**(四〇九頁注二〇)　郡司に欠員が生じた場合、国司によって選ばれ、郡司となるために式部省の銓擬を受けるよう定められた者。三代格延暦十六年十一月廿七日格に神亀五年の格を引いて、

案㆓神亀五年四月廿三日格㆒云、銓㆓擬郡司㆒、自今以後転㆓任少領㆒擬㆓大領闕㆒者、待㆑有㆓堪㆑用新人㆒、然後一時転擬者。

とあり、大領に欠員が生じた場合は、少領を転任させて擬大領とする。ただしそれは少領となるべき新人がある場合に、擬大領への転任と擬少領への起用を一時に行う、の意である。天平年間から、擬大領・擬少領、擬主政・擬主帳の実例が見られるが、正員郡司と擬郡司の併存の例はなく、擬郡司は欠員の生じた場合に置かれたことが知られる。また位階も擬大領は外従八位上以上であるのに対し、擬少領は従七位下から無位に及んでいるが、これも擬大領には少領を転任せしめ、擬少領に新人を起用したことによると考えられる。延暦十六年十一月格によると、転擬大領、新擬少領ともに式部省の銓擬を受けるために上京すると郡務に支障を来たすため、新擬少領のみ上京し、転擬大領は国に留って郡務に預るべきことを定めている。式部省式上にも、神亀五年格が継承され、

凡大領闕処、以㆓少領㆒転任、以㆓今擬者㆒為㆓少領㆒、其大少領並闕、先擬㆓少領㆒。

と規定している。三代格延暦十七年二月の太政官符に副擬郡司を置くことを禁じていることによって、実態において副擬郡司の置かれるようになったことが知られ、また三代格弘仁三年八月五日太政官符によって、従来の式部省による銓擬を改めて国司にその権限を委ねることとするなど、擬郡司の制度に変遷が見られる(米田雄介『郡司の研究』)。

15　巻第十五

一　天平十五年正月の干支（四一五頁注一）　岡田芳朗「古文書による奈良時代暦日の復原」（『日本史攷究』一三）は、天平十四年十二月卅日付の優婆塞貢進解（古二ー三二五頁）が存在することから、復原暦が小の月としている天平十四年十二月が大の月であったとすれば、十五年正月の朔日干支は辛丑朔ではなく、壬寅朔となると指摘している。さらに正月癸丑条の詞によって、正月十四日甲寅から七七日間の金光明経の読経が始まったとすると、三月癸卯までの期間は四十九日ではなく、五十日となってしまい、矛盾を生じる。そこでいま復原暦を、

　天平十四年十二月小壬申朔　→　大
　天平十五年　正月大辛丑朔　→　小壬寅朔
　　　　　　　二月小辛未朔
　　　　　　　三月大庚子朔

と改めれば、天平十五年正月十四日は乙卯となり、三月癸卯までは、四十九日となる。

　以上よりみて、天平十四、十五年に行われていた暦日は、十四年十二月大、十五年正月壬寅朔小、二月小、三月大であった可能性が高い。このように変更してみると、正月辛丑とある橘諸兄の先行はまだ前年の大晦日であり（聖武は何らかの理由で恭仁での元旦朝賀に間に合わぬため、急ぎ諸兄を派遣し）、元日に天皇は恭仁に着いたが、朝賀は翌日となってしまったと解することができる。しかし巻頭の正月朔を誤ることは、よくよくのことであり、また丁未の大安殿の宴は、辛丑を朔とした場合には七日となり、前年の同日に城北苑の宴が行われ、後の七日の白馬節会に連なるものとして自然である。続紀の編纂に際し、日の換算に用いた長暦に誤りがあったのかもしれない。続日本紀の暦法→[一]補1ー八。

二　金光明寺（四一五頁注一六）　下文（天平十五年正月癸丑条）の大養徳国金光明寺、すなわち後の東大寺（天平勝宝元年四月甲午条）に同じ。要録七に「金鐘寺安居宣旨事」として、

太政官符　治部・大蔵・宮内等省
　　偁金光明寺〈本名金鐘寺〉
右、奉㆓皇后去四月三日令旨㆒偁、上件之寺預㆓八箇寺例㆒、令㆑為㆓安居㆒、自㆑今以後永為㆓恒例㆒、
　　　　天平十四年七月十四日

とあり、この文は官符の宛所が複数記されているところから、原官符を集約したものと考えられるが、平城の東に在った金鍾寺が金光明寺の称号を与えられたことを述べている。

三　菩薩乗（四一七頁注一一）　菩薩は悟りをめざす修行者、仏陀の候補・代行者の意味があり、乗は修行して成仏すべき乗り物のこと。大乗仏教では悟りに到るのに、声聞乗・縁覚乗・菩薩乗の三があり、最上位の菩薩乗はみずからのためのみならず、一切の物のために修行する。修行の内容や到る境地は人によって異なるとする三乗の説と、いろいろあるのは方便にすぎないとする一乗の説があるが、ここでは一乗の立場に近いか。

四　像法（四一七頁注一二）　釈迦入滅後、正法の時が過ぎ、教えや修行が行われるだけで、悟りが得られなくなった時期。天平宝字四年七月大僧都良弁等の上奏に「今者像教将季」とあり、像法の思想が一般化していたことが知られるが、正法・像法の期間及び釈迦入滅年次には諸説があった。三論系は正法五百年・像法千年、法相系は正法・像法各千年とし、入滅年次については壬申（紀元前九四九年）が一般の基準となっていたが、法相宗では壬子（前六〇九年）が用いられていた。本条（天平十五年正月癸丑条）の「詞」の場合は法相宗の考えに立っている。

五　天平十五年二月乙未条の火星の食（四一七頁注一四）　凶兆で、史記天官書に「其宿地乱」、荊州占に「有㆓死相㆒」「天下滅亡、期㆓九年㆒」等とある。斉藤国治の天文計算によると、ユリウス暦で七四三年三月二十五日。ここでの星食は平城京で二十六日午前〇時四六分から一時四〇分の間におこっている。月の出は同日二時五一分だから、食は地平線下で見えない。月出の時には火星は月の西縁の外に〇・五七度に離れている。犯（接近）とは言えるが、掩（食）の字は不審。天体観測者が月出直後の状況から、星食があったと判断したもので、実視の記録ではなかろう（『国史・国文に現れる星

の記録の検証』)。

六　**天平十五年二月丁酉条の金星の食**(四一七頁注一五)　凶兆で、史記天官書に「強国以レ戦敗」、海中占に「有レ殺、不レ及二九年一。国以レ兵亡」等とある。斉藤国治の天文計算によると、ユリウス暦で三月二十七日午前一〇時四二分に金星が月の北縁の外〇・二度に最接近となったので犯である。しかし白昼で、夜とあるのは不審である(『国史・国文に現れる星の記録の検証』)。

七　**天つ神の歌の解釈**(四二一頁注一七)　詔詞解は、㈠第二句の下の「乃」を「尓」、第五句の「伊」を「阿」の誤りとし、此豊御酒を朕(元正)が執り持ちて、天皇(聖武)に献る。㈡天皇(聖武)の(が)今此の豊御酒を執り持たしてきこしめす。㈢第五句の「可」を「末」の誤りとし、天神及び昔の御世々々の天皇の(が)此豊御酒を執り持ちて、今天皇に献る、の三説を掲げ、後のかしこき人のえらびを待つとしている。金子宣命講は第一句の天つ神を呼び掛けとする。

「みま」は貴人の孫または子孫を敬っていう語(みは尊敬の接頭語)。「みまのみこと」は天照大神の子孫、即ち天皇。儀制令1集解古記に天子の称として「須売弥麻乃美己等(すめみまのみこと)」とある。

「伊可多弖末都流」の「可」は、卜部本系の諸本では「寸」。詔詞解は「寸」を「末」の誤りとして、伊末＝今と解し、宣命講は「末」として、伊末＝斎みと解する。日本国語大辞典は「可」のままで「伊可」を形容詞いかし(厳し)の語幹かとする。

八　**高丘王**(四二三頁注一五)　天平十五年六月に右大舎人頭、十八年六月に従四位下、天平勝宝元年三月従四位下左大舎人頭で没。天平十七年四月左大舎人寮解に「従五位下守頭　王〈久仁宮留守〉」(古二‐四一一頁)とあるのは高丘王であろう。

九　**林王**(四二三頁注一六)　天平十五年六月に図書頭。十八年正月太上天皇御在所の雪の宴に応詔歌を奏したが、歌は漏失(万葉三九二六左注)。天平勝宝四年十一月林王の宅で但馬按察使橘奈良麿を餞した宴が行われ、船王らが歌を詠んでいる(万葉四二七九‐四二八一)。天平宝字五年正月従五位上に昇叙。

一〇　**市原王**(四二三頁注一七)　安貴王の子、万葉九八八に天平五年宴で父安貴王を寿ぐ歌がある。紹運録によれば天智天皇の子施基皇子の曽孫、春日王の孫。代々万葉集に歌が見える。市原王の歌九首はいずれも大伴家持編纂の巻にあり、家持と共に宴に侍した際のものが多いので、彼との親交が推測される。天応元年二月光仁天皇の女能登内親王薨伝に、市原王に嫁し、五百井女王・五百枝王を生んだとある。天平十一年に舎人として東大寺の写経司で写経事業に従事したことが見え(古二‐一五五頁ほか)、本条で従五位下となった後、十六年六月からは写一切経司の長官として長官宮と呼ばれた(古二‐四‐二六九頁ほか)。十八年五月から玄蕃頭、備中守を兼ね(古一一‐四五一頁、一二‐二五九頁ほか)、同年十一月には金光明寺造物所の長官的地位にあり(古九‐三〇一頁ほか)、天平勝宝元年四月大仏殿行幸の日に従五位上に昇叙された。同年九月以後造東大寺知事と見える(古三‐三二〇頁)ことから、大仏造営の最高監督者の立場にあったようである。二年十二月藤原仲麻呂を東大寺に遣わし、市原王を正五位下に叙している。大仏開眼後の同四年五月の請経文書の備中宮(古三‐五七六頁)は市原王を指すと思われるが、この頃より造東大寺司の正式な文書から見えなくなる。天平勝宝八歳六月治部大輔と見え(古四‐一一六頁)、天平宝字七年正月に摂津大夫、同年四月造東大寺司長官に任ぜられているが、同年五月の御執経所の長官(古五‐四四一頁)を最後として史料に見えなくなる。光明皇后の写経事業に永年関係し、仏典を多く所蔵していたため経典の貸借の文書が多い。天平宝字二年十一月伊賀国阿拝郡柘殖郷の墾田一〇町を価九貫文で東大寺に売却しているが、この時左京四条二坊戸主であり(古四‐三五〇頁)、藤原仲麻呂の田村第と同じ坊内を本貫としていたことが知られる。近年左京四条二坊一坪の発掘調査によって奈良時代後半には、この地に桁行七間の大規模な建物とそれをとり囲む回廊を含む遺構の存在が確認され、市原王との関連が注目されている(奈良国立文化財研究所『平城京四条二坊一坪』)。

一一　**大伴宿禰駿河麻呂**(四二五頁注七)　万葉六四九左注に高市大卿(大伴御行か)孫とあり、伴氏系図では道足の子と見える。天平十八年九月越前守、天平宝字元年八月橘奈良麻呂の変に同族古麻呂・古慈斐と共に加わったと弾劾されているが、処罰は不明。おそらく除名され、のち本位に復したのであろう。宝亀元年五月従五位上で出雲守に任ぜられている。同年十月肥後守として部内から白亀を献じた功により正五位下。三年九月陸奥按察使に任ぜられ、老衰を理由に辞するが、「朕の心に称う」故に任ずとの勅が出され、即日正四位下を授けられる。四年七月陸奥国鎮守将軍に任ぜられ、翌年からの同国遠山村(現在の宮城県登米郡か)の蝦夷などを討滅した功により、六年十一月正四位上勲三等を授けられる。六年九月参議、同七年七月没。万葉に坂上郎女との贈答歌など一一首の短歌がある。

一二　**大原真人麻呂**(四二五頁注八)　天平十五年六月式部少輔。美作守・少納言を歴任、天平宝字三年十一月越中国東大寺荘物券の礪波郡伊加流伎野地の四至に「西故大原真人麻呂地」とある(古四-三七五頁)。大原真人→三五三頁注四。

一三　**中臣朝臣清麻呂**(四二五頁注九)　中納言兼神祇伯意美麻呂の七男。神護景雲三年六月大中臣と賜姓。天平十年四月上階官人歴名に参河掾とあり(古二四-七五頁)、十五年弘福寺田数帳に(造弘福寺)判官正六位上神祇少副兼式部大丞の署がある(古二一-三三六頁)。同年五月従五位下、同年六月神祇大副、十九年五月尾張守に転出。中臣氏系図によれば、この時元正天皇が病気となり、左大臣橘諸兄が大神宮祭主清麻呂を外国に遷任したためであると奏し、この時神祇大副に任ぜられた中臣益人を相模守に転出させたとある。天平勝宝六年七月左中弁、天平宝字六年十二月参議、同八年九月神祇伯、天平神護元年正月藤原仲麻呂の乱の功で勲四等を授けられた。宝亀元年七月大納言、同二年二月左大臣藤原永手の急病により大臣の事を摂行、彼の死後同年三月従二位右大臣となり、三年二月正二位に至る。十一年四月備前国邑久郡の荒廃田百余町を賜った。天応元年六月致仕、延暦七年七月平城右京二条の邸で死去。八十七歳。薨伝に、称徳天皇の大嘗の事に供奉し、「清慎自守」を嘉せられ、数朝に歴仕し、国の旧老となり、朝儀国典に諳練すと見える。室は多治比古奈禰。万葉に作歌が五首ある。中臣朝臣→㊀補1-八八。

一四　**佐伯宿禰毛人**(四二五頁注一〇)　天平六年度の尾張国正税帳に掾正七位下勲十二等として食料稲五三一束を給せられ、連署(古一-六〇八頁)。天平十五年六月尾張守。伊勢守・伊予守・紫微大忠・中衛少将・春宮大夫・右京大夫・常陸守などを歴任、天平宝字二年八月従四位上に進み、同八年正月大宰大弐に任ぜられたが、天平神護元年正月仲麻呂の乱に坐し多褹嶋守に左遷された。佐伯宿禰→㊀二七頁注一三。

一五　**下毛野朝臣稲麻呂**(四二五頁注一一)　天平十八年四月従五位下に昇叙。天平勝宝四年四月の大仏開眼会に唐中楽頭を奉仕。時に治部少輔(要録二)。神護景雲二年十一月従四位下。宝亀二年十一月没。下毛野朝臣→㊀補1-一三五。

一六　**高橋朝臣国足**(四二五頁注一二)　天平十年正六位下遠江少掾で旧防人部領使として遠江国から駿河国に到る(古二-一〇八頁)。同十七年四月外従五位下勲十二等造酒正兼内膳奉膳として造酒司解に署名(古二-四〇七頁)。同十八年正月元正太上天皇御在所の雪の宴に応詔の歌を奏したが、記し漏らしたとある(万葉三九二六左注)。同年四月従五位下。同年閏九月越後守。高橋朝臣→㊀補1-八二。

一七　**鴨朝臣角足**(四二五頁注一三)　鴨は賀茂とも。天平十五年六月に右京亮。天平十八年四月従五位下。紫微大忠・左兵衛率・右馬監を兼ね、天平勝宝七・八年の孝謙天皇勅施入文書に署名(古四-八四・一一九頁)。天平宝字元年六月遠江守。同年七月橘奈良麻呂の陰謀に加わり、田村宮の図を作って侵入を指示したことが顕われて捕えられ、名を乃呂志と改められた上、窮問の杖下に死んだ。鴨朝臣→㊀三一頁注二六。

一八　**秦井手乙麻呂**(四二五頁注一四)　天平十五年六月に相模守。秦井手は橘諸兄建立の伝承を持つ井手寺や別業のある山背国綴喜郡(現、井手町)に蟠踞していた秦氏か。井手は灌水のため水を堰き止めるところ。秦井手の姓を有する者は摂津国豊島郡・越前国足羽郡にも存在。

一九　**紀朝臣小楫**(四二五頁注一五)　小楫は男楫・男梶とも。天平十五年六月に弾正弼。天平十七年正月従五位下。大宰少弐・兵部少輔・山背守を歴任。天平勝宝六年十一月東海道巡察使。天平宝字四年正月和泉守。時に従五位下。天平十八年正月左大臣橘諸兄が諸臣を率いて元正太上天皇御在所の雪の宴を行ったときの応詔歌がある(万葉三九二四)。紀朝臣→㊀補1-三一。

二〇　**若犬養宿禰東人**(四二五頁注一六)　天平二十年二月従五位下。同年

十月山背介勲十二等で山背国宇治郡加美郷の家地売券に国判を加えている(古二一-一一三頁)。若犬養宿禰→□一補3-二五。

一二一　**井上忌寸麻呂**(四二五頁注一七)　天平十七年九月紀伊守。以後見えず。

井上忌寸は坂上系図所引姓氏録逸文に、阿智王の男で中腹の志努直の第二子志多直を井上忌寸ら十姓の祖と伝える。

一二二　**墾田永年私財法**(四二五頁注二四)　続紀は「詔」と記すが、文書の形式としては、三代格・弘仁格抄に記す「勅」として出された。この勅は、(一)墾田を私財とし、永年収公しないことを宣言した部分、(二)品位階により墾田地の面積に制限を付し、郡司については特例を設けた部分、(三)国司在任中の墾田について規定した部分、(四)開墾地の占定手続とその有効期間を規定した部分、の四つからなっていたと推定される。しかし続紀は(四)の「但人為レ開レ田占レ地者、先就レ国申請、然後開レ之。不レ得下因レ茲占二請百姓有レ妨之地一。若受レ地之後、至二于三年一、本主不レ開者、聴二他人開墾一」の部分を――おそらく手続規定であるため編集方針として――削除しており、三代格所収の弘仁格は(二)の墾田地占定の面積の制限についての部分を、すでに無効になっているものとして削除している。

日本の田令の班田制は、墾田を開墾者の既受田のなかに自動的に包摂できるような仕組みになっていなかったので、墾田の田主権はきわめて不安定な状態にあった。養老七年の三世一身法(補9-二二)は、墾田の田主権を「三世一身」という期限付きで公認したが、それは同時に墾田の収公方法を明確にしたともみられる。墾田永年私財法は、三世一身法で定められた収公期限を廃止し、墾田は私財として永年収公しないことに改めたが、同時に三世一身法では制限されていなかった墾田地の面積に、品位階による制限を付し、郡司には特例を設けた。この制限額は、位田・口分田・郡司職田の面積の格差にほぼ対応し、田令の終身用益田の階層的秩序を、墾田においても維持しようとする意図がうかがわれる。この制限額は、一見すると広大なように思われるが、位田・口分田などの面積が熟田(既墾田)の班給額であったのに対して、未墾地の占定許容額であった。すなわち墾田地を占定するには、まず国司に申請して判許を得なければならなかったが、占定してから三年経っても開墾しない場合には、開墾地の占定は無効となり、国司は他人の開墾申請を認めることになっていた。しかし現実には占定地の一部分だけが開墾されていることが多く、それを「不開」(三年不耕之地)と認定するかどうかをめぐって、紛争がしばしば起った。国司による開墾も大規模に行われたらしいが、墾田永年私財法の残存するテキストでは、国司在任中の墾田は「前格」によるとだけ規定されている。この前格が、養老七年格(三世一身法)をさすか、天平元年十一月官奏をさすかは、学説が分かれているが、実質的には天平元年十一月官奏をさし、国司が任期中に開墾した田は、任期終了とともに収公する規定であったと推定される。天平十五年の永年私財法は、天平神護元年三月に廃止され、寺がすでに占定している開墾予定地と、当土の百姓が開墾する一、二町を除いて加墾が禁止されるが、宝亀三年十月には再び開墾が許されることになった。この宝亀三年格は、天平十五年格に完全に復帰したものではなく、天平十五年格のなかの墾田地占定面積の制限規定は、宝亀三年格によって廃止された可能性が強い。もしそうでないとしても、弘仁格編纂時までには無効になっていた。

一二三　**国司の新舎等造営の禁止**(四二七頁注一一)　三代格七・要略六十の弘仁五年六月廿三日太政官符「禁三制国司任レ意造二館舎一事」に「天平十年(十五年の誤)五月廿八日格」として「国司任レ意改二造館舎一、儻有二一人病死一、諱悪不レ肯二居住一、自今以後、不レ得乙除下載二国図一進上上之外、輙擅移造甲、但随レ壊修理耳」を引用する。続紀は格の取意文。当時死穢を忌み官舎を改築する風があったことが知られる。以後は国司の勝手な官舎の移造を禁じ、移造するには国図に載せ申告することが定められた。民部省式下「凡新任国司到レ任者、皆給二鋪設一、以レ備二儲備、…竝一給之後、不レ可二更賜一」及び雑式「凡国司等、各不レ得レ置二資養郡一」は本条の規定を法源とするとみられる。

一二四　**宇治河**(四二七頁注一一)　古くは菟道河(垂仁紀三年三月条)・氏川(万葉二七一四)、是川(万葉三二三七)。琵琶湖から流出し、宇治を経て淀で賀茂(鴨)川・桂(葛野)川・木津(出水)川と合流。

一二五　**楯縫郡**(四二九頁注一九)　和名抄では「多天奴比」と訓む。天平五年の出雲国風土記、六年の出雲国計会帳ともに楯縫。管郷は風土記、和名抄とも四。現在の島根県平田市の宇加川(現、湯谷川)以東、境川(風土記に佐香川)流域以西。宍道湖の西北部。奈良時代には五、六キロメートル入海が西に伸びていた。

二六　**出雲郡**(四二九頁注二〇)　出雲国風土記、出雲国計会帳ともに出雲。管郷は風土記、和名抄とも八。楯縫郡の西南に接する。現在の平田市の宇加川以西と出雲市の北半分及び簸川郡大社町・斐川町にわたる地域。奈良時代出雲大川と呼ばれた斐伊川は西流して神門水海を経て日本海に注いでいた。斐伊川の宍道湖への流路が定まるのは江戸時代。それ以前の斐伊川下流平野は形成過程で、風土記出雲郡条に出雲大川沿岸の豊沃が記されているが、河内郷には堤が築かれており、大雨の際の被害は大きかったと思われる。

二七　**大坂**(四三一頁注七)　二上山の北、穴虫峠を越え大和から河内に抜ける坂。神名式大和国葛下郡に「大坂山口神社」があり、現在大和側の奈良県北葛城郡香芝町逢坂及び同町穴虫に、それと称する神社がある。大坂は崇神九年紀に天皇が夢告により大坂神を祀るとあり、壬申の乱にも大和の西の要害として見え、藤原宮木簡に「弥努王等解〈平群・大坂〉二処」(『藤原宮』七八号)とある。

二八　**大仏発願**(四三一頁注一一)　天平勝宝元年十二月丁亥条に、宇佐八幡神の入京の際に橘諸兄をして宣らせた八幡神の助成を謝する宣命第十五詔があるが、そこに「去にし辰の年河内国大県郡の智識寺に坐す盧舎那仏を礼み奉りて則ち朕も欲(つ)りまつらむ」と思ったとあり、大仏造立の発願は天平十二年二月甲子に難波宮に行幸し、丙子に平城に還った時のことであろう(宣命が宣せられた時の天皇は孝謙であるため、造営を望んだのは安倍皇太子であるとする川崎庸之の説もある(「大仏開眼の問題をめぐって」『著作集』一))。また天平宝字四年六月乙丑条の光明皇后の崩伝は、太后は仁慈であって、志は物を救うにあり、東大寺及び天下の国分寺の創建は、もともと太后の勧めであったと記している。さらに天平宝字元年七月庚戌条で逆謀を計り勘問された橘奈良麻呂が、藤原仲麻呂の無道として東大寺の造営による人民の苦辛を掲げたのに対し、それは汝の父の時から起こったのだと反論され黙さざるを得なかったことからも、当時の太政官の首班橘諸兄も積極的に関与していたことを示している。

国分寺の造立は金光明経信仰により、「風雨順序、五穀豊穣」であるように「天神地祇、共相和順、恒将福慶、永護国家」を請い願う祈年的な性格と、元正太上天皇・皇太夫人藤原宮子・皇后・皇太子などの支配層の往生安楽と七生父母の共同霊に対する追善的な祖先崇拝と結びつき、その造営は国家地方財政に依存する上からのものであった。大仏造営は天下の富と勢とを有する君主の事業であるが、また衆生が普賢行を実践し華厳経の理想とする蓮華蔵世界に化そうとする共同の事業であるとし、一枝の草一把の土を持って、像を助け造らんと情願する者があれば、これを恣に聴すという、各人の信仰に訴え結集しようとするものであった。

盧舎那仏の造立が紫香楽の地で開始されたことについては、藤原宮造営以来良材を産出する田上山が近いとか、古代人は山の奥深い幽邃な風光の地を好んだとかの説が出されているが不明というしかない。

大仏造営は翌天平十六年十一月甲賀寺に像の体骨柱を建て、聖武自らその縄を引くところまで進んだが、十七年五月、紫香楽宮から平城への還都により、同年八月二十三日平城東山の山金里で再開され、聖武は袖に土を入れて運び仏の台座に加えた。十九年九月から天平勝宝元年十月に至る間に八回の鋳造が行われた。一九八八年橿原考古学研究所の発掘調査で、大仏殿西回廊西方から、溶解炉の破片や溶銅塊、木簡約二〇〇点が発見された。天平勝宝四年三月十四日から塗金が施され、四月九日開眼供養会が盛大に催された。

大仏やその蓮弁座の丈尺や材料を示すものは、福山敏男によれば、天平十九年から天平勝宝八歳七月末までの造仏行事を記した造東大寺司(或は造仏司)解で、延暦七年の延暦僧録の「勝宝感神聖武皇帝菩薩伝」に引かれている。平安初期に成った大仏殿碑文もこれによるところがあるという。それによると、盧舎那仏の結跏趺座高五丈二尺四寸、鋳用銅四〇万一九一一両などとなっている。大仏殿の建築は天平勝宝元年ころ要材の採取が行われ、三年には工事が進み、開眼供養会には既に建てられていたようである(「東大寺の規模」『国分寺の研究』一)。これらは治承四年、平重衡の南都攻めの際の兵火で焼失し、鎌倉初期の再建も永禄十年松永久秀と三好三人衆との兵火を蒙った。江戸時代の元禄五年に大仏頭部の新鋳が行われ、宝永六年に仏殿の落慶供養が行われたのが現在の仏像と堂殿で、創建当時のもので現在に伝えられているのは台座のみである。

二九　**盧舎那仏**(四三一頁注二〇)　毘盧舎那仏の略で大乗仏教の中で最も汎神論的色彩の濃い仏。サンスクリットのバイローチャナの音訳で、バイは「広く」、ローチャナの語根ルチは「照らす」の意で、意訳して光明遍照。太陽の光明が万物を照らすように広大無辺な仏智をもった宇宙的存在としての仏陀である。華厳経では、毘盧舎那仏の誓願と修行によって現出された清らかな境界である蓮華蔵世界(世界の最底部に風輪があり、その上の香水海に一大蓮華があり、そこに包蔵された世界)の教主として、右手は施無畏印、左手は与願印の姿で、千葉の蓮華に坐している。聖武が東大寺などに墾田を施入した願文(天平勝宝元年閏五月癸丑条)に「以二花厳経一為レ本」とあり、大仏開眼会に華厳経が講説されたことから大仏の仏身は華厳経の教主とされていた。小野玄妙は、大仏銅座の蓮弁の刻画に見えるのは梵網経所説の三千大千世界百億須弥の図(千葉の大蓮華からなり、一つ一つの葉に百億の世界＝須弥があり、盧舎那仏はそれらの本源として蓮華台に坐し、自身を変化させて千の釈迦となり、千の釈迦はさらに百億の菩薩釈迦となって、おのおのが菩提樹の下で説法する)であるところから、梵網経の教主、律の本尊であるとした(「東大寺大仏蓮弁の刻画に見ゆる仏教の世界説」『仏教之美術及歴史』)。家永三郎は銅座の図相が刻入されたのは大仏鋳造と同時ではなく、造営中の大仏の仏前で新旧両部の華厳経が奉請されたこと、要録二の大仏開眼会の供養舎那仏歌辞に「有二一蓮花香水一海二分十世界一」とあることなどから、華厳経教主説を補強した(「東大寺大仏の仏身をめぐる諸問題」『上代仏教思想史研究』)。大仏造営に関与した仏家の教学を検討し、華厳経・梵網経の両経に関係のある道璿の存在や蓮弁刻画は華厳経の世界も描いており、仏身を単一に割り切ることはできないとする説も出されている(井上薫『奈良朝仏教史の研究』)。

三〇　**知識**(四三一頁注二三)　善知識の略。良き友人、教えを説き仏道に導く人を指すが、財物や労力を仏事のために提供しその功徳にあずかろう

年月日	地域	官位	氏姓名	献物	叙位
天平十九・九乙亥	河内	大初位下	河俣連人麻呂	銭千貫	外従五位下
	越中	無位	砺波臣志留志	米三＊千碩	外従五位下
二十・二壬戌		外大初位下	物部連族子嶋	銭千貫他	外従五位下
	近江か	外従六位下	甲可臣真束	銭千貫	外従五位下
		外少初位上	大友国麻呂	稲一万束他	外従五位下
	相模	従七位上	漆部直伊波	商布二万端	外従五位下
二十一・四甲午		外従八位下	他田舎人部常世	献物	外従五位下
		外従八位上	小田臣根成	銭千貫他	外従五位下
天平感宝元・四辛亥		正六位上	丹羽臣真咋	銭千貫他	外従五位下
乙卯	陸奥	従三位	百済王敬福	黄金九百両	
元・五戊辰		従七位上	陽侯史令珍	銭千貫	外従五位下
		正八位下	陽侯史令珪	銭千貫	外従五位下
		従八位上	陽侯史令璆	銭千貫	外従五位下
		従八位下	陽侯史人麻呂	銭千貫	外従五位下
天平勝宝元・八癸亥		従六位上	田辺史広浜	銭千貫	外従五位下
五・九戊戌		無位	板持連真釣	銭千貫	外従五位下
六以前	越前足羽	史生大初位上	生江臣東人	墾田百町他	ナシ①
九	越前坂井	大領外正六位上	品治部公広耳	墾田百町	ナシ②
神護景雲元・三己巳	越中	外従五位下	砺波臣志留志	墾田百町	従五位上
宝亀七	讃岐美貴	大領外従六位上	小屋県主宮手	治田二十町他	ナシ③

①古五-五五一頁　②古五-六二一六頁　③霊異記下-二十六

＊要録は五千。

とする者もいい、さらにその寄進した資財や結縁の団体、そのような行為や意志をも表す。知識の語はこの詔の中に二度も用いられる。天平勝宝元年十二月丁亥条の宣命第十五詔に述べているように、聖武は河内国大県郡の智識寺の盧舎那仏を見て大仏造営を思い立った。氏の範囲をこえた多くの人々が盧舎那信仰を共にし結縁する知識造営という在り方が天皇の心を引いたのであろう。大仏発願詔の四日後に行基が「率二弟子等一、勧二誘衆庶一」している。これまで政府の迫害を受けながら、摂津・河内・和泉や都の近辺で、信者の集団を結び、道場を建て、池溝を築くなどの布教を行ってきた行基も、天皇の知識結集に呼応したことを示している。要録二の造寺材木知識記には、「材木知識五万一千五百九十人、役夫一百六十六万五千七十一人、金知識人卌七万二千七十五人、役夫五十一万四千九百二人、奉二加財物一人、利波志留志〈米五千斛〉、河俣人麿〈銭一千貫〉、物部子嶋〈銭一千貫、車十二両、牛六頭〉、甲賀真束〈銭一千貫〉、少田根成〈銭一千貫、車一両、鍬二百柄〉、陽侯真身〈銭一千貫、牛一頭〉、田辺広浜〈銭一千貫〉、板茂真鈞〈銭一千貫〉、漆部伊波〈商布二万端〉、夜国麿(大友国麿の誤)〈稲十万束、屋十間、倉五十三間、栗林二丁、家地三町〉、自余少財不レ録レ之」とある。役夫の中には権力による強制労働も含まれているであろうが、知識の形をとっている。野村忠夫「献物叙位をめぐる若干の問題」(『日本古代の社会と経済』下)を参考として、大仏ないし東大寺への献物を掲げると前掲のものがある。

二　**東海・東山・北陸三道廿五国**(四三三頁注五)　内訳として掲げられるのは、

東海道　伊賀・伊勢・志摩・尾張・参河・遠江・駿河・伊豆・甲斐・相模・上総・下総・常陸(安房は天平十三年十二月丙戌に上総に併合)。

東山道　近江・美濃・飛驒・信濃・上野・武蔵・下野(陸奥・出羽は調庸不貢進国)。

北陸道　若狭・越前・越中・越後(能登は天平十三年十二月丙戌に越中に併合、佐渡は天平十五年二月辛巳に越後に併合)。

合計二四国にしかならず、一国不足する。

三　**鎮西府**(四三三頁注一三)　大宰少弐藤原広嗣の乱後、天平十四年正月に大宰府が廃止され、廃府の官物は筑前国に付せられた。この措置は、西海道九国三島を惣管するという、律令地方制度では特異な存在であった大宰府が、反乱の拠点となったことに対する粛清であるとともに、十三年十二月に安房・能登両国のそれぞれ上総・越中への併合や郷里制の廃止など、地方制度を簡素化するこの時期の政府の対応の一環であった。しかし廃止後同年二月、新羅使金欽英に対し、恭仁京の宮室が未完成のため、右大弁紀飯麻呂を九州に遣わして饗応し帰国させたり、十五年三月に筑前国司の報告により、多治比土作を検校新羅国使として派遣し、国書の異例を責め帰国させるなどという事件があり、現地での有効な対応が必要とされる状況もあった。一方、十一年六月に諸国の兵士は廃止されたが、西海道諸国は辺要のため存続させられていた。しかし大宰府廃止後、西海道で国の管轄を越え広域的に軍団を統括する機関は存在しなかった。新羅に対する警戒から軍事を専当する鎮西府は、この空隙を埋めるために十五年十二月に設置されたものと思われる。この時将軍などの人事が行われ、翌年正月に相当位・俸禄が定められた。これを令制の大宰府と衛府のそれと対応させると以下の如くである。

鎮西府			大宰府			衛門府・衛士府	
	相当位	公解田		相当位	公解田		相当位
将軍	**従四位**	一〇町	帥	従三位	一〇町	督	正五位上
副将軍	従五位	八町	大弐	正五位上	六町	佐	従五位下
			少弐	従五位下	四町		
判官	従六位	六町	大監	正六位下	二町	大尉	従六位下
			少監	従六位上	二町	少尉	正七位上
主典	従七位	四町	大典	正七位上	一町六段	大志	正八位下
			少典	正八位上	一町四段	少志	従八位上

(太字は倉住により補正。主神以下の品官省略)

表から、相当位においては大宰府よりやや下、衛府よりやや上、大国の国司(守従五位上、介正六位下、大掾正七位下、少掾従七位上、大目従八位上、少目従八位下)より上位となっている。公解田においては、将軍は帥、判官は大弐、主典は少弐と同等で、養老五年六月の按察使の公廨田六町、記事の二町に比べると多い。→補8-二四。

天平十七年六月大宰府が復置され、鎮西府将軍石川加美が大宰大弐に任じられたので、この時鎮西府は廃止されたと考えられる。同年八月大宰管内諸司に印一二面が給された。廃止の理由は、同年五月に聖武が六年にわたる遷都・移動をへて平城に還り、天平十二年以前の体制に復帰する政策の一環とする説がある(倉住靖彦『古代の大宰府』)。

三三　**安積親王の死**(四三七頁注五)　聖武の皇子。年齢より逆算して、神亀五年生まれ。この年(神亀五年)九月、光明子所生の二歳の皇太子が没している。聖武の皇子は結局二人しか生まれなかったため、天平十年光明子を母とする阿倍内親王の立太子後も安積親王は有力な皇位継承者であり続け、県犬養三千代を母とする橘諸兄や藤原八束・大伴家持ら、親王が皇嗣となることに望みを持つグループが形成されていた(川崎庸之「大伴家持」『記紀万葉の世界』)。万葉一〇四〇の題詞に見える安積親王宴は天平十五年の秋か冬であり、十六年正月十一日に大伴家持が親王の邸宅のある活道(いくじ)岡に登り、松の木の下で市原王らと飲んだ時の歌(一〇四三)から、親王の健在が知られる。万葉にはまた家持の痛切な挽歌(二月三日、四七五-四七七及び三月二十四日、四七八-四八〇)がある。親王の急死を、皇位継承をめぐる藤原氏と反藤原氏との対立の中に置いて、恭仁京の留守官藤原仲麻呂による暗殺とする見解がある(弥永貞三「万葉時代の貴族」『日本古代の政治と史料』、横田健一「安積親王の死とその前後」『白鳳天平の世界』)。一方河内祥輔は、聖武は自分が藤原氏の出の母を持つことから、藤原氏の女子所生の男子の誕生と皇位継承を願っていたため、替えることのできる女性の阿倍内親王を仮に中継ぎとして皇太子に立てて男子の誕生を待っていたとする。しかしそれが不可能になった場合には、安積親王の皇位継承を考えており、したがって親王の死は続紀の記すように病による急死であるとみる。しかし親王の死の結果は聖武の男系の断絶となり、以後皇位継承問題が深刻化する決定的な転換点となったとする(『古代政治史における天皇制の論理』)。

三四　**脚病**(四三七頁注六)　脚気のことか。脚気は和名抄に「脚気、医家書有二脚気論一、〈脚気一云脚病、俗云阿之乃介〉」とある。医心方八に引く諸病源候論は「脚気皆由レ感二風毒一所レ致也」とし、同じく千金方は「四時之中、皆不レ得四久三立久二坐湿冷之地一。亦不レ得下因二酒酔汗出一、脱二衣靴韈一、当レ風取上レ涼、皆成二脚気一」としているが、ビタミンB_1の欠乏に因っておこる。症状として諸病源候論は「其状、自レ膝至レ脚有二不仁一、或若痺、或淫々如二虫行所縁一、…脚或脚屈弱不レ能レ行…或有二攣急一、或有下至レ困二能飲食一者上、或有二不レ能レ食者一、或見二飲食一而嘔吐悪レ聞二食臭一者…心胸衝悸寝処不レ欲レ見明一者」と詳細に述べている。脚気は、①手足の痺れ、下肢の重感、全身倦怠感、運動麻痺のため歩行困難などの神経症状、②心悸亢進、息切れ、最低血圧の低下、頻脈などの循環器症状、③食欲不振、吐き気などの消化器症状などが見られる。特に心臓脚気と呼ばれるものは、心臓肥大に因って脈拍数が増大し、運動量が増加してもそれに対応できずに急に胸苦しくなり、脚気衝心と呼ばれる状態から死亡に至ることがある。

三五　**桜井頓宮**(四三七頁注七)　河内国にあった頓宮。和名抄に河内国河内郡桜井郷がある。安閑紀元年十月条の桜井屯倉に因むか。地名辞書は桜井寺は六万寺往生院(現、東大阪市六万寺)の古名としており、小字「桜井」が存在する。大和から河内に抜ける暗峠を下ったところで、ここから四天王寺南門(後期難波宮京極、木原克司「難波京域の歴史地理学的考察」『難波宮址の研究』七)に向かう約一二キロメートルの直線路「日下直越道」が走っている(千田稔「畿内周辺の古代の水運と港津」『環境文化』五五)。平城京―難波京の最短路にあたる。頓宮は行幸にあたっての旅宿としての宮。

三六　**三嶋路**(四三九頁注一五)　摂津国嶋上・嶋下両郡を通過する山陽道のこと。三代実録元慶五年正月十五・十九日条に、前伊勢斎王識子内親王の帰京の際に難波海で解除し、三嶋道を通り、河陽宮(現在の京都府乙訓郡大山崎町大山崎所在)に向かったとある。嶋上・嶋下両郡は欽明紀二十三年十一月に三嶋郡と呼ばれている。足利健亮によれば、その道順は、山背国山崎から摂津国に入り、現在の大阪府三島郡島本町山崎から、平安時代初期までの大原駅、後の桜井駅である同町桜井を通り、神内とその西南に連なる山塊の裾をかすめ、檜尾川を渡る。現在の高槻市山手町の法照寺の地点から、芥臼山古墳(継体天皇陵古墳)の西南約三〇〇メートルまでの約六キロメートルはほぼ直線道である。この間島上郡衙の南を過ぎ、その付近の近世の西国街道の北に沿う位置で、幅約七メートルの石敷きの遺構が発掘されている。それから先やや北に振り、茨木市耳原の勝尾寺川、茨木川合流点付近の孤立丘陵である幣久良山を経て北摂山地と千里丘陵間の地溝帯を直進する。また幣久良山からは南四度西に傾いた難波宮への直道が分岐している(「三嶋路の復原」『日本古代地理研究』)。

三七　**造兵・鍛冶司の廃止**(四四一頁注三)　造兵司は兵器を造ることを職掌とする兵部省の被管(職員令26)。鍛冶司は金属器を鍛造することを職掌とする宮内省の被管(一補3―四四)。職員はそれぞれ正・佑・大令史・少令史各一人の下に、前者は雑工部二〇人・使部一二人・直丁一人・雑工戸、後者は鍛部二〇人・使部一六人・直丁一人・鍛戸から成っていた。職員令26集解古記及び令釈の引く別記は、雑工戸について「鍛戸二百十七戸・甲作六十二戸・靫作五十八戸・弓削三十二戸・矢作廿二戸・鞆張廿四戸・羽結廿戸・桙刊〔刋〕卅戸、右八色人等、自㆓十月㆒至㆓三月㆒、毎戸役㆓一丁㆒、為㆓雑戸㆒免㆓調役㆒也。爪工十八戸・楯縫卅六戸・幄作十六戸、右三色人等、臨時召役、為㆓品部㆒取㆑調免㆓徭役㆒」、鍛戸について職員令48集解古記及び令釈の引く別記に「鍛戸三百卅八戸、自㆓十月㆒至㆓三月㆒、毎戸役㆑丁、為㆓雑戸㆒免㆓調徭㆒」とする。更に職員令34集解古記及び令釈では、大蔵省典鋳司の雑工戸は「抽㆓取鍛冶・造兵司部人、及高麗・百済・新羅雑工人㆒配㆑之」として、典鋳司の工人もこの両司の雑戸であることが知られる。このように、両司は多くの雑戸を管隷させていた。

本条の措置は、愍みを衆生に及ぼすという大仏発願の趣旨から、馬飼・雑戸を免じ、姓を改め良民に同じくし、技術の伝習を義務づけた二月造兵司の勅に対応するもの。天平十七年四月廿一日の兵部省移(古二―四一七頁)には見えないので、実行されたと考えられる。しかしこの廃止は一時的なものであった。天平宝字二年八月の神祇大輔(副)中臣毛人等百七人歴名(古一五―一三一頁)に造兵少令史として中臣水主の任官が見え、神護景雲元年五月癸酉条に気太王が鍛冶正に任じられた記事がある。更に天平宝字六年五月四日石山院解(古一五―二〇〇頁)には両司の工人が石山院の造作に関係していることを伺わせる記載があるが、復置を直接示す史料はない。松本政春は、天平勝宝四年二月己巳条の「京畿諸国鉄工・銅工・金作・甲作・弓削・矢作・桙削・鞍作・鞆張等之雑戸、依㆓天平十六年二月十三日詔旨㆒、雖㆑蒙㆓改姓㆒、不㆑免㆓本業㆒、仍下㆓本貫㆒、尋㆓検天平十五年以前籍帳㆒、毎㆑色差発、依㆑旧役使」を、再びもとの如く役使され、その上番の対象として両司が復置されていることを示すものと推測し、その契機として、兵器補給という軍事的必要を挙げている(「造兵司の復置年代について」『日本歴史』四二二)。なお造兵司は寛平八年九月七日官符で兵庫寮に、鍛冶司は大同三年正月廿日詔で木工寮に併合された(三代格)。

三八　**八代郡**(四四一頁注一三)　和名抄に「夜豆志呂」と訓む。管郷五。景行十八年紀に「八代県」。現在の熊本県八代市・八代郡坂本村の球磨川以北及びそれ以外の八代郡全域に加え、下益城郡のほぼ南半にわたる地域。

三九　**天草郡**(四四一頁注一四)　和名抄に「安万久佐」と訓む。管郷五。国造本紀に「天草国造」。現在の熊本県天草郡・本渡市・牛深市。

四〇　**葦北郡**(四四一頁注一五)　和名抄に「阿之木多」と訓む。管郷七。景行十八年紀に「葦北」。敏達十二年紀に「火葦北国造」。国造本紀に「葦分国造」。現在の熊本県葦北郡・水俣市及び八代市と八代郡坂本村の球磨川以南。

四一　**仁岐河**(四四一頁注二六)　珍努離宮からの帰りで、難波宮への一日行程の所であるが不明。考證に「黒河氏曰、仁疑由字之譌、由岐即弓削、万葉集第七弓削河原(一三八五)、河内志云、若江郡長瀬川自㆓志紀郡㆒流経㆓弓削㆒、蓋此」。大阪府八尾市弓削は大和川が長瀬川と玉串川に分流した同市二俣に西接している。分流(ふたまた)を仁岐と表現しているとすれば、考證のように本文を変えないで、河内から大和へ向かう道と大和川の分流点の隣接する所であろう。大津道(長尾街道)か八尾道が可能性が高い。十月にも元正は珍努と河内の東端竹原井の離宮に行幸し、慌しく西に戻っている。

四二　**三論**(四四七頁注一二三)　インドの竜樹の中論、十二門論とその弟子提婆の百論の三部の論書。これを所依として立宗したのが三論宗である。この世の現象そのものには実体がないとする「般若皆空、諸行無常」の空の哲学を基幹とする。経は、執着を離れるためであるという点では同一価値を持つとし、その高下を論じない。インドでは四世紀中期ごろから盛行、中国では五世紀初め鳩摩羅什により漢訳され、隋の嘉祥大師吉蔵により宗の体系を整えた。日本への伝来は吉蔵の弟子で聖徳太子の師である高麗僧恵灌による。その後福亮・智蔵が出て、元興寺を中心に大安寺・法隆寺にも及び盛大となった。天平十九年の大安寺資財帳及び法隆寺資財帳には「三論衆」と「別三論衆」をあげている(古二―五八五・六三一頁)。井上光貞は「三論衆」は隋の吉蔵により確立された学統で、「別三論衆」はインドの中観派の清弁の所学が七世紀に玄奘らによって中国に伝えられ新三論と呼ばれ、道慈により日本に伝えられたものとする(「南都六宗の成立」『著作集』二)。同年の元興寺資財帳には「三論衆」のみが記されており(寧遺三九〇頁)、同寺の智光の著、浄名玄論略述には三経義疏を引用することが多く、福亮―智蔵―智光と続く三論宗の古い伝統の中に三経義疏を重んじる学風があったことが知られる(井上光貞「三経義疏成立の研究」『著作集』二)。天平勝宝四年閏三月の充厨子彩色帳の六宗厨子の第三厨子に「三論宗」とある(古一二―二四四頁)のが見えることなどから、このころまでに三論宗は六宗の中に包含されたのであろう。その後法相教学に押され学徒が減少したため、大同元年年分度者三名(成実専攻一名を含む)と定められるなどの復興策が採られ、十世紀には聖宝が東大寺東南院を建立して三論宗の本所としたが、次第に衰微し江戸時代末には衰亡した。

四三　**余義仁**(四四九頁注九)　天平勝宝三年正月従五位下に昇叙。

姓氏録右京諸蕃に高野造は「百済国人佐平余自信之後」とあるところから余氏は百済系。

四四　**甲賀寺**(四四九頁注一七)　大仏発願の直後天平十五年十月乙酉条に、聖武は紫香楽宮に御して盧舎那仏を造るために始めて寺地を開くとあり、甲賀寺はそこに造営された。十七年五月の平城還都、同年八月の大和国山金里での大仏造営再開後である同年十月廿一日の造甲可寺所解には、仕丁ら一六七人の翌月の食料が請求されており(古二―四七六頁)、十九年正月十九日の甲可寺造仏所牒は大和にある金光明寺造仏官に三尊仏像を運ぶ人夫と資材を見積り報告している(古二―五七六頁)。滋賀県甲賀郡信楽町黄瀬の通称内裏野に紫香楽宮跡として史跡に指定された遺構は、礎石三百数十個が存し、発掘調査によると、南から中門、金堂、講堂、三面僧坊と並び、講堂前方の左右に鐘楼、経蔵、金堂東方に塔院があり、東大寺に類似したところのある伽藍配置となっている(肥後和男「紫香楽宮阯の研究」『滋賀県史蹟調査報告』四)。この遺構を、肥後は紫香楽宮を近江国分寺に改めた遺構であり甲賀寺とは無関係としている。しかし近年紫香楽宮跡としては、同町宮町地区が発掘調査の進行とともに浮かび上がり、寺院遺構としての性格を持つこの遺構を甲賀寺に当てる滋賀県教育委員会『史跡紫香楽宮跡保存施設事業報告書』の説が有力となって来ている。

四五　**孛星**(四五一頁注一)　「孛」は尾のない彗星または四方に光芒が出て見かけの大きさをもつ天体(斉藤国治『星の古記録』)。晋書天文志に「妖星、一曰彗星、所謂掃星、…二曰孛星、彗之属也、偏指曰㆑彗、芒気四出曰㆑孛、孛者孛孛然(ギラギラ輝く)非常、悪気之所㆑生也、内不㆑有㆓大乱㆒、則外有㆓大兵㆒、天下合謀、闇蔽不㆑明、有㆑所㆓傷害㆒、晏子曰、君若不㆑改㆓政治㆒、孛星将出、彗星何懼乎、由㆑是言㆑之、災甚㆓於彗㆒」とあり、度重なる遷都と結び付けて意識されたか。将軍は婁宿(おひつじ座)の北に天大将軍という星があり、武兵をつかさどるとされていた。

四六　**薬師悔過**(四五一頁注二)　薬師如来を本尊として、自らの罪過を悔い改めることによって、利益(りやく)を得ようとする仏教行事。諸国に令して七日間修せしめたこの記事が初見であるが、翌天平十七年九月聖武の不豫に際し京師畿内諸寺及び諸名山浄処に令して薬師悔過の法を行わせている。続後紀天長十年六月や承和四年六月には疫病流行に対して諸国に令して薬師悔過を修せしめている。薬師如来本願功徳経序にこの経は「致福消災之要法」とあり、また薬師が発願したとされる十二大願の中に「願我来世於㆓仏菩提㆒得㆓正覚㆒時、自身光明識然昭㆓曜無量無数無辺世界㆒」すとして自ら光を放ち無量無数無辺の世界を照らそうという第一大願とともに、「若有㆓衆生㆒、其身下劣諸根不具、醜陋頑愚聾盲跛躄、身攣背傴白癩癲狂、若復有㆓余種種身病㆒、聞㆓我名㆒已一切皆得㆓諸根具足身分成満㆒」という第六大願や「若有㆓衆生㆒、飢火焼㆑身為㆑求㆑食故作㆓諸悪業㆒、我於㆓彼所㆒先以㆓最妙色香味食㆒飽足㆓其身㆒」という第十一大願に代表されるような、病苦や飢餓あるいは貧から衆生を救おうという願も含まれている。この現世利益の思想が滅罪のための苦行作善をともなう悔過の思想と結びつき、さらに在来の山岳・海洋信仰をその基として各地に薬師信仰を広げた。

四七　**金鍾寺**（四五一頁注二）　金鍾寺は金鐘寺とも記す。平城京の東に所在した後に東大寺になる寺。天平十八年十月甲寅条に、聖武・元正・光明子が金鍾寺に行幸し、盧舎那仏に燃灯供養したとある。要録七の天平十四年七月十四日官符により、金光明寺の称が与えられた（補15―一二）が、福山敏男は金鍾寺は続紀の編者がその材料となったものの記載をそのまま踏襲したためという（「東大寺創立に関する問題」『古代文化研究』五）。金鍾寺を紫香楽に建てられたとする説（喜田貞吉・肥後和男・横田健一）もあるが、平城の同じ寺地にあった寺院とする以下の諸説が、その性格や拡大の過程を一連のものとして明らかにしえて有力である。

福山は天平十八年具注暦の三月十五日条の書入れ「天下仁王経大講会、但金鍾寺者、浄御原天皇御時、九丈灌頂、十二丈擣立而大会」とあることから（古二―五七三頁）、持統七年までさかのぼらせることができ、無名の小寺ではなかったとし、金鍾寺（創建は持統朝以前）→大和の金光明寺（天平十四年）→東大寺（天平十七年）と、奈良の地で発展したと主張した。しかし具注暦書入れから持統朝にまでさかのぼらせることには批判が多い。

家永三郎は神亀五年九月に光明子所生の皇太子が没し、冥福を祈るため金鍾山房が作られ、智行僧九人を住せしめた（同年十一月乙未・庚申条）が、その山房は天平三年写経目録の天平八年八月十三日条の「山房」（古七―二五頁）、のちの金鍾寺であろうとした（「国分寺の創建について」『上代仏教思想史研究』）。

堀池春峰は天平十二年良弁が審祥を請し華厳経講説を開いており（東大寺華厳別供縁起）、良弁はその経歴からみて神亀五年に山房に住せしめられた智行僧九人の中の一人と考えられ、彼の華厳教学摂取が平城還都後の大仏造営再開に金鍾寺が選ばれることになったとした（「金鐘寺私考」『南都仏教史の研究』東大寺篇）。

校異補注

＊はじめに原文の頁を漢数字で示し、次に当該校異の番号を算用数字で掲げる。
＊校訂に使用した諸本の略号は、凡例(原文校訂について)に従った。

巻第七

二 10 「重」、兼虫損。閣一字空。
11 「殺々」、兼虫損。但し残画あり。閣「殺々」。
13 「已下」、兼虫損。但し「已」の残画あり。閣「已下」。
四 6 この詔、三代格では和銅六年十月七日とする。三代格、「富民之本」は「々々之本」、「勤」は「勸」、「饒」は「足」、「刑錯之化」は「刑錯之俗」、「厥吏」は「諸吏」、「今諸国」は「然今諸国」、「趣」は「趍」、「教道」は「教導」、「佰姓」は「百姓」、「若有百姓」は「若百姓」に作る。
7 「曰」、兼虫損。閣一字空。
10 「紝」、兼虫損。但し旁の「任」は概ね残存。閣「紝」。
13 「可」、兼虫損。閣一字空。三代格「可」。
14 「産」、三代格「産」。
15 「懶」の下、三代格「忘業」の二字あり。
六 6 「二」の上、紀略「丙辰」の二字あり。
8 「足」、兼虫損。但し残画あり。閣「足」。
八 1 「牧」、兼虫損。但し残画あり。閣「牧」。
2 「聴」、兼虫損。閣「聴」。
4 閣「国」。紀略久邇本「々」。
5 閣「上」なし。底はこれを踏襲。
6 閣「斉」。底はこれを踏襲。
9 紀略久邇本・印「官」。狩は「官、一作宮」と注する一方、「官」の右に「ミヤケ」と注記。伴は朱を以って「官」を抹消、右に「宮」と朱傍書。
10 狩・伴「拠天武五年七月・天平神護二年十一月紀、小紫上、恐脱外字」と注する。
11 天武九年五月辛丑紀に「贈二大紫位一」とあるのに従う。
12 「川」、兼虫損。但し残画あり。閣は「門」とし、底はこれを踏襲。
14 「小」、天平宝字元年十二月壬子紀により補う。
15 「下」、兼虫損。但し残画あり。閣「下」。
16 「禰」、墓誌銘に従い改める。
17 閣「麻」なし。底はこれを踏襲。
18 和銅三年十月辛卯紀等により改める。
22 大は「割」の下に「河内国」を補うべきか、とする。
一〇 4 「境内蕪之科」は前行の「粛清所部之最」と対句となる。よって「蕪」の前後いずれかに一字脱落がある可能性が強い。印・義は「荒蕪」とし、宮も挿入符を以って「荒」を補う。
5 印・義「色」。
6 考證「制、疑副字之譌」とする。
7 坂本朝臣阿曾麻呂は霊亀元年四月丙子に従五位上となっている。ここは「上」とあるべきか。
8 「為」、兼虫損。但し残画あり。閣「為」。
9 この月に「乙丑」なし。紀略により改める。字体の近似による誤写か。
11 「任」、兼虫損。但し残画あり。閣「任」。
12 この詔、家伝下は勅とする。家伝下は、「営修」は「修営」、「寺家」は「寺」、「額題」は「題額」、「幢幡」は「幡幢」、「僅」は「纔」、「田畝」は「田薗」、「馬牛群聚」は「牛馬蹋損」、「門庭荒廃」は「庭荒涼」、「弥生」は「簇生」、「塵穢」は「塵埃」、「於事斟量極乖崇敬」は「損事而論極違崇敬」、

「今故併兼数寺」は「宜諸国兼并数寺」、「諸国司等宜明告」は「明告」、「条録郡内寺家可合并財物附使奏聞」は「具条部内寺家便宜并財物附使奏上待後進止」に作る。

一三 6 「数」、兼虫損。但し残画あり。閣「数」。

7 底・兼等「頽」に作る。「頽」は「頹」に同じ。

8 「郡」、字体の近似による「部」の誤写か。伴は「郡」の左に朱圏点を付し、右に「部」と朱傍書。考證も「部」に作るべしとする。

9 「諸国」以下「専制」まで、三代格所収霊亀二年五月十七日太政官奏とほぼ同文。三代格、「雖成」は「雖畢」、「諍訟」は「訴訟」、「不得」は「不聴」、「檀越等専制」は「檀越専制」に作る。

一四 2 考證は、「臣」は「匡」の譌字とする。

9 義「買成」は「置戉」の誤かとする。伴は「買成」の左に朱圏点を付し、右に「置戉」と朱傍書。考證も「当依堀本作置戉」とする。

10 閣「進」の右に「隼イニ」と傍書。伴は「進」の左に朱圏点を付し、右に「隼」と朱傍書。考證は「進、当依堀本作隼」とする。宮はもと「貢」の字なく、「隼人」の二字。「隼」を抹消して、右に「貢進イ」と傍書。

11 閣「諸」。底はこれを踏襲。

一八 2 紀略久邇本「弟」。

3 高の重ね書きは字形を整えたもの。

4 伴「例」の左に朱圏点を付し、右に「列イ」と朱傍書。考證も「例、一本作列」とする。

3 考證は、「訢」は「訴」の俗字とする。

11 伴挿入符を以って「国」を朱補。考證も「奥下、当有国字」とする。

13 兼もと「国焉」と書き、これを洗い消して「羽国」と重ね書き。

二〇 3・4 底は立心偏に「僕」、兼等は巾偏に「僕」に作る。

5 本条の鼇頭に、兼・谷・高・大「大嘗」と注記。

7 「養」の上、紀略「丁巳」の二字あり。

12 印・義「寸」。

10 義・狩「伎」は衍字かとし、考證も「伎字衍」とする。

14 狩「余真真人、恐有誤字」とする。考證は「真字衍一」とし、大は「余直真人」かとする。

二三 10 「二人」、考證・大は衍字かとする。

二四 1 大は扶桑略記により、「年七十八」を補う。

2 谷はもと「戈」に「工」に作る。

4 紀略久邇本「弟」。

0 閣「大」。底はこれを踏襲。

9−11 閣「誅」。底はこれを踏襲。

14 印・義「朝」あり。宮は挿入符をもって「朝」を補い、大は印により「朝」を補う。

16 宮「乃」の右に「子」と傍書。狩も「乃」の右に「子イ」と傍書。伴は「乃」の左に朱圏点を付し、左に「古」と傍書、右に「子」と朱傍書。旧事紀は「馬古」、補任は「宇麻呂」に作る。考證は補任・旧事紀を引き、「未知孰是」とする。

18 印・義「自」あり。大は印により「自」を補う。

20 丙戌条は癸未条の後にあるべきか。

24 高は「定」と書きかけ、重ね書きして「奏」。

二六 2 印・義「恣」。宮「恐」を抹消し、右に「恣」と傍書。大は印により「恣」と改める。

3 義「宄」。狩は「宂、疑宄」と注し、伴は「宂」の左に朱圏点を付し、右に「宄」と朱傍書。考證も「宂、当作宄」とする。

11 印・義上の「以」の字なく、「救」あり。宮「以」の右に「救イ」と傍書。伴は挿入符を以って「以」を朱補。

12 印・義「病」につくる。宮「溺」の右に「病イ」と傍書。伴は「病」の左に朱圏点を付し、右に「溺」と朱傍書。

13 兼等の「令」は「人之」の二字を誤認したものか。狩は「令、恐之」と注し、伴は「令」の左に朱圏点を付し、右に「之」と朱傍書。考證も「令、当依一本作之」とする。

二八 1 印・義・宮「赴」。閣「起」の右に「赴」と傍書。

9 高「規」の左に朱傍点あり。
10 閣「諸」。底はこれを踏襲。
12 谷「容」の右に朱傍点あり。
13 谷はもと「揆」の「天」を「禾」に作る。

三〇

1 紀略久邇本「薄」。「薄」は「簿」に通じる。
6 閣「生」なし。底はこれを踏襲。
7・8 狩「池田、恐他田之誤、安倍他田並大彦命之後、池田朝臣豊城入彦命之後、池田首大碓命之後、並見姓氏録、非同族也」と注する。

三二

6 園太暦文和二年九月二十二日条所引の本条は「覧」あり。
9 「卌」、園太暦文和二年九月二十二日条所引の本条は「卅」。
10 「当」、園太暦文和二年九月二十二日条所引の本条は「多」。
12 紀略久邇本「祖」。
13 「卌」、園太暦文和二年九月二十二日条所引の本条は「卅」。

三四

1 閣「廷」。底はこれを踏襲。
3 谷「咸」の左に朱傍点あり。
4 義・伴「勿字難解、疑有訛誤」と注する。考證は「堀氏曰、勿、一本作幼、元融按、幼字、一体作幺、与勿字形相渉而譌也」とする。賦役令集解義倉条所引霊亀三年十一月八日太政官符に「依長幼立平估」とあるのによれば、「幼」とすべきか。
5 義・宮「第」。紀略久邇本・印「弟」。
7 底・大は「膚」、兼等は「慮」に作る。印「庸」。伴は「庸」の左に朱圏点を付し、右に「膚」と朱傍書。考證は「庸」は「膚」の省筆とする。
8 義・閣は「膚」とし、宮は「庸」の右に「慮」、左に「膚」と傍書。「膚」の異体字とみなす。
8 園太暦文和二年九月二十二日条所引の本条は「所」。
10 兼・谷・東は「頽」に作る。「頽」は「頹」に同じ。
11 園太暦文和二年九月二十二日条所引の本条は「癒」。
14 「違」、兼虫損。但し「違」と判読可能。閣もと一字空。別筆で「違」を補う。

三六

1 閣「根」。底はこれを踏襲。
2 園太暦文和二年九月二十二日条所引の本条は「者」なし。
4 閣「石」。底はこれを踏襲。
8 義・閣「已薬」なし。宮は「已薬」を抹消。
9 園太暦文和二年九月二十二日条所引の本条は「亡」。
10 閣「已」あり。底はこれを踏襲。「亡」と字体近似のための竄入か。宮はもと「已命」。「已」を抹消し、右に「亡」と傍書。印「亡」。
13 義「按、上有癸丑、此不応復掲、疑衍」とし、狩は「癸丑支干不審」とし、伴も「按、上有癸丑、此不応復掲、癸丑二字、蓋衍文也、無考正」と注し、「癸丑」の左に「衍文」と朱傍書。考證は「恐誤字、或是衍文」とし、本条全体が衍文の可能性ありとする。園太暦文和二年九月二十二日条所引の本条は「癸丑」あり。
14 戊午条は丁巳条の後にあるべきか。
15 この詔、三代格では養老元年十一月廿二日勅。なお三代格では「事須安穏」は「事依安穏」、「百姓副物」は「百姓人身副物」、「若中男不足者」は「若有不足中男之功者」、「雑徭」は「人夫之雑徭」に作る。また賦役令集解調絹絁条所引養老元年勅では「百姓副物」は「百姓人身副物」、「応供官主用料」は「応供官主用度」、「若中男不足者」は「若有不足中男之功者」、「雑徭」は「人夫之雑徭」に作る。
16 兼等の「熊」は、三代格所収養老元年十一月廿二日勅では「絲」に作る。「熊」は字体の近似による「絲」の誤写か。

三八

3 「折」の字、三代格所収養老元年十一月廿二日勅および賦役令集解調絹絁条所引養老元年勅にしたがい改める。
6 高は貝偏に「录」の一字に作る。

巻第八

四〇

2 閣「菅」。底の誤写。
5 「二」の上、紀略「戊午」の二字あり。
7 狩「阿、一本作河、又一作珂」とし、考證は「阿、一本作河、或作珂」、伴も「阿」を抹消し、右に「河」、左に「珂」と朱傍書。大は「阿、一本作河、似是」とする。

四三 1 考證「石川氏曰、為上当有並字」とする。

8 「築」の字、東・高は「筑」の下に「心」の字に作る。

10 閣「大」。底はこれを踏襲。

四四 9 印・義「葉」。宮も「萎」の右に「葉イ」と傍書。

10 印・義「亘」に作り、義は「亘、諸本作白、今拠倭名類聚抄訂之」と注する。宮も「白」を抹消し、右に「亘」と傍書。狩は「白、鴨本作亘、倭名鈔同也、古本倭名抄作曰理」とする。伴は「白」に朱抹消符を付し、右に「亘」と朱傍書。考證も「白、当依鴨本作亘」とする。

13 閣「豫」。底はこれを踏襲。

15 義「出、当作士」と注し、狩は「出、一本作里、又一作士」とする。伴は「出」に朱抹消符を付し、右に「士」、左に「里」と朱傍書。考證は「出、当依一本作士」とする。

四六 1 閣「輸」。底の誤写。

2 閣「斉」。底はこれを踏襲。

6 印・義「曰」。宮は「白」の右に「曰」と傍書。大は印により改める。

9 印・義「該」。大は印に従う。

13 谷「道」の左傍に墨圏点あり。

四八 8 印「行」。義・宮は「雅」に作るが、義は「雅、疑邪之訛」と注し、宮は「雅」の右に「行イ」と傍書。閣は「邪」に作り、右に「雅」と傍書。

10 「之」、兼虫損。但し残画あり。閣「之」。

12 閣「烟」。底はこれを踏襲。「烟」は「煙」に同じ。

13 底「是」の右に「日歟」と傍書。

15 高「年」のもとの文字は不明。

20 「仰」の字、東・高は人偏に「卯」に作るが、「仰」と読取る。

五〇 1 底の「𧩙」はなぐさめる意。旁の「宛」は「亥」と草体が近似し、兼等はどちらともとれる字体。閣はこれを「𧩙」と判読し、底もこれを踏襲。兼等の字体は「該」と読取る。宮は「𧩙」の右に「該」と傍書。

2 閣「大」なし。底はこれを踏襲。

3 閣「廃」。底はこれを踏襲。

6 「亡」と「己」「已」「巳」は字体が近似するが、内容にしたがって読みおこす。

8 「三」の上、紀略「己未」の二字あり。

15 和銅五年正月戊子紀等により改める。

16 和銅四年四月壬午紀等により改める。

五三 4 閣「元」。底はこれを踏襲。

5 閣「光」。底はこれを踏襲。

7 底・兼・谷・東「馬」の右に「鳥歟」と傍書。

11 谷・高「右襟」の左に朱傍点あり。

13 谷は「同」の第一画を擦り消して「司」と改める。

14 天平二年三月辛亥紀等により衍とする。

17 義・伴は「判官、当作官判」、狩は「判官任、恐官判任」、考證も「疑、当作為官判任」と注する。

五四 3 高は「巨」に作る。

5 兼・閣は「陽」に近い字体。底はこれを「陽」と判読。

6 諸本、「文」を「二人」と誤認したか。義は「二人部、疑当作六人部」と注し、狩は「二人部、一本作文部」とし、伴は「二人」の右に「文一本」と朱傍書、左に「六一本」と傍書。考證は「二人、当作文一字」とする。宮は「二」の右に「六」と注する。

7 「亥」の字、谷・東・高は「充」とも読めるが、「亥」と読取る。

8 閣「内」。底はこれを踏襲。

10 「税」の字、高は禾偏に「兄」とも読めるが、「税」と読取る。禾偏に「兄」はシュク。字義未詳。

12 閣「画」。底の誤写。

13 閣「寮」なし。底はこれを踏襲。

15 谷「乳」の左に墨圏点あり。

17 「医」、東・高は「醫」の「酉」の部分が「缶」となっているが、「醫(医)」と読取る。

19 「焉」、類一〇七、大舎人寮条にあり、雅楽寮・主計寮・主税寮・典薬寮の各条にはなし。

21 底・兼等、禾偏に「友」に作る。

五六 2 谷「首」の左に朱傍点あり。

4 谷もと「上野三国下野」とするが、「下野」を「上野」の下に移す指示あり。

7 高、文字中央の朱線を擦り消した後、「宿禰」を重ね書き。

9 諸本の「案」は「按」に通じ、「案察」は調べ明らかにする意で、「按察」に同じ。

10 閣「黜」。底の誤写。

五八 5 閣「楮」。底はこれを踏襲。

9 谷「貢」の左に朱傍点あり。大は、「員」の誤りとし、上文に続けて「職事員」とすべきか、とする。伴は「貢」に朱抹消符を付し、右に「員」と朱傍書。考證は「禄」に作るべきか、もしくは脱文があるか、とする。

11 「巨」、高は「臣」とし、擦り消して「巨」と改める。

六〇 1 義もと「改張」とし、「改、当作弛」と注する。狩は「改張、恐弛張」、伴も「改張改、当作弛」とし、考證も狩の説を引く。宮は「政」の右に「改イ」と傍書。猪「改」。

2 谷「張」の左傍に墨圏点あり。

3 兼「行」の字に付箋を付す。

4 谷「連」の左傍に墨圏点あり。兼等「連」の右に「無イ本」と傍書。

5 東・高「機」の下、「者」の前に「四年春正月」以下、三月己巳条の「又除租税外公」までの部分が入る。これは兼・谷の一紙分に相当する。すなわち東・高の親本ないし祖本は兼・谷と同じ字詰め・行詰めの写本であると考えられ、そこにおいて、「者」以下「葦田郡常城」までの一紙と、「四年春」以下「租税外公」までの一紙の順序が前後していたために生じた誤り。

6 印「羽翼」。宮「翼」の上に挿入符を付して「羽イ」を補い、「賛」の右に「別本無之」と傍書。

8 印・義「合」。大は印により改める。

10 狩・伴は「信」は「倍」の誤りか、とし、考證も狩の説を引く。

11 谷もと「音」と書きかけて、「亲」と重ね書き。

六二 3 閣「優」なし。底はこれを踏襲。

6 谷「瀬」の左に朱傍点あり。

12 谷「莫」の左傍に墨圏点あり。

13 谷「浜」の左傍に墨圏点あり。

17 兼「也」の左に朱傍点あり。

21 閣「号」なし。底はこれを踏襲。

六四 2 諸本の「賜」の下の「不」は、次の「下」の見誤りによる衍字か。

4 印・義「久」。宮は「之」を抹消し、右に「久」と傍書。

10 「四」の上、紀略「庚申」の二字あり。

11 養老三年七月庚子紀により補う。

12 印・義「並」あり。宮は挿入符を以って右傍に補う。大は印により補う。

16 印・義「並」あり。宮は挿入符を以って右傍に補う。大は印により補う。

18 義・閣「鍛」。

19 義・閣「治」。

20 諸本の「若」は「君」の誤りか。万葉三四七左注に「石川朝臣吉美侯」が見える。㊀補6-三参照。

21 養老五年正月壬子紀により補う。義は「通攷前後、無下毛野麻呂、而明年正月壬子条下毛野虫麻呂係従五位下、拠此、麻呂上疑脱虫字」とし、狩も「麻呂上、恐脱虫字」とする。伴は挿入符を付し、右に「虫イ」と朱傍書。考證も「麻上、疑脱虫字」とする。

六六 2 閣「逆」。底はこれを「送」と誤認。

8 閣「太」。底はこれを踏襲。

六八 3 閣「縣」。底はこれを踏襲。

5 谷「无」の左に墨圏点あり。

6 閣「絶」。底の誤写。

8 東「本利但」の左に傍点を付し、右に「イ無此三字」と傍書。高「木利但」の左に傍点を付し、右に「イ無此三字」と傍書。猪は「納」の上に挿入符を以って「本利但」を補い、その右に「イ无此三字」と傍書。

12 「迸」は「はしる、にげる」意。「迸散」は「ほとばしり散る」意。あるいは字体の近似による「逃」の誤写か。

13 谷「今」の左に墨圏点あり。

七〇 1 底「尽自」の右、兼・谷「尽日」の右に「直自本」と傍書し、谷はさらに「本」を擦り消し。東・高は「尽日」の右に「直自本」と傍書。
2 高「雖」の左に朱傍点あり。
5 高「免」の右に「免」を傍書。
6 高「佰」の左に朱傍点あり。三代格所引養老四年三月十七日太政官符は「百」に作る。また「渉歴他郷、積歳忘帰」「縁其家業散失、無由存済、望請、逃」「能悔過帰者」は三代格になし。
7 東・高「逃」の俗字「遖」の右に異体字「迯」を傍書。
10 狩「也、恐色」と頭書。大はこれに従い改める。伴は「也」を抹消し、右に「色」と朱傍書。考證は狩の説を引く。

七三
1 狩「王孫、恐倒」と頭書し、「孫王」の誤りかとする。伴も文字の転倒を指示し、考證は狩の説を引く。
7 谷「賛」の左に墨圏点あり。
8 閣「断」。底はこれを踏襲。
11 高「事」の右に「日本紀奏事」と傍書。これは本来、この直後の「日本紀」奉上にかかわる首書。
15 閣「星」。底はこれを踏襲。
16 義「矯、当作驕」と頭書。宮「矯」の右に「驕歟」と傍書。狩・伴も「矯」の右に「驕」と傍書。考證は「矯、鴨本作驕」とする。

七四
1 印・義「帥」。宮「師」の右に「帥イ」と傍書。
3 閣「賜」なし。底はこれを踏襲。
6 高「流罪」の右に朱傍点あり。
7 宮「七」の上に挿入符を以って「年」を補う。狩「七上、当有年字」とし、考證も「七上、疑脱年字」とする。
9 印・義「父」。宮「文」を抹消し、右に「父」と傍書。諸本の「文」は、字体の近似による誤写か。
10 義「没」。伴は「役」の右に「没」と朱傍書。考證は「役、当依一本作没」とする。諸本の「役」は、字体の近似による誤写か。
11 「百」、兼虫損。但し残画あり。閣「百」。
12 義「没」。狩は「役、恐没」とし、伴は「役」の右に「没」と朱傍書。

七六
8 印・義「令」。宮「命」の右に「令イ」と傍書。大は印により改める。
9 閣「問」。底の誤写。
10 印・義「量」。大は印により改める。宮「重」の右に「量」と傍書。
12 狩「十一、当作一十歟」と頭書。伴は「一」の右傍に「无」と注記。考證は狩の説を引く。
13 印・義「除」。大は印により改める。宮「降」の右に「除」と傍書。
14 壬辰条、兼等、もとなし。挿入符を以って「也」の下に補い、「壬辰」の右に、兼は朱筆を以って、東・高は墨筆で「イ本」と傍書。谷は傍書なし。但し兼はもと「壬辰」を「壬午」に作り、「午」を朱を以って抹消し、左に「辰」と朱傍書、また「且」を脱し、朱挿入符を以って「宜」の下に朱補。
17 閣は「八」に近い字体。底はこれを「八」と誤認。
19 印・義「治部省」。宮「イ」本により、「省」を「治部」の下に移す指示あり。大は印により改める。

七八
1 高「餘」の右に「右大臣薨」と傍書。これは本来、この直後の藤原不比等の死にかかわる首書。
3 閣「雨」。底はこれを踏襲。
7 上毛野広人は養老四年正月甲子紀に正五位下に叙されている。ここは「下」とあるべきもの。
11 阿倍駿河は養老四年正月甲子紀に従五位上に叙されている。ここは「上」とあるべきもの。
12 谷「杖」の左に墨圏点あり。
14 高「力」のもとの文字は不明。
15 「大」、兼虫損。但し残画あり。閣「大」。
17 養老二年正月庚子紀により改める。

八〇
1・2 閣「太」。底はこれを踏襲。
3 霊亀二年四月壬申紀により補う。
4 養老四年正月甲子紀により改める。
11 高「贈太政大」の右に朱傍点あり。
17 この詔は三代格に、養老四年十二月廿五日詔として収める。三代格では、「理合遵承」は「理事遵承」、「後生之輩」は「後生之徒」、「汚法門」は「濫法門」、「並停之」は「並停」に作る。
21 閣「不承」あり。底はこれを踏襲。

八二
1 閣「汙」。底の誤写。
2 「五」の上、紀略「辛酉」の二字あり。
4 谷「国二」の左傍に朱を以って「上下」と注記し、文字の転倒を指示。
12 義「推前後位次、三宅麻呂上脱多治比真人五字」とし、宮も挿入符を以って「三二」の上に「多治比真人」を補う。狩も「三宅麻呂」の上に「当増多治比真人五字」とする。伴は「イ」本を以って「多治比真人」を補い、「拠前後例補之」とする。考證も「三上、当有多治比真人三(五)字」とする。
13・15 義もと「上朝」の二字。これについて義は「藤原朝臣馬養、養老三年正月授正五位上、上朝二字、疑藤原朝臣之誤脱乎」とする。宮はもと「丶朝」。「丶」の右に「藤原」と傍書、「朝」の下に挿入符を以って「臣」を補う。狩も「上」の左に傍点を付し、右に「藤原イ」と傍書、また「朝」の下に挿入符を付して「臣イ」と傍書。伴は「上」の右に「藤原」、左に「小野」と朱傍書、「朝」の下に挿入符を以って「臣」を補う。考證は「上朝、疑藤原朝臣之譌脱」とする。
16 底「下」の右に「上歟」と傍書。兼は「上」の左に傍点を付し、右に「上歟」と傍書。谷は朱を以って「下」を抹消し、右に「上歟」と傍書。

八四
6 狩「村、一作枝」と頭書。伴は「村」の右に「林一本」、左に「枝イ」と朱傍書。考證は天平七年四月戊申紀の「土師宿禰五百村」と同一人物か、とする。
9 類一四七・懐風藻・令義解序は「古麻呂」に作る。
12 高もと「旅」に作る。
17 養老五年正月庚午紀には「麻呂」なし。

八六
2 下毛野虫麻呂はこの年正月壬午紀に従五位上に叙されている。ここに「従五位下」とあるのは誤りか。
4 呉粛胡明はこの年正月壬午紀に従五位上に叙されている。ここに「従五位下」とあるのは誤りか。
5・6 「秦朝元」は養老三年四月丁卯紀により改める。
7 補7―一七参照。
13 高「安」の左に朱傍点あり。

八八
3 義「銭」。狩・考證も「銭」の誤りとし、伴は「鉄」の右に「銭」と朱傍書。
9 谷「寐」の「末」を「耒(来)」に作るが、「寐」に読取る。
11 高、言偏に「産」に作る。

九〇
3 高「今」の右に「今」と傍書。谷は「今」の右に「令」と朱傍書し、これを抹消符により抹消。
5 兼の傍書「令」は「全」に近い字体。閣「全」。底はこれを踏襲。
6 高「賢」の「貝」を「見」に作る。
9 閣「丑」。底の誤写。
12 高「期」の「其」を「肯」に作る。
17 閣「反」。底はこれを踏襲。

九二
1 印・義「十二匹」。宮も「二」の上に挿入符を以って「十」を補い、「駈」を抹消して、右に「匹」と傍書。
2 印・義・宮「随闕」。
4 印・義・宮「若」。
5 印・義「以」あり。宮も挿入符を以って「違」の上に「以」を補う。
6 印・義・宮「限」。
10 底・兼等「郡」の下に、乙酉条の「正四位上多治比真人県守鎮狄」の部分が竄入。兼・谷はこれを抹消。また底・兼・谷は竄入部分の右に「イ本如此乙酉日事見後此所可略歟今案」と傍書。高は乙酉条の「正四位上」の右に「イ本如此乙酉日斗見後此事可略歟今案」と傍書。東は傍書なし。
14 閣「狄」なし。底はこれを踏襲。
16 「七」、谷は墨色が前後と異なる。あるいは追筆か。
18 閣「察」。底の誤写。
19 閣「太」。底はこれを踏襲。

九四
1 大・考證「毎ニ念至ㇾ此」とすべきか、とする。
3 義「養」の下に「橘」を補い、「諸本橘字脱、拠前後補之」とする。宮も挿入符を以って「養」の下に「橘」を補う。狩は「県犬養下脱橘字」と頭書。伴は「養」の下に「橘」

を補い、「諸本橘字脱、拠前後補之」と頭書。考證も「養下、当有橘字」とする。
6 高「済」の「斉」を「斎」に作るが、「済」と読取る。
8 三代格五及び十五所引、養老五年六月十日太政官奏は「蠹害政法」に作る。また三代格では、「料禄」は「禄料」とし、「官位」は三代格十五では「職員」とする。
11 谷は「田六」の一部に重ね書きがあるが、これは、字間の朱点を洗い消した後に重ね書きしたもの。

九六
5 東は「筑」の「凡」を「几」に作る。
7 谷「過」の左に墨圏点あり。
8 閣「烟」。底はこれを踏襲。「烟」は「煙」に同じ。
10 谷「出」の左に墨圏点あり。
15 底・兼等「孝」の右に「考歟」と傍書。
17 印・義「須」。宮も「渡」を抹消し、右に「須」と傍書。大は印により改める。

九八
1 狩「麻、恐度」と頭書。伴は「麻牒作度牒、恐非也、麻牒者謂麻紙牒歟」とし、考證も「一作度牒、恐非」とする。
2 「牒」、東・高は片偏に「系」に作るが、「牒」の異体字とみなす。
4 大は「官本」により「歳」と改める。
5 閣「恭敬」なし。底はこれを踏襲。
6 底・兼・東・高の傍書は三水偏に「斉」に作るが、「済」と読取る。谷は、「姓」の右に「イ」本を以って、三水偏に「斉」の字を傍書し、左に「済」と傍書。なお高は「姓」の右傍に墨圏点を付す。
8 底もとの文字を擦り消して「養孝」と改め、「孝」の右に「老イ」と傍書。もとの文字は不明。
10 大は、印により「仰」を補う、とするが、印には「仰」なし。狩・考證は「一本」に「仰」あり、とし、伴も「仰イ」と朱傍書。
14 ㊀補6-二三参照。
15 養老四年正月甲子紀等により衍字とみなす。

一〇〇
1 藤原麻呂は養老五年正月壬子紀に従四位上に叙され、神亀三年正月庚子紀に従四位上より正四位上に叙されたことが見える。ここは「従四位上」とあるべきか。
4 閣「土」。底はこれを踏襲。
5 「祓」、諸本は禾偏に「犮」に作るが、「祓」と読取る。
7 底「獲虜処虜」。兼はもと「獲処虜」とし、「獲」の下に朱挿入符を付して「虜イ」と朱傍書。谷は「獲処虜」とし、「処」を朱抹消符で抹消。東・高はもと「獲処虜」とし、「処」の右に東は「虜イ」と傍書、高も「虜イ」と朱傍書。なお谷「処」の一部に擦り消しあり。
12 谷もと「察」の「示」を「禾」に作り、重ね書きして「察」と改める。
15 大「拠紀略補」とするが、諸本に「使」あり。

一〇三
2 谷「佐」の人偏に擦り消し・重ね書きがあるが、これは左傍の朱線を擦り消した後に重ね書きしたもの。
22 谷「如」の左傍に墨圏点あり。

一〇四
6 高「兵」の最終画の「丶」のない字に作る。
12 狩「発」の右に「恐廃」と傍書。伴も「発」を抹消し、右に「廃」と朱傍書。考證は「発、一本作廃」とする。
13 兼・谷はもと「留」の異体字「畱」に作り、これを朱を以って抹消し、右傍に「畄(留)」と傍書。
18 紀略は「今日」以下を庚辰条にかける。
19 紀略「太上天皇」あり。但し「葬太上天皇」と改める。紀略久邇本は「太上天皇葬」。

一〇六
4 義「多字上、疑脱一字」とし、狩・伴・考證も脱字・脱文を想定する。大は「地」を補うべきか、とする。
5 兼・谷「合」の左に朱傍点あり。閣「合」なし。底はこれを踏襲。
6 義「薩金　金字、疑衍」とし、狩・伴・考證も衍字とする。

巻第九

一〇八
6 「六」の上、紀略「壬戌」の二字あり。
7 谷「臣」の左に墨圏点あり。
8 高「冂」に「甬」に作る。
11 閣「羲」。

二〇

2 宮「報」の右に「艱」と傍書。狩は「報、一作艱」とし、「報」の右に「艱」と傍書。伴は「報」の右に「艱イ一」と傍書。考證も「報、当依一本作艱」とする。

7 印・義は「自今以後」に作る。宮は「自」の下に挿入符を以って「今以」を補う。

8 考證は、「𠂢(＝与)」と「焉」の字体の近似による誤りとする。

9 「予頃」の左に、兼・高は朱傍点、谷は墨圏点と朱傍点あり。

11 「俗」の左に、兼は朱傍点、谷は墨圏点と朱傍点あり。

12 谷は金偏に「余」に作る。

二二

1 谷は「土々」の「々」の左に墨圏点(抹消符)を付し、「土」と改める。

2 高は三水偏に「斎」に作る。

3 「置」は草体の近似による「並」の誤写か。

11 谷「色」の左に墨圏点あり。

12 兼、はじめ「位」以下「闕」までの一行分を飛ばして書写し、最終行に追記。

13 閣「太」。底はこれを踏襲。

15 兼・谷「壹(壱)」の「士」を「吉」に作る。「壹」と読取る。

16 閣「岐」。底はこれを踏襲。

18 義・考證「擁、当作権」とし、狩も「或云、擁、当作権」とする。伴は「擁」の右傍に「権」と朱書。慶雲二年十二月乙卯条の校異補注を参照。

22 印・義「令」に作り、義は「令、当作合」と注する。狩は「令、一作合」とし、伴は「令」の右傍に「合」と朱書、考證も「令、疑当作合」とする。

二四

9 閣「寓」。底はこれを踏襲。

11 閣「並」。底の誤写。

12 閣「徒」。底はこれを踏襲。

18 谷「卯」の左に朱傍点あり。

19 東・高辵に「商」に作るが、「適」と読取る。

二六

3 東「輸」の「俞」を、「へ」に「前」に作るが、「輸」と読取る。以下同じ。

4 閣「潤」。底はこれを踏襲。谷は門構えの一部に重ね書きあり。高は門構えの中に「活」を書き、その三水偏を墨抹。

8 閣「以」。底はこれを踏襲。

9 印・義は「無改」に作るが、狩は「無改、一本作要政」とし、伴は「無改」の左に「要政」と朱傍書。考證も「当依一本作要政」とする。

11 高爪冠に「田」に作るが、「留(畄)」と読取る。

12 狩「獲、恐穫」とし、伴は「獲」の右に「穫」と朱傍書。考證は狩に倣う。

13 谷「敷」の左傍に墨圏点あり。

二八

4 「可」は「所」と字体が近似するので、誤写の可能性がある。狩は「可、恐所」とし、伴は「可」の右に「所歟」と朱傍書。考證も「可、疑所字之譌」とする。もし「所」であれば、ここは「募民出穀、運輸鎮所、程道遠近、為差委輸」と四字句から成る文章となる。

9 紀略養老六年十二月庚申条により改める。以下同じ。

10 谷「茁」の左に朱抹消符と墨圏点あり。

11 閣「扨」。底はこれを踏襲。

13 高の重ね書きは字形を整えるためのもの。

17 大は印により「大」を補う。宮も「赦」の上に挿入符を付し、右に「大イ」と傍書。

三〇

4 兼は「従」を飛ばして書写し、行末に追記したが、挿入符の位置を誤り、「原」の下に「従」を入れるべく指示したため、兼を祖本とする閣および底はこれを踏襲した。

9 高の重ね書きは字形を整えるためのもの。

11 閣「人」。底はこれを踏襲。

16 印「詠」。義「泳」。狩「詠、一本作該」とし、伴は「詠」の右に「該」、左に「泳水戸本」と朱傍書。考證は「詠、当依堀本作該」とする。

18 高「緇」の下に挿入符あり。ただし挿入すべき文字はなし。

19 諸本は、「令」を「風」の異体字「凬」と誤認したものか。

24 この「奏言」は三代格に養老六年七月十日太政官奏として見える。三代格では「近」は「比来」とある。

25 諸本の「右京」は三代格所収養老六年七

月十日太政官奏では「在京」とあり、これに従う。

一二三
2 三代格所収養老六年七月十日太政官奏では「巧」。
3 三代格所収養老六年七月十日太政官奏では「戒」。
4 三代格所収養老六年七月十日太政官奏では「離」。
6 高は「佳」の右に立刀の字に作る。
8 谷重ね書きあり。ただしこれは音引き符号を擦り消した際に文字の一部を消したための重ね書き。
9 高の重ね書きは字形を整えるためのもの。
13 高のもとの文字は不明。
15 谷はもと「月」と書き、重ね書きして日偏に改める。
16 「喬麦」は「蕎麦」に同じ。

一二四
1 高のもとの文字「⺁」は、「磨」の書きさし。
3 閣「不」なし。底はこれを踏襲。
7 義「罔」。狩は「囚徒、或云、疑当罔従」とし、伴も「囚徒」の右に「罔従」と朱傍書。考證は「囚、当作罔、蓋罔古作冈、与囚字様相渉致譌也」とする。
9 義は「奇、疑当作有」とする。狩は「奇、恐弃」とし、伴は「奇」の右に「棄」と朱傍書。考證も「奇、疑当作弃」とする。
12 義「旨、当作省」とし、狩は「旨」の左に「省考」と傍書、伴も「旨」の右に「省」と朱傍書。考證も「疑定省之譌」とする。
13 諸本「且」とも読める字体であるが、「旦」と読取る。
14 兼・東・高は「⺁」に「甬」に作る。谷もこれに「⺀」を補筆か。
15 考證「疑儵忽及期之譌」とする。大はこれに従い改める。
18 狩「実、一作冥」とし、伴は「実」の右に「冥」と朱傍書。考證も「実、疑当作冥」とする。

一二六
1 東、三水偏に「泰」に作るが、「漆」と読取る。
2 狩「一本、即下有従字」とし、伴は「即」の下に挿入符を付し、右に「従イ」、左に扶桑略記により「以」と朱傍書。考證も「案、即下一本有従字、(中略)此恐脱文」とする。扶桑略記には「以」に作る。
7 閣「勤」。底はこれを踏襲。
11 「七」の上、紀略「癸亥」の二字あり。
13 養老五年正月壬子紀に従四位上に叙されている。「六人部王」の上に「従四位上」が脱落か。
14 「無」、兼虫損。但し残画あり。閣「無」。
16 「淡」、兼虫損。但し残画あり。閣「淡」。

一二八
1 狩「坂、一本作板」とし、伴は「坂」の右に「板」と朱傍書。大も「坂、或当作板」とする。
2 閣「朝臣」なし。底はこれを踏襲。
5 兼もと「広見石川朝」とし、これを洗い消して「朝臣広見石」と改める。
8 養老五年正月甲戌紀により改める。
9 閣は「凡」に近い字体。底はこれを「凡」と誤認。
12 義・狩「忠、一本作志」とし、伴は「忠」の右に「志」と朱傍書。考證も「忠、当依宮本・堀本作志」とする。
19 大は「遺」を補い、「勅遺」とする。
20 閣「誓」なし。底はこれを踏襲。
24 閣「郡」。底の誤写。
25 義「燾」。狩「寿」の左に傍点を付し、鼇頭に「燾」と注記。伴は「寿」の右に「幬イ」、左に「燾イ」と朱傍書。考證は「寿、当依堀本作燾」とする。

一三〇
2 義「壮」に作る。狩は「或曰、当作丁壮」とし、伴は「収」の右に「壮」と朱傍書。考證も「収、当作壮」とする。
4 谷「蠢」の下に挿入符あり。ただし挿入すべき文字はなし。印・義「有」あり。ただし印は「蠢」の上にあり。狩は「有字、当在蠢下」とし、伴も「有」を抹消し、「蠢」の下に挿入符を付して、右に「有」と朱傍書。考證も「案、有字、当移置于浴濯上」とする。
6 狩「涼、宜作淳」とし、伴は「涼」の右に「淳」と朱傍書。考證も「涼、疑当作淳」とする。
8 狩・考證は「官、当作宦」とし、伴は「官」

を抹消し、右に「宦」と朱傍書。
11 高は「筑」の下に「寸」に作る。
12 「田」、兼虫損、但し残画あり。閣「田」。
15 「摩」、兼虫損。但し残画あり。閣「摩」。

一三三
1 三代格所収貞観二年十一月九日太政官符に引く「養老七年格」では「減」。
4 「卒」の左に、底は朱傍点、谷は墨圏点あり。義は「帥」に作る。狩は「師」の左に「帥イ」と傍書。伴は「師」の右に「卒イ」左に「帥イ」と朱傍書。考證も「師、当依堀本作帥」とする。
10 谷「蛮」の左に墨圏点あり。
12 義は「建、当作違」、狩も「建、恐違」とし、伴は「建」の右に「違」と朱傍書。考證も狩に従う。
17 閣「軽」なし。底はこれを踏襲。
19 閣「式」。底はこれを踏襲。兼は「或」の「戈」を「弋」に作るが、「或」と読取る。

一三四
2 高は「惑」に作るが、「惑」と読取る。
8 谷「広」の下に挿入符あり。ただし挿入すべき文字はなし。印・義は「一寸半」とし、宮は挿入符を以って「一寸半」を右傍に補う。
14 閣「生」。底はこれを踏襲。

一三六
6 閣「稠」。底はこれを踏襲。
9 狩「絁上、一有賜」とし、伴は「絁」の上に挿入符を付し、右に「賜」を朱傍書。考證は「絁上、当依堀本増賜字」とする。
16 「神」の上、紀略「甲子」の二字あり。

一三八
3 高「天」以下を改行する。
4 底・兼等「和」以下を改行する。
5 谷「諸」字の中央下部と左傍とに二種類の抹消符あり。
6 兼虫損あり。ただし「止」と読める。閣はこれを判読しえず、一字空とする。底はこれを踏襲。
7 狩「諸王上、恐脱親王二字」とし、考證もこれに従う。伴は山田以文の説を引き、「以文按、諸王上、恐脱親王二字」とする。
8 「宣」、兼虫損。但し残画あり。閣は「宣」と判読。
10 兼虫損あり。ただし「尓」と判読可能。閣はこれを判読しえず、一字空とし、底はこれを踏襲。
13 閣「斯」なし。底はこれを踏襲。
15 印・義「波」あり。宮は挿入符を以って右傍に「波」を補う。
16 狩「末、宜作米」とし、伴は「末」の右に「米」と朱傍書。考證も「末、当依永正本・堀本作米」とする。宮も「末」の右に「米」と傍書。
17 印・義「父」。宮「文」を抹消し、右に「父イ」と傍書。

一四〇
3 詔「行字は、此字の誤なるべし」とする。これに従う。
14 諸本の「副」は字体の近似による「嗣」の誤写か。
17 印・義「今」。宮は「八」に加筆して「今」。大は印により改める。
18 詔「此上に、受字有しが、脱たるなるべし、うけたまはりとあるべき所也」とし、考證も「被上、疑脱受字」とする。

一四三
2 閣「与」。底はこれを踏襲。
3 詔は二十四・四十八・六十一詔などにより「奈」を補い、狩・伴・考證も「奈」を補うべし、とする。
5 詔は三・四・五・十三詔などにより「尓坐」を補い、狩・伴・考證も「尓坐」を補うべし、とする。
6 印「慈賜波久」。詔は「慈賜波久波と有べきところ也、かくいはではたらず」とする。
10 詔は、「宜」と「先」の草体の近似により「先」を「宜」に誤ったものか、もしくは「麻豆」を誤ったものとする。
11 印・義「五」とし、宮は「九」を抹消して、右に「五」と傍書。大は印により改める。あるいは下文の「九十」に引かれて「五」を「九」と誤ったか。

一四四
13 長田王は霊亀二年十月壬戌紀に従四位下に叙されている。「長田王」の上に「従四位下」が脱落か。
15 和銅元年正月乙巳紀等により「宿」を補う。
16 和銅六年正月丁亥紀等により「子」を補う。

一四六 1 「勢」、**兼**虫損。但し残画あり。**閣**は「勢」と判読。

6 天平四年九月乙巳紀により改める。

12 **考證**「依前後例、正上、疑脱外字」とし、**大**は「外」を意補。

15 **印・義**「比」。**宮**「此」の右に「比イ」と傍書。**大**は**印**により改める。

16 **伴**「卒」の右傍に「率」と傍書。

一四八 5 **印・義**「依」。**宮**「置」を抹消し、右に「依イ」と傍書。**大**は**印**により改める。諸本の「置」は字体の近似による「量」の誤写の可能性もある。

12 「大」、**高**は「冂」の中に「二」に作る。

13 **義**は「教、疑勅之訛」、**狩**も「教、一本作勅」とし、**伴**は「教」の右に「使」、左に「勅一本」と朱傍書。**考證**は「教、鴨本作使、一本作勅」とする。

一五〇 2 **狩**「一本、士上有兵」とし、**伴**は「士」の上に挿入符を付し、右に「兵」と朱傍書。**考證**も「士上、一本有兵字」とする。

5 **印・義**「従」あり。**宮**は挿入符を以って「従」を補う。

7 **大**は「能」の上に「都」を補い、「都能」とする。

9 神亀四年十二月丁亥紀により「羽」を補う。

16 **底・兼**等は「那」の譌字「邯」に作る。

18 **閣**「谷」。**底**はこれを踏襲。

19 万葉集・懐風藻は「田」とする。

20 **閣**「小」。**底**の誤写。

一五三 2 **印・義**「軍」あり。**宮**は挿入符を以って「軍」を補う。**大**は**印**により補う。

16 **義**「按、是月無丁未、丁未上、疑脱八月二字」とする。**狩**は「今推干支、是月无丁未、丁未八月廿一日也、蓋本書月闕」とし、**伴**も「按、七月无丁未、丁未上、当有八月二字」として、ともに「八月」を補う。**考證**は「大日本史注」を引いて「推干支、是月無丁未、丁未八月廿一日也、蓋月闕」とする。

一五四 1 **東**「勺」に作るが、「勾」と読取る。

3 **義**「伊部、疑使部或伴部之訛」とし、**狩**は「伊」の右に「使」、左に扶桑略記により「伴」と傍書、**伴**は「伊」の右傍に扶桑略記により「伴」、左傍に「使イ」と朱書。**考證**は「未詳、一本作使部、扶桑略記作伴部」とする。**大**は扶桑略記に従う。

7 **狩**「士」の右に「土」と傍書。**伴**も「士」の右傍に「土」と朱書。

8 **印・義**「位」。**宮**は「兼」を抹消し、右に「位」と傍書。**大**は**印**に従う。

9 **底・兼・谷・高**、この詔にかかわる「玉津嶋明神明光浦霊事」の首書あり。但し**底**は「明光浦」の「明」を脱す。**閣**も「明」なし。**底**はこれを踏襲。

10 **高**「覧」の「⺈二」を「又」に作る。

15 養老七年正月丙子紀に従五位上に昇叙されたことが見えるので、「外」は上文の「外祖父」に引かれたための衍字と見なす。

17 養老五年正月甲戌紀等により「津」を補う。

18 **義・伴**「姓字、訛為姫也」とし、**狩**は「一本作津守連通姓」とする。**大**はこの「一本」により「姓」と改める。**考證**も「姫、姓字之譌」とする。

19 **印・義**「給」。**宮**は「兼」を抹消し、右に「給」と傍書。**大**は**印**により改める。

一五六 3 **印・義**「彈」。**宮**は「弾」の右に「彈」と傍書。

5 **底・兼**等、**大**、立心偏に「尉」に作る。**考證**に「正字通、慰一作懟」とある。「慰」と同字と見なす。**紀略・紀略久邇本**は「慰」に作る。

6 本条の鼇頭に、**兼・谷**「大嘗」と注記。**高**は上文「慰労」の右傍に「大嘗」と注するが、本条にかかるべきもの。

9 **義**「率」。**宮**は「卒」を抹消し、右に「率」と傍書。**伴**も「卒」の右傍に「率」と朱書。

11 **底**、示偏に「彖」に作る。**閣**は「禄」。**底**の誤写。

12 **義**「今推干支、庚、当作甲」とする。**狩**は「庚申一条錯置、類史卅二以是係之十一月之下、宜従焉、四日也」とし、**伴**は鼇頭に「推前後干支、庚、当作甲」と注し、「庚申」の右傍に「庚申一条錯置、類史卅一(二)以是係十一月之下、宜従、庚申十一月四日也」と朱書。**考證**は「是月丁巳朔、四日庚申、不当叙于此、疑甲申之譌、甲申廿八日也」とする。

13 **閣**「勧」。**底**はこれを踏襲。

14 **東**「約」に作るが、「絇」と読取る。

一五八

2 「二」の上、**紀略**「乙丑」の二字あり。

4 **兼**「備」の異体字「俻」の「用」を「月」に作るが、「備」と読取る。

9 戊子は三日。本条は上文己丑条の上にあるべきもの。

11 **閣**「朝臣」なし。**底**はこれを踏襲。

12 天平元年三月甲午紀・同四年十月丁亥紀に「起」とあるにより改める。

13 **考證**「或曰、出、疑生字」とする。

14 印「下」。**宮**は「本」の右に「下イ」と傍書。

一六〇

4 三代格所収神亀二年七月廿日詔では「攘災招福」とする。

7 **閣**「祗」。**底**はこれを踏襲。

9 要録一「勤」。

一六二

3 **義**「亦、当作示」とし、**狩**は「亦」の右に「示歟」と傍書。**伴**も「亦」の右に「示」と朱傍書。**考證**は「亦、当依一本作示、要録載亦作示」とする。要録一「示」。

4 **考證**「顕、疑頻字」とし、**大**も「顕、或当作頻」とする。

5 **底**・**兼**等・**大**「生」の下に「月」に作るが、「昔」と読取る。

6 **谷**「責」の右傍に朱点あり。

9 **東**「雊」の「句」を「勺」に作るが、「雊」と読取る。

11 **印**・**義**「日」あり。**大**は**印**により補う。要録一「日」あり。

13 **義**「子、疑当作字」とし、**狩**は山田以文の説を引き、「藤以文曰、子、恐字」とする。**伴**は「子」の右に「字歟」と朱傍書、**考證**も「当作族字」とする。

15 本条の鼇頭に、**底**・**兼**・**谷**「冬至」と注記。**高**は行間、「十一月」の右傍に「冬至」と注する。

一六四

1 **閣**「並授従五位下弟兄」なし。**底**はこれを踏襲。

3 **底**・**兼**・**谷**鼇頭に「甘子」と注記。

6 **谷**「恒」の左傍に朱点および墨圏点あり。

10 「三」の上、**紀略**「丙寅」の二字あり。

14 霊亀二年正月壬午紀に「祖父麻呂」とあることなどにより改める。

15 和銅三年正月甲子紀等に「人成」とあるにより改める。

17 **印**・**義**「寸」あり。**大**は**印**により補う。

18 **閣**「社」。**底**はこれを踏襲。

一六六

4 **高**の重ね書きは字形を整えるためのもの。

7 「苑」はエンで植物名(しょん)だが「苑」に通用する。

9 **兼**は「塩」。**谷**はもと「塩」。重ね書きして「塩」とする。**高**も「塩」。いずれも「塩」と読取る。

一六八

17 **谷**はもと「へ」。「今」の書きさし。

19 **谷**・**高**はともにもと「戈」に「工」に作る。

20 **閣**「奘」。**底**はこれを踏襲。

21 要録一「量」。**大**はこれに従う。

一七〇

4 この月の朔日は丙午であり、八月に庚寅はない。**紀略**に従う。要録一も「癸丑」。

10 **閣**「太」。**底**はこれを踏襲。

11 **狩**「使、恐使」とし、**伴**も「使」の右傍に「便」と朱書。**考證**も「使、疑当作便」とする。

15 **高**「郡」の右に「宇」を傍書し、これを擦り消し。

17 **兼**・**谷**「棗」の右傍に朱点、**高**は「来」の右傍に朱点あり。

18 **谷**「棗」の右傍に朱点、**高**は「来」の右傍に朱点あり。

19 **兼**・**谷**「棗」の右傍に朱点、**高**は「来」の右傍に朱点あり。

一七二

3 養老四年正月甲子紀・天平十一年四月壬午紀・同十四年十月乙酉紀により改める。

6 この条の前半部分、古今集序注下に引く「国史」には「…甲寅、至印南野邑美頓宮、辛酉、従駕人及播磨郡司百姓等供奉行在所者、授位賜禄各有差」とし、「従駕人」以下二四字を辛酉の記事とする。

8 古今集序注下は「及」あり。

10 古今集序注下は「各」。

13 類聚国史八六、赦宥の項に神亀三年十月辛酉の日付を掲げる(記事は省略)。これはこの曲赦を指すものと考えられ、したがって本条の「従駕人」以下は、古今集序注下所引「国史」のように、本来は辛酉に係るべき記事と考えられる。
15 閣「位」なし。底はこれを踏襲。
一七四 4 底・兼等、大、禾偏に「犮」に作る。
5 閣「記」。底はこれを踏襲。

巻第十

一七六 2 「四」の上、紀略「丁卯」の二字あり。
3 高は「癈」の「冫」を「二」に作る。
10 印・義・宮「刀」。本朝月令所引高橋氏文でも「刀」。
一七八 6 印・義「令」あり。大は印により補う。
一八〇 3 狩「一本、門作間」とし、伴も「門」の右に「間一本」と朱傍書。
4 本朝月令所引国史には「甕原」なし。
5 本朝月令所引国史には「々(騎)」なし。
一八二 2 閣「一」なし。底はこれを踏襲。
一八四 1 東・高の「悸」は「悖」の譌字。
3 閣「生」なし。底はこれを踏襲。
一八六 1 狩「破、恐被」とし、伴は「破」の左に「被」と朱傍書。大も「破、或当作被」とする。
10 「五」の上、紀略「戊辰」の二字あり。
一八八 2 閣「城」。底はこれを踏襲。
3 義「士」。宮「上」の右に「士歟」と傍書。狩・考證は「上、当作士」とし、伴は「上」の右傍に「士」と朱書。
4 義「葉」。狩は「一本、業作葉」とし、伴は「業」の右傍に「葉」と朱書。考證は「業、疑葉字之譌」とする。
7 兼「漢」の左に傍点を付し、右に「漢イ」と傍書。
9 印・義「援」。狩「結援、可疑」とする。
10 閣「良」。底はこれを踏襲。
11 狩に「郎将二字、一本作竜毅都尉四字」とあり、伴も「郎将」の右傍に「竜毅都尉一本」と朱書。
12 兼・谷・高は抹消符により「航」を抹消。
14 狩「弊、疑幣」と注し、「弊」の右に「幣」と傍書。伴も「弊」の右傍に「幣」と朱書。考證「弊、当作幣」とする。
15 狩「主」の右に「生一本 考一本」と傍書。伴も「主」の右傍に「生一本」と朱書。
17 狩・伴「膳」の右に「胆」と傍書。考證は「膳、疑膽字」とする。
22 高は「説」とも読める字体。「訖」と読取る。
一九〇 7 閣「位」あり。底はこれを踏襲。
8 高、金偏に「又」に作る。
11 高もとの「簡請後犯」を擦り消して重ね書き。ただし「簡試」の下の「後」を脱す。
一九二 4 狩「作下、一有軍字」とし、伴は挿入符を付して「軍イ」と傍書。考證は「団上、一本有軍字」とする。大は「一本」により補う。
5 谷「亲」と書きかけ、重ね書きして「音」と改める。
11 印・義「並」。宮は「所」の右に「並イ」と傍書。伴は「並」の右に「所イ」と傍書。
12 閣「上」。底はこれを踏襲。
一九四 2 印「懐」。義「壊」。狩は「懐」を抹消し、右に「壊」と傍書。伴も「懐」の右傍に「壊」と朱書。考證は「懐、当依卜本・永正本・補写本・堀本作壊」とする。
4 高「監」の「仁」を「又」に作る。
7 閣「徳」なし。底はこれを踏襲。
8 東「約」に作るが、東の書き癖とみて、「絢」と読取る。
19 兼文字中央に虫損あり。「太」「大」いずれであるか不明。
一九六 4 兼・閣「物」の旁は「鳥」に近い字体。底はこれを「鳥」と判読。
7 義「湯」。宮は「陽」の右に「湯」と傍書。狩「陽、一作湯、是」と注し、「陽」の右に「湯」と傍書。伴も「陽」の左傍に「湯」と朱書。考證は「陽、当作湯」とする。
9 閣「凡」に近い字体。底はこれを「凡」と判読。
17 義「今推干支、甲子朔、而無甲午、午、蓋子之訛、而脱朔字」とし、狩も「推支干、八月甲子朔、无甲午、午、恐誤子、且脱朔字歟」、伴も「推干支、是歳八月朔在甲子、而無甲午、午、蓋子之訛」、考證も「是月、甲子朔、無甲午、疑当作甲子朔」とする。
一九八 4 谷、もと「匠」の異体字「近」に作り、重ね書きして「匠」と改める。

5 兼、もと「従」と「位」の位置に「従」を大書し、擦り消して細字双行に改める。
6 閣「上」。底の誤写。
11 義「上字下、疑脱表字」とし、宮は挿入符を付し、右に「表歟」と傍書。狩「上下、当有表字」とし、伴も挿入符を以って「表」を朱補。考證も「上下、疑脱表字」とする。
14 諸本「狂」に作る。「枉」の異体字と見なす。
15 高、貝偏に「寸」に作る。
16 閣「守」なし。底はこれを踏襲。

二〇〇

5 要録一「二」の下に「歳」あり。
8 高「不」の中央に圏点あり。
13 東「約」に作るが、「絢」と読取る。
14 扶桑略記「三」。要録一は「二」。

二〇二

4 「天」の上、紀略「己巳」の二字あり。
9 義「酬」。考證も「醻、当作酬」とする。

二〇四

4 閣「津嶋朝臣家道右衛士佐外従五位下」なし。底はこれを踏襲。

二〇六

2 「日並智」の表記の例としては、要録一所引竜蓋寺記に「日並智王子」がある。
7 高、糸偏に「系」に作る。
11 扶桑略記「水田」とする。

二〇八

1 高「上」の左に墨点あり。
6 養老七年正月丙子紀に「国足」とあるにより改める。「之」と「足」の草体の近似による誤写か。
8 高は文字中央の朱線を擦り消し、文字の一部を重ね書き。
10 兼、もと「巨」。
11 閣「氐」。底の誤写。

二一〇

6 東・高「行」の間に「本」の字に作るが、「術」と読取る。
11 兼等は女偏に「亥」に作る。
15 谷「徴」の左傍に墨圏点あり。
17 高「广」に「敢」に作る。

二一二

5 閣「並」なし。底はこれを踏襲。
7 印・義「苑」あり。宮は挿入符を以って「苑」を補う。
12 谷「挟」の左傍に墨圏点あり。
18 要録一「皇」。

二一四

2 谷「奉」の左傍に朱抹消符とともに墨圏点あり。
8 詔「高を、天官の二字に誤れるか、はた官字、高の誤にて、天高御座か」とする。狩「官、恐高」とし、伴は「天官、高ヲ天官ノ二字ニ誤カ」とし、考證は「官、疑高之譌」とする。
10 底・兼等は「治」なし。大は「賜」を「治」に意改。詔は「天地八方調賜事者」とするが、これについて「一本に、方の下にも、賜字あるは、治賜と有しが、治字の落たるにこそ」とする。詔の説に従い、「治」を補う。
12 詔「百官は、こゝには穏ならず聞ゆ、もしくは百姓を誤れるには非るか」とする。
15 兼・東・大・詔は「牟」。谷・高は「ム」の下に「十」に作る。

二一六

4 印・義「久」あり。宮は挿入符を以って左傍に「久」を補う。
9 閣「等」なし。底はこれを踏襲。高は文字中央の朱線を擦り消し、文字を重ね書き。
10 閣「奏」。底の誤写。
20 詔、第四詔の「瑞宝尓依而、御世年号改賜」を参照して、「以」は「依」の誤写とする。

二一八

4 義は下文の「又」を「文」に作り、これに続けて「和銅元年文」とする。狩も「又、当作文、属上句」とし、義と同様に読む。伴も「又」の右に「文」と傍書。考證は「年下、疑脱格字」とする。
9 東は人偏に「吏」に作る。高の重ね書きは字形を整えるためのもの。
10 兼は草冠に「勢」に作る。
15 継嗣令皇兄弟条集解所引天平元年八月五日格は「孫」の下に「女」あり。三代格所収天平元年八月勅・選叙令蔭皇親条集解所引同日勅・禄令皇親条集解所引同日勅には「女」なし。

二二〇

8 高は「好」に近い字体。「奴」と読取る。高の重ね書きは字形を整えるためのもの。

二二二

7 詔「さて此伊波婆の下に、脱たる語有べし、そは容易く軽々しかるべし、などやうの語の有べきなり」とする。

9 詔「内字は、間の誤にはあらざるか」とする。
11 東、貝偏に「式」に作る。
20 詔「送字は、遂を誤れるなるべし、命のかぎりえ忘れじ也」とする。
21 閣「忘」なし。底はこれを踏襲。
二二四 1 詔「一本に、忘の下にも、不得二字あるは、衍か、又次の文によるに、不得捨とありし、捨字の脱たるにもあるべし」とする。
7 詔「一本に、大焦と作るは、雀を焦に誤れるなるべし、此大御名古事記には、みな大雀と書り、故思ふに、こゝも本は然有しを、後人さかしらに書紀によりて、鷦鷯とは改め書るにや」とする。
二二六 10 閣「一分畿内」なし。底はこれを踏襲。
二二八 3 「二」の上、紀略「庚午」の二字あり。
6 狩「採、一本作探」とし、伴も「採」の右に「探イ略」と朱傍書。考證は「採、当依紀略及類聚国史作探」とする。
8 底・兼「段」の右傍に朱点あり。
9 底「常」の右傍に朱点あり。
二三〇 3 閣「太」。底はこれを踏襲。
5 高「試」の旁を「戈」に「工」に作る。
二三二 3 扶桑略記「冬」の下に「時」あり。
4 扶桑略記「食」の上に「給」あり。
6 閣「成」なし。底はこれを踏襲。
11 養老三年四月丁卯紀等により改める。
12 養老三年四月丁卯紀に忌寸賜姓のことあり。「忌寸」の二字脱落か。
15 兼は「主」の上にさらに「主」を重ね書き。
二三四 3 諸本の「幣」は「蔽」に同じ。
6 高、貝偏に「寸」に作る。
9 狩「懋允、恐倒」とし、考證も狩の説を引く。伴も山田以文の説により「以文按、懋允、当作允懋」とし、大も「恐当作允懋」とする。
10 西宮記八裏書に引く「或抄」は「充」あり。なお西宮記では、「皇后宮職」の四字がなく、また「草薬」は「薬草」とある。
12 印・義「上」あり。宮は挿入符を以って「上」を補う。大は印・宮により補う。
二三六 9 高、禾偏に「肓」に作るが、「稍」と読取る。
二三八 3 義「捉、疑抵訛」とし、狩は「捉、一本作抵、或是投字」「捉、一本作提」の両説をあげる。伴は「捉」の右傍に「抵」、左傍に「投」と朱書。考證は「狩谷氏曰、捉、一本作抵、或是投字」とする。
7 閣「芳」に作る。底は「防」と意改か。「周芳」の表記は、続紀では文武二年九月壬午紀・延暦十年十二月丙申紀に見える。後者の記事は「難波高津宮御宇天皇(仁徳)御世、従周芳国遷讃岐国」とある。
9 谷「象」の左傍に朱抹消符とともに墨圏点あり。
10 兼等、大、女偏に「叐」に作る。
11 考證「祠、疑祀字」とする。
13 兼、もと「隹」の下に「末」に作り、これを墨抹、かつ左傍に抹消符を付す。
14 底・兼等、女偏に「叐」に作る。

巻第十一

二四二 1 底、巻首に本文の欠失あり。第一紙第一行は空白で下部に「金沢文庫」印が踏され、同第二行は上に四字空けて第五字目から「人紀朝臣」以下の本文が書かれている。第一紙第五行(三字分空白、「物部韓」入る。二四四頁6)・第一〇行(二字分空白に「乙巳正五」の四字入る。二四四頁10)・第一五行(二字分空白に「左少弁」の三字入る。二四四頁14)・第二〇行(一字分空白、「督」入る。二四六頁2)の中央には一—三字分の空白がある。これらの様態は、底が親本あるいは親本以前の写本に生じた巻首欠失の様態を引き写したものである。巻十一の巻首の首題・撰者名・天皇名を除く「三年」以下「朝臣足」までの字数は二九一字である。第一紙第二行行頭の空白相当分の四字を除けば、第一紙第一行までに二八七字が入ることになる。第一紙は一行一六—二〇字詰めであるから、巻首欠損が生じた写本も同様の字詰めであったとすると、欠失行数は一七行余り一五字(一行一六字詰めの場合)から、一四行余り七字(二〇字詰めの場合)までとなる。したがって、巻首欠損は、首題一行、撰者一行、天皇名一行の計三行を入れて二〇行余り一五字(二一行分)から一七行余り七字(一七行分)までの範囲の分量となる。現在の料紙が一紙二一行であることを参考にすれば、親本あるいはそれ以前の段階の写本の巻首の欠失は一紙分であったと推定される。第一紙第五行以下の四行間隔の空白部分は、親本あるいはそれ以前の写本において巻首第一紙の欠失を生じさせた巻首部分の朽損の進行に起因する欠損(六が空いている状態)の存在を示している。底巻十一には近世初頭における角倉素庵による校訂の書入はない。

5 **紀略**「辛未」の二字あり。

12 **東**「桜井王従四位下」の「従四位下」を、それに続く「従五位下大井王従五位上従四位下」の「従四位下」と誤認して、「従五位下…従四位下」の一五字を脱してしまった。**東**・**高**の共通の親本は**兼**・**谷**と同体裁の行・字詰めの冊子本で、それは三条西本の体裁を踏襲したものであると北川和秀「続日本紀諸本の系統」『学習院大学文学部研究年報』30(二七〇―二七二頁)が指摘する。北川説によれば**東**・**高**の共通の親本は一行二四―二五字詰めとなるが、この様態は、**東**の親本が一行一五字詰めの書式であった可能性をも検討する必要があることを示すか。一行一五字詰めの書式の三条西本系写本の存在の可能性については校異補注二六二頁**9**・二六四頁**2**参照。

14 **印**「豊」なし。**義**・**狩**・**伴**・**考證**・**大**「豊」を補う。

15 **高**「斗」に似た字形。

二四四 **1** **兼**・**谷**は、人名の「麻呂」の「麻」が行末に、「呂」が次行行頭に位置するようになる場合には、「呂」を次行に送らずに「麻呂」を「麿」に置換えて行末に「麿」と表記する場合がある。

二四六 **1** 諸本「外」を誤脱。**考證**・**大**は正月丙子紀にて「外」を補う。

6・**10**・**14** 二四二頁**1**参照。

2 二四二頁**1**参照。

3 **底**、前条末と「秋七月」の間に半字分の空白を設ける。孟月毎の改行の書式と関係あるか。

4 **底**、前条末と「乙亥」の間に約一字分の空白を設ける。このように、日の干支あるいは孟月以外の月の上に半字分―二字分の空白を設けたり、それらで改行したりする例は、**底**の本巻には多数見られる。

11 **底**「比」を「此」に似た字形に書す。

12 「脩」は乾肉の義で「修」とは別字だが、**底**では「修」の異体字として使用されている。

13 醍醐寺本要録一、「六十一」を「六十」、「五十五」を「十五」、「所由司」を「所司」に作る。

二四八 **8** **底**「逹」。「建」と読取る。

10 「亮」の異体の字形と「高」の字形とは似ていて、字形からは見分け難い場合がある。**底**等、内容に従い「亮」と読取る。

11 **狩**・**伴**・**考證**「大納言正三位」に改むべしとする。

二五〇 **1** 「伩」(異体字「仗」)と「伏」「伏」は字形が似る。諸本「伩」の異体字とみなすことも可能だが、校異注の如くに読取る。以下同じ。

3 **谷**「令」の左傍に「〇」を付す。

4 **義**「庚戌、類聚国史亦同、然今、以暦法推之、是歳冬至、在庚申、戌当作申」とし、**伴**・**考證**・**大**、庚申(十五日)とあるべきとする。

5 **底**「天皇」に平出を用いる。

6 **義**「樹」を衍とする。

9 醍醐寺本要録一「困」に作る。

17 **狩**・**伴**「典」の上に「主」を補う。

20 **高**「箭」と読取る。

二五三 **6** 諸本「妭」(ハツ、美婦)に似た字形だが、「妖」の異体字として読取る。

7 **伴**所引校本、「類」の下に脱文かとする。

8 **東**「寮」の「曰」に重書して「二」とする。「察」に改める加筆。

12 **伴・考證**所引山田以文説、「曰仄」(**印**)を「昃」と作るべきかとする。

15 **伴**「侢」と傍書。**大**、書陵部蔵谷森校本傍朱書により「稱」を「侢」に改める。

二五四

1 **狩・考證・大**、李善注『文選』王元長曲水詩序引孝経援神契十一年三月紀・神護景雲二年九月紀、仙覚『万葉集注釈』引孝経援神契等により「沢」を補う。

4 **底**「寅」。「寡」の異体字「寞」の誤写。

7 **紀略**「壬申」の二字あり。

8 **底**「四年」以下を改行せずに前年末尾に続けて書す。

9 **底**「天皇」に平出を用いる。

二五六

4 **底**「鴝」の「句」を「勾」に作る。

13 「絶」と「絁」は字形が似るが、紛らわしい場合は内容に従って読取る。

15 **底**、前条末に一六字分の空白を設けて「六月」以下改行。孟月以外の月での改行は異例。

18 **東**、本日条及び次条・八月丁酉第二条の「雨」の「⺀」を「人」に作るが、「兩」(=「両」)ではなく「雨」の異体として読取る。次条の「両」も同形に書すが、内容に従い「兩」として読取る。

二五八

6 **谷**、上部をはじめ「敷」と書き、重書して「繫」に改める。

14 **印**小字双行。**伴**「廿二字大書」と注し、**考證・大**、養老六年七月紀により大字とする。

18 **底**「代」の「イ」を「ノ」の如く書すが、「代」と読取る。

二六〇

4 **底**「火」の如く書すが、「欠」と読取る。

6 **兼・谷・東**「脩」。**高**「修」に誤用される「脩」の「月」を「用」に作る字を書す。「備」の異体字「偹」に似た字形であるが「脩」の誤字。

二六二

1 **大**「是夏少雨、秋稼不稔」を一条とするのは誤り。

5 **底**「祢」の「⺈」までを書きかけて「宿」を重書。

9 **高**「外従五位下土師宿禰千村為備前守」の一五字の左傍に強調符「、」を付し「イ本無ニ此従こ」と傍書。**狩**「以下十五字、官イ无」、**伴**「以下十五字、官イ脱」と傍書。「イ本」「官イ」の親本の書式は一行一五字詰めで、「イ本」「官イ」に相当する写本は「丹波守外従五位下土師宿禰千村為備前守従五位上石川朝臣」を「丹波守外従五位上石川朝臣」と誤写して一行抜かしてしまったのであろう。三条西本系写本に一行一五字詰めの書式の写本が存在した可能性を検討すべきことは二四二頁**12**参照。

12 **底**「二口」を行末に一字分に書し、次行行頭から「冬十月」以下を書す。

二六四

2 **印**「外」あり。**義・狩・伴・考證**「外」は衍とする。**東・高**の親本が一行一五字詰めであったので、**東・高**が「大蔵少輔従五位上」を書くときに前行の「兵部大輔外従五位下」から「外」を誤って拾って書き入れてしまった可能性を検討すべきか(二四二頁**12**参照)。

5 **底**、二六六頁**4**の「赴」と同様の字形であるが、「起」と読取る。

8 **底**「天皇」に平出を用いる。

16 **大**「倭」の上に「大」を補うべきかとするが、要略二十五所引同日条も「倭」の上に「大」なし。

19 **紀略**「癸酉」の二字あり。

20 **底**「天皇」に平出を用いる。

21 **底**「烏」を「鳥」あるいは「焉」に似た字形に書す。**印**「鳥」、**狩・伴**「鳥」を抹消し「烏」と傍書、**考證**「烏」とする。

二六六

4 **底**二六四頁**5**「起」と同様の字形であるが「赴」と読取る。

二六八

2 **狩・大**「河原蔵人」かとする。

8 **東・高**「惰」の旁に辶を付した字形に作る。

13 **底**、前条末に約一〇字分の空白を設けて「夏四月」以下を改行。

15 延暦交替式所引天平五年四月五日式部省符は、「不肯遷行」を「曾不遷行」、「交替之人」を「遷替之人」、「今日以後」を「自今以後」に作る。

二七二

2 **底**あるいは「鹽」の略体か。

4 **義・狩**、天平元年三月紀により「上」とすべきとし、**大**は天平元年三月紀・同四年九月紀により「上」に改める。

7 **底**「〇右左」。書写後の本文整定時の校訂指示。

9 **紀略**「甲戌」の二字あり。

二七四 **8** **底**、前条末に二字半分の空白を設けて「二月」以下を改行するが、条末に空白を設けたため「二月」が行頭に位置したもの。

9 **底**「天皇」の上に約一字分の空白を設けるが、「天皇」に闕字を使用したものか。

二七六 **2** **底**「判」の異体字と似た字形に書すが、「刺」と読取る。

7 **考證**「擁、類聚国史、作壅、案、壅俗作壅、与擁字形相渉、致譌也、七月辛未紀、九年八月紀、並有風化尚擁之語、皆壅字、干禄字書、擁壅、上擁持、下壅塞、蓋擁壅字、古人或混用、故顔氏正之也」とする。

9 **印**「折」。**考證**「坼拆同、礼月令、仲冬地初坼、易解卦、雷雨作而、百菓草木、甲坼、或作拆」とする。

二七八 **6** **底**「詔」に平出を用いる。

7 **底**「度」の「广」を「疒」に作る。

二八〇 **5** **谷**「従」の左傍に墨の「〇」を付し、ついで左傍に朱点(抹消符)を付して右傍に「徙」と朱書する。

16 **高**、はじめ「故殺謀」と書し、ついで「故」と「殺」の下にそれぞれ「人」を補い「故人殺人謀」とし、最後に「人」「人」「謀」を擦消してから、「謀」のあとに「人」と書いて「故殺人」とする。

17 **兼・谷**「殺」の下に挿入符を付して「殺本」と傍書し、**高**「殺訖」の「殺」に「本」と傍書。

二八二 **2** **底**「抂」。

4 **高**「懐」を「憶」と書す。

11 **東**「乖」。

12 三代格所収天平六年十一月廿日太政官符は、「取闇誦」を「取身才闇誦」、「解礼仏」を「解任礼仏」、「得出家」を「令得出家」に作る。

巻第十二

二八六 **1** **底**、巻首に欠失あり。欠失は親本あるいはそれ以前の写本の巻首欠損に起因する。巻首欠失の分量は、首題一行、撰者名一行(または二行)、天皇名一行、本文三行(四一字分。ただし天皇に平出を用いる)の計六行(または計七行)分と推定される。**底**の巻首には約五行分の幅の古い補紙が貼られている。これは**底**の書写・本文整定時に巻首を補写するために貼継がれたものと推定される。残存部分の第四行は一行分一八字が空白である(二八六頁**8**)。同第九行(一八字分。二八六頁**14**)、第一四行(一八字分。二八八頁**10**)は、江戸時代初期の角倉素庵により卜部家相伝本系写本から欠失分の文字が書入れられているが、**底**は元来書写時には空白であった。また第一行「守」(二八六頁**6**)、第六行「上」(二八六頁**11**)、第八行「朝臣梗」(二八六頁**12**)、第一〇行「朝臣外」(二八八頁**5**)、第一三行「辛亥」(二八八頁**9**)、第一五行「管」(二八八頁**15**)、第一八行「四節」(二八八頁**16**)、第二三行「益秦」(二八八頁**24**)、第二九行「朕以」(二九〇頁**1**)、第三四行「主」の下(二九〇頁**12**)、第三五行「在」(二九〇頁**14**)、第五三行「命是」(二九二頁**11**)も、**底**の書写時には一—三字分の空白であったところに角倉素庵が卜部家相伝本系写本により補った字句である。これらの三か所の一行空の空白と一二か所の一—三字分の空白は、巻首の六—七行分の欠失と同様に、**底**が親本あるいはそれ以前の写本の欠損を空白として引き写したものである。

4 **紀略**「乙亥」の二字あり。

6 二八六頁**1**参照。

8 二八六頁**1**参照。**底**の第四行は一行分空白で、行の下部に「金沢文庫」印が踏されている。印影下半部には糊の付着が三か所ある。これらは、角倉素庵が、空白の第四行に欠落している本文(一八字)を補うために、「金沢文庫」の印影を蔽う貼紙を付した痕跡である。

9 **底**空白の第四行の次の第五行行頭に

「朝」と書す。底の親本あるいはそれ以前の写本には紀略と同じく「拝朝」とあったが、第四行の空白でその行末の「拝」が欠けたので、第五行の行頭の「朝」が残った。したがって、紀略の「拝朝」及び底の「□朝」と、卜部家相伝本系写本の「朝拝」との異同を対校する。

11・12 二八六頁**1**参照。

14 二八六頁**1**参照。底の第九行は空白であったが、角倉素庵が卜部家相伝本系写本から「朝臣年足多治比真人伯百済王慈敬阿倍朝臣」の一九字を補った。底の第九行の欠字数は「朝」から「朝」までの一八字で、補われた一九字目の「臣」は、底には次の第一〇行一字目に存在しているので、重複した衍字である(二八八頁**1**)。しかし角倉素庵は、自から補った第九行一九字目の「臣」を活かし、底の第一〇行一字目の「臣」に朱の「ヒ」を付して抹消した(二八八頁**1**)。

二八八 **1・2** 二八六頁**14**参照。

3 底左傍に朱点「丶」を付す。角倉素庵による注意符号で、卜部家相伝本系写本の「麻呂」との校異を示そうとしたもの。

5 二八六頁**1**参照。擦重の「朝元外」の字と擦消された「朝元」はともに角倉素庵の筆跡であると観察した。角倉素庵は底の二字分の空白に「朝元」と書し「外」を補うため擦消して「朝元外」と書き改めた。

6 谷「已」の左傍に「〇」を付す。大校訂者は抹消符と判断。

8 底は、「隻」(異体字)と「侯」の字形が似ている。角倉素庵は、「隻」の異体字を「侯」と読取り、朱の「ヒ」を付して抹消し「侯」を傍書。考證は、印の「侯」を「隻」の誤りとする。

9・10・15・16 二八六頁**1**参照。

17・18 二八八頁**8**参照。

20 底は「无」を「元」の如く書すが、「无」と読取る。他の写本では「无」と紛らわしい字形に書す場合があるが、「无」と読取る。

21 底「天皇」に平出を用いる。

23 底「成」の「ノ」のない字形に書す。「戌」と読取る。

24 二八六頁**1**参照。

26 大「諸国」の下に「郡司」の二字が欠かとする。

29 兼右傍に朱点を付す。

二九〇 **1** 二八六頁**1**参照。

2 底異体字「寡」を用いる。角倉素庵は「寡」と「寡」を別字と判断して、朱「ヒ」で抹消し「寡」を傍書。以下同じ。

6 印「廿」を「二十」。狩・伴・考證「三」脱と注す。

9 底同字の「敍」を「敍」「敘」の字形に書す。

10 角倉本「謀敍敍〇訖」と校訂するが典拠不明。

12 二八六頁**1**参照。底「監臨主」の下を一字分の空白とするが、文字の欠失はない。角倉素庵は空白に「主」を書入れ自から朱の「ヒ」で抹消する。

14 二八六頁**1**参照。

22 兼は小口下端の料紙欠損により判読不能であるが、文字が小さいと認められるので「々」であったと推定される。

二九三 **2** 底「析」の異体字の「析」を書す。諸本の「折」は「拆」の譌字で「さく」の義。

6 底「天皇」に平出を用いる。

9 狩・考證、鴨本「比」に作るとする。

11 二八六頁**1**参照。

二九四 **2** 底は偏をはじめ「ネ」に作り重書して「禾」に改める。偏の上には角倉素庵が校異を施す場所に附した小紙片の貼られた痕がある。偏への重書はあるいは角倉素庵によるものか。

6 底「天渟中原瀛真人天皇」に平出を用いる。但し、十一月乙丑条の「天渟中原瀛真人天皇」には平出を用いない。

16 底「葬」の「艹」を「ソ」に、「廾」を「火」に書すが、「葬」と読取る。

18 底は書写時に「刄」(=丑)と書し、書写後の本文整定時に加筆して「刄」の下に「一」を二重に加筆して「丑」の字形に整えた。「一」の加筆は二度行われており、二度目はあるいは角倉素庵によるもの

二九六 4 **底**「乡」に「即」を合せた字形に書す。「郷」とも読めるが、「卿」と読取る。**底**は他の場所では「卿」を「歹」に「即」を合せた字形に書す。

8 **兼**ははじめ「所」と書し、次にそれを墨「、」で抹消し、ついで「赦」と「所」の間に朱の挿入符「○」を付し「所」の右傍に朱で「所」と記して再び「赦所」とする。

12 **底**「恤」の字形に書す。角倉素庵は別字と見て、朱「ヒ」で抹消し「恤」と傍書。以下同じ。

13 **底**「天皇」に平出を用いる。

14 **底**「吕」と書す。この字形は、**底**では「呂」の異体字として使用されている。

17 **底**「背」と書すが、「背」と読取る。

二九八 6 **底**「夭」(「夭」の異体字)と書す。角倉素庵は「夭」と別字と見て朱「ヒ」で抹消し「夭」と傍書。**谷**もはじめ「夭」と書し、ついで墨の「○」を左傍に付して抹消し右傍に「夭」と書す。

7 **紀略**「丙子」の二字あり。

8 **底**「天皇」に平出を用いる。

11 **義**・**狩**・**伴**・**考證**・**大**、辛丑の次にあるべしとする。

13 **底**「天皇」に平出を用いる。

16 **狩**・**伴**・**考證**・**大**「持」かとする。

21 **狩**「僧」あるかとする。

三〇〇 2 **狩**「朔」あるべきかとし、**伴**「朔」を補う。

4 **東**・**高**、旁の「古」の「十」を「二」(二)の如くに作るが「估」として読取る。

7 **底**「伃」と書すが、「俘」の誤記か。角倉素庵は別字と見て朱「ヒ」で抹消し「俘」と傍書。

11 **底**異体字「貸」を書す。角倉素庵は別字と見て「貸イ」と傍書。**谷**・**東**・**高**も異体字「貸」に「貸イ」と傍書。

三〇二 1 **底**前条末に約一五字分の空白を設けて「秋七月」以下を改行。

2 **底**前条末に二字分の空白を設けて「庚寅」以下を改行。

4 **底**「太上天皇」に平出を用いる。

6 **義**「湯」の誤りとする。**谷**の左傍の墨「○」は抹消符とみなした。醍醐寺本要録一は「復」を「湯」に、「篤疾」を「篤病」に作る。

10 庚午の干支について、**義**・**伴**「庚子」(七月二十三日)の誤りとし、**考證**「八月」脱とする。

14 **底**前条末に約九字分の空白を設けて「冬十月」以下を改行。

18 「菩提等」について、卜部家相伝本系写本には「菩提等」と記す写本(**兼**・**谷**)と「菩提尼等」と記す写本(**東**・**高**)があった。角倉素庵は「尼」と「等」をあわせて**底**の「寺」と校異した。

三〇四 1 **底**「天皇」に平出を用いる。

4 **高**「丷」と「良」を合せたような字形に書すが「養」と読取る。

5 卜部家相伝本系写本には「差」の下に重複文字がある。**兼**・**谷**・**東**・**高**は「丙戌従三位葛城王佐為王等上表曰臣葛首名唐人皇(**谷**「望」を抹消して「皇」と傍書)甫東朝波斯人李密翳等授位有差」の三六字を書す。**谷**は「丙戌」以下を左に朱傍点を付して抹消。**東**・**高**は「丙戌従三位葛城王佐為王等」を活きとして「上表…有差」から「差」に続く「丙戌従三位葛城王従四位上佐為王等」までの四〇字を左に傍点を付して抹消。**兼**・**谷**・**東**・**高**の共通の祖本の親本では、この前後の部分が

Ⅰ首名唐人皇甫東朝波斯人李密翳等
授位有差

Ⅱ丙戌従三位葛城王従四位上佐為王
等上表曰臣葛

Ⅲ城等言…

となっていたが、**兼**・**谷**・**東**・**高**の共通の祖本が親本を転写する際に①Ⅰ、②Ⅱ(「従四位上」を脱す)、③Ⅰ、④Ⅱ、⑤Ⅲと、②Ⅰ行と③Ⅱ行の二行を重複して写した。**谷**はそのうち②Ⅱと③Ⅰを抹消し、**東**・**高**は②Ⅱの途中の「上表」から⑤Ⅲの途中の「佐為王等」までを抹消する。**兼**・**谷**・**東**・**高**の共通の祖本の親本は、一行一九字(Ⅰ)、二一字(Ⅱ)で、平均して一行二〇字程度であったと推定される。**兼**・**谷**の親本の三条西本はお

およそ一行二四―二五字詰めであり、一行二〇字詰めではない。一行二〇字詰めの写本は、三条西本の親本の卜部家相伝本自体か卜部家相伝本の親本であることになる(北川「続日本紀諸本の系統」前掲、二七四頁、参照)。

9 **底**「天皇」に闕字を用いる。

13 **底**は「飛」の異体字「𩙿」を書す。角倉素庵は別字と見て朱「ヒ」を付して抹消し「飛」を右に傍書。

15 **底**異体字「㸑」を書す。角倉素庵は別字と見て朱「ヒ」を付して抹消し「州」を傍書。

16 **底**「天皇」に平出を用いる。

18 **底**異体字「荒」を書す。角倉素庵は別字と見て朱「ヒ」を付して抹消し「荒」を傍書。

19 **印**は「復」に作り、**狩・伴**は「後」に改め、**考證**は「復」は「後」で、「後太上天皇」は元明天皇かとする。

三〇六 **6** **底**「藤原大宮」に平出を用いる。

7 **谷**ははじめ「労」と書し、ついで重書して「労」とする。

9 **底**は「嘗」の下に一字分の空白を設けてから「日」を書し、空白の右傍に書写時の筆で「廿五」の二字を小字で補う。角倉素庵はこの「廿五」と「日」の三字を朱「ヒ」を付して抹消し左に「廿五日」と傍書。

10 **底**「天皇」の上に半字分の空白あり。闕字か。

17 **底**「皇帝陛下」に平出を用いる。

21 **高**「セ」に「八」を合せた字形に書すが、「空」と読取る。

23 諸本「降」に作るのは誤り。**考證**「山崎氏知雄曰、降、疑、当作絳、絳闕、天子門也」とする。

25 **底**「先帝」に平出を用いる。

三〇七 **2** **兼**小口下部欠損により「讓」の下半部を欠失するが「讓」と読取る。

4 **東・高**「表」の右に「イ无」と傍書。

9 **紀略**「丁丑」の二字あり。

10 **義・考證・大**はこの月に辛酉なしとし、**狩・伴**は甲戌朔として、辛巳(七日)、辛卯(十七日)、乙酉(十一日)の誤りかとする(丙子朔ならそれぞれ五日、十五日、九日となる)。

三一〇 **1** **東・高**の「子」の傍書は、**東・高**の共通の親本が金沢文庫本系写本を校訂に利用した際に、「午」の異体字を「子」と読取ったために付した校訂注を転写したもの。

2 **底**「天皇」に平出を用いる。

3 **義**は養老七年正月丙子に従四位下、天平十五年五月癸卯に正四位下となった栗栖王のこととし、**狩**「栖」かとし、**伴**「栖」と傍書し、**考證**「則栗林、栗栖、邦訓通」とする。

12・14―17 **狩・伴・大**「女」が脱しているかとするが、諸本ともに女王を「王」と表記する例である。

20 **大**の頭注が金沢文庫本(**底**)に「文」とありとするのは誤り。

23 **大**の頭注が「官本・卜本、作那」と記すのは、**狩・伴**の校異注や**考證**「郡、卜本・永正本、作那」の説に拠るが、卜部家相伝本系写本はいずれも「郡」と記している。

三一三 **5** **大**の頭注は「言」を金沢文庫本(**底**)に拠り補うと記すが**底**に「言」はない。上文「或言」の「言」を誤認か。

6 醍醐寺本要録一は「体」を「軀」に、「扶」を「扶」に作る。

10 **底**前条末に二字分(「朝」を補うと一字分)の空白を設けて「夏四月」以下を改行。

三一四 **4** **義**「追」は「遣」かとする。

12 **東**「極」と書す。「掾」の誤写であろう。

18 三〇〇頁7参照。

21 **底**「将」の偏「爿」を誤記するが「将」と読取る。角倉素庵は別字と見て朱「ヒ」を付して抹消し「将」を傍書。

三一六 **1** **底**異体字「葺」を書す。角倉素庵は別字と見て朱「ヒ」を付して抹消し「葺」と傍書。ところが卜部家相伝本系写本は「蕦」に作る。角倉素庵が校訂の際に依拠した卜部家相伝本系写本に「葺」と記されていたのか、「蕦」と記されていたにもかかわらず敢えて「葺」と傍書したのか検討を要する。

6 **底**「澗」の旁の「月」を「日」に作るが「澗」の誤写。

9 **谷**、本文に「難艱」と書し、「難」の左傍に「下」、「艱」の左傍に「上」を注記して転倒して「艱難」に改めるように指示する。

10 **底**「危」の「㔾」を「瓦」のような形の字形に書す。「危」の誤写。下文の「危懼」の「危」は通常の字形に書す。角倉素庵は別字と見て朱「ヒ」で抹消し「危」を傍書。

11 **底**「両」＝「兩」の「入」を「人」に作る字を書す。角倉素庵は別字と見て朱「ヒ」を付して抹消し「両」（「両」の「山」を「从」に作る字形を書す）と傍書。

三一八 1 **底**「必」の「ソ」が「ク」の形の「必」を書す。角倉素庵は別字と見て朱「ヒ」を付して抹消し「必」を傍書。

3 **底**「壓」（＝圧）の「厂」を除いた字形に書す。角倉素庵は朱「ヒ」を付して抹消し底原と同じ形の字を書す。卜部家相伝本系写本も底原と同形の字を書す。「壓」の略体か。

7 **底**「尺」に「虫」を合せたような字形に書す。「民」の誤写であろう。角倉素庵は別字と見て朱「ヒ」で抹消して「民」を傍書。

三二〇 8 **底**「貟」の字形に書す。「奠」の誤写。角倉素庵は別字と見て朱「ヒ」を付して抹消し「奠」を傍書。

三二三 9 **底**の角倉素庵による「二イ」（「イ」は朱）の傍書は擦消しされ、天の欄外に角倉素庵によるものと推定される小さい付箋が貼られている。

三二四 17 **底**「忌」に似た字形に書す。角倉素庵は「忌」と読取って朱「ヒ」を付して抹消し「忘」を傍書。

18 **高**「夏」に似た字形に書すが「憂」の略体として読取る。

三二六 4 **兼**「之例大」の「之」と「例」の間に墨点を打ちその上に朱点を重ね、さらに「例」と「大」の間に朱点を付す。

7 醍醐寺本要録一、「処」（＝處）を「家」、「度四百人」を「四百人」に作る。

9 **底**「天智天皇」に平出を用いる。

13 **高**「稲」と「貯」の間に「貝」と「稲」の旁を合せた字を書す。「稲貯」の誤写から生じた衍字。

15 三代格所引天平九年九月廿一日勅は、「出挙百姓」を「貸与百姓」に、「乞食」を「貸食」に、「農務」を「務農」に、「以違勅論」を「以違勅論科罪」に作り、文末に「布告遐邇称朕意焉」とある。

25 **底**「赴」の「卜」を「起」の「己」の略体と似た形に書すが「赴」と読取る。

三二八 2 **底**「日」を「曰」に近い字形に書す。角倉素庵は「曰」と見て朱「ヒ」を付して抹消し「日」を傍書。本書の原文校訂では「日」と「曰」は内容に従って読取る。

4 **谷**「後」の左傍に墨の「○」を付すが抹消符とみなした。

三三〇 8 **底**、角倉素庵は朱で「イ无」と傍書する。

10 **底**前条末に二、三字分の空白を設けて「冬十月」以下を改行。

11 **底**「庚申」の下に五字分の空白を設けて「位黄天皇」を平出する。角倉素庵は朱「ヒ」で「位黄」を抹消。底原「位黄」は、次行の行頭の「位下无位黄文王」の「位黄」を誤写したもので衍字。この誤写は、**底**の親本あるいはそれ以前の写本が、この部分で一行一八字詰めで、「…庚申／天皇御南苑授従五位下安宿王従四位下无／位黄文王…」と書されていたことを示すか。

12 **底**「菀」（エン）は草名（しおん）であるが「苑」に通用する。

13 **狩・伴・考證**「買」は「貢」かとし、**大**は棭斎説により改めるとする。

14 醍醐寺本要録一「太極殿」を「大極殿」に作る。

三三三 7 **義・狩・伴・考證**「己丑」とする。

三三四 1 **底**、異体字「兄」を書す。角倉素庵は別字と見て朱「ヒ」を付して抹消し「兄」と傍書。

2 **底**「牛」に墨の抹消符「〻」を付す（書写時のもの）。「牛」は卜部家相伝本系写本である**東・高**にもあるが、同系統写本の兼・谷にはない。一つの可能性として、卜部家相伝本の転写本でありかつ兼・谷の親本で東・高の祖本でもある三条西本においては、異系統の写本である底と同様に、「牛」が書かれかつ抹消符が付されていた、兼・谷はその本文整定指示に従って「牛」を衍字として書写せず、東・高は抹消符の存在を無視して「牛」を書いたと推定することができる(この場合、抹消符付きの「牛」は卜部家相伝本と底と共通することになる)。あるいは、もう一つの可能性として東・高の共通の親本(三条西本の転写本)において金沢文庫系写本との対校により「牛」が写され、東・高によりそれが本文に繰り入れられたと推定することもできる。なお、底は「牛」の下に一字分の空白を設けて「鹿」以下を次行に書す。

6 底「皇大夫人」に平出を用いる。醍醐寺本要録一は「皇太夫人」を「皇大夫人」、「皇太夫人」を「皇大夫人」、「廃」を「癈」、「開語」を「開悟」に作る。

8 底「皇大夫人」に平出を用いる。

10 底「天皇」に平出を用いる。

12 底は、はじめに「開」と書し、ついで重書して「開」とし、さらに抹消符「止」を左傍に付し右傍に「開」と書す。これらの重書・傍書は底の書写時の本文整定の際のもの。

16 底略体字「乇」を書す。角倉素庵は別字と見て朱「ヒ」を付して抹消し「乇」を傍書。

17 底「約」に作るが、「絇」の異体字として読取る。

巻第十三

三三六 3 底巻首には親本あるいはそれ以前の写本の欠損により生じた料紙の欠失の状態を引き写した空白がある。第一行「起天平十」の下を空白とし、行末に「金沢文庫」印を踏す。また第一一行第二字目(三三六頁14)、第一四行第一七・一八字目(三三六頁19)、第一五行第一九字目(三三八頁3)、第一八行第一七・一八字目(三三八頁6)に一―二字分の空白がある。これらの空白は、第六―一一行の一行二〇字詰めが親本の書式に従っている状態とし、第一二・一三行の一行二二字(第一三行は「高」の下に補入した「橋」も一字分とする)、第一五行の一行二一字(「乙未」の干支の上の空白(三三八頁1)を一字分とする)、第一六行の一行二一字、第一七行の一行一八字、第一八行の一行一八字(行末の二字分の空白は「二月」の二字が入る)、第一九行の一行一九字(「下」の下に補入した「宗」も一字分とする)の部分を、それぞれ一行二〇字に補正すると、行の上部に空白(□)が並ぶことになる(／は現状の行末。⑪⑫…は行番号)。

⑪ 当□(年)之……………三
⑫ 位拝……………………大
⑬ 伴宿／禰………………並
⑭ 従四位下／丙戌………巳
⑮ □□(上賜)禄有／差　乙未……麻呂
⑯ 為左大□(弁)中／納言……式
⑰ 部卿従四位下／巨勢……是月
⑱ 大宰府奏／新羅使……来朝
⑲ □□(二月)／丁巳…………臣鳥
⑳ 麻／呂……………………出雲臣

⑭「丙戌」、⑰「是月」、⑲「□□(二月)」の上にそれぞれ一字分の空白を設けても、空白が行の上部に並ぶ状態は変わらない。したがって、底の親本あるいはそれ以前の写本の巻首は一行二〇字詰めの書式で、巻首第一紙の右端下と天辺付近に若干の欠損が生じていたことがわかる。底巻十三には、近世初頭における角倉素庵による校訂の書入れはない。

5 底「勅」に闕字を用いる。

6 本書は、体裁を整えるために巻首の天皇号を一律に一字下げで表記している。本巻では、底と卜部家相伝本系写本の東・高が天皇号を実際に一字下げで表記する。

9 紀略「戊寅」の二字あり。

10 底「天皇」に平出を用いる。

11 考證「髦」かとする。

12 醍醐寺本要録一「子」に作る。「午」の誤字。

14 三三六頁3参照。

18 底「辛」の字形に書す。この字形の文字は底の干支表記などでは「辛」として使用されているので「辛」の異体字。

19 三三六頁3参照。

三三八 1 三三六頁3参照。底前条末と「乙未」の間に二字分の空白を設ける。この空白は、欠損の状態を引き写した空白ではなく、条末と条首の間に区切りのための空白を設ける書式によるもの。空白は、現状では二字分であるが、底の巻首を一行二〇字詰めに補正すると、一字分が本来の大きさであり、親本あるいはそれ以前の写本においても原則として条末と条首の間に一字分の空白を設ける書式が採用されていたことを示す。

3・6 三三六頁3参照。

9 底「肖」、兼等・印「背」に作る。狩「肖考」、伴「肖イ」と傍書。三五四頁3参照。

三四〇 3 谷「諸」を「ネ」で書きはじめ重書して「言」に改める。

10 底前条末に五字分の空白を設けて「秋七月」以下を改行。夏四月は改行していない。

11 底「天皇」に平出を用いる。

三四二 6 狩「十三字一本ニナシ」、伴「以下十三字、宗本无、ト本同」とする。

8 義・考證・大天平九年十二月紀により「上」、狩・伴巻十二・巻十六により「上」とする。

三四四 2 「齋」は略体で「斉」の如く書かれる場合があるが、東は「斉」(＝齊)と読取る。

8 底前条末に三字分の空白を設けて「冬十月」以下を改行。

9 東・高は「イ無此字」と傍書。

三四六 1 紀略「己卯」の二字あり。

3 底「天皇」に平出を用いる。

14 高「和」に「イ無此字」と傍書。東・高の校訂注が「イ」と表記するのは、東・高の共通の親本にあった金沢文庫本系写本との校訂注を示す場合が多いと考えられているが、東は転写しなかったか。印「和」あり、狩「官イ無此字、同」、伴「イ、官、无」とする。

三四八 2 伴「臣」と「若」の間に「闕字アル歟」、「若」と「岡」の間に「置、一本イ」と注記し、考證・大「若」の下に脱文、脱字あるかとする。

3 狩・伴「置、官イ」と傍書。

15・16 「未明求衣日昃忘膳」を、兼「未明求日興忘膳」、谷「未明求日〇《蚤》興忘膳」、東・高「未明求衣日興《異》忘膳」、印「未明求日蚤興忘膳」。天平十二年六月庚午条に「求衣忘寝」。

17 底は「旧」の下に「六」を合せた字形に書すが「昃」の異体字として読取る。三四八頁15・16参照。

18 大「寝」かとする。三四八頁15・16参照。

三五〇 7 兼「既」の第二画までを書す。谷「既」の第二画までの字を擦消して「護」と重書する。

9 底異体字「稟」の下部の「木」を「一」とする字形に書す。「稟」の誤写。

11 底「天皇」に平出を用いる。

12 底「太上天皇」に平出を用いる。

三五二 10 義、衍かとする。

三五四 3 諸本ともに「肖」と書す(東傍は背、高傍は背。印も「肖」)。大ここでは「肖」を別字と見て「背」に改める。諸本、本巻の「背奈」以外の「背」はみな「背」と書し、「肖」と「背」を使い別ける。「肖」は「背」の略体と字形が似る。諸本の「肖」を「背」の異体字ではなく「肖」(セウ)と読取ることも検討しなければならない。「肖」が「背」に転訛したとすると、福信の姓は肖奈公・肖奴王(肖奴はセウヌ)となり、これは高句麗の五部の「消奴部」から生まれた姓であることになる。「背奈」は通常湯桶読みで「せナ」と読まれているが不自然な読み方であると言える。肖奈(背奈)→三補17－一七。

6 大「使、一本作郡」とするが、伴は一字下の「副」に「国」「郡一本」と傍書する。
10 底、前条末に四字分の空白を設けて「冬十月」以下を改行。

三五六
1・2 十月丙戌紀では、「群」を、ト部家相伝本系写本の兼・谷・東・高は「郡」に作る。次の十一月辛卯紀では、底もト部家相伝本系写本も「郡」に作る。ウヂ名としては「平群」が正しく、「郡」は「群」の誤写とも考えられるが、遣唐使として「平群」のウジ名を「平郡」に改めた可能性も検討しなければならない。
7 東・高「迸」の傍に「散」を書すが、「迸散」と改めるべしとの校訂か。
11 大「要」かとする。
19 諸本偏を「身」とする異体字を書す。谷左傍に「○」を付すが注意符号か。
22 底「肙」と書す。「胥」の異体字として読取る。

三五八
5 底「天皇」に平出を用いる。
6 狩・伴「叡」と傍書。大一本により改めるとする。
8 「葉」と「業」は字形が似る。底「業」。兼・東も「業」と書す。底は「葉」の異体字として読取る。なお底は「広業」の「業」を「業」に作る。あるいは「業」の異体字か。
10 底三五八頁8の「葉」と同字形。
24 諸本「幵」の字形に作るが、「斗」の誤写。義「幵、蓋斛之訛」とする。狩「幵、当作斛」とし三代実録貞観十四年四月紀の「蜜五斛」の例を示す。考證は「幵、俗斛字」とし、集韻・竜龕手鑑を引用して「斗」が「升」に似た字形となる例を示す。
28 紀略「庚辰」の二字あり。
30 底「天皇」に平出を用いる。

三六〇
7 底「豸」と「勺」を合せた字形に書す。「豹」の異体字と読取る。
17・21 底「天皇」に平出を用いる。
26 東「門」と「放」を合せた字形に書す。

三六二
5 底「是日」の下に一字分の空白を設け、「車駕」以下を改行。「車駕」に闕字を用いているか。
9 底前条末に七、八字分の空白を設けて「夏四月」以下を改行。
10 底「辞」と「丙子」の間に三字分の空白あり。
12 底「天皇」に平出を用いる。
13 東・高「暢」の偏を「甲」と書す。
19 義「桂納」は「挂網」かとする。
21 義・狩・伴「徴」かとし、大「乞徴、或当作寒徴」とする。

三六四
1 兼「除」と書し左傍に「除」と朱書。高「隆」と書し右傍に「除」と朱書す。「除」の誤写。
10 谷「帥」の左傍に「主イ」と書し擦消す。「生」への校異を誤記し訂正したもの。
11 狩・大は「使部等」の下に脱文ありとする。
13 谷「穗」の下に「○」を記すのは脱字の注意符号。
15 大は、大の底本谷に「曰」とあるのを「日」に改めたと記すが、本書では「日」と「曰」は特別の場合を除いて内容に従って読取っているので谷についての校異を施していない。
17 三六四頁15参照。
18 東・高「々」に「イ無此字」と傍書する。
22 底「除」と書すが、「除」を誤写したもの。

三六六
3 大「任」とすべきかとする。
7 醍醐寺本要録一「壱軀」を「一軀」に作る。
11 底「仚」と書すが「企」の誤写。
12 諸本ともに「樻」に作る。「樻」(キ、へびの木)は別字であるが「櫃」に誤用されることが多いので、「櫃」の俗字体として読取る。

三六八
11 底「軍」の下半部を擦消して「共」を重書する。「冀」を「軍」と誤写したので、「冀」に改めようとしたもの。

三七〇
5 底前条末に一二字分の空白を設けて「冬十月」以下を改行。

三七四
11 谷「武」の左に朱「ヒ」を付し右傍に「成歟」と朱書。
13 底「癸未」の下に三字分の空白を設ける。「車駕」に闕字を用いるための空白であろう。
15 底前条末に二、三字分の空白を設けて「十一月」以下を改行。

三八〇
1 大「貝」と「力」を合せた字形に書すが

「助」の誤写。
8 底前条末に三字分の空白を設けて「十二月」以下を改行。
10 大「域」かとする。
15 義「按、丙寅、不得在辛酉上、且下有丙寅、当与下併作一条」とし、伴・大も誤りあるかとする。続紀編纂時の誤りか。
三八二 7 三八〇頁15参照。
9 底「皇帝」に闕字を用いる。
10 底「太上天皇」に平出を用いる。
11 底「皇后」に闕字を用いる。

巻第十四

三八四 2-5 底は、親本あるいはそれ以前の写本の巻首の欠損により、巻首第二行(撰者名)を空白とし、その下部に「金沢文庫」印を踏す。角倉素庵は「金沢文庫」の印影の上に貼紙をして、行頭第三字目から「従四位下(行脱)民部大輔兼左兵衛督皇太子学士臣菅野朝臣真道等奉勅撰」と卜部家相伝本系写本により補筆した。ところが、印影をおおう貼紙が剝がれて欠失したために、現状では印影が露出し、かつ貼紙の上に書かれた「皇」の下半部の「王」から「勅」の上半部までが欠失している。
6 底、角倉素庵が「聖武天皇」を補う。巻首の天皇名の和風諡号の下に漢風諡号を小字で記すのは卜部家相伝本(及びその系統の写本)の書式で、底は漢風諡号は記さない。角倉素庵は、底の空白に卜部家相伝本系写本により撰者名を補筆した際に、漢風諡号も書き写した。
7 紀略「辛巳」の二字あり。
8 底「天皇」に平出を用いる。
9 狩、鴨本は「成」に作るとする。
14 底は、はじめ「仏之像」と書し、ついでその誤りを訂正するために「仏」の下に「○」の墨書挿入符、「像」の右傍に「レ」の墨書顚倒符を付し、本文を「仏像之」と改めるべき指示を施した。底の書写時あるいは書写後の本文整定。角倉素庵は、墨書の「○」の上に朱書の「○」を重書し、墨書の「レ」の直下に朱書の「二」(顚倒符)を追筆し、改めて本文整定の指示を行った。
三八六 3 前田本三代格、政事要略七十も「獦」に作る。
6 底「両」の字形に書す。底三月乙巳条では同じ字形を、「風雨順序」の「雨」と「両寺相去」の「両」(＝兩)に使用する。底のこの字形は、内容に従って「雨」あるいは「両」と読取る。
11 底・兼等は乙巳条に「国分寺事」と頭書を付す。底は角倉素庵による補筆。兼は一字目の「国」の上辺が僅かに欠けるが、これは兼に天地切り揃えの調整が加えられていることを示す。乙巳の干支について、伴は扶桑略記・朝野群載に三月十四日とあるとし、考證天平十九年十一月詔・東大寺銅板詔書・三代格・要略・続本朝文粋に二月十四日、扶桑略記・朝野群載に三月十四日とあるとし、大天平十九年十一月詔により乙未十四日かとする。
13 東「天」と「氺」を合せた字形に書すが「忝」と読取る。醍醐寺本要録一「忝」を「恭」、「疫」を「疾」、「広」を「庄」、「六」を「二」、「稷」を「稼」、「載惶載懼」を「載惶々々」、「国土」を「国王」、「殄」を「除」、「所願」を「所須」、「存厳飾」を「在厳飾」、「尼寺水田十町」を「尼寺水田」、「其名為法華滅罪之寺」を「其寺名為法花滅罪之寺」、「漁猟」を「漁獦」に作る。
14 底「宂」に「悟」を合せた字形に書す。「寤」の俗字「𥨊」を誤写。
三八八 1 三代格天平十三年二月十四日勅は、「脩何政化」を「何修何務」、「臻」を「到」、「景」を「量」、「使」を「駅」、「尊像」を「尊金像」、「自」を「安」、「宣」を「逭」(前田本「演」)、「差」を「着」(前田本「差」)、「一部」を「各十部」、「久長」を「長久」、「兼尽」を「兼」(前田本「兼尽」)に作り、「又毎国僧寺」以下を「又有諸願等、条例如左」の次の八か条の条例・願文の第一・二・三条に収める。要略五十五弘仁治部格(天平十三年二月十四日勅)は、「脩何政化」を「何修何務」に、「臻」を「致」、「使」を「駅」、「歳普」を「年」、「尊像」を「尊金像」、「穣」を「稔」、「徴」を「微」、「自」を「安」、「宜令」を「令」、「敬告」を「造」、「光明」を「光」、「一部」を「各十部」、「冀」を「羨」、「天地」を「天下」、「久長」を「長久」に作り、第一・二・三条は三代格と同じ。

5 **底**「者」に角倉素庵は朱「ヒ」を付して抹消し、「ヒ」の下に「イ二无」と朱書。「高一丈六尺者」は「釈迦牟尼仏尊像」の注か。

8 **底**「憧」と書すが「惶」と読取る。

9 **底**「懼」の「隹」を「安」に作るが「懼」と読取る。

12 **兼**「弥」に似た字形に書すが「殄」と読取る。

14 **底**は、はじめ異体字「跛」を書し、ついで墨書「ミ」を左傍に付して抹消し、「冣」(＝最)と傍書する。

15 **底**角倉素庵が「イ二无」と朱で傍書。

19 三八八頁**14**と同じ。

三九〇 **1** **底**は角倉素庵が「臭」の下に朱挿入符「○」を付して左傍に「所及イ」(「イ」朱書)を書すが、「所」の左傍に墨の「ヒ」(抹消符か)を付す。

7 **底**は角倉素庵が「尼寺」の左傍に朱「、」「、」を付して「イ二无」と朱書する。

8 **東**・**高**「尼」に「イ無此字」と傍書。**東**・**高**の「一十尼」の上への「尼寺尼」の傍補と「尼」への傍書はイ本に「尼寺尼一十」と書かれていたことを示すが、イ本が**東**・**高**の共通の親本が対校した金沢文庫本系写本であるとすると「尼寺一十尼」とある**底**とは相違することになる。

13 **底**「跛」に書すが、校訂はされていない。三八八頁**14**・**19**参照。

16 **底**はじめ「獦」を誤写して「狼」と書し、ついで「ミ」を付して抹消し、「犭」に「贏」の異体字を合せた字形の字を書すが、これは「獵」(＝猟)の誤写。

17 **谷**はじめ「恤」と書し、ついで右傍に「恒」と書し、さらに「恤」を擦消して「恒」と重書して傍書の「恒」を擦消。

18 **底**「天武天皇」に平出を用いる。但し、前行末の「薨」の下と「天」の肩に印を付して条文が続くことを指示している。角倉素庵による本文整定指示あるいは校異。

19 **底**「天皇」に平出を用いる。但し、前行の「閏三月乙卯」の左肩と「天」の上に印を付して条文が続くことを指示している。角倉素庵による本文整定指示あるいは校異。

26 **狩**・**大**一本に「正六位下」ありとし、**伴**は「正六位下」を傍補する。

三九二 **3** **義**・**大**「月」かとする。

4 **底**・**兼**等の「絁」と「絶」の字形が類似している場合は内容に従って読取る。

5 **底**は角倉素庵が「八」の左傍に朱傍点を付し「イ二无」と朱で傍書する。

8 **底**原異体字「揖」を書す。角倉素庵は別字と見て「揖イ」(イは朱書)と傍書。諸本の「揖」は「楫」の異体字とも読取れる。**考證**「揖即楫字」とする。

11 **底**は角倉素庵が「国」に朱傍点を付し「イ二无」と朱で傍書する。

三九四 **1** **狩**・**伴**・**考證**・**大**は「定」かとする。

3 **兼**はノドの下端の料紙欠損部に当るが「七」と読取る。

5 **底**はじめ「仍却解」と書し、ついで「仍」の下に挿入符「○」を付し「解」の右傍に転倒符「レ」を付して「仍解却」に改める。**底**の書写時あるいは書写後の本文整定。

6 **底**前条末に一六、七字分の空白を設けて「秋七月」以下を改行。

11 **底**はじめ「臣河清」と書し、ついで「臣」の下に挿入符「○」を「清」の右傍に転倒符「レ」を付して「臣清河」に改める。**底**の書写時あるいは書写後の本文整定。

19 要略六十九「竹」なし。

22 **底**はじめ「外五」と書し、ついで「外」の下に挿入符「ミ」を付しその右傍に「従」を補い、さらに右傍の「従」を擦消。のち角倉素庵が左傍に「従」を補う。

三九六 **5** **谷**「銭鋳」の左傍に「下上」と注記して「鋳銭」と改める。

三九八 **3** **底**の本巻は「大」を「丈」に似た字形に書

す場合が多い。角倉素庵はここの「大」を「丈」と読取り、朱「ヒ」を付して抹消し「大」と傍書。

四〇〇 2 底「天皇」に平出を用いる。

3 底「天」を「一」と「丈」を合せた字形に書す。角倉素庵は別字と見て朱の「ヒ」を付して抹消し「天」と傍書。

13 「亮」は「高」に似た字形に書かれるが、ここでは底が「亮」を「高」に誤写している。

15 紀略「壬午」の二字あり。

16 兼は「賀」を墨で抹消し、ついで「朝」の下に朱の挿入符「○」を付し右傍に「賀」と朱書。

19 谷はじめ「ユ」の下に「付」と書き重書して「府」に改める。

20 底「天皇」に平出を用いる。

四〇三 5 大「授」を「外従五位下巨勢朝臣」の上に移すべきかとする。

12 「踏」と「蹋」は同義。

19 底の本巻は、多くの場合「皇」を「白」と「生」あるいは「主」を合せた字形に書す。角倉素庵はここでは別字と見て朱「ヒ」を付して抹消し「皇」と傍書。

四〇四 2 底角倉素庵が左傍に「イニ无」と朱書する。

5 底前条末に四、五字分の空白を設けて「夏四月」以下を改行。

10 底「天皇」に平出を用いる。

17 兼「工」を墨で抹消し、ついで「雑」の下に朱の挿入符「○」を付し朱で「工」を傍補。

四〇六 7 考證「司、疑、国字之譌」とし、大は考證を誤って引用して「毎、考證云、疑、国字之譌」とする。

12 底前条末に一一字分の空白を設けて「秋七月」以下を改行。

14 兼「之」を墨で抹消し、ついで右傍に「之」を朱書。谷「田」と「之」の間に朱挿入符「○」を付し朱で「之」を傍補。

四〇八 3 底はじめ次行のほぼ同位置の「度」を誤写し、擦消して「小」と重書。

6 底「呂」(異体字の「吕」)を墨線「╱」で抹消し右傍に「ロ」の中に「丶」を打った字形の字を二つ書く。「呂」を□□(二字分空白)に改めようとした校訂か、あるいは誤った校訂「ロロ」をさらに訂正するために「丶」の抹消符を付したものか。

8 高、旁が「斤」の字形に書すが「附」と読取る。東・高の共通の親本には「附」が「所」に似た字形に書されていたのであろう。

12 底「番」は音シウで字義未詳。「香」の誤写。

四一〇 9 底「飛鳥朝庭」に平出を用いる。

15 狩・伴「問」と傍書し、大一本「問」とする。

巻第十五

四一四 4 底「勅」に闕字を用いる。

5 底巻首第三行を空白とする。この空白は親本あるいはそれ以前の写本の欠損により生じた料紙の欠失の状態を引き写したものである(第七行以降の欠損は、四一四頁13参照)。この空白行の下部に「金沢文庫」印が踏されている。角倉素庵は、この空白行の「金沢文庫」の印影の上方に「天璽国押開豊桜彦天皇聖武天皇」の一四字を補って書いたが、底は巻首の天皇名の下に漢風諡号を記さないから、この部分は底の親本あるいはそれ以前の写本の原形では「天璽国押開豊桜彦天皇」と記されていた。

6 紀略「癸未」の二字あり。

8 底はじめ「王」と書し、ついで重書して「壬」とした。角倉素庵は朱「ヒ」を付して抹消し「壬」と傍書。

9 底「車駕」に闕字を用いる。

10 底はじめ行頭から「楽至癸卯」と書いた次に「殿百」と書し、次行は「天皇」に平出を用いて「天皇御大極殿百　朝賀丁未」と書す。底の書写者が「殿百」と書したのは、次行の六・七字目の「殿百」を誤って書き取ってしまったためであるから、底の親本が「天皇」に平出を使用していたことがわかる。

11 底「天皇」に平出を用いる。

13 底親本あるいはそれ以前の写本の欠損(巻首第三行の欠損は、四一四頁4参照)により巻首第七行第八字目の一字分を空白とする。同様の空白は、第一二行第七字目(「僧」。四一四頁19)、第一七行第七字目(「又」。四一六頁4)、第二一行第七字目(「屈」。四一六頁8)、第二二行第七字目(「諧」。四一六頁10)、第二三行第八字目(「土」。四一六頁12)、第二四行第五字目(「該」。四一六頁13)、第二六行第七字目(空白。四一六頁18)に見られる。これらの空白の位置は、高さが行頭から五—八字目で一定し、間隔が、第二二—二四行を別とすれば、四行おきで一定している。したがって、**底**の本巻の平出・闕字や一行一六字前後の書式は、親本の字配りを忠実に模していることがわかる。

14 **底**「天皇」に平出を用いる。

19 四一四頁13参照。

21 醍醐寺本要録 一「皇」を「王」、「蒸」を「丞」、「七七日」を「七々日」に作り、「転読大乗金光明最勝王経又令天下限七七日」を脱し、「仰願」を「御願」、「増威」を「埋宇」、「広」を「庄」、「群」を「評」、「思」を「慎」に作る。**考證**「蒸」を要録は「烝」に作るとする。**考證**「広類」の「広」(=廣)について要録は「庶」に作るとするが、「庶」とある要録は、「廣」を崩した醍醐寺本の字形から派生したものであろう。

24 **兼・谷**が「ーーー」とし、**東・高**が「・ー」とするのは「命思」の二字分に相当する。この「ーーー」あるいは「・ー」の相当部分は、卜部家相伝本に二字分の空白あるいは欠損が存在しそれを三条西本で「ーーー」と表示したのか(三条西本の転写本である、**東・高**の親本は略して「・ー」と表記した)、または卜部家相伝本の親本あるいは祖本に二字分の空白あるいは欠損が存在しそれを卜部家相伝本で「ーーー」と表示したのかのいずれかである。この欠損あるいは空白は、後述のように巻子本に生じたものと推測されるから、二巻一冊の編成をなす冊子本の卜部家相伝本において生じた欠損(前者の場合)ではなく、巻子本であった卜部家相伝本の親本あるいは祖本に生じた欠損(あるいはそれにより生じた空白)を卜部家相伝本で「ーーー」と表示したものであることが判明する。卜部家相伝本系写本巻十五の巻首には、「命思」の「ーーー」・「・ー」(正月癸丑条)以外にも、「ーーー限七ー」(「住処限七七」、同日条、四一四頁28・四一六頁1参照)、「ー」(「翬或」、同日条、四一六頁7参照)、「ーー」(「思哉」、同日条、四一六頁18・19参照)、「ーー」(「留守」、四月壬申条、四一八頁2参照)の欠損あるいは空白に起因する表示がある。これらについては、**谷**は印により重書して補い、**東・高**はその親本が金沢文庫本系写本により傍書して補っているが(ただし**東・高**は「翬或」は本文として書されている)、**兼**は原状のままである。三条西本の文字配列を忠実に伝える**兼・谷**においてこれら五か所の欠損あるいは空白にかかわる表示は、それぞれ第一丁表第一〇行第二—四字目、同第一二行第九—一一・一四字目、第一丁裏第一行下端、同第五行第一五・一六字目、同第一二行第四・五字目に位置し、一見するところ非規則的に並んでいる。ところが、これらの欠損あるいは空白が生じた卜部家相伝本の親本あるいはそれ以前の写本が、一行一五字で天皇に平出を用い孟月に改行を用いていたと仮定すると、正月癸丑条の「其詞曰天皇」とある「天皇」以下は、次のような文字配列になる。

1 天皇敬諧四十九座諸大徳等弟子階
2 縁宿殖嗣膺宝命思欲宣揚正法導御
3 蒸民故以今年正月十四日勧請海内
4 出家之衆於所住処限七七日転読大
5 乗金光明最勝王経又令天下限七七
6 日禁断殺生及断雑食別於大養徳国
7 金光明寺奉設殊勝之会欲為天下之
8 摸諸徳等或一時名翬或万里嘉賓僉
9 曰人師咸称国宝所冀屈彼高明随茲
10 延請始暢慈悲之音終諧微妙之力仰
11 願梵宇増威皇家累慶国土厳浄人民

12康楽広及群方綿該広類同乗菩薩之
13乗並坐如来之坐像法中興実在今日
14凡厥知見可不[思][哉]二月辛巳以佐渡
(15―21行略)
22夏四月壬申行幸紫香楽以右大臣正
23二位橘宿禰諸兄左大弁従三位巨勢
24朝臣奈弖麻呂右大弁従四位下紀朝
25臣飯麻呂為[留][守]遣宮内少輔従五位

右の復原により、欠損あるいは空白は六―一一字目にほぼ揃うことになる。このような欠損は巻子本における虫損により生じることが多い。この推定が正しいとすると、卜部家相伝本の親本あるいは祖本には、巻子本で一行一五字、天皇に平出を用い孟月(四月・七月・十月)で改行する書式の写本が存在した可能性を検討する必要が生じてくる。8行の「翟或」は、**兼**・**谷**では丁裏の第一行行末(小口の下端)に位置するので、あるいは**兼**・**谷**が三条西本を書写した際に小口の下端の欠損で判読し難くなっていたために「|」で表示したのかもしれない。この場合、**東**・**高**の親本の三条西本からの書写の段階では「翟或」が読めたことになる。

25 「揚」と「揚」は字形は似るが別字。「揚」の誤写。

27 **底**「烝」の「一」のない字形に書す。

28 四一四頁**24**参照。

四一六

1 四一四頁**24**参照。

4 四一四頁**13**参照。

5 **底**原「今」。角倉素庵は「今」を朱「ヒ」で抹消し左に「令」と傍書し、さらに卜部家相伝本系写本の校異傍書「命イ」(「イ」は朱書)を右に傍書。

7 四一四頁**24**参照。

8 四一四頁**13**参照。

9 **東**「暢」の偏を「甲」に作る。

10・**12**・**13** 四一四頁**13**参照。

14 **大**は**底**と要録「広」(＝廣)を「庶」に作ると頭注に記すが、**底**「鹿」と書す。要録については四一四頁**21**参照。

18・**19** 四一四頁**13**・**24**参照。**東**・**高**は「||」を一字分に書すが、校異の都合上、二つの校異注にそれぞれ一字分の「|」として表示した。

27 四一四頁**24**参照。**東**「イ无」、**高**「イ無」と傍書する。**東**・**高**の親本が金沢文庫本系写本と対校した校異注。

28 **狩**、鴨本「等」ありとする。

29 **狩**、鴨本「客」に作るとする。

30 **底**前条末に八字分の空白を設けて「夏四月」以下を改行。

四一八

1 **底**「廾」に書す。「弁」と読取る。

2 四一四頁**24**参照。

3 **伴**「按、天平十三年八月、木人為兵部少輔」として「兵部」と傍書し、**考證**「内藤氏曰、宮内、疑、兵部之譌、十三年八月紀可証」とし、**大**も**考證**による。

13 **考證**・**大**「諸内」は「諸国」かとする。

17 「見」に**東**「イ無」、**高**「ノ無」(「ノ」は「イ」の誤写)と傍書。**東**・**高**の親本が金沢文庫本系写本と対校した校異。

20 **底**、偏を「ソ」の如く書すが「加」と読取る。

21 要略二十七所引国史「令有尓波」(要略とその他の校異は省略)に作る。**兼**「令有尓八」を墨の「×」で抹消し、ついで抹消された「令」の上に朱の「○」の挿入符を付し右に朱で「令有尓八」と傍書して補う。三条西本に「令有尓八」があったことは確実だが、**兼**がはじめ抹消した理由は不詳。あるいは三条西本では「令有尓八」は本文になく朱傍書で補われており、**兼**はそれをはじめ本文として書写し、すぐに三条西本のように朱傍補に訂正し、**谷**は三条西本の如く朱傍補として写しとり、**東**・**高**では親本の段階で本文化されたとも考えられる。

22 **狩**「並、万葉注釈作置」とし、**考證**「並氏志、当作並置氏志、万葉集注釈、作置氏志、亦脱並字」とする。

四二〇

3 **狩**・**考證**万葉集注釈「乃」ありとする。

6 **底**「太上　天皇」と「上」の下を一字空けする。誤って「天皇」に闕字を用いようとしたものか。なお、五月癸卯条の三つの詔において、**底**は「天皇」「太上天皇」

に平出を用いていない。

14 「国宝」について、印「宝国宝」に作り、狩・伴・考證は詔による。

22 底小字双行の右行に「家」、左行に「利止」と書す。底「止」を「上」に似た字形に書すが「止」と読取る。

29 兼「趣」を擦消して「起」と重書した後、朱点の抹消符を左に付して抹消し右に「趣」と朱で傍書。

32 兼等「忘」と読取る。

43 印「寸」。考證「伊末」か「阿可」かとする。

四三 2 兼等「忘」と読取る。

3 底「牟」と読取る。

20 底・兼・谷・東「肖」、高「背」(行書体)に作る。「肖」である可能性については三三八頁9・三五四頁3参照。

四四 6 大三代格・田令集解に従い「復」に改める。三代格天平十五年五月廿七日勅は、「依」を「拠」、「授」を「獲」、「咸悉」を「悉咸」に作る。田令集解所引同日格、「依」を「縁」、「咸悉」を「悉咸」、「五位百町」を「五位一百町」、「科罪如法」を「以法科罪」に作る。

7 底「亡」の下を「心」に作るが「荒」と読取る。

四六 2 義・狩・伴・考證・大「詐」かとする。

3 兼は「年」で丁の表の末尾となり、丁の裏の初めから「分凡寺家買地律令所禁比年之間占買繁多於理商量深乖憲法宜令京及畿内厳加禁制」の三六字があり「序更亦」以下に続く。谷は「年」で丁の表の末尾となり、丁の裏の初めの「序更亦」以下に続くが、丁の表の最終行(第一二行)と小口の間に、「年」の下に「丨」(擦消しの上に書す)と文頭に「ㄟ」を付して「分凡寺家」以下の三六字を小字で書す(本文と同筆)。ただし「乖」のところは一字分の空白とする。東・高は「年」に続いて「分凡寺家」以下の三五字(「乖」を脱す)を書し「序更亦」以下に続く。また高は、親本が金沢文庫本系写本と対校した際の校異注と推定される「従分字至制字卅五字、他本無焉」の按文を「分」と「制」に朱点を付して傍書する。「分」以下の三六字は巻十六天平十八年三月戊辰条の太政官処分の「太政官処分」云々の「分」以下に相当する。兼・谷は三条西本の文字配列を忠実に伝えるが、巻十六の太政官処分の「分」以下は丁の初めには位置していない。巻十五への巻十六の字句の衍入の原因は判然としない。三条西本では、兼と同様に「分」以下三六字は本文に組入れられかつ丁の裏の第一行行頭から始まり第一行行末に「乖」が位置する文字配列であったと推定される。なぜならば、谷が「乖」を空白で表示し、東・高が「乖」を脱しているのは、三条西本の小口下端が破損し、兼の書写時には「乖」が判読できたが、谷や、東・高の親本の書写時には破損が進行し判読不可能となっていたことを示すと考えられるからである。三条西本を転写して谷が成立する時点では、「分」以下三六字が巻十五の本文ではないことを示すような表示が三条西本に加えられていたので、谷の書写者は小口への補書として処理したのではないか。三条西本においては、谷の如くに小口への補書となっていた「分」以下三六字を、兼・東・高が転写の際に本文としたとの想定は、「乖」の文字の存否の状態から成立しえない。

8 狩・伴「世」と傍書し、考證「新羅字、有誤、未詳」とする。

11 底角倉素庵が「イニ无」と朱で傍書。

16 底「高」に近い字形に書すが「亮」と読取る。

19 兼「式」を「戈」と「工」を合せた字形に書すが「式」と読取る。

四八 5 東行頭なので「々」を本字に変えている。

8 底・兼・東「肖」、谷・高「背」(行書体)に作る。「肖」である可能性については三三八頁9・三五四頁3参照。

10 底前条末の下に二字分の空白を設けて「秋七月」以下を改行。

11 谷左に墨の「〇」を付して右に朱で「石イ」と傍書。

15 **谷**「外」を「夕」まで書きかけて「従」と重書。

16 底原「夕」の下に「炎」を合せた字形に作る。

17 **義**「按、七月戊戌朔、不得庚寅、干支、疑、有一誤」とし、**狩**「此月、無庚寅、恐、甲寅之誤、十六日也」とし、**伴**「按、七月戊戌朔、而不得有庚寅、今無所考」とし「甲イ」「甲寅十七日」と傍書し、**考證**「是月戊戌朔、無庚寅、干支必有誤」とし、**大**「庚寅、是月无、或当作甲寅(十七日)」とする。

四三〇

1 底角倉素庵が「イニ无」と朱で傍書。

9 底前条末の下に七字分の空白を設けて「冬十月」以下を改行。

10 醍醐寺本要録一は、「恭」を「忝」、「浜」を「賓」に作り、「粤」を誤写し(「皇」の「白」に「丨」を入れる字形)、「広」を「庄」、「心也」を「心之」、「但恐」を「恐」、「智」を「知」、「日毎」を「毎日」、「更」を「是」、「擾」を「掠」、「布告」を「布」に作る。朝野群載一六東大寺大仏殿前板文所引勅は、「恭」を「忝」、「鎔象」を「鋳像」、「堕」を「随」、「預智識」を「預諸知識」、「至誠」を「至誠心」、「日毎」を「毎日」、「仏也」を「仏像」、「一把」を「一合」、「収斂」を「加造」に作る。扶桑略記との校異は略す。

四三二

4 底原の「宜日毎」に対して、角倉素庵ははじめ「宜」に「毎」と左に傍書したが、ついでそれを白抹し、ついで「日毎」にそれぞれ朱「ヒ」を付して抹消して「毎日」と左に傍書して「宜毎日」と改めた。

12 底前条末の下に四字の空白を設けて「壬午」以下を改行。

四三四

3 **紀略**「甲申」の二字あり。

14 **考證**「軍」脱かとする。

四三六

5 **大**「丁丑」以下を乙亥第二条の「是日」以下の一部とする。

6 **考證**「喪」かとする。

12 **印**「遣」。**考證**は「按、是時、天皇在難波宮、不当書遣其等於難波宮」とする。

16 **印**「従五位上」に作り、**義**天平十八年四月癸卯紀により「上」を擦消して「下」に作り、**伴**は「下、一本」と傍書し、**考證**「一本、作下」とし、**大**天平十八年四月紀により「下」に改める。

17 **東・高**「イ無」と傍書。**東・高**の「イ」の校異注は、一般に**東・高**の親本が金沢文庫本系写本と対校した際の校異と推定されるが、**底**には「王」がある。

18 **義**「穂積老、養老二年八月為式部大輔、其後不見為大蔵大輔、疑、此脱式部二字」とする。

四三八

4 **義**「百済王孝忠、天平十五年五月癸卯、進従五位上、百済王金(全)福、十二年十一月甲辰、進従五位上、拠此、従五位下四字、疑衍」とし、**大**も天平十五年五月紀と天平十二年十一月紀により衍とするが、「従五位下」を「従五位上」に改めれば整合的に解釈できる。

6 **底**「太上天皇」に平出を用いる。

四四〇

1 底前条末の下に九字分の空白を設けて「夏四月」以下を改行。

2 **印**「趣」。**狩・伴・考證・大**「赴」かとする。

3 **底**「天皇」に平出を用いる。

5 **底・兼・高**「鍛」(カ、しころ)の如き字形に書すが「鍛」を誤写。

11 **義**「今推、甲子、是月無庚戌、干支、疑有一誤」とし、**狩**「戌、恐辰、十八日也」とし、**伴**「推干支、是歳五月无庚戌、疑、干支有錯誤」として「甲、一本」「十二」と傍書し、**考證**「是月癸亥朔、無庚戌、干支必有誤」とし、**大**「庚戌、是月无、或当作庚辰(十八日)」とする。

12 **狩・伴・考證**「言」脱かとする。

16 「冊余人」を**紀略**原は「並人」に作る。

18 底前条末の下に二字分の空白を設けて「秋七月」以下を改行。

19 **底**「太上天皇」に平出を用いる。

21 **兼**「离」と書す。「離」の略字として読取る。

25 **義**「戊辰」に作り、**狩**「戊戌、是月、無戊戌」として「戌」に抹消符を付して「辰、一本」と傍書し、**伴**「辰歟、イ」と傍書し、**考證**「是月、壬戌朔、無戊戌、疑、戊辰之譌、戊辰七日也」とし、**大**「戊戌、是月无、或当作戊辰(七日)」とする。

27 底「太上天皇」に平出を用いる。

四三 2 三代格天平十六年七月廿三日詔・要略五十五天慶二年二月十五日太政官符所引同詔は「国分僧尼」とする。

3 狩・伴・考證・大「充」かとする。

4 高異体字「蒲」に「蒲」と傍書する。大「蒲」を用いる。

四四 2 印「而」。狩、鴨本「勿」とする。

3 大「而」の下に「勿」を補う。

4 印「権」。義は「獲」に作り、「蹶」かとし、狩、鴨本「獲」とする。

5 兼「虽」と書す。「雖」の俗字体。

15 底「ネ」に「矢」を合せた字形に書すが「秩」と読取る。

19 義「壅」かとし、考證「権、当作壅、即壅字、按、壅与擁字様相似、致譌、六年七月紀、九年八月紀、並云風化尚擁、皆壅字、又古人書、擁権字多相混」とし(巻三校異補注、九〇頁5参照)、大「壅」に改める。

四六 1 底「陥」の旁を「伯」に作るが誤写。

10 底前条末の下に三字分の空白を設けて「冬十月」以下を改行。

11 狩「細注七字、疑、後人加筆」とし、考證「七字、疑、後人旁書、非作者原注」とし、大「天平以下細註、疑、後人所加」とする。

四八 5 伴「在」と傍書し、大「在」かとする。

10・13 底「太上天皇」に平出を用いる。

14 醍醐寺本要録一「建」を「造」に作り、「共」を誤写し、「施」を「絁」に作る。

16 底「天皇」に平出を用いる。

17 底「丶」と「于」を合せた字形に書すが「手」と読取る。

21 義「覦」を「覬」に作る。

24 底「大上天皇」に平出を用いる。

27 底「太上天皇」に平出を用いる。

29 底右に「庚敕」と傍書。書写時のもの。

付表・付図

表1　渤　海　使　表

来着年月	使　節	備　考
神亀四・九(七二七)	首領高斉徳ら	出羽国に来着。大使高仁義らは蝦夷に殺害される。入京し、国交を開くことを求める王の啓を献ずる。五年六月、送使引田虫麻呂らとともに帰国。
天平十一・七(七三九)	副使已珎蒙ら	入唐使判官平群広成らを伴って出羽国に来着。大使は途次遭難し漂没。入京。十二年四月、送使大伴犬養らとともに帰国。
天平勝宝四・九(七五二)	使慕施蒙ら	越後国佐渡島に来着。入京。王の啓が臣名を称さず、上表のないことを責む。五年六月帰国。
天平宝字二・九(七五八)	大使揚承慶ら	遣渤海大使小野田守を伴って越前国に来着。入京し、聖武の喪を弔する。三年二月、入唐大使藤原河清を迎える使高元度とともに帰国。
天平宝字三・十(七五九)	大使高南申ら	藤原河清を迎える使の判官内蔵全成を伴って対馬島に来着。入京。四年二月、送使陽侯玲璆らとともに帰国。
天平宝字六・十(七六二)	大使王新福ら	遣渤海副使伊吉益麻呂らを伴って越前国に来着。入京。七年二月、送使の船師板振鎌束らとともに帰国。
宝亀二・六(七七一)	大使壱万福ら	出羽国に来着。常陸国に安置ののち入京。王の表文が無礼であるとして、信物を返却。壱万福らは表文を改修して王に代って謝す。三年九月、送使武生鳥守らとともに帰国するが、能登国に漂着。四年帰国。
宝亀四・六(七七三)	大使烏須弗ら	能登国に来着。壱万福らの消息を問う使。表函違例として放還。以後は筑紫道より来朝することを命ずる。
宝亀七・十二(七七六)	大使史都蒙ら	越前国に来着。光仁の即位を賀し、王妃の喪を告げる使。加賀郡に安置ののち入京。八年五月、送使高麗殿継らとともに帰国。
宝亀九・九(七七八)	使張仙寿ら	高麗殿継らを伴って越前国に来着。入京。十年二月、送使大網広道らとともに帰国。
宝亀十・九(七七九)	押領高洋粥〔弼カ〕ら	鉄利人とともに出羽国に来着。進表無礼により放還。
延暦五・九(七八六)	大使李元泰ら	出羽国に漂着し、梶師・挟抄ら蝦夷に劫殺される。船一艘を給い、帰国させる。
延暦十四・十一(七九五)	使呂定琳ら	出羽国に漂着。文王の喪を告げる使。越後国に安置。のち入京か。王の啓が旧儀に違うことを責む。十五年五月、送使御長広岳らとともに帰国。
延暦十七・十二(七九八)	使大昌泰ら	隠岐国に来着か。入京し、六年一貢を短縮することを求める王の啓を献ずる。随時入朝を認める璽書を与える。十八年四月、送使滋野船白とともに帰国。
大同四・十(八〇九)	使高南容ら	来着地未詳。入京し、弘仁元年四月帰国。

弘仁元・九(八一〇)	使高南容ら	来着地未詳。嵯峨の即位を賀する使。入京し、二年四月、送使林東人らとともに帰国。
弘仁五・九(八一四)	大使王孝廉ら	出雲国に来着。入京し、六年正月帰国するが、帰路越前国に漂着し、大使はそこで死没。他は七年五月帰国。
弘仁八(八一七)または弘仁九(八一八)	使慕感徳ら	来着地未詳。勅書を与えず帰国させるが、帰路遭難。船を与えて帰国させる。
弘仁十・十一(八一九)	大使李承英ら	来着地未詳。慕感徳らに対する処遇を謝する使。入京し、十一年正月帰国。
弘仁十二・十一(八二一)	使王文矩ら	来着地未詳。入京し、十三年正月帰国。
弘仁十四・十一(八二三)	大使高貞泰ら	加賀国に来着(一〇一人)。凶作・疫病のため入京させず、便風を待って帰国させる。入朝の期を一紀(一二年)一貢とすべきことを告ぐ。
天長二・十二(八二五)	大使高承祖ら	隠岐国に来着(一〇三人)。右大臣藤原緒嗣。契期に反する「商旅」であるとして入京停止を請うが、許されず。入京し、三年五月帰国。
天長四・十二(八二七)	大使王文矩ら	但馬国に来着(百余人)。違期を責め、入京させず、船を修理して帰国させる。このとき、藩客との私交易を禁ずる。
承和八・十二(八四一)	大使賀福延ら	長門国に来着(一〇五人)。入京し、九年四月帰国。
嘉祥元・十二(八四八)	大使王文矩ら	能登国に来着(一〇〇人)。入京し、二年五月帰国。
貞観元・正(八五九)	大使烏孝慎ら	能登国に来着(一〇四人)。文徳の喪のため入京させず、加賀国に安置。七月帰国。この使は、長慶宣明暦をもたらす。
貞観三・正(八六一)	大使李居正ら	隠岐国に来着(一〇五人)。出雲国に安置するが、違期・違例を責めて、王の啓・信物等を返却し、放還。
貞観十三・十二(八七一)	大使楊成規ら	加賀国に来着(一〇五人)。入京するが、陰陽寮の占により天皇は引見せず。このとき京師人・市人に渤海人との私交易を許す。十四年五月帰国。
貞観十八・十二(八七六)	大使楊中遠ら	出雲国に来着(一〇五人)。貞観十五年に薩摩国に漂着した渤海国入唐使の救援を謝する使。王の啓は一紀一貢の廃止を請うが、認めず放還。
元慶六・十一(八八二)	大使裴頲ら	加賀国に来着(一〇五人)。入京し、七年五月帰国。
寛平四・正(八九二)	使王亀謀か	出雲国に来着(一〇五人か)。入京させず、放還。
寛平六・十二(八九四)	大使裴頲ら	伯耆国に来着(一〇五人)。入京し、七年五月帰国。
延喜八・正(九〇八)	大使裴璆ら	伯耆国に来着。入京し、六月帰国。
延喜十九・十一(九一九)	大使裴璆ら	若狭国に来着(一〇五人)。入京し、二十年六月帰国。
延喜二十二・九(九二二)	(未詳)	越前国に来着。

表2 遣渤海使表

任命または発遣年月	使節(位階)	備考
神亀五・二(七二八)	使引田虫麻呂(従六位下)ら	任。渤海使首領高斉徳らを送る使。六月辞見。天平二年八月帰国。
天平十二・正(七四〇)	大使大伴犬養(外従五位下)ら	任。渤海副使已珎蒙らを送る使。四月辞見。十月帰国。
天平宝字二・二(七五八)	大使小野田守(従五位下)ら	二月任か。九月、渤海大使揚承慶らを伴って帰国。安史の乱についての情報をもたらす。
天平宝字四・二(七六〇)	使陽侯玲璆(外従五位下)ら	二月任か。渤海大使高南申らを送る使。十一月帰国。
天平宝字五・十(七六一)	大使高麗大山(従五位下)ら	任。六年十月、渤海大使王新福らを伴って帰国。大使高麗大山は途次病没。
天平宝字六・十一(七六二)	船師板振鎌束(正七位下)ら	任。渤海大使王新福らを送る使。使多治比小耳・判官平群虫麻呂らは、任命されるが行かず。七年二月板振鎌束が船師として乗船。十月帰国。
宝亀三・二(七七二)	使武生鳥守(正六位上)ら	二月任か。渤海大使壱万福らを送る使。九月能登国に漂着。再度出航し、四年十月帰国。
宝亀八・五(七七七)	使高麗殿継(正六位上)ら	任。渤海大使史都蒙らを送る使。九年九月、渤海使張仙寿らを伴って帰国。
宝亀九・十二(七七八)	使大網広道(正六位上)ら	任。渤海使張仙寿らを送る使。十年二月進発。帰国時未詳。
延暦十五・五(七九六)	使御長広岳(正六位上)ら	進発。渤海使呂定琳らを送る使。十月帰国し、朝貢の年期を定めることを求める王の啓をもたらす。
延暦十七・四(七九八)	使内蔵賀茂麻呂(外従五位下)ら	任。六年一貢を告げる使。十二月、渤海使大昌泰らを伴って帰国。大昌泰、朝貢の年期を短縮することを求める王の啓をもたらす。
延暦十八・四(七九九)	使滋野船白(正六位上)ら	進発。渤海使大昌泰らを送る使。朝貢の年期を定めないことを告ぐ。九月帰国。
弘仁元・十二(八一〇)	使林東人(従六位上)ら	任。渤海使高南容らを送る使。二年四月辞見。十月帰国。

表3　国分寺・国分尼寺所在地一覧

道	国名	国分寺所在地	国分尼寺所在地
畿内	大和	奈良市雑司町★	奈良市法華寺町
畿内	河内	大阪府柏原市国分東条町	*大阪府柏原市国分東条町
畿内	和泉	大阪府和泉市国分町	
畿内	摂津	*大阪市天王寺区国分町	
畿内	山背	京都府相楽郡加茂町例幣★	*京都府相楽郡加茂町法花寺野
東海道	伊賀	三重県上野市西明寺町長者屋敷★	三重県上野市西明寺町長楽山
東海道	伊勢	三重県鈴鹿市国分町西高木★	*三重県鈴鹿市国分町
東海道	志摩	三重県志摩郡阿児町国府	
東海道	尾張	愛知県稲沢市矢合町	
東海道	三河	愛知県豊川市八幡町本郷★	愛知県豊川市八幡町忍池★
東海道	遠江	静岡県磐田市中央町★	*静岡県磐田市中央町
東海道	駿河	*静岡市大谷	
東海道	伊豆	静岡県三島市泉町★	静岡県三島市南町
東海道	甲斐	山梨県東八代郡一宮町国分★	山梨県東八代郡一宮町東原★
東海道	相模	神奈川県海老名市国分★	神奈川県海老名市国分
東海道	武蔵	東京都国分寺市西元町★	東京都国分寺市西元町
東海道	安房	千葉県館山市国分	
東海道	上総	千葉県市原市惣社★	千葉県市原市惣社★
東海道	下総	千葉県市川市国分★	千葉県市川市国分★
東海道	常陸	茨城県石岡市国分町★	茨城県石岡市国分町★
東山道	近江	*滋賀県甲賀郡信楽町(一次) *滋賀県大津市国分(二次)	
東山道	美濃	岐阜県大垣市青野町★	*岐阜県不破郡垂井町平尾
東山道	飛騨	岐阜県高山市総和町★	
東山道	信濃	長野県上田市国分★	長野県上田市国分
東山道	上野	群馬県群馬郡群馬町東国分★	群馬県群馬郡群馬町東国分
東山道	下野	栃木県下都賀郡国分寺町国分★	栃木県下都賀郡国分寺町国分★
東山道	陸奥	宮城県仙台市木ノ下★	宮城県仙台市白萩町★
東山道	出羽		
北陸道	若狭	福井県小浜市国分★	
北陸道	越前		
北陸道	能登	石川県七尾市国分町★	
北陸道	越中	*富山県高岡市伏木一宮	
北陸道	越後		
北陸道	佐渡	新潟県佐渡郡真野町国分寺★	
山陰道	丹波	京都府亀岡市千歳町国分★	*京都府亀岡市河原林町
山陰道	丹後	京都府宮津市国分★	
山陰道	但馬	兵庫県城崎郡日高町国分寺	兵庫県城崎郡日高町水上、山本
山陰道	因幡	鳥取県岩美郡国府町国分寺	*鳥取県岩美郡国府町法花寺
山陰道	伯耆	鳥取県倉吉市国分寺★	鳥取県倉吉市国分寺
山陰道	出雲	島根県松江市竹矢町中竹矢★	島根県松江市竹矢町中竹矢
山陰道	石見	島根県浜田市国分町★	島根県浜田市国分町
山陰道	隠岐	島根県隠岐郡西郷町池田★	島根県隠岐郡西郷町
山陽道	播磨	兵庫県姫路市御国野町国分寺★	*兵庫県姫路市御国野町国分寺
山陽道	美作	岡山県津山市国分寺	岡山県津山市国分寺
山陽道	備前	岡山県赤磐郡山陽町馬屋★	*岡山県赤磐郡山陽町馬屋
山陽道	備中	岡山県総社市上林★	岡山県総社市上林★
山陽道	備後	広島県深安郡神辺町下御領	*広島県深安郡神辺町湯野
山陽道	安芸	広島県東広島市西条町吉行★	*広島県東広島市西条町吉行
山陽道	周防	山口県防府市国分寺町★	*山口県防府市国分寺町
山陽道	長門	山口県下関市長府安養寺	
南海道	紀伊	和歌山県那賀郡打田町東国分★	
南海道	淡路	兵庫県三原郡三原町八木★	兵庫県三原郡三原町八木
南海道	阿波	徳島市国府町矢野	徳島県名西郡石井町石井★
南海道	讃岐	香川県綾歌郡国分寺町国分★	香川県綾歌郡国分寺町新居★
南海道	伊予	愛媛県今治市国分★	*愛媛県今治市桜井
南海道	土佐	高知県南国市国分★	
西海道	筑前	福岡県太宰府市国分★	福岡県太宰府市国分
西海道	筑後	福岡県久留米市国分町	*福岡県久留米市国分町西村
西海道	豊前	福岡県京都郡豊津町国分★	*福岡県京都郡豊津町徳政
西海道	豊後	大分市国分★	*大分市国分
西海道	肥前	佐賀県佐賀郡大和町尼寺	*佐賀県佐賀郡大和町尼寺
西海道	肥後	熊本市出水町	熊本市出水町
西海道	日向	宮崎県西都市三宅	*宮崎県西都市右松
西海道	大隅	鹿児島県国分市向花町★	
西海道	薩摩	鹿児島県川内市国分寺町★	鹿児島県川内市天辰町
西海道	壱岐	長崎県壱岐郡芦辺町国分	
西海道	対馬	長崎県下県郡厳原町今屋敷	

*推定地　★国分寺・尼寺の史跡

図1　多　賀　城

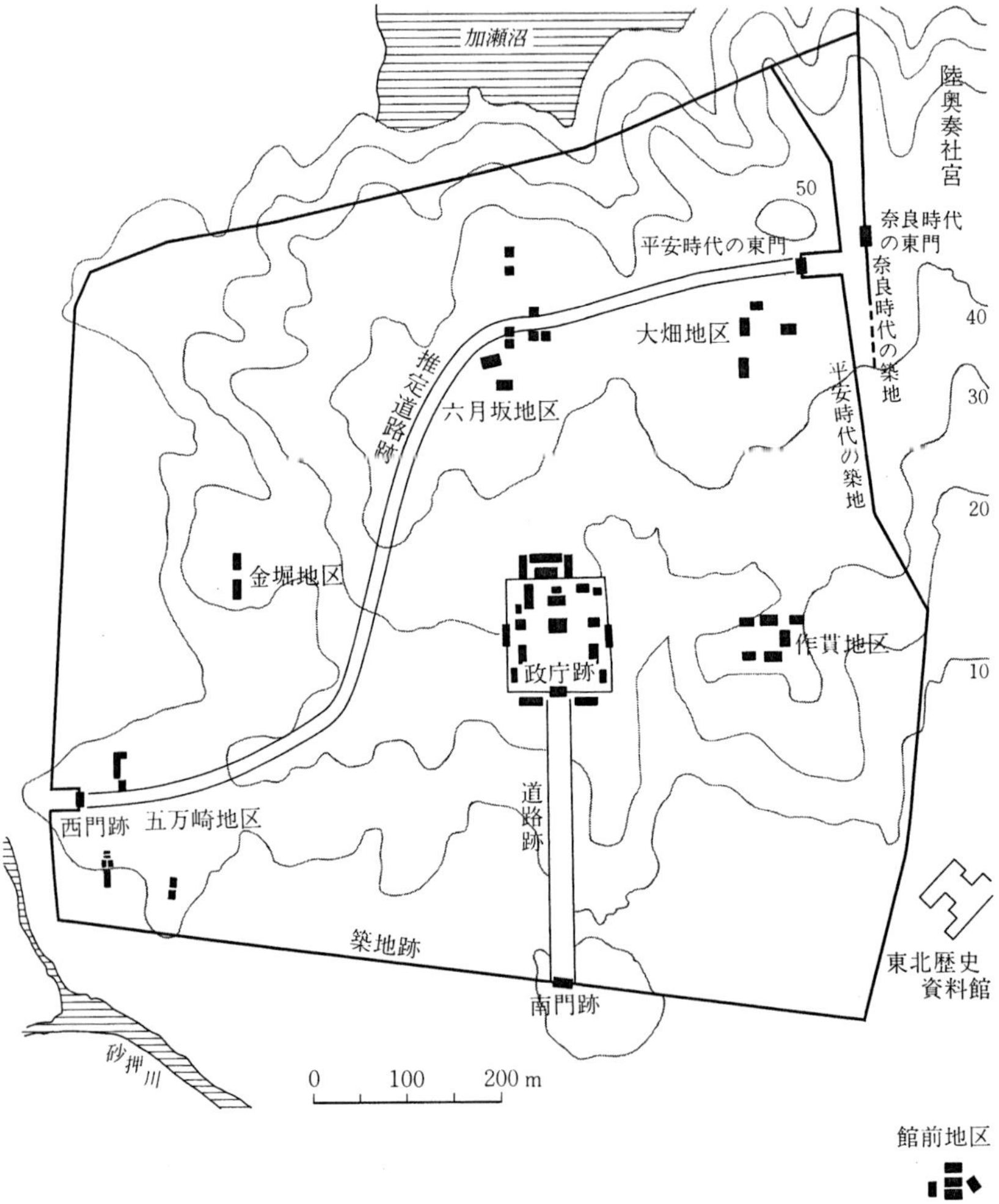
加瀬沼
陸奥奏社宮
50
奈良時代の東門
平安時代の東門
奈良時代の築地
40
大畑地区
平安時代の築地
30
推定道路跡
六月坂地区
20
金堀地区
作貫地区
10
政庁跡
道路跡
西門跡
五万崎地区
築地跡
東北歴史資料館
南門跡
砂押川
0
100
200 m
館前地区

図2　恭　仁　京

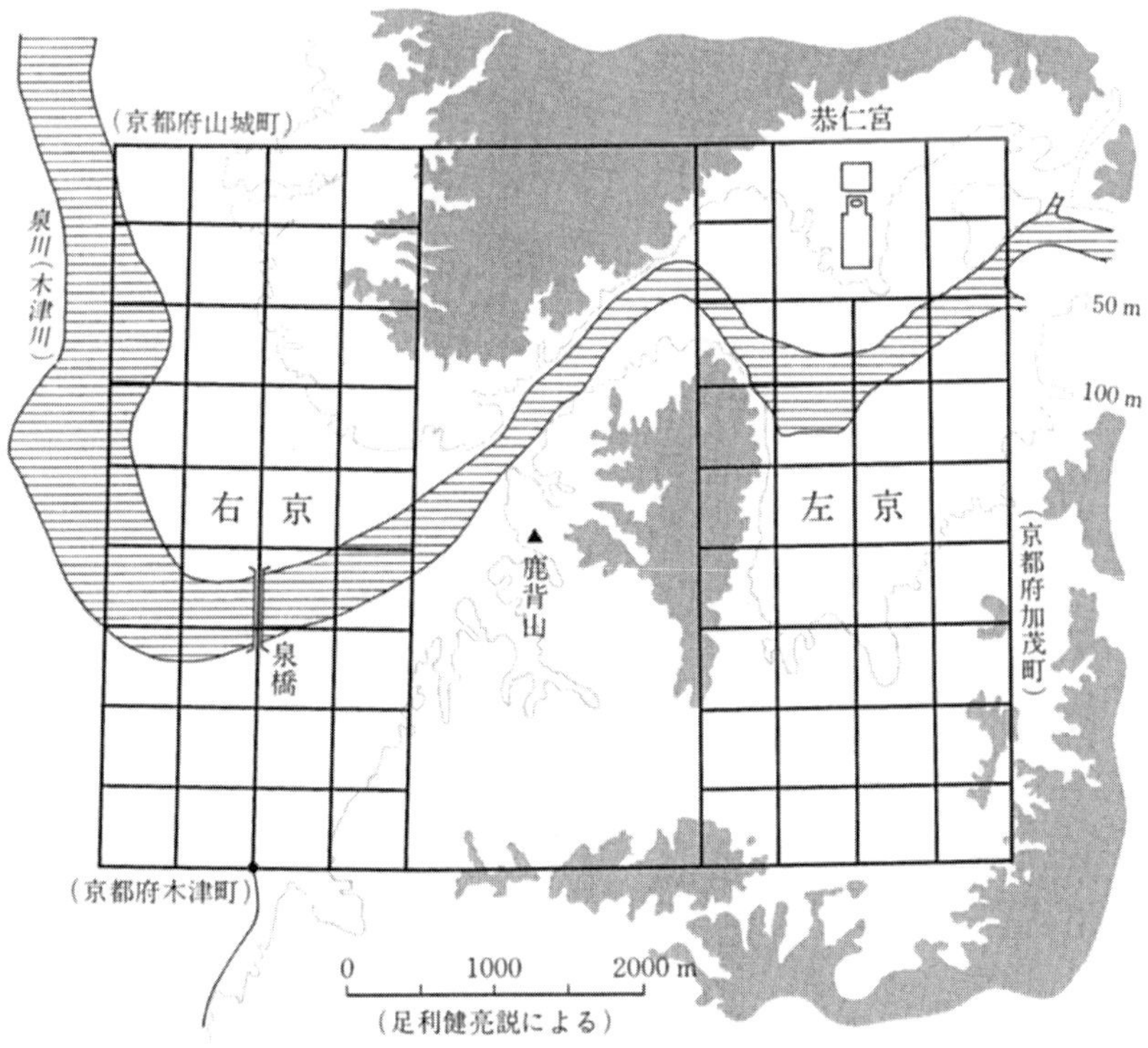
恭仁宮
（京都府山城町）
泉川（木津川）
50 m
100 m
右　京
左　京
鹿背山
泉橋
（京都府加茂町）
（京都府木津町）
0
1000
2000 m
（足利健亮説による）

図3　北九州要図

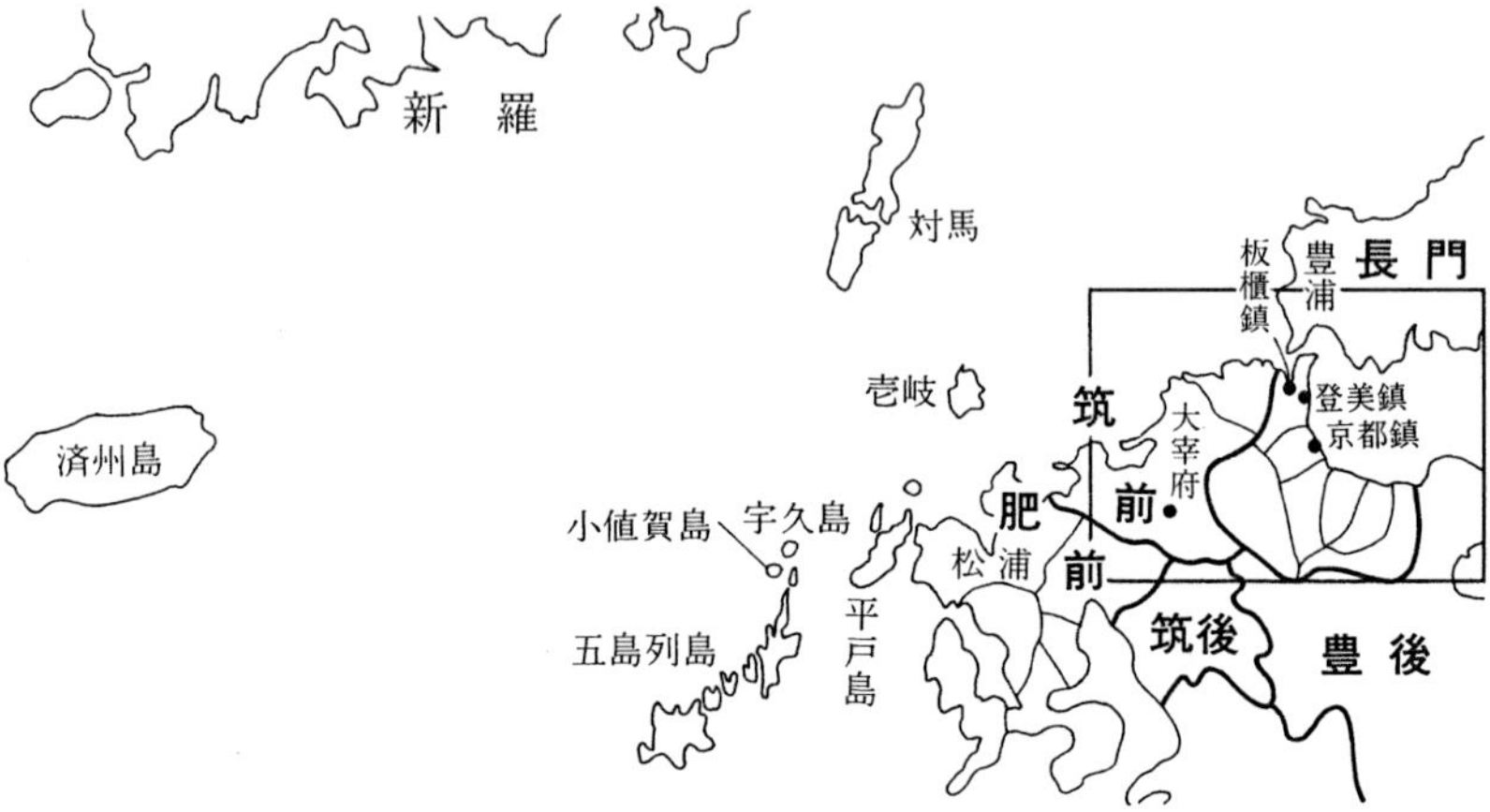
新　羅
対馬
長門
豊浦
板櫃鎮
登美鎮
京都鎮
壱岐
済州島
筑
大宰府
前
肥
小値賀島
宇久島
松浦
前
筑後
豊後
五島列島
平戸島

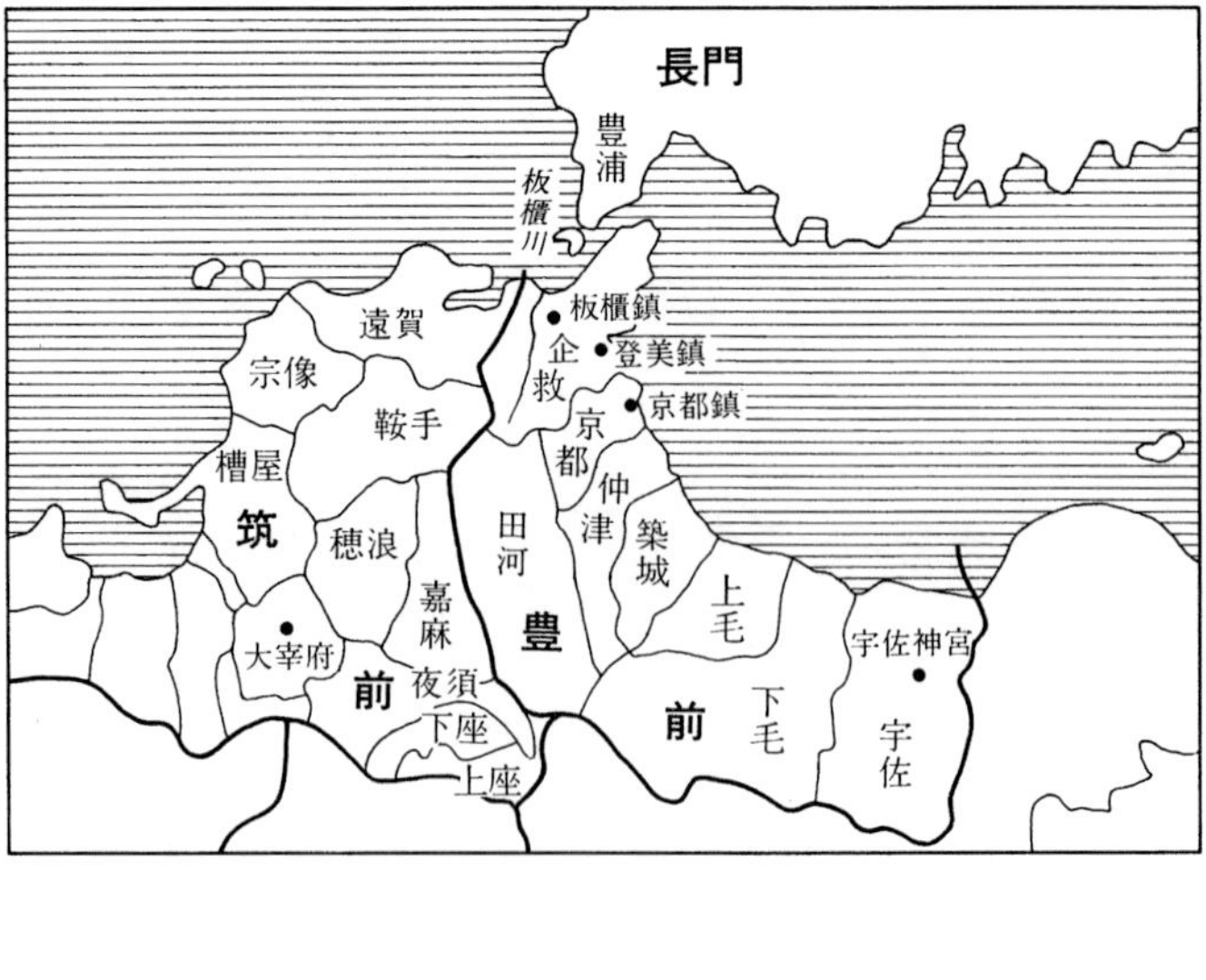
長門
豊浦
板櫃川
遠賀
板櫃鎮
企救
登美鎮
宗像
京都鎮
鞍手
京都
槽屋
仲津
田河
筑
穂浪
築城
嘉麻
上毛
大宰府
豊
宇佐神宮
前
夜須
下座
前
下毛
宇佐
上座

図4　古代の東北地方

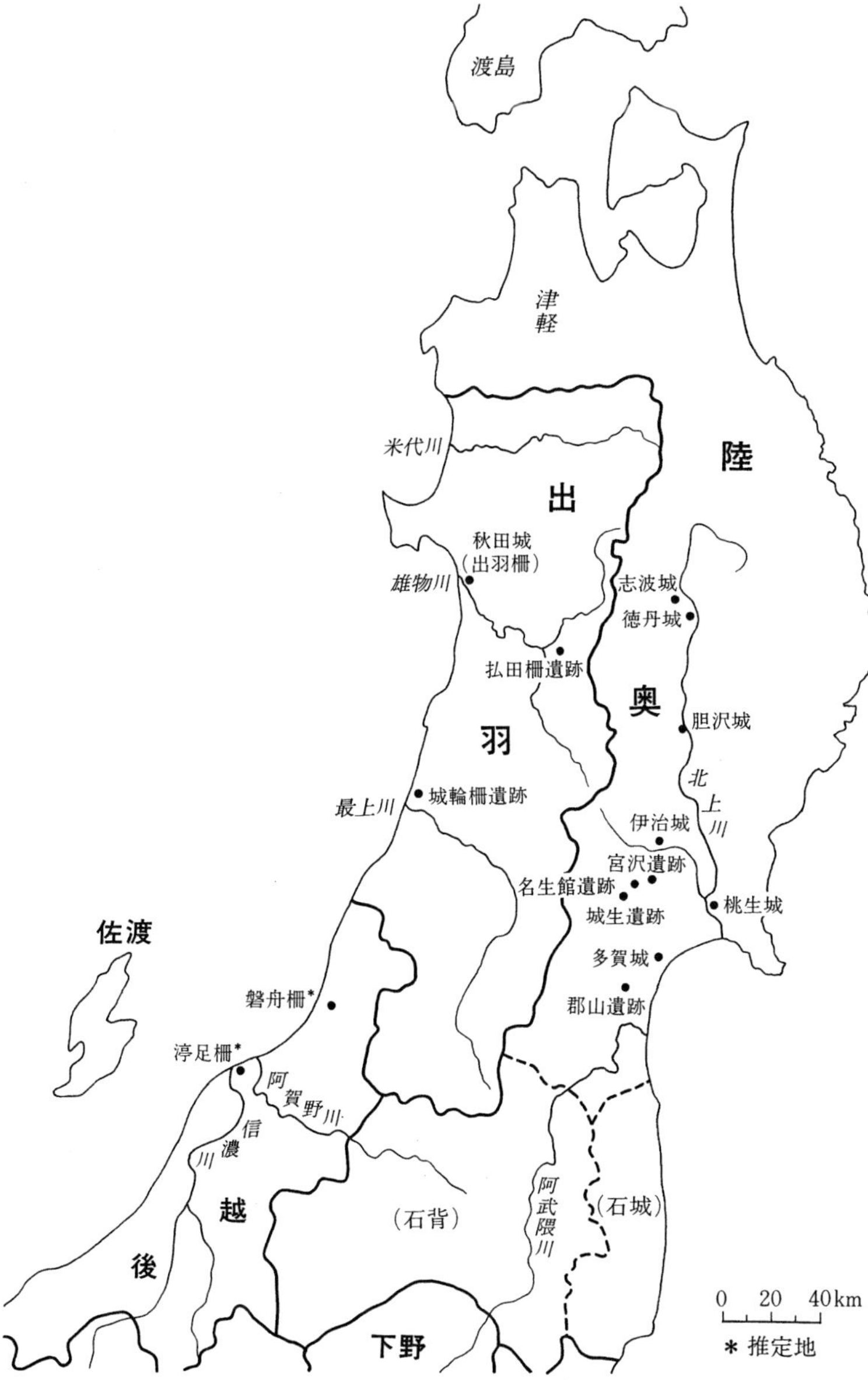
渡島
津軽
米代川
陸
出
秋田城
(出羽柵)
雄物川
志波城
徳丹城
払田柵遺跡
奥
胆沢城
羽
北上川
城輪柵遺跡
最上川
伊治城
宮沢遺跡
名生館遺跡
桃生城
城生遺跡
佐渡
多賀城
磐舟柵*
郡山遺跡
渟足柵*
阿賀野川
信濃川
阿武隈川
越
(石背)
(石城)
後
下野
0　20　40km
* 推定地

解説

続日本紀における宣命

稲岡耕二

一　名義

「宣命《せんみよう》」とは、和文体の詔勅を言う。ほんらいは天皇の命(みこと)を宣布する意味の語であったが、のちに詔勅そのものをも表わすようになったのである。続日本紀の神亀五年(七二八)三月丁未(十一日)の条に、

制すらく、「選叙の日には、宣命以前に諸の宰相ら出でて庁の前に立ち、宣り竟りて座に就くこと、今より以後は永く恒の例とせよ」といふ。

と見え、これが現存文献中の初出例であるが、この場合は命を宣する意である。

「宣命」の語が何時から和文体の詔勅そのものをも表わすようになったか、明確にその上限を示すことはできない。しばしば引かれるように源氏物語の桐壺巻に、

三位《みつ》の位贈りたまふよし、勅使来て、その宣命読むなん、悲しきことなりける。

と見え、確かな例とすることができる。また、延暦八年(七八九)朝廷に奉られたという高橋氏文には「宣命使」の語も見られる。

於レ是宣命使遣二藤河別命、武男心命等一、宣レ命云。

「宣命使」の伝えたのも、漢文ではなく和文体の詔勅である。

二　最古の宣命と宣命書き

「宣命」そのものの最古例は、断片ではあるが、藤原宮址出土の木簡に見られる。

（表）□御命受止食国之内憂白
（裏）□止詔大□□乎諸聞食止詔

（『藤原宮址出土木簡概報』による）

それぞれを、

（表）□御命受けよと食す国の内憂へ白
（裏）□と詔りたまふ大□□《御命》を諸聞き食《たま》へと詔る。

と訓読しうるだろう。とくに裏面は、続日本紀宣命の、

……詔天皇大命乎諸聞食止詔（第一詔）
……勅大御命乎衆聞食止勅（第三十二詔）

など、末尾の詞句に酷似しており、推定を容易にさせている。これは、疑いなくその断片であろう。

藤原宮址からは、ほかに、

（表）詔大命乎伊奈止申者
（裏）頂請申　使人和□□

と書かれた木簡も出ている。『木簡研究』第三号には、これも「宣命」の一部分として解説しているが、小谷博泰も記すように、「詔りたまふ大命をいなと申さば」の句が即位詔の詞句に類似するとはいっても、文末を「頂に請け申す」と結び、あとに「使人和□□」と小書きを付するのは、即位にふさわしくなさそうである。もっと一般的な性質の事柄に関する受諾書で、主体も天皇ではない可能性があろう（小谷『木簡と宣命の国語学的研究』）。

それはともかく、これらの木簡の発見された場所から、持統八年（六九四）以後和銅三年（七一〇）以前の年紀の木簡も出ており、さきの宣命もそのころのものと考えられる。続日本紀の第一詔から第四詔までとほぼ重なる時期である。同じころとは言っても、木簡の「宣命」と続日本紀のそれとでは、書き方にかなりの相異がある。たとえば文武元年の第一詔は、

現御神止大八嶋国所知天皇大命止良麻詔大命乎、集侍皇子等・王等・百官人等、天下公民、諸聞食止詔。高天原尓事始而、遠天皇祖御世、中・今至尓麻弖（以下略）

と書かれている。助詞・助動詞・接尾語などを、「止《と》」「乎《を》」「良麻《らま》」「尓《に》」「麻弖《まで》」という音仮名で小さく書く、特殊な表記である。一般に宣命書きと呼ばれているものであるが、これに対し木簡の宣命では、自立語も付属語も同じ大きさで、文字の大小による区別を示そうとしない。小書きを含む宣命書きを宣命小書体と言うのに対し、宣命大書体と称することもあるが、ほぼ同じ時期の宣命にこのような表記の違いを見るのは、なぜか。

単刀直入に結論から述べることにしよう。

続日本紀の宣命は、文武天皇や元明天皇の時代に書かれたままを伝えるのではなく、後の時代すなわち奈良時代に考案された宣命小書体に改めたかたちを続日本紀に載せたのである。藤原宮時代にはまだ、いわゆる宣命書き（宣命

小書体)は発明されなかった。だから木簡の宣命こそ、宣命書き以前のかたちを教えてくれる貴重な資料となる。そのことは、国語表記の歴史に照らしあわせても確かめられるようである。

表記史については、別に記したことがあるし、紙幅に余裕があるわけではないので、ここでは近年の話題となった二つの出土資料を中心に、概略を述べておきたい。

まず、稲荷山古墳の太刀銘について。昭和五十三年(一九七八)九月、エックス線によって解読された埼玉県行田市大字埼玉の稲荷山古墳出土鉄剣の金象嵌銘文は、江田船山古墳太刀銘の見直しをも迫るものでもあった。

(表) 辛亥年七月中記乎獲居臣上祖名意富比垝其児多加利足尼其児名弖已加利獲居其児名多加披次獲居其児名多沙鬼獲居其児名半弖比

(裏) 其児名加差披余其児名乎獲居臣世々為杖刀人首奉事来至今獲加多支鹵大王寺在斯鬼宮時吾左治天下令作此百練利刀記吾奉事根原也

これは漢文である。訓読すると、

(表) 辛亥の年、七月中、記す。ヲワケの臣、上祖、名はオホヒコ。其の児タカリのスクネ。其の児名はテヨカリワケ。其の児名はタカハ(ヒ)シワケ。其の児名はタサキワケ。其の児名はハテヒ。

(裏) 其の児名はカサハ(ヒ)ヨ。其の児名はヲワケの臣。世々杖刀人の首と為り、奉事し来り今に至る。ワカタケルの大王の寺、シキの宮に在る時、吾天下を左治し、此の百練の利刀を作らしめ、吾が奉事の根原を記す也。

となる。ワカタケルは雄略天皇、辛亥年は四七一年と考えられる(『稲荷山古墳出土鉄剣金象嵌銘概報』)。

この銘文の出現によって、従来タヂヒノミヅハの大王、すなわち反正天皇と推測されていた江田船山古墳銀象嵌太刀銘の冒頭部分もワカタケルと訓み改められることになった。「復□□□歯大王」と思われていた所の、復は獲、歯は鹵が正しいことが判明し、□□□には「加多支」の三字を補うべきだという結論を得たのである。

この漢文中の音仮名は、小林芳規も指摘するとおり、八世紀の記紀・万葉集に用いられた仮名とは大差を有する。また、推古期以降の金石文や魏志倭人伝以下の中国史書の仮名にも体系的に一致するとは認め難い。むしろ日本書紀に引用された古代朝鮮固有名表記の音仮名に良く一致する。船山古墳太刀銘の書者が「張安」であるということを考えあわせれば、稲荷山鉄剣漢文銘も渡来人によって書かれた可能性が大きい。

もう一つは、滋賀県野洲郡中主町西河原森ノ内遺跡出土の天武朝の和文書簡である。昭和六十年十一月に発見され、赤外線テレビによって文字も確かめられた。なお不明な個所を残しているが、縦四一センチ、横三・五センチ、厚さ二ミリの短冊型木簡で、表と裏に合計五〇字近くの文字を見る（『中主町文化財報告書』第9集）。

（表）　椋□□之我□生稲者馬囨得故我者反来之故是汝卜卩（椋□《直》□。我が□□稲は馬を得ぬが故に、我は反り来たる。故是に汝卜部）

（裏）　自舟人率而可行也　其稲在処者衣知評平留五十戸旦波博士家（自ら舟人率て行くべきなり。其の稲の在処は、衣知評平留五十戸の旦波の博士の家そ）

（　）内には訓読文を示した。「馬を得ぬが故に」の馬と得との位置、「舟人率て」の舟人と率の順序などに、漢文とは異なる和文の特徴が見える。

椋直は倭漢直の一族である。連の姓を賜わったのが天武十一年（六八二）だから、この木簡の書かれたのはそれ以前だろう。また、評に所属する住民を一律に五十戸に編成したのも、天武四年から同十一年ごろまでと考えられ、その面からも年代は限られてくる。

前に記した稲荷山鉄剣の漢文と異なり、これは天武朝の和文である。しかも近江国の下級役人の書簡と見られるので、七世紀後半の飛鳥浄御原宮時代の官人たちの間に、こうした和文の〈読み〉〈書き〉の浸透していたことが推測される(稲岡「国語の表記史と木簡」『木簡研究』第九号)。

七世紀の和文資料のなかで、現段階で最古と認められるものは、白雉元年(六五〇)の法隆寺金堂二天造像銘である。

(広目天)　山口大口費上而、次木閇二人作也。(山口の大口の費を上として、次の木閇《こまら》と二人して作れるそ)

(多聞天)　薬師徳保上而、鉄師手古二人作也。(薬師徳保を上として、鉄師の手古と二人して作れるそ)

これも日本語の語順のままに漢字を並べたもので、和文として読まれることを予想して書かれたことがわかる。白雉二年の法隆寺辛亥年銘観音造像銘も、同様である。これらが今のところもっとも古い和文で、漢文の枠を越えて日本語のための文章を書くという自覚的な営みは、大化以降に始まったものと考えられる。少しくだって天武十年(六八一)の、山ノ上碑文(群馬県高崎市山名町)も、同種の素朴な和文である。

辛巳歳集月三日記。佐野三家定賜健守命孫黒売刀自、此新川臣児斯多々弥足尼孫大児臣娶生児長利僧、母為記定文也。放光寺僧。

ごく最近の山口佳紀の施訓を参考し、

辛巳の歳の集月の三日に記す。佐野の三家を定め賜ひし健守の命の孫、黒売刀自。此を新川の臣の児斯多々弥の足尼の孫、大児の臣の娶りて生める児長利僧、母の為に記し定むる文そ。放光寺の僧。

と読む。従来「佐野の三家と定め賜」「此(れこ)新川の臣の児……に娶(つと)ぎて」などと読まれてきたところを「佐野の三家(を)定め賜ひし」「此を新川の臣の児……娶(とめ)りて」と改訓したのである(「日本語の文体――日本語文体史に関する五条――」『講座日本語と日本語教育』第四巻)。それが正しいと思う。

実は、法隆寺金堂薬師仏光背銘も和文であって、推古朝の遺文とも考えられてきたが、最近の研究成果によると、七世紀後半、とくに持統朝のものであろうという(東野治之「天皇号の成立年代について」『正倉院文書と木簡の研究』)。したがって、さきにあげた造像銘のほうが古いことになる。

法隆寺二天造像銘、同辛亥年銘観音造像銘、山ノ上碑文、森ノ内木簡、そして藤原宮址出土木簡宣命というふうに並べてみると、漢文の格を崩し、日本語の語順に従って漢字を並べただけの素朴な和文から、次第に付属語まで書き加えるようになる、国語表記の黎明の状態が明らかになるだろう。

もともと中国語を記すために作られた漢字を流用して和文が書かれたので、孤立語である中国語と、膠着語である日本語との性格の相違もあって、付属語を表意的にあらわすことは困難であった。

現存の資料によると、六世紀までは漢文のみが書かれていたらしい。七世紀後半に入ってようやく素朴な和文が書かれ、その後まもなく付属語の音仮名表記を混じえた和文(宣命大書体)が見られるようになったのであるが、そうした文字史の延長線上に、いわゆる宣命書き(宣命小書体)も予想されよう。

ふたたび小谷博泰によると、藤原宮址および平城宮址出土の木簡資料から、宣命体表記は宣命だけではなく、上代文書に一般的な表記法として使われていたことがわかるという。大書体表記はさきにあげた二点の資料のみでなく他の公用文書にも見られるし、平城宮のものには小書体も含まれる。宣命書きの公用文書として、

訴苦在牟逃天□夜壱時牟不怠而大尓念訴而上下乃諸〻尊人及小子等至流麻而尓(以下略)

のようなものも見られるのである。同様なことが正倉院文書に関しても言えるので、宣命書きは始めから特定の内容をもった文書に限定された表記法ではなく、かなり広く自由に用いられたものと推定される。それが時代とともに次第に整備され、ある特定の文書に限るような習慣が出来たのであろう(杉村俊雄「上代における国語表記のさまざまな方法について」『共立女子短期大学文科紀要』第25号)。

正倉院文書の「中務卿宣命」に、

天皇我大命良末等宣布大命乎衆聞食倍止宣。此乃天平勝宝九歳三月廿日、天乃賜倍留大奈留瑞乎頂尓受賜波理、貴美恐美親王等王等臣等百官人等天下公民等、皆尓受所賜貴刀夫倍支物尓雖在、今間供奉政乃趣異志麻尓在尓、他支事交倍波恐美、供奉政畢弖後尓趣波宣牟。加久太尓母宣賜祢波、汝等伊布加志美意保々志美念牟加止奈母所念止宣大命乎諸聞食宣。

(天皇《すめら》が大命《おほみこと》らまと宣《の》りたまふ大命を衆聞《もろもろき》き食《たま》へと宣《の》る。此《こ》の天平勝宝九歳三月廿日に天《あめ》の賜《たま》へる大《おほ》きなる瑞《しるし》を頂《いただき》に受《う》け賜《たま》はり貴《たふと》み恐《かしこ》み、親王《みこ》等《たち》王《おほきみ》等《たち》臣《おみ》等《たち》百官《もものつかさのひと》人等《ども》天下《あめのした》の公民等《おほみたからども》、皆《ことごと》に受《う》け賜《たま》はり貴《たふ》とぶべきものにあれども、今《いま》の間は供《つか》へ奉《まつ》る政《まつりごと》の趣《おもぶきこと》異しまに在《あ》るに、他《あだ》しき事交《ことまじ》へば恐《かしこ》み、供《つか》へ奉《まつ》る政《まつりごとを》畢へて後《のち》に趣《おもぶき》は宣《の》りたまはむ。かくだにも宣《の》り賜《たま》はねば、汝等いふかしみおほほしみ念《おも》はむかとなも念《おも》ほすと宣《の》りたまふ大命《おほみこと》を諸《もろもろき》聞き食《たま》へと宣《の》る。)

とあり、これが付属語の小書きを含む確かな例なので、宣命書きの成立を奈良時代中期とするのが通説である(築島裕「古代の文字」『講座国語史』2)。が、それよりも少し時期を遡らせる説もないわけではない。小谷は、続日本紀の第一詔、第二詔など、文武朝のものはもと宣命大書体、以後のものは小書き一行であったのが、のちに小書き二行に改められたのではないかと推定している(小谷前掲書)。

なお元興寺縁起の中にも、天平十八年四月十九日に聖武天皇が飛鳥寺で誓願されたという宣命が見られる。

掛恐三宝大御前尓三宝乃奴ニ為弖仕奉天皇白賜部止申ク。小治田宮御宇大々王聖天皇此乃飛鳥寺豊浦寺二寺乎始賜部流時ニ誓賜比宣部良久、此寺乎犯穢之動左牟人ハ、災被不リ後嗣絶宣大命ヲ、天地動岐天、応尓祁流物ヲ遠知奈岐奴不覚シテ、此大御願ヲ動過流事恐ク在故ニ今聞給時タニモ又縁此辞弖過方々乃過ハ排去テ三宝大慈蒙テ聖天皇朝庭乃大御願沢被テ天下平ク国家安ク在マク欲止誓願仕奉事ヲ恐美母白賜ク止白

天平十八年四月十九日

従三位中納言兼中務卿中衛大将東海道按撫使藤原朝臣豊成白

天平十八年の日付を持ち前掲の「中務卿宣命」より先だつ時期のものだから、これを最古の小書体の宣命と言うこともできそうだが、元興寺縁起の成立は天平十九年(七四七)二月十一日でも、現存本は長寛三年(一一六五)四月二十一日大法師慈俊が原本を抜粋して書写したものなので、その時に書き改めた可能性もある。事実、「中務卿宣命」にくらべ、ク・ヲ・シ・テ・ハなど後の時代(平安初期以降)の片仮名を多く含み、天平十九年に記されたままの形を保存しているとは、とうてい考え難いのである。そこで十年後のものではあるが「中務卿宣命」を現存最古の小書体宣命としてあげる人が多い。今後藤原宮址や平城宮址などからさらに多くの資料が発見されるならば、その時期の遡る可能性もあろう。

三　続日本紀の宣命

続日本紀には六二編の宣命を収める。宣命と言えばまず続日本紀が想起されるほどに、奈良時代以前の宣命のほとんどをそこに見るのである。平安時代以後は除き、ほかには天平勝宝九歳の中務卿宣命等、前節にあげたような少数の宣命を見るに過ぎない。高橋氏文に景行天皇の宣命と伝えられるものがある。

天皇加大御言良麻止宣波久。王命子六獦不思保佐佐流外爾卒上太利止聞食迷之、夜昼爾悲愁給比川大坐須。天皇乃御世乃間波平爾之天相見曾奈波佐牟止思保須間爾別由介利。然今思食須所波十一月乃新嘗乃祭毛膳職乃御膳乃事毛六鴈命乃労始成流所奈利。是以六鴈命乃御魂乎膳職爾伊波比奉天春秋乃永世乃神財止仕奉志迷牟。子孫等乎波長世乃膳職乃長止毛上総国乃長止毛淡国乃長止毛定天余氏波万介太麻波天乎佐女太麻波牟。若之膳臣等乃不ニ継在一、朕加王子等乎之天他氏乃人等乎相交天波乱良之女之。和加佐乃国波六鴈命爾永久子孫等可遠世乃国家止為止定天授介賜天支。此事波世世爾之過利違傍志。此志乎知太比天吉久膳職乃内毛外毛護守利太比天、家患乃事等毛无久在志女給太戸度奈毛思食止宣太麻不。天皇乃大御命乎良麻虚川御魂毛聞太戸止申止宣太麻不。（新撰日本古典文庫4『古語拾遺・高橋氏文』による）

もちろん景行朝のものではない。高橋氏文は、安曇氏との紛争にさいして延暦八年（七八九）に朝廷に奉られたものだから、その時に書かれたのであろう。続日本紀の宣命とは仮名も異なっており、奈良時代ならばケ（甲）の表記に宛てられる「介」を、任命する意の「まけ」（奈良時代以前ならば乙類のケ）に宛て用いたり、訓仮名「女」を「治め」の「め」に用いたりしている。いずれも、上代特殊仮名遣の異例と言うべきで、この宣命の書かれた八世紀末の表記であることを示すと思われる。

続日本紀の六二編の宣命を、天皇の代ごとに分けると（○内の数字は詔番号を示す）、

文武　二編　①②
元明　二編　③④
元正
聖武　九編　⑤⑥⑦⑧⑨⑩⑪⑫⑬
孝謙　一〇編　⑭⑮⑯⑰⑱⑲⑳㉑㉒㉓
淳仁　六編　㉔㉕㉖㉗㉘㉙
称徳　一八編　㉚㉛㉜㉝㉞㉟㊱㊲㊳㊴㊵㊶㊷㊸㊹㊺㊻㊼
光仁　一二編　㊽㊾㊿(51)(52)(53)(54)(55)(56)(57)(58)(59)
桓武　三編　(60)(61)(62)

となる。孝謙・称徳・光仁の三朝二六年間で四〇編、続日本紀宣命のほぼ三分の二を占めているのは、その他の文武・元明・聖武・淳仁・桓武の五代（約六八年）と比較して、異常な多さと言えよう。

六二編を内容によって分類してみると、孝謙以降の特殊性は、いっそう明らかになるはずである。文武元年（六九七）の即位の宣命から、天平勝宝元年（七四九）の聖武天皇の黄金産出の慶びを臣民に分かつ宣命まで、半世紀余りの間に見られる一三編は、次頁の表のように分けられる。その過半を即位・改元・立后の宣命が占めており、そのほかは皇太子に舞を舞わせた時と、陸奥国から黄金を産出した時、藤原不比等に食封を賜わった時に限られる。

これに対して孝謙朝（七四九―七五七）の一〇編のうち、即位（十四詔）・譲位（二十三詔）・大仏造営を広幡の大神に謝する

	即位	譲位	改元	立后	立后につき賜禄	五節の舞	産金を仏に謝す	産金の慶びを臣民にわかつ	不比等に食封を賜わる
文武	①								②
元明	③		④						
元正	―	―	―	―	―	―	―	―	―
聖武	⑤		⑥	⑦	⑧	⑨⑩⑪	⑫	⑬	

十五詔を除く他の七編は、すべて橘奈良麻呂の謀叛事件にかかわっている。すなわち、天平宝字元年七月二日の諸王臣を戒める孝謙天皇の十六詔、同日の光明皇太后の諸臣を喩す十七詔、翌三日に塩焼王等を戒める皇太后の十八詔、七月十二日に南院に諸司および京畿内の村長以上を召しての十九詔、七月二十七日の塩焼王の罪を許す二十詔、八月四日の秦氏を戒める二十一詔、同日の謀叛鎮定に功あった人々を賞する二十二詔まで、約一カ月間に七編の宣命がつぎつぎに出されている。もちろん長編ではなく三七字とか、四三字という短い詔を含むのであるが、なかには皇太后の宣命という珍しい例も見え、事件の与えた衝撃の大きさを伝える。

次の淳仁朝は、天平宝字二年(七五八)八月一日から同八年十月九日までの六年余りで、即位の二十四詔と、父舎人皇子に追称を奉る二十五詔はとくに異常はないと言えそうだが、藤原仲麻呂を大師に任じた天平宝字四年正月四日の孝謙太上天皇の口勅(二十六詔)以降、政柄の分担を告げる天平宝字六年六月三日の二十七詔も、仲麻呂事件後諸臣を戒める同八年九月二十日の二十八詔も、同年十月九日の淳仁天皇を退ける二十九詔も、みな太上天皇の発したものであって、淳仁と孝謙との間の軋轢をそのまま反映している。

称徳天皇の時代も約六年で、淳仁朝とともに最も短いのであるが、宣命は一八編を数え、そのうち一〇編は仲麻呂および道鏡の事件にかかわりを持つ。

三十詔　船親王・池田親王を流す
三十一詔　皇嗣の擁立を戒める
三十二詔　仲麻呂の乱の鎮定に功績のあった人を賞する
三十三詔　廃帝復位の運動を戒める
三十四詔　和気王を謀叛人として罪する
三十五詔　粟田道麻呂等の官を解く
三十六詔　道鏡に太政大臣禅師を授ける
四十三詔　県犬養姉女等を配流する
四十四詔　清麻呂とその姉法均を退ける
四十五詔　群臣を教え喩す

三十詔から三十六詔までが一年余り、四十三詔から四十五詔までは四カ月余りの間に発せられている。その間に、由紀・須伎二国の守を賞する三十七詔、仏弟子となって大嘗会の日に賜わった三十八詔、その翌日親族に御酒を賜わった時の三十九詔、藤原永手に右大臣を授ける時の四十詔などがあるが、称徳朝の宣命も、孝謙朝と同様に皇位をめぐる争いにかかわってとくに多いと言えよう。

光仁天皇の時代(七七〇―七八〇)にはそうした暗い内容の宣命は少なくなっているが、それでも井上内親王の謀叛にかかわった人々を罪する五十三詔、皇太子他戸王を退ける五十四詔があって、その名残を感じさせる。

これに対して桓武朝は、続日本紀に記載のある天応元年(七八一)四月から延暦十年(七九一)十二月までの一〇年余りで僅か三編を数えるに過ぎない。内容も、早良親王を皇太子とする六十詔、即位の六十一詔、征東大将軍紀古佐美等の敗戦を勘問する六十二詔という具合で、とくに謀叛事件などに関わったものはない。桓武朝に政争がなかったわけではなく、延暦元年閏正月には氷上川継の乱があり、同年三月には三方王らの事変、延暦四年九月に藤原種継暗殺事件もあったが、漢文の詔は見えても、宣命はない。もちろん、編者の判断によりたまたま続日本紀には収載されなかったものもあろう。しかし、編纂の時点に近いものほど散逸せずに残り、遠いものは早く失われてしまったというような判断はおそらく当らないであろう。実際に出された宣命の多寡が、右のような収載数の相違をもたらした根本的な理由であると考えて、大きな誤りはないと思われる。

四　宣命の形式

宣命の形式に関しては、公式令にその大綱を次のように定めている。

明神御宇日本天皇詔旨云云。咸聞。
明神御宇天皇詔旨云云。咸聞。
明神御大八州天皇詔旨云云。咸聞。
天皇詔旨云云。咸聞。
詔旨云云。咸聞。
　　年　月　御画ㇾ日。
　　中務卿位臣姓名宣
　　中務大輔位臣姓名奉
　　中務少輔位臣姓名行
太政大臣位臣姓
左大臣位臣姓
右大臣位臣姓
大納言位臣姓名等言。
詔書如ㇾ右。請奉ㇾ詔、付ㇾ外施行。謹言。
　　年　月　日
　可。御画。
右のように、詔書式には、詔書冒頭の書式五種類をあげる。それぞれ、明神《あきつみかみ》と御宇《あめのしたし》らしめす日本《やまと》の天皇《すめら》が詔旨《おほみこと》らまと云云。咸《ことごと》くに聞きたまへ。
明神《あきつみかみ》と御宇《あめのしたし》らしめす天皇が詔旨らまと云云。咸くに聞きたまへ。
明神《あきつみかみ》と大八《おほや》州御《しまし》らしめす天皇が詔旨らまと云云。咸くに聞きたまへ。
天皇が詔旨らまと云云。咸くに聞きたまへ。
詔旨らまと云云。咸くに聞きたまへ。

と読むのであろう。続日本紀ほかの六国史の宣命の実例に照らし合わせると、これらが和文体の詔勅、すなわち宣命の冒頭の形式を示していることがわかるが、かならずしも実例に完全に一致するとは言い難いのである。

令義解では、これらについて、どのような場合に用いるか説明を加えている。五種の形式を順番にA・B・C・D・Eとすると、

A　謂以二大事一宣二於蕃国使一之辞也。
B　謂以二小事一宣二於蕃国使一之辞也。
C　謂用二於朝庭大事一之辞。即立二皇后皇太子一及元日受二朝賀一之類也。
D　謂用二於中事一之辞。即任二左右大臣以上一之類也。
E　謂用二於小事一之辞。即授二五位以上一之類也。

と言う。

しかし、続日本紀の宣命の内容と冒頭の形式を見ると、必ずしも令義解に説かれるところと一致しない。たとえば、Aに近いのは、

現神御宇倭根子天皇詔旨勅命乎　④⑥（改元）

現神御宇倭根子天皇詔旨宣大命　⑬（産金の慶びを臣民にわかつ）

現神止御宇倭根子天皇可御命止良麻宣御命乎　⑭（即位）

であるが、蕃国の使に対する宣命ではない。また、Bとほぼ等しい例として、

現神御宇天皇詔旨止良麻詔勅乎　㉓（譲位）

をあげうるが、これもまた外国の使節に対するものではないし、Aの「大事」に対して、Bが「小事」に関する宣命というわけでもない。

むしろ、Cに近い冒頭の形式を持つ、

現御神止大八嶋国所知天皇大命止良麻詔大命乎　①（即位）

明神大八洲所知天皇詔旨止良麻宣勅　㉔（即位）

現神止大八洲国所知須天皇大命止良麻詔大命乎　㊼（渤海使を遇する）

明神止大八洲所知天皇詔旨止良麻宣勅　61（即位）

の中に渤海国の使に対する宣命を見ることができる。同じ形式が文武、淳仁、桓武の即位の宣命に見え、朝廷の大事に用いられるという令義解の説明に沿ったところもないわけではないが、その分類に真に合致するとは言えないのである

同じ即位の場合でも、元明と聖武の宣命は、それぞれ、

現神八洲御宇倭根子天皇詔旨勅命　③

現神大八洲所知倭根子天皇詔旨止勅大命乎　⑤

のかたちだし、光仁天皇は、

天皇詔旨勅命乎　㊽

というDの形式を持つ。立太子の宣命でも同様である。他戸親王の立太子を告げる宝亀二年正月二十三日の詔と、山部親王立太子の同四年正月二日詔は、

明神御八州養徳根子天皇詔旨勅命乎　㊿

明神大八洲所知須和根子天皇詔旨勅命乎　(55)

という、さきの元明・聖武の即位詔とほぼ等しい形をとっているが、白壁王を皇太子とする宝亀元年八月四日の宣命は、

今詔久、事卒尓尓有依天諸臣等議天……

という、簡潔なかたちを持つ。公式令にはない冒頭の形式である。このほかに早良親王を皇太子とする詔(天応元年四月)には、

天皇詔旨勅命

とも見え、立太子の宣命だけでも三種類になる。このように続日本紀の宣命の実例と、式の規定および令義解、令集解などの説明がかけ離れているのは、なぜだろうか。

なお、詔書式の規定について、日本思想大系『律令』補注に次のような説明を見る(同書六三八頁)。

まず、大宝令の字句として、それぞれ以下のものが復原できる。A「御宇日本天皇詔旨」、B「御宇」、C「御大

八洲」、D「天皇詔旨」、E(「詔書」か)。したがって、不確実なEを除き、他は養老令とほぼ同一の字句であったと推定される。

これは、令集解所引の古記に「古記云、御宇日本天皇詔旨」とあることなどによって、A・B・C・Dとほぼ同一の字句が大宝令にも養老令にもあっただろうとするのであるが、A・B・Cに関し「明神」の語を見ぬ点に注意しておきたい。それにしても、規定と実例とが一致するところの乏しいのはなぜだろうか。

ここに考え合わせなければならないのが、日本書紀の詔書である。公式令の規定にまさしく適合した形式がそこに見える。

大化元年七月十日の高麗使に対する詔は、

明神御宇日本天皇詔旨

で始まり、以下「天皇所㆑遣之使、与㆓高麗神子奉遣之使㆒、既往短而将来長。是故、可㆘以㆓温和之心㆒、相継往来㆖而已」という漢文が続く。さらに、同日の百済使に対する詔も、

明神御宇日本天皇詔旨、始我遠皇祖之世、以㆓百済国㆒、為㆓内官家㆒。(後略)

という形で書かれている。大化二年二月十五日の詔は少し異なるが、これもあげておこう。

明神御宇日本倭根子天皇、詔㆓於集侍卿等臣連国造伴造及諸百姓㆒、朕聞。(後略)

高麗と百済の使に対する詔の「明神御宇日本天皇詔旨」が詔書式の規定するAと完全に一致することは、続日本紀宣命との隔たりを見てきた目には驚きであり、両者の密接な関係を推測させよう。

金子武雄『続日本紀宣命講』には、次のように推定している。やや長いが、引いておきたい。

これらの辞句の大部分は後世の宣命と同じ形式である。さうしてこれらは総て孝徳天皇の御代以後、即ち大化改新以後のものであり、その頃制定せられた令の公式令に見られる詔書式・勅旨式の形式に近似してゐるのである。してみると、これらの詔勅も、もとは冒頭の辞句だけが和文であつたのではなく、その他の部分、若しくは全体が和文であつたのであり、後世の文献に見られるやうな宣命の体を已に具へてゐたものであらうと思はれるのである。若しさうでなければ、日本書紀の後を継ぐ続日本紀に、あれ程整つた宣命書の詔が突然現れて来やう筈がない。日本書紀の編纂者は、恐らく和文であつた詔勅を故意に漢文に翻訳したものであらう。さうして右に示したやうな和文的な部分は漢文に翻訳することが出来なかつたために、その儘残して置いたものであらうと思はれる。それは、日本書紀に於ても歌謡だけは国語の儘、万葉仮名を用ひて記載してゐるのと同様な理由に依るものであらう。

日本書紀の詔勅はもと和文であったのを漢文に書き改めたのではないかと考える理由として、冒頭の文は漢文に翻訳し難かったのだろうこと、後の続日本紀宣命があれほど整った形なのだから改新詔も和文であったはずだということがあげられている。こうした考えは、最近までかなり広く行きわたっていたように思われる。

しかし、この推定には基本的な誤りが含まれている。

すでに記したとおり、続日本紀の宣命は、奈良時代中期に考案された宣命小書体(宣命書き)に改めたものであって、文武朝や元明朝に書かれたままの形ではない。むしろ逆に、孝徳朝に日本語のテニヲハまで綿密に記す和文表記などありえなかったことが、国語の表記史や文字史の研究によって明らかにされてきている。

藤原宮址出土木簡の宣命が小書体でなく大書体であるのは宣命書き誕生以前の様態を示すし、森ノ内木簡や万葉集の人麻呂歌集の表記、さらに長屋王家木簡和文などから、緻密な和文表記は歌の表記とともに開発されたものであり、宣命大書体がそれを応用したものであることはもはや動くまいと思われる。また松本雅明の記すように日本書紀の漢文詔は「全く中国的で和文の翻訳であるとは思われない」ところがある(松本「宣命の起源」古代学協会編『日本古代史論叢』)。

孝徳朝の詔はもともと漢文であったと見る方が、正しいだろう。書紀編纂者が「和文であつた詔勅を故意に漢文に翻訳した」わけではないとすると、先に掲げたような「明神御宇日本天皇詔旨」で始まりながら、そのあとに「天皇所レ遣之使、与二高麗神子奉遣之使一、既往短而将来長。是故、可下以二温和之心一、相継往来上而已」という漢文が続くのは、金子論文とは逆に、冒頭部分を和文的に改めて加えた可能性が大きいと言わなければならない。

ところで、大化二年の詔勅の「明神御宇日本天皇詔旨」について日本古典文学大系『日本書紀』下巻の補注では次のように説明している(同書五六八頁)。

この字句(甲)は、二七二頁三行の百済使への詔にもみえ、また二年二月の鐘匱の制をたてる詔には、(乙)「明神御宇日本倭根子天皇」(二八三頁二行)、三月二十日の皇太子の名代・子代奉献の奏には、(丙)「現為明神御八島国天皇」(二九一頁三行)とある。(甲)は外国使臣に対する詔の冒頭の句であるが、公式令では、大事を蕃国の使に宣する時に、この十字を以てすることになっており、両者全く同じである。従って、(甲)は当時の書き方ではなく、令の知識によって書きあらわされた公算が強い。一方(乙)・(丙)は国内に対するものである。公式令では、この場合「明神御大八洲天皇詔旨」としてあるので、それと字句に異同がある。しかし、奈良時代の宣命の実例をみると、原則的には令の規定に従うが、必ずしも全く同じではなくて、往々、天皇の上に「倭根子」の三字をおくことがあり、その点で(乙)がこれに近い。倭根子の根は美称、子は男女の称、また、文武即位の宣命では「現御神止大八島国所知天皇」とあるが、これは(丙)に近い。従って(甲)・(乙)・(丙)の字句が、果して、当時のものか、令による表現ではなかったかという疑問が依然として濃厚である。

大化元年・二年の外国使臣に対する詔勅などに見える、

明神御宇日本天皇詔旨

明神御宇日本倭根子天皇

などが、令の知識によって改めたものと考える根拠として、同補注では「御宇」についても付記している。御宇は宇内を御する意であるが、それ以前の類似表現は「治天下」であった。この種の表現はかなり古くからあったらしく、熊本県玉名郡江田船山古墳出土の太刀銘の「治天下獲□□□鹵大王世」は五世紀の例であり、以後七世紀末まで「治天下」が普通である。

金石文で「治天下」が「御宇」と書かれるのはいつ頃からかというと、大宝令に定められてからであり、事実、御宇は大宝に次ぐ慶雲四年の威奈真人大村墓誌以前にはない。ただ薬師寺東塔檫銘に「馭宇」があるのみである。従って「御宇」は令によって定まったもので、それ以前は「治天下」であったと考えるのが自然だろう。「御宇」を含む孝徳紀の表現は令の知識で書かれたのであり、孝徳朝の詔に日本とか明神の語があったとすることはできないと、同補注には記している。

古典大系『日本書紀』下巻よりも後に、私は「軍王作歌の論」と題する論を『国語と国文学』(昭和四十八年五月号)に発表し、その中で孝徳朝の「明神」を当時の表現とは考えられないと述べた。それは右のような大化の詔に対する疑問や「御宇」の表記などを踏まえた判断であったが、詔の冒頭の表現として後続の漢文と照合してみると、冒頭のみにあとで手を加えた可能性の大きさも感じられてくる。

それは孝徳朝の「明神……」だけにとどまらないのではないか。天武十二年正月十八日の詔に、

明神御大八洲倭根子天皇勅命者、諸国司国造郡司及百姓等、諸可レ聴矣。朕初登二鴻祚一以来、天瑞非二一二一多至之。伝聞、其天瑞者、行レ政之理、協二于天道一、則応之。是今当二于朕世一、毎レ年重至。（後略）

とあるのも、冒頭の「明神御大八洲倭根子天皇勅命」という表現があとの漢文に比し宣命的できわ立っている。ほぼ等しい表現を天平宝字元年七月十二日の孝謙天皇の宣命にも見ることができるが、

明神大八洲所知倭根子天皇大命止良麻宣大命乎親王王臣百官人等天下公民衆聞宣。高天原神積坐須皇親神魯岐神魯弥命乃定賜来流（後略）

となっており、その方が宣命冒頭の文として後続の和文と調和した感じを与える。

それに、最近の研究では、天皇号の成立自体を従来よりおくらせて、持統朝まで下るのではないかと考える説が有力になりつつある。

渡辺茂「古代君主の称号に関する二・三の試論」（『史流』八号）および東野治之「天皇号の成立年代について」（前掲）によると、法隆寺金堂薬師仏光背銘を後代のものとする福山敏男「法隆寺の金石文に関する二三の問題」（『夢殿』十三冊）は正しく、従って推古朝の遺文で天皇の語を含むものは存在しないことになる。また野中寺弥勒像の台座銘もその弥勒像とともに七世紀末ごろに作られた可能性が大きく、天寿国繡帳は再建の始まった法隆寺に上宮王家ゆかりの品として安置するために持統朝に新しく銘文が付せられたか、あるいは新たに制作されたのであろうと言う。

そのほか日本書紀の記載などを詳細に検討し、天皇号は浄御原令において正式に成立したと見るべきことが説かれており、啓発されるところの少なくない論である。それが認められるならば、この場合の傍証となろう。

さらに注意されるのは、「明神」の字面でもある。ひとしくアキツカミあるいはアキツミカミと訓まれる表現であっても、続日本紀の宣命では文武天皇即位の第一詔をはじめとして「現神」ないし「現御神」と記すことが多い。「明神」は天平宝字元年の十九詔以後に現われ、二十四詔、五十詔、五十五詔、六十一詔に見えるのであって、文武朝から聖武朝にかけてはすべて「現神」ないし「現御神」となっている。大宝令の規定に「明神……」とあり、孝徳朝・天武朝の詔にも「明神……」と実際に書かれてあったものとすると、文武朝以後の宣命の大部分が「現(御)神」であるのはなぜか、説明し難いだろう。

「現(御)神」と書かれているのは、「世に現《ウツ》しく坐ます御神」(歴朝詔詞解)すなわち現し世に姿をあらわされた神という意味だからであろう。「明神……」という詔書式の表現と続日本紀宣命の形式が一致しない事実を踏まえ、さらに、「明神」が、令の知識で書き改められた疑いのある日本書紀の例を除いて、

明津神(万葉巻六・一〇五〇・田辺福麻呂)

明神(続紀宣命十九詔・天平宝字元年)

明御神(出雲国造神賀詞)

など天平以降の資料にもっぱら見られること等によって推測すると、大宝令の規定には「明神」の語は含まれていなかったのではないかとも思われる。そこで養老令に至って「明神」の語を含む規定となり、それに従って、孝徳朝・天武朝の詔勅の冒頭を書き改めたものが日本書紀に収められたのだろう。これは「明神」という語がもっとも遅れて、

養老令から見られるようになったと想定した場合である。

ちなみに、アキツミカミと訓むことは等しいにしても、「現神」と「明神」とでは文字が異なるのであり、その相違が何を意味し、何を示唆しているのか、考えられる必要があろう。本居宣長の歴朝詔詞解にも、その後の注釈書や『時代別国語大辞典』などの辞書類にも触れていないのは残念である。

礼記、楽記第十九に、

明《ニハ》則《チ》有《リ》二礼楽一、幽《ニハ》則《チ》有《リ》二鬼神一。

と見えるように「幽」に対する「明」であり、その意味でアキツカミを「現神」とも「明神」とも記しうるわけで、「現神」が此の世に姿を現わした神を示すのに加えて、「明神」には漢文の典拠を背景として別の意義が暗示されるように思う。

すなわち「明神」は詩経、大雅の「雲漢」に、

祈年孔夙　方社不レ莫《カラ》
昊天上帝　則《チ》不二我《ヲ》虞《レ》一
敬二恭《シ》明神《ヲ》一　宜《シク》レ無《カル》二悔怒一

と、周室中興の柱である宣王の天に訴えた詩に見える語でもあり、昊天上帝と併称される神をあらわす。松本雅明「宣命の起源」には、このほか『周礼』『左伝』の例があげられている。また同じ大雅の「皇矣」には、

維此《ノ》王季　帝度《リ》二其《ノ》心《ヲ》一
貊《タル》其《ノ》徳音　其《ノ》徳克《ク》明《ラカナリ》

と王季の徳を称する詞句に「克明」とあり、鄭箋に「四方を照臨するを明と曰ふ」と見える。そうした「明」の意義を意識しつつアキツカミを「明神」と記すに至ったことも考えられるであろう。現世に姿をあらわした神をあらわす「現神」に通じつつ、それに加えていっそうその徳を称揚する表現として「明神」が後に誕生したと考えるのが穏やかであると思う。

なお大宝令には「明神」が含まれていなかったのではないかと記したが、それは「明神」と記されていながらその後長く「現神」「現御神」のみ書き継がれてゆくのは不自然だろうと考えてのことである。しかし、今日の目から見て異常なほどに詔書式の規定には束縛されることなく天平までの宣命が書かれたとすればすむことであって、それだけ詔書式が無視されたということになる。大宝令には「現神」(「現御神」)とあったのか、それとも大宝令からすでに「明神」となっていたか、判断の分かれるところであるが、なお考証を要するので、ここでは後者とする通説に従っておく。

五　宣命の文章

宣命は和文で書かれている。すでに述べたとおり、漢文の詔勅が浄御原宮時代までは専らであったが、天武朝に和文表記が広く流通するに至り、さらに人麻呂によって付属語を書き加える歌の表記技術も開発されたので、それを詔勅にも応用したのである。

和銅五年(七一二)に撰上された古事記の序文で、太安万侶は、

上古の時は、言と意と並朴《みなすなほ》にして、文を敷き句を構《かま》ふること、字に於《お》きては即《すなは》ち難し。已《すで》に訓に因《よ》りて述べたる

は、詞心《ことば》に逮《およ》ばず。全《また》く音を以《も》ちて連《つら》ねたるは、事の趣更に長し。

と表記上の苦心を述べている。すべてを漢字の表語表記によって記そうとすると、それは日本語に忠実なものとはならないし、そうかと言って真仮名表記で統一すると、文章として冗長なものになってしまうというのである。ことばを表記することと、ことがらを表記することとの齟齬は七世紀末から八世紀初頭にかけての知識人を悩ました問題であった。そこで音訓を交用して記す方法が重んぜられることになる。

漢文の詔勅には長所も認められると思う。行政上の連絡事項や命令を伝える上でそれほどの不都合を生じたわけでもなかったろう。法律や制度、行政機構に至るまで中国に学びつつ国家としての体制を整えつつあった時代だから、なおさら漢字漢文が尊重されたのだし、天智朝には漢詩も作られたのである。その一方で、また国風への志向にも根強いものがあった。柿本人麻呂の手によって我が国最初の歌集と言うべき柿本朝臣人麻呂歌集が編纂されたことも、天武十一年に『新字』四四巻作成の命が出されたことも、国風文化活発化の機運を語っている。

この『新字』の内容については、漢字全般の注釈書と見る説、字形・字体中心の字書と見る説などあるが、小島憲之『万葉以前』に説かれているように、字形・字体の整理および字義・字訓の解説を兼ねた書物であったと考えて良いだろう。いずれにせよ四四巻はかなりの大冊で、我が国における最初の大字書と言える。こうした字書の編纂も和文表記の技術的向上に直接かかわりを持つものである。

人麻呂歌集の古体歌は、おそらく『新字』による漢字の字義・字訓の整理以前にまとめられたと思われる。そして新体歌・作歌という階梯を経て、日本語の歌のことばが細部まで表現されるようになる。

藤原宮址出土の木簡宣命に見る大書体表記は、そうした人麻呂の技術的達成の応用に外ならない。いわゆる宣命書き(宣命小書体)には、それをさらに洗練したかたちが見られるわけだが、漢字仮名まじり文の祖形とも言うべき綿密な和文表記が可能となったことの意義は大きい。古事記のように変体漢文を主とするのでなく、宣命がこの音訓交用の、万葉集の歌の表記と等しい書き方、さらには詞と辞とを文字の大小によって書きわける宣命書きによって表わされているのは、「訓に因りて述べたるは、詞心に逮ばず」という安万侶の嘆きと同様な要求にこたえるものである。同時に、万葉集とは異なり、散文の表現であるから、五音・七音という音数の制約がないために宣命大書体のままでは訓みにくいところも認められる。やがて宣命小書体という特殊な表記法を生み、それに統一されるのも当然であろう。

もちろん古代の言葉や心を表わすのに宣命書きが求められたと言えるが、内容つまり天皇の宣布する大命であるということも、緻密な表記を必要とした理由に数えられよう。それに、宣命の宣読の仕方も重視されるに違いない。どのような読み方であったか詳しいことは明らかでないが、本朝書籍目録に「宣命譜一巻」の記載が見え、一定の節で読まれたことを推測させる。そうした特殊な宣読法があったとすれば、細部を明記する表記がそれに対応して求められるのも当然だろう。

なお令義解には宣命の公布されるまでの手続きを次のように記している。

凡詔書者、内記於㆓御所㆒作。訖即給㆓中務卿㆒。卿受㆓詔書㆒、更宣㆓大輔㆒。々々奉以付㆓少輔㆒、令㆑送㆓太政官㆒。

つまり、中務省の内記《ないき》がまず宣命の草案を作り、それを天皇が裁可し、日を書き入れる。その後中務卿に給わり、中務卿が署名し、その下に「宣」と記したものを大輔に下す。大輔も署名し、その下に「奉」と記して少輔に下し、少輔も署名し、その下に「行」と記して太政官に送るのである。

太政官では、中務省から送付されたものに、覆奏(詔書の施行許可を天皇に求める文言)の草案を外記が書き加え、太政大臣以下が署名。そして大納言が天皇に覆奏し、天皇が施行の許可を示す「可」の文字を記入、正文は太政官に留め、同文一通を写して施行する。

こうして成立した宣命が、厳粛な儀式によって宣読されるわけである。宣読の対象は、「親王《みこたち》・諸王《おほきみたち》・諸臣《おみたち》・百《ももの》官人等《つかさのひとども》、天下公民《あめのしたのおほみたから》」というように親王から公民、百姓にまで及ぶこともあるし、「汝《いまし》たち諸《もろもろ》は、吾が近き姪なり」(十七詔)のように特定の数人の場合もある。さらに藤原不比等に食封を賜わる時の宣命(第二詔)のような一人を対象とするものもあって、内容に応じてさまざまだったことが知られる。

すでに述べたとおり、宣命の草案を起草するのは中務省の内記である。そして一定の型に従って即位・立后・立太子・改元などを告げるので、文体は画一的になり易い傾向が認められる。

一方、小谷博泰「宣命の作者について」(小谷前掲書)には、宣命の中に、天皇の個性が文体に強く投影しているのではないかと思われる部分の見えることを説いている。中務省の内記の起草することになっている宣命ではあるが、孝謙太上天皇の詔には、そうした手続きを踏まず、火急の際に太上天皇のもとで、少数の人達の手で作られたと思われるものがある。たとえば二十九詔は、淳仁天皇を皇位から退けた時の宣命で、「今の帝として侍る人を、此の年ごろ見るに、その位にも堪へず」とか、「仲麻呂と心を同じくして窃かに朕を掃はむと謀りけり」と淳仁を非難し攻撃する言葉に満ちている。これは天皇自身は作成に関与しておらず、中務省を通したものでもなかったのではないかと思われる。

二十九詔に「天皇が大命らまと宣りたまふ大命をもろもろ聞き食へと宣る」といったかたちの前文が無く、「挂けまくも畏き朕が天の先帝の御命もちて朕に勅りたまひしく」ということばがすぐに現われるので、直接太上天皇が宣命を読みあげているかのような感じを与えるのである。

また第二十七詔は太上天皇法華寺滞在中に出されたもので、その十日前に淳仁天皇は平城宮に移っている。詔には「かく為《し》て今の帝と立ててすまひくる間に、うやうやしく相ひ従ふ事は無くして、とひとの仇の在る言のごとく言ふましじき辞《こと》も言ひぬ、為ましじき行《わざ》も為《し》ぬ」と天皇を罵倒した表現が見える。「かくして」の前には脱文があるのではないかという説も見られるほど前文との脈絡はたどりにくいし、天皇との不和を暴露した詔だから、淳仁の関与せぬ所で作られたものだろう。おそらく中務省の役人の手も経ていないのではないかと小谷論文には記されている。

さらに、天平宝字四年正月四日に内安殿において授位の事があった後に出された第二十六詔は、とくに「口勅」と明記されていて注目を惹く。

高野天皇口勅曰「乾政官《けんじやうくわん》の大臣《おほまへつきみ》には敢《あ》へて仕《つか》へ奉《まつ》るべき人无《ひとな》き時《とき》は空《むな》しく置《お》きて在《あ》る官《つかさ》にあり。然《しか》るに今大《いまだい》保《ほう》は必《かなら》ず仕《つか》へ奉《まつ》るべしと念《おも》ほしませ、多《あまた》の遍重《たびかさ》ねて勅《の》りたまへども敢《あ》ふましじと為《し》て辞《いな》び申《まを》し、復受《またう》け賜《たま》はるべき物《もの》なりせば祖父《おほぢ》仕《つか》へ奉《まつ》りてまし、然《しか》ある物《もの》を知《し》れることも無《な》く、怯《つたな》く劣《をぢな》き押勝《おしかつ》がえ仕《つか》へ奉《まつ》るべき官《つかさ》には在《あ》らず、恐《かしこ》しと申《まを》す。かく申《まを》すを皆人《みなひと》にしもいなと申《まを》すに依《よ》りて此《こ》の官《つかさ》をば授《さづ》け給《たま》はずと知《し》らしむる事得《ことえ》ず。（後略）

これは高野天皇すなわち孝謙太上天皇が口ずから述べたものと言う。この詔には、第二十七詔に見えた、

太上天皇《おほきすめらみこと》の御命以《おほみことも》て、卿等諸《まへつきみたちもろもろ》に語《かた》らへと宣《の》りたまはく、

という前文がない。最後は、

授け賜ふ天皇《すめら》が御命《おほみこと》を衆聞《もろもろき》き食《たま》へと宣《の》る。

となっていて、普通の宣命の、

宣りたまふ天皇《すめら》が御命《おほみこと》……

といった末尾とは異なるし、さらに、前半の大保(押勝)の言葉を引いた部分には口頭語的性格がいちじるしく、太上天皇の肉声をそのまま文字化したような感を与えるという(小谷前掲書)。

口頭語と言えば、第二十六詔の敬語(補助動詞)「タブ」にも注意されよう。山口佳紀『古代日本語文法の成立の研究』に説くように、「タブ」は敬語「タマフ」から生じたものであって、その過程は次のように考えることができる。

tamafu＞tamfu＞tambu＞tabu

この場合、母音aが重出しており、重音脱落の結果、右のような音変化を生じたものであろうという。「タブ」は「タマフ」よりも口頭語的性格が強く意識されていたと思われるが、それが、

仕奉利多夫事乎　(二十六詔)孝謙太上天皇
申多夫仁依弖　(〃)
受賜多婆受成尓志事毛　(〃)
朕乎守多比助賜乎見礼方　(三十六詔)称徳天皇
可多良比能利多布言乎聞久仁　(〃)
敢多比奈牟可等奈毛念　(〃)
楽求多布事波　(四十一詔)称徳天皇

特定の詔に集中し、しかも孝謙太上天皇(重祚して称徳天皇)にのみ見えるのは、注意すべきことと思われる。小谷

前掲書に、それを時代による変化ではなく、女帝個人の文体上の特徴の一つと考えることができるとするのも、理由のある事と言えよう。

「タブ」が、誰の行為に関して用いられているかを調査してみると、いっそう興味深い事実が浮彫りされてくる。第二十六詔の「タブ」がすべて藤原不比等の行為を表わし、第三十六・第四十一詔の場合は弓削道鏡の行為を表わす。普通の詔では藤原鎌足や永手のように位階高く信任の厚い人でも、臣下に関しては、マツルか、せいぜいイマスを用いるのが一般なのに、不比等や道鏡に対し「タブ」が多用されるのは、起草者を臣下の者としては考え難いように思われる。第三十六詔の、

是を以て朕《あ》が師大臣禅師の、朕を守りたび助け賜ぶを見れば、内外《うちと》二種《ふたくさ》の人等に置きて其の理に慈哀《いつくし》びて過无くも奉仕《つかへまつ》らしめてしかと念ほしめして、かたらひのりたぶ言《こと》を聞くに、是の太政大臣の官を授けまつるには敢へたびなむかとなも念ほす。

という部分などを読むと、道鏡をかばい、敬愛する称徳天皇の感情が伝わってくるようである。女性らしい、まといつくようなこの文体の持ち主が、一方では臣下の謀叛を罵る、烈しい詔をも発するのであって、そのような部分には、孝謙太上天皇(称徳)の口吻がかなり色濃くあらわれているのではないか、とする小谷の指摘に説得力がある。なお、淳仁・称徳朝の宣命に女帝自身の言葉の投影を推測した論文として山崎馨「続日本紀宣命における助動詞について」(神戸大学教養部紀要『論集』昭和五十年三月)があることも付記しておこう。

確かに孝謙太上天皇の宣命には、ほかの詔よりも顕著な特徴が認められる。たとえば第二十七詔に、

……岡《おか》の宮御　宇《みやにあめのしたしらしめ》しし天皇《すめらみこと》の日継《ひつぎ》はかくて絶《た》えなむとす。女子《をみなこ》の継《つ》ぎには在《あ》れども嗣《つ》がしめむと宣《の》りたまひて

此《こ》の政《まつりごと》行《おこな》ひ給《たま》ひき。かく為《し》て今《いま》の帝《みかど》と立《た》ててすまひくる間《あいだ》に、うやうやしく相《あ》ひ従《したが》ふ事《こと》は无《な》くして、とひとの仇《あた》の在《あ》る言《こと》のごとく言《い》ふましじき辞《こと》も言《い》ひぬ、為《す》ましじき行《わざ》も為《し》ぬ。凡《おほよそ》かく言《い》はるべき朕《われ》には在《あ》らず。別宮《ことみや》にほましまさむ時《とき》に、しかえ言《い》はめや。此《こ》は朕《わ》が劣《をちな》きに依《よ》りてしかく言《い》ふらしと念《おも》ほしめせば、愧《はづか》しみいとほしみなも念《おも》ほす。又一《またひと》つには朕《わ》が菩提心《ぼだいのこころ》発《おこ》すべき縁《よし》に在《あ》るらしとなも念《おも》ほす。

とあるが、この中の「此の政行ひ給ひき」について、宣長は次のように注している。

上文宣弖よりのつゞきを以て見れば、聖武天皇の、孝謙天皇を立て、天皇となし給へる事を、かくいへる如く聞ゆれども、然らず、さては此政といふ言、穏ならず、何事をさして詔給へりとも弁へがたし、そも〳〵此ところの語は、いふべき言を多く省きて、前へ行キ越シたる文にて、そを今具にいはば、はやく大皇后の、朕に告聞せ給へるやう、むかし聖武天皇の、云々と宣弖、汝命を立て、位を授ケ給へりしぞと、告聞せ給へり、朕は、件のゆゑよしを以て、天皇となりて、年ごろ此天下の政を行ヒ給ひしぞと詔へる也。

つまり「宣りたまひて」の主語は聖武天皇だから、「此の政行ひ給ひき」の主語も同様に聖武天皇と受け取るのが正しいように見えるが、そうではなく、ここは言葉の省略の多い所で、自分が天皇となって政を行ったことを表わしているというのである。

金子武雄『続日本紀宣命講』には宣長と異なって、

「政《まつりごと》」といふのは必ずしも所謂「政治」の意味ではなく、天つ日嗣の次《つぎて》を定められるのもそれである。聖武天皇の立后の宣命(七)の中にも、「今めづらかに新しき政にはあらず」とあつたが、その「政」も立后の事を指して居られるのである。これはやはり光明皇后の御処置と考へるべきであらう。但し、此の文の次あたりに、恐らくかなりな文の脱落があるのであらうと思はれる。さうでないと下文との意味の上の連絡がつきかねるのである。

と、「此の政」を孝謙への譲位の事と解すべきことを述べている。ただし、そのために「かなりな文の脱落」を、そのあとに認めなければ「かく為《し》て、今の帝と立てて」と順直につながらなくなってしまうのである。

宣長の指摘しているように、この宣命には表現を略したり、また言葉の不十分だったりする所が少なくない。現に「かくして」のあとの「今の帝と立てて」についても、言葉の脱漏があると言う。宣長の詔詞解には、

今ノ帝乎帝止立弖と有しを、帝乎の二字を脱せるか、さかしらに削れるか、はた止ノ字は、乎を誤れる歟、いづれにまれ、本のまゝにては、止ノ字聞えず、

と、このままでは解し難いことを言い、金子『宣命講』もそれを受けて、

宣長のいふやうに『今の帝を帝と立てて』か、『今の帝を立てて』かでないと、意味が充分に採れない。

と同調している。

ごく最近の林陸朗校注訓訳『完訳注釈続日本紀』には、「今の帝と立てて」でなく、「今の帝と立ちて」と訓むことによって、右のような難点を避けようとしている。が、それでは却って後文「すまひくる間に、うやうやしく相ひ従ふ事は无くして」との連絡が悪くなるように思う。「今の帝」を孝謙としてしまうと「相ひ従ふ事」のない淳仁天皇との間の軋轢を語る部分が不明瞭になる。「今の帝」は、やはり淳仁天皇でなければならず、そうすると「立弖」は「立てて」と訓むのが正しいだろう。

問題は、詔詞解や金子『宣命講』のように言葉の脱漏を認めるか否か、にあるだろう。イマノミカドトタテテでは十分に意味が通ずると言い難いところがあるが、「今の帝を帝と立てて」と言うべき所を「今の帝と立てて」と記し

てしまったことも考えられよう。宣長の言うように「いふべき言を多く省きて、前へ行キ越シたる文」であるなら、その可能性が多分に認められるのである。

「今の帝と立てて」が、右のような問題を含むのと同様に、「此の政行ひ給ひき」についても、「嗣がしめむと宣りたまひて」との間に行文上の無理が感じられる。それはむしろこの文章の体質と言えるような特徴と考えられる。そうした特色は、第二十七詔のみでなく、ほかにも認められると、私は思う。

第二十六詔の冒頭部分を見よう。

乾政官《けんじやうくわん》の大臣《おほまへつきみ》には敢《あ》へて仕《つか》へ奉《まつ》るべき人无《ひとな》き時《とき》は空《むな》しく置《お》きて在《あ》る官《つかさ》にあり。然《しか》るに今大保《いまだいほう》は必《かなら》ず仕《つか》へ奉《まつ》るべしと念《おも》ほしませ、多《あまた》の遍重《たびかさ》ねて勅《の》りたまへども敢《あ》ふましじと為《し》て辞《いな》び申《まを》し、復受《またう》け賜《たま》はるべき物《もの》なりせば祖父《おほち》仕《つか》へ奉《まつ》りてまし、然《しか》ある物《もの》を知《し》れることも無《な》く、怯《つたな》く劣《をぢな》き押勝《おしかつ》がえ仕《つか》へ奉《まつ》るべき官《つかさ》には在《あ》らず、恐《かしこ》しと申《まを》す。かく申《まを》すを皆人《みなひと》にしもいなと申《まを》すに依《よ》りて此《こ》の官《つかさ》をば授《さづ》け給《たま》はずと知《し》らしむる事得ず。（後略）

この中の、「然るに今大保は必ず仕へ奉るべしと念ほしませ、多の遍重ねて勅りたまへども」は、孝謙天皇が仲麻呂に太政大臣就任をすすめた事実を指す。これに対して「敢ふましじ」として押勝が「辞び申し」た所までは良く文意が通るけれども、次の「復受け賜はるべき物なりせば……」との脈絡を辿るのに、どうも「復」の使い方が良くない。

詔詞解に、宣長ほどの読み手が、

本どもに、豆良久を、復に誤リて、大書にせり、一本には又、後にも誤れり、こは豆良久を、大書の復の一字と見誤れる也と言い、本文を「辞備申豆良久」に改めている。金子『宣命講』も林『完訳注釈続日本紀』もそれに従っているが、「豆良久」を「復」に誤ったというのは、類例のない誤字説である。

宣長がそれほどまでに「復」を嫌ったのは、この詔の地の文と押勝の言葉の引用の文とがまぎらわしく、「復」を後者の一部と誤ったからではないかと思う。

……と為て辞び申し、「復受け賜はるべき物なりせば祖父仕へ奉りてまし、然ある物を知れることも無く、……恐し」と申す。

と考えると「復」が副詞としても接続詞としても落着かない。そこで、

……と為て申しつらく(豆良久)、「受け賜はるべき物なりせば……」と申す。

と判断したのであろう。しかし、この詔の文脈は本来、

……と為て辞び申し、復「受け賜はるべき物なりせば……恐し」と申す。

であり、「復」は押勝の言葉の引用ではないのであろう。自分はその任に堪えないとして辞退したのに加えて、もし自分がお引き受けできるような官職であったら祖父の不比等が引受けていたであろう、自分より優れている祖父すらお仕えしなかったのだから、と重ねて辞退したことを表わすのであって、宣長の考えたように「申しつらく……と申す」の形にしてしまうと、そうした文脈が壊れると思う。悪文ではあるが「復」は無くてはならない語なのである。同様に、と言っても、言葉も文脈も異なるのであるが、第二十七詔の「此の政行ひ給ひき」「今の帝と立てて」という表現も、舌足らずのものとして認めるべきであろう。宣長が「いふべき言を多く省きて、前へ行キ越シたる文」としてその特徴を把握しながら「今の帝と立てて」の方を誤りとしたのは、片手落ちと思われる。

大分遠回しの叙述となったが、孝謙太上天皇(称徳天皇)の宣命に、きわ立った特徴の認められることを、諸注に誤字あるいは誤脱があるとされている部分を引きつつ記してきた。すでに言われているように、女帝の口吻を感じさせる所があろう。

右の宣命とは逆に、宣長が「古ざまにして、いと〳〵めでたき」と賞讃した宣命もある。左大臣藤原永手の薨じた時の、光仁天皇の第五十一詔である。長文なので一部分だけを引くことにしたい。

……悔しかも、惜しかも。今日よりは、大臣の奏したまひし政は、聞し看さずや成らむ。明日よりは大臣の仕へ奉りし儀は看行さずや成らむ。日月累り往くまにまに悲しき事のみし、いよい起るべきかも。歳時積り往くまにまにさぶしき事のみしいよよ益るべきかも。朕が大臣春秋の麗しき色をば誰と倶にかも見行し弄び賜はむ。山川の浄き所をば孰と倶にかも見行しあからへ賜はむと、歎き賜ひ憂へ賜ひ大坐し坐すと詔りたまふ大命を宣る。

(後略)

対句形式によって、永手薨後の悲しみを述べるこの宣命について、詔詞解には、

此詔、漢文めきたること雑《マジ》らず、すべての文、殊に古へざまにして、いと〳〵めでたきは、古き此状の詔詞の有しに依て、書るにやあらむ、もしくは不比等大臣などの、薨給ひしをりの詔詞などの、遺《ノコ》りて有しに依れる歟、もし然らずして、新に作れる文ならば、此作者は、やまと魂つよく、古言古意をうまく得たる人にぞありけむかし。

と言う。

宣長の讃辞は「漢文めきたること雑らず」ということを踏まえたものだが、中西進「人麿作品の形成」(『万葉』四四

号）にも言及するように、子孫に触れた部分は誄の形式を模倣したものと考えられ、漢文の影響が無いとは言えないのである。宣長の讃辞は、やや割引きして受取られる必要があろう。

ただこの宣命には、万葉集の挽歌と共通する詞句を含み、そのために詩歌に造詣の深い者の手が加わっているのではないかという推定も成されている。大伴家持を作者に擬する説が見えるのも、そうした表現の性格による。家持は宝亀二年二月、中務大輔であった。前節に述べたとおり、中務大輔は中務卿の次に署名をすることになっていたから、作成に直接かかわったことも考えられるのである。

六　宣命の思想

宣命は「現神（明神）」としての天皇のことばを伝えるものである。「現御神と大八洲知らしめす倭根子天皇が詔旨らまと宣りたまふ詔を……衆聞き食へと宣る」という冒頭形式が、それを示している。

アキツミカミについては、すでに記したように、現世に姿をあらわされた神というのが原義であったろう。人でありながら同時に神である存在として、天皇が讃えられたのである。それは天武朝の末から持統朝にかけてではなかったかということもすでに述べたが、福永光司『道教と日本文化』によると、鏡と剣とをセットにして二種の神器と呼び、それを天皇（天皇大帝）の聖なる権威の象徴とする信仰思想は、中国において梁の陶弘景よりも以前、三―四世紀の魏晋の時代に既に成立していたようで、日本古代の「天皇」「真人」の語の使用や、天皇及び皇室が紫色を重んずるという伝統、そして天皇位の象徴として鏡と剣を重んずることなどは、中国の道教思想の影響であろうという。

日本書紀によれば、天武天皇の国風諡号を天渟中原瀛真人天皇《あまのぬなはらおきのまひとのすめらみこと》と伝える。その「真人」も、道教における真人と深いかかわりがあろうと考えられるのである。

ふたたび福永前掲書を引くと、天帝から地上の混乱を救い正すように命ぜられた太上老君のことを「神仙」とも「天神」とも呼び、また「神人」「真人」「真君」などとも呼んだようである。このうち「神人」は道家の哲学書である、荘子の中に「真人」と同義の語として古くから見える。人でありつつ同時に神でもある存在、すなわち一種の現《あら》人神《ひとがみ》であって、日本の古代における天皇を現神すなわち現人神とする思想にも、この道教の「真人」や「神人」の哲学が影響を与えている。天武天皇の謚号に道教色が投影しているのと併行して、天武・持統朝以降に一般に道教の影響がいちだんと濃くなっていったと見られ、そうした時代に天皇号が始めて使用され、現神思想が広まっていったのも偶然ではないだろう。

文武朝のものと推定されている薬師寺東塔檫銘にも、

維清原宮馭宇、天皇即位八年庚辰之歳、建子之月、以二中宮不悆一、創二此伽藍一、而鋪金未遂、竜駕騰仙、大上天皇奉二遵前緒一、遂成斬業。（後略）

と記されているのを見る。天武天皇の死を「竜駕騰仙」と表現するのも「神仙」として考えられていたことを示す。土橋寛「上代文学と神仙思想」(『万葉の言葉と心』)に、吉野を神仙境視するようになったのは天武・持統朝ごろからではないかと推定しているのも、同時代のことで、一つの動向としてとらえられるだろう。

先掲の檫銘とほぼ同じころに作成された宣命に、天皇を「現神」と記しているのを見るのも、右のような思想的動向と深いかかわりがある。

「現神」としての天皇が聖君として統治し、その政治がよく行われ、天下が平安である時、そのしるしとして、瑞祥が現われると、古代には考えられた。宣命に記された瑞祥には、白亀・図を負う亀・白鹿の動物と、和銅・黄金の鉱物、そして七色の雲があり、合わせて八編の宣命に見える。そのうち五編が改元の詔であることも記憶しておきたい。こうした瑞祥の思想も、中国に源を求めることができるものである。我が国における瑞祥思想が白雉以降着実に浸透・発展していったことや、七世紀から八世紀にかけての時期に、梁の顧野王が撰した符瑞図の果たしたであろう役割については、東野治之「豊旗雲と祥瑞――祥瑞関係漢籍の受容に関連して――」(『万葉集研究』第十一集)などに詳しい。

宣命一覧　(各詔には内容の要点と冒頭表記とを示した)

第一分冊

第一詔(巻第一　文武天皇　文武天皇元年八月庚辰)
即位　現御神止大八嶋国所知天皇大命

第二詔(巻第三　文武天皇　慶雲四年四月壬午)
藤原不比等に食封を賜う　天皇詔旨勅久

第三詔(巻第四　元明天皇　慶雲四年七月壬子)
即位　現神八洲御宇倭根子天皇詔旨勅命

第四詔(巻第四　元明天皇　和銅元年正月乙巳)
改元　現神御宇倭根子天皇詔旨勅命

第二分冊

第五詔(巻第九　聖武天皇　神亀元年二月甲午)
即位・改元　現神大八洲所知倭根子天皇詔旨

第六詔(巻第十　聖武天皇　天平元年八月癸亥)
改元　現神御宇倭根子天皇詔旨勅命

第七詔(巻第十　聖武天皇　天平元年八月壬午)
光明立后　天皇大命良麻止

第八詔(巻第十　聖武天皇　天平元年八月壬午)
立后につき賜禄　天皇詔旨今勅

第九詔(巻第十五　聖武天皇　天平十五年五月癸卯)
五節の舞　天皇大命尓坐西奏賜久

第十詔(巻第十五　元正太上天皇　天平十五年五月癸卯)
太上天皇の報答　現神御大八洲我子天皇

第十一詔(巻第十五　聖武天皇　天平十五年五月癸卯)
叙位　天皇大命良麻等勅久

第三分冊

第十二詔(巻第十七　聖武天皇　天平勝宝元年四月甲午)

第十三詔（巻第十七　聖武天皇　天平勝宝元年四月甲午）

陸奥国産金　　三宝乃奴止仕奉流天皇羅我命

改元　　現神御宇倭根子天皇詔旨宣大命

第十四詔（巻第十七　聖武・孝謙天皇　天平勝宝元年七月甲午）

聖武譲位・孝謙即位　　現神止御宇倭根子天皇御命

第十五詔（巻第十七　聖武太上天皇　天平勝宝元年十二月丁亥）

大仏造営を八幡大神に謝す　　天皇我御命尓坐申賜止申久

第十六詔（巻第二十　孝謙天皇　天平宝字元年七月戊申）

諸王臣を戒める　　今宣久

第十七詔（巻第二十　光明皇太后　天平宝字元年七月戊申）

皇太后が諸臣を戒める　　汝多知諸者吾近姪奈利

第十八詔（巻第二十　光明皇太后　天平宝字元年七月己酉）

塩焼王ら五人を戒める　　塩焼等五人乎

第十九詔（巻第二十　孝謙天皇　天平宝字元年七月戊午）

奈良麻呂事件後諸司・百姓に与える　　明神大八洲所知倭根子天皇大命

第二十詔（巻第二十　孝謙天皇　天平宝字元年七月癸酉）

塩焼王の罪をゆるす　　塩焼王者

第二十一詔（巻第二十　孝謙天皇　天平宝字元年八月庚辰）

秦氏を戒める　　今宣久

第四分冊

第二十二詔(巻第二十)　孝謙天皇　天平宝字元年八月庚辰
　　功労者を賞する　此遍乃政

第二十三詔(巻第二十一)　孝謙天皇　天平宝字二年八月庚子
　　現神御宇天皇詔旨止良麻宣勅

第二十四詔(巻第二十一)　淳仁天皇　天平宝字二年八月庚子
　　譲位

第二十五詔(巻第二十二)　淳仁天皇　天平宝字二年八月庚子
　　即位　明神大八洲所知天皇詔旨止良麻宣勅

第二十五詔(巻第二十二)　淳仁天皇　天平宝字三年六月庚戌
　　舎人親王等追称　現神大八洲所知倭根子天皇詔旨

第二十六詔(巻第二十二)　孝謙太上天皇　天平宝字四年正月丙寅
　　藤原仲麻呂を大師に任ずる　乾政官大臣方仁

第二十七詔(巻第二十四)　孝謙太上天皇　天平宝字六年六月庚戌
　　政柄の分担を告げる　　太上天皇御命以

第二十八詔(巻第二十五)　孝謙太上天皇　天平宝字八年九月甲寅
　　仲麻呂事件後道鏡を大臣禅師とする　逆仁穢岐奴仲末呂伊

第二十九詔(巻第二十五)　孝謙太上天皇　天平宝字八年十月壬申
　　淳仁天皇を退ける　挂末久畏眛我天先帝乃御命以天

第三十詔(巻第二十五)　称徳天皇　天平宝字八年十月壬申

船親王・池田親王を流す　船親王波

第三十一詔（巻第二十五　称徳天皇　天平宝字八年十月丁丑）

皇嗣擁立の動きを戒める　諸奉侍上中下乃人等

第三十二詔（巻第二十六　称徳天皇　天平神護元年正月己亥）

仲麻呂事件の功労者を賞する　天皇何大御命良麻止勅大御命乎

第三十三詔（巻第二十六　称徳天皇　天平神護元年三月丙申）

廃帝復位の動きを戒める　天下政方君乃勅仁在乎

第三十四詔（巻第二十六　称徳天皇　天平神護元年八月庚申）

和気王を罪する　今和気仁勅久

第三十五詔（巻第二十六　称徳天皇　天平神護元年八月庚申）

粟田道麻呂等解任　粟田道麻呂大津大浦石川長年等尓勅久

第三十六詔（巻第二十六　称徳天皇　天平神護元年閏十月庚寅）

道鏡に太政大臣を授ける　今勅久

第三十七詔（巻第二十六　称徳天皇　天平神護元年十一月庚辰）

由紀須伎二国の守を賞する　由紀須伎二国守等仁

第三十八詔（巻第二十六　称徳天皇　天平神護元年十一月庚辰）

仏弟子となり大嘗の酒宴を行う　今勅久

第三十九詔（巻第二十六　称徳天皇　天平神護元年十一月辛巳）

親族に大嘗の酒を賜わる　必人方父我可多母我可多能親在天

第四十詔（巻第二十七　称徳天皇　天平神護二年正月甲子）
藤原永手を右大臣に任ずる　　今勅久
第四十一詔（巻第二十七　称徳天皇　天平神護二年十月壬寅）
道鏡に法王位を授ける　　今勅久
第四十二詔（巻第二十八　称徳天皇　神護景雲元年八月癸巳）
改元　　日本国尒坐天大八洲国照給比治給布倭根子天皇
第四十三詔（巻第二十九　称徳天皇　神護景雲三年五月丙申）
縣犬養姉売等を流す　　現神止大八州国所知倭根子
第四十四詔（巻第三十　称徳天皇　神護景雲三年九月己丑）
清麻呂姉弟を退ける　　天皇良我御命良麻止詔久
第四十五詔（巻第三十　称徳天皇　神護景雲三年十月乙未）
群臣を諭す　　天皇我御命良麻止詔久
第四十六詔（巻第三十　称徳天皇　神護景雲三年十一月壬辰）
新嘗の日に吉事を賀する　　今勅久
第四十七詔（巻第三十　称徳天皇　宝亀元年八月癸巳）
立太子　　今詔久
第四十八詔（巻第三十一　光仁天皇　宝亀元年十月己丑）
即位・改元　　天皇詔旨勅命乎
第四十九詔（巻第三十一　光仁天皇　宝亀元年十一月甲子）

志貴皇子追称・井上立后　　現神大八州所知倭根子天皇詔旨

第五十詔（巻第三十一　光仁天皇　宝亀二年正月辛巳）

立太子　　明神御八州養徳根子天皇詔旨勅命

第五十一詔（巻第三十一　光仁天皇　宝亀二年二月己酉）

藤原永手を弔う　　藤原左大臣尓詔大命

第五十二詔（巻第三十一　光仁天皇　宝亀二年二月己酉）

藤原永手に太政大臣を追贈　　大命坐詔久

第五十三詔（巻第三十二　光仁天皇　宝亀三年三月癸未）

裳咋足嶋に対する叙位等　　天皇御命良麻止宣御命

第五十四詔（巻第三十二　光仁天皇　宝亀三年五月丁未）

廃太子　　天皇御命良麻止宣御命

第五十五詔（巻第三十二　光仁天皇　宝亀四年正月戊寅）

立太子　　明神大八洲所知須和根子天皇詔旨勅命

第五分冊

第五十六詔（巻第三十四　光仁天皇　宝亀七年四月壬申）

遣唐使に節刀を賜う　　天皇我大命良麻等

第五十七詔（巻第三十四　光仁天皇　宝亀八年四月癸卯）

渤海使を遇する　　現神止大八洲国所知須天皇大命

第五十八詔（巻第三十六　光仁天皇　天応元年二月丙午）

能登内親王を弔う　天皇大命良麻止

第五十九詔（巻第三十六　光仁天皇　天応元年四月辛卯）

譲位　天皇我御命良麻等詔大命

第六十詔（巻第三十六　桓武天皇　天応元年四月壬辰）

立太子　天皇詔旨勅命乎

第六十一詔（巻第三十六　桓武天皇　天応元年四月癸卯）

即位　明神止大八洲所知天皇詔旨良麻止宣勅

第六十二詔（巻第四十　桓武天皇　延暦八年九月戊午）

征東将軍等を勘問　陸奥国荒備流蝦夷等乎

新日本古典文学大系 13
続日本紀 二

1990年 9月27日 第1刷発行
2011年 1月17日 第10刷発行
2015年 8月11日 オンデマンド版発行

校注者 青木和夫《あおきかずお》 稲岡耕二《いなおかこうじ》
笹山晴生《ささやまはるお》 白藤禮幸《しらふじのりゆき》

発行者 岡本 厚

発行所 株式会社 岩波書店
〒101-8002 東京都千代田区一ツ橋 2-5-5
電話案内 03-5210-4000
http://www.iwanami.co.jp/

印刷／製本・法令印刷

ISBN 978-4-00-730253-4 Printed in Japan